MÉMOIRES

DE
LA LIGUE.

TOME VI.

MÉMOIRES

DE

LA LIGUE,

CONTENANT

LES ÉVENEMENS LES PLUS REMARQUABLES depuis 1576, jufqu'à la Paix accordée entre le R o i de France & le Roi d'Espagne, en 1598.

NOUVELLE ÉDITION,

Revue , corrigée , & augmentée de Notes critiques & hiftoriques.

TOME SIXIEME.

A AMSTERDAM,

Chez ARKSTÉE & MERKUS.

M. DCC. LVIII.

PRÉFACE.

A D. M. D. T.

A LA mienne volonté, cher Frere & Ami, que ce soit
ici le dernier Volume des Mémoires de la Ligue. Tout
l'amas des Livres précédens & de cestui-ci n'est
qu'une parcelle des miseres infinies couvées & écloses
par cette Furie infernale en la France. Ai-je osé espérer que la Paix, faite l'an passé (1), puisse être le tombeau d'une si cruelle Bête ? Je l'ai desiré, comme tous
Esprits paisibles l'ont souhaité & requis. Mais, pour vous
dire ce que j'en pense, en ce titre, je m'accommode volontiers à mon affection, souhaitant que je ne sois plus
en peine de ce côté-là. Puissent la France & toute
la Chrétienté recueillir quelque fruit de l'anéantissement spécieux de la feinte Union, qui a tant désuni de
Cœurs d'avec Dieu, d'avec leurs Patriotes, & d'avec
eux-mêmes. Puisse l'accord de ces deux grands Princes produire le bien que tout sincere accord doit produire : & soient les discours tragiques doresnavant ca-

---

(1) Cette Préface étant datée de
1599, la Paix dont on veut parler ici
est, sans doute, le Traité de Wervins,
conclu le 2 de Mai 1598, entre le
Roi de France & le Roi d'Espagne. Les
Négociateurs furent, de la part de la
France, les Sieurs de Bellievre & de
Sillery ; de la part de l'Espagne, Mrs
Richardot, Taxis & Verreikens. Les
Médiateurs, de la part du Pape, furent le Cardinal de Florence, & François de Gonzague, Evêque de Mantoue. Les Ambassadeurs de Savoie y
furent admis. *Abrégé chronologique
du Président Hénault.*

chés au tombeau de filence, pour faire place aux agréables enfeignemens d'une Paix affurée. Que dites-vous, m'oïant tenir ce langage? Je le vous dirai moi-même. Ce font paroles : & je me contente de parler. Puis-je autre chofe parmi tant de tempêtes? Vous entendez que la Ligue eft amortie: cuidez-vous point qu'il lui en prenne comme aux ferpens, que la rigueur d'un long hiver engourdit tellement, qu'on peut les manier aifément, jufqu'à ce que les tiedes raïons d'un Soleil de Mars leur permettent & leur donnent moïen de fiffler & cracher leur venin? La fplendeur de l'or étranger avoit tellement échauffé les Ligueurs, qu'on n'a entendu par tout le grand Roïaume François, l'efpace de plufieurs années, finon des fifflemens ferpentins, qui, fuivis de poifons mortels, ont amené notre patrie au bord du tombeau. Les rudes baftonnades que la Ligue a reçues, les étranges changemens des Chefs d'icelle, infinies pratiques dedans & dehors le Roïaume, ont caufé cette ftupeur que l'on a vue comme en un inftant. Mais il faut monter plus haut. Le grand Juge du monde voulant faire grace à la France, & la relever de l'étrange maladie qui l'avoit du tout atterrée, a bien fû trouver le moïen de renverfer, dedans peu de jours, tous les cauteleux efforts de l'ennemi du genre humain. L'ambition, qui ne fe plaît qu'à bâtir fur les ruines d'autrui, qui ne fe paît que des larmes des affligés, qui ne fe peint qu'au fang des innocens, qui ne fonge que fortereffes, villes, & couronnes nouvelles, qui ne fait commander ni obéir, a fait de l'enragée tout fon faoul, depuis dix ans, contre foi-même, contre fes efclaves; & Dieu s'eft vengé de fes ennemis par fes ennemis. Qu'a gagné l'ambition? finalement elle a rendu gorge. Ses valets font fondus comme nége au foleil; leurs deffeins ne font que fumée. Ils en font con-

fus; & les jugemens humains font éperdus en y penfant:
Le Tout-puiffant fait connoître ces chofes par le menu,
voir à fes Domeftiques, qui méditent quelquefois le
contenu du Pfeaume 73, touchant le renverfement des
Adverfaires de fon nom. J'entends, ce me femble, une
contraire voix, alleguant que la plûpart des Gens peuvent dire, comme Themiftocles à fes Fils : *Nous étions
perdus, fi nous n'euffions été perdus.* Durant la Ligue, aucuns ont empli leurs coffres ; &, de petits & grêles, fe
font faits gros & grands : enfin, ils ont eu compofition
très avantageufe ; & toute cette fanglante tragédie s'eft
tournée en comédies. Si quelque danger eft refté, c'eft
pour les Ennemis de la Ligue, laquelle, en mourant,
paroît femblable à cet Oifeau, lequel on dit renaître de
fes cendres. Devant nos yeux la chofe eft telle Mais
ceux qui attendent Dieu en la voie de fes jugemens, ne
feront fruftrés de leur fûr efpoir. Une bonne Ame s'élevant au Ciel, s'écrie humblement au Souverain, lequel
y habite :

> Tu m'as tenu la dextre, & ton fage vouloir
> M'a fûrement guidé, jufqu'à me faire avoir
>   Mainte honorable grace.
> Dans le Ciel, fi non toi, qui me peut être cher ?
> Et que voudrois-je auffi, fors que toi, rechercher
>   En cette terre baffe ?

C'eft à telle épreuve que les bonnes & mauvaifes penfées
fe touchent. L'ambition cruelle & avare ne peut dire,
lire, écrire, ni figner ces traits, que de contenance
troublée. C'eft fon procès, fa fentence & fon fupplice.
Plus elle paroît, plus elle difparoît devant Dieu & devant les Gens de bien. Il lui en prend comme à l'éclair,

qui montre une grande lueur, mais auſſi-tôt morte que née. Ses adhérans

> En un moment de temps paroiſſent déſolés,
> Ils périſſent ſubit, on les voit écoulés
>   Sous une horrible crainte.
> Tels qu'un vain ſimulacre, auſſi-tôt emporté,
> Que notre œil perd le ſomne, & dedans la Cité
>   Leur gloire gît éteinte.

Que diſent d'eux grands & petits, fauteurs ou contraires, qui les ont vus, ou qui en ont oui parler? Les comparent-ils point, en leurs entrepriſes étranges, à ces ſonges ef-froïables, qui ſe terminent en un inſtant? Et quant aux Habitans de la vraie Cité, qui ont des yeux pour voir, qui ont un entendement pour comprendre, confeſſent-ils pas que, ſi quelquesfois leur penſée ſe démene ſur l'é-tat du monde, pour eſtimer qu'il y ait proſpérité aſſurée aux mauvaiſes ames, & que celles qui réverent Dieu ſoient miſérables, c'eſt diſcourir en bête, non pas en homme, moins en enfant de Dieu? Vrai eſt qu'en regar-dant ces choſes avec les lunettes du monde, on en juge comme le monde; mais ſi la lumiere céleſte nous éclai-re, il en faut penſer & parler autrement.

> Mon œil las, ô Seigneur, n'a jamais pénétré
> En ces profonds ſecrets, tant que je ſois entré
>   Dedans ton Sanctuaire!
> Leur fin m'eſt lors connue, & vois qu'en lieux gliſſans
> Ta main les a poſés, pour tomber fleuriſſans
>   En plus baſſe miſere.

Que je faſſe encore ce ſouhait. A la mienne volonté, que ceux dont les déportemens étranges ont été mar-qués en ces Mémoires de la Ligue, puiſſent emploïer le refte de leurs jours à prévenir cette mifere, en laquelle tombent les efprits endurcis. C'eft une chute qui a fes précipices & intervalles : elle ne fe découvre que par les yeux de l'ame, & dedans le Sanctuaire. Hors d'icelui regne l'aveuglement ; & tout ce que l'homme fenfuel fait, n'eft qu'une démarche à tâtons & en incertitude, dont le commencement, le milieu & la fin, eft enveloppé d'extrême ignorance à fon égard. Mais notre chair replique que le faix femble être tombé fur les innocens ; & vous favez ce qui eft advenu depuis quelques mois par la violence tyrannique de ceux qui ont conjuré contre le repos de tout le monde. Et vous favez auffi que Dieu n'eft moins admirable en fes vifitations vers Septentrion, que de vers Occident. Quelque part que foit le Vertueux, il eft bien, encore qu'il y grêle & tempête.

> Que la fortune adverfe aux champs mette fes forces
> Contre un homme conftant : fes plus rudes entorfes
> N'ébranleront d'un tel les deffeins bien conçus,
> Non même quand le ciel lui tomberoit deffus.

A quels changemens & remuemens doivent fe préparer les Amis de concorde & de droiture ? Les Méchans, qui reffemblent une mer agitée, qui n'écument & dedans & dehors que feu, fang & ordure, s'apprêtent en maints endroits pour recommencer leur befongne accoûtumée. Il n'y a point de paix en eux, ni pour eux ni pour autrui : le menfonge, le trouble, la violence, font leurs confeillers perpétuels. Mais l'Homme vertueux, pareil auffi à l'Océan, qui ne change de qualité combien qu'il reçoive infinies eaux douces qui s'y rendent, fe remet, de ces changemens du monde, à la ſage conduite du grand Gouverneur d'icelui. Et pour dire cela proprement avec notre Poëte :

> L'Homme vraiement conſtant eſt tout tel que Nerée,
> Qui ouvre à tous Venans ſa poitrine azurée,
> Et toutesfois tant d'eaux, qu'il boit de tous côtés,
> Ne lui font tant ſoit peu changer de qualités.

Faiſons ainſi pour l'avenir ; le temps nous y convie : & ſi les Suppôts de confuſion machinent nouveaux déſordres pour nous y envelopper avec eux, ſouvenons-nous de la différence marquée de long-temps entre eux & nous. Eſſaïons, en ces changemens, de ſentir en nos ames ce que nos corps éprouvent en une ferme ſanté pour le regard de leur nourriture ; & tâchons de ſentir par effet la vérité de ce beau quatrain :

> L'Homme que Dieu munit d'une brave aſſurance,
> Semble au bon eſtomach, qui ſoudain ne s'offenſe
> Pour l'exces plus leger, ains change promptement
> Toute ſorte de mets en parfait aliment.

Qu'il nous ſuffiſe de voir coupés les cordeaux d'iniquité ; les complots de ſang, écartés ; l'argent d'ambition, gaſpillé, & les ſonges des mocqueurs, évanouis. Tandis qu'ils renoueront, ſe raſſembleront, battront monnoie, & ſe remettront ſur leurs penſées, leur Juge ſaura bien retrouver les moïens de les confondre une autre fois, attendant le jour de leur totale ruine. Cependant, chacun de nous diſe à l'Eternel :

> Ma chair s'écoule toute, & mon ame en langueur
> Ne ſoupire qu'à toi, ſeul rocher de mon cœur,
>   Et ma part éternelle.

Voilà, ceux périront qui te vont délaissant,
Tu perdras tout esprit autre amour pourchassant,
   Et qui t'est infidele.

Je ne puis oublier ma coûtume, de vous entretenir
sur la considération de nos miseres passées. Ainsi qu'un
Forçat, racheté de la cadene, s'ébat sur le rivage à faire
voir à ses amis les ceps & manottes dont il étoit attaché
au banc de rame: aussi vous ai-je montré quelques pieces de notre captivité. Louez Dieu de notre délivrance. Sa bonté ne permette point qu'on en forge de nouvelles, ou pour nous, ou pour nos amis: sa puissance
abolisse toutes armes forgées contre les Eglises de son
Christ: puisse l'esprit de la Ligue demeurer retenu de
chaînes d'obscurité, jusqu'à la grande journée. Et quoi
que Satan brasse, ne laissons de crier à celui qui ne
sommeille point:

Repousse en leurs cachots, d'un bras victorieux,
Ces cruels ennemis, ces guerriers furieux,
Qui de près & de loin contre les tiens se bandent.
Fais que sous ton Empire humblement se rangeant,
Ils se prosternent tous avec pieces d'argent:
Mais perd les Nations qui la guerre demandent.

Je ne puis finir ce devis avec vous, que par souhaits
& prieres à celui qui peut remédier aux maux présens
& à venir. C'est ce que je desire que vous & nos autres
Amis fassiez avec moi. Je ne sache cachette plus sûre,
ni séjour plus honorable & plaisant, que la méditation
continuelle de la faveur du Pere céleste envers ses
Adoptés, à chacun desquels son esprit fera toujours
dire:

Le plaisir, l'heur, l'honneur, que je veux obtenir,
  C'est de Dieu m'approcher, ferme à lui me tenir,
        Et de sa main dépendre.
J'ai mis sur l'Eternel l'espoir de mon penser,
  Pour pouvoir ses exploits hautement annoncer,
        Et son los faire entendre.

Sa grace garde ce souhait au cœur de toutes Personnes qui le réverent; vous retienne en ce nombre, & me conserve, cher Frere & Ami, avec tous les miens, en votre sincere & continuelle bienveillance. Fait ce 22 Février 1599.

MEMOIRES
DE
LA LIGUE.

A V E R T I S S E M E N T.

APRÈS l'Assemblée de Mante, sur la fin de l'an 1593, le Roi, voïant que la Ligue cherchoit à se refaire à l'ombre de cette Treve générale, laquelle avoit duré quelques mois, résolut de venir à la force, & par les armes ramener à quelque reconnoissance ceux à qui la douceur du repos ne servoit que d'occasion de poursuivre en leur dessein d'entretenir la Guerre en France. Pourtant la Treve étant sur le point de son terme, il fit dresser la Déclaration qui s'ensuit.

1593.

DÉCLARAT.
DU ROI.

DECLARATION
DU ROI.

SUR LA FIN DE LA TREVE (1).

HENRI, par la grace de Dieu, Roi de France & de Navarre ; à tous ceux qui ces présentes Lettres verront, Salut : Nous reconnoissons qu'après le repos éternel, nous ne pou-

(1) Voïez l'Histoire de M. de Thou, Livre 108.

Tome *VI.*   A

vons defirer de Dieu une plus grande grace que celle qu'il nous a faite de nous donner la réfolution de recevoir inftruction en la Religion Catholique, Apoftolique & Romaine, & d'en faire après la profeffion que nous en avons faite, pour y vivre & mourir, comme ont fait les Rois nos Prédéceffeurs; de quoi nous recevons en notre ame un tel contentement, que nous beniffons inceffamment l'heure & le jour que ce bonheur nous eft advenu; duquel nous jouiffons avec autant plus de révérence & en perpétuelle action de graces, que nous favons l'avoir reçu de la feule bonté de notre Dieu, par l'infpiration de fon Saint Efprit, qui a fait en cela une œuvre de la divine Providence, fi vifible, qu'ainfi que nous ne préfumons point en mériter envers le Monde aucun honneur & gloire; auffi n'eftimons-nous pas que perfonne nous puiffe imputer que nous y ayions été émus par aucune confidération temporelle, ni rien trouver à blâmer & redire en la fubftance & en la forme de l'acte public & folemnel qui s'en eft enfuivi, y aïant pour notre regard, apporté toute la fincérité du cœur, de zele & d'affection qu'il nous a été poffible; & pour les formes extérieures, toutes les regles & cérémonies ordonnées de l'Eglife & par les faints Décrets y aïant été felon leurs dégrés foigneufement obfervées, notre inftruction nous aïant été donnée à plufieurs & divers jours, par un bon nombre choifi de Prélats, des plus anciens & des plus qualifiés pour la probité, bonne vie, & pour la doctrine & connoiffance des faintes Lettres, qui foient en ce Roïaume, & de plufieurs Docteurs en la facrée Faculté de Théologie; notre inftruction après fuivie de notre repentance & confeffion de Foi, puis de l'abfolution que nous en avons reçue, & par après de notre admiffion par eux en l'Eglife, à la vue de tout le Peuple, & avec une telle allégreffe & applaudiffement, que l'air retentit des Louanges & Cantiques, qui en furent envoïés au Ciel, non-feulement par nos bons Sujets, qui ne fe font point départis de notre obéiffance; mais par ceux mêmes, qui en ont été dévoïés, fpécialement de notre Ville de Paris, qui y étoient accourus à grandes troupes, pour être fpectateurs de ce faint Myftere. Auquel fi nous avons defiré l'intervention de l'autorité de notre Saint Pere le Pape, les Princes, Prélats, Officiers de cette Couronne, & autres fieurs de notre Confeil, tous Catholiques, fous les noms defquels fut dépêché, vers Sa Sainteté, le fieur Marquis de Pifany, dès le

mois d'Octobre en l'an 1592, nous en sont bons témoins, avec
la longue patience qu'avons eue, pour en attendre l'effet. Mais
les artifices des Espagnols & le trop de pouvoir qu'ils ont usurpé
à Rome, sur la liberté qui y doit être commune, jusqu'à y en-
tremêler des menaces envers Sa Sainteté, comme c'est chose
notoire, y aïant empêché l'accès audit sieur Marquis : nous
n'avons pu moins faire pour assurer le repos de notre conscience, en la résolution que Dieu nous avoit inspirée ; & éviter les inconvéniens que le dilaiement nous y pouvoit apporter, que d'user des moïens & remedes ordonnés par l'Église
en semblable occasion & nécessité, selon lesquels il y auroit été
procédé avec réservation faite par lesdits Prélats, & promesse
de notre part, de satisfaire à ce qui appartient à l'autorité de
Sa Sainteté, comme Chef de ladite Église, en Terre, ainsi
que l'aurions reconnu par notre profession de Foi. Et ne nous
permettant l'état des affaires de ce Roïaume, d'y satisfaire en
personne, nous y avons voulu suppléer par la plus honorable
Ambassade qui nous a été possible, aïant choisi notre Cousin
le Duc de Nivernois, qui est assez reconnu & dedans, & dehors ce Roïaume, pour accompagner la grandeur de sa Maison d'autant de vertus & bonnes qualités de l'ame & de la conscience, qu'autre Prince de ce siecle, pour aller en notre nom
faire les soumissions requises à notre Saint Pere, recevoir sa
bénédiction, & lui faire & prêter l'obédience que nous desirons
lui rendre, à l'exemple des Rois, nos Prédécesseurs. En quoi
notredit Cousin a tant voulu mériter, non-seulement de nous,
& de cet Etat, mais aussi de la Religion Catholique, que pour
l'importance qu'il a considéré qu'étoit le voïage, sans avoir égard
à sa santé, trop incommodée de ses blessures, il l'a courageusement entrepris : & lui est si bien succédé, que nous avons avis
qu'il est, Dieu merci, arrivé en bonne disposition, près de sadite
Sainteté ; de laquelle nous savons qu'il a été favorablement
reçu & bénignement écouté. Ne doutant point que ce saint
Pere, duquel tous les témoignages s'accordent qu'il s'en doit
espérer beaucoup de bien pour toute la Chrétienté, n'ait bientôt, avec l'aide d'un si bon & véritable interprete, que notredit Cousin, pénétré à la parfaite connoissance de l'état des
affaires de ce Roïaume, & des causes des remuemens qui
y sont ; & vu clairement ce qui en a été caché & couvert depuis cinq ou six ans à ses Prédécesseurs, qui n'en ont jamais
jugé ni rien connu qu'au travers des passions & artifices des En-

A ij

nemis conjurés & déclarés de cet Etat, desquels ils se sont toujours laissé assiéger & environner ; de sorte que nulle justification n'a jamais pu être admise auprès d'eux, de la part du feu Roi, notre très honoré Seigneur & Frere, ni de la nôtre ; lesdits Espagnols aïant fait un péché irrémissible à toute personne qui eût seulement pensé qu'il se dût faire. Maintenant que toutes ces ténebres seront dissipées par la présence & le rapport de notredit Cousin, nous nous assurons que Sa Sainteté, étant bien informée de ce qui s'est passé en notre conversion, jugera combien sont fausses les calomnies qui lui ont été rapportées contre icelle, par ceux qui appréhendoient plus le désavantage qu'ils en devoient recevoir en leurs desseins, qu'ils ne plaignoient qu'elle ne valût assez pour notre salut. Ils n'auront au moins pu dire, avec vérité, que ce que nous en avons fait, ait été, pour appréhension que ne le faisant point nos Serviteurs Catholiques fussent pour nous abandonner : car ils ne furent jamais plus entiers & confirmés qu'ils étoient lors en la fidélité & obéissance qu'ils nous ont toujours rendue, s'étant contentés de recourir à Dieu, par leurs vœux & prieres, pour en obtenir notre conversion, sans avoir jamais procédé avec nous par aucune protestation ou demande qui ressentît aucune froideur ou changement en leurs fidélités & affections. Moins auroient-ils pu soutenir que c'eût été par fraïeur & crainte, pour nous avoir été, ceux qui étoient élevés en armes contre nous, plus formidables lors, qu'auparavant, parcequ'il est trop manifeste qu'ils n'ont point été de tous ces troubles plus foibles & abbattus, qu'ils étoient lors, comme ils le vérifierent bien par le Siege qu'ils nous souffrirent tenir devant la Ville de Dreux, qui n'est distante de celle de Paris que de 16 lieues, où tous leurs Chefs étoient assemblés ; & la laisserent néanmoins prendre, sans avoir pu mettre ensemble de quoi pouvoir donner une seule allarme en notre Armée. Ils doivent encore moins être écoutés, s'ils vouloient dire que notre conversion fût feinte & simulée, & qu'elle n'ait été faite qu'à art & à dessein. Car ce seroit une présomption qui ne peut être de Chrétien, de vouloir partager avec Dieu la puissance qu'il s'est voulu réserver pour lui seul, de juger des intentions. Aussi en attendons-nous de lui la lumiere & le jugement de ce que pour ce regard nous en portons sur le cœur. Quant à l'extérieur, qui est ce qui peut être au témoignage des hommes, encore que nos œuvres ne soient si bonnes ni si parfaites envers lui,

que nous le defirérions : toutesfois nous nous en rapporterons
toujours aux plus févéres Obfervateurs de nos actions, non paffionnés, s'ils ont rien reconnu en nous qui fe démente de la
profeffion que nous en avons faite en ladite Religion Catho-
que. Ce que nous efpérons bien juftifier, toujours de mieux
en mieux pour nous rendre autant dignes que nous pourrons,
de cette finguliere grace que Dieu nous a faite, laquelle nous
ne préfumons pas être pour notre particulier falut feulement,
& que notre ame lui foit plus chere & précieufe que d'aucun
autre Chrétien (fi ce n'eft autant que par notre exemple nous
pouvons faire plus de bien ou de mal que les autres :) mais
nous en attribuons la principale caufe aux faintes Prieres &
Oraifons des Gens de bien de ce Roïaume, aux cris & gémiffemens des Veuves & Orphelins, qui l'ont ému à regarder de
fon œil de pitié la défolation de cet Etat, auquel il a jugé
que notre converfion étoit un fingulier remede, & pour le
guérir de tous fes maux & établir la paix & un perdurable repos. Et l'aïant ainfi compris, interprêté de notre part : l'intention que nous y avons toujours eue s'échauffa & anima
encore davantage ; & au même temps aïant fait reprendre les
traits de la Conférence qui avoit été tenue deux mois auparavant, lefquels étoient demeurés languides & fans aucun effet,
nous les fîmes pourfuivre ; de forte que nous contraignîmes les
Chefs de la Ligue de comprendre & confeffer que la Paix étoit
néceffaire. Mais parcequ'auparavant que d'en traiter au fond,
comme c'étoit notre defir & deffein, ils defirerent qu'elle fût
précédée d'une Treve de trois mois, fous le prétexte d'avoir
temps & loifir d'envoïer de leurs Députés vers Sa Sainteté, pour
lui faire troûver bonne ladite négociation de la Paix ; Nous
nous contentâmes, pour les entretenir en cette bonne opinion,
de leur accorder, non-feulement ladite Treve pour trois mois,
& faire en cela chofe qui n'avoit jamais jufqu'ici été faite en
Guerre de foulevation comme celle-ci, mais auffi en ladite
Treve nous démettre tant de notre autorité, que fi l'intention & la fin que nous nous en propofions ne nous fervoit d'excufe, nous en pourrions être juftement blâmés, même en la
tolérance que nous avons faite, que nós pauvres Sujets fuffent
pendant icelle furchargés de doubles Tailles. Qui eft ce qui
a été extorqué de nous avec plus de regret. Ladite Treve étant
conclue & publiée, les Chefs de la Ligue fe montroient les
plus ardens à l'avancement de la Légation de Rome, & s'en

rendoient Conseillers & Solliciteurs ; ce qui nous faisoit toujours avoir meilleure opinion de leur intention ; & de fait nous preffâmes notredit Cousin de partir. Ce qu'il voulut bien faire, tout indisposé qu'il fût ; préférant en cela le service de Dieu, & le bien de cet Etat, qu'il estimoit dépendre de ce voïage, aux incommodités de sa santé, péril & longueur de chemin, & s'achemina en la meilleure diligence qu'il lui fut possible. Eux, au contraire, avec nouvelles excuses, gagnoient toujours le temps, sans faire partir leurs Députés. Pendant ladite Treve nous avons été soigneux de l'avoir fait exactement observer, afin que nul accident de contravention ne pût gâter & divertir une si bonne affaire. De leur part, tout autrement, ils se sont toujours licenciés, & en plusieurs lieux vécu durant ladite Treve, comme ils faisoient pendant la Guerre. A tout cela, nous avons connivé, ou pour le moins ne l'avons pas fait réparer, comme il eût été bien raisonnable ; pour sur les disputes des circonstances, ne rompre pas sur le fait principal. Nous fûmes bien avertis que lors de ladite Treve, tous les Chefs de ladite Ligue se firent un serment réciproque les uns aux autres, en la présence du Cardinal de Plaisance & des Ministres d'Espagne, qui est par écrit, & signé de leurs mains, qu'ils ne traiteroient jamais aucune Paix ou Accord avec nous ; en plusieurs de leurs Lettres écrites à Rome & en Espagne, ils ont protesté le même & encore pis. Ce que la représentation que leur aurions fait faire d'aucunes desdites Lettres & même d'une, où ladite promesse étoit transcrite, les auroit contraints d'avouer. Et néanmoins après quelques excuses qu'ils en auroient faites, pour nous faire entendre que ce leur avoit été un remede nécessaire aux accidens présens, dont ils étoient pressés, aïant toutesfois autre intention ; le premier terme de ladite Treve étant prêt à expirer, ils nous firent rechercher d'en accorder une prolongation de deux mois, avec protestations confirmées par sermens & par légations particulieres, que ce n'étoit que pour attendre la réponse de Sa Sainteté, & avoir loisir de conclurre la Paix ; comme ils assuroient de la vouloir résoudre dans la fin du présent mois ; nous conjurant au nom du bien & repos public, de ne leur dénier point ladite prolongation, laquelle bien qu'elle nous fût suspecte & désavantageuse, toutesfois nous voulûmes bien leur accorder, pour justifier à tous nos Sujets, que tout notre principal foin & defir étoit de parvenir à la Paix ; & que nous avons tant les yeux ouverts à tout ce que l'on nous propofe y pouvoir fervir, que nous les avons plus clos & fermés aux avantages que nous pouvons recouvrer par la Guerre, à laquelle nous ne pouvons retourner qu'avec extrême regret & déplaifir. Maintenant que nous fommes fur la fin du cinquieme mois, qu'a duré ladite treve, fans qu'il y ait aucun avancement à la fin, pour laquelle elle avoit été faite ; ils nous font rechercher d'une nouvelle prolongation de trois mois. Mais tant s'en faut qu'ils aient apporté quelque nouvel avantage, ou perfuafion pour la paix, qu'au contraire s'en montrant plus éloignés que jamais, ils offrent feulement qu'un mois auparavant ladite prolongation expirée, ils déclareront s'ils traiteront de la Paix ou non. Et que pour nous ôter l'appréhenfion que les forces étrangeres, qui font fur la frontiere, n'entrent en ce Roïaume pendant ladite prolongation, qu'ils. nous donneront leur foi, qu'elles n'y entreront point, ou fi elles y entrent, qu'ils fe joindront à nous pour les empêcher de faire aucun progrès pendant ladite Treve. Et combien que lefdites propofitions fuffent fi impertinentes qu'elles ne méritent aucune réponfe, puifqu'il fe voit qu'ils n'étoient pas feulement incertains fur les conditions de la Paix, mais qu'ils l'étoient encore s'ils la devoient vouloir ou non ; & puis le peu d'apparence qu'il y a que nous duffions commettre, fur leur foi & fur leur force, notre vie & notre Etat, nous tenant defarmés pour demeurer à la difcrétion de leurs Etrangers ; toutesfois nous ne laiffâmes de leur faire cette réponfe ; que combien que par toutes raifons nous ne devions plus accorder aucune nouvelle prolongation, neanmoins pour montrer qu'il n'y a point de peine & de patience que nous acceptions, pour recouvrer la Paix s'il nous eft poffible, que nous continuerions encore ladite Treve pour un mois, à la charge de réfoudre la Paix dans ledit temps ; & auffi qu'il fut pourvû au foulagement du pauvre Peuple, pour le paiement des Tailles : ce qu'ils n'ont voulu accepter ; qui eft un évident témoignage, que leurs intentions n'ont jamais été bonnes au fait de ladite Treve ; & qu'ils ne l'ont recherchée que pour gagner temps, pour fe mieux préparer à l'invafion, ou diffipation de cet Etat. Aïant auffi de notre part confidéré quelles font leurs procédures, & par les dernieres fait le jugement de ce qui étoit incertain des premieres : même comme ils abufent du nom de Sa Sainteté, & que cette confultation qu'ils publient lui vouloir faire avant que de traiter de la Paix , & laquelle ils lui veulent faire valoir pour un honneur qu'ils lui déferent, eſt au contraire un opprobre à ſa dignité. Car puiſque le principal point eſt de ſavoir ſi elle approuvera notre converſion , quel plus grand blaſphême lui pourroit être fait que d'en douter ? Si le premier ſoin , & la plus grande gloire qu'il puiſſe recevoir en cette dignité, eſt d'augmenter & croître l'Egliſe Catholique ; ſi les fourvoïés & Mécréans y ſont toujours admis avec joie & allegreſſe de tout le Saint Conſiſtoire ; & font de leur admiſſion une Fête ſolemnelle, comme d'un précieux butin & tréſor acquis à l'Egliſe de Dieu ; que doit-on eſperer de ce Saint Pere , qui eſt recommandé de toute intégrité & ſainteté de vie, ſinon qu'il aura reçu la nouvelle de notre converſion , & de la réconciliation avec elle & le Saint Siege , du Fils aîné de l'Egliſe , avec le plus grand contentement qu'il eut ſu deſirer ? qu'il nous y confortera & s'en conjouira avec nous, & ſe tiendra offenſé que ſa volonté ait été ſur cela tenue en incertitude. Il a auſſi-bien paru que leſdits Chefs de la Ligue ont plus craint en cela que deſiré ſon jugement. Car s'ils le vouloient ſavoir , ils ont d'ordinaire près d'elle pluſieurs Agens qui les en pouvoient bien éclaircir. Mais tant s'en faut que ce fut leur charge, que c'eſt au contraire d'y oppoſer le plus de ténébres & d'obſcurité qu'ils peuvent , pour l'empêcher d'y rien connoître. Et quand ils euſſent voulu faire pour cela une légation expreſſe , comme c'a été toujours leur principale excuſe, cinq mois entiers qu'a duré ladite Treve, leur en avoient fourni du temps & du loiſir aſſez. Mais c'étoit pour la Ville de Lyon, qui étoit le principal point de l'inſtruction deſdits Députés , & pour y recueillir le fruit de la ſédition qu'ils y ont émue. Auſſi eſt-ce-là où ils ſe ſont arrêtés , & dont le plus Confident deſdits Députés eſt retourné de deçà, au lieu de paſſer à Rome. Qui fait bien connoître qu'il a tenu ſa Charge achevée en ce qu'il a fait pour ſon Maître audit Lyon ; & ſi les autres ont achevé le voïage , il y a aſſez d'occaſion d'en conjecturer pis ; puiſqu'il y en a qui font ledit voïage aux dépens du Roi d'Eſpagne, comme les lettres d'aucuns d'eux en font foi ; qui eſt une forte préſomption qu'il n'en feroit pas la dépenſe, s'ils n'y alloient pour ſon ſervice. Voïant d'ailleurs , que pendant le temps de ladite Treve, ils n'ont ceſſe de pratiquer tant dedans que dehors le Roïaume , pour y enflammer toujours le feu davantage, au lieu que nous portons tout ce que nous pouvons pour l'éteindre ; que pendant icelle aucuns de leur faction

ont

ont fufcité des affaffins, pour attenter à notre perfonne, l'un defquels aïant été, pendant que nous étions à Melun au mois de Septembre dernier, miraculeufement pris, & confeffé par qui & comment il auroit été pratiqué à ce faire, fut exécuté audit Melun, fans que lefdits Chefs aient jamais fait aucune démonftration de vouloir favoir & faire châtier les Complices & Confeillers d'un tel forfait, qui font parmi eux; que les avis nous viennent tous les jours, qu'ils hâtent & preffent les forces étrangeres qui leur font promifes, le plus qu'ils peuvent; que déja il y en a une très grande quantité de prêtes, qui fe font fi avancées vers notre frontiere, qu'en deux jours elles peuvent être dans ce Roïaume; & que tout leur principal bùt eft de fe retrouver tellement forts, qu'ils puiffent eux-mêmes ordonner de ce qu'ils montrent vouloir remettre en conférence, & rendre même tout ce qui en feroit ordonné par Sa Sainteté, qui ne doit être que conforme à la raifon & à la juftice, inutile & fans effet. Ainfi aïant clairement reconnu que pendant que tous nos defirs & cogitations font à la Paix, que nous prions Dieu inceffamment de nous la donner, &, en les détournant des intentions de continuer à mal faire, nous délivrer de la néceffité de nous en reffentir; eux au contraire, au lieu de fe fervir de la Treve, pour penfer à la Paix, ils ne s'en fervent qu'à fe préparer & munir pour une nouvelle guerre: que cependant fous le nom de ladite Treve, les partialités & la rébellion s'afferviffent toujours davantage; que nos Sujets en font plus chargés & opprimés par les tributs, fubfides & impofitions, que les Ennemis ont eu permiffion de prendre & lever fur eux à l'égal de nous, dont ils font encore les exactions fi violentes & fi cruelles, que le foulagement que nous penfions leur donner par ladite Treve leur eft pire & plus infupportable que la guerre même; & puifqu'ils n'ont point voulu comprendre l'intention de Dieu, en l'effet de notre converfion; du premier jour de laquelle les armes leur devoient tomber des mains; puifqu'auffi l'ambition & l'avarice font en eux plus puiffantes que la nature, aïant, en faveur des Etrangers, & fur l'appas des commodités qui leur en font promifes, conjuré contre leur propre Patrie; Nous avons réfolu, avec avis des Princes, Officiers de la Couronne & autres Seigneurs de notre Confeil, qui font près de nous, pour ne nous rendre plus coupables de ces maux & indignités en les endurant, & que la coulpe d'autrui ne foit à notre blâme & reproche, de ne leur accorder plus aucune prolongation de Treve ; ne l'aïant voulu accepter aux conditions que leur aurions propofées, pour la réconciliation générale de ce Roïaume, & le foulagement de nos Sujets ; ce qui nous contraint recommencer à leur faire la guerre ; & combien qu'elle nous foit contr'eux jufte & néceffaire, puifque la raifon & la juftice n'a plus de lieu envers eux, nous proteftons toutesfois devant Dieu & les hommes, que c'eft avec un extrême regret qu'il nous en faut venir à cette extrêmité, & une très grande commifération que nous avons des ruines & oppreffions que nos pauvres Sujets en pourront fouffrir, & même du préjudice & fcandale qui en adviendra à la Religion Catholique ; encore que nous eftimions en être fuffifamment juftifiés, aïant fait envers eux tout ce que nous avons du & pu, & plus que nous ne devions, pour éviter ce malheur. Mais ce renouvellement de guerre fera pour le moins la diftinction certaine de ceux d'entr'eux, qui ont été tenus en ce Parti par le feul zele de Religion, ou des autres qui s'en font fervis feulement de prétexte pour couvrir leur malice & déloïauté. Car les premiers fe réuniront promptement à nous, & ne voudront plus être de cette femence funefte à la France, qui a nourri en eux, comme les Viperes, les caufes de fa ruine. Nous efperons auffi que ceux du Clergé, de la Nobleffe, les Villes & les Peuples connoîtront maintenant bien clairement ce qui leur en a toujours été prédit ; puifque leurs mêmes Chefs ne le nient plus, & que leurs prétextes leur étant faillis, avant qu'ils foient parvenus à leurs deffeins, ils fe fervent maintenant publiquement de leurs deffeins pour prétextes, fe déclarant appertement fur l'invafion, chacun à ce qui lui eft plus propre & commode, fe laiffant par furprife des Villes mêmes qu'ils tenoient, comme il a été fait puis peu de jours de celle de Reims en laquelle l'on défigne à la vue des Habitans, une très forte Citadelle, qui eft un préjugé pour toutes les autres principales Villes, qui ont jufqu'ici tenu pour eux. Mais nous nous affurons qu'ils fecoueront maintenant le joug de cette tyrannie, & jugeront bien qu'il n'y a rien fi inconftant que la puiffance qui n'eft foutenue de fes propres forces, & qui dépend de la vie, de la volonté, & de la fortune d'autrui ; & au refte que leur plus grand malheur vient, dont ils efperoient plus de bien, & que leur néceffité croît toujours par le fecours que l'on leur donne : ce faifant qu'ils fe réduiront avec nous, pour repouffer les iniques efforts de celui auquel le titre d'Auteur & Fauteur de la rébellion appartient

mieux que celui de Protecteur de la Religion, qu'il se veut attribuer. Et pour de notre part faire encore un effort de notre
clémence, & à ce que chacun connoisse quelle est l'amour &
la bienveillance que nous portons généralement à tous nos Sujets, & la bonté dont nous voulons en user envers eux, Nous
exhortons tous Princes, Prélats, Seigneurs, Gentilshommes,
Officiers, Villes, Communautés, & généralement tous nosdits
Sujets, qui se sont ci-devant séparés de nous, & les conjurons
au nom de Dieu, par leur devoir envers Nous & leur Patrie,
à leurs familles & fortunes, de se départir de toutes Ligues &
associations, tant dedans que dehors ce Roïaume, faites au
préjudice de notre service, du bien & repos de cet Etat, & se
réunir à nous, & par conséquent au Corps des vrais François,
bons & fideles Sujets de leur Roi & Prince naturel. Et pour
notre regard, nous leur ouvrons & tendons les bras, pour les
recevoir, non seulement avec perpétuelle oubliance des choses
passées contre nous & notredit Etat, mais avec la participation que nous leur offrons en notre affection & bonne volonté,
& indifferemment comme nos autres bons Sujets. Protestant de
donner & remettre au Public toutes les injures passées, & n'en
garder jamais aucune souvenance, ni volonté de nous en ressentir, imputant la principale cause du mal qui est advenu, aux
injustes desseins de nos Voisins anciens Ennemis de cet Etat,
qui, poussés de long-temps d'une insatiable ambition de voir la
France assujettie à l'Espagne, & la jugeant invincible à toutes
autres Nations, ont pensé qu'il la falloit vaincre & surmonter
par elle-même, & que le moïen d'y parvenir étoit de la diviser :
dont nous esperons avec l'aide de Dieu les bien empêcher. Et
d'autant que nosdits Sujets, qui ont, ainsi que dit est, été jusqu'ici séparés de nous, seroient peut-être retenus de prendre
une bonne résolution, pour crainte d'encourir les peines portées par nos précédents Edits, comme ce sont les terreurs que
leur proposent les Ministres d'Espagne, voulant persuader comme ils sont incapables, que nous le soïons aussi, pour leur pourvoir contre ladite appréhension du témoignage de notre bonne
volonté, & le leur rendre aussi public & manifeste, Nous de
l'avis de notredit Conseil, avons dit, déclaré, & ordonné que
tous lesdits Princes, Prélats, Seigneurs, & autres nos Sujets,
tant du Clergé, Noblesse, que du Tiers Etat, les Villes, Bourgs,
& Communautés, & généralement tous nosdits Sujets, de
quelque qualité & condition qu'ils soient, qui se sont ci-devant

1593.
Déclarat.
du Roi.

B ij

féparés de nous, qui dans un mois après la publication de ces Préfentes aux Villes de notre obéiffance, felon le reffort dont ils feront, fe voudront retirer du mauvais parti qu'ils ont ci-devant tenu, & renoncer à toutes Ligues & affociations tant dedans que dehors cedit Roïaume, pour fe donner à notre fer-vice, & nous rendre la fidélité & obéiffance qu'ils nous doivent; ils y feront reçus & rétablis au nombre de nos bons Sujets, avec pardon & grace de tout ce qu'ils peuvent avoir démérité de nous, & des peines efquelles ils feroient encourus fuivant nos Edits & Déclarations fur ce fait; & ce faifant qu'ils feront pa-reillement reftitués, comme dès à préfent aux cas fufdits nous les reftituons, en leurs biens & Offices, & Bénéfices & digni-tés, & leur en faifons pleine & entiere main-levée; à la charge de nous faire dans ledit temps le ferment de fidélité & obéiffan-ce, pour ce néceffaire. A favoir lefdits Princes, Prélats, & Seigneurs, & les principales Villes, en nos mains, ou par leurs Procureurs fondés de bonnes & fuffifantes procurations, fi des lieux où ils feront ils peuvent être à nous dans huit jours, finon en cas de trop longue diftance, ou autre empêchement, feront ledit ferment & déclaration ès mains du Gouverneur, ou Lieu-tenant Général de la Province, & dès le jour qu'ils l'auront fait, feront tenus & traités comme nos Serviteurs & bons Su-jets; à la charge toutesfois de faire encore ledit ferment en nos mains, ainfi que dit eft: & pour les autres, ès Greffes de nos Bailliages & Sénéchauffées, où leurfdits fermens feront enre-giftrés; & feront nofdits Baillifs & Sénéchaux tenus d'en aver-tir incontinent les Gouverneurs & Lieutenans Généraux de nos Provinces, qui auront auffi foin de le nous faire entendre, fans que ceux qui n'uferont du bénéfice des Préfentes dans ledit temps, foient plus reçus à s'en aider, icelui paffé. Révoquant dès à préfent, ledit terme d'un mois expiré après la publication de ces Préfentes en nofdites Villes, comme dit eft, toutes Mainlevées, Paffe-ports & Sauves-gardes qui leur ont été ci-devant par nous accordées, fans qu'ils leur puiffent aucune-ment valoir, ni que par nos Officiers, Gens de guerre, & au-tres nos bons Sujets, il y foit aucunement déferé. MANDONS & enjoignons à nofdites Cours de Parlement, Baillifs, Séné-chaux, & autres nos Officiers à qui il appartiendra, que contre ceux qui par leur contumace & opiniâtreté fe rendront indignes de notre préfente grace, ils aient à procéder, comme il eft or-donné être fait contre Criminels de Leze-Majefté au premier

Chef. VOULONS & ordonnons auſſi que toutes les Villes qui ſeront repriſes par force ſoient, en perpétuelle mémoire de leur déloïauté, démantelées, & généralement que tous leſdit Rebelles ſoient traités comme Perfides à leur Roi, & Deſerteurs de leur Patrie. SI DONNONS en mandement à nos Amés & féaux les Gens de nos Cours de Parlemens, que notre préſente Déclaration ils faſſent lire, publier & enregiſtrer, entretenir, garder, & obſerver ſans y contrevenir, ni ſouffrir y être contrevenu en aucune maniere : Et à nos Baillifs & Sénéchaux, ou leurs Lieutenans, faire le ſemblable en leurs ſieges, reſſors d'iceux. MANDONS pareillement aux Gouverneurs & Lieutenans Généraux de nos Provinces, la faire auſſi garder & entretenir en ce que peut dépendre de leurs Charges, pour l'exécution d'icelle : Car tel eſt notre plaiſir. En témoin de ce Nous avons fait mettre notre ſcel à ceſdites Préſentes. DONNÉ à Mante, le vingt-ſeptieme jour de Decembre, l'an de grace mil cinq cent quatre-vingt-treize, & de notre regne le cinquieme.

Signé, HENRI (1),

Et ſur le repli, Par le Roi étant en ſon Conſeil,

FORGET.

Et ſcellé ſur double queue de cire jaune.

(1) Cet Edit ne fut vérifié au Parlement, qui étoit ſéant à Tours, que le premier de Février 1594 : on y ajouta que ceux qui avoient trempé dans le parricide du feu Roi Henri III, & ceux qui avoient été convaincus d'avoir eu part au deſſein de tuer le Prince régnant, Henri IV, ne ſeroient point compris dans l'Amniſtie accordée par cet Edit.

Avertissement.

CETTE Déclaration, jointe aux Lettres particulieres du Roi à plufieurs Chefs, eut du crédit. Le fieur de Vitry, Commandant pour la Ligue, à Meaux en Brie, fut des premiers à quitter ce Parti. Il y attira auffi les Habitans de Meaux, auxquels il commandoit, tellement que le onzieme jour de Janvier 1594 la Ville fut rendue au Roi avec l'artillerie que le Duc de Parme y avoit fait trainer des Païs-Bas. Vitry & ceux de Meaux obtinrent du Roi tout ce qu'ils voulurent, pour s'être mis des premiers à couvert fous la douceur de Sa Majefté. Leurs Ecrits, publiés tôt après, s'enfuivent.

MANIFESTE

De M. de Vitry (1), à la Nobleffe de France,

MESSIEURS,

Étant né Gentilhomme de l'Ordre de la Nobleffe de France, je penferois encourir la malveillance de vous tous, fi je ne mettois en lumiere les caufes qui m'ont mû à quitter le Parti de la Ligue, pour rentrer en celui du Roi. Et fi en ce difcours, que je dreffe pour me juftifier, je rapporte quelques actes par moi faits, je protefte que ce n'eft par gloire ni préfomption, & moins pour prendre plaifir à me vanter, mais pour vous faire connoître & à un chacun quels ont été mes com-

---

(1) Louis de l'Hôpital, Baron de Vitry. Il avoit communiqué le deffein manifefté dans cet Ecrit, à M. de la Châtre, fon Oncle. Voïez l'Hiftoire de M. de Thou, Livre 108. Ce Manifefte & la Déclaration qui fuit ont été imprimés à Paris, en 1594, in-8°. M. de Vitry donna ce Manifefte pour rendre raifon de fa conduite, parcequ'il favoit que le Duc de Mayenne étoit fort irrité contre lui. Il en eft parlé affez au long dans *l'Hiftoire de l'Eglife de Meaux*, par Dom Touffaint Dupleffis, Bénédictin, in-4°. pag. 415 & fuiv. Il y eft dit que M. de Vitry partit de Meaux avec Pierre Chabouiller, Avocat du Roi, & Ezechiel Chrétien, l'un des quatre Echevins de la Ville, fans dire le vrai objet de fon voïage; qu'il le leur découvrit en chemin, & qu'il les perfuada de donner conjointement avec lui l'obéiffance qu'ils devoient au Roi, au nom de la Ville; & qu'enfuite le dernier de Décembre, les Echevins, accompagnés de dix huit ou vingt Habitans, tous à cheval, allerent trouver le Roi à Dammartin, où ils lui prêterent ferment d'obéiffance. L'Hiftorien de l'Eglife de Meaux entré dans le détail de cette entrevue, de ce qui la précéda & de ce qui la fuivit.

portemens, & repousser le blâme que l'on me pourroit imputer.

J'ai été nourri & élevé dès l'âge de douze ans auprès de nos Princes & de nos Rois, & les ai toujours très fidelement servis, depuis le temps que j'ai pu porter les armes jusqu'à la mort du feu Roi Henri dernier décédé. Et si j'ai discontinué à l'endroit de celui-ci, c'a été pour la seule cause de la Religion Catholique & Romaine, pourceque lors il n'en faisoit profession, & estimois que je ferois contre ma Religion & ma conscience si je le servois & portois les armes pour lui contre le Parti Catholique, où je ne connoissois pour lors autre ambition que la seule cause & prétexte de la Religion, & me retirai d'auprès de Sa Majesté pour ce seul sujet, sans être appellé au Parti de la Ligue par présens, bienfaits, ou autre obligation que j'eusse aux Princes de la Maison de Lorraine, ne les aïant point auparavant servis ni recherchés.

Étant entré au Parti de la Ligue pour les causes susdites, je m'y suis comporté en homme d'honneur, & y ai servi avec toute affection, peine & hasard, & n'en veux rapporter autre preuve que celle que vous autres, Messieurs, de l'un & l'autre Parti, à qui j'adresse cet écrit, en pouvez rendre. Aïant été au Siege des Villes qu'à fait S. M. ou aux armées qui se sont trouvées les unes devant les autres, & là avez pu juger ceux qui ont paru le plus souvent sur la Place, & qui ont en notre métier bien ou mal fait.

Je me suis trouvé dans le mémorable siege de Paris, avec cent à cent vingt Chevaux-Legers, & soixante Arquebusiers à cheval, que j'ai montés & armés à mes dépens, &, dirai plus, entretenus de mes deniers durant le Siege, & ne s'y est faite aucune entremise, charge ou escarmouche, que mes Compagnons avec moi n'aions été des premiers à l'exécuter aux dépens de notre sang & la perte de nos Chevaux, en tel nombre, que je puis dire, avec vérité, que les deux parts y sont morts d'arquebusades ou coups de main.

Le Siege étant levé, je fis toute la diligence à moi possible, avec la dépense que chacun sait qu'il a convenu faire en telle chose, pour refaire ma Compagnie, la remonter & remplir de tous les meilleurs Soldats que je pus recouvrer de toutes Nations, que j'achetai à force d'argent, & remplis ma Compagnie plus belle & forte qu'elle n'étoit auparavant, avec laquelle j'ai toujours suivi & servi Monsieur du Maine, qui m'a emploié aux affaires plus pénibles & dangereuses, sans nous épargner : & en cette seule cause lui ai de l'obligation, m'aïant fait paroître l'estime & confiance qu'il avoit de moi, se commettant sous ma garde & conduite en plusieurs voïages qu'il a faits assez périlleux à Paris & ailleurs, dont Dieu m'a fait la grace que je n'en ai emporté honte ni blâme, mais en suis toujours sorti avec honneur.

Quand la rage & la fureur des Seize de Paris les transporta à faire cette misérable tragedie sur Monsieur le Président Brisson, Larcher & autres, Monsieur du Maine partit de Laon, & à grandes traites s'en vint à Paris avec ma Compagnie & quelque peu d'autres forces étrangeres, il trouva à son arrivé les choses fort douteuses, pour l'apparence qu'il y avoit que ces Mutins enragés fussent favorisés & soutenus du menu Peuple, mais plus encore des Garnisons Espagnoles qui étoient dans la Ville. Il sait quel conseil je lui donnai pour le pousser à cette juste punition qu'il fit ressentir à partie des coupables ; mais ce ne fut pas tout que de le résoudre, il falloit l'exécuter, & prendre ces Mutins au milieu de la Ville & parmi leurs amis, & n'estimoit-on pas que ce pût être sans grands contredits & opposition, qui me fit entreprendre la charge de m'attaquer aux plus mauvais de tous, dont je vins à bout, & puis dire, avec vérité, avoir autant servi & en conseil & en exécution, de faire résoudre Monsieur du Maine à ce qui est advenu, que nul autre ; & quand je ne lui aurois jamais fait autre service, il m'en doit savoir gré, car il n'a jamais fait acte si généreux & honorable pour lui que celui-là.

Et pourceque ma profession n'est pas d'être bon Orateur, j'abregerai & dirai en général, qu'il ne s'est passé occasion, quelle qu'elle soit, où je ne me sois (durant ces guerres) trouvé avec ma Compagnie à la tête de l'armée, quand elle a marché en avant, ou à la retraite quand nous avons eu les Ennemis en queue, témoin Aumalle, Bures, Ivetot & autres lieux ; & s'il y a eu trois coups d'épée ou pistolet donnés, la vérité est que mes Compagnons & moi en avons fourni la meilleure part, ce n'a pas été aussi sans en avoir ressenti la perte & le dommage, car je puis dire que j'ai perdu durant ces guerres trois cens Soldats pour le moins tués ou estropiés aux combats, & autant ou plus de chevaux, & sous moi seul en a été tué vingt-neuf, sans pour cela que l'on m'ait donné aucune commodité pour en racheter d'autres, horsmis deux que Monsieur le Duc de Parme

me

me donna à Caudebec, qui furent tous deux tués sous moi en un même jour.

1594.

MANIFESTE DE M. DE VITRI.

Vous penseriez, Messieurs, peut-être, que ces services méritant quelque récompense, j'aie reçu force doublons d'Espagne, je vous assurerai que non; & tant s'en faut, qu'aïant fait compte avec les Trésoriers de la Ligue, & présenté les rôles de montre de ma Compagnie, qui n'a que peu ou point tenu la Campagne, aïant toujours été dedans les Villes à la suite de Monsieur du Maine, logeant dans les Hôtelleries & païant comme Marchands, il s'est trouvé qu'il m'étoit dû vingt-sept mille écus de compte fait & arrêté, dont l'on me promettoit de jour à autre satisfaction, soit de la part de Monsieur du Maine, soit de celle des Espagnols, me renvoïant de l'un à l'autre; enfin pressé de la nécessité, & ne pouvant plus fournir à mes Soldats, m'adressant aux uns & aux autres pour m'acquitter cette partie, les Ministres d'Espagne me firent connoître qu'elle avoit été fournie aux Trésoriers de Monsieur du Maine, qui s'en est accommodé ailleurs comme il lui a plu, sans avoir égard à ma nécessité, à l'avance que j'ai faite, & au tort qu'en cela l'on me faisoit.

Encore qu'il ne soit juste ni raisonnable qu'un Gentilhomme serve à ses dépens un Prince ou un Parti, si mal reconnu comme je l'ai été, ce ne sont point les causes principales qui m'ont fait abandonner le Parti de la Ligue. Et ce que je vous ai apporté & remontré ci-devant, n'est que pour vous faire voir qu'en ce Parti-là les doublons n'y courent pas si épais comme l'on se fait accroire, & ceux qui en retirent plus de commodité, ce ne sont pas ceux qui vont les premiers & le plus liberalement aux coups, n'aïant jamais vu que pour blessure, perte ou rançon, ils aient récompensé un seul homme d'honneur, tant vertueux & recommandable fut-il, & emploient plutôt leur argent à quelques Marauds, pour faire des brigues dans une Ville, ou à quelque Prédicateur, qui ne saura gueres de Latin, mais sera bien savant en injures & invectives quand il est dans la Chaire : à ceux-là ne s'épargne point la récompense, qui se donne fort peu aux Gens de guerre.

Monsieur du Maine me blâme (comme j'ai appris par quelques Lettres que j'ai vues) de ce que je l'ai quitté, m'aïant fait beaucoup d'honneur & d'avantages, comme il dit, & aussi de quoi j'ai apporté Meaux au service du Roi. A cela je réponds, que j'ai reçu de mondit Sieur du Maine tous les bienfaits que je re-

préfente dans ce Difcours, & fi vous trouvez qu’il m’ait grandement obligé, je confefferai avoir tort. Je ne l’ai point quitté
& abandonné fans l’en avoir averti. Et fe fouviendra qu’au
mois de Novembre dernier, étant à Paris, je lui dis franchement que je ne voulois plus fervir, ni fuivre le Parti de la Ligue,
& qu’étant le Roi, Catholique, je ne pouvois être autre que fon
Serviteur. Quant à la Ville de Meaux, je n’ai forcé ni violenté les Habitans à faire ce qu’ils ont fait. Prenant congé d’eux
je leur déduifis les caufes pourquoi je quittois le Parti de la Ligue
& embraffois celui du Roi, leur remontrai le danger qu’ils
pourroient courir, rentrant à la guerre avec leurs pertes & dommages, qu’ils avifaffent & penfaffent à leurs affaires, les laiffant en leur pleine & entiere liberté, je remis les clefs de
leur Ville entre leurs mains, & partant de-là, je m’en vins
chez moi : & crois certainement qu’ils ont très bien & prudemment fait de fe remettre en la bonne grace de Sa Majefté,
s’étant acquittés de leur devoir & exemptés d’une ruine inévitable.

Pour fin & conclufion de ce Difcours, je vous répéterai,
comme j’ai dit au commencement, que je ne fuis point entré
au Parti de la Ligue pour aucuns bienfaits que j’aie jamais reçus
de Meffieurs de la Maifon de Lorraine, auffi ne les ai-je pas
quittés par témérité, malveillance ou mépris que je faffe de leurs
vertus, les eftimant Princes valeureux & pleins de grands mérites : & en ce qui ne concernera le fervice du Roi je demeure-
rai leur Serviteur tant qu’il leur plaira, & qu’ils ne chercheront
point de me blâmer ni vituperer pour ce que j’ai fait ; n’étant
point leur Sujet ni Vaffal, ils ne me peuvent accufer de faute,
pour avoir pris le fervice du Roi lors & après qu’il s’eft fait
Catholique. N’eftimant plus qu’il y ait caufe légitime & valable pour lui faire la guerre ; & fi nous y rentrons elle ne fe pourra
plus qualifier guerre de Religion, mais d’Etat, d’ambition &
d’ufurpation. C’eft donc la caufe pourquoi je me fuis retiré de la
Ligue. Aïant reconnu que fi la volonté des Efpagnols eft fuivie, le Roïaume s’en va perdu & diffipé en pieces & morceaux,
car ils n’épargnent aucune chofe de ce qui fe peut apporter pour
faire ce démembrement. Et s’ils emploient cent mille écus aux
frais d’une armée, ils en dépenfent deux fois autant pour fubor-
ner un Prince, un Gouverneur, une Ville & une Communauté ;
ils font bien par-là connoître quelle eft leur volonté & intention ; ils pourchaffent de faire rompre la Loi Salique, changer

les Coutumes & l'Etat même, s'ils le peuvent tranſporter en main étrangere. Je ſais, pour y avoir été préſent, combien ces propoſitions ont été déſagréables à ſi peu de Nobleſſe qu'il y avoit à cette Aſſemblée d'Etats à Paris, & qu'ils ont vertueuſement réſiſté à ne conſentir à choſes ſi déshonnêtes à leur Ordre & Profeſſion, qui a rompu & retenu à coup ce qu'ils vouloient faire. Et pour moi, les choſes m'étant connues ſi injuſtes & déraiſonnables, je m'en ſuis voulu départir, & comme bon Franrçois, jetter aux pieds de mon Roi, pour emploïer mon ſang & ma vie à ſon ſervice, pour le ſoutien de ſa Couronne, de ſon honneur, de ſa perſonne & de ſon Etat, & eſpere en Dieu que tous les gens d'honneur, qui ont même connoiſſance de cette ambition étrangere, feront comme j'ai fait; & loue Dieu ſans ceſſe & le remercie de la grace qu'il m'a faite d'avoir été le premier à tracer ce chemin pour apporter exemple à tous mes ſemblables.

Fait à Meaux, ce douzieme jour de Janvier, mil cinq cent quatre-vingt-quatorze.

D E C L A R A T I O N

De la Ville de Meaux, à Meſſieurs les Prévôts des Marchands, Echevins & Bourgeois de Paris.

M ESSIEURS,

Tant que nous avons eſtimé que notre Religion Catholique & Romaine couroit fortune, il n'y a point de tous ceux de l'Union qui ſe ſoient montrés plus prompts & affectionnés que nous, en tout ce qui a été néceſſaire pour cette guerre. Vous en êtes les meilleurs témoins, qui vous pouvez ſouvenir qu'après la perte de la Bataille de Senlis, encore que nous n'euſſions aucune Garniſon, que lors notre Ville fut foible & Monſieur de Mayenne éloigné, aſſiégeant Alençon, néanmoins nous reſiſtâmes courageuſement à cette armée victorieuſe, qui avoit gagné dix canons. Et depuis, après la journée d'Ivri, en laquelle il ſembloit que toutes les forces de notre Parti euſſent été abbatues, & nos affaires entierement ruinées, néanmoins au milieu de la reddition des autres Villes nos voiſines, non-ſeulement nous tînmes fermes, mais auffi l'efpace de cinq mois fecourûmes de toutes nos commodités ce qui reftoit de Troupes de Monfieur de Mayenne, lui donnant le moïen d'attendre en fûreté l'armée du Duc de Parme, qui étoit trop bon Capitaine pour entreprendre d'approcher de votre Ville, & lever le fiege, qui vous avoit réduits à toute extrêmité, s'il n'eût eu la retraite affurée de Meaux, & les commodités & rafraîchiffement de nos maifons. Tellement qu'avec vérité nous pouvons dire que notre Ville a importé entierement en l'an quatre-vingt-dix, de la confervation de Paris ; & depuis lui a, plus que tout autre, donné le moïen de fubfifter fi longuement au milieu de tant de blocus, aïant même enduré très grande incommodité de vivres pour foulager votre néceffité.

Tous lefquels hafards, pertes & ruines nous avons fupportés avec joie & allégreffe, tant que nous avons vu qu'il étoit queftion d'obéir à un Roi de Religion contraire à la nôtre.

Mais depuis qu'il a plu à Dieu de faire defcendre fon Saint Efprit fur ce Prince, petit-Fils de Saint Louis (aux prieres ardentes duquel nous attribuons ce grand œuvre) nous avons eftimé que nos armes feroient auffi injuftes comme elles nous fembloient faintes & juftes auparavant ; ne pouvant approuver aucunes des inventions Efpagnoles aufquelles on a recours pour, nous ne dirons point, calomnier, mais blafphêmer contre cette grande merveille & grace indicible qu'il a plu à Dieu de faire non-feulement à la France, mais à toute la Chrétienté, n'y aïant perfonne de fain jugement, qui ne voie clairement que c'étoit le feul moïen de mettre fin à ces miferes extrêmes, qui autrement euffent fans doute plus duré que nous & nos enfans ; à quoi nous devons ajouter la confidération générale du bien de la Chrétienté, qui eft fur le point de recevoir de grandes afflictions, par les puiffantes armées de Mer & de Terre que prépare le Turc, aufquelles il eft du tout impoffible de réfifter, fans une bonne intelligence de tous les Princes de la Chrétienté, entre lefquels notre Roi tenant le premier rang, non-feulement à caufe de fa Couronne, mais auffi pour fon excellence en l'art militaire, fa diligence & réfolution admirable en la pointe des plus grands périls, nous pouvons dire que la jufte & prompte reconnoiffance de tous fes Sujets (qui ne peuvent plus requerir chofe quelconque en lui) importe aujourd'hui du falut de la Chrétienté, n'y aïant que ce feul Prince qui ait l'autorité, la réputation, l'âge propre & la suffisance pour commander à une armée affez forte, pour vaincre Mahomet, en bataille rangée.

La treve s'étant accordée fur l'heure de la converfion de Sa Majefté, nous eftimions que pour toutes ces confidérations, auffi urgentes que véritables, les trois premiers mois ne s'écouleroient point fans voir publier la paix ; mais tout au contraire nous avons connu qu'on s'eft voulu fervir de cette furféance, feulement pour reprendre haleine, & faire non des Ligues ou Unions de Catholiques, fondées auparavant fur la Religion, mais des conjurations à l'avantage des Etrangers contre cette Monarchie, laquelle ils ont divifée entr'eux par partage-fecrets, qu'ils nous veulent maintenant faire mettre à exécution, changeant cette Couronne Françoife, reluifante de gloire & de liberté, en plufieurs petites tetrarchies ou plutôt tyrannies, qui nous rendroient tous efclaves miférables des anciens Ennemis de ce Roïaume, & qui n'ont autre but en leurs confeils que l'ufurpation de la France, ce que les moins retenus d'entr'eux ne celent plus, ains en parlent tout ouvertement, s'efforçant de nous perfuader par leurs harangues, vendues pour une quantité de doublons, qu'il eft meilleur d'obéir à la plus infolente & cruelle Nation qui foit fous le Ciel, qu'à notre Roi légitime, aux grandes perfections duquel Dieu, exauçant nos prieres, & jettant fur nous fon œil de pitié, a ajouté la Religion de fes Ancêtres, pour en faire, comme nous croïons, le plus grand, le plus puiffant & le plus augufte Prince qui ait jamais tenu le fceptre François, & qui plantera fans doute un jour fes trophées jufques dans le fond de l'Orient.

Nous ne parlons point par imagination, non plus que vous, Meffieurs de l'arrogance & infolence des Efpagnols ; nous les avons eus en nos foïers, vous les y avez, vous connoiffez quels Maîtres on vous veut donner & de quel humeur ; & néanmoins ce que vous voïez n'eft rien à comparaifon de ce qu'ils feroient, fi la crainte des forces & des armées du Roi ne les tenoit en allarme, & ne les empêchoit encore d'entreprendre de vous manier à la façon de Naples, de Milan, de Portugal & des Païs-Bas.

Mais comme il n'y a corps fi robufte qui ne fuccombe à la fin fous la longueur de la maladie qu'il faut furtout fe garder de laiffer enraciner, de même ne peut-il y avoir rien fi dangereux en un Etat, que de laiſſer prendre pied à l'Etranger, entré ſous prétexte de ſecours : façon la plus ordinaire d'uſurper les Roïaumes, ainſi que les Hiſtoires le montrent.

Si jamais Peuple a eu occaſion de mettre fin à une guerre civile, nous l'avons maintenant, la ſeule raiſon de la nôtre ceſſant du tout aujourd'hui, & ne nous laiſſant la foi, la parole & profeſſion publique de notre Roi, ſi dévotieuſement continuée, aucune occaſion de défiance, ſurtout ne voulant S. M. bâtir Citadelles que dans nos cœurs, & pour toute Garniſon ſe contentant de la fidélité & affection que les François ont toujours portées à leur Roi, principalement à ceux de cette Race qui regne ſur nous ſi heureuſement, il y a plus de ſix cens ans. Laquelle en magnanimité, heureuſe fortune & bonté ſurpaſſe toutes les autres de la terre ; ce que nous devons attribuer à une grace ſinguliere de Dieu envers la France, & non pas nous efforcer en vain de la vouloir éteindre, pour mettre en ſa place des Etrangers, qui veulent bâtir leur fortune ſur les ruines de cette grande Monarchie, auxquels le nom de la paix ſera toujours odieux, comme étant du tout contraire à leurs prétentions, qui ne ſe peuvent exécuter qu'au milieu des troubles, & après avoir miné & affoibli par une très longue guerre, ce qu'ils ne peuvent enlever tout d'un coup. Et néanmoins, pour retenir les eſprits du Peuple, réduit tantôt au déſeſpoir par tant de miſeres & de ſi longue durée, on lui donne toujours quelque eſpérance de repos, afin que ſans murmure les plus affectionnés ſe retirant petit-à-petit des Villes, & les autres aïant vendu juſqu'à leurs armes pour nourrir leurs enfans, vous ſoïez à la fin du tout mis ſous le joug honteux & infâme de cette Race de Sarraſins, le Roi deſquels ne parle plus de votre Ville d'autre façon qu'il fait de Madrid, l'appellant par ſes lettres ſa Ville de Paris, qui lui a été vendue, non par les gens de bien qui préféreront toujours la mort à la ſervitude, mais par ſeize traîtres & renommés Voleurs & leurs Satellites, qui ont pendu à l'Eſpagnole le Chef de votre Juſtice Souveraine, afin de planter la crainte & la fraïeur au cœur de tous les autres. Pour notre regard, Meſſieurs, nous rendrons graces immortelles à Dieu de ce qu'il lui a plû convertir notre Roi à ſon Egliſe, & nous en l'obéïſſance de Sa Majeſté très Chrétienne, nous délivrant en un moment de la grande & juſte appréhenſion de perdre notre liberté. Ce qui ſera cauſe que nous éleverons nos enfans de meilleur courage, ſachant qu'ils vivront & mourront François,

& qu’ils combattront un jour les ennemis de la Couronne en la préfence de leur Roi. Nous vous plaignons feulement, & lamentons votre miférable condition, de ce qu’encore que vous voïez le bien auffi clairement que nous, & que vous ne doutiez nullement que ces bons & faints perfonnages, vos Curés, qui font fortis de votre Ville, abandonnant tout, pour aller reconnoître leur Roi, au même inftant de la converfion, n’ont rien fait que par la force de leur confcience & du commandement exprès de Dieu, qui n’avoue point pour fes enfans ceux qui combattent contre leur Roi Catholique, très Chrétien & Succeffeur légitime des plus grands & plus puiffans Rois qui aient été fur la terre ; néanmoins, par faute de courage, vous n’ofez vous mettre en liberté & en votre devoir tout enfemble, d’autant que vous vous imaginez toujours que l’un de ces feize Bourreaux vous attache à une potence. Mais fi vous voulez feulement trancher le mot avec réfolution, nul d’entr’eux ne comparoîtra, non plus que leurs Suppôts n’ont fait en notre Ville. Ils font hardis à égorger les hommes défarmés, & âpres à piller les maifons des abfens, des veuves & des orphelins ; mais contre celui qui veut combattre, ils n’oferoient feulement lever les yeux. Jamais homme courageux ne vendit fa liberté ; quiconque s’eft donné à l’Efpagnol, fait affez connoître qu’il n’a point de cœur. Si vous le voulez encore plus clairement voir, criez avec nous, *vive le Roi*, & vous ferez en un inftant délivrés de toute fervitude, ces Garnifons de Mores feront rougies dans leur fang, & par votre exemple vous mettrez la France en repos & en fon ancienne gloire, plus redoutable à fes Ennemis qu’elle ne fut jamais. Vous changerez en un moment, le comble de miferes, d’affliction & de néceffité aufquelles vous êtes réduits, avec la richeffe, l’abondance & la félicité, qui avoient accoutumé d’être en notre Ville, lorfquelle étoit aimée & cherie de fon Roi. Tout ce qu’il y a de précieux & d’excellent s’y apportera non-feulement de tous les endroits du Roïaume, mais auffi des Païs Etrangers. Ce grand Parlement, cette Chambre des Comptes, cette Univerfité, ce trafic immenfe & cette Cour Roïale, qui rempliffoient chacun jour votre Paris de toutes fortes de biens, lui faifant hauffer le front pardeffus toutes les plus belles Villes qui font fur la face de la terre, vous ferez reftitués au même inftant que vous reconnoîtrez votre Roi ; & au lieu que vous n’avez autres penfées qu’à pourvoir à la famine qui vous va confommant petit-à-petit, ne vivant plus, ains languiſſant miſérables & mourant chacun jour, vous verrez incontinent croître vos commodités particulieres & les publiques à merveilles. Mais ſi au contraire, vous rendant du tout indignes de la grace que Dieu vous a faite en la converſion de Sa Majeſté, vous mépriſez le moïen qu'il vous donne de ſortir de cette fondriere de miſere, où vous êtes maintenant enfoncés, tenez pour certain que les armées du Roi, aſſiſtées de tout ce qu'il y a de grand, d'illuſtre, de généreux & de courageux en France, & de tous les fideles Alliés de cette Couronne & Ennemis de l'Eſpagnol, ſecourues de tant de Villes, même de celles qui ſuivront notre réduction, vous rendront dans peu de jours plus miſérables cent fois que vous n'étiez en Août quatre-vingt-dix ; & n'aïant lors ni le Duc de Parme, qui eſt mort, ni la Ville de Meaux, ſa retraite, ni ce qui vous aſſiſtoit de Nobleſſe, qui ſuivra l'exemple du brave Vitry, duquel le nom ſera engravé à jamais à la poſtérité, & lui tant qu'il vivra cheri, aimé & gratifié par Sa Majeſté, qui aura en perpétuelle mémoire ceux qui lui auront tant aidé à rendre la liberté, la grandeur & la gloire à la France, laquelle s'eſt vue ſi proche de ſa ruine & de ſon entiere diſſipation ; lors, dis-je, vous ſerez contraints de faire par la néceſſité, avec honte, ce que vous pourriez maintenant exécuter ſi facilement avec tant de gloire & l'honneur immortel d'avoir des premiers aidé à tirer la France du tombeau, pour la faire triompher ſur tous ſes ennemis. Voilà ce que nous avions à vous propoſer, pour vous faire entendre des juſtes raiſons qui nous ont mus tous unanimement à reconnoître le Roi, que Dieu, la nature & les Loix du Roïaume nous ont donné, pour le ſervice duquel nous emploierons toujours librement nos moïens, notre ſang & notre vie. Vous déclarant que ſi, ſuivant la proteſtation que vous avez toujours faite, même par le Diſcours du Siege de votre Ville, imprimé ſur la fin de l'an quatre-vingt & dix, vous voulez reconnoître Sa Majeſté, étant maintenant Catholique, nous vous demeurerons voiſins & amis très affectionnés, ainſi que nous vous avons toujours été.

Mais ſi au contraire, ſans la moindre apparence de raiſon, à l'appetit des Etrangers qui ne deſirent que de voir les cendres de cet Etat, vous vous réſolvez de continuer la guerre, & en tant qu'en vous eſt, de remplir la France de meurtres, de feux & de ſaccagemens, nous vous déclarons que vous nous aurez juſqu'au bout pour ennemis, auſſi réſolus & rigoureux,

comme

comme nous vous avons été par le passé affectionnés & utiles 1594.
amis. Ce qui nous fera un déplaisir extrême ; mais il n'y a
remede, il faut conserver cette grande Monarchie & cette
premiere Couronne de l'Europe, voire avec la perte & ruine
de la Ville Capitale, s'il ne se peut faire autrement. Dieu
vous fasse la grace d'appréhender, comme il faut, la misérable & déplorable fin, de laquelle vous êtes beaucoup plus
proches que vous ne pensez, & de prendre autant de courage & de résolution contre ce petit nombre de mutins audacieux, qui empêchent votre bonheur, comme vous avez de
reconnoissance de la vérité de ce que nous vous disons, de
la justice de notre résolution & de la sincérité de nos intentions.

Avertissement.

HUit jours après la réduction de Meaux (1) fut publiée une Remontrance aux François, dont la teneur s'ensuit.

REMONTRANCE
AUX FRANÇOIS.

IL est temps, François, encore que peut-être tard, de défiller les yeux, & reconnoître que le charme Espagnol n'a rien
moins que ce que nous en avons jusqu'à présent vû. Il nous a,
sous ombre & beau prétexte de Religion, armés les uns contre
les autres, &, comme forcenés, fait sévir le Citoïen contre
son voisin, l'Ami contre l'Ami, le Pere contre le Fils, la
Femme contre le Mari, bref, il nous a tellement transportés
d'esprit, que les plus énormes massacres, carnages & assassincmens nous ont été prêchés pour vraie piété, chose sainte &
méritoire. Les Passages de l'Ecriture, tirés par les cheveux,
n'ont manqué à nos Docteurs venaux. Et tout cela, disoientils, pource que le Bearnois ou Roi de Navarre étoit Hérétique. Le voilà Catholique, Dieu a exaucé les vœux & prieres

(1) L'exemple de la Ville de Meaux, qui se rendit la premiere, entraîna bientôt celle d'Orléans, Bourges, Lyon, Paris, & ensuite plusieurs autres ; & Henri IV ne tarda pas à se voir paisible possesseur de tout son Roïaume.

des bons, notre defir a réuffi par la bonté, grace & miféricorde de ce grand Roi des Rois, qui a frappé de fa puiffante main l’entendement de notre Roi, pour le nous rendre
& nous à lui. Il eft fils comme nous de l’Eglife Catholique,
Apoftolique & Romaine, à laquelle il s’eft foumis pour le fpirituel. Dieu lui a ouvert & tendu les bras, comme jamais il ne
rebute le Pecheur converti. Quand tous les hommes lui ferme-
roient la porte, c’eft en vain puifqu’il eft dedans. Il eft Roi
légitime, l’Elu & l’Oint de Dieu en cette charge. Dieu, puiffant fur les hommes qui s’oppoferoient à fa mifericorde, a,
Meffieurs, certes montré par là l’amour qu’il porte à ce pauvre
Roïaume. Et que fi d’une main il nous a, pour nos péchés,
plongés jufqu’aux abîmes, il nous fouleve de l’autre, fi nous
voulons tant foit peu nous aider. L’Efpagnol mécroïant, & la
Ligue des feize Tyrans faifoient prêcher impoffible fa converfion ; les Chaires des Prêcheurs en retentiffoient de même,
comme ils en étoient bien païés. Notre Roi (vrai François) eft
de la vraie Tige & Race de ce bon Saint Louis, la plus noble
& ancienne du monde, c’eft notre gloire. Non de Race nouvelle, d’un Maître d’Hôtel d’un Empereur, un petit Comte
d’Haufbourg, il n’y a que trois cens ans, ou d’un Henri, Bâ-
tard de Caftille, établi Roi par Pierre de Bourbon, qui déchaffa
de ce Roïaume de Caftille, Pierre-le-Cruel. Sa converfion a été
faite en l’Eglife de Saint Denis en France, fur les tombeaux &
comme en face de fes Majeurs, ames généreufes, témoins de fa
converfion, & cautions envers nous, aïant laiffé ce beau très
Chrétien, très puiffant & le plus noble Roïaume de la terre,
que l’Etranger, le nouveau Chrétien veut par nos mains impies
& par le poifon femé des langues venales, perdre maintenant
& diffiper. Comme ce grand Dieu, Meffieurs, a miraculeufement appellé & tendu les bras à notre Roi, il en fait de même
jufqu’à fes plus mortels ennemis. Il demande & crie la paix
à haute voix, dont recentement il a offert la carte blanche,
pour la remplir de conditions honorables à l’Etat & falutaires à
fes Sujets, tant amis qu’ennemis. Au contraire, on lui parle
de continuer les treves, pource que l’Efpagnol cependant pré-
parera une armée pour continuer nos miferes. Voilà le mot : le
Roi ne fe veut plus laiffer tromper, il a pitié & horreur de nos
maux. Là-deffus on met le Pape en avant, qui ne fent les
maux, miferes & calamités du Peuple, & tire les chofes en
longueur. Il eft bon & honnête reconnoître Sa Sainteté,

comme Chef de l'Eglife, mais pour y recevoir un Chrétien
il n'eft de droit ni divin ni humain (puifque nous avons des
Pafteurs & Evêques) que fon intervention foit néceffaire.
Nous fommes tous témoins en nos confciences de la fainte
converfion du Roi, & avons pu voir de quelle dévotion il af-
fiftoit au divin fervice. Nous ignorons la jaloufie qu'en ont nos
adverfaires, fa clémence eft connue. Ceux qui font tombés en
fa puiffance par armes, ou qui volontairement s'y font foumis,
en portent témoignage. Il n'y a que fa magnanimité & haut
courage, reconnue par tout le monde (la plus grande de Prince, qu'on ait vu de long-temps) qui lui nuife, le rendant
formidable à ce vieil Loup-Renard d'Efpagne, qui abboie fur
cet Etat & fur notre liberté. Il n'a (difent les Efpagnols François) autre foin qu'à conferver la Religion Catholique; & il a
donné, par Edits publics & Traités, l'*Interim* & liberté du Calvinifme en la Flandre. Par toute l'Efpagne, de trois les deux
font Juifs, Marrans, Mahométans ou Sarrafins, du refte des
Maures de Grenade. Cette mine a ja fait partie de fon effet,
de nous rendre enragés les uns contre les autres, aux dépens de
Dieu & de la Religion dont il fe fert pour inftrument de fon
ambition. Il met le feu à l'autre ; par défiances entre nous,
pour dreffer partie contre partie entre nos Chefs, pour dépour-
voir les Villes de leur fupport des meilleurs & plus affectionnés
Bourgeois à notre parti, mais François. Il croit nous faire aval-
ler ce doux poifon fans s'appercevoir, avec les os de nos Ancêtres (comme propofa fon Ambaffadeur Mendoffe) afin que
par une ftupeur & langueur, ce beau corps fe confomme. Nous
avons vû ces jours paffés chaffer de Paris les principaux & perfonnes fans foupçon entre nous, finon qu'ils ont en horreur
l'ambition, la cruauté, & la tyrannie de l'Efpagnol. Et tout
cela couvert d'une apparence, par artifice & par diffimulation
étrange. Ce n'eft affez, il faut mettre hors le Gouverneur, duquel la fidélité & prudence nous a jufqu'à préfent maintenus
François, par la bonne intelligence qu'il en a toujours eue avec
Monfieur le Duc de Mayenne. Qu'eft-ce autre chofe que de
faper peu à peu la puiffance de celui, duquel (comme Général
en notre parti de cet Etat & Couronne), nous efperons enfin
notre falut & repos ; Dieu veuille qu'il le reffente affez. Mais
l'Efpagnol ne ceffera, qu'à l'exemple de Paris il n'en faffe autant, & rende fa faction peu à peu la plus forte par-tout, & nous
voie rendre les abois. Ce font les profcriptions pratiquées aux

1594.

D ij

plus miférables Etats, auxquels n'eft enfin refté un feul ancien Citoïen, & jufques-là que les langues en font perdues. L'Efpagnol ne démort & ne pardonne jamais, diffimulant toutesfois par beau femblant (pour parvenir à fes deffeins) plus que Nation fous le Ciel, & paie enfin fon Hôte. Ne doutons pas, Meffieurs, que nos Prêcheurs ne parlent, comme devant, or & àrgent, c'eft-à-dire Efpagnol ; qu'ils n'aient encore la Bible & les paffages de l'Ecriture tout à propos en Efpagnol, où ils trouveront (s'ils vous y fentent difpofés) les mêmes horreurs, blafphêmes & déteftables impiétés qu'ils nous ont ci-devant prêchées pour piété. C'eft le fang, le carnage & le pillage, fans épargner ni pere, ni enfant, comme ils ont fait. Il eft bien vrai que cette mine eft fort éventée, elle ne peut plus valoir qu'envers les feize Tyrans, Tigres, & quelques perdus d'avarice & d'ambition, ou ceux des Defefperés qui croient leurs crimes fans rémiffion, ou quelques femmelettes, & des fots & ftupides. Nous nous voïons, nous nous oïons : il n'y a celui qui ait tant foit peu de jugement & crainte de Dieu, qui ne détefte ces trompettes vénales d'enfer. Ceux de la Nobleffe qui avoient été aveuglés, fe féparans du Corps, (auquel il faut que nous reconnoiffions devoir après Dieu le falut de cet Etat) fe reconnoiffent. Quant au Clergé, il y en a, Dieu merci, très bon nombre des plus zelés à la Religion Catholique, & des plus doctes qui n'ont oublié par ce charme Efpagnol, combien les privileges de l'Eglife Gallicane ont profité à conferver & accroître, par les Ancêtres du Roi affiftés de nos Peres, l'Eglife Catholique, Apoftolique & Romaine, contre les entreprifes des Vifigots d'Efpagne, & autres Barbares, & contre les Hérétiques. Nos bons Prélats anciens, devanciers de ceux que nous voïons (Dieŭ grace) affifter le Roi, fe font vertueufement oppofés comme vrais Catholiques aux indues entreprifes de ceux qui abufoient de leur pouvoir, & paffoient trop ambitieufement les bornes que Dieu a établies entre les deux puiffances. Contre tout cela, ce Loup-Renard oppofe fon or & argent des Indes, & les feize Marauds, & leur fuite ja réduite à peu. Il ne faut plus redouter leurs babarefques cruautés, ils font convaincus par leurs propres méchancetés. Ce monftre de nature, Cromé leur Préfident ne compare plus pour être Bourreau du Préfident Briffon & Confeiller l'Archer : c'eft-à-dire, de ceux qui tiennent leurs places. Acte furpaffant en audace & cruauté tout ce que nous voïons d'inhumain en l'Hiftoire des Scytes. La

Cour s'évertue, les Gens de bien respirent. Si donc, Messieurs,
nous ne voulons du tout oublier la vertu Françoise, & méprifer
la grace que Dieu nous offre d'un Moïfe, non pour nous mener aux deferts, mais pour nous conferver en nos maifons, en
nos biens, conferver la pudicité de nos femmes & filles; la liberté de nous & nos enfans; il est temps ou jamais de faire
quelque effet digne de François. Les chaînes font forgées en
Efpagne, pour nous mener aux Indes à coups d'efcourges; laiffant en proie aux plus faquins Efpagnols tout ce qui nous eft
plus cher que la vie. Ces Veillaques font ja deftinés pour femer par deçà de nouvelles Colonies avec nos femmes & filles,
pendant que miferables Efclaves, nous fouillerons les mines
des Indes, où ils ont deftiné la jeuneffe Françoife à porter la
jufte punition d'avoir (comme bâtards dégénerant de leurs Ancêtres) vendu par or & argent notre Patrie & liberté. Si vous
en doutez, Meffieurs, & de quelle façon l'Efpagnol traite ceux
qu'il fubjugue, le Portugais vous en rendra témoignage, duquel les principaux & plus célebres de tous Etats, font en peu
de temps difparus, dont la feule mer peut rendre compte. Reli-
fez, pour Dieu, Meffieurs, l'Hiftoire des Indes écrites par Dom
Bartholomeo de Las Cafas, Evêque Efpagnol, imprimée à
Salamanque en mil cinq cent cinquante-deux, & mife en
François, & imprimée en la Ville de Paris, par Guillaume
Julian en mil cinq cent quatre-vingt-deux, vous y verrez le
naturel de l'Efpagnol au vif, lorfqu'il eft au-deffus de fes deffeins; les cruautés y font fi exécrables & aliénées de l'humanité,
jufqu'à chaffer aux hommes (bien que Chrétiens) avec les
chiens, comme l'on fait au Loup; qu'il n'y a un feul des feize
Tigres de Paris qui ne redoute cette Tyrannie. Et fi ce n'eft
pour fa Patrie, du moins il fera touché de fon particulier en
fon ame, & s'il a quelque reffentimens, que nonobftant la bonne mine, diffimulation, flatterie & penfion de l'Efpagnol, fi le
tient-il pour un traître. Ceux du Roïaume d'Aragon, s'étant depuis trois ans fouflevés pour maintenir leurs privileges feulement, comme il leur étoit permis par iceux au cas que leur Roi
les voulut enfreindre, ont été traités à l'Efpagnole; il en a fait
mourir de toute forte d'états nombre infini, & jufqu'au Magiftrat de la Juftice, exempts par leurs Loix de la Jurifdiction du
Roi. Leurs privileges font abolis, & a ce vieil Loup-Renard
enfin planté une Citadelle dedans Sarragoffe, dont il cherchoit
long-temps y a les occafions, n'aïant plus en toute l'Efpage ob-

jet qui arrêtât fa tyrannie que celui-là. Que peut un François efperer, ou plutôt que ne doit-il craindre par tels exemples, étant fait proie de fon ancien Ennemi, lequel (fi ce que deffus ne fuffit) a fait en peu de temps empoifonner fon propre Fils unique & fa Femme, pour un leger foupçon d'ambition. Et notre Roi nous appelle, nous pardonne, nous tend les bras, oublie tout le paffé, & ne veut, pour pleige de la fidélité que nous lui prometterons, que notre feul ferment, lequel il établit pour Citadelle aux Villes qui volontairement fe rendent à lui. Témoin Meaux depuis huit jours, qu'il a embraffé comme le bon Pere l'Enfant perdu, & accru de grands Privileges & immunités, où nous mourons de faim en la puanteur des écrouelles, que les Efpagnols ont femé parmi le Peuple François, dont notre Roi les guérira par la grace de Dieu. Perfiftons donc envers Monfieur de Mayenne, le falut duquel eft conjoint avec le nôtre; qu'il retienne nos Concitoïens, r'appelle ceux que les Efpagnols & le Légat leur Miniftre lui ont fait mettre hors, & qu'il témoigne que le lait François qu'il a fucé lui eft naturel, & l'Efpagnol, poifon. Qu'il éloigne leurs Confeils ne tendans qu'à notre ruine, qu'il cherche fa fûreté au milieu des François, lefquels l'aïant appellé au pouvoir qu'il a, le conferveront autant qu'il fe montrera defireux du bien, repos & paix du général de cette Monarchie.

Avertissement.

NOus avons, inféré au quatrieme Volume de ces Recueils, la Remontrance d'un Docteur Moine Sorbonique , nommé Beauxamis (1) , faite au Peuple François , contre les Rébellions ès Séditions de la Ligue. Maintenant , nous ajoutons le Discours d'un autre Docteur de la même Ecole, auquel font adjoints les avis d'autres , en partie Ligueurs, & de quelques Docteurs , où le procès de la Ligue est décidé , par ceux de même Religion Romaine.

DISCOURS

Par lequel il est montré qu'il n'est pas loisible au Sujet de médire de son Roi , & encore moins prendre les armes contre Sa Majesté , ou attenter à icelle , pour quelqu'occasion ou prétexte que ce soit.

Par M. Claude de Morenne (2) , Curé de Saint Médéric, à Paris.

LE desir que j'ai toujours eu d'observer la Loi de Dieu qui me commande d'aimer & honorer les Rois qu'il nous donne , & d'autre part la compassion que j'avois de tant d'ames qui se perdoient , a été cause qu'oïant parler des malversations & entreprises de certaines personnes suscitées par les impostures de quelques-uns , se disant à faux titre zélés , j'ai mis la main à la plume afin de couper la racine à si pernicieuses opinions , & montrer à vue d'œil la malice de nos adversaires qui se transforment en Anges de lumiere , quoiqu'ils soient de ces esprits malins que l'enfer a vomis & jettés sur cette terre pour l'empuantir de mauvaise doctrine , & la troubler de discordes civiles. Les propositions qu'ils mettent en avant sont épouvantables , mais entre les autres celles-ci excedent , de dire & maintenir qu'il soit loisible aux Sujets de médire de son Roi & de l'assassiner si l'occasion se présente. Doctrine si abominable devant Dieu & de-

(1) Nous avons parlé de ce Docteur à l'endroit cité ici.

(2) Nous avons fait connoître ailleurs , dans une Note , la Personne & les Ecrits de Claude de Morenne. Nous ne répéterons point ici ce qui en a été dit. Son Discours est fort sensé.

vant les hommes & si nouvelle, que je craindrois fort de les en accufer de peur d'être foupçonné d'imposture ; n'étoit que leur impudence s'est débordée jufques-là de fe dire Auteurs d'une si exécrable perfidie, & la prêcher publiquement. Or, veux-je montrer par ce préfent Difcours le contraire, à celle fin que deformais on bouche les oreilles aux enfeignemens de tels Ante chrifts, & que par la fauffeté de telles propofitions le Peuple apprenne à n'ajouter plus foi aux autres qu'ils pourront ci-après propofer, & principalement touchant les affaires d'Etat, comme n'en pouvant non plus juger qu'un Aveugle des couleurs. Qu'un chacun donc remarque en premier lieu, qu'il ne doit rien tant honnorer & réverer que fon Roi, comme celui qui est l'image vive & animée de Dieu. Je fais bien que les Théologiens tiennent que tout homme est créé à la reffemblance de la Divinité, & que même en notre ame y font tracés quelques vestiges de la Sacrée Sainte Trinité ; mais je veux dire que les Rois, outre cette générale fimilitude, en ont une particuliere, attendu qu'ils font conftitués en ce bas monde comme vrais Lieutenans de Dieu, lequel ils repréfentent au gouvernement de leur Empire. Car tout ainfi comme ce grand Seigneur & Pere celefte par fa prévoïance admirable fait tourner les grands globes qui nous départiffent par leurs influences tant de douceurs, & contient fans défordre l'harmonie des autres corps de l'univers : de même auffi les Rois ont l'œil deffus leurs Empires, manient & tournent leurs Sujets, comme ils voient être bon & néceffaire, donnent & prefcrivent loix à ce que le reglement ôte la confufion qui pourroit naître fans icelles. Je laiffe plufieurs autres reffemblances affez connues à un chacun, & lefquelles nous apprennent qu'il n'y a rien ici bas qui plus naivement repréfente la Divinité, que la puiffance Roïale. Et ce fut la brave & fage remontrance que fit Artabanus Lieutenant du Roi de Perfe à Themiftocles banni de la Grece. Les Loix & coutumes des hommes, difoit-il, font differentes, Themiftocles, & y a des chofes tenues honnêtes en un Païs qui ne le font pas en un autre, mais bien eft-il par-tout honnête à un chacun de garder & maintenir celles de fon Païs. Quant à vous autres Grecs, on tient que rien ne vous eft en plus grande recommandation que la liberté & l'égalité ; mais nous autres Perfiens eftimons que la plus belle & fainte Ordonnance que nous aïons, foit celle qui nous commande d'honorer, fervir, & reverer notre Roi, ni plus ni moins que l'image du Dieu vivant

qui

qui regit & gouverne tout ce monde. Telle étoit l’opinion des
Perses, & fort religieusement observée par eux : qui a été cause
qu’ils se sont toujours rendus souples & maniables aux Ordonnances de leurs Rois, dont est advenu que leur Empire a été
très florissant, comme la su fort bien remarquer Xenophon
tout au commencement de la Cyropædie. La même opinion
devons-nous avoir tous, & croire que selon la vérité les Rois ne
sont autre chose que l’image de ce grand Roi Eternel, lequel
les a établis ici bas comme Vicaires & Lieutenans de Sa Majesté Divine. Qui est l’occasion pour laquelle la Sainte Ecriture
nous apprend que ce n’est point le Peuple ni la fortune qui les
a élevés à cette dignité ; mais Dieu seul, selon qu’il voit être bon
& nécessaire. *Prov.* 8. Vous le pouvez voir dans les Proverbes
de Salomon, lorsque la Sapience dit, par moi regnent les Rois.
Hier. 27 : & en Jeremie, où le Seigneur use de ces mots, j’ai
fait la terre & l’ai donnée à celui qui plaisoit à mes yeux. *Daniel* 4. Ce qui est conforme à ce qui se lit en Daniel, le Très
Haut domine sur les Roïaumes des Hommes, & les donnera à
qui bon lui semblera. Pour cette raison lui-même appelle Cyrus
son Pasteur dans Isaïe. *Isaie* 44. *Jer.* 27. 28. 29. & en Jeremie
est dit, que toutes Nations obéiront à Nabuchodonosor (quoiqu’il fût infecté du Paganisme) & que qui ne le fera, sera puni :
jusques-là qu’il reprend & menace les faux Prophêtes qui prê-
choient au Peuple qu’ils ne serviroient jamais au Roi de Babylone, & que Dieu ne le vouloit pas. Ces passages nous montrent que Dieu établit les Rois, comme ses Lieutenans pour
gouverner sous lui ce monde : & ce fut aussi la conclusion
qu’en fit l’Eglise au Concile de Paris disant ; *Conc. Paris. lib.*
2. *ch.* 5 : aucun Roi ne doit croire que le Roïaume lui ait été
baillé par ses Ancêtres, mais de Dieu seul : & sur la fin ; c’est
chose bien assurée que le Roïaume terrestre ne se confere &
baille que par la vertu & occulte jugement de la prévoïance
Divine. Tellement que nous devons croire qu’encore qu’il semble que les Loix des Roïaumes donnent le sceptre & la couronne à quelques-uns, que toutesfois cela se manie par la volonté
de Dieu, qui pour cet effet ôte les uns hors de ce monde avant
qu’ils y parviennent, aux autres qui ja y sont abrege les jours,
à celle fin que celui qui lui plaît, tout éloigné qu’il en semblera
être, vienne à jouir de cette Lieutenance, dont il veut l’honnorer. Or, quelle conséquence pouvons-nous en tirer, sinon
que ceux qu’il y appelle, doivent être respectés & obéis des

Sujets, puisque tel est son plaisir, auquel nous ne devons aucunement résister, si nous ne voulons, à la façon des Géans, lui faire pour néant & à notre dam la guerre. Reprenons donc, Peuple François, nos esprits, & pratiquons le commandement qui nous est fait par Saint Paul, écrivant aux Romains (*Rom.* 13.) où le texte est si clair, que quiconque par après voudroit dénier à son Roi l'obéissance, devroit être jugé homme vivant sans Dieu & sans Religion. Toute ame, dit-il, soit sujette aux Puissances Souveraines ; car il n'y a point de Puissance, qu'elle ne vienne de Dieu : Or, les choses qui viennent de lui sont ordonnées. Donc, qui résiste à la puissance, il résiste à l'ordonnance de Dieu. Qui y résiste, il s'acquiert la damnation. Et plus bas : Partant obéissez aux Magistrats, & non-seulement pour éviter leur colere, mais aussi pour satisfaire à votre conscience qui vous y oblige. Qui est un trait fort remarquable contre ceux qui, à l'objection qu'on leur fait que les premiers Chrétiens, remplis de sainteté & endoctrinés des Apôtres, n'ont jamais pris les armes contre les Empereurs, quoiqu'ils fussent de Religion contraire, ne peuvent répondre autre chose, sinon que les forces des Chrétiens étoient encore trop foibles, & que, pour cette cause, craignant la fureur des Princes Païens, ils avoient enduré leur domination. Misérables ! qui ne lisent pas, ou font semblant de n'avoir lu ces beaux traits ; *Non solum propter iram, sed etiam propter conscientiam.* Voïez donc, pauvres abusés, la malice de ceux, qui impudemment vous promettent les joies de Paradis, en vous rebellant contre votre Roi ; bien tout au contraire, ô méchanceté, la Sainte Ecriture vous apprenne que nul ne résistera à son Roi, fut-il même Païen, qu'il ne fasse contre sa conscience, & qu'il ne soit éternellement damné. Ha ! que de pauvres ames ont été perdues par vos impostures, faux Prophêtes ; combien vous en avez précipité dans le gouffre de l'Enfer, qui aujourd'hui endurent peines éternelles, pour avoir pris à votre suscitation les armes contre leur Roi. Vous, qui restez encore, sauvez-vous de ce périlleux naufrage, & ajoutez plutôt foi à la Doctrine de Dieu qu'à celle des hommes. Rendez donc à tous ce qui leur appartient ; à qui le tribut, le tribut ; à qui la crainte, la crainte ; à qui l'honneur, l'honneur, ainsi que conclud S. Paul, au lieu ci-dessus allégué. Duquel Passage si vous ne vous contentez, l'Apôtre S. Pierre vous pourra suffisamment éclaircir & satisfaire, écrivant ainsi en sa premiere Epître :

Craignez Dieu, & honorez le Roi. Et plus bas, foïez fujets
à toute créature humaine pour l'amour de Dieu, foit au Roi,
comme étant le premier de tous, foit aux Chefs & Gouverneurs envoïés de fa part, car telle eft la volonté de Dieu. Je
demande maintenant aux Rebelles & Affaffinateurs volontaires,
fur quoi ils peuvent fonder leurs intentions malignes & enragées,
finon fur un tranfport & aveuglement prodigieux? Car que pourroit-on alléguer à l'encontre de tant d'autorités fi expreffes & fi
évidentes? Donc nous apprenons d'icelles, que nous devons
tout honneur & obéiffance à nos Rois, & que nul de ceux qui
en médifent & attentent à leur perfonne, ne pourra jamais participer à la béatitude éternelle. Or veux-je, laiffant plufieurs autres particularités, traiter ces deux points ici feulement, que je
viens maintenant de toucher, favoir eft, la médifance & la
volonté de commettre un meurtre fi exécrable; à celle fin que
vous connoiffiez en quel état font ceux, lefquels commettent fautes fi déplaifantes à Dieu. Quant eft de la médifance, elle eft
manifeftement défendue par la Sainte Ecriture dans l'Exode,
Exod. 22. où il eft dit: Vous ne détraéterez point des Dieux,
& ne médirez point du Prince qui eft fur le Peuple. Ce commandement a été rendu plus formidable par les punitions exemplaires que Dieu lui-même a faites de ceux lefquels y ont contrevenu, comme il fe voit en la perfonne d'Aaron & Marie, qui
avoient murmuré contre Moïfe à caufe de fa femme Æthiopienne, *Num.* 12., ou felon l'Hébreux, parcequ'il avoit pris
pour femme une Æthiopienne, en quoi il fembloit avoir fait
contre la loi. Néanmoins notre Seigneur s'en fâcha contr'eux,
les appella & leur dit: Pourquoi n'avez point craint de parler
mal de mon Serviteur Moïfe? Après ces paroles, comme irrité
de leur murmure, il s'en alla, & difparut la nuée qui étoit fur le
tabernacle, & voilà Marie faifie de lépre, en punition de fa dé-
traétion. Ha! que fi Dieu vous avoit punis, ô Rebelles, toutesfois & quantes que vous avez médit du feu Roi & de celui
qui eft à préfent, qu'il y a long-temps que le tonnere vous eut
réduits en poudre, ou que la lépre corporelle vous eut faifis;
car quant à la fpirituelle, vous en êtes tous infeéts & puants long-
temps y a. Je pafferai volontiers fous filence la punition qu'eut
Semei, pour avoir injurié David, afin de vous repréfenter
l'exemple que Saint Paul nous en a donné en fa propre perfonne. *Aét.* 23. Car par icelui vous connoîtrez comme il fe faut
gouverner envers ceux qui ont charge publique, quand il eft

E ij

1594.

DISCOURS SUR
LE RESPECT DÛ
AU ROI.

question de médisance. L'histoire porte dans les Actes des Apôtres, que ce vaisseau d'élection, après avoir été outragé de soufflets par le Pontife Ananias, qui étoit un très mauvais Prélat & plein d'hypocrisie pharisaïque, ne pût se tenir de dire : Dieu te frappera de même, parois reblanchie. Ceux qui étoient-là présens lui dirent, comment oses-tu médire du Pontife ? Je ne le savois pas, répondit Saint Paul, car autrement je m'en fusse abstenu, sachant bien qu'il est dit : Tu ne médiras point du Prince qui est constitué sur le Peuple. Je vous demande maintenant, faux Prophêtes, si Saint Paul prend pour excuse de l'outrage fait au Pontife, qu'il ne savoit pas qu'il jouit du Pontificat, quelle excuse pourrez-vous prendre vous autres ? Ignoriez-vous que le feu Roi fût votre Prince Souverain & légitime ? Et de celui-ci, quoi ? La Loi du Roïaume ne vous condamne-t-elle pas ? Néanmoins vous avez médit de l'un & de l'autre, & en médites encore tous les jours, tant votre fureur est remplie d'insolence. Et puis-je que je vous estime vrais Sectateurs de Notre Seigneur, & imitateurs de la Sainteté des Apôtres, mais bien au contraire Disciples de Satan, & vraiement excommuniés. Que cette derniere qualité ne vous semble point étrange & nouvelle : vous ne faites retentir autre chose, sinon l'appréhension que nous devons avoir tous de l'excommunication, & cependant vous n'avisez pas que vous l'encourez tous les jours, médisant du Roi. Si vous l'ignorez, le cinquieme Concile de Tolede le vous apprendra. *Con. Tol. can.* 5. En voici le texte : pour retrancher plusieurs mauvaises & pestilentielles mœurs & façons de faire, nous avons ordonné avec une délibération salutaire, que personne n'ait à médire du Prince que Dieu nous aura donné : qui fera autrement, qu'il soit puni de l'excommunication Ecclésiastique. Vous êtes donc, ô Médisans & Rebelles, vous êtes tous excommuniés, ou il faut que vous rejettiez les saintes Constitutions de l'Eglise Catholique. Or ce trait ici particulierement se doit adresser aux Prédicateurs, qui trop licentieusement détractent en leurs Chaires, des Rois, & Magistrats de la République : chose qui leur est expressément défendue en plusieurs Conciles, & spécialement en celui de Cologne, *Conc. Col. 6. part. chap.* 13. & 16. qui dit, que le Prédicateur doit éviter toute manifeste repréhension de l'une & l'autre puissance, soit Civile, soit Ecclésiastique, parceque c'est un moïen d'inciter le Peuple à rebellion. Et au Chapitre dix-septieme il nous avertit qu'il n'y a que la fraternelle correction qui

nous foit permife quand il eft queftion de la malverfation des
Magiftrats ; & apporte l'exemple de Saint Jean-Baptifte, qui
ne découvrit pas au Peuple en prêchant le crime d'Herode,
mais l'alla trouver lui-même, & en particulier lui dit, il ne
t'eft pas loifible d'avoir la femme de ton frere. Que fi tu ne
profites par ce moïen, ajoute le Concile, aies recours aux Supérieur ; s'ils connivent, il vaut mieux en remettre la vengeance à
Dieu, que remplir infolemment une Chaire, d'injures & médi-
fances, qui eft jetter de l'huile dans le feu & accroître au Peuple
le defir qu'ordinairement il a de médire de fes Supérieurs, & fe
rebeller contr'eux. Pour cette confidération, l'Eglife au Concile
de Sens, aux décrets des mœurs, *Conc. Senon. in decr. mo. cap.*
36. commande que tout Prédicateur qui aura détracté des Magiftrats, foit fufpendu de fon Office de Prédicateur, & renvoïé
à fes Supérieurs, pour être puni felon qu'il l'aura mérité. Je
laiffe plufieurs autres Conciles, & viens à la réfolution générale : qui eft que, felon la loi de Dieu, le Prédicateur & le Peuple eft puniffable qui médit du Magiftrat. Or, je vous fupplie,
répondez-moi maintenant, fi pour avoir mal parlé de fon Prince, on offenfe Dieu, & mérite-t-on punition grande ; que fera-ce au prix de prendre les armes contre lui & attenter à fa
perfonne ? C'eft l'autre point, s'il vous en fouvient, que nous
avons promis de déduire. Notre fiecle eft bien déplorable, de
dire qu'il fe puiffe trouver homme parmi nous & de notre robe
défendant une propofition fi déteftable. O cœurs vraiment Efpagnols, & non jamais François ! ô ames barbares & bâtardes !
ô cerveaux furieux & tout échauffés de rage ! Quelle manie Sar-
razine vous tranfporte, que de donner entrée à fi étranges &
abominables conceptions, que le Sujet ofe prendre en main le
glaive pour attenter contre la perfonne facrée de fon Roi naturel & légitime ? Que ceux qui font profeffion de Religion &
Sainteté, prêchent au Peuple, qu'ils le peuvent & doivent faire ?
Les plus faints Perfonnages qui aient été entre les Hébreux,
qui fe nommoient Efféens, vrais exécuteurs de la Loi de Dieu,
n'ont pas été de votre opinion, attendu qu'ils maintenoient
que les Princes Souverains, tels qu'ils foient, doivent être inviolables aux Sujets, comme facrés & envoïés de Dieu. A quoi
pouvez-vous ajouter la pratique qu'en fait David, lequel bien
qu'injuftement pourfuivi par Saül, Roi malin, & qui avoit fait
mourir grand nombre de Prêtres, fi ne voulut il jamais attenter
à fa perfonne, quoiqu'il en eût la commodité, jufques-là mê-

me si officieux envers Sa Majesté, qu'il fit punir le Serviteur qui avoit achevé de le faire mourir, bien que son Maître l'en eût importunément sollicité. Que faites-vous de semblable, ô Assassinateurs? Votre Roi vous poursuit-il, puisqu'il ne demande que votre bien & soulagement? Votre Roi fait-il occir les Prêtres, vu qu'il les recherche, honore & avance? Toutesfois vous vous armez contre lui & procurez sa mort par tous moïens indignes, & dont même la barbarie Turquesque auroit horreur. Les premiers Chrétiens ne vous ressembloient pas, puisque jamais ne se voulurent armer avec Barcosbas, Chef des Juifs, contre l'Empereur de Rome, qui étoit Idolâtre & Tyran, mais plutôt endurer toute espece de martyre, n'alléguant autre chose pour toutes raisons, sinon que la Religion Chrétienne défendoit de résister aux Puissances Souveraines, comme a fort bien remarqué Monsieur Genebrard en sa Chronologie : voulant à mon avis sous ce trait reprendre les Hérétiques, qui ont un si long-temps fait la guerre à nos Rois, sous le faux prétexte de la Religion, comme les Zélés de ce temps ici. Aussi ce point a été vuidé par Saint Augustin, écrivant sur le Pseaume cent vingt-quatrieme, exposant ces mots, *Quoniam non relinquet dominus virgam peccatorum super sortem justorum.* Julian a été un Empereur Infidele, dit-il, car il étoit Apostat, Inique & Idolâtre, néanmoins les Soldats Chrétiens lui obéissoient, excepté quand il étoit question de l'honneur de Dieu. Car depuis qu'on en venoit là, ils ne reconnoissoient que celui qui étoit au Ciel ; mais quand il leur disoit, marchez, allez contre une telle Nation, tout aussi-tôt ils lui obéissoient & le servoient fidelement. Ils distinguoient le Seigneur Eternel, du Seigneur Temporel ; & toutesfois pour l'amour du Seigneur Eternel, ils étoient sujets au Seigneur Temporel. Ce sont les mots de Saint Augustin, par lesquels il nous apprend comme nous nous devons gouverner, quand Dieu permet qu'en punition de nos fautes, nous tombions sous la domination d'un Roi qui est de Religion contraire à la nôtre. C'est de lui obéir en toutes choses, pourvu qu'il ne soit question que du temporel, comme Daniel, Baruch & les autres Prophêtes faisoient à Nabuchodonosor & à ses Successeurs, pour lesquels ils ont fait si souvent prieres solemnelles, & leur ont rendu toute obéissance, excepté lorsqu'ils leur commandoient d'idolâtrer. Car à cette heure-là, guidés de la grace particuliere du Saint Esprit, ils lui ont résisté valeureusement, non par la prise des armes,

comme les Rebelles de notre temps, mais par jeûnes, oraisons
& ferme propos d'endurer le martyre. Cette résolution a été
suivie de tous les Docteurs, & a été si claire, que Calvin quoiqu'il eut un esprit de contradiction, si est-ce qu'il a été contraint (tant la vérité est forte) de dire & maintenir qu'il faut
supporter les Rois tels qu'il plaît à Dieu nous les donner, &
que le seul remede qui nous reste en telle affaire, est d'avoir
recours à Dieu. Il traite cette matiere fort amplement au quatrieme Livre des Institutions, *chap.* 20. & après avoir amené
les exemples des anciens Prophêtes & des Apôtres, conclud
que si nous regardons ce que nous enseigne la parole de Dieu,
il faut que nous soïons sujets & obéïssans à nos Rois, non-
seulement à ceux qui font bien leur devoir, mais aussi à tous
autres, quoique leurs déportemens fussent méchans & iniques.
Ce que considérant, je puis bien dire que nos Zélés font pires
que les Docteurs des Hérétiques, vu qu'ils ont emploïé toute la
subtilité de leur esprit à persuader au Peuple, que pour acque-
rir la glorieuse couronne du martyre, il faut s'armer contre son
Roi & en dépêcher le Païs où faire se pourra. Quelle Doctrine !
& combien contraire à celle de nos Peres ! si contraire, que ceux
qui ont osé maintenir qu'il étoit loisible de tuer un Roi, bien
que Tyran, ont été déclarés Hérétiques par le Concile de Constance, qui dit que c'est une erreur en matiere de Foi, de soutenir qu'un Tyran puisse être licitement tué par son Vassal &
Sujet. Tous vos Prêcheurs donc errent en la Foi, & doivent
être réputés Hérétiques, & tous ceux qui adherent à leur Doctrine. Aussi comme tels, font-ils excommuniés par les Conciles, comme vous pouvez voir au Concile tenu à Meaux, *chap.*
14. où il est dit : Si quelqu'un est trouvé qui machine fraudu-
leusement contre son Roi, qu'il soit anathêmatisé s'il n'y satisfait. Au Concile d'Oxford, qui se fit en Angleterre, les
Evêques résolurent la même matiere par ces mots : Nous ex-
communions tous ceux qui troublent le repos du Roi. En celui
de Mayence, tenu sous Rabanus, Archevêque, *chap.* 5. se
trouve écrit ce Decret : Nous arrêtons, & ce, de l'autorité Ecclésiastique qui nous a été baillée, que quiconque fera conjurations ou rebellions contre le Roi ou les Magistrats, qu'il soit
chassé de la communion & société des autres Catholiques. Le
même fut ordonné & encore plus spécialement dans le quatrieme Concile de Tolede, *can.* 74. où les Espagnols eux-mêmes
donnent sentence contre nous. Voici comme parlent les Peres qui

se trouverent en cette Assemblée : quiconque de nous autres ou des Peuples de toute l'Espagne, par quelque conjuration ou entreprise, aura violé le serment donné pour la conservation du Roi, ou bien qui l'aura frappé à mort ou dépouillé de son Roïaume, ou par présomption tyrannique usurpé la Roïauté ; qu'il soit excommunié en la face des Anges & des Hommes, & chassé de l'Eglise & de la compagnie des Chrétiens avec tous ses Associés, parcequ'il est raisonnable qu'une même peine suive ceux qui sont atteints d'un même crime. Ces mots furent répétés par trois fois hautement en ce Concile devant toute l'Assemblée, & fut requis qu'un chacun l'approuvât : lors il fut dit par tout le Clergé & le Peuple, quiconque fera chose qui soit contraire à votre sainte Ordonnance, qu'il soit excommunié de la plus grande & dangereuse excommunication qui puisse être : *anathema maranatha* porte le texte, c'est-à-dire, comme l'a expliqué le même Concile, qu'ils soient sans remission perdus à jamais au dernier avenement du Seigneur, & aient leur part avec Judas Iscariot, eux & leurs Compagnons, ainsi soit-il. Vous pouvez maintenant connoître, par cette sainte résolution du Concile, que tout homme qui attente contre son Roi est éternellement damné, & aura sa part en Enfer avec Judas. Ce n'est point une Doctrine particuliere : elle est autorisée de plusieurs saints Conciles. Je ne doute point maintenant que plusieurs lisant ceci ne demeurent tout étonnés, & que d'horreur les cheveux ne leur dressent en la tête, se ressouvenant que nonobstant tous ces beaux Passages, tant de la Sainte Ecriture que des Conciles, certains Prédicateurs, non du tout ignorans, mais très malicieux, ont canonisé Frere Jacques Clement, monstre & prodige de ce malheureux siecle, & induit plusieurs à faire le semblable. Je n'en mentirai point, mais étant sur ce propos, j'ai pensé quitter tout, surpris de douleur de voir un si méchant siecle, & qu'il fallut que notre postérité sût qu'on eût si abominablement abusé des Chaires destinées à prêcher la parole de Dieu, & non la Doctrine du Diable, qui est le mensonge & l'homicide. Mais quand je me suis remis devant les yeux que cependant le mal croissoit & que le pauvre Peuple se damnoit à la persuasion de telles personnes mercenaires, j'ai mis en oubli toute autre considération, & pensé que mon devoir étoit d'avertir un chacun de son salut. Je m'en décharge par ce petit Discours, Peuple François, devant Dieu & devant les hommes, lesquels je prendrai à témoin au jour du jugement comme je vous ai exhortés à quitter cette maudite erreur, & reconnoître votre Roi légitime, ainſi qu'encore à préſent je vous y exhorte, vous ſuppliant de conſidérer que ce n'eſt pas peu de choſe que de perdre ſon ame, & par une volontaire déſobéiſſance & conjuration maligne, ſe damner avec Judas & ſe précipiter aux abîmes des ténebres infernales, où il n'y a que pleurs & grincement de dents. Partant reconnoiſſez-vous, mettez bas cette inhumanité barbare & ſauvage qui vous a maîtriſés juſqu'à préſent. Obéiſſez aux commandemens de Dieu, ſans l'obſervation deſquels vous ne pouvez entrer au Roïaume des Cieux. Honorez & craignez votre Roi, priez Dieu pour ſa ſanté & proſpérité. Souvenez-vous à tout propos & en toute compagnie des belles paroles que dit Seneque écrivant à l'Empereur Neron, lorſqu'il parle du bien qui vient à tout le Peuple de la conſervation du Prince: Le Roi, dit-il, eſt le lien par lequel ſe tient ferme la République; il eſt cet eſprit vital que reſpirent tant de mille & mille hommes, qui ne ſeroient autre choſe que charge & proie, ſi cette ame de l'Empire étoit une fois ôtée. Le Peuple pourra être garanti de ce danger, tant qu'il ſaura endurer le frein, lequel s'il rompt une fois, ou ſi l'aïant rompu il n'endure qu'on ne lui remette, cette unité & liaiſon d'Empire ſe déjoindra en pluſieurs pieces, & la même fin, qui ſera d'obéir, ſera la même de commander. Il ſemble que ces propos nous menacent de près, ſi d'avanture à ce coup nous ne rejettons les tromperies & fineſſes d'Eſpagne, & ne reprenons notre vrai cœur François, qui eſt d'aimer naturellement ſon Prince, le ſervir, l'honorer, & n'avoir rien plus en recommandation que ſa proſpérité. A ceci vous doivent induire les malheurs précédens, non cauſés d'autre endroit que de la rebellion, & leſquels plus que jamais multiplieront, ſi obéiſſant à la loi de Dieu vous ne reconnoiſſez celui qu'il vous a donné pour Prince. Le ſalut de vos ames vous y doit pareillement émouvoir, puiſque ſelon la Sainte Ecriture & les Conciles, tout homme qui ne rendra honneur & obéiſſance à ſon Roi, périra miſérablement, ne recevant pour ſon ſalaire que la damnation, telle qu'a encouru le déſeſpéré Judas. Sauvez-vous d'un danger ſi effroïable, tandis qu'en avez le temps, dépouillez toute mauvaiſe affeƈtion, à celle fin que tous enſemble, & ſous un même Roi, nous beniſſions le nom de Dieu & jouïſſions en ce monde d'une paix heureuſe, & en l'autre de la béatitude éternelle. Ainſi ſoit-il.

Tome VI. F

1594.
Discours
sur le res-
pect dû au
Roi.

Extrait du Sermon de Messire Simon Vigor (1)*, Archevêque de
Narbonne, qu'il a fait sur le quatorzieme Dimanche
après la Trinité.*

POURQUOI avons-nous aujourd'hui la guerre ? Ceux qui la
font, est-ce pour la Religion ? non, quelque prétexte qu'ils
prennent de ce côté. Car Notre Seigneur n'a commandé planter sa Religion par armes, ains tout au contraire endurer patiemment les persécutions & toutes afflictions. Mais vous me direz,
les Rois & les Princes prennent bien les armes. Oui. Car à ceux-
là Dieu a mis le couteau en la main. Mais vous ne lirez jamais
qu'un bon Catholique ait pris les armes contre son Prince,
encore qu'il fût Idolâtre. Tellement que dit Tertullian *in Apologetico* : tant s'en faut que nous prenions les armes contre les
Princes qui nous persécutent, que nous prions pour eux, &c.
Aussi n'est-ce pas la Religion qui met aujourd'hui nos Rebelles
en Campagne, & qui leur met les armes au poing. Car quand
notre Roi seroit Infidele & Idolâtre, encore, s'ils étoient vrais
Chrétiens ainsi qu'ils disent être, ne devroient-ils pas prendre les armes contre lui. Par quoi la Religion ne leur sert
que d'un manteau pour couvrir leur méchant vouloir. Et quoi
donc prétendent-ils ? avoir la Couronne & cantonner le
Roïaume. Et qui est cause de tout ceci ? la cupidité d'avoir des
biens, &c.

(1) Simon Vigor, né à Evreux, fils d'un
Médecin de Charles IX & de Henri III, &
qui fut aussi premier Médecin de Catherine
de Médicis, prit à Paris des dégrés en Théologie, fut reçu de la Maison de Navarre en
1540, & depuis il fut successivement Recteur de l'Université, Pénitencier de l'Eglise
d'Evreux, Curé de saint Paul à Paris, Théologal de Notre-Dame de la même Ville, nommé en 1570 par Charles IX à l'Archevêché
de Narbonne ; & mourut à Carcassonne le
premier de Novembre 1575. Il avoit travaillé avec autant de zele que de succès à la
conversion des Hérétiques en différentes
Villes du Roïaume, & avoit accompagné
Gabriel le Veneur, Evêque d'Evreux, au
Concile de Trente. Voïez l'Histoire d'Evreux
par M. le Brasseur ; celle du College de Navarre, écrite en Latin par M. de Launoy ;
& le supplément de Moreri de 1735. Les
Sermons de Vigor ont paru pour la premiere
fois en 1577. Il a eu pour Neveu un autre
Simon Vigor, Conseiller au grand Conseil
qui a beaucoup & bien écrit sur les Libertés
de l'Eglise Gallicane, & qui est mort le
29 Février 1624. On a un Recueil des Ouvrages de ce Magistrat, imprimé à Paris en
1683. in-4°. Cette Edition est dédiée à M.
le Tellier, Chancelier de France.

Autre Extrait du Sermon du Dimanche en l'Octave de Saint Denis, fait par le même Autheur, fol. 195.

VOus ne trouverez jamais que les Chrétiens aient entrepris ôter & abbattre des Idoles sans l'autorité du Prince. Voïez ce qu'en a écrit Tertullian *in Apologetico, & ad Scapulam*, où il dit : On nous accuse que nous sommes féditieux ; mais tant s'en faut, que tout au contraire nous prions pour les Empereurs & Magistrats Infideles, encore qu'ils tâchent par tous moïens abbattre & ruiner notre Religion. Et récrivant à ce Juge, nommé Scapula, il dit : Ne pensez pas que ce soit par faute de puissance, que nous ne nous revengeons pas contre vous ; car nous sommes en si grand nombre, que si nous voulions nous élever & prendre les armes, nous serions assez forts pour être les maîtres : mais à Dieu ne plaise que le fassions, puisque notre Dieu nous a commandé d'obéir au Prince, encore qu'il ne soit pas de notre Religion. Voilà la façon de faire des premiers Chrétiens. Et plus bas il apporte l'autorité de Lactance, *liv. 5. ch. 20.* qui est remarquable, *Religio defendenda est non occidendo, sed moriendo, non sævitiâ, sed patientiâ, non scelere, sed fide. Illa enim malorum sunt, hæc bonorum ; & necesse est in religione bonum versari, non malum. Nam si sanguine, si tormentis, si malo religionem defendere velis, jam non defendetur illa, sed polluetur atque violabitur. Hæc ille.* La vraie Religion ne se défend point en tuant, mais en endurant la mort, non en usant de cruauté, mais de patience, non par brigandage & méchanceté, mais par foi & piété. Que si tu veux défendre la Religion par le couteau, tu la violes, &c.

Et au Sermon pour le jour de la Saint Martin, fol. 365.

DAVANTAGE, comme j'ai commencé à dire, il est licite aux Chrétiens de batailler sous les Rois & Empereurs Infideles ou Hérétiques. Si Dieu par nos démerites nous avoit tant oubliés, que nos Rois de France fussent Hérétiques, si faudroit-il toutesfois batailler sous eux, & leur donner aide & confort pour la conservation, tuition & défense du bien public. Regardez Joseph qui fut vendu en Egypte, & depuis élevé en dignité, tellement qu'il a été le second après le Roi, il ne changea pas de Religion pour cela, & ne fut idolâtre comme son Roi ; si est-ce qu'il n'a pas laissé de garder fidélité à son Roi , & ne lui fit jamais faux bond en ce qui concernoit la police, conduisant toujours les affaires du Roïaume par grande prudence & dextérité. Semblablement Daniel a-t-il pas été en la Cour du Roi Nabuchodonosor, lequel il servoit fidelement ? &c.

Messire Claude de Sainctes , Evêque d'Evreux , en son Livre intitulé, Confession de la Foi Catholique , adressée au Peuple François , *en l'article 56.*

AU reste, comme Dieu a voulu mettre ordre au gouvernement de nos ames, aussi a-t-il eu souvenance de nos corps & biens que nous tenons de lui. Et pour ce, croïons qu'il veut que le monde soit régi & policé, afin de réprimer les appétits desordonnés des mauvais, & maintenir les bons en paix & sûreté; & à cette fin, qu'il a établi les Roïaumes , Républiques & toute autre sorte de Principauté, soit héréditaire ou autrement, & tout ce qui appartient à l'état de la justice , & en veut être reconnu auteur. A cette cause a mis le glaive en la main des Magistrats pour empêcher & punir les péchés commis , non-seulement contre la seconde table des Commandemens de Dieu, mais contre la premiere , qui contient tout crime d'Hérésie , blasphême & irrévérence contre Dieu. Il faut donc à cause de lui, que non-seulement on endure que les Supérieurs dominent , mais aussi qu'on les honnore & prise en toute révérence, les tenant pour les Lieutenants & Officiers du Seigneur , lesquels il a commis pour exercer une Charge légitime & sainte.

En l'Article cinquante-septieme.

NOus tenons donc qu'il faut obéir à leurs Loix & Ordonnances , païer tributs , impôts & autres devoirs , & porter le joug de subjection d'une bonne & franche volonté , encore que les Princes fussent naturels infideles , & que l'Empire de Dieu ne demeurât du tout en son entier. Par ainsi nous détestons ceux qui voudroient rejetter les supériorités, mettre Cantons & Communautés à leur plaisir , introduire confusion de biens , & renverser l'ordre de justice. Nous rejettons aussi tous Meurtriers , Pistoliers , Spadassins , & Assommeurs loués &

jurés pour suivre & soutenir les Sectes, & ceux qui déclarent à
leur plaisir dignes de mort sans jugement tous ceux qui leur dé-
plaisent ou résistent, & qui font assaillir les Rois, Seigneurs,
Eglises & Villes sous le prétexte de la parole de Dieu, sans
aucun droit ou mandement de la puissance naturelle ou ordinaire.

Matthieu Launai au Livre intitulé, La Déclaration & Réfutation des fausses suppositions & perverses applications d'aucunes Sentences des saintes Ecritures, desquelles aucuns se
sont servis en ce dernier temps à diviser la Chrétienté. *Au
Liv. 3. chapitre 6.*

AVez-vous quelque exemple des Apôtres, qu'ils aient fait
prendre les armes aux premiers Chrétiens contre le Sacrificateur
de Jerusalem ? Avez-vous quelque histoire des Disciples des
Apôtres, hommes de la semence Apostolique, qui pour planter
l'Evangile se soient emparés des Villes de l'Empire, & aient
combattu à main armée contre les Empereurs Romains, quelques cruels Tyrans & Persécuteurs de l'Eglise qu'ils fussent ?
Ont-ils tué aucun Sacrificateur, fut des Juifs ou des Païens? Ils
se sont plutôt essaïés de les amener à la connoissance de Notre
Seigneur. Les Apôtres & leurs Disciples savoient bien ce qui
est écrit en l'Apocalypse 18. c'est à savoir : Rendez-lui ainsi
qu'elle vous a fait, & lui païez au double selon ses œuvres : en
la coupe en laquelle elle vous a versé, versez-lui le double. La
Légion froudroïante des Chrétiens, qui par prieres à Dieu, fit
obtenir une victoire inespérée à l'Empereur Marc-Aurele, & le
délivra par ce moïen du grand péril où lui & l'Etat de l'Empire
étoit, savoit bien ce Texte-là ; mais ils n'en ont pas abusé pour le
dresser contre leur Prince, quoiqu'il fît de grandes persécutions ;
& n'ont, sous couleur de cette Sentence, massacré aucuns des Sacrificateurs des Dieux Etrangers, comme maints & maints
d'entre vous au vu & su de vos Compagnons. Ce n'est pas se
servir de l'Ecriture Sainte pour édifier, ains pour détruire ; ce
qu'est advenu par vos fausses interprétations & perverses applications. Ce n'est pas aussi imiter les Apôtres & leurs Disciples,
lesquels pour surmonter les cruautés des Tyrans & tous leurs
efforts, n'ont usé d'autres armes que de prieres & patience,
soutenus par une vraie foi & vive espérance. Si vous étiez de

Dieu, vous en feriez ainſi, & attendriez patiemment que le Juge des Juges qui eſt Jeſus-Chriſt, le Soleil de Juſtice, fît paroître la juſtice & équité de votre cauſe. Mais vos procédures, tant violentes & contraires à la parole de Dieu & à l'exemple des Apôtres & de leurs Diſciples, conſidérées, que peut-on juger de votre cauſe, ſinon qu'elle n'eſt pas juſte, & que vous faites iniquement ? Car comme par les fruits on connoît quel eſt l'arbre ; ainſi par les œuvres, on connoît quels ſont les Ouvriers. Si donc vous voulez qu'on juge bien de vous, faites bien ; obéiſſez à Dieu, & ne réſiſtez à ſes commandemens en corrompant ſa parole, comme vous avez fait juſqu'à maintenant. Dieu nous commande trés expreſſément d'obéir à nos Supérieurs, & nous défend de médire du Prince de notre Peuple. La parole de Dieu nous enſeigne qu'obéiſſant à nos Rois, nous obéiſſons à Dieu ; leur étant rebelles, nous ſommes rebelles à Dieu, lequel vengera ſans miſéricorde cette rebellion ſur ceux qui y perſiſteront en opiniâtreté. Aviſez donc à vous que ne ſoïez enlacés en cet horrible jugement & faſſiez venir damnation ſur vous-mêmes réſiſtant à l'Ordonnance divine.

Au Chap. 8, répondant à ce qu'on objectoit que ceux de Lobna s'étoient retirés de l'obéiſſance de Joram, Roi de Juda.

LE Saint Eſprit ne dit pas que ceux de Lobna aient bien fait de ſe révolter contre leur Roi & Prince naturel, lequel leur étoit donné de Dieu, vu qu'ils pouvoient bien perſiſter conſtamment au pur ſervice de Dieu ſans une telle rebellion : mais le Saint Eſprit nous propoſe les fautes & vices des Peres & Anciens auſſi-bien que leurs vertus, afin que reconnoiſſant qu'ils étoient hommes, nous en faſſions notre profit à la gloire de Dieu, à notre ſalut & à l'édification de nos Prochains. Et puis d'autant que l'Hiſtoire eſt témoin des temps, lumiere de la vérité, vie de la memoire, maitreſſe de la vie, & meſſagere de l'antiquité, elle raconte également ce qui a été bien ou mal fait pour en conſerver & entretenir aux hommes la memoire. Si donc vous dites que le Saint Eſprit ne blâme pas ce fait de Lobna, nous vous répondrons qu'auſſi ne blâme-t-il pas le fait des Filles de Loth, lequel toutesfois eſt fort déteſtable ; ni ſemblablement le fait de Lamech, lequel prenant deux femmes, corrompit le premier la Loi & Ordonnance que Dieu avoit faite du Mariage , difant : Les deux feront une chair ; ce n'eft pas pourtant à dire qu'il approuve telle faute. Que fi en l'Hiftoire, il n'eft fait aucune mention de l'approbation ou réprobation d'icelle , il nous faut avoir recours à la Loi de Dieu , en laquelle nous voïons ce qui eft approuvé ou réprouvé de Dieu. Nous eftimons auffi que vous ne voudriez pas approuver maintenant un incefte femblable à celui des Filles de Loth , ni un fait femblable à celui de Lamech ; auffi ne faut-il pas approuver la révolte des Habitans de Lobna , vu qu'ils pouvoient bien retenir entr'eux la pureté du fervice de Dieu , fans fe rebeller contre leur Roi , voire encore que c'eût été avec perfécution. Que fi cet exemple particulier pouvoit être tiré en conféquence, il y auroit de terribles confufions au monde. De là les Mutins tireroient de legeres occafions pour ne laiffer ni Rois , ni Princes en repos affuré fur leurs trônes , ni Seigneuries longuement en leur entier. Il vaudroit beaucoup mieux endurer perfécution , & poffeder nos ames en patience, comme dit Jefus-Chrift, qu'amener telles confufions au monde , en nous rebellant contre nos Princes ordonnés de Dieu , lequel donne les mauvais Princes en fa fureur , comme il fit alors au Peuple de Juda , & les bons en fa paix & miféricorde , comme il a fait au Peuple François en nos âges. Dequoi nous lui devons rendre graces , & lui demander avec foi & repentance de nos fautes , qu'il lui plaife nous continuer cette faveur.

Notre Seigneur Jefus-Chrift ne dit pas , fi on vous perfécute en une Ville , tenez-y bon , fortifiez-la de remparts , de boulevards , & de Gens de guerre , & vous rebellez contre les Princes , pour planter & maintenir votre doctrine ; mais il dit : Allez en une autre. Il dit ailleurs : Rendez à Dieu ce qui eft à Dieu , & à Cefar ce qui eft à Cefar. Quand Saint Pierre le voulut défendre avec le glaive charnel , il lui dit : Quiconque frappera de glaive , périra par le glaive. Ne voïez-vous point par votre exemple même que Dieu ne bénit point telles œuvres ? Confiderez quel fuccès vous avez eu , &c.

Ne faites plus ce deshonneur au Saint Efprit de vouloir planter l'Evangile comme vous dites à coups de canon , comme fi Dieu étoit impuiffant de le planter par le vent de fa bouche , c'eft-à-dire , par fa vertu & fimple prédication de fes Serviteurs.

M. Pierre Charpentier, Jurisconsulte (1), *en son Livre intitulé:*
Avertissement saint & chrétien , touchant le port
des Armes, *au feuillet 20.*

JESUS-CHRIST en son armée au temps des persécutions
casse toute cette légion que les Anciens appelloient Répulsoire
& Defensoire , quand il parle ainsi : Ne vous defendez pas
vous-mêmes, plutôt endurez les battures & les injures , que
vous preniez les armes. Il tient lui comme au Château Tar-
peïan toutes sortes d'armes resserrées. Il laisse au Magistrat seulement l'épée & l'usage d'icelle. Aux personnes privées porter
armes & guerroïer sans l'autorité du Magistrat , c'est crime de
Leze-Majesté capital. Ne soit donc plus fait tant de tort à la
foi des Chrétiens & des François, que d'ici en avant nous prenions les armes & les épées contre tout ordre de nature , de la
main de ceux qui ont usurpé l'autorité du Roi que Dieu nous a
donné , ni que nous les tenions pour Magistrats légitimes. En
la Religion Païenne on faisoit grande conscience d'attribuer
le foudre à pas un autre Dieu qu'à celui à qui Jupiter lui-même
l'a voulu attribuer. Ne nous embarassons donc plus en pareille
impiété ni rebellion. Je vous conseille donc si vous êtes Chrétiens & François, que le plutôt que faire pourrez , vous vous
retiriez de ces conducteurs là ; & que les armes qui par leur
commandement ont commencé d'être prises , tu les jettes-là
comme méchantes & malheureuses ; car il est défendu au particulier , comme il a été déja dit, de ne manier les armes sans
l'autorité du Magistrat.

Au feuillet 45 & 46.

LA primitive Eglise fut quelquefois contrainte de trainer la
vie par les forêts & déserts repaires des bêtes sauvages, s'y logeans , & vivans de la misérable nourriture des herbes & racines qu'ils arrachoient. Et dans les Villes où les premiers Chré-

---

(1) Pierre Charpentier étoit de Toulouse.
Il fut Avocat du Roi au grand Conseil. Il étoit
de la Religion prétendue Réformée ; & s'é-
tant échappé du Massacre de la saint Barthelemi , il se sauva à Strasbourg. La Croix du
Maine & du Verdier de Vauprivas en parlent
dans leurs Bibliotheques françoises. Son
Avertissement , &c. cité ici , fut imprimé à
Paris en 1575 *in-* 8°. L'Auteur l'avoit da-
bord donné en Latin , & il en fit lui-même
la traduction Françoise. Charpentier vivoit
encore en 1584.

tiens

tiens fuïans s'étoient retirés, ils s'arrêtoient, prians & enfei-
gnans, & ne faifoient amas d'aucunes armes, ni d'aucunes
forces pour aller forcer les Villes, dont ils s'en étoient fuis,
ni dont ils avoient été chaffés, ni dans lefquelles ils n'a-
voient été reçus. Car ceux qui en ufent ainfi, comme défefperés, fe donnent à Satan ennemi de Jefus-Chrift, &
aux perfécutions ne s'enfuient pas, mais quittent leur parti. Ce qui, aux Loix Chrétiennes touchant la fuite, eft crime
capital.

Jefus-Chrift & fes Apôtres, fuïans de ces Villes qui refuferent de recevoir eux & leur doctrine, fecouerent la poudre de
leurs pieds contr'elles; & quand ils nous enjoignent de faire le
même, par ce mot de poudre, ils ne nous commandent pas que
nous nous pourvoïons & garniffions de poudre à canon, pour
nous ouvrir ou ruiner ces Villes-là, comme ils ont fait & font
tous les jours, eux qui à tout propos fe difent fauffement être
les Soldats mis en la place des Apôtres & Difciples de la primitive Eglife, de la Compagnie defquels s'ils étoient, ils fui-
roient d'une Ville en une autre Ville, & fi-tôt qu'ils verroient
les enfeignes & armoiries du Roi aux Portes des Villes, ils rendroient les Villes qu'ils tiennent au Roi comme à lui appartenantes, obéiffans à l'enfeignement militaire qui leur dit : Rendez
à Céfar ce qui eft à Céfar. Pour retenir lefquelles, ils n'ont aucun interdit, ni droit par les Loix, finon qu'ils fuffent fi ofés
comme les Manichéens, de mettre en avant quelques droits
nouveaux & quelque Evangile apocryphe ; par lequel ils pal-
lioient leurs armes & leur rebellion contre les Empereurs, qui
leur commandoient, puifqu'ils ne vouloient pas vivre felon leurs
Loix, qu'ils euffent à fortir de leurs Païs & Seigneuries. Auxquels Séditieux qui font encore de notre temps, Saint Auguftin parle ainfi : Pourquoi ne fortez-vous des Villes dans lefquelles vous êtes contre la volonté de l'Empereur ? fi vous êtes
Chrétiens, puifque Dieu vous commande de fuir, & que l'Empereur le vous permet, & que pour autant que vous refufez
de vivre en l'obéiffance des Loix de l'Empereur, il vous commande vous en aller ; les portes font ouvertes, pourquoi ne
vous en allez-vous, à l'exemple de notre Seigneur & des
Apôtres, lefquels ont obéi aux Magiftrats, qui aux perfécutions ont toujours été fans armes, ont fouffert ou fui, &c.

Au feuillet soixante - quatrieme.

LEs Roïaumes sont donnés à la façon ancienne par la tradition de l'épée. Dieu, quand il livre l'épée au Roi, il lui donne puissance de la vie & de la mort. Et combien que par fois
ils abusent de l'épée, toutesfois pour notre égard, l'on dit
qu'ils font justice, & ne nous est aucunement permis de nous
opposer à eux, ni d'en exploiter la vengeance contr'eux par armes & rebellions, parcequ'ainsi même que les Philosophes l'enseignent, c'est chose contre Dieu, bien que tu le puisses, de
châtier & corriger les Rois par violence; car les Rois ont l'autorité sur le Peuple, Dieu l'a sur les Rois, qui examinera d'une
rigoureuse balance leurs jugemens iniques, &c.

A ces Discours, imprimés à Paris par Jamet, Mettayer & Pierre l'Huillier, Imprimeurs du Roi, étoit ajouté ce qui s'ensuit.

AMI Lecteur tu vois par les susdits passages comme les Prédicateurs du bon temps où fleurissoit la Religion Catholique,
n'incitoient point le Peuple à prendre les armes contre leur Roi,
& comme Launoi & Charpentier ont fait choses toutes contraires
à ce qu'ils pensoient être selon la Loi de Dieu. Tu en feras ton
profit, & saura que ceci a été recueilli seulement pour ceux qui
de notre temps étant aux gages de l'Espagnol, ont rempli les
Chaires, de mensonges, injures & paroles séditieuses; & ont
maintenu cette perverse & hérétique opinion, qu'il étoit permis au Peuple de prendre les armes contre son Roi & l'assassiner. Reconnois donc; ce n'est point prêcher à la façon de Jesus-Christ, des Apôtres, & des premiers Docteurs de l'E-
glise, ni même de ceux de notre temps qui ont eu une si
grande réputation pour leur doctrine & bonne vie. Retire-toi
de telles erreurs: aime & crains Dieu, honore ton Roi, &
rends toute obéissance aux Magistrats, à ce que par ce moïen
nous jouissions d'une bonne & heureuse paix. Ainsi soit-il.

Avertissement.

CE qu'ils disent de Launoi & Charpentier requiert ce mot d'exposition. Pierre Charpentier aïant par quelques années feint d'être de la Religion Réformée, & fait publique profession du Droit civil à Geneve, où il servoit à quelques Grands, Ennemis de cette Ville-là, chassé par sa mauvaise conscience, s'en retira d'heure, & se trouvant en France du temps des massacres l'an 1572, fut envoïé pour Espion en Allemagne, où il écrivit certain Libelle fameux, solidement refuté lors par un docte Personnage (1). Depuis, comme la coutume des consciences cautérisées est d'empirer de jour à autre, Charpentier persévéra d'être ennemi de ceux de la Religion, & par ingratitude extrême, leur fit du pis qu'il put. Pour le comble de ses iniquités, il prit le Parti de la Ligue, où il s'est maintenu jusqu'au bout, & tant que ses Maîtres ont subsisté. De ses Ecrits, on tire ès Discours précédens, de quoi faire le procès à la felonnie de lui & de ses semblables. Matthieu de Launoi, jadis Ministre, pour se garantir du Gibet, par lui mérité, pour un très vilain & malheureux acte par lui commis, s'enfuit de Sedan à Paris, où il se fit Prêtre, écrivit force Livres, afin de justifier son apostasie, & fit tant enfin par ses journées, qu'il devint Chanoine, finalement, archi-Ligueur & l'un des principaux Mutins, surnommé les Seize. Ce qui a été extrait de ses brouillis, pieça supprimés, découvre de plus en plus le jugement de Dieu dessus ce désespéré, rebelle à Dieu & à son Prince, & dessus ses semblables.

Pour reprendre le fil des affaires de la Ligue : les Parisiens, étonnés de la réunion de Meaux au Roi, commencerent à s'adoucir ; & peu de jours après le Procureur du Roi (2) au Parlement, encore possédé par la violence de la Ligue, fit en pleine Cour une longue Harangue, dont le sommaire fut qu'il ne falloit plus tarder à reconnoître le Roi, remontrant que ceux qui voudroient continuer ès premiers desseins, pouvoient bien faire état de rentrer en plus grandes miseres que les passées, dont s'ensuivroit une totale subversion. Le Duc de Mayenne entendant cela, & d'ailleurs découvrant que le sieur de Belin, Gouverneur de la Ville, & autres se lassoient de tant de desordres, fit ensorte que Belin se défisît du Gouvernement. Sur ce, le Duc de Feria, Espagnol, se glissa dedans avec quelques Compagnies Espagnoles, Wallonnes & Italiennes, pour garder au Roi d'Espagne celle qu'il appelloit sa bonne Ville ; aïant fourni de très grandes sommes (mais insuffisantes) pour acheter un Joïau de si haut & inestimable prix. Le Parlement, soucieux du repos du Roïaume, presse en di-

---

(1) La Croix du Maine dans sa Bibliotheque Françoise, dit qu'on a attribué à Charpentier plusieurs Ecrits dont il n'étoit pas l'Auteur. On a réuni plusieurs de ses Ouvrages en 1572, entr'autres, la *Lettre adressée à François Portes Candiois.*

(2) C'étoit Edouard Molé. Voïez ces faits détaillés dans l'Histoire de M. de Thou, Liv. 108, année 1594.

verſes ſortes le Duc de Mayenne d'y entendre à bon eſcient, & voïant qu'il n'y penſoit pas comme il appartenoit, le quatorzieme jour· de Janvier fit un Arrêt dont la teneur s'enſuit.

ARREST

DE LA COUR DE PARLEMENT DE PARIS ;

Sur les déportemens du Duc de Mayenne, Lieutenant, &c.

LA Cour, aïant vu le mépris que le Duc de Maïenne a fait d'elle ſur les remontrances qu'elle lui a faites, a ordonné mettre par écrit autres remontrances qui lui ſeroient envoïées par le Procureur Général du Rói, pour y faire réponſe, laquelle ſera inſérée áux Regiſtres de la Cour.

Ladite Cour, d'un commun accord, a proteſté de s'oppoſer aux mauvais deſſeins de l'Eſpagnol, & de ceux qui le voudroient introduire en France : Ordonne que les Garniſons étrangeres ſortiront de la Ville de Paris, & déclare ſon intention être d'empêcher de tout ſon pouvoir que le Sieur de Belin abandonne ladite Ville, ni aucuns Bourgeois d'icelle, & plutôt ſortir tous enſemble avec led. Sieur de Belin. A enjoint au Prevôt des Marchands de faire aſſemblée de Ville, pour aviſer à ce qui eſt néceſſaire, & ſe joindre à ladite Cour pour l'exécution dudit Arrêt, & ceſſera ladite Cour toutes autres affaires, juſqu'à ce que ledit Arrêt ſoit entretenu & exécuté.

Avertissement.

PEU auparavant cet Arrêt, le Duc, averti qu'on vouloit sapper sa Lieutenance, envoïa querir en son Coche le Président le Maître, avec lequel aïant communiqué secretement l'espace d'une bonne heure, tôt après il alla au Palais ; & entré en la Chambre, fit entendre à la Compagnie qu'il venoit s'excuser à eux, de ce qu'il avoit été si long-temps sans les voir ; que ce n'étoit pas faute de bonne volonté ; qu'il vouloit bien leur rendre ce témoignage, qu'il les avoit toujours grandement honorés ; desiroit servir au Parlement : au reste, les assuroit que ces impressions, qu'on avoit voulu leur donner de lui, n'étoient point véritables ; qu'il n'avoit jamais eu volonté de capituler avec les Espagnols, comme n'avoit encore. Que pour le regard du sieur de Belin, c'étoit lui qui vouloit abandonner la Ville, & qui avoit demandé d'être démis de sa Charge, dont ledit sieur de Maïenne étoit fort marri, d'autant que c'étoit un Gentilhomme d'honneur, & duquel il avoit beaucoup de contentement. Là-dessus il insistoit que la Cour ne délibérât plus avant sur cette affaire. S'étant retiré, tant s'en fallut que sa Harangue divertît la Cour, qu'elle continua son Assemblée jusqu'à une heure après midi. Le Conseiller Coqueley (1) soutint en son opinion que le fait de Meaux avoit été généreusement exécuté ; que si le sieur de Vitri eût fait autrement, il méritoit d'être déclaré Traître à sa Patrie : prouva son dire par allégation de plusieurs exemples tant anciens que modernes. La Cour conclut que remontrances seroient faites au Duc de Maïenne, pour le supplier de retenir le sieur de Belin. Suivant quoi, certains Députés (2) allerent trouver le Duc, lequel fit réponse qu'ils venoient trop tard, & que le délogement du sieur de Belin étoit arrêté, à quoi il ne pouvoit remédier. Le lendemain la Cour s'assembla pour aviser à cette réponse, & arrêta que le Duc seroit supplié derechef d'arrêter Belin, ou décharger les Présidens & Conseillers de leurs Offices, leur permettant de quitter les longues Robbes & Chaperons, pour chasser les Espagnols hors de Paris. Le Duc aïant fait l'oreille sourde, s'ensuivit l'Arrêt susmentionné.

Cet effort du Parlement mit le Duc en nouvelles pensées, qui accrurent y joignant les Lettres qu'un des plus grands de son Parti lui avoit écrites douze jours auparavant, ainsi que s'ensuit.

---

(1) Lazare Coqueley. M. de Thou dit que ce Magistrat, de même que Pierre d'Amours & Guillaume Duvair, se signalerent en cette occasion, par une solidité de jugement & une fermeté digne des plus grands Magistrats.

(2) Ce furent les Présidens André de Hacqueville & de Neuilly avec plusieurs Conseillers. Antoine Hennequin d'Affy, Président des Requêtes, étoit aussi de cette Députation.

LETTRES

De M. D. V. à M. le Duc de Mayenne.

Monsieur,

Je vous écrirois souvent, fi je le penfois faire utilement pour le public, & pour votre fervice. Mais les affaires font en un tel état, qu'il n'y a plus que la main de Dieu qui y puiffe valoir quelque chofe. Nous avons perdu toute créance & affurance des uns aux autres; de forte que l'on attribue à art & tromperie les ouvertures que nous faifons de part & d'autre, qui eft un mal difficile à furmonter. Car où la confiance défaut, les paroles font inutiles, principalement celles qui font privées & fecrettes. C'eft pourquoi je vous ai fouvent fupplié, & vous ai n'a gueres écrit, qu'euffiez à faire manier & traiter publiquement & par perfonnes publiques les affaires générales; eftimant n'y avoir autre moïen d'arrêter le cours du mal, qui va nous accabler, que celui-là. Vous l'avez toujours rejetté pour diverfes confidérations qui regardent plus l'interêt particulier que la caufe publique. Et c'eft ce qui a fait blâmer votre procédure & de tous ceux que vous y avez emploïés. C'eft ce qui vous a fait perdre la bienveillance du Peuple, qui étoit le principal appui & fondement de votre autorité, & qui à la fin détruira votre parti aux dépens de la Religion & de l'Etat. Vous avez eu crainte d'offenfer les Etrangers qui vous affiftent; lefquels toutesfois vous en ont fu peu de gré, & fi ont eu encore moins de foin de vous fecourir & fortifier comme il falloit, pour remédier par la force & la repréfentation de vos armes jointes enfemble, à ces fubtils mécontentemens, & à ce defefpoir public que nous prévoïons devoir naître du renouvellement de la guerre. Les Ennemis voient que vous ne demandez la continuation de la Treve, que pour attendre vos forces & mieux dreffer votre partie à Rome & en Efpagne, & vers le Peuple; pour faire durer la guerre & mieux accommoder vos affaires particulieres. Cela étant découvert, efperez-vous, étant foible comme vous êtes, perfuader aux Princes que vous voulez traiter de bonne foi; & aux autres que voulez & pouvez les fauver autrement que par une négociation publique & authentique, telle que je vous ai ci-devant écrit , qui autorise & juſtifie par-tout votre intention ? C'eſt choſe que vous pouvez faire ſous le bon plaiſir du Pape , afin de rendre à Sa Sainteté le reſpect que vous lui devez & ſatisfaire à votre parole , laquelle ne peut être réſolue , ni conclue ſi-tôt, que vous n'aïez encore le loiſir d'être éclairci de ſa volonté , (quand bien on entreroit en matiere dès demain) avant qu'elle ſoit achevée. Vous eſtimez le chemin trop périlleux & honteux ; & je crois, pour mon regard, non ſeulement qu'il ne peut être que très ſûr & utile au général , & à votre particulier très honorable , & à votre grande décharge ; mais auſſi qu'il eſt unique , & ne vous en reſte point d'autre pour arrêter le cours du mal qui nous preſſe. Monſieur , je vous le dis auſſi franchement, comme amateur de ma Patrie , jaloux de la conſervation de notre Religion , & de notre réputation & ſervice. Enfin chacun eſt las de la guerre ; & ne ſera plus à l'avenir non-ſeulement queſtion de la Religion , mais auſſi en votre puiſſance de nous défendre & conſerver ; n'y à vous de faire bien à vous-mêmes. Je ne vous dirai les raiſons ſur leſquelles ils ſe fondent ; car vous le ſavez , & mieux que perſonne. Mais croïez, je vous ſupplie , qu'il y a peu de gens qui prennent plaiſir à perdre de gaieté de cœur , & épouſer un déſeſpoir pour le reſte de leur vie & de leur poſtérité. Les bonnes Villes & Communautés y ſont le plus bandées , comme celles qui ſe trouvent déçues & déchues de l'eſpérance qu'elles avoient conçue de cette guerre , & qui en ſupportent plus de tourment que les autres. N'attendez donc les effets de leur déſeſpoir ; vous êtes trop foible pour l'empêcher , & a déja paſſé trop avant, pour être retenu par douceur & par art ; vous l'éprouverez & connoîtrez auſſi : Dieu veuille que ce ne ſoit trop tard pour ſon ſervice & le vôtre particulier. Quiconque a volonté de bien faire ne doit faire difficulté d'agir en public , ni de ſe bien obliger qui veut bien païer. Sur ce , Monſieur , je vous baiſe très humblement les mains. De Pontoiſe , ce 2 de Janvier 1594.

Avertissement.

L'Ambassadeur & Parti d'Espagne avoit donné à Rome maint empêchement à la réunion du Roi avec le Pape, lequel alléguant que cette pénitence du Roi à Saint Denis n'étoit pas suffisante pour obtenir absolution du Siege Papal, renvoïa le Duc de Nevers, avec grands présens faits à lui & à son fils. Icelui partit de Rome le 15 de Janvier, rencontra sur le chemin le Cardi de Joyeuse & le Baron de Senesçay (1) marchant en diligence vers le Pape au nom du Duc de Mayenne. Les cérémonies & salutations de Cour furent lors oubliées de part & d'autre. Le Cardinal eut audience le 24 du mois (2), demanda secours pour la Ligue, & deux cent mille écus, autrement que tout étoit perdu ; mais le Pape répondit, que jusques lors le Roi d'Espagne avoit fourni gens & argent à la Ligue & promis continuer. Quant aux deniers demandés, il s'excusa sur la guerre des Turcs. Six jours après, le Cardinal aïant par autre Harangue montré les moïens de l'Union, le Pape fit réponse, ne pouvoir rien résoudre, que premierement il n'eût eu l'avis du Roi d'Espagne, sur les expédiens propres pour maintenir la Religion Catholique Romaine en France. Le Duc de Nevers fut magnifiquement reçu à Florence, à Venise, à Mantoue, d'où il revint en France. Quant à sa négociation en Italie, spécialement à Rome, elle requiert un autre Discours.

Beaucoup de choses mémorables se passerent au mois de Fevrier, à la fin duquel le Roi fut sacré à Chartres (3), d'une part, le Roi contraignit ceux de la Ferté-Milon & de Château-Thierri de le reconnoître pour leur Souverain. De l'autre, il reçut en grace les Villes d'Orléans, Lyon, Rouen, Poitiers, Bourges, Havre-de-Grace, Ponteau-de-Mer, Verneuil au Perche, Pontoise, Riom en Auvergne, Peronne & Montdidier en Picardie ; accorda la neutralité à ceux d'Amiens & d'Abbeville (qui quelques temps après le reconnurent) pour n'avoir voulu ouvrir leurs portes au Duc d'Aumale, l'un des Chefs de la Ligue, ni à ses Troupes. L'Evêque d'Orleans, pour obtenir plus aisément pardon du Roi pour toute la Ville, procura que quelques Mutins des plus désespérés fussent châtiés au corps, & les autres chassés (4). Quant au Duc de Mayenne, on surprit un paquet qu'il envoïoit au Roi d'Espagne, contenant une déploration de sa misere. Il envoïa Zamet, son Agent vers le Roi pour accommoder ses affaires ; mais

(1) Claude de Beaufremont, Baron de Seneccy, ou Senefcey. Nicolas de Piles, Abbé d'Orhais étoit aussi de cette Députation. Il avoit été envoïé particulierement par le Duc de Guise.

(2) M. de Thou dit que ces Députés eurent audience le 28 de Janvier & le 9 de Février. Voïez le détail de cette Députation, & de ce qui se passa à Rome à cette occasion, dans le même M. de Thou, Hist. L. 108, année 1594.

(3) Voïez tout ce qui se passa à ce Sacre, & les disputes qu'il y eut à l'occasion du lieu, du Prélat qui devoit faire de la cérémonie, & du Chrême dont on devoit se servir ; à la fin du Livre 108 de l'Histoire de M. de Thou.

(4) Tous ces faits sont détaillés dans l'Histoire de M. de Thou, Livre 108, année 1594.

la réponſe du Roi fut qu'il ne vouloit point traiter avec le Duc de Mayenne, comme Chef de Parti. Que s'il demandoit pardon à ſon Souverain, il le recevroit pour ſon Parent & Allié. Les Villes Ligueuſes firent des Traités à part, eurent chacune leur Déclaration, obtinrent beaucoup plus qu'on ne penſoit. Autant en faut-il dire des Particuliers, qui en grand nombre approcherent du Roi, lequel les reçut benignement, les retablit en Charges pour la plupart, & mêmes fut libéral à l'endroit de pluſieurs, tandis que ſes Serviteurs & Sujets de la Religion demeurpient à découvert, rebutés indignement, & iniquement traités en pluſieurs Provinces.

Reſtoit la principale piece; à ſavoir, Paris, laquelle fut réduite à l'obéiſſance du Roi, par le moïen des intelligences qu'il avoit dedans avec le ſieur de Belin, Gouverneur, le Comte de Briſſac (1) & autres, le vingt-deuxieme jour de Mars; le Duc de Mayenne aïant trouſſé bagage quelques jours auparavant, pour ſe retirer à Soiſſons. Il y eut quelque réſiſtance à la Porte neuve de certains Lanſquenets qui furent taillés en pieces; & d'un Corps-de-garde de Ligueurs vers le Palais, auxquels on donna bien-tôt la chaſſe. Les Napolitains firent contenance de prêter combat, refuſans de capituler, ſi ce n'étoit par la permiſſion du Duc de Feria & Dom Diego d'Evora, leur Général. Ils accepterent tôt après, ſans réſiſtance, le parti que la bénignité du Roi leur offrit, comme à leurs Chefs; à ſavoir, que tous poſeroient les armes & ſortiroient dagues ſauves dehors de la Ville, pour être conduits ſûrement hors du Roïaume, vers la Frontiere de Picardie, après avoir promis au Roi de ne porter jamais les armes en France contre ſon ſervice. Ce fut une choſe remarquable, que quatre mille hommes, à pied & à cheval, entrés les armes au poing dedans ce Monde de Paris, impoſaſſent en moins de rien ſilence à la Ligue, gardaſſent ſi bien l'ordre à eux preſcrit, & paruſſent ſi obéiſſans, qu'on ne vit aucun Soldat ſe débander pour faire excès ni violence quelconque; que nul Bourgeois ni Habitant ne fut endommagé ni tant ſoit peu offenſé en ſon honneur ni en ſa perſonne, ni en ſes biens; que tout le Peuple ſe mêla incontinent parmi les gens de guerre & autres entrés avec le Roi, en toute telle privauté, comme s'ils euſſent toujours demeuré enſemble, faiſant retentir les rues de cris de joie & de merveilleuſe allegreſſe, autant que s'ils fuſſent échappés des mains d'un Bourreau, pour revoir la face de leur pere & de leurs meilleurs amis. Les troupes du Roi entrerent à quatre heures au matin, & deux heures après les boutiques furent ouvertes, la Ville paroiſſant auſſi paiſible, comme ſi changement quelconque ne fût avenu. Toute la peine qu'eurent les Serviteurs du Roi, fut de retenir le Peuple, qui ne demandoit que d'être lâché contre les Eſpagnols, Napolitains & Wallons, au nombre de neuf cens ou environ, pour les maſſacrer, les appellant la cauſe de tant de miſeres paſſées. Tous les Temples retentirent puis après de chants & remercîmens accoûtumés en cette Ville-là, comme en très agréable nouvelle. Autant en fut en tous autres endroits de l'obéiſſance du Roi, & même en divers lieux hors

______

(1) Charles de Coſſé, Comte de Briſſac. Après la retraite forcée du Comte de Belin, Gouverneur de Paris, le Duc de Mayenne le nomma à cette place.

1594.

de la France. Peu de temps après, la Baſtille fut rendue, & celui qui commandoit dedans pour la Ligue, renvoïé avec ſes Soldats. Le Cardinal de Plaiſance, Légat du Pape, malade à Paris, eut ſauf-conduit pour ſe retirer, & mourut tôt après, comme auſſi fit le Cardinal Pelvé. Ce fut aux autres déſeſperés Ligueurs & Précheurs ſéditieux, de s'enfuir qui çà, qui là, ſous les ailes du Roi d'Eſpagne, ou vers le Duc de Mayenne retiré à Soiſſons. La plupart ſont fondus de dépit & de douleur déſeſpérée ; les autres rongent encore leur frein, en Eſpagne, ès Païs Bas, & de mois à autre ſuivent leurs compagnons. Il s'en trouva de téméraires, qui ſe haſarderent de rentrer dedans Paris ; mais ce fut pour être traînés au gibet, & y recevoir le loïer de leurs méchancetés.

Ce que deſſus brievement récité eſt plus amplement contenu ès Diſcours ſuivans, laiſſés pour mémoire à la Poſtérité. Il nous a ſuffi d'inférer les Déclarations faites en faveur d'Orléans & Paris, pource que celles des autres Villes Ligueuſes s'y rapportent en la plupart des Articles.

EDIT DU ROI

Sur la Réduction de la Ville d'Orléans en ſon obéiſſance (1).

H ENRI, par la grace de Dieu, Roi de France & de Navarre, à tous préſens & avenir, ſalut. Dieu, qui eſt auteur des Monarchies & Puiſſances, & qui par une admirable Providence les conſerve & maintient pour ſa gloire comme il lui plaît, contre tous les efforts humains, a fait clairement connoître qu'il a un ſoin particulier de la conſervation de cette Couronne, par lui de ſi long-temps fondée & entretenue, non-ſeulement pour le ſalut de tant de Peuples unis ſous l'autorité d'icelle & du Chef Souverain y établi, mais auſſi pour le ſupport de pluſieurs autres. Laquelle combien que par ſon ſecret jugement, il ait permis être affligée, depuis quelques années, de diviſions & guerres civiles dangereuſes à tous Etats, & aſſaillie de dehors avec grandes forces & puiſſantes armées, par pluſieurs Princes Etrangers, ennemis de la grandeur d'icelle, & qui ont voulu ſe prévaloir de ce trouble inteſtin pour envahir le Roïaume & éteindre le nom & l'honneur, que la vertu & généroſité des François a fait de ſi long-temps reluire parmi les autres Nations,

---

(1) Ce fut M. de la Châtre, Gouverneur d'Orléans & de Bourges, qui perſuada aux Orléannois de ſe ſoumettre à l'obéiſſance de Henri IV. M. de Thou rapporte une partie du Diſcours que ce Seigneur fit à cette occaſion, ſur la fin du Livre 108 de ſon Hiſtoire.

fous la magnanimité de leurs Rois, toutesfois la bonté Divine foutenant d'une main puiffante & favorable cet Etat, a rendu vains
jufqu'à préfent les iniques deffeins defdits ennemis; & pour remede aux frauduleufes perfuafions dont ils ufoient envers ceux
de nos Sujets, que l'injure du temps a tenus féparés de notre
obéiffance, couvertes du zele de la confervation de la Religion
Catholique, Apoftolique & Romaine, a fait voir qu'au contraire leur but tendoit à l'ufurpation de cette Couronne, & par
ce moïen réduire cedit Roïaume fous le joug d'une injufte &
tyrannique domination, ne s'étant contentés des pratiques fe-
cretes envers les perfonnes qu'ils ont eftimées difpofées à faire
les trafics & marchés avec eux, de leur vendre cette Couronne,
enfemble la vie, les biens & la liberté des François, à prix
d'argent & autres conditions plaufibles aux ames dévoïées de la
Juftice, mais ils en auroient ofé faire la propofition & pourfuite en pleine Affemblée dans Paris. Ce que fi lors fut jugé aliéné
des proteftations qu'ils avoient faites de ne prétendre autre
chofe que la manutention de ladite Religion Catholique, Apoftolique & Romaine, cette leur mauvaife intention s'eft encore
rendue plus manifefte, depuis qu'il a plu à Dieu nous infpirer
& faire unir à ladite Religion, après la connoiffance qu'il nous
en a donnée par l'inftruction qu'avons reçue de plufieurs Prélats & autres perfonnes Eccléfiaftiques, recommandées de finguliere piété & doctrine en la fainte Théologie, que l'Eglife
Catholique, Apoftolique & Romaine eft la vraie Eglife. Car
tant s'en faut que ceffant le prétexte qu'ils prenoient pour caufe
de nous faire la guerre, ils fe foient défiftés de leurs pratiques,
deffeins & efforts pour la continuer; qu'ils les ont pourfuivis
en toutes fortes & façons, avec plus de violence que jamais.
Et qui pis eft, ès Villes & lieux du Parti, qu'ils faifoient femblant de vouloir feulement favorifer, où ils ont connu que leurs
iniques deffeins font découverts & déteftés, ils font ce qu'ils
peuvent pour les furprendre & foumettre à leur tyrannie. Ce
qu'il faut reconnoître procéder de la feule Providence de Dieu,
qui a voulu que leurs propres actions rendent la preuve claire
aux François, de leurs injuftes intentions, que nul n'en puiffe
plus douter; & que cela ferve d'avertiffement à ceux qui fe font
féparés d'avec nous, que la confervation de la vraie piété & Religion Catholique, Apoftolique & Romaine ne peut fubfifter,
ni par conféquent le falut & repos public de ce Roïaume, que
par une bonne & amiable réconciliation & réunion de tous les

H ij

1594.

Edit du Roi,
sur la Re-
duct. d'Or-
léans.

membres de l'État fous l'autorité de leur Roi légitime , à laquelle il a plu à Dieu nous appeller. Ce que par fa gloire il
a entr'autres tellement infpiré ès cœurs de nos très chers & bien
aimés Sujets, les Maire, Echevins, Manans & Habitans de
notre Ville d'Orléans , tant Eccléfiaftiques que autres ; que
fur l'affurance que nous avons donnée par nos Lettres-Patentes
& toutes autres Déclarations de notre clémence & bonne grace
envers tous nos Sujets, qui fe voudroient reconnoître en notre
endroit , & de la volonté que nous avons de les embraffer &
favorablement traiter, comme bon Roi , avec ferme réfolution
auffi de conferver & maintenir de notre pouvoir la Religion
Catholique , Apoftolique & Romaine , & d'y perféverer conftamment jufqu'à la fin de nos jours, ils nous ont par leurs Députés fait entendre la bonne intention qu'ils avoient de nous rendre la fidélité & obéiffance, qu'ils reconnoiffent nous devoir
naturellement. Ce qu'aïant reçu avec l'amour & affection qui
convient à un bon pere , & voulant leur en faire reffentir les
effets , nous avons, par l'avis des Princes de notre Sang & autres grands & notables Perfonnages de notre Confeil , dit ,
ftatué & ordonné , difons, ftatuons & ordonnons ce qui s'enfuit.

I.

Qu'en tout le Bailliage & Villes du Reffort du Siege Préfidial de ladite Ville, il ne fe fera à l'avenir aucun autre exercice,
que de la Religion Catholique, Apoftolique & Romaine , qu'ès
lieux & ainfi qu'il eft porté par l'Edit de Pacification de l'an foi-
xante-dix-fept, Déclarations & Articles depuis enfuivis, pour
l'exécution d'icelui, fur les peines portées par les Edits ci-devant faits. Défendons très expreffément à toutes perfonnes , fur
les mêmes peines , de ne molefter , ni inquiéter les Eccléfiaftiques en la célébration du fervice divin, jouiffance & perception
des fruits & revenus de leurs Bénéfices & de tous autres droits
& devoir qui leur appartient. Voulons & entendons que tous
ceux, qui depuis ces troubles fe font emparés des Eglifes , Maifons, Biens & Revenus appartenant auxdits Eccléfiaftiques &
Réfidens au dedans du Diocèfe d'Orléans, tant de ceux qui font
affis en icelui, que partout ailleurs au dedans de notredit Roïaume , & qui les détiennent & occupent , leur en délaiffent l'entiere poffeffion & libre jouiffance , avec tels droits , libertés &
fûretés qu'ils avoient auparavant qu'ils en fuffent défaifis. Et

aïant égard aux ruines souffertes en leurſdits Bénéfices durant leſdits troubles, & deſirant gratifier & favorablement traiter iceux Eccléſiaſtiques qui ſont réſidans & demeurans dans l'enclos de ladite Ville & Fauxbourg, enſemble ceux du Chapitre de Jargeau, Doïenné de Meung & l'Abbaïe de Saint Meſmin : les avons quittés & déchargés, quittons & déchargeons de toutes les décimes dont ſont chargés leurſdits Bénéfices, depuis le commencement deſdits préſens troubles, juſqu'en Octobre prochain, le terme dudit Octobre compris. Et ſeront leſdits Eccléſiaſtiques maintenus & conſervés en leurs privileges & exemptions.

1594.
Edit du Roi
sur la ré-
duct. d'Or-
léans.

I I.

Voulons auſſi que la mémoire de tout ce qui eſt paſſé en ladite Ville & audedans du Gouvernement d'icelle, depuis le commencement deſdits préſens troubles juſqu'à préſent, demeure éteinte & aſſoupie, tant en la priſe des armes, forcement de la Citadelle & autres Villes, Châteaux, Ponts, Fortereſſes & Maiſons, démolitions & démentellemens d'iceux, priſe de deniers des receptes générales & particulieres, & des gabelles & vente de ſel, & toutes autres impoſitions, levées de deniers, faites tant en ladite Ville & Elections d'Orléans, qu'en toute la Généralité ; traites & impoſitions foraines miſes ſur les denrées & marchandiſes, vivres, fontes d'artillerie & boulets, confections de poudre & ſalpêtre, priſe de tentes, pelles, hoïaux, ſacs de toile & autres menus équipages ſervant à l'artillerie & autres munitions de guerre, pratiques & menées de Gens de guerre, priſe d'argenterie, ventes de biens, meubles, bois taillis, haute futaie, par des Particuliers ou autrement ; amendes, butins, levées & conduite de Gens de guerre, rançons, actes d'hoſtilité, & généralement toutes autres choſes qui ont été faites, gérées & négociées en quelque ſorte & maniere que ce ſoit, en public & en particulier, tant par les Eccléſiaſtiques ; le Sieur de la Chaſtre, leur Gouverneur, la levée à Châteauneuf des deniers par pancarte, qu'il a fait lever & recevoir, les Tréſoriers de France, Elus des Elections de ladite Généralité, les Maire & Echevins de ladite Ville & Plat Païs, pour raiſon de ce que deſſus, que par certains Particuliers d'icelle, envoïés par commandement du Duc de Mayenne en quelque lieu & pour quelque effet que ce puiſſe être, dedans & dehors le Roïaume, ſans qu'il en puiſſe à l'avenir être faite aucune pourſuite & recherche en quelque ſorte & maniere que ce ſoit. Voulons que ceux qui ont été emploïés à ce que deſſus, par ceux qui avoient le commandement en ladite Ville, en demeurent ſemblablement quittes & déchargés, comme aïant le tout été fait pour le ſingulier zele & affection, que chacun d'eux avoit à la manutention & conſervation de ladite Religion Catholique, Apoſtolique & Romaine; impoſant ſur ce ſilence perpétuel à nos Procureurs Généraux & à toutes perſonnes quelconques. Et afin d'éviter toute occaſion de querelle & débats entre noſdits Sujets, leur avons inhibé & défendu, inhibons & défendons par ces Préſentes, de s'entr'injurier, reprocher, outrager, offencer, ni provoquer l'un l'autre, pour raiſon de ce qui s'eſt paſſé, ni par aucuns propos, que l'iniquité du temps & les occaſions qui en ſont ſurvenues ont pu faire naître entre noſdits Sujets : ains ſe contenir & vivre paiſiblement enſemble, comme Freres, Amis & Concitoïens, ſur peine d'être ſur le champ, & ſans autre forme de procès, punis & châtiés, comme Perturbateurs du repos public.

III.

Et pour faire plus particulierement connoître aux Habitans de ladite Ville & Fauxbourgs, le deſir que nous avons de les gratifier en toutes choſes : avons dit & déclaré, voulons & nous plaît, que leſdits Habitans demeurent quittes & déchargés des arrérages échus depuis les préſens troubles, du droit des cinq cens Lances, juſqu'à la fin de l'année derniere, & encore pour trois ans à l'avenir.

IV.

Voulons auſſi que les Habitans de ladite Ville & Fauxbourgs ſoient affranchis & exempts pour trois ans à l'avenir, de tous emprunts & ſubventions, pour quelque occaſion & cauſe que ce ſoit, hors & excepté les droits anciens & domaniaux ; & ledit temps paſſé, ne pourront les Habitans qui ſont demeurés dans ladite Ville durant leſdits troubles, être ſurchargés ni foulés d'aucunes charges ordinaires ou extraordinaires, plus que ceux qui en étoient abſens, ains y ſera l'égalité gardée.

V.

Nous avons pareillement remis & quitté aux Habitans des
Villes, Bourgs & Plat-Païs de l'Election d'Orléans, ce qu'ils
doivent à cause des tailles & crûes des années passées, jusqu'à
la fin de Décembre dernier, excepté le Taillon & Prevôt des
Maréchaux. Et d'autant qu'il peut avoir été fait des obligations par aucuns des Habitans des Paroisses de ladite Election,
aux Gouverneurs & autres personnes, assignées sur lesdits deniers; voulans pourvoir au soulagement du Peuple, autant que
faire se pourra, en avons sursis le paiement jusqu'au dernier
jour de Juin prochain : pendant lequel temps, lesdits Gouverneurs & autres, qui ont eu lesdites assignations, bailleront par
état aux Tréforiers Généraux de France de ladite Généralité,
les sommes de deniers portées par lesdites obligations & assignations; pour être icelui état apporté par l'un d'eux en notredit
Conseil, & en être ordonné ce qu'il appartiendra. Et cependant faisons inhibitions & défenses à tous Huissiers & autres
de mettre à exécution lesdites obligations & contraintes, jusqu'à ce que autrement par nous en ait été ordonné. Et s'il
y a aucuns Prisonniers pour raison desdits deniers, ainsi que
dit est, remis & sursis, ils seront promptement élargis.

VI.

Voulons pareillement que lesdits Habitans soient maintenus
& conservés en leurs anciens priviléges, franchises & libertés,
avec l'érection de Maire, pour en jouir tout ainsi qu'ils en ont
ci-devant bien & dûement fait. Comme aussi des octrois, dont
ladite Ville avoit accoûtumé de jouir, auparavant lesdits préfens
troubles, lesquels nous leur avons continués & confirmés continuons & confirmons pour dix ans, & voulons que les deniers d'i-
ceux soient emploïés aux effets, ausquels ils font destinés. Et quant
à ceux, qui ont été accordés par les Rois nos Prédécesseurs, aux
boîtes des Marchands, fréquentans la riviere de Loire, pour le
nettoiement & balissement d'icelle, nous voulons que lesdits
Habitans jouissent desdits octrois, pour le temps & espace de
neuf ans prochains & consécutifs, sans que pour lesdits priviléges & octrois, ils soient tenus prendre autres Lettres de confirmation que le préfent Edit, ni semblablement le Corps des
Docteurs, Officiers, & Suppôts de l'Université de ladite Ville,
lesquels nous voulons être maintenus & conservés en tous &

chacuns leurſdits priviléges, franchiſes & libertés anciennes.

1594.

EDIT DU ROI
SUR LA RÉ-
DUCT. D'OR-
LÉANS.

VII.

Promettons auſſi en parole de Roi, qu'il ne ſera par nous, ou nos Succeſſeurs, à l'avenir fait, conſtruit, ni bâti aucune Citadelle, ni Forts en ladite Ville, ni en icelle mis aucune garniſon de Gens de guerre, ſous quelque prétexte que ce ſoit.

VIII.

Voulons que les ſubſides & impôts qui ont été créés à notre grand regret, pour la ſeule néceſſité des troubles, au-dedans de ladite Généralité d'Orléans, depuis leſdits préſens troubles, ſur toutes ſortes de denrées & marchandiſe, par établiſſement de Bureaux & Pançartes, tant d'un parti que d'autre, ſoient ôtés & abolis.

IX.

Voulons auſſi que les deniers qui ſe levent ordinairement pour les turcies (1) & levées de la riviere de Loire, ſoient emploïés auſdites réfections, & non à autre effet; & qu'il ſoit fait & conſtruit de nouveau une ou deux arches de pierre, au lieu où s'eſt fait une bréche, depuis ledit trouble au-deſſus de San-dillon, pour ſervir de décharge à la riviere, au temps des grandes crûes d'icelle; & que le canal qui s'y eſt encommencé à faire par le débordement des eaux, tombans en la riviere de Loire, ſera parachevé & accommodé de turcies & levées nou-velles, ſelon & ainſi qu'il ſera trouvé raiſonnable, en récom-penſant les Propriétaires.

X.

Toutes Perſonnes feront tenues prendre leur ſel ès greniers du reſſort, où ils ſont demeurans, ſur les peines portées par les Ordonnances ſur ce faites. Et en ce faiſant, ceſſera l'ouverture de la Chambre de Jargeau, & ailleurs de l'Election d'Orléans, eſquelles on vend & diſtribue ſel, depuis ceſdits préſens trou-bles, qui ſeront reduits à l'ancienne forme.

XI.

Voulons que tous Arrêts, Commiſſions & exécutions d'icel-

(1) Digue, Levée au bord de l'eau.

les

les, Décrets, Sentences, Jugemens, Contrats, & autres Actes
de Juſtice, donnés entre perſonnes de même parti, & entre
tous autres, qui auront conteſté, tant ès Cours ſouveraines,
Bailliages, Siége Préſidial, que Prévôté d'Orléans, & autres
Juſtices ſubalternes de ladite Ville, durant leſdits troubles,
ſortent effet, & ne ſera fait aucune recherche des exécutions
de mort qui ont été faites durant iceux par autorité de Juſtice,
ou par droit de guerre ou commandement dudit Sieur de la
Chaſtre, Gouverneur ; & pour le regard des Arrêts, Sentences
& Jugemens donnés contre les abſens tenans divers partis, ſoit
en Juſtice criminelle ou civile, en toutes les Cours de Parlement de ce Roïaume, & Juriſdictions d'icelui, demeureront
nuls & ſans effet, & pour quelque cauſe & occaſion que ce ſoit,
& puiſſe être, ſans que pour raiſon d'iceux, les Habitans de
ladite Ville, ou autres refugiés & retirés en icelle, ſoient Bé-
néficiers, Officiers, ou autres, ni leurs enfans ou héritiers, ou
aïant cauſe, en puiſſent être à l'avenir aucunement recherchés,
ou notés d'aucune infamie en leur honneur, ni tenus d'en
prendre aucune décharge ; & feront les Parties remiſes au premier état, & ainſi qu'ils étoient auparavant leſdits troubles ; &
pour le regard des exécutions de mort, qui ont été faites d'aucuns deſdits Habitans, les confiſcations, que nos Procureurs
pourroient prétendre, n'auront aucun lieu au préjudice de leurs
veuves & Héritiers.

XII.

Comme en ſemblable ceſſeront toutes ſaiſies, qui ont été
faites de part & d'autre, ſur les biens, héritages, rentes & revenus d'iceux Habitans, en quelque lieu qu'ils ſoient ſitués &
aſſis. Donnons auſdits Habitans, de quelque qualité qu'ils ſoient,
pleine & entiere main levée deſdites ſaiſies, & leur avons remis & quitté ce qui nous pourroit être dû à cauſe d'icelles,
nonobſtant tous dons qui en pourroient avoir été faits, que
nous avons revoqués & caſſés, ſans avoir égard aux obligations
& promeſſes faites par les Laboureurs, tant aux Donataires que
Fermiers de Juſtice, qui feront & demeureront nulles ; & pour
le regard des dettes & crédits dûs auſdits Habitans, voulons,
que ſans avoir égard aux dons qui en pourroient avoir été faits,
que nous avons pareillement caſſés & revoqués, caſſons & revoquons, ils puiſſent contraindre ceux qui leur ſont obligés par
cédules, promeſſes, obligations & tranſports, en la même for-

me qu'ils euffent fait, ou pu faire avant lefdits troubles ; ce qui aura pareillement lieu contre lefdits Habitans pour les dettes par eux dûes.

XIII.

Que tous Officiers, Domeftiques, & de l'Artillerie, qui étoient emploïés ès états de la Maifon des feus Rois, & faifoient fervice, & en ont été ôtés au commencement defdits préfens troubles & pour caufe d'iceux, feront remis aufdits états & mêmes gages, comme ils étoient auparavant, pour en jouir & fervir à l'avenir, comme ils faifoient avant lefdits troubles.

XIV.

Et quant aux Officiers de Juftice, Finances & autres, de quelque qualité qu'ils foient, d'icelle Ville, qui ont été pourvûs de leurs Offices par nos prédéceffeurs Rois, étant en exercice, feront maintenus, & les autres remis, rétablis & confirmés en leurs Charges & dignités, fans païer finance, & fans prendre de nous autres Lettres de confirmation, que le préfent Édit, ni faire autre ferment qu'ès mains dudit Sieur de la Chaftre leur Gouverneur ; & pour le regard de ceux qui ont vacqué par mort ou réfignation dans ladite Ville, ou autre de même parti, & dont aucuns defdits Habitans, ou refugiés en icelle, fe trouveront pourvus par le Duc de Mayenne, en baillant l'état defdits Offices, & les noms de ceux qui ont obtenu lefdites provifions, lefquelles nous n'entendons avoir lieu, il leur y fera par nous pourvû. Et leur feront expédiées Lettres de provifions defdits états, fans païer finance. Revoquant en ce faifant toutes commiffions ci-devant expédiées, pour l'exercice defdits Offices, tant de judicature, de finances, qu'autres. Déclarons en outre, notre intention être de gratifier de l'etat de Receveur du grenier à fel d'Orléans, fans païer finances, celui qui nous fera à cette fin nommé, & ce en vertu de notre Edit de création defdits Offices, & non autrement.

XV.

Voulons auffi que le Siége Préfidial, Bureau des Finances, Prévôté de ladite Ville, & tous autres Offices & Dignités, tant de Juftice, que de Finances, qui ont été transferés ailleurs pendant les préfens troubles, foient remis & rétablis en icelle, incontinent après la publication des préfentes. Et feront les Elec-

1594.

EDIT DU ROI
SUR LA RE-
DUCT. D'OR-
LÉANS.

tions de Gyen & Clamecy, ci-devant diftraites de la Généralité d'Orléans, & incorporées en celle de Berry, remifes au premier état : comme réciproquement l'Election de Châtillon-fur-
Indre fera rendue à la Généralité de Berry.

XVI.

Et fur la Requête à nous faite par lefdits Habitans, à ce qu'il
nous plût leur accorder que le Sieur de la Chaftre fera continué en l'Etat de Gouverneur de ladite Ville, & qu'à l'avenir ladite Place de Gouverneur ne puiffe être remplie que de
perfonne Catholique & agréable aufdits Habitans, Nous promettons en parole de Roi, qu'après lui il ne fera pourvû audit
Gouvernement, que de Perfonne Catholique, & dont lefdits
Habitans auront contentement, comme de préfent nous lui
accordons ledit Gouvernement.

XVII.

Voulons que la garnifon, qui eft à préfent en la Ville de
Jargeau, foit reglée avec l'avis dudit Sieur de la Chaftre au
moindre nombre que faire fe pourra, pour la garde de ladite
Place : fans toutesfois que l'Evêque puiffe être empêché en la
jouiffance de fes droits. Et pour le regard des gens de guerre,
qui font à Santimaifons, ils fortiront, & fera la Place rendue
au Propriétaire, & les Fortifications ôtées & démolies. Et
quant à Meung, la garnifon en fortira, & fera le Château rendu audit Evêque, lequel, par même moïen, fera remis en la
poffeffion & jouiffance de tous fes bénéfices, en quelque lieu
qu'ils foient fitués & affis, nonobftant tous dons des fruits d'i-
ceux, qu'avons revoqués, même en la libre poffeffion & jouiffance des Abbaïes de Saint Eloi de Noyon, & notre Dame de
Saint Juft, Diocèfe de Beauvais, defquelles il a été bien & dûement pourvû avant ces troubles.

XVIII.

Les comptes rendus à Paris par les Comptables de ladite
Ville & Généralité d'Orléans, & ceux qui font encore à ren-
dre, defquels les acquits font ès mains des Procureurs de la
Chambre des Comptes audit Paris, qui ne s'en voudront dé-
faifir, ne feront fujets à revifion, ains validés par nous ; & les
Parties raïées & tenues en fouffrance pour gages, ou rentes,

rétablies purement & simplement. Et pour le regard de ceux qui sont encore à rendre, & desquels les acquits sont ès mains des Comptables, seront examinés en notre Chambre des Comptes de Tours, & les Parties allouées en vertu des états dudit Duc de Mayenne, Mandemens, Rescriptions & Quittances de ses Trésoriers, Acquis patens, Ordonnances dudit Sieur de la Chastre & Etats des Trésoriers de France, résidans audit Orléans; lesquels Mandemens, Ordonnances, Etats, Rescriptions, Acquis patens & Quittances, nous avons dès à présent validés & validons pour ce regard; & seront les reliquats desdits comptes à notre profit, comme aussi seront les comptables remboursés sur la recette générale des dettes, si aucuns y a de leursdits comptes rendus en ladite Chambre des Comptes de Paris, pourvu qu'ils n'excedent la somme de six mille écus en tout.

XIX.

Nous voulons & entendons que notre amé & féal Maître Jérôme de Monthelon, Conseiller en notre Cour de Parlement, lequel depuis deux ans, a résidé en notre Ville d'Orléans, & présidé en la Justice, soit compris au présent Edit, pour rentrer en la paisible jouissance & exercice dudit Office au même rang & séance qu'il avoit en ladite Cour, avant les présens troubles, sans aucune remise ni difficulté, nonobstant tous Reglemens & Ordonnances de notredite Cour faits au contraire.

XX.

Comme en semblable, toutes personnes, tant Ecclésiastiques, Officiers, qu'autres, qui se sont retirées des autres Villes, & qui se retrouvent à présent en ladite Ville d'Orléans, jouiront du bénéfice du présent Edit, & pourront rentrer aux Villes, esquelles ils résidoient & étoient demeurans, ou autres de notre obéissance, pour jouir de leurs Héritages, Rentes & Revenus, Charges, Offices, Bénéfices & Dignités sans aucune difficulté, ni qu'ils soient tenus faire aucun remboursement à ceux, lesquels pendant leur absence se sont fait pourvoir de leursdits Etats & Charges & récompense de leurs Bénéfices; & sans qu'ils puissent être à l'avenir recherchés, ne contraints pour les rançons, ou taxes à eux imposées pour le fait des présens troubles. A la charge que les personnes mention-

nées au présent article , seront tenues déclarer leur intention
sur le contenu en icelui, audit sieur de la Chastre, dedans deux
jours , après la déclaration qu'il aura faite pour le bien de
de notre service. Et ceux qui ne voudront s'aider du présent
bénéfice , seront tenus vuider de ladite Ville sans délai , en
prenant passeports & sûretés pour se retirer où bon leur semblera. Et quant à ceux qui y voudront être compris, pourront demeurer en ladite Ville, jusqu'après la vérification du
présent Edit ; si ce n'étoit que pour quelques considérations
particulieres , ledit sieur de la Chastre trouvât bon de leur prolonger , ou accourcir ce délai.

1594.

EDIT DU ROY SUR LA RE- DUCT. D'OR- LEANS.

XXI.

N'entendons toutesfois comprendre au bénéfice de ce présent
Edit, ce qui a été fait par forme de volerie & sans aveu; pour
raison de quoi nous avons permis & permettons à toutes personnes de se pourvoir par les voies de Justice, ainsi que bon
leur semblera. Comme aussi sont exceptés tous ceux, qui se
trouveront coupables de l'exécrable assassinat & parricide commis en la personne du feu Roi , notre très cher Sieur & Frere
que Dieu absolve, ou de conspiration sur notre vie. Et pareillement tous crimes & délits punissables entre gens de même
parti.

XXII.

Si donnons en mandement à nos amés & féaux les gens tenans notre Cour de Parlement, Chambre de nos Comptes &
Cours des Aydes, & à tous nos autres Juges & Officiers qu'il
appartiendra ; que ces présentes, ils fassent lire, publier & enregistrer, & le contenu garder, & faire garder, observer &
entretenir de point en point selon sa forme & teneur, contraignant à ce faire & souffrir, tous ceux qu'il appartiendra, &
qui pour ce, feront à contraindre par toutes voies dûes & rai-
sonnables, nonobstant oppositions, appellations quelconques,
Edits, Déclarations, Arrêts, Jugemens, Lettres, Mandemens,
Défenses & autres choses à ce contraires : auxquelles nous avons
pour ce regard dérogé & dérogeons, ensemble aux dérogatoires des dérogatoires y contenues : car tel est notre plaisir. Et
afin que soit chose ferme & stable à toujours, nous avons fait

mettre notre fcel à cefdites Préfentes. Donné à Mante, au mois de Fevrier l'an de grace 1594. Et de notre regne le cinquieme.

Signé, HENRI.

Et à côté,   *Vifa.*

Et plus bas, par le Roi.

REVOL.

Et fcellées de cire verte en laqs de foie rouge & bleu célefte.

Lues, publiées & regiftrées : Oui & ce requérant le Procureur général du Roi. À Tours en Parlement, le dernier jour de Fevrier 1594.

Signé, TARDIEU.

Lues, publiées & regiftrées en la Chambre des Comptes : Oui & ce requerant le Procureur général du Roi. A Tours, le premier jour de Mars 1594.

Par Ordonnance de la Chambre.

Signé, PYNEAU.

Lues, publiées & regiftrées : Oui & ce requerant le Procureur Général du Roi, & ordonné que copies feront envoïées aux Bureaux de la Généralité d'Orléans, & ès Elections de ladite Généralité, pour y être lues publiées & regiftrés à Tours en la Cour des Aydes, le deuxieme jour de Mars, mil cinq cent quatre-vingt-quatorze.

Signé, BEDACIER.

Lues & publiées judiciairement au Siege du Bailliage & Préfidial d'Orléans, y féant Monfieur le Maréchal de la Chaftre, Gouverneur & Lieutenant Général pour Sa Majefté ès Duchés & Gouvernemens d'Orléans & Berry. A ce préfens le Révérend Evêque d'Orléans, les Maire & Echevins de ladite Ville : Oui & ce requerant le Procureur du Roi audit Baillage, auquel a été octroïé acte de ladite lecture & publication : ordonne qu'elles feront regiftrées en ce Greffe, & publiées à fon de trompe & cri public, par les Carrefours & lieux accoutumés à faire cris & proclamations, de cette Ville & Fauxbourgs d'Orléans. Et pour plus ample notification desdites lettres, feront envoïées copies & *vidimus* d'icelles aux Châtellenies, tant Roïales que non Roïales de cedit Bailliage & autres Jurifdictions & Bailliages reffortiffans audit Siege Préfidial, pour y être pareillement publiées, à ce qu'aucun n'en prétende caufe d'ignorance. Fait à Orléans le cinquieme jour de Mars, mil cinq cent quatre-vingt-quatorze.

Signé, SARREBOURCE.

Le contenu ci-deffus a été, par moi, Claude le Normant, Huiffier, Sergent Roïal, Crieur ordinaire des bans, cris & proclamations de cette Ville, lu, publié & proclamé par les Carrefours ordinaires & extraordinaires de cette Ville d'Orléans, accompagné de fix Trompettes de ladite Ville. Fait le Samedi cinquieme, & le Lundi feptieme jours de Mars, mil cinq cens quatre-vingt-quatorze.

Signé, LE NORMANT.

EDIT & DECLARATION

DU ROI.

Sur la Réduction de la Ville de Paris fous fon obéiffance (1).

Henri, par la grace de Dieu, Roi de France & de Navarre, à tous préfens & avenir, falut. Comme depuis le temps qu'il a plu à Dieu, de nous appeller à cette notre Couronne, notre principal defir & but, où toutes nos actions ont tendu, ait été d'établir en celui notre Roïaume un bon & affuré repos, afin que ceffant les défordres, violences & malheurs de la guerre, Dieu y foit fervi felon fes faints Commandemens, & l'autorité des Loix & de notre juftice remife, fous la protection de laquelle les trois Ordres de notre Roïaume puffent jouir heureufement

---

(1) Ce fut Charles de Coffé, Comte de Briffac, qui commença à traiter fecretement avec le Roi, de la Reddition de Paris, par le moïen d'Antoine de Silly, Comte de Rochepot, fon proche parent. Voïez le commencement du Livre 109 de l'Hiftoire de M. de Thou. M. de Briffac étoit convenu de cet Edit avant la Reddition de la Ville.

& en paix, de ce qui juſtement leur appartient. Pour à quoi parvenir, aurions, comme un chacun ſait, emploïé tous nos moïens, notre ſang & notre propre vie, poſtpoſant la mort au blâme & à l'infamie, qui juſtement tomberoit ſur nous, ſi nous ſouffrions l'injuſte uſurpation & diſſipation qu'aucuns préſument faire de cette Couronne de France. Et pour n'obmettre choſe qui ſoit au pouvoir d'un bon Prince, afin de remettre parmi nos Sujets l'union, la paix & la tranquillité, ſi néceſſaire & ſi deſirée par tous les bons François, avons avec beaucoup de patience ſupporté & donné au Public les offences & téméraires entrepriſes de pluſieurs; leſquels, ſans ce reſpect, méritoient d'être châtiés & réprimés par très grieves, très rigoureuſes & exemplaires punitions. Nous avons, pour cette conſidération, après les victoires, pardonné & donné la vie à ceux qui ont attenté contre la nôtre : Et pour la grande compaſſion que nous avons eue de la Capitale Ville de notre Roïaume, pour en éviter le ſac & épargner le ſang de pluſieurs bons Citoïens qui ne participoient aux malheureux deſſeins de ceux qui y fomentoient la rebellion, avons mieux aimé demeurer fruſtrés de l'obéïſſance qui nous y eſt due, que de voir les hommes innocens qui y habitent, les femmes & les petits enfans, & tant de beaux édifices expoſés à la violence, à la rage & à la fureur du feu & des couteaux. Avons en outre, pour les cauſes & conſidérations ſuſdites, accordé & octroïé, au mois de Juillet dernier, une treve générale pour trois mois ; pendant leſquels les Députés du Parti de ceux qui nous déſobéïſſent, nous firent entendre & aſſurerent qu'ils enverroient promptement par devers notre Saint Pere le Pape, pour avoir ſon bon avis ſur la réſolution qu'ils auroient à prendre en la concluſion d'une bonne & perdurable paix, & réconciliation avec nous, qui ſommes leur Roi & Prince naturel. En quoi auſſi nous furent faites de leur part de très expreſſes promeſſes, qu'ils s'y emploieroient avec toute loïauté & affection, pour remettre le repos en ce Roïaume. Ce qui nous rendit plus faciles à accorder ladite treve, bien que nous connuſſions aſſez les déſavantages qui d'ailleurs nous en advenoient ; & que au fait des armes euſſions beaucoup d'avantage ſur eux, même durant le pourparlé de la paix, pris par force la Ville & Château de Dreux, à la vue des principaux Chefs de leur Parti, aſſiſtés de leurs Protecteurs d'Eſpagne, & qu'il ne nous défaillît lors le moïen de preſſer tellement ladite Ville de Paris, que la néceſſité des vivres les eût enfin conſeillés de ſecouer le joug

de

de ceux qui par tant d'années tyrannisoient & abusoient insolemment de leur misérable patience. Mais nous cedâmes de
notre autorité, pour le desir que nous avions que notre Saint
Pere le Pape demeurât en toutes choses satisfait, & peut-être au
vrai informé de nos actions & comportemens, auquel aussi notre
dessein étoit d'avoir recours, lui découvrir nos plaies & implorer
son aide, faveur, conseil & assistance ; & pour cet effet, aurions choisi notre très cher & bien aimé Cousin, le Duc de
Nevers, Prince très accompli en toutes vertus, plein de prudence, de piété & de grands mérites, lequel préferant le service de Dieu & bien de cet Etat, aux incommodités de sa santé,
hasard & longueur du chemin, a courageusement entrepris le
voïage par devers Sa Sainteté. Et pour le regard des Députés dudit Parti, que l'on promettoit si assurément d'y envoïer en toute
diligence, on n'a point su, durant les trois mois qu'a duré ladite
treve, que l'on ait fait compte de les faire partir ; & bien que
depuis la conclusion de ladite treve de trois mois, nous n'eussions découvert en toutes leurs actions que mauvaise volonté au
rétablissement du repos public de ce Roïaume, des dépouilles
duquel ils prétendent se revêtir, & s'enrichir du sang & des
moïens des bons & loïaux François ; en ce mêmement qu'il est
tombé entre nos mains un certain serment fait par les principaux dudit Parti, presque au même temps qu'ils signerent la
treve, & nous promettoient de traiter de bonne foi, & aviser
aux moïens de conclure une bonne paix, se réconcilier à nous,
& pour cet effet, d'envoïer à Rome, pour avoir le bon & prudent avis de notre Saint Pere ; contenant ledit serment, qu'ils
ne traiteroient jamais de paix ni d'accord avec nous, en quoi ils
se laisserent tellement emporter aux passions des Ministres du Roi
d'Espagne, qu'ils ne réserverent pas seulement l'autorité de
notre Saint Pere, par devers lequel ils disoient de vouloir envoïer, dont aïant été irrités & offencés, comme mérite un tel
cas ; sur ce néanmoins qu'ils nous requirent de prolonger la
treve pour autres deux mois, jusqu'à la fin du mois de Décembre dernier, remontrant qu'il seroit impossible, si nous leur re-
fusions ce délai, que leurs Députés pussent arriver à temps à
Rome, pour se trouver à la résolution qui s'y pourroit prendre
pour la réunion de tous nos Sujets sous notre obéissance : aurions, pour le desir que nous avons de justifier à notre Saint Pere
nos actions, préferé le respect que nous lui voulons porter, à
l'utilité & sûreté de nos affaires, qui recevoient beaucoup d'in-

1594.
Edit du Roi
sur la ré-
duction de
Paris.

commodité & de reculement par le moïen defdits délais. & pro-
longations de la treve, que leur accordâmes pour les mois de
Novembre & Décembre derniers. Mais jugeant du peu de defir
qu'ils avoient de voir finir les miferes de ce Roïaume, avec l'autorité qu'ils ont injuftement ufurpée fur une partie d'icelui ; jugeant auffi par les longueurs fi artificieufement par eux recherchées, que vraifemblablement ils ne tendent à autre but qu'à
prolonger le malheur de la France, & affurer pour eux l'injufte
ufurpation des Villes & Païs qu'ils y ont occupés ; Nous pour ces
caufes, aïant mis les chofes fufdites en confidération & mûre
délibération de Confeil, réfolûmes de leur refufer la prolongation de la treve pour les mois de Janvier, Fevrier & Mars,
dont ils nous requeroient, avec telle inftance, que nous eûmes
jufte occafion de croire que telle pourfuite fe faifoit, non pour
parvenir à une bonne conclufion de paix, mais plutôt à ce
qu'étant, durant ledit temps, les forces du Roi d'Efpagne arri-
vées à la frontiere de notre Païs de Picardie, les introduifant dans
notre Roïaume, ils euffent plus de moïen de nous recommencer la
guerre, à la ruine de nos bons & loïaux Sujets. Ce que Dieu
par fa fainte grace n'a voulu permettre, nous aïant fait voir
clair, par les dépêches qui ont été interceptées, en leurs mauvais
deffeins & obftinée réfolution à nourrir & perpétuer le mal en
ceftui notre Roïaume ; aïant fa bonté Divine pris en fa fpéciale protection la défenfe de notre jufte caufe, & mis au
cœur d'un infini nombre de nos bons Vaffaux & Sujets, de
reconnoître le devoir auquel naturellement ils nous font obligés, comme il eft apparu en la réduction qui a été faite, depuis trois mois en ça, fous notre obéiffance, des Villes de
Meaux, de Lyon, d'Orléans, de Bourges, de Pontoife & autres. Mais la mémoire ne fe perdra jamais de l'heureufe réduction de notre bonne Ville de Paris, Capitale de ce Roïaume,
avenue le vingt-deuxieme jour de ce mois de Mars, avec telle
douceur, police, ordre & modération, qu'un feul Citoïen ne
fe peut juftement plaindre qu'il lui ait été fait tort ni offence en
chofe, quelle qu'elle foit : l'entrée d'une armée irritée a plutôt
reffemblé à la joïeufe entrée qui s'eft faite ci-devant aux Rois nos
Prédéceffeurs à l'avenement à leur Couronne ; la réjouiffance,
les applaudiffemens du Peuple, qui a vu fon Roi fi defiré, n'ont
pas été moindres que s'ils euffent eu la même fûreté qui leur eft
donnée par ces préfentes, de notre grace, faveur, protection
& de l'oubliance des chofes paffées, avec affurance que ne per-

drons jamais la fouvenance du mérite de ceux qui fe font montrés fermes & vertueux à notre fervice. Ce que confidérant, &
la fpéciale bonté dont en cette occafion il a plu à Dieu de
nous favorifer, nous nous tenons & fentons obligés plus que
tous les hommes de ce monde, de penfer & veiller continuellement comme nous pourrons rendre nos actions & comportemens
agréables devant la fainte face de fa divine Providence ; laquelle,
comme elle furpaffe ce que l'efprit de l'homme peut comprendre en douceur, clémence & bonté, auffi nous a-t-elle voulu
laiffer pour enfeignement & témoigner par l'exemple & par la
parole de fon Fils Jefus-Chrift, que ceux qui voudront être
tenus pour fes enfans, doivent oublier les offences. Pour cette
occafion, reconnoiffant qu'il n'y a rien qui nous donne plus de
témoignage que nous fommes faits à la reffemblance de Dieu,
que la clémence & débonnaireté, oubliant d'un franc courage
les offences & fautes paffées, avons déclaré & déclarons par ces
Préfentes, que nous avons repris & reprenons en notre bonne
grace les Citoïens, Manans & Habitans de notre bonne Ville
de Paris : avons, de notre grace fpéciale & autorité Roïale, aboli
& aboliffons les chofes advenues en ladite Ville, durant & à l'occafion des préfens troubles, que voulons & ordonnons demeurer éteintes, abolies & affoupies, & tenues comme non advenues ; & pour cet effet, après avoir eu fur ce l'avis des Princes
& autres Seigneurs de notre Confeil, étant près de nous, avons
ftatué & ordonné les chofes qui enfuivent.

I.

Voulons & ordonnons, fuivant l'Edit de Pacification fait par
le feu Roi notre très cher Sieur & Frere en l'an 1577, & les
Déclarations depuis par nous faites pour l'obfervation d'icelui,
que dans la Ville & Fauxbourgs de Paris & les dix lieues ès environs défignées par ledit Edit, il ne fe fera aucun exercice de
Religion, que de la Catholique, Apoftolique & Romaine : défendons très expreffément à toutes perfonnes, fur les peines de
nos Ordonnances, de ne molefter ni inquiéter les Eccléfiaftiques
en la célébration du Service Divin, jouiffance & perception des
fruits & revenus de leurs Bénéfices & de tous autres droits &
devoirs qui leur appartiennent, defquels à ces fins leur avons
fait & faifons par ces Préfentes, pleine & entiere main-levée.
Voulons & entendons, que tous ceux qui depuis ces préfens
troubles feront emparés des Eglifes, Maifons, Biens & Reve-

K ij

1594.

Edit du Roi sur la Ré-
duction de
Paris.

nus appartenans auxdits Ecclésiastiques résidens au dedans du Diocése de Paris, tant de ceux qui sont assis en icelui que partout ailleurs au-dedans de notredit Roïaume, & qui les détiennent & occupent, leur en délaissent l'entiere possession & libre jouissance, avec tels droits, libertés & sûretés qu'ils avoient auparavant qu'ils fussent dessaisis.

II.

Et pour plus ample & perpétuelle déclaration & témoignage de la singuliere affection & amour que nous portons à notre bonne Ville de Paris, l'avons remise, réintégrée & restituée, remettons, réintégrons & restituons en tous les anciens privileges, droits, concessions, octrois, franchises, libertés & immunités, qui ci-devant lui ont été accordés par les Rois nos Prédécesseurs, que nous lui octroïons de nouveau, confirmons & continuons par ces Présentes, pour en jouir & user à l'avenir tout ainsi qu'elle en a bien & duement joui par le passé & auparavant les présens troubles, tant en ce qui concerne l'Université, Corps & Hôtel de Ville, Prevôt des Marchands, Echevinage & Officiers d'icelle, que tous autres Corps, Colleges & Communautés, de quelque titre & qualité qu'ils soient, qui ci-devant & auparavant lesdits troubles y ont été établis.

III.

Et pour ôter toute occasion de recherches, procès & querelles à l'avenir, à cause des choses passées durant lesdits trouble; avons, en déclarant plus amplement notre volonté sur la décharge & abolition contenue ci-dessus, dit & ordonné, disons & ordonnons que la mémoire de tout ce qui s'est passé en ladite Ville de Paris & ès environs, pour le regard de ce qui peut concerner lesdits Habitans & autres, qui se feront trouvés dans ladite Ville lors de la réduction d'icelle, lesquels feront dans huit jours, après la publication des Présentes, les sermens & promesses contenus en notre Déclaration, ci-devant publiée en notre Parlement, séant à Tours, depuis le commencement desdits troubles, & à l'occasion d'iceux, jusqu'à présent, demeurera éteinte & assoupie, tant en la prise des armes, entreprise des Villes, forcemens d'icelles, Châteaux, Maisons & Forteresses, démolition d'icelles, prises de deniers des recettes générales, particulieres, décimes, gabelles & ventes du sel, impofitions mifes fur icelui, & toutes autres impofitions & le-vées de deniers, tant en ladite Ville qu'ès environs , traites & impofitions foraines mifes fur les denrées & marchandifes, vi-vres, fontes d'artillerie & boulets, confection de poudres & falpêtres & autres munitions de guerre , fabrication de mon-noies , pratiques & levées de Gens de guerre, conduite & ex-ploit d'iceux, ligues, négociations & traités faits , tant dedans que dehors le Roïaume, vente de biens, meubles, coupes de bois taillis & haute futaie , amendes, butins, rançons & tous autres actes d'hoftilité ; & généralement toutes autres chofes qui ont été faites, gérées & négociées en quelque forme & maniere que ce foit, en public ou en particulier, durant lefdits troubles & à l'occafion d'iceux, fans que lefdits Habitans ni aucuns d'i-ceux en puiffent à l'avenir être pourfuivis, inquiétés , moleftés ni recherchés en quelque forte & maniere que ce foit : voulons à cette fin qu'ils en demeurent quittes & déchargés , impofant fur ce filence perpétuel à nos Procureurs Généraux & à toutes autres perfonnes. Entendons auffi & leur enjoignons très ex-preffement qu'ils aient à fe départir de toutes ligues , traités, affociations, pratiques , intelligences , tant dedans que dehors ce Roïaume , contraires à notre autorité, fur peine d'être punis comme criminels de leze-Majefté. Et pour éviter toute occafion de querelle & difpute entre nos Sujets, leur avons inhibé & dé-fendu, inhibons & défendons par ces Préfentes , de s'entre-injurier, reprocher , offencer ni prévoquer l'un l'autre, de fait ou de parole, pour raifon de ce qui s'eft paffé durant & pen-dant lefdits troubles, ains fe contenir & vivre paifiblement en-femble , comme bons Freres , Amis & Concitoïens, fous l'ob-fervation de nos Edits , fur peine aux contrevenans d'être pu-nis fur le champ , & fans autre forme ni figure de procès , com-me Perturbateurs du repos public.

IV.

Voulons en outre , & ordonnons que tous arrêts , commiffions & exécutions d'icelles, décrets, fentences, jugemens, con-trats & autres actes de juftice donnés entre perfonne de même Parti , & entre tous ceux qui auront volontairement contefté tant ès Cours Souveraines, Prévôté de Paris, Siege préfidial & autres Cours & Jurifdictions de ladite Ville , Prévôtés & Vi-comté, durant lefdits troubles, fortent effet. Et ne fera fait aucune recherche des exécutions de mort qui ont été faites du

rant iceux par autorité de juſtice, ou par droit de guerre &
commandement des Chefs. Et pour le regard des arrêts, ſen-
tences & jugemens donnés contre les abſens, tenans divers
Partis, ſoit en juſtice criminelle ou civile, en toutes les Cours
ſouveraines de ce Roïaume & Juriſdictions d'icelles, demeureront nuls & ſans effet, pour quelque cauſe & occaſion que
ce puiſſe être, comme auſſi tous jugemens & arrêts donnés à
l'encontre du Comte de Briſſac, en conſéquence du Parti qu'il
a tenu, ſont caſſés & révoqués, enſemble les dons par nous faits
ou par notre Prédéceſſeur, des biens à lui appartenans, en
conſidération du grand loïal & recommandable ſervice qu'il nous
a fait, & à l'univerſel de ce Roïaume, en la réduction ſous
notre obéiſſance de notredite bonne Ville de Paris. Et quant
aux exécutions de mort qui ont été faites d'aucuns deſdits Habitans, pour raiſon des cas dépendans deſdits troubles, voulons & entendons que leſdites exécutions ne portent préjudice à l'honneur & mémoire des défunts : & que les confiſcations que nos Procureurs ont prétendu ou pourroient prétendre, n'auront aucun lieu au préjudice de leurs Veuves, Enfans & Héritiers.

V.

Voulons & nous plaît, que tous leſdits Habitans qui ſatisferont auxdites promeſſes, ſoumiſſion & ſerment, rentrent en
la jouiſſance de leurs biens, offices, dignités & domaine, en
quelque lieu qu'ils ſoient ſitués & aſſis, révoquant tous dons &
conceſſions faites d'iceux au préjudice de ceux auxquels ils appartenoient, ou de leurs Veuves & Héritiers.

VI.

Et pour le regard des ſaiſies qui ont été ci-devant faites ſur
les biens, héritages, rentes & revenus deſdits Habitans de Paris
& autres lieux de ladite Prévôté & Vicomté, qui ſatisferont auxdites promeſſes & ſoumiſſions, en quelques lieux que leſdits biens
ſoient ſitués & aſſis, demeureront nulles. Et donnons à iceux Habitans pleine & entiere main-levée deſdites ſaiſies; & leur avons
quitté & remis ce qui nous en pourroit être dû à cauſe d'icelles :
nonobſtant tous dons qui en pourroient avoir été faits, que
nous avons caſſés & révoqués, caſſons & révoquons, ſans avoir
égard aux obligations & promeſſes non acquittées, faites par

les Laboureurs ou Fermiers, tant aux Donataires qu'aux Commiſſaires & Fermiers de Juſtice, leſquelles feront & demeureront nulles. Et quant aux dettes & crédits dûs auxdits Habitans, voulons que ſans avoir égard aux dons qui en pourroient avoir été faits, que nous avons pareillement caſſés & révoqués, caſſons & révoquons, ils puiſſent contraindre & faire contraindre ceux qui leur ſont obligés par cédulles, promeſſes, obligations, ou tranſports, en la même forme qu'ils euſſent fait ou pu faire avant leſdits troubles.

1594.

EDIT DU ROI SUR LA RÉDUCTION DE PARIS.

VII.

Toutes proviſions d'Offices faites par le Duc de Mayenne demeureront nulles & de nul effet. Et néanmoins ceux qui ont obtenu leſdites proviſions, par mort ou réſignation de ceux du même Parti, (excepté les Etats des Préſidens en nos Cours ſouveraines) feront conſervés eſdits Offices par nos Lettres de proviſion, qui ſur ce, leur feront expédiées, ſans païer finance. Comme auſſi feront conſervés, par la même forme, les nouveaux Officiers par nous érigés ſur le fait du ſel, qui ont obtenu proviſions du Duc de Mayenne, leſquelles demeureront pareillement nulles & de nul effet.

VIII.

Ceux qui ont été pourvus, par le Duc de Mayenne, de Bénéfices non conſiſtoriaux, étant dans ladite Ville, vaqués par mort, y feront auſſi conſervés, en prenant de nous les expéditions pour ce néceſſaires : & demeureront nulles celles qui leur ont été accordées par le Duc de Mayenne.

IX.

Et pour le regard de ceux deſdits Habitans, qui ne ſe ſont trouvés dans ladite Ville, lors de la réduction d'icelle, en quelque part qu'ils puiſſent avoir été ou être, jouiront du même bénéfice que les autres qui s'y ſont trouvés, s'ils s'y retirent dans un mois après la publication des Préſentes, & faſſent par eux leſdites ſoumiſſions, pour y vivre ſous notre obéiſſance.

X.

Tous ceux deſdits Habitans qui ſortiront de ladite Ville ſous nos paſſeports, pour ſe retirer en autres lieux de notre obéiſſance, jouiront de leurs biens, ſans qu'ils y ſoient troublés ni

1594.

EDIT DU ROI SUR LA RÉDUCTION DE PARIS.

moleftés, fe comportans modeftement, fans faire chofe contraire à la fidélité qu'ils nous doivent, & en faifant les foumiffions & promeffes ci-deffus contenues.

XI.

Pour foulager lefdits Habitans, ne pourront durant la préfente année les débiteurs des rentes conftituées, être contraints de païer plus de l'année courante des arrérages d'icelles, par chacun quartier, fans préjudice des arrérages précédens, pour lefquels fera fait réglement, le plus au foulagement d'un chacun que faire fe pourra.

XII.

Que les comptes rendus à Paris durant les troubles, par aucuns Comptables, par-devant les Officiers des Comptes qui y ont réfidé, ne feront fujets à revifion, fi ce n'eft ès cas de l'Ordonnance.

XIII.

N'entendons toutesfois comprendre en ces Préfentes ce qui a été fait par forme de volerie & fans aveu (1) ; pour raifon de quoi nous avons permis & permettons à toutes perfonnes de fe pourvoir par les voies de Juftice, ainfi que bon leur femblera, comme auffi font exceptés tous ceux qui fe trouveront coupables de l'exécrable affaffinat commis en la perfonne du feu Roi, notre très cher Sieur & Frere, que Dieu abfolve, & de confpiration fur notre vie : & pareillement tous crimes & délits puniffables entre gens de même Parti.

Si donnons en mandement à notre très cher & féal Chancelier, Officiers de la Couronne, Ducs & Pairs de France, & autres Seigneurs de notre Confeil, & Maîtres des Requêtes ordinaires de notre Hôtel, à ce, par nous commis & députés, qu'ils faffent lire, publier & enregiftrer ces Préfentes ès Regiftres de notre Cour de Parlement, Chambre de nos Comptes, Cours de nos Aydes, Généraux de nos Monnoies ; & par-tout ailleurs où il appartiendra : voulant & ordonnant que le contenu en icelles foit inviolablement gardé & obfervé, & nonobftant oppofitions ou appellations quelconques, Edits, Déclarations, Arrêts, Jugemens, Lettres, Mandemens, Défenfes

____

(1) C'eft-à-dire, tous ceux qui avoient exercé des brigandages, & commis des défordres, fans l'aveu de leurs Chefs.

&

& autres chofes à ce contraires, auxquelles nous avons pour
ce regard dérogé & dérogeons, enfemble aux dérogatoires des
dérogatoires y contraires. Car tel eft notre plaifir : Et afin que
ce foit chofe ferme & ftable à toujours, nous avons fait mettre
notre fcel à cefdites Préfentes, fignées de notre main. Donné
à Paris, au mois de Mars l'an de grace 1594. Et de notre regne
le cinquieme.

1594.
Edit du Roi
sur la ré-
duction de
Paris.

Ainfi figné, HENRI.

Et plus bas, Par le Roi,

R u z é.

Et à côté, *Vifa.*

Et fcellé du grand fceau en laqs de foie de cire verte.

Le Roi a ordonné & ordonne que fur le repli de ces Lettres
fera mis, Lues, publiées, & regiftrées : Oui & ce requérant
fon Procureur général. Fait à Paris, en la grande Chambre de
Parlement, Monfieur le Chancelier y féant, avec les Officiers
de la Couronne, Ducs & Pairs de France, Confeillers de fon
Confeil d'Etat, & aucuns des Maîtres des Requêtes ordinaires
de fon Hôtel, le vingt-huitieme jour de Mars 1594 (1).

Signé, LUILLIER.

Le Roi a ordonné & ordonne que fur le repli de ces Lettres
fera mis : Lues, publiées & regiftrées. Fait à Paris, en la Chambre des Comptes, M. le Chancelier y féant avec les Officiers
de la Couronne, Ducs & Pairs de France, Confeillers de fon
Confeil d'Etat, & aucuns des Maîtres des Requêtes ordinaires
de fon Hôtel, le vingt-huitieme jour de Mars 1594.

Signé, LUILLIER.

Le Roi a ordonné & ordonne que fur le repli de ces Lettres
fera mis : Lues, publiées & regiftrées : Oui & ce requérant le
Procureur général du Roi. Fait en la Chambre des Aydes à
Paris, Monfieur le Chancelier y féant avec les Officiers de la
Couronne, Ducs & Pairs de France, Confeillers de fon Con-

(1) Cet Edit fut vérifié & enregiftré, à la réquifition du Procureur général, repréfenté
par le célebre Pierre Pithou, Antoine Loifel portant la parole.

feil, & aucuns des Maîtres des Requêtes ordinaires de fon Hôtel, le 28 Mars 1594.

Signé, Luillier

Il eft ordonné que fur le repli defdites Lettres fera mis : Lues, publiées & enregiftrées. Fait à Paris, en la Chambre des Monnoies, par les fieurs de Riz & de Pontcarré, Confeillers du Roi en fon Confeil d'Etat, & Commiffaires à ce députés par Sa Majefté, le vingt-huitieme jour de Mars 1594.

Signé, Luillier.

LETTRES PATENTES
DU ROI.

Pour le rétabliffement de la Cour de Parlement de Paris.

Henri, par la grace de Dieu, Roi de France & de Navarre, à tous ceux qui ces préfentes Lettres verront, Salut. Comme par le malheur de la diffenfion fufcitée & continuée en celui notre Roïaume par les mauvaifes menées d'aucuns Princes Etrangers nos Ennemis, & autres nos Sujets rebelles, tant du vivant du feu Roi notre très honoré Seigneur & Frere, que Dieu abfolve, que depuis notre avenement à la Couronne, plufieurs Villes aient été fouftraites de l'obéiffance dûe à notredit Sieur & Frere, & à nous; entre lefquelles notre bonne Ville de Paris aïant été occupée par nos Ennemis, & en danger évident d'être fous l'infupportable joug & honteufe domination de l'Efpagnol, s'y feroit commis plufieurs chofes contraires à l'obéiffance dûe à leur Roi légitime, où étant demeuré un nombre infini de Citoïens, les uns pour crainte de perdre leurs biens, autres pour ne pouvoir abandonner les perfonnes, à la confervation defquelles le devoir de nature les obligeoit, autres pour n'avoir moïen, ni commodité de vivre ailleurs, aucuns pour le defir qu'ils avoient de nous y pouvoir faire fervice, & à la chofe publique de cedit Roïaume; entre lefquels plufieurs Officiers de notre Cour de Parlement y auroient réfidé, & continué l'exercice de la Charge qui leur auroit été commife, & avoient exercée en notredit Parlement , auparavant le trouble. Dont notredit Sieur & Frere aïant conçu contr'eux une juste indignation , les auroit interdits , & sur ce, fait les Déclarations qui ont été publiées en la Cour de Parlement , transferée à Tours : comme pour le semblable , & pour même occasion , auroit été par nous fait , déclarant nul & de nul effet , tout ce que par eux auroit été décreté , jugé & ordonné. Mais comme pour les causes contenues en notre Edit , qu'avons voulu être publié en notre Grand'Chambre de Parlement , Nous aurions de notre grace spéciale, pleine puissance, & autorité Roïale , éteint & aboli toutes les choses faites en notredite bonne Ville de Paris, durant & à l'occasion des présens troubles ; aussi nous avons jugé être très requis & nécessaire , pour le bien de notre service, & du repos public , afin qu'une si bonne Ville ne demeurât sans l'exercice de la Justice Souveraine , pour la conservation des bons ; & châtiment des mauvais ; attendant que nous aïons réassemblés tout le Corps dicelle notredite Cour , par le retour de nos amés & féaux les Gens tenant notredite Cour de Parlement , transferée à Tours , & la Chambre ordonnée à Châlons pour y exercer la Justice , lesquels à cette fin nous avons mandés ; que les Conseillers & autres Officiers de ladite Cour , qui ont obtenu Provision des Rois nos Prédecesseurs , & residé en cette dite Ville durant ledit trouble , soient remis & réintegrés à l'exercice de leurs Charges , aïant jugé lesdits Conseillers dignes de cette notre grace & faveur, pour la vertu & constance qu'ils ont montrées en plusieurs choses , & mêmement en la résolution qu'ils prirent de faire l'Arrêt qu'ils publierent & soutinrent vertueusement au mois de Juillet dernier (1) contre ceux qui s'efforçoient de troubler & rompre les ordres de la succession légitime de ce Roïaume ; & pour cet effet avons ôté & levé, ôtons & levons l'interdiction faite auxdits Conseillers & autres Officiers, tant par ledit Sieur Roi , que par Nous. Voulant & entendant que lesdits Conseillers & Officiers se trouvant à présent en cettedite Ville en un bien grand & notable nombre , après qu'ils auront fait , entre les mains de notre très cher & Féal Chancelier , le serment pour ce requis , soient rétablis & remis à l'exercice de leurs Charges , comme par ces Presentes nous les avons remis & rétablis, remettons & rétablissons ; pour en jouir après la prestation dudit serment , aux mêmes honneurs, prérogatives , droits , pouvoirs , privileges & prééminences

____

(1) Par rapport à la Loi Salique , contre la faction d'Espagne,

1594.

LETTRES PA-
TENTES POUR
LE RÉTABLIS-
SEMENT DU
PARLEMENT
DE PARIS.

qu'ils fouloient avoir, & dont ils jouiffoient auparavant lefdites interdictions : faifant & pouvant faire lefdits Confeillers tous actes & exercices de Jurifdiction & Juftice Souveraine qu'appartient à notre Parlement, & comme ils euffent fait & pu faire fi lefdites interdictions n'euffent été contr'eux déclarées, procédant à la publication d'Edits, reception d'Officiers, Jugemens Souverains, & toutes autres Expéditions & Reglemens qui ont ci-devant été faits en notredit Parlement.

Si donnons en mandement à notre très cher & féal Chancelier, Officiers de la Couronne, Ducs & Pairs de France, autres Sieurs de notre Confeil, & Maîtres des Requêtes ordinaires, à ce par nous commis & députés, que ces Préfentes ils faffent lire, publier & enregiftrer, pour être le contenu en icelles gardé, obfervé & executé, felon leur forme & teneur : Car tel eft notre plaifir. En témoin de quoi, nous avons figné de notre main cefdites Préfentes, & à icelles fait appofer notre fcel.

Donné à Paris le vingt-huitiéme jour de Mars, l'an de grace, mil cinq cens quatre-vingt-quatorze. Et de notre regne le cinquieme.

Ainfi figné, HENRI.

Et fur le repli, Par le Roi.

RUZÉ.

Et fcellé de cire jaune du grand Sceau.

Le Chancelier alla le même jour faire auffi vérifier & enregiftrer ce même Edit à la Chambre des Comptes & à la Cour des Aydes. Claude de Faucon, fieur de Ris, & Geoffroi le Camus, fieur de Pontcarté, allerent faire la même chofe à la Cour des Monnoies; le Chancellier & les Confeillers d'Etat s'étant imaginés qu'il étoit au-deffous d'eux d'y aller eux-mêmes.

Avertissement.

LE Parlement de Paris, rétabli tôt après cette Reddition, publia un Arrêt le trentieme jour de Mars, que nous ajoutons ici.

ARREST

DE LA COUR DE PARLEMENT DE PARIS.

Du trentieme jour de Mars 1594.

Sur ce qui s'est passé durant les présens troubles : contenant la révocation de ce qui a été fait au préjudice de l'autorité du Roi & des Loix du Roïaume.

EXTRAIT DES REGISTRES DE PARLEMENT (1).

LA Cour aïant, dès le douziéme jour du mois de Janvier dernier, interpellé le Duc de Mayenne de reconnoître le Roi que Dieu & les Loix ont donné à ce Roïaume, & procurer la paix, sans qu'il y ait voulu entendre, empêché par les artifices des Espagnols, & leurs adherans ; & Dieu aïant depuis par sa bonté infinie délivré cette Ville de Paris des mains des Etrangers, & réduit en l'obéïssance de son Roi naturel & légitime ; après avoir solemnellement rendu graces à Dieu de cet heureux succès, voulant emploïer l'autorité de la Justice Souveraine du Roïaume, pour, en conservant la Religion Catholique, Apostolique, Romaine, empêcher que sous le faux prétexte d'icelle, les Etrangers ne s'emparent de l'Etat ; & rappeller tous Princes, Prélats, Seigneurs, Gentilshommes & autres Sujets à la grace & clémence du Roi, & à une générale réconciliation, & réparer ce que la licence des guerres civiles a alteré de l'autorité des Loix & fondement de l'Etat, droits & honneurs de la Couronne ; la matiere mise en délibération en ladite Cour, toutes les Chambres assemblées : a déclaré & déclare tous Arrêts, De-

(1) Cet Arrêt fut dressé au rapport & à la réquisition Pierre de Pithou. M. de Thou l'a donné tout entier dans son Histoire, Livre 109, année 1594.

crets, Ordonnances & fermens donnés, faits, prêtés depuis le vingt-neuvieme Décembre, mil cinq cent quatre-vingt-huit, au préjudice de l'autorité de nos Rois & Loix du Roïaume, nuls & extorqués par force & violence : & comme tels les a révoqués, caſſés, & annullés, & ordonné qu'ils demeureront abolis & ſupprimés. Et par ſpécial, a déclaré & déclare tout ce qui a été fait contre l'honneur du feu Roi Henri III, tant de ſon vivant, que depuis ſon décès, nul : Fait défenſes à toutes perſonnes de parler de ſa mémoire autrement qu'avec tout honneur & reſpect : & outre, ordonne qu'il ſera informé du déteſtable parricide commis en ſa perſonne, & procédé extraordinairement contre ceux qui s'en trouveront coupables. A ladite Cour révoqué & révoque le pouvoir ci-devant donné au Duc de Mayenne ſous la qualité de Lieutenant Général de l'Etat & Couronne de France. Fait défenſes à toutes perſonnes de quelque état & condition qu'elles ſoient de le reconnoître en cette qualité, lui prêter aucune obéiſſance, faveur, confort ou aide, à peine d'être punis comme criminels de leze-Majeſté au premier chef. Et ſur les mêmes peines, enjoint audit Duc de Mayenne & autres Princes de la Maiſon de Lorraine, de reconnoître le Roi Henri IV, de ce nom Roi de France, pour leur Roi & Souverain Seigneur, & lui rendre l'obéiſſance & ſervice dû. Et à tous autres Princes, Prélats, Seigneurs, Gentilshommes, Villes, Communautés & Particuliers, de quitter le prétendu parti de l'Union, duquel le Duc de Mayenne s'eſt fait Chef, & rendre au Roi ſervice, obéiſſance & fidélité : à peine d'être leſdits Princes, Seigneurs & Gentilshommes dégradés de Nobleſſe, & déclarés Roturiers eux & leur poſtérité ; de confiſcation de corps & de biens, raſement & démolition des Villes, Châteaux & Places qui ſeront réfractaires au commandement & Ordonnance du Roi.

A caſſé & révoqué, caſſe & révoque tout ce qui a été fait, arrêté & ordonné par les prétendus Députés de l'aſſemblé tenue en cette Ville de Paris, ſous le nom d'Etats Généraux de ce Roïaume, comme nul, & fait par perſonnes privées, choiſies & pratiquées pour la plûpart par les Factieux de ce Roïaume, & Partiſans de l'Eſpagnol, & n'aïant aucun pouvoir légitime. Fait défenſes auxdits prétendus Députés, de prendre cette qualité, & de plus s'aſſembler en cette Ville ou ailleurs, à peine d'être punis, comme perturbateurs du repos public, & criminels de leze-Majeſté. Et enjoint à ceux deſdits prétendus Dé-

puté s , qui font encore de préfent en cette Ville de Paris , de
fe retirer chacun en leurs maifons , pour y vivre fous l'obéiffance du Roi , & y faire le ferment de fidélité pardevant les Juges
des lieux. A auffi ordonné & ordonne que toutes Proceffions &
Sollemnités ordonnées pendant les troubles , & à l'occafion d'i-
ceux , cefferont ; & au lieu d'icelles fera à perpetuité folemnifé
le vingt-deuxieme jour de Mars , & audit jour faite Proceffion
générale en la maniere accoutumée , où affiftera ladite Cour en
robbes rouges , en mémoire & pour rendre graces à Dieu de
l'heureufe délivrance & réduction de ladite Ville en l'obéiffance
du Roi. Et afin que perfonne ne puiffe prétendre caufe d'i-
gnorance du préfent Arrêt , a ordonné & ordonne qu'il fera lû
& publié à fon de trompe & cri public par tous les carrefours
de cette Ville de Paris , & en tous les Sieges de ce reffort : & à
cette fin fera imprimé , & envoïé à la diligence du Procureur
Général du Roi , à tous fes Subftituts , auxquels elle enjoint de
tenir la main à l'exécution d'icelui , & en certifier ladite Cour.
Fait en Parlement , le trentieme jour de Mars , l'an 1594. Lû
& publié à fon de trompe & cri public par les carrefours de cette
Ville de Paris , le lendemain dernier jour dudit mois.

Signé , DE VILLOUTREIS.

Avertiffement.

LE ferment des Ordres & Officiers de l'Univerfité, ajouté après l'Acte public de l'obéiffance rendue au Roi, fut fait trois femaines après la réduction de Paris. En icelle obéiffance & reconnoiffance ne fe trouverent, Boucher, Feuardent, Guarin, Genebrard (1) & autres Sorboniftes, ennemis jurés de la paix. Les autres foufcrits, en fe reconnoiffant, couvrirent le mal paffé.

ACTE PUBLIC

Et Inftrument de l'obéiffance rendue, jurée & fignée au Roi trés Chrétien Henri IV;

Par M. les Recteur, Docteurs & Suppôts de l'Univerfité de Paris (2):

Avec la forme & conclufion du Serment.

A TOUS ceux qui ces préfentes Lettres verront, le Recteur & l'Univerfité de Paris, & les Facultés de Théologie, de Decret, de Medecine & des Arts, defirent falut en celui qui eft le vrai Sauveur du monde. Soit notoire à tous, par la teneur de cet Acte & Inftrument public, que nous fommes venus & comparus au jour ci-deffous daté, en la grande falle des Ecoles des Théologiens du College Roïal de Champagne, dit de Navarre: à favoir; Nous Jacques d'Amboife Recteur, fus-nommé, avec Meffieurs les Députés Confeillers du Roi en fon Confeil privé; Meffire François d'O, Chevalier des deux Ordres du Roi, Gouverneur & Lieutenant Général pour Sa Majefté en cette Ville de Paris & Ifle de France; Meffire Renaut de Beaune, Patriarche, Archevêque de Bourges, Primat de Guyenne, défigné Archevêque de Sens, & Grand Aumônier de France; Meffire

---

(1) On a parlé ailleurs de ces quatre perfonnages. Jean Boucher étoit Curé de Saint Benoît; Guarin, Cordelier, de même que Feuardent; Genebrard eft très connu.

(2) Cet Acte fe lit en Latin dans l'Hiftoire de l'Univerfité de Paris, par du Boulay, in-folio, tom. 6, pag. 815 & fuiv. Le Recteur Jacques d'Amboife étoit Bachelier de la Faculté de Médecine de Paris. Il avoit été élu Recteur le 24 Mars 1594; & il fut continué le 23 Juin fuivant.

Jean

Jean Seguier Lieutenant Général Civil en la Prévôté & Siege Préſidial de Paris , & Lieutenant Conſervateur des Privileges Roïaux d'icelle Univerſité. Et là ſe ſont trouvés , après due convocation , Monſieur le Doïen de vénérable vieilleſſe , & Meſſieurs les Docteurs Regens de la très Sacrée Faculté de Théologie , tant Seculiers que Reguliers , juſqu'à cinquante-quatre , nombre qui s'eſt pû trouver lors en cettedite Ville , avec leurs Licenciers & Bacheliers ; leſquels mêmes Docteurs , le Samedi ſecond jour de ce préſent mois , allerent volontairement en la Chapelle de Bourbon , où ſe jettant aux pieds de Sa Majeſté , lui ont de leur bon gré , rendu actuelle & expreſſe obéïſſance. Entre leſquels Docteurs s'eſt repréſenté ſpécialement Monſieur le Grand Maître dudit College de Navarre , l'ancien du College de Sorbonne , le Syndic de ladite Faculté , les Prieurs , Gardiens , Lecteurs des quatre Mendians & Chefs des autres Communautés à ce congrégés , & les Curés des Paroiſſes de ladite Ville. Sont auſſi comparus Meſſieurs les Doïen & Docteurs du Droit Canon , Meſſieurs les Doïen & Docteurs de la Faculté de Medecine , Meſſieurs les Procureurs des quatre Nations accompagnés de leurs Doïens , Cenſeurs , Profeſſeurs publics du Roi , Principaux des Colleges , Maîtres ès Arts , Pédagogues , & grand nombre d'Ecoliers , & de Religieux , Prêtres de tous Orders & Couvents ; comme Cordeliers , Auguſtins , Carmes , Jacobins , de Cluni , Saint Germain des prés , de l'Ordre de Saint Benoît , de Cîteaux , de Prémontré , Chanoines Reguliers de Saint Auguſtin réſidens à Sainte Genevieve , & Saint Victor , & Sainte Catherine du Val des Ecoliers , & Saint Guillaume des Blancs-manteaux , des Serviteurs de la Vierge Marie , dits Billettes , des Religieux de Sainte Croix , des Mathurins , de Saint Martin des Champs , & de tous autres Suppôts & Officiers d'icelle Univerſité. Et là , aïant préalablement invoqué la grace du Saint Eſprit , & interceſſion de la Vierge mere de Dieu , & de tous les benoits Saints ; nous avons propoſé & bien conſidéré le texte & precepte du Prince des Apôtres , en ſa premiere Epître , chap. ſecond , où il commande craindre Dieu , honorer le Roi , & nous rendre ſujets , pour l'honneur que devons à Dieu , à toute créature humaine , ſoit au Roi comme Souverain , ſoit aux Gouverneurs & Magiſtrats , comme envoïés de lui pour la vengeance des malfaiteurs , & louange des bons. Et ſur quelques doutes qu'en ces guerres civiles nous avons vu s'émouvoir touchant l'obéïſſance

1594.
SERMENT
FAIT AU ROI
PAR L'UNI-
VERSITÉ,

qu'il faut rendre au Très Chrétien Henri IV, par la grace de Dieu Roi de France & de Navarre, notre Sire, vrai & légitime succeſſeur de ce Roïaume, comme ainſi ſoit que quelques-uns mal inſtruits & prévenus de ſiniſtres opinions, ſe ſeroient malicieuſement efforcés de jetter & ſemer pluſieurs ſcrupules ès eſprits des hommes, prétendans iceux, que jaçoit que le ſuſdit Roi notre Sire, ait embraſſé fermement & de bon cœur tous les points que notre Mere Sainte Egliſe Catholique, Apoſtolique & Romaine croit & tient; toutesfois, notre Saint Pere le Pape, ne l'aïant juſqu'à preſent admis publiquement & reconnu fils aîné de l'Egliſe, il pouvoit ſembler douteux à telles gens, s'il faut cependant lui prêter obéiſſance, comme à ſon Prince abſolu, Seigneur très clement, & unique héritier du Roïaume : ſur quoi, après avoir murement tenu conſeil, & rendu humbles graces à Dieu & à toute la Cour céleſte, pour une ſi manifeſte converſion du Roi, & ſon zele ſi ardent vers notre Mere Sainte Egliſe, dont nous ſommes vrais témoins & oculaires, & pour une ſi pacifique réduction de cette Ville Capitale de la France, nous ſommes tous de chaque Faculté & Ordres unanimement, & ſans aucun contredit, tombés en cet avis & Decret : Que ledit Seigneur Roi Henri, eſt légitime, & vrai Roi Très Chrétien, Seigneur naturel & héritier des Roïaumes de France & de Navarre, ſelon les Loix fondamentales d'iceux, & que par tous ſes Sujets naturels, & Habitans du Païs & ceux qui demeurent dans les bornes deſdits Roïaumes & dépendances, lui doit être rendue entiere obéiſſance d'une franche & libérale volonté, & tout ainſi qu'il eſt commandé de Dieu : nonobſtant que certains Ennemis factieux, & du parti d'Eſpagne ſe ſoient efforcés juſqu'à ce jour qu'il n'ait été admis du Saint Siege, & reconnu fils aîné & bien mérité de notre Mere Sainte Egliſe Catholique. En quoi il n'a tenu, ni ne tient audit Sieur Roi, qui s'en eſt mis en tout devoir, comme il eſt notoire à tout le monde de notoriété de fait, permanent. Et puiſque, comme dit Saint Paul, treizieme aux Romains, nulle puiſſance ne vient d'ailleurs que de Dieu, il s'enſuit que tous ceux qui réſiſtent à la puiſſance de Sa Majeſté, répugnent à l'ordonnance de Dieu, & s'acquierent damnation. Partant, pour plus grand témoignage des choſes ſuſdites, & qu'à notre exemple chacun puiſſe éprouver les eſprits qui viennent de Dieu : Nous Recteur, Doïens, Théologiens, Decretiſtes, Medecins, Artiens, M. Seculiers, Reguliers, Conven-

1594.
SERMENT
FAIT AU ROI
PAR L'UNI-
VERSITÉ

ruels, & généralement tous Ecoliers, Officiers, & autres sufdits, franchement & par infpiration de la grace divine, avons fait & juré de cœur & de bouche, faifons & jurons ferment d'o-béïffance & fidélité au Roi Très Chrétien Henri IV, avec toute foumiffion, révérence & hommage, jufqu'à ne point épargner notre propre fang à la confervation de cette Couronne & Etat de France, & tranquillité de cette florifiante Ville de Paris, & le reconnoître notre Seigneur & Prince temporel, Souverain Héritier légitime & unique : lui avons promis & promettons à jamais fideles fervices, arrêtant entre nous, que nous & tous bons Chrétiens devons emploïer nos affidues oraifons & prieres, actions de graces publiques & particulieres, pour la fanté & profpérité du Roi notredit Seigneur, les Princes de fon Sang Roïal, fon bon Confeil, les Seigneurs & Magiftrats conftitués fous fon autorité. Par ce moïen avons renoncé & renonçons à tou-tes Ligues, affociations & prétendues unions, tant dedans que dehors le Roïaume, & avons confirmé & confirmons tout ce que deffus, mettant, l'un après l'autre, la main fur les faints Évangiles, & ajoutant chacun de nous fa fignature manuelle, & les fceaux de ladite Univerfité. Que s'il fe trouve quelques-uns contraires, & réfractaires, nous les retranchons de notre corps, comme abortifs, les avons privés & privons de nos pri-vileges, & les déteftons comme rebelles, criminels de leze-Majefté, ennemis publics & perturbateurs. Donnons confeil & avis, en tant qu'à nous eft, à tous vrais François, & finceres Catholiques, de faire le femblable comme nous.

A ces caufes, Nous Recteur, & Doïens fufdits, avons dreffé ce préfent Procès verbal, Acte, Decret, ou Déclaration, pour mémoire perpétuelle, le falut des ames, & repos des conf-ciences, & en avons gardé par-devant nous la minute originale, fignée manuellement de tous; & donné au public ce Decret, en forme d'inftrument authentique, figné de nos feings & de notre Greffier, avec les grands Sceaux de l'Univerfité. Ce fut fait & donné en notre Congrégation générale, pour ce tenue au Roïal College de Navarre, l'an mil cinq cent quatre-vingt-quatorze, le Vendredi vingt-deuxieme jour d'Avril, l'an troi-fieme du Pontificat de notre Saint Pere le Pape Clement VIII, & cinquieme du regne de Henri IV, Roi de France & de Navarre,

Ainsi signé,

JACQUES D'AMBOISE, Recteur.

D. Camus, Doïen de la Faculté de Théologie.

Ja. Lefevre, Sous-Doïen, Curé de Saint Paul.

Adrian d'Amboise, Prédicateur du Roi, grand Maître du College de Navarre.

J. Pillaguet, Doïen du Décret.

Henri Blacuod, Doïen de Médecine.

Quatre Procureurs des quatre Nations (1).

Nicolas Vigner (2), Pocureur Fiscal.

Guillaume du Val, Greffier de l'Université.

FORME DU SERMENT.

Nous, JACQUES D'AMBOISE, Recteur de l'Université de Paris, Doïen & Docteurs de la Sacrée Faculté de Théologie Doïen & Docteurs de la Faculté de Décret, Doïen & Docteurs de la salubre Faculté de Médecine, Procureurs des quatre Nations, Doïens des Provinces, Censeurs d'icelles, Professeurs publics du Roi, Principaux des Colleges, Régens, Pédagogues, Maîtres ès Arts, Prieurs, Proviseurs, Religieux de Saint Benoît, de Cîteaux, de Saint Augustin, Blancs-Manteaux, Val de Sainte Catherine, Sainte Genevieve & Saint Victor, quatre Mendians & autres, tant réguliers que séculiers, Suppôts, Officiers & Ecoliers d'icelle, & autres soussignés, jurons & attestons devant Dieu & sur les Saints Evangiles, que nous reconnoissons de cœur & d'affection, pour notre Roi & Prince naturel & légitime, Henri IV, Roi de France & de Navarre, à présent régnant. Promettons à Sa Majesté, sur nos vies & honneurs, de lui garder la foi & loïauté, avec toute révérence & parfaite obéissance, & pour la conservation de son Etat & Couronne, & même de cette Ville de Paris, sous son autorité & commandement, exposer nos vies & biens pour son service & manutention de son Etat. Promettons en outre de n'avoir jamais communication, pratiques & intelligence, avec ceux qui se sont élevés en armes contre Sa Ma-

---

(1) Savoir : Medard Bourgeotte, Procureur de la Nation de France ; François Malherbe, Procureur de la Nation de Picardie ; Jacques Guerouss, Procureur de la Nation de Normandie ; & George Critton, Procureur de la Nation d'Allemagne.

(2) Ou Vignier.

jesté, & tous autres qui se pourroient élever ci-après, que
nous déclarons Ennemis de l'Etat & les nôtres particuliers,
renonçans à toutes Ligues, Sermens & Associations, que nous
pourrions avoir eu par ci-devant faites à l'occasion de la malice du temps, contre & au préjudice de la présente Déclaration, reconnoissans en toute humilité avoir reçu la grace spéciale, la bonté & clémence dont il a plû à Sadite Majesté d'u-
ser envers nous, dont nous lui rendons graces très humbles,
suppliant le Créateur de toutes nos affections, de nous le conserver longuement & heureusement, & lui donner victoire sur ses
Ennemis. Pour témoignage de quoi, nous nous sommes particulierement soussignés. Fait en l'Assemblée générale de l'Université de Paris, au Collége de Navarre, le Vendredi vingt-deuxieme jour d'Avril 1594.

Ainsi signé,

JACQUES D'AMBOISE, Recteur de l'Université.

Docteurs en Théologie.

M. Denys Camus (1), Doïen de ladite Faculté.
M. Ja. le Fevre, sous-Doïen, Curé de saint Paul.
Messire René Benoît, Curé de saint Eustache, Lecteur, Pré-
dicateur & Confesseur du Roi, & Evêque de Troye.
Adrian d'Amboise, Prédicateur & Aumônier du Roi, grand
Maître du College de Navarre.
F. Abely, Abbé d'Yvry (2), Prédicateur & Aumônier du
Roi.
F. Huon, Abbé du Val, Proviseur des Bernardins.
M. Colombel.
F. Ferré, Prédicateur.
J. Poitevin de Sor (3).
F. du Bourg.
M. Lyot (4).
M. Sabot de Lizieux (5).
M. Laffilé, grand Maître du College du Cardinal le Moine.

(1) *Le Camus*, selon l'Histoire de l'Université.
(2) C'est de *Livry*.

(3) De Sorbonne.
(4) L'Historien de l'Université dit, *Lyat*.
(5) C'est-à-dire du College de Lizieux.

M. Colas, Curé de fainte Opportune.
M. Jac. Langes (1), de Sorbonne.
M. Michel Aubourg, Syndic de la Faculté.
M. Louis Godebert, Chanoine, Pénitencier & Vicaire général de Monfeigneur de Paris.
M. Blaife Martin, **Theo.** de Langres.
F. Heffelin, grand **Commandeur** (2) de faint Denys.
M. Quentin Gehenaut, Curé de faint Sauveur.
M. Dreux Conteffe, Tréforier de Saint Jacques (3).
M. P. Beaulieu, **Curé** de Corbeil.
M. P. Perrotte, Curé de Melun.
M. Claude l'Allemand, Curé de faint Pierre-des-Arcis.
M. Jac. Julien, Curé de faint Leu faint Gilles.
François Beranger, Jacobin, Abbé de faint Auguftin.
F. Jean Neyron (4), Prieur de faint Martin-des-Champs.
M. Jean Guinceftre, Curé de faint Gervais.
M. R. Balefdens, Archiprêtre, Curé de faint Severin.
M. Jean Benoît, Archidiacre de Limoges.
F. Sim. Fillieul, Prieur des Carmes.
F. N. Maletefte, Auguft., & plufieurs autres de ladite Faculté de Théologie, tant Docteurs que Licenciés & Bacheliers ont figné.

Docteurs en Décret.

M. Pillaguet, Doïen.   M. Martin.
M. Davidfon.   M. le Clerc.

Docteurs en Médecine.

M. Girard Denifot (5), Doïen.   H. de Monantueil.
Louis Robineau.   H. Blacuod, Doïen.
Jean Rochon (6).   N. Milot.
Louis Thibault.   B. Perdulcis.
Claude Rouffelet.   M. Pierre Laffilé.
           Guill. Cochin.

---

(1) Du Boullay dit *Langues.*
(2) Du Boullay dit Commendataire, *Commendatarius.*
(3) C'eft-à-dire, de faint Jacques l'Hôpital, qui eft un Chapitre.
(4) Du Boullay écrit *Noyron.*
(5) Ou plûtôt Gerard.
(6) Du Boullay le nomme Roch, non Rochon.

Jean Liebout.	Albert le Fevre.
Ph. Ladenot.	N. Elain.
Guill. de Baillou.	J. le Moine.
M. Marefcot.	

Et plufieurs autres Docteurs Médecins.

Profeſſeurs du Roi.

M. Jean Pelerin, Doïen.	N. Goulu.
M. Vignal.	Jean Pafferat.
Frederic Morel.	Et autres.

Bigot & Croizier, Doïens de Province, plufieurs Principaux des Colleges, Maîtres ès Arts, Pédagogues, Officiers, Religieux & Ecoliers, & autres de toutes qualités & Ordres de Religieux, ont figné.

Avertiſſement.

TANDIS que les principales Villes liguées tendoient les mains à leur Prince fouverain & légitime, la Ligue qui fe maintenoit dans le Duché de Bourgogne, fut avertie de fon devoir, comme s'enfuit.

AVERTISSEMENT

A la Nobleſſe & Villes de Bourgogne, tenant le Parti de la feinte Union (1).

MESSIEURS,

Je crois que ceux d'entre vous qui ont participé aux plus privés confeils des Chefs de la défunion des bons François, n'oferoient avec vérité affirmer ce que plufieurs ont ofé publier par écrit, que les foules & oppreffions du Peuple, ou

---

(1) Cet Ecrit eft d'Etienne Durand. Il n'en eft rien dit à l'article des Durand, dont il eft parlé dans la Bibliothéque des Ecrivains de Bourgogne, par feu M. l'Abbé Papillon. Cependant le Pere le Long, dans fa Bibliothéque des Hiftoriens de France, dit qu'il étoit de Dijon. On a déja parlé de cet Ecrivain dans le tom. III des préfens Mémoires, où l'on rapporte fon *Difcours de ce qui advint à Blois jufqu'à la mort du Duc de Guife & du Cardinal de Lorraine.*

le fervent zele que vous aviez eu à la Religion Catholique,
Apoftolique & Romaine, aient été la pierre qui ait aiguifé
vos felonnes & rebelles armés, contre feu, de bonne mémoire,
Henri III de ce nom, notre bon Roi & fouverain Seigneur,
d'autant que nul de vous n'eût ofé fe comparer en zele & fer-
veur de Religion avec Sa Majefté, en laquelle l'un des plus
grands de vos fuppôts, a témoigné, tant par écrit, qu'à la
vue de tous les plus grands de la France, le zele de la
Religion avoir été plus grand & rare, qu'en autre Monarque du Monde ; & qu'en vous plaignant de quelques goûtie-
res, que par extraordinaires exactions, & mauvais ménage de
fes finances, il auroit caufé en cet Etat, vos felons & rebelles
déportemens, vous convaincroient de l'avoir miné & fapé par le
pied, pour le réduire au dernier période de fa ruine ; car au lieu de
diminuer les foules du Peuple, vous les avez plus que redoublées.

Quel avantage donc ou foulas lui ont apporté vos furieux
mouvemens, pour faire croire qu'ils aient été caufés pour
pourvoir aux défordres de fes foules & oppreffions ? Auffi ceux
qui en penfent mieux être éclaircis, en rapportent la fource au
defir que le Duc de Mayenne eut de venger la jufte punition,
que Sa Majefté ordonna être faite à Blois, de la rebellion &
felonnie des Duc & Cardinal de Guife, fes freres ; mais ils fe
trompent, parceque l'orgueil du Duc de Guife lui aïant tellē-
ment enflé le courage, qu'il ne vouloit plus de fuperieur ni de
pareil, avoit tellement altéré leur bonne intelligence, qu'auparavant fon trépas, le Duc de Mayenne ne cherchoit que de rompre avec lui pour rentrer aux bonnes graces du Roi, auquel même il auroit donné avis de veiller fur les déportemens de fon
frere, parcequ'il y avoit du péril en la demeure. Auffi fi cette
vengeance eût été la feule caufe motive de vos foulevemens,
elle ne vous pourroit fervir d'excufe comme à lui, d'autant que
les Duc & Cardinal de Guife n'étant vos freres, nulle raifon
naturelle ni civile vous obligeoit de venger leur mort, au préjudice de l'obéiffance & fidélité que vous deviez à votre Roi,
non plus que vous ne vous êtes reffentis des cruels affaffinats
que les Ducs de Guife & de Mayenne ont commis de leurs
mains, ou fait commettre aux perfonnes de Saint Maigrin,
Sacremore, de Birague, le Marquis de Menelai, & plufieurs autres François comme vous, qui ne leur étoient pas Sujets ni Vaffaux. Davantage, fi cette vengeance vous picquoit, le cruel
parricide de votre Roi ne devoit-il pas borner votre fureur, fans
l'étendre

l'étendre fur tout le Peuple François, qui ne pouvoit mais de
ces morts ? Quand les confpirateurs de la mort de Cefar mirent en délibération, fi avec Cefar on devoit auffi tuer Anto-
nius, Marcus Brutus ne fut de cet avis : difant, que l'affaire
qu'ils avoient entreprife pour la Juftice & pour les Loix devoit
être exempte de toute injure & injuftice. Quelle plus grande iniquité, que de rejetter la peïne du prétendu forfait du Roi, fur
fes jadis Sujets? Mais vous direz :

> Il faut que les Sujets fupportent de l'offenfe,
> Des Rois mal-avifés la cruelle vengeance.

Le feu Roi n'étant qu'ufufructuaire du Roïaume, les Sujets
de la Couronne aïant délaiffé d'être fes Sujets, votre dire ne
pourroit être accommodé aux bons François, affranchis de la
fujetion du feu Roi. Ce n'eft donc ce defir de vengeance qui
vous a piqués, parcequ'étant bornés de l'effet d'icelle, puifque
vous en êtes affouvis par le cruel parricide du Roi, vous fuffiez
demeurés en repos. Le mal donc ne vous tenoit-là ; ains le Duc
voïant que les pieges & filets que fon frere & leurs Prédéceffeurs
avoient dès long-temps tendus, pour attraper notre Roïauté,
demeureroient abandonnés par la mort d'icelui, il s'en feroit voulu
approcher, pour recueillir la proie qui tomberoit en iceux. Et
pource que très magnagnime & vertueux Henri de Bourbon, à
préfent notre Roi Souverain, comme plus proche & habile,
lui fervoit d'obftacle à fa chaffe, il auroit artificiellement invoqué votre aide pour combattre, comme il difoit, l'héréfie,
qui, par fon moïen, devoit formiller par toute la France, &
lui auroit cauteleufement oppofé Monfieur le Cardinal de
Bourbon, fon oncle, pauvre Prêtre, plus que feptuagenaire,
plus prochain & habile à fuccéder à la Couronne du Ciel qu'à
celle de France ; pour, cependant qu'il lui feroit porter la ma-
rote, fe faifir du vrai fceptre, & fous le titre de Lieutenant Général de l'Etat & Couronne de France (auquel, comme l'on
dit du Pape Guillemot, il s'étoit élu foi-même) éloigner tant qu'il
pourroit notre Roi de fes filets & cordages. Mais ne fe fentant
fuffifamment appuïé de ce vieil arbre, duquel d'heure à autre il
prévoïoit l'inftante ruine, ni de vos armes rebelles, il y auroit voulu
ajouter une étroite alliance avec l'Efpagnol, ancien & capital
ennemi de la France. Celui-ci appellé à une certaine efpérance de proie, plus par votre feule divifion que par fes propres

forces; tout ainsi que les Médecins déguisent l'amertume de leurs drogues, de quelque dorure, ou condiment de sucre, & autre douceur amiable au goût, auroit aussi déguisé son entrée à main armée, dans ce misérable Roïaume, sous le spécieux & plausible prétexte de la conservation de la Religion Catholique, Apostolique & Romaine. Vous aïant sous ce faux prétexte facilement persuadé, que tout ainsi que Jovinian, fils du Comte Varronian, aïant été élu Empereur par l'armée de Julian l'Apostat, après la mort d'icelui, refusa l'Empire; à raison de ce qu'étant Chrétien, il lui seroit mal séant de commander à une armée Païenne : aussi étant Catholiques, vous ne deviez souffrir la domination d'un Roi Hérétique. Voilà le pavot somnifere, duquel vos peu caults esprits ont été endormis, tant par le Duc de Mayenne que par l'Espagnol; & n'estimant ses ancres suffisantes pour arrêter votre légereté naturelle, ils ont ajouté l'interdit & excommunication de notre Roi, qu'ils ont extorquée de notre Saint Pere, contre les anciens privileges de ce Roïaume, que Bodin & Choppin (deux des plus savans de tous ceux qui ont trempé en votre infame conjuration) ont laissé par écrit, avoir été concédés par plusieurs Papes aux Rois, Roïaume & Regnicoles de France. O ames dégénerées & dignes de perpétuelle servitude ! mal eussiez-vous fait comme ces généreux François, Sujets du Roi Louis douzieme, lequel aïant été mis en interdit par le Pape Jules deuxieme, tant s'en faut qu'ils en amoindrissent en rien, qu'au contraire ils en augmenterent de beaucoup l'obéissance qu'ils devoient naturellement à leur Roi. Pour quelque temps ce Renard a semé ses doublons & doubles doublons & rempli nos Campagnes de Gens de guerre, non à autre intention, disoit-il, ni sous espérance d'autre loïer, que pour avoir l'honneur d'empêcher que ce tant Catholique Roïaume ne tombât entre les mains d'un Roi Hérétique. Mais en l'Assemblée des Conjurés des trois Ordres de votre Parti, que le Duc de Mayenne avoit indicte à Paris, il fit bien connoître par ses Agens, que sa pensée étoit plus terrestre que celeste, quand il fit demander la Couronne de France pour le Duc Ernest d'Autriche son cousin, & pour l'Infante d'Espagne, sa fille, qu'il lui avoit promise en mariage, voulant, sous ce feint zéle de Religion, défrauder le Duc de Mayenne du loïer qu'il espéroit de sa rebellion, & faire tomber notre Roïaume en quenouille, renverser les fondemens de la Loi Salique, seule fondamentale de ce Roïaume, & asservir la plus généreuse & belliqueuse Na-

tion de la Chrétienté, à la tyrannique domination de la Maison
d'Autriche, de laquelle les Païſans de trois pauvres Villages
des Vallées de Suiſſe, Ury, Suits & Undervald, n'ont oncques
pu ſupporter le joug. Qu'eût dit la Nobleſſe de France qui vivoit du temps du Roi Charles ſeptieme, ſi elle eût oui ſi inſo-
lente propoſition? vu que les Anglois, (la domination deſquels
n'eſt que roſée, au reſpect de la tyrannie Eſpagnole) aïant fait
conquête des Païs & Seigneuries ſujetes au Roi & à la Couronne
de France, la plûpart aimerent mieux perdre leurs Terres, Fiefs
& Seigneuries, que fauſſer la foi à celui à qui naturellement ils
la devoient, combien que l'Anglois eût fait publier, que tout
homme de quelque état ou condition qu'il fût, qui voudroit ſe
tenir aux terres par lui conquiſes (lui faiſant le ſerment & hommage, comme à ſon Souverain) ſeroit reçu & gardé en ſes biens,
droits & privileges, & leur feroit rendre leurs terres, ſi jà elles
étoient occupées. Il eſt vrai que quelques-uns de la Nobleſſe de
votre Parti, aïant encore quelque étincelle de la généroſité de
ces anciens François, ſe ſentant offenſés de l'odeur de ſi infecte
propoſition, les Agens du Tyran de Seville changerent le grain,
& mirent en avant le mariage de cette Infante avec le jeune Duc
de Guiſe, à la charge qu'ils ſeroient couronnés Roi & Reine de
France; mais l'expérience a montré que ce n'étoit qu'un artifice
pour gagner du temps, à ce que cependant que vous vous amu-
ſeriez à ce jouet, il fît deſcendre le Duc Erneſt ès Païs-Bas,
avec une puiſſante armée, pour extorquer de vous par force,
ce que de plein gré vous ne lui auriez voulu accorder. Voilà
comment ce grand & fervent zele de Religion, ne tend qu'à
la ſubverſion des Loix fondamentales de l'Etat & Couronne de
France, & tranſlation d'icelle ſur les chefs d'une Femme &
d'un petit Prince Etranger, auquel cent Seigneurs François ne
portant titre de Prince, ne voudroient céder, en vertu, généroſité, majeſté ou ſuffiſance à manier cet Etat. Voudriez-vous
bien donc reſſembler à ceux qui habitent en l'Arabie heureuſe,
leſquels cherchent la myrrhe chez leurs voiſins, encore que la
nature ait prodiguement rempli leur contrée de toutes ſortes de
plus ſoueves & meilleures odeurs: êtes-vous bâtards, ou dégé-
nerés de cette généreuſe Nation Françoiſe, de vouloir, ſous
prétexte de l'aide, mendiée de l'Eſpagnol par le Duc de Mayenne pour ſe maintenir en ſa rebellion, vous aſſervir à la domination du plus ſuperbe & inſupportable Seigneur qui ſe puiſſe
choiſir entre les vivans? Et toi, Duc de Mayenne, que pen-

ses-tu en ton ame, de voir que ce tant zélé Protecteur de la sainte Religion Catholique, que tu as pris en aide pour précipiter notre Roi de son Trône Roïal pour t'y séoir, égare ton gibier & veut faire prendre la proie, que tu as si long-temps & avec tant de périls & travaux pourchassée, ou au Duc Ernest, ou au Duc de Guise, ton neveu, ou pour mieux dire, attacher notre Roïauté au cottillon de sa fille ?

> Ainsi, pour vous, Moutons, vous ne portez la laine,
> Ainsi, pour vous, Taureaux, vous n'écachez la Plaine,
> Ainsi, Mouches, pour vous aux Champs, vous ne ruchez,
> Ainsi, pour vous, Oiseaux, au Bois vous ne nichez.

Voilà les vrais effets de l'aide & protection mendiée des Etrangers. C'est pourquoi Barthelemi Colion (1), que les Vénitiens avoient élu Chef de leur armée, & auquel, pour avoir fidelement & heureusement administré les affaires de leur République, ils firent ériger une statue d'or (2), les reprit aigrement, de ce que indiscretement ils s'étoient refiés en lui, qui étoit Etranger, & lui avoient donné tout pouvoir & autorité sur eux & leur République. Aussi Corinthe ne chut en la tyrannie, que pour s'être constitué Empereur, Timophanes, Etranger. Et n'ont les Anglois occupé la Grande Bretagne ; les Maures, l'Espagne ; ni les Turcs, la Grece, que pour avoir été par eux appellés à leur secours & protection. Cela vous est trop clair, qu'autre maladie ne travaille plus la France que l'ambition Espagnole, parceque la conversion de notre Roi à la Religion Catholique, Apostolique & Romaine, aïant arrêté l'opération du pavot de faux prétexte de Religion, qui vous a si long-temps endormis, doit dessiller les yeux, pour vous faire visiblement connoître qu'il ne s'agit plus du fait de la Religion ; ains d'un subtil abus pour decevoir la gorge du Duc de Mayenne, béante après notre Roïauté, afin de poser cette tant illustre Couronne sur le Chef de l'Infante d'Espagne. Estimez-vous que les Sieurs de la Chastre, pere & fils de Villeroi, d'Alincour, de Belin, de Villars, de Brissac, de Grandmont & plusieurs autres des premiers & des plus grands Chefs de la Ligue, & la plûpart des meilleures Villes de France, qui ont été endormies de même

____

(1) C'est Barthelemi Coglioni, qui vivoit dans le quinzieme Siecle. Il étoit Italien, natif de Bergame, dont sa famille avoit eu la Souveraineté. Il mourut en 1475.

(2) On dit seulement une Statue équestre de bronze. Voïez les Historiens de Venise.

pavot que vous, euffent quitté votre Parti, s'ils n'euffent bien reconnu qu'il y a plus d'ambition que de zele de Religion en ceux qui defirent nous faire continuer de voguer en cette périlleufe mer de fédition & rebellion populaire, pour anéantir ce tant excellent Etat, & bâtir de fa ruine la grandeur de l'Etranger. Miférables viperes voudriez-vous bien ronger le ventre de votre mere, la France, pour renaître Efpagnol. Voire, mais, direz-vous, la converfion du Roi n'eft qu'une feinte. Qui vous a rendu participant de ce que Dieu s'eft feul réfervé en partage, de lire dans le cœur des Rois & pénétrer jufqu'aux plus profondes cachettes de leurs penfées? A quoi connoiffez-vous que le Roi d'Efpagne, le Duc de Mayenne & toute fa fequelle croient en Dieu, & que la converfion de notre Roi ne foit qu'hypocrifie? puifqu'il n'y a qu'un feul qui en puiffe juger, lequel ne peut être 'trompé. Le Pape, direz-vous, n'a pas approuvé fa converfion; mais il ne la pouvoit légitimement reprouver, n'étant feulement tenu d'ouvrir la porte, ains auffi d'aller rechercher par les lieux & précipices plus dangereux, voire jufqu'à la gorge des loups raviffants, fes brebis égarées, pour les réduire en fa bergerie. Il ne le pouvoit, dis-je, reprouver, fi par les artificieufes menées & menaces de l'Efpagnol, il n'eût été violenté en fes faintes intentions. Le Roi eft Relaps: encore que fa converfion l'auroit réduit au giron de l'Eglife, Sa Sainteté ne le pourroit rendre capable du Roïaume, que la nature & Loi Salique lui déferent. Mais dites-moi, Jefus-Chrift a-t-il défendu de païer le didrachme à Cefar, quoiqu'il fût Païen? ordonna-t-il pas de rendre à Cefar ce qui eft à Cefar? laiffa-t-il de conftituer Saint Pierre Chef de fon Eglife, pour être relaps & l'avoir renoncé jufqu'à trois fois? S'il nous a ordonné de pardonner feptante fois fept fois à ceux qui nous auront offenfés, pourquoi auroit-il reftraint la clemence & mifericorde de notre Mere fainte Eglife, fa chere & bien aimée Epoufe, tellement qu'elle fermât à jamais fon giron à ceux qui l'auroient pour la feconde fois offenfée? O hérésie plus que Novatienne! Au demeurant, quelle autorité peut avoir Sa Sainteté fur la difpofition de ce tant illuftre Roïaume, que le Pape Clement cinquieme, (comme plufieurs autres de fes Prédéceffeurs) a déclaré, avec fon Roi & Regnicoles, être exempt de la fujetion de l'Eglife Romaine, par priviliges enclos au corps du droit Canon, nonobftant la déclaration du Pape Boniface huitieme, qu'il eft néceffaire, pour le falut, de s'affujetir au Pontife Romain. Mais ce n'eft poffible,-

pas ce qui vous empêche & retient de reconnoître votre Roi,
& de recourir à sa clémence, pour avoir abolition de vos forfaits ; ains ou la crainte de contrevenir au serment que vous lui
aviez prêté en votre conjuration, de ne reconnoître jamais un
Roi Hérétique, ou (ce qu'est plus credible) le désespoir de pouvoir obtenir grace de votre felonnie & rebellion. Quant à
votre serment, s'il n'est autre, que de ne reconnoître jamais
un Roi Hérétique, vous ne l'enfreindrez aucunement, reconnoissant & retournant de bon cœur à notre Roi, parcequ'il est
à présent plus Catholique que vous tous, & pource que la cause
limitée doit produire effet limité, la cause de votre serment
cessant, vous êtes suffisamment dispensés d'icelui. Que si votre
serment est de secouer entierement le joug d'obéissance, que
naturellement & civilement vous deviez aux légitimes Successeurs de cette Couronne, il n'est point obligatoire, pour être
contre les bonnes mœurs, aussi ne tiens-je pas vos consciences
si étroites, que vous fissiez état de vos sermens, après avoir
violé le serment de fidélité & obéissance, duquel la nature &
Loi du Roïaume, vous ont dès le ventre de vos meres obligés à vos Rois naturels & légitimes. Celui qui a osé le plus, ne
doit craindre faire le moins. Qui vous a dispensés de ce premier & tant saint serment, au préjudice duquel, tous autres
que vous pourriez conséquemment avoir faits, seroient de nul
effet & valeur ? Quant au désespoir d'obtenir grace & abolition
de vos felonnies & rebellions, il doit être loué par les exemples de la rare & indicible clémence, de laquelle notre Roi a
usé envers tous ceux qui ont recours à Sa Majesté, même envers
le Duc de Feria & les Espagnols, ses Ennemis capitaux, les
séditieux Prédicans, trompettes de la rebellion, & les Seize bourreaux de Paris, ministres de la tyrannie Espagnole, tous dignes de mugir dans le Taureau d'airain du Tyran d'Agrigente.
Il a fait une abolition générale, & reçoit à bras ouverts tous
ceux qui se reconnoissent : & mettant sous le pied toutes leurs
offences, il les traite indifféremment comme ses bons & loïaux
Sujets. Je m'assure qu'il n'a tenu & ne tiendra qu'au Duc de
Mayenne, qu'il ne trouve autant d'humanité & clémence en Sa
Majesté, que Stenon fit jadis en Pompée : lequel aïant proposé
de punir rigoureusement les Mamertins, de ce qu'ils s'étoient
révoltés contre lui ; Stenon lui dit qu'il ne feroit pas bien ni
justement, s'il faisoit mourir plusieurs innocens, pour & au
lieu d'un, qui seul étoit coupable, & que c'étoit lui seul qui

avoit fait revolter & rebeller toute la Ville, y aïant induit ses amis
par amitié, & contraint ses ennemis par force. Ces paroles touche-
rent tellement le cœur de Pompée, qu'il pardonna aux Mamer-
tius, & se porta fort humainement envers Stenon. Ne permettez donc que ce désespoir glisse en vos ames & vous fasse douter de sa clémence; ains avec un cœur contrit & répentant,
retournez à sa bonté, avec ferme résolution d'effacer, par votre
fidélité & loïauté future, toutes taches de rebellion du passé : re-
mettez-vous devant les yeux combien vos furieux déportemens
ont apporté d'incommodités à vos affaires, de pertes & ruines
à vos personnes & moïens, qui ne se peuvent réparer que par
effets contraires à ceux qui en ont été la cause & le motif; &
principalement vous, Messieurs de la Noblesse, ramenez en
votre mémoire en quelle estime le Duc de Mayenne vous a eus,
n'aïant jugé aucun de vous dignes des Gouvernemens des Villes
& Places fortes de cette Province, comme si elle eût été stérile
d'hommes capables de telles charges. Si vous considérez bien
pourquoi un Gascon, un Italien, quelques Soldats de fortune,
quelques petits Maîtres d'Hôtel de sa Maison, & autres aussi
peu chargés de Noblesse qu'un crapaud de plumes, ont été par
lui préférés à vous ausdites charges & gouvernemens; possible
demeurerez-vous d'accord avec moi que c'est, ou parceque
telles gens étant ses créatures qu'il avoit, comme les champi-
gnons, élevés en une nuit, il en jouiroit mieux que de vous autres, & les pourroit aussi-tôt défaire qu'il les avoit faits; ou que
votre loïauté & fidélité lui a été suspecte, pour vous en avoir
vu manquer envers votre Roi, ou pour vous ôter tous moïens,
retournant de l'étourdissement auquel il vous a si long-temps tenus sous le feint zele de Religion, d'avoir dequoi en main pour
faire votre appointement avec Sa Majesté. Quant aux Villes,
les grandes foules qu'elles ont souffertes de la Gendarmerie, les
grands subsides desquels elles ont été surchargées, la perte de
leur bétail, le pillage de leur revenu champêtre, la cessation de
tous commerces, la désolation & ruine de leurs maisons & héritages, tant aux Champs qu'à la Ville, le sang de leurs bourses
jusques aux fonds sucé, pour les rançons qu'on a exigées d'eux
& de leurs métairies, leur fourniront assez amples mémoires
pour se ressouvenir à jamais de leur rebellion, & pour juger, des
précédens déportemens de ce Roi imaginaire, quelle espérance
ils doivent avoir de meilleur traitement à l'avenir. Mais que
pouvez-vous, ni les uns ni les autres, espérer de bien, conti-

nuant en ce misérable Parti reprouvé de Dieu & tant pernicieux aux hommes ? Ce qui pourroit avenir plus à votre souhait, seroit que ledit Duc de Mayenne (Prince de votre rebellion) précipitât notre Roi de son Trône, & lui ôtant sa Couronne, la posât sur son chef : ou qu'à l'exclusion de l'un & de
l'autre, le chef de l'Espagnol, ennemi juré & capital de cet
Etat, en soit orné. Si le Duc de Mayenne vient-au-dessus du
vent, ce que Dieu ne permettra jamais, parcequ'il n'est point
Fauteur d'iniquité, se ressouvenant de votre rebellion & déloïauté
envers vos Rois légitimes, à bon droit aura-t-il votre fidélité en son
endroit suspecte ; tellement que ni plus ni moins que ceux qui
ont affaire du fiel ou venin d'une bête venimeuse, sont bien
aises quand ils la tiennent, & la prennent pour s'en servir à leur
besoin ; mais quand ils en ont pris & tiré ce qu'ils ont voulu, ils
détestent & haïssent sa malice : ainsi aïant fait état de votre déloïauté, tant qu'il en aura eu affaire, quand il aura fait de vous,
il vous détestera & aura en horreur. Et lors pour s'assurer contre votre infidélité, & jetter les ancres de sa tyrannie, suivant
le conseil donné à Sextus Tarquinius, par son pere, il fera abbattre les plus hautes têtes des pavots qu'il estimera pouvoir
servir de bride ou obstacle à sa tyrannie. Il s'environnera de gardes étrangeres, d'autant que se rendant odieux à tous, il entrera en défiance de tous, il réparera les vieux Forts & cons-
truira de nouvelles Citadelles, qu'il remplira de Garnisons
Etrangeres. Il ruinera tous ceux qu'il jugera avoir plus d'autorité parmi les Villes, départira les honneurs & gardes des Forteresses à Gens étrangers & de basse étoffe, & non à la Noblesse du Païs, aura suspecte la bonne intelligence des Citoïens, semera & nourrira discorde & divisions entre tous les
Ordres, établira espions pour guetter & veiller les actions &
déportemens des gens de bien, exigera injurieusement la subs-
tance du pauvre Peuple, & tarira toutes ses finances, accablera
le pauvre plat-Païs de corvées & indues contributions, afin de
lui ôter les moïens de penser à se délivrer de si misérable servitude, ravalera l'autorité des Cours de Parlement, à ce qu'elles n'aient moïen de s'opposer à sa tyrannie, & établira de nouveaux Officiers de Judicature, de la qualité & prud'hommie des
Seize, bourreaux de Paris, & autres Juges de la feinte Union,
qu'il a établis par toute la France. Il commettra aux charges
publiques & receptes des deniers de ses indues exactions les plus
larrons & scélérats, pour, à l'aide d'iceux, succer le sang & subs-
tance

tance du pauvre Peuple, & après avoir enflé les fangfues, il
leur fera rendre gorge, & ferrera l'éponge, les envoïant au
dernier fupplice. Voilà, Meffieurs, ce que de fes déportemens
du paffé fe peut pronoftiquer de l'avenir. Que fi par le moïen
& continuation de votre felonie, vous pofez la Couronne de
France fur le Chef de l'Efpagnol (comme celle de Portugal lui
a été déférée par la Nobleffe dudit lieu), il rendra auffi bonne
récompenfe au Duc de Mayenne & à vous, qu'il a fait aux
Gentilshommes Portugais; auxquels, comme ils lui demandoient la récompenfe qu'ils lui avoient fait promettre, s'ils lui
fervoient d'outils pour arracher la Couronne de Portugal de
deffus le chef de Dom Anthonio, leur Roi légitime, & la pofer fur le chef de Dom Philippe, il fit réponfe, par Arrêt de fon
Confeil, que fi le Roïaume de Portugal lui appartenoit de
droit, il ne tenoit rien par leur bénéfice, & de conféquent ne
leur devoit-il aucune récompenfe: que s'il n'y avoit point de
droit, ils avoient été traîtres & déloïaux à leur Roi, & partant
feroient-ils plus que récompenfés fi on leur laiffoit les vies, que par
leur trahifon & déloïauté ils méritoient de perdre honteufement.
Au demeurant, fi de l'ongle l'on connoît bien le Lion, les inhumains & plus que barbares déportemens defquels il a ufé envers les pauvres Indiens, Flamans, Portugais & autres, que par
armes il a réduits à fa domination, vous doivent fervir d'échantillon des gracieux traitemens que vous devez efpérer de fa
tyrannie. Reveillez-vous donc, Bourguignons, de ce grand &
long étourdiffement, & vous réuniffez avec nous en la bonne
intelligence (que le Duc de Mayenne en a banni) pour à force
d'eau de fidélité, éteindre le brafier de rebellion, que le vent
d'ambition Efpagnole fouffle, & veut entretenir par toute notre
France, afin de rechercher & trouver fa grandeur en nos cendres. Le mafque eft levé; il n'y a plus du fait de la Religion, ains
de l'envahiffement de l'Etat, par les artifices de l'ennemi capital de la France. Imitez le fyncretifme des Candiots, lefquels
entrant fouvent en guerres civiles les uns contre les autres,
fitôt qu'il leur furvenoit quelque Ennemi étranger, fe ral-
lioient incontinent enfemble, & fe bandoient contre leur
ennemi commun. La France n'eut jamais plus cruel ni capital
ennemi que l'Efpagnol; il fe veut emparer de ce Roïaume,
fous feint prétexte de Religion, & nous foumettre à l'Inquifition d'Efpagne, tandis que nous fommes divifés; ce qu'il n'eut
ofé penfer tandis que nous étions bien unis & en bonne intel-

1594.
Avertisse-
ment a la
Noblesse.

Tome VI.   O

ligence. Ne laiffez mémoire à la poftérité que vos partialités &
divifions (afin que je ne dife vos felonies & déloïautés envers
votre Roi) aient dreffé les échelles à l'Efpagnol pour grimper
au fommet de la plus grande & haute Monarchie de la Chrétienté, & faire tomber cette jadis tant floriffante Couronne en
quenouille, au grand mépris & contentement de la générofité
ancienne des François. Envoïez quelque Aftolphe aux Cieux
pour rapporter les forces de vos bons fens égarés, & retournez
à votre bon Roi, comme ont fait les principaux de la Nobleffe
& la plûpart des Provinces & principales Villes, qui n'agueres tenoient votre Parti, pour lui aider à rechaffer cette race
Marrane & Sarrafine, jufqu'au plus profond d'Efpagne, s'il fe
veut contenter d'autant. Ne vous rendez indignes de la clémence & débonnaireté, qui a tellement amoli & détrempé les
cœurs des plus durs & felons de votre Parti, voire des plus capitaux ennemis de cet Etat & Couronne, qu'ils ploient fous
l'obéiffance de notre Roi. Confidérez combien depuis fa converfion votre Parti eft affoibli, & que votre indignation, fans
force, fera vaine; que Dieu ne bénira (comme il n'a jamais beni) vos armes rebelles contre un Roi tant Catholique & rempli
de tant de rares vertus & perfections; & que fi vous vous rendez indignes de fa clémence, n'aïant plus affaire qu'à une
bien petite partie de la plus foible Province de tout fon
Roïaume, & à une poignée de gens, gênés en leurs confciences par les horribles furies de leur rebellion, il ne lui
refte que trop de forces pour debeller votre orgueil & cruellement châtier vos felonies. Vous en êtes venus à la veille.
Ne tardez donc plus, Meffieurs, à rentrer en votre devoir,
car il y a du péril en la demeure. Dieu vous en faffe la
grace.

Avertissement.

AJOUTONS conséquemment la reconnoissance de Lyon, Ville de telle importance que chacun sait, laquelle reconnoissant son Souverain, fut bénignement traitée de lui, & obtint la Déclaration ci-apposée.

EDIT & DECLARATION
DU ROI,

Sur la Réduction de la Ville de Lyon sous son obéissance (1).

HENRI, par la grace de Dieu, Roi de France & de Navarre, à tous présens & avenir, Salut. Dieu qui par ses secrets jugemens souffre quelque fois l'iniquité regner pour un temps, a permis que ceux qui, sous le nom de la Ligue & sous le prétexte de la Religion Catholique, se sont efforcés de s'emparer de cette Couronne, & en chasser les vrais & légitimes Successeurs, aïant formé depuis quelques années en çà une puissante & très pernicieuse faction en ce Roïaume, en laquelle, outre la plûpart des Peuples d'icelui, & même les Habitans des meilleures Villes de cedit Roïaume, qu'ils y ont su attirer par leurs artifices & captieuses persuasions, ils ont fait entrer plusieurs Princes Etrangers, anciens ennemis de la grandeur de la France, dont à toutes occasions ils ont été tellement assistés de moïens & de forces, qu'ils l'ont si bien ébranlée, qu'elle a été fort proche de sa chûte & entiere ruine. Mais comme la Providence divine, qui gouverne toutes choses avec une justice & sapience incompréhensible, après avoir enduré le mal jusqu'à certains termes & limites qu'elle lui a prescrits, le fait tourner à la condamnation & châtiment de celui qui en a été l'instrument; aussi après avoir souffert, par l'espace de six ans, l'ambition

(1) La Ville de Lyon se soumit à l'obéissance du Roi le 7 de Janvier 1594. Voïez sur cet évenement l'Histoire de M. de Thou, vers la fin du Livre 108.

& hypocrifie des Auteurs de la faction fufdite, & les défordres, rüines, meurtres, faccagemens, pilleries, facrileges & autres efpeces de maux, dont ils ont comblé ce Roïaume, & icelui rendu, du plus beau & floriffant de l'Europe qu'il étoit, l'un des plus difformes, confus & miférables de toute la terre, elle a voulu enfin borner & limiter leur licence effrénée, & convertir à leur confufion & ruine ce qu'ils tenoient pour plus affuré fondement de leur imaginaire grandeur. C'eft la faveur & affiftance des Peuples & bonnes Villes de ce Roïaume, lefquelles aïant finalement, au moïen de notre converfion à la Religion Catholique, Apoftolique & Romaine, les yeux deffillés pour voir que ladite faction n'étoit qu'une pure rebellion, & que les deffeins des Chefs d'icelle, ne tendoient qu'à l'ufurpation & démembrement de cet Etat, & y établir des dominations nouvelles, étrangeres & tyranniques, à l'oppreffion & ruine defdites Villes, & au grand fcandale & préjudice de la vraie Piété & Religion Catholique, elles ont pris pour la plûpart une bonne & falutaire réfolution de fe départir de leur affociation, de reconnoître leur devoir à quoi Dieu & nature les obligent envers nous, & fe réduire en notre obéiffance. Entre lefquelles notre bonne Ville de Lyon s'eft acquife une gloire & louange qui paffera à toute la poftérité, & paroîtra fur toutes celles qu'elle à jamais méritées, aïant été des premieres en cet acte de reconnoiffance de notre autorité, comme elle l'eft en rang, opulence & grandeur; & non-feulement des premieres en temps, mais auffi en fincérité de zele & promptitude d'affection, aïant en cela laiffé un exemple à tous les autres, qui recommandera & honorera à jamais leur mémoire. En confidération dequoi nous fentant aucunement obligés à lui faire, & à tous les Ordres & Etats, Manans & Habitans d'icelle, un traitement conforme à leur mérite, Nous, de l'avis de notre Confeil, où étoient les Princes de notre Sang, bon nombre de Prélats & autres grands & notables perfonnages, avons dit, déclaré, ftatué & ordonné, difons, déclarons, ftatuons & ordonnons.

I.

Qu'il ne fe fera en ladite Ville & Fauxbourgs d'icelle, & autres lieux du Gouvernement, défendus par l'Edit de Pacification fait en l'année mil cinq cent foixante & dix-fept, aucun autre exercice que de la Religion Catholique, Apoftolique

& Romaine. Et font toutes perfonnes Eccléfiaftiques mifes fous notre protection en la confervation de leurs droits, biens & revenus, dont pleine main-levée leur eft faite, nonobftant toutes faifies, lefquelles nous révoquons & annullons. Et aïant égard aux pertes par eux fouffertes, & defirant gratifier & favorablement traiter lefdits Eccléfiaftiques, les avons quittés & déchargés, quittons & déchargeons de toutes les decimes dont font chargés leurs Bénéfices, depuis le commencement defdits préfens troubles, jufqu'au dernier jour du mois de Décembre dernier paffé.

1594.
EDIT DU ROI
SUR LA RÉ-
DUCTION DE
LYON.

II.

Comme auffi nous revoquons & annullons toutes faifies qui pourroient être faites de préfent & à l'avenir fur les Biens, Offices & Bénéfices de tous nofdits Sujets de ladite Ville & Gouvernement, de quelque qualité & condition qu'ils puiffent être, en vertu de nos dons, provifions, ou affignations à ce contraires, que nous voulons être nuls & de nul effet.

III.

Et parceque ne pouvons nous tenir plus affurés de nos Villes, & de l'obéiffance qui nous eft dûe par nos Sujets, que par leur fidélité & affection, en quoi fommes bien certains que ceux de notredite Ville perfifteront, Nous déclarons auffi que jamais n'aurons d'eux aucune défiance, ni defir de bâtir autres Citadelles que dans leurs cœurs & bonnes volontés.

IV.

Et fur la requifition par eux faite, que toutes les Fortereffes occupées par nos Ennemis, foit dans ledit Gouvernement ou près d'icelui, foient démolies fi-tôt qu'elles feront réduites fous notre obéiffance, Nous déclarons qu'icelles étant recouvrées, foit par la paix ou autrement, y fera par nous pourvu au contentement defdits Habitans.

V.

Et ne feront tenues autres garnifons, en ladite Ville, que de fix cens Suiffes, dont ferons élection de fi bons Capitaines, & defquels aurons telle affurance, que lefdits Habitans s'y pourront bien repofer. Et quant au paiement defdits

Suisses, voulons & entendons qu'il soit fait par la même forme qu'il s'est fait ci-devant & auparavant les présens troubles, qu'il a été besoin de tenir garnison en ladite Ville.

VI.

Seront les Edits & Ordonnances soigneusement observées en la réception de personnes capables, & de la qualité requise ès bénéfices, offices, charges & dignités publiques.

VII.

Voulant en outre, que notre grace soit entiere envers lesdits Habitans: Promettons d'oublier tout ce qui peut avoir été fait de l'autorité du Corps de ladite Ville, depuis l'ouverture de ces derniers troubles jusqu'à leur réduction à notre obéissance, contre notre autorité & service, & au préjudice de nos Ordonnances; sans qu'il en puisse être faite pour ce aucune recherche ou poursuite, en général ou en particulier, attendu même la déclaration qu'ils ont faite, que ce qu'ils en ont fait n'a été que pour la conservation de ladite Ville & Religion. Comme aussi nous leur quittons & remettons tout ce qu'ils peuvent avoir pris, reçu & exigé de nos droits, soit en la Douanne dudit Lyon, ou autrement. Et pour le regard de l'emprisonnement par eux fait de la personne du Duc de Nemours (1), avouons qu'il a été fait pour le bien & utilité de notre service, & promettons de les en décharger & garantir contre qui que ce soit qui voulût s'en ressentir. N'entendons toutesfois comprendre au présent article ce qui a été fait par forme de volerie & sans aveu; pour raison de quoi nous avons permis & permettons à toutes personnes de se pourvoir par voies de justice; comme aussi sont exceptés tous ceux qui se trouveront coupables de l'exécrable assassinat commis en la personne du feu Roi, notre très cher Seigneur & Frere, que Dieu absolve, & de conspiration sur notre vie, & pareillement tous crimes & délits punissables entre gens de même Parti.

VIII.

Et parceque lesdits Habitans se sont plaints à nous de plusieurs impositions, daces & subsides, qui se levent, soit dedans, soit dehors ladite Ville, même sur les Rivieres du Rône

______
(1) C'étoit Pierre d'Espinac, Archevêque de Lyon, qui l'avoit fait arrêter.

Saône & Loire, en baillant par eux la déclaration, y fera par
nous pourvu fur la révocation ainfi qu'il appartiendra. Et néanmoins, dès-à-préfent, avons ordonné & ordonnons que s'il s'en
fait ou leve aucunes fans notre permiffion & fans nos Lettres
patentes, qu'elles ceffent. Faifant défenfes à toutes perfonnes,
de quelque qualité qu'elles foient, fur peine de crime de leze-
Majefté, d'entreprendre de faire aucune impofition fur les denrées & marchandifes, ni levées de deniers fur nos Sujets, fans
nos Lettres patentes : enjoignant à nos Officiers de s'informer
de ceux qui en peuvent avoir abufé, & nous en certifier dûement.

IX.

Accordons néanmoins, que commiffion foit expédiée aux
Confuls & Echevins de ladite Ville de Lyon, pour la continuation de l'impofition qui s'exige fur l'entrée du Vin, &
ce pour trois ans à venir, à raifon de quarante fols pour piece tant
feulement, fi tant fe peut monter le rembourfement des deniers prêtés, affignés fur icelle, dont voulons que l'état foit par
eux baillé pour être vérifié en notre Confeil. Et ordonnons à
nos Tréforiers généraux de commettre un Contrôleur fur la levée de ladite impofition, à ce qu'elle ne foit continuée que
pour lefdits trois ans, & moins fi ledit rembourfement peut
être plutôt fait.

X.

Voulons auffi, que ce qui aura été païé par les Receveurs Généraux ou particuliers de nos Finances, Taillon, Domaine &
autres Comptables, en vertu des Mandemens & Ordonnances
des Duc de Nemours, Marquis de faint Sorlin & l'Archevêque dudit Lyon, foit paffé & alloué en la dépenfe de leurs
Comptes, en rapportant lefdits Mandemens avec quittance des
Parties prenantes & fans fraude.

XI.

Et néanmoins, ordonnons que l'état des Receveurs Généraux
foit vérifié par nofdits Tréforiers, & par eux envoïé en notre
Confeil, pour, icelui vu, être pourvu auxdits Receveurs fur le
prétendu rembourfement des deniers, qu'ils difent avoir été
contraints avancer. Et que le femblable foit fait pour les avan-
ces faites par lefdits Echevins, au rembourfement defquels fera
pourvu avec préférence à tous autres.

XII.

Avons auſſi accordé & accordons la continuation de leurs privileges des Foires, comme auſſi ceux des Soies & de la Manufacture d'icelles, & en or & argent, & tous les autres privileges, ci-devant concédés aux Nations étrangeres, & entr'autres ceux concernant l'exemption des aubaines, ſuivant l'Edit de déclaration du mois de Mars 1583. Le tout ainſi qu'ils en ont toujours bien & dûment joui & jouiſſent encore de préſent. Et pour l'amplification par eux requiſe pour la conſtitution du prix des Changes, ordonnons que ceux deſdites Nations étrangeres ſeront préalablement ouis & appellés.

XIII.

Voulons pareillement que la Juriſdiction du Juge conſervateur ſoit maintenue ſelon ſon établiſſement, ainſi qu'il a été pratiqué juſqu'à préſent.

XIV.

Et de même jouiront de leurs anciens privileges pour l'exemption des tailles des biens roturiers deſdits Habitans dudit Lyon, ſuivant l'Arrêt donné en notre Conſeil privé le vingt-ſixieme d'Août 1581, comme auſſi des privileges d'exemption à contribuer au Ban & arriere-Ban pour leurs Fiefs & Maiſons nobles. Le tout ainſi qu'ils en ont bien & dûement joui & jouiſſent encore de préſent.

XV.

Et parcequ'il a été vendu de leurs biens ſitués au Païs du Dauphiné, même par autorité de juſtice, pour le paiement des tailles & impoſitions : voulons, de grace ſpéciale, qu'ils les puiſſent racheter & rentrer en iceux, faiſant rembourſement du prix pour lequel ils ont été vendus, enſemble des frais & loïaux-coûts, & ce, dans ſix mois préciſément.

XVI.

Plus, avons confirmé & confirmons les privileges d'ennobliſſement, octroïés par nos Prédéceſſeurs Rois aux Echevins de notredite Ville, leurs enfans & deſcendans, tout ainſi qu'ils en ont bien & dûement joui & jouiſſent encore de préſent.

XVII.

1594.

Edit du Roi sur la réduction de Lyon.

XVII.

Et parceque, pour la nécessité présente en laquelle se retrouvent nos affaires, sommes contraints remettre la bonne volonté qu'avons au soulagement de ceux du plat Païs dudit Gouvernement, pour les gratifier aux années suivantes, leur avons accordé & accordons quant à présent, la décharge de tout ce qu'ils peuvent devoir pour le passé, en quelque sorte que ce soit, pour cause de tailles & arrérages d'icelles, jusqu'au dernier jour du mois de Décembre dernier.

XVIII.

Et pour autant que plusieurs saisies ont été faites de notre autorité sur les dettes & facultés des Marchands-Négocians en ladite Ville, nous leur accordons main-levée générale de toutes lesdites dettes & facultés saisies. Et pour le regard de celles dont l'on prétend que nous nous soïons servis, en baillant l'état particulier d'icelles, avec les justifications nécessaires, y sera par nous pourvu.

XIX.

Et pour le regard de nos Officiers, tant de Finance que de Judicature, & autres de ladite Ville & Gouvernement, qui ont été pourvus de leurs Offices par nos Prédécesseurs Rois, étant en exercice, seront maintenus, & les autres remis & rétablis en leurs Charges & Dignités, sans païer finance & sans prendre de nous autres Lettres de Confirmation, que le présent Edit. Et quant à ceux qui se trouveront avoir provision du Duc de Mayenne, par mort ou résignation de ceux de même Parti, icelles rapportant, leur seront expédiées nos Lettres de Provision, sans païer finance.

XX.

Et parceque ce qui a été fait par les Echevins de notredite Ville, mettant hors d'icelle aucunes personnes suspectes, a été par nous trouvé bon pour le sûr rétablissement d'icelle sous notre obéissance, avons déclaré & déclarons approuver & agréer tout ce ce qui en a été fait, & que nous approuverons ce que par ci-après en sera par eux fait, nous assurant qu'ils ne le feront qu'avec bonnes raisons. N'entendons que les ex-

1594.

EDIT DU ROI
SUR LA RÉ-
DUCTION DE
LYON.

pulfés de ladite Ville, à la forme que deffus, puiffent y rentrer, finon avec la permiffion du Gouverneur qui y fera de notre part, & par l'avis qu'il en prendra defdits Echevins. Et néanmoins voulons & ordonnons que lefdits abfens jouiffent de leurs biens, & que leurs Etats & Offices, & les gages & leurs droits d'iceux leur foient confervés; fans que pour ladite abfence, ils foient exclus de la grace générale par nous faite à ladite Ville, ni qu'il foit auffi dérogé à l'Ordonnance faite par les Echevins, finon qu'il y eût exception particuliere, par Déclaration expreffe de notre volonté.

XXI.

En outre, voulons & ordonnons que nul Habitant de ladite Ville, de quelque privilege, qualité & condition qu'il foit, puiffe être exempt des charges, emprunts, fubfides, impofitions, guet & gardes d'icelle, fors & excepté les Eccléfiaftiques, pour le guet & garde tant feulement. Et quant à nos Officiers Commenfaux, voulons qu'ils foient exempts de toutes autres Charges & fubfides, finon du guet & garde.

XXII.

Et finalement, pour plus gratifier lefdits Confuls & Echevins, leur avons accordé & accordons la continuation des dons & oétrois à eux accordés par nofdits Prédéceffeurs, pour la levée des cinq efpeces de menus fubfides, & ce, durant fix années prochaines venant, fauf à leur continuer par aprés, s'il y échet.

Si donnons en mandement à nos amés & féaux les gens tenant nos Cours de Parlement, Chambre de nos Comptes, & Cour de nos Aydes, & à tous nos amés Juges & Officiers qu'il appartiendra, que ces Préfentes ils faffent lire, publier, & enregiftrer, & le contenu garder & faire garder, obferver & entretenir de point en point, felon fa forme & teneur; contraignant à ce faire, & fouffrir tous ceux qu'il appartiendra; & qui pour ce, feront à contraindre nonobftant Oppofitions ou Appellations quelconques, Edits, Déclarations & Révocations qui pourroient avoir été faites par le feu Roi, notre très honoré Seigneur & Frere, & par nous depuis le renouvellement de ces troubles, Arrêts, Jugemens, Lettres, Mandemens, Défenfes, & autres chofes à ce contraires, auxquel-

les nous avons pour ce regard dérogé & dérogeons, enfemble
aux dérogatoires des dérogatoires y contenues : car tel eſt notre
plaiſir. Et afin que ce ſoit choſe ferme & ſtable à toujours ,
nous avons fait mettre notre ſcel à ceſdites Préſentes ; ſauf
en autres choſes notre droit , & l'autrui en toutes. Donné
à ſaint Germain-en-Laie, au mois de Mai , l'an de grace
1594. Et de notre regne le cinquieme.

1594.
Edit du Roi
sur la ré-
duction de
Lyon.

HENRI.

Viſa.

Par le Roi, étant en ſon Conſeil.

FORGET.

Regiſtrées : Oui ſur ce le Procureur général du Roi. A Paris
en Parlement, le vingt-quatrieme Mai l'an 1594.

Du TILLET.

Regiſtrées ſemblablement en la Chambre des Comptes : Oui
le Procureur géneral du Roi , aux charges & ainſi qu'il eſt
contenu au Regiſtre ſur ce fait, le vingt-ſeptieme jour de Mai
l'an 1594.

DE LA FONTAINE.

Regiſtrées au Greffe de la Cour des Aydes : Oui ſur ce le
Procureur général du Roi, ſuivant & aux charges portées par
le regiſtre du jourd'hui, à Paris en ladite Cour des Aydes, le
vingt-ſeptieme jour de Mai, 1594.

BONNET.

Lues & publiées en Jugement de la Sénéchauſſée & Siege
Préſidial de Lyon, à jour de plaids & iceux tenans : Oui &
ce requérant le Procureur du Roi. De laquelle lecture le Conſeil a octroïé & octroie acte, & a ordonné & ordonne qu'elles
feront enregiſtrées ès actes & regiſtres de ce Siege, & publiées
à ſon de trompe & cri public par les lieux & carrefours de
cette Ville de Lyon, accoutumés à faire telles proclamations;
deſquelles feront envoïées copies vidimées aux Juriſdictions
ſubalternes de ce reſſort, pour en être fait ſemblable lecture &
publication, afin que perſonne n'en prétende cauſe d'igno-

rance : & néanmoins feront faites très humbles remontrances à Sa Majefté, concernant le reglement de ladite Sénéchauffée de Lyon, avec celle de la confervation des privileges des Foires de ladite Ville. Fait à Lyon en Jugement féant nous Guillaume de Gadaigne, Baron de Balmont, Seigneur de Saint Victor & Botheon, Chevalier de l'Ordre du Roi, Confeiller en fon Confeil d'Etat, Lieutenant général pour Sa Majefté en la Ville de Lyon, Païs de Lyonnois, Forêts & Beaujollois, Sénéchal de Lyon ; Nicolas de Largés, Préfident ; Baltazard de Villars, Lieutenant général ; Jean Rolin, Lieutenant particulier, Acceffeur (1) criminel ; Jean Nandel, Hugues Brocquin, Clovis de Chabanes, Louis de Rochefort, Pierre Allard, & George l'Anglois, Confeillers & Magiftrats efdits Sieges & Sénéchauffée, le Mardi vingt-unieme jour du mois de Juin 1594.

Collation faite,   MARLHET.

Signé, CROPPET.

Lues & publiées à haute voix, cri public & fon de trompe, par les principaux carrefours & lieux accoutumés à faire cris & proclamations en cette Ville de Lyon, afin qu'ils puiffent mieux venir à la notice & connoiffance d'un chacun, & que perfonne n'en prétende caufe d'ignorance, par moi Jacques Bigaud, Crieur juré du Roi notre Sire en ladite Ville de Lyon, fouffigné. Pris & appellé avec moi Gabriel Glatard, fils de Jean Glatard, Trompette ordinaire de ladite Ville, ce Jeudi vingt-troifieme jour de Juin mil cinq cent quatre-vingt-quatorze.

BIGAUD.

(1) Ou Affeffeur.

Avertiſſement.

PEU avant la réduction de Paris, fut publié à Lyon un Livret que nous ajoutons ici, pour montrer quelle étoit lors la penſée des Villes Liguées qui avoient quitté leur felonie, pour ſe ranger à l'obéiſſance de leur Roi.

LES FEUX DE JOIE.

*De Lyon, Orléans, Bourges & autres Villes qui ſe ſont re-
miſes en l'obéiſſance du Roi ; qui eſt une Exhortation deſdites Villes à ceux de Paris & autres qu'on veut aſſujettir à
l'Eſpagnol.*

MESSIEURS,

Vous avez pu aſſez connoître par tant de divers Députés, leſquels, depuis la converſion de Sa Majeſté, nous avons envoïés vers Monſieur de Mayenne & vers vous, combien nous ſouhaitions que l'heur duquel nous jouiſſons maintenant, vous fût commun ; & que tous enſemble nous pûſſions rendre, non un ſoulagement à quelques Provinces, mais tout d'un coup une entiere & profonde paix à la France, & changer tant de ruines & déſolations en un comble de joie & de félicité ; faiſant paroître à toute la Chrétienté, qu'après avoir découvert les deſ-ſeins des Etrangers ſur cet Etat, nous ne voulions aucunement participer à une ſi malheureuſe conjuration, ains y réſiſter de toute notre puiſſance, ne cédant à autres quelconques en l'ancien amour & affection que les François ont toujours porté à leur Prince. Mais il n'y a remede, il eſt temps que chacun ſache (ce que nous ne pouvons dire qu'avec douleur extrême) que nous avons trouvé la plus grande part de ceux, que nous eſtimions pouſſés du ſeul zele de notre Religion, ſi bandés à leurs prétentions particulieres, & ſi engagés avec les Etrangers, qu'il n'y a aucune eſpérance de voir une paix générale par leur moïen ; s'eſtimant tellement établis en quelques places, qu'ils croient que quand tout le Peuple, laſſé de ce mal ſi extrême & duquel on ne voit aucune fin, ſe ſeroit réſolu d'embraſſer le repos, toutesfois, par le moïen des Citadelles, il leur reftera des Villes en Bourgogne, Champagne & Bretagne, & quelques-unes ailleurs ; au lieu que par un Edit de paix, rien ne peut être démembré de la Couronne. A quoi ils ajoutent cette confidération, que tant plus la France s'affoiblira par la continuation de la guerre, tant plus il leur fera facile d'en enlever quelque piece, les plus courageux & plus impatiens de fervitude étant petit-à-petit emportés par la fureur des armes, & ne demeurant que le plus gros fang, qui a le moins d'efprit & de vie ; joint que ceux qui fe trouvent défefperés à caufe de leurs dettes, s'opiniâtreront toujours à la rebellion, pour la crainte de voir un temps paifible qui donne moïen de les pourfuivre : le nombre defquels n'eft jamais petit en un grand Etat, principalement affligé de longue main de guerres civiles, entretenues & fomentées par les artifices & l'argent des Miniftres d'Efpagne qui font dans Paris, dans Nantes & ailleurs, n'aïant autre but, ni autre commandement de leur Maître, que d'atifer & fouffler continuellement le feu qui confume cette grande Monarchie, par la ruine de laquelle il fe promet l'Empire d'Occident. Et quand bien il ne gagneroit autre chofe que d'empêcher les effets des armes victorieufes de notre Roi, auquel il retient injuftement plufieurs Provinces, tant à caufe de la Couronne de France que de celle de Navarre, encore ne profite-t il pas peu ; lui faifant emploïer fes plus belles années & la fleur de fon âge à conquérir fon propre Roïaume, avec la ruine de beaucoup de fes Sujets, qui y périffent en plus grand nombre en deux ans, qu'il n'en faudroit pour aller porter la guerre en Efpagne. Ce font, Meffieurs, les vraies caufes qui nous empêchent d'avoir la paix tant defirée par tous les Gens de bien, & laquelle ne devroit être retardée pour quelque confidération que ce foit. Car quant à ce qu'il y en a qui difent que le Pape ne l'ordonne pas encore ; nous leur répondons que la mort des précédens, avancée par poifon tout notoire, lui donne une crainte aucunement jufte, fe voïant du tout en la puiffance de notre Ennemi, tant à caufe des forces de Naples & Sicile, qu'auffi de la grande faction d'Efpagne qui eft dans Rome même. Que fi l'or des Indes a tant de pouvoir dans le Confiftoire qu'il faffe ordonner que nous continuerons de nous couper la gorge les uns aux autres, jufqu'à ce que ce Roïaume, auparavant fi floriffant, foit facile à occuper à l'Efpagnol, nous ne fommes pas réfolus pour cela de nous perdre ; ne pouvant

ignorer ce qui eft tant témoigné par nos Hiftoires, que fi du
temps des Rois Charles le Chauve, Philippe Augufte, Philippe
le Bel, Charles V, VI, & VII, Louis XI, & tout récente-
ment du temps de notre Roi Louis XII, les Décrets de Rome
fe fuffent exécutés fur la France, nos Aïeuls euffent été réduits
en fervitude, & nous ferions maintenant tous miférables efclaves ; mais le courage & l'affection des François à conferver entiere la Couronne de leur Roi & leur liberté, a toujours vertueufement réfifté à telles entreprifes ; & ne faut point douter
que quand par notre concorde nous aurions remis le nom de
la France en fon premier luftre & en fon ancienne Majefté,
que lors Rome, affurée d'être défendue par fon Fils aîné, contre
l'invafion de l'autre, ne parle franchement, & ne faffe retentir le Ciel de la joie que toute l'Eglife doit avoir de la converfion du premier Roi de la Chrétienté. Mais tant que nous ferons defunis & attentifs à ce feul œuvre de nous entretuer, il
ne faut point douter que la France étant en mépris, & l'Efpagne
en autorité, que les efprits des hommes qui panchent naturellement du côté de la puiffance & de la profpérité, n'enclinent
toujours à l'augmentation de la grandeur de notre Ennemi.
C'eft pourquoi ce que nous cherchons bien loin, nous l'avons
en notre main, en reconnoiffant tous enfemble notre Roi, qui
eft Catholique ; & lors Sa Sainteté fans difficulté lui départira
fes bénédictions, parcequ'elle fera délivrée de la crainte des
armes & des forces de Sicile, Naples, Milan, Piémont &
des Cardinaux-Evêques en Efpagne & aux Etats qui en dépendent, élevés par le moïen de notre Ennemi en cette dignité,
en laquelle ils le fervent comme fes créatures ; criant par fon
commandement qu'il faut attendre dix ans après la converfion
de notre Roi, d'autant qu'ils font affurés que fi cette guerre eft
encore continuée la moitié d'un fi long temps, que la France
fera du tout achevée d'être ruinée. Aïant le Roi d'Efpagne pour
le moins cette affurance, que cependant on ne le troublera en
fes ufurpations, & que, fi durant nos guerres fa vieilleffe l'ôte
du monde (où il a tant fait répandre de fang innocent)
fon Etat fi découfu & divifé aura du temps pour fe raffurer ;
ceux des Provinces ufurpées injuftement fur France & Navarre
qui voudroient fecouer le joug de fa fervitude craignant de fe
remuer d'autant qu'ils ne pourront être affiftés des François,
affez empêchés en leurs guerres. Voilà fes deffeins, qui font
affez clairs & apparens, quelques prétextes que fes Penfion-

naires s'efforcent d'y apporter ; lefquels nous ne favons pas, Meffieurs, de quelle façon vous avez reçus depuis la converfion de S. M. Pour notre regard nous les avons rejettés & abhorrés comme chants de Sirenes qui nous vouloient endormir , afin de nous faire périr dans les gouffres que nous voïons devant nos yeux, & où nous allions nous perdre miférablement , fi nous n'euffions promptement tourné les voiles vers ce port favorable de la clémence de notre Roi légitime & Pere commun , qui nous embraffe tous d'un même cœur & d'un même vifage comme fes enfans, que Dieu a mis également fous fa conduite pour les rendre heureux , & ramener l'âge d'or qui a fleuri fous tant de grands Rois fes ancêtres. Les douleurs & les profpérités de là France le touchent au vif ; mais ces Etrangers font comme jambes de bois & bras poftiches , qui ne fentent quand le corps fe brûle, auxquels on peut bien donner l'extérieur , non l'intérieur , non le mouvement, non le fentiment de vrais François. Nous ne doutons point , Meffieurs, que les mêmes fraïeurs qu'on s'eft efforcé de mettre en nos efprits , ne vous foient repréfentées chacun jour par ceux qui font païés tous les mois de leurs penfions, & qui ne craignent rien tant que de vous voir en paix & en félicité , difant que toutes fortes de cruautés feront exercées fur vous; mais il faudroit n'avoir point du tout de fens pour entrer en ces appréhenfions. Car celui qui aura quelque jugement & connoiffance des affaires qui fe paffent , confidérera bien premierement , que chacun eft fi las de la guerre , & que ceux qui font hors de leurs maifons brûlent tellement du défir d'y vivre en paix & d'embraffer leurs amis, que celui d'entr'eux qui voudroit renouveller la mémoire de ce qui s'eft paffé , feroit plus maltraité par eux-mêmes, que par autre quelconque, comme voulant troubler le repos public & faire recommencer les miferes qui auront pris fin; à quoi il faut ajouter la foi inviolablement gardée par Sa Majefté , qui n'exercera jamais tant de févérité contre perfonne quelconque, que contre ceux qui voudroient apporter la moindre altération à fes promeffes. Auffi, tant s'en faut que le Roi veuille nous affoiblir, qu'au contraire il départ aux Seigneurs qui étoient avec nous, des principales & plus importantes Chargès , & des raïons de fon autorité. Ne defirant rien , finon que tous enfemble nous tournions la pointe de nos épées contre notre Ennemi commun , enfeveliffant dans l'amour de notre païs toutes nos vieilles querelles, A quoi nous fommes fort réfolus , & d'eftimer

ceux-là

ceux-là meilleurs François & les plus gens de bien , qui emploie-
ront plus allegrement leurs moïens , leur travail & leur vie
pour exterminer promptement les Espagnols hors de la France,
& remettre l'heur , la félicité & la paix entiere en ce Roïaume.
Nous voïons que le Roi va rejoindre en un même corps d'armée
toute cette généreuse Noblesse & tous ces braves Soldats, qui
ont suivi par le passé diverses Enseignes ; auxquels il inspirera
maintenant de son seul visage & de son seul regard (ainsi qu'on
lit d'Alexandre) des esprits & courages si élevés , qu'ils ne
trouveront rien sur la terre qui puisse résister à leur effort. Tous
les boulevarts que la furie de ces forcenés vous a fait élever , ne
vous garantiront point , les uns de la famine & de la misere en
laquelle dans peu de mois vous serez réduits , & les autres des
batteries & assauts furieux que l'assistance de tant de Villes &
d'un si grand nombre de nos Alliés donneront moïen de faire.
Pendant lesquelles extrêmités nous ne doutons point que vous ne
vouliez implorer la miséricorde du Roi. Mais la punition
exemplaire qui sera dûe contre ceux qui auront rejetté la grace
de leur Prince & méprisé sa conversion , ne le pourra permettre.
C'est à vous à y penser de bonne heure & dans peu de jours ,
& de n'estimer pas que l'excuse prise , de la crainte des mutins ,
vous serve ; car enfin vous êtes François, & par votre seul nom,
obligés à la liberté , pour laquelle on doit exposer sa vie , & si
on le refuse, cette lâcheté ne se peut trop severement punir. Si
nous eussions attendu à Lyon & à Orléans, que les Pensionnaires d'Espagne eussent consenti à ce que nous voulions faire ,
nous fussions à jamais demeurés en servitude ; mais nous avons
cru que lorsque nous serions bien résolu de sortir en place , que
tous ces Esclaves n'auroient le courage de lever les yeux : ce
que nous avons trouvé véritable ; car de tous ceux qui parloient
si superbement pour ce Roi universel, qu'ils nomment Catholique, & pilier de la foi , il ne s'en est trouvé un seul , qui ait
eu le courage de sortir pour hasarder sa vie ; ains , aïant leur
conscience qui les bourelle , & représente continuellement la
trahison & lâcheté de laquelle ils usent envers leur Païs , sont
demeurés en leurs maisons.

Nous goûtons maintenant les fruits du péril auquel nous
nous sommes résolus ; nous voïons la liberté & l'abondance
remise en nos Villes, le lustre, la splendeur & les richesses qui
y abordent de tous côtés. Nous voïons tous nos anciens privileges restitués, toutes les marques de la grandeur de nos Villes

rétablies, tout le Peuple qui bénit notre résolution, toute la France qui en reprend son visage riant. Nous voïons tant d'autres Villes qui envoient vers Sa Majesté pour participer à l'heur & au contentement auquel nous sommes déja parvenus, & tous nos Alliés qui en font des feux de joie, voïant cet Etat hors du danger de naufrage, & par ce moïen la puissance Espagnole, qui s'en alloit seigneurier l'Europe, bornée & bridée. Nous voïons nos Temples remplis d'une multitude infinie de nos Parens qui reviennent vivre avec nous, en toute concorde & amitié fraternelle, sans que nous endurions qu'on tienne plus à l'avenir de ces langages de Jésuites, qui ont inspiré en ce Roïaume le venin de leurs conspirations sous ombre de sainteté, & qui, sous couleur de confession, ont obligé par serment le Peuple à la conjuration d'Espagne, exhortant les Sujets à tuer & assassiner leurs Princes, leur faisant croire que par actes exécrables & damnables, ils mériteroient Paradis; vraies Colonies d'Espagnols, desquels les Couvents font plus dangereux que Citadelles.

Nous ne voïons plus derriere nous ces Moucharts de la Conjuration du Cordon, qui épioient nos actions & nos paroles, voire notre face si elle étoit triste ou gaie, il ne nous faut plus rendre compte de notre rire ou de nos larmes. On ne désigne plus des Citadelles dans Lyon; les impôts ne triplent plus le prix de la nourriture de nos enfans; le commerce ne nous est plus bouché; ains tout au contraire nous jouissons d'un repos heureux, & (avec tout ordre & toute police) d'une abondance extrême, d'une liberté vraiment Françoise, d'un commerce aussi entier que nous fîmes jamais; nous allons en toute sûreté en nos maisons des champs; nous respirons cet air doux & gracieux après avoir été si long-temps renfermés comme dans une prison hideuse; nous recevons notre revenu & ce qui nous étoit dû, & pouvons dire que nous avons du bien, & que nous sommes héritiers de nos peres : au lieu qu'auparavant nous avions la pauvreté, la nécessité & la famine pour tout partage. Si vous voulez entrer en vous-mêmes & conférer les années précédentes de ces guerres, avec l'état auquel vous êtes de présent, vous confesserez que vous aviez lors plus de contentement en un jour, que vous n'en avez en ces cinq dernieres années. Mais si vous venez à ajouter la considération de vos enfans, auxquels pendant votre rébellion, vous ne pouvez faire état de laisser que votre ignominie, & les marques de votre honte, tous vos

biens étant acquis au public par les loix de l’Etat, vous jugerez
lors combien il vous eft plus expédient de courir aux armes pour
vous remettre promptement en liberté , que de demeurer en
cette mifere ; laquelle il ne faut pas que vous penfiez mefurer
par celle des années précédentes ; car outre ce que vous avez
petit à petit confommé vos provifions de vivres, votre argent
& vos meubles précieux , il ne faut point douter que les rigueurs
de la guerre ne foient obfervées contre vous tout autrement que
par le paffé. Le glaive & la corde feront le châtiment de tout
ce qui fe trouvera entrant ou fortant de vos Villes , toute efpece
de commerce fera étroitement défendue ; les finances qui fe
tireront maintenant des Provinces paifibles , & que les Réfugiés de vos Villes & avec eux tous les plus affectionnés con-
tribueront & difpenferont eux-mêmes , donneront le moïen
de méprifer les daces qui fe prenoient auparavant pour vous
laiffer aller des vivres. Ne doutez point que la compaffion que
quelques-uns ont eue de vous, eftimant que le zele de Religion
vous pouffoit lors, ne fe convertiffe maintenant en fureur, contre une fi opiniâtre & fi malheureufe réfolution , de vouloir reconnoître votre Roi , quand il aura reconnu le Roi d’Efpagne
pour fon Souverain ; car quelle autre chofe pouvez-vous defirer
en lui ? Vous avez fouhaité qu’il fût Catholique , Dieu a exaucé vos prieres & les nôtres. Que refte-t-il encore ? Rien autre
chofe , finon qu’il fe rende Vaffal de l’Efpagnol , & puis vous
le reconnoîtrez. Car auparavant cela , jamais les Miniftres
d’Efpagne qui occupent Rome & Paris , ne vous donneront
permiffion d’être fideles & obéiffans à votre Roi ; & vous n’aurez
pas le courage de la prendre de vous-même , ainfi que nous
avons fait. Mais fouvenez-vous que vous n’avez plus Lyon ,
qui vous faifoit tenir l’argent d’Efpagne, Lyon le tréfor de l’Europe , le fiege principal du commerce de tout le monde , & le
centre auquel toutes les lignes répondent. Souvenez-vous que
vous n’avez plus Orléans la plus belle , & l’une des fortes Villes
de France & votre grand paffage fur la Loire. Souvenez-vous
que vous n’avez plus Meaux ni Bourges , ni aucune Place en
tout le Berry , & que dans peu de jours, infinies autres Villes
fuivront ce grand chemin , qui feul peut conduire à la félicité,
dans lequel auffi nous les voïons déja entrer à la foule. Tenez
pour affuré, qu’au lieu de la néceffite d’argent , de balles & de
poudres , qui étoit ordinairement aux armées du Roi , que
maintenant la richeffe & l’abondance de toutes chofes nécef-

Q ij

faires s'y trouvera, & que tous les Princes, tous les Officiers de la Couronne , tous les Seigneurs , & toute cette brave & invincible Noblesse , assistée de tant de vaillans Soldats François & Alliés , feront de si violens efforts contre vos Villes, que dans peu de mois, on vous fera sentir les effets d'une guerre rude & rigoureuse en toute extrêmité. Vous voïez maintenant des têtes blanches, mais dans peu de jours vous en verrez de rouges & de noires. N'estimez pas que la France, qui a toujours été la terreur des autres Nations , qui a planté ses trophées jusqu'au fond de l'Orient , qui a commandé dans la Cité Impératrice de Constantinople , & du côté du Midi fait boire ses chevaux dans le Nil , endure que la race de tous les plus infects & misérables Peuples qui furent jamais au monde, que cette race de Mores & de Sarrazins, occupent plus long-temps le Louvre , la Maison Roïale , le Chef-lieu & Château dominant de la France , la Ville de Paris , la gloire de l'Europe , l'œil du monde ; qu'elle endure que le Roi de Castille en parle comme d'une Ville qui lui appartiendroit ; qu'elle endure que cette superbe Cité sa Capitale , qui levoit le front sur toutes les Villes de la terre , soit Serve & Esclave de Madrid ; qu'elle soit domptée & insolemment commandée par ces rodomonts d'Espagne , & par des Napolitains Sujets naturels de France ; qu'elle endure que son Roi vieillisse à Saint Denis & à Mante , hors de ce grand Palais qui n'a rien de semblable sur la face de la terre , rien de si orgueilleux, rien de si magnifique ; qu'elle endure que l'embouchement de la riviere de Loire soit saisie par des Espagnols, qu'ils s'y établissent & bâtissent des Forteresses inexpugnables , comme en la Côte de Barbarie ; qu'elle endure qu'on dispute aux Assemblées de toutes les Provinces, qui sera Roi en France , un Bohémien , une Espagnole, ou un Lorrain ; qu'elle endure qu'on fasse des partages , des divisions secrettes de ses Provinces, qu'on la déchire, qu'on la démembre en cent pieces, afin qu'elle soit en dérision à tous les Peuples de la terre, ou plutôt que la mémoire de son nom , de la grandeur & de la gloire en laquelle elle a flori depuis douze cens ans se perde pour jamais. Non, non, il vaut mieux mille fois que quelques-uns, non point de ses enfans légitimes, mais des bâtards qui voudront vivre & mourir Esclaves de l'Espagnol , soient très rigoureusement punis , par toutes les miseres que les vaincus endurent selon le droit de la guerre, que non pas en les flattant laisser enraciner avec eux l'Etranger. Montrons donc à

ce coup tous enfemble, l'affection que nous avons au nom
François. Que ce mot de Ligue & d'Union foit pour jamais
oublié, & que nous foïons maintenant tous unis au fervice de
notre Roi. Qu'on ne parle plus que de François & d'Efpagnols;
ce n'eft point une guerre nouvelle, nos Peres & nos Aïeux y
font morts, après avoir tant de fois couvert les campagnes des
charognes puantes de ces Caftillans; defquels fi l'avarice & in-
fatiable cupidité d'avoir & de dominer ne peut être arrêtée par
douze cens lieues de mer, comment penfons-nous que ni aïant
rien entre nous & eux finon, la longueur de nos épées, qu'ils
ne remuent le ciel & la terre pour s'efforcer de nous affujettir,
comme le Portugal, où à la vue de toute la Chrétienté, ce Roi
Philippe a commis un public chef d'œuvre d'infigne tyrannie,
dépouillant un Roi très Catholique de fa terre & de fon héritage, & s'emparant de tout un Roïaume, fans effleurer feulement fa piété, fa dévotion & fa charité Chrétienne. Vous,
Meffieurs, qui êtes nés François, qui en parlez encore le langage, ne craignez point tant (s'il en eft befoin) le péril de la
mort en combattant contre ces mutins un quart d'heure, que
vous n'appréhendiez encore davantage la fervitude horrible,
en laquelle vous allez tomber par votre pufillanimité. Regardez
la mifere de ceux de Reims, du fang defquels on cimente cette
grande Citadelle bâtie dans leur Ville. Ne vous attendez à rien
de plus doux : ils connoiffent le naturel du François, qui a
toujours au cœur des étincelles de l'amour envers fon Roi, lefquelles tôt ou tard allument un grand feu qui perd & confomme les deffeins des Etrangers. Ne doutez point qu'ils ne vous
mettent bientôt en tel état, qu'il ne fera plus en votre puiffance
de vous remuer : vous voïez où vous en êtes quafi déja réduits.
Confiderez les effets de la belle réfolution que nous avons prife
à Lyon & à Orléans, voïez le contentement & le comble de
tout bonheur auquel nous nous trouvons maintenant, & combien vous êtes proches de recouvrer votre liberté entiere, fi
vous voulez fortir en rue comme ferviteurs de votre Roi; voïez
le peu de réfiftance que nous ont fait tous ces voleurs & pil-
leurs de maifons; appréhendez à bon efcient les miferes qui
pendent fur vos têtes, la néceffité qui croît chacun jour parmi
vos Villes, & le jufte courroux de tous les François réfolus de
vous perdre; puifque comme le lierre vous vous attachez tellement avec l'Efpagnol, qu'on ne peut féparer fa ruine de la
vôtre. Enfin deffillez les yeux & vous fouvenez que toutes les

fois que les François ont voulu se reconnoître, assoupir leurs querelles & se bander à la grandeur de leur païs & conservation de leur liberté, les Etrangers n'ont jamais pu subsister en ce Roïaume. Tout le Peuple est si las de cette guerre contre son Roi (laquelle a été en toutes façons malheureuse) que les armes lui tombent des mains. Le goût de la paix, que la Treve a donné, est trop doux pour le pouvoir oublier. Le desir de vivre en repos, de labourer la terre, de rétablir du tout le commerce, d'élever ses enfans en tranquillité, s'est tellement coulé aux esprits des François, comme une douce haleine, qu'il n'y a plus de moïen de les enflammer à la guerre, étant continuellement rafraîchis par ce vent salubre & gracieux, qui souffle de toutes les Villes déja mises en repos. Vous, Noblesse, qui commandez dans les Places non encore remises en l'obéissance de Sa Majesté, faites connoître que vous êtes vrais Enfans de ceux, qui, par leur fidélité envers leur Roi, ont rendu leur gloire si claire, & leur vertu inimitable à tout le reste du monde. Aidez par une belle résolution à ce grand Prince, à ce grand Conducteur d'armées, qui est un Achille au milieu des batailles; aidez-lui, dis-je, à restaurer du tout cet Etat, que nous avons vu jusqu'aux sanglots de la mort. Soïez avec Messieurs de la Châtre & de Vitri des premiers exemples aux autres ; & en ce faisant, la gloire de votre nom reluira à jamais dans nos Annales, & durant votre vie, vous ne pourrez rien desirer qui ne vous soit plus libéralement donné par votre Roi naturel, qui est encore en la vigueur de son âge, que par un Tyran décrepit éloigné de quatre cens lieues de vous, & qui ne vous connoît que par le rapport de quelques Jésuites, qui vont déguisés en Espagne : envers lesquels si vous saviez en combien mauvaise opinion vous êtes, d'autant que vous ne vous baignez au sang des gens de bien, comme ils vous le prêchent ; vous ne douteriez nullement, que si jamais l'Etranger s'établissoit en France, vous ne fussiez les premieres victimes de sa cruauté. Il signaleroit son entrée par les échaffaux rougis de votre sang, & jetteroit au feu l'échelle par laquelle il seroit monté à la Roïauté Françoise, se voulant rendre terrible & épouvantable par les supplices ignominieux de ceux qui pourroient empêcher les effets d'une absolue tyrannie Espagnole, & contrebalancer son autorité souveraine. Considerez, Messieurs, que servant votre Roi, vous êtes vrais Gentilshommes, vous êtes grands en France, & capables des dignités de la Couronne ; là où au contraire il

après la converſion & l'Edit ſi ſolemnel de la Déclaration de Sa Majeſté, vous vous allez maintenant ranger ſous l'étendard d'Eſpagne, contre votre Roi légitime, ne ſavez-vous pas bien en votre conſcience que vous perdrez en un jour la gloire de tous les travaux & de tous les triomphes de vos Ancêtres, de l'honneur deſquels vous privez à jamais votre poſtérité, qui maudira votre mémoire, & ſouhaitera mille fois que vous ne fuſſiez jamais nés au monde. Ne vous attendez point que cette guerre ait autre iſſue que celle du temps de Charles VII : vous voïez le chemin qu'elle prend déja tout ſemblable. Ne ſoïez point ſi aveuglés ou ſi puſillanimes, que vous ne connoiſſiez quel eſt le parti de France, & quel eſt celui d'Eſpagne : ou bien que le connoiſſant, vous n'aïez la réſolution de vous joindre à celui pour le ſervice duquel vous êtes nés au monde. Avancez courageuſement ce jour heureux, auquel tous ralliés ſous l'étendard de France, ſous la conduite de ce grand & invincible Roi, nous franchirons les Pyrenées, pour aller aſſaillir celui qui s'étoit ſi aſſurément promis de rendre les Gaules l'une de ſes Provinces, & de nous envoïer des Vice-Rois pour nous traiter à l'Eſpagnol, ainſi qu'il fait ceux de Naples & de Milan. Il faut faire maintenant combattre ce vieil Tyran, non pour l'augmentation de ſon Empire, mais pour ſa propre perſonne, & lui mettre en compromis ſon Etat & ſes délices, dont il jouit ſi à ſon aiſe dans ſon Eſcurial, continuant nos troubles ſans bouger de ſa chaire.

Seigneur Dieu, qui as établi cette Couronne Françoiſe la premiere entre tous les Peuples baptiſés en ton nom, & qui miraculeuſement l'as conſervée en ſes plus grandes afflictions, & ſur les points les plus périlleux, c'eſt maintenant qu'elle a le plus grand beſoin de ta faveur, afin que cette reconnoiſſance ſi bien commencée, de tant de grandes & importantes Villes, ſoit promptement ſuivie de toutes les autres ; & qu'au lieu de faire ſentir aux François les derniers fléaux de ton ire, nous les portions tous enſemble contre ceux qui abuſent ſi impudemment de ton ſaint nom, voulant couvrir ſous ce voile l'uſurpation de toute la Chrétienté, qu'ils ont de ſi longue main projettée. Seigneur, puiſque tu es pitoïable, retire de deſſus nous le flambeau de ton indignation ; que ta grace ſur la France ſoit appareillée comme le point du jour, & vienne à nous comme la pluie tardive & aſſaiſonnée ſur la terre. Et puis (ô Dieu tout puiſſant) que tu es juſte, que ta fureur trace comme le feu, & que les rochers fe fendent devant toi. Confonds, Seigneur, & perds ces monftres infâmes de toute l'Europe, qui ne fe plaifent qu'au meurtre, en la cruauté & aux voluptés monftrueufes, par lefquelles ils vilainent & diffament la grande Cité de Paris. Viens fur eux en tourbillon, & que tes voies foient en tempête; donne-les en opprobre & malédiction en tous lieux; envoie fur eux l'épée & la famine, & les extermine fi loin de la France, avec tous ceux qui s'opiniâtrent à les maintenir, qu'il n'en foit plus jamais aucune mémoire entre nous.

Avertiffement.

LES mois d'Avril & de Mai furent emploïés à recevoir & appointer les fupplications des Villes & Communautés de diverfes Provinces, & à retirer plufieurs Seigneurs, Gentilshommes, Capitaines & autres principaux Membres de la Ligue, fous l'obéiffance du Roi, lequel pardonnoit à tous, tellement que lors la Ligue reffembloit une corneille déplumée.

Quelques Villes de Picardie, fe faifoient preffer, entr'autres Laon, laquelle le Roi affiégea, & après avoir défait le fecours qui y venoit, contraignit les Affiégés de tendre les mains, & les traita benignement, felon fa coutume. Nous ajoutons ce qui s'enfuit, montrant une partie des exploits d'alors.

COPIE

Des Lettres du Roi, sur la défaite des Espagnols, près la Ville de Laon en Picardie, le dix-huitieme Juin 1594 (1).

MONSIEUR d'O, vous aurez entendu par le Commissaire la Varenne, la défaite de six cens hommes de pied, lesquels mes Ennemis vouloient hier faire entrer dans ma Ville de Laon. Une heure après le partement dudit de la Varenne, je fus averti de la défaite entiere du convoi, lequel mes Ennemis vouloient faire venir de la Fere en leur armée. Il y avoit audit convoi deux cens quatre-vingt charrettes, chargées de vivres, poudres, & boulets, qui avoient pour escorte mille trois cens hommes de pied, partie Espagnols, Wallons & Lansquenets, & trois cens chevaux. Le jour précédent, j'avois eu avis que ledit convoi se préparoit, & aussi-tôt je donnai charge à mon Cousin, le Maréchal de Biron, de prendre huit cens Suisses, quelque Infanterie Françoise, avec mes Chevaux-legers, pour empêcher le passage dudit convoi, & le défaire, s'il se pouvoit. Mondit Cousin s'est si dignement acquitté de cette charge, qu'après avoir attendu une nuit & un jour ledit convoi, & combien que leur escorte fût composée de plus grand nombre d'hommes qu'il n'avoit avec lui, hier, environ les cinq heures du soir, les chargea, & les trouva si résolus de se défendre, que le combat dura une heure entiere. Leur Infanterie Espagnole soutint le premier effort, par lequel ils ne purent être rompus, qui fut cause que mondit Cousin mit pied à terre, comme firent la Noblesse & Chevaux-legers qu'il avoit avec lui, & en même temps donna si courageusement, comme firent aussi les Suisses, qui étoient conduits par le Sieur de Lansi, qu'ils emporterent tout ce qui se trouva d'Infanterie près dudit convoi. Lorsque cette charge fut faite, il n'y avoit que la moitié dudit convoi & de l'escorte entrés dans la forêt, qui furent aussi chargés en même temps. Le Sieur de Givri, qui commandoit au reste de la Cavalerie, & qui étoit en son embuscade, chargea celle des Ennemis, & ce qui restoit à entrer dans

____

(1) Voïez la Relation du Siége de Laon, dans l'Histoire de M. de Thou, au commencement du Livre CXIe.

Tome VI. R

la forêt, qui fut pareillement défaite, s'étant toute la Cavalerie defdits Ennemis mife en fuite, laquelle fut pourfuivie jufques dans la Porte de la Fere, aïant été la plûpart tués & les autres noïés. Cette défaite a été fi grande, qu'il s'eft reconnu de fept à huit cens hommes morts, & le refte s'eft perdu par la forêt, n'aïant été pris de tous leurs gens de guerre que deux Capitaines. La perte que mes ennemis ont reçue par cette défaite, tant par leurs hommes que par leurs munitions, dont ils avoient extrême néceffité, les a fait réfoudre de quitter leur camp retranché : ce qu'ils ont fait cette nuit, aïant commencé de déloger avant la mi-nuit. Je monte préfentement à cheval, avec mille chevaux & quatre ou cinq mille hommes de pied, pour aller à eux. J'efpere les rencontrer, & fi l'occafion s'offre d'entreprendre fur eux, ne la laifferai paffer. Je logerai demain mon armée, pour continuer mon fiege. Madite armée eft grande, & tous mes Serviteurs pleins de courage & de volonté de me fervir. J'efpere que Dieu me fera la grace de les bien emploïer, pourvu que je fois affifté du moïen que j'attends par votre diligence, tant pour les munitions que pour les deniers, fuivant les dépêches que je vous ai ci-devant envoïées. En quoi m'affurant être fervi de vous, felon votre affection accoutumée, je vous prierai feulement ufer en cela de telle diligence qu'il eft requis pour le bien de mon fervice. Vous communiquerez la préfente au Sieur de Chiverny, mon Chancelier, & mes Serviteurs.

Au Camp devant Laon, le dix-huitieme de Juin, mil cinq cent quatre-vingt-quatorze.

            Ainfi figné, HENRI.

            contrefigné, REVOL.

EXTRAIT

D'une Lettre écrite par un Gentilhomme François, à un sien Ami.

Monsieur,

Vous aurez su le succès que Sa Majesté a eu contre l'armée Espagnole, qui étoit venue pour secourir la Ville de Laon. Nous avons eu outre ce avis, par un Courier venant du Camp dudit Laon, qu'ainsi qu'il montoit à cheval pour s'en venir, vinrent nouvelles que Sa Majesté avoit usé de telle diligence avec sa Cavalerie, qu'il avoit gagné la pointe de l'Ennemi, & qu'il espéroit achever de les mettre tous en désordre. Comme nous saurons quelque autre nouvelle sur ce sujet, nous vous la ferons savoir. L'armée du Roi est composée de cinq à six mille chevaux François, toute Noblesse, & de seize à dix-huit mille hommes de pied; & puisque ceux de Laon on perdu l'espérance d'être secourus, il y a apparence que dans peu de jours ils se rendront, même étant dedans le fils du Duc de Mayenne (1), lequel il ne voudra permettre être réduit en extrêmité. Le Sieur de Balagni a envoïé au Roi un secours de trois mille hommes de pied & cinq cens chevaux, & plusieurs munitions & vivres, ce qui a donné grande commodité à l'armée. L'on estime ledit succès autant qu'une bataille gagnée, parceque l'Ennemi a perdu l'espérance de secourir ladite Ville, & est en désordre. Me recommandant à vos bonnes graces, de Paris le vingtieme Juin 1594.

L'on a eu avis très assuré, jà depuis trois semaine en çà, comme le Duc Maurice, avec une gaillarde armée & force chariots, claies, nattes & autres engins, a secouru & ravitaillé le Fort de Coevoerden, en Frise, aïant pris son chemin au travers d'un marécage, & le tout à la vûe du Camp de Verdugo, Général de l'armée des Espagnols, qui étoit audit Païs de Frise, lequel Verdugo avoit tenu ledit Fort de Coevoerden assiégé l'espace de dix mois, & aïant vu ledit secours & ravitaillement, s'est retiré avec son armée, & dit-on que cet exploit de

______

(1) Charles Emmanuel, Comte de Sommerive. Il n'étoit alors âgé que d'environ quatorze ans.

guerre eſt une choſe plus remarquable qu'ait faite ledit Duc Maurice, voire quaſi incroïable. Depuis, aïant ledit ſieur Duc Maurice connu leſdits Eſpagnols être aucunement étonnés, à cauſe dudit ſuccès, les a tellement pourſuivis par l'eſpace de quelques jours, qu'enfin ils ont été mis en route & défaits, ſi qu'à préſent audit Païs de Friſe l'on ne parle plus d'armée Eſpagnole.

Avertiſſement.

Les autres Villes de Picardie ne ſe firent pas battre comme Laon, ains reçurent le Roi, réſervé Soiſſons & la Fere poſſédées par le Duc de Mayenne & les Eſpagnols; leſquels auſſi en ce temps ſe rendirent Maître de la Chapelle, petite Ville en la Duché de Tierrache. Le Duc de Mayenne courut à Bruxelles demander renfort. Il reçut bonne ſomme de deniers, mais non ſuffiſante pour retarder les progrès de la proſpérité du Roi, lequel reçut en grace le Duc de Guiſe & ſon frere, donnant depuis au Duc le Gouvernement de la Provence. Quant au Duc de Mayenne, ne pouvant plus rien en Picardie, aïant laiſſé bonnes gardes dedans Soiſſons, il s'achemina ſoigneuſement en la Duché de Bourgogne, afin d'y aſſurer à ſoi les Places qui le reconnoiſſoient encore pour le Chef de la Ligue.

Revenons à Paris, où ſe faiſoit une nouvelle guerre. Les Jeſuites s'étant maintenus les années précédentes contre pluſieurs pourſuites de l'Univerſité (laquelle les avoit dépeints de toutes leurs couleurs, & montré que cette Secte eſt la plus exécrable de toutes les autres) par le ſupport de ceux qui avoient affaire de telles gens, pour exécuter leurs grandes & malheureuſes entrepriſes : enfin depuis le jour des Barricades, avoient impérieuſement commandé dedans Paris, fait infinies menées pour avancer l'Eſpagnol en France, allumé la ſédition en toutes les principales Villes du Roiaume, déchirant furieuſement en leurs Sermons & Confeſſions la memoire du feu Roi, & la Majeſté du Roi regnant, par eux bleſſée en toutes les façons qu'on ſauroit penſer. Pour le comble, ils s'étoient efforcés faire aſſaſſiner le Roi par Barriere exécuté à Melun, comme il l'avoit dépoſé avant ſa mort. Ces conſidérations furent cauſe que la premiere réſolution priſe par l'Univerſité de Paris, depuis la réduction de la Ville, fut de demander l'extermination des Jeſuites. A cet effet, requête fut préſentée à la Cour de Parlement de laquelle aïant l'eſpace de quelques jours mépriſé l'autorité, enfin preſſés par une Ordonnance du 7 de Juillet, portant que le défaut donné contre eux, ſeroit le Lundi ſuivant en l'audience publique jugé ſur le champ, ils firent ce jour-là introduire leur Avocat dedans la grande Chambre, avant que l'audience fût ouverte; lequel déclara que pour défendre la cauſe de ſes Parties, il étoit contraint de dire beaucoup de choſes fâcheuſes contre pluſieurs qui s'étoient déclarés Serviteurs du Roi, & pour cette occasion demandoit que la cause fût plaidée à huis clos. Ce fut une ruse pour empêcher que le Peuple ne connût clairement les impostures & pernicieux desseins des Jesuites, prétendant assujettir toute l'Europe à l'Espagnol. Mais encore qu'ils obtinssent lors leur demande, cette invention ne succéda pas comme ils pensoient ; car les plaidoïers faits contre eux à huis clos, furent imprimés puis après, les Avocats de l'Université & les Curés des Paroisses de Paris, hommes doctes & du tout affectionnés à l'Eglise Romaine, représenterent par le menu, & découvrirent à nu les horribles turpitudes & méchancetés du tout insupportables de cette Secte. Mais la décision du procès fut suspendue, la divine Providence réservant cela à un autre temps, plus proche que plusieurs ne pensoient.

Nous joindrons ici, suivant le but de ces Recueils, deux plaidoïers contre les Jesuites ; l'un de M. Antoine Arnauld ; l'autre, de M. Louis Dollé, Avocats en Parlement, selon qu'ils ont été imprimés à Paris avec privilege du Roi.

PLAIDOYER

De M. Antoine Arnauld, Avocat en Parlement ; & ci-devant Conseiller & Procureur général de la défunte Reine-Mere des Rois, pour l'Université de Paris, Demanderesse, contre les Jesuites Défendeurs, des 12 & 13 Juillet 1594 ; avec la Lettre du Roi, sur l'assassinat attenté contre sa Personne. Ensemble l'Arrêt de la Cour de Parlement contre Jean Chastel, Disciple Jesuite (1).

SUJET DU PLAIDOYER.

LES Jesuites s'étant maintenus contre plusieurs poursuites de l'Université, par le support de ceux qui avoient affaire d'eux pour exécuter leurs grandes & malheureuses entreprises, enfin,

---

(1) Les Jesuites aïant fait à Paris l'ouverture du College de Clermont, dit aujourd'hui de Louis le Grand, qui leur avoit été donné par Guillaume Duprat, Evêque de Clermont, fils du Chancelier Duprat ; l'Université leur fit interdire par son Recteur la liberté d'enseigner. Ils s'en plaignirent, présenterent Requête à l'Université pour y être incorporés, & l'affaire fut portée au Parlement. Deux fameux Avocats, Etienne Pasquier pour l'Université, & Pierre Versoris pour les Jesuites, plaiderent cette cause ; &

Jean-Baptiste Dumesnil, Avocat du Roi, conclut contre les Jesuites La cause fut cependant appointée ; & il fut permis à ces Peres d'enseigner par provision. Ceci se passoit sous Charles IX, en 1564 Ils jouirent de ce privilege, sans être inquiétés jusqu'en 1594. L'Université recommença alors ses poursuittes, & présenta sa Requête à la Cour. elle fut répondue : les Jesuites furent assignés au premier jour ; les Curés de Paris intervinrent, & furent reçus Parties Ils se plaignoient que les Jesuites entreprenoient

depuis le jour des Barricades, commanderent impérieufement dans Paris, & allumerent la fédition en toutes les principales Villes du Roïaume, blafphêmant fans ceffe en leurs fermons & confeffions contre la mémoire du feu Roi, & contre la Majefté du Roi regnant, qu'ils ont bleffée de toutes les façons qui fe peuvent excogiter; & pour comble de leurs impiétés, fe font efforcés de faire affaffiner le Roi, par Barriere, exécuté à Melun, qui l'a ainfi dépofé à la mort. Cela a été caufe que la premiere réfolution prife par l'Univerfité de Paris, depuis la réduction de la Ville, a été de demander l'extermination des Jéfuites. A cet effet, requête fut préfentée contre eux à la Cour de Parlement, de laquelle aïant durant quelques jours méprifé l'autorité, enfin preffés par un Arrêt du Jeudi 7 Juillet 1594, qui portoit que le défaut feroit le Lundi enfuivant en l'Audience publique jugé fur le champ, ils firent ce jour-là intro-

fur leurs fonctions, & troubloient la Hiérarchie Eccléfiaftique. Ils choifirent pour leur Avocat Louis Dolé; Claude Duret fut celui des Jefuites; & Antoine Arnauld, Pere de l'illuftre Famille de ce nom, qui eft fi avantageufement connue, plaida pour l'Univerfité. Mais les demandes de l'Univerfité ne furent point écoutées, par beaucoup de raifons qu'il feroit trop long de détailler ici. La caufe fut de nouveau appointée; & les plaidoïers d'Arnauld & de Dolé furent joints au principal, pour être jugé fur le tout. Le Plaidoïer de M. Arnauld fut imprimé la même année 1594, à Paris, chez Mamert Patiffon. Cette piece eft dans un genre d'éloquence un peu différent de celle qui regne aujourd'hui dans le Barreau. On y trouve, ce qui ne feroit plus maintenant fupportable, de fréquentes allufions à quelque trait de l'Hiftoire ancienne, des comparaifons prifes des Naturaliftes, beaucoup de paffages d'Auteurs & de Poètes Latins, de grandes figures, telles que les apoftrophes & les exclamations. C'étoit le goût de ce temps-là; & pour juger fainement de ce Plaidoïer, il faut fe tranfporter au temps qui l'a vû naître. On doit auffi faire réfléxion que l'on ne faifoit que fortir alors des fureurs de la Ligue; & qu'à la vue des malheurs qu'elle avoit caufés à la France, tous les bons François ne pouvoient guere parler de fens froid contre ceux qu'ils en croioient la caufe.

Antoine Arnauld, Auteur de ce Plaidoïer, étoit Originaire de Provence, dont la branche la plus connue vint s'établir en Auvergne. Il naquit à Paris le 6 Août 1560, & fut baptifé dans la Paroiffe de faint André. Il fuccéda à fon pere dans la Charge de Procureur général & de Confeiller de la Reine Catherine de Médicis, qu'il pofféda jufqu'à la mort de cette Princeffe. Comme le Barreau faifoit fes délices, il quitta les Charges d'Auditeur des Comptes & de Contrôleur des reftes, & refufa celles de Secretaire d'Etat, d'Avocat général au Parlement de Paris, & de premier Préfident au Parlement de Provence, pour fe livrer tout entier à la profeffion d'Avocat, où il acquit une très grande réputation d'éloquence & de probité. Il mourut à Paris, le 29 Décemb. 1619, âgé de 59 ans, & fut enterré à S. Merri. Il avoit époufé Cather. *Marion*, fille de Simon Marion, Baron de Druy en Nivernois, depuis Préfid. aux Enquêtes, & enfuite Avocat général au Parlem. de Paris. Il en eut un grand nombre d'enfans, dont ceux qui lui furvécurent ont été très illuftres dans l'Eglife & dans l'Etat, par leurs lumieres, leurs talens & leur piété. On peut voir fur cela les Memoires de M. Arnauld d'Andilly, écrits par lui-même; la Génalogie de la Famille des Arnaulds qui fe lit à tête du Tome premier des *Mémoires pour fervir à l'Hiftoire de Port-Roïal*, &c. à Utrecht 1742; *le Nécrologe de P. R*, & les Hiftoires de ce célebre Monaftere, qui ont été données depuis très peu d'années. Le Plaidoïer d'Antoine Arnauld a été réimprimé en 1716 *in-12*, avec plufieurs autres pieces importantes.

duire leur Avocat dans la grande Chambre, auparavant l'Audience ouverte, qui déclara que pour défendre la cause de ses Parties, il étoit contraint de dire beaucoup de choses fâcheuses contre plusieurs qui s'étoient déclarés Serviteurs du Roi, & pour cette occasion, demandoit que la cause fût plaidée à huis clos. C'étoit une ruse des Jésuites, pour empêcher que le Peuple, qu'ils ont jusqu'aujourd'hui charmé & ensorcelé, ne connût clairement leurs impostures & leurs pernicieux desseins d'assujetir toute l'Europe à l'Espagne. Néanmoins cette artificieuse surprise leur succéda si bien, qu'il fut ordonné que la cause se plaideroit à huis clos. Maître Antoine Arnauld parla pour l'Université, Maître Louis Dollé pour les Curés de Paris, joints avec l'Université, Maître Claude Duret pour les Jésuites, Monsieur Seguier pour Monsieur le Procureur Général du Roi.

PLAIDOYER DE M. ARNAULD.

MESSIEURS,

Je commencerai cette cause par une protestation toute contraire à celle de nos Parties adverses ; car au lieu qu'ils firent entendre hier partout, que nous plaiderions à huis clos, par le moïen des menaces qu'ils avoient faites de parler contre plusieurs qui se sont remis en l'obéissance du Roi, & qui exposent chacun jour leur vie aux périls de la guerre pour son service ; je proteste au contraire de n'offenser ni de parole ni d'intention, aucun qui ne soit encore aujourd'hui vrai Espagnol.

La raison de la diversité de ces deux protestations est bien claire : Les Jésuites ne peuvent faire un service plus agréable au Roi d'Espagne, leur Maître, que de diffamer en ce lieu ceux qui l'ont tant irrité, que d'avoir remis de si fortes & si importantes Villes entre les mains de son plus grand & plus dangereux ennemi. Et au contraire, l'Université de Paris, fille aînée du Roi (pour laquelle je parle) ne peut faire un service plus agréable à S. M. que d'observer religieusement la Loi d'Amnistie, à laquelle nous devons notre repos présent & celui de l'avenir.

Il me souvient d'avoir lu que lorsque le mot de la bataille de

Pharsale fut donné d'une part & d'autre, & que les trompettes commencerent à sonner, quelques-uns des plus gens de bien de Rome & quelques Grecs qui se trouverent sur les lieux, hors toutesfois des batailles, voïant les choses si près du péril, se mirent à considérer en eux-mêmes à quel point les forces de l'Empire Romain étoient réduites. Car c'étoient mêmes armes, ordonnances de bataille toutes semblables, enseignes commu- nes & du tout pareilles, la fleur de tous les vaillans hommes d'une même Cité, & une grande puissance qui s'alloit détruire elle-même, donnant un notable exemple combien la nature de l'homme est aveuglée, furieuse & forcenée, depuis qu'elle se laisse transporter à quelque passion violente. Car s'ils eussent voulu regir & gouverner ce qu'ils avoient tout acquis, la plus grande & meilleure partie de la terre & de la mer étoit en leur obéissance.

De même quiconque, voïant clair en nos affaires, viendra à considérer à quel point de grandeur, de félicité, de gloire, de richesses & de puissance fût maintenant montée la Couronne Françoise, sans nos guerres plus que civiles; & que la fleur de tant de vaillans hommes (qui sans nos émotions pourroient encore vivre) seroit plus que suffisante pour aller assaillir notre vieil Ennemi jusques dans Madrid & lui mettre en compromis ses délices & son Escurial, principalement sous les auspices d'un si grand & excellent conducteur d'armées, auquel la Na- varre, l'Arragon & le Portugal tendent les bras, pour être dé- livrés de cette horrible tyrannie Castillane ; quiconque, dis-je, considerera ces choses, ne pourra s'empêcher qu'il n'entre en une juste colere & extrême indignation à l'encontre de ceux qui ont été envoïés parmi nous, pour attiser & allumer con- tinuellement ce grand feu, dans lequel cette Monarchie a quasi été consumée.

Que ces gens ici ne soient les Jésuites, nul ne le révoque en doute, sinon deux sortes de personnes : les uns qui sont d'un naturel si timide, qu'ils pensent encore être entre les mains des seize voleurs (1) & des Jésuites, leur conseil ; & les autres, qui sont de leur Confrérie & Congrégation, & qui ont fait secretement les plus dangereux de leurs vœux, comme toute une Ville peut être Jésuite.

Mais ceux-ci ne parlent que d'une voix basse. Et au contraire

______

(1) C'est-à-dire la Faction des Seize, dont a parlé en plusieurs autres endroits de ces Mémoires.

on voit un confentement grand & univerfel de tous les gens
de bien, tant de ceux qui font fortis de cette Ville pendant
les guerres, que de ceux qui y font demeurés, & qui d'une fi
grande ardeur & d'un fi grand courage, ont ouvert les Portes
de la Capitale à leur Roi. *Nos enim omnes eadem metuere,
eadem cupere, eadem odiſſe nunc oportet.* On vit, dis-je, une fi
grande affection de toutes les ames vraiment Françoifes, vraiment defireufes de la grandeur & augmentation de cette Couronne, qui déja d'une efpérance fondée fur une affurance infaillible de votre juftice & de votre dévotion au fervice de S.
M. chaffent tous ces tueurs de Rois, ces Confeffeurs & Exhortateurs de tels parricides : les chaffent, dis-je, hors de la France, & tout ce qui obéit aux fleurs de lis, ennemies jurées de
tels monftres, qui leur ont arraché l'un de fes plus chers enfans, & fe font vues à la veille d'entendre de pareilles nouvelles du Roi regnant, par eux ja meurtri d'aide, de confeil & de
defir brulant. Et ce jour-là de renverfer du tout par terre & brifer
en mille pieces la colomne fur laquelle ce fceptre eft appuïé,
qu'ils ébranlent il y a fi long-temps. Qu'ils ébranlent, dis je, à
la vue de tous les gens d'entendement, qui l'ont prédit en ce
grand Oracle de la France, non point à huis clos, mais les
portes toutes ouvertes, & avec une affluence de Peuple, femblable à celle qui eft dans cette grande Salle, defirant d'entrer céans. Qui l'ont, dis-je, prédit, non point ambigûment
& en gros, mais clairement & avec toutes les circonftances que
nous avons vues, annonçant toutes les miferes que nous avons
fenties, & les calamités qui nous ont mis à deux doigts près de
notre ruine ; mais leurs prévoïances, leurs avertiffemens, leurs
proteftations ont été auffi inutiles que véritables, vraies Caf-
fandres,

> Ora, Dei juſſu, non unquam credita Teucris.

Pourquoi cela ? d'où eft venu une fi grande léthargie, & qu'on
n'a point remédié à des maux fi bien prévus ? La caufe en eft
bien claire : l'or d'Efpagne s'étoit coulé dans les bourfes des
plus favorifés, qui ont continuellement foutenu & élevé ces
trompettes de guerre, ces flambeaux de fédition, ces vents
turbulens, qui n'ont autre travail, que d'orager & témpêter
continuellement le calme de la France.

De ceux qui ont rejetté cet or avec intégrité, la plûpart
néanmoins ont eu le cœur failli : le front leur a blêmi, la main

Tome VI. S

leur a tremblé, quand il a fallu frapper ce grand coup pour la liberté des Gaules & pour l'extermination de ces traîtres, qu'on nous a envoïés ici par troupes.

Peu se font rencontrés qui aient joint le courage, la force & la résolution à la prud'hommie; & de ceux-ci on a incontinent trouvé moïen de se défaire, on leur a ôté tout credit & toute autorité; mais à la fin *venit lustris labentibus ætas*, qu'il est permis non-seulement sans crainte (& qu'on ne nous en pense point faire, *jamdiu è Gallia fugissemus, si nos fabulæ istæ debellassent*) qu'il est permis, dis-je, avec honneur & avec gloire, de parler contre ces mauvais Echansons, qui ont versé au Peuple le breuvage de rebellion, & l'ont nourri d'un pain très dangereux, en aigrissant la pâte de la France du levain Espagnol.

Ne pensez point, espions de Castille, rompre ce coup de l'ardeur Françoise, & nous remettre *ad moras judiciorum longas nimium, & pro nocentibus compositas*, comme vous fîtes en l'année soixante-quatre. Lors on ne parloit de vos actions qu'en devinant; & pour un homme qui appréhende l'avenir, il s'en trouve toujours dix qui n'y pensent pas; mais maintenant qui est celui qui, en son corps, ou en ses biens, en la perte de ses parens, ou de ses amis, n'a senti les effets effroïables de votre conjuration, & les exécutions violentes des commandemens que vous faisiez à la Populace en la Chaire dediée à la vérité & à la piété, laquelle vous avez remplie de feu, de sang & de blasphêmes horribles, faisant croire au Peuple, que Dieu étoit le massacreur des Rois, & attribuant au Ciel le coup d'un couteau forgé de l'Enfer?

Henri III, mon grand Prince, qui as ce contentement dans le Ciel, de voir ton légitime & généreux Successeur, aïant passé sur le ventre de tous tes ennemis, regner tantôt paisible en ta maison du Louvre; & maintenant sur la frontiere, rompre, dissiper & tourner en fuite (mille fois plus honteuse que la perte de dix batailles) les armées Espagnoles, & foudroïer de tes canons les dernieres Villes rebelles, accompagné de six mille Gentilshommes, qui bouillent d'impatience de continuer la glorieuse vengeance de ta mort: assiste-moi en cette cause, & me réprésentant continuellement devant les yeux ta chemise toute sanglante, donne-moi la force & la vigueur de faire sentir à tous tes Sujets la douleur, la haine & l'indignation qu'ils doivent porter à ces Jéfuites , qui par leurs confeſſions ſanglantes , par leurs ſermons enragés , par leurs conſeils ſecrets avec l'Ambaſſadeur de ton ennemi , empoiſonneur de ton frere unique , ont cauſé toutes les miſeres que ton pauvre Peuple a endurées , & la fin de ta propre vie.

Meſſieurs (1) , Charles - Quint & Philippe , ſon fils , ſe voïant remplis de l'or des Indes , non encore épuiſées , n'ont point embraſſé de moindres eſpérances que de ſe rendre Monarques & Empereurs de l'Occident , & élever en pareille grandeur la Maiſon d'Autriche en Europe , qu'eſt celle des Ottomans en Aſie.

Ces grands hommes d'Etat n'ont point ignoré combien les ſcrupules de conſcience avoient de force ſur les eſprits , & combien ils pénetrent profondement & ſans ceſſe dans la poitrine des hommes.   *

L'acquiſition de la plus grande partie de la Cour de Rome leur a été facile par le moïen de leurs penſions & des opulens Bénéfices de Milan , Naples , Sicile , outre ceux d'Eſpagne de valeur immenſe.

Mais d'autant que ce qui eſt en cette grande Ville eſt peſant & ſédentaire , on a eu beſoin d'hommes legers & remuans , diſpoſés en tous lieux pour exécuter ce qui feroit du bien & de l'avancement des affaires d'Eſpagne. Ceux-ci , ſont les Jéſuites , qui ſe ſont répandus de tous côtés en nombre épouventable ; car ils ſont de neuf à dix mille , & ont déja établi deux cens vingt-huit colonies Eſpagnoles , poſſedent plus de deux millions d'or de revenu , ſont Seigneurs de Comtés & grandes Baronnies en Eſpagne & en Italie , & déja parvenus au Cardinalat. , prêts d'être faits Papes ; & s'ils duroient encore trente ans en tous les endroits où ils ſont maintenant , ce feroit ſans doute la plus riche & puiſſante Compagnie de la Chrétienneté , & ſoudoieroient des armées , comme déja ils y contribuent.

Leur principal vœu eſt d'obéir (2) *per omnia & in omnibus* à leur Général & Supérieur , qui eſt toujours Eſpagnol & choiſi par le Roi d'Eſpagne. L'expérience le montre clairement. Layola (3) , leur premier Général , étoit Eſpagnol. Lainés le ſecond , auſſi Eſpagnol ; le troiſieme , Everardus (4) , étoit Fla-

(1) Commencement de la narration & confirmation mêlées.
(2) Le quatrieme vœu des Jeſuites.

(3) Il faut Loyola.
(4) Everard Mercurien ; il étoit de Liege.

mant, Sujet d'Espagne ; Borgia (1), quatrieme, étoit Espagnol ; Aquaviva (2), le cinquieme, & qui l'est aujourd'hui,
est Napolitain, Sujet d'Espagne. Les mots de ce quatrieme vœu
sont étranges, voire horribles ; car ils vont jusques-là, *in illo
Christum velut præsentem agnoscant.* Si Jesus-Christ commandoit
d'aller tuer, il le faudroit faire. Si donc leur Général Espagnol
commande d'aller tuer ou faire tuer le Roi de France, il le faut
nécessairement faire. Leur Histoire, composée par Pierre Riba-
denaire (3), Jésuite, imprimée à Anvers en l'année 1587, sous
le titre *De vita Ignatii,* montre que leur institution n'a autre
but que l'avancement des affaires d'Espagne, où ils ont été reçus
long-temps auparavant qu'en autre lieu du monde. Voici les
mots de la page 146, *Nam hæc societas nondum nata, in authore
suo Ignatio primum probata est in Hispania, deinde jam edita
in lucem, in Italia Galliaque graviter oppugnata.* Aussi ne sont-
ils à rien plus étroitement obligés qu'à prier Dieu nuit & jour
pour la prospérité des armes & pour les victoires & triomphes du
Roi d'Espagne. Voici les mots de la p. 169. *Dies noctesque Deum
nostris (4) placare atque fatigare precibus debemus, ut Philippum
regem Catholicum incolumem felicissimumque quàm diutissimè
tueatur : qui pro sua avita atque eximia pietate, summa prudentia, incredibili vigilantia, maxima inter omnes qui unquam fue-
runt reges potentia, se murum pro domo Dei opponit, & Catholicam
fidem defendit. Quod quidem præstat non solùm armis invictis, &
consiliis salutaribus, sed etiam iis sacrorum patrum excubiis, qui
fidei Catholicæ senatui præsunt.* Tellement qu'il ne faut pas trouver étrange si tant de personnes d'honneur assurent les avoir ouis
prier *pro rege nostro Philippo.* Car il n'y a Jésuite au monde qui
ne fasse une fois le jour la même priere, mais selon que les affaires d'Espagne se portent au lieu où ils se trouvent, ils font
leurs vœux pour lui en public ou en secret.

Et tout au contraire, il est notoire à un chacun qu'ils ne prient
Dieu en façon quelconque pour notre Roi, auquel aussi ils n'ont
serment de fidélité ; duquel d'ailleurs ils ne sont capables, comme n'étant leur Corps approuvé en France, & étant Vassaux li-
ges, & en tout & par tout obligés tant à leur Général qu'au

(1) François de Borgia Duc de Gandie.

(2) Il étoit de la Maison des Ducs d'Atrie,
qui étoit, dit-on, suspecte aux Espagnols.

(3) C'est Pierre Ribadénéira. Sa vie de
saint Ignace de Loyola a été imprimée plusieurs fois. Il a composé aussi & publié celle
de Jacques Lainez, celle de François Borgia, un catalogue des Ecrivains de sa Société, &c.

(4) Leur zele particulier envers le Roi
d'Espagne.

Pape. Ce qui découvre clairement leur conjuration, & montre que leur vœu va à la subversion de l'Etat. Car depuis tantôt seize cens ans que la Religion Chrétienne a été arrosée du sang du Fils de Dieu & de ses Martyrs, on n'a point ouï parler de Secte qui ait de semblables & si étranges vœux.

Tant s'en faut que les Ecclésiastiques de France s'en soient jamais contaminés (1), qu'au contraire toutes les fois que les Papes se sont engagés injustement avec les ennemis de cette Couronne, & ont voulu emploïer l'autorité & la puissance qu'ils ont de Dieu pour l'édification, l'emploïer, dis-je, à la destruction du plus florissant Etat de la Chrétienté, & auquel ils doivent leur temporel, ils ont trouvé de grands & saints personnages, qui d'un commun consentement de l'Eglise Gallicane, ont résisté vertueusement à telles entre-prises.

Mais cette derniere fois, une partie des Gens d'Eglise se sont trouvés sucer de ce lait empoisonné & de cette doctrine de Jésuites, que quiconque avoit été élu Pape, encore que de tout temps il fût reconnu pour Pensionnaire & Partisan d'Espagne, & ennemi juré de la France, il pouvoit néanmoins mettre tout le Roïaume en proie, & délier les Sujets de l'obéissance qu'ils doivent à leur Prince.

Cette proposition schismatique, damnable & directement contraire à la parole de Dieu, qui a séparé de tout le Ciel & de toute la Terre, la puissance spirituelle d'avec les terriennes ; cette proposition, qui rendroit la Religion Chrétienne aussi contraire à la manutention des Etats & Roïaumes, comme en sa vérité elle aide à les établir ; cette proposition, dis-je, aïant pris place dans les esprits de quelques François, a apporté les fureurs, les cruautés, les meurtres & confusions horribles que nous avons vus.

En l'an 1561, Jean Tanquerel, Bachelier en Théologie, fut condamné à faire amende honorable, pour avoir osé mettre en ses Theses que le Pape pouvoit excommunier les Rois (2). En Janvier 1589, lorsqu'on proposa en la Sorbonne, si on pourroit délier les Sujets de l'obéissance du Roi, Faber, Syndic (3), le Camus, Chabot (4), Faber, Curé de Saint Paul (5), Chavagnac & les plus anciens y résisterent virtueusement ; mais le grand

1594.

PLAIDOÏER DE M. ARNAULD.

____

(1) Tachés, souillés.
(2) Leur brigue en Sorbonne.
(3) Jean le Fevre, Syndic de la Faculté.
(4) Ou Sabot.
(5) Jacques Faber.

nombre des Ecoliers des Jéfuites, Boucher, Pichenat, Varadier, Semelle, Cueilli, Ducret, Aubourg & infinis autres,
l'emporterent à la pluralité de voix, contre toutes les maximes
de France & libertés de l'Eglife Gallicane, que les Jéfuites appellent abus & corrupteles : & voilà les beaux fruits de leurs leçons en Théologie (1).

Les Rois de France font les fils aînés de l'Eglife, fils qui ont
bien mérité ce qui fe peut, repouffant & reprimant l'audace des
Rois de Caftille, d'Arragon & d'autres, qui ont voulu entreprendre fur fes droits. Lorfque le Pape reconnoîtra le Roi pour
fon fils aîné & premier Roi de la Chrétienté, les François le
reconnoîtront pour Pere Saint ; mais tant que vitric (2), &
non pere, partifan, & non Médiateur, d'un courage ennemi,
il s'efforcera de démembrer la France pour y commander abfolument, & de mettre fous pieds les fleurs de lis, ou de
les attacher en trophée aux armes d'Efpagne, tant diver-
fifiées.

Littora, littoribus contraria, fluctibus undas
Imprecor, arma armis, pugnent ipfique nepotes.

Ainfi ont vécu nos peres du temps de Louis le Débonnaire.
Gregoire IV fe voulut mêler de venir excommunier le Roi,
l'Eglife Gallicane lui manda qu'il s'en retourneroit lui-même
excommunié. Le même advint du temps de Charles-Chauve,
contre le Pape Adrian.

Brave & invincible Eglife Gallicane, tu étois lors remplie de
courages vraiment François, vraiment Chrétiens, vraiment
Religieux, qui avoient le principal vœu d'obéir *per omnia &
in omnibus* aux commandemens de Dieu toujours juftes, &
non pas à toutes les infolences & entreprifes que pourroit faire
Rome ou l'Efpagne fur les Gaules ; mais depuis que tes ennemis
conjurés enfemble contre ta grandeur, t'ont envoïé ces nouvelles Colonies de Caftillans, ces Couvents d'Affaffins, obligés
par vœu folemnel d'obéir à leur Général Efpagnol, comme à
Jefus-Chrift defcendu en terre, & d'aller affaffiner les Rois &
les Princes, ou les faire tuer par d'autres, auxquels ils tranf-

(1) Voïez fur ces faits l'Hiftoire de l'Univerfité de Paris, par du Boullay, & l'Ouvrage de M. d'Argentré, Evêque de Tulles:
intitulé, *Collectio judiciorum de novis erroribus*. Plufieurs de ces faits d'ailleurs on a
déja été rapportés dans divers Ecrits, imprimés dans ces préfens Mémoires, & l'on a
fait fur chacun les Notes convenables, qu'il
eft inutile de répéter ici. On y a fait connoître Boucher, Pigenat, Varadier, &c.

(1) Vitric, en Latin *Vitricus*, Beau-pere
à l'égard des enfans du premier lit.

mettent leur rage. Depuis ce temps-là, dis-je, où font ces belles
réfolutions de l'Eglife Gallicane ?

Comme il fe lit de quelques enfans jumeaux, que la mort
de l'un fut la fin de l'autre : de même cette Loi, de ne fe pouvoir départir de l'obéiffance dûe au Roi, quelque excommunication qui vienne de Rome : cette Loi, dis-je, eft tellement
jointe à l'Etat, & l'Etat avec elle, que tout ainfi que le jour de
leur origine eft un, ainfi fera leur fin. C'eft cette obéiffance
entiere, parfaite, abfolue, qui gagne les batailles, qui diffipe
les ennemis, qui avance le mérite & couronne le labeur, fans
laquelle rien ne fleurit, rien ne fe peut affermir. C'eft le vrai
lien, l'ornement & la force de toutes chofes. *Nec regna focium
ferre, nec tædæ fciunt. Si duo foles fint, omnia incendio peri-
bunt.* Auffi encore que les Primats, Archevêques & Evêques
aient la principale charge de la Religion en France, fi eft-ce
qu'il faut devant toutes chofes qu'ils faffent le ferment de fidélité au Roi, tant s'en faut qu'ils aient un vœu contraire d'obéir
abfolument au Pape.

Saint Louis s'oppofa courageufement & avec âpreté aux Bulles de Rome, comme il fe voit par fa Pragmatique. On ne fe
fût pas mal vengé à Rome, fi on eut pu éteindre toute la race
de ce bon & valeureux Roi, à quoi principalement a travaillé
le Cardinal de Plaifance (1) (envoïé en France fous le titre de
Légat) qui a emploïé toutes fes facultés, toutes fes puiffances &
toutes fes forces pour fubvertir la Loi Salique, vrai Palladion
de la France, & fans laquelle jamais les fleurs de lis ne fuffent
montées en ce haut dégré d'honneur & de gloire, qui les fait
encore aujourd'hui reluire malgré toutes les pratiques, toutes
les trahifons, toutes les menées d'Efpagne, par deffus tout
ce qu'il y a de plus fuperbe & de plus orgueilleux au monde.

Pourfuivons de voir comment peuvent demeurer en France
ceux qui ont ce quatrieme & principal vœu d'obéiffance abfolue, *per omnia & in omnibus*, à leur Général Efpagnol & au Pape,
commandé & continuellement menacé par le Roi Philippe, qui
lui tient le pied fur la gorge, par le moïen de Naples & de
Sicile, & de fes Partifans dans Rome même : au Pape, dis je,
qui foutient au chapitre *ad Apoftolicæ. de fentent. & re jud. in 6.*
Et en l'extravagant *Commu. unam fanctam. de majoritate & obe-
dient. fubeffe Romano Pontifici, omni humanæ creaturæ omnia
effe de neceffitàte falutis.* Et afin qu'il ne femble que cela fe puiffe

____

(1) Philippe Sega, dont on a déja fouvent fait mention.

1594.

PLAIDOÏER
DE M. AR-
NAULD.

sauver par la diſtinction du temporel & du ſpirituel, voici comme nommément & expreſſément il ſe déclare Chef,
Supérieur & Maître abſolu , & en ſpirituel & en temporel, de tous les Rois & Princes de la terre, ſoutenant qu'il a
puiſſance de les juger & deſtituer. *Uterque ergo eſt in poteſtate
Eccleſiæ, ſpiritualis ſcilicet gladius & materialis , ſed is quidem
pro Eccleſia , ille vero ab Eccleſia exercendus : ille ſacerdotis , is
manu regum & militum , ſed ad nutum & patientiam ſacerdotis :
oportet autem gladium eſſe ſub gladio , & temporalem autoritatem
Spirituali ſubjici poteſtati. Nam veritate teſtante , ſpiritualis poteſtas terrenam poteſtatem inſtituere habet & judicare , ſi bona non
fuerit. Sic de Eccleſia & Eccleſiaſtica poteſtate verificatur vatici-
nium Jeremiæ , ecce conſtitui te hodie ſuper gentes , regna , & cætera quæ ſequuntur. Ergo ſi deviat terrena poteſtas , judicabitur
à poteſtate ſpirituali : ſed ſi deviat ſpiritualis , minor à ſuo ſupe-
riori : ſi vero ſuprema , à ſolo Deo , non ab homine poterit judicari :
teſtante Apoſtolo , ſpiritualis homo judicat omnia , ipſe autem à
nemine judicatur.*

Si ces propoſitions ne ſont erronées & ſchiſmatiques , que
s'enſuit-il , ſinon que nous tous qui obéiſſons au Roi , ſommes
excommuniés , que la France eſt toute en interdiction maudite , & eſt la proie de Satan ? Mais comment eſt-ce que nos ancêtres , *quorum virtus etiam hodie vitia noſtra ſuſtentat* , ſe ſont
comportés en tels accidens & en telles rencontres ? Philippe-le-
Bel manda à Boniface huitieme , qu'il n'avoit aucune puiſſance
quelconque ſur le Rois de France , & que ceux qui diſoient le
contraire étoient des ſots & des accariaſtres. Liſez Belarmini (1);
écoutez tous les Sermons , toutes les Confeſſions des Jéſuites ,
ils mettent au profond de l'Enfer telles propoſitions avec le Roi
Philippe-le-Bel , & tous ceux qui brûlerent publiquement en
l'Aſſemblée des Etats de cette Ville de Paris la Bulle de Boniface , déclarant le Siege de Rome vacant. Ce Belarmin , Jéſuite , ſoutient que les Papes ont puiſſance de deſtituer les Rois
& Princes de la terre , alléguant pour raiſon , des attentats &
entrepriſes tyranniques.

Le Pape Benoît treizieme (2), voulut imiter Boniface , mais
ſa Bulle contenant un libelle diffamatoire contre l'autorité du
Roi Charles ſixieme , fut publiquement lacerée , & ceux qui

---

(1) C'eſt-à-dire , le Jéſuite Bellarmin ,
depuis Cardinal , le plus habile Controver-
ſiſte de ſon temps.

(2) Benoît XIII : c'eſt Pierre de Luna ,
que l'Egliſe ne met point au rang des Papes:
nous avons eu Benoît XIII de nos jours.

l'avoient

l'avoient portée firent amende honorable , & furent menés dans des tombereaux.

Louis XII , surnommé Pere du Peuple , a été autant haï à Rome , comme aimé en France. Il avoit donné à Jules second plusieurs Villes d'Italie. Pour reconnoissance , Jules suscita contre lui les Espagnols , Allemands, Suisses & Anglois ; mais l'an 1510 le Roi fit assembler un Concile à Tours, où il fut arrêté qu'il le falloit châtier par armes ; ce qui fut confirmé par un autre tenu à Pise. A cause de quoi le Pape entreprit d'excommunier le Roi & le Roïaume , donnant absolution de tous péchés à ceux qui auroient tué un François. *Aliis igitur fines adjicitis , alios agris mulctatis , aliis vectigal imponitis , regna augetis , minuitis, donatis , adimitis.* Qui est-ce qui vous a donné cette puissance ? Car quant à Dieu , il vous a dit que votre regne n'étoit pas de ce monde.

Cette grande excommunication ne put faire breche à la France , mais elle porta coup sur le Roïaume de Navarre , qui nous étoit allié , où les Sujets n'étoient si affermis contre telles entreprises ; & s'empara Ferdinand , Roi d'Arragon de la meilleure partie de l'Etat de Navarre , pendant que Jean d'Albret, bisaïeul du Roi regnant (1), étoit en l'armée Françoise.

    Exoriare aliquis nostris ex ossibus ultor.

Et en cet endroit je suis contraint de dire un mot de l'origine des Jésuites, mais fort brievement parceque ma cause m'appelle ailleurs.

L'an 1521 (2), les François voulurent rendre l'héritage à celui qui l'avoit perdu à leur occasion : ils assiegerent Pampelune , & le battirent si furieusement , qu'ils l'emporterent. Ignace Layola (3) , commandant à l'une des Compagnies de la Garnison Castillane , opiniâtra le plus la défense , & y eut les jambes rompues. Cela le tira de son métier de la guerre , mais aïant voué une haine irréconciliable contre les François, non moindre que celle d'Annibal contre les Romains , avec l'aide du malin esprit, il couva cette maudite conjuration de Jésuites, qui a causé tant & tant de ruine à la France.

La nature provide (4) a rendu les animaux farouches & meurtriers peu féconds : la Lione n'en porte qu'un , & une fois en la vie ; s'ils étoient aussi fertiles comme les autres , le monde ne se

---

(1) La Mere de Henri IV étoit petite fille de Jean d'Albret.

(2) Origine des Jésuites.

(3) Loyola.

(4) C'est-à-dire , prévoïante.

pourroit habiter. Mais c'eſt une choſe étrange comment cette méchante race, engendrée à la ruine & déſolation des hommes, a foiſonné en peu d'années, aïant de ſoixante qu'ils devoient être (1) par leur premiere inſtitution, multiplié à dix mille ; tellement que s'ils continuoient de croître en même proportion, ils feroient dans trente ans plus de douze cens mille, & feroient des Roïaumes tous Jéſuites.

Il ne font pas venus en France à Enſeignes déploïées ; ils euſſent été auſſitôt étouffés que nés : mais ils font venus ſe loger en notre Univerſité en petites chambrettes, où aïant long-temps renardé & épié, ils ont eu des adreſſes de Rome, & des lettres de recommandation très étroites à ceux qui étoient grands & favoriſés en France, & qui vouloient avoir credit & honneur dans Rome ; & telles ſortes de gens ont toujours été fort à craindre pour les affaires de ce Roïaume. Par ce moïen donc s'étant peu à peu inſinués, & aïant enfin eu pour Préſidens & Juges leurs Mecenas Cardinaux de Tournon & de Lorraine, ils firent ſigner à deux, ſans ouïr l'Univerſité, un avis à Poiſſy, que leur College (réprouvé pluſieurs fois auparavant) feroit reçu, & leur Religion chaſſée, & qu'ils quitteroient leur nom.

Ils ne vouloient que cette entrée, s'aſſurant que petit-à-petit, *& ſenſim ſine ſenſu* ils feroient un ſi grand nombre d'ames Jéſuites par leurs Confeſſions, leurs Sermons & Inſtructions de la jeuneſſe, qu'à la fin non-ſeulement ils auroient tout ce qu'ils deſiroient, mais ruineroient leurs adverſaires, & commanderoient ſuperbement à l'Etat. Ce qu'ils ont exécuté au vœu d'un chacun, depuis le jour des Barricades, juſqu'à l'heureuſe réduction de cette Ville de Paris en l'obéiſſance de Sa Majeſté.

Quelle langue, quelle voix pourroit ſuffire, pour exprimer les conſeils ſecrets, les conjurations plus horribles que celles des Bacchanales (2), plus dangereuſes que celle de Catilina, qui ont été tenues dans leur College, rue Saint Jacques, & dans leur Egliſe rue Saint Antoine ? Où eſt-ce que les Ambaſſadeurs & Agens d'Eſpagne, Mendoſe, Daguillon, Diego, Divarra (3), Taxis, Feria & autres, ont fait leurs aſſemblées les plus ſecrettes, ſinon dans les Jéſuites ? Où eſt-ce que Louchard,

---

(1) Voïez la Bulle de 1540, à la fin.
(2) Cette conjuration eſt détaillée au commencement du Livre trente-neuf de Tite-Live.
(3) C'eſt d'Ibarra.

Améline, Crucé, Cromé (1) & semblables renommés voleurs
& meurtriers ont bâti leurs conjurations, sinon dans les Jésuites ?
Qui fit cette réponse sanglante contre l'Apologie Catholique,
sinon les Jésuites , qui emploïerent toutes leurs études pour
dire, contre la personne & les droits de S. M. regnante, ce
qui se peut excogiter de faux & de calomnieux au monde ? Qui
sont ceux qui dès l'an 1585 , ne vouloient point bailler absolution aux Gentilshommes, s'ils ne promettoient de se liguer contre leur Roi très Catholique , & auquel ils ne pouvoient rien objecter, sinon qu'il ne s'étoit pas laissé mourir sitôt que leurs Magiciens avoient prédit ? Qui fit perdre Périgueux, sinon les Jési-
tes , qui allerent faire une sédition jusques dans l'Hôtel de Ville ? Qui causa la révolte de Rennes , laquelle ne dura que huit
jours , & qui importoit de toute la Bretagne, sinon les sermons
des Jésuites , ainsi qu'eux-mêmes les firent imprimer en cette
Ville ? Qui a fait perdre Agen, Toulouse, Verdun & généralement toutes les Villes où ils ont pris pied, Bordeaux excepté, où ils furent prévenus , & Nevers, où la présence de M.
de Nevers , & la foiblesse des murailles fit perdre courage à
ceux qu'ils avoient envenimés ?

Où est-ce que ces deux Cardinaux, qui se disoient Légats en
France, assembloient leurs conseils , sinon dans les Jesuites ?
Où est-ce que l'Ambassadeur d'Espagne Mendose, le jour de la
Toussaint mil cinq cent quatre-vingt-neuf, le Roi aïant forcé
les Fauxbourgs, alla tenir le Conseil des Seize , sinon dans le
College des Jesuites ? Où est-ce que l'année en suivant la résolution fut prise de faire plutôt mourir de famine les neuf-di-
xiemes parties des Habitans de Paris, que de rendre la Ville
au Roi ? Qui est-ce qui prêta du vin, des bleds, & des avoines,
sur le gage des bagues de la Couronne , sinon les Jesuites , qui
en furent encore trouvés saisis par Lugoly (2) , le lendemain
que le Roi fut entré en cette Ville ? Qui a présidé au Conseil
des seize Voleurs, sinon Comolet, Bernard, & Pere Odo
Pichenat (3), le plus cruel Tigre qui fût dans Paris , & qui
reçut un tel crevecœur de voir les affaires aller autrement qu'il
ne s'étoit promis, qu'il en est devenu enragé, & est encore au-

---

(1) On a fait connoître ailleurs ces personnages.

(2) Lieutenant du Prévôt de Paris. Voïez
sur ce fait les Rem. sur la Satyre Ménippée,
édit. de 1714, *in-*8°. T. II, p. 106 & 107.

(3) Odón ou Eudes Pigenat : il devint
Provincial par la mort du Pere Claude Mat-
thieu, arrivée à Ancone en 1588 , selon
Pasquier.

jourd'hui lié dans leur College de Bourges (1) ? Un ancien disoit que si on pouvoit regarder dans les esprits des méchans,
on y verroit *laniatus & ictus: quando ut corpora vulneribus, ita
sævitia, libidine, & malis consiliis animus dilaceratur.*

Lorsque le Roi Philippe aïant fait entrer, par les persuasions
des Jésuites, sa Garnison Espagnole dans Paris, voulut avoir
un titre coloré de ce qu'il tenoit déja par force ; qui y envoïa-
t-il, sinon Pere Matthieu Jesuite (2), portant un nom semblable au surnom de l'autre Matthieu Jesuite, principal instrument de la Ligue en l'année mil cinq cent quatre-vingt-cinq ?
Ce Matthieu, en peu de jours qu'il demeura en cette Ville, logé dans le College des Jesuites, y fit écrire & signer la lettre,
par laquelle ceux qui se disoient les Gens tenant le Conseil des
seize quartiers de la Ville de Paris, donnoient non seulement
la Ville, mais tout le Roïaume au Roi Philippe. Ce qui se
connoîtra mieux par la lecture de la lettre, que tout autre discours.

» Sire, Votre Catholique Majesté nous aïant été tant benigne,
» que de nous avoir fait entendre par le très Religieux & Révé-
» rend Pere Matthieu, non-seulement ses saintes intentions au
» bien général de la Religion, mais particulierement ses bonnes
» affections & faveurs envers cette Cité de Paris. Et après, nous
» espérons en Dieu qu'en bref les armes de Sa Sainteté, & de
» Votre Catholique Majesté, jointes, nous délivreront des op-
» pressions de notre Ennemi, lequel nous a jusqu'à présent, &
» depuis un an & demi, bloqués de toutes parts, sans que rien
» puisse entrer en cette Cité qu'avec hasard, ou par la force des
» armes ; & s'efforceroit de passer outre, s'il ne redoutoit les
» Garnisons qu'il a plû à Votre Catholique Majesté nous ordon-
» ner. Nous pouvons certainement assurer à Votre Catholique
» Majesté, que les vœux & souhaits de tous les Catholiques
» sont de voir Votre Catholique Majesté tenir le sceptre de cette
» Couronne & regner sur nous, comme nous nous jettons très
» volontiers entre ses bras, ainsi que notre Pere ; ou bien qu'elle

---

(1) Pigenat mourut dans la maison des
Jésuites de Bourges, étant fou & furieux.
Voïez Etienne Pasquier au Chapitre 20 du
troisieme Livre de son *Catéchisme des Jésuites.*

(2) Le Pere Mainbourg, qui a été Jesuite, & qui est mort après avoir quitté la
Société, nie dans son Histoire de la Ligue,
que ce *Matthieu*, porteur de la Lettre dont
on parle ici, ait été Jesuite. Et Pierre Barny, qui a répondu pour ses confréres, au
Plaidoïer de M. Arnauld, soutient (page
34) qu'il n'y a point eu deux Peres Matthieu;
& que celui qui est mort à Anconne étoit
Religieux Mendiant, & non Jesuite.

y en établisse quelqu'un de sa postérité ; que si elle nous en veut "
donner un autre qu'elle-même, il lui soit agréable qu'elle se "
choisisse un gendre , lequel avec toutes les meilleures affec- "
tions , toute la dévotion & obéissance que peut apporter un "
bon & fidele Peuple, nous recevrons Roi. Car nous espérons "
tant de la bénédiction de Dieu sur cette alliance , que ce que "
jadis nous avons reçu de cette très Grande & très Chrétienne "
Princesse Blanche de Castille , Mere de notre très Chrétien & "
très Religieux Roi Saint Louis , nous le recevrons , voire au "
double, de cette grande & vertueuse Princesse , Fille de Votre "
Catholique Majesté , laquelle par ses rares vertus arrête tous "
yeux à son objet , y resplendissant le sang de France & d'Es- "
pagne , pour en alliance perpétuelle fraterniser ces deux gran- "
des Monarchies sous leur regne , à l'avancement de la gloire de "
notre Seigneur Jésus-Christ, splendeur de son Eglise , & union "
de tous les Habitans de la terre , sous les enseignes du Chris- "
tianisme. Comme Votre Catholique Majesté , avec tant de "
signalées & triomphantes victoires , sous la faveur divine , & "
par ses armes a fait de très grands progrès & avancemens, les- "
quels nous supplions Dieu , qui est le Seigneur des batailles, "
continuer avec tel accomplissement, que l'œuvre en soit bien- "
tôt accomplie, &, pour ce faire, prolonger à Votre Catholique "
Majesté en parfaite santé la vie très heureuse , comblée de vic- "
toires & triomphes de tous ses Ennemis. De Paris ce deux No- "
vembre mil cinq cent quatre-vingt-onze. *Et plus bas à côté.* "
Le Révérend Pere Matthieu present porteur , lequel nous a "
beaucoup édifié , bien instruit de nos affaires , suppléera au dé- "
faut de nos Lettres envers Votre Catholique Majesté , laquelle "
nous supplions bien humblement ajouter foi à ce qu'il lui en "
rapportera ".

La date de cette lettre est infiniment considérable , car elle
est du second Novembre mil cinq cent quatre-vingt-onze (1);
& treize jours après, ceux qui l'avoient écrite , & qui avoient
entendu par Pere Matthieu les intentions du Roi Philippe;
ceux , dis-je, qui ne bougeoient des Jésuites, & qui n'alloient
en confession nulle part ailleurs , executerent cette grande &
horrible cruauté , bourrelant à l'Espagnole , & sans forme ni

---

(1) D'autres la datent du 20 Septembre de
ladite année 1591. Elle est imprimée dans
la suite des Mémoires de Villeroy , tom. III,
p. 17 : on l'a donnée de nouveau dans les
Remarques sur la Satyre Ménippée *in-8°*,
p. 374. Elle y est plus entiere que dans ce
Plaidoïer.

figure de procès, celui, lequel comme le Chef de leur Juſti-
ce(1), ils reveroient le jour auparavant: ſe promettant les Eſpagnols, Jeſuites, & ſeize Voleurs, ou plutôt ſeize Bourreaux
& leurs adhérans, que ce ſpectacle tragique & hideux qu'ils
préſentoient au Peuple en pleine Gréve, l'animeroit & enflam-
meroit à ſe baigner dans le ſang de tous les gens de bien, qui
ne pouvoient gouter la tyrannie Eſpagnole. Mais Dieu, qui
a en horreur telles & ſi exécrables entrepriſes, en ordonna autrement, & fit que ce jour effroïable qu'ils pénſoient être l'é-
tabliſſement aſſuré du commandement Eſpagnol dans Paris,
en fut la ruine, *tunc Troja capta eſt*. Les plus endormis & aſ-
ſoupis commencerent à ſe réveiller; les plus timides à changer
leur crainte en déſeſpoir, & les plus enſorcelés par les ſermens
des Jeſuites, à connoître que l'Empire Caſtillan, qu'on leur
avoit dépeint rempli de douceur, d'heur & de félicité, étoit
le comble de ce qui eſt de plus cruel & de plus redoutable au
monde.

Cette lettre écrite au Roi d'Eſpagne, ſurpriſe près de Lyon
par le ſieur de Chaſſeron, & envoïée au Roi (de laquelle l'o-
riginal fut vu, & ſe voit encore chacun jour) fit clairement
connoître que le but que les Jéſuites, & autres traîtres à la
France, s'étoient propoſé durant toutes ces guerres, étoit de
faire le Roi d'Eſpagne Monarque de toute la Chrétienté. Le
commun proverbe de ces hypocrites eſt un Dieu, un Pape,
& un Roi de la Chrétienté, le grand Roi Catholique & univerſel. Toutes leurs penſées, tous leurs deſſeins, toutes leurs
actions, tous leurs ſermons, toutes leurs confeſſions n'ont autre
viſée que d'aſſujétir toute l'Europe à la domination Eſpagnole.
Et d'autant qu'ils ne voient aucune plus forte digue, que l'Empire François qui empêche cette grande inondation, ils ne travaillent à rien autre choſe qu'à le diſſiper, démembrer & perdre par toutes ſortes de ſéditions, diviſions & guerres civiles
qu'ils y allument continuellement, s'efforçant ſur tout d'éteindre la Maiſon Roïale, qu'ils voient réduite à peu de Princes.
Et de fait, qui eſt-ce qui pour rendre exécrable & abominable
à tous les François la race de Monſieur le Prince de Condé
Louis de Bourbon, en laquelle conſiſte la plus grande partie
de Meſſieurs les Princes du Sang, a publié entre nous qu'il s'é-
toit fait couronner Roi de France? ſinon les Jeſuites, qui ont
été ſi impudens & ſi effrontés, que d'écrire en la vie d'Ignace

____

(1) Il s'agit de la mort du célebre Barnabé Briſſon dont on a parlé ailleurs.

1594.

PLAIDOÏER
DE M. AR-
NAULD.

page 162, une chose si notoirement fausse, & d'ajouter que Monsieur le Prince avoit fait battre de la monnoie d'or, en laquelle étoit cette inscription : *Ludovicus XIII, Dei gratia, Francorum Rex primus Christianus. Quæ inscriptio arrogantis-sima est*, disent-ils, *& in omnes Christianissimos Franciæ Reges injuriosa.* ils ne disent pas *esset*, comme d'une chose douteuse, mais *est*, comme d'une chose certaine.

Vous, Princes généreux, Enfans d'un tel Pere, comment est-ce que vous n'étranglez de vos propres mains ces imposteurs, qui vous veulent mettre sur le front la plus laide & la plus honteuse tache qui se puisse imaginer au monde ?

Mais à quoi est-ce que je m'arrête ? à des calomnies contre les morts ? Hé, ils ont voulu massacrer les vivans ! Ne fut-ce pas dans le College des Jésuites à Lyon, & encore dans celui des Jésuites à Paris, que la derniere résolution fut prise d'assassiner le Roi au mois d'Août mil cinq cent quatre-vingt-treize. La déposition de Barriere, exécuté à Melun, n'est-elle pas toute notoire, & n'a-t-elle pas fait trembler & tressaillir tous ceux qui ont le cœur vraiment François, tous ceux qui n'ont point bâti leurs desseins & leurs espérances sur la mort du Roi ? Ne fut-ce pas Varade Principal des Jesuites, choisi tel par eux, comme le plus homme de bien & le meilleur Jésuite, qui exhorta & encouragea ce Meurtrier, l'assurant qu'il ne pouvoit faire œuvre au monde plus méritoire, que de tuer le Roi encore qu'il fût Catholique, & qu'il iroit droit en Paradis ? Et pour le confirmer davantage en cette malheureuse résolution, ne le fit-il pas confesser par un autre Jésuite, duquel on n'a pu savoir le nom, & qui est par avanture encore en cette Ville, épiant de semblables occasions ? Quoi plus : ces impies & exécrables Assassins ne communierent-ils pas encore ce Barriere, emploïant le plus saint, le plus précieux, & le plus sacré mystere de la Religion Chrétienne, pour faire massacrer le premier Roi de la Chrétienté ? *O quàm maluissent patrati, quàm incœpti facinoris rei esse !*

Boutique de Satan, où se sont forgés tous les assassinats qui ont été exécutés ou attentés en l'Europe depuis quarante ans ! vrais successeurs des Arsacides au Assassins (1) qui tuerent le Comte Raimond de Tripoli, le Marquis de Monferrad Conrard, Edouart Fils du Roi d'Angleterre, & plusieurs autres

---

(1) Peuples qui habitoient aux environs de Tyr, & qui avoient un Roi, qu'ils appelloient le Vieux de la Montagne. On en a parlé ailleurs.

grands Princes. Auſſi leur Roi qu'ils adoroient (comme les Jéſuites font leur Général toujours Eſpagnol) faiſoit porter devant
lui une hache d'armes pleine de couteaux tranchans des deux
côtés , & crioit celui qui la portoit. Tournez vous arriere ;
fuïez devant celui qui tient entre ſes mains la mort des
Rois.

Il a été pris depuis peu un Jéſuite Aſſaſſin en Flandres , qui
a dépoſé à la mort, qu'il y en avoit un autre envoïé d'Eſpagne
pour tuer le Roi. Hé , que ſavons-nous s'il eſt maintenant dans
le College des Jéſuites , attendant ſon occaſion , & que le Roi
s'approche d'ici ? Car pour montrer que les Jéſuites ne peuvent
deſavouer leurs Compagnons de telles entrepriſes , & que le
haut point de leur honneur conſiſte à exécuter tels aſſaſſinats ,
appellant Martyrs ceux qui y ont répandu leur vie , il y a plus
de trois mille perſonnes qui ſavent , que Comolet , prêchant à
Noel dernier dans l'Egliſe Saint Barthelemi , prit pour ſon
theme le troiſieme Chapitre des Juges , où il eſt parlé d'un Aod,
qui tua le Roi Moab , & ſe ſauva. Et après avoir fait mille diſcours ſur la mort du feu Roi , & exalté & mis entre les Anges
ce Meurtrier , ce Tigre , ce Diable incarné de Jacques Clément , il commença à faire une grande exclamation : il nous
faut un Aod, il nous faut un Aod: fût-il Moine, fût-il Soldat,
fût-il Goujat, fût-il Berger , n'importe de rien. Mais il nous
faut un Aod, il ne faut plus que ce coup pour mettre nos affaires au point que nous pouvons deſirer.

Voïez, Meſſieurs, conſiderez deux & trois fois , conſiderez
juſqu'à quel dégré notre ſtupidité , ou plutôt notre lâcheté ,
(pardonnez-moi ſi je parle ainſi, une juſte douleur m'emporte)
a fait monter l'audace ,. l'inſolence , la témerité , l'impudence
de tels Traîtres, de tels Eſpions d'Eſpagne , de tels Meurtriers,
d'oſer emploïer la chaire de Dieu à crier qu'il faut tuer les Rois.
C'eſt leur pure doctrine ; Allain (1) Principal du College du
Séminaire à Reims , en a fait un livre exprès. Et à ce propos ,
quand Guillaume Parri fut exécuté , il déclara que *Benedicto
Palmio* , Jéſuite , lui avoit fait entendre qu'il étoit permis de
tuer & aſſaſſiner tous les Rois & Princes excommuniés par le
Pape. De quoi aïant depuis communiqué avec un docte Prêtre nommé Vates (2) , il lui dit que cette propoſition étoit fauſſe,
& qu'il ſeroit damné ; & en cette incertitude, Parri s'alla con-

---

(1) On en a parlé ailleurs , de même que de la Conjuration d'Angleterre.
(2) Ou Wiat.

feſſer

feſſer à Annibal Codreto (1) Jéſuite, demeurant à Paris, (qui eſt celui qui en un livre imprimé à Lyon, a écrit que leur Société avoit pris ſon nom de ce que Dieu les avoit donnés pour compagnons à ſon Fils Jeſus-Chriſt, & qu'il les avoit accep-tés pour ſes Compagnons). Ce Codret lui dit qu'il falloit que Vatès fût un Hérétique, l'aſſurant qu'il ne pouvoit faire une œuvre plus méritoire, & que les Anges le porteroient au Ciel.

Vous, Rois & Princes de la terre, vous n'êtes plus aſſurés au dedans de vos Palais & au milieu de vos Gardes, ſi cette propoſition diabolique, vomie du plus profond de l'Enfer, ſe coule dans les eſprits du Peuple, comme les Jéſuites la lui in-culquent continuellement par leurs maudites confeſſions, à quoi auſſi ils ſont obligés par leurs regles : *Tyrannos aggredian-tur, lolium ab agro Dominico evellant.* Ils ont en leurs Bulles & Statuts un article qui ne tend à autre. Sans attendre aucun an de probation, ils reçoivent ceux qui ſe préſentent à faire leurs vœux, après leſquels, encore que ſimples, celui qui a dit le mot, eſt irrévocablement obligé à leur Général : & néanmoins le Général le peut chaſſer, quand il lui plaît, juſqu'à ce qu'il ſoit Profès : ce qui n'advient quelquefois que vingt-cinq & trente ans après. Pourquoi cela ſi étrange, ſi extraordinaire, ſi ini-que, que ce contrat ne ſoit point réciproque ? Afin qu'aïant tenu un homme quelquefois vingt-cinq ans avec eux, s'il lui vient des ſucceſſions, ils les prennent ; & que s'il ne lui vient rien, ils le puiſſent chaſſer, s'il n'entreprend d'exécuter tout ce qu'ils voudront. Tellement que celui qui aura conſumé avec eux toute ſa jeuneſſe, ſe voïant d'un côté réduit à l'aumô-ne, & de l'autre des promeſſes d'un Paradis aſſuré, ſe ré-ſoudra facilement à être lui-même tueur, ou exhorter, con-feſſer, & communier tous les Parricides qui ſe préſente-ront.

Toutes les fois que je me remets devant les yeux, en quelle extrêmité de miſeres, & nous tous en particulier, & l'état de

---

(1) Annibal Codrette, dit Ribadenéira dans ſon *Catalog. Scriptorum Societ. Jeſu,* de 1613 in-8°. p. 19, étoit Savoïard. Il fut d'a-bord Médecin, & il en exerçoit la profeſ-ſion à Padoue, où Ribadenéira dit qu'il le connut en 1546. Il ſe fit Jéſuite vers ce temps-là, & il enſeigna les Humanités avec ſuccès dans pluſieurs Colleges de ſa Société.

Il fut Recteur de l'Univerſité de Tournon, & eut encore d'autres emplois. Il eſt mort à Avignon le 19 Septembre 1599. On a de lui *Grammaticæ Inſtitutiones.* Il y a apparence que c'eſt de ce Jéſuite que l'on parle dans ce Plaidoïer. Cependant le Défenſeur des Jé-ſuites, Pierre Barny, le nomme *Annibal du Codré.*

la France en général, se fût trouvé, si cet assassinat si dextrement persuadé, si vivement empreint par Varade Principal des Jésuites à Barriere, eût été exécuté ; la servitude horrible en laquelle seroit maintenant la France, l'insolence & les triomphes des Espagnols, & l'état déplorable de cette grande Ville, en laquelle commanderoit superbement l'Infante de Castille; il faut que je confesse que la colere & la juste indignation me font sortir hors de moi, de voir qu'encore ces Traîtres, ces Scélérats, ces Assassins, ces Meurtriers de Rois, ces Confesseurs publics de tels parricides, sont entre nous, ils vivent, ils hument l'air de la France. Comment ils vivent ! ils sont dans les Palais, ils sont caressés, ils sont soutenus, ils font des Ligues, des Factions, des Alliances & Associations toutes nouvelles. Quoi ? hé si Dieu permet qu'un de ces jours quelque Jésuite, ou autre par eux persuadé, soit appréhendé comme celui de Melun, pensez-vous tant que vous êtes, qui les supportez en vos discours, où vous faites les prudens, les considerés, les sages, en un mot les Espagnols ; pensez-vous, dis-je, être en sûreté parmi nous ? Non, non, en toute autre chose on ne peut apporter trop de modestie & de retenue ; mais où il y va de la vie, du salut, & de la conservation de cette Personne si sacrée, si nécessaire à la France, sans laquelle c'étoit fait de l'Etat, il étoit couvert de perpétuelles ténébres, & fût maintenant l'une des Provinces d'Espagne ; en cela, dis-je, on ne peut apporter trop d'ardeur : qui y est froid, qui y est modeste, il est traître. La vertu en telles matieres consiste en l'excès, non point d'affection seulement, mais de passion : *quantalibet vis omnium gentium conspiret in nos, impleat armis virisque totum orbem, classibus maria consternat, inusitatas belluas inducat, tu nos præstabis invictos, Rex invictissime. Sed quis hoc Galliæ columen ac sidus diuturnum fore polliceri potest*, si ceux qui ont entreprise continuelle sur sa vie, ceux qui reçoivent les Assassins envoïés de Lyon, pendant qu'elle étoit rebelle, & maintenant d'Espagne ; si ceux, dis-je, qui désesperent les Religieux, aigrissent continuellement le Peuple contre Sa Majesté, sont maintenus & conservés en son état ?

Mais ils enseignent la jeunesse : à quoi faire ? à desirer & souhaiter la mort de leurs Rois. Tant s'en faut que la peine des crimes des Jésuites doive être adoucie par la considération de l'instruction des enfans, qu'au contraire, c'est ce qui la doit agraver & augmenter infiniment. Car c'est cette belle instruction de la jeuneſſe , ce ſont ces malheureuſes propoſitions qu'ils mettent dans leur eſprit tendre , ſous prétexte de les inſtruire aux lettres (*ut venena non dantur , niſi melle circumlita : & vitia non decipiunt , niſi ſub ſpecie umbraque virtutum*) : ce ſont ces confeſſions hardies (où ſans témoins ils imbuent leurs Ecoliers de la teinture de rebellion contre leur Prince & ſes Magiſtrats) qui ont rempli tant de places & tant de dignités d'ames Eſpagnoles ennemies du Roi & de ſon Etat.

> -----Puerorum infantia primo
> Errorem cum lacte bibit.

Quelques-uns de leurs Ecoliers ont rejetté leurs perſuaſions : & ceux-là les haïſſent plus mille fois que ceux qui ne les connoiſſent pas. Mais pour un qui a réſiſté , cent ont été corrompus.

Nous liſons dans le 52 de Dion, que Mecenas remontroit à Auguſte , qu'il n'avoit aucun moïen plus propre pour s'établir un repos & aux ſiens , que de faire inſtruire la Nobleſſe Romaine aux lettres , par ceux qui aimoient la Monarchie. Car en peu de temps le monde ſe renouvelle , & cette jeuneſſe eſt incontinent montée aux grandes Charges. De même , rien ne peut être plus dangereux que de faire inſtruire nos enfans par ces Eſpions d'Eſpagne , qui haïſſent ſur toutes choſes la grandeur de la Monarchie Françoiſe.

Rien n'eſt ſi aiſé que d'imprimer en ces eſprits foibles telle affection qu'on veut : rien plus difficile que de l'en arracher : *Altius enim precepta deſcendunt , quæ teneris animis imprimuntur.* Ce n'étoit pas la riviere d'Eurotas qui faiſoit les hommes belliqueux , mais bien la bonne inſtitution de Lycurgue. Ce n'eſt pas la riviere de Seine , ou la Garone qui a fait tant de mauvais François ; mais les Colleges des Jéſuites à Paris , Touloſe & Bordeaux. Depuis que tels Ecoliers ſont entrés aux Charges , *majorum mores non paulatim ut antea , ſed torrentis modo precipitati ſunt.*

La Religion Chrétienne a toutes les marques d'extrême juſtice & utilité ; mais nulle ſi apparente que l'exacte recommandation de l'obéiſſance des Magiſtrats , & manutention des polices ; & ces gens-ci , qui ſe diſent de la Société de Jeſus , n'ont autre but que de renverſer toutes les puiſſances légitimes , pour établir la tyrannie d'Eſpagne en tous endroits : & à cela forment les eſprits de la jeuneſſe, qu'on leur penſe donner pour inſtruire aux lettres, en la Religion, & en la piété :

Proh Superi, quantum mortalia pectora cæcæ
Noctis habent ; ipſo ſceleris molimine Tereus
Creditur eſſe pius, laudemque à crimine ſumit.

Les Carthaginiens immoloient leurs propres enfans à Saturne, étant contraints les peres & meres d'aſſiſter à ce ſacrifice, avec une contenance gaie. C'eſt une choſe étrange que nous avons vu le temps, auquel celui qui ne faiſoit étudier ſes enfans ſous les Jeſuites n'étoit pas eſtimé bon Catholique, & que ceux qui avoient été dans ce College, avoient leur paſſe-partout ; il ne falloit point informer de leur vie. Tellement que les Peres s'accommodant à la ſaiſon, étoient contraints de perdre leurs enfans, qui étoient ou charmés, ou bien ſouvent du tout volés, s'ils les trouvoient à leur gré. De quoi il n'y a que trop d'exemples déplorables, aſſez connus à un chacun, & des plaintes publiques qui en ſont laiſſées à la poſtérité contre ces Plagiaires cruels qui ſéparent les enfans d'avec les Peres ; & ſouvent dérobent tout l'appui & ſoutien d'une maiſon, comme au Lieutenant d'Angers Airault (1), qui eſt chargé de huits petits en-

(1) Pierre Ayrault, Lieutenant criminel au Siege préſidial d'Angers. Son fils, dont on parle ici, ſe nommoit Réné Ayrault. Il eſt vrai qu'il diſparut, non à l'âge de 14 ans, mais aïant au moins 16 ans, & qu'il entra chez les Jeſuites, malgré ſon pere ; que celui-ci le demanda en vain ; qu'on lui cacha le lieu où il étoit ; & qu'après plus de trois ans de ſollicitations & de demandes inutiles il compoſa & mit au jour un Traité de la puiſſance paternelle, pour prouver qu'il avoit droit de ſe plaindre de ceux qui avoient favoriſé l'évaſion de ſon fils, & ſon changement d'état, & qu'on n'avoit pu le faire juſtement. Ce Traité fut réimprimé pour la troiſieme fois en 1598, *in*-8°. à Paris, ſous ce titre : *De la Puiſſance paternelle, par Pierre Ay-rault, Lieutenant criminel au Siege préſidial d'Angers : A Réné Ayrault ſon fils, ſoi-diſant Jeſuite.* On a, à la ſuite de ce Traité, deux Lettres de Henri IV, pour appuïer les plaintes & les demandes de Pierre Ayrault ; l'une au Marquis de Piſani, Ambaſſadeur de France à Rome ; la ſeconde, au Cardinal d'Eſt, Protecteur des affaires de France en la même Cour de Rome. Ces Lettres ſont du mois de Juillet 1586. On y lit auſſi une Lettre Latine ſur le même ſujet, écrite par le Pere Claude Aquaviva, Général des Jeſuites, au Pere Odon Pigenat, Provincial de la Province de France, réſidant à Paris. Cette Lettre fut auſſi inutile que les autres : Réné Ayrault demeura & mourut Jeſuite. Outre le Traité de Pierre, que nous venons de citer, on peut voir la Vie de Pierre Ayrault, écrite en Latin par Gilles Ménage, & les curieuſes Remarques du même ſur cette Vie, *in*-4°. pag. 245 & ſuiv. Les Lettres, dont on vient de parler, y ſont auſſi. Au reſte, Pierre Barny, *Procureur des Prêtres, Régens & Eco-liers du College de Clermont*, qui a répondu article par article, au Plaidoïer de M. Arnauld, dit ce qui ſuit au ſujet de Réné Ayrault : » Quant au fait d'Airault, allegué » par Arnauld, répondent leſdits Défenſeurs » que jamais ils ne le voulurent recevoir » en France ; bien qu'il eût pour le moins » 18 ans. Mais ils ne peuvent empêcher » ſouvent qu'à leur deſçu les jeunes gens ne » s'en aillent hors de France ; comme fit le » dit Ayrault ; lequel, ſans leur rien décou-» vrir, s'en alla en Allemagne, où il fut

fans en fa vieilleffe , & a été volé par les Jéfuites de fon fils aîné, qui pourroit maintenant' entrer en fa Charge , & fervir de pere à fes freres & fœurs tous jeunes. Ils le lui ont fouftrait dès l'âge de quatorze ans , où le tiennent en Italie ou en Efpagne, fans que jamais il en ait pu favoir aucune nouvelle , quelques monitions & cenfures Eccléfiaftiques qu'il ait fait jetter contr'eux : defquels ils fe moquent , fe contentant d'une abfolution envoïée par leur Général Efpagnol.

Cependant quand Airault viendra à mourir , les Jéfuites demanderont droit d'aîneffe en fon bien ; car jamais ils ne font faire vœu de pauvreté , que toute efpérance de fucceffion ne foit hors : & devant que faire la profeffion , ils donnent leur bien au College : ainfi rien n'en fort , tout y entre , *& ab inteftat* , & par les teftamens qu'ils captent chacun jour , mettant d'un côté l'effroi de l'Enfer en ces efprits proches de la mort , & de l'autre leur propofant le Paradis ouvert à ceux qui donnent à la Société de Jefus ; comme fit Maldonat au Préfident de Montbrun Saint André , tirant de lui tous fes meubles & acquêts par une confeffion pleine d'avarice & d'impofture, de laquelle Monfieur de Pibrac appella comme d'abus en pleine audience. On fait le teftament qu'ils firent faire au Préfident Goudran de Dijon , par lequel il donna demi écu à fa fœur qui étoit fon unique héritiere, & fept mille livres de rente aux Jéfuites. On fait comme ils ont volé la Maifon des Bollons (1), qui étoit l'une des plus riches de Bordeaux ; & tout recentement comme ils ont eu pour le droit d'aîneffe en la Maifon de Monfieur le Préfident de Large-bafton (2), la Terre de Faioles, qu'ils ont vendue douze mille écus, & envoïé l'argent en Efpagne , pour être mis en leur tréfor. Car ils ne gardent en France que l'immeuble qui leur eft légué fans le pouvoir aliéner.

On fait encore tout notoirement , comme ils ont volé le frere unique du fieur Marquis de Canillac, qui a dès maintenant huit mille livres de rente , & qui eft fubftitué à plus de quarante-cinq mille, & fe garderont bien de lui faire faire vœu de pauvreté , tant qu'ils auront efpérance de la fucceffion de fon frere aîné, qui n'eft point marié, & qui expofe chacun jour

1594.
PLAIDOÏER
DE M. AR-
NAULD.

» reçu , &c. » Dans les Poéfies du Pere Rémond, Jéfuite de Dijon, on lit trois Epigrammes Latines de ce Pere , à la louange dudit René Ayrault, fur le même fujet qui

excitoit les plaintes de fon Pere.
(1) Baulon.
(2) De Lagebafton.

ſa vie aux périls de la guerre pour le ſervice du Roi, qui l'à honoré de ſa Lieutenance en Auvergne. Et ne faut point douter qu'advenant faute de lui, ſelon les jugemens qu'ils ont obtenus juſqu'ici, ils ne ſe trouvaſſent Marquis de Canillac, ruinant cette Maiſon, l'une des plus grandes, plus riches & plus illuſtre de l'Aquitaine (1).

On a toujours accuſé notre Nation du défaut de prudence. Quant à la juſtice, à la libéralité, à la valeur & au courage nous en avons aſſez, voire trop, de prudence trop peu. Quelle ſupinité eſt-ce que ces gens-ci, ſous prétexte de mépriſer deux ſols de porte, & quelque Lendit, aient acquis en trente ans, deux cens mille livres de rente ?

> Eia, age nobiſcum ſic quæſo paciſcere, triplex
> Accipias pretium, legataque cuncta relinquas,
> Abſtineaſque manus alieno, & munera temnas.
> Sed pietas tam nota tua eſt, animuſque benignus.
> Magna petis, qui parva fugis.

En notre Univerſité on n'a jamais rien deſiré des pauvres ; mais ſi un enfant de bonne Maiſon donne quatre ou cinq écus à celui qui l'a inſtruit toute une année, cela peut-il être trouvé mauvais ? N'eſt-il pas raiſonnable, que ceux qui ont conſumé leur âge aux lettres, aient quelque choſe, *unde toga niteat ?* Dénier cela, tant s'en faut que ce ſoit ſoulager la pauvreté, qu'au contraire c'eſt l'abîmer. Un pauvre jeune homme trouvoit moïen de ſe couler avec les riches juſqu'à 20 ou 22 ans, & lors commençoit à gagner quelque choſe ; ce qui faiſoit étudier tous les ans mille perſonnes. Mais depuis que les Jéſuites ont attiré à eux les Ecoliers, on a perdu tout courage, *ſublatis Studiorum præmiis ſtudia pereunt.* Tous les plus grands & excellens perſonnages de l'antiquité ont eſtimé que la récompenſe de ceux qui inſtruiſoient la jeuneſſe, étoit raiſonnable, &, outre la raiſon, la néceſſité y eſt : *ſuper omnibus negotiis meliùs atque rectiùs olim proviſum, & quæ convertuntur, in deteriùs mutantur.*

Et néanmoins ces gens ici imitant les fins empoiſonneurs, qui ne jettent jamais un gros morceau de poiſon, mais l'incor-

---

(1) Pierre Barny répond à tous ces faits, pag. 82, 83 & 84 de ſa *Défenſe* ; ou plutôt, il les explique tout autrement qu'ils ne ſont rapportés ici. C'eſt par-là qu'il finit ſes Défenſes.

porent subtilement avec quelque viande friande & délicate,
n'ont trouvé moïen si propre pour attirer les Ecoliers, que
cette abomination de Lendits. Car la jeunesse débauchée aime
beaucoup mieux dépendre *in locis ædiles metuentibus*, l'argent que leurs peres leur envoient à cet effet, que de le bailler
à un Régent, qui toute l'année aura uniquement travaillé pour
eux.

1594.

PLAIDOÏER
DE M. AR-
NAULD.

Tout cela feroit peu, sans les charmes & les forts qu'ils jettent sur la jeunesse. Mais tout ainsi que les Romains avoient si
grand soin de faire instruire la Noblesse Gauloise à Autun, où
ils les nourrissoient en une bienveillance envers leur Empire, &
en une oubliance de l'ancienne liberté des Gaules : De même
le Tyran d'Espagne a les Jésuites disposés par la France, pour
planter l'amour de son nom & de sa domination dans les esprits tendres de nos enfans. *Semina in corporibus humanis divina dispersa sunt, quæ si bonus cultor excipit, similia originis
prodeunt : sin malus, non aliter quàm humus sterilis ac palustris
necat, & deinde creat purgamenta pro frugibus.* Et quelque peine
qu'on puisse prendre après pour arracher telles opinions, c'est
perdre temps : *stomachus enim morbo vitiatus quoscumque acci-
pit cibos mutat.* De sorte qu'il en faut venir à la crainte des loix
& à la force, *& magno timore magna odia compescenda : sed fide-
liùs & gratiùs semper est obsequium, quod ab amore quàm quod à
metu proficiscitur.* Ceux qui sont blessés de l'aspic nommé Dip-
sas, ont une altération perpétuelle, par la force du venin qui
s'épand en toutes les veines, & séche la masse du sang, tellement que le malade boit continuellement, & ne se peut rassa-
sier. De même ceux qui ont une fois reçu cette vénéneuse &
pestilencielle instruction des Jesuites, ont une soif continuelle
de troubler les affaires de leur païs, & d'avancer la domination
Espagnole.

L'Histoire de Portugal est notoire, le Roi Philippe jettoit
l'œil sur ce Roïaume voisin, il y avoit fort long-temps : mais
sans faire mourir le Roi & la plus grande partie de la Noblesse,
il ne le pouvoit dompter. Il emploie les Jésuites qui étoient à
l'entour du Roi Sébastien, & qui se font appeller Apôtres en
ce Païs-là, lesquels par mille sortes d'artifices lui aïant ôté ses
anciens Serviteurs, même Pierre d'Alcassonne son Secretaire
d'Etat, lui persuadent de passer en Afrique contre ennemis
infinies fois plus forts que lui. Il l'entreprit, mais il y perdit la
vie, avec quasi toute la Noblesse de Portugal. Pendant le

regne du Cardinal, qui dura peu , les Jéfuites font fi bien leurs pratiques, qu'incontinent après fa mort, le Roi Antoine reconnu par tous les Etats , eft chaffé de la terre ferme, lui aïant en un même jour fait révolter tous les Ports de mer , de forte qu'il fut contraint de faire, déguifé & à pied, plus de quatre cens lieues. Les Ifles de Tercere tenoient encore pour le Roi Antoine, c'étoit un bon pied, & qui rompoit tout le trafic des Indes, les François s'y jetterent conduits par le Sieur Commandeur de Chattes : tous les Habitans des Ifles , tous les Religieux Cordeliers & autres fe montrerent très affectionnés à leur Roi , & ennemis jurés des Caftillans. Tout au contraire les Jéfuites, qui avoient fait révolter le refte du Roïaume, commencerent à fulminer contre les François , & à exalter le Roi Philippe. Que fit-on ? au lieu de les jetter dans la mer , au moins de les chaffer hors des Ifles, on fe contenta de les murer dans leur cloître. Et ceci eft déduit au long dans l'Hiftoire imprimée à Gênes par le commandement du Roi d'Efpagne (1), & qui eft du tout à fon avantage. Auffi tout ce qui y eft écrit des Jéfuites eft mis en leur honneur , comme aïant été les principaux moïens de cette union de Portugal à Caftille : tout ainfi que leur travail de maintenant n'a autre but qu'une femblable union & annexe de la France à la Couronne d'Efpagne.

Que firent les Jéfuites ? quand ils virent qu'il étoit temps, une nuit ils démurerent leur porte, & mirent au devant le Saint Sacrement de l'Autel, fe moquant de Dieu , & fe fervant de fes facrés Myfteres pour exciter des féditions , & commencerent à fi bien pratiquer le Peuple, qu'ils le rendirent froid à fe joindre au François , conduits par Monfieur le Maréchal de Stroffy , qui fut rompu. Et ici il faut lever les oreilles : l'Hiftoire porte que vingt-huit Seigneurs , & cinquante-deux Gentilshommes François furent bourrelés par l'Arrêt Efpagnol en même jour, fur un même échafaut, à Ville-Franche, & infinis Soldats pendus. La même Hiftoire décrit, que pendant cette guerre, cinq cens Cordeliers, ou autres Religieux, qui avoient prêché ou parlé pour le Roi Antoine, furent exécutés à mort.

(1) C'eft le Livre intitulé : *Dell' Unione del Regno di Portogallo alla Corona di Caftiglia , Iftoria di Jeronimo de Franchi Conneftaggion Genovefe , in-4°.* à Gênes 1585. Cet Ouvrage a été traduit en François, en 1680, *in-12* à Paris. On prétend que le véritable Auteur eft Jean de Sylva , Comte de Portalegre , qui alla en Ambaffade de la part du Roi d'Efpagne , pour fuivre le Roi de Portugal, Emmanuel, en Afrique. Voïez l'Hiftoire de Portugal , par M. de la Cléde, tome II, Liv. 19 & 20.

Voilà

Voilà les préceptes des Jéfuites : tuez , maſſacrez , pendez , bourrelez. Auſſi nous voïons qu'en France , ceux qui vont à confeſſe à eux , & qui font nourris de leurs mammelles , font ſi cruels , qu'ils ſe tuent les uns les autres.

Marcellin au 27 dit , que vers le Pont Euxin , il y avoit un Peuple nommé *Odryſæ* , *qui ita humanum ſanguinem fundere erant aſſueti , ut ſi hoſtium copia non daretur , ipſi inter epulas ſuis corporibus imprimerent ferrum.* Ceux-ci s'entretuent, encore qu'ils aient tant d'ennemis en campagne.

Allez donc , Meſſieurs de la Nobleſſe , ſuivez ces Diſciples des Jéſuites , afin qu'à la premiere fantaiſie , ils vous paient à coups de poignard de tous vos ſervices ; & qu'au mieux qu'il vous puiſſe advenir , vous faſſiez quelque coin de la France *Maurorum Provinciam , & ex Bætica jura petatis : quanto pulchriùs erit veſtra fide communi , veſtris communibus viribus imperium retentum ac omnino recuperatum eſſe.*

Courage donc , brave & indomptable Nobleſſe Françoiſe , continuez de vous rejoindre tous en un même corps d'armée ; Dieu protecteur des Roïaumes , Dieu qui a toujours jetté ſon œil de commiſération ſur la France en ſes plus grandes afflictions , plantera ſans doute au milieu de vous l'amour & la concorde : il vous remplira le front d'horreur, le bras de vigueur ; il vous enverra ſes Anges pour vous fortifier , afin que vous exterminiez bientôt des Gaules tous ces infects & ſuperbes Caſtillans.

Alexandre diſoit qu'Antipater étoit habillé de blanc , mais qu'au dedans il étoit tout rouge. De même il y a pluſieurs perſonnes qui en apparence ſon Serviteurs du Roi , & ſavent bien faire leur profit particulier de ſa bonne fortune ; mais au dedans ils ſont tous rouges , tous Eſpagnols. Ces gens ici , qui ont affaire de Jéſuites pour exécuter leurs malheureuſes entrepriſes , n'oſent pas néanmoins dire ouvertement qu'il les faut laiſſer en France ; (car tenir ce langage & porter une croix rouge , c'eſt choſe toute ſemblable) mais ils diſent qu'il n'eſt pas temps de les chaſſer , & apportent des conſidérations , à toutes leſquelles je répondrai. Mais auparavant il eſt néceſſaire de détruire leur gros boulevart, qui conſiſte en l'appointé au Conſeil de l'année 64. A quoi j'apporterai cinq réponſes, deſquelles la moindre eſt plus que ſuffiſante.

La premiere (1) eſt que cette inſtance de 64 , eſt périe non-

____

(1) Cinq Réponſes à l'appointé au Conſeil de 1564.

Tome VI. X

1594.
PLAIDOÏER
DE M. AR-
NAULD.

feulement par trois, mais par trente ans, & quant à ce qu'on dit que la péremption d'inftance n'a point lieu au Parlement, cela n'eft véritable que lorfque le procès eft en état de juger : & au fait qui fe préfente, tant s'en faut qu'il y ait été mis, qu'au contraire on n'a jamais feulement levé les Plaidoïers, qui eft le premier acte par lequel fe commence l'inftruction d'un appointé au Confeil.

La feconde réponfe eft que l'inftance de 64 eft du tout différente de celle de préfent. Premierement les qualités font diverfes ; car les Jéfuites étoient lors demandeurs, & ils font à préfent défendeurs. En fecond lieu, il étoit lors queftion de favoir s'ils auroient les privileges de l'Univerfité, & maintenant il s'agit de favoir s'ils fortiront de France. En ce temps-là les appointer au Confeil étoit leur dénier ce qu'ils demandoient ; maintenant ce feroit appointer au Confeil la vie du Roi, que d'entretenir cependant parmi nous tels affaffins, qui ne defirent rien fi ardemment que fa mort.

En troifieme lieu, il y a grande différence entre l'année 64. & l'année 94. En 64, on craignoit le mal qui eft advenu, & plufieurs ne le vouloient préfumer, trompés par les douces paroles emmiellées de ces hypocrites.

> Quis te tam lene fluentem
> Moturum totas violenti gurgitis iras
> Nile putet ?

Qui eft-ce qui en ce temps-là pouvoit penfer qu'il verroit des mortes paies Efpagnoles dans Paris, fouler cés belles & larges rues, les mains en arcade fur les côtés, l'œil farouche, le front ridé, la démarche lente & grave ?

> Ecquis ad Aufoniæ venturos limina Troas
> Crederet ? aut quem tum vates Caffandra moveret ?

En foixante-quatre on n'avoit point oui pere Bernard & Comolet appeller le Roi, Holopherne, Moab, Neron, foutenant que le Roïaume de France étoit électif, & que c'étoit au Peuple d'établir les Rois ; & alléguant ce paffage du Vieux Teftament, *Eliges fratrem tuum in regem : fratrem tuum*, difoient-ils, ce n'eft pas de même lignage, ou de même nation ; mais de même Religion, comme ce grand Catholique, ce grand Roi des Efpagnes. Comolet a été fi impudent, que d'ofer dire par un vrai blafphême, que fous ces mots, *Eripe me, Domine, de luto ut non infigar*, David, par un Efprit prophétique, avoit entendu parler contre la Maifon de Bourbon. Pendant ces guerres ils ont voulu établir un College de Jéfuites à Poitiers, difant qu'un Seigneur riche & fort dévotieux vouloit donner huit cens écus de rente pour la fondation. Et après qu'on les a eu fort long-temps preffés pour favoir qui étoit ce Seigneur, n'en pouvant nommer aucun autre, ils furent contraints à toute force de reconnoître que c'étoit le Roi d'Efpagne. Qui ne craindra jamais de prendre fi peu de chofe, pour entretenir parmi nous des gens qui nous font fi pernicieux & dangereux ? Et cela a été témoigné par tous les Députés de Poitiers, qui ont aidé à remettre la Ville en l'obéiffance de S. M.

En 64 les Jéfuites n'avoient point encore de Livre de Vie, dans lequel ils ont depuis mis tout ce qu'ils apprennent par leurs confeffions du fecret des maifons, s'enquerans des enfans & ferviteurs, non pas tant de leur confcience, comme des propos de leurs peres & maîtres, afin de favoir de quelle humeur ils font. Comolet faifant fermon en la Baftille devant Meffieurs qui y étoient prifonniers, au commencement de 89, leur dit, après mille impudens blafphêmes, que celui qui avoit été leur Roi ne l'étoit plus, projettant dès lors l'affaffinat qu'ils firent depuis exécuter. Quand Trouvé & le Capitaine Aubri furent empoifonnés dans la Baftille par Buffi le Clerc, le Confeil des Quarante ne les put tirer ; mais Comolet feul, comme un Orphée, les fit fortir d'autorité, tant les Seize Voleurs dépendoient des Jéfuites. Lorfqu'on fut l'élection du Pape qui eft aujourd'hui, Comolet étant defcendu de fa Chaire, y remonta, & commença à crier : Ecoute, Politique, tu fauras des nouvelles, nous avons un Pape : hé quel ? bon Catholique. Quoi plus ? bon Efpagnol : va te pendre, Politique. Les Jéfuites n'avoient point tenu tous ces langages en l'année 63, un Ancien dit : *ferpentes parvulæ fallunt, ubi aliqua folitam menfuram tranfiit, & in monftrum excrevit, ubi fontes potu infecit, & fi afflavit, deurit quacumque inceffit, baliftis petitur, poffunt evadere mala nafcentia, ingentibus obviam itur.*

Tite-Live dit élegamment, *ante morbos neceffe eft cognitos effe, quàm remedia eorum, fic cupiditates priùs natæ funt, quàm leges quæ eis modum facerent.* Platon, au commencement de fon premier livre des Loix, dit que Minos s'en alloit de neuf en

neuf ans favoir de Jupiter les Loix qu'il bailleroit aux Crétois ;
d'autant que le temps change tellement & varie toutes chofes,
que ce qui femble bon en une faifon, fe trouve en l'autre fort
pernicieux, *ufu probatum eft leges egregias, exempla honefta ex
dilectis gigni. Nam culpa quàm pœna tempore prior, emendari
quàm peccare pofteriùs eft.*

Parlez au Sieur Marquis de Pifani, il vous témoignera que
depuis l'an 64, qu'il traite comme Ambaffadeur les affaires de
France en Efpagne & en Italie, il n'a jamais eu une grande
affaire, qu'il n'ait trouvé un Jéfuite en tête. Parlez à ceux qui
ont déchiffré toutes les lettres importantes interceptées pendant
ces guerres, ils vous diront qu'ils n'ont rien lu de pernicieux où
un Jéfuite n'ait été mêlé. Et tout nouvellement à Lyon, depuis la
réduction, un Jéfuite qui avoit commencé à dire la Meffe, voïant
un Gentilhomme qui avoit une écharpe blanche, s'enfuit hors
de l'Eglife pleine de Peuple, penfant exciter une fédition ; ce
qu'ils ont encore tenté depuis, & perdront enfin cette importante Ville, s'ils n'en font promptement chaffés par votre Arrêt.
En quatrieme lieu, quiconque contrevient aux modifications &
conditions, fur lefquelles une chofe lui eft accordée, doit être privé
du profit qu'il en pourroit tirer. Or depuis l'an foixante-quatre les
Jéfuites ont contrevenu directement aux conditions de leur avis
de Poiffi, qui eft la feule approbation qu'ils aient en France. Premierement, ils y ont contrevenu, en ce qu'ils ont retenu le nom
de Jéfuites, qui leur étoit expreffément défendu, comme aïant
été ce nom glorieux réfervé particulierement au feul Sauveur du
monde, fans que jamais entre les Chrétiens aucun fe foit trouvé
fi orgueilleux que de fe l'attribuer ou en particulier ou en commun. Ils ont été même fi impudens, qu'ils ont pris ce nom
dans les Thèfes, par lefquelles *mellea, delinifica & fuada ora-
tione aliud claufum in pectore habentes, aliud promptum in lingua.* Ils ont voulu depuis trois mois flatter ceux qu'ils defiroient
avoir mis au plus profond de l'Inquifition d'Efpagne. En fecond
lieu ils ont contrevenu à l'avis de Poiffi, par lequel leur College
étoit reçu, & leur Religion rejettée ; car ils ont été fi hardis que de
la planter en trophée au milieu de la rue Saint Antoine, où ils
font encore aujourd'hui fi impudens, que d'avoir en leurs cha-
pes les armes de France pleires, avec un chapeau de Cardinal,
au-deffus ; pour dire qu'en dépit du Roi, auquel ils n'ont aucun
ferment de fidélité, & qu'ils ont voulu & veulent chacun jour
faire maffacrer, ils reconnoiffent un Charles dixieme avoir été

Roi de France, fous lequel ils efpéroient faire de ce Roïaume ce qu'ils ont fait du Portugal fous un autre Cardinal. En troifieme lieu, leur avis de Poifli porte expreffément qu'ils ne pourront obtenir aucunes bulles contraires aux reftrictions portées par cet acte & que là où ils en obtiendront, les préfentes demeureront nulles & de nul effet & valeur. Ce qui eft vérifié à cette même condition. Or ils ont obtenu bulles tellement contraires à cet avis de Poifli, que même par icelles tous ceux qui ont apporté des limitations & reftrictions à leurs privileges & inftitutions, font excommuniés d'excommunication majeure tous, voire même ceux qui entreprendront d'en difputer, quand ce ne feroit que pour en rechercher la vérité. Voici les propres mots de leur Bulle de quatre-vingt-quatre : *fuifque præpofitis in omnibus & per omnia obedire : & huic fedi immediatè fubjectos, & à quorumvis ordinariorum & delegatorum, feu aliorum Judicum jurifdictione omnino exemptos, prout nos etiam vigore præfentium eximimus.* Ce qui eft directement contraire à cette claufe de l'avis de Poifli. A la charge que fur icelledite Société & College, l'Evêque Diocéfain aura toute fuperintendance, jurifdiction & correction. Et conféquemment leur avis de Poifli demeure nul, tant par la difceptation de droit déja alléguée, que par la claufe annullative expreffe de ladite affemblée. Renonceront au préalable, & par exprès, à tous privileges portés par leurs Bulles, aux chofes fufdites contraires ; autrement & à faute de ce faire, ou que pour l'avenir en obtiennent d'autres, les préfentes demeureront nulles & de nul effet & valeur. Mais voici la claufe bien plus étrange de leur Bulle de quatre-vingt-quatre, par laquelle, & nous qui parlons contre eux, & vous, Meffieurs, qui en connoiffez, & ceux de Poifli même qui en ont ordonné, fommes tous excommuniés : *Præcipimus igitur in virtute fanctæ obedientiæ, ac fub pœnis excommunationis latæ fententiæ, necnon inhabilitatis ad quævis officia & beneficia fecularia, & quorumvis ordinum regularia, eo ipfo abfque alia declaratione incurrendis, quarum abfolutionem nobis & fucceferibus noftris refervamus : Ne quis cujufcumque ftatus, gradus & præeminentiæ exiftat, dictæ focietatis inftitutiones, conftitutiones, vel etiam præfentes, aut quamvis earum, vel fupradictorum omnium articulorum, vel aliud quid fupradicta concernens, quovis difputandi vel etiam veritatis indagandæ quæfito colore, directè vel indirectè impugnare, vel eis contradicere audeat.*

En cinquieme & dernier lieu, & pour ne rien flatter en

cette caufe tant importante, & de laquelle l'iffue prompte eft
fi ardemment defirée de tous les gens de bien, qui ne fait qu'en
64 il n'y avoit homme céans fi hardi, qui eût ofé parler franchement contre la conjuration d'Efpagne? *trepidi erant omnes boni, & elingues ; cùm dicere quod nolles, miferum ; quod
velles, periculofum* : les roues, les potences n'euffent pas été fup-
plices fuffifans contre ceux qui euffent été fi hardis. Que penfez-
vous donc, efpions d'Efpagne, alléguer aujourd'hui pour vous
maintenir? qu'on vous a enduré par le paffé ; & tout au contraire, c'eft ce qui vous doit plutôt faire chaffer de la France :
favoir la force, la violence, la tyrannie de vous, de vos Suppôts, de vos Efpagnols, qui nous ont lié les mains, qui nous
ont fermé la bouche, qui vous ont donné tant de courage, qui
vous ont fait parler fi haut, qui vous ont tant élevés, *vos,
inquam, homines fceleratiffimos cruentis manibus, immani avari-
tia nocentiffimos ac fuperbiffimos, quibus fides, decus, pietas, pof-
tremo honnefta atque inhonnefta omnia quæftui funt.*

Mais ils ne font pas tous feuls méchans. C'eft en quoi ils font
pires ; car s'ils euffent été feuls pernicieux, notre mal eût été petit :
le grand nombre de François qu'ils ont corrompus, a été caufe de
nos miferes ; & toutesfois ils voudroient aujourd'hui volontiers
fe cacher & s'enfoncer dans cette foule, *focietate culpæ invidiam
declinare cupientes, quafi publica via erraverint.* Mais tout au
contraire, tant plus il y a eu de méchans, tant plus de fruits
des Jéfuites ; & davantage, toute cette fentine de Seize & de
leurs Adhérans ne font-ils pas maintenant fur le chemin d'Efpagne, bannis pour jamais de l'air de la France, qu'ils ont empefti-
feré fi long-temps ? Hé, que font encore ici les Jéfuites? Ce qu'ils
y font ? ne le voïons-nous pas affez ? quelles brigues, quelles
violences, quelles corruptions & quafi quelles féditions n'ont-
ils déja faites ? Croïez, Meffieurs, qu'ils ne perdent pas leur
temps ; tels efprits remuans *ad excogitandum acutiffimi, ad au-
dendum impudentiffimi, ad efficiendum acerrimi,* ne font pas
inutiles ; ils reçoivent chacun jour les paquets d'Efpagne, & de
tous les coins de la France, & les font tenir à Soiffons ; ils les
portent eux-mêmes hors de la Ville (car de fouiller un Jéfuite,
ce feroit un crime de leze-Majefté divine, & n'y a Capitaine
qui l'ait encore ofé entreprendre). Ils reçoivent en leur Chambre du Confeil tous ceux qui veulent machiner contre l'état de
la Ville, pourvu qu'on faffe mine d'aller à l'Eglife, ou à con-
feffe aux Jéfuites. Qui fera fi hardi que de s'adreffer à un refte

1594.

PLAIDOÏER DE M. ARNAULD.

de Seize, qui ira conjurer notre mort ? Nous laisserons-nous toujours ainsi abuser par ces hypocrites ? ressemblerons-nous toujours à ces Barbares qui se mocquoient des machines qu'on élevoit contre leurs murailles, jusqu'à ce qu'ils se trouverent rudement battus & emportés d'assaut ? Permettrons-nous que nos Ennemis rassemblent les pieces de leur nauffrage ? Que les Jésuites renouent leurs pratiques & reforment leur Parti dans les consciences du Peuple, qui surpasse toujours en nombre ?

Il n'y a rien si étrange en cette affaire, que comme il a été possible d'attendre des délais des formalités de la Justice, & que sur le champ à l'improviste, sans leur donner loisir *ambitu propugnare quod scelere commiserunt*, on ne les a chassés comme on fit à Bordeaux, qui est le plus bel acte & plus glorieux que fit jamais Monsieur le Maréchal de Matignon, encore qu'il ait le chef environné d'infinis lauriers qu'il a remportés de ses belles victoires. Mais ce coup qu'il frappa de résolution, lui donna moïen de conserver la Guyenne, laquelle autrement se perdoit & entraînoit en ce temps-là la ruine de tout le surplus.

Brave & généreux Maréchal, tu n'as point craint les calomnies, les méchantes langues & les vomissemens empuantis de ceux qui faussement, se disant parmi nous Serviteurs du Roi, fomentent & soutiennent, supportent & favorisent ses plus cruels, ses plus détestables, ses plus conjurés Ennemis : mais enfin ils périront tous malheureusement avec leurs Jésuites, nonobstant leurs belles considérations, desquelles la principale est :

Que dira-t-on à Rome ? hé, qu'a-t-on dit de Monsieur le Maréchal de Matignon ? Voulons nous savoir ce qu'on dira à Rome ? Distinguons ceux qui parleront. Les Espagnols diront que ceux qui ont chassé les Jésuites de France, sont tous Hérétiques. Ont-ils parlé autrement ? je ne dirai point seulement de nous, qui avons suivi la fortune du Roi, mais aussi de ceux qui étant demeurés en cette Ville, se sont si vertueusement, & avec le péril évident de leur vie, opposés à l'extinction de la Loi Salique ; les Espagnols ne disoient-ils pas qu'ils étoient tous Luthériens & Hérétiques ?

Au contraire, ceux qui ne seront point Castillans à Rome & en Italie, diront que c'est à ce coup que les François veulent demeurer francs, libres & ennemis jurés de l'Espagne ; que c’eſt à ce coup qu’ils voient clair en leurs affaires, puiſqu’ils chaſſent d’avec eux les eſpions de leur ennemi ; bref, que c’eſt à ce coup qu’ils veulent vivre en ſanté vigoureuſe & aſſurée, puiſqu’ils vuident ces humeurs noires, recuites & très malines.

Mais ſi les Jéſuites ſont pernicieux à la France, pour le moins ont-ils fait de grands miracles aux Indes : oui certainement & fort remarquables pour nous ; car ils ont fait mourir, avec leurs Caſtillans, par le fer & le feu, vingt millions de ces pauvres innocens, que leur Hiſtoire même appelle des agneaux. Ils ont bien arraché le Paganiſme, non pas en convertiſſant les Païens, mais en les bourrelant cruellement. La façon de laquelle ils dépeuplerent l’Iſle Eſpagnole eſt fort remarquable : ils mirent d’un côté les hommes à leur part aux minieres, & les femmes à labourer la terre ; de ſorte que n’en naiſſant plus, & exerçant toutes cruautés ſur les vivans, en moins de douze ans ils firent que dedans cette grande Iſle il ne reſtoit que des naturels Caſtillans. Au Pérou ils ont des gênes publiques dans les marchés, pour y mettre mille hommes à la fois ; & là les Soldats & les Goujats tourmentent ces pauvres gens, afin de leur faire confeſſer où eſt leur tréſor. Auſſi quand ils peuvent échapper, ils ſe vont eux-mêmes pendre aux montagnes, & auprès d’eux leurs femmes, & leurs petits enfans à leurs pieds. Ces monſtres de tyrannie vont à la chaſſe aux hommes, ainſi qu’on fait ici aux cerfs, les faiſant dévorer par leurs dogues & par les tygres, lorſqu’ils les envoient chercher du miel & de la cire ; & auſſi par les tuberons, quand ils leurs font pêcher les perles aux endroits de la mer les plus dangereux. S’ils menent ces pauvres gens à la guerre avec eux, ils ne leur donnent choſe du monde à vivre, & les contraignent de manger leurs Ennemis ; de ſorte que leurs armées Eſpagnoles ſont vraies boucheries de chair humaine ; & nous trouvons étrange les cruautés qu’ils pratiquent de deçà, qui ne ſont que douceurs à comparaiſon de ce qu’ils ſavent faire. Leur avarice étoit ſi extrême, qu’ils chargeoient leurs navires de trois fois autant de ces pauvres eſclaves qu’ils en pouvoient mener & nourrir ; tellement qu’ils en jettoient tant dans la mer, que pour aller de l’Iſle de Lucayos juſqu’à l’Iſle Eſpagnole, où il y a fort loin, il ne falloit aiguille ni carte marine, ains ſeulement ſuivre la trace de ces pauvres Indiens morts, flottans ſur la mer, où il les avoient jettés,

François,

François, contemplez deux & trois fois, contemplez la grace que Dieu vous a faite de vous tirer hors de la servitude de cette monstrueuse & prodigieuse Nation : les cadennes & les fers eussent été vos plus gracieux traitemens ; vous eussiez été emmenés à pleins vaisseaux aux Indes, pour travailler aux minieres, pendant qu'ils eussent établi dans vos Villes des Colonies, & donné vos maisons des champs en commande ; & néanmoins c'eût été planter la Religion Catholique, que de faire mourir ou enchaîner tous les vrais Catholiques, & ne laisser en France que les Athéistes, Voleurs, Assassins, Incestueux, Pensionnaires d'Espagne.

Mais si les Jésuites sont si méchans, il leur faut faire leur procès : je réponds que Monsieur le Procureur Général saura bien requérir contre ceux qu'il avisera ; mais ce que l'Université (fille aînée du Roi, & qui ne peut qu'elle ne rompe le filet de sa langue, pour crier contre ceux qui veulent assassiner son pere) soutient, est que tous les autres doivent vuider le Roïaume pendant qu'on fera le procès de mort à ceux qui seront emprisonnés : *lenta remedia & segnes medicos non expetunt mala nostra.* L'Histoire des Freres Humiliés & du Cardinal Bonromeo, est toute notoire & toute récente. L'un de ces Freres voulut assassiner ce Cardinal : tout sur l'heure l'Ordre fut éteint, & tous ceux qui en étoient, chassés d'Italie par le Pape Pie cinquieme, vraiment digne de son nom, qui faisoit des ligues contre le Turc, au lieu que les autres les ont faites contre ce Roïaume. Et maintenant pour avoir voulu tuer un Roi de France, pour avoir fait évader l'assassin Varade, les Jésuites ne seront pas chassés ? Ceux qui soutiennent cette proposition, font plus d'état de la vie d'un Cardinal que d'un Roi de France, fils aîné & protecteur de l'Eglise.

La Loi Civile chasse, bannit & rend misérables les enfans à la mamelle de ceux qui ont attenté à la vie du Prince ; on craint l'exemple, & nous conserverons les compagnons de Varade, qui ont même vœu, même desir, même dessein, & qui l'ont fait évader. Tellement que toutes les fois qu'un Jésuite aura attenté à la vie d'un de nos Rois, l'on le chassera seul. Voilà une bonne proposition, pour faire que vingt Rois soient plutôt massacrés que tous les Jésuites chassés de France. Ceux qui sont de cet avis ne craignent guere de changer de Roi.

Si on les vouloit faire mourir comme les Templiers, il leur faudroit faire leur procès criminel. Mais que disent les Jésuites ? Qu'ils font venus en France pour nous apporter tant de profit : l'expérience nous a montré qu'ils ont caufé notre ruine. Qu'eft-il befoin d'un plus long procès ? qu'ils aillent ainfi profiter à nos ennemis. Il y a à ce propos un lieu excellent dans Tacite, *Si, Patres confcripti, unum id fpectamus quàm nefaria voce aures hominum polluerint. Neque carcer, neque laqueus fufficiant : eft locus fententiæ, per quam neque impunè illis fit, & vos feveritatis, fimul ac clementiæ non pæniteat : aqua & igne arceantur.* Voilà l'Arrêt des Jéfuites.

Davantage, auparavant l'année quatre-vingt-cinq il eut par avanture été befoin de cette formalité : *hactenus enim flagitiis & fceleribus velamenta quæfiverant.* Mais maintenant en une telle notoriété de fait & de droit, il ne faut ni lettres ni témoins. Quintilian dit élégamment, *Quædam funt crimina læfæ reipublicæ, ad quorum pronunciationem foli oculi fufficiunt.* Et Seneque à ce propos, au dixieme des Controverfes, *An læfa fit refpublica non folet argumentis probari, manifefta ftatim funt damna reipublicæ.* Qui eut pu faifir au corps Jules Cefar, eut-il fallu lui confronter des témoins, pour lui prouver qu'il avoit paffé le Rubicon, qu'il étoit entré en armes en Italie, & pris les tréfors publics ? Les Peintres & les Poètes ont donné à la Juftice l'épée nue, pour faire entendre qu'il ne faut pas toujours ufer de fcrupule & de longueur, & qu'il ne faut imiter les mauvais Chirurgiens, qui par faute de remédier de bonne heure à la maladie, different jufqu'à ce que la force & la vigueur du patient foit abbaiffée & anéantie.

Mais qu'eft qu'une chofe notoire ? Tous nos Docteurs le définiffent en un mot, *quod fit coram populo.* Et plût à Dieu que les crimes des Jéfuites n'euffent point été fi grands, fi certains & fi notoires, nous n'euffions pas enduré tant de miferes !

> O utinam arguerem fic ut non vincere poffem ;
> Me miferum, quare tam bona caufa mea eft?

Sed nihil integrum Advocato reliquerunt : res enim manifeftiffimas inficiari, augentis eft crimen, non diluentis. Philon, Juif, fur les dix Commandemens, parlant de la voix de Dieu, rend une belle raifon pourquoi on la voïoit : „ d'autant, dit-il, que „ ce que Dieu dit, n'eft pas feulement parole, mais œuvre ". C'eft un proverbe ordinaire, que la voix du Peuple, c'eft-à-dire des gens de bien, & non pas de la populace, est la voix de Dieu, parcequ’elle parle de choses notoires, de choses qui ont été vues, & en quoi on ne peut mentir.

Mais les Jésuites, dit-on, ne sont pas tous Etrangers, comme si les Espagnols d’adoption & de serment ne nous avoient pas fait beaucoup plus de mal que les naturels. *Ego potius cives credam, qui in extrema Scythia nati, bene de Gallia cogitant, quàm qui Lutetiæ geniti, & educati, locum, libertatem, gloriam, in qua nati sunt, per summum scelus, perdere velint & conentur.* Comolet, Bernard & semblables, ne sont-ils pas François de naissance, & néanmoins y a-t-il gens qui aient si impudemment vomi toutes sortes de blasphêmes contre S. M. & contre la mémoire de notre défunt Roi? Y a-t-il personnes au monde qui aient tant travaillé à renverser l’Etat? Car pourvu qu’on mette au-devant un faux prétexte de Religion, tout ce qui se fait sous cela, est mission; tuer ou faire massacrer les Princes excommuniés par le Pape, c’est le principal chef de la mission. Varade même qui a encouragé & exhorté cet assassin de Melun, n’étoit-il pas Parisien? O qu’il y a long-temps que l’Ordre des Jésuites eût été chassé & exterminé de France, s’il n’y avoit entre nous, autres Espagnols que ceux qui sont nés de-là les Pyrénées! Les biens & les faveurs immenses que le Roi Philippe fait aux Jésuites, donnent assez à connoître qu’il les tient tous pour ses bons Sujets & instrumens de sa domination. Le grand vaisseau Jésuite, qui porte leur or & leurs marchandises des Indes (car ils tirent de tous côtés, afin d’augmenter leur trésor de Rome & d’Espagne) ce grand vaisseau, dis-je, ne paie point de quint au Roi Philippe: ce qui leur vaut plus de deux cens mille écus tous les trois ans. Pour leur part de la conquête de Portugal, il leur a donné le présent que les Rois des Indes Orientales faisoient de trois en trois ans au Roi de Portugal, qui vaut en or, en perles & en épicerie plus de quatre cens mille écus. Aussi en récompense de tant de libéralités, ils parlent de lui comme du plus grand Prince qui ait jamais été au monde, surpassant la force des Romains, & tenant plus de Païs que tous les autres Rois de la terre.

Continuez, ames Espagnoles, à haut louer & magnifier les forces du Roi de Castille, il vous fera tous Cardinaux aussi bien que Tolledo, Jésuite Espagnol. Ils ne veulent point de petits Bénéfices (annexent néanmoins & unissent à leur immense force Prieurés & Abbaïes) mais d’être Cardinal, afin de venir au

Y ij

Papat, cela ne se doit point refuser. Qui a porté les paroles
rudes & audacieuses à Monsieur de Nevers? que ce Jésuite Cardinal Espagnol, qui fut si impudent que de lui dire au mois
de Janvier dernier, qu'il falloit que les trois Prelats allassent
demander absolution au Cardinal de S. Severin, Chef de l'Inquisition, de ce qu'ils s'étoient trouvés à la conversion de S.
M. Quelle honte, quels blasphêmes contre Dieu & sa sainte Religion, de vouloir demander absolution du plus bel œuvre, plus
saint, plus profitable & plus nécessaire qui se pouvoit faire en la
Chrétienté ! Mais puisqu'il est dommageable & pernicieux à
l'Espagnol, les Jésuites le condamneront toujours, & le jugeront digne de pénitence & d'absolution. C'est pourquoi au premier bruit de cette sainte conversion, ils envoïerent de Paris à
Rome, du Puy, aujourd'hui leur Provincial, pour persuader
au Pape qu'elle étoit feinte.

>Sed jam tot traxisse moras, tot spicula tædet
>Vellere - - - -

Comment pouvons-nous douter s'il faut chasser ces Assassins,
vu que dès l'an 1550, (comme l'a remarqué Monsieur l'Avocat
du Mesnil (1) en son Plaidoïer) les Jésuites aïant présenté leurs
lettres, signées en la préfence du Cardinal de Lorraine, & fondés sur ce qu'ils étoient reçus en Espagne, (qui étoit une fort
belle considération) ces lettres furent purement & simplement
refusées par la Cour, les deux Sémestres assemblés. Et quatre
ans après, sur une seconde importunité des Jésuites, la Cour
vouloit avoir l'avis de la Sorbonne, laquelle assemblée par quatre divers jours (présidant sans doute entr'eux le Saint Esprit)
par un instinct vraiment divin, les prévit & jugea très dommageables & très pernicieux pour l'état du Roïaume & pour la Religion, & qu'ils jetteroient infinies querelles, divisions & dissen-
sions parmi les François. Et afin qu'il ne semble qu'on y ajoute
rien, voici les propres mots du Décret de la Sorbonne, qui en
peu de paroles, décrit le mal que nous avons reçu de cette nouvelle & dangereuse Secte.

*Hæc nova (2) Societas insolitam nominis Jesu appellationem pe-
culiariter sibi vindicans, tam licenter & sine delectu quaslibet per-
sonas quantumlibet facinorosas, illegitimas & infames admit-*

____

(1) Voïez la Vie de Jean-Baptiste Dumesnil , dans les Opuscules de Loysel, in-4°.
(2) Decret de la Sorbonne contre les Jésuites.

1594.
PLAIDOÏER DE M. ARNAULD.

tens, nullam à secularibus sacerdotibus habens differentiam in habitu exteriori, in tonsura, in horis canonicis privatim dicendis, aut publicè in templo decantandis, in clauftris & filentio, in delectu ciborum & dierum, in jejuniis, & aliis variis legibus ac ceremoniis (quibus ftatus religionum diftinguntur & confervantur) tam multis tamque variis privilegiis, indultis & libertatibus donata, præfertim in adminiftratione facramenti Pœnitentiæ & Euchariftiæ, idque fine difcrimine locorum, aut perfonarum, in officio etiam prædicandi, legendi, & docendi, in præjudicium ordinariorum, imo etiam Principum & Dominorum temporalium, contra privilegia Univerfitatum, in magnum populi gravamen, religionis monafticæ honeftatem violare videtur, ftudiofum, pium & neceffarium virtutum, abftinentiarum, ceremoniarum, & aufteritatis enervat exercitium, imo occafionem dat liberè apoftatandi ab aliis religionibus : debitam Ordinariis obedientiam & fubjectionem fubftrahit, Dominos tam temporales quàm ecclefiafticos fuis juribus injuftè privat, perturbationem in utraque politia, multas in populo querelas, multas lites, difcordias, contentiones, æmulationes, rebelliones, variaque fchifmata inducit. Itaque his omnibus atque diligenter examinatis & perpenfis, hæc focietas videtur in negotio fidei periculofa, pacis Ecclefiæ perturbatrix, monafticæ religionis everfiva. Et magis in deftructionem quam in ædificationem.

Auparavant que les effets de leur conjuration euffent été connus, nous faifions en notre Univerfité de grandes admirations. Quelles gens font ce ici ? Sont-ils Réguliers ou Séculiers ? car nous n'en avons point de troifieme forte. Ils ne font pas Séculiers, puifqu'ils vivent en commun, ont un Général, & qu'enfin ils font vœu de pauvreté, difpofant toutesfois entierement du bien des Colleges. Ils ne font pas auffi Réguliers ; car ils n'ont regle quelconque, ni jeûne, ni diftinction de viande, ni ne fe font aftreints à certains fervices, & peuvent fuccéder, encore qu'ils ne fe puffent délivrer de leur ferment. Ils ont de quatre ou cinq fortes de vœux, de fimples, de compofés, de folemnels, de fecrets, de publics ; bref, ils brouillent & pervertiffent tout, & interrogés quels ils font, ils répondront, *tales quales.*

Nous faifions, dis-je, en ce temps-là de grandes admirations, mais maintenant tout cela ceffe. Pourquoi ? parcequ'en un mot ils ne font ni Réguliers ni Séculiers. Quoi donc ? vrais efpions d'Efpagne, qui s'appelleront comme on voudra, ne liront point

fi on ne veut, feront tous les fermens qu'on voudra fous une difpenfe *ad cautelam*, pourvu qu'on les laiffe à leur aife trahir,
épier, jetter faux bruits parmi le Peuple, & des nouvelles à
l'avantage d'Efpagne, allumer & attifer le feu de nos diffentions. Voilà tout ce qu'ils demandent, voilà leur vœu,
leur profeffion, leur regle, leurs deffeins & leur fouverain
bien.

Ce n'a point été feulement la Sorbonne de Paris qui les a
condamnés, mais à Rome même les plus gens de bien connoiffant le deffein d'Ignace, Efpagnol, s'y oppoferent. Voici
ce qu'eux-mêmes en écrivent en fa Vie, page 144. *Poftea verò
Ignatio ejufmodi Inftituti confirmationem fcriptam poftulante,
negotium à Pontifice Maximo tribus Cardinalibus datum eft : qui
ne res conficeretur magnopere pugnabant, præcipuè verò Bartholo-
mæus Guidicionus Card. vir pius quidam atque eruditus, fed qui
tantam religionum multitudinem, quanta nunc quidem in Dei
Ecclefia cernitur, minus probaret, Conciliorum Lateranenfis ac
Lugdunenfis decretis fortaffe permotus, quibus nimirum novarum
religionum multiplicatio prohibetur, aut certè propter quarumdam
lapfam fluxamque difciplinam, quam in priftinum ftatum revocan-
dam cenfebat potiùs, quàm novas religiones inftituendas : atque de
ea re librum dicitur fcripfiffe. Quapropter cùm id fentiret, acri-
ter noftris reftitit, & Societatis confirmationi unus omnium acer-
mus repugnavit, aliqui nonnulli conatus cum illo fuos conjunxe-
runt.* Qui les fit donc recevoir, nonobftant tous ces empêchemens ? La promeffe du quatrieme vœu d'obéiffançe expreffe au
Pape, par deffus tous les Princes de la terre. Voici ce qu'eux-
mêmes en écrivent en cette même page 144. *Quorum quidem
religio, Clericorum regularium effet : Inftitutum verò, ut fummo
Pontifici ad nutum præftò forent, & omnino ad eam normam vitam
fuam dirigerent, quæ multò antè meditata, & à fe effet conftituta:
quod quidem Pontifex tertio Septembris Tibure libenter audivit,
anno 1539.*

Ils ont donc été rejettés & en France & en Italie par tous
les plus grands Catholiques, non Efpagnols; fi d'avanture ils
ne font fi impudens & ceux qui les foutiennent, d'ofer dire
que la Sorbonne étoit Hérétique en l'an 54, lorfqu'elle fit ce
Décret contre eux. Tout ainfi qu'ils font fi eshontés que de publier parmi les femmes de leur Congrégation, que tous ceux
qui pourfuivent cette caufe, font Hérétiques qui viennent
de Geneve & d'Angleterre. Que fi moi qui parle n'étois çonnu

depuis mon enfance, inftruit dans le College Roïal de Navarre, & que ma profeffion fi notoire, & ma réception en charges publiques & honorables dès l'an 80 & 85 , ne m'exemptoient trop manifeftement de leurs impoftures, ils me feindroient volontiers envoïé de là-même, pour plaider contre eux. Mais qui èft-ce qui parlant contre les Jéfuites fera bon Catholique, puifqu'ils ont fait déclarer la Sorbonne Hérétique, par l'Inquifition d'Efpagne? Nous apprenons cela d'eux-mêmes, qui fe vantent, que voïant ce Décret de Sorbonne contr'eux, ils eurent recours à l'Inquifition de Caftille, pour faire condamner la Sorbonne de Paris & fon Décret. Voïez, Meffieurs, qui échapperoit des mains de cette Inquifition inhumaine, barbarefque Efpagnole, piege tendu à tout ce qui s'oppofe à la grandeur de Caftille, boutique fanglante de toute cruauté, échafaud de toutes les hideurs & horreurs tragiques qui fe peuvent excogiter au monde : qui échapperoit, dis-je, des mains de cette Inquifition, puifque la Sorbonne de Paris y eft condamnée? Mais où eft cette condamnation? La voici dans leur Vie d'Ignace, page 403. *Porro in Hifpania quod Sorbonenfe decretum contra facro-fanctam fedis Apoftolicæ effet autoritatem, à qua religio noftra probata & confirmata eft, fidei quæfitores illud tanquam falfum, & quod pias aures offenderet, fuo decreto legi prohibuerunt.*

Il ne faut pas s'ébahir fi l'Inquifition a tant de foin des Jéfuites, car ces deux inftitutions n'ont autre but que d'établir fur l'Europe la tyrannie de Caftille.

Et nous demeurerons encore froids à exterminer ceux qui fe pourvoient en Efpagne contre ce qu'on fait en France ; ceux qui donnent tous les avis à notre ennemi, qui braffent toutes les trahifons, corrompent les efprits de notre jeuneffe, & n'ont autre defir au monde que de faire maffacrer le Roi ? Que veut-on attendre davantage ? *opportuni magnis conatibus tranfitus rerum, nec cunctatione opus eft.* Chacun eft juftement irrité contr'eux, la plaie des maux qu'ils ont faits eft encore toute récente. Ou cette Audience délivrera la France de ces nouveaux monftres, engendrés pour la démembrer ; ou bien fi leurs rufes, fi leurs artifices, fi leurs bruits femés les maintiennent, je le dis haut (ils ont trouvé moïen de faire fermer les portes, mais ma voix pénétrera en tous les quatre coins du Roïaume ; & je la confacrerai encore à la poftérité, laquelle, fans crainte & fans paffion, jugera qui auront été les meilleurs François & les plus defireux

de lui laiſſer une liberté ſemblable à celle que nous avons reçue
de nos peres) : je le dis donc haut, *& quantum potero voce con-
tendam*, ils nous feront encore plus de mal qu'ils ne firent
jamais. Et je ne ſais ſi nos forces ſeront entieres, je ne ſais ſi
on voudra riſquer encore un coup les biens & la vie.

Pectore concipio nil niſi triſte meo.

Les affaires du monde ſe paſſent & s'écoulent en un moment :
les pareſſeux Mariniers demeurent au port pendant le beau temps :
Vincat ſententia quæ diem non profert. A quoi faire auſſi ces di-
lations ? pour leur donner le loiſir de parvenir à leur but plein
des larmes, voire du ſang de tous les gens de bien. *Tigres leo-
neſque nunquam feritatem exuunt, aliquando ſubmittunt, & cùm
minimè expectaveris exaſperatur torvitas mitigata. Ita mihi ſalva
republica vobiſcum frui liceat, ut ego quod in hac cauſa vehemen-
tior ſum, non atrocitate animi moveor, ſed ſingulari quadam hu-
manitate & pietate.* Je me repréſente toujours ce meurtrier de
Melun devant les yeux, & tant que les Jéſuites, confeſſeurs &
exhortateurs de tels aſſaſſins, feront en France, mon eſprit n'aura
jamais de repos. Quand ils feront chaſſés, lors je ſerai aſſuré,
lors je verrai tous les deſſeins malheureux d'Eſpagne rompus en
France : toutes les Confrairies du Nom de Jéſus, du Cordon de
la Vierge, de la Cape, du Chapelet, du petit Collet & infinies autres, feront éteintes. Lors les traîtres qui voudront machiner contre l'Etat, ne ſauront à qui s'adreſſer. Car d'aller chez un
Ambaſſadeur d'Eſpagne, il n'y en a point entre nous : d'aller
chez un homme ſuſpect, cela ſera bien-tôt découvert, & puis
les papiers de Particuliers tombent par leur mort entre les mains
de la Juſtice ; mais cette Société ne meurt point, & ſi ſous le
prétexte de dévotion, l'Aſſemblée du Conſeil eſt toujours couverte, bref de cent hommes qui ſe fieront en eux, il ne s'en trouvera pas deux qui ſe découvrent à un autre.

Neſciet hoc quiſquam niſi tu, quæ ſola meorum
Conſcia votorum es.

*Sicut igitur in corporibus ægris, nihil quod nociturum eſt me-
dici relinquunt : ſic nos quicquid obſtat libertati recidamus.* Et ne
reſſemblons pas aux perſonnes malades de colere, qui ne veulent point prendre médecine pour ſe guérir tout-à-fait, ains
ôtent ſeulement une partie de ce qui dégoute de l'humeur co-
lérique

1594.
PLAIDOÏER
DE M. AR
NAULD.

lérique, & enfin paient les ufures avec grieves douleurs & angoiffeufes tranchées, tout ainfi qu’il y a des odeurs qui font revenir fur l’heure ceux qui font tombés du haut-mal, mais ne
les guériffent pas, *ad exiguum momentum profunt, nec remedia
doloris funt, fed impedimenta.* Auffi bien les Jéfuites ne peuvent
être en façon quelconque compris en la Déclaration du Roi,
qui porte cette exception en propres termes: fors & excepté
de l’attentat & félonie commis en la perfonne du feu Roi, notre très honoré Sieur & Frere, que Dieu abfolve, & entreprife
contre notre perfonne. Ce qui ne fe peut mieux rapporter à
autre quelconque qu’aux Jéfuites, qui ont envoïé de Lyon, &
après de Paris, l’Affaffin pour tuer le Roi. Joint que le même
Edit du quatrieme Avril 1594, ne pardonne qu’à ceux qui renonceront à toutes ligues & affociations, tant dedans que dehors le Roïaume. Or le principal vœu des Jéfuites étant d’obéir
en toutes chofes à leur Général Efpagnol & au Pape, ils ne
peuvent en façon quelconque renoncer à cette affociation, la
plus étroite qui foit au monde, s’ils ne renoncent à leur Société. Bref, ils ne peuvent être Jéfuites & compris en l’Edit du
Roi, qui porte d’ailleurs que dans un mois telles renonciations
& le ferment de fidélité doivent être faits. Ce qu’encore aujourd’hui les Jéfuites n’ont point exécuté, & n’ont pû faire apparoir d’aucun acte qu’ils s’en foient mis en devoir, comme auffi
n’en font-ils point capables, d’autant qu’on ne peut être Vaffal
lige de deux Seigneurs.

Un Ancien dit fort élégamment, *quid prodeft ftrenuum effe
in bello, fi domi malè vivitur?* Pendant que le Roi eft à cheval pour ruiner, défaire & chaffer fes ennemis, & forcer les
Villes qui s’opiniâtrent en leur rébellion; pendant qu’il endure
l’ardeur des Soleils, la rigueur des Hivers, & s’expofe chacun
jour aux périls de la guerre pour notre liberté, permettronsnous que les Jéfuites en toutes fes principales Villes, fufcitent
tous les jours par leurs confeffions mille nouveaux ennemis, &
qu’ils y tiennent le confeil fecret de toute rébellion & de
toute trahifon. *Quemadmodum adverfus peftilentiam nihil prodeft diligens cura valetudinis, promifcuè enim omnia invadit.*
De même les Magiftrats ont beau prendre foin, fe tourmenter, aller & venir de tous côtés; tant que la pefte fera au
milieu de la Ville & de l’Univerfité, nous perdrons nos Citoïens à tas.

Jamais les Jéfuites n’ont vu en France un temps qui leur

ait été plus agréable que celui de ces dernieres guerres, qu'il euffent volontiers appellé, comme Commodus, le fiecle d'Or. Car ils voïoient tous les autres Colleges remplis de leur garnifon étrangere, & par elle démolis chacun jour : ils voïoient tous les Ecoliers avec eux, & toute l'Univerfité réduite au feul College des Jéfuites, comme elle eft quafi encore ajourd'hui. On ne fauroit croire *quas ftrages ediderint* fur les efprits de ces jeunes enfans, ne leur parlant, en tous leurs difcours & en tous leurs thèmes, que des raifons pour lefquelles il étoit permis d'affaffiner le Roi. Mais encore le mal qu'ils ont fait à Paris eft peu de chofe à comparaifon de celui qu'ils ont caufé en toutes les autres Villes.

Quand on dit que l'intérêt de l'Univerfité de Paris eft borné dans l'enclos de fes murailles, c'eft bien mal confidérer la vérité des chofes ; car fi on arrête les ruiffeaux, qui joints enfemble font les grandes rivieres, il faut néceffairement qu'elles féchent : laiffez les Jéfuites par toutes les Provinces, il faut que l'Univerfité de Paris tariffe. Et à la vérité, la feule comparaifon du haut dégré de gloire, auquel vous, Meffieurs, avez vu notre Univerfité montée, fa décadence continuelle depuis que les Jéfuites font venus en France, & fe font établis par toutes les Villes d'où venoit l'abondance des Ecoliers ; & l'abyme de pauvreté, de mifere & d'indigence auquel elle eft maintenant réduite, prête à rendre les efprits, fi elle n'eft par vous, Meffieurs, fes enfans, fecourue en cette extrêmité, ne fait-elle pas affez clairement connoître la juftice de la plainte, & de la demande qu'elle vous fait maintenant ?

Si le jour de la confervation n'eft pas moins agréabe que celui de la naiffance, certainement le jour auquel les Jéfuites feront chaffés de la France ne fera pas moins remarquable que celui de la fondation de notre Univerfité. Et tout ainfi que Charles le Grand, après avoir délivré l'Italie des Lombards, la Germanie des Hongres, paffé deux fois en Efpagne, & dompté fouvent les Saxons, inftitua l'Univerfité de Paris, qui a été l'efpace de huit cens ans la plus floriffante du monde en tous Arts & Sciences, & a fervi de refuge aux Lettres bannies d'Afie, anéanties en Grece, Egypte & Afrique : de même Henri le Grand aïant chaffé les Efpagnols par la force de fes armes, & exterminé les Jéfuites par votre Arrêt, remettra notre Univerfité en fon ancienne fplendeur & en fa premiere gloire, & feront fon nom & fon los à jamais chantés fur nos théatres

Ses triomphes, ses victoires & ses hauts exploits d'armes
feront à toujours le fujet de nos Vers & de nos Panégyriques.

Et vous, Meſſieurs, qui avez ce bonheur, cet heur rare &
fouhaitable, de vous trouver au jugement de cette grande &
importante cauſe, élevez, je vous ſupplie, vos cogitations,
étendez-les juſqu'au ſiecle de l'avenir : votre nom, votre mémoire feront à jamais engravés en lettres d'or, non-ſeulement
en notre Univerſité, mais au cœur de tous les gens de bien & de
tous les vrais François.

Aurea Clio

Tu nihil magnum ſinis interire,

Nil mori clarum pateris, reſervans

Poſteris priſci monumenta ſecli

Condita libris.

Tu feneſcentes titulos laborum

Flore durantis reparas juventæ,

Militat virtus tibi, te notante

Crimina pallent.

*Hanc igitur occaſionem oblatam tenete, & ampliſſimi orbis
terræ conſilii principes vos eſſe recordamini.* Ne doutez point que
votre Arrêt ne ſoit partout promptement exécuté : la renommée
n'en ſera pas ſi-tôt volée aux autres Villes, qu'on chaſſera ſur
l'heure tous ces eſpions d'Eſpagne. Ceux qui diſent que le Parlement ne les peut faire ſortir que hors du Reſſort, ne ſavent
pas quel eſt ſon Reſſort en telles matieres. Il n'a point d'autres
bornes que celles de la pointe de l'épée victorieuſe du Roi, qui
fera exécuter vos Senatuſconſultes juſqu'au milieu du Piémont, où ſa bonne fortune a déja planté les fleurs de lis ſi
avant, que tous les canons d'Eſpagne ne les ſauroient ébranler.

Le Roi deſire le bien : peut-on croire qu'il aime ceux qui
attentent chacun jour ſur ſa vie, & qui ont cauſé toutes les
miferes qu'endure ſon pauvre Peuple ? Quand vous aurez donné
votre Arrêt, il faudra cent mille hommes pour en retarder
l'exécution : Sa Majeſté veut que vous participiez en quelque
choſe à ſes triomphes.

-- Veterumque exempla ſecutus,

Digerit imperii ſubjudice facta Senatus.

Z ij

1594.

PLAIDOÏER
DE M. AR-
NAULD.

1594.

PLAIDOÏER
DE M. AR-
NAULD.

Il a chaſſé de Paris la garniſon Eſpagnole armée & ouverte : chaſſez, Meſſieurs, la couverte & ſecrette ; chaſſez celle qui a fait entrer l'autre, qui l'a fait demeurer ſi long-tems, & qui l'al loit faire redoubler, s'ils euſſent encore eu un paſſage ſur l'Oiſe, lorſqu'ils vinrent juſqu'à Beauvais. *Venit tempus, ſerius omn ino quàm dignum nomine Francico finit, ſed tamen ita matu-rum, ut differri jam hora non poſſit.* Conſidérez, s'il vous plaît, Meſſieurs, où vous en êtes venus. Vous avez déclaré le Duc de Mayenne criminel de leze-Majeſté, & le Tyran d'Eſpagne, ceux qui le ſoutiennent joignant leurs armées aux ſiennes, ennemis communs de la Chrétienté ; c'eſt un beau mot. *Curate ut viri ſitis, & cogitate quem in locum ſitis progreſſi.* Vous leur avez arraché la Ville de Paris, qu'ils penſoient avoir aſſujétie pour jamais à leur domination. Ils n'ont regret de rien tant au monde, que de ce qu'ils ne vous ont ôté la vie à tous, *nunc omnes uno ordine habent.* Une autre fois il ne vous faudroit point de Baſtille, le tombeau ſeroit votre Baſtille, encore ne ſais-je s'ils vous l'accorderoient. Dieu a mis aujourd'hui en votre puiſſance d'achever de rompre pour jamais toutes les pratiques & toutes leurs intelligences : ils penſeront avoir perdu deux batailles lorſqu'ils ſauront que les Jéſuites ſont chaſſés hors de France. Ne laiſſez point, Meſſieurs, écouler cette belle, cette prompte occaſion de vous délivrer de ceux auxquels les lettres ne ſervent (non plus qu'à Caracalla) que d'inſtrumens propres à mal faire. Chaſ-ſez ces gens ici, qui n'ont point de pareils en toutes ſortes de méchancetés, *tam acres, tam paratos, tam audaces, tam calli-dos, tam in ſcelere vigilantes, tam in perditis rebus diligentes.* Contre leſquels, quand vous vous leverez, Meſſieurs, pour opi-ner, ſouvenez-vous, je vous ſupplie, combien ſera douce la peine de l'exil à ceux qui ont tant de richeſſes en Eſpagne, en Italie & aux Indes ; au lieu qu'en l'an 1530, ils n'avoient qu'une petite penſion, qui leur étoit envoïée d'Eſpagne, ainſi qu'eux-mêmes le témoignent. Souvenez-vous auſſi, s'il vous plaît, de la perte de vos parens, de vos amis & de vos biens, de la déſo-lation de tant de Païs, de la mort de tant de grands Capitai-nes, de tant de généreuſe Nobleſſe, de tant de braves Soldats, emportés par la fureur de nos guerres, qu'ils ont toujours échauf-fées, comme ils font encore aujourd'hui. Et ne doutez nulle-ment que purgeant la France de ce poiſon, il ne lui advienne comme aux corps qui ſe remettent en meilleur état par longues & grieves maladies, qui leur donnent une ſanté plus enticre &

plus nette que celle qu’elle leur avoit ôtée. Et quand leur Avocat vous viendra louer la magnanimité & la clémence du Roi,
souvenez-vous, Messieurs, que c’est de ce Roi duquel ils ont le
sang chacun jour en leurs vœux, la mort en leurs prieres, l’af-
sassinat en leurs détestables & exécrables conseils. Souvenez-vous
que c’est de ce Roi auquel ils ont aidé, dès leur Fondateur
Ignace, d’arracher partie de la Couronne de Navarre ; & n’ont
autre travail aujourd’hui, que de s’efforcer à lui ôter celle de
France, qu’ils desirent assujétir & venir à l’Espagne, comme ils
ont fait le Portugal.

Sire, c’est trop patienté, c’est trop enduré ces traîtres, ces
assassins au milieu de votre Roïaume. Pour votre regard, votre
gloire a donné jusqu’aux Empires de la terre les plus éloignés :
on ne parle plus que de vos victoires & de vos conquêtes, & le
surnom de Grand vous est acquis pour jamais & consacré à
l’immortalité : vos faits d’armes admirables vous ont rempli les
mains pleines de palmes, foulant sous le pied de votre autorité,
la témérité, la déloïauté & les dépouilles de tous vos ennemis.
Mais, Sire, vous n’êtes pas au monde pour vous seul, confiderez, s’il vous plaît, combien la gloire de votre nom seroit affoi-
blie, si on lisoit dans les Histoires, que faute d’avoir étouffé ces
serpens, ou moins de les avoir chassés hors du Roïaume, ils vous
eussent enfin perdu, & après vous, tous vos pauvres Sujets. Sire,
vous avez affaire à un ennemi patient & opiniâtre, qui ne quittera
jamais qu’avec la vie ses espérances & ses desseins sur votre Etat.
Tous ses autres artifices ont failli & se sont trouvés foibles. Il
ne lui reste plus que son dernier reméde, qui est de vous faire
assassiner par ses Jésuites, puisqu’il ne peut autrement arrêter le
cours de votre bonne fortune. Il patientera, il dissimulera,
mais il visera toujours à son but ; & tant que ces Colonies de
Jésuites seront en France, où ses avis & ses paquets se reçoivent, où ses meurtriers sont exhortés, confessés, communiés,
encouragés, rien ne lui sera impossible. Sire, si votre générosité
ne vous permet de craindre pour votre personne, au moins appréhendez pour vos Serviteurs. Ils ont abandonné femmes, enfans, biens, maisons, commodités, pour suivre votre fortune ;
les autres, demeurés dans les grandes Villes, se sont exposés à la
bourrellerie des Seize, pour vous ouvrir les portes ; & maintenant, Sire, n’aurez-vous point soin de votre vie, pour conserver la leur, qui y est inséparablement attachée ? n’aurez-vous
point pitié de tant de femmes, de tant de pauvres enfans, qui

demeureroient à jamais esclaves de l'insolence & cruauté Espagnole ? Sire , il reste assez d'ennemis découverts à combattre en
France, en Flandres & en Espagne, défendez vos côtés de ces
assassins domestiques : pourvu que vous les éloigniez, nous ne craignons point tout le reste. L'Espagnol ne peut parvenir à notre
servitude qu'au travers de votre sang ; les Jésuites ses créatures
n'auront jamais repos en France, qu'ils ne l'aient répandu. Jusqu'ici le soin de vos fideles Serviteurs a empêché leurs parricides. Mais, Sire, si on les laisse parmi nous, ils pourront toujours vous envoïer des meurtriers , qu'ils confesseront, qu'ils
communieront , comme Barriere : & nous, Sire , ne pourrons
pas toujours veiller. Il est impossible que ceux qui tentent si souvent une même chose , ne rencontrent à la fin. Leur esprit tout
ensanglanté de la mort du feu Roi , l'assassinat duquel fut projetté & résolu dans leur College, & de l'attentat tout manifeste
sur votre vie , ne se donne repos ni jour ni nuit, ains va toujours rêvant , toujours tournant, toujours travaillant , pour parvenir à ce dernier point, qui est le comble de tous les souhaits
& de tous les desirs des Jésuites. Sire , les considérations que
ceux qui n'appréhendent nullement votre mort , vous représen-
tent au contraire, sont autant de trahisons toutes claires &
toutes manifestes. Lorsque vous aurez assuré notre vie , lorsque
vous aurez assuré l'Etat de tant de grandes & puissantes Villes,
en exterminant le conseil public que vos ennemis y ont encore
dedans, par le moïen des Jésuites , alors on vous redoutera de-
là les monts, & lors, Sire, on vous portera l'honneur & le respect qui est dû au premier Roi de l'Europe, au Roi qui a sur sa
tête la couronne de gloire & de liberté, & au plus grand Roi
de tous les Peuples baptisés. Mais tant qu'on aura espérance de
vous perdre avec tous les vrais François, par les menées, les
artifices & les confessions des Jésuites, on vous fera les indignités que jamais Roi de France n'a encore endurées. Sire , vous
êtes le fils aîné de la plus noble, plus auguste & plus ancienne
Maison qui soit sur la face de la terre : tout le cours de vos ans
ne sont que trophées, que triomphes, que lauriers, que victoires que vous avez remportées de tous ceux qui ont eu l'audace
de vous attendre ; toutes les prophéties vous appellent à la Seigneurie du monde ; & maintenant qui sont ces gens ici, qui
sont ces traîtres, qui sont ces bâtards de la France qui vous veulent mettre en l'esprit des craintes d'offenser l'Etranger, afin
que vous reteniez ces meurtriers, qui ont entreprise continuelle

fur votre vie. Sire, les Rois de France ont accoutumé de donner la loi, & non de la prendre. Le grand Dieu des batailles
qui vous a conduit par la main jufqu'au lieu où vous êtes, vous
réferve à des chofes encore infinies fois plus grandes. Mais, Sire,
ne méprifez point les avertiffemens qu'il vous donne, & chaffez
avec ces affaffins Jéfuites, tous ceux qui bâtiffant leur fortune
fur votre tombeau, entreprendront de les retenir en votre
Roïaume.

Je conclus, à ce qu'il plaife à la Cour, en entérinant la requête de l'Univerfité, ordonner que tous les Jefuites de France vuideront & fortiront leRoïaume, Terres & Païs de l'obéiffance de Sa
Majefté, dans quinze jours, après la fignification qui fera faite en
chacun de leurs Colleges ou Maifons, en parlant à l'un d'eux
pour tous les autres : *alias*, & à faute de ce faire, & où aucun
d'eux feroit trouvé en France après ledit temps, que fur le
champ & fans forme ni figure de procès, il fera condamné,
comme criminel de leze-Majefté au premier chef, & aïant
entreprife fur la vie du Roi : & demande dépens (1).

(1) Les Jefuites, comme nous l'avons
déja dit dans une note ci-deffus, répondirent à ce Plaidoïer de M. Arnauld, par la
plume de leur Pere Pierre Barny. Cette Réponfe eft intitulée : *Défenfes de ceux du
College de Clermont, contre les Requêtes &
Plaidoïers contre eux ci-devant imprimés &
publiés*, 1594, *in*-8º. page 85. Depuis ce
Plaidoïer, qu'on lit auffi vers la fin du tome
VI de l'Hiftoire de l'Univerfité de Paris,
par M. du Boullay, de même que le Plaidoïer de Louis Dollé, & les *Défenfes de*
Barny, M. Arnauld, après l'expulfion des Jefuites, adreffa à Henri IV un autre Ecrit
pour empêcher l'effet des pourfuites que l'on
faifoit pour leur rétabliffement. Cet Ecrit de
123 pages *in*-8º eft intitulé : *Le franc & véritable Difcours au Roi, fur le rétabliffement
qui lui eft demandé pour les Jefuites.* L'Auteur répete dans ce Difcours plufieurs des
faits qu'il avoit déja allegués dans fon Plaidoïer.

RÉSOLUTION DE L'UNIVERSITÉ,

SOLEMNELLEMENT ET LEGITIMEMENT ASSEMBLÉE le 18 Avril 1594, de demander que les Jéfuites foient du tout chaffés (1).

ANNO Domini milleſimo quingenteſimo nonageſimo quarto die Lunæ decima octava menſis Aprilis : Convocata Univerſitas omnium Ordinum hujuſce incliti ſtudii Pariſienſis apud Ædem Sancti Maturini, pro ſupplicatione peragenda ab Academia ad Ædem Sanctæ Capellæ Regalis Palatii Pariſienſis, ad reddendas gratias Altiſſimo Deo pro reductione felici hujuſce almæ Urbis, proſperitate & feliciſſimo Succeſſu Chriſtianiſſimi & Invictiſſimi Domini noſtri Henrici IV, Regis Francorum & Navarræ, conſervatione dictæ Urbis ſub ditione & protectione dicti Domini noſtri Regis, ac pro quampluribus aliis rebus ad Academiam ſpectantibus, atque ſuper ſupplicatione facta à D. & Magiſtro Laurentio Bourceret, Artium Doctore, de vocandis in jus Jeſuitis, ut omnino ejiciantur.

Dicta Univerſitas debitè, ut moris eſt, hora ſolita convocata ex conſenſu unanimi omnium Doctorum & Magiſtrorum ſingularum quatuor Facultatum & quatuor Procuratorum Nationum, nemine repugnante, cenſuit & determinavit, eſſe annuendum ſupplicationi dicti D. Bourceret, ideoque in judicium & jus ritè & convenienter Jeſuitas vocandos, ut ejiciantur omnino. Eam ob rem cenſuit Univerſitas ex ſingulis Ordinibus nominandos aliquot ſelectos viros, qui ea diligenter curent, quæ ad litem contra Jeſuitas movendam pertinent. Unde Facultas Theologorum nominavit D. Magiſtrum Adrianum d'Amboiſe ſummum Regiæ Navarræ Moderatorem, & alium Doctorem quem dictus D. d'Amboiſe voluerit eligere, Facultas Decretorum quæ acta ſunt approbavit : & quia unicus tantum Doctor, nomine Dominus Davidſon aderat, promiſit ſe nominaturum aliquem alium ex ſuis Doctoribus. Facultas autem Medicorum ordinavit D. & Magiſtrum Jacobum Couſinot. Poſtremo Facultas Artium nominavit dictum Magiſtrum Laurentium Bourceret, & D. Georgium Criton. Sic-

____

(1) Cet Acte eſt auſſi imprimé dans le tome VI de l'Hiſtoire de l'Univerſité de Paris, par du Boullay, ſous l'année 1594; & dans l'édition du Plaidoïer de M. Arnauld, fait en ſon temps, de même que dans la réimpreſſion qui en a été faite en 1716.

que statutum fuit unanimiter & conclusum, nemine reclamante, per D. Jacobum d'Amboise Academiæ Rectorem, totamque Academiam, anno & die præfatis. Ainsi signé, Du Val. Et à côté, *Visa per nos Rectorem Jacobum d'Amboise.* Et scellé de cire rouge.

REQUESTE DE L'UNIVERSITÉ,

aux mêmes fins.

A NOSSEIGNEURS DE LA COUR DE PARLEMENT.

SUPPLIENT humblement les Recteurs, Doïens & Facultés, Procureurs des Nations, Suppôts & Ecoliers de l'Université de Paris : Disant, que dès long-temps ils se sont plaints à la Cour du désordre avenu en ladite Université par certaine nouvelle Secte, qui a pris son origine, tant en Espagne qu'ès environs, prenant la qualité ambitieuse de la Société du Nom de Jesus; laquelle de tout temps, & nommément depuis ces derniers troubles, s'est totalement rendue partiale & factrice de la Faction Espagnole, à la désolation de l'Etat, tant en cette Ville de Paris, que par tout le Roïaume de France & dehors, chose dès son avancement prévue par lesdits Supplians, & signament par le Decret de la Faculté de Théologie, qui fut lors interposé ; portant que cette nouvelle Secte étoit introduite pour enfreindre tout ordre, tant politique, que hierarchique de l'Eglise, & nommément de ladite Université, refusant d'obéir au Recteur, & encore aux Archevêques, Evêques, Curés & autres Supérieurs de l'Eglise. Or, est-il qu'il y a trente ans passés, que les Suppôts de ladite prétendue Société de Jesus, n'aïant encore épandu leur venin par toutes les autres Villes de la France, ains seulement dans cette Ville, présenterent leur Requête, aux fins d'être incorporés en ladite Université : laquelle cause aïant été plaidée, fut appointée au Conseil, & ordonné que les choses demeureroient en état, qui étoit à dire, que les Jésuites ne pourroient rien entreprendre au préjudice dudit Arrêt. A quoi toutesfois, ils n'ont satisfait, ains qui plus est, mêlant avec leurs pernicieux desseins les affaires d'Etat, n'ont servi que de Ministres & Espions en cette France, pour avantager les affaires de l'Espagnol, comme il eſt notoire à un chacun. Laquelle Inſtance , appointée au Conſeil , n'a point été pourſuivie , ni même les Plaidoïers levés de part & d'autre , étant par ce moïen périe. Ce conſideré , noſdits Sieurs , il vous plaiſe ordonner que cette Secte ſera exterminée , non-ſeulement de ladite Univerſité , mais auſſi de tout le Roïaume de France , requérant à cet effet l'adjonction de Monſieur le Procureur Général du Roi , & vous ferez bien. Ainſi ſigné , Le Royer. Et à côté , d'Amboise , *Academia Rector*. Et ſcellé de cire rouge.

Extrait du privilege.

IL eſt permis à Mamert Patiſſon , Imprimeur du Roi , d'imprimer & vendre le Plaidoïer de Maître Antoine Arnauld , Avocat en Parlement , pour l'Univerſité de Paris , Demandereſſe , contre les Jeſuites , Défendeurs: avec défenſes à tous Imprimeurs & Libraires de l'imprimer ni vendre , ſinon de ceux qu'aura imprimé ledit Patiſſon , juſqu'après le temps de ſix ans , ſur peine de confiſcation & d'amende. Donné à Paris le treize Août 1594. *Signé* , Par le Conſeil , Coguier.

Avis au Lecteur.

L'UNIVERSITE' de Paris aïant préfenté requête à la Cour de Parlement tendante à ce que les Jéfuites fuffent exterminés de tout le Roïaume de France ; la plupart des Curés de cette Ville intervinrent , fe plaignant que les Jéfuites entreprenoient fur leurs Paroiffes fans leur permiffion , & troubloient la Hierarchie Eccléfiaftique par l'intrufion de leur Ordre , qui n'a été reçu ni approuvé de l'Eglife Gallicane. Je fus chargé de cette caufe, en laquelle j'ai retranché plufieurs points qui avoient été touchés par M. A. Arnauld, plaidant pour l'Univerfité , comme ceux qui fecondent font contraints de faire pour éviter les redites. J'ai donné cet avis au Lecteur, afin qu'il excufe les défauts de mon Plaidoïer qui eft manqué , s'il n'eft mis à la fuite de celui de l'Univerfité : & qu'il juge auffi que le premier aïant ému les efprits , il me falloit commencer par le même ton par où l'autre finiffoit.

PLAIDOYER

De M. Louis Dollé , Avocat en la Cour de Parlement ,

POUR les Curés de la Ville de Paris , Demandeurs :

CONTRE les JESUITES , Défendeurs.

Des 13 & 16 Juillet 1594 (1).

MESSIEURS,

Le Senat de Rome aïant condamné les Sacrifices d'Ifis & Serapis , ordonna que leur Temple feroit ruiné , afin que les Prêtres Ifiaques perdiffent à jamais l'efpérance de s'y habituer.

---

(1) Ce Plaidoïer fut imprimé à Paris par Mamert Patiffon, avec privilege, en 1595, *in-*8°. M. d'Argentré, Evêque de Tulles, l'a fait auffi réimprimer dans fa *Collectio judiciorum de novis erroribus, in-fol.* tom. II, pag. 510 & fuiv. Quant à l'Auteur, voici ce qu'en dit Loyfel dans fa lifte des Avocats de l'année 1599 , dans fes Opufcules *in*-4°. pag. 605 & 606 :

» Louis Dolé, après avoir paru longtemps » avec éclat dans le Barreau , en fut tiré par » la Reine-Mere , Marie de Médicis , lors » Régente, pour être emploïé dans le Confeil du Roi, où il refufa les Sceaux , ne » s'eftimant pas affez riche pour foutenir » cette Charge avec dignité , & fe contenta » d'être Intendant des Finances, où l'on » peut dire, à fon honneur, qu'il a vécu » avec telle modération, qu'il n'y a acquis » que des biens très médiocres. Car il n'a » gueres moins gagné que dans fa Vacation » d'Avocat, en laquelle il fut fort emploïé » que dans le maniement des tréfors du Roi, » où l'on acquiert à préfent , en peu de

Ceux qui eurent charge de cette exécution, furent saisis d'une fraïeur superstitieuse, & n'y oserent mettre la main, de peur qu'en violant les Autels de ces Dieux étrangers, ils ne fussent foudroïés, comme on les en menaçoit. Mais le Consul L. Emilius Paulus, assuré que tout ce qu'un Citoïen faisoit pour le bien de son Païs, étoit agréable à Dieu, dépouilla sa robe de pourpre, prit la hache en main, & le premier enfonça la porte, pour donner exemple aux autres de faire comme lui. Il est aujourd'hui question de savoir, si on doit chasser du milieu de nous des Etrangers, qui introduisent un nouvel Ordre qui n'est pas approuvé de l'Eglise Gallicane, desquels la vie, les mœurs, & la doctrine sont condamnées de long-temps en l'esprit de tous les gens de bien ; parceque sous prétexte de piété & de dévotion, ils sappent peu-a-peu les fondemens de l'Etat, débauchent le Peuple de l'obéïssance naturelle qu'il doit à son Roi, lui dérobent le cœur de ses Sujets, pour les donner en proie au plus grand & plus dangereux des ennemis de la France, qui bâtit de ses ruines, & comme un cruel Python cherche à dévorer ses enfans. Cette poursuite n'est pas nouvellement inventée par les Demandeurs ; il y a plus de trente ans que ce point a été mis en délibération : mais ceux qui traitoient ce même sujet, n'avoient point l'avantage que nous y avons : parcequ'ils ne parloient que par conjectures de l'avenir, dans lequel il n'y a que les plus clair-voïants qui puissent pénétrer.

> Nunc vero manifesta fides, Danaumque patescunt
> Insidiæ.

» temps, des richesses qui sont au-delà de
» celles des Princes, que la multitude des
» années & les alliances ont dotés de longue
» main. Le principal talent de ce célebre Avo-
» cat étoit l'éloquence, accompagnée d'un
» grand jugement & de beaucoup de litté-
» rature. Il n'est pourtant resté de ses gran-
» des Actions, que le Plaidoïer qu'il a fait
» pour les Curés de Paris contre les Jesuites,
» & la présentation des Lettres de provision
» du Gouvernement de Guyenne, qu'il fit
» au Parlement pour feu M. le Prince, en
» 1597. Tous ses papiers aïant été dissipés
» après sa mort, laquelle prévint sa disgrace
» en Cour, comme a remarqué Antoine
» Loysel en une Epitaphe qu'il lui a faite,
» que j'ai trouvée parmi ses papiers, écrite
» de sa main en vers.

C. V. Ludovici Dolæi Epitaphium.

Ter quinos soles stadio regnasse forensi,
Reginæ pariter curasse negotia matris.
Ascitum arcanis sacræ regalis'& aulæ,
Non ideo cuiquam fas te dixisse beatum.
At toga te bis sex ulnarum serica quando
Condecorat, fragilis fortunæ ac forsan iniquæ
Maturâ vultum morte avertisse minacem ;
Felicem dixisse docent præcepta Solonis.
IV. Non. April. 1616.

Il a laissé un fils qui a été Correcteur en la Chambre des Comptes de Paris.

1594.
PLAIDOÏER
DE M. DOLLÉ.

Le reſſentiment du mal qu'ils ont fait, & l'appréhenſion d'un plus grand, nous doivent faire courir au remede. Mais il y a des ames ſuperſtitieuſes qui n'y oſent toucher, & imitent les Juifs qui n'oſant ſe défendre le jour du Sabat, aimerent mieux ſe laiſſer meurtrir, que de réſiſter à ceux qui veulent faire un Fort de l'Egliſe, pour nous réduire en ſervitude. Il y en a quelques-uns de ces eſprits foibles, qui ſont au reſte gens de bien, mais ſont épouvantés de quelques terreurs paniques, & pâliſſent au ſeul nom de Religieux, *ſeu triſte bidental. Moverint inceſti. Nihil in ſpeciem fallacius eſt, quàm prava Religio: ubi Deorum numen ſceleribus pretenditur, ſubit animum timor, nē fraudibus humanis vindicandis divini juris immiſtum aliquid violemus.*

En cette anxiété, Meſſieurs, toute la France jette les yeux ſur vous, dis-je, qui avez toujours vengé ſes injures, ſans vous laiſſer emporter à ces vaines appréhenſions, qui du naturel des crocodiles, ne font mal qu'à ceux qui les craignent. Elle s'attend que non-ſeulement vous ordonnerez, mais auſſi que ſans crainte de ces foudres menaçans, vous repréſenterez le courage de ce généreux Conſul, que vous dépouillerez la robe, & prendrez la coignée pour commencer un ſi mémorable exploit. Je me mécompte, Meſſieurs, & me laiſſe aller au fil de cette comparaiſon : vous n'aurez pas la peine de cette exécution, vous trouverez encore un bon nombre d'Emiles, s'ils trouvent en vous la réſolution de cet ancien Senat. Graces à Dieu, la fortune de France n'eſt pas ſi baſſe, qu'il faille quitter la robe ; au contraire, il lui faut donner l'honneur de cette victoire, qui ſera beaucoup plus abſolue, que ſi elle étoit gagnée à coups de main : parceque l'éclat de votre pourpre chaſſera ces enfans de ténebres, diſſipera leurs impoſtures, & déſillant les yeux du Peuple, lui fera croire que la doctrine qu'il a reçue pour ſe révolter contre ſon Prince, eſt mauvaiſe, puiſque vous en aurez condamné les auteurs.

Les Demandeurs, pour qui je parle, ont eu ce même but en cette cauſe, & ont penſé que le nom qu'ils ont parmi le Peuple, qui ne connoît point de plus forte raiſon que l'exemple, lui fera trouver bon ce qu'ils demandent, & fera rejetter aux foibles eſprits ce qu'ils verront improuvé de ceux qui ont charge de leurs conſciences, & ſur leſquels la calomnie des Jéſuites n'a point de priſe. S'ils étoient du nombre de ceux, qui ont ſervi de proie aux méchans durant ces troubles, s'ils avoient été chaffés, pillés, rançonnés, emprifonnés, quelqu'un pourroit dire qu'ils porteroient la main à leur mal en faifant cette pourfuite, qu'ils voudroient facrifier à la vengence, & que la mémoire du paffé les piqueroit plus que la crainte de l'avenir : mais ils font exempts de ce foupçon : parceque la plûpart d'eux ne font point fortis de cette Ville ; où combien qu'ils viffent beaucoup de défordres, fi n'ont-ils point voulu abandonner le Peuple malade. Et tout ainfi que ce Capitaine Romain voïant fuir fa Troupe, courut fe mettre au-devant, afin qu'il femblât qu'ils fuiviffent leur Chef, & que ce faifant, il couvrît leur honte, & leur fauvât l'honneur, qu'ils n'euffent plus tenu cher, s'ils l'euffent une fois perdu du tout ; ainfi les Demandeurs y font demeurés pour détourner les mauvais confeils, à l'exemple de Chufai, & afin qu'adouciffant l'aigreur des efprits, ils les puffent ramener en leur bon fens, comme il eft advenu. Ils favent bien que cette caufe publique eft de la charge de Monfieur le Procureur Général, qui eft l'œil du Roi, la langue de l'Etat, le Syndic de nos mœurs, & le premier moteur & réformateur de la Police du Roïaume, auquel ils ne veulent point envier cet honneur, & le prévenir en cette pourfuite, en laquelle Monfieur Brulart, grand exemple de la jufte févérité, leur a ouvert le pas, & a été fuivi de fes fucceffeurs. Mais tout ainfi que le fage Enée ne dédaigna point d'écouter le Grec qu'Ulyffe avoit délaiffé parmi les Cyclopes, & apprit de lui ce qu'il ne pouvoit favoir, que d'un qui eut couru le danger : ainfi les Demandeurs qui ont vécu parmi les Jefuites, lorfqu'ils ont mis au jour leurs deffeins longuement diffimulés, ont penfé que la Cour prendroit de bonne part leur avertiffement, & loueroit l'intention qu'ils ont de s'armer à l'extirpation d'une Secte fi pernicieufe, non-feulement à l'Etat, mais auffi au repos & tranquillité des confciences, qui font gênées & tourmentées par les dangereufes opinions qu'ils y ont femées, & qui ne s'affureront jamais en l'obéiffance du Roi, qu'elles ne foient nourries d'une meilleure doctrine.

Lorfque cette queftion fut premierement agitée en cette Cour, M. Pierre Verforis (1), qui plaidoit pour les Jefuites,

---

(1) Pierre *Verforis*, d'une famille des environs de Falaife en Normandie, dont le premier nom étoit *le Tourneur*, étoit fils de Pierre Verforis, Seigneur de Fontenay-le-Vicomte, de Marcilly, de Montoger en pattie, Avocat au Parlement de Paris, mort le 16 de Mars 1559, âgé de foixante-dix-huit ans, & de Marguerite Robinet. Il naquit le 16 de Fevrier 1528, hérita des Terres de fon pere, & fut comme lui Avocat au Parlement de Paris. Ce fut lui, comme M. Dolé le rapporte, qui plaida en 1564 pour

se défendoit contre les Curés , qui se plaignoient de leurs entreprises , disant, qu'il y avoit été pourvu par l'Assemblée de
Poissy, *facto ipso*, qu'ils n'avoient rien entrepris, que les Curés ne
se plaignoient pour le passé, seulement vouloient prohiber qu'on
n'entreprît à l'avenir , ce qui étoit lors consenti & accordé par
eux. Il faut qu'ils cherchent à présent quelque nouvelle défense : le temps a montré que les Curés avoient aussi juste occasion
de craindre ces nouveaux Moissonneurs , qu'avoit l'Université.
Car tout ainsi qu'ils ont rompu l'ordre de l'Université , depuis
qu'ils s'y sont glissés , aussi ont-ils perverti la Hierarchie Ecclésiastique , se sont portés en Curés universels , & ont aboli le
respect que les Paroissiens devoient à leurs Pasteurs ordinaires.
L'Université vous a fait ses plaintes , & fait toucher au doigt le
mal qui est prévenu d'une si longue tolérance. Les inconvéniens qui vous ont été représentés , vous feront juger qu'il est
bien dangereux de leur laisser l'institution de la jeunesse , & de
commettre à la discrétion de ces Etrangers cette petite semence de la République , qui se ressent toujours de sa premiere
nourriture :

> Serpente ciconia pullos
> Nutrit, & inventa per devia rura lacerta ;
> Illi eadem sumtis quærunt alimonia pennis.

Mais toutesfois ce n'est pas leur dernier but que de ruiner l'Université ; l'institution des enfans n'est qu'un moïen de s'insinuer
dedans les Villes : & tout ainsi que ce Géométrien promettoit
de soulever toute la terre , si on lui bailloit un autre lieu ferme pour asseoir le pied de ses machines , aussi depuis qu'ils
sont entrés en une Ville , par les Ecoles ils gagnent facilement le reste , & n'y a lieu où ils ne se fourrent impudemment :

> Instant, morantur, persequuntur, ocurrunt,
> Et hinc & illinc , usque quaque , quacunque.

les Jesuites contre l'Université de Paris, pour
laquelle Etienne Pasquier parloit. Il fut député aux Etats de Blois en 1576 , & y porta
la parole pour le Tiers-Etats. Devenu âgé, il
fut très recherché pour les consultations. Il
fut Chef du Conseil de MM. de Guise, pour
lesquels il se passionna tellement , qu'aiant
appris le malheur arrivé à Blois au Duc de
Guise , il en mourut de douleur en moins
de cinq heures de temps le 25 Décembre 1588.
Il avoit épousé Marguerite Coignet, dont il
laissa plusieurs enfans. Voïez le Moreri de
1732 & le Supplément de 1735. M. Piganiol
de la Force a eu tort de le nommer *Jean* dans
sa Description de Paris , *in*-12 , tome VI ,
p. 299 , & de le confondre avec un autre
Pierre Versoris , mort le 2 de Décembre
1629 , & inhumé chez les Chartreux de Paris.

Lorſqu'ils vinrent en cette Ville, ils ne demandoient que la permiſſion d'enſeigner; mais depuis ils y ont eu deux maiſons, & durant les troubles avoient jetté l'œil ſur le bâtiment du parc des Tournelles, pour s'y bâtir une troiſieme Colonie. L'Empereur Alexandre Severe voulant recevoir la Religion Chrétienne à Rome, deux de ſes amis l'en diſſuaderent pour le danger qu'il y avoit que tout le Peuple Romain ne ſe fît Chrétien, & que la Majeſté de l'Empire ne s'altérât avec la Religion. Cette crainte étoit vaine, parceque les Chrétiens fuſſent néanmoins demeurés Romains, & euſſent maintenu la dignité de leur République; mais un ſemblable conſeil ſeroit ici bien plus à propos: car ſi les Jeſuites ſont ſupportés plus longuement, ſi par votre douceur vous les laiſſez prendre racine en ce Roïaume, il ſe faut attendre que tout le Peuple deviendra Jéſuite, c'eſt-à-dire, délaiſſera d'être François, mépriſera les mœurs Françoiſes, & ſupportera plus volontiers la tyrannie d'un Etranger, que le gouvernement de ſon Prince légitime; tout ainſi que les Chevres qui ſe ſont laiſſées ſucer aux ſerpens, les recherchent puis après, & perdent l'amitié de leur propre géniture. Il y a plus de quarante ans que les Jéſuites furent réprouvés, de l'avis de toute la Sorbonne; néanmoins ils ſe vantent d'avoir pour eux un Decret de la Faculté de Théologie, qui s'eſt retraĉtée depuis la premiere aſſemblée de l'Univerſité, où il n'y eut qu'un eſprit & une voix. Jugez, Meſſieurs, ſi ces hommes ont l'eſprit de diviſion, puiſqu'ils font vaciller une ſi célebre Compagnie: & les voïant ſoutenus de ceux qui autrefois étoient leurs plus grands adverſaires, jugez s'ils ont profité en nos diviſions, s'ils ſe ſont accrus de nos ruines, vu que dedans les troubles, ils ont trouvé leur affermiſſement. Si ces graves & vénérables Théologiens, qui ont autrefois condamné les Jeſuites, ſe pouvoient relever du tombeau, pour contempler ce que leurs ſucceſſeurs font aujourd'hui, quelle honte ils auroient de voir qu'ils aſſiſtent les Jeſuites de leur autorité, & que par leur Decret ils les appellent *venerabiles Patres Societatis Jeſu*, qui ſont titres défendus par vos Arrêts! Mes Parties qui ſont du corps de la Sorbonne, n'auront point de part à ce deshonneur, ils veulent perſévérer en la réſolution de leurs prédéceſſeurs, laquelle n'aura pas moins d'autorité que ce prétendu Decret de leurs Ecoliers. Il eſt vrai que les Jéſuites m'ont dit en communiquant, que je n'étois point recevable en mes concluſions, parceque je n'avois charge que de peu de Curés. Je réponds & reconnois franchement,

chement, que je n'ai pas charge de tous, que je ne fuis point
pour des Bouchers, des Hamiltons, & autres femblables noms
de fédition : mais la fuffifance, la doctrine & la probité de ceux
pour qui je parle, fera juger à la Cour, que le moindre d'eux
effe debet inftar omnium. Si entre les Eccléfiaftiqnes de Paris il
y a cent hommes de bien, fi cinquante, fi dix, fi deux, la Cour
ne rejettera point leur jufte Requête, & fuppléeront le défaut
de ceux qui font encore prévenus de l'opinion des Jéfuites, qui
ont perverti les jeunes Théologiens, depuis qu'on leur a permis
d'aller étudier chez eux.

Mes Parties donc vous fupplient très humblement, Meffieurs,
de prendre les raifons qu'ils veulent déduire, autres que celles de
l'Univerfité, à laquelle ils laiffent le difcours de fes droits &
privileges, & la plainte de ceux *corrumpunt totum qui puerile
fecus.* De notre part, nous foutenons que les Jéfuites ne font
point en la Hiérarchie Eccléfiaftique, ni comme Prêtres féculiers, ni comme réguliers, qui eft tout ce qui nous touche, &
que nous leur voulons difputer. Et afin que le combat foit égal
& de pair à pair, nous ne nous voulons ici prévaloir du fait des
troubles ; nous leur permettons de s'aider de la clémence du
Roi; nous ne toucherons pas aux hommes, mais nos raifons
porteront fur l'inftitution de leur Ordre, que nous appellons
College illicite : parcequ'il n'a jamais été reçu en France. L'avis
du Colloque de Poiffy fait foi de ce point; je n'en veux pas de
meilleurs témoins qu'eux-mêmes. Voici les propres termes du
Plaidoïer de M. Pierre Verforis, qui a autrefois été leur Avocat. » Pour répondre donc l'état de cette caufe, & les conclu-
» fions de notre Requête, elle ne tend pas à la réception de cet
» Ordre, (car cela n'eft point demandé) & quand on le deman-
» dera, il fera tout à temps de le difputer «. Si je me veux contenter de rendre à ma caufe ce que je lui dois, je peux ici faire fin.
Les Jéfuites, en l'an foixante-quatre, n'avoient point demandé
que leur Ordre fût reçu en France ils ne l'ont demandé, ni
obtenu depuis : il eft donc vrai qu'ils font entrés en l'Eglife par
la fenêtre, & en larrons, puifqu'ils y font venus fans congé. Mais
il faut dire ce qui eft: lorfque votre Avocat difoit ce que j'ai
tiré de fon plaidoïer, il vouloit fervir à fa caufe. Car à la vérité
vous n'aviez pas eu faute de cœur, ni de confeil, à rechercher
l'approbation de votre Ordre : mais vous faifiez femblant de ne
point defirer ce qu'on vous avoit refufé. Nos Maïeurs, bien confeillés, jugerent qu'il valloit mieux réformer les anciens, que

Tome VI. B b

d'en recevoir un nouveau, qui venoit de l'invention d'un Efpagnol , & reſſenroit ſon auteur. Ils craignoient de prendre des épines avec des roſes, & d'introduire avec la Religion des mœurs étrangeres , qui nous ſont fatalement dangereuſes. Car ainſi que les Poëtes ont dit que le bonheur des Phéaciens finit auſſi-tôt que les Etrangers y furent entrés : auſſi avons-nous éprouvé que ce mêlange nous eſt nuiſible , & que l'inhoſpitalité nous ſeroit plus utile que notre facilité naturelle. Il eſt vrai que les François aiment la nouveauté , mais c'eſt en toute autre choſe qu'en la Religion , qui n'a rien de muable , & ne s'édifie point par la variété de nouvelles cérémonies. On dit qu'il y a une ſorte de chêne qui ſe nomme *œſculus* , qui a les racines auſſi longues que les branches ,

> --- Quæ quantum vertice ad auras
> Æthereas , tantum radice ad Tartara tendit.

La vraie Religion lui reſſemble , elle doit avoir autant ou plus de ſolide fondement, que d'apparence extérieure. Le meilleur Ordre de tous les Religieux , eſt le plus ancien : parceque c'eſt le plus ſimple. Les premiers Anachoretes vivoient en cette ſimplicité ; mais depuis qu'ils commencerent à regarder derriere eux, à retourner ſur leurs pas , & que pour enſeigner le Peuple, ils ſe remêlerent au monde , ils ſentirent auſſi-tôt la contagion des vices, qui les fit mépriſer. Cela fut cauſe d'inſtituer de nouveaux Ordres de Moines , qui pour ſe recommander , inventerent de nouvelles cérémonies , nouvelles auſtérités, nouveaux habits : ce qui vieillit peu-à-peu en l'eſprit du vulgaire , qui n'a le jugement que dans les yeux. Les Jéſuites ſont venus les derniers, qui, pour avoir auſſi la grace du Peuple, ont ſurpaſſé tous les autres en nouveauté de doctrine , & excès de cérémonies : à cauſe de quoi les anciens Théologiens les jugerent pernicieux à l'Etat & à la Religion, qui craint toute ſorte de changement, & , comme le cube des Géométriens, doit toujours avoir une même face. Et pour cette même occaſion les Romains ne reçurent jamais chez eux la ſuperſtition des autres Nations , & en bannirent toutes cérémonies inuſitées. *Quoties* (dit un Auteur) *hoc patrum avorumque ætate negotium eſt Magiſtratibus datum , ut ſacra externa fieri vetarent : ſacrificulos , vates , foro , circo , Urbe prohiberent : omnem diſciplinam ſacrificandi , præter quam more Romano , abolerent. Judicabant enim prudentiſſi-*

mi viri divini humanique juris, nil æque defolandæ Religionis effe, ubi non patrio, fed externo ritu facrificaretur. Vous dites que votre Ordre eft reçu à Rome, en Italie, en Efpagne; que le Pape eft le Chef de la Hiérarchie de l'Eglife, duquel dépend toute la Jurifdiction qui eft en l'Eglife : vous penfez par là nous lier la langue & les mains, & nous dites en un mot :

    -- Pueri facer eft locus, extra

    Me ite ---

Vous favez quelle réponfe je vous dois faire : je ne doute point de la puiffance du Pape, *fed appello Tribuno*, j'invoque les Libertés de l'Eglife Gallicane. Si vous m'en demandez preuve, comme vous avez accoutumé de vous en moquer, & d'appeller ces Libertés Héréfies, *confugiam ad ftatuam mei Cæfaris* : je vous montrerai fa Couronne pour toute preuve, & fi vous n'en êtes contens, à l'exemple de cet ancien Gaulois, j'y ajouterai fon épée. Mais ce n'eft pas ici le lieu d'en difputer, je vous dirai feulement, qu'il y a plus de trente Religions en Italie, qui n'ont point paffé les Monts, entre lefquelles eft celle des Jéfuites, furnommés Scobotins, & de ceux qui fe font appellés les Prêtres du bon Jefus, que ces beaux titres n'ont pas autorifés entre nous : & pour cela les François n'ont pas laiffé d'être enfans très obéiffans de l'Eglife Catholique, Apoftolique & Romaine. Ne penfez donc plus que les loix de police de Rome puiffent obliger la France, par trop jaloufe de fa liberté, pour endurer des Garnifons d'Etrangers, dont les mœurs, les regles, la doctrine lui font fufpectes. Vous avez touché en un mot ce qui nous éloigne de vous : l'humanité & gaillardife Françoife ne fe peuvent aifément accorder avec la gravité & févérité Efpagnole. (Ce font les épithetes que vous donnez à nous & à nos Ennemis). Nous ne vous faurions voir de bon œil, parceque depuis que vous êtes parmi nous, vous ne vous êtes point apprivoifés, vous vous tenez couverts, vous cachez votre vie à tout le monde, *monftri nefcio quid alitis*. Si vous êtes Prêtres féculiers, pourquoi vous retirez-vous en des Couvents? Si Religieux, pourquoi avez-vous honte de le confeffer ? L'inftitution de votre Ordre a un beau frontifpice, vous vous obligez aux vœux ordinaires des Religieux, vous faites profeffion d'humilité & de mendicité ; mais on dira de vous ce que Diogenes difoit des Lacédémoniens mal vêtus :

alter fastus, vous couvrez de plus hautes conceptions sous cette feinte simplicité ; sous vos haires, vous cachez le pourpre ; sous vos cendres, un feu d'ambition. On vous adaptera ce trait du Comique :

Ἀτὰρ τίποτ' ἐς τὴν γὴν βλέπουσιν οὗτοι ;
Ζητοῦσι οὗτοι τὰ κατὰ γῆς ·

Vous portez la vue en terre, parceque vous y cherchez les biens & les honneurs. Je vous supplie, Messieurs, considérer combien leur progrès est merveilleux. Car depuis l'an 540, qu'ils furent confirmés & limités au nombre de soixante qu'ils ne pourroient surpasser, ils ont fait bâtir plus de quatre cens résidences, se sont multipliés jusqu'à sept ou huit mille en si peu de Provinces où ils sont tolérés, sont devenus Inquisiteurs de la Foi, Evêques & Cardinaux, à quoi les autres Moines ne sont parvenus deux cens ans après leur premiere Institution, quoiqu'elle ait commencé par quelque saint personnage. Ceux qui ont travaillé le moins en la vigne du Seigneur, & qui n'ont point supporté la chaleur du jour, sont les mieux récompensés ; le Roiaume de l'Eglise est en proie, *& violenti rapiunt illud*. Je reciterai à ce propos ce qu'un Historien, qui étoit de leur Ordre, dit de leur arrogance & présomption : voici ce qu'il écrit en la vie du Pape Paul IV, liv. 6, après avoir parlé des Théatins : *Hi sunt alii à Jesuinis ; nam hi sibi videntur soli societatem contraxisse cum Jesu : vulgus tamen eos quoque Theatinos in Italia, Hispaniaque vocare-solet, cum Nolæ in Campania Jesuini dicantur, Ferrariæ Scobotti, Bononiæ Presbyteri Sanctæ Luciæ, Mutinæ Reformati Sacerdotes, in Hispania Ignatiani, à Principe Sectæ Ignatio Loyola, milite Cantabro, aliaque passim nomina habeant, & à Paulo III, confirmati dicantur. In eo sanè nimium sapientes, quod se putant cœlo vel ipsi quandoque imperaturos.* Que si leur ambition nous déplaît, leur avarice ne nous fait pas moins de mal ; car sous la profession de pauvreté, ils ont amassé tant de richesses, qu'elles égalent celles des plus Grands Monarques, & multiplieront par leurs artifices, si vous n'y donnez ordre. Ils interpretent leur vœu tant à leur avantage, que la jouissance de tous les biens de la terre n'y fait point de breche. Voici les mots de leur Regle : *Voveant singuli & universi perpetuam paupertatem : declarantes quod non solùm privatim, sed neque etiam communiter possint pro Societatis sustentatione, aut usu.*

*ad bona aliqua stabilia, aut ad proventus, seu introitus aliquot,
jus aliquod civile adquirere : sed sint contenti usu tantùm rerum
ad necessaria sibi comparanda.* Mais ils se rient des Jurisconsul-
tes, qui disent que l'usufruit ne peut être perpetuellement séparé de la propriété, & ajoutent, *possint tamen habere in Uni-
versitatibus Collegium seu Collegia habentia redditus, census, seu
possessiones, usibus necessariis studentium applicandas, retentâ
penes Præpositum & Societatem omnimodâ gubernatione seu superin-
tendentiâ suprà dicta Collegia, & dictos studentes.* Leurs vœux ne
sont donc que chimeres & secondes intentions, par lesquelles
néanmoins ils ont si bien échauffé la charité de notre siecle,
(que chacun dit être refroidie) qu'ils sont les plus riches de
ceux qui prennent le titre de pauvreté. Ils relâchent ainsi l'obligation de tous leurs autres vœux, comme il leur plaît : car leur
principale Regle est de n'en avoir point de certaine. Voici
ce que disent leurs Constitutions : *Ratio vivendi in exteriori-
bus quidem communis est., nec ullas pœnitentias externas, aut
corporis afflictiones ordinarias, ex obligatione subeundas habet :
ex constitut.* 4. & 16. Tout gît en la volonté de leur Général,
auquel le Pape Paul III donna permission de faire de nouveaux
Statuts, & de changer, ou du tout abroger ce que leur avoit
laissé leur premier Instituteur. *Quàm multa dantur opertis ocu-
lis ?* L'indulgence des Papes a élevé cette nouvelle Secte, non-
seulement par-dessus les Curés, mais aussi les Evêques & Archevêques. La Bulle du Pape Paul IV, l'an 1555. 3 *Junii,
tribuit eis facultatem absolvendi ab omnibus casibus, etiam iis
qui non sunt in Bulla Cœnæ Domini comprehensi, ab iis etiam
qui sunt Apostolicæ Sedi soli reservati, vota & peregrinationes
pro tempore commutandi, Missam ante diei exortum, & post me-
ridiem celebrandi, Ecclesiastica Sacramenta administrandi, Offi-
cium Romanum novum, non ex præcepto, sed ex libertate d icen-
di.* Qui pourroit supporter ces hommes insupportables ? Le
Pape Jules III, par sa Bulle du 22 d'Octobre 1552, donne pouvoir aux Jésuites profès, de dispenser des jeûnes & des viandes
défendues. Celle du Pape Paul III, 15. cal. Novemb. 1549,
permet au Général des Jésuites de dispenser ceux qui sont en
irrégularité, & d'absoudre les Hérétiques : toutesfois le Pape
prétend que toute l'Eglise Gallicane ne le peut faire. Gregoire XIII en l'an 1575, leur donne permission de converser avec
les Hérétiques, & à cette fin de changer d'habit, & se déguiser :
ce qui est contraire aux Constitutions Canoniques. *c. vidua* 20.

q. 1. c. Epiſcopi 21. *q.* 4. Il leur donne auſſi pouvoir de corriger toutes ſortes de livres, & notamment *emendandi Patrum ſcripta*. Dequoi ont fait comment ils ont abuſé, en dépravant les plus beaux monumens de l'antiquité : ce qui achevera de ruiner les bonnes lettres, tout ainſi que la témérité de certains ignorans, qui faiſoient des abrégés des bons livres, il y a huit ou neuf cens ans, les a entierement corrompus. Mais entre tous ces privileges, il y en a un, qui eſt merveilleuſement préjudiciable aux Demandeurs ; car le Pape Paul III, en la Bulle cotée ci-deſſus, permet au Peuple de ſortir de ſa Paroiſſe, & laiſſer ſes Paſteurs ordinaires, pour aller recevoir les Sacremens de la main des Jéſuites. Et Grégoire XIII, en la Bulle de l'an 76. du 16 de Juillet, les fait Superintendans de toute l'Egliſe : *animadvertere tam in Clerum, quàm in Plebem, ut ritè & more Romano, rectè, devotè, reverenter, ornatè, decenter cuncta peragantur.* Les voilà Maîtres des cérémonies, les voilà Curés & Paſteurs univerſels, *ſed* περιοδευταὶ, *& Circumcelliones, & verè Hamaxarii Epiſcopi* (1). Encore ne ſe ſont-ils pas contentés d'attenter à l'Ordre Eccléſiaſtique, ils ont donné juſqu'au temporel. La Bulle de *Pius IV*, 14. *Aprilis anno* 1561, *dat eis poteſtatem ædificandi Collegia ubicunque locorum voluerint.* Et le premier qui les a autoriſés, leur permet de graduer en privé leurs Ecoliers, de lire & enſeigner publiquement en toutes Univerſités, de demeurer où il leur plaît ; exempte leurs héritages du paiement des dixmes, & de toutes autres contributions, en ces termes : *Ipſa verò Societas, & illorum bona, ab omni ſuperioritate, juriſdictione, & correctione omnium ſunt exempta, liberata, & ſub A. S. protectione.* Les Loix de l'Egliſe & de l'Etat ne ſauroient compâtir avec ces grands privileges, & vous ne vous ſauriez garder d'en uſer : qui plus eſt, vous en obtenez tous les jours de plus ſpécieux, contre les défenſes qui vous en furent faites en l'Aſſemblée de Poiſſy. Il faut ajoûter à cela que vous avez un vœu ſpécial d'obéiſſance à votre Général, que vous reconnoiſſez & reverez comme Jeſus-Chriſt en terre : & le plus haut point de votre Religion, eſt de ſe mortifier en ſoi-même, étouffer toutes ſes volontés, perdre ſon libéral arbitre, pour ſe conformer à l'intention du Supérieur, ſans entrer en conſidération de ſes

(1) C'eſt-à-dire, des Charlatans, des Circumcellions, des Evêques ambulans. On appelloit *Circumcellions*, des Vagabonds qui couroient le Païs en habits de Religieux. Il y a eu auſſi des Hérétiques, appellés *Circoncellions*, qui ſe tuoient eux-mêmes pour paſſer pour Martyrs. Vöiez Iſidore, Liv. 8 de ſes Origines, chap. 5.

mérites. Ignace, écrivant aux Jéfuites de Portugal, dit qu'il veut bien que les autres Religieux furpaffent les fiens en auftérité de vie, pourvu qu'ils excellent en la parfaite obéiffance, qui gît à renoncer à fon propre jugement, pour fe conformer du tout à celui du Supérieur, quelqu'il foit. Voici les mots de leur Regle : *Omnes perfectæ obedientiæ fe dedant, Superiorem, quicumque ille fit, & fubordinatos Officiales, qui ex ipfo autoritatem habent, in omnibus quæ ad ipforum Officia pertinent, loco Chrifti agnofcant, & perinde à Divina Providentia per Superiorem regi fe finant, ac fi cadaver effent, aut baculus in manu fenis. Conftit.* 31. 36. 38. Mais peut-être que cela fe pourroit interpreter fainement, fi eux-mêmes n'avoient mis ce précepte hors de toute exception : comme l'on voit en la 32 Regle, qui enjoint d'obéir au Chef *per omnia & in omnibus*, bien qu'il commande des chofes difficiles & répugnantes au fens commun. Voici ce que j'en ai trouvé en un de leurs livres, qui font très difficiles à recouvrer, parcequ'il leur eft défendu de communiquer leurs Réglemens : *Si quando tempus inciderit, quo mihi videatur à Superiore meo quid præcipi quod contra confcientiam meam fit, Superiori verò aliud videatur, illi potius quàm mihi credam.* Y a-t-il rien plus éloigné de la pureté Chrétienne, que cette aveugle obéiffance ? Si votre Superieur vous commande d'aller caimander d'huis en huis, de porter des habillemens déchirés, de manger à terre, de vous vautrer dans la fange, de vous baigner en hiver, (vous tentez ainfi vos Néophytes) penfez-vous que cela vous foit réputé à juftice ? Que faites-vous autre chofe qu'imiter les idolâtres Sacrifices de Mithra (1) ? Dieu nous a donné la raifon comme un flambeau, pour adreffer le cours incertain de notre vie ; ces gens ici la laiffent, pour fuivre la volonté d'autrui, quelque beftiale qu'elle foit. Et tout ainfi que les Scythes n'aïant point de vin, s'enivroient avec des parfums d'herbes brûlées, & prenoient plaifir à chaffer la raifon de fon fiége, & s'endormir le jugement ; ainfi ces hommes s'affoi-

---

(1) Mithra eft un nom fous lequel les Perfes adoroient le Soleil. Ils le repréfentoient avec une face de Lion & une efpece de thiare ou bonnet Perfan fur la tête. C'eft pour cela, felon Porphire, que l'on donnoit à ce culte fuperftitieux le nom de *Ceremoniæ leoninæ.* Saint Jerôme, dans fon Commentaire fur le troifieme Chapitre d'Amos, dit que ce Dieu Mithra eft le même à qui Bafilides donnoit le nom d'*Abraxas*, à caufe que le Soleil fait fon cours en 365 jours, dont le nombre eft marqué par les lettres Grecques qui compofent ce nom barbare. Voiez quelques Lettres de Saint Jerôme, entr'autres la dix-neuvieme à Léta, & les Remarques de Dom Rouffel, Bénédictin, au tom. I de la Traduct. de ces Lettres, *in-8°.* pag. 512 & fuiv. Ce favant homme s'y étend beaucoup fur Mithra & fon culte.

bliffent l'entendement, & crevent les yeux de leurs efprits, afin de fuivre un guide, qui peut avoir un mauvais deffein, puifqu'il eft homme, & qu'il ne rend autre raifon que fon plaifir, comme en un Etat Monarchique. Il eft malaifé que vous nous puiffiez bien vouloir, fi vous êtes obligés de fuivre l'humeur de votre Général, qui eft toujours Sujet du Roi d'Efpagne, comme la Cour a entendu, & qui réfide continuellement à Rome, avec les principaux de fon Ordre, qui ont fi bien charmé les Papes, qu'ils les appellent par leurs Bulles *oculos mentis fuæ*. Le crédit que vous avez à Rome, & l'obéiffance que vous rendez à votre Général Efpagnol, nous fait juger que vous ne pouvez converfer avec nous, fi le confeil de Rome favorife l'Efpagnol.

Sed Romæ quis non ? ah, fi fas, dicere ! fed fas, cedo, fi parium complicemus; parlons ouvertement, afin que chacun fache combien vous êtes dangereux. Les rigueurs qu'on nous tient à Rome, font foi du pouvoir qu'y ont les Efpagnols, qui affiegent continuellement la perfonne du Pape, &, comme Harpies, fouillent & polluent tout ce qui entre en fon efprit, de peur qu'il ne leur ôte le prétexte qu'ils prennent de nous faire mal. Si donc le Pape, prévenu de la faction d'Efpagne, nous veut traiter comme étrangers, s'il nous refufe fes bonnes graces, finon qu'il nous preffe le col de fon pied; fi pour ouvrir le Ciel, qu'on nous tient fi longuement fermé, *movendi funt lapides manales*; fi l'Eglife de France s'affemble pour défendre fes libertés, pourrez-vous vivre en notre horifon, vous qui avez un autre foleil que nous? Vous tenez pour Anathêmes ceux qui ont fuivi le Roi : nous croïons que lui défobéir, foit réfifter à Dieu & combattre le Ciel, comme les Géants. Vous croïez qu'il eft loifible au Pape d'excommunier les Rois & les Peuples quand il lui plaît ; & nous fommes de l'avis de Sigebert, ancien Chroniqueur, qui tient pour Hérétiques ceux qui difent, que le Pape peut emploïer la puiffance de l'Eglife en une diffenfion d'Etat, & autorifer le glaive temporel du fpirituel. Vous lui attribuez une puiffance infinie fur toutes les puiffances du monde, vous le mettez par deffus l'Eglife, vous confondez fon pouvoir & fon vouloir : de notre part nous lui déférons auffi beaucoup, nous lui donnons un grand pouvoir, mais reglé ; nous l'élevons au-deffus des chofes caduques ; nous difons que toute la terre fert de borne à fa jurifdiction fpirituelle, que fa grandeur n'eft pas de ce monde, que tout ce qui eft hors de l'Eglife eft indigne de lui.

Je

1594.
PLAIDOÏER
DE M. DOLLÉ.

Je ne puis en ce lieu paſſer légerement l'autorité de Sigebert, que j'ai alléguée; il faut que ſon texte frappe l'eſprit de tous les François, & qu'il y demeure à jamais engravé. Voici ce qu'il dit ſur l'an 1088, parlant des diſſenſions du Pape Urbain & de l'Empereur Henri: *Hinc in Ecclefia fcandala, & in regno augefcunt diffidia, dum alter ab altero diffidet, dum regnum & facerdotium diffentit, dum alter alterum excommunicat, alter alterius excommunicationem, aut ex cauſæ aut ex perſonæ prejudicio, contemnit: dùmque alter in alterum excommunicandi autoritate magis ex ſuo libitu, quàm ex juſtitiæ reſpectu abutitur, autoritas illius qui dedit poteſtatem ligandi, ac ſolvendi, omnino deſpicitur. Nimium, ut pace omnium bonorum dixerim, hæc ſola novitas, non dicam hærefis, necdum in mundo emerſerat, ut ſacerdotes illius, qui dixit Regi apoſtata, & qui regnare facit hypocritam propter peccata populi, doceant populum, quod malis regibus nullam debeant ſubjectionem, & licet eis ſacramentum fidelitatis fecerint, nullam tamen debeant fidelitatem, nec perjuri dicantur qui, contra Regem ſenſerint, imo qui Regi paruerit, pro excommunicato habeatur, qui contra Regem fecerit à noxa injuſtitiæ & perjurii abſolvatur.* Cet Auteur a prophétiſé pour notre ſiecle, où l'ambition a cauſé le ſchiſme en l'Egliſe, & le ſchiſme entretient même entre les Catholiques, le mépris des principaux Miniſtres de l'Egliſe, & ne finira ce déſordre, que par la fin des entrepriſes qui ſe font au gré d'un Uſurpateur de Roïaumes. Il me ſouvient d'avoir lu, que *L. Metellus Pontifex Maxim. A. Poſthumium conſulem, quoniam idem & Flamen Martialis erat, cùm ille ad bellum profifci vellet, in urbe tenuit, nec paſſus eſt à facris recedere.* Voilà une belle leçon écrite aux Eccléſiaſtiques, & entre tous *ſummo noſtro Pontifici*, qui ſera révéré en France plus qu'en lieu du monde, quand il aura ſoin des choſes ſpirituelles, ne touchera point aux temporelles, retiendra les gens d'Egliſe en leur devoir, *nec patietur eos à facris recedere.* Mais tandis que nous ſerons en ces diviſions, il faut éloigner de nous non-ſeulement le mal, mais auſſi la crainte, qui ſe repréſentera tant & ſi longuement que nous endurerons de gens ſi mal affectionnés, *& quorum ſceleri ac furori non mens, aut timor, ſed fortuna reipublicæ obſtitit*, comme nous avons trop éprouvé.

Voilà, MM. les premieres raiſons qui nous font reprouver les Jéſuites, qui ne touchent point à leurs actions, comme nous avons dit, mais aux inconvéniens qui peuvent ſurvenir de leur ordre. Je crois que ceux qui les favoriſent, ſeront bien empêchés de les déguiser en sorte qu'ils puissent passer à l'examen de vos jugemens. Mais ils veulent recourir à une autre sorte de défense, car comme on dit que Manlius Capitolinus atteint & convaincu de crime de leze-Majesté, ne put être condamné à la vue du Capitole, qu'il avoit autrefois préservé ; aussi veulent-ils cacher ces fautes sous leurs grands mérites, & ne couchent pas du moins que de la conservation de la Religion Catholique, Apostolique & Romaine, qui, à leur dire, s'en alloit par terre sans ces forts Atlas, qui l'ont soutenue, & empêché sa chûte inévitable. A la vérité, je crois qu'il n'y a personne qui ne se ressouvienne, mais même qui ne se ressente des derniers malheurs de la France, qui l'ont amenée bien près de sa ruine. Toutesfois si toutes ces violences ont été faites à bonne fin, s'il a fallu fermer les Villes à son Prince, mutiner ses Sujets contre lui, s'allier avec l'Etranger ; si, dis-je, tous ces excès ont été nécessaires à la conservation de la Religion Catholique, je dirai librement *tanti fuisse*, je n'envierai point cette gloire aux Jésuites s'ils l'ont méritée, & penserai qu'à jamais nous & notre postérité leur serons redevables. Mais je desire que l'on me donne preuve de ces grands & signalés services ; & tout ainsi qu'un ancien Orateur qui défendoit un Criminel, se voïant en danger de perdre sa cause, découvrit aux Juges la poitrine de l'accusé, & leur fit voir les plaies qu'il avoit reçues pour son Païs ; je voudrois de même qu'on nous fît voir quelqu'un de ces saints Martyrs, qui eût enduré pour la Religion, qui eût converti un Peuple dévoïé de la Foi Catholique, & je voudrois savoir aussi en quel lieu ils ont fait ces beaux exploits, parceque les demandeurs qui ont toujours veillé soigneusement sur leur troupeau, ne leur ont vu rien faire digne de recommandation ; au contraire, ils peuvent témoigner qu'ils ont divisé les enfans de l'Eglise, élevé College contre College, Autel contre Autel, & comme vrais Tyrtées, ont corné le sang, le meurtre & la désobéïssance. Si nous entrons en compte avec eux, touchant ce qu'ils ont négocié hors le Roïaume ; tant s'en faut qu'on y puisse remarquer un seul indice de bonne volonté, que plutôt on leur peut justement reprocher qu'ils ont été les premiers bouttefeux, qui ont allumé la sédition parmi nous. On sait que le premier qui fut envoïé à Rome, pour faire approuver au Pape Gregoire XIII, la levée des armes qui se fit depuis en l'an 585, contre l'autorité du Roi, fut le Pere Claude Matthieu, Jésuite ; qui toutesfois ne lui put faire agréer cette rebellion. Ingratitude digne d'un Jésuite, & de la fortune du Roi défunt, qui a été le plus infidelement servi que jamais fût Prince ; car il avoit emploïé Claude Matthieu en ses plus particulieres dévotions, d'où il avoit assez reconnu l'affection qu'il avoit à la Religion Catholique, ce qui n'empêcha pas de le trahir. L'ingratitude ressemble les ulceres malins, qui s'enveniment par les médicamens. Après que ce Pape fut décédé, ils tâcherent d'obtenir sur son Successeur ce qu'ils n'avoient pu gagner sur lui ; & comme la condition des Princes est en cela bien misérable, qu'ils n'oient ni voient que par les yeux & les oreilles d'autrui, & au travers des passions de ceux qui les servent ; ils le solliciterent en sorte, qu'il lança sur nous un trait de son ire, & condamna une action la plus nécessaire, & par ainsi la plus juste qu'il est possible. Mais depuis qu'il fut informé de la vérité, il se battoit cent fois la poitrine, pour avoir cru si légérement des calomnies, & donna des indices si clairs de son déplaisir, que les Jésuites en médirent publiquement : & entr'autres le Pere Bernard, prêchant en l'Eglise Cathédrale de Bourges, blasphêma impudemment contre sa mémoire, & voulut faire croire au Peuple que son salut étoit désespéré, parcequ'il avoit voulu pacifier les troubles de la France, &, comme il disoit, favoriser les Hérétiques & Politiques. Je n'ajouterai point à cela tout ce qu'ils ont fait depuis à Rome à notre préjudice ; je ne dirai rien des traverses que le Cardinal de Tolede a données à la négociation de Monsieur le Duc de Nevers ; je supplie seulement la Cour de se souvenir que celui qui a donné commencement à leur Ordre, étoit Espagnol, ennemi conjuré des François, qui a laissé cette haine héréditaire à ceux qui l'ont suivi, & de penser aussi que leur Général est Sujet du Roi d'Espagne, qui emploie son crédit à l'agrandissement de son Prince, à la volonté duquel ressortissent toutes les conceptions des Jésuites, tellement qu'ils font tout ce qui leur est possible vers le Pape pour nous y empêcher l'accès.

> Per varios casus, per tot discrimina rerum
> Tendimus in Latium, sedes ubi fata quietas
> Ostendunt, - - -

S'il est vrai que les Jésuites soient, comme ils se font nommer, *oculi mentis Papæ*, nous n'y serons jamais accueillis de bon œil, tant qu'il plaira aux Espagnols. Ils se sont comportés en sorte parmi nous, qu'ils ont fait connoître que le Roi d'Espagne se sert d'eux comme d'hameçons pour surprendre les plus foibles esprits. Ce tyran nous a longuement combattus de lances d'or, & si cet arcenal ne se fût épuisé, il nous eût été plus mal aisé de lui résister ; mais après avoir enfin connu *se verè piscatum esse hamo aureo*, & qu'il achetoit trop cher une vaine espérance, au lieu de son or, il nous bat de ruses & trahisons, dont la miniere est belle & grande, & ne lui manquera jamais, tandis qu'il y aura parmi nous des Jésuites, qui en sont bons ouvriers. Toutesfois lorsqu'on leur met cela sus, ils répondent, qu'ils sont François, qu'ils parlent & prononcent François, & ont appris ladite Langue de leurs Nourrices. Je leur réponds que je ne tiens point pour François tous ceux qui en ont l'habit & la langue ; le schibbolet qui les discerne d'avec nous, n'est pas au langage, mais aux actions & comportemens au service du Roi. Etes-vous bien si effrontés de nier que vous n'aïez rien dit ni écrit contre Sa Majesté ? Il y a un grand nombre d'Ecoliers qui témoigneront que tous les themes que vous dictiez à ceux qui étudioient chez vous, étoient autant de libelles diffamatoires. Nous avons en main des propositions Philosophiques, imprimées & disputées en votre College, où il y a une Epître pleine d'injures contre le Roi, que je ne veux réciter. Nous avons de vos Epîtres pleines de blasphêmes contre Sa Majesté : *sed quota pars scelerum*, à comparaison de ce que vous avez prêché ? Vous n'oseriez nier, que lorsque le Roi défunt étoit à Saint Cloud, l'an 89, vous alliez tous les jours sur les tranchées distribuer de l'argent & des vivres aux Soldats, & les animer par invectives continuelles à persévérer en leur désobéissance ? Vous êtes contraints de confesser que l'un de vous étoit Chef des Seize, qui présidoit entre les voleurs, non pour moderer leur violence, mais comme le mastigophore, afin de les élancer sur tous les gens de bien. Mais je crains qu'il ne semble que je les flatte, si je m'attache à ces fautes, laissant en arriere le cruel parricide qu'ils ont dessiné sur la personne du Roi. Ce n'est pas une imposture, comme ils disent des autres chefs de leur accusation, car ils l'ont confessé & défendu : & leurs défenses contiennent un autre crime de leze-Majesté. Je vous supplie, Messieurs, de les écouter attentivement. Ils disent que Varade aïant ouï Barriere, qui lui demandoit avis s'il devoit tuer le Roi ; il le jugea, à son visage, regard, geste & parole, égaré de son sens. Comment ? Cette affaire étoit-elle de si peu d'importance, que vous l'aïez examinée si legeremment ? Si Varade le jugeoit insensé, pour-

1594.
PLAIDOÏER
DE M. DOLÉ.

quoi lui enseignoit-il un Confesseur ? Pourquoi ne s'enqueroit-
il depuis à ce Confesseur, s'il perséveroit en cette résolution,
par où il est connu *judicium animi fuisse ?* Mais oïons le reste :
quand Barriere lui eut déclaré son intention, il lui répondit
qu'il ne lui en pouvoit donner avis, étant Prêtre, & que s'il
lui conseilloit, il encouroit la censure d'irrégularité, & par
conséquent ne pourroit dire Messe, laquelle toutesfois il vouloit dire incontinent. O Dieu ! est-il possible qu'un Prêtre étant
sur le point de faire un sacrifice de paix, ose proférer telles paroles, qu'il n'a pu faire miséricorde, qu'il ne lui a point été
permis de dissuader un parricide ? Hypocrites que vous êtes,
penseriez-vous avoir violé le Sabbat en sauvant la vie à un homme ? vos regles vous permettent de faire la Medecine & d'exercer la Chirurgie, qui est interdite aux autres Prêtres ; & toutesfois vous faites conscience d'arracher le couteau des mains de
celui qui veut meurtrir votre pere ? vous avez donc pensé que
ce fût mal fait de le divertir de son méchant propos, puisqu'en
le faisant vous craigniez l'irrégularité ? Cette défense vous condamne, car elle est conçue en termes affirmatifs : elle ne porte
pas que Varade s'excusât de délibérer sur ce fait, mais elle dit
qu'il ne lui pouvoit conseiller de le faire, de peur de l'irrégularité : cela montre de quel côté il inclinoit. Les défendeurs ont
ajouté à l'Apologie latine qu'ils ont dressée, une autre défense
aussi méchante. Car ils disent qu'ils n'étoient lors en Ville d'o-
béissance du Roi, & partant n'étoient point tenus de reveler ce
dessein. Je les prends par leurs paroles. Car puisqu'ils parlent tous
comme ennemis, le Roi parlera comme vainqueur. S'ils n'étoient
pas obligés de lui faire donner avis de cette entreprise, il n'est
pas aussi tenu de les conserver en France, ni même de leur
laisser la vie ; ils sont compris en l'exception de la Déclaration
qu'il a faite à la réduction de cette Ville, puisqu'ils sont complices de ceux qui ont attenté à Sa Majesté. La personne d'un
Roi est toujours sacrée, voire aux ennemis mêmes. Fabricius
découvrit à Pyrrhus la conspiration de son Médecin, qui le
vouloit empoisonner. Brutus investissant une Place, & se trouvant surpris de la boulimie, & en danger de mort, faute de
pain, recourut aux assiégés, qui lui en donnerent, & fut sauvé
par ceux qu'il vouloit détruire. Il est permis d'user de tous les
artifices qu'on fait pour surmonter ses ennemis, mais tuer un
Roi ce n'est pas vaincre, c'est dérober la victoire ; & ceux qui
le font, sont indignes d'être traités selon le droit des gens.

Mais, difent-ils, au pis aller, il n'y a que Varade feul qui en foit puniffable. Quoi ? faut-il donc attendre qu'ils aient fait tuer autant de Rois qu'ils font, pour les chaffer tous ? Le forfait eft-il réparé par le banniffement d'un feul ? Les Perfes font bien plus féveres en la punition des grands crimes, *unius ob noxam tota propinquitas perit ;* mais il ne les faut pas fuivre en ce fait. Car ce n'eft pas Varade feul qui a failli, c'eft un crime commun de leur Société, c'eft un article de leur Doctrine, qui a reffufcité les artifices du vieil de la Montagne. Il y en a peu d'entr'eux qui ne foit du même avis & qui n'ait eu part à ce deffein : ils n'ofent rien faire de leur tête, *fi quid moliuntur, capita conferunt.* Cela fe peut juger par le fujet des fermons qu'ils faifoient au même temps. On vous a recité les fouhaits ordinaires que Commolet faifoit d'un Aod : j'ajoute qu'environ le temps que l'affaffin devoit faire fon coup, il encourageoit les féditieux de ne fe point relâcher, & après leur avoir fait entendre par fes geftes mimiques, qu'il fe tramoit quelque chofe, il les prioit d'attendre les nouvelles de l'exécution, ne leur pouvant déceler le confeil. Ceux qui conféreront le temps de fes prêches & de l'exécution du traître, feront un affuré jugement de la complicité. Mais je crains que la multitude des impoftures, dont lui & fes femblables entretenoient le Peuple abufé, ne faffe perdre les arrhes de ce fait à plufieurs. Car que n'ont-ils prêché, de quels menfonges n'ont-ils contaminé la chaire de vérité ? Il femble que ceux de cette Secte foient les mauvais génies du Peuple, qui le fuivent toujours pour le tourmenter. A peine les enfans font-ils nés, qu'ils corrompent leurs jeunes efprits par l'impreffion de leur mauvaife doctrine, laquelle ils entretiennent puis après par leurs prêches & confeffions, par le moïen defquelles ils troublent tellement les confciences, qu'elles n'ont un feul moment de repos, fi on ne fait ce qu'ils ordonnent. Je fuis d'accord avec ceux qui les louent, & difent qu'il y a entr'eux des hommes doctes & de grand jugement : c'eft ce qui nous met en peine ; je crains un ennemi fobre, je crains un ennemi fage & qui a de la réputation parmi le Peuple : il n'y a rien de plus aifé à vaincre ; fi vous avez gagné fon oreille, vous gagnez fon cœur : l'éloquence, voilée de Religion, eft un grand charme pour enforceler les foibles jugemens. C'eft pourquoi Photius, en fon Nomocanon, dit, qu'il étoit étroitement défendu aux Prédicateurs d'émouvoir le Peuple par leurs prêches. L'Hiftoire du temps de Charles fixieme, que l'on nomme la Chronique des Urfins, porte que les Cordeliers de Paris aïant prêché féditieufement, furent interdits de la Chaire, & privés de tous les privileges de l’Univerfité, jufqu’à ce qu’ils eurent fait fatisfaction & regagné les bonnes graces du Roi. Zozime écrit qu’un certain Prédicateur en Conftantinople ne cefloit de médire de l’Impératrice Eudoxia,& d’exciter le Peuple contre elle, à caufe de quoi elle fe réfolut de le chaffer ; mais il avoit gagné tant de credit parmi le Peuple, que pour empêcher fon banniffement, il émut de grandes & dangereufes féditions. Car premierement les Moines qui lui adhéroient fe faifirent du Temple, & empêcherent le Peuple d’aller faire fes prieres, & finalement voïant que leur entreprife ne pouvoit fuccéder, ils y mirent le feu & brûlerent la moitié de la Ville, Hé, quoi ? les Serviteurs du Roi n’ont-ils pas éprouvé le femblable durant ces troubles ? ne leur a-t-on pas fermé les Eglifes à caufe du fervice du Roi ? Et n’avonsnous pas vu que les fermons de ces féditieux ont allumé un feu, qui a embrafé toute la France ? Ceffons, ceffons d’imputer au Peuple le mal qu’il a fait, il n’étoit que l’inftrument de ces Ingenieurs : fi vous empêchez que ce vent ne fouffle, vous aurez cette mer tanquille. Ils fe garderont bien de remuer à ce commencement, ils fe tiendront clos & couverts, & ne feront de mal qu’à cachete ; mais leurs rufes font d’autant plus dangereufes, qu’elles font malaifées à découvrir, *quemadmodum fluctus qui flante Aquilone maximi ac creberrimi excitantur, fimul ac ventus pofuit fternuntur, ac conflaccefcunt, & mox fluctus effe definunt : at non idem fit flante Auftro vel Africo, quibus jam nihil fpirantibus, undæ tamen factæ diutius tument, & à vento quidem jamdudum tranquillæ funt, fed mare eft etiam atque etiam undabundum :* la raifon de ceci étant, que le vent de Midi & d’Occident fouffle d’un lieu plus bas, & fe mêle plus doucement & plus facilement parmi les ondes ; ainfi les menées fourdes & fecrettes de ces hommes couverts, ces vents & confeils demi-Mores & Afriquains, font mille fois plus à craindre & fe gardent plus longuement en l’efprit du Peuple féduit, que ne feroit une faction découverte, où il n’y auroit que de la violence, & qui pour dire en un mot, tiendroit de l’humeur Septentrionale. Et de cela feront foi les épreuves qu’en a faites la France, en ce que les Anglois, afliftés de la force & de la haine de la Maifon de Bourgogne, la plus puiffante de ce Roïaume, n’ont jamais réduit la France en telle extrêmité en deux cens ans, qu’ont fait les Efpagnols avec les reliques & le refte du bris de cette Maifon en peu d’années.

Ce qu'il ne faut pas attribuer à leur valeur ; car ils ne font en rien comparables aux Anglois ni aux François, auxquels ils doivent encore le rétabliffement de leur Couronne, paffé trois cens ans ; mais cela provient de l'adreffe qu'ils ont à femer des divifions parmi nous, & à les entretenir par la dextérité de leurs Partifans & Penfionnaires, comme font les Jéfuites, qui ont dérobé la clef des confciences du Peuple, pour en difpofer à leur difcrétion, & lui faire croire tout ce que bon leur femble. Ils attaquent les hommes par la plus fcrupuleufe & dangereufe partie de leur efprit, qui eft la confcience ; il les battent de l'opinion de Religion, & les furprennent lorfqu'ils s'adreffent à eux, qu'ils leur découvrent leurs plus fecrettes penfées, qu'ils cherchent du confeil & de la confolation. Un efprit qui entre en foi-même, qui examine fes fautes, qui remarque fon infirmité, qui minute déja fa condamnation, eft contrit & abattu, & tout ainfi qu'un malade oferoit à peine outrepaffer les regles de fon Médecin.

> \- - - Ferrum patietur & ignes,
> Arida nec fitiens ora levabit aqua :

Ainfi eft-il aifé d'imprimer des opinions étranges en une ame étonnée, & y femer de l'impiété au lieu de Religion. Il n'eft point de plus dangereux empoifonneur que le Médecin. La fuperftition eft une furie perpétuellement attachée à la confcience des ignorans ; elle ne les laiffe point repofer, & leur fufcite des imaginations horribles, comme à ceux qui font poffédés de l'humeur mélancolique ; & telles gens font faciles à perfuader, parceque leur crainte immodérée éblouit leur jugement & les empêche de difcerner la vérité entre les impoftures. Un Spartiate fe voulant faire agréger en une Confrérie, le Prêtre lui demanda quel étoit le plus grand péché qu'il eût commis ? Dieu le fait, répondit-il ; & comme le Prêtre infiftoit, qu'il le devoit confeffer à Dieu de fa bouche, il lui dit qu'il fe retirât donc d'auprès de lui, & qu'il n'avoit que faire de témoin. Cette réponfe eft pleine d'erreur, d'ignorance Païenne, & nous qui fommes nourris en l'école de piété, favons de quelle main il faut embraffer la planche après le naufrage ; mais toutesfois nous pouvons en tirer une inftruction, qu'il importe grandement que nous n'aïons autres arbitres de nos confciences, que ceux qui en ont la charge, & defquels la probité nous eft bien connue. Il

n'eft

n'eſt point néceſſaire de vous repréſenter les exemples du mal
qui eſt advenu de leurs confeſſions, il n'y a bonne Maiſon en
France qui n'en ait un familier & domeſtique; Je me contenterai d'en réciter un qui eſt public, advenu depuis peu de temps,
entre les Suiſſes, Alliés de cette Couronne, & qui partant nous
touche auſſi bien qu'à eux. Les Jéſuites de Fribourg voulurent
perſuader aux petits Cantons de ſe ſéparer des Cantons Proteſ-
tans, & rompre leur ligue, qui eſt le ſeul *Palladium* des Suiſſes; mais trouvant les eſprits des hommes trop fermes, ils s'a-
dreſſerent aux femmes (comme fit le ſerpent qui tenta nos peres) & leur conſeillerent de ne point rendre à leurs maris le devoir de mariage, juſqu'à ce qu'ils euſſent promis de rompre
l'alliance; ce qu'elles exécuterent, enforte que les maris appri-
rent la conſpiration, & châtierent les ſéducteurs, comme leur
témérité le méritoit. On peut juger de-là que leurs confeſſions
ne ſont que pieges pour ſurprendre le Peuple, & qu'il n'y a point
en eux de zele de charité. C'eſt un malheur, que nous ſommes
les derniers à les découvrir, ou que les connoiſſant, nous n'en
avons pas fait notre profit. Je vous ſupplie, Meſſieurs, de prendre exemple ſur ceux qui l'ont pris ſur nous, & de remarquer
la prudence de ceux qui ſont ſages à nos dépens. Les Vénitiens
ont reçu des Jéſuites en leurs terres auſſi bien que les autres
Potentats d'Italie, où il eſt mal aiſé de s'en ſauver. Ils les ont
endurés doucement, tandis qu'ils n'ont rien entrepris; mais depuis qu'ils ſe ſont apperçus que par leurs confeſſions ils ſéduiſoient
leur Peuple, & qu'en ce Roïaume ils avoient fait tant de mal, ils
les ont non chaſſés (car ils ſont trop près de Rome) mais renfermés dedans leurs maiſons; & ce qui eſt à noter, la principale raiſon que rend cette ſage Seigneurie de ſon ordonnance,
eſt pour les inconvéniens qui en ſont advenus en France.
N'eſt-ce pas une merveille qu'ils voient plus clair en nos affaires que nous-mêmes? Leur propre mal ne les a pas tant touchés que l'appréhenſion du nôtre. Ils n'ont juſqu'ici reconnu
en eux que le danger de leur feinte dévotion, de leurs prêches
& de leurs confeſſions: qu'euſſent-ils fait s'ils euſſent eu autant
d'occaſion que nous? & que devons-nous faire à leur imitation?
Quand les Jéſuites ne feroient autre mal, que d'entreprendre
ſur la charge des Paſteurs ordinaires ſans y être appellés, cette
impudente officioſité nous doit être ſuſpecte; ils débauchent
les Paroiſſiens, qui mépriſent dorénavant leurs Paſteurs, & ne
penſent pas être bien confeſſés, s'ils ne vont aux Jéſuites. J'ap-

prens cela de leur propre témoignage , voici l'extrait d'une Epître que les Jésuites de Paris écrivent à leur Général en l'an 1587,
qui est imprimée en leur College de Rome : *Confessiones auditæ
& quidem universæ vitæ quam plurimæ, hæc est enim communis
feré omnium opinio , tum denique eorum satisfieri conscientiæ cùm
apud nos confitentur : ideò que nonnullus sexaginta miliarium con-
fecit viam , ut à nostris audiretur.* (Il faut remarquer en passant,
que par ces Epîtres anniversaires ils revelent les uns aux autres
tous les péchés qui leur ont été confessés , avec des circonstances si particulieres , qu'il est aisé de remarquer les personnes).
On voit donc par cet écrit , que les Jésuites détournent le Peuple des Paroisses , & détruisent en ce faisant , l'un des plus
grands points de la Religion , laquelle consiste en l'obéissance. Ce n'est pas assez de faire des bonnes œuvres , d'observer soigneusement les préceptes de l'Eglise , si on ne le fait
en l'union de l'Eglise ; il n'y a point de salut hors de cette
arche , en quelque endroit que ce soit. Sortir de sa Paroisse
pour aller ailleurs recevoir les Sacremens , c'est laisser le Temple de Jerusalem , pour aller sacrifier aux montagnes de Sama-
rie. C'est pourquoi les Conciles ont étroitement défendu aux
Curés , de ne recevoir en leur Eglise autres que leurs Paroissiens : voici les mots du Concile de Nantes , *Nullus Presbyter aut
Diaconus alterius plebanum nisi in itinere fuerit , vel placitum ibi
habuerit , ad Missam recipere audeat.* Et veut le même Concile ,
que les Dimanches le Curé s'informe devant commencer la Messe , s'il y a quelqu'un d'autre Paroisse en son Eglise , afin de le
mettre hors. Quant à la Pénitence , elle ne profite point si elle
n'est ordonnée par celui qui a charge des ames ; & la remission
des péchés s'obtient principalement par la violence d'une priere
commune , que toute l'Eglise pousse vers le Ciel , & le force de
s'ouvrir à nos requêtes. A ce propos , dit Saint Augustin , *labo-
ret pœnitens in Ecclesia esse , & ad Ecclesiæ unitatem tendere , nisi
enim unitas Ecclesiastica succurrat , ni quod deest peccatori sua ope-
ratione compleat , de manibus inimici non eripietur anima mortui , ideoque nemo dignè pœnitere potest , quem non sustineat unitas Ecclesiæ.* A cette occasion , de peur que les Pénitens ne se sé-
parassent de l'unité de l'Eglise , & cherchassent des Confesseurs
à dévotion , il s'en fit une défense expresse en ces mots : *Placuit
ut deinceps nulli Sacerdotum liceat quemlibet commissum alteri Sa-
cerdoti ad pœnitentiam suscipere , sine ejus consensu cui prius se com-
misit , cùm aliter illum non possit absolvere vel ligare.* Que si cela
est ordonné pour la Pénitence , il l'est encore plus pour l'ad-

miniſtration de l'Euchariſtie. Saint Denis Aréopagite, au traité qu'il en fait, en tire une raiſon du nom de ce Sacrement, diſant qu'il s'appelle συναξις communion, parcequ'il le faut recevoir en l'aſſemblée de l'Egliſe, à cauſe de quoi les portes des Temples étoient fermées anciennement lorſque le Peuple communioit, afin que nul ne pût entrer ni ſortir ; & néanmoins les Jéſuites reçoivent indifféremment tous ceux qui s'adreſſent à eux, & comme vrais plagiaires les y attirent par leurs alléchemens, & adminiſtrent les Sacremens ès Paroiſſes de ceux qui ne le veulent point. Epiphanius, au Traité contre les héréſies, livre 3, écrit que ſous le regne de Conſtantin il y eut un perſonnage, nommé Audius, grand zélateur de la Religion Catholique, & grand ennemi d'Arius, qui fut néanmoins jugé Hérétique, parcequ'il faiſoit ſes Pâques à part à diſcrétion, & ne vouloit point communier avec l'Egliſe, & émouvoit le Peuple contre l'Empereur. Ceux qui ſuivirent ſon opinion furent jugés Hérétiques, non-ſeulement pour ces raiſons, mais auſſi διὰ τὸ παραλλάξαι ὄνομα Χριστιανῶν τῆς ἁγίας ἐκκλησίας, καὶ Χριστιανῶν εἰ ὄνομα Αὐδίου καλεῖσθαι, pour avoir changé le nom de Chrétiens, & s'être fait appeller Chrétiens-Audiens. Que ſi l'Egliſe a eu raiſon de les condamner comme Hérétiques, les Jéſuites méritent juſtement ce nom. Car premierement ils ne ſe ſont pas contentés du nom de Chrétiens, reçu & canoniſé de l'Egliſe Univerſelle, ils ont uſurpé celui de Jeſus, duquel les Peres ont écrit que nul ne s'eſt oſé ſurnommer, comme étant le nom le plus ineffable du Seigneur ; de ſorte que tout ainſi qu'un Citoïen Romain fut exécuté à mort, parcequ'il avoit impoſé des noms d'hommes libres à des Eſclaves ; ainſi les Jéſuites ſont puniſſables pour avoir pris un nom trop auguſte ſans exemple des anciens. Secondement, on voit qu'à l'imitations des Audiens ils ſéduiſent le Peuple des Paroiſſes, & le font communier à part, comme ſi leur College étoit une Paroiſſe générale : en quoi les préceptes de leur Maître Ignace ſont bien négligés ; car lui aïant été préſenté un bénéfice pour l'un de ſes Compagnons, il répondit (ſelon qu'écrit un de ſes Diſciples) *Noſtros homines quaſi velites, ad ſubita belli miniſteria promptos huc illucque diſcurrere, ac propterea ab omni munere ejuſmodi vacuos liberoſque eſſe oportere.* Ses Succeſſeurs, qui ſont Cardinaux, & qui gémiſſent ſous les faix des Bénéfices & autres richeſſes temporelles, ont mal ſuivi cette regle, *ſed hæ regulæ Lesbiæ ſunt.* En troiſieme lieu, les Jéſuites, comme Audius, font révolter le Peuple contre son Prince, comme il a été justifié ; tellement qu'ils sont aussi bien Hérétiques que lui. Mais Audius & les siens furent bannis par Constantin de l'Empire Romain ; & après avoir troublé quelque temps les lieux où ils furent relégués, finirent misérablement. Voilà le jugement & la fin des Jésuites ; si on ne les veut punir, comme ces Mages de Perse qui tuerent leur Roi, desquels ils sont les vrais Disciples. Car si on recherche ce qui s'est passé depuis trente ou quarante ans, on trouvera qu'il ne s'est fait une seule conjuration contre la personne d'un Prince où ils ne soient mêlés. Il ne faut que voir le procès de celui qui fut envoïé pour tuer, & l'autre qui tua le Prince d'Orange, & rompit cette forte digue, cette grande écluse, qui a longuement empêché que le torrent d'Espagne ne débordât sur nous. Il ne faut que lire les confessions de Guillaume Parri, Patrice Cullen, Edmond Yorke, Richard Williams en Angleterre, & de la Barre en France. Et si vous passez en Ecosse, vous la trouverez encore toute enflammée de guerres civiles, qu'y ont allumées deux Jésuites, nommés Jacobus Gourdon (1) & Edmondus Hay, lesquels ont séduit beaucoup de Noblesse, & l'ont fait conspirer contre leur Roi. Misérables que vous êtes ! Il semble que vous soïez nés à la honte & ruine de l'Eglise Catholique, puisque vous y faites un asyle à la plus grande impiété du monde. La maison du Seigneur n'est pas une caverne de voleurs & meurtriers de Rois. Un ancien Pere défendant les Chrétiens contre les impostures des Ethniques, disoit : Accusez-nous de superstition tant que vous voudrez, dites que nous sommes Sorciers, Incestueux, inutiles à la République, si aurons nous cet avantage, que vous ne trouverez point de tueurs de Rois & d'Empereurs, entre les Chrétiens : *non de Christianis Cassii, & Nigri, & Albini, & qui inter duas lauros obsident Cæsarem, & qui faucibus ejus exprimendis palæstricam exercent, & qui palatium irrumpunt, omnibus Stephanis atque Partheniis* (2) *audaciores.* L'Ordre Ecclésiastique de France pouvoit dire de même devant que vous fussiez venus en France, mais vous l'avez infectée de votre humeur Espagnole, c'est-à-dire barbare, cruelle & infidelle à ses Princes. Car voici ce qu'en dit un bon Auteur ancien : *sumpserunt in Hispania Gotthi hanc detestabilem consuetudinem, ut si quis eis de Regibus non placuisset, gladio eum adpeteret : & qui libuerit animo, hunc sibi statuerunt*

---

(1) Jacques Gordon.
(2) Parthenius fut un de ceux qui assassinerent Domitien.

regem. Les François ont toujours abhorré ces parricides ; ils ont toujours aimé & révéré leurs Rois. L'un de nos Hiftoriens écrit, qu'un Evêque de Rouen étant accufé de leze-Majefté, le Roi le fit venir devant devant lui, & lui tint ce propos : *Quid tibi vifum eft, ô Epifcope, qui hoftem filium patri fecifti, feduxifti pecuniâ plebem, ut nullus mecum fidem habitam cuftodiret, voluiftique regnum meum in manum alterius tradere ?* Ce n'étoit qu'une plainte, & n'en voïoit-on pas de preuve ; & néanmoins je vous prie d'entendre le zele de nos peres : *hæc eo dicente infremuit multitudo Francorum, voluitque oftia bafilicæ rumpere, quafi ut extractum Sacerdotem lapidibus urgeret.* Le Roi l'empêcha prudemment. Mais qui trouvera mauvais que les François ufent de leur naturelle promptitude, quand il s'agit de la vie de leur Roi ? Suivons, fuivons l'exemple de nos Prédéceffeurs. On nous dit que les Jéfuites ont voulu faire affaffiner le Roi, ils en ont donné des indices par leurs fermons. Le traître a confeffé qu'ils lui en avoient donné le confeil : & nous douterons maintenant ce que nous devons faire de ceux qui *in unica illa cervice* nous ont voulu à tous couper la gorge ? Meffieurs, vous n'aurez jamais une telle occafion de délibérer de ce point : fi vous ne les chaffez, vous les établiffez en France ; nos premiers mouvemens font pleins de vigueur & de courage, mais ils s'allentiffent avec le temps. Nous l'avons affez éprouvé en ceci ; car depuis trente ans que ce fait fut agité, nous nous fommes endormis, &, *ut ferò Phryges,* nous n'avons penfé au mal qu'en l'endurant. Ce mal, à la vérité, nous a piqué les efprits, & lorfque nous étions au grand accès, il n'y avoit un feul de nous qui ne fe réfolût de jetter la premiere pierre. Ceux qui les favorifent aujourd'hui, les jugeoient par la notoriété ; mais depuis que nous avons vu le port, nous avons oublié la tempête. Les Jéfuites, qui connoiffent bien cette humeur, veulent tirer le jugement en longueur, & gagner le temps qui gagne tout en France ; étant bien affurés de vaincre, s'ils peuvent gauchir à ce coup. Les demandeurs fupplient très humblement la Cour d'y donner ordre. Ils favent bien que leur profeffion les difpenfe de requérir la vengeance de leurs méchancetés, & ne veulent point imiter la cruauté des Jéfuites ; mais comme anciennement les Pontifes de Rome étoient obligés de donner avis au Sénat des prodiges qui fe rencontroient, afin de les expier ; ainfi les demandeurs qui ont charge des chofes facrées, comme avoient ces Pontifes, vous avertiffent qu'il y a un grand prodige en cette Ville & en plufieurs autres lieux de France, c'eſt que des hommes qui ſe diſent Religieux, enſeignent à leurs Ecoliers qu'il eſt permis de tuer les Rois & les Princes : c'eſt la plus monſtreuſe doctrine qui fut jamais, *quare id portentum pro veſtra prudentia procurate.*

Je conclus ſubordinément aux concluſions de l'Univerſité, à ce qu'où il ne plairoit à la Cour ordonner que les Jéſuites de France vuideront & ſortiront le Roïaume, que défenſes leurs ſoient faites d'adminiſtrer les Sacremens, & entreprendre en ſorte que ce ſoit ſur la charge & pouvoir des demandeurs : & demande dépens (1).

(1) Dans l'Edit. de ce Plaïdoïer, faite en 1595, cet Ecrit eſt ſuivi : 1° de l'Arrêt de la Cour de Parlement contre Jean Chaſtel & les Jéſuites, tant du College de Clermont, qu'autres, du 29 Décembre 1594. 2° D'un autre Arrêt de la même Cour contre le Pere Guignard, Jéſuite, du 7 de Janvier 1595. M. de Thou, au Livre 110 de ſon Hiſtoire, vers la fin, entre dans le détail des Plaïdoïers de MM. Arnauld & Dolé, de la Réponſe de Claude Duret, Avocat des Jéſuites, & de tout ce qui ſe paſſa en cette occaſion. Claude Duret, craignant, dit M. de Thou, de ſe charger de la haïne publique, & de déplaire au Roi, jugea qu'il ne devoit point entrer dans un grand détail. Il ſe contenta de nier en général ce que MM. Arnauld & Dolé avoient avancé contre ſes Parties. Et il s'attacha à montrer, que ſi l'on vouloit accuſer les Jéſuites, on devoit les pourſuivre dans la forme preſcrite par les Loix, & non pas changer en déclamation licentieuſe, une accuſation publique, qui regardoit uniquement, ſelon lui, le Procureur général ; qu'on n'avoit qu'à nommer les coupables ; que ceux qui ſeroient dénoncés étoient prêts de ſe juſtifier ſur les points dont on les accuſeroit, & de rendre compte de leur conduite, ſuivant les formes ordinaires ; que s'il n'étoit queſtion que de les chaſſer de l'Univerſité, ils n'avoient qu'un mot à répondre ; c'eſt qu'ils étoient établis en vertu d'un Arrêt rendu il y avoit trente ans ; qu'on leur avoit accordé alors la poſſeſſion ſur le procès qui leur avoit été intenté ; que l'inſtance n'étoit point périmée, comme leurs Parties le prétendoient ; qu'on pouvoit donc en pourſuivre le jugement & non pas remettre une ſeconde fois la même queſtion ſur le tapis.

A MONSIEUR DOLLÉ,
Sur son Plaidoïer contre les Jésuites.

Dollé, quand j'ouis la harangue
De ton Plaidoïer éloquent,
Je ressentis bien que ta langue
Jusqu'au cœur m'alloit piquant.

Mais quand j'en ai vu la structure,
L'artifice & l'ordre à loisir;
Je confesse que la lecture
M'a touché d'un plus grand plaisir.

Ta voix ressembloit au tonnerre,
Que le foudre en feu suit de près;
Ou un grand vent qui, contre terre,
Culbute les plus hauts cyprès.

Mais qui voit le riche ménage,
Dont tes Ecrits sont embellis,
Il pense voir un jardinage,
Mêlé de roses & de lys.

Arnauld & toi, d'un fort courage
Comme deux dogues acharnés,
Osâtes attaquer la rage
De ces Alastors incarnés.

Tous deux courant en même lice,
Découplés pour un même effet,
Comme Diomede & Ulysse,
Avez votre Ennemi défait.

La Cour heureusement pourvue
De Juges vertueux & droits
Quand l'occasion s'en est vue,
A chassé ces meurtriers de Rois.

    Ces meurtriers, qui de vains scrupules
Bourrellant les confessions,
Sous le beau lustre de leurs Bulles,
Attrapoient nos successions.

    Et couverts d'un peu de science,
Dont ils faisoient montre à vil prix,
Par mille cas de conscience
Traversoient les foibles esprits.

    Pernicieuses Synagogues,
De Sorciers & de Charlatans,
Qui perdez par vos fines drogues
La jeunesse de notre temps ;

    Allez débaucher en Espagne
Les Enfans des bonnes Maisons,
Et répandez à la campagne
Vos grains bénits & vos poisons.

    Fuïez d'ici, race damnée,
Allez ailleurs faire dessein :
Le Sénat vous a condamnée ;
L'air François ne vous est pas sain.

    Emmenez vos petits Cyclopes,
Et leur Polypheme avec vous :
Nous n'avons que trop de Steropes,
Et de Pyracmons parmi nous.

    Arnauld & Dollé qui vous voient
Sortir de France en desarroi,
Aux fers du Pérou vous renvoient
Tirer l'or pour votre grand Roi.

N. RAPIN. P. (1).

(1) Nicolas Rapin, Poitevin.

Sur

Sur le Plaidoïer de M. Dollé.

QUE je prife, Dollé, ton généreux courage,
Qui t'a fait oppofer d'une conftante voix
Aux deffeins malheureux des affaffins de Rois,
Qui n'agueres, au nôtre, ont voulu faire outrage.

Quiconque en tels perils, ufe d'un froid langage,
Et defire apporter trop de douceur aux Loix,
Quelque femblant qu'il faffe, il hait le nom Gaulois,
Et l'or venu d'Efpagne, à l'Efpagnol l'engage.

C'eft n'aimer point l'Etat, & fe vanter à tort
D'être fidele au Roi, c'eft pourchaffer fa mort,
D'être pour ceux qu'on voit fur fa vie entreprendre.

On ne peut craindre affez pour conferver le Roi ;
Il faut tous délateurs en telle caufe entendre,
Et même aux vains rapports ajouter quelque foi.

R. ETIENNE (1).

(2) Robert Etienne. Ces Vers & ceux de Rapin, font auffi à la fuite du Plaidoyer de M. Dollé, de l'Edition de 1595.

Avertissement.

CES deux Plaidoïers ne servirent qu'à échauffer & hâter les desseins des Jésuites, lesquels conçurent une haine extrême contre l'Avocat Arnauld; contre lequel ils commencerent tôt après à batir une furieuse réponse pleine de récriminations & de négatives très impudentes (1). Mais cela n'étoit rien au prix de la conspiration qui se brassoit en leur College de Paris contre la vie du Roi ; ce qui se découvrit bientôt après. D'une autre part, les Espagnols sollicitoient le Duc de Mercur (2), l'un des Chefs Ligueurs & demi Roi de la Duché de Bretagne, de continuer la guerre. Durant l'Eté de l'an 1594, ils avoient bâti un Fort près du Croisil, pour clorre l'entrée au Port de Brest & rendre leur domination plus redoutée en cette Duché, où ils avoient empiété Blavet, Forteresse estimée imprenable. Le Maréchal d'Aumont, soutenu de la Flote Angloise, s'étant rendu Maître de Quimpercorentin & de Morlaye (3), Ville & Château, força ce nouveau Fort Espagnol, où furent tués quatre cens Soldats qui le gardoient (4).

Le Roi pensant à rétablir peu à peu la paix en son Roïaume, & soulager en quelque sorte plusieurs de ses Sujets, fit en ce temps-là une Déclaration qui s'ensuit.

DECLARATION
DU ROI.

Sur le paiement des arrérages des Rentes constituées à prix d'argent & foncieres.

HENRI, par la grace de Dieu, Roi de France & de Navarre : à tous ceux qui ces présentes Lettres verront, Salut. Sur la remontrance à nous faite par plusieurs, tant Ecclésiastiques que de la Noblesse, & autres du Tiers-Etat, qui aïant

---

(1) C'est l'Ecrit cité dans une note ci-dessus intitulé, *Défenses de ceux du College de Clermont*, *&c.*, par Pierre Barny, Jésuite. M. de Thou dit qu'il n'y prit la qualité de *Préfet des Confreres de Clermont*, que pour se garantir de l'odieux attaché au nom de Jesuite. Voïez l'Analyse de cet Ecrit de Barny, dans le même M. de Thou, Livre 110. Deux ans après son Livre, il en parut un autre, sous le nom de François Desmon-

tagnes, ou les mêmes chefs d'accusation étoient réfutés d'une maniere plus étendue.

(2) De Mercœur

(3) On écrit Morlaix : les Habitans ouvrirent leurs portes au Maréchal d'Aumont dès qu'il se présenta.

(4) M. de Thou entre dans le détail de ces faits, dans son Histoire, Livre cent onze, année 1594.

souffert une perte & diminution extrême en leurs biens & revenus durant le malheur de ces troubles, se trouvent obligés
par contrats au paiement de plusieurs rentes constituées sur
eux & sur leurs biens, desquels, à l'occasion desdits troubles,
ils n'ont joui : Nous, aïant égard au malheur universel advenu en
ce Roiaume, qui n'a pu être prévu au temps de la constitution
desdites rentes ; & pour faire cesser tous les différends & procès, qui pour raison de ce, pourroient intervenir, desirant
de pourvoir en toute égalité & justice au soulagement & conservation de nos Sujets ; après avoir mis cette affaire en délibération en notre Conseil, de l'avis d'icelui, avons ordonné &
ordonnons que le paiement de la rente constituée au denier
douze, qui est de huit & un tiers pour cent, sera réduit &
modéré depuis le premier jour de Janvier 1589 jusqu'au dernier
Décembre 1593, à la raison de cinq écus trente-trois sols quatre deniers pour cent, qui font les deux tiers de ce qui est porté
par lesdits contrats. Et étant la rente constituée à moins que
de huit & un tiers pour cent, ne sera néanmoins modérée à
moindre somme que des deux tiers. Et quant aux lieux, où la rente
au denier dix, est tolérée sera aussi ladite rente modérée pour le
courant des arrérages auxdits deux tiers seulement, qui font six
écus deux tiers pour cent; & ce pour lesdites cinq années seulement : & pour le regard des arrérages qui se trouveront dûs
pour les années précédentes celle de quatre-vingt-neuf, attendu que le terme de paiement étoit échu auparavant lesdits
troubles, ils seront païés à ceux auxquels ils seront dûs, suivant
les contrats, sans aucune perte ou diminution, & ce, durant
les années quatre vingt-quinze & quatre-vingt-seize également,
& par les quartiers d'icelle, comme aussi tous les arrérages desdites cinq années seront païés avec le courant esdites deux années suivantes, quatre-vingt quinze & quatre-vingt-seize, &
par les quatre quartiers desdites années : à condition expresse
que ceux qui manqueront de paiement pour le regard desdits
arrérages modérés aux termes ci-dessus déclarés, seront déchus
à faute de paiement, de toute grace & décharge. Et quant au
paiement du courant de la présente année, nous voulons &
entendons, que l'article, touchant les rentes contenu en notre Edit fait sur la réduction de notre Ville de Paris, soit observé par tous nos Justiciers & Officiers, sans qu'il y soit contrevenu ; déclarant nul & de nul effet tout ce qui auroit été

E e ij

fait au contraire. Voulons & nous plaît, que le même reglement de modération auxdits deux tiers soit observé sur le paiement des arrérages dûs à cause des échanges avec garantie ;
comme aussi des arrérages des rentes foncieres & douaires dûs
aux veuves, & non les pensions viageres constituées pour les
alimens des filles Religieuses. A condition que ce qui aura été
païé par les débiteurs sur lesdites cinq années, pour raison desdits arérrages, sera précompté & tiendra lieu sur les deux
tiers, à quoi lesdits arrérages de rente sont réduits & modérés.
Et où il se trouveroit qu'aucuns desdits débiteurs eussent plus
païé que lesdits deux tiers, à quoi nous avons réduit & modéré lesdits arrérages desdites cinq années, nous voulons que
ce qui se trouvera avoir été trop païé, soit précompté, déduit & rabattu sur le courant de la rente de la présente année
& la suivante.

Déclarons n'entendre comprendre au présent réglement & réduction des arrérages desdites rentes, les rentes par nous dûes
à nos Sujets, tant sur nos Villes de Paris, Rouen, que sur
nos recettes générales & particulieres de notredit Roïaume,
au paiement desquels arrérages dûs & échus jusqu'au jour de la
réduction de notredite Ville de Paris, nous pourvoirons des
premiers moïens qu'il plaira à Dieu nous donner. Si donnons
en mandement à nos amés & féaux les gens tenant nos Cours
de Parlement, & à tous nos Baillifs, Sénéchaux, Prévôts ou leurs
Lieutenans, & autres nos Justiciers & Officiers qu'il appartiendra, que ces Présentes ils fassent lire, publier & enregistrer de
point en point selon leur forme & teneur, & le contenu en
icelles garder & observer, contraignant à ce faire, souffrir &
y obéir tous ceux qu'il appartiendra, & qui pour ce seront à
contraindre ; nonobstant Oppositions ou Appellations quelconques, Edits, Déclarations, Arrêts, Jugemens, Lettres,
Mandemens, Défenses & autres choses à ce contraire, auxquelles nous avons dérogé & dérogeons pour ce regard, ensemble aux dérogatoires des dérogatoires y contenuës : car tel
est notre plaisir. En témoin de quoi nous avons signé ces
Présentes, & à icelles fait mettre & apposer notre scel. Donné
au Camp de l'Abbaïe saint Vincent, devant Laon, le huitieme
jour de Juillet, l'an de grace 1594 : Et de notre regne le
cinquieme.

Signé, HENRI.

Et sur le repli, Par le Roi, étant en son Conseil.

RUZÉ.

Lues, publiées & regiftrées, oui & confentant le Procureur général du Roi, pour avoir lieu cette fois feulemeut, pour les arrérages dûs & échus pendant les années quatre-vingt-neuf, dix, onze, douze & treize, qui feront païés aux termes contenus efdites Lettres. Ne pourront toutesfois les rentes être rachetées cette année, ni ès années quatre-vingt-quinze & quatre-vingt-feize, fans acquitter les arrérages échus au temps du rachat : Et ne fera déduit ni précompté ce qui aura été païé. Et pour le regard des arrérages échus devant l'année quatre-vingt-neuf, ordonne la Cour qu'ils feront entierement païés, & à ce faire les detteurs contraints, fans préjudice des accords & conventions particulieres faites pour le paiement defdits arrérages. A Paris, en Parlement, l'onzieme Août 1594.

Signé, DU TILLET.

Avertiffement.

EN ce temps auffi, plufieurs qui avoient paravant adhéré de grande affection à la Ligue, s'en départoient & s'approchoient du Roi, qui les recevoit humainement. De ce nombre fut un Gentilhomme de marque, lequel en publia fon avis ci-ajouté.

AVIS & ABJURATION

D'un notable Gentilhomme de la Ligue : contenant les caufes pour lefquelles il a renoncé à ladite Ligue, & s'en eft préfentement départi.

C'EST un dit ancien, que le bon Citoïen n'eft pas aftreint de dire ou écrire toujours femblables propos, mais qu'il doit toujours perfévérer en une femblable opinion, qui eft d'adreffer la pointe de fon intention à l'avancement du repos, & de l'utilité publique. A caufe de quoi l'homme, ainfi compofé, ne peut être repris de légéreté, s'il corrige fon premier avis par le

second : d'autant que le jour suivant eſt le précepteur du précédent , principalement ès affaires d'Etat. Ce que je dis pour
mon regard, afin que ceux qui ſauront ci-après que j'ai renoncé , ainſi que je deſire être notoire & divulgué, & me ſuis départi de la Ligue introduite depuis quelques années dedans ce
Roïaume , & laquelle j'ai ci-devant ſignée , n'attribuent point
ce changement à aucune inconſtance, ou ſubornation : mais
plutôt qu'ils croient & ſoient avertis certainement , que ma
retraite & abjuration eſt un enſeignement qui vérifie , que telle
Ligue eſt très pernicieuſe à la Religion Catholique , au bien du
Roïaume , & réprouvable à tous vrais & naturels François. J'ai
l'honneur de n'être pas des derniers au rang de la Nobleſſe , &
d'une famille aſſez ancienne & ſucceſſive, pour maintenir ma
qualité entre les anciens Gentilshommes originaires du nom
François : mais encore puis-je ajouter ce qui eſt commun à
tous, que j'ai été appris dès le berceau, par la tradition de mes
Ancêtres, continuée de main en main, de ne croire qu'une
ſeule foi Catholique & Apoſtolique , & de ne reconnoître aucune ſouveraineté terrienne , que celle de nos Rois appellés à
la Couronne , par la ſucceſſion ordinaire des lignes maſculines:
qui fut occaſion , que trouvant de premiere apparence en cette
Ligue , lorſque dès le commencement elle me fut préſentée,
une profeſſion de notre foi Catholique , & de l'obéiſſance que
nous devons à notre Roi, je ne fis difficulté de la ſigner, ne
penſant point par-là contracter autre obligation , que celle que
je ſuis tenu naturellement rendre à mon Dieu, & à mon Roi,
Mais depuis, aïant appris, par la communication & diſcours
familiers que j'eus avec les plus entendus & zélés en ladite Ligue, que les noms de Religion , de Majeſté divine & humaine,
compris en içelle , n'étoient que maſques , & bandeaux pour
voiler & couvrir la hideur d'une monſtrueuſe ſubverſion que
quelques-uns vouloient faire de tout l'Etat de ce Roïaume, tant
en général que particulier, je n'ai point craint de retracter ma
ſignature, & par cette abjuration publique , découvrir publiquement le gouffre & le piege auquel je me ſuis inadvertam-
ment laiſſé tomber & ſurprendre , afin que ceux qui ont encore les mains nettes, & le jugement libre de telle poiſon, ſe
gardent d'y être attrappés , & ceux qui comme moi ſe ſont
laiſſé circumvenir par leur facilité, s'en retirent à mon exemple , pour n'attirer avec leur ruine, la déſolation du Païs auquel ils ſont nés , allaités & élevés. Pour à quoi leur donner

quelque fecours & confort , je m'efforcerai de déclarer , le plus
brievement que je pourrai , les raifons de mon changement &
avis , fondés fur les deffeins & volontés des Ligues , par lefquels j'ai appris , que la Ligue en Etat politique , eft un Contrat folemnel , juré entre perfonnes égales & non fujettes à la
puiffance d'autrui , pour conferver & maintenir leur liberté ,
tant offenfivement , que deffenfivement envers tous & contre
tous. De laquelle définition procedent deux conclufions néceffaires , l'une que les Sujets ne peuvent contracter Ligue en
l'Etat Monarchique , fans renoncer à la protection du Prince ,
& par conféquent fecouer l'obéiffance & fujétion qu'ils doivent
à la fouveraineté ; l'autre que le Roi fignant une Ligue avec fes
Sujets , fe dépouille de la puiffance fouveraine qu'il a fur eux ,
& les reçoit en pere & fociété d'icelle.

Ce que plus particulierement je reconnus , après que j'ai vu
que cette Ligue , (contenant une déclaration de falaire & de
récompenfe à ceux qui y obéiroient , & de punition aux contrevenans) étoit une vraie loi nouvellement introduite dans le
Roïaume , non point Roïale & Françoife , (car elle n'étoit pas
faite fous le nom feul du Roi) mais plutôt Olicratique , &
par conféquent directement contraire au privilege de la Couronne , qui ne permet à autre qu'au Roi feul d'ordonner & commander une loi dans le Roïaume.

J'ai conféquemment apperçu , que ladite Ligue n'étoit pas
fimplement contraire aux privileges de la Couronne , en la forme feule pour la raifon fufdite ; mais auffi par toute fa difpofition & fubftance , elle renverferoit de fond en comble la Couronne avec tous fes privileges : par efpécial en ce qu'elle oblige
& affujétit les biens des Sujets du Roïaume à une nouvelle
impofition non limitée , ni confcrite à certaine fomme : mais
autant que la Ligue verra bon être , combien que par ledit privilege , il ne foit permis à homme quelqu'il foit , finon au Roi
feul , de faire impofition dans le Roïaume.

En ce pareillement , que par la même Ligue eft difpofé du
fait des armes , defquelles le port eft permis ou défendu à l'arbitrage de ladite Ligue : ce qui toutesfois eft refervé au Roi feul ,
par les mêmes loix & privileges.

Et finalement , en ce que ladite Ligue ordonne , & commande un nouveau ferment de fidélité , & y oblige les vies & biens
des Sujets , & non point entre les mains du Roi : (auquel feul
tel ferment eft dû & affecté) mais entre les griffes d'un monftre

composé de serfs sans nombre : d'où s'enfuit que les Sujets du
Roi se soumettant à l'obligation de tel service, tombent en
l'un des deux inconvéniens, on de commettre un crime de
faux & de stellionat en vendant à deux diverses personnes une
même chose, ou qu'ils cassent & révoquent l'obligation dûe à
la Couronne, pour l'attribuer & transferer à ladite Ligue, d'autant que l'on ne sauroit être solidairement serf à deux Maîtres,
Il s'enfuit aussi que le Roi se comprenant en la même obligation, autoriseroit en tant qu'à lui est, la dissolution de sa Couronne, & renonceroit au droit spécial de sa Souveraineté pour
le contribuer en cette Ligue, & par ce moïen convertir l'ordre
ancien d'une si florissante Monarchie, en la confusion d'une
déplorable Olocratie.

Cela présupposé, les protestations contenues en ladite Ligue,
de l'obéissance, de l'honneur, sujétion & fidélité, que les Ligués porteront au Roi, ne font pas seulement ridicules, mais
aussi injurieuses, & semblables au jeu populaire du Roi dépouillé, en l'appellant, Sire ; car puisque cette Ligue n'est autre
chose qu'une usurpation de droits, prééminences, autorités &
prérogatives que la Couronne réserve à un seul Roi, & qui ne
se peuvent, ni doivent communiquer à autre, pour Parent,
Allié, serviteur, ou Favorisé qu'il soit : il n'est pas en la puissance du Roi, quoiqu'elle soit pleine & absolue, d'avouer &
accepter ladite Ligue, sans se dévêtir de sa Couronne, & titre
souverain, ni loisible au sujet d'y entrer & adherer, quelque
commandement que le Roi lui en fasse, sans être à l'avenir
déclaré traître à son Païs, rebelle à la Couronne & Roïauté
Françoise, & indigne de tous honneurs, franchises & privileges
d'icelle.

Passant outre aux motifs & causes finales d'une si pernicieuse
Ligue, il y en avoit deux exprimées, l'une est pour le rétablissement de la Religion Catholique, Apostolique & Romaine, ès lieux où elle est opprimée, & extirpation de la Religion nouvelle : l'autre pour remettre & contenir le Peuple rebelle en l'obéissance du Roi, & assurer la succession de la Couronne aux vrais Successeurs.

Ce sont, à dire vrai, deux causes fort spécieuses & de belle
apparence en premier front, qui toutesfois en effet sont fausses
au dire, & impossibles à exécuter. Fausses sont-elles, en ce que
si la seule piété & Religion conduisent le desir & l'affection de
ceux qui ont signé la Ligue, il n'étoit aucunement nécessaire,

ains

ains très dommageable à l'avancement de notre Religion, d'établir un nouvel état & regle de Police, qui ne peut engendrer que divisions, défiances, plaintes, jalousies, envies, querelles, & autres piques & simultés intestines, auxquelles toutes sociétés & Ligarchies sont ordinairement sujettes, vu que l'Eglise Catholique est une sainte Ligue, à la défense de laquelle tous Chrétiens-Catholiques sont obligés & astreints par les sermens de Baptême & de la Sainte Communion; que si cette Ligue & Communauté de l'Eglise n'est assez forte & suffisante pour faire exposer vie & bien au Peuple, toutes les fois que le besoin & nécessité de la Foi Catholique le requiert, il n'y sauroit avoir autre Ligue & Société suffisante à ce faire, si sous prétexte de la Religion ne sont proposées quelques particularités de profit, qui aient plus de puissance sur les Associés, que le seul regard de la Religion, qui par ce moïen ne servira que de couverture & excuse à la gloutonnie & ambition de ceux qui se liguent par autre serment & Sacrement que ceux de l'Eglise.

Et au regard de l'autre cause attitrée du nom de Roi, je n'ai point encore oui dire, que Ville ou particulier, quel qui soit, révoque en doute de la puissance légitime du Roi en la Couronne: & où quelques-uns seroient tant mal avisés, si les auteurs de la Ligue & leurs gens sont aussi zélateurs du service du Roi qu'ils en font le semblant, le serment donné au Roi, lorsqu'il succede à la Couronne, doit suffire pour convier leur devoir à emploïer vie, corps, & biens pour son service, sans obliger à une Ligue ce qui est au Roi, & qu'ils ne peuvent redonner, & moins la porter en contribution de société, sans lui ôter premierement. Mais posé le cas que les causes susdites fussent véritables, encore seroient-elles impossibles de mettre à exécution. Car quant à la Religion, il ne se trouve point en tout le cours des Histoires, depuis le commencement du monde, que les différends émus en la Religion se soient décidés par autre glaive, que celui de la parole de Dieu, & les Histoires Ecclésiastiques nous enseignent que les armes, les séditions, les guerres ont toujours été les argumens des Hérétiques & non des Catholiques; lesquels, s'assurant en la vérité de leurs propositions, n'ont jamais craint de repousser, & débattre à diverses fois, & autant que l'on a révoqué en doute, une même question en plusieurs & divers Conciles, pour ce qu'ils ont estimé que la vérité, qui est toujours semblable à soi en tous lieux, &

en tout temps, n'est point attachée à un ou deux, ains à tous Conciles légitimement assemblés. A cause de quoi, quand les Hérétiques ont reculé, ou desavoué les Conciles, qui les avoient condamnés, soit en n'approuvant point la forme de leur vocation, soit en proposant erreur contre leurs jugemens & déterminations, les Orthodoxes n'ont differé leur accorder la convocation d'un autre Concile, & de rechef y proposer ce qui avoit été précédemment arrêté. Mais nous ne lisons point que les Catholiques se soient élevés en guerre civile contre les Hérétiques, si ce n'a été pour leur conservation & défense seulement. Et où la corruption du temps en donneroit quelque exemple, (ainsi qu'on pourroit remarquer par les guerres de nos Rois contre les Goths, & du Comte de Mont-Fort contre les Albigeois) nous devons en cette particularité considerer deux choses ; l'une que la cause de la Religion n'a été que l'accessoire & accident de la guerre des Goths, suscitée par autre principal respect ; l'autre que la force des armes, quelque victoire qui soit advenue, n'a pas éteint ni aboli l'opinion des Albigeois, ains demeurant supprimée quelque temps par la force des armes, est néanmoins demeurée héréditaire en l'esprit de plusieurs, & qu'enfin l'aïant derechef découverte & remise sus, elle a trouvé si grand nombre de propugnateurs, qu'ils se pensent aujourd'hui assez forts pour démêler leur querelle en un champ de bataille. Ce que nous ne devons essaïer pour deux raisons ; l'une que telle guerre universelle est coutumierement suivie d'une subversion de l'Etat, ainsi qu'il est advenu en l'Empire Romain, après la guerre de Constantin & Licinius ; l'autre, que le glaive spirituel, possedé par l'Eglise, n'a rien de commun avec le temporel. Et comme si nous avions perdu la bataille, nous ne voudrions pour cela diminuer aucune chose de notre Religion, aussi faut-il considérer que la perte tombant sur le parti contraire, comme elle a ja fait par plusieurs fois, ils n'accorderoient pas pour cela que leur Religion fût amoindrie. Il seroit à désirer (de ma part, je suis du nombre de ceux qui en ont le plus d'affection) que le différend qui est en la Religion fût ôté du milieu de nous : mais puisque les expériences faites depuis vingt-cinq ans & plus, que n'avons cessé de combattre sur cette querelle, vaincus au milieu de nos victoires, nous ont enseigné que le coup doit venir du Ciel, & n'on pas des hommes, j'estime que ce seroit une très grande folie de vouloir retenter un hasard du tout infructueux & inutile, puisque l'opinion con-

fiſte en l'eſprit, & ne ſe peut aſſujétir à la force & courage du
corps. Au contraire, je ſuis contraint de croire, que comme
naturellement nous enclinons à chercher & deſirer les choſes
qui nous ſont défendues, auſſi tant plus nous courons ſus, &
travaillons ladite opinion, plus elle croît & s'enforçit ; au lieu
que ſi nous la mépriſions, & remettions au jugement de Dieu,
(qui ſeul la peut confondre & abolir), elle ſe perdroit &
s'évanouiroit de ſoi-même, ſuivant l'avis du bon Gamaliel.

Quant à l'autre cauſe, comment ſeroit-il poſſible d'emparer
& défendre la Majeſté du Roi par cette Ligue, puiſqu'elle-
même la viole & la détruit, ainſi que nous avons ci-devant remontré ? Si ladite Ligue opprime les privileges de la Couronne,
confond l'ordre & le réglement des Etats du Roïaume, abolit
le ſerment de fidélité que les Sujets ont à leur Prince, &, pour
dire en un mot, transforme la Roïauté en une confuſion d'Oli-
garchie & Ochlocratie, de quel front oſent propoſer les Conjurés que leur Ligue ſoit ordonnée pour la conſervation & défenſe du Roi & de ſa Couronne ?

Ces beaux titres donc de Religion & Majeſté, expoſés en
la montre de cette Ligue, ne ſont point les cauſes finales d'icelle, mais plutôt impoſtures & artifices pour ſéduire & ſurprendre la crédulité des Sujets fideles à Dieu & à leur Roi ; comme
auſſi les noms de Ligue & de Roïauté ne pouvant demeurer
enſemble dans un même Etat, pour les raiſons ci-devant déduites, ce papier ou plutôt abomination, qu'on faiſoit jurer
(Ligue), ſi le Roïaume de France ne ceſſe d'être appellé
Roïaume, juſqu'alors doit être par un nom propre convenable
à ſon ſujet, nommé conjuration : les cauſes de laquelle ſeront
faciles à comprendre & recueillir, ſi nous reſſentons en notre
mémoire les progrès des choſes paſſées.

Entre pluſieurs maximes contraires au bien de la Couronne,
reçues & pratiquées par le conſeil de nos Rois, depuis le décès du bon Roi Henri leur pere, que Dieu abſolve, celle-ci a
été, ſelon mon avis, plus dommageable, que d'avoir ôté la connoiſſance des affaires aux grandes Familles, qui les avoient menées ſous les regnes du grand Roi François & Henri, ſon fils,
pour les commettre à la croïance de perſonnes nouvelles &
inconnues, afin qu'en les élevant par ce moïen aux premieres richeſſes & honneurs de ce Roïaume, leſdites grandes Familles
fuſſent d'autant plus abaiſſées, & s'il étoit poſſible, dépouillées
de leurs biens, non moins que de leurs états.

F f ij

Car encore que l'usage de telle maxime soit salutaire à un Etat nouvellement ordonné, elle est néanmoins tout pestifere & mortelle en un Etat soutenu & appuïé par sa propre force, comme celui de France, pour plusieurs inconvéniens que nous avons éprouvés à notre grand dommage.

Le Peuple de France a souffert de grandes & extraordinaires charges & impôts depuis soixante ans en çà ; toutesfois telles qu'elles aient été, on y a toujours vu le fond ; & la somme, pour grande qu'elle fût, a été limitée par un nombre fini, soit en centaine de mille, soit de millions ; tellement qu'il a été facile de conserver quelque forme d'égalité en la distribution desdites sommes ; pour le moins on a su pour quel prix en échapper.

Mais aux exactions de cette Ligue, il n'y a fond ni rive ; ains au contraire, tout ainsi que le prétexte de Religion, duquel ladite Ligue est colorée, se trouve perpétuel & sans limite, aussi les rançonnemens qui en doivent procéder ne sont point limités, ains infinis & d'aussi longue durée & immenses, que sera l'ambition & convoitise des Religieux & Sujets de ladite Ligue.

Les Chefs des Conjurés départoient les Charges, tant de la Guerre que de la Justice, & les Finances, à qui bon leur sembloit ; eux-mêmes dressoient, faisoient l'état de la recette & les acquits de la dépense ; ils cottisoient les Villes, les Communautés, les maisons, les familles ; & chacun Particulier qui signoit la Ligue, suivant le département de leurs Délégués, & pour le faire avec plus de commodités de leurs Délégués ils donnoient ordre par leurs bonnes intelligences, que les Prévôtés Echevinages, Consulats, Recettes, Contrôles & autres honneurs desdites Villes & communautés, fussent mis entre les mains de leurs Partisans, afin d'enregistrer jusqu'à une maille les moïens & facultés des Particuliers.

Si dans les Villes ou aux champs, il se trouvoit un famille pudique & débonnaire, qui haït les vices & déplorât la calamité du temps, se contentant de sa condition, ce n'étoit assez tailler & ronger ladite famille à discrétion, autant & plus que le revenu pouvoit s'étendre, mais en peu de jours il n'y avoit point de faute de délateurs, qui accusoient le maître de la famille, ou d'avoir fait quelque rebellion aux Ministres de la Ligue, ou favorisé les ennemis, ou tenu propos séditieux, afin de ravir tout à une fois, & sans retourner, ce qu'on ne pouvoit honnêtement enlever que par pieces.

Et ne faut point que les Corps defdites Villes & Communautés en efperent avoir meilleur marché. Car aïant une fois reçu
la Ligue, elles font par même moïen obligées d'obéir aux
Chefs & Directeurs qui leur feront ordonnés, & en cas de refus, expofées au ban de rebellion. Choififfent lequel elles voudront; c'eft chofe notoire qu'en obéiffant, elles feront à toutes
heures fujettes à faccagemens par les artifices de leurs Gouverneurs, & n'y peuvent non plus faillir qu'a fait la Ville d'Anvers aux Éfpagnols; & fi elles refufent l'obéiffance, tous les
Conjurés feront convoqués & halés pour leur courir fus, &
avoir part au butin de la Ville, qu'ils nommeront rebelle.

J'ai fuivi jufqu'à préfent les principaux Chefs des membres
de la Ligue, lefquels j'ai trouvés remplis & prévenus de très
damnables difcours & propofitions. Les uns affuroient de vie
au feu Roi, fuivi du défaut en ligne mafculine de leur race,
& condamnant les aînés de Bourbon, comme Prêtres, Hérétiques, & Meffieurs de Montpenfier comme inutiles & fai-
néants; les autres mettant en délibération de laquelle des filles
on fe pourroit le mieux couvrir; favoir, fi on admettroit la repréfentation en l'aîneffe, ou s'il ne feroit pas meilleur que le
principal defdits Chefs, fe trouvant veuf, époufât la plus prochaine furvivante; mais ce qui plus m'a navré le cœur, c'étoit
de voir affigner leurs dettes, qui fur un Marchand, qui fur un
autre, & affeoir la recouffe de leur prodigalité fur l'efpérance
du butin des meilleures & principales Villes du Roïaume, y
comprenant celle de Paris, fans referve ni refpect de l'Eglife,
ni de veuves ni d'orphelins.

Quel moïen donc, dira quelqu'un, nous pourrons nous garder pour obvier au deftin de tel embrafement, puifqu'il nous
eft préparé, foit en acceptant ladite Ligue, foit en la refufant?
Le moïen vous en eft affez facile, fi vous en avez la volonté: &
volonté vous en viendra, s'il refte encore au milieu de vous
tant foit peut de loifir pour en délibérer. Ce qui vous fera de
non moins facile exécution, fi d'un commun accord vous dé-
clarez en Corps de Ville que vous ne voulez plus adhérer ni
participer à une fi pernicieufe conjuration; & fi celles qui fe feront
laiffées perfuader, revoquent leur premier avis, pour fe rallier
avec les autres Villes mieux confeillées. Je vous ai ci-devant
déclaré le plus brievement que j'ai pu les raifons qui vous doivent inciter à ce faire, & le ferez fi êtes bien confeillés: finon
& ou la ruine totale du Roïaume feroit fi prochaine, que fut

maintenant le temps auquel la troifieme vifion de Childeric IV,
Roi de France, doit être exécutée, que pour ce faire les Chefs
& Auteurs de la Ligue foient les chiens & les chats de ladite
vifion, & le refte du Peuple de tous les Etats, la grande tour-
be d'autres petites bêtes légeres qui s'entredepecent, battent
& déchirent; je recevrai, en la participation des miferes communes, cette confolation, qu'aïant rejetté le préfent avertiffement, vous avez, de votre propre gré & vouloir, été les inftrumens de votre ruine, laquelle vous pouvez éviter en fermant
les portes de vos Villes aux premieres femonces de ladite conjuration, ou au cas qu'elle y fût déja introduite, la rejettant
dehors, & l'abjurant à mon exemple, lequel je propofe à
tous amateurs du bien public & particulier. Et de tant que j'ai
légéremment & inadvertement figné ladite conjuration, tant
plus mûrement & avec un long & pourpenfé avis, j'ai figné
la préfente abjuration, par laquelle je jure & promets de détefter ladite Ligue, & ne fuivre ni approuver jamais autres confeils, que ceux qui feront conformes à la parole de Dieu &
Religion Catholique, à la confervation de l'Etat & Couronne
de France, & au repos & foulagement, profit & tranquillité
de tout le Peuple, à quoi je voue, dédie & confacre ma vie,
mes biens & ce de quoi je puis difpofer en ce monde,

Avertiſſement.

LE Roi ne penſoit, en ce reſte de l'an 1594 qu'à porter la guerre hors du Roïaume contre l'Eſpagnol, & eſſaïoit de commencer par le Duché de Luxembourg, traitant pour cet effet avec les Etats de Hollande & leurs Confédérés. Le Maréchal de Bouillon & le Comte Philippe de Naſſau eſſaïerent d'y entrer au mois d'Octobre ; mais ils ne firent rien. D'autre côté, le Roi menaça ceux d'Artois & de Hainault, à cauſe qu'ils aidoient aux Eſpagnols à moleſter le Cambreſis. L'Archi-Duc Erneſt, Lieutenant du Roi d'Eſpagne, en Flandre & Brabant, continuoit en ſes pratiques ſur la France ; mais prevenu de mort bientôt après, il quitta la place à ſon frere Albert, duquel ſera parlé en l'Hiſtoire de notre temps (1).

Pour la fin de l'année, ſe préſente le Diſcours tragique de la bleſſure du Roi, publié par impreſſion, comme s'enſuit.

PROCEDURE

FAITE CONTRE JEAN CHASTEL,

Ecolier étudiant au Collegé des Jéſuites, pour le parricide par lui attenté ſur la perſonne du Roi très Chrétien Henri IV, Roi de France & de Navarre ; & Arrêts donnés contre le Parricide & contre les Jéſuites (2).

LE vingt-ſeptieme Décembre mil cinq cent quatre-vingt-quatorze, ſur les ſix à ſept heures du ſoir, le Roi très Chrétien, Henri IV, Roi de France & de Navarre, étant arrivé à Paris,

---

(1) Voïez ſur ces Faits l'Hiſtoire de M. de Thou, Livre CXI.

(2) Cet Ecrit fut imprimé dès 1595, avec l'*Hiſtoire prodigieuſe du déteſtable Parricide*, attenté contre Henri IV par Pierre Barriere. Feu M. l'Abbé Lenglet Dufreſnoy l'a fait réimprimer dans le tome VI des Mémoires de Condé, 1743, *in-4°.* ſeconde Partie, p. 116, & ſuiv. Il y a joint l'*Hiſtoire abregée du procès* de Jean Chaſtel, avec ſon *Interrogatoire*, tiré d'un manuſcrit de la Bibliothéque du Roi de France ; & de plus, l'*Apologie de Jean Chaſtel*, Ouvrage plein de fureur & de principes déteſtables, qui avoit pour Auteur le trop fameux Ligueur, Jean Boucher, qui avoit été Curé de Saint Benoît à Paris, & qui compoſa cet Ouvrage, digne des furies, pendant ſa retraite en Flandres. Cette Apologie avoit déja eu pluſieurs éditions. L'Ecrit n'en étoit pas moins devenu fort rare ; mais c'étoit tout ſon mérite. Voïez auſſi ſur cela, M. de Thou, en ſon Hiſtoire, Livre CXI, & l'Ouvrage de M. Charles Dupleſſis d'Argentré, Evêque de Tulles, intitulé, *Collectio Judiciorum de novis erroribus*, tom. II, *in-folio*, p. 524, & ſuiv.

Jean Chaftel, natif de Paris, Ecolier, nourri & élevé au College des Jéfuites, âgé de dix-neuf ans, étant entré au Loûvre,
approcha de Sa Majefté, & comme elle fe baiffoit pour embraffer un Gentilhomme affectionné à fon fervice, qui lui faifoit la révérence, il lui donna un coup de couteau dans la
bouche, qui lui coupa la levre d'enhaut (1), & s'il n'eût rencontré les dents, eût outrepaffé ; puis tâcha de fe fauver, aïant
jetté le couteau par terre : mais il fut pris par un des Capitaines des
Gardes. Ce que Sa Majefté, pleine de clémence, aïant apperçu,
commanda à celui qui le tenoit de le laiffer, difant qu'elle lui
pardonnoit. Et après avoir entendu que c'étoit un Ecolier enfeigné par les Jéfuites, Sa Majefté dit alors : » Falloit-il donc
» que les Jéfuites fuffent convaincus par ma bouche « ? Le parricide, furpris, du commencement nia le fait, puis le confeffa,
& fut mis entre les mains du Prévôt de l'Hôtel & mené ès
prifons du Fort-l'Evêque, où étant interrogé qui il étoit, pourquoi il étoit en prifon, s'il n'avoit pas attenté un parricide fur
la perfonne du Roi, comment il l'avoit frappé, & fi le couteau étoit empoifonné ? Le ferment de lui pris, dit qu'il étoit
Ecolier, & avoit été conftitué prifonnier pour avoir voulu tuer
le Roi, lequel toutesfois il n'avoit que bleffé ; qu'il avoit délibéré exécuter cete entreprife en quelque forte que l'occafion fe
fût prefentée, avec un couteau qu'il avoit fans fourreau dedans
fa manche, entre fa chair & fa chemife, & avoit frappé Sa
Majefté au vifage, parcequ'elle s'étoit baiffée, & que le couteau
n'étoit empoifonné, au moins qu'il fût, & que c'étoit un couteau commun, duquel on fe fervoit ordinairement en la maifon de fon pere. Que fon intention avoit été par plufieurs fois de
tuer le Roi à la premiere commodité qui fe préfenteroit. Que
ce foir voïant paffer plufieurs chevaux & hommes de pied avec
flambeaux & torches, étant, lui répondant, en la rue Saint
Honoré, au bout de la rue d'Auftruche, il demanda à un Gentilhomme ou autre qui étoit-là, lequel étoit le Roi : furquoi ce
Gentilhomme lui auroit montré un qui avoit des gants fourrés,
lequel il lui dit être le Roi ; & dès-lors il auroit continué à exécuter ce mauvais deffein, le fuivant jufqu'en une des chambres
du Louvre, dans laquelle il lui auroit donné le coup de couteau

---

(1) Et non *la machoire inférieure*, comme on le lit dans M. de Thou ; ce qui eft,
fans doute, une faute d'impreffion, n'étant
pas probable que ce célebre Hiftorien, qui
étoit à la Cour, & fort attaché à Henri,
ait ignoré en quel endroit Chaftel bleffa ce
Prince. Chaftel étoit fils de Pierre Chaftel,
riche Marchand Drapier à Paris, demeurant auprès du Palais.

dedans

dedans la bouche; & ce fait, jetta le couteau dans la chambre & tâcha de se sauver, niant lorsqu'il fut pris avoir fait le coup; ce que toutesfois il a confessé depuis, comme étant la vérité: & sur ce enquis, a confessé y avoir long-temps qu'il auroit pensé en soi-même à faire ce coup, & y aïant failli, le feroit encore s'il pouvoit, aïant cru que cela seroit utile à la Religion Catholique, Apostolique & Romaine. Qu'il y avoit huit jours qu'il auroit recommencé à délibérer son entreprise, & environ sur les onze heures du matin, pris la résolution de faire ce qu'il a fait, s'étant saisi du couteau, qu'il auroit pris sur le dressoir de la maison de son pere, lequel il auroit porté en son étude, & de-là seroit venu dîner avec Pierre Chastel, son pere, Denise Hazard, sa mere, Catherine, sa sœur aînée, mariée avec un nommé le Comte, & Madeleine Chastel, sa sœur puînée; étant au logis Pierre Roussel, Simone Thurin & Louise Camus. Qu'a-près le dîner son pere & sa mere l'auroient exhorté à bien vivre; ce qu'il leur auroit promis faire. De-là seroit allé à Vêpres, puis retourné chez son pere, avec lequel il seroit allé en la Ville pour trouver un Conseiller du Châtelet, & ne l'aïant trouvé, seroient allés en l'Eglise de Saint Jean; puis étant de retour chez son pere, seroit sorti avec le couteau dedans la manche de son pourpoint, lequel il avoit pris dès la premiere fois qu'il étoit allé à S. Jean. Derechef interrogé qu'il avoit fait en ce jour, & avec qui il avoit communiqué? A dit qu'il s'étoit levé sur les huit heures du matin, & étoit sorti hors la Ville, & allé à la Messe à Saint Laurent. Examiné sur sa qualité, & où il avoit fait ses études? A dit que c'étoit aux Jésuites principalement, où il avoit été trois ans, & à la derniere fois sous Pere Jean Gueret, Jésuite. Qu'il auroit vu ledit Pere Gueret, Vendredi ou Samedi précédent le coup, aïant été mené vers lui par Pierre Chastel, son pere, pour un cas de conscience, qui étoit: qu'il désespéroit de la misericorde de Dieu, pour les grands péchés par lui commis: qu'il avoit eu volonté de commettre plusieurs péchés énormes contre nature, dont il se seroit confessé par plu-sieurs fois; que pour expier ces péchés, il croïoit qu'il falloit qu'il fît quelque acte signalé; que souventefois il auroit eu vo-lonté de tuer le Roi, & auroit parlé à son pere de l'imagina-tion & volonté qu'il avoit eue de ce faire: surquoi sondit pere lui auroit dit que ce seroit mal fait. Interrogé, parcequ'il avoit un *Agnus Dei*, une Chemise Notre-Dame & Chapelets à l'en-tour du col, qui les lui avoit baillés, & si ce n'étoit pas pour

le perſuader à aſſaſſiner le Roi, ſous aſſurance qu'il ſeroit inviolable; depuis quel temps il s'étoit confeſſé, & à qui? Dit
que ſa mere lui avoit baillé l'*Agnus Dei* & la Chemiſe Notre-
Dame, & quant aux Chapelets, les avoir lui-même enfilés.
Qu'il avoit été confeſſé à la Touſſaints derniere à Maître Claude
l'Alement, Prêtre, Curé de Saint Pierre-des-Arcis; Maître
Jacques Bernard, Prêtre Clerc; & Maître Lucas Morin, Prêtre
habitué en icelle Egliſe. Ce fait, le couteau duquel il avoit
frappé le Roi à lui repréſenté, il le reconnut: comme auſſi il
reconnut trois billets, contenant l'anagrame du Roi en ces
mots: Henri de Bourbon, graiſſe, bouvier, tyran, brandon de
la France, & neuf petits feuillets écrits de ſa main de part &
d'autre, contenant la confeſſion de ſes péchés; leſquels feuillets
il avoit cachés dans la cave du logis de ſon pere. Par ces neuf
feuillets, il avoit écrit ſes péchés par ordre des commandemens
du Décalogue; qu'il avoit douté de la Déité, qu'il n'aimoit ſon
prochain, qu'il étoit ſans charité, qu'il avoit méconnu ſes pere
& mere, que l'un de ſes Maîtres lui demandant s'il n'avoit pas
commis le péché contre nature, (lequel ne ſe nomme point)il
l'avoit nié fauſſement, avec grande aſſurance; & de cela penſoit
ne s'être pas confeſſé, comme de pluſieurs autres cas vilains &
exécrables, d'avoir voulu commettre un inceſte avec ſa ſœur,
occaſion pour laquelle il penſoit que toutes ſes confeſſions &
communions étoient autant de péchés mortels. Que depuis il ſe
feroit imaginé & auroit eu volonté de commettre pluſieurs ho-
micides, & ſignamment de tuer le Roi. Pendant ce premier
interrogatoire, le bruit courant par la Ville que le Roi n'étoit
que bleſſé, & que le couteau n'étoit empoiſonné, graces en furent incontinent rendues à Dieu, & le *Te Deum laudamus* chanté
en l'Egliſe Notre-Dame. Le lendemain la procédure aïant été envoïée en la Cour de Parlement, & le priſonnier, mené en la
Conciergerie du Palais, fut interrogé par les principaux Officiers
de la Cour, a répeté ce qu'il avoit dit par ſes réponſes au premier interrogatoire par devant le Prevôt de l'Hôtel. Interrogé
quel étoit l'acte ſignalé qu'il diſoit avoir penſé devoir faire pour
expier les grands crimes dont il ſentoit ſa conſcience chargée?
A dit qu'il ſe feroit efforcé de tuer le Roi, mais n'auroit fait
que le bleſſer à la levre, le couteau aïant rencontré la dent,
dont toutesfois, lui accuſé auroit ſenti la réſiſtance, & penſoit tuer ledit Seigneur Roi, lequel il avoit penſé frapper à la
gorge, craignant, pource qu'il étoit bien vêtu, que le couteau

rebouchât. Qu'aïant opinion d'être oublié de Dieu, & étant assuré d'être damné comme l'Antechrist, il vouloit de deux maux éviter le pire, & étant damné, aimoit mieux que ce fût *ut quatuor* que *ut octo.* Interrogé si se mettant en ce désespoir il pensoit être damné, ou sauver son ame par ce méchant acte, a dit qu'il croïoit que cet acte, étant fait par lui, serviroit à la diminution de ses peines, étant certain qu'il seroit plus puni s'il mouroit sans avoir attenté de tuer le Roi, & qu'il le seroit moins s'il faisoit effort de lui ôter la vie; tellement qu'il estimoit que la moindre peine étoit une espece de salvation en comparaison de la plus grieve. Enquis où il avoit appris cette Théologie nouvelle? A dit que c'étoit par la Philosophie. Interrogé s'il avoit étudié en Philosophie au College des Jésuites? A dit que oui, & ce sous le Pere Gueret, avec lequel il avoit été deux ans & demi. Enquis s'il n'avoit pas été en la chambre des Méditations, où les Jésuites introduisoient les plus grands pécheurs, qui voïoient en icelle chambre les portraits de plusieurs Diables de diverses figures épouventables, sous couleur de les réduire en une meilleure vie, pour ébranler leurs esprits & les pousser par telles admonitions à faire quelque grand cas? A dit qu'il avoit été souvent en cette chambre des méditations. Enquis par qui il avoit été persuadé à tuer le Roi? a dit avoir entendu en plusieurs lieux, qu'il falloit tenir pour maxime véritable, qu'il étoit loisible de tuer le Roi, & que ceux qui le disoient l'appelloient tyran. Enquis si les propos de tuer le Roi n'étoient pas ordinaires aux Jésuites? A dit leur avoir ouï dire qu'il étoit loisible de tuer le Roi, & qu'il étoit hors de l'Eglise, & ne lui falloit obéir, ni le tenir pour Roi jusqu'à ce qu'il fût approuvé par le Pape. Derechef interrogé en la Grand'Chambre, Messieurs les Présidens & Conseillers d'icelle & de la Tournelle assemblés, il a fait les mêmes réponses, & signamment a proposé & soutenu la maxime qu'il étoit loisible de tuer les Rois, mêmement le Roi régnant, lequel n'étoit en l'Eglise, ainsi qu'il disoit, parcequ'il n'étoit approuvé par le Pape. Finalement la Cour a donné l'Arrêt dont la teneur s'ensuit:

EXTRAIT

DES REGISTRES DE PARLEMENT (1).

VU par la Cour, la Grand'Chambre & Tournelle assemblées, le procès criminel commencé à faire par le Prévôt de l'Hôtel du Roi, & depuis parachevé d'instruire en icelle, à la requête du Procureur Général du Roi, demandeur & accusateur à l'encontre de Jean Chastel, natif de Paris, Ecolier aïant fait le cours de ses études au Collège de Clermont, prisonnier ès prisons de la Conciergerie du Palais, pour raison du très exécrable & très abominable parricide attenté sur la personne du Roi, interrogatoires & confessions dudit Jean Chastel; oui & interrogé en ladite Cour ledit Chastel sur le fait dudit parricide; ouis aussi en icelle Jean Gueret, Prêtre soi disant de la Congrégation & Société du Nom de Jesus, demeurant audit Collège, & ci-devant Précepteur dudit Jean Chastel, Pierre Chastel & Denise Hazard, pere & mere dudit Jean : conclusions du Procureur Général du Roi, & tout considéré. Il sera dit que ladite Cour a déclaré & déclare ledit Jean Chastel atteint & convaincu du crime de leze-Majesté divine & humaine au premier chef, par le très méchant & très détestable parricide attenté sur la personne du Roi ; pour réparation duquel crime, a condamné & condamne ledit Jean Chastel à faire amende honorable devant la principale porte de l'Eglise de Paris, nu en chemise, tenant une torche de cire ardente du poids de deux livres, & illec, à genoux, dire & déclarer que malheureusement & proditoirement il a attenté ledit très inhumain & très abominable parricide, & blessé le Roi d'un couteau en la face ; & par fausses & damnables instructions, il a dit audit procès, être permis de tuer les Rois, & que le Roi Henri IV, à présent regnant, n'est en l'Eglise, jusqu'à ce qu'il ait approbation du Pape ; dont il se répent, & demande pardon à Dieu, au Roi & à Justice. Ce fait, être mené & conduit en un tombereau en la Place de Greve. Illec tenaillé aux bras & cuisses, & sa main dextre tenant en icelle le couteau duquel il s'est efforcé commettre ledit parricide, coupée ; & après son corps tiré & démembré

(1) Cet Arrêt se lisoit déja à la suite du Plaidoïer de Louis Dollé, édition de 1595, de même qu'à la suite de la premiere édition de la procédure faite contre Châtel. M. l'Abbé Lenglet & M. d'Argentré l'ont aussi donné de nouveau dans les Ouvrages qu'on a cités dans les Notes précédentes.

avec quatre chevaux, & ses membres & corps jettés au feu &
consumés en cendres, & les cendres jettées au vent. A déclaré
& déclare tous & chacuns ses biens acquis & confisqués au
Roi. Avant laquelle exécution, sera ledit Jean Chastel appliqué
à la question ordinaire & extraordinaire, pour savoir la vérité
de ses complices,& d'aucuns cas résultant dudit procès. A fait &
fait inhibitions & défenses à toutes personnes, de quelque qua-
lité· & condition qu'elles soient, sur peine de crime de leze-
Majesté, de dire ni proferer en aucun lieu public ni autre lesdits
propos ; lesquels ladite Cour a déclarés & déclare scandaleux,
féditieux, contraires à la parole de Dieu, & condamnés comme
Hérétiques par les saints Décrets. Ordonne que les Prêtres &
Ecoliers du College de Clermont, & tous autres, soi disant de
ladite Société, comme corrupteurs de la jeunesse, perturbateurs du repos public, ennemis du Roi & de l'Etat, vuideront
dedans trois jours, après la signification du présent Arrêt, hors
de Paris & autres Villes & lieux où sont leurs Colleges, & quinzaine après hors du Roïaume, sur peine, où ils y seront trouvés, ledit temps passé, d'être punis comme criminels & coupables dudit crime de leze-Majesté. Seront les biens, tant meubles qu'immeubles à eux appartenant, emploïés en œuvres pitoïables, & distribution d'iceux faite, ainsi que par la Cour
sera ordonné. Outre, fait défenses à tous Sujets du Roi d'envoïer des Ecoliers aux Colleges de ladite Société, qui sont hors
du Roïaume pour y être instruits, sur la même peine de crime
de leze-Majesté. Ordonne la Cour que les extraits du présent
Arrêt seront envoïés aux Bailliages & Sénéchaussées de ce Res-
fort, pour être exécuté selon sa forme & teneur. Enjoint aux
Baillifs & Sénéchaux, leurs Lieutenants Généraux & Particuliers, procéder à l'exécution, dedans le délai contenu en icelui,
& aux Substituts du Procureur Général tenir la main à ladite
exécution, faire informer des contraventions, & certifier ladite
Cour de leurs diligences au mois, sur peine de privation de
leurs états.

Signé, du Tillet.

*Prononcé audit Jean Chastel, exécuté le jeudi vingt-neuvieme
Décembre mil cinq cent quatre-vingt-quatorze.*

Pendant la procédure sur laquelle est intervenu cet Arrêt,
aucuns de Messieurs Députés par la Cour s'étant transportés au

College de Clermont où étoient les Jésuites, aïant fait saisir plusieurs papiers, ont trouvé entre iceux des Livres écrits de la main de Jean Guignard (1), Prêtre, soi disant de la Société d'iceux Jésuites, qui étoient Libelles diffamatoires par lui composés & gardés depuis l'Edit d'oubliance & abolition générale très bénignement octroïée par ledit Seigneur Roi à les Sujets de Paris révoltés, depuis qu'il auroit plû à Dieu les réduire à sa puissance, dans lesquels il avoit non-seulement usé de médisances contre l'honneur du défunt Roi de très heureuse mémoire, que Dieu absolve, & contre le Roi régnant, mais écrit des propositions contenant plusieurs faux & séditieux moïens pour prouver qu'il avoit été loisible de commettre le parricide du feu Roi & inductions pour faire tuer le Roi, son Successeur ès termes ci-après ensuivans.

I. Et premierement, que si en l'an 1572 au jour de Saint Barthelemi, on eût saigné la veine basilique (2), nous ne fussions tombés de fievre en chaud mal, comme nous expérimentions, *sed quicquid delirant Reges*, pour avoir pardonné au sang, ils ont mis la France à feu & à sang, *&. in caput reciderunt mala*.

II. Que le Neron cruel (3) a été tué par un Clément, & le Moine simulé dépêché par la main d'un vrai Moine.

III. Appellerons-nous un Neron, Sardanapale de France, un Renard de Bearn (4), un Lion de Portugal, une Louve d'Angleterre, un Griffon de Suéde, & un Pourceau de Saxe?

IV. Pensez qu'il faisoit beau voir trois Rois, si Rois se peuvent nommer, le feu Tyran, le Béarnois, & ce prétendu Monarque de Portugal, Dom Antonio.

V. Que le plus bel Anagramme qu'on trouva jamais sur le nom du Tyran défunt étoit celui par lequel on disoit *vilain Herodes*.

VI. Que l'acte héroïque fait par Jacques Clément, comme don du saint Esprit, appellé de ce nom par nos Théologiens, a été justement loué par le feu Prieur des Jacobins, Bourgoing, Confesseur & Martyr (5) par plusieurs raisons, tant à

---

(1) Natif de Chartres.

(2) Veine qui vient de dessous le bras, & qui passe par le milieu du pli du coude : mais *basilique* en Grec, signifie *roïale*. Ainsi ce que le Pere Guignard veut dire, c'est qu'on avoit eu tort alors de ne pas assassiner Henri IV, & le Prince de Condé, qui étoient du sang Roïal ; c'est ce qu'il appelle la veine basilique.

(3) Le Pere Guignard vouloit parler de Henri III, assassiné par Jacques Clément, Jacobin.

(4) Henri IV.

(5) On a parlé ailleurs de ce prétendu Martyr des fureurs de la Ligue.

Paris, ce que j'ai oui de mes propres oreilles, lorfqu'il enfeignoit fa Judith, que devant ce beau Parlement de Tours ; ce que ledit Bourgoing, qui plus eft, a figné de fon propre fang & facré de fa propre mort ; & ne falloit-il croire ce que les Ennemis rapportoient, que par fes derniers propos il avoit improuvé cet acte comme déteftable.

VII. Que la Couronne de France pouvoit & devoit être transférée en une autre famille que celle de Bourbon.

VIII. Que le Béarnois, ores que converti à la Foi Catholique, feroit traité plus doucement qu'il ne méritoit, fi on lui donnoit la Couronne Monachale en quelque Couvent bien réformé, pour illec faire pénitence de tant de maux qu'il a faits à la France, & remercier Dieu de ce qu'il lui avoit fait la grace de fe reconnoître avant la mort.

IX. Que fi on ne le peut dépofer fans guerre, qu'on guerroie : fi on ne peut faire la guerre, la caufe, mort, qu'on le faffe mourir.

Par ces propofitions, il fe juftifie clairement que l'Arrêt de la Cour donné contre Jean Chaftel, parricide, portant le banniffement des Jéfuites hors le Roïaume, a été juftement donné, & fe peut appeller un Jugement vraiement divin ; fe voïant par les Ecrits de ce Jéfuite Guignard, combien eft peftiférée & pernicieufe la Doctrine de ces hommes, & à quoi elle tend.

Or, la Cour aïant vu ces Ecrits, Guignard, Auteur, mandé & interrogé fur iceux à lui repréfentés, a reconnu les avoir compofés & écrits de fa main, & pour ce la Cour a donné l'Arrêt ci-enfuivant.

EXTRAIT

DES REGISTRES DE PARLEMENT (1).

Vu par la Cour, les Grand'Chambre & Tournelle affemblées, le Procès criminel fait par l'un des Confeillers d'icelle, à la requête du Procureur général, à l'encontre de Jean Guignard, Prêtre, Régent au College de Clermont de cette Ville de Paris, Prifonnier ès Prifons de la Conciergerie du Palais, pour avoir été trouvé faifi de plufieurs Livres compofés par lui

(1) Cet Arrêt & les fuivans font auffi imprimés à la fuite de la Procédure de Châtel ; du Plaidoïer de Louis Dollé, édition de 1595 ; dans la Collection citée de M. d'Argentré, & dans le tom. VI des Memoires de Condé ; & ailleurs. Voïez auffi, outre les autres Ouvrages cités, le tome VI de de l'Hiftoire de l'Univerfité de Paris, par Céfar Egaffe du Boulay.

& écrits de fa main, contenant entr'autres chofes approbation
du très cruel & très inhumain parricide du feu Roi, que Dieu
abfolve, & inductions pour faire tuer le Roi à préfent régnant;
Interrogatoires & Confeffions dudit Guignard, lefdits Livres
repréfentés, reconnus, compofés par lui, & écrits de fa main;
Conclufions du Procureur général du Roi : Oui & interrogé
en ladite Cour ledit Guignard fur les cas à lui impofés & contenus efdits Livres ; & tout confidéré : dit a été que ledit Guignard atteint & convaincu du crime de leze-Majefté, & d'a-
voir compofé & écrit lefdits Livres, contenans plufieurs faux
& féditieux moïens pour prouver qu'il avoit été loifible de
commettre ledit parricide, & étoit permis de tuer le Roi Henri IV, à préfent régnant, pour réparation de ce, a condamné
& condamne ledit Guignard faire amende honorable nu en
chemife, la corde au col devant la principale porte de l'Eglife
de Paris ; & illec étant à genoux, tenant en fes mains une
torche de cire ardente, du poids de deux livres, dire & dé-
déclarer que méchamment & malheureufement & contre vérité
il a écrit le feu Roi avoir été juftement tué par Jacques Clément, & que fi le Roi à préfent régnant ne mouroit à la guerre
il le falloit faire mourir, dont il fe repent & demande pardon à Dieu, au Roi & à Juftice. Ce fait, mené & conduit
en la Place de Greve, pendu & étranglé à une potence qui y
fera pour cet effet plantée, & après le corps mort réduit &
confumé en cendres en un feu, qui fera fait au pied de ladite
potence : a déclaré & déclare tous & chacuns fes biens acquis
& confifqués au Roi. Prononcé audit Guignard, & exécuté
le feptieme jour de Janvier l'an 1595.

Le même jour le procès aïant été fait à Jean Gueret, Précepteur du parricide, & à Pierre Chaftel pere, & à la mere
& fœurs, mêmement à l'une d'icelles, laquelle aïant entendu
que fon frere étoit prifonnier, comme on la menoit en prifon s'étoit écriée que les Jéfuites avoient donné quelque mauvais confeil à fondit frere, iceux Gueret, Pierre Chaftel, fa
femme, fes filles & leurs ferviteurs & fervantes, enfemble le
Curé de faint Pierre des Arcis, ouis, eft enfuivi l'Arrêt qui
s'enfuit.

EXTRAIT

EXTRAIT

DES REGISTRES DE PARLEMENT.

Vu par la Cour, les Grand'Chambre & Tournelle affemblées, le procès criminel commencé à faire par le Prévôt de
l'Hôtel du Roi, & depuis parachevé d'inftruire en icelle, à la
requête du Procureur Général du Roi, Demandeur & Accufa-
teur, à l'encontre de Jean Gueret, Prêtre, foi-difant de la
Congrégation & Société du Nom de Jefus, demeurant au College de Clermont, & ci-devant Précepteur de Jean Chaftel,
n'agueres exécuté à mort par Arrêt de ladite Cour ; Pierre
Chaftel, Marchand Drapier, Bourgeois de Paris ; Denife Hazard, fa femme, pere & mere dudit Jean Chaftel ; Jean le
Comte & Catherine Chaftel, fa femme ; Magdeleine Chaftel,
filles defdits Pierre Chaftel & Denife Hazard ; Antoine de
Villiers ; Pierre Rouffel ; Simone Turin & Louis Camus, leurs
Serviteurs & Servantes ; Maître Claude l'Allemant, Prêtre,
Curé de Saint Pierre-des-Arcis ; Maître Jacques Bernard, Prêtre, Clerc de ladite Eglife ; & M. Lucas Morin, Prêtre habitué
en icelle, prifonniers ès prifons de la Conciergerie du Palais,
interrogatoires, confeffions & dénégations defdits Prifonniers ;
confrontation faite dudit Jean Chaftel audit Pierre Chaftel,
fon pere ; information faite contre ledit Pierre Chaftel ; confrontation à lui faite des témoins ouis en icelle ; le procès criminel fait audit Jean Chaftel, pour raifon du très exécrable &
très abominable parricide attenté contre la perfonne du Roi ;
le Procès verbal de l'exécution de l'Arrêt de mort donné contre
ledit Jean Chaftel, le vingt-neuvieme Décembre dernier paffé ;
Conclufions du Procureur général du Roi ; Ouis & interrogés
en ladite Cour, lefdits Gueret, Pierre Chaftel & Hazard fur
les cas à eux impofés & contenus audit Procès : Autres interrogatoires & dénégations faites par lefdits Gueret & Pierre
Chaftel, en la queftion à eux baillée par ordonnance de ladite
Cour, & tout confidéré : dit a été que ladite Cour, pour les
cas contenus audit Procès, a banni & bannit lefdits Gueret &
Pierre Chaftel du Roïaume de France, à favoir, ledit Gueret
à perpétuité, & ledit Chaftel pour le temps & efpace de neuf
ans, & à perpétuité de la Ville & Fauxbourgs de Paris ; à eux
enjoint de garder leur ban, à peine d'être pendus & étranglés

fans autre forme ni figure de procès. A déclaré & déclare tous
& chacuns les biens dudit Gueret acquis & confisqués au Roi,
& a condamné & condamne ledit Pierre Chastel en deux mille
écus d'amende envers le Roi, appliquable à l'acquit & pour
la fourniture du pain des prisonniers de la Conciergerie, à tenir prison jusqu'à plein paiement de ladite somme, & ne courra
le temps dudit bannissement, sinon du jour qu'il aura icelle païée.
Ordonne ladite Cour, que la Maison en laquelle étoit demeurant ledit Pierre Chastel, sera abattue, démolie & rasée
& la place appliquée au Public, sans qu'à l'avenir on y puisse
bâtir : en laquelle place, pour mémoire perpétuelle du très méchant & très détestable parricide attenté sur la personne du Roi,
sera mis & érigé un pilier éminent de pierre de taille, avec un
tableau, auquel seront inscriptes les causes de ladite démolition & érection dudit pilier, lequel sera fait des deniers provenans des démolitions de ladite Maison. Et pour le regard
desdits Hasard, le Comte, Catherine & Magdeleine Chastel,
de Villiers, Roussel, Turin, Camus, l'Allemant, Bernard &
Morin, ordonne ladite Cour, que les Prisons leur seront ouvertes. Prononcé auxdits Hazard, le Comte, Catherine & Magdeleine Chastel, de Villiers, Roussel, Turin, Camus, l'Allemant, Bernard & Morin, le septieme jour de Janvier, & auxdits Gueret & Pierre Chastel, le dixieme jour dudit mois 1595.

 Par cette procédure, se peut voir que la Cour a apporté en
l'instruction & au jugement tout ce qui se peut desirer d'une
bonne, entiere & sainte justice, avec toutes les formes accoutumées aux procès criminels : de maniere que les Arrêts ainsi
donnés, n'ont besoin d'être défendus par raison ; & ce qu'elle a
jugé contre les Jésuites, se fut fait justement auparavant sur ce
qui étoit arrivé à Melun le dernier Août 1593, & que icelle
Cour a revu depuis, lorsqu'elle a procédé au jugement du procès de Jean Chastel, à savoir sur le procès criminel fait à Pierre
Barriere ; lequel aïant demandé conseil à Lyon à plusieurs Prêtres, auxquels il avoit confessé ses péchés, touchant l'assassinat
qu'il avoit entrepris de commettre sur la personne du Roi,
étant pris sur l'avertissement d'un Religieux très saint & aimable
de tous les bons François, Frere S. B. F. & de B. F. qui le découvrit, confessa qu'il étoit venu exprès en Cour afin de tuer le Roi,
à quoi il avoit été poussé par un Jésuite nommé Varade, qui dé-
chiroit tous les jours le Roi par médisances. Par la persuasion
duquel Jésuite, icelui Barriere avoit acheté un couteau pour

faire le coup : dont aïant premierement demandé avis à Aubri, Curé de Saint André des Arcs, à qui il avoit ouvert son intention, il s'adreſſa audit Varade Recteur du College des Jéſuites, par le conſeil d'icelui Aubri, qui fut confirmé par ledit Varade en ſa réſolution de tuer le Roi, ſur l'aſſurance que ledit Varade lui donnoit, s'il étoit pris & on le faiſoit mourir, qu'à raiſon de ce il obtiendroit au Ciel la Couronne de Martyr : que ledit Varade l'auroit adjuré, en le confeſſant, par le ſaint Sacrement de la Confeſſion & de la Communion du Corps de de notre Seigneur, de faire cet acte, & défaire la France du Roi de Navarre, qu'il appelloit Tyran. Outre cette charge, s'eſt trouvé par informations faites de l'Ordonnance de la Cour, que deux Suiſſes paſſant par Beſançon, peu de jours auparavant l'aſſaſſinat attenté par Chaſtel, avoient rencontré deux hommes habillés en Jéſuites, qui diſoient aller à Rome, leſquels avoient dit que bientôt le Roi de Navarre ſeroit tué ou bleſſé, & que ce coup étoit attendu comme un coup du Ciel.

On remarquoit davantage, que n'agueres avoit été publié un Jubilé à Rome ; que les Ennemis du Roi diſoient être une monition pour foudroïer le Biarnois, comme ſi c'étoit un bon fait. Cela étoit auſſi attendu par les Eſpagnols n'agueres arrivés en Bretagne, pour ſecourir les Rebelles. Il étoit auſſi eſpéré par les Jéſuites, même par ceux qui étoient à Paris, aucuns deſquels, comme il a été prouvé incontinent après la bleſſure du Roi, comme leurs Colleges furent environnés de gardes, crioient aux portes de leurs confreres en ces mots : *Surge, frater, agitur de Religione.*

Item, furent trouvés au College deſdits Jéſuites pluſieurs anagrammes contre le Roi, & quelques thèmes dictés par les Grammairiens, dont l'argument étoit de ſouffrir la mort conſtamment & d'aſſaillir les Tyrans. Plus y a eu preuve, que les Maîtres du College de Clermont défendoient aux Ecoliers de prier Dieu pour le Roi, depuis la réduction de Paris en l'obéiſſance de Sa Majeſté, & diſoient, que ceux qui alloient à ſa Meſſe étoient excommuniés.

D'ailleurs, y a eu informations faites contre Alexande Haïus, Jéſuite, natif d'Ecoſſe, lequel avoit enſeigné publiquement, qu'il falloit diſſimuler & obéir au Roi pour un temps & par feintiſe, diſant fort ſouvent ces mots : *Jeſuita eſt omnis homo.* Etoit davantage ce Jéſuite chargé d'avoir dit ſouventesfois, qu'il deſireroit, ſi le Roi paſſoit devant leur College, tomber de la fenêtre fur lui, pour lui rompre le col. Sur quoi fon procès lui aïant été fait, & étant trouvé qu'aucunes de fes paroles avoient été dites auparavant la réduction de Paris, il a été traité plus doucement que Guignard, comme appert par l'Arrêt qui s'enfuit.

EXTRAIT

DES REGISTRES DE PARLEMENT.

VU par la Cour, les grand'Chambre & Tournelle affemblées, le procès criminel fait & inftruit de l'Ordonnance d'icelle, à la requête du Procureur général du Roi, Demandeur, à l'encontre d'Alexandre Haïus, Prêtre, fe difant de la Congrégation & Société du nom de Jefus, prifonnier ès Prifons de la Conciergerie du Palais, informations, interrogatoires & confrontations de témoins ; conclufions du Procureur général du Roi : Oui & interrogé en ladite Cour ledit Haïus, fur les cas à lui impofés & contenus audit Procès ; & tout confidéré : dit a été que ladite Cour, pour raifon des cas mentionnés audit Procès, a banni & bannit ledit Haïus du Roïaume de France à perpétuité, lui enjoint de garder fon ban, à peine d'être pendu & étranglé, fans autre forme ni figure de procès. Prononcé audit Haïus, pour ce atteint, au guichet defdites prifons de la Conciergerie, le dixieme jour de Janvier 1595.

Par autres informations, s'eft trouvé qu'aucuns des Jéfuites, comme on leur auroit demandé pourquoi ils demeuroient en France, vu qu'ils avoient voué obéiffance & fidélité au feul Pape, avoient fait réponfe que leur vœu n'étoit point enfreint par la demeure qu'ils faifoient en ce Roïaume, parcequ'ils avoient un Bref de Sa Sainteté, qui les difpenfoit d'obéir au temps.

S'eft trouvé d'abondant, par informations envoïées de Bourges, faites le feptieme Janvier, qu'un nommé François Jacob, Écolier des Jéfuites dudit Bourges, s'étoit vanté de tuer le Roi, n'étoit qu'il penfoit qu'il fût déja mort, & qu'il eftimoit qu'un autre l'avoit tué.

A été encore prouvé par informations faites à Paris, qu'en ce College des Jéfuites, ont été compofés plufieurs thèmes, anagrammes & carmes (1) contre l'honneur du Roi, fembla-

(1) Vers, en Latin, Carmen.

bles à ceux qui furent trouvés fur Jean Chaftel, parricide, & mentionnés aux Ecrits de Guignard.

Outre, a été prouvé que plufieurs Jéfuites ont féduit & pratiqué des enfans, les raviffant à leurs peres, pour les faire
aller en Païs lointain. Même a été fait le procès à un nommé
Jean le Bel, Ecolier, n'agueres Etudiant au College de Clermont, pour s'être efforcé de pratiquer François Veron, Ecolier, étudiant à Poitiers contre le gré de Maître Pregent Veron, Procureur en la Cour, fon pere, pour fuivre les Jéfuites
hors le Roïaume, contre les défenfes portées par l'Arrêt de
la Cour. Et outre, s'eft trouvé charge contre icelui le Bel, pour
avoir réfervé & gardé par-devers lui plufieurs leçons & compo-
fitions dictées en la Société des Jéfuites par lui reçues & écrites de fa main, lorfqu'il étoit en leur College, dans lefquelles
y avoit plufieurs damnables inftructions d'attenter fur les perfonnes des Rois, & l'approbation & louange de l'exécrable
parricide commis en la perfonne du feu Roi, comme appert par
l'Arrêt ci-deffous tranfcrit.

EXTRAIT

DES REGISTRES DE PARLEMENT.

VU par la Cour, le Procès criminel fait & inftruit par l'un
des Confeillers d'icelle à ce commis, à la requête du Procureur général du Roi, Demandeur, à l'encontre de Jean le Bel,
Ecolier, n'agueres étudiant au College de Clermont en cette
Ville, prifonnier ès Prifons de la Conciergerie du Palais. Les
interrogatoires à lui faits fur certaine miffive & autres papiers
reconnus avoir écrits ; conclufions du Procureur général du
Roi : Oui & interrogé en ladite Cour ledit le Bel fur les cas
à lui impofés, & tout confidéré : dit a été que ladite Cour,
pour les cas contenus audit Procès, a condamné & condamne
ledit le Bel à faire amende honorable en la grand'Chambre
d'icelle, l'audience tenant, étant tête & pieds nus, en chemife, aïant en fes mains une torche de cire ardente du poids
de dix livres, & là à genoux, dire & déclarer que témérai-
rement & comme mal avifé, il a voulu féduire & pratiquer
François Veron, Ecolier, étudiant en l'Univerfité de Poitiers,
pour fuivre hors le Roïaume les ci-devant dits Prêtres & Ecoliers du College de Clermont & ceux de leur Société, contre

les défenses de ladite Cour. Et outre qu'indiscrétement il a réservé & gardé par-devers lui les leçons & compositions dictées par aucuns de ladite Société, & par lui reçues & écrites de sa main audit College de Clermont, contenant plusieurs damnables instructions d'attenter contre les Rois, & l'approbation & louange du détestable & abominable parricide commis en la personne du Roi, de très heureuse mémoire, Henri III du nom, dont il se repent, & demande merci & pardon à Dieu, au Roi & à Justice ; ce fait, l'a banni & bannit à perpétuité du Roïaume de France, lui enjoint garder son ban, à peine, où il sera trouvé, d'être pendu & étranglé, sans autre forme ni figure de procès ; a déclaré & déclare tous & chacuns ses biens acquis & confisqués au Roi, sur lesquels sera préalablement pris la somme de cent écus sols appliquables aux réparations nécessaires en la Conciergerie du Palais. Fait en Parlement, le vingt-unieme Mars & prononcé audit le Bel & exécuté en la Grand'Chambre de ladite Cour, le dixieme jour d'Avril 1595.

D'où se voit combien justement a été donné l'Arrêt contre Jean Chastel, parricide, & les Jésuites, pour le salut du Roi, pour la conservation de la Majesté roïale, pour la sûreté de l'Etat & de tout le Peuple François.

Avertissement.

OUTRE les Arrêts précédens, la Cour faisant exécuter celui qui condamnoit la Maison de Pierre, pere de Jean Chastel, à être démolie, ordonna aussi, qu'en la place d'icelle seroit dressée une magnifique Pyramide, devant la porte du Palais; aux quatre faces de laquelle furent gravées sur tables de marbre noir, en lettres d'or les vers & inscriptions qui s'ensuivent. En l'une des faces est l'Arrêt du parricide & des Jésuites, ses Maîtres, qui a été représenté au bout du procès. Es trois autres faces, ce que nous ajoutons maintenant.

QUOD SACRUM VOTUMQUE SIT

MEMORIÆ, PERENNITATI, LONGÆVITATI, SALUTIQUE

MAXIMI, FORTISS. ET CLEMENTISS. PRINCIPIS HENRICI IV

GALLIÆ ET NAVARRÆ REGIS CHRISTIANNISSIMI (1).

AUDI, viator, sive sis extraneus,
Sive incola Urbis, cui Paris nomen dedit.
Hic alta quæ sto Pyramis (1), Domus fui
Castella, sed quam diruendam funditùs
Frequens Senatus crimen ultus censuit.
Hùc me redegit tandem herilis filius,
Malis Magistris usus, & Schola impia,
Sotericum, eheu, nomen usurpantibus!
Incestus, & mox patricida in Principem,
Qui nuper Urbem perditam servaverat,
Et qui favente sæpe victor Numine
Deflexit ictum audaculi Sicarii,
Punctusque tantum est dentium septo tenus.

(1) Ces Inscriptions furent aussi gravées, dans le temps, sur des Estampes, dont les curieux gardent encore des exemplaires. M. d'Argentré a fait réimprimer lesdites Inscriptions dans sa Collection déja citée, tome II, de même que M. Lenglet au tom. VI des Mém. de Condé, &c. On retrouve la Pyramide gravée & les mêmes inscriptions dans le *Recueil de pieces sur l'Histoire de la Société de Jesus,* par le Pere Jouvency, imprimé en Hollande *in-12,* avec une Préface qui est de feu M. Petitpied, Docteur de la Maison & Société de Sorbonne, si connu par ses Ecrits théologiques.

(2) Cette Inscription étoit gravée sur la face qui regardoit le Midi.

Abi, viator, plura me vetat loqui
Noſtræ ſtupendum Civitatis dedecus.

In Pyramidem eandem.

Quæ trahit à puro ſua nomina Pyramis igne (1),
Ardua barbaricas olim decoraverat Urbes.
Nunc decori non eſt, ſed criminis ara piatrix;
Omnia nam flammis pariter purgantur & undis.
Hîc tamen eſſe pius monumentum inſigne Senatus,
Principis incolumis ſtatuit, quo ſoſpite, caſum
Nec metuet Pietas, nec Res grave publica damnum.

D. O. M.

Pro ſalute (2) Henrici IV clementiſſ. ac fortiſſ. Regis, quem nefan-
dus parricida perniciofiſſ. factionis hæreſi peſtifera imbutus, quæ nuper
abominandis ſceleribus pietatis nomen obtendens, unctos Domini, vi-
vaſque Majeſtatis ipſius imagines occidere populariter docuit. Dum con-
fodere tentat, cœleſti numine ſceleſtam manum inhibente, cultro in la-
brum ſuperiùs delato, & dentium occurſu feliciter retuſo, violare auſus
eſt. Ordo ampliſſ. ut vel conatus tam nefarii pœnæ terror, ſimul & præ-
ſentiſſimi in opt. Principem ac regnum, cujus ſalus in ejus ſalute poſita
eſt, divini favoris apud poſteros memoria extaret, monſtro illo, admiſſis
equis membratim diſcerpto, & flammis ultricibus conſumpto; Ædes etiam
unde prodierat, hîc ſitas, funditùs everti, & in earum locum, ſalutis
omnium ac gloriæ ſignum erigi decrevit.

IV Non. Jan. Ann. Chriſt. M. D. X C V.

EX S. C.

Hæc Domus immani quondam fuit hoſpita monſtro,
Crux ubi nunc celſum tollit in aſtra caput.
Sanciit in miſeros pœnam hanc ſacer Ordo Penates,
Regibus ut ſcires ſanctius eſſe nihil.

D. O. M.
SACRUM.

(3) Quum Henricus Chriſtiniaſſ. Francorum & Navarrorum Rex bono Rei-

(1) Sur la même face, qui regardoit le
Midi.

(2) Sur la face qui regardoit le Nord.

(3) Sur la face qui regardoit le Levant.

pub.

pub. natus inter cætera victoriarum exempla quibus tam de tyrannide Hispanicà quàm de ejus factione priscam regni hujus Majestatem justis ultus est armis, etiam hanc Urbem & reliquas regni hujus pene omnes recipisset, ac denique felicitate ejus intestinor. Franciæ nominis hostium furorem provocante, Joannes Petri F. Castellus ab illis submissus, sacrum Regis caput cultro petere ausus esset, præsentiore temeritate quàm feliciore sceleris successu : Ob eam rem ex ampliss. Ordinis consulto, vindicato perduellione, diruta Petri Castelli Domo, in qua Joannes ejus filius inexpiabile nefas designatum patri communicaverat, in area æquata hoc perenne monumentum erectum est, in memoriam ejus diei, in quo sæculi felicitas ; inter vota & metus Urbis, liberatorem regni, fundatoremque publicæ quietis à temeratoris infando incœpto, regni autem hujus opes adtritas ab extremo interitu vindicavit, pulso præterea totà Galliâ hominum genere novæ ac maleficæ superstitionis, qui Rempublicam turbabant, quorum instinctù piacularis adolescens dirum facinus instituerat.

S. P. Q. P.

Extinctori pestiferæ factionis Hispanicæ, incolumitate ejus & vindicta patricidii læti Majestatique ejus devotiss.

Duplex potestas ista fatorum fuit,
Gallis saluti quod foret, Gallis dare ;
Servare Gallis, quo dedissent optimum.

Imprimé à Paris par Jean le Clerc, rue saint Jean de Latran, à la Salamandre, avec privilege du Roi (1).

(1) Ces Inscriptions furent traduites en François dans le temps ; les unes en vers, les autres en prose. M. l'Abbé Lenglet a conservé ces Traductions dans le tome VI des Mémoires de Condé, seconde partie, page 138 & suiv. M. d'Argentré en a donné une autre Traduction en Prose seulement, dans sa *Collectio judiciorum*, &c. tome II, déja citée. La pyramide, dit M. Piganiol de la Force, dans sa *Description de Paris*, tome I, page 521, 522, a été renversée l'an 1605, par un effet de la bonté du Roi (Henri IV) qui en accorda la démolition aux instantes prieres du Pere Coton, Jésuite.

Avertiſſement.

Sur ce terrible accident de la bleſſure du Roi , fut incontinent publié le Diſcours que nous ajoutons.

A TRES ILLUSTRE SEIGNEUR,

MONSEIGNEUR DU HARLAY (1),

Conſeiller du Roi en ſon Conſeil privé & d'Etat , Chevalier & Prince du Sénat de Paris , & premier Juge du Roïaume.

Monseigneur,

” La Ligue eſt une maladie , laquelle eſt attachée aux ames
” Françoiſes , comme la fievre aux humeurs des corps purulens
” & mal ſains. C'eſt pourquoi j'ai dreſſé ce Diſcours où le re-
” mede eſt plus apparent que le mal même. Si les yeux des re-
” belles le veulent communiquer à leurs eſprits , l'aïant digéré,
” ils ſe trouveront guéris ; & moi ſatisfait , ſi vous l'avez autant
” agréable , que le ſervice du Roi vous eſt en recommandation.
” Ce qu'eſpérant , je prierai Dieu , Monſeigneur , qu'il vous
” donne ſes graces , & à moi les vôtres.

Votre plus affectionné ſerviteur,

PONT-AIMERY.

(1) Achille de Harlay.

DISCOURS D'ETAT

SUR LA BLESSURE DU ROI.

L'AFRIQUE n'engendre plus les Monſtres ; l'air de notre Europe les conçoit, la France les nourrit & les éleve, l'Eſpagne les avoue, & l'Italie les ſanctifie : de bâtards, elle les fait légitimes, & de ſimples avortons, elle les rend hommès parfaits : la Chétienté en eſt émue, le Chriſtianiſme ſcandaliſé & l'Egliſe diviſée ; bref tout ordre eſt tellement perverti, que les Traîtres ſe nomment Partiſans, les Séditieux, bons Catholiques, les Neutres, Féaux & Aviſés, les Rebelles, Corrivaux d'État, les Serviteurs, Enfans de famille, les Etrangers, Naturels & Originaires du Roïaume ; voire les colomnes de l'Etat & les piliers de l'Egliſe, chacun ſe plaint du mal, ſans chercher le remede. La gangrene ſe met en l'ulcere, & au lieu de cautere ardent, l'on y applique des étoupes, ointes d'huile & de vinaigre. Les Médecins ſe moquent du malade, la ſonde des Chirurgiens ne pénetre point juſqu'au vif, la nature veut forcer la violence du mal, & aucun ne la ſeconde, les médicamens y répugnent, la criſe n'en eſt pas remarquée, l'on n'eſt en aucun doute, ſur ce que l'on ne craint pas ; la crainte ne ſurmonte jamais le deſir, le deſir ſurpaſſe le devoir, & pour le dire en un ſeul mot, toutes choſes ſont indifferentes à une ame mal née & à un eſprit corrompu & dépravé. Nous étions perdus ſi nous ne l'euſſions été. Le bonheur de la France eſt pareil à un Phenix, qui fait naître

<hr>

(1) Ce Diſcours parut d'abord en 1595 à Paris, chez Métayer, *in-8°.* avec permiſſion. Il fut réimprimé en 1599, auſſi à Paris, *in-12*, chez Jean Richer, dans un recueil d'Opuſcules de l'Auteur, intitulé : *Les Œuvres d'Alexandre de Pont-Aimery, ſieur de Focheran.* Il n'y a que ſix Ecrits ; le Diſcours eſt le cinquieme. L'Auteur étoit un Gentilhomme : il avoit voïagé ; avoit demeuré vingt-deux mois en Italie, dont il viſita les principales Villes, s'étoit trouvé à différentes Batailles, en particulier à celle de Pont-Charra, & avoit toujours eu beaucoup de zele pour ſa Patrie, & d'attachement pour Henri IV. Il aimoit la Poéſie ;

& indépendamment de quelques pieces que l'on trouve dans le Récueil cité, de 1599, on connoît de lui un poëme intitulé : *La Cité de Montelimart ou les trois prinſes d'icelle,* en ſept Livres, imprimé en 1591 *in-8°.* Un autre qui a pour titre : *Le Roi triomphant, où ſont contenues les merveilles de Henri IV,* &c. Il y a apparence que Pont-Aymery étoit de Montelimart. Voïez la *Biblioth. franç. ou Hiſt. de la Littérat. franç.* tome XIV, page 99 & ſuiv. L'Abbé Lenglet a fait réimprimer le *Diſcours d'Etat,* dans le tome VI des Mémoires de Condé ; mais il n'y dit rien de l'Auteur.

Ii ij

de sa mort un semblable à soi-même, & tire de ses cendres mor-
telles, un brasier de vie qui ne se peut éteindre à sa postérité.
Le Roi défunt d'heureuse mémoire se vit accablé, lorsqu'il nous
relevoit, se sentit oppressé, lorqu'il nous soulageoit, mourut,
lorsqu'il nous redonnoit la vie ; il mourut, dis-je, non au milieu de ses victoires, mais au commencement de ses triomphes.
Il broncha sur les ruines de ses ennemis, & n'eut rien de plus
contraire à son bien, que ceux dont il avoit établi la sûreté &
le repos. Les ames des Rebelles soupirent encore aux champs de
la Beauce, de Touraine, & de Senlis, & s'élevent contre l'af-
saffin qui l'a meurtri, puisqu'un simple effort les a condamnés,
& la faute détestable n'a su rendre coupable celui-ci, envers
ceux-même, pour lesquels ce grand Roi prostitua sa vie à l'a-
bandon de tant de hasards, que le Ciel nous démontroit, qu'il
étoit invincible à la vertu, que les victoires lui étoient certaines,
les routes des siens inconnues, les trophées domestiques & jour-
naliers ; l'infamie lui étoit étrangere, & la Religion du tout inviolable & sacrée-sainte. Notre lâcheté a défait celui que les armes ennemies n'oserent assaillir, & l'Eglise qui n'avoit plus de
voix, s'il ne lui eut servi d'organe, l'a injurieusement condamné.
Ce fait est extrême, l'excès en dérobe la créance, notre honneur
y est engagé, la postérité nous desavouera, & ceux qui naîtront
de nous en ce siecle, n'oseront à un meilleur se dire nos enfans,
le Poète se trouvera véritable.

> Tu n'es point Fils de cil qu'on dit ton Pere,
> Tu fus changé dans le lit de ta Mere,
> Ou bien tu es d'adultere conçu,
> Et par mégard tu fus ici reçu.

Chacun sait combien l'on a fait d'entreprises sur Sa Majesté
à présent regnante, en qui la faveur du Ciel est si manifeste,
que ceux qui en doutent sont Athées, & ceux qui ne l'admi-
rent & réverent, sont prophanes & impies. L'on peut voir à l'œil,
& toucher au doigt, que plusieurs Gouverneurs ont des desseins
particuliers sur la mort du Roi. L'on peut aussi juger combien
ils se trompent, vu que la seule injustice de leur pensée les confond, que l'appréhension les détruit, & que leur conscience les
bourrelle avec un fléau que l'ingratitude pousse sur leurs épaules,
comme une machine désignée à cette seule fin. Je vous prie,
dites-moi, que devinrent les héritiers, non du mérite, mais

des Roïaumes d'Alexandre ? Tous les Princes & Seigneurs de
l'Afie & de la Grece, penfoient trouver une feconde vie en fa
premiere mort. Et ce grand Prince n'étoit pas enfeveli, qu'ils fe
trouverent tous enterrés, n'aïant pour gain que la repentance ;
pour Roïaume, que la volonté ; pour affurance, que le défefpoir ; pour retraite, que le tombeau ; & pour élection de pis
en mieux, la feule mort. Tels furent Eumenes, Demetrius,
Prolomée, Antigone, Seleucus, Lifimachus, dont les uns perdirent leurs vies & leurs Roïaumes, & les autres fouffrirent des
afflictions plus fortes, & des peines beaucoup plus cuifantes &
dures. Le Poëte femble avoir raifon, qui dit :

> Il eft féant qu'un bon Chef, pour fa gloire,
> Aïant vaincu, furvive à fa victoire,
> Ou bien s'il eft, par fortune, abattu,
> Qu'il meure au moins en homme de vertu.

Que deviendroient tant de Seigneurs ingrats, s'il mefave-
noit de notre Prince ? que deviendroient les Princes mêmes,
l'obéiffance étant violée, la fujétion enfevelie, l'ambition des
particuliers accrue, la malice du général achevée, & le defor-
dre parfait ? Des Princes d'Italie, les uns reconnoiffent l'Empire ; les autres font hommagers du Pape ; ils ne peuvent être
offenfés que quelqu'un ne reparte pour eux. Mais qui feroit le
protecteur de ceux-ci, puifqu'un feul Charles le Quint a triom-
phé de tous les Princes d'Allemagne en quatre mois, & qu'en
effet & en apparence ils étoient perdus, fans le fecours que leur
donna Henri II ? S'ils font un corps d'armée, qui en fera le
Chef ? S'il n'y en a point, qui pourra combattre fans tête ? S'il
y en a une, qui eft celui qui la voudra fouffrir, n'aïant fu endurer un Roi légitime ? & tandis, que deviendra le Peuple ? ne
fera-t-il point mené comme les Ours ou les Bufles par le nez,
pour être le jouet des paffions d'un Châtelain, ou d'une morte-
paie, fur le front duquel la tyrannie fera écrite du fang propre de fes Concitoïens. A quoi feroit même réduite l'Eglife,
puifque le Soldat voudroit être Curé de fon Village, & le Capitaine Evêque de fa garnifon ? où feroient, je vous prie, la
peine & la récompenfe ? Les Tyrans pourroient-ils être affurés,
les Rois aïant failli à ce bonheur ? Pratiqueroit-on en leur
endroit ce qu'ils auroient abhorré chez les autres ? Les Confeillers & Préfidens deviendroient Factionnaires de ceux qui vi-

vent sous leurs Jurisdictions ; & eux, qui ont la tutelle des Rois, vivroient sous la halebarde d'un Caporal, ou d'un simple Anspessade. Ceci nous est presque advenu en la blessure du Roi, (que le Ciel nous rendroit immortel si nous en étions autant dignes que ses mérites nous obligent à le desirer, & la nécessité que nous en avons, nous y convie.) : sa mort éteignoit notre liberté, sa chûte accabloit notre bonheur, sa perte désoloit nos familles, son absence nous eut fait voir ce que nous craignons, son naufrage nous eut abîmés, & le bris d'un si grand corps eut fait naître un écueil en Europe, où la nef de Saint Pierre se fut dissoute & ouverte de toutes parts. Ne me croïez pas, Messieurs, je souhaite que l'on me trouve menteur en ce que j'ai à vous dire : c'est que quelques Capucins, Feuillans, & autres Religieux de cette Ville, confessent librement qu'ils ne prient point Dieu pour le Roi ; parce, disent-ils, que le Pape ne l'a pas absous, comme s'il lui étoit permis de condamner l'innocence, de juger de ce qui n'est pas mis en controverse, & de tirer de la grace de Dieu, celui qui la mendie avec autant d'humilité, qu'il y a de superstition en une si vaine & présomptueuse rigueur. Puisque tous les Conciles tiennent que la Bulle ne rend point l'homme excommunié, mais la faute ; & que la faute n'est plus où est la repentance, laquelle sert de commencement à l'absolution, & de fin à la peine (je parle de celle que peuvent assigner les Juges spirituels), pourquoi veulent-ils enforceler nos ames, les repaissant d'une viande tant peu convenable à un Chrétien, qui doit pardonner l'offense avant même qu'elle soit achevée, & se plaindre plutôt, ou aigrir contre le mauvais naturel de celui qui le persécute, que répartir sur le persécuteur. Il est écrit, je l'attendrai jusqu'au Soleil couché, & lui ferai lumiere en sa voie, de peur qu'il ne tombe.

Les Curés de toutes les Paroisses prient Dieu pour le Roi, les Loix divines & humaines l'ordonnent, ses bienfaits nous y obligent généralement ; & ceux ci, comme rebelles & criminels de leze-Majesté, feront un divorce en l'Eglise, sans être, je ne dirai pas punis, mais tant soit peu repris ? Les Sujets du Roi les nourrissent, voire les Rois mêmes les ont établis, & par une erreur barbare, suivie d'un malicieux prétexte, ils s'affranchiront du devoir même auquel la nature les astreint, & la générale société des hommes les appelle. En la seule France, ils commettent cette impiété, parceque le mépris des Loix & de la Roïauté y est si grand, que les Princes n'y sont respectés

que par humeur, & les Loix observées que par acquit, encore
est-il plus en l’apparence qu’en l’effet. Le simple Peuple, de
qui l’esprit n’est pas capable d’une forte ratiocination, & qui ne
croit que ce qu’il s’imagine, est incontinent traîné au dessein
de ces Religieux, qui leur prêchent la révolte pour du pain,
faisant peur aux débiles consciences, & ébranlant les mieux
fondées, par je ne sais quelle menace, qui sert de gehene aux
ames dévotes, d’embuches à la vie des Rois, de troubles aux
Républiques, de matiere à la superstition, & de scandale à l’E-
glise, de qui les justes & saintes armes ne s’emploient jamais
contre ceux qui la reconnoissent & vivent sous son étendart,
résolus d’y combattre jusqu’à la mort. Y a-t-il rien de plus im-
pertinent, ou de plus lâche, que quelques Officiers du Roi,
qui aboïans, à l’ombre des Mitres & des Chapeaux rouges,
avec une éloquence plus forcée que naturelle, & avec plus de
dessein que de raison, jusqu’à cette heure, ont maintenu les
Jésuites avec tant d’ardeur, qu’ils embrasoient les paroles des
fideles serviteurs de leur Maître, les convertissant en fumée,
lors même qu’il étoit question de la vie du Roi, & que l’on
protestoit contre eux, du peu de compte qu’ils en faisoient
pour être en réputation à l’endroit du Pape, & de ses créatures
formelles les Jésuites ? Il s’en faut peu que je ne vous nomme
ingrates Pies de cette grande cage. J’ai assez de cœur pour l’entreprendre, & trop plus de sujet pour l’effectuer : je vous pardonne en l’honneur de la France, joint aussi, que si vous évi-
tez la main des hommes, celle de Dieu n’est sujette à aucune
paralysie. Vous n’aurez point de plus grands ennemis que vous-
mêmes, & si vos Charges vous affranchissent d’être punis, on
ne laissera pas de vous en juger dignes ; la peine ne fait pas le
martyr, mais la cause, c’est assez que votre intention vous fasse
partie, & que l’on a vu qu’à tort vous souteniez les Jésuites de
la maison desquels, comme d’un Arcénal, est sorti cette piece
maudite, qui en une seule personne, a presque foudroïé toute
la France, dont se fut ensuivi l’embrasement de l’Europe, &
parmi la désolation universelle, (ce crois-je) votre ruine particuliere. Une chose me console, & me fait bien espérer : c’est
que Messieurs de Paris ont fait une entiere preuve de fidélité,
en ce dernier essai de trahison : car il n’y a eu famille qui ne se
soit réjouie de la conservation du Roi, & de la peine du parricide. Les salutations, les feux de joie, & les prieres faites pour
ce regard, apportent un oubli perpetuel aux fautes passées des

Habitans de cette Ville ; lesquels, en une seule nuit, ont donné plein jour à la créance que Sa Majesté doit prendre de leur service où l'affection préside, avec tant de vérité que le témoignage en est admirable, & l'espérance qu'ils y continueront, certaine & infaillible (1).

Avertissement.

Nous joignons conséquemment quelques Vers imprimés en même temps à Paris, contre cette Société de Judas.

EXIL ET PASSEPORT
DES JESUITES.

C'est à ce coup, faux hypocrites,
Que vos entreprises maudites
Se découvrent aux yeux de tous :
Nous voïons l'effet des paroles,
Que les langues non Espagnoles
Nous avoient prédites de vous.

Doncques, ô Secte sanguinaire,
Notre Prince à tous débonnaire
N'a su fléchir vos cœurs d'acier ?
Eh, quoi ? votre assassine envie
Ne s'est-elle encore assouvie
Par le sang de son devancier ?

Vous faites aux plus simples croire,
Qu'on acquiert l'éternelle gloire
En meurtrissant les Oints de Dieu.
Par vos confessions damnables,
Ces maximes abominables,
En cette France ont trouvé lieu.

---

(1) L'Abbé Lenglet a mis à la suite de ce Discours, l'*Hymne au Roi* (Henri IV) par le même Pont-Aymery. Cet Hymne est la première piece du Recueil des Œuvres de l'Auteur, dans l'édition citée de 1599.

mais

Mais ſi par un droit ſacrilege,
Votre pernicieux College
Un nom céleſte uſurpe à tort;
Il ne faut pas qu'on s'émerveille,
Si votre impiété conſeille
De pourchaſſer des Rois la mort.

Ames au ſac de France nées,
Vous penſiez bien, par vos menées,
Voir les Caſtillans vos amis,
Captiver du tout cette Ville,
Et la rendre à la ſin ſervile
A leur Roi qui vous y a mis.

Amateurs de ſang & de troubles,
De cœurs & de vêtemens doubles,
En France trop longtemps ſoufferts,
Vous penſiez par vos artifices
Couvrir vos ſanglans maléfices;
Mais ils ſont enfin découverts,

Qui ne ſait l'impoſteur langage
Dont vous enchantiez le courage
Des enfans par ruſe attirés,
Ne leur rempliſſant les oreilles
Que des fabuleuſes merveilles
De ce Roi que vous adorez?

Quantefois pour mettre en cervelle,
Par quelque admirable nouvelle,
Le Peuple, ami de nouveauté,
Avez-vous ſemé que l'Infante
Venoit pompeuſe & triomphante
Prendre à Paris la Roïauté?

Quelles fraudes inuſitées
Ne furent par vous inventées,
Pour dépoſſéder notre Roi
De ſon Roïaume héréditaire,
Et voir ſon Etat tributaire
Au joug de l'Eſpagnole Loi?

Combien d'impiétés extrêmes,
Combien de furieux blasphêmes
Avez-vous à tort prononcés,
Calomniant notre bon Prince,
Et desirant de sa Province
Voir les fondemens renversés ?

Depuis, voïant vos entreprises
Ne pouvoir à fin être mises,
Vous avez le conseil donné
A cette ame désespérée,
Qui sa dextre avoit préparée
Au coup par les Cieux détourné.

Que l'Air, le Feu, l'Onde & la Terre,
Poursuivent d'une forte guerre
Ce second Assassin, Clément :
Qu'on voie après lui ses complices,
Entre les plus cruels supplices,
Finir leurs jours horriblement.

Vous, cependant, Ames loïales,
Qui gardez les trois fleurs Roïales
Empreintes au plus vif du cœur,
Préservez, de telles canailles,
Le Roi, qui, en tant de batailles,
Est toujours demeuré vainqueur.

Le vieil Tyran de l'Iberie,
Sentant sa jeune ardeur périe,
N'a plus qu'aux trahisons recours ;
Il entretient les Séminaires
De ces espions sanguinaires,
Qui guettent le Roi tous les jours.

Doncques vous, qui tremblez de crainte
De voir du Roi la vie éteinte
Et la France avec lui mourir ;
Que tardez-vous, Sujets fideles,
Que sur ces troupes criminelles
Promptement vous n'allez courir ?

Comme on tenoit pour Hérétiques
Ceux qui découvroient les pratiques
De leurs esprits séditieux ;
Tenez pour Espagnols de race,
Ceux qui vouloient qu'on leur fît grace,
Et les chassez avecques eux.

PASSEPORT.

Gardes des infernales portes,
Défermez vos serrures fortes,
Et laissez librement passer
Les Jésuites, votre engeance,
Que les Cieux, par juste vengeance,
Hors de la France ont fait chasser.

Comme autrefois vous leur servîtes
De conducteurs, & les suivîtes
Lorsqu'envoiés de vos Enfers,
Ils vinrent dedans notre Terre
Allumer la civile guerre,
Source de tous nos maux soufferts :

Maintenant de pareille sorte
Vous devez leur servir d'escorte ,
Et chez vous mener promptement,
Leurs ames de vous tant aimées,
Qui de vos cavernes fermées,
Sont absentes trop longuement.

Et vous, ô Bandes Sataniques,
Allez aux Manoirs Plutoniques
Revoir votre antique séjour ;
Notre France, par vous détruite,
Ne souhaite moins votre fuite,
Qu'elle abhorre votre retour.

Tôt & loin.

Réponse de la Justice infernale, sur le Passeport des Jésuites.

1595.

> Jésuites, retirez-vous ;
> Il nege, & êtes en pourpoint :
> Mais voilà, nous n'en voulons point
> En Enfer de pires que nous.

EPIGRAMME.

> Pour punir selon leurs mérites
> Ces pernicieux Hypocrites,
> Qui perdent les jeunes esprits,
> Je ne suis d'avis qu'on les chasse ;
> Il suffit, pourvu qu'on leur fasse
> Ce qu'ils font aux meilleurs Ecrits.

Autre, fait le 11 de Décembre, avant l'Arrêt.

> Ces Massacreurs des Rois, méprisant nos menaces,
> Des Bedeaux du Recteur craignent autant les masses,
> Que les raisons d'Arnauld & les vers de Joli :
> Le moïen d'affoiblir leurs garnisons si fortes,
> C'est de faire un matin entrer dedans leurs portes
> Les Bedeaux de Rapin, & ceux de Lugoli.

Avertiſſement.

LES Jéſuites ainſi découverts, dreſſerent pour leur défenſe, & publierent comme ils purent ce qui s'enſuit.

AVERTISSEMENT
AUX CATHOLIQUES,

*Sur l'Arrêt de la Cour du Parlement de Paris, en la cauſe de
Jean Chaſtel, qualifié Ecolier étudiant au College
des Jéſuites.* (1).

AMI Lecteur, combien que cet Arrêt, par ſa forme & teneur,
ſoit ſi manifeſtement pernicieux, qu'il ne ſembloit néceſſaire
d'uſer de beaucoup de propos pour vous en avertir; néanmoins,
afin que ſoïez dirigé à la lecture d'icelui, vous pourront bien
ſervir les points qui s'enſuivent.

Premierement, faut noter que ledit Arrêt eſt bien & proprement dicté au goût des Hérétiques de notre temps, à ſavoir pour
rendre la Compagnie des Jéſuites ſuſpecte & odieuſe, ce qu'a-
pert, tant par la qualification dudit Jean Chaſtel, que de ſon
procès & condamnation.

Car au titre dudit Arrêt, icelui J. Chaſtel eſt dit Ecolier étudiant
au College des Jéſuites; & au contexte de ſon procès, eſt qualifié Ecolier aïant fait le cours de ſes études au College de Clermont; d'où il eſt manifeſte qu'il devoit être dit & qualifié avoir
été du paſſé Ecolier des Jéſuites, afin que par telle maniere de
parler ne fuſſent traduits iceux Jéſuites, qui ne doivent être
calomniés, à cauſe que ceux qui ont été autrefois leurs Ecoliers
tombent puis après en quelque crime ou infamie, non plus ni
moins que l'Univerſité de Paris, ou quelque College d'icelle,

(1) M. l'Abbé Lenglet du Freſnoy a fait
réimprimer cette Piece dans le tome VI des
Mémoires de Condé, ſeconde partie, page
111 & ſuiv. Elle eſt en faveur des Jéſuites.
Mais l'Auteur y avance diverſes maximes juſtement réprouvées en France; en particulier
ſur l'autorité des Juges Séculiers, par rapport à la condamnation des Eccléſiaſtiques
& des Religjeux,

peut être blâmée, à cause que Calvin & Beze, avec plusieurs autres, ont achevé le cours de leur études en icelle.

Semblablement, Jean Gueret, Prêtre, est introduit audit procès, qualifié ci-devant Précepteur dudit Jean Chastel, duquel
n'est dit autre chose, sinon qu'il a été ouï en cette cause, où, s'il
eut confessé quelque chose, comme ja avoit fait ledit Chastel,
n'eût été dissimulé, ains bien amplement inseré au contexte du
procès, comme l'on y a mis la confession dudit Jean. Partant,
la mention dudit Prêtre est ici impertinente, servante tant seulement pour, en chargeant apparemment lesdits Jésuites du cas
d'icelui Chastel, les rendre suspects & odieux.

Quant à la Sentence & condamnation, il y a deux parties
principales, l'une contre ledit Jean Chastel, l'autre contre les
Jésuites. Par icelle Sentence est commandé audit Jean, de dire
& déclarer, entr'autres choses de son amende honorable; que
par fausses & damnables instructions, il a dit audit procès être
permis de tuer les Rois, & que le Roi Henri IV, à présent regnant, n'est en l'Eglise jusqu'à ce qu'il ait l'approbation du Pape, dont il se repent & demande pardon à Dieu, &c. Note,
ami Lecteur, que cela lui est commandé de dire, non pas que
lui l'ait ainsi dit & confessé; autrement, il ne faut douter que
ses subornateurs & instructeurs, faussement présumés, eussent
aussi été nommés, tant audit procès, qu'en cette déclaration
ainsi commandée, & partant on a voulu, comme dessus, odieu-
sement insinuer que les Jésuites lui auroient suggeré lesdites
instructions fausses & damnables.

Davantage, il n'est vrai-semblable que ledit Jean Chastel,
dès l'année passée Maître ès Arts, comme l'on dit, auroit été
si dépourvu de sens, que de soi laisser persuader de quelqu'un,
tant docte qu'il fût, être permis simplement de tuer les Rois,
& beaucoup moins avoir dit & confessé cela en ces termes, car
le commun jugement de tous est entierement contraire, qu'il
faut honorer spécialement les Rois. Mais il est à croire qu'il a
voulu dire & soutenir, ce que les Docteurs approuvés enfeignent touchant ce sujet, à savoir qu'il est licite de tuer, non
pas toutes sortes de Rois, mais ceux-là tant seulement, qui sont
invaseurs & Tyrans, lesquels est bien licite de massacrer, non-
seulement par autorité de la République, mais encore par chacun privé, principalement là où il n'y a moïen de recourir au
Supérieur, à l'exemple d'Aiod au livre *c. 3. Cajetan, 2. a 2. æ,*

q. 64. a 3. Dom Soto lib. 5. de Inflitut. & jure q. 1. a 3. felon Saint Thomas 2. Senten. d. 44. q. 2. a. 2. item opufcul. de Regim. Princip. lib. 1. c. 6. Cajetan. Sylveft. Fumus in Summa verbo Tyrannus.

Et ce qu'a été dit & déclaré au Concile de Conftance *feff.* 15. qu'il n'eft loifible à chacun privé de tuer les Rois , encore que Tyrans , fe doit entendre des Rois légitimes & non invafeurs. Ce que le tout enfeigne doctement après les fus-allegués Théologiens. D. Fernandus Vafquius, Jurifconfulte au *lib.* 1. de fes controverfes , *c.* 8.

Note ici, ami Lecteur , que cette doctrine ne peut être référée originellement aux Jéfuites , attendu que la plûpart des Docteurs allegués ont écrit plufieurs années auparavant, que jamais leur Compagnie fut excitée de Dieu en ce monde. Mêmement iceux Jéfuites font ordinairemenr bien plus avifés que d'inciter quelqu'un particulier à l'entreprife licite , felon ladite opinion , n'étant ignorans que femblable cas eft eftimé dépendre de quelque occulte & divine motion & infpiration , laquelle on remarque en tous ceux qui valeureufement ont enfuivi l'exemple du fufdit Aiod. Quant à ce que ledit Jean Chaftel auroit encore dit , que le Roi Henri IV n'eft en l'Eglife jufqu'à ce qu'il ait l'approbation du Pape, à quelle raifon peut-il être repris ? attendu que Sixte V , l'auroit déclaré relaps , l'inhabilitant (par le pouvoir donné à Saint Pierre fur tous les Roïaumes du monde) à toute fucceffion de Roïaume , nommément de celui de France. Ce que du depuis a été encore confirmé par Gregoire XIV , en fes lettres monitoires au Clergé & à la Nobleffe de France , & de plus encore avoué par Notre Saint Pere Clement VIII , comme il appert par les Actes du Confiftoire des Cardinaux , ci-devant imprimés touchant ce que notredit Saint Pere répondit à la pourfuite qu'on faifoit lors de l'abfolution d'icelui Henri. Mais , qui eft celui qui admirera telle répréhenfion dudit Chaftel , s'il a bonne fouvenance que ladite Bulle de Sixte , fut condamnée (felon le bruit commun) les ans paffés à Tours , comme libelle diffamatoire , par ceux - là même peut - être qui ont forgé le préfent Arrêt ?

Ouvrez les yeux , Hommes François , & voïez qu'entre onze exemples des Empereurs & Rois qui ont été ci-devant deftitués par le Saint Siége Apoftolique ; vos Antéceffeurs ont été fort obéiffans au Pape Zacharie , qui leur donna pour Roi , Pepin ,

Pere de Charles-Magne, aïant dépofé Ildebrande pour fes mé-
faits & iniquités, dont les Hiftoires font mention, comment du
depuis votre République a profperé.

Finalement, la Cour déclarant que les propos dudit Jean
font fcandaleux, féditieux, contraires à la parole de Dieu, &
condamnés comme Hérétiques par les faints Décrets, s'ufurpe
l'autorité de l'Eglife pour juger ce qui eft Héréfie & contre les
faints Canons, qui encore pour le moins doivent être ici allegués afin de voir la belle révérence que les Auteurs dudit Arrêt
portent auxdits faints Décrets, defquels les Hérétiques fe moquent ordinairement. Mais tant s'en faut que lefdits propos,
en tant qu'ils touchent la perfonne de Henri de Bourbon, foient
contre les Saints Canons, que voirement ils font bien confor-
més & confentant à iceux, felon qu'il eft ja dit par la Bulle de
Sixte V.

Pour la feconde partie de cette condamnation contre les Jéfuites, il faut noter en premier lieu, que les Juges Laiques condamnant les perfonnes Ecclefiaftiques, & fpécialement les Religieux immédiatement fujets au Pape, & ce en caufe criminelle, font excommuniés par les faints Canons de l'Eglife,
auxquels toutesfois les Auteurs de cet Arrêt font état de porter fi grande révérence, encore que l'on n'ignore point que telle
autorité ne leur appartient par privilege ou autrement, mais que
ce n'eft autre chofe qu'ufurpation très inique dès le commencement de l'Eglife de, Dieu condamnée par les Loix des Empereurs même. En fecond lieu, fera facile d'obferver que le fufdit Jean Gueret, Prêtre & Jéfuite, n'eft ici fententié perfonnel-
lement, de quoi l'on doit entendre, qu'il n'a confeffé, ni été
convaincu de fauffes & damnables inftructions ci-deffus infi-
nuées, comme par lui données audit Jean Chaftel, qui du paffé
fut fon Ecolier ; car autrement l'on en eut bien fait banniere,
comme d'une chofe fort propre pour charger & outrager ledit
Jean Gueret avec tous fes Compagnons.

Et puifque ledit Chaftel, après cette condamnation, devoit
encore être appliqué à la queftion ordinaire & extraordinaire,
pour connoître de fes complices, entre lefquels on attendoit
que ledit Gueret feroit nommé, pourquoi ne fe peut-il dire,
qu'en ce cas, l'ordre de juftice requéroit de fufpendre encore
la Sentence d'icelui Gueret, & beaucoup davantage celle de
tous fes Confreres, qui ne communiquoient en ce fait ; néanmoins, ils ont été tous enfemble condamnés, tant ledit Chaftel,

tel, qu'indifféremment tous les Jéſuites du Roïaume de France, duquel ils ſont auſſi bannis, & privés de leurs biens.

Ceux de leur Compagnie ont encore ſouffert ſemblables perſécutions : car en Eſpagne, par aucuns leurs mal-vueillans, ils ont été jettés hors la Ville de Saragoſſe ; aux Païs-bas, par les menées du Prince d'Orange, ils ont été pouſſés hors d'Anvers, de Bruges, de Tournai, & de Douai ; mais chaque Ville ſe reſſentant bientôt après de leur abſence, les ont fait rentrer avec beaucoup de congratulation, honneur & faveur. D'où l'on voit que leſdits Jéſuites ne ſe ſont du paſſé en rien diminués, ains de beaucoup accrus & augmentés à l'occaſion même de leurs banniſſemens.

Outre ce, ladite condamnation déborde & arrive juſqu'aux autres Jéſuites par tout le monde, hors dudit Roïaume, leſquels on a voulu auſſi punir, parceque deformais ils n'auront des Écoliers de France ; mais qui des deux s'en doivent plus reſſentir, les François même, ou bien les Jéſuites ? Il ſemble véritablement qu'on a voulu pourvoir par ce moïen aux entrailles de Paris. Les enfans de France pourront déformais fréquenter les Ecoles de Geneve, de Leyde, de Bâle, mais, ſous peine de crime de leze-Majeſté, ne leur ſera permis d'aller aux Ecoles des Jéſuites ès Villes & Univerſités de Rome, de Naple, de Milan, de Pont-à-Mouſſon, de Louvain, & de Douai.

Vous me direz qu'il y a accuſation grande contre les Jéſuites en France ; car ils ſont ici condamnés *comme corrupteurs de la jeuneſſe, perturbateurs du repos public, ennemis du Roi & de l'Etat ;* elle eſt très grieve, à la vérité, cette accuſation, mais il faut noter que la preuve ſuffiſante eſt omiſe ; l'on peut apporter à l'encontre, le témoignage que les Jéſuites ont de toute l'Europe, des Rois, des Républiques, des Princes, voirement dudit Roïaume de France, chez leſquels iceux Jéſuites ont vêcu & vivent encore avec grande ſatisfaction. Remarquez ici, Ami Lecteur, comment cette Compagnie, appellée par le Saint Siege Apoſtolique & du Saint Concile de Trente, *Société de Jeſus,* eſt bien ornée de la livrée de notre Rédempteur Jeſus. Les Jéſuites ſont-ils dit corrupteurs de la jeuneſſe ? Notre Sauveur fut appellé trompeur & ſéducteur du Peuple. Sont-ils accuſés comme perturbateurs du repos public ? ainſi fut notre Seigneur, tenu pour ſéditieux. Sont-ils chargés d'être ennemis du Roi & de l'Etat ? ainſi notre Sauveur, à l'occaſion de ſon Roïaume,

Tome VI. L l

qu'il difoit n'être de ce monde , fut eftimé ennemi de l'Empereur de Rome & de l'Etat.

Il eft écrit en Saint Matthieu , *c.* 10 : le Difciple n'eft point
par deffus le Maître , ni le ferviteur par deffus fon Seigneur. Il
fuffit au Difciple , qu'il foit comme fon Maître , & que le ferviteur foit comme fon Seigneur. S'ils ont appellé le pere de famille Beelzebub ; comme plus fes domeftiques.

Finalement , je ne puis ici omettre , Ami Lecteur , vous dire,
que l'Arrêt préfent fymbolife fort bien avec celui d'Angleterre,
par lequel fut ci-devant décreté , que tous Anglois étudians
chez les Jéfuites , feroient coupables (enfemble leurs parens)
du crime de leze-Majefté. D'où l'on peut bien entendre que fi
les Auteurs dudit Arrêt ne font eux Calviniftes , ils ont fuivi de
près les traces des Anglois, qui fe difent Calviniftes , qui pieça
auffi déclarerent lefdits Jéfuites être féditieux ; ce qui ne fe doit
prendre en autre façon , que du paffé les Arriens déclarerent
S. Athanafe Evêque d'Alexandrie , & S. Hilaire Evêque de
Poitiers, être gens féditieux.

Voilà donc , Ami Lecteur , ce qui vous pourra diriger , pour
ni facilement chopper , ni chanceler à la lecture dudit Arrêt,
vous exhortant de plus , à prier Dieu notre Seigneur (en la main
duquel font toutes les puiffances & droits de tous Roïaumes)
qu'il veuille regarder benignement ce pauvre & défolé Roïaume de France , afin qu'il plaife à fa bonté infinie de fecourir &
pourvoir , felon qu'il voit être néceffaire pour le maintien de
fon Eglife. Ainfi foit-il.

Avertissement.

Depuis, ils femerent maints autres Libelles fameux contre le Roi & le Parlement de Paris, & ont continué jufqu'à la Paix, dreffant infinies pratiques pour rentrer en France, où ils fe font maintenus, nommément à Touloufe, à Bourdeaux, à Tournon & ailleurs, malgré les Arrêts du Souverain Sénat. Or, d'autant qu'au Plaidoïer de M. Louis Dollé, mention eft faite de l'Arrêt du Sénat de Venife contre les Jéfuites, je le préfente ici, traduit de l'Italien.

DECRET

DE LA SEIGNEURIE DE VENISE

CONTRE LES JESUITES;

Avec la Traduction de la Lettre d'un Gentilhomme Italien à un François, fur ce qui s'eft paffé à Venife entre l'Univerfité de Padoue & les Jéfuites ; & l'Oraifon du Seigneur Céfar Cremonin, au nom de l'Univerfité de Padoue.

LETTRE D'UN GENTILHOMME ITALIEN.

Monsieur,

» Comme il plût à Dieu, le vingt-neuviéme jour de Décem-
» bre 1594, infpirer Meffieurs de la Cour de Parlement à Paris,
» lorfqu'en jugeant le procès de cet exécrable parricide Jean
» Chaftel, il fit voir dans fa lumiere, la lumiere de vérité, &
» ouvrit les efprits des Juges pour donner un mémorable juge-
» ment contre les Jéfuites ; j'eftime que tous François dévo-
» tieux envers la vraie Religion Catholique, Apoftolique &
» Romaine, & amateurs du falut & de la vie de leur Prince
» très Chrétien, & de la fûreté du Roïaume, & en conféquen-
» ce de tout l'Etat Eccléfiaftique de la Chrétienté, & de la
» fouveraine autorité de Notre Saint Pere le Pape ès chofes
» fpirituelles, doivent defirer que les perfonnages illuftres, qui
» manient aujourd'hui les affaires des Etats Chrétiens, aiguifent
» la pointe de leurs entendemens pour repouffer les menées &
» les efforts, fi aucuns fe font par les méchans, afin de remet-

» tre ces parricides , corrupteurs de la jeuneſſe , & perturba-
» teurs du repos public & des Etats , étant néceſſaire , pour la
» tranquillité commune de l'Egliſe Catholique , répandue par
» tout le monde , que vous veilliez aujourd'hui en la France
» autant & encore davantage , que vous ne faiſiez alors que
» ces cruels enfans du Diable , animoient ouvertement les hom-
» mes à aſſaſſiner ce grand Prince. Vous pouvez juger , par les
» témoignages que vous avez eus des méchans deſſeins de ces
» monſtres , combien feroit grand le mal que ſouffririez s'ils
» retournoient dans vos entrailles. Ce qui me fait croire que
» vous ne vous laiſſerez aller aux perſuaſions de quelques per-
» ſonnes qui les veulent favoriſer. Car ce ſont hommes trin-
» cats (1) qui ſe portent dextrement , mais à leur avantage par-
» ticulier , comme fit Æneas Sylvius (2) de la famille des Picolo-
» mini , qui fut Secrétaire de deux Papes , d'un Empereur &
» d'un Anti-Pape , & les ſervit tous pour parvenir au Cardina-
» lat , & de là au ſouverain degré : ou bien ce ſont gens qui ſe
» laiſſent abuſer & ne reconnoiſſent pas que vos ennemis , aïant
» expérimenté que la peau de Lion ne leur pouvoit ſervir , ils
» ſe veulent aider de celle du Renard. Mais d'autant que les
» affaires de Sa Majeſté très Chrétienne vont proſpérant ; c'eſt
» à vous , Seigneurs François , à la ſoigner & conſerver , tant
» par vos bons vœux , que par bonne crainte & bonne garde.
» Et ſur tout , il faut que vous preniez les armes de la prévoïance ,
» en vous remettant devant les yeux les exemples des hommes
» ſages , qui ſe ſont garantis contre ces Hypocrites , les aïant
» reconnus pour Miniſtres de Caſtille , & Partiſans du Roi
» Philippe , & entreprenant ſur tous Etats , comme quelque-
» fois le Pape Sixte V a fait plainte d'eux , qu'ils faiſoient
» des entrepriſes étranges mêmes ſur lui & ſur le Saint Siege.

» Et à ce que vous ſoïez invités à ſonger de près à vous , je
» deſire que vous voïez les mémoires que j'ai recouverts d'un
» mien ami , de ce qui s'eſt paſſé entre l'Univerſité de Padoue
» & ceux qui ſe diſant de cette Société , ſe donnoient le titre
» de la Compagnie de Jeſus. Ces mémoires contiennent leur
» progrès , narré en l'oraiſon du ſieur Céſar Cremonin , faite au
» Séréniſſime Prince Duc de Veniſe , & aux Sénateurs très ex-
» cellens , avec le Décret de la Seigneurie du mois de Décem-
» bre 1591 , ce qui eſt bon à voir par tout en cette ſaiſon , &

(1) Adroits , ruſés.
(2) Depuis Pape ſous le nom de Pie II.

» mêmement en France. Vous connoîtrez que ces bons Doc-
» teurs, ou Peres féducteurs, n'ont pas été flattés en ce quar-
» tier ; car on accorda contr'eux tout ce qui se pouvoit ordon-
» ner en Italie, & plus que l'on ne demandoit. Que si ce juge-
» ment a été rendu en ce païs par Seigneurs très Catholiques,
» & auxquels tous Chrétiens sont tenus rendre respect, les
» François sur tous, doivent honorer leur sagesse, parcequ'en-
» tre les premiers Alliés de la Couronne de France, ils ont
» même, au commencement des nouveaux troubles, au plus
» mauvais temps, très bien esperé tous les premiers des affaires
» du feu Roi Henri III, de très heureuse mémoire, & ont con-
» tinué depuis. De sorte que ce qu'ils ont jugé, vous doit ser-
» vir de conseil, pour vous faire perseverer en vos premiers
» avis, & tenir ces nouveaux assassins pour hommes abomina-
» bles. Car certainement ces Seigneurs Vénitiens sont très sa-
» ges & très prudens ; si que je puis dire, qu'entre les Etats
» Chrétiens, ils sont des premiers & principaux en possession
» de la vraie prudence. Espérant que cet avis vous apportera
» l'utilité que je vous souhaite, Je vous baise les mains, priant
» Dieu pour votre félicité & prospérité. De Rome, &c.

Votre affectionné serviteur

G. G.

ORAISON DU SIEUR CESAR CREMONIN(1),
Au nom de l'Université de Padoue.

SERENISSIME Prince, & vous Senateurs très excellens:
depuis le temps que Padoue Ville autant resplendissante pour
toute sorte d'excellence, comme remarquable & honorable par
l'antiquité de son origine, reçut volontairement les Loix de la
très heureuse Seigneurie de Venise, & que l'Université de la
même Ville, fondée par l'Empereur Ferry second du nom, Uni-

---

(1) César Crémonini, né à Cento dans le Modenois, selon d'autres dans le Ferrarois, professa la Philosophie à Ferrare pendant dix-sept ans, & à Padoue pendant quarante. Ses leçons furent très estimées ; ses Ouvrages le sont peu. Il étoit grand Sectateur d'Aristote, & fort peu attaché, dit-on, à la Doctrine Chrétienne, & même aux vérités les plus essentielles, comme à l'immortalité de l'â*. Cependant quelques Ecrivains ont prétendu le justifier sur sa croiance. Bayle & Moréri disent qu'il mourut de la peste en 1630. Il est sûr qu'il vivoit encore en 1631 ; puisque le 16 de Juillet de cette année il fit son Testament. Voïez *Joann. Imperialis Musæum Historicum*, in 4°. pag. 173 & 174. Le Dictionnaire de Bayle, &c. Le Discours que l'on donne ici se lit aussi dans le Mercure Jésuite, tom. I page 490.

verſité qui, auparavant qu'elle fût diviſée & deſunie, comme
elle eſt aujourd'hui, étoit à comparer non-ſeulement à celle de
Bologne, à l'envie de laquelle elle fut établie par ledit Empereur, mais avec l'ancienne Académie, & le renommé Lycée;
depuis, dis-je, que ladite Univerſité vint auſſi à être gouvernée
par ladite Seigneurie de Veniſe, c'eſt choſe qui ſurpaſſe toutes
les plus grandes louanges que l'on puiſſe donner à pas un grand
Etat, que le ſouvenir de l'affection que les Chefs de ladite Seigneurie ont apportée à ſon entretenement; de la peine qu'ils
ont priſe à pourvoir aux occurences, à meſure qu'elles ſe ſont
préſentées; de la diligence dont ils ont uſé à procurer ſon accroiſſement, la gratifiant de toutes faveurs poſſibles, la privi-
légiant de toutes ſortes d'exemptions, & l'accroiſſant de toutes
dignités qui lui pouvoient donner autorité. Auſſi eſt-ce une
merveille de penſer avec quelle réputation la gloire de la magnanimité de Meſſieurs de Veniſe, a paſſé juſqu'aux Nations
les plus éloignées, à cauſe de cette Univerſité. Je ne dis rien,
Meſſieurs, que vous ne ſachiez tous; vous, dis-je, qui connoiſſant très bien combien il importe à l'honneur de cette Séréniſſime Seigneurie d'avoir à Padoue une ſouveraine & ſinguliere Univerſité, en enſuivant les généreuſes traces de vos devanciers, & votre accoutumée ſageſſe, l'enrichiſſez tous les
jours de bienfaits & d'exemptions, & y raſſemblez à quelque
prix que ce ſoit, les premiers hommes du monde que vous pouvez trouver, pour entretenir ſon honneur & ſa majeſté. Mais,
très Haut Prince, & vous très ſages Sénateurs, à quoi ſert la
diligence & prévoïance que vous apportez à maintenir la ſplendeur & la magnificence de votre College, s'il ſe trouve à Padoue une race de gens, qui aïant établi un College à leur poſte,
à l'envie du vôtre, ont déja gâté le vôtre, & l'ont entierement
ruiné? & autant que vous faites en un jour pour ſa grandeur,
autant font-ils en un jour pour ſa ruine. Vous lui donnez des
exemptions & privileges pour l'agrandir & le peupler, & eux,
avec leurs inventions, ne penſent qu'à diminuer le nombre que
vous eſſaïez d'accroître. Ainſi, Meſſieurs, vous voïez à vos
pieds votre Univerſité de Padoue qui vient faire entendre ſon
état à vos Seigneuries, & les ſupplier, qu'en ce beſoin extrême
elle ne manque point de l'affectueuſe protection de laquelle
vous l'avez favoriſée par le paſſé.

Ils vous propoſent donc, que les Révérends Peres Jéſuites
aïant de leur propre autorité, contre les Loix de vos Seigneu-

ries introduit fecrettement à Padoue, à l'envie du College de la
Seigneurie, un autre College, qu'ils appellent le leur, que cet
Anti-College (car ainfi le faut-il appeller) foit ôté fuivant les
Loix de la Seigneurie de Venife. De laquelle propofition, aïant
été député & commandé de ce faire, je m'efforcerai de mettre
brievement quelques raifons devant vos Seigneuries, attendant
l'exécution conforme à la civilité de notre Requête, & à la
connoiffance que vos Seigneuries en ont d'elles-mêmes. J'ai
dit, que les Peres Jéfuites ont établi leur College de leur propre autorité, pour ce que je ne vois point que leur établiffement foit fondé fur les Ordonnances du Sénat de Venife; feulement ont-ils montré aux magnifiques Recteurs de l'Univerfité quelques Bulles, fur lefquelles je n'ai que faire de difcourir, finon que pour répondre aux privileges defquels ils fe veulent prévaloir, en vertu defdites Bulles contre l'Univerfité, il
faut que je dife que l'Univerfité de Padoue, touchant ce qui
concerne particulierement les lettres, ne reconnoît point d'autre autorité que celle de la Seigneurie de Venife : & fi ces
Peres ont autre opinion, & prétendent qu'il y ait d'autres Princes, qui leur puiffe faire créer des privileges, & leur donner
autorité dans l'Etat de Venife, c'eft à vos Seigneuries que cela
touche, & n'a rien de commun avec notre caufe. J'ai dit que
l'inftitution de leur College eft contre les Loix de la Seigneurie de Venife; qu'on regarde dans les Statuts de l'Univerfité,
des Maîtres-ès-Arts chap. 9. & 16. du fecond livre, & dans les
Statuts des Légiftes au fecond du fecond livre, en tous lefquels
il eft défendu, fur grandes peines, qu'il n'y ait d'autres que
ceux qui font députés expreffément à lire, qui puiffent en aucune façon faire des leçons ès Ecoles du Po : & fi les Peres Jéfuites n'y font expreffément nommés, fi ne laiffent-ils pas d'y
être compris, attendu que la raifon qui a fait faire lefdits Statuts, les y comprend expreffément. La raifon defdits Statuts n'a
été que pour conferver & maintenir l'honneur & la dignité de
l'Univerfité; & dans cette raifon, les Peres Jéfuites font d'autant plus compris, que leurs leçons font directement contraires à la dignité de l'Univerfité; joint que quand les Statuts furent faits, il n'étoit pas poffible de faire particulierement mention d'eux, pour ce qu'on n'eut jamais deviné qu'il fût venu des
gens de fi loin, pour planter un autre College à Padoue, en
une Ville de la Seigneurie de Venife, où déja étoit la premiere
Univerfité du monde; car s'ils euffent penfé, qu'il fe fût trouvé

1595.
ORAISON DE
CESAR CRE-
MONIN.

homme fi ofé de vouloir faire un nouveau College à Padoue, qui doute qu'ils n'euflent fulminé contre lui les plus étroites peines qui fe puiffent imaginer ? Voïons en cas femblable comme l'Empereur Juftinien y pourvut. Il fe trouva, de fon temps, des gens, qui, fans avoir puiffance de l'Empire, fe mirent à lire en Alexandrie, juftement comme ces Peres ici, fans avoir congé de la Seigneurie ; comme Juftinien le fut, il fit contr'eux ces rigoureux Edits que nous lifons encore aujourd'ui dans fes Loix. Mais que parlai-je de Juftinien ? s'il m'étoit loifible, Meffieurs, de me prévaloir d'autres Loix que des vôtres même, je n'aurois faute, ni de Décrets, ni de Conciles en faveur des Univerfités, ni des Loix des autres Empereurs, & de Julien, & de Valentinien. Mais je penfe en ce cas ne devoir alleguer d'autres Ordonnances que celles de la Seigneurie de Venife, entre lefquelles, & après celles que j'ai tantôt alléguées, il y a à la fin une lettre de Meffieurs les Illuftriffimes Réformateurs, défendant à toutes perfonnes de lire l'anatomie en public ou en particulier, au temps que le Chirurgien député par l'Univerfité eft empêché de le faire. Ordonnance, dont jamais on n'a pu obtenir congé; au contraire, quelque inftance qu'on en ait faite particulierement à la Seigneurie, & fi l'on ne peut obtenir congé contre la Loi, quoiqu'il femble que ce foit pour le profit de l'Univerfité, combien plus faut-il empêcher qu'il n'y ait perfonne qui life feulement à l'envie de l'Univerfité, & pour fa ruine ? S'il falloit, Meffieurs, que la Seigneurie de Venife fe conformât à l'exemple d'autres Princes, je vous repréfenterois Pavie, Pife, Bologne, Peroufe, Ferrare, & les autres Univerfités, (exceptée Rome pour fon interêt particulier) efquelles on ne permet point qu'il y ait autres Colleges que ceux qui font établis par l'Etat ; & Rome même, puifque j'en ai fait mention, nous peut fervir d'exemple profitable, aïant perdu entierement les Ecoles, depuis qu'elle a reçû les Colleges de ces Peres. Mais je laiffe tout ceci pour retourner à ma propofition. J'ai dit que ces Peres ont fait un Anti-College : voïons fi je dis vrai. Je ne veux point emploïer pour la preuve de mon dire beaucoup de chofes que je pourrois, comme de vous repréfenter que ces Peres vont amadouant les Ecoliers, pour les faire venir à leur College, & laiffer celui de vos Seigneuries, difant qu'au leur ils font beaucoup de profit, & qu'au vôtre, il y a peu de leçons, & beaucoup de détourbiers, comme fi le College de vos Seigneuries étoit mal inftitué pour l'ordre des leçons, & comme

ſi

fi les Loix de vos Seigneuries , & la prudence de Meſſieurs les
Illuſtriſſimes Réformateurs , & des Illuſtriſſimes Recteurs de Padoue , n'étoit ſuffiſante pour entretenir le repos en la Ville , &
en l'Univerſité , & comme ſi on ne voïoit point à l'œil, de jour
en jour , que leur établiſſement d'un autre College, à l'envie du
vôtre , engendre tous les jours la deſunion entre les Ecoliers,
partis étant déja tellement formés , que les uns ſe diſent Jéſuites , & les autres Bouiſtes , comme Guelfes & Gibelins ; & qui
ſait quels troubles pourront naître un jour à cette occaſion ?
Pour le moins eſt-il toujours certain que toutes diviſions ſont
mauvaiſes & dangereuſes. Je ne veux encore mettre en avant
que l'opinion qu'ils ont ſemée de votre College ſe va répandant
par toute l'Europe , au moïen de la grande quantité d'Etrangers qui hantent tous les jours à Padoue , ſi bien que votre Univerſité perd tous les jours ſon crédit, & ſa réputation. Je ne parlerai point auſſi d'un conſeil donné par ces Peres en public en
leurs Congrégations , à ceux qui s'y aſſemblent, qu'ils s'abſtiennent de converſer avec ceux du College de vos Seigneuries.
Encore que ce ſoient toutes choſes de grande conſidération ,
& dont je donnerois des preuves ſuffiſantes s'il en étoit beſoin ,
je me contenterai de vous dire que ces Peres font un rolle &
l'impriment avec ce titre : *in Gymnaſio Patavino Societatis
Jeſu.* Comme s'il devoit y avoir à Padoue autre College que
celui de la Seigneurie , ils le publient ſuivant les cérémonies de
l'Univerſité, avec une harangue pour exhorter toute la jeuneſſe
d'aller à leur College , préjudiciant tacitement aux autres ; ce
n'eſt pas aſſez, ils l'affichent par toute la Ville pour mieux le
publier. Ils ont leurs Ecoles à part , ils ſonnent leur cloche ,
ils ont les heures de leurs leçons reglées , ils ont en tout une
forme publique ſemblable à celle de vos Seigneuries. Voïez de
grace , ſi cela s'appelle comme ils diſent , faire un exercice
pour leurs Novices , ou ſi c'eſt ouvertement tenir tête au College de votre Seigneurie. Qui apporte une diminution notable
à l'honneur de l'Univerſité , étant occaſion d'avoir beaucoup
moins d'Ecoliers qu'il n'avoient accoutumé. Et pour ce qu'il
ſemble que ces Peres propoſent de laiſſer la cloche , de ne mettre plus d'affiches , & s'abſtenir de quelques autres circonſtances publiques, je penſe vous devoir repréſenter que ces modé-
rations , outre ce qu'elles font contre les privileges de l'Univerſité , n'ôtent point la diviſion extrêmement importante ,
qui demeurera s'il y a deux ſortes d'Ecoliers à Padoue , ceux

Tom. VI,   M m

des Peres Jéfuites, & ceux du College public, ni les troubles qui en réuffiffent aujourd'hui, les chofes étant en tels termes, que quand les Ecoliers des Jéfuites viennent aux Ecoles du Bo, on leur crie : dehors Jéfuites. Et au cas femblable, quand ceux du Bo vont aux Jéfuites. Il me femble encore devoir dire que leur accorder cette modération, c'eft confirmer leurs Bulles, & établir leur College, dont s'enfuivra qu'aïant tant fait fans être autorifés au préjudice de l'Univerfité, ils en feront à l'avenir beaucoup davantage. Mais en cet endroit, afin d'ôter l'opinion qu'on pourroit avoir prife, que les Ecoliers vont au College des Jéfuites, comme à celui où ils profitent le mieux, je devrois par avanture dire un mot de leur façon d'enfeigner : fi elle eft fuperficielle ou folide, fi les hommes qu'ils font monter en chaire, font jeunes gens qui s'apprennent eux-mêmes en s'exerçant, ou s'ils font affez avancés pour inftruire les autres; fi dans les livres qu'ils tiennent devant eux, ils lifent une doctrine qu'ils entendent, ou une doctrine empruntée; fi en amaffant tant de leçons & volant par deffus les fciences, ils font le profit ou le dommage de leurs Ecoliers ; & devrois peut-être encore repréfenter les moïens que ces Peres tiennent pour attirer les Ecoliers à leur College; fi ce font les moïens légitimes ou prétextes artificieux; fi ce font moïens louables, ou moïens de déception ; s'ils ont égard au bien des Ecoliers, ou à leur propre autorité. Mais fi je m'étendois à ces difcours, je pafferois les bornes de mon intention, & du commandement que j'ai, n'étant de vos Seigneuries pour reprendre aucun défaut qui foit en ces Peres, mais pour fervir vos Seigneuries en leur repréfentant l'honneur de votre College, & demandant qu'il foit donné ordre que de tout ce qui fe lit dans le College de vos Seigneuries, ces Peres s'abftiennent d'orénavant d'en lire; croïant ladite Univerfité, qu'en ce faifant, ils s'acquittent du devoir qu'ils vous ont, & font un notable fervice à cette Seigneurie, ne pouvant avoir autre opinion que toutes vos Seigneuries n'aient une grande affection d'entretenir la majefté de l'Univerfité de Padoue, & fe fouvenir que c'eft l'Univerfité de laquelle, fans les Peres Jéfuites, font fortis par tant de fiecles, tant de perfonnages fignalés, & remarquables en toute forte de dignité, Confeillers des Princes & des Rois, Prélats, Evêques, Cardinaux & Papes; que c'eft cette Univerfité, qui, fans les Peres Jéfuites, a produit tant d'excellens perfonnages à cette Seigneurie, dont les uns ont laiffé une renommée im-

mortelle, & un regret extrême après leur mort, & les autres
vivans encore aujourd'hui fervent tous les jours au bien de cet
Etat. Que vos Seigneuries rendent fon honneur à leur College.
Les parois facrées de cet avantureux Palais, que vous avez donné pour nos Ecoles, & qui fouloient être autrefois honorées
d'une fi grande quantité de Nobleffe, maintenant pauvres &
vuides à l'occafion de ce nouveau College que ces Peres ont établi, fi elles avoient auffi-bien une langue & une parole, comme elles n'en ont point, que feroient-elles autre chofe, que
dire avec une piteufe voix, fouvenez-vous de nous Séréniffime
Prince; fouvenez-vous d'être vous-même, le Prince de Venife,
& non les Peres Jéfuites; toute la Grece n'eut qu'un College,
& Padoue en a deux. Il fe trouve donc une autre Nation qui
entreprend de commander à l'envi de la Seigneurie de Venife,
dans les Villes de fon Etat; fouvenez-vous, diroient d'une
voix, fi elles pouvoient parler, toutes les Ecoles publiques, que
l'étude pour laquelle vous nous avez deftinées fut établie par le
fage Empereur Ferry, pour aller de pair avec la Ville de Bologne; & que maintenant elle s'en va tellement abaiffer, qu'il
faudra qu'il la quitte non-feulement à Bologne, mais aux
plus pietres Univerfités d'Italie. Padoue, Meffieurs, n'a
que faire de l'aide des Jéfuites, pour enfeigner les fciences,
aïant la pourvoïance Vénitienne, qui s'étend par tout pour
choifir les hommes de lettres, lefquels apprenans qu'il y a
deux Colleges à Padoue, & que la majefté de celui de la Seigneurie eft beaucoup abaiffée, il eft aifé à juger qu'ils n'y viendront pas à l'avenir fi volontiers qu'ils ont fait par le paffé, & qu'il
adviendra des leçons des Ecoles de Padoue, à l'occafion de ces
Péres, le même qui eft déja advenu à leur occafion aux Ecoles de
Grammaire, dont il n'y a plus à Padoue, chofe qu'il n'eft pas
à cette heure temps de mettre en confidération, fi elle eft utile
ou dommageable. J'ai dit en dernier lieu, que le College contraire aux Loix de votre Seigneurie, contraire à la Majefté de
votre Univerfité, a été fecrettement introduit, & j'ai dit la
vérité. Ces Peres vinrent au commencement pauvres, & en apparence d'humilité: ils commencerent à montrer la Grammaire
aux enfans, & ainfi peu à peu amaffant je ne fais comment des
richeffes, & gagnant pied à pied, ils font venus jufqu'à faire
leçons en toutes les fciences, avec intention, ce crois-je de fe
faire à Padoue, Monarques du favoir (fi encore ils fe contentent à fi peu de chofe) & triompher des Ecoles de la Seigneurie

1595.
ORAISON DE
CESAR CRI-
MONIN.

M m ij

de Venife, en les ruinant, comme je difois à cette heure, qu'ils ont fait des Ecoles de Grammaire, qu'ils ont entierement éteintes. Voilà les raifons, Meffieurs, que l'Univerfité de vos Seigneuries a trouvé bon de vous propofer, d'entre tant d'autres qu'elle vous pouvoit repréfenter, n'aïant point eu de crainte de fe venir jetter à vos pieds pour cette occafion, encore que les adverfaires aient effaïé de l'épouvanter, avec les Bulles que j'ai dit au commencement, & lui faifant entendre qu'ils avoient tel pouvoir envers votre Seigneurie, que la peine qu'elle prendroit feroit inutile. Votre Univerfité n'a point redouté tout cela, connoiffant que les Gentilshommes de cette Seigneurie font très fages & très juftes, & fi bien avifés, qu'ils ne porteront jamais faveur pour quelque refpect particulier, contre l'honneur du public; étant bien appris que l'homme d'Etat ne regle fon jugement ni fes actions à l'interêt particulier; ils vous ont voulu, dis-je, propofer ces raifons, afin que vos Seigneuries, fuivant leur accoutumée prudence, attendu le bien du fervice de vos Seigneuries, duquel il eft queftion en cette affaire; attendu les Loix de l'Univerfité faites par la Seigneurie de Venife, contre lefquelles on entreprend; attendu le vrai bien du public, & non les prétextes de leurs révérendes paternités; attendu la confervation du repos, qui ne fe peut maintenir en laiffant deux Colleges à l'envie l'un de l'autre, attendu en fomme le devoir & la raifon, veuillent, en exécutant les Statuts de la Seigneurie, confirmer en fon premier état le College de votre férénité & de la Séréniffime Seigneurie, finon fondé par elle, toutesfois agrandi par elle, réglé par elle, honoré de privileges par elle, & ôter l'autre Anti-College, introduit en votre Etat par une race étrangere, de fa propre autorité, commandant à cet effet que la Requête de l'Univerfité foit lue dans votre très excellent Confeil des Requêtes, & l'exécution en foit réfolue: J'ai dit.

DECRET DU SENAT DE VENISE.

Aux Recteurs de Padoue.

ESTIMANT être très néceffaire, pour beaucoup de raifons, de pourvoir par tous les moïens poffibles que la divifion & difcorde qui a pris commencement entre les Ecoliers pour les caufes que vous nous avez écrites, & qui ont été repréfentées à notre College par les magnifiques Recteurs & Ambafſadeurs de notre Univerſité à Padoue, ne prennent plus grand accroiſſement, avec le danger apparent du mal qui s’en enſuivroit, & la ruine de ladite Univerſité ; nous avons aviſé avec le Sénat, que faiſant venir vers vous les Révérends Peres Jéſuites, vous leur faſſiez entendre avec telles ou ſemblables paroles : Que d’un côté, ils peuvent comprendre clairement, que comme nous ſerons toujours prêts à maintenir & favoriſer leur Religion en toutes les choſes qui ſeront convenables pour le ſervice & l’honneur de Dieu, qu’auſſi d’autre part, nous avons trouvé très étrange, pour beaucoup de reſpects, qu’ils aient introduit en ladite Ville, en pluſieurs ſortes, une forme de College avec ſon de cloches, avec affiches imprimées, aux mêmes heures, à huis ouverts, & Ecoles publiques, l’intitulant encore le College de Padoue de la Société de Jeſus, comme à l’envie, & au préjudice manifeſte du College inſtitué depuis tant d’années par la Seigneurie, & toujours maintenu par nous, pour le grand profit qui en eſt revenu en tous les ſiecles, au bien de toute la Chrétienté, ſans que par le paſſé, il ſe ſoit trouvé perſonne qui lui ait apporté aucun empêchement & ſcandale, en quelque maniere que ce ſoit, comme nous entendons qu’il ſe fait à l’occaſion de ce nouveau College qu’ils ont introduit : Que notre intention eſt, qu’ils ne puiſſent lire, ſinon entr’eux-mêmes, & aux leurs, & non aux autres, ſans contrevenir en aucune ſorte aux Statuts & Privileges de notre Univerſité de Padoue.

Après que vous aurez dit cela aux Peres Jéſuites, leſquels nous voulons être avertis qu’ils ſeront prêts à ſe conformer à notre volonté, Nous voulons que faiſant venir vers vous les Docteurs, Régens des Ecoles du Bo, vous leur ferez ſavoir en notre nom, qu’aïant vu l’avis des Réformateurs de l’Univerſité, par ce qu’ils en ont écrit à nos Prédéceſſeurs, qu’ils doivent ôter la mauvaiſe coutume de dicter ès Ecoles publiques ; & nonobſtant étant avertis que cet abus continue encore aujourd’hui, Nous leur faiſons ſavoir que la derniere volonté & réſolution du Sénat, eſt, qu’ils s’en abſtiennent entierement, attendu que cette façon de lire apporte beaucoup de préjudice, & peut-être davantage que les Ambaſſadeurs de ladite Univerſité ne nous ont repréſenté dans l’écrit qu’ils nous en ont donné : & s’il ſe trouve quelqu’un ſi oſé d’aller au contraire, Nous vous donnons pouvoir d’y pourvoir, avec les peines que vous jugerez raiſonnables. Vous nous donnerez avis de l’exécution, & ferez enregiſtrer la Préſente où vous eſtimerez qu’il ſera à propos, pour en perpétuer la mémoire.

Avertiſſement.

LE Roi & le Roïaume de France aïant été depuis tant d'années traités ſi indignement par l'Eſpagne & les Eſpagnols, il n'étoit pas raiſonnable de laiſſer toujours une ſi grande audace à requoi. L'on avoit dedans la France rabattu pluſieurs fois l'inſolence Eſpagnole; mais il falloit encore la battre en ſes Païs mêmes, pour lui apprendre à ſe tenir coi, ſans plus tant entreprendre à l'avenir. Partant le Roi publia contre celui d'Eſpagne ce qui s'enſuit.

DECLARATION
DE LA VOLONTE' DU ROI,

Sur l'Ouverture de la Guerre contre le Roi d'Eſpagne (1).

DE PAR LE ROI.

PERSONNE en ce Roïaume, ni ailleurs, n'ignore plus que le Roi d'Eſpagne n'aïant pu à guerre ouverte envahir & détruire la France, protegée de Dieu & défendue de ſes Rois d'heureuſe mémoire, aſſiſtés de leurs bons & loïaux Sujets, n'ait ſuſcité & fomenté en icelle les diviſions & partialités qui l'ont cuidé accabler, & qui l'affligent encore de préſent. Car ſa haine & convoitiſe ont paſſé ſi avant, que non-ſeulement il y a mis & conſommé pluſieurs grandes ſommes de deniers, emploïé & perdu ſes principales forces & armées, juſqu'à abandonner ſes propres païs & affaires, mais auſſi oſé, ſous prétexte de piété, attenter ouvertement à la loïauté des François, envers leurs naturels Princes & Souverains Seigneurs, de tout temps admirée entre toutes les autres Nations du monde, en pourſuivant injuſtement & publiquement cette noble Couronne, pour lui & pour les ſiens. Ce qu'il auroit commencé à manier incontinent après le décès du feu Roi François II, que Dieu abſolve, & a depuis toujours continué par divers moïens, triomphant & abuſant de la minorité de nos Rois; mais a principalement

(1) Voïez l'Hiſtoire de M. de Thou, à la fin du Livre CXI. La Déclaration qu'on donne ici parut d'abord en 1595 à Paris chez Morel, *in-82.*

manifesté & éclaté sur la fin du regne du feu Roi Henri III,
de très Chrétienne mémoire, l'an cinq cens quatre-vingt-cinq :
que les François jouïffant par la grace de Dieu, piété, juftice,
& bonté de Sa Majefté, d'un entier & général repos, lequel
elle alloit affermiffant & affurant journellement à leur foulagement, il auroit, fous faux & variables prétextes, rempli le Roïaume de feu, de fang, & d'une extrême défolation, armant les
Catholiques les uns contre les autres, & contre le plus religieux
Prince qui regna onques ; dont s'eft enfuivi fa mort doulou-
reufe, qui faignera perpétuellement au cœur des vrais François, avec tous les autres meurtres, pilleries, ruines, afflictions,
que nous avons depuis foufertes, fous le pefant faix defquelles
la France & les François euffent fuccombé & fait naufrage
pour jamais, fans la grace fpéciale de Sa Majefté divine, qui
ne lui a onques manqué, laquelle a donné à notre Roi & Souverain Prince & Seigneur, la force & vertu, en défendant ma-
gnanimement la juftice de fa caufe, avec nos libertés, biens,
vies, familles & honneurs, de renverfer les injuftes deffeins dudit Roi, & de fes Confédérés, à fa honte & à leur confufion ;
de forte que la France a maintenant occafion d'efpérer de recouvrer fa premiere félicité à la gloire de Dieu, fous l'obéïf-
fance & les commandemens de fa Roïale Majefté, chacun y
contribuant à l'avenir la même fidélité, & Sa Majefté y emploïant auffi les mêmes moïens & remedes qu'ont pratiqués les
Rois fes Prédeceffeurs, pour défendre le Roïaume contre leurs
anciens Ennemis. Quoi confideré par Sadite Majefté, laquelle
a avec la confervation de notre fainte Religion, & de fa réputation, la protection & défenfe de fes Sujets, plus chere & re-
commandée, que celle de fa propre vie, qu'elle y a fouvent &
libéralement expofée, comme elle eft encore prête de faire, &
que fa converfion, bonté, & patience, depuis cinq ans, ni le
péril préfent, qui menace la Chrétienté, lequel chacun reconnoît procéder de la difcorde & jufte jaloufie que l'ambition dudit Roi d'Efpagne a excitées en icelle, n'ont pu, ni peuvent encore moderer fa mauvaife volonté contre ce Roïaume, la perfonne de Sa Majefté très Chrétienne, fes bons & fideles Sujets,
& les Cambrefiens, que Sa Majefté a pris en fa protection,
fur lefquels, lui & les fiens exercent encore tous les jours toute
hoftilité, continuant à les affaillir à force ouverte, par divers
endroits, forcer & retenir fes Villes, prendre prifonniers,
mettre à rançon, & maffacrer fes Sujets, lever contribution &

deniers fur iceux, & faire tous autres actes d'Ennemi conjuré, jufqu'à faire attenter à la propre vie de Sa Majefté, par affaffinements & autres vilains & deteftables moïens : comme il s'eft vu ces jours paffés, & fut pis advenu en grand malheur de la France, fi Dieu, vrai protecteur des Rois, n'eût détourné miraculeufement le coup effroïable, tiré de la main d'un François (chofe horrible & monftrueufe) mais pouffé d'un efprit très inhumain, & vraiement Efpagnol, contre la perfonne de Sa Majefté. Laquelle fait fur cela favoir à tous ceux qu'il appartiendra ; que ne voulant plus longuement défaillir à fon honneur, ni à la protection qu'elle doit à fes Sujets, & auxdits Cambrefiens, comme elle feroit fi elle ufoit de plus longue patience & diffimulation en la fuite & continuation de tels attentats : voïant même le peu de compte qu'ont fait ceux d'Artois & de Hainault (au grand regret de Sa Majefté) des admonitions qu'elle a voulu leur faire par lettres expreffes, de lui aider à détourner l'orage de la guerre fufcitée par les Efpagnols, non moins à leur ruine, qu'au dommage de fes Sujets ; auroit arrêté & réfolu faire dorénavant la guerre ouverte par terre & par mer audit Roi d'Efpagne, fes Sujets, Vaffaux & Païs, pour fe revancher fur eux des torts, injures & offenfes, qu'elle & les fiens en reçoivent, tout ainfi qu'ont fait les Rois fes Prédeceffeurs en femblables occafions, avec ferme efpérance, que Dieu, qui connoît l'intérieur de fon cœur & l'équité de fa caufe, lui continuera fa divine affiftance, & fera profpérer & bénir, avec l'aide de fes bons Sujets, fes juftes armes. Au moïen de quoi Sa Majefté enjoint très expreffément à tous fefdits Sujets, Vaffaux & Serviteurs, faire ci-après la guerre par terre & par mer audit Roi d'Efpagne, fes Païs, Sujets, Vaffaux & Adherents, comme Ennemis de fa Perfonne & du Roïaume ; & pour ce faire, entrer avec force efdits Païs, affaillir & furprendre les Villes & Places qui font fous fon obéiffance, y lever deniers & contributions, prendre fes Sujets & Serviteurs prifonniers, les mettre à rançon, & traiter tout ainfi qu'ils font & feront ceux de Sadite Majefté : laquelle leur a pour cette occafion prohibé & défendu, prohibe & défend, par la préfente, toute efpece de communication, commerce, intelligence & affociation avec ledit Roi d'Efpagne, fes Adhérens, Serviteurs & Sujets, à peine de la hart. A révoqué & révoque dès à préfent toutes fortes de permiffions, paffeports, & fauve-garde, donnés & octroïés par elle ou par fes Lieutenans Généraux & autres, con-

traires

1595.

traires à la préfente Ordonnance, les déclare de nulle valeur, & défend d'y avoir aucun égard, quinze jours après la publication d'icelle : laquelle elle a pour cet effet commandé être faite à fon de trompe & cri public aux Provinces & frontieres du Roïaume, afin que nul n'en prétende caufe d'ignorance : mais que chacun ait à l'obferver & exécuter fur peine de défobéiſſance. Fait à Paris, le 17 Janvier 1595.

Signé, HENRI.

Et plus bas, DE NEUFVILLE.

Avertiſſement.

DEUX mois après, le Roi d'Efpagne répondit (1) à celui de France, qu'il appelloit Prince de Bearn, auquel il dénonçoit auſſi la Guerre. Peu auparavant, l'Archiduc Erneſt écrivit aux Etats d'Artois & de Hainault, pour les échauffer à la Guerre ; *Item* aux Communes, qu'il exhortoit à courir fus aux François. Le Duc de Lorraine, qui avoit fait treve avec le Roi, permit à fes Troupes de lui faire fervice, fous la conduite de quelques Chefs, lefquels amaſſerent environ mille chevaux & fept à huit mille hommes de pied, avec lefquels ils entrerent en la Franche-Comté, où ils firent un terrible ravage, & s'emparerent de Vefoul & de quelques autres petites Places, que le Connétable reprit puis après, & contraignit les autres, chargés de butin, de fe retirer ailleurs ; d'un autre côté, advint au regard de Soiſſons, qui tenoit encore pour la Ligue, ce que repréfente le fuivant récit.

DISCOURS

De la Défaite de la Garnifon de Soiſſons, que conduifoit le Baron de Conam (2) *& le fieur de Bel-font* (3)*, le Mercredi 15 de Février 1595, en la plaine de Villers-Cotereſt ; Par un Gentilhomme du Païs de Valois, écrivant à un fien Ami qui eſt à la fuite de Sa Majeſté.*

MONSIEUR,

Je penferois faillir à mon devoir, fi je ne vous avertiſſois de

(1) M. de Thou, à l'endroit cité ci-deſſus, entre dans le détail de la Réponfe de la Cour d'Efpagne.

(2) M. de Thou dit, le Baron de Conac

de Poncenac.

(3) Belfont. Voïez M. de Thou, au commencement du Livre CXII. de fon Hiftoire.

l'heureufe victoire qu'il a plu à Dieu nous donner , le Mercredi quinzieme de ce mois, fur les Ligueurs défefperés de la mifericorde de Sa Majefté , qui étoient fortis de Soiffons, leur
principale retraite , dont j'ai fait un petit difcours que je vous
envoie , que vous recevrez, ainfi que je crois , d'auffi bon cœur ,
comme nous avons rendu graces à Dieu , de ce qu'il lui plaît
bénir & rendre victorieux tous ceux qui portent les armes pour
le fervice du Roi. De Crefpi en Vallois , ce 15 Fevrier 1595.

Monfieur de Mouffy (1), affifté des fieurs de Gadancourt, d'E-
douville , & de Beyne , fuivis de leurs Compagnies le troifieme du mois de Fevrier , ont cherché les Ennemis par toutes les
traverfes des forêts , & jufqu'aux portes de Soiffons & d'Am-
bigni , pour les provoquer au combat , & les faire fortir hors de
leurs retraites.

Le Mardi quatorzieme dudit mois , le Sieur de Poncenac,
Commandant dans Soiffons , choifit & fit élire des mieux armés , & montés à cheval , qui fuffent dans ledit Soiffons , jufqu'au nombre de deux cens Cuiraffes , & de deux Compagnies
d'Argoulets , laquelle troupe il bailla à conduire au Sieur de
Belfont , & au Baron de Conan (2) fon Lieutenant , leur commandant , de n'en prendre à merci un feul des nôtres , s'il en
tomboit entre leurs mains.

Ils partirent ledit jour fur le foir , & pafferent à Chaudun,
cheminant tout le long de la nuit , & vinrent dreffer une embufcade le Mercredi matin 15 dudit mois , dans la Cenfe de la
Folie , à demi lieue près Crefpi en Vallois , & mirent leurs Arquebufiers dans le Bois de Tillet , qui eft tout contre.

Ledit jour , environ les fept heures du matin , partit de ladite
Ville de Crefpi , le Sieur d'Edouville avec trente Chevaux de la
Compagnie de Monfeigneur le Comte de S. Paul , pour s'ache-
miner en fa garnifon , en la Ville de Velly en Laonnois.

N'étant encore éloigné dudit Crefpi , plus d'un demi quart
de lieue de chemin , découvrit l'embufcade des Ennemis , qui
à même inftant le vinrent charger , qu'il fut dextrement attirer
& amufer ; mais enfin les Coureurs , & le gros qui s'étoit joint,
le pourfuivirent jufques dans le Faubourg de Crefpi , & contre
les murailles du Parc d'Arragon ; mais par le tocfin du guet,
pofé au clocher Saint Thomas , lefdits Seigneurs de Mouffy ,

____

(1) Le Bouthillier , fieur de Mouffy.
(2) De Conac.

Gadancourt, & Beyne eurent loifir de monter à cheval : lors
l’Ennemi commença à faire retraite au dit Bois de Tillet.

Il y avoit apparence, vu le nombre qu’ils étoient, qu’ils y
duffent choifir leur avantage , fi les nôtres en approchoient,
le nombre étant inégal plus d’une fois moins que n’étoient lefdits Ennemis qui pafferent outre pour retourner à Soiffons ;
& néanmoins qu’ils euffent tel avantage au chemin, & le grand
nombre qu’ils étoient, ils furent pourfuivis par lefdits Sieurs
de Gadancourt & Beyne , avec les Coureurs ; lefdits Seigneurs
de Mouffy & d’Edouville faifant le gros au nombre de quarante Maîtres , à deux lieues & demie de là le ruiffeau & montagne de Voucienne, en la plaine de Villers-Côterets. La charge fut commencée par lefdits Seigneurs de Beyne & Gadancourt , & foutenue par Belfont & Baron de Conan , Chefs defdits Ennemis. Et enfin le gros approché fut donner par ledit
Seigneur de Mouffy & d’Edouville contre les Ennemis , & le
combat opiniatré ; Dieu , qui toujours favorife la bonne caufe,
quand nous nous rendons dignes de fes graces , & qui peut
donner les victoires en petit & grand nombre quand il lui plaît,
rendit victorieux les nôtres, il demeura des Ennemis jufqu’au
nombre de cinquante morts fur le champ , & quelque foixante
bleffés à mort , grand nombre de Prifonniers, plus de quatre-
vingt chevaux de prix de butin , fans les armes, & autre butin
délaiffé. La victoire pourfuivie jufqu’à la barriere du Château
de Villers-Côterets. Peu defdits Ennemis fe font fauvés , & a
été rapporté que le nombre de vingt feulement font rentrés
dans Soiffons, aïant été tous tués, ou fur le champ , ou bleffés
à mort, ou Prifonniers. En ce combat, y font morts deux Gentilshommes des nôtres fort regrettés , le Sieur du Lys , Coufin du
Seigneur de Mouffy, & le Sieur de la Roche , Maréchal des logis
du Sieur d’Edouville.

Cette victoire a effraïé la Ville de Soiffons , & fpécialement
le Sieur de Poncenac (1) , d’autant que prefque tous les Capitaines qu’il avoit en cette garnifon y font morts, ou Prifonniers, dont les noms s’enfuivent.

Belfont, Capitaine en Chef & Agent du Duc de Mayenne.	nier, bleffé.
Le Baron de Conan, Lieu-tenant de Ponffenac, prifon-	Breuillier, Enfeigne de Pon-cenac, bleffé à mort.
	Le Bua, Maréchal des Logis.

(1) Le même M. de Conac, comme on l’a obfervé ci-deffus.

Nn ij

La Rue, Guidon de Ponce-
nac.

Boucques, Cornette de Belfont.

La Grange, Capitaine.
La Tour, Capitaine.
Du Viviers, Capitaine.
Le Capitaine Gascon.
Fortin, Capitaine.

Saint Leger, Capitaine.
Buisson, Capitaine.
Bourgeois, Capitaine.
La Verdure, Capitaine.
Le Trate, Capitaine.
La Periere, Capitaine.
Fouquez, Capitaine.
Neret, Capitaine.

Voilà, Monsieur, ce qui s'est passé de par deçà, du depuis
que je ne vous ai récrit, & espere que ce bon succès assurera &
affermira davantage les affaires du Roi en son Païs de Vallois,
& que cette bonne journée, où ont été défaits & taillés en
pieces les plus mauvais & désesperés des Ennemis, qui ne faisoient journellement que courir, piller & voler un chacun,
sans distinction de personnes, fussent-ils d'Eglise, ou de la
Noblesse, ou autres, tout leur étant de bonne prise, donnera
crainte, & servira d'exemple aux autres, lesquels voient de jour
en jour leurs entreprises venir à néant, & que tout ce qu'ils ont
entrepris a toujours tourné à leur honte & confusion ; Dieu
aïant favorisé les armes de ceux qui ont suivi le parti de Sa
Majesté, lequel a toujours usé de miséricorde envers ses Ennemis, & qui a toujours les bras ouverts, pour les recevoir à
clémence, & crois que s'ils considéroient les maux qui sont advenus en cette pauvre France, du depuis six ans en çà, par
leur rebellion, combien de massacres se font encore journellement, combien de pauvres Veuves & Orphelins il y a, & les
incommodités que la guerre nous a apportées : & d'autre côté,
que les Villes qui se sont remises sous l'obéissance du Roi, jouissent d'une tranquillité publique, les uns avec les autres, avec
abondance de toutes bénédictions, qu'ils abandonneroient
leur faux prétexte de Religion, & se remettroient sous l'obéissance de Sa Majesté très Chrétienne. A laquelle je prie Dieu
vouloir donner bonne & longue vie, & de nous continuer sa
sainte miséricorde envers nous.

Avertissement.

EN la Duché de Luxembourg la Guerre s'émut pareillement au même temps, avec quelque succès que nous représentons.

AVIS DE LA DÉFAITE

De onze Compagnies du Comte Charles au Duché de Luxembourg, par M. le Maréchal de Bouillon (1).

A La fin nous avons ouvert les yeux à notre bien, nous avons connu, que pour appaiser la guerre civile, il falloit entreprendre l'étrangere; nous n'avons que trop retardé à nous y résoudre, mais le retardement n'a pas perdu toutes les occasions; celle qui se présente est belle, si nos moïens ne sont si grands, qu'autre fois, aussi nos Ennemis sont plus foibles que ci-devant.

Nous rejettions avec tant de dédain & de mépris l'avis de ces sages Politiques, qui conseilloient nos Rois de bannir la guerre loin de nos frontieres, la nourrir chez ses voisins, & assurer la paix à leurs Sujets. Nous avons mieux aimé nous échauffer à l'embrasement de nos maisons, que de porter le feu de la division à Naples, en Flandre, à Navarre, & relever les conquêtes des Enfans de France; nous n'avons pris plaisir qu'à déplaire au souverain Magistrat, n'avons estimé autres Ennemis que ceux qui, au plus fort accès de notre phrénésie, nous mettoient le glaive en main pour nous défaire, qui nous poussoient aux précipices de notre malheur, s'éjouissoient de nous voir entretuer, nous enterrer dedans nos propres entrailles.

Monseigneur le Maréchal de Bouillon, auquel reluisent également les qualités nécessaires à un grand Chef de guerre, & à un sage conducteur des affaires d'État, aïant reconnu que le Roi d'Espagne n'étoit en paix, que parceque nous étions en guerre, & qu'il ne fomentoit les feux de notre division, que pour tenir en tranquillité ses Etats, obtient du Roi commission,

(1) Voïez M. de Thou, Livre CXII.

pour faire en ses terres justement ce qu’il n’avoit fait que trop injustement sur les nôtres.

Armé donc de l’autorité, des forces, & des moïens du Roi, il passe en Flandre, & n’y a mis si-tôt le pied, que ses entreprises sont favorisées d’un heureux commencement, qui promet une plus heureuse suite, une très heureuse fin.

Car comme il se fut saisi de trois Places fortes, situées sur la riviere du Cher, Ybois (1), la Ferté, & Chamenci (2) au Duché de Luxembourg, il logea en icelles toute son Infanterie, & partit avec la fleur de sa Cavalerie, pour reconnoître l’état & la disposition de l’armée du Comte Charles. Aussi est-ce une maxime de guerre bien recueillie par tous les Capitaines, d’enfiler une belle entreprise : premierement par la considération des forces de celui auquel on a affaire ; & le plus souvent la route d’une grande armée arrive, quand trop librement elle s’abandonne au rencontre, sans premier bien reconnoître l’Ennemi, ni ménager le temps & l’occasion.

Comme donc Monseigneur le Maréchal fut près d’un lieu nommé Wirton (3) où étoient logées onze Cornettes de Cavalerie de l’armée du Comte Charles, on lui rapporta que le boutefelle étoit donné, que la Troupe étoit prête à monter à cheval pour en partir.

En toutes les actions des hommes je n’y trouve point de plus grande finesse que d’user finement de l’occasion ; mais en fait de guerre, il n’y a vaillance ni prudence qui serve à celui qui ne sait prendre l’opportunité, l’avantage, le temps, & plus selon l’accident & l’occurrence que par une longue prévoïance.

Sur cet avis, il falloit prendre conseil aussi promptement que les anciens Gladiateurs sur l’arene ; & pour ce l’armée du Roi, réjouie que l’occasion se présentoit hors de France, de faire aux Espagnols ce qu’on leur avoit fait a Ivri, s’achemine en diligence droit à Wirton. Les Ennemis furent surpris justement sur le point qu’ils délogeoient, & surpris tellement, que tout fut mis à vau-de-route, deux cens cinquante demeurerent sur la place, le reste quittant armes, bagage & chevaux, se sauve en une forêt proche de Wirton. Des onze Compagnies, les neuf étoient celles du Comte Charles, de Barlemont, de Vandestrade, de Sprimon, de Challom, de Travigni, de Hotre-

---

(1) Ou Yvoi.
(2) Ou Chauvansy.

(3) Virton, petite Ville à sept lieues de Luxembourg.

ville, du Gaucher, du Capitaine Daniel ; on ne fait le nom des deux autres.

En même temps, les Sieurs de Saint George, & de Tramblecourt (1), qui ci-devant faifoient la guerre avec le Duc de Lorraine, aïant pris l'écharpe blanche, font entrés avec mille chevaux, & cinq mille hommes de pied, au Comté de Bourgogne, ont mis en allarme tout le Païs, & déja emporté de bravade trois Places d'importance. Ainfi de deux endroits, nous avons mis le feu en la maifon de nos voifins, que tandis qu'ils s'amuferont à courir à l'eau, ils ne s'évertueront pas à jetter leurs brandons chez nous, ils ne nous empoifonneront plus de cette pefte du Peru, & ceux qui, comme Viperes, déchirent fi ingratement le ventre de leur mere, voïant cette fouche pourrie, fur laquelle ils dreffoient l'architecture de leur ambition, défaillir, rentreront en leur bons fens, & reprendront le cœur, le nom & la livrée de vrais François, fous la Roïale clémence du Roi, qui, comme Céfar, n'oublie rien que les injures qu'on lui a faites.

Avertiffement.

EN la Duché de Bourgogne, le Maréchal de Biron frappa rudement la Ligue en la reprife de Beaune (2), Ville & Château, dont voici le récit.

PRISE

DES VILLES ET CHASTEAU DE BEAUNE (3)

Par M. le Maréchal de Biron.

ENTRE les Actes généreux des Grecs, qu'ils ont faits pour la confervation & bien de leur Patrie, celui de Pelopidas eft eftimé fur tous digne de mémoire, qui après qu'il eut vu le Château de Thebée, appellé Cadmée, faifi par Phœbidas, Capitaine Lacédémonien, qui avoit été attiré à ce faire par Ar-

---

(1) Beauvau, fieur de Tremblecourt.

(2) Voïez M. de Thou en fon Hiftoire, Livre CXII.

(3) Voïez la Defcription que M. de Thou

fait de cette Ville de Bourgogne, fi renommée pour fes bons Vins. Ce Difcours a paru en 1595 *in-8°*, à Paris chez Richer.

1595.
PRISE DE
BEAUNE.

chias, Leontidas & Philipus traîtres & méchans Citoïens, &
par ce moïen la Cité affervie , & l'Etat de la République changé , fut contraint fe fauver de vîteffe à Athenes , avec An-
droclidas & plufieurs autres, où il ne ceffa premierement d'exhorter fes compagnons bannis, tantôt en commun, tantôt en
particulier à recouvrer la liberté ; leur remontrant que ce ne feroit pas feulement lâcheté, ains méchanceté & crime de leze-
Majefté divine à eux, s'ils enduroient que leur Païs demeurât
en telle fervitude, & que des Etrangers y tinffent garnifon,
pour les faire ploïer fous le joug, pendant qu'eux fe contentant
de fauver leurs perfonnes, & mettre leurs vies à fûreté, demeureroient oififs à Athenes, attendant ce qu'il plairoit aux Athéniens ordonner d'eux, & partant qu'il falloit tout hazarder pour
chofe de fi grande conféquence ; en après de folliciter Charon,
Epaminondas , & les autres gens de bien qui s'étoient tenus
couverts en la Ville, d'entendre à quelque bonne réfolution,
pour fe dépêtrer des Tyrans , fi bien que la partie faite & le
jour donné, Philidas aïant trouvé moïen de fe faire Secrétaire
de Philipus & d'Archias, pour découvrir leurs confeils & les
détourner, & Charon promis de donner fa maifon pour l'affemblée, & pour y recueillir ceux des bannis qui viendroient
de dehors, Pelopidas, lui douzieme, forti de Thriafium : aïant
approché la Ville en habit de chaffeur , fur la nuit y entra, où
lui & fes compagnons, après avoir été quelque temps cachés
dans cette maifon de Charon, fans s'étonner de deux ou trois
allarmes qui leur furent données coup fur coup , par les avis de
leur entreprife que reçut d'Athenes & d'autres endroits Archias, & fans fe mettre au devant le péril qui leur pouvoit advenir de ce Château & Cadmée , tous réfolus à la mort, &
non à la vie, pour l'exécution d'un fi bel exploit, fortirent les
armes au poing , & départis en deux bandes , allerent les uns
donner en la maifon d'Archias, qu'ils tuerent comme il étoit
encore à la table, les autres en celle de Léontidas, où ils eurent
quelque peu plus de difficulté, mais qu'ils tuerent auffi avec tous
ceux de fa compagnie : & cela fait fe raffemblerent , & fortifiés d'Epaminondas, & de Gorgidas , commencerent à crier
par la Ville, liberté, liberté , armant ceux des Bourgeois qui
fe venoient rendre à eux, des armes & dépouilles des Tyrans
ennemis ; qui fit que la Ville fut incontinent fans deffus def-
fous, pour l'effroi pleine de tumulte & de bruit, avec des lumieres par tout , jufqu'au matin, qu'arriverent de l'Attique fur le
point

point du jour, tous les autres bannis bien armés. S'assembla
tout le peuple en Conseil, auquel Epaminondas & Gorgidas
amenerent Pelopidas & ses Consorts, environnés de Prêtres &
gens de Religion, qui leur tendoient des Couronnes, pour
mettre sur leurs têtes : sur quoi toute l'assistance se leva en pieds
aussi-tôt qu'ils les virent, & avec grandes clameurs & battemens
de mains, les reçut comme ses bienfaicteurs, qui les avoient
délivrés de servitude, & remis en leur liberté. Quoi fait, Pelopidas fit incontinent ceindre de tranchées, & cloisons de
bois ce Château de la Cadmée, & lui fit donner assauts de tous
côtés, emploïant tout son effort à en chasser les Lacédémoniens, premier qu'il vint de Sparte une armée pour les secourir ; dont il vint à bout, & les prévint de si peu de temps, que
ceux de la garnison étant sortis du Château par composition,
en s'en retournant à Lacédémone, trouverent sur les terres de
Megare, Cléombrottus le Roi de Sparte qui les alloit secourir
avec une grosse & puissante armée. Et celui-là encore de Thra-
sibulus, qui déchassé d'Athenes, par l'oppression des trente
Gouverneurs, Tyrans, ne cessa aussi jamais que ses Compagnons, bannis, r'assemblés & accouragés à un si bel œuvre,
il n'eut traité intelligence avec les gens de bien de dedans, n'y
fut entré, & n'y eut remis & restitué l'état premier ; exploits
qui aïant été entrepris & exécutés avec la même hardiesse, même péril, & même travail, & conduite à même fin par la fortune, ont été appellés Freres Germains. Mais les seuls Grecs
n'ont produit de ces généreux courages, & fourni exemples de
si dignes & glorieux exploits, ains la France, en ces troubles
derniers, & en l'oppression qui y a été faite quasi universelle-
ment par les Conjurés, en a étalé d'aussi rares, & singuliere-
ment en Bourgogne. Ce qui s'y est passé dernierement en la
prise des Villes & Château de Beaune, faite par Monsieur le
Maréchal de Biron, Gouverneur pour Sa Majesté en la Province, & son Lieutenant Général en l'armée qui y est de présent, n'est moins digne d'être rapporté, & mis au devant, pour
être quasi tout semblable, à ce fait de Thebes, accompagné
de mêmes difficultés, exécuté par même force & courage, &
aïant eu un même, & autant heureux succès. Cette Ville de
Beaune est à la vérité une très belle Ville & forte, tout autour
remparée de gros boulevars & bastions faits à la moderne, &
d'un fossé à fond de cuve tout rempli d'eau, de largeur par tout
de plus de cent pas, nivelé & égalé, par-tout renommée pour

ſes ſingularités , de ſa ſituation en une plaine , de laquelle l'on peut dire que Pline a dit de la Campagne , appellée maintenant terre de labour , que le Pere Liber & Cerès y combattent à qui rapportera de meilleurs fruits , & en plus grande abondance ; paſſant le vin qui croît en cette contrée , ſur les montagnes & côteaux , bordant du Soleil couchant cette plaine , le Phalerne & le Maſſique , & le Secube , & tous les plus excellens vins que cette campagne & la Crete maintenant Candie , on pu recommander , & dont elles ſe ſont pu ennoblir , & tout autre qui croiſſe en la France , dont en eſt paſſé un proverbe & dire commun , que le vin de Beaune ne ſe laiſſa jamais démentir en ſa préſence ; d'un ruiſſeau clair & argentin , que le pied du Pégaſe , faiſant ſourciller de ces côteaux & montagnes vineuſes , conduit en façon d'un petit fleuve par toutes les rues de la Ville , qui les rend toujours & en tout temps nettes , & y entretient un air doux & gracieux ; & ce qui devoit être dit le premier , d'un Hôpital , le plus beau & célebre de Chrétienté , qui y fut bâti & fondé par le feu Chancelier Rollin , qui étoit Chancelier des Ducs de Bourgogne , duquel l'on a dit quelque temps après , qu'il avoit fait beaucoup de pauvres , & qu'il étoit bien raiſonnable qu'il leur bâtît un Hôpital. Cet Hôpital tel & ſi bien régi & gouverné par des filles Religieuſes de l'Ordre de Saint François , que le plus riche & apparent de la Ville , & des maiſons des Gentilshommes d'alentour , s'y ſont porter quand ils ſont malades , pour s'y faire traiter & recouvrer leur ſanté. Mais elle eſt commandée d'un Château fort , compoſé de cinq gros baſtions , aïant entrée dedans la Ville , & iſſue dehors , que le Sieur de Saint Pierre , celui qui amena le Connétable Saint Paul de Pérone à Paris , par le commandement & ſous le regne du Roi Louis XI , à la réduction du Païs de Bourgogne , y fit bâtir en même temps & de même ſtructure que les Châteaux de Dijon & d'Auxonne , tous modelés ſur le plan du Château de Milan. Comme le ſieur de Saint Riran (1) de la Maiſon de Damas , Gentilhomme d'honneur & bien affectionné au ſervice du Roi , étoit Capitaine de ce Château , en l'an cinq cent quatre-vingt-cinq , que le Duc de Mayenne commença à remuer en Bourgogne , & chaſſer les mortes paies & les garniſons du Roi du Château de Dijon pour y mettre les ſiennes , & à éperonner ce Château contre la Ville , s'étant le ſieur de Saint Riran & les principaux Habitans de

____

(1) Pierre de Damas de Saint Riran.

cette Ville de Beaune enfemblement entendus, réfifterent cette
Ville & Château à ces premieres entreprifes & fureurs, de forte
que la porte y fut barrée au Duc de Mayenne & à fes Partifans, & ouverte aux gens de bien & bons ferviteurs de Sa Majefté, jufqu'à la prétendue pacification faite à Efpernai, par
laquelle le feu Roi importuné, ains forcé par les armes de ces
Conjurés, leur abandonna cette Ville, entr'autres de la Bourgogne, pour leur fûreté, & fit fortir du Château le fieur de Riran, qui vint néanmoins prendre le commandement de fa propre bouche, avant que de le rendre en la Ville de Paris. Au
lieu duquel fieur de Saint Riran, met le Duc de Mayenne pour
commander en ce Château, le fieur de Montmoyen, l'un de fes
Maîtres-d'Hôtel, né de la Ville de Dijon, mais plus affectionné
au fervice de fon particulier Maître, qu'au bien de fon Païs,
ce qu'il a montré en toutes fes actions. Mais entr'autres, en ce
que des principaux Habitans de cette Ville aïant voulu traiter
fecrettement avec lui, de la réduction de ce Château, leur aïant
fait entendre tout plein de bonne volonté, & touché grande
fomme d'argent d'eux, à cet effet, les trompa, les prit prifonniers la plupart, & après les avoir tenus longuement, & avec extrêmes rigueurs & duretés, les mit à des rançons infupportables,
moïenant lefquelles ils furent délivrés. Sur quoi n'eft à obmettre une infigne perfidie dont il ufa, en ce que pour fe mieux
affermenter à eux, leur dit qu'il vouloit faire fes Pâques, & recevoir le corps de Jefus-Chrift avec eux, jurer fa promeffe fur
ce même corps, à l'exemple des grands fermens, qui fe faifoient avec ces grandes folemnités. Ce qu'il fit, mais pour élu-
der ce fien ferment, il donna le mot au Prêtre de ne confacrer
point l'Hoftie qu'il lui bailleroit : taillant ainfi & coufant de ce
Saint Sacrement de l'Autel, & en s'en jouant, pour preuve de
fa catholicité ; comme fit ce Jacobin qui confacra l'Hoftie qu'il
donna à l'Empereur Henri VII, de la Maifon de Luxembourg,
d'un poifon dont il le fit mourir, quelque temps après ; pourquoi furent exterminés de toute la Tofcane, & autres lieux d'I-
talie, les Jacobins. Dont les Habitans non réfroidis, mais
échauffés davantage en leurs bonnes intentions, contraints la
plupart de fortir hors la Ville, pour ne pouvoir fouffrir la tyrannie qui s'y exerçoit, les autres y demeurant de fe diffimuler,
auroient toujours fait luire quelques étincelles de cette bonne
intention, & par communication fecrette des uns avec les autres, n'auroient ceffé d'ourdir & tramer tout ce qu'ils auroient

O o ij

pu penſer ſervir à ſe délivrer un jour des pattes & griffes cruelles de ces Tygres & Loups ; car aux aſſemblées faites à Dijon, pour les prétendus Etats, il s'eſt toujours remarqué que les Députés de Beaune ont été ceux qui ont mis en avant les meilleures, plus ſaines & libres délibérations , & qui ſe ſont le plus roidis au bien & à la liberté commune de toute la Province. Qu'en leur Ville , ils n'ont ſouffert être fait aucun tort aux ſerviteurs du Roi, armés pour cette querelle dedans le Païs, ains les y ont reçus, voire avec leurs armes , comme ceux de la garniſon de Verdun , de Saint Jean de Laune & les autres : donnant en cela de certaines & vives démonſtrations de leurs bonnes volontés, tant ſeulement retenues par la force & bride de ce Château : & juſqu'à ce que voïant approcher le temps de lever le maſque , & en faire apparoître à bon eſcient les effets. Le ſieur de Bellin Maire de la Ville , Jacques Richard, ſieur de Belligny , & autres Echevins, & les Doïen , Chanoines & Chapitre de l'Egliſe de Notre Dame de cette même Ville, s'étant tous enſemblement entendus , & aïant eu avis & avertiſſement de leurs Concitoïens retirés & réfugiés ès autres Villes , leur offrant toute aide & ſecours , députerent le ſieur Alexan, l'un des Echevins, vers Sa Majeſté , pour lui faire entendre leur délibération , & réſolution de lui faire un bon & notable ſervice , ſous un mémoire patent qu'ils lui donnerent, de demander ſeulement une treve pour quatre mois ; lequel Alexan obtint de Sa Majeſté cette treve pour quatre mois , ſous cette promeſſe qu'il lui fit , au nom de ceux qui l'avoient envoïé & député , de lui faire paroître dedans ces quatre mois, à la faveur de cette treve, les effets de ces bonnes volontés & intentions ; ce qui fut je ne ſais comment éventé , & découvert au Préſident Janin, qui étoit lors à Soiſſons, comme il ne manque point de Moucharts & Traîtres qui revelent & traverſent les conſeils & affaires du Roi, & du bien général de la France, qu'ils ne ſouhaitent pas pour ne ſe pouvoir proportionner à leur bien particulier , auquel ſeul ils butent & viſent, qui en avertit le Duc de Mayenne en Flandres : & d'autre part les bouttefeux & mutins de la Ville de Dijon, à ſavoir le Préſident des Barres , le ſieur de Vellepeſle qui fait la charge d'Avocat du Roi au Pſeudoparlement contre le Roi, vomiſſant ordinairement un monde d'exécrations & blaſphêmes contre Sa Majeſté & cet Etat ; les Ligo-Conſeillers , Royer, & Bayard, & le Conſeiller Berbizy , afin qu'ils écriviſſent auſſi au Duc de

Mayenne, & mandaffent l'importance de cette Ville pour fes affaires, en cas qu'il y adviendroit du changement. Ce qu'ils firent, & en commun, & en particulier par l'Avocat Venot, qui fut pris avec fes lettres, par le fieur Baron de Luz : lefquelles lettres contenoient ce qui fe paffoit en cette Ville de Beaune, comme ils craignoient que les Habitans d'icelle lui fiffent un mauvais tour, qu'ils branloient fort, qu'il n'y avoit moïen d'y remédier que par une forte garnifon, & à faire nouvelles Colonies. Que pour cela fa préfence étoit requife, & qu'il falloit qu'il fe hâtât de s'en venir en Bourgogne, & s'y rendre au plutôt : autrement il étoit en danger d'y perdre tout ce qu'il y avoit acquis : laquelle furprife de lettres fit que les mêmes qui les avoient écrites, renvoïerent vers le Duc de Mayenne en plus grande diligence, lequel recevant leurs lettres & avis, partit de Bruxelles, & s'en vint en Bourgogne avec une Compagnie de Gens-d'armes, fous la charge de Villaroudan, un Regiment de gens de pied, commandé par Anvilliers, fieur de Tremblecourt, & fe rendit à Dijon au commencement du mois de Novembre, deux jours auparavant, que par fon commandement envoïé par un nommé Peliffier, aïant fait charge d'Agent pour la Ligue, pendant ces troubles en Efpagne, on y avoit fait trancher la tête à Maître Jacques Verne, & au Capitaine Gau, fur l'échaffaut du Morimont, pour l'entreprife par eux faite, de remettre la Ville en l'obéiffance du Roi ; ce qui fut advenu, n'eut été que le grand courage qu'avoit eu Maître Jacques Verne, pendant le temps de fix ans qu'il avoit été Maire en cette Ville-là pour le Duc de Mayenne, à y tourmenter les gens de bien & bons ferviteurs du Roi, par les plus exquifes fortes de tyrannies qu'il eft poffible d'excogiter, lui manqua & faillit, quand il fut queftion de bien faire : car en cet article, il eut faute de cœur & de hardieffe, au moins telle comme le point de l'occafion & de l'affaire qui lors fe préfentoit, le requeroit ; tellement que la tête lui tourna, par maniere de dire, & le nez lui faigna, quand il vint à confidérer & regarder de près la grandeur du péril où il falloit promtement entrer. Mais quoi qu'il en foit, il eft mort pour la caufe publique, & font les jugemens de Dieu grands & fecrets : & eft à remarquer qu'à l'inftant même que le Duc de Mayenne entra dans les portes de la Ville de Dijon, l'air qui étoit clair & ferein, fe troubla par une telle tempête & orage, qu'il fembloit que les cataractes duffent rompre encore une fois, de la grande & groffe pluie qui tomba & remplit toutes les rues de ruiffeaux, & des éclairs & tonnerres qui furent ouïs, brandons de feu qui tomberent du Ciel en plufieurs. & divers endroits, de forte que lui & tous fes gens, qui pour la beauté & tempe- rature du jour, avoient vêtus leurs beaux habits, pour folemni- fer leur entrée, ne purent gagner leur logis qu'ils ne fuffent tous percés & trempés de la pluie & grefle qui tomba fur eux; pré- fage très certain de la ruine qu'apporta lors le Duc de Mayen- ne à la Province, ou bien de celle qu'il s'apportoit à lui même, & du foudre du Ciel invifible; mais trop plus efficacieux, qui devoit bientôt tomber fur fa tête. Il n'eut féjourné deux ou trois jours à Dijon, qu'il fe rendit à Beaune, car c'eft là où il avoit l'œil : où arrivé, il manda les Maire & Echevins, & princi- paux Habitans qu'il entretint de belles paroles & fpécieufes: fignamment de la paix qu'il difoit chercher & demander; qu'il étoit faoul & las de guerre; quand il voïoit fa cuiraffe, qu'il penfoit voir la mort & l'enfer, qu'il fe vouloit de-là en avant retirer à Seure, s'il en pouvoit traiter avec le Duc de Nemours, y faire fes jardins, & envoïer fon fils vers le Roi pour n'en bou- ger. Il promit par promeffe écrite & fignée de fa main, & par la foi de la fainte Ligue à ces Habitans, qu'il ne leur bailleroit garnifon, moïennant de grands préfens qu'ils lui firent, tant de vins, bleds, que d'argent : laquelle promeffe dura autant que fa qualité & nature le portoit, à favoir, quelques cinq ou fix jours : car trois jours après la Saint Martin, il envoïa de Dijon, où il étoit retourné, garnifon en cette Ville de Beau- ne de trois cens hommes de pied, & à l'inftant il y vint, fit reconnoître & vifiter la Ville par les Capitaines Camille & Carle, fes ingénieux, qui là jugerent bonne & forte, bien flan- quée & remparée, & qui pourroit être pour fon affiette rendue imprenable; fur quoi il fit abbattre les beaux & grands Faux- bourgs qui y fouloient être, à favoir les Fauxbourgs de Saint Jean, avec l'Eglife de Saint Jean, les Fauxbourgs de la Mag- deleine, avec l'Eglife de la Magdeleine, les Fauxbourgs de Per- peret, les Fauxbourgs de la Bertonniore, partie de celui de Saint Martin, avec l'Eglife de Saint Martin, celui de Saint Nico- las, qui porta perte & dommage aux Habitans de plus de cinquante mille écus; car par cette ruine, il démolit plus de deux mille Maifons, belles & bien bâties où les Habitans pre- noient leurs commodités, pour leurs Vignes & hébergement de leurs bleds. Il fit commencer encore de grands éperons &

Baſtions du côté du Fauxbourg de la Madeleine ; ordonna & établit la garde des portes en la Ville ; entre les Habitans & Soldats de la Garniſon ; à ſavoir qu'il y auroit deux portes, l'une deſquelles portes ſeroit gardée par les Habitans, & l'autre par les Soldats : & cela fait, eſtimant s'être aſſuré du tout en cette Ville-là, pour y conſtituer & établir l'extrémité de ſa fortune, & y faire ſa retraite, il s'en retourna à Dijon avec deux cens queues de Vins qu'il prit ſur les Habitans, & qu'il fit traîner après lui à chars & charrettes, pour le mariage de ſa Belle-Fille avec le Vicomte de Tavanne, qu'il y alloit ſolemniſer ; & demeura là aſſez de temps, comme en une pleine paix, à y faire des Tournois & courre la bague, pendant que ces pauvres gens de Beaune ploïoient ſous ſon oppreſſion : qui ſe voïant ainſi travaillés en toutes façons de cette Garniſon qu'il leur avoit laiſſée, ſe ſouvenant de la promeſſe par eux faite à Sa Majeſté, moïennant laquelle ils avoient eu cette treve, & jugeant l'occaſion préſente, & moïen de l'exécuter par l'approchement de l'Armée conduite par M. le Maréchal, dont ils avoient avis, députerent un d'entr'eux vers le ſieur de Vaugrenan (1), commandant pour le Roi en la Ville de ſaint Jean de Laune (2), à qui ils avoient créance pour le connoître très fidele Serviteur à Sa Majeſté, & l'avoir fait paroître par de grands & ſignalés actes, afin de lui faire entendre leur réſolution d'accomplir & effectuer cette promeſſe, & d'y emploïer leurs vies, plutôt qu'ils ne réduiſent & remettent leur Ville en l'obéiſſance du Roi, & qu'ils n'y donnent entrée à M. le Maréchal, à ce qu'il l'en avertiſſe, & que jour leur ſoit donné pour cette exécution & entrepriſe. Le Seigneur de Vaugrenan va exprès voir M. le Maréchal à cet effet, qui étoit lors à battre le Château de l'Abbaïe du Monſtier ſaint-Jean, lui dit ce qui ſe paſſoit du côté de Beaune. Et aïant ſa parole fait entendre à ces Habitans, que M. le Maréchal ſe rendroit près de leurs portes le Dimanche 5 du mois de Février, ſur les deux heures après midi, qu'en même temps ils priſſent les armes & chargeaſſent ſur les Soldats, comme ils en étoient réſolus & délibérés, & lui fiſſent ouvrir une porte de la Ville, cependant que M. le Maréchal feroit marcher l'Armée contre Châteauneuf, feignant le vouloir aſſiéger, & de-là tourneroit viſage & iroit à eux. Le ſieur Bellin, Maire, qui, à cette parole

---

(1) Baillet, ſieur de Vaugrenan.
(2) Saint Jean de Lône.

l'a fait entendre à fes compagnons & Echevins, & à quelque
autres des Habitans de la Ville & fignamment aux Eccléfiaftiques des Eglifes Notre - Dame, aïant été participans des
fes bonnes réfolutions, afin que tous euffent à fe tenir prêts
avec leurs armes, quand l'heure leur feroit dite & qu'ils en-
tendroient le fignal de la cloche de l'horloge, à l'effet de quoi
furent donnés aux principaux Habitans, leurs quartiers, auxquels ils fe rangeroient avec ceux de leur dixaine. Le Duc de
Mayenne, foit qu'il fût averti en gros de cette délibération,
foit qu'il fût entré en doute & méfiance de ces Habitans, qui
eft le plus à croire, part de Dijon avec fon fils, le premier
jour du mois de Février, & s'en vint coucher à Beaune, accompagné de fon fils & de Guillermé (1), Capitaine Commandant à Seurre, & quelques autres ; où tout ce qu'il fit, fut qu'il
vit l'ordre qui étoit dans le Château, changea la Garde de la
Ville, & ordonna qu'il n'y eût plus qu'une porte ouverte,
qui fut gardée au premier Corps-de-Garde en dedans par les
Habitans, & au fecond en dehors & à la barriere par les Soldats, pourvut à y faire venir quelques quatre-vingt Soldats de
pied de renfort & une partie de la Compagnie du fieur de
Tienges, conduits par le Capitaine Montillet, qui étoit lors
à Savigny, auquel Montillet il écrivit à cet effet. Et n'eût
été la parole prife & réfolue avec M. le Maréchal du jour de
l'exécution, à laquelle le Maire penfa qu'il ne falloit point
faillir, & que cela importeroit de trop, étant incertain quel
empêchement pourroit avoir M. le Maréchal, de ce jour-là,
qui étoit le premier jour de Février, l'exécution en eût été faite
& euffent les Habitans pris les armes, & le Duc de Mayenne
& fon fils pris dans la Ville, & le pouvoient dès-lors faire,
voire plus aifément que tout qu'ils firent depuis ; mais Dieu
réferve les Ufurpateurs à quelque plus grand exemple. Le Duc
de Mayenne, le lendemain, à favoir, le deuxieme de ce mois
de Février, & après avoir mis cet ordre à fon affaire, partit de
la Ville, avec fon fils & Guillermé, pour s'en aller à Châlons, diftant de cinq lieues, après avoir recommandé la garde
de cette Ville, au Capitaine Montmoïen, par toutes les re-
commandations les plus particulieres qui fe peuvent penfer,
jufqu'à lui ufer de ces mots : que qui lui ôteroit cette Ville,
feroit autant que qui lui arracheroit le cœur du ventre. Il ne
fut fi-tôt parti, que Montillet, avec partie de la Compagnie
du fieur de Tienges & fes quatre-vingt Soldats, par lui or-

______

(1) Guillermino, Milanois, fameux Affaffin.

donnés

donnés & mandés, entrerent le jour même, & étant au chemin de Châlons, au Village de Demigny, il fit alte & se ra-
visa, & fit retourner à la Ville, Guillermé, avec cinquante chevaux cuirassés, & donna à Guillermé le mot pour faire entendre à Montmoyen, ceux des Habitans qu'il entendoit qui
fussent mis prisonniers ; & arriva Guillermé, ce jour-là même
tint conseil avec Montmoyen, à l'issue duquel, & suivant le
mandement du Tyran, procédant de sa crainte (car les Tyrans & Usurpateurs sont en perpétuelle crainte) Montmoyen
le Vendredi troisieme de ce mois de Février, manda quérir,
pour venir parler à lui en ce Château, les sieurs de la Mare,
sieur d'Ausi, Avocat du Roi au même Bailliage, & le sieur
Bouchin, sieur de Varennes, Procureur du Roi au même Bailliage, sous un prétexte de leur faire voir quelques réparations
qui avoient été faites en ce Château, qui y furent à ce mandement, & les y retint. Il manda de même le sieur Belin,
Maire & les Echevins. Le Maire y alla, mais les Echevins n'y
voulurent point aller, qui pensa être cause d'une émotion ;
dès-lors, que si elle fût advenue, tout étoit perdu, tant peu
s'en fallut que l'entreprise d'un si grand exploit ne fut rompue ;
& néanmoins le bruit de cette mutinerie fut cause que Montmoyen renvoïa le Maire : & à l'instant se mirent les gens de
cheval de la Compagnie du sieur de Piennes, commandée
par Montillet, ceux qu'avoit amenés Guillermé & les gens
de pied commandés par les Capitaines Saint Paul, Sauny &
Belleville, en armes, feignant de faire montre, & furent prendre en diverses maisons de la Ville, les Habitans qu'ils pensoient être les plus affectés au service du Roi, & desquels ils
avoient plus à se douter & craindre, à savoir Philibert de la
Mare, sieur de Chevigny, Antoine Virot, sieur de Tainy,
Jacques Bouchin, sieur de Pasquier, le Grenetier Robert, les
sieurs Borées, pere & fils, Maître Jean de Gray, & autres jusqu'au nombre de 14 qu'ils menerent prisonniers dans le Château.
Le Samedi quatrieme, veille de l'exécution, ne se fit rien.
Le Dimanche 5 de ce mois de Février, qui étoit le Dimanche
des Brandons, jour de l'exécution, vouloient ses Soldats prendre encore d'autres Prisonniers, & désarmer le reste des Habitans, & à la vérité l'affaire étoit tellement traversée, & par
tant d'accidens, qu'il sembloit n'y avoit plus moïen de rien
exécuter, & que le courage devoit être failli aux plus assurés
& résolus. Mais voïant, le Maire, le péril présent, où lui &

tous les gens de bien étoient prêts d'entrer, que ne recevoit plus de dilation, les choses étant passées si avant, que leur conseil n'étoit plus en leur puissance, qu'entre la vie & la mort, entre la gloire & l'infamie, entre le vitupere & le triomphe, entre la liberté & extrême servitude, entre être gens de bien & déloïaux & méchans, il ne leur restoit plus de moïens, ainsi qu'il falloit promptement mettre la main à l'œuvre, avec Jacques Richard, sieur de Belligny, Michel Richard, Avocat, le sieur Alexan & quelques autres Echevins, & des Ecclésiastiques qui furent assemblés, tint conseil & fut pris résolution qu'il falloit prévenir l'heure qui avoit été donnée par M. le Maréchal, courir à leurs armes avant qu'elles leurs fussent ôtées des poings, & donner le signal du son de la cloche de l'horloge promptement, afin que chacun pût se mettre en place & gagner ses quartiers : ce qui fut aussi-tôt fait. La cloche de l'horloge donna, le Maire, tout aussitôt, & au second coup de la cloche, fut en la rue avec son écharpe blanche, l'épée nue au poing, criant : *Vive le Roi, Vive le Roi*, qui fut suivi de tous ceux de son quartier, même des femmes & enfans, qui sortoient courageusement avec les armes qu'elles pouvoient saisir & avoir. A l'instant Michel Richard, qui commandoit au premier Corps-de-garde à la porte, & dedans la Ville, fit fermer la porte qui étoit entre son Corps-de-garde & celui des Soldats ; tellement qu'il enferma les Soldats dehors, & avec ses gens monta sur les Tours & fit tirer sur eux plusieurs coups d'arquebuses, si qu'il leur fit quitter & rendre les armes. Quoi fait, se voulant sauver par les champs, recueillis par une flote de Païsans, qui venoient des Villages en la Ville, furent tous tués près la contrescarpe, & pouvoient être quelque quarante. Le sieur Alexan, Echevin, en même temps va donner au logis du Capitaine Guillermé qui dînoit, & avec lui le Président de Latrecey, frere de Montmoïen, & la porte forcée & mise dedans la chambre, porta, de premier abord, un coup de pistolet à Guillermé, pour son dessert, dans le visage, dont il l'atterra. Carle fit quelque résistance & aïant saisi son épée, en donna un coup au sieur Alexan, au défaut de la cuirasse, dont il le blessa & fit reculer & quitter la chambre ; mais secondé de quelques Habitans qui survinrent bien armés, il rembarra Carle, qui fut aussi blessé, & se rendit Maître du logis où furent pris prisonnier Guillermé & Carle, & le Président de Latrecey, menés & conduits Guillermé & Carle dans la Maison de la Ville, où Guillermé mourut le lendemain des coups qu'il avoit reçus. Ce Guillermé étoit un Milannois, méchant & fcélérat, qui avoit tué & fait tuer dans la Ville de Seurre plufieurs Habitans & Soldats prifonniers de guerre, à fang froid, & qui avoit été renvoïé de demi-chemin en cette Ville de Beaune pour y faire de mêmes exécutions, comme fort propre à ce métier. Il reçut fon falaire plus honorablement néanmoins qu'il ne méritoit, à l'exemple de cet Archias Thébain. Le Préfident de Latrecey fut mené prifonnier en la Maifon du fieur Brunet, antique Maire. Les Soldats, par la prife de leurs Chefs, ne fe fachant raffembler, gagnoient çà & là les lieux égarés, en petites troupes, où à mefure qu'ils étoient rencontrés, étoient tués & taillés en pieces par les Habitans : aucuns s'affemblerent en la rue Dijonnoife, en nombre de quarante ou cinquante, que le fieur Brunet, accompagné du Capitaine Monnet, Habitant de ladite Ville, & fuivi de vingt-fix à trente autres Habitans de fon quartier, chargea fi vivement, qu'il les rompit & en fit tomber fur la place la plupart, & y fut bleffé le Capitaine faint Paul, qui de cette bleffure mourut depuis. Ce Capitaine Saint Paul, tout bleffé, & les Capitaines Sauni & Belleville trouverent moïen à travers quelques Maifons, de fe rendre vers leurs Troupes, qui étoient logées proche le Château, lefquelles auffi-tôt ils firent mettre en bataille, & commencerent à efcarmoucher du long de la rue des Tonneliers ; mais ils furent reçus mieux qu'ils ne penfoient, & avancerent tellement les Habitans, leurs barriquades fur eux, à la faveur d'une piece de canon, de celles que le Duc de Mayenne avoit fait placer aux principaux quartiers de la Ville, pour les empêcher d'entreprendre, qui les mirent en fuite, & leur firent quitter cette rue des Tonneliers & fe retirer en la rue des Boiffons, où étant, par le commandement qu'ils eurent de Montmoïen, ils mirent le feu en plufieurs Maifons pour cuider étonner les Habitans ; mais nul ne fe divertit pour cela. Ains Jacques Richard, fieur de Beligni, accompagné de quarante ou cinquante, vinrent donner fur ces Soldats, & les chargerent en cette rue des Boiffons, qui fut affez de temps difputée, & y fut le fieur de Brigny bleffé. Mais enfin, il la leur fit derechef quitter, & les éparpilla tellement, que dès-lors ils ne fe purent remettre en ordre ni en troupe ; ains furent contraints de s'écarter çà & là, & furent tous taillés en pieces, fors ceux de la Compagnie du fieur de Tienge, qui furent pris à ran-

çon avec Montillet, leur Conducteur, sous quelque promesse
que fit Montillet ; & quelques gens de pied & de cheval, qui
s'étant retirés près les Tours du Château, ne purent si-tôt
être forcés, tellement, que les Habitans s'étant faits &
rendus Maîtres de la Ville, fors de la rue de la Belle-Croix,
proche le Château, où s'étoient rangés ces gens de pied & de
cheval, à la faveur du canon & des arquebusades du Château.
Les Maire & Echevins, après avoir fait mettre de bonnes barricades tout à l'entour de cette rue de la Belle-Croix, & icelles
bien munir de bons Arquebusiers & Picquiers, à ce que ceux
de cette rue ne pussent rien gagner ni entreprendre, & pour
les tenir sur cul, s'en allerent avec les Serruriers & autres Ma-
nœuvres qu'ils prirent, & firent rompre & abbattre les serrures & verrouils des portes de la Ville ; desquelles portes les
clés étoient dans le Château, & icelles portes ouvertes, firent
tirer le canon de dessus la muraille, pour donner avertissement à Monsieur le Maréchal qu'ils étoient aux mains, & dé-
pêcherent Couriers & Cavaliers pour l'aller trouver, lui dire ce
qui s'étoit passé, & le supplier de s'avancer ; lesquels Cour-
riers le trouverent à une demie lieue de la Ville, où lui aïant
le tout dit, Monsieur le Maréchal commença à s'avancer au ga-
lop, dont furent avertis les Maire & Echevins, qui envoie-
rent au-devant de lui le Capitaine Monet, pour le supplier de
leur promettre que la Ville ne feroit point pillée ni fourragée,
ce qu'il promit & l'a aussi effectué. S'étant rendu à la porte,
il y fut reçu par les Maire & Echevins, qui tous en Corps &
en armes, l'attendoient & qui lui offrirent non-seulement leurs
biens, mais leurs vies & tout ce qui dépendoit d'eux. Entré
qu'il fut, après avoir rendu graces à Dieu d'un si bel exploit
& d'un tel succès pour les affaires du Roi, il met tout aussi-
tôt la main à la besogne, fit avancer des Carabins qu'il avoit
tiré des Régimens des sieurs (1) de Saint-Blancard, Saint-
Oger (2), de Champagne & autres qu'il logea tout aussi-tôt
près ces gens de pied & de cheval, serrés & retirés en cette
rue de Sainte Croix, en nombre de deux ou trois cens, & par
lesquels il les fit attaquer ; mais sur ce point & à la premiere
allarme, ils demanderent composition, qui leur fut accordée
par Monsieur le Maréchal, qu'ils sortiroient leurs armes & bagues
sauves, l'un de leurs drapeaux ploïé, mis & laissé entre les mains

(1) De Gontaut, sieur de Saint-Blancard.
(2) Charles de Rochefort de Saint Angel.

de Monſieur le Maréchal , en ſigne de reconnoiſſance & victoire , & fit Monſieur le Maréchal avancer ſes troupes de Cavalerie & Infanterie , & logea ſon Infanterie dès la nuit , à l'en-
tour du Château , & fut le Préſident de Latrecey relâché pour
les quatorze Habitans qui avoient été empriſonnés en ce Château. Cette nuit-là même entra le Capitaine Lago , avec ſix ou
ſept dedans ce Château , où il ſe rendit de la Ville de Nuits ,
aïant entendu les nouvelles de ce qui s'étoit paſſé. Mais Audineau , Grand Prévôt du Duc de Mayenne & de la Lieutenance , ne fut pas ſi bien adverti que lui , pour prendre ce chemin ,
ains ſur les onze heures de cette nuit , la garde poſée ſur la muraille , comme il étoit envoïé par le Duc de Maïenne depuis
Châalons avec une liſte pour faire prendre une partie des Habitans de cette Ville de Beaune , empriſonner & chaſſer les
autres , garni de cette liſte & de ces bulles du Tyran , ſe vint
préſenter à la porte de la Bretonniere , accompagné de douze
des Gardes du Duc de Mayenne , diſant que l'on lui ouvrît ,
& qu'il venoit de la part de ſon Maître vers le ſieur de Montmoïen ; ce qui fut fait , & fut fort bien reçu : mais il fut tout
ébahi qu'il trouva des viſages métamorphoſés à la porte , & les
écharpes noires & rouges devenues blanches , des Gaſcons &
Bourguignons au lieu de Lorrains , qui lui ſaiſirent ſes paquets
& bulles , avant que les préſenter , & qui le menerent loger en
autre logis que le ſien accoutumé , bref qu'il ſe trouva en une
terre neuve , & de Juge & Bourreau qu'il alloit être , ſe vit la
proie & le criminel , brief la victime de ceux qu'il alloit perdre & ſacrifier ; tellement qu'il ne ſavoit s'il ſongeoit , & ſi la
tête lui tournoit , pour voir une telle converſion. Il fut mené
vers Monſieur le Maréchal qui vit tout ce qu'il portoit & ſes
liſtes , & entr'autres une liſte des Habitans de Dijon , pour les
faire paſſer carriere de même , qu'il leur envoïa , afin qu'ils
viſſent à quel Saint ils étoient voués , & de là fut renvoïé à ſon
nouveau logis , où il eſt encore , attendant ce qu'il plaira au Roi
ordonner de lui. Cet Audineau eſt un des plus méchans & ſcé-
lerats hommes de la France , fort digne de ſon métier de
Grand Prévôt du Duc de Mayenne , qui repréſentoit à Paris ,
lorſque la Lieutenance y floriſſoit , la perſonne de Monſieur de
Richelieu ou de Monſieur de Fontenai à préſent : au moins il
ſe le faiſoit accroire & jouoit ce perſonnage ſur l'échaffaut
Troïen , qui a été ſi dignement décrit dans la Satyre Ménippée.
Le lendemain Lundi , Monſieur le Maréchal commença à ſe

retrancher contre le Château, manda les Suiſſes & le canon pour le battre ; lequel arrivé, comme ceux du Château virent qu'il étoit prêt à être placé contr'eux, demanderent à parlementer ; ce qui leur fut accordé, & y eut quelques Gentilshommes ôtagers d'une part & d'autre, pour la ſûreté de ceux qui parlementerent. La compoſition demandée par Montmoyen fut trente écus, l'aquitement de ſes dettes, & que l'on le fît païer de ſes contributions. Monſieur le Maréchal, de l'avis des Habitans & des Gentilshommes, & gens de conſeil qui étoient avec lui, lui fit préſenter pour tout, quinze mille écus, dont il ne fit compte, ains pendant ces traités, & allées & venues par iceux, il trouva moïen d'avertir le Duc de Mayenne, & d'avoir des avis de lui, voire de faire entrer dans ce Château, notamment Sabloniere Capitaine des Gardes du fils du Duc de Mayenne, & le Capitaine Marnai, un traître qui, à la journée d'Iſurtille, & lorſque Monſieur de Tavane défit le Régiment de Buſſy, s'étant rendu à lui de bonne volonté, & fait le ſerment au Roi, entre ſes mains, fauſſa ſon ſerment le lendemain, & ſe rendit avec les Troupes ennemies, conduites par le Baron de Viteaux, aïant avec eux quelque quarante ou cinquante Soldats, deſquels Montmoyen fortifié & encouragé, commença à tirer aux tranchées, où furent bleſſés quelques Soldats, à loger ſur les Tours, affrontant ſur la Ville les canons du Château, & à tirer & battre en ruine de ces canons à travers les maiſons, dont il fut abbatu quelques pignons & cheminées, ſans autre effet ni exploit. Il feroit long de dire toutes les particularités du ſiege de ce Château. Monſieur le Maréchal y a été aſſiſté de tous les Seigneurs & Gentishommes du Païs, à ſavoir, de Monſieur le Marquis de Mirebeau (1), Monſieur le Comte de Chiverni (2), fils de Monſeigneur le Chancelier, Monſieur le Baron de Lus (3), Monſieur de Vaugrenan, qui y furent des premiers, Monſieur de Tavanes (4), Monſieur de Cipierre (5) & Monſieur de Ragni (6), qui lors de cet exploit étant à Paris, s'en y allerent par le commandement du Roi, qui tous y ont fait vaillamment & vertueuſement. Ce Château s'eſt opiniâtré ſur l'appui des malheureux, c'eſt-à-dire, ſur l'eſpérance qu'ils ont eue du ſecours que le Duc de Mayenne leur promettoit de jour à

---

(1) Jacques Chabot, Marquis de Mirebeau.
(2) Henri Hurault, Comte de Chiverny.
(3) Edmond Malain, Baron de Luz.
(4) Guillaume de Saulx, ſieur de Tavanes.

(5) Imbert de Marſilli, ſieur de Sipierre.
(6) François de la Magdelaine, ſieur de Ragny.

autre, tantôt du sieur de Nemours avec six ou sept mille hommes de ces Gens d'armes de Cadmus ou l'Escot, tantôt de l'Armée de Savoie, & de Châalons, où il a été toujours musé (1) dans la Citadelle avec le sieur de Lartuzie (2) qui en est Gouverneur. Somme que toute cette espérance aïant été vaine, & nagé seulement sur les bords de la coupe de Pandore, après avoir tenu six semaines, à savoir, depuis le Dimanche des Brandons, jusqu'au Dimanche de Pâque fleuri, & pendant ce temps enduré plus de trois mille coups de dix canons & deux moïennes, dont ils ont été battus; mêmement ce Dimanche jour des Rameaux, plus de deux cens, dont fut fait brêche pour entrer trente hommes de front, & prêts à être forcés par assaut, ils se rendirent à composition, qui leur fut faite par Monsieur le Maréchal, qu'ils sortiroient armes & bagues sauves, les enseignes ploïées, la mêche éteinte, & sourd tambour, moïennant cinq mille écus qu'ils paieroient pour les femmes qui étoient dans ce Château, quasi toutes parentes de Monmoyen, à savoir les Damoiselles d'Arconcei & d'Equilli ses sœurs & autres, laquelle composition leur a été tenue. Cette prise de ces Ville & Château aïant si heureusement succedé, que de tous les Habitans, il n'en est mort que trois, dont encore les deux furent tués par des Habitans mêmes, parcequ'ils étoient Ligueurs, & sept blessés, qui tous ont été guéris. Le sieur de Vaugrenan y reçut un arquebusade, à la tranchée, dans la jambe, dont aussi il a été guéri. Monsieur le Maréchal tout aussi-tôt dépêcha vers le Roi un Courier pour l'avertir de la prise de ce Château, qui arriva vers Sa Majesté à Vincennes, la veille de Pâques, dont Sa Majesté, reçut une telle joie, que tout aussi-tôt elle fit savoir cette prise par toute la Ville de Paris. Et le lendemain en l'Eglise & Chappelle de Vincennes, fit chanter le *Te Deum*, comme il fut aussi chanté solemnellement à Notre Dame le Mardi ensuivant, où tous Messieurs de la Cour de Parlement de Paris se trouvèrent en Corps. Comme, à la vérité, cette prise là est un coup d'Etat en la France; étant la ruine & la mort du Duc de Mayenne, & de tout son parti; car il ne faut point douter que toutes les autres Villes de Bourgogne ne fassent comme Beaune, & ne se dépetrent de cette tyrannie, & ne les en sauroit le Duc de Mayenne garder, mêmement que les Villes de Nuits & Château-neuf ne se rendent; & encore Autun, où Chizai, qui y commande, pren-

---

(1) Caché.   (2) Ou de Lartuisie.

dra exemple à Montmoyen fon frere : outre que la Citadelle qu'il tient dans la Ville y commande fort peu , & n'eft pour empêcher les deffeins des bons Habitans qui y font encore ref_ tés. Tellement, que demeurant au Duc de Mayenne en Bour- gogne , Dijon & Châalons feulement , au milieu defquelles deux Villes (s'il tient encore bien ces deux Villes) eft Beaune, empêchant la communication de l'une à l'autre , il faut par né- ceffité qu'il forte de la Bourgogne , ou que lui & tout fon par- ti y meurent , & s'y enfeveliffent , afin que la Ligue meure où elle a été martelée & bâtie , & où elle a pris fa naiffance , & que la vieille prophétie de fainte Brigide s'accompliffe : qui porte, que les guerres de France pour la rébellion des faux François, finiront par un choc ou bataille qui fe donnera à la Fontaine Charles , à l'iffue de laquelle , le victorieux entrera dans Dijon, qui eft une Fontaine retenant ce nom à une lieue de Dijon, fur le chemin de Beaune. Cependant , de ces grands & heu- reux fuccès, il faut être aveugle , pour ne voir que Dieu aide le Roi , comme il eft avec lui , & qu'il foutient fa caufe , qui doit faire penfer à ceux qui lui dreffent encore des parties à leur confcience. Le livre de la Toifon d'or , rapporte que le Roi Saint Louis eut de mêmes atteintes & entorfes à fon ave- nement à cette Couronne , à favoir , que les defcendus de Ro- bert, Comte de Dreux , s'éleverent à l'encontre de lui , en- tr'autres, Pierre Mauclerc , Comte de Bretagne, le Comte de la Marche , & les Seigneurs de Couffi , de ce Robert , appellé Robertois, qui fufciterent & attirerent à eux Philippe Comte de Bolongne , oncle du Roi , lui promettant le faire Roi : à quoi, dit l'hiftoire , il fe laiffa imprudemment & légérement al- ler ; mais que connoiffant la magnanimité du Courage de Saint Louis , & jugeant par fes heureux fuccès que Dieu lui aidoit & étoit avec lui , ils fe déporterent tous de leur entreprife , & fe rendirent à fa merci. En ce facré furgeon , de cette facrée tige , telles entreprifes renouvellées , font rebutées & confondues par une même affiftance de Dieu , évidente & apparente. Si ceux qui y continuent ne s'en défiftent , ils doivent attendre leur prochaine ruine , & fe trompent en leurs menées , & en leurs affaffins qu'ils fufcitent & inftruifent tous les jours par leurs Miniftres , à leur propofer un falut tout certain , à méprifer la mort pour exécuter quelque chofe de méchant contre le Roi : car étant en la garde de Dieu , comme il eft , ils ne lui fauroient mal faire.

Quand

Quand à fa dextre il en cherroit
Mille & mille à feneſtre,
Nul mal de lui n'approcheroit,
Quelque mal que puiſſe être ;
Car Dieu a fait commandement
A ſon Ange très digne,
De le garder ſoigneuſement
Quelque part qu'il chemine.

Il eſt remarqué en Cyrus, Romulus, David, & au Roi Charle VII , que les Rois qui reçoivent des traverſes & empêchemens en leurs Roïaumes , & contre leſquels la puiſſance humaine ſe bande pour les garder d'y parvenir , ſont ordinairement les plus grands Monarques , & reſtaurateurs des Etats preſque perdus : comme il ſe voit en notre Roi même , qui a ja tellement avancé , qu'il a conquêté tout le corps de ſon Roïaume , & en eſt venu là , que ſes rebelles ſont combattus & défaits aux lieux mêmes de leur retraite , c'eſt-à-dire , aux liſieres & extrêmités , qui eſt la fin de la guerre civile , comme elle fut ſous l'Empire d'Auguſte , quand les fils de Pompée & Marc Antoine furent défaits en Eſpagne & en Egypte : & ce que l'on a dit du temps du Roi Charles VII , d'un Poton de Saintrailles , d'un Comte de Dunois , d'un la Hire , ſe dira des valeureux Seigneurs & Capitaines qui ont aſſiſté le Roi en cette guerre ; & parmi ces louanges , particulierement de Monſieur le Maréchal de Biron , qu'il a chaſſé le loup juſqu'au bois , & reconquêté au Roi la Bourgogne , honneur qui ſembloit lui être dû à le regarder , d'autant que du côté maternel , il eſt Bourguignon , à ſavoir de la Maiſon d'Authun , très noble & très ancienne. Et ſur cette priſe de Beaune poſera Monſieur le Lieutenant , s'il lui plaît , ſon titre de Lieutenant Général de l'Etat & Couronne de France , qu'il devoit ja avoir poſé pour ſon abſurdité , ſoléciſme & incongruité rendu ridicule à chacun , qui de conſéquent , ne lui a jamais été propre pour ſon uſurpation : car il ſe remarque qu'il n'y eut onques Uſurpateur ni Tyran , qui ne fût ſavant , & s'eſt équivoqué Agrippe d'en excepter Sylla : car il étoit ſavant , voire en la langue Grecque , ce qui ſe voit dans Appian & ailleurs : & Monſieur le Lieutenant montre ſon ignorance de ſon titre & de ſa qualité même , telle qu'elle ſeroit ſuffiſante , pour refuſer un Clerc aux Ordres : à plus forte raiſon un Tyran à uſurper un Etat.

Avertissement.

Tandis que les armées cliquetoient ainsi par toute la Bourgogne, & qu'ailleurs se dressoient maints apprêts pour la guerre, l'on disoit en maintes Compagnies, que la France n'auroit jamais paix, si elle ne portoit dedans l'Espagne même le feu dont les Espagnols avoient si longuement brûlé la France. De ces communs desirs fut dressé & publié le Discours suivant, imprimé à Paris chez Jamet, Metayer & Pierre l'Huillier, Imprimeurs & Libraires ordinaires du Roi.

DISCOURS D'ETAT

Où la nécessité & les moïens de faire la guerre en l'Espagne même, sont richement exposés.

A TRE'S ILLUSTRE ET TRE'S VALEUREUX PRINCE

CHARLES DE BOURBON

Comte de Soissons, Pair & Grand'Maître de France.

Monseigneur,

» Aïant fait promesse à mon ame, de ne l'emploïer jamais à
» autre usage qu'à celui où la charité sera principalement re-
» quise, je lui en donne l'essai en ce petit discours, que je vous
» offre comme à un nouveau Scipion, duquel nous devons
» autant esperer que les Romains firent du leur, qui transporta
» les guerres d'Italie en Afrique, & amena Carthage dedans
» Rome. Le même vous aviendra de l'Espagne; pour moi, je
» vous y servirai de Tite Live & de Soldat tout ensemble, fai-
» sant voir aux siecles à venir que vous ne fûtes en rien moin-
» dre à ce grand Africain : & sur cette foi je demeure, Mon-
» seigneur,

Votre plus humble serviteur,

PONT-AYMERY.

QUATRAIN

Au sieur Alexandre de Pont-Aymery , Seigneur de Focheran.

Necessaire torrent d'Eloquence & Vertu ,
Tu es seul de ce temps le parfait Démosthène ,
L'Aristide équitable, en la Françoise Athène ,
Où tu fais voir Philippe , & son Sceptre abattu.

MAILLY.

La France est aujourd'hui l'unique échaffaud de Mars, où toute la rage du Monde s'est transportée ; nous en sommes la cause & l'effet ; l'ambition des Particuliers en est la source ; la feinte piété en est le canal, & notre constante inconstance qui ne se peut changer qu'en perfidie, en est le bateau , la rame, la voile & le Pilote : le naufrage est universel & la perte commune. Ce n'est toutesfois qu'un avant-coureur de plus grande ruine, laquelle panche déja sur nos têtes coupables, si nous ne prévenons l'ire de Dieu, justement embrasée sur notre Etat , où il ne se trouve personne qui ait dessein de bien faire. Il semble que la grande liaison du Roïaume soit dissoute, & que chacun doive seulement avantager sa famille ; nous en sommes à ce point, lequel donnera bientôt commencement à une ligne de malheurs , laquelle ne finira que par notre finale désolation. Mais pourquoi suis-je tant soucieux du bien & du repos commun ? ou pourquoi suis-je plus charitable que je ne dois, vu que je n'affecte aucune gloire de mon travail , & que je ne peux espérer récompense de mon service, les deux fondemens d'un Etat n'étant plus en cet Etat, où les Vautours du bien public volent si haut, que leur grandeur ne s'assujétit point à la vûe, ni leur fortune à l'ordinaire qualité de ceux qui parvinrent autrefois ? Je crois qu'ils jouent une Comédie de Menandre, où il est dit :

Emportons tout de la Maison ,
Et n'y laissons pas un tison ;
Car le temps & l'air la destine
A une prochaine ruine.

J'ai dit n'a guères que nous avions fait naufrage ; l'effet en est aussi vrai que l'histoire, & l'histoire en est si véritable, que l'excès en dérobera la créance à la postérité, vu que notre malheur est de telle nature, qu'il n'a rien de commun en ces circonstances avec la commune chûte des Empires & Monarchies précédentes. Une seule chose nous reste, ce sont les pieces du naufrage, vrai est qu'elles sont chez les Espagnols; elles y sont, dis-je, & servent de trophée à leur valeur, & de valeur à leur fortune, laquelle n'est puissante que parcequ'elle nous ose assaillir, elle nous assaut parcequ'elle n'est point assaillie, & nous a emportés jusqu'à cette heure, d'autant que nous n'avons point voulu disputer la victoire, & que nous lui avons dressé un trophée de nos propres armes, lors même qu'elle se vouloit prostituer à l'abandon de notre miséricorde, pour y acquérir par les larmes ce que ses armes ne lui pouvoient aucunement promettre. La France est l'ame du monde, qui n'a mouvement que par icelle ; c'est le petit miroir des Hiérarchies célestes ; c'est la forme essentielle d'une vraie & parfaite Monarchie ; c'est un cinquieme Element pour les hommes en géneral ; c'est un Ciel grossi d'heureuses influences pour les Habitans de l'Europe en particulier , & pour le mieux dire , c'est un monde racourci , où se trouve le Perou des Américains , la Sabée de l'Asie , le Tempé de l'Europe , & le Cynose d'Afrique ; elle a le Gange & le Pactole , & mille Tages perpétuels, qui versent l'or en son sein de toutes parts , comme les Cataractes du Nil s'épanchent & épandent sur les terres voisines de l'Ethiopie. Elle a seulement disette (l'oserai-je dire ?) elle a, dis-je, seulement disette de François ; je suis honteux en une si juste , & néanmoins peu séante confession. O que je souhaite que chacun me fasse mentir ! ô qu'il me tarde que je sois contraint de me dédire ! je le souhaite , à la vérité , mais ce n'est pas à l'avantage de notre renommée ; car notre infidélité n'a point d'exemple que soi-même. L'Histoire Grecque , Romaine & Barbare nous dément , & toute l'antiquité est contre nous , attendu que Cyrus , frere d'Artaxerxes , Steroas , de Belus , Orondates , d'Hirodes , Lysander , ennemi d'Agesilaus , Barsa , d'Annibal , Sertorius , du Senat , Cornelius Gracchus , de la Noblesse , César , de la liberté , Pompée , de César , Antoine , d'Octave , & Octave , du même , Othon , Vitelle & Vespasien ne se sont jamais armés de l'autorité de leurs Voisins , ennemis de leurs Républiques ou Monarchies , non pas même Scipion en Afrique , lorsque la liberté Romaine étoit oppressée sous la tyrannie de Jules César , qui fit renaître les Rois aux Champs de Pharsale, & pour témoignage de son effort rendit pour jamais les Thessaliens libres & francs de tribut. Courage, fut-il dit au Prophete, il y en a encore huit mille, lesquels n'ont point fléchi leurs genoux devant Baal. Il est impossible qu'il ne reste parmi les cendres de cet Etat quelques tisons allumés qui servira d'embrasement à l'Espagne, de fanal à notre entreprise & de jour à notre bonheur. La France est chute en sa propre ruine ; mais elle ne s'y est pas accablée ; elle vit encore, elle respire ; elle soupire plus de la honte que du dommage ; elle peut user de la repartie que firent les Grecs au grand Roi Xerxès brûlant la Ville d'Athènes : » Notre Cité marche avec » nous, elle se campe en notre Armée : nos courages ne sont » pas consommés avec l'embrasement de nos Maisons : si nous » sommes si peu d'hommes, nous avons beaucoup de Soldats. Tirons-nous de cette crainte panique, laquelle par les charmes espagnols avoit offusqué notre jugement. La victoire nous est certaine, le triomphe préparé ; nos Ennemis sont en fuite, la peur est le Fourier de leur désespoir. Ils seront plutôt défaits que vus : ne nous dérobons point ce bonheur ; l'assaillant a toujours le plus de vertu, la fortune est de son côté, l'opinion des hommes y est panchée, les astres y versent leur meilleure influence. Jamais le grand Turc n'a été battu en assaillant ; notre Europe le sait, où il tient plus de Régions qu'il ne nous en reste : la grande Asie l'a éprouvé, où il tient aujourd'hui plusieurs Roïaumes, malgré la défensive des Sophis, qui devoient se rendre Assaillans au berceau de leurs inimitiés avec les grands Seigneurs. Les Vies de Cyrus, d'Alexandre, d'Annibal, de Pirrhus, Roi des Epirotes, de César & de tous les Capitaines Romains, ne sont glorieuses que pour avoir assailli. Aussi Annibal souloit dire à Antiochus : l'Italie ne sauroit vaincre en Italie ; car la victoire est pour celui qui la cherche le plus loin : oh ! que le triomphe est beau, duquel l'Ennemi a fait toute la dépense. Si tu combats en Asie, tu sers de Maréchal de Camp à ton Ennemi ; tes Sujets y seront Vivandiers, & les haies de tes chemins serviront de clôture à son Armée. Si tu combats en Italie, les plus forts y seront neutres, les foibles te serviront, les ennemis seront en doute, l'effroi sera tout d'un côté, l'espérance logera chez toi : si tu es vaincu, tu ne perdras que des hommes soldoïés : si tu es vainqueur, tu te feras des Sujets : si l'on ne combat point, la Campagne sera tienne ; si l'on combat, tu as déja la moitié de la victoire, car chacun estime que l'Assaillant est le plus fort

Le bonheur de la France eſt né ; l'aſtre du grand Henri l'a
conçu, ſa valeur le rendra parfait, notre fidélité lui ſera plau-
ſible, nos cœurs lui ſerviront de Temple, nos affections de
ſacrifice, notre devoir, de Sacrificateur, & les forces de nos
bras, ſeront le théatre & l'autel, d'où nous l'éleverons ſur les
merveilles des Empires & de leurs Monarques. La France eſt
une Macédoine ; notre Prince eſt un ſecond Alexandre ; l'Eſpagne eſt notre Aſie : & ce qui eſt plus, il ne ſe trouvera point
de Darius ſur le Tage. Le Granique de Caſtille ne ſera point
couvert de ſoldats oppoſés. Les Rivieres de Biſcaye remonte-
ront en leur ſource à notre arrivée ; les Montagnes ploieront
ſous nos harnois. Il y a ſix cens mille Gavaches qui ne demandent qu'une occaſion, ou plutôt qu'un Chef pour ſe retirer du
Labourage de Gozen, des Tuilleries de Canope & de la ſervitude d'Egypte. Le Peuple d'Arragon nous y exhorte ; Sar-
ragoſſe nous y convie ; les Catalans nous y ſouhaitent ; le Rouſſillon parle déja François ; la Navarre ſe veut reconnoître ; &
la Biſcaye eſt perdue & éperdue tout enſemble : le rivage d'A-
frique eſt pour nous ; les Rois de Thunis, de Fez, de Maroc
épouſent notre querelle. Les Mores de Grenade nous offrent
leur infâme ſervitude, & les Portugais leur calamiteuſe liberté.
Les Amériquains ſont révoltés en partie ; les Abiſſins tiennent
la Mer rouge ; les Turcs préſident au Pont-Euxin ; les Au-
truches ne volent plus ſur le Danube ; les Eſpagnols ne vont
plus qu'à la dérobée en Sicile, & au Roïaume de Naples ; car
le grand Seigneur eſt Maître du Golphe de l'Eon & de l'Ar-
chipelague, ou pour mieux dire de toute la Mer d'Orient ;
ceux de Veniſe attendent notre ſignal. Le biſcuit des Galeres
du grand Duc de Toſcane eſt prêt ; le Pape ſera toujours Par-
tiſan de la Fortune ; s'il ne prie Dieu pour nous en public,
aſſurez-vous qu'il ne nous oublie pas en particulier ; le *Memento*
de ſa Meſſe n'eſt que pour nous ; ſes vœux affectionnent
notre avantage, & lorſque Sa Sainteté ſera autant libre comme
elle eſt aujourd'hui priſonniere, infailliblement elle fera voir à
ceux qui viendront après nous, & à nous-même, qu'elle fut
n'agueres ſurpriſe, qu'elle n'eſt que l'organe & non pas l'ame
de notre dommage, qu'elle a vomi des excommunications de
ſa propre bouche contre nous ; mais que cela eſt venu des cru-
dités de l'eſtomach du Roi Philippe, des tyrannies, duquel le
Pape eſt contraint d'être l'Aſſeſſeur, voire le Prophete, pour
maudire le Peuple François, & le Roi que Dieu y a choiſi pour
être ſemblable à celui duquel il eſt dit :

> Ce Fils de Jupiter, ce foudre de la Guerre,
> Hercule, qui chaſſa les Monſtres de la Terre.

Je crois qu'il ne fut que la ſimple figure de notre grand Henri, & que l'Hiſtoire de Gerion ſe doit accomplir en la défaite du Roi d'Eſpagne. Que tardons-nous donc, puiſque Dieu, les hommes, les élémens, les oracles & les deſtins heureux de la France nous font voir l'iſſue de cette guerre par le commencement. Notre Prince ſera toujours tel que Scipion, duquel il eſt dit :

> Son deſſein étoit achevé,
> Au premier Ennemi trouvé.

La lâcheté même de ceux de la Ligue ne ſera pas ſi grande, qu'elle ne leur permette de s'armer contre la malice Eſpagnole : Dom Juan ſera incontinent rappellé de Bretagne, & le Duc de Mercœur aura honte d'être Eſpagnol en France, ſachant que les François feront en Eſpagne ; il ſe ſouviendra qu'il eſt créature du Roi défunt, qu'il eſt Fils de l'aumône de nos Rois. Il eſt jà demi vaincu par ſon ingratitude ; le déſeſpoir le ſuivra bientôt avec le juſte jugement de Dieu ; ſa conſcience lui prononce un arrêt fatal ; ſa felonnie eſt à ſon période ; toutesfois Dieu ne veut point la mort du pécheur, mais qu'il ſe convertiſſe & qu'il vive. Il faut bien eſpérer de ſon prochain ; je ne ſaurois croire qu'il ne ſe remette ; je ne me ſaurois perſuader que le front modeſte de la Reine Blanche, ſa ſœur, ne le faſſe rougir ; je m'aſſure qu'il reconnoît bien que cette marque de ſouveraine grandeur qu'elle retient encore après les funérailles de notre Prince, n'eſt pas une qualité eſſentielle de ſa Maiſon. C'eſt une Eſther élevée par la bienveillance & charitable élection de notre défunt Aſſuere. Pour le regard du Duc de Mayenne, je jurerai bien qu'il ne ſera jamais Eſpagnol ; nous ne ſerons pas au chemin de Biſcaie ou de Rouſſillon, qu'il prendra la poſte pour ſe rendre vers Sa Majeſté Chrétienne ; c'eſt là, où il nous attend, il a trop d'intégrité & de franchiſe pour démentir cette eſpérance ; c'eſt-là où il ſera mieux ſuivi & plus aimé qu'il n'eſt aujourd'hui en Bourgogne ; c'eſt-là où les doublons ne lui coûteront que les prendre, l'honneur ſera mêlé avec le gain, & la grace de Dieu parmi le travail. Je promets ce brave Prince à la France, j'y oblige ma foi ; c'eſt le chemin, c'eſt le paſſage qu'il veut qu'on lui ouvre pour retourner avec nous. Phocilide eſt véritable :

> La force a moins de pouvoir
> Sur un grand cœur, que le devoir.

Le ſieur Deſdiguieres nous montre aſſez, que la perfection des plus louables deſſeins, conſiſte en la ſeule volonté de les effectuer, & en la recherche de l'exécution : c'eſt lui, qui, par une incroïable charité, fait voir les armes Françoiſes au ſein de l'Italie, au cœur du Piedmont, delà les Alpes, que jadis les Rois de France n'oſoient paſſer qu'avec une caravane de milliers d'hommes. Chacun ſait que le Duc de Savoie eſt le plus grand Prince de l'Europe, (je dis de ceux qui ne ſont point Rois). En outre, il eſt gendre du Centimane Eſpagnol, qui poſſede plus de Roïaumes, que le Soleil n'a de raïons, plus de Provinces que le Ciel n'a de mouvemens généraux & particulier, plus d'hommes qu'il n'y a de ſable en Aulone ou en Cyrene, plus de tréſors, qu'il n'y a de mines au Pérou, plus de commandement ſur les ſiens, qu'il n'y a de mépris en la France, & (pour achever) plus de bonheur, qu'il n'y a de miſere en notre juſte punition : & toutesfois aucun ne peut ignorer, que ledit ſieur Deſdiguieres ne lui ait tant & tant de fois fait perdre la tramontane en la pleine mer de ſes eſpérances, que ſon principal recours a toujours été en la retraite, qu'un plus groſſier que moi appelleroit fuite. Nos Temples ne ſont aujourd'hui glorieux que de la priſe de ſes Enſeignes & Etendarts, de qui la muette apparence nous ſemble convier à pourſuivre, & ne laiſſer rien à éprouver, qui nous dérobe l'occaſion que le Ciel & le temps nous deſtinent. Sera-t-il dit qu'un ſimple Gentilhomme de Dauphiné ait aſſez de courage & de valeur, pour enter ſes trophées ſur le Pô ſon tributaire, & que notre Prince, ſon Prince, & le reſte de la Nobleſſe de France, qui eſt l'unique ornement de la parfaite Chevalerie, ne ſoit pas capable de triompher ſur le Tage, d'y arroſer nos fleurs de lys, les faire odorer & adorer aux Eſpagnols, qui les flétriſſent maintenant avec plus de honte que de dommage, & plus de dommage que de repréſailles ? J'appelle Dieu & les hommes à témoins de ce que je dis : jamais le Roi ne ſera entierement chéri & obéi de ſes Sujets, qu'il ne ſoit craint & redouté des Etrangers. Jamais les Factions étrangeres ne pourront être aſſoupies

en

en France, fi on ne les étend par le cendreux embrafement des
boutte-feux étrangers. La Majefté Françoife paroîtra chez tous
les Peuples du monde, lorfque nos armes luiront en Occident,
où doit être l'Occident de nos miferes, & l'Orient de nos féli-
cités. Qui eft la Nation, laquelle ne court à une tant certaine victoire, où le vainqueur n'aura pour obftacle que la pitié, & le vaincu pour défenfe, que notre fimple difcretion ?
Toutes les Places rebelles qui font en France ne pourront &
ne voudront chercher leur garantie ailleurs, qu'en la miféricorde du Prince, qui leur doit faire un mauvais parti, s'ils attendent que la néceffité les oblige à la confidération de leur devoir ; où le défaut eft fi grand, que le pardon y fera autant dommageable, que la rigueur y pourroit être utile, & pour l'exemple & pour l'excès. Sur mon ame, il adviendra juftement
(voire plus) aux Tholofains, ce qui fut pratiqué jadis à l'endroit des Capouans & des Tarentins. Dites-moi, Race Goti-
que, fur quoi vous fondez vos rebellions continues, vos perfi-
dies journalieres, vos cruautés incivilement civiles ? Eft-ce fur
la Meffe ? Y a-t-il Prince au monde qui en foit davantage partifan & fauteur que le nôtre qui eft le vôtre ? Si c'eft fur l'a-
poftafie de votre Gouverneur décapuciné : une tant mauvaife
caufe ne fauroit produire un bon effet. Il n'a pas crû que la paifible jouiffance du Roïaume célefte s'acquît avec la beface ; car
fi ainfi étoit, il eut préféré le bien d'une fi grande & fi tran-
quille Seigneurie à la confufion diffolue de votre monftrueux
gouvernement, qui nous fait voir l'ufage de ce proverbe,

> Là où difcorde regne en une Cité,
> Le plus méchant a lieu d'autorité.

Eft-ce fur le Pape qui doit être le Chef vifible de l'Eglife militante ? S'il n'eft tyrannifé par les Efpagnols, il ne fauroit confentir à votre félonie : car il eft écrit, rendez à Céfar ce qui
eft à Céfar. Je crois qu'il n'eft pas fi préfomptueux, que d'aller
contre l'expreffe volonté de celui duquel il fe dit le Lieutenant,
attendu même que notre Céfar eft François de nation, légitime
héritier du Roïaume, & non Tyran & Ufurpateur, comme les
Augufte & Tibere. Eft-ce le gain qui vous y convie ? Où eft
aujourd'hui votre commerce, fi vous ne donnez ce nom au larcin ? Joint auffi que vous êtes l'ordinaire jouet de vos voifins
qui vous accablent & affomment à vos portes, fans que votre

religieux repentir ose prendre la croix & l'eau benite, pour le tirer de vos ravelins & pont-levis, où ils font des ordinaires carnages. Croïez-moi, il n'a que trop de lâcheté pour vous donner un mauvais conseil, & trop peu de courage pour vous tirer des ruines qui en naîtront, comme d'une source de misere & de calamité. Il est impossible, Messieurs, que je me puisse déguiser ; je suis François, je ne saurois faire honneur à un Aman, ennemi de ma Nation : je ne saurois que je ne desire un gibet particulier à celui qui prépare un bucher universel à la France. Je veux que la postérité me voie par les yeux de mon devoir & de l'affection que je porte à mon Prince mal reconnu, & à mon Païs désolé. Et en outre, je suis d'assez bonne Maison pour ne rougir point devant les qualités de la Noblesse de ces traîtres, vrais avortons de la volupté des Rois. Encore ai-je cet avantage par dessus eux, qu'ils ne m'oseroient regarder pour repartir sur cette vérité, s'ils n'étoient accompagnés de leurs serviles créatures & lâches partisans. Retournons à l'Espagne : tout y est pour nous, hormis nous-mêmes ; l'argent qui nous manque ici à toute heure, court l'interêt à tout moment pour notre venue. Portons seulement de la fidélité, chargeons-nous de cette relique, & nous serons de nouveaux Saints en Espagne : c'est la plus belle croisade qui se puisse entreprendre. Les Catalans, ceux de Castille & de Portugal sont Juifs ; ceux de Galice & de Grenade sont Mahométans, leur Prince est Athée. Sauriez-vous desirer une conquête plus juste, ou une guerre plus légitime ? Il n'y a rien de fort que la frontiere qui est la tête ; la tête n'est pas continue avec les parties, le cœur y défaut, le corps est pourri : l'ame est sur les lévres du malade, comme sur le seuil de la porte ; le Roi Philippe même n'est pas vivant, c'est un phantôme qui n'a point de fonction naturelle, sa vie n'est qu'une illusion, sa puissance qu'un enchantement, & son Roïaume qu'une balotte qui roulera au gré de nos mains & de nos bras victorieux. Les Espagnols nous accusent d'impiété, en ce que nous ne voulons point obéir aux saints Décrets de la Providence Divine, laquelle nous assigne cette péninsule, cet essieu de l'Occient, où notre Prince doit paroître comme un second Atlas, entrant par cette voie au gouvernement du Ciel de l'Europe. Rien n'interrompra son dessein que soi-même ; le Ciel l'a promis tel à la France, s'il se veut rendre capable d'un si grand bien. Il ne faut point qu'il soit de la nature des Taureaux, lesquels ne connoissent pas leur force ; il ne

faut pas qu'il foit de la nature des Singes , qui ne chériffent
& ne flattent que ceux qui les offenfent le plus , il faut qu'il foit
pareil au Monarque , lequel fouloit dire :

> Gardez de m'offenfer ; avec plus de nuifance
> Je vous peux offenfer que recevoir offenfe.

Les Thébains, qui refuferent de lui être amis , lorfqu'à grande
peine ils pouvoient mériter d'être fes ferviteurs , furent entière-
ment exterminés. Quelque Doublonifte objectera que nous
avons faute d'argent , que c'eft le nerf de la guerre , l'ame des
armées , le favorable Génie des Princes ; il eft vrai , mais il ne
s'en trouvera que trop pour une fi jufte occafion : il naîtra de
toutes parts de la libéralité des Officiers de la France , comme la
fueur des pores qui s'ouvrent ès corps les plus échauffés , &
quand cela ne feroit point , (ce qui ne peut) nos Soldats ne doivent pas être plus difficiles à contenter que ceux du grand Annibal , lequel à la fortie d'Afrique étant interrogé de quelques-uns qui envioient fa fortune , de quoi il entretiendroit fon
armée , leur répondit de mon armée même : car auffi-tôt que
je ferai en Europe , l'air , le feu , la terre , & les biens de ceux
qui habitent en icelle me feront communs. Il n'a jamais dé-
menti cette réfolution , car tous les Hiftoriens font d'accord
qu'il entretint l'efpace de dix-huit ans la guerre en Efpagne & en
Italie , fans tirer aucune commodité d'Afrique , encore que le
corps de fon armée fût compofé d'Arabes , d'Efpagnols , de
Gaulois & de Numides. Allons donc joïeufement à cette noce ,
nous tiendrons les premiers rangs au feftin ; n'oublions pas nos
meilleurs habits , l'excufe eft ridicule , la corvée néceffaire , le
chemin affuré , le paffage ouvert , notre jufte querelle nous fert
de chariot , notre efpérance de courfiers , leur crainte d'épe-
ron & de fouet , leurs richeffes de falaires , leurs Villes d'étapes , les Temples feuls pourront leur fervir de franchife , & notre victoire de repos. Cette prophétie s'accomplira.

> Quand le Peuple bafané
> Verra fon heur terminé
> Par la fin de fes conquêtes ,
> Les François auront de quoi ,
> Sous la valeur de leur Roi ,
> D'émouvoir mille tempêtes.

Le tréfor Amériquain
Et le tribut Afriquain
Que le Portugais retire,
Les François enrichira,
Et le Midi jouira
D'un bien qui ne fe peut dire.

Ricca Cafa eft l'auteur de cet Oracle, c'eft-à-dire , le truche-
ment : car je crois que le Saint Efprit l'a dicté en la bouche de
ce Piémontois , qui eft tenu pour homme de bien. Il a fait une
fi grande peur au Duc de Savoie fur quelque affaire d'importance , que ce Prince eft aujourd'hui en un perpétuel foupçon,
duquel il ne fe tirera jamais , que par la recherche de l'amitié
du Roi qui (après Dieu) fera le marteau des bonnes ou mauvaifes deftinées de cedit Prince , qui s'eft allié de tous malheurs
en l'alliance qu'il a faite avec le Roi d'Efpagne , duquel il eft
efclave en effet , gendre à deffein , ennemi de volonté , & partifan de contrainte. Je le vois déja qui fe difpofe à nous venir
trouver , pour avoir raifon de fon beaupere qui lui a fait une
promeffe de la Duché de Milan , mais le terme doit échoir aux
Calendes Grecques , ou bien l'inveftiture fe fera en tableau
fi la France ne lui fert de Commiffaire pour le mettre en poffeffion. Je n'ai pas voulu difcourir comme feroit un Charlatan
de la Rote , de l'affiftance que nous aurons de l'Angleterre,
de l'Ecoffe , de la Flandre , qui nous tend les bras , de la Flandre , dis-je , qui eft paralytique , & ne peut recevoir guérifon,
fi elle n'eft portée fur nos épaules jufques dans la Pifcine , pour
y recouvrer fes forces amorties & fa premiere vigueur. Nous
avons déja vaincu , il ne faut plus qu'avouer la défaite , ménager
bien la victoire , faire le partage du butin , mettre les Prifonniers à rançon , & de rançon en liberté. Le deffein & l'effet fe
touchent , il ne faut plus que voir l'héritage , les anciens poffeffeurs le nous quittent , la jufte appréhenfion du Roi Philippe
le confirme , fa Nobleffe nous en donne le brevet , fon Peuple
l'autorife , le Clergé y apporte fa bénédiction , & les Efclaves
(qui font un nombre infini) leurs plus dévotes prieres : car ils
favent que les François ne tiennent perfonne en fervitude. L'Allemagne , qui depuis quarante ans en çà , tient fa liberté de la
France , & fon *interim* de nos armes , ne mettra pas en oubli
cette charité ; attendu même que la Maifon d'Autriche ne lui

produit que des Tyrans ordinaires, qui font caufe de la défolation de la Hongrie, de laquelle ils fe font voulu rendre Maîtres,
fur les juftes & légitimes poffeffeurs, qui ont mieux aimé fouffrir une fervitude volontaire, qu'un tant infâme raviffement :
de forte que toute l'Allemagne eft aujourd'hui engagée dedans
les ruines des Hongres, & ne peut attendre qu'une mauvaife
iffue d'un fi lâche commencement de guerre, où la convoitife
Efpagnole a fait perdre la réputation des Chrétiens en général,
& le repos des Allemans en particulier. Que faites-vous, Meffieurs? doutez-vous en ce qui eft infaillible? quelle crainte fe
peut mêler avec la certitude? quel foupçon parmi la vérité? quelle appréhenfion ès chofes qui font néceffaires? quel refus où le
loïer & la gloire fe fuivent? il n'y a rien à defirer en ceci que vous-
même. La perfection de cet œuvre confifte feulement à vouloir
fe porter fur les lieux, notre bonheur qui eft égaré s'y trouvera,
nos chevances y feront reconnues, & mes paroles vérifiées &
autorifées.

Avertiffement.

LA prife de Beaune accula le Duc de Mayenne, lequel depuis ne fit
que battre d'une aîle, & fe vit comme au bout de fes efpérances, dé-
daigné des uns & détefté par les autres. Autun, Nuis & finalement Dijon,
enfuivirent Beaune, & fe rendirent au Roi, lequel étant venu en Bourgogne au commencement de Juin, chargea près Sainte-Seine quelques
troupes de Cavalerie du Connétable de Caftille, lefquelles il mit en route. Peu auparavant, Vienne en Dauphiné, vendue au Duc de Nemours,
par Maugeron, fecoua le joug de ce Chef Ligueur, & fut réduite fous
l'obéiffance du Roi, lequel, tandis qu'il s'amufoit à tirer deniers de quelques Places de la Franche-Comté, & à voïages peu avantageux, perdit
en Picardie le Caftelet, Dourlans, & finalement Cambray, Places d'importance, prifes ès mois de Juin, Juillet & Août, au grand étonnement
de fes bons Sujets, & par la faute de quelques-uns qui pouvoient y remédier, s'ils euffent voulu. Mais ils ne vouloient pas voir encore la France en
repos : la perte d'hommes & de munitions de guerre fut grande en ces
prifes. Les Soldats Efpagnols en emporterent force butin : le Comte de
Fuentes & fes Capitaines y acquirent autant d'honneur, que Balagny &
autres, de déshonneur. Le Maréchal de Bouillon, l'Amiral de Villars &
autres effaïerent de fecourir Dourlans ; mais chargés par plus grand nombre d'Ennemis, Villars fut tué avec quelques Capitaines & Soldats en bon nombre, plufieurs menés Prifonniers dedans Arras, d'où ils fortirent par rançon.
Outre ces pertes, peu auparavant le fieur de Humieres, Gouverneur de Pi-

cardie, & fidele Serviteur du Roi, fut tué au recouvrement de la Ville de Han, avec vingt Gentilhommes & cent Soldats : en contr'échange la garnifon Efpagnole qui étoit dedans la Ville, au nombre de fept à huit cens hommes, fut taillée en pieces ; le Maréchal de Bouillon s'étant porté vaillamment en cet exploit.

Quelques femaines auparavant, à favoir fur la fin de Mai, ce même Seigneur partit de Stenai, pour fecourir ceux de la Ferté fur-Cher, en la Duché de Luxembourg, affiégé par Verdugo & la Bourlote, Capitaines du Roi d'Efpagne, leur aïant taillé en pieces cinq cens des plus affurés de leurs troupes, les contraignit de lever le fiege & fe retirer à Wirton. Telles furent les confufions de la guerre durant cette Saifon, laquelle vit la Picardie, la Duché & Comté de Bourgogne & Luxembourg affligés en diverfes fortes ; la Bretagne étant auffi fur le point de devenir totalement Efpagnole ; mais l'ambition tenant contrepoids à l'avarice du Duc de Mercœur, les affaires s'y maintinrent douteufement. Enfin le Roi d'Efpagne fe vit fruftré de la plupart de fes efpérances de ce côté-là.

La guerre s'échaufant ainfi entre la France & l'Efpagne, plufieurs de la Religion étoient follicités par leurs parens & connoiffans, de retourner aux cérémonies de l'Eglife Romaine. On leur alléguoit, entre plufieurs exemples, celui d'un qui avoit été autrefois Miniftre affez renommé, lequel s'étoit du tout rangé avec les Sorbonniftes ; & qui depuis a effaïé par petits Libelles de juftifier fa révolte. Or d'autant que ce perfonnage en lieu de fe reconnoître & amender, voire eft allé en empirant, jufqu'au dernier jour de Janvier 1599, que nous recueillons ce dernier volume des Mémoires de la Ligue, fans nous arrêter à plus fpéciale recherche & defcription de fa vie & de fes faits, nous préfentons au Lecteur, tant d'une que d'autre Religion ce qui a été publié touchant un tel homme, afin qu'il foit mieux connu ; que les uns foient marris qu'il ait été fi longtemps en leurs Eglifes ; les autres aient quelque honte d'avoir près d'eux une ame, fi miférable, & qui fe glorifie fi audacieufement en fa confufion.

REPONSE

D'UN GENTILHOMME CATHOLIQUE

AUX LETTRES D'UN SIEN AMI;

Sur la converfion de Maître Pierre Cahier (1), *ci-devant Miniftre de l'Eglife prétendue Réformée.*

Ecrite de Paris, le premier Décembre 1595.

"LORSQUE cette Miffive fut premierement écrite, l'inten-
» tion de l'Auteur n'étoit de lui faire voir la lumiere : j'ai
» néanmoins defiré qu'elle fût donnée au public, pour faire pa-
» roître quelle eft la caufe de la converfion de Maître Pierre
» Cahier : lequel ne s'eft converti qu'après avoir été chaffé par
» les Miniftres, & dépofé pour fa mauvaife vie, & foutenu par
» écrit l'impunité de la paillardife, & le rétabliffement des bor-

---

(1) C'eft Pierre - Victor Palma Cayet,
Auteur de la Chronologie Novenaire, &
de beaucoup d'autres Ouvrages, tant Théologiques qu'Hiftoriques. Il étoit né en 1525
à Montrichard, petite Ville de Touraine
& fut élevé dans la Religion Catholique. Il
commença fes études dans fa Patrie, les
acheva dans l'Univerfité de Paris, y fit fa
Philofophie & un Cours de Théologie, fut
reçu Maître-ès-Arts, & prit le dégré de Docteur en DroitCanon. Ses liaifons avecRamus
lui donnerent du goût pour le Calvinifme
qu'il embraffa. Il fe retira alors à Geneve,
& fut depuis Miniftre de la Religion prétendue Réformée à Montreuil-Bonnin près Poitiers. Le Cardinal du Perron l'aïant ramené
à l'Eglife Catholique, il abjura le Calvinifme le neuvieme de Novembre 1595, eut
une penfion du Clergé, & fut nommé en
1596 Profeffeur Roïal en Langues Orientales. Il mourut à Paris le 10 de Mars 1610,
à l'âge de 85 ans, étant Prêtre & Docteur de
la Maifon de Navarre. On peut confulter
le Difcours fur fa mort, intitulé : *Difcours
funebre fur la mort de feu M. Cahier,
Docteur en Théologie & Profeffeur Roïal ès
Langues Orientales, &c.* ; l'Hift. du Coll.
de Navarre, par M. de Launoy ; la France
Orientale de Colomiés ; & le Tome XXXV

des Mémoires du Pere Niceron. Je ne fais
fi l'Ecrit qui eft rapporté ici ne feroit pas
de *François de Loberan, fieur de Montigni,*
qui publia la même année 1595 un *Avertiffement fur la dépofition* (de la place de
Miniftre) *du fieur Cayer & fur fa révolte.*
Les accufations qu'on intente contre lui dans
l'Ecrit rapporté dans ces préfens Mémoires,
font fauffes & toutes démenties formelle-
ment par lui-même. L'Ecrit qu'on l'accufe
d'avoir compofé en faveur de la débauche
n'eft jamais forti de fa plume. Cette *Réponfe d'un Gentilhomme* eft un Libelle faty-
rique, & n'eft rien de plus. Il fuffit d'en avertir : notre but n'eft pas de le réfuter. Ce qui
occafionna cette Lettre fi emportée, ce fut
celle que Cayer publia lui-même fur les motifs de fon abjuration. Cette Lettre plufieurs
fois imprimée, & datée du 15 Novembre
1595, eft intitulée : » Copie d'une Lettre
» de Maître Victor-Pierre Cayer, ci-devant
» Miniftre, à préfent ferme Catholique,
» Apoftolique & Romain, à un Gentilhom-
» me Ami, le fieur Dam, (Damours, frere
du Confeiller de même nom) » contenant
» les caufes & raifons de fa converfion à
» l'Eglife Catholique, Apoftolique & Ro-
» maine. Paris, Richer, 1595 in-8°.

» deaux. Je ne doute point que le tout ne parvienne à sa con-
» noiſſance : lorſqu'il y aura répondu , vous jugerez combien
» cette Miſſive eſt douce , eu égard à l'atrocité des choſes qui
« ont été paſſées ſous ſilence , & dont lors vous ſerez avertis.
» A Dieu , ne vous laiſſez emporter à l'hypocriſie de ce faux
» Prophete.

O Pater & Rex

Jupiter, ut pereat poſitum rubigine telum,
Nec quiſquam noceat cupido mihi pacis. At ille
Qui me commorit (meliùs non tangere clamo)
Flebit : & inſignis totâ cantabitur Urbe.

HORAT. Sat. l. II.

M ONSIEUR ,

Il ſemble à voir vos lettres , que la Chétienté ait remporté
quelque notable victoire ſur les Turcs ou Infideles. Maître
Pierre Cahier , (dites-vous) ci-devant Miniſtre , a depuis peu
de jours abjuré ſon opinion , embraſſé la Religion Catholique,
fait profeſſion publique : lui , qui pendant la rigueur des troubles avoit ſuivi le parti de ceux de la Religion , & dogmatiſé
en leurs Egliſes , même près la perſonne de Madame , qui eſt
un argument très certain de la vérité de notre créance , puiſqu'elle eſt reconnue par ceux qui s'en étoient rendus ennemis
irréconciliables. Lorſque premierement la nouvelle me fut rapportée de ce changement , je ne vous puis repréſenter le contentement que j'en reçus : il me ſembloit que la nouvelle opinion , comme vaincue par une force & vertu ſecrette , ſe fût
volontairement reconnue pour fléchir devant la vérité , & que
la converſion de ce Miniſtre , homme plein d'érudition , dût
ſervir pour convaincre tous ceux de ſon parti. Croïez-moi , non
ſans cauſe le Poète Grec diſoit , qu'une des parties de la prudence conſiſte à ne pas croire facilement toutes choſes. Les raiſons que touchez par vos lettres , ſont fort plauſibles & ſpécieu-
ſes en apparence , auxquelles du commencement je me ſuis laiſſé
emporter , mais m'étant enquis de pluſieurs , qui ont connoiſſance des actions particulieres du ſieur Cahier , & des cauſes
pour leſquelles il s'eſt ſi ſubitement changé ; je trouve tant s'en
faut que nous aïons de nous esjouir , qu'au contraire , il eſt à
craindre que l'on ne blâme en nous une trop grande facilité , de
recevoir & admettre aux choſes plus ſaintes , ceux qui n'ont
donné

donné gage de leur affection, & nous pourront abandonner
avec autant de legereté, comme ils se sont départis de ceux
avec lesquels ils avoient été nourris. Si cette conversion procé-
doit d'un zele envers la Religion Catholique, Apostolique &
Romaine, qui fut né par une longue instruction précédente, je
m'en réjouirois avec vous. Mais que peut-on esperer d'un homme, qui par desespoir s'est jetté avec nous? Je vous toucherai
l'histoire de cette conversion prétendue en peu de mots, & en-
tant que loisir me le pourra permettre. Maître Pierre Cahier natif de Montrichart en Touraine, d'une Maison fort pauvre, en
son jeune âge entretenu aux Ecoles d'humanité par un Gentilhomme d'honneur, esquelles aïant fait fruit, ceux de la Religion prenant de lui quelque espérance, lui départirent les
moïens pour étudier en la Théologie, où aïant fait un progrès,
ils le firent Ministre, selon les formes à eux accoutumées. Je
ne toucherai point quels ont été ses déportemens, il n'en est
question. Je vous dirai seulement, qu'aïant en l'année mille cinq
cent quatre-vingt-deux, ou environ, été constitué Ministre sur
l'Eglise de Poitiers, pour ceux de la Religion, à Montreuil-
Bonnin, il donna aussi-tôt à connoître quel étoit le but de ses intentions, & combien son naturel étoit enclin à la légereté &
ambition. Car aïant trouvé commodité d'entrer en la Maison
du Roi (1), il quitta son Eglise, se mit à la suite de la Cour,
où il a jusqu'ici vécu, & étant approché de la personne de Madame (2), il a icelle instruite & confirmée en la Religion, dont les
fondemens lui ont été donnés dès sa naissance. Depuis qu'il a
été à la suite de cette grande Princesse, la crainte que l'on avoit
de donner scandale au Peuple, a fait dissimuler beaucoup de
choses qui méritoient une censure exemplaire : il n'est besoin
de toucher celles, *quorum nox conscia sola est.* Le livre pour
raison duquel il a été déposé, en donne assez de témoignages (3).
Il vaut mieux le supprimer que publier, le reproche en tomberoit sur nous, qui l'avons recueilli. Une chose me fait juger
l'extrême foiblesse de son esprit, en ce que faisant, comme il

(1) Cayet fut sous-Précepteur de Henri d'Albret, Prince de Bearn, depuis le Roi Henri IV, dès 1562.

(2 Catherine, Princesse de Bearn, depuis Duchesse de Bar, Sœur de Henri IV. Cette Princesse le fit venir à Pau en 1584, & ce fut elle qui l'amena depuis à Paris, où il eut lieu de connoître M. Duperron

(3) Cayet, dans sa Chronologie Novennai-re, sur l'an 1595, dit expressément qu'il n'étoit point l'Auteur de cet Ouvrage, & qu'il n'avoit jamais pensé à le faire impri-mer. On trouve dans le même endroit sa Défense sur les chefs d'accusation qui lui furent intentés par le Synode, qui procéda à sa déposition, & que le dépit seul de son changement avoit suggérés.

difoit, profeffion d'une vie & Religion réformée, lui qui devoit fervir de lumiere aux autres étant en Bearn, il devint amou-
reux de la Dame Baronneffe d'Arroz, Dame de grands moïens,
d'extraction noble, des mieux apparentées de tout le païs ; il la
pourfuit en mariage : refufé, il perfifte. Mais quoi ? l'amour ou
plutôt une paffion frénétique, qui lui eft ordinaire, avoit ébloui
fon efprit ; la mifere de fa condition, l'inégalité toute notoire
ne le pouvoient détourner. Enfin, jugeant que la diformité du
corps, plutôt qu'autre chofe, fut caufe de ce rebut : il fe fait
tirer par un Peintre en un tableau, qu'il envoie à ladite Dame,
(& qu'elle garde encore aujourd'hui) avec un vifage frais &
gaillard, la barbe rafe, un chapeau gris, deux pendans aux
oreilles, compofés de rubis : eftimant par tel moïen gagner celle dont il reconnoiffoit l'efprit fort aliéné. La Dame, qui du
commencement prenoit du paffe-temps aux actions ridicules
de cet homme, ne pouvant plus fupporter telles importunités,
le fit menacer par quelques fiens parens : ce qui allentit fes pourfuites : *Vertitque modum formidine fuftis*. Lors de fa pourfuite,
enquis fur la fignification du tableau, il difoit que la couleur de
fon chapeau, montroit le travail auquel il étoit, l'oreille per-
cée, la fervitude où il étoit, à l'exemple des Serfs entre les Juifs,
lefquels après les fept années, pour figne de fervitude perpétuelle, fe faifoient percer l'oreille, & que le rubis défignoit le
feu dont il étoit brûlé. Voilà, Monfieur, les actions recommandables de celui que vous élevez tant, lefquelles certainement euffent apporté plus de récréation, repréfentées au Peuple fur un théatre, que d'édification en l'Eglife. En fa charge,
il n'y a celui qui ne fache fes déportemens, avec combien de
rancune, d'envie, d'aigreur, il a vécu avec les Miniftres fes
confreres. L'opinion qu'il avoit de lui-même, lui élevoit le
cœur, & le rang qu'il tenoit, le rendoit infupportable, dont
par plufieurs fois il a été repris au Confiftoire. Mais comme
l'ambition eft ordinairement accompagnée d'avarice, ces deux
vices lui ont été comme péculiers. Ce feroit peu s'il étoit demeuré ès fimples termes de l'avarice, qu'il n'eut été taché du
facrilege. Le dégré qu'il tenoit chez Madame lui donnoit la
diftribution des deniers, deftinés pour l'aumône des pauvres,
qui font grands, (comme cette Princeffe eft débonnaire & libérale, & fe dépouille fouvent de fes commodités propres,
pour fubvenir aux néceffités des indigens). Et qui ne fait les
malverfations qu'il y a commifes ? les grandes fommes par lui

détournées, & converties à son usage particulier ? Je me suis
certainement quelquesfois étonné , de la dureté du cœur de cet
homme : car étant l'hiver passé à la suite de la Cour , je me
rencontrai à une contestation qui se faisoit contre lui , sur ce
que depuis un mois, il n'avoit nourri son cheval, la plupart du
temps , que du pain des pauvres , disant , qu'aux lieux où il
s'étoit trouvé depuis ledit temps , il n'y avoit que des pauvres
Papistes , auxquels ne se devoit distribuer l'aumône. Il y avoit
une infinité de pauvres , pressés de nécessité , dont la nourriture
étoit emploïée par cet impie après ses chevaux : homme certainement plus digne d'être député au gouvernement des chevaux & d'une étable , que d'une compagnie de Chrétiens , de
quelque Religion qu'ils puissent être. Tout ce que je vous ai
ci-dessus representé, a été dissimulé par les Ministres , par une
charité fraternelle , comme ils disent. Mais comme l'impiété
ne se peut longuement cacher , il a déploïé aux yeux de tout
le monde , un témoignage inexcusable de sa vie ; car depuis
quelques mois en ça , il a été si effronté de mettre entre les
mains du sieur E. un livre par lui fait & composé, le plus impudique & abominable que vit onques le jour , pour faire mettre
sur la presse ; par lequel en somme il s'efforce de prouver , que
par la Loi de Dieu , la paillardise n'est point défendue , que
sola masturbatio inhibita , que la fornication simple n'est point
péché , que les bordeaux abolis par nos Loix & Ordonnances ,
doivent être rétablis. Y a-t-il homme au monde portant le nom
de Chrétien , qui ne condamne telles propositions, comme
damnables ? Hélas ! à qui dorénavant pourrons-nous commettre en sûreté la chasteté de nos familles , si ceux qui en doivent
être les exhortateurs , détournent les esprits à l'impudicité &
paillardise ? Aussi les Ministres de Madame , en aïant été avertis, par la lecture du livre même , en donnerent avis à son Altesse. Elle trouva ces propositions scandaleuses, & jugea quelle
conséquence elles pourroient tirer : c'est pourquoi elle commanda à ses Ministres de s'assembler avec nombre compétent ,
de ceux des Villes circonvoisines , pour aviser à telle coercition
qu'ils jugeroient à propos. Assemblés à Saint Germain , jusqu'au nombre de trente , le livre est représenté, lu & examiné :
il est jugé méchant, détestable , & rempli de doctrine scanda-
leuse & perverse. Le sieur E. homme d'honneur , appellé au
Consistoire , jure & affirme le livre lui avoir été baillé par le sieur
Cahier : l'on trouve en outre , que le texte étoit écrit de la

1595.

Conversion
de Pierre
Cahier.

S s ij

main de l'homme dudit Cahier , & plusieurs mots latins &
grecs annotés de sa main propre , avec quelques observations
en marge. Le sieur Cahier est appellé , reconnoît l'avoir baillé
au sieur E. denie toutesfois l'avoir composé ou écrit , ni fait
écrire. Son homme, adjuré par serment, reconnoît son écriture,
dit le tout avoir par lui été transcrit , sur une copie de la main
de son Maître ; enfin, comme la force de la vérité est grande,
le sieur Cahier reconnoît avoir fait écrire cette copie, l'avoir
corrigée de sa main , mais dénie en être l'Auteur. Interrogé
pourquoi il ne brûloit ce livre, dont la garde étoit périlleuse :
répond que le sieur E. s'étant plaint à lui , que son naturel étoit
enclin à la paillardise, il lui avoit baillé ce livre , intitulé : Discours contenant le remede contre les dissolutions publiques,
pour lui servir & rabattre son feu : interrogé du nom de l'Auteur, répond n'en savoir rien : interrogé , par qui le livre lui
avoit été baillé , il varie , disant tantôt par un Anglois, tantôt
par un Provençal. Aujourd'hui, il nomme l'Empérique l'Etoille,
qui est un Athéiste juré. J'ai vu par écrit , le procès verbal qui
en a été fait , je vous puis dire avec vérité, que je ne vis onques
chose mieux couchée, tant de discours tendans à la piété, exhortations Chrétiennes, avec un plus bel ordre ; je ne m'éton-
ne plus si une infinité d'ames se laissent transporter aux discours
de ces Prétendus Réformés. Certainement , ils ont des pointes
& saillies d'esprit excellentes ; ce que j'en dis ne procede d'aucune
affection en leur endroit : vous savez combien j'ai toujours été
éloigné de leur doctrine. Doncques les Ministres, ainsi assemblés,
aïant convaincu ledit sieur Cahier de la composition dudit livre , le déposent de son Ministere , dont il interjetta pour lors
appel au prochain Synode général de ceux de la Religion , qu'il
projettoit en bref faire assembler , sous l'autorité de Madame.
Il esperoit, pendant cet appel, retirer son livre , en substituer
un autre , se justifier pour être réintegré : & de fait , il prit
avis d'un Avocat, homme d'honneur, comment il s'y devoit
comporter. Depuis cet appel , deux Bacheliers de Sorbonne,
que connoissez, étant allés chez Madame , (vous savez combien l'accès leur est libre en ce lieu là , & pour quelle occasion)
ils voient le sieur Cahier comme en désespoir , un visage triste
& affreux, la langue bégaïante , une parole variable & incertaine ; ils l'accostent, apportent tous les artifices qu'ils peuvent
pour l'aigrir à l'encontre de ceux qui l'avoient déposé , ajoutant
que le plus grand déplaisir qu'il leur pourroit faire , seroit de

changer de Religion , & de les abandonner : qu’au Synode ,
auquel il avoit appellé , ſes parties auroient beaucoup d’autorité,
que difficillement pourroit-il ſe purger : qu’entre ceux de la Religion , il avoit perdu ſon crédit , & ne pouvoit plus eſpérer
d’eux , que du mépris & de la miſere à jamais ; que s’il ſe vouloit ranger de leur parti , ils pourront facilement ſe venger ,
mettant des livres & invectives en lumieres , & connoiſſant ſon
naturel ambitieux , lui promettent , au cas qu’il voulut embraſſer leur doctrine , par le moïen du ſieur du P. le faire pourvoir
de quelque riche Abbaïe , ou autre bénéfice , qui ſeroit le dégré pour parvenir un jour à l’Epiſcopat. Mais quoi ? diſoit-il ,
je ne pourrai jamais avoir créance entre ceux de votre parti ,
aïant toujours fait profeſſion contraire ; à quoi lui répondit l’un,
prenez l’exemple du ſieur du P. lui qui eſt fils d’un Miniſtre , qui
en ſon jeune âge en a reçu l’inſtruction : voïez à quel dégré de
fortune il eſt monté ? voïez Monſieur de Launai , jadis Miniſtre de Sedan : ſi-tôt qu’il ſe fut retiré vers nous , pour ſubvenir à ſes néceſſités , nous fîmes des quêtes ſecrettes ; depuis il
a été fait Curé de ſaint Mederic , & Chanoine de Soiſſons , &
s’il ne ſe fut jetté au parti de la Ligue , il fut aujourd’hui grand.
Entre ceux de la Religion , il n’y a aucune eſpérance de s’accroître , la miſere & la pauvreté eſt leur compagnie certaine.
Ces paroles , du commencement furent rejettées par Cahier ,
comme il eſt fin & ruſé : mais à quelques jours de là , il va
trouver leſdits Bacheliers , leur ouvre ſon intention. Le papier
ne peut porter les diſcours tenus entr’eux , & les conditions auxquelles Cahier condeſcendit à leur avis , & les ſûretés qu’il en
a recherchées ; leur aïant donné parole , il fait néanmoins ſon-
der les ſieurs de Montigny & la Faye , Miniſtres , s’ils voudroient le faire rétablir ; mais aïant reconnu une perſéverance
en leur premiere délibération , il s’eſt du tout rangé devers nous.
Vous connoîtrez en ceci une ruſe extrême : car il avoit donné
la parole auxdits Bacheliers , nonobſtant la recherche qu’il faiſoit des Miniſtres , afin qu’en cas de refus, il eût ſa retraite aſſurée.
De ces projets, l’effet eſt enſuivi ; il s’eſt préſenté au Pénitencier,
fait ſon abjuration ; depuis il a été fort aſſidu aux diſputes de
Sorbonne , aſſiſte aux Proceſſion du Recteur , enſemble aux
Meſſes & Aſſemblées ſolemnelles ; & le vingt-deux du mois
d’Octobre dernier , fut célébré une Meſſe aux Capucins par
Monſeigneur le Révérendiſſime Cardinal de Gondy , aſſiſté de
Monſieur l’Evêque du Mans , après laquelle ledit Cahier reçut

1595.
CONVERSION
DE PIERRE
CAHIER.

le Sacrement de Confirmation. Et pour avoir une marque nouvelle, reçut le nom de Victor, de sorte que maintenant il s'appelle Victor Pierre Cahier. Plût à Dieu qu'eussiez été préfent à cette cérémonie, pleine à la vérité de dévotion de la part dudit Seigneur Cardinal : mais de doute, défiance & crainte dudit Cahier, vous lui eussiez vû le visage & la couleur à tout moment changer, tant est grande la force de la conscience ! Sur le bruit de cette conversion, plusieurs lui ont départi des moïens; il a été quêté, a touché de grandes sommes de deniers, dont il s'est mis en meilleur équipage qu'il n'étoit auparavant.

Voilà, Monsieur, l'occasion de cette conversion prétendue. Non, l'Eglise n'en peut prendre aucun avantage. Ce n'est point un zele de Religion qui l'a poussé à notre rivage, c'est le seul désespoir auquel il s'est vu réduit. *Non amore nostri, sed metu imminentis fortunæ ad nos confugit.* Et si les Ministres n'eussent exercé à l'encontre de lui la rigueur de leur discipline, il fut encore aujourd'hui avec eux. Quel reproche aux Catholiques, de recevoir comme entier, celui que les Ennemis ont rejetté, pour son impudique & détestable vie ! Cette faute nous est ordinaire, pour l'ardeur que nous portons à notre Religion, & desir de réunir toute l'Eglise en un corps, & ramener au troupeau les brebis égarées. Ainsi Launay (1), duquel ci-dessus a été parlé, accusé à Sedan où il étoit Ministre, & convaincu d'avoir engrossé une sienne Cousine, & pour cette occasion pendu en effigie, se retira à la Sorbonne, où il fut embrassé. Ainsi aussi Pierre le Roi, dit de Bouillon, Ministre en la Province de Normandie, & réfugié aux Isles d'Angleterre, où il exerçoit le Ministere, aïant apporté beaucoup de trouble aux Eglises desdites Isles; finalement l'an 1593, étant accusé & convaincu d'adultere, fut déposé de sa Charge, & après avoir demeuré assez long-temps en Normandie, où il s'est plaint d'avoir été injustement condamné, & a tâché de se réconcilier avec ceux de son parti, ne sachant plus où aller, s'est venu jetter entre nous, avec combien d'applaudissement reçu de nous ? Il semble que nous embrassions non tant eux, que leurs vices. Et certainement en ce temps de division, plus qu'en aucun autre, nous devons examiner les esprits, & peser exactement leur vie & actions passées, avant d'asseoir un jugement solide, de peur qu'il ne se mêle de faux freres avec nous. Comme un homme de son païs, à la vérité ignorant, & qui en préfomption ne lui cé-

(1) C'est Mathieu de Launay, dont j'ai déja eu occasion de parler plusieurs fois.

doit en rien, lui demanda quelle difference il mettoit entre *tanquam* & *ficut :* lequel lui fit réponfe, qu'il y avoit pareille difference, qu'entre un vrai Miniftre de la parole de Dieu, & un Apoftat général des vivres. Ce qui le rendit depuis ridicule, aïant par là un chacun connu, quelle avoit été fa premiere profeffion, du tout éloignée de celle qu'il fuivoit alors. Je ne vous parlerai point de ce miférable, vrai exemple de l'inconftance & mifere de notre temps, ni de Henri Sponde fucceffeur en l'apoftafie de fon frere, & autres jeunes ambitieux & ignorans. Je vous ai touché ces deux, qui ont tenu rang entre les hommes de lettres, & fe font laiffés emporter à cette violente paffion. Φιλοτιμία ἐνεχόμενοι δεινῷ κακῷ. Je me fuis éloigné peut-être, plus que la licence d'une miffive ne permet. Excufez, la liberté me fera commune avec vous. Or, pour montrer que cette prétendue converfion eft fimulée, & procéde d'un défefpoir, il y en a trois raifons qui ne reçoivent aucune réponfe, la premiere, qu'il n'a été inftruit, fon efprit n'a point été préparé, ni difpofé avant de fe déclarer. Je fais que le Saint Efprit agit par des reffors violens & fecrets, qui rendent leur opération en un moment, mais c'eft en des perfonnes, qui ont des parties louables & recommandables, dont la vie paffée fert comme d'un Juge affuré pour l'avenir ; mais en un fol, facrilege, paillard, mutin & fcandaleux, ci-devant ennemi capital de la vérité, certainement ces changemens foudains font fort fufpects. La feconde eft, qu'avant cette cenfure, il n'étoit point délibéré d'embraffer notre parti, & fans la rigueur des Miniftres, & les promeffes des nôtres, il ne nous eut pas recherchés. La troifième, que depuis fa dépofition, il a recherché les moïens de fe remettre, & a pris avis de confeil, pour faire juger, au premier Confiftoire des Miniftres, fa dépofition. Qui montre clairement, combien que de corps il foit avec nous, fon efprit fera de l'autre part, auffi prêt à y retourner, comme facilement il s'en eft départi. Nos peres, combien que proches des Apôtres, & plus éloignés de la corruption, en femblables matieres y apportoient de grandes précautions. Il falloit que ceux qui fe convertiffoient, baillaffent, *libellum erroris*, *aut libellum pœnitentiæ.* Le Synode des Evêques s'affembloit, l'inftruction étoit donnée, la pénitence indicte : il y avoit encore d'autres formes prefcrittes par les Conciles. Nous, au contraire, en un temps de corruption, éloigné de la pureté de l'Eglife naiffante, recevons un Prédicant, duquel la vie & la doctrine nous doit être

suspecte, sans aucune forme, l'admettons aux choses les plus secrettes, & lui voulons commettre le saint & sacré Ordre de Prêtrise, *quod est verè sanctum dare canibus.* Il faut reconnoître que ceux de la Religion Prétendue usent en telles affaires de plus grande prudence que nous, n'admettant même aux Sacremens, que ceux qu'ils jugent pleinement instruits. Et lors du séjour de S. M. à Mantes, Barat, qui sous le feu Roi avoit toujours fait profession de Religion Catholique, Apostolique & Romaine, s'étant présenté à la Cene, le Roi le fit interroger par le Ministre, en la présence de tout le peuple, & trouvé incapable en leur doctrine, fut rejetté de la Communion. Falloit-il pas, comme les fautes & insolences de Cahier étoient publiques, aussi que la pénitence & réparation, en fût faite aux yeux de tout le monde ? ainsi que nous voïons de Philippe, Théodore, & plusieurs autres. Or, ses délits sont tous notoires, & si énormes, qu'ils ne peuvent être expiés d'aucune pénitence, & semble qu'il recherche l'Ordre de la Prêtrise, comme un asyle & franchise pour se garantir du supplice. Je laisse ses folles amours; quelle plus grande tache que de voler & détourner les deniers destinés pour la nourriture des pauvres ? Je ne veux entrer en long discours : je dirai seulement avec Saint Hierôme, (*Hieron. Epist. ad Nepotianum*). *Amico quippiam rapere, furtum est : Ecclesiam fraudare, sacrilegium est : Accepisse quod pauperibus erogandum sit, & esurientibus plurimis & aliquid inde subtrahere, omnium prædonum crudelitatem superat.* Ce seroit peu d'avoir tourné à son profit particulier les deniers des pauvres, mais d'avoir donné le pain destiné à leur nourriture, à des chevaux, c'est certes une impiété vraiment digne d'une ame damnée & desesperée. De dire qu'il n'y avoit point de pauvres de la Religion, ès lieux où il passoit, ce n'est pas une excuse valable. Quand les Peres parlent de l'aumône, entre autres Saint Cyprien & Saint Hierôme, (*Cypr. Epist. lib. 3. Ep. 6. & 10. ad Furiam & ad Demetriadem*) ils admettent un choix à la vérité, & disent, qu'il faut faire bien à tous : *Maximè vero domesticis fidei.* Puisque Cahier faisoit profession d'une Religion, j'eusse trouvé tolérable, qu'il eût préféré ceux de sa Secte, *quasi domesticos fidei.* Mais en défaut d'iceux, avoir donné leur pain à des chevaux, laissé mourir de faim une infinité de pauvres ames, c'est une impiété contraire à l'intention de Madame, qui n'a jamais entendu que ses aumônes fussent restreintes entre ceux de la Religion seulement, mais également distribuées sans
distinction.

distinction. Intention certainement louable, & pleine de piété, conforme à l'Ordonnance de ce grand Evêque de Constantinople, Atticus, remarquée par Socrate. (*Soc. Hist. Eccle. 7. c. 25. & Hist. Tril. 12. c. 2.*) Lequel envoïant à Calliopius, Prêtre en l'Eglise de Nice, quantité de deniers pour distribuer aux pauvres, lui écrit en ces mots. *Noli igitur vel Religionem in hac parte considerare, sed unam tantummodo rem observa, ut nutrias indigentes, nec cogites si quæ nostra sunt sapere non videntur.* Cet Apostat qui a préferé son cheval aux Fideles de notre Religion, qu'en pouvons-nous attendre que de l'aigreur, des partialités? Et je vous prie considérer son geste, son visage, cette parole arrogante, ce port plein de faste, montre certainement une ame jettée hors du siege de la raison. Quoi, cette grande chevelure, cette barbe touffue mal ordonnée, que montre-t-elle autre chose, qu'une ambition feinte, couverte du manteau de simplicité? Le geste & le maintien, est le miroir de l'ame. Saint Ambroise remarque, *Off. 1. c.* 18. n'avoir pas voulu recevoir *in Clericum*, un jeune homme que l'on lui recommandoit, *quod gestus ejus plurimum dedeceret:* & ajoute, avoir éloigné de sa présence un autre, *quia velut quodam insolentis incessus verbere, oculos ejus feriret.* Ce grand personnage, avoit assis son jugement sur la mauvaise façon de l'un, & sur l'arrogance de l'autre. Il n'y fut pas trompé: l'un & l'autre (dit-il) abandonnerent l'Eglise. Afin que la perfidie de l'esprit parût telle, comme elle étoit dépeinte par le visage, l'un embrassa l'Arianisme, l'autre pendant la persécution, *Sacerdotem se negavit.* Croïez (& Dieu veuille que je sois mauvais Prophete) à la moindre secousse de la fortune, ou changement des affaires, il retournera à son vomissement, ainsi que le Ministre Desrosiers, lequel après la saint Barthelemi, estimant toutes choses désesperées pour son parti, se rangea du nôtre, fut avec Maldonat envoïé vers la Dame de Bouillon, & depuis la liberté de respirer aïant été donnée à ceux de la Religion, se retira du Roïaume, fit abjuration entre les siens. Il s'étoit jetté avec nous, comme à l'abri, pendant la tempête publique, & jusqu'à ce que le calme & bonnace apparût. Ce qui me fait soupçonner le même en Cahier, étant son naturel ambitieux, & le peu d'ardeur qu'il porte à la Religion. Les paroles par lui tenues avec le sieur de la Rocheguignon, depuis un mois, servent d'un témoignage très assuré. Car étant tombé en discours sur sa conversion, il s'oublia tant de dire, que la Religion du Prince étoit le seul exemplaire, auquel se doivent conformer les Sujets. Quel zele, quelle Religion mon Dieu! Que la chose du monde la plus noble & entiere, laquelle seule nous rend Chrétiens, dépende du jugement douteux & incertain des Princes, qui sont souvent les plus métifs & ambigus en leur créance? Si la persécution se présente, de quel visage l'attendra-t-il? de quelles paroles exhortera-t-il le Peuple à la constance? quel art, quelle souplesse d'esprit pourra conduire ses pas, à la suite d'un guide si déreglé & dévoïé? Nos Peres ont condamné comme Herétique, un Basilides, qui disoit, que sans scrupule, pendant la persécution, l'on pouvoit indifferemment dénier sa foi. Et sous l'Empire de Philippe, fut condamnée une Secte d'Hérétiques, appellée Elcesaites, contre lesquels a écrit Origene, qui soutenoient, que l'on n'encouroit aucun crime, abjurant sa foi pendant la persécution, d'autant que la foi, disoient-ils, peut bien subsister au cœur, étant déniée de bouche. Jugerez-vous autre la doctrine de Cahier? La Religion du Prince, dit-il, nous sert de regle. S'il se présente un Prince infidele, de quel côté inclinera Cahier? Fera-t-il comme Ecebolus? Composera-t-il un Alcoran, autre que Sergius? Que faut-il donc penser de tant de millions d'ames, qui ont scellé leur doctrine de leur sang? La Constance d'une femme Chrétienne fit cesser la persécution sous Valence, allumée en Edesse, Ville de Mésopotamie, qui eut autrement, par une mollesse de gens semblables à Cahier, embrasé & consommé tout l'univers. Si la maxime damnable de cet Athéiste eut été suivie, c'étoit fait à présent de la Religion Catholique. Lorsque le Roi parvint à la Couronne, il tenoit la Religion en laquelle il avoit été nourri; toutes apparences faisoient pour établir sa créance, & nous y faire condescendre. L'intégrité de sa vie, la grande prospérité de ses affaires, une bénédiction toute évidente de Dieu, qui l'avoit par ses ennemis mêmes établis au trône Roïal. Nous nous roidîmes alors, lui fîmes nos très humbles remontrances; il reçut les larmes & supplications de ses Sujets, & se fit instruire. Si tous eussent été mols & tiedes comme Cahier, il falloit abandonner le gouvernail. Le Marinier en la tempête disoit à Neptune, O Dieu! tu me sauveras, si tu veux, tu me perdras, si tu veux, si tiendrai-je toujours droit mon timon. Quelque vent, quelque orage qu'il se présente, il faut toujours avoir droit le timon, appuïé ferme en sa créance, sans s'ébranler. Le respect de la grandeur, la splendeur de la pourpre, ne doivent éblouir les yeux de notre foi. La fleur de l’herbe nommée Tripolion par Diofcoride, change trois fois de couleur en un jour, felon que le Soleil fe leve, fe hauffe au midi, & fe couche. Cahier & fes femblables fe changent non trois fois en un jour, mais mille & mille fois, felon la Religion de leur Prince. Mais ne croïez pas que le refpect du Roi, & le defir de la paix, l’ait ainfi fait changer; c’eft le feul défefpoir, & defir de s’accroître. Ce feroit peu, fi le changement feul étoit à craindre à Cahier; mais je prévois des accidens plus grands, dont l’iffue ne nous peut être que funefte. Que peut fon entrée nous apporter, qu’une femence de contentions, de divifions, de partialités? Ses actions paffées, doivent fervir de jugement pour l’avenir. Quel a-t-il été entre les Miniftres fes Confreres? Je tiens pour certain, qu’il eft capable de mettre toute l’Eglife en combuftion : car comme il a l’efprit flottant & douteux, il n’y a journée qui ne donne nuifance en lui, à quelque monftre d’opinion. En ces accidens, vous favez quelle eft la face de l’Eglife, combien d’ames fe débauchent, & comme nos mœurs font corrompues. Il n’eft fi mauvais train qui ne s’embraffe, & foutenu par un Chef opiniâtre & mutin comme Cahier, pourroit caufer une révolte périlleufe en l’Eglife. Pendant les contentions des Arriens & Orthodoxes, nâquirent les Macédoniens Hérétiques, condamnés par les uns & les autres, ainfi que les Maximianiftes, fous les divifions des Catholiques & Donatiftes. Il n’y a aujourd’hui que deux partis en ce Roïaume, des Catholiques & Prétendus Réformés. Je m’imagine déja une troifieme Secte, plus dangereufe que les premieres, qui fera caufe de grands troubles. Le nom qui fera donné felon le temps, les uns les appelleront Athéiftes, les autres Cahieriftes: bref, felon la diverfité des goûts, la dénomination en fera faite : ce qui ne peut tourner qu’au grand blâme de l’Eglife, & vaudroit mieux que Cahier dès maintenant fût en l’eau, que d’en attendre le fcandale. Je crains de vous ennuïer fur telles particularités, il n’eft befoin de difcours où la chofe parle d’ellemême. Que peut-on efperer d’une ame eshontée, puante, infecte, comme celle de Cahier? Le livre par lui divulgué, pour être mis en lumiere, n’eft-ce pas un témoignage irréprochable de fon impure & déteftable vie? Cette pollution d’efprit & de corps a donné lieu à fa deftitution, & nous le recevons? Or, d’autant que je fuis tombé fur ce livre, permettez-moi je vous prie, que je vous en touche quelques maximes comme en paffant, & fans m’y arrêter, afin que par la force de la vérité,

T t ij

vous dépouilliez l'opinion, qui trop légérement vous a été empreinte. Il dit, que la paillardise n'est point défendue, ains la seule pollution ; que la simple fornication n'est point péché, que l'homme hait toujours celle avec laquelle il a premierement affaire ; que les bordeaux doivent être établis. Paroles vraiement dignes d'un Apostat, tel que Cahier, qui n'a autre Dieu & Religion que sa concupiscence, qui combat contre la Loi de Dieu, contre l'honnêteté publique, contre la tradition des Saints Peres. Que la terre ne s'est-elle ouverte, pour recevoir en ses gouffres l'Auteur de telle impiété ! Non, non, les hommes ne seront point vengeurs de tels blasphêmes ; il faut que le foudre céleste tombe sur cette tête maudite, pour servir de terreur à la postérité. L'injure est faite à Dieu, lui seul en fera la vengeance. Tous les esprits des hommes conjurés ne sauroient inventer un supplice condigne à l'atrocité de ses démérites. La parole, disoit un Ancien, est l'ombre de l'effet ; que jugeronsnous de la vie & des actions secrettes de celui, dont les paroles, dont les écrits, dont les actions publiques sont si diffames & honteuses ? La chasteté a toujours été l'une des principales fleurs de l'Eglise ; & lorsque les ennemis conjurés de l'Eglise ont voulu toucher la vie des Evêques, qu'ils reconnoissoient d'ailleurs irrépréhensibles, ils leur ont objecté la seule paillardise, témoin l'accusation intentée par les Arriens, contre Eustathius Evêque d'Antioche, & depuis contre Saint Athanase au Concile de Tyr ; témoin Vincentius & Euphrates, accusés pat Onager, à la suscitation de Stephanus Arrien. *Theodor. 1. 20. Hist. trip. 2. c. 24. Rufin. lib. 1. c. 16. 17. 18. Theod. lib. 1. 2. c. 30. Theod. 2. c. 9. Hist. trip. 4. c. 25.* Et quand quelqu'un s'étoit tant oublié, que de se laisser emporter à la volupté, le zele des Peres étoit tel, qu'ils estimoient ne devoir onques après être reçu à la Communion de l'Eglise, comme témoignent Saint Cyprien & Saint Augustin. *Cyprien Ep. 2. lib. 4. August. in Epist. Vid.* Et une des accusations proposées contre Macedonius, cause de sa condamnation, fut d'avoir reçu à la Communion de l'Eglise, un Clerc auparavant surpris en fornication. *Socrat. 2. c. 42. Hist. Eccle. 5. c. 38.* Or, comme ils étoient fort zélateurs de la chasteté, aussi ne s'éloignoient-ils pas seulement de l'effet, mais en évitoient le simple soupçon, tant qu'il leur étoit possible ; de sorte que Léontius, étant simple Prêtre de l'Eglise d'Antioche, se coupa les parties naturelles, afin de lever le soupçon qui pouvoit naître de sa demeure avec Eustolia. *Socrat.*

2. c. 26. Hist. trip. 5. c. 38. Que dis-je du soupçon ? ils évitoient
toutes les occasions qui les pouvoient faire détourner de l'honnêteté & chasteté requise en leur vacation, comme nous voïons
en ce que Nectarius, Evêque de Constantinople, abolit la Confession auriculaire, laquelle depuis n'a été reçue en l'Eglise
Orientale : d'autant qu'un Diacre, sous couleur de Confession,
avoit abusé d'une femme. *Socrat. 5. c. 19. Hist. trip. 9. c. 35.*
Or, combien Cahier est-il éloigné de cette pureté ? Comment
pourra celui prêcher la chasteté, duquel les mœurs prêchent la
paillardise ? Faudra-t-il que de nos Temples sacro-saints, il fasse
le bordeau de son impure langue ? Je vous prie peser ces maximes, voïez combien elles sont éloignées de la parole de Dieu,
& ne sont à autre but, que pour troubler le repos des plus entieres familles, & faire que le vice jusqu'ici restreint sous la rigueur & sévérité des loix, paroisse en public, triomphe des bonnes mœurs, & tienne comme captive la vertu. Car les Peuples
étant imbus de cette doctrine, que la paillardise n'est point vice, n'est point punie par la parole de Dieu, c'est fait de l'honnêteté publique : ce ne sera plus que paillardises, adulteres, bordeaux, & pour dire en un mot une confusion générale. Méchant Apostat ! tu n'es pas content de publier tes blasphêmes,
il faut que tu imposes à la parole de Dieu, dont je te puis convaincre en un moment. Tu dis que par la Loi ancienne des Juifs,
la paillardise n'est point défendue : c'est ignorance & calomnie :
la Loi y est expresse au Deuteronome, *chap. 23. v. 17.* où il est
dit, qu'il n'y aura aucune Putain entre les filles d'Israel. Peut-
on desirer un texte plus précis que celui-ci. Pour en détourner
la force, quelques-uns, Sectateurs de cet Athéiste, ont été si
effrontés de dire, que le mot Hébreu *Kedescha* ne se doit prendre pour une Putain ; ce qui est faux, car il vient de *Kedes*, qui
signifie apprêter ou être prêt, ce qui se rapporte aux Putains,
d'autant que telles femmes sont prêtes & exposées à la paillardise de tout le monde ; ce qui se confirme par l'histoire de Juda,
qui est au Genese, où le mot *Zonah* & *Kedescha* sont confondus
& pris en une même signification. Quant à la peine, elle est pres-
crite au verset suivant, où il est dit, que le prix de la Paillarde
ne sera porté, ni offert au Seigneur, estimant (comme dit le
Paraphraste Chaldaïque) qu'à tout le moins cette honte & ignominie devoit être faite à la femme lubrique, afin qu'elle ne se
pût prévaloir du gain de sa mauvaise & honteuse vie. *Voi Philon
au traité qu'il a fait sur ce vers. v. Decret. dist. 90. c. oblationis.*

1595.

CONVERSION
DE PIERRE
CAHIER.

Et si nous croïons Josephe , *Joseph. antiq. lib. 5. c. fin.* elles étoient tellement odieuses, que le mariage leur étoit interdit. Philon , Juif, *Phil. lib. 1. de legib.* passe bien plus outre : expliquant les Loix particulieres ; car après un long discours contre l'impudicité de telles femmes , & avoir touché les raisons pour lesquelles elles étoient chassées des Républiques des Juifs, il ajoute, partant une telle femme , comme une peste & tache publique , sera lapidée; d'autant qu'elle a abusé des dons de Nature qu'elle devoit avoir ornée de vertus. Il y avoit donc la peine de lapidation , ensemble celle du feu , comme il sera touché ci-après. Faut-il aucun témoignage plus clair , pour montrer la défense & peine de la paillardise ? Cahier ajoute que le précepte. οὐ μοικεύσεις ne s'entend que de certain péché ; & que μοιχεύειν vient de παρὰ τὸ μοῖον χεέειν , *quod est humidum fundere , quod solum accipiendum affirmat , de eo qui digitis semen suscitat :* voïez la saleté de ces paroles. Mais cette ignorance est aussi crasse que la premiere. Dans quel auteur a-t-il trouvé cette étymologie & propriété de mot ? Certes cette étymologie ne tombera jamais en l'esprit d'homme tant soit peu versé en la langue Grecque, & est un vrai songe d'ignorant , & ne se peut confirmer par aucune autorité que de l'ineptie de Cahier. Il n'y a celui qui ne sache , combien cet acte est détestable , & comme tel , réprouvé par les Païens , même par Martial , duquel je ne veux représenter les paroles , de peur d'offenser les oreilles chastes.

Mais que le mot *Mœchari* doive être restreint à cette signification particuliere , il n'y a point d'apparence , & se pourroit montrer par la collation d'infinis lieux , tirés des anciens livres; mais ce seroit en vain , nous avons le consentement de l'Eglise, qui a compris sous ce mot toutes sortes de copulations & conjonctions hors le mariage , mêmes celles des femmes publiques. Lactance , *Lib. 1. chap. 23. Non tantum ,* dit-il , *alienis toris quæ attingere non licet , verùm etiam publicis vulgatisque corporibus abstinendum Deus præcepit.* Et Saint Ambroise , *lib. 2. des Patriarch. chap.* 11. se moque de quelques-uns de son temps , dissolus & perdus , semblables à Cahier , qui disoient , que le seul adultere étoit défendu; que l'usage des Putains étoit licite , vu que par la Loi de Dieu , dit-il , il n'est loisible à l'homme & à la femme de se joindre qu'en légitime mariage. Pareillement l'erreur des Béguines a été condamnée par les Papes. *Clem. ad nostram , de hæret. in Clement.* qui disoient , la copulation de l'homme & de la femme n'être péché , d'autant qu'el-

le procede d'un appetit, auquel l'homme eſt pouſſé par la nature.
Quel témoignage plus clair peut-on deſirer, ſinon pour ceux
qui ont le jugement & la raiſon naturelle du tout éteinte? J'a-
buſerois de votre patience, ſi plus long-temps je m'étendois ſur
ce ſujet. Pour confirmer ſon dire, il dit, qu'entre les Juifs, les
Paillardes étoient reçues impunément ; ſe ſert de l'exemple de
Juda, qui eut affaire avec Thamar, ſa Bru, déguiſée en Putain. *Geneſ.* 29. Mais de ce lieu nous tirons le contraire. A la
vérité il appert bien qu'il y avoit des Putains, ne s'enſuit pas
toutesfois qu'elles fuſſent tolérées, en ce premierement que
Juda aïant envoïé un bouc pour retirer les gages qu'il avoit
baillés à Thamar, & voïant qu'elle s'étoit abſentée, qu'elle les
garde, dit-il, & n'en faiſons aucune autre pourſuite, de peur
que ne nous rendions ridicules & en mépris. Et par après aïant
Juda connu que Thamar étoit enceinte, il commanda que pour
peine elle fût brûlée, dont l'on tire deux conſéquences : la premiere, que c'étoit choſe honteuſe entr'eux, voire avant la Loi ;
que la paillardiſe eſt ſujette à reproche, même aux hommes.
La ſeconde, que la peine de la paillardiſe étoit le feu. Quant
à l'exemple qu'il allégue de Salomon, dont il veut conclure,
que n'aïant condamné les Paillardes, ains ſimplement connu
de leurs différends, qu'elles étoient tolérées, il eſt à propos,
d'autant que l'Ecriture, 3. *Reg.* 3. ne dit pas, que ce fuſſent
Putains ou Paillardes, ains uſe du mot *zonach*, qui ſignifie en
ce lieu-là, *non meretrices, ſed cauponas.* C'étoient des femmes
qui faiſoient profeſſion de vendre des vivres indifféremment à
toutes ſortes de gens, dont les maris étoient pour lors abſens.
Et telle eſt l'interprétation du Paraphraſte. Il me ſeroit fort
facile de confirmer ce point par l'autorité de pluſieurs, qu'il
n'eſt beſoin de repréſenter, à vous qui avez une parfaite connoiſſance de l'antiquité, & des choſes plus cachées. Il ajoute que Jeſus-Chriſt ne condamna pas la Paillarde à mort.
A quoi la réponſe eſt facile : premierement, il eſt certain que
telles ſortes de gens, dont la hantiſe & fréquentation eſt pé-
rilleuſe, étoit tolérée pour lors, non pour aucune licence accordée par la Loi, mais par la corruption du temps & conni-
vence des Phariſiens. En ſecond lieu, qui ne ſait combien que
Jeſus-Chriſt fût fils de Dieu & Roi de tout le monde, toutesfois il ne vouloit entreprendre ſur ce qui étoit de la juriſdiction ordinaire. Mais c'eſt mal-à-propos que tel exemple eſt
mis en avant, vu qu'il n'eſt queſtion d'une ſimple paillardiſe,

1595.

CONVERSION
DE PIERRE
CAHIER.

ains d'un adultere ; & Jesus-Christ, non tant pour excuser le
vice, que pour toucher au doigt la mauvaise vie des Juifs, leur
dit : que le plus net d'entr'eux jettât la premierre. Il se voit
donc clairement combien est maudite & méchante la doctrine
de cet Apostat, en ce qu'il dit que la simple fornication n'est
pas vice. Ce qui ensuit en son discours, combien mérite-t-il
de bourreaux, de tortures, de gibets? L'homme, dit-il, hait
toujours celle avec laquelle premierement il a eu affaire. D'où
procede cette doctrine, sinon du Diable? d'une ame enivrée
aux délices, nourrie en l'école de Sardanapale & d'Aretin,
voire des plus abominables & abandonnés. A quoi peut-elle
tendre, sinon à détourner les esprits de la jeunesse, & faire que
ceux qui devroient réserver leurs appetits, leurs corps & leurs
esprits entiers à l'espérance d'une couche conjugale, s'abandonnent auparavant, & perdent l'honneur & vigueur de leur
jeunesse? De cette doctrine maudite & méchante, est sortie la
résolution qu'il prend, sur le rétablissement des bordeaux. Pour
à quoi parvenir, il se sert de l'exemple de quelques Républiques
qui les ont tolérés, & de l'autorité de Saint Augustin, qui dit,
que si les bordeaux sont ôtés, tout le monde sera rempli de
paillardise. Mais cette vilainie & ordure publique aïant été
éteinte & abolie par nos Loix ; la vouloir faire revivre, qu'est-
ce autre chose qu'accuser la sincérité, la pudeur, la piété de
nos Peres ? A la vérité plusieurs Républiques ont toléré les bordeaux, mais destituées de la crainte de Dieu. La Religion
Chrétienne, guidée par des regles plus véritables & certaines,
a rejetté tels lieux comme abominables, & introduits à la ruine
& perte des ames. Que dis-je, les Chrétiens, les Païens mêmes
ont bien montré, qu'ils ne les recevoient que par une simple
tolérance ; en ce qu'ils ont voulu les femmes abandonnées à
telles cupidités, être distinguées d'avec les autres par le lieu
de leur demeure & par l'habit. Car entre les Romains, tels
lieux destinés pour le plaisir étoient hors la Ville, afin que la
compagnie & fréquentation des femmes adonnées à ce vice,
ne corrompît comme par une contagion la vie des femmes sages & pudiques ; qui est la raison pour laquelle le Temple de
Venus fut bâti hors de la Ville, *ut non insuesceret in urbe ado-
lescentibus seu matribus familiarum venerea libido*, ce dit Vi-
truve, *lib.* 1. *de archit. cap. ultim.* Et ont été tels lieux entre
nous appellés Bordeaux, à cause de leur situation ordinaire,
qui étoit le long de la riviere, comme l'on recueille de Quintilian

tilian. *De clam.* 340. en ces mots : *Fortaffe etiam natus eft inge-*
nuus , fortaffe rapto ex aliquo littore pretextam fortuna reddidit ;
& Seneque en la 2. controverfe. *Caftam te putas , quia invifa*
meretrix nuda in littore ftetit ad faftidium emptoris omnes partes
corporis & infpectæ & contrectatæ funt. Quant aux habits des Paillardes,diftincts d'avec ceux des femmes honnêtes , les Livres des
Jurifconfultes en font remplis , *l. Item apud Labeonem* §. *fi quis.*
de injur. l. mimæ. C. de Epifcop. aud. Et Saint Jerôme a remarqué que leurs cheveux *erant fulvi* , *Hieron. in Helvidium. Tertu-*
lian. lib. de cultu , leurs robes pareillement étoient plus courtes
que les autres , & de couleurs diverfes , afin qu'elles puffent
être reconnues, ainfi qu'entre les Athéniens , au rapport de
Suidas ; & entre les Lacedemoniens , au dire de Clement Alexandrin. Nous voïons en outre,que l'on mettoit fur elles de grands
impôts , qui étoient comme une peine de leur impudicité. Ce
qui fut pratiqué par l'Empereur Caligula , depuis ôté par Alexandre Severe. La liberté de faire teftament leur fut pareillement
retranchée fous Domitien. Et quand elles s'adonnoient à cette
honteufe vie , elles étoient contraintes de changer leur nom ,
de peur que toute la famille & alliance n'en remportât le
blâme. L'antiquité nous témoigne une chofe bien plus honteufe , à favoir , qu'elles portoient à leur front leur nom écrit ,
enfemble le prix auquel elles s'abandonnoient. Et tant s'en
faut que la liberté fût fi grande , comme ce méchant la veut
dépeindre , il n'étoit pas loifible à toutes femmes , je ne dis pas
de fréquenter les bordeaux , mais de mener vie deshonnête & impudique. Il falloit , avant de s'en entremettre , qu'elles fiffent
enregiftrer leur nom devant les Édiles , & déclaraffent la profeffion d'impudicité qu'elles vouloient fuivre. Et certainement
ces lieux étoient tant odieux , tant déteftés des femmes pudiques & chaftes , que quand les tyrans les defiroient punir d'un
fupplice plus cruel que la mort , ils les condamnoient de paffer
leur vie au bordeau , comme nous voïons l'exemple remarquable d'une femme Chrétienne , dans Abdias Babylonicus , au
premier livre,& depuis en Ste. Agnes & plufieurs autres. *D. Am-*
bro. ferm. 90. Or que les bordeaux aient été tolérés par les Païens,
non-feulement en lieux publics , mais depuis en maifons particulieres , les Jurifconfultes le témoignent , *l. Ancillarum parag.*
fin. ff. de petit. hered. Mais la Religion Chrétienne ne les a jamais avoués. C'eft pourquoi Saint Jerôme écrivant à Oceanus ,
difoit qu'il y avoit grande différence entre les Loix de Dieu &

1595.
CONVERSION
DE PIERRE
CAHIER.

celles des Païens, & que la bride a été lâchée à l'impudicité, & les bordeaux établis par Céſar, non par Chriſt ; par Papinian, non par Saint Paul. Et qui pourroit repréſenter ce que les Anciens ont déclamé contre cette vilainie ? *Soʒim. lib.* 2. Les Chrétiens, qui du commencement vivoient entre les Païens, nourris à telles diſſolutions, les ont tolérés. Mais pour les châtier & punir, leur impoſoient de grands tributs : ce qui s'en levoit *vocabatur Meretricium*, ainſi que nous apprenons de S. Auguſtin. Les Grecs anciens l'appelloient τὸ πορνιχὸν. Soʒime, Hiſtorien de grand renom, témoigne au deuxieme livre, que Conſtantin impoſa un tribut ſur toutes choſes & perſonnes généralement quelconques, & particulierement ſur les Putains, dit *Chryſargryum*, qui ſe païoit de quatre en quatre années, dont il fut appellé, *aurum luſtrale. Tit.* 1. *lib.* 11. *C. de auri luſtr. collat. & C. Th. tit.* 1. *lib.* 12. Evagrius & Nicephore s'efforçent de montrer, que Soʒime, Païen, impoſe à Conſtantin, lui attribuant l'invention de ce tribut, en haine de ce que le premier des Empereurs il avoit embraſſé la Religion Chrétienne. *Evagr. lib.* 3. *c.* 39, 40 & 41. *Niceph. lib.* 16. *c.* 40, 41, 42. Mais il n'eſt pas inconvénient qu'il ait impoſé ce tribut auſſi bien ſur telles femmes, comme ſur toutes ſortes de marchandiſes, ſoit pour ſubvenir à ſes grandes dépenſes & profuſions, qui lui ſont même reprochées par l'Empereur Julien, ſoit qu'aïant embraſſé le Chriſtianiſme, en un temps auquel tout le Sénat & preſque tous les Officiers de l'Empire étoient Païens, il n'oſa de plein vol abolir ce qui étoit d'ancienneté établi entr'eux. Ce point eſt fort facile à croire, car il fut même contraint d'abandonner la Ville de Rome, ſe retirer à Bizance, depuis appellée Conſtantinople, de ſon nom, à cauſe des reproches & convices que lui faiſoit le Sénat, pour le changement de ſa Religion. *Soʒim. lib.* 2. Ce tribut & impôt ſur les Putains, combien que honteux & méchant, avoit en ſoi quelque apparence : c'étoit pour les détourner de leur mauvaiſe vie, par la rigueur & ſévérité de l'exaction qui s'en faiſoit. Mais enfin, comme honteux à la République, il fut du tout éteint par l'Empereur Anaſtaſius ; & tous les papiers concernant cette forme de levée, apportés en la Place publique, & recherchés avec grande diligence, brûlés en la préſence de tout le Peuple. *Evagr. & Niceph. ubi ſupra. Item. Zonar. tom.* 3. *in Anaſtaſio.* Cedrenus paſſe plus outre que les autres qui ont écrit, & dit, que ce tribut fut ſupprimé par Anaſtaſius, à la ſuſcitation de quel-

ques Moines de Jérusalem, & de Timotheus Gazeus, homme
très sage, qui composa une tragédie sur ce sujet. Or tout ainsi
que le tribut sur les Putains à été aboli, aussi pareillement tous
les bordeaux ont été défendus, rasés & abbattus par l'Empereur
Théodose, qui établit des peines particulieres contre les femmes adulteres, lesquelles, en cas de forfait, étoient auparavant recluses dans les bordeaux, marque certainement de grande piété. *Socrat. hist. Eccles. 5. c. 17. Hist. trip. 9. c. 24. Cedre-*
nus. Theodoret. Les Ordonnances de France, aux Etats de
Blois, les ont pareillement prohibés. Faut-il amener chose plus
forte contre cet Apostat, que le rasement des bordeaux, la
suppression des tributs imposés sur les Putains ? Si c'eut été
chose tant nécessaire, les Empereurs, ces grands personnages
assemblés aux Etats Généraux de ce Roïaume, les eussent-ils
condamnés ? Les Saints Peres qui vivoient lors, s'y sont-ils opposés ? Ont-ils abandonné la cause de l'honnêteté publique ?
Certes ils ne manquoient de prévoïance, mais ils étoient conduits par la crainte de Dieu : & Cahier par l'esprit du Diable,
& par le seul desir d'assoupir ses cupidités. Ce que je vous ai
représenté, est peu au prix de la magnificence & piété de l'Empereur Justinian. Il y avoit en la Ville de Constantinople quantité de femmes asservies & retirées en un bordeau, adonnées
à une vie deshonnête ; non à la vérité par force, mais pressées
de la nécessité, n'aïant autre moïen de vivre, s'étoient soumi-
ses à des Maquereaux, qui recueilloient le fruit de leur jeunesse, les faisant abandonner à toutes personnes inconnues.
Ce grand Empereur, & Théodora, sa femme, purgerent &
abolirent ce bordeau, racheterent ces femmes de servitude,
aïant destiné un grand revenu pour leur nourriture. Et à cette
fin firent bâtir un Monastere, auquel depuis se retirerent toutes celles qui desiroient se repentir, & faire pénitence de leur
vie passée ; & appellerent ce lieu μετάνοιαν, comme qui diroit
le Monastere des Pénitentes. Nous avons aujourd'hui entre
nous quelque chose de semblable : cet Empereur pareillement,
comme il étoit chaste, chassa tous les Maquereaux, exerça la
rigueur de ses Loix contre ceux qui se laissoient emporter à une
vie impudique & deshonnête, dont nous voïons les exemples
dans Cedrenus & Zonaras. Lequel jugerez-vous plus séant en
l'Eglise Chrétienne, ou la pureté de Justinian, ou l'Athéïsme,
la pollution, la paillardise de Cahier ? Les Empereurs Romains
n'ont pas seuls abjuré cette vilainie ; les Peuples de l'Afrique,

jadis abandonnés à toutes fortes de délices & voluptés, ont enfin éloigné d'eux les Putains, & chaffé non point le nom pour un temps, mais ils en ont banni l'effet pour jamais. Les Goths ont embraffé la chafteté, comme une vertu particuliere, n'ont jamais toléré un paillard ou adultere. Ce que témoigne Salvian, Evêque de Marfeille, au feptieme livre de la Providence, en ces mots : *Effe inter Gothos non licet fcortatorem Gothum. Et en un autre lieu, Gothorum gens perfida, fed pudica eft.* Je pourrois m'étendre fur plufieurs autres lieux que l'Hiftoire ancienne nous départ d'une main libérale. Mais ce feroit abufer du temps, fur une matiere certaine, & en laquelle nous fommes affiftés de la voix publique. Ce que deffus n'eft qu'un fommaire des longs difcours, qui peuvent être étendus fur un fi ample & fertile fujet. Et d'autant que ce méchant a voulu couvrir & confirmer fa fauffe doctrine de l'autorité de Saint Auguftin, je toucherai le lieu entier qui eft tronqué par cet Apoftat, & y apporterai la réponfe fommaire & véritable. Voici les mots au livre fecond. *De ordine cap. 4. Quid fordidius, quid decoris inanius, turpitudinis plenius, meretricibus, lenonibus, cæterifque id genus peftibus dici poteft? Aufer meretrices de rebus humanis, turbaveris omnia libidinibus.* Mais la tiffure du lieu montre clairement, que ce grand perfonnage n'a jamais approuvé abfolument telles perditions, qu'il appelle peftes, pleines de honte & turpitude : au contraire, il les met au nombre des déformités publiques. Les écrits de ce grand perfonnage font pleins de préceptes, d'exhortation à la tempérance & chafteté, contraires à cette doctrine. Ce lieu qui eft comme une tache aux œuvres de ce Saint Evêque, ne doit détourner les efprits Chrétiens à telles diffolutions; car le Livre *De Ordine*, a par lui été écrit, avant qu'il ait été du tout inftruit en la Religion Catholique, & lorfqu'il étoit encore Cathécumene. Il avoit par plufieurs années précédentes, été imbu de l'héréfie des Manichéens, & fa jeuneffe emportée par la paillardife & toutes fortes de délices & voluptés, comme par un torrent, ainfi qu'il reconnoît par fes confeffions : qui fait que je ne trouve étrange que cette belle ame, née pour fervir de flambeau & de lumiere à l'Eglife, non toutesfois encore arrêtée, non du tout inftruite aux myfteres & préceptes de notre Foi, ait tenu lors cette maxime. Et pour ne m'arrêter plus long-temps à ce difcours, quand telle auroit été l'opinion de S. Auguftin, feroit-elle valable pour établir entre nous cette pefte, ce dé-

fordre, cette corruption ? Nous lifons les écrits des anciens
Peres, non pour les fuivre de néceffité, mais pour en juger
avec liberté. Et pour parler avec Lactance, *non cum credendi
neceffitate, fed cum judicandi poteftate.* Quoi ? la République
des Juifs, qui n'a onques reçu telle abomination, a-t-elle été
remplie de paillardife ? De quel efprit étoit pouffé Clément
Alexandrin, quand il éleve tant l'honnêteté, la pudeur, la
chafteté de cette République ? Et tant s'en faut que par l'abolition de tels lieux, la paillardife foit plus épandue ; qu'au contraire étant la liberté de paillarder reftreinte, par les bordeaux
défendus, chacun fera retenu fous la rigueur & févérité des
Loix, & contraint de vivre en la pureté prefcrite par la parole
de Dieu. A ce faut ajouter une raifon, par laquelle je finirai,
que les defirs de la jeuneffe, bornés & arrêtés par la difficulté,
font excités & allumés par la facilité, voïant la porte avec impunité ouverte à la paillardife. C'eft l'opinion de Saint Ambroife, fur le *Pfal.* 119. expliquant ce lieu du 6. des Proverbes : *Quis poteft fovere carbones in fuo finu, ut non ardeat ?
Quis, inquit, exiftimet meretrices foveri poffe in civitate, ut
juvenes non fcortentur ?* Paroles certainement dignes d'être
écrites en lettres d'or, pour fervir de regle à ceux qui font
appellés à la conduite & maniement des Républiques. Cet
Apoftat, pour confirmer fon expofition déteftable, met en
avant l'exemple de la Ville de Rome, en laquelle les bordeaux
font publiquement reçus du confentement du Pape. Exemple
qui peut avoir quelque luftre devant les yeux du populaire ignorant, emporté au feul éclat de ce nom Augufte & plein de
Majefté : mais certes foible envers ceux qui ont quelque teinture aux bonnes lettres, ou connoiffance aux affaires du monde.
Et qui ne fait les changemens en la Ville de Rome fur ce fujet, felon l'inclination des Papes : les Ordonnances & Conftitutions defquels ne peuvent apporter aucune conféquence au
prejudice de la Loi de Dieu. Vous favez le zele que j'ai toujours
apporté à la Religion Catholique, Apoftolique & Romaine.
Quant à la Hiérarchie, je reconnois ingénuement que j'en ai
toujours été capital ennemi, & ne puis penfer que ce fafte &
arrogance des Papes, par lequel ils s'élevent fur les Princes de
la terre, l'avarice & paillardife qui leur eft comme naturelle
& péculiere, ne foit une marque infaillible de l'Antechrift,
qui a pris fon fiege en la Ville capitale, pour fe faire adorer
au lieu du Fils de Dieu. Je ne me veux étendre plus avant,

plusieurs de notre temps ont traité cette question avec honneur & dignité. Qui ne sait en outre, combien de tout temps a été détestable, maudite, méchante la vie du Peuple Romain? *Vitiositas & impunitas quasi germanitas quædam est Romanorum hominum, & quasi mens atque natura; quia ibi precipuè vitia, ubicumque Roma.* (C'est le texte de Salvian au 6. livre de la providence. Ce débordement général, s'est spécialement arrêté au luxe & paillardise, non-seulement restreinte dans le secret des maisons particulieres, mais publiquement représentées au théatre, avec des actions & mouvemens effeminés & honteux, pour enseigner & duire le Peuple à toute sorte de paillardise, tant leur naturel étoit enclin à cette abomination. Les livres des Anciens sont remplis de plaintes contre tels scandales, entr'autres Tertullian, & Saint Cyprien en ses Epîtres. *Tertull. lib. de spectac. Cyprian. lib. 2. Epist. 2. & lib. 1. Ep. 10.* Quant à la Sodomie, vice comme particulier à ce Peuple, elle leur est même reprochée par Saint Paul & Salvian fort élégamment, au 7. liv. *Ad Rom. cap. 1. Quid, rogo, fieri illic prodigiosius potuit? In urbe Christiana, in urbe Ecclesiastica, quam quondam doctrinis suis Apostoli instituerant, quam passionibus suis Martyres coronarant, viri in semetipsis fœminas profitebantur, & hoc sine pudoris umbraculo, sine ullo verecundiæ amictu: ac sic, parum quasi piaculi esset, si malo illo malorum tantorum inquinarentur autores, per publicam sceleris professionem, fiebat etiam scelus integræ civitatis. Videbat quippe hæc universa civitas & patiebatur; videbant Judices & acquiescebant; populus videbat & applaudebat; ac sic diffuso per totam urbem dedecoris scelerisque consortio, etsi commune hoc omnibus non faciebat actus, communis omnibus favebat assensus.* Puis il ajoute une chose honteuse, certes, & qui montre la perdition extrême de ce Peuple: *Quis credere & audire possit convertisse in muliebrem tolerantiam vires, non usum suum tantum atque naturam sed etiam vultum, incessum, habitum, & totum quicquid penitus aut in sexu est aut in usu viri; adeo versa in diversum omnia erant.* Car le Peuple Romain s'est toujours tellement laissé posséder au Diable, que d'avoir non-seulement abusé des hommes par Sodomie, mais aussi par certaines sections, avoir changé l'usage ordinaire de leur nature en celles des femmes, pour iceux épouser, même publiquement; chose abominable & détestable devant Dieu & les hommes, qui ne peut être représentée par aucune assez grande atrocité de paroles. L'exemple

de Neron fe voit dans Tacite, Suetone, Xiphilin, & de He-
liogabale dans Lampride. Martial au livre 12.

>Barbatus rigido nupfit Colliftratus Apro
>   Hac qua lege viro nubere virgo folet :
>Præluxere faces, velarunt flammea vultus,
>   Nec tua defuerunt verba Thalaffe tibi :
>Dos etiam dicta eft. Nondum tibi Roma videtur
>   Hoc fatis ? Expectas numquid & ut pariat ?

Il n'y a celui qui ne fache, combien eft aujourd'hui grande la
licence & le débordement en la Ville de Rome.

>   Urbs eft jam tota lupanar,
>   Mater & Æneæ regnat in Urbe fui.

De forte qu'à vrai dire, la Ville de Rome, qui devroit fervir
d'exemple d'honneur, de pudicité, eft un bordeau général,
d'autant éloigné de la pureté requife aux Chrétiens, comme
les Papes fe font difpenfés de cette pudeur & fincérité en laquelle ont vécu les Apôtres, defquels à tort ils fe difent fuc-
cefleurs. C'eft donc en vain que ce méchant, pour établir fon
opinion perverfe & déteftable, met en avant l'ufage de la Ville
de Rome, contre laquelle reclame la voix publique. Cahier jugeant que fon livre ne pouvoit être approuvé d'aucun, que la
condamnation en feroit auffi prompte que la lecture, que telles maximes ne pouvoient être maintenues qu'avec ceux qui
ont du tout délaiffé Dieu, dit qu'il le défavoue, qu'il n'en eft
point l'Auteur. Mais le contraire fe tire par des préfomptions
fortes & violentes : car premierement le livre a par lui été annoté ;
en fecond lieu, l'original préfenté au Confiftoire a été tranfcrit par fon homme, fur une minute écrite de fa main. Et
tout ainfi qu'en droit celui eft préfumé fabriquateur de fauffe
monnoie, entre les mains duquel il s'en trouve quelques pieces ;
& celui eft jugé larron, qui fe trouve faifi de la chofe dérobée,
nifi laudent authorem, auffi pouvons-nous avec beaucoup plus
de raifon, au fujet qui fe préfente, juger Cahier Auteur de ce
livre dont il s'eft trouvé faifi, s'il ne nomme l'Auteur ou celui qui lui a baillé. Depuis quelques jours en-çà, il a trouvé
une rufe, & dit que ce livre a été compofé par un nommé

Nicolas Perrot, qu'il a été imprimé à Venise & en Italien, il y a environ quarante ans ; & de fait, a représenté quelques exemplaires Italiens avec cette inscription : *Discorso del remedio delle publiche dissolutioni , di Nicolo Perroto.* Mais cette ruse est trop grossiere ; car tant s'en faut que le François, qui est ès mains des Ministres, ait été tiré de l'Italien , qu'au contraire l'Italien a été pris sur le François , & a été cette version faite exprès depuis quelques jours, pour couvrir l'honneur de cet Apostat ; aussi l'impression n'est point de Venise, elle est fraiche & récente , & de Paris, les caracteres & le papier le montrent assez, ensemble la façon d'écrire & les termes. Joint qu'il ne se trouve aucune mention de ce Nicolas Perrot, dans tous ceux qui ont écrit de telles matieres , & est un nom fait à plaisir. Mais quand le livre auroit premierement vu la lumiere en langage Italien,& sous le nom de ce Perrot, Cahier sera-t-il moins coupable? la translation par lui faite en langue Françoise , n'est-elle pas une expresse approbation ? Nous lisons dans Ammian, au 28. livre, *Lollianum, primæ lanuginis adolescentem , convictum codicem noxiarum artium , nondum per ætatem firmato consilio descripsisse , traditum Phalangio Beticæ consulari cecidisse funesta carnificis manu.* Un jeune enfant, auquel la foiblesse de l'âge pouvoit donner excuse, est mis à mort, pour avoir par imprudence transcrit un livre de Magie. Que dirons-nous de Cahier, qui a , non point en la foiblesse de son âge, mais lorsque par le maniement de la sainte Ecriture , son esprit devoit être plus élevé à l'observation des choses célestes ; qui a , dis-je, nonseulement écrit, ains tourné en langue vulgaire un livre tant damnable & pernicieux ? a expliqué les mots les plus lascifs & dissolus, qui ne peuvent être connus qu'à ceux qui en ont la pratique ? Ce seroit peu de l'avoir tourné , mais l'avoir baillé pour imprimer , l'avoir dedié à Messieurs de la Cour du Parlement, n'est-ce pas l'effet d'une ame du tout perdue & désespérée , afin de donner cours & autoriser la publication sous la franchise du nom de la plus auguste & célébre Compagnie du monde ? Quel Auteur nommera-t-il de cette prétendue translation , & de l'épître dédicatoire? Ce ne sera pas *Nicolo Perotto* , le temps & le langage n'y peuvent convenir ; dont il s'ensuit qu'il est Auteur & Approbateur de tel blasphême. Si sa mauvaise volonté n'eût été prevenue , par la prudence de celui auquel il avoit commis cet écrit, c'étoit une coupe présentée au Peuple pour s'enivrer, un venin letiferé pour conduire un million d'ames à la mort ? Quel jugement donc affeierons-nous fur cette converfion, finon qu'aïant été dépofé pour une caufe jufte & légitime, & pour fa méchante & deteftable vie, il s'eft retiré devers nous, afin d'éviter l'attente d'une plus rigoureufe cenfure ? Pour excufe, il dit, qu'il avoit communiqué ce livre, afin de donner moïen de refréner l'appétit & les cupidités de celui auquel il le communiquoit. N'eft-ce pas vraiment donner du poifon au malade, au lieu d'un falubre médicament ? Sinon qu'il veuille dire, que par le moïen des bordeaux & licence telle qu'il la propofe, par un exercice continuel, les corps étant mattés, alors faute de puiffance plutôt que de volonté, on s'abftient de la compagnie des femmes. Saint Jerôme, vrai exemplaire de piété & de fainteté, fe plaignoit que plufieurs fois étant au défert en folitude, éloigné de toute compagnie, aïant les membres rudes & hériffés du fac & de la haire, en larmes & gémiffemens ordinaires, ne buvant en fes languiffantes foibleffes que de l'eau froide, n'aïant autre compagnie que les fcorpions & bêtes fauvages, il lui fembloit être parmi les délices de Rome ; les danfes des filles lui venoient en mémoire, fa face étant toute pâle de faim, toutesfois en ce corps froid, fon ame s'embrafoit du defir, & les feules ardeurs de la concupifcence bouilloient devant lui, de qui déja la chair étoit toute morte. Si en une vie fi auftere, en une chair mattée par la rigueur d'une fi longue abftinence, la feule fouvenance des délices paffées, à caufé tant d'affauts & d'allarmes, que pouvons nous attendre de cet Apoftat ? lequel d'une vie étroite & pleine de rigueur, telle que nous fommes contraints reconnoître entre les Miniftres, paffe en notre Religion pleine de liberté, où la porte eft impunément ouverte aux voluptés & aux délices. Si fous la févérité de cette premiere difcipline, il a écrit en faveur des bordeaux & de la paillardife, qu'en pouvonsnous à préfent efpérer, que l'effet ? Si la maifon & la préfence de la plus fage, plus chafte, plus vertueufe Princeffe du monde, n'a pu retentir en bride l'audace & la témérité, quelles bornes pourra-t-elle maintenant prendre ? Il a certes montré quel étoit fon but, car aïant été chaffé par les Miniftres, au lieu de fe ranger en quelque honorable maifon, afin de s'enivrer aux délices, il s'eft retiré en un cabaret, rue de la Huchette, bordeau fignalé, où il a été l'efpace de plus de trois mois, prenant fes repas ordinaires avec le Juge de Coudon, qui eft un des plus grands Sorciers & Magiciens qui foient

Tome VI. X x

sous le Ciel ; n'aïant amitié ou société plus étroite, qu'avec l'Empirique l'Estoille, qui ne crut oncques en aucune chose, moins qu'en Dieu. La vie de Cahier a été autrefois tachée pour la Magie & Sciences occultes, auxquelles il s'est fort adonné ; témoins les confections de nativités si fréquentes, & les jugemens par lui tant célébrés, rendus au feu sieur de la Rochefoucaut, sur l'issue du siege de la Rochelle, & du voïage du sieur Strosse en Afrique. Jusqu'ici ce n'ont été que plaintes, appuïées sur simples conjectures ; mais la fréquentation & domesticité de ces deux hommes, est une preuve certaine, dont je vous pourrois toucher les effets, si la honte & l'atrocité ne m'en détournoient. Quoi que ce soit, aïant pour les premices de sa conversion accueilli une maladie, qui l'a tenu entre les mains des Barbiers l'espace de six semaines, il s'est, à la vérité, retiré en un autre lieu ; mais voïez quelle a depuis été sa forme de vivre : comme il est adonné à son ventre, il se jette effrontément tous les jours à la table de Monseigneur le Révérendissime Cardinal, ou de Monsieur du Mans, son parain, lesquels il dit en toutes compagnies, être de tous les Ecclésiastiques les plus assurés Catholiques, d'autant (comme j'estime) qu'ils tiennent la meilleure table, & sont les plus éloignés de la parcimonie & jeûnes des Ministres. Si quelquefois la table de ces deux bons Prélats lui défaut, avec impudence il entre chez ceux avec lesquels il espére faire meilleure chere, les entretenant des vaines révélations, qu'il dit avoir précédé sa prétendue conversion, n'estimant pas qu'il y ait aucune autre plus grande félicité en ce monde, que d'étaïer son ame d'un corps bien nourri, & mettre en pratique ses discours sur la restauration des bordeaux. Ne pensez pas, je vous supplie, que la nécessité le contraigne à cette turpitude : c'est une pure & honteuse avarice, qui le détourne du chemin de l'honneur. Car peu auparavant qu'il sortît du logis de Madame, il toucha la moitié des deniers procédens de la composition d'un Office de Maître des Requêtes, dont le Roi lui avoit fait don en faveur de Madame, & depuis peu encore a reçu quatre cens écus de Rouen, qu'il a mis en rente, sans plusieurs autres dons & libéralités immenses. Ces deniers ne sont que des appas pour ouvrir l'appétit à son avarice, qui ne se rassasiera jamais, que par la jouissance de quelque grande & riche Abbaïe, pour parvenir enfin à un Evêché : tel est son but. Je pourrois vous représenter la vie plus secrete de Cahier, qui seroit une histoire vraiment prodi-

gieufe, pour vous montrer qu'elle affurance nous pouvons avoir
de celui qui a propofé fon cheval aux Catholiques. Il fuffit d'a-
voir touché le fujet de cette converfion, qui procede d'une
pure avarice & défefpoir de fa mauvaife vie, dont ne faurions
nous prévaloir; & femble que telles gens, lorfqu'ils veulent goûter les délices, ou éviter la rigueur de leur difcipline, fe jettent devers nous, afin que leur fcélérité (1), qui ne peut être
tolérée par les Miniftres, foit reçue & approuvée de nous, au
grand fcandale de l'Eglife. Si defirez de moi plus long difcours,
je vous en ferai part, lorfque je me pourrai dérober aux affaires
ordinaires de ma vocation. Cependant aimez toujours celui
qui eft,

Votre plus humble & affectionné ferviteur.

A Paris, ce premier Décembre 1595.

Avertiffement.

LE Duc de Mayenne avoit dès le mois d'Octobre de l'an précédent
commencé à chercher la grace du Roi; enfin il y fut reçu, rendant Soiffons, Pierrefont & autres Places. Et fut de fa réception dreffé l'Edit qui
s'enfuit.

E D I T D U R O I,

*Sur les Articles accordés à Monfieur le Duc de Mayenne,
pour la Paix en ce Royaume (2).*

HENRI, par la grace de Dieu, Roi de France & de Navarre, à tous préfens & avenir, falut. Comme l'office d'un
bon Roi eft d'aimer fes fujets comme fes enfans, les traiter
comme tels, & croire que leur félicité eft la fienne. Dieu &

---

(1) Pour Scélérateffe.

(2) Dès le 31 Janvier 1596 le Duc de
Mayenne, accompagné de fix Gentilhommes, étoit venu trouver le Roi à Mouffeaux
pour baifer les pieds de Sa Majefté; & il en
avoit été reçu très favorablement. Il foupa
même le foir avec le Roi. Quelque temps
après le Roi termina l'accommodement du
Duc de Mayenne, que M. Jeannin, Préfident
au Parlement de Dijon, négocioit depuis
longtemps. Cet accommodement fut fait
au Château de Folembay, bâti par François I, dans la Forêt de Coucy. L'Edit qu'on
donne ici en fut le fceau. Voïez ce qu'en
dit M. de Thou, en fon Hiftoire, Livre
115, année 1596.

X x ij

les hommes font témoins auſſi , ſi depuis qu'il lui a plu nous appeller à cette Couronne , nous avons eu autre plus grand ſoin
& deſir que de nous acquitter de ce devoir. Car aïant trouvé
ce Roïaume rempli de partialités , guerres & diviſions plus
grandes & périlleuſes qu'il n'avoit été auparavant , nous n'a-
vons non plus épargné notre propre ſang pour défendre notre autorité , que notre clémence pour oublier & remettre les
offenſes qui nous étoient faites , afin de délivrer tant plutôt notredit Roïaume des oppreſſions de la guerre civile , vraie ſource
& mere de tous maux. En quoi nous reconnoiſſons n'avoir été
moins aſſiſtés de la grace & bénédiction de Dieu , en l'une
qu'en l'autre voie. Car s'il nous a ſouvent donné des victoires
ſur ceux qui combattoient contre nous , il nous a encore plus
ſouvent accru la volonté & donné les moïens de vaincre par
douceur ceux qui s'en ſont rendus dignes. De ſorte que nous
pouvons dire n'avoir gueres moins avancé la réunion de nos-
Sujets ſous notre obéiſſance , telle que nous la voïons achemi-
née aujourd'hui par la grace de Dieu , par notre clémence que
par nos armes. Et comme à ce faire nous avons été émus principalement de l'amour extrême que nous portons à noſdits Sujets , & de la compaſſion que nous avons de leurs calamités &
miſeres , plus que de notre intérêt & avantage particulier ;
nous avons auſſi eu grand égard aux cauſes qui ont excité &
convié pluſieurs d'iceux de s'armer , aïant été fondés ſur le ſoin
que chacun doit avoir du ſalut de ſon ame , que nous avons
jugé d'autant plus dignes de commiſération & d'excuſe , que
nous reconnoiſſons (comme vrai Chrétien) n'y avoir rien qui
ait tant de puiſſance ſur nous que cette obligation. C'eſt pourquoi aïant ſouvent éprouvé par nous même , que la force endurcit plutôt qu'elle ne change les courages des hommes , en
fait de la Religion ; & que c'eſt une grace qui eſt infuſe en
nous , non par notre jugement ni par celui d'autrui , mais par
la ſeule bonté du Dieu vivant & l'opération de ſon Saint Eſprit ;
ſi-tôt que nous avons eu quelque relâche de nos plus grands
travaux , par les avantages que Dieu nous a donnés ſur nos adverſaires , nous avons voulu approcher de nous des Prélats &
Docteurs de bonne vie , & des mieux verſés aux ſaintes Lettres,
pour nous inſtruire en la vérité de la Religion Catholique.
De laquelle , Dieu nous aïant fait la grace de nous rendre
capable , avec ferme propos & réſolution d'y perſéverer juſqu'au dernier ſoupir de notre vie , nous n'avons eu depuis plus

grand defir que de participer en toutes chofes à l'union & fociété de l'Eglife Catholique , Apoftolique & Romaine , & à notre
réconciliation avec notre Saint Pere le Pape & le Saint Siege,
comme chacun a pu connoître par nos actions , & les continuelles pourfuites & recherches que nous en avons faites. Lefquelles auroient été tellement traverfées par les rufes ordinaires de
nos ennemis & leur puiffance à Rome , que fi notre conftance
& la raifon n'euffent ému & fortifié la vertu & bonté finguliere de notredit Saint Pere (lequel, comme pere commun &
vrai fucceffeur & imitateur de Saint Pierre , n'a eu égard qu'au
feul bien de la Religion Chrétienne) nous n'euffions jamais
acquis le bonheur de fa fainte bénédiction , ni de notredite
réconciliation par nous tant defirée pour l'entier repos de notre
ame , & la fatisfaction plus grande des confciences de nofdits
Sujets , émus du feul zele de la Religion. En quoi, comme nous
avons très grande occafion de louer Dieu , & magnifier auffi
l'équanimité de Sa Sainteté, pour avoir par fa prudence & bonté
confondu l'audace & menfonge de nofdits ennemis, nous ne
l'avons pas moindre d'admirer la providence divine, en ce qu'il
lui a plu faire que le chemin de notre falut ait auffi été celui
qui a été le plus propre pour gagner & affermir les cœurs de
nofdits Sujets , & les attirer à nous reconnoître & obéir , comme il s'eft vu bientôt après notre réunion en l'Eglife , & toujours depuis continué. Mais ce bon œuvre n'eut été parfait ,
ni la paix entiere , fi notre très cher & très amé coufin , le
Duc de Mayenne , Chef de fon Parti , n'eut fuivi le même
chemin, comme il s'eft réfolu de faire , fi-tôt qu'il a vu que
notredit S. Pere avoit approuvé notredite réunion. Ce qui nous
a mieux fait fentir qu'auparavant le but de fes actions ; recevoir
& prendre en bonne part ce qu'il nous a remontré du zele qu'il
a eu à la Religion ; louer & eftimer l'affection qu'il a montrée
à conferver le Roïaume en fon entier. Duquel il n'a fait , ni
fouffert le démembrement , lorfque la profpérité de fes affaires
fembloit lui en donner quelque moïen : comme il n'a fait encore
depuis, qu'étant affoibli il a mieux aimé fe jetter entre nos bras ,
& nous rendre l'obéiffance que Dieu , nature & les loix lui
commandent, que de s'attacher à d'autres remedes , qui pouvoient encore faire durer la guerre longuement , au grand dommage de nos Sujets. Ce qui nous a fait defirer de reconnoître
fa bonne volonté , l'aimer & traiter à l'avenir comme notre
bon parent & fidele Sujet. Et afin que lui & tous les Catho-

liques, qui l'imiteront en ce devoir, y foient de plus en plus confirmés, & les autres excités de prendre un fi falutaire confeil ; & auffi que perfonne ne puiffe plus feindre ci-après de douter de la fincérité de notredite réunion à l'Eglife Catholique, & fous ce prétexte faire renaître de nouvelles femences de diffentions, pour féduire nos Sujets & les porter à leur ruine.

Savoir faifons ; que comme nous déclarons & proteftons notre réfolution être de vivre & mourir en la Foi & Religion Catholique, Apoftolique & Romaine, de laquelle nous avons fait profeffion, moïennant la grace de Dieu, notre intention eft auffi d'en procurer à l'avenir le bien & avancement de tout notre pouvoir, & avec le foin & même affection que les Rois très Chrétiens nos prédéceffeurs ont fait ; & par l'avis de nos bons & loïaux Sujets Catholiques, tant de ceux qui nous ont toujours affifté, que des autres qui fe font depuis remis en notre obéiffance, en confervant néanmoins la tranquillité publique de notre Roïaume.

I.

Cependant nous voulons qu'ès Villes de Châlons, Seurres (1) & Soiffons, lefquelles nous avons laiffées pour Villes de fûreté à notredit Coufin, pour fix ans ; ni au Bailliage dudit Châlons, dont nous avons accordé le Gouvernement à l'un de fes enfans, féparé pour ledit temps de celui de Bourgogne, & à deux lieues aux environs de ladite Ville de Soiffons, il n'y ait autre exercice de Religion que de la Catholique, Apoftolique & Romaine, durant lefdits fix ans, ni aucunes perfonnes admifes aux Charges publiques & Offices, qui ne faffent profeffion de ladite Religion.

I I.

Et afin que la réunion, fous notre obéiffance, de notredit Coufin & de tous ceux qui l'imiteront en ce devoir, foit parfaite & accomplie de toutes fes parties, comme il convient, tant pour notre fervice & l'entier repos de tous nos Sujets, que pour l'honneur & fûreté de notredit Coufin, & des autres qui voudront jouir du préfent Edit ; nous avons révoqué & révoquons tous Edits, Lettres Patentes & Déclarations faites & publiées en notre Cour de Parlement de Paris, & autres lieux

(1) Petite Ville de Bourgogne.

& Jurifdictions, depuis les préfens troubles & à l'occafion d'iceux ;
enfemble tous Jugemens & Arrêts donnés contre notredit Coufin le Duc de Mayenne & autres Princes & Seigneurs, Gentilshommes, Officiers, Communautés & Particuliers, de quelque qualité qu'ils foient, qui fe voudront aider du bénéfice dudit Edit : Voulons & entendons que lefdits Edits, Lettres Patentes & Déclarations foient tirées des Regiftres de notredite
Cour, & autres lieux & Jurifdictions, pour en être la mémoire
du tout éteinte & abolie.

III.

Défendons à tous nos Sujets, de quelque qualité qu'ils foient,
de renouveller la mémoire des chofes paffées durant lefdits troubles, s'attaquer, injurier, ou provoquer l'un l'autre de fait ou
de parole, à peine aux contrevenans d'être punis comme per-
tubateurs du repos public. A cette fin, nous voulons que toutes marques de diffentions, qui pourroient encore aigrir nofdits
Sujets les uns contre les autres, introduites dedans nos Villes
ou ailleurs, depuis les préfens troubles, & à l'occafion d'iceux,
foient ôtées & abolies. Enjoignant aux Officiers de nos Villes, Maires, Confuls & Echevins d'y tenir la main.

IV.

Voulons auffi & ordonnons que tous Eccléfiaftiques, Gentilshommes, Officiers & tous autres, de quelque qualité & condition qu'ils foient, qui nous voudront reconnoître avec notredit Coufin le Duc de Mayenne, foient remis en leurs biens,
bénéfices, offices, charges & dignités ; nonobftant tous Edits,
dons de leurs biens, rentes & dettes, & provifions à d'autres
perfonnes de leurfdits Offices, faifies, ventes, confifcations &
déclarations qui en pourroient avoir été faites, homologuées
& enregiftrées : lefquelles nous avons révoquées & révoquons,
entendant que dès-à-préfent, fans autre Déclaration & en vertu
du préfent Edit, main-levée entiere leur en foit faite. A la
charge toutesfois que notredit Coufin & eux nous jureront toute
fidélité & obéiffance, fe départiront dés-à-préfent de toutes
Ligues, pratiques, affociations, ou intelligences faites dedans
ou dehors le Roïaume ; & promettront à l'avenir de n'en faire
fous quelque prétexte que ce foit.

V.

Ne pourront auſſi, tant notredit Couſin, que les Princes, Seigneurs, Eccléſiaſtiques, Gentilshommes, Officiers & autres Habitans des Villes, Communautés & Bourgades, qui ont, en quelque ſorte que ce ſoit, ſuivi & favoriſé ſon Parti, ne nous aïant encore fait le ſerment de fidélité ; & voulant venir venir à la reconnoiſſance de ce devoir avec lui dedans le temps porté par le préſent Edit, être recherchés des choſes advenues & par eux commiſes durant les préſens troubles, & à l'occaſion d'iceux, pour quelque cauſe que ce ſoit. Voulant que les Jugemens & Arrêts qui ont été, ou pourroient être donnés contre eux pour ce regard, enſemble toutes procédures & informations demeurent nulles & de nul effet, & ſoient ôtées & tirées des Regiſtres, ſans que des cas & choſes deſſuſdites, rien ſoit excepté, fors les crimes & délits puniſſables en même Parti, & l'aſſaſſinat du feu Roi, notre très honoré Seigneur & Frere.

V I.

Et néanmoins, aïant été ce fait mis par pluſieurs fois en délibération, & eu ſur ce l'avis des Princes de notre Sang, autres Princes, Officiers de notre Couronne, & pluſieurs Seigneurs de notre Conſeil étant chez nous : & depuis vu par nous ſéant en notre Conſeil, les charges & informations ſur ce faites depuis ſept ans en çà, par leſquelles il nous a apparu qu'il n'y a aucune charge contre les Princes & Princeſſes (1), nos Sujets, qui s'étoient ſéparés de l'obéiſſance du feu Roi, notre très honoré Seigneur & Frere, & de la nôtre : Avons déclaré & déclarons par ces Préſentes, que ladite exception ne ſe pourra étendre envers leſdits Princes & Princeſſes, qui ont reconnu & reconnoîtront envers nous, ſuivant le préſent Edit, ce à quoi le devoir de fidélité les oblige : attendu ce que deſſus, pluſieurs autres grandes conſidérations à ce nous mouvant, & le ſerment par eux fait, de n'avoir conſenti ni participé audit aſſaſſinat, défendons à notre Procureur général, préſent & à venir, & à tous autres, d'en faire contre eux aucune recherche ni pourſuite; & à nos Cours de Parlement, & à tous nos Juſticiers & Officiers d'y avoir égard.

(1) Il eſt a remarquer, dit M. de Thou, qu'on mit dans cet article, *Princes & Princeſſes*, à cauſe de Catherine de Lorraine, Veuve du Duc de Montpenſier, qui étoit ſoupçonnée d'avoir eu part à l'aſſaſſinat de Henri III.

XII.

VII.

Davantage, tous ceux qui ont été mis hors de nos Villes, depuis la réduction d'icelles en notre obéiſſance, à l'occaſion des préſens troubles, & pour cauſes qui doivent être remiſes par le préſent Edit, ou qui, lors de la réduction, en étoient abſens, & le ſont encore de préſent pour mêmes cauſes, qui voudront jouir du bénéfice d'icelui, pourront rentrer eſdites Villes, & ſe remettre en leurs maiſons, biens & dignités, nonobſtant tous Edits, Lettres & Arrêts à ce contraire.

VIII.

Notredit Couſin le Duc de Mayenne, & les Seigneurs, Gentilshommes, Gouverneurs, Officiers, Corps de Ville, Communautés, & autres Particuliers qui l'ont ſuivi, demeureront pareillement quittes & déchargés de toutes recherches pour deniers publics ou particuliers, qui ont été levés & pris par eux, leurs Ordonnances, Mandemens & Commiſſions durant & à l'occaſion des préſens troubles, tant des Recettes générales que particulieres, Greniers à ſel, ſaiſie & jouiſſance des rentes, arrérages d'icelles, revenus, obligations, argenteries, priſes & ventes de meubles, biens, bagues, joïaux, ſoit d'Egliſe, de la Couronne, Princes ou autres des Particuliers, Bois de haute Futaie & taillis, vente de ſel, prix d'icelui, tant des Marchands que de la Gabelle, décimes, aliénations des biens des Eccléſiaſtiques, traites & impoſitions miſes ſur les denrées, vins, chairs & autres vivres, dépôts & conſignations, cottes ſur les Particuliers, empriſonnemens de leurs perſonnes, priſes de chevaux, même en nos Haras ; & généralement de tous deniers, impoſitions & autres choſes quelconques, hors qu'elles ne ſoient plus particulierement exprimées ; comme auſſi ceux qui auront fourni & païé leſdits deniers en demeureront quittes & déchargés.

IX.

Demeureront pareillement déchargés de tous actes d'hoſtilité, levées & conduites de gens de guerre, fabrication de monnoie, fonte & priſe d'artillerie & munitions, tant aux Magaſins publics que Maiſons des Particuliers, confectious de poudres, priſes, rançons, fortifications, démolitions de Villes, Châteaux, Bourgs & Bourgades, entrepriſes ſur icelles, brû-

lemens & démolitions d'Eglifes & Fauxbourgs de Villes, établiffement de Confeils, Jugemens & exécutions d'iceux, commiffions particulieres, foit en matiere civile ou criminelle,
voïages, intelligences, négociations & traités dedans & dehors
notredit Roïaume.

X.

Ceux qui ont exercé les Charges de Commiffaires généraux
& Gardes des Vivres fous l'autorité de notredit Coufin & des
Seigneurs commandans aux Provinces particulieres de notre
Roïaume ; lefquels nous reconnoîtrons fuivant le préfent Edit,
& dedans le temps porté par icelui, feront exempts de toutes
recherches pour toutes fortes de munitions, vivres, chevaux,
harnois & autres chofes par eux faites pour l'exécution de leurs
charges durant les préfens troubles, & à l'occafion d'iceux, fans
qu'ils foient refponfables du fait de leurs Commis, Clercs & autres Officiers par eux emploïés, & fans qu'ils foient tenus de
rendre aucun compte de leur maniement & charges ; en rapportant feulement déclaration & certification de notredit Coufin,
qu'ils ont bien & fidellement fervi en l'exercice de leurs charges.

XI.

Tous Mémoires, Lettres & Ecrits publiés depuis le premier
jour de Janvier 1589, pour quelques fujets qu'ils aient été faits,
& contre qui que ce foit, demeureront fupprimés, fans que
les Auteurs en puiffent être recherchés. Impofant, pour ce regard, filence, tant à nos Procureurs généraux, leurs Subftituts, qu'à tous autres Particuliers.

XII.

Nous n'entendons auffi qu'il foit fait aucune recherche contre le fieur de Magny, Lieutenant, & les Soldats des gardes
de notredit Coufin, aiant affifté à la mort du feu fieur de Me-
gnelay (1), avenue contre la volonté & au grand regret de
notredit Coufin, ainfi qu'il a déclaré. Et demeurera ledit fait
pour ce regard, aboli, fans qu'il leur foit befoin obtenir autres Lettres ni Déclaration plus ample : mêmement pour le
regard de ceux, lefquels fur ce fujet ont obtenu Lettres de
notredit Coufin, lefquelles ont été vérifiées par celui qui a
exercé l'Office de Grand Prévôt à fa fuite.

(1) Florimond d'Allwin, Marquis de Maignelay, qui, quatre ans auparavant avoit
été tué à la Fere.

XIII.

Toutes Sentences , Jugemens & Arrêts , donnés par les Juges dudit Parti, entre perfonnes d'icelui Parti ou autres n'étant d'icelui Parti, qui ont procédé volontairement, tiendront & auront lieu, fans qu'ils puiffent être révoqués par nos Cours de Parlement ou autres Juges, finon en cas d'appel, ou par autre voie ordinaire. Et où aucune révocation ou caffation en auroit été faite, elle demeurera dès-à-préfent nulle & de nul effet.

XVI.

Le temps, qui a couru depuis le premier jour de Janvier 1589 jufqu'à préfent, ne pourra fervir entre perfonnes de divers Partis , pour acquérir prefcription ou peremption d'inftance.

X V.

Tout ce qui a été exécuté en vertu defdits jugemens ou actes publics du Confeil , établi par notredit Coufin , pour rançons, entérinemens de graces, pardons, rémiffions & abolitions, aura lieu , fans aucune révocation , pour les différends qui regardent les Particuliers.

XVI.

Ceux qui ont été pourvus , par notredit Coufin , d'Offices vaquans par mort ou réfignation , ès Villes qui nous reconnoîtront avec lui, comme auffi des Offices de Receveurs du fel , nouvellement créés efdites Villes , y feront maintenus, en prenant provifion de nous , que nous leur ferons expédier.

XVII.

Et pour le regard de ceux qui ont été par notredit Coufin pourvus defdits Offices , qui ont vaqué ès Villes qui ont cidevant tenu fon Parti , foit par mort , réfignation ou nouvelle création de nous ou de nos Prédéceffeurs , lefquels ont depuis fuivi notredit Coufin , fans nous reconnoître & jurer fidélité , fuivant nos Edits , revenans à préfent à notre fervice avec lui (lefquels, avec autres font nommés & déclarés en un état & rôle particulier que nous avons accordé & figné de notre main) feront pareillement maintenus & confervés efdits Offices , prenant provifion de nous. Le même fera fait pour les bénéfices déclarés audit état & rôle.

1596.

Edit du Roi.

XVIII.

S'il y a quelque difpute & procès fur la provifion defdits Offices étant dedans les Villes, qui nous reconnoîtront avec notredit Coufin, octroïée par lui entre perfonnes qui font encore à préfent dudit Parti, ou l'un d'eux, & nous reconnoîtront avec lui ; ceux qui auront obtenu déclaration de l'intention de notredit Coufin, feront maintenus, pourvu qu'ils rapportent ladite Déclaration dedans fix mois après la publication du préfent Edit.

XIX.

Et d'autant que ceux qui ont été pourvus d'Offices, foit par mort, réfignation, création nouvelle, ou autrement, & païé finance pour cet effet ès mains de ceux qui ont fait la recette des Parties Cafuelles, au Parti de notredit Coufin, pourroient prétendre quelque recours contre lui, ou ceux qui ont reçu lefdits deniers comme dit eft, pour être maintenus efdits Offices, ou rembourfés de leur finance, nous avons déchargé & déchargeons par ces Préfentes notredit Coufin & lefdits Tréforiers ou Receveurs de toutes actions & demandes, que l'on pourroit intenter contre eux pour ce regard.

XX.

Tous ceux qui nous reconnoîtront avec notredit Coufin, qui ont joui des gages, droits & profits d'aucuns offices, fruits de bénéfices, revenus de maifons, terres & feigneuries, loïers & ufufruits de maifons, & autres biens, meubles, droits, noms, raifons & actions de ceux qui étoient de Parti contraire, en vertu de dons, ordonnances, mandemens, refcriptions & quittances de notredit Coufin le Duc de Mayenne, ne feront fujets à aucune reftitution, ains en demeureront entierement quittes & déchargés. Ils ne pourront aufli rien demander, ni répéter des chofes fufdites prifes fur eux, par notre commandement & autorité, & reçues par nos autres Sujets & Serviteurs ; fors & excepté d'une part & d'autre, les meubles qui fe trouveront en nature, qui pourront être répétés par ceux auxquels ils appartenoient, en païant le prix pour lequel ils auront été vendus.

XXI.

Pareillement les Eccléfiaftiques qui nous reconnoîtront avec

notredit Coufin , & ne nous ont fait encore ferment de fidélité, qui ont païé leurs décimes aux Receveurs ou Commis par
lui ; enfemble les deniers de l'aliénation de leur temporel, n'en
pourront être recherchés pour le paffé , ains en demeureront
auffi entierement quittes & déchargés , enfemble les Receveurs
qui en ont fait le paiement.

1596.

Édit du Roi.

XXII.

Toutes les fommes païées par les Ordonnances de notredit
Coufin , ou de ceux qui ont eu charge de finance fous lui , à
quelques perfonnes & pour quelque caufe que ce foit , par les
Tréforiers, Receveurs ou autres , qui ont eu maniement des
deniers publics , lefquels nous reconnoîtrons avec lui , feront
paffées & allouées en nos Chambres des Comptes , fans que
l'on les puiffe raïer , fuperféder , ni tenir en fouffrance , pour
n'avoir été la forme & l'ordre des finances tenue & gardée. Et
ne feront tous les comptes, qui ont été rendus, fujets a revifion , finon en cas de l'Ordonnance. Voulant que pour le rétabliffement de toutes parties raïées , fuperfédées, ou tenues
en fouffrance , toutes Lettres & Validations néceffaires leur
foient expédiées. Et quant aux comptes qui reftent à rendre ,
ils feront ouis & examinés en notre Chambre des Comptes à
Paris , ou ailleurs , où il appartiendra ; à quoi toutesfois ils ne
pourront être contraints d'un an. Et ne fera notredit Coufin
ni lefdits Tréforiers & Receveurs tenus comptables & refponfables , en leurs noms , des mandemens , refcriptions & quittances qu'ils ont expédiées pour chofes dépendantes de leurs
Charges , finon qu'ils en foient obligés en leurs propres & privés noms.

XXIII.

Les Edits & Déclarations par nous faits , fur la réduction
du paiement des rentes conftituées , auront lieu pour ceux qui
s'aideront du préfent Edit , fans que l'on puiffe prétendre qu'ils
foient déchus & privés du bénéfice defdits Edits & Déclarations , pour n'y avoir fatisfait dedans le temps porté par iceux.
Et ne courra ledit temps , contre eux , que du jour de la publication de notredit Édit.

XXIV.

Et pourceque les veuves & héritiers de ceux qui font morts

au Parti de notredit Coufin, pourroient être pourfuivis & re-cherchés pour raifon des chofes faites durant les troubles, & à l'occafion d'iceux par leurs maris, & ceux defquels ils font héritiers ; nous voulons & entendons qu'ils jouiffent de la même décharge accordée, par les articles précédens, à tous ceux qui nous feront le ferment de fidélité avec notredit Coufin.

XXV.

Tous ceux qui voudront jouir du préfent Edit, feront te-nus le déclarer dedans fix femaines après la publication d'ice-lui au Parlement de leur reffort, & faire leur ferment de fidé-lité : à favoir, les Princes, Evêques, Gouverneurs de Provin-ces, Officiers & autres aïant charges publiques, entre les mains de notre très cher & féal Chancelier, ou des Parlemens de leur reffort ; & les autres, par-devant les Baillifs, Sénéchaux & Juges ordinaires dedans ledit temps.

XXVI.

Sur la remontrance qui nous a été faite par notredit Cou-fin le Duc de Mayenne, pour les Villes de notre Païs de Pro-vence, qui ont tenu jufqu'à préfent fon Parti, & nous obéi-ront & reconnoîtront avec lui en vertu du préfent Edit, nous avons ordonné & promis qu'elles jouiront du contenu ès ar-ticles inférés aux articles fecrets, par nous accordés à notredit Coufin.

XXVII.

Davantage, defirant donner toute occafion aux Ducs de Mercure (1) & d'Aumale (2), de revenir à notre fervice, & nous rendre obéiffance, à l'exemple de notredit Coufin le Duc de Mayenne ; & fur la fupplication très humble qu'il nous en a fai-te, nous avons femblablement déclaré, que nous verrons bien volontiers leurs demandes, quand ils les nous préfenteront, & s'acquitteront de leur devoir envers nous, pourvu qu'ils le faf-fent dedans le temps limité par le préfent Edit. Et dès-à-pré-fent voulons que l'exécution de l'Arrêt, donné contre ledit Duc

(1) Philippe-Emmanuel de Lorraine, Duc de Mercœur.

(2) Charles de Lorraine, Duc d'Aumale : ce dernier éto t forti du Roïaume, & avoit été condamné à mort par contumace. L'e-xécution de la Sentence étoit fufpendue par l'Edit pour un certain temps, pendant le-quel, fi le coupable rentroit dans fon de-voir, le Roi s'engageoit à le révoquer en-tierement.

d'Aumale en notre Cour de Parlement, soit surfise, jusqu'à ce
que nous en aïons autrement ordonné ; en intention de révoquer & supprimer ledit Arrêt, si ledit Duc d'Aumale nous reconnoît comme il doit durant ledit temps.

XXVIII.

Reconnoissant de quelle affection notredit Cousin s'emploie
pour réduire à notre obéissance ceux qui restent en son Parti,
& par ce moïen remettre notredit Roïaume du tout en repos,
nous avons en agréable aussi, que les articles qui concernent
notre très cher & amé Cousin le Duc de Joïeuse (1) , les
sieurs Marquis de Villars & de Montpezat (2), comme aussi le
sieur de l'Estrange, qui commande de présent en notre Ville
du Pui, ensemble les Habitans de ladite Ville , les sieurs de
S. Offange (3), Gouverneur de Rochefort, du Plessis (4), Gouverneur de Craon , & de la Severie (5), Gouverneur de la Gre-
nache, aient été vus & résolus en notre Conseil sur les mémoires qu'ils ont envoïés à cet effet, que notredit Cousin nous a
présentés de leur part : voulons que ce qui a été accordé sur
iceux, soit effectué & observé de point en point, pourvu que
notredit Cousin fasse apparoir dedans six semaines, qu'ils aient
accepté ce que nous leur avons accordé, & que dedans le même
temps ils nous fassent le serment de fidélité : autrement nous
n'entendons être tenus & obligés à l'entretenement & observation desdits articles.

XXIX.

Aïant égard que notredit Cousin s'est obligé en son nom, &
fait obliger aucuns de ses amis & serviteurs en plusieurs parties
& sommes de deniers déclarées en un état signé de lui, montant
à la somme de trois cens cinquante mille écus, qu'il nous a remontré avoir emploïés aux affaires de la guerre , & autres de
son parti, sans qu'il en soit tourné aucune chose à son profit particulier , ni de ses amis & serviteurs coobligés. De quoi le voulant décharger & tenir quitte , afin de lui donner plus de moïen
de nous faire service , nous promettons à notredit Cousin d'ac-

(1) Henri , Duc de Joyeuse.
(2) Frere du Marquis de Villars.
(3) Et le frere dudit sieur de Saint-Of-
fange , qui commandoit dans Rochefort.

(4) Cornu, sieur Duplessis, qui étoit dans
Craon , en Anjou.
(5) Puydufou , sieur de la Severie, Gouverneur de la Ganache.

quitter lesdites dettes portées par ledit état , jusqu'à ladite somme de trois cens cinquante mille écus en principal , & vingt-sept
mille six cens cinquante écus , pour les arrérages d'aucunes parties desdites dettes ; portant rentes & intérêts liquidés pour le
temps porté par l'état , fait & signé de notre main , & de celle
de notredit Cousin , & l'en décharger entierement avec sesdits
amis & serviteurs coobligés ; & à cette fin lui faire païer dedans
deux ans en huit païemens de quartier en quartier. Le premier
quartier commençant au premier jour du présent mois de Janvier , la somme de six vingt-un mille cinquante écus , que nous
avons ordonné être assignée sur aucunes recettes générales de
notre Roïaume , pour être emploïée , tant en l'acquit desdites
dettes portant rentes & intérêts , que des arrérages d'icelles , jusqu'au temps porté par ledit état , signé de notredite main , &
de celle de notredit Cousin ; & faire aussi païer à l'avenir le
courant desdites rentes & intérêts jusqu'à l'entiere extinction &
amortissement d'icelles , & des obligations susdites. Et quant
aux autres dettes , contenues audit état signé de notredit Cousin , restant desdits trois cens cinquante mille écus , nous promettons à notredit Cousin d'en retirer & lui rendre les promesses , Contrats & Obligations , de lui & de ses amis & serviteurs
coobligés , dedans quatre ans , sans pour ce païer aucuns arrérages & intérêts ; ou bien lui fournir dedans ledit temps de
jugement valable de l'invalidité desdites dettes ; de sorte que
notredit Cousin , ses amis & serviteurs en seront du tout quittes
& déchargés. Et jusqu'à ce que lesdites promesses & obligations
lui aient été rendues , nous voulons & ordonnons qu'il ne puisse
être contraint , ni aussi sesdits amis & serviteurs coobligés , au
paiement de tout ou partie d'icelle somme de trois cens cinquante mille écus , ni des arrérages & intérêts desdites rentes , & que toutes lettres de surféance , interdiction & évocation en notre Conseil d'Etat , en soient expédiées toutes
& quantes fois que besoin sera , sur l'extrait du présent article.

XXX.

Davantage , voulant mettre notredit Cousin le Duc de Mayenne hors de tout intérêt envers les Suisses , Reistres , Lansquenets , Lorrains , & autres Etrangers , auxquels il s'est obligé ,
tant pour levées de gens de guerre , que pour le service qu'ils
ont fait durant le temps qu'ils ont demeuré en son parti , nous
promettons

promettons de l'acquitter & décharger de toutes les sommes 1596.
auxquelles se peuvent monter lesdites obligations par lui faites ,
tant en son nom privé, que comme Chef de sondit parti , &
les mettre avec les autres dettes de la Couronne , suivant les
vérifications qui en ont été faites par le feu sieur de Videville,
Intendant des Finances , & par les Elûs dudit Païs de Bourgogne ; pour le regard desdits Suisses , Réistres, Lansquenets,
& Lorrains, depuis lesdites vérifications. Révoquant & annu-
lant dès-à-présent lesdites obligations qu'il a contractées en sondit nom pour ce regard , & particulierement envers le Comte
te Colalte, Colonel des Lansquenets , & autres Colonels & Capitaines des Suisses & Réistres : sans qu'il en puisse être in-
quiété , ni poursuivi en vertu d'icelles obligations ; attendu
qu'il n'en est tourné aucune chose à son profit particulier ,
dont nous lui ferons expédier toutes lettres & provisions nécessaires.

XXXI.

Les articles secrets , qui ne se trouveront inférés en cedit présent Edit, feront entretenus de point en point & inviolablement observés , & sur l'extrait d'iceux ou de l'un desdits articles
signé de l'un de nosdits Secrétaires d'Etat, toutes lettres nécessaires feront expdiées.

Si donnons en mandement à nos amés & féaux Conseillers,
les gens tenant nos Cours de Parlement , Chambre de nos
Comptes, Cour de nos Aides , Tréforiers Généraux de France & de nos Finances, Baillifs, Sénéchaux, Prévôts , Juges ,
ou leurs Lieutenans ; & à tous nos autres Justiciers & Officiers
à chacun d'eux en droit soi ; que ces présentes , ils fassent lire ,
publier & enregistrer, garder, observer & entretenir inviolablement & sans enfreindre , & du contenu en icelles jouir & user
tous ceux qu'il appartiendra, cessant & faisant cesser tous troubles
& empêchemens au contraire. Car tel est notre plaisir. Et afin
que ce soit chose ferme & stable à toujours , nous avons signé
cesdites présentes de notre main , & à icelles fait mettre & apposer notre scel. Donné à Folembrai au mois de Janvier, l'an
de grace mille cinq cent quatre-vingt-seize. Et de notre regne
le septieme.

Signé H E N R I.

Et à côté , Visa.

Et plus bas, Par le Roi étant en son Conseil.

POTIER.

Et scellé du grand scel en cire verte, sur lacs de soie rouge & verte.

Lûes, publiées & regiftrées : Oui le Procureur Général du Roi. A Paris, en Parlement le neuvieme jour d'Avril mille cinq cent quatre-vingt-seize.

Signé VOISIN.

Lûes, publiées & regiftrés en la Chambre des Comptes: Oui le Procureur Général du Roi : à la charge que ceux qui ont reçu & manié les deniers, en rendront compte à ladite Chambre, dedans le délai porté par lefdites lettres, fans que la dépenfe puiffe exceder la recette. Et fera Sa Majefté fuppliée de pourvoir au remplacement des deniers affectés au paiement des rentes, & autres charges. Le feptieme jour de Mai, mille cinq cent quatre-vingt-feize.

Signé DANES.

Lûes, publiées & regiftrées: Oui, fur ce le Procureur Général du Roi. A Paris, en la Cour des Aydes, le vingt-neuvieme jour de Mai 1596.

Signé BERNARD.

Avertissement.

DE tous les Chefs Ligueurs reſtoit le Duc d'Aumale, lequel ne fut aſſez accort pour faire ſon appointement. Au contraire, ſon procès lui fut fait à Paris, & s'enſuivit Arrêt, le déclarant Criminel de Leze-Majeſté au prèmier Chef; un ſien fantôme fut tiré à quatre chevaux & ſes biens confiſqués. Il ſe retira près d'Albert, l'Archi-Duc d'Autriche, comme firent quelques autres Ligueurs des plus remarqués. Certains autres gagnerent l'Eſpagne, où ils reçurent quelques penſions & entretenemens. Pluſieurs revinrent & obtinrent pardon, ſur-tout en la concluſion de la Paix. En cette année, le Roi aſſiégea la Fere, fit ſon accord avec le Pape par l'entremiſe d'Oſſat & de du Perron, ſes Députés, qui firent la pénitence à Rome. Ceux de Provence retournerent ſous l'obéiſſance du Roi, le Duc de Guiſe étant entré dedans Marſeille, quelque temps après, la mort de Caſaux, Conſul Ligueur (1); ſi qu'en peu de ſemaines les Eſpagnols & Ligueurs n'eurent plus que voir en Provence.

Mais l'Archiduc aïant autres deſſeins, emporta de force, au mois d'Avril, la Ville & Château de Calais, puis Ardres, ſans qu'on pût les ſecourir, à cauſe de la puiſſante Armée qu'avoit lors icelui Archiduc. D'autre part ſur la fin du même mois, le Roi contraignit la Garniſon Ligueuſe & Eſpagnole de lui rendre, par compoſition, la Fere en Picardie (2). Le reſte de l'Eté ſe paſſa en courſes légeres des uns ſur les Païs & Garniſons des autres.

Sur la fin du mois d'Août, le Maréchal de Biron entra dedans l'Artois & y fit de terribles ravages, aïant défait les Troupes ennemies, emmené priſonnier le Marquis de Varambon, couru la Comté de Saint Paul, & rudement châtié les Païſans qui vouloient contrefaire les Soldats. Environ trois ſemaines après, il fait une nouvelle courſe, non moins impétueuſe que la précédente, & en tire pour ſes Compagnies un merveilleux butin. Et pourceque les Troupes Eſpagnoles, conduites par le Duc d'Arſcot, s'eſcarmouchoient beaucoup ce ſembloit, le Maréchal rentra pour la troiſieme fois en leurs quartiers, où aïant fait le dégât, il caſſe ſon Armée & loge ſes gens en garniſon. Peu auparavant, le Maréchal de Bouillon avoit confirmé, à la Haye en Hollande, la paix jurée entre le Roi de France, la Reine d'Angleterre, & les Provinces-Unies des Païs-Bas, & le même fut fait en Angleterre, ſur la fin de Septembre (3). Les Eſpagnols en Bretagne, ſe défiant du Duc de Mercœur (4), qui continuoit la treve avec les Princes de Poitou, Anjou & le Maine, ſe fortifierent de nouveau, mieux que devant, en leur Fort de Blavet, en certaines autres

---

(1) On a parlé ailleurs de cette révolte & de leurs Auteurs.

(2) Voïez l'Hiſtoire de M. de Thou, à la fin du Livre CXV, & au commencement du ſuivant, année 1596.

(3) On trouve le détail de ces faits dans l'Hiſtoire de M. de Thou, Livre CXVI.

(4) De Mercœur. Voïez l'Hiſtoire de M. de Thou, au commencement du Livre CXVII, année 1596.

Places qu'ils avoient empiétées. Le Roi s'apprêtoit cependant pour aller en Normandie, & fit fon entrée à Rouen le vingtieme jour d'Octobre, où il fut roïalement reçu. Lors on ne parloit en France que des apprêts de la guerre contre les Efpagnols, lefquels ne dormoient pas, comme ils en firent preuve l'an fuivant. Le Roi, defireux de pacifier fon Roïaume, pour s'emploïer plus librement contre les Ennemis, hors d'icelui, fur la fin d'Octobre, convoqua des Principaux de la France à Rouen, pour pourvoir au repos de fes Sujets. A l'ouverture, il leur fit la Harangue qui s'enfuit.

HARANGUE DU ROI,

Faite aux Députés des Etats affemblés à Rouen,

Le quatrieme de Novembre 1596 (1).

SI je voulois acquérir le titre d'Orateur, j'aurois appris quelque belle & longue harangue, & vous la prononcerois avec affez de gravité. Mais, Meffieurs, mon defir me pouffe à deux plus glorieux titres, qui font, de m'appeller Libérateur & Reftaurateur de cet Etat. Pour à quoi parvenir je vous ai affemblés. Vous favez à vos dépens, comme moi aux miens, que lorfque Dieu m'a appellé à cette Couronne, j'ai trouvé la France, non-feulement quafi ruinée, mais prefque toute perdue pour les François. Par la grace divine, par les prieres & bon confeil de mes ferviteurs, qui ne font profeffion des armes, par l'épée de ma brave & généreufe Nobleffe, (de laquelle je ne diftingue point les Princes, pour être notre plus beau titre,) Foi de Gentilhomme, par mes peines & labeurs, je l'ai fauvée de la perte ; fauvons-la à cette heure de la ruine. Participez, mes chers Sujets, à cette feconde gloire avec moi, comme vous avez fait à la premiere. Je ne vous ai point appellés, comme faifoient mes Prédéceffeurs, pour vous faire approuver leurs volontés. Je vous ai affemblés pour recevoir vos confeils, pour les croire, pour les fuivre ; bref pour me mettre en tutelle entre vos mains ; envie qui ne prend gueres aux Rois, aux barbes grifes, & aux victorieux. Mais la violente amour que je porte à mes Sujets, & l'extrême envie que j'ai d'ajouter ces deux beaux titres à celui de Roi, me font trouver tout aifé & honorable. Mon Chancelier vous fera plus amplement entendre ma volonté.

(1) M. de Thou donne le détail de cette Affemblée des Notables à Rouen, dans le Livre XVII de fon Hiftoire ; & il y rapporte un précis de la Harangue du Roi,

Avertissement.

TANDIS que le Roi étoit à Rouen, ceux de la Religion à Metz obtinrent de lui, pour leur soulagement, les Lettres Patentes que nous inserons en ce Recueil.

LETTRES PATENTES
DU ROI.

Pour le soulagement des Fideles de Metz.

HENRY, par la grace de Dieu, Roi de France & de Navarre : à tous ceux qui ces présentes Lettres verront, salut. Nos chers & bien aimés les Gentilshommes, Citoïens, Bourgeois & Habitans de la Ville de Metz, faisant profession de la Religion Prétendue Réformée ; Nous ont fait remontrer : que combien que par nos Lettres Patentes, du vingt-troisieme de Mai mille cinq cens quatre vingt-douze, pour les causes & raisons y contenues, Nous leur aïons permis l'exercice libre & entier de ladite Religion, au dedans de ladite Ville, dans l'édifice par eux pour ce construit, du temps du Roi dernier défunt, notre très cher Seigneur & Frere que Dieu absolve, & par sa permission, aïant levé toutes défenses & interdictions au contraire, comme faites contre le bien & tranquillité de ladite Ville, & contre la liberté en laquelle elle a toujours auparavant été conservée par nos Prédécesseurs Rois. Toutesfois ils n'ont pu jouir de l'effet de nosdites Lettres, à l'occasion des derniers troubles, leur aïant été représenté, lorsqu'ils en ont voulu poursuivre l'exécution, que le bien & état de nos affaires ne le pouvoit comporter. A quoi ils auroient tant déféré, que postposant leur intérêt au desir de notre établissement, ils se feroient résolus d'attendre une saison plus propre pour l'effet de ladite poursuite, & supporter cependant les incommodités du lieu où se fait l'exercice de leur Religion, qui est lieu champêtre & découvert, & non-seulement exposé aux meurtres & rigueurs de l'air, mais aussi aux surprises & mauvais desseins de nos Ennemis, qui ont leur retraite proche de ladite Ville. Si nous ont lesdits Exposans très humblement requis, maintenant que par la grace de Dieu les divisions font assoupies, & notre autorité est établie en ce Roïaume, qu'il nous plaise pourvoir à l'exécution de nos Lettres susdites. Et en considération de leur zele à notre service, & qu'ils font en ladite Ville la plus grande & notable partie, les rétablir, tant en l'exercice libre & entier de leurdite Religion dans icelle Ville, qu'en la possession & usage de l'édifice par eux à cette fin construit. Ce qu'aïant mis en bonne considération, & desirant, suivant nos Edits & Déclarations sur la réunion & concorde de nos Sujets, de l'une & de l'autre Religion, remettre toutes choses en l'état où elles étoient auparavant les défenses & interdictions susdites, & conserver particulicrement lesdits Exposans, autant qu'il nous sera possible, en leurs libertés & privileges, sous la faveur de notre protection, à l'exemple & imitation de nosdits Prédécesseurs : Pour ces causes & autres bonnes & grandes raisons à ce nous mouvant; Avons dit, déclaré & ordonné, & de notre certaine science, pleine puissance, & autorité Roïale, disons, déclarons & ordonnons, que nosdites Lettres Patentes du vingt-troisieme jour de Mai mille cinq cens quatre-vingt-douze, feront exécutées sans aucune restriction ni modification, & selon leurs forme & teneur. Et en ce faisant, feront lesdits Exposans remis & rétablis en l'exercice libre de leurdite Religion, au dedans de ladite Ville, en leurs états & Offices, & au lieu par eux construit pour ledit exercice ; pour du tout jouir comme ils faisoient auparavant lesdites défenses & interdictions. Si donnons en mandement à notre très cher & bien amé Cousin le Duc d'Espernon, Gouverneur de ladite Ville de Metz & Païs Messin, & en son absence, au Seigneur de Sobole y commandant; à notre amé & féal Conseiller d'Etat & Président en ladite Ville, M. Jacques Viart, & en son absence, à M. Denis le Bey, Seigneur de Batilly, par nous commis à l'exercice de la justice en ladite Ville, que ces Présentes, ils fassent publier & enregistrer, & du contenu en icelles, jouir & user lesdits Exposant pleinement & paisiblement : Cessant & faisant cesser tous troubles & empêchemens au contraire : & iceux, si aucuns étoient faits, mettre ou faire remettre au premier état & dû. A quoi nous enjoignons très expressément à notre Procureur en ladite Ville, de tenir la main, & y apporter toute la facilité qu'il sera possible. Nonobstant quelconques Edits, Ordonnances, Mandemens, défenses &

Lettres à ce contraires ; auxquelles & aux dérogatoires des dé_
rogatoires y contenues , Nous avons de nos puissance & autorité que dessus , dérogé & dérogeons par ces Présentes. Car
tel est notre plaisir. En témoin dequoi , nous avons fait mettre
notre scel à cesdites Présentes. Donné à Rouen le vingt-unieme
jour de Décembre , l'an de grace mille cinq cent quatre-vingt-
seize , & de notre regne le huitieme.

Signé HENRI.

Et sur le repli , par le Roi.

POTIER.

Et scellées du grand sceau de cire jaune pendant à double
queue de parchemin.

Avertissement.

EN ce même mois, le Roi assisté des plus notables de son Roïaume, pourvut aux affaires pour la paix, son intention étant de rétablir la France peu à peu, la guérissant des cruelles plaies de la Ligue. Il donna ordre aussi à ce qui étoit requis pour la guerre contre l'Espagnol en l'année suivante. Mais avant qu'en représenter les Discours imprimés, nous fermerons l'an 1596 par l'exhibition d'un Livret publié en ces temps-là, lequel mérite d'être inséré en ces Mémoires.

L'ARCHE DE NOÉ,

Traité nécessaire en ce temps, pour consoler les pauvres Fideles, de longtemps agités de diverses tempêtes, que pour les résoudre des marques de la vraie Eglise, adressé & dédié aux Eglises Réformées de la France.

Par Daniel Toussaint, Professeur en Théologie en l'Université de Heidelberg (1).

POINTS PRINCIPAUX DE CE TRAITE',

Divisés en certains Chapitres,

LE *premier Chapitre découvre d'où les déluges de maux viennent, & combien grand ils ont été & sont encore en France.*
Le second montre, qu'il est impossible d'être sauvé hors l'Eglise, comme du temps du déluge, ceux qui étoient hors l'arche

---

(1) Daniel Toussaint, en Latin *Tossanus*, Luthérien de Religion, étoit né le 15 Juillet 1541 de Pierre Toussaint & de Daniel Trinkotte. Il naquit à Montbelliard, dans le Duché de Wirtemberg, fit une grande partie de ses études à Bâle & voïagea en Allemagne & en France. Il demeura du temps dans ce dernier Roïaume, & enseigna publiquement l'Hébreu à Orléans. Il y étoit dans le temps des troubles de ce Roïaume, surtout lors du massacre de la Saint Barthelemi, dont il eut le bonheur d'échapper. Il exerça depuis divers emplois en Allemagne, de Ministre, de Professeur, &c. & mourut à Heidelberg le 10 de Janvier de l'an 1602. Il a fait un assez grand nombre d'Ouvrages, qui, après avoir paru séparément, ont été recueillis depuis. On peut voir sa vie très détaillée en Latin dans les *Vitæ Germanorum Theologorum* de Melchior Adam, à Francfort 1653 *in-8°.* pag. 700-723. Il cite deux autres Ecrits sur le même sujet, dont il s'est servi pour composer cette Vie. Au reste, on reconnoît, dans l'Ecrit que l'on donne ici, tous les préjugés de l'Auteur contre la Religion Catholique. Cet Ecrit fut composé en 1596.

ne pouvoient être garantis, ains furent noïés ; & pourtant est folie de se penser sauver, se laissant emporter par les eaux, ainsi qu'aucuns se font à croire, qu'il n'y a rien tel, que de nager en grande eau & s'accommoder au monde.

Au troisieme, est déduit, quelle est la vraie arche en laquelle il se faut retirer pour évader le péril & avoir salut.

Le quatrieme contient une brieve réfutation des objections au contraire.

Le cinquieme fait la conclusion de ce Traité, par un avertissement serieux aux Eglises, avec une Priere à Dieu, très ardente pour icelles.

PREFACE DE L'AUTEUR

Aux Eglises Re'forme'es (1).

JE n'ai pas commencé dès maintenant, affligées & tempestées Eglises, fondées toutesfois sur saphirs, & édifiées de pierres précieuses, (comme parle le Prophete Isaie de vos semblables, au chap. 54.) à me ressentir à bon escient de vos miseres, y aïant participé en présence, depuis le commencement de l'an 1562 (2), jusqu'à la fin de l'an 72 (3), & depuis étant appellé en ces Païs, n'ai laissé de conjoindre mes soupirs & gémissemens avec les vôtres, & tendre la main, selon mon petit pouvoir, aux pieces du naufrage, que la tempête a jettées à diverses fois en ces quartiers, consolant aussi par lettres & écrits ceux que je voïois encore rester en France parmi les vagues & tempêtes, lesquelles, ores qu'elles semblassent quelquefois s'acoiser, n'est toutesfois la France demeurée long-temps calme, pendant qu'elle a été gouvernée par ceux qui ne peuvent pêcher qu'en eau trouble, & par ceux, qui ont été esclaves de celui, lequel, ainsi que témoigne même Jean le Maire en son livre des Conciles, a été toujours auteur de schismes & divisions, & duquel le siege & la domination a été représentée par cette superbe Babylone, qui troubloit la terre, & faisoit trembler les Roïaumes: Isaïe 14.

---

(1) C'est-à-dire, aux Eglises qui s'étoient séparées de la Communion de l'Eglise Romaine.

(2) Toussain étoit venu en France dès 155, & il étoit à Orléans en 1562, & peut-être auparavant.

(3) Il avoit fait dans cette intervalle plusieurs courses, même dans sa Patrie, où il retourna en effet vers 1572.

Or, voïant que les miseres de la France ne prennent point encore fin, & que la longueur fait quasi accoutumer plusieurs à la fange, & aux tuiles, & aux aulx & oignon d'Egypte, & se laisser emporter aux vagues & flots des eaux, j'ai pensé, que je ne saurois entreprendre rien plus nécessaire, ni embrasser sujet plus propre que celui que j'ai entrepris, selon le petit talent que le Seigneur m'a donné, de déduire en ce traité, n'aïant autre but, ainsi que connoît le scrutateur des cœurs, sinon témoigner aux Eglises Réformées de la France, que je leur suis & serai toujours présent d'affection, & de compassion cordiale, disant avec les Lévites de Jérusalem au Pseaume 137. Si je te mets en oubli, Jérusalem, que ma dextre s'oublie elle-même; que ma langue soit attachée à mon palais, si je n'ai souvenance de toi; si je ne mets Jérusalem pour le principal chef de ma réjouissance. Et de fait, c'est à cette heure, que tous vrais serviteurs de Dieu doivent s'évertuer, & d'autant plus se montrer bons Matelots, que la pauvre barque est agitée de maintes tempêtes à dextre & à senestre, & qu'il se trouve des brouillons, lesquels poussés du vent d'ambition, ou de lâche couardise, s'efforcent d'endormir les hommes, & leur faire perdre toute appréhension du danger auquel ils sont, se laissant emmener avec ceux qui font iniquité, & sont adonnés à idolatrie. Or, peux-je bien faire mon compte, que si ce grand Héros de justice, Noé, n'a pas fléchi les impénitens, ni converti le monde obstiné, 2. Pier. 2. qu'encore moins auront mes remontrances, force & vigueur envers ceux qui n'ont cure de s'amender, ains de déguiser le mal, & pallier leurs fautes, qui ne voudroient avoir autres Docteurs, ou Prêcheurs, que ceux qui cousent des coussins pour s'accouder, desquels est parlé au chap. 13 d'Ezechiel. Mais arriere tels flateurs, pestes du genre humain. Arriere ceux qui se détournent par des sentiers obliques. Pseaum. 125. Malhéur sur ceux qui appellent le mal bien, & le bien mal; qui font les ténebres lumiere, & la lumiere tenebres; qui font l'amer doux, & le doux amer. Isaïe 5. gens plus impertinens beaucoup que les pauvres Païens, qui ont très bien su connoître & prononcer, *Cic.* 3. *Offic. ex Panæt.* que plus dangereuse peste ne sauroit glisser au genre humain, que l'opinion de ceux qui séparent l'honnêteté de l'utilité, & qui sans avoir égard à ce qui est séant & convenable à la vertu, ne s'arrêtent qu'à quelque utilité prétendue. Un homme de bien, disoit ce sage & grave auteur Seneque, *Epist.* 77, fera toujours ce qu'il

fentira en fa confcience être bon & honnête , quelque laborieux
ou périlleux qu'il foit, & ne fe laiffera détourner du bien par aucun épouvantement , ni attirer au mal par aucune efpérance
qu'on lui pourroit mettre au-devant. C'eft ce qu'écrit Thucydi-
de , *Livre* 4. qu'il eft bien à croire que Dieu même pardonne
à ceux qui en temps de guerre, ou en quelqu'autre temps fâcheux , fe font laiffé forcer au mal ;. n'eft pas , qu'il veuille excufer le mal , ou dire que Dieu fupporte ceux qui perfeverent à
mal faire , & fe flattent en leurs vices ; mais c'eft pour ne point
décourager , & faire tomber en défefpoir , ceux , auxquels il
advient quelquefois de broncher. Comme auffi l'Eglife a foutenu contre les Novatiens , anciens Hérétiques , qu'il ne faut
voirement denier grace & réconciliation à ceux, qui après s'être
fourvoïés , fe rallient au troupeau, & faifant pénitence , fe dé-
velopent des flots hideux , pour s'embarquer de rechef en l'E-
glife de Dieu. Mais ici les plus courtes folies (comme on dit)
font les meilleures : & eft très vrai ce que dit Saint Ambroife ,
parlant de pénitence : *Nullam feriam pœnitentiam effe nimis fe-*
ram : fed raro tam feram effe feriam ; que nulle repentance vive
n'eft trop tardive , mais que rarement celle qui eft tant tardive ,
fe trouve vive. Et à ce propos , faut noter la férieufe remontrance, que fait le Seigneur au chapitre 8 de Jérémie : tu leur
diras , ainfi a dit l'Eternel : fi on tombe, ne fe relevera-t-on
pas ? & fi on fe détourne, ne retournera-t-on pas au chemin ?
Pourquoi donc eft allé à rebours ce Peuple-ci , d'un rebourfe-
ment continué ? Ils fe font adonnés opiniâtrement à tromperie,
& ont refufé de fe convertir. Gardons-nous donc ni plus ni
moins que d'une morfure de fcorpion , & de la vraie graine de
l'Athéifme , de prêter l'oreille à ces vendeurs de triacle , plus
pernicieux que le Catholicon d'Efpagne , qui nous veulent faire
à croire , que le moïen de guérir nos plaies , & appaifer nos
tempêtes, c'eft d'ufer de leur triacle , c'eft-à-dire , de recevoir
un mêlange de Religion , ou bien , ainfi que cet ancien Hérétique Bafilides enfeignoit , qu'en temps de perfécution , ou
pour accommoder les affaires , on peut diffimuler fa foi , & la
tenir cachée en fon cœur. Eft ce cela aimer Dieu de tout fon
cœur , de toute fon ame , de toutes fes forces ? Eft-ce pratiquer
ce que dit David , & repete Saint Paul , j'ai cru , & pour ce ,
ai-je parlé auffi franchement. *Pfeaum.* 116. *Rom.* 18. Ou ce que
remontroit Elie ; jufqu'à quand clocherez-vous des deux côtés ?
Si l'Eternel eft Dieu , fuivez-le : mais fi c'eft Bahal , fuïez-le.

1. *Rois* 18. Certes notre Dieu vaut bien qu'il soit servi de corps & d'ame, lui qui a créé tous les deux, & racheté tous les deux, & pourtant est extrêmement jaloux de nous d'une sainte jalousie. Car de fait, qui craint & sert le Dieu vivant & éternel ainsi à la legere, le méprise, & lui fait deshonneur, dit Fulgence, *Ad Trasymund.* A cette essence infinie, éternelle, d'où dépend toute notre félicité, qui fait mourir & vivre, qui établit les Rois, & les dépose de leur siege, & devant le trône judicial duquel il nous faut tous comparoître. Mais il me semble ouïr un tas de gaudisseurs, qui diront; un tel a beau nous prêcher, qui est en Allemagne loin de la tempête, & qui n'a à perdre des terres, des maisons & grands revenus, & pourront possible quelques-uns alleguer ce que dit ce Poète Païen Lucrece, *Liv.* 2.

> Suave mari magno, turbantibus æquora ventis,
> E Terra magnum alterius spectare laborem.

　　C'est-à-dire, doux est-il & plaisant, grosse tempête se levant sur la mer, de regarder de terre à pied sec l'infortune & le travail des autres, qui voguent sur la mer. Mais à cela je réponds, que l'avertissement que je donne de suivre le bon parti, de cheminer rondement devant Dieu, de chercher sauveté en la barque & en l'arche, plutôt qu'aux flots écumeux, n'est pas mien; mais de la parole de Dieu, de tous les sages, de tous ceux qui ont le vrai honneur & leur salut en recommandation. Et même ce pauvre Poète Païen que j'ai allégué, ajouté un peu après; que c'est bien encore plus grand contentement, quand par l'adresse de sains enseignemens on se tient ferme au temple de la vertu, & comme d'un lieu éminent, on voit ce pauvre & misérable monde qui s'égare en tant de sortes après les desirs charnels & vanités de ce monde. Bref, nous savons, Dieu merci, que c'est que de tempêtes & orages, & nous y sommes trouvés à diverses fois. Mais s'il est question de pertes, y a-t-il perte plus grande, & de plus grande conséquence, que de perdre sa pauvre ame? Que profite-t-il à l'homme, s'il gagne tout le monde, disoit Jesus-Christ, & qu'il fasse perte de son ame? *Matt.* 10. Ou que donnera l'homme en récompense de son ame? Où est Christ, ton Roi, dit Saint Basile? *In prologo Asceticor. serm.* Est-il pas au Ciel? Guinde là ton vol, tes desirs, ton affection, adresse-là ta course, oubliant les choses terres-

tres, appréhende les biens éternels & les délices perdurables. Or
ne veux-je entrer plus avant en cette matiere, pource qu'il en
fera parlé ci-après un peu plus exprès; mais j'ai voulu feulement entamer ce propos, pour vous montrer qu'en ce traité
j'ai non-feulement égard aux forts, qui par la grace de Dieu ne
fe laiffent emporter à tous vents, lefquels je loue grandement,
& les louant, les veux confirmer de plus en plus; mais auffi aux
infirmes, qui pourroient être ébranlés, tant par la longue durée
des tempêtes, que par les appas de ces déguifeurs & fophifti-
queurs, qui veulent fondre, ou plutôt confondre une telle Religion, qui foit un métal, qui n'eft ni argent ni étain, ains une
écume & lie pleine d'infection. Or ce, grand Dieu, qui vous
a éprouvé comme le bon or par le feu & par la fournaife de maintes & maintes afflictions, & vous a regenerés en une efpérance vive, & donné fon efprit, qui fait difcerner les efprits,
vous veuille journellement fortifier & affurer, afin qu'un jour
vous reluifiez au Ciel comme les étoiles du firmament, & aïant
vaincu le monde par une ferme foi & conftance, remportiez la
couronne de gloire, par Jefus-Chrift notre Seigneur. De Heidelberg, l'onzieme jour de Juin 1596.

DANIEL TOUSSAINT, jadis Miniftre de la
parole de Dieu à Orléans.

CHAPIRE PREMIER.

*D'où les déluges de maux viennent, & des étranges ravines qui
fe font dégorgées fur la France.*

ON dit coutumierement, que c'eft demi guérifon de connoître la fource & caufe de fon mal. Et pourtant n'y a-t-il rien
à quoi Satan s'étudie plus qu'à nous bander les yeux, pour ne
voir la caufe de nos miferes, ou nous rendre ftupides pour ne
les fentir. Chacun crie, chacun fe deult & lamente, & n'y a
celui qui ne difcoure des miferes de ce temps, & ne perde
quafi patience pour ces déluges qui durent bien plus long-temps
que celui du temps de Noé, lequel ne dura que cent cinquante
jours. Mais il falloit fe fouvenir de ce qui eft dit au troifieme
chapitre des Lamentations de Jérémie : Pourquoi fe dépiteroit
ou feroit beaucoup de complaintes l'homme, qui eft caufe de
fon malheur par fes péchés ? Recherchons plutôt nos voies, &

les fondons ,. & retournons vers l'Eternel. Levons nos cœurs avec les mains au Dieu fort, qui eſt ès Cieux, diſant : nous avons forfait, nous avons été rebelles , & pourtant tu n'as point pardonné. Mais quoi ? les uns ſe feront à croire, que ce ſont des événemens fortuits : les autres rapporteront cela à certaines conſtellations & mouvemens des aſtres. La commune voix ſera, que l'Evangile en eſt cauſe ; & que depuis qu'on a parlé des Egliſes réformées, il n'y a eu que tout malheur, & qu'un abîme à convié l'autre ; bref, que toutes les vagues ſe ſont épandues ſur la Chrétienté, notamment ſur la France. Eſt-ce pas le langage qu'ont tenu de tout temps les enfans de ce monde, & ceux qui ont le ſens & jugement de travers ? Eſt-ce pas là la chanſon qu'on chantoit déja du temps du Prophéte Jérémie ? *chap.* 24. Depuis le temps que nous avons ceſſé, diſoient les mal-aviſés, d'encenſer à la Reine du Ciel & de lui faire perfuſions, nous avons eu faute de tout , & avons été conſumés par l'épée & par famine. Du temps de Tertullian, fort ancien Docteur, *Apol. ch.* 39. s'il y avoit débordement des Rivieres, tremblement de terre ou quelqu'autre eſclandre, cela étoit incontinent, par les Païens, imputé aux Chrétiens : comme ſi devant la venue de Chriſt, on n'eût pas vu mille ravages, pluſieurs néceſſités, maintes déconfitures, ne fuſſent que celles du Peuple Romain, faites par Annibal. Autant en reprochoit-on aux Chrétiens du temps de Saint Cyprian, ce qui leur donna occaſion de répondre à un certain calomniateur, nommé Demetrian, que ce n'eſt pas la Religion & le ſervice du ſeul vrai Dieu qui attire les miſeres & calamités, mais l'idolâtrie & mépris de la maiſon de Dieu & de ſon ſaint ſervice. Et pourtant auſſi Arnobe, qui a été Précepteur de Lactance, ſe plaint, *liv.* 1. *c.* 8. *contre les Gentils*, que les Païens avoient grand tort d'appeller les Chrétiens *infauſtos & athcos*, c'eſt-à-dire, gens pleins de malencontre & d'athéiſme, ſous ombre qu'ils ne forgeoient point des Dieux viſibles & des Idoles, mais adoroient en eſprit & vérité ce ſeul vrai Dieu, qui a fait ciel & terre, & duquel la puiſſance & ſageſſe inviſible ſe montrent par ces choſes viſibles & ſes œuvres admirables, comme écrit l'Apôtre au 1. des Romains. Une choſe, accordai-je fort bien, que où l'Evangile eſt prêchée, la guerre s'éleve, les calamités & orages ſe montrent, mais paſſivement pour le regard des Fideles, qui ſont expoſés, comme leur Maître, à la croix, & haïs du monde, qui ne peut ſouffrir la lumiere de l'Evangile, ainſi que pour ce regard Jeſus-Chriſt auſſi diſoit :

Matt. 10. Ne penſez point que je ſois venu mettre la paix en
la terre ; je ne ſuis point venu mettre la paix, mais l'épée. Car
le Saint Eſprit, par la prédication de l'Evangile, redargue le
monde de ſon incrédulité, comme il eſt dit au 16. de Saint
Jean ; & crevent les méchans de dépit, quand on reprend leurs
actes pervers & leur vie abominable. Dont ce grand perſonnage & Prophéte de l'Eternel, Jérémie, ſe lamentoit, diſant :
chap. 15. Malheur ſur moi, ô ma mere, de ce que tu m'as enfanté homme de débat, & homme de diſcorde à toute la terre ;
je n'ai point prêté à uſure ni fait tort à perſonne, & néanmoins tous me maudiſſent. Et pourquoi ? pource qu'il reprenoit
franchement les idolâtries, corruptions & autres débordemens
du Peuple, tonnant & entonnant les jugemens de Dieu ſur
cette Nation déloïale & obſtinée. S'il faut donc parler des
vraies cauſesdes déluges & calamités, il en faut amener d'autres,
que la prédication de l'Evangile, ou la réformation des abus ;
& les faut remarquer dès le commencement du monde en ce
grand & horrible déluge, qui ravagea toute la terre. Quelle
fut la cauſe de ſi grand eſclandre ? Etoit-ce ce fâcheux homme
& prêcheur de repentance, Noé ? Non certes, l'Ecriture en
parle bien autrement. Car voici ce qu'en écrit Moïſe, au ſixieme chapitre de Geneſe : que les enfans de Dieu, c'eſt-à-dire,
ceux qui faiſoient profeſſion du pur ſervice de Dieu, aucunement rétabli par Enos, ainſi qu'il eſt dit à la fin du quatrieme
chapitre de Geneſe, & qui étoient iſſus de la bonne race de
Seth, lequel avòit ſuccédé à Abel, commencerent à ſe laiſſer aller
aux deſirs charnels, s'accoſtant des filles des hommes mondains,
& regardant au dehors & non au-dedans ; à ce qui contentoit
les yeux, & non à ce qui plaiſoit à Dieu ; de ſorte que ſans
avoir égard ni à la famille ni à la Religion, ils s'allierent avec
les Infideles, & avec la race damnable de Cain ; dont il eſt
dit, que Dieu vit qu'il étoient du tout chair, c'eſt-à-dire,
abandonnés aux deſirs charnels, ſans plus avoir de ſentiment
de religion ou des choſes céleſtes ; & comme étoient les peres,
tels devinrent les enfans, une race fiere, tyrannique, race de
Géans, c'eſt-à-dire de Machefers & Fierabras, qui n'avoient
autre but, que de braver & gourmander tout le monde. Or
étoit le débordement de ce temps là ſi général, qu'il eſt dit
expreſſément, que la Terre étoit corrompue devant Dieu &
remplie d'extorſion ; & en ſomme, que toute chair avoit corrompu ſa voie deſſus la terre, chacun aimant mieux ſe tenir au

grand chemin de toute diſſolution, que de ſuivre la ſente de Noé, ou de prêter l'oreille à ſes ſaintes remontrances : dont ce grand Dieu, duquel les juſtes yeux inceſſamment contemplent ce qui ſe fait ici bas, voïant leur impénitence & continuation à mal faire, nonobſtant le terme qu'il leur avoit donné de cent vingt ans, depuis les premieres remontrances de Noé ; voïant, dis-je, que tout alloit de mal en pis, & comme notre Seigneur Jeſus-Chriſt le remarque lui-même, au 24. de S. Matthieu, & 17. de Saint Luc, qu'il n'étoit queſtion parmi eux que de noces, faire grande chere, & paſſer le temps en toutes mondanités, dépiter Dieu avec ſes menaces, & ſe gaudir de tout ce que le bon Noé leur diſoit. Alors, alors, étant la divine patience forcée par tel débordement, ſe réſolut l'Eternel d'exterminer telle canaille, & ruiner le monde par un général déluge, pour punir une ſi grande corruption, & laiſſer à la poſtérité une ſi grande remarque de ſes jugemens, que les Païens mêmes n'ont pas été du tout ignorans de tel déluge, ores qu'il n'y eut que le Peuple de Dieu qui en eut la ruine & certaine hiſtoire.

Joſephe fait mention de Beroſus, Babylonien, Mnaſeas, Damaſcenien, Jerôme, Egyptien : Euſebe allégue Alexandre Polyhiſtor & Eupoleme, leſquels tous auroient écrit ce déluge univerſel. Voilà donc les cauſes & occaſions de ce grand déluge : & tout cela revient à ce que dit notre Dieu, au chapitre 26. du Lévitique : Si vous mépriſez mes ordonnances & enfraignez mon alliance, je mettrai ma face contre vous, & ſi vous cheminez avec moi à l'étourdie, je vous frapperai ſept fois davantage. Tout de même eſt-il dit au 2 des Juges, l'ire du Seigneur s'enflamba contre Iſraël, & furent abandonnés à ces paillards & pillards de Gentils, pource qu'ils abandonnerent le Seigneur, ſe détournant vers les Dieux des Peuples.

Au 5 chapitre du Prophéte Oſée, le Seigneur dit, que pour la déloïauté des Princes de Juda, il répandra ſur eux ſon courroux comme une ravine d'eau. Mais ſans aller plus loin, ou alléguer tant de témoignages, eſt-il pas dit en l'Apocalypſe, *ch.* 16. que les dernieres fioles de l'ire extrême de Dieu ſuprême ſeront épandues, à l'occaſion du regne de l'Antechriſt, & pour punir ces horribles blaſphêmes, idolâtries, vilainies & cruautés, dont il a été auteur : ce que les plus doctes Interprêtes, même entre les Papiſtes, comme un Franciſque Ribera, Jéſuite Eſpagnol, & Profeſſeur en l'Univerſité de Salamanque,

en

en son Commentaire sur l'Apocalypse, rapporte à la Ville de Rome, qu'enfin elle sera brûlée & saccagée, tant pour ses méchancetés & cruautés anciennes, que pour les nouvelles.

1596.
L'Arche
de Noé.

On me pourroit peut-être repliquer, que cependant l'Ecriture témoigne, & l'expérience nous apprend, que tous les torrens de l'ire de Dieu & toute sa tempête s'épandent souvent sur les bons, ainsi que David écrit lui être advenu, tant au Pseaume 42. qu'au Pseaume 69. lequel est quant & quant une Prophétie de Notre Seigneur Jesus-Christ, où il est dit tout au beau commencement : O Dieu sauve moi, car les eaux sont entrées jusqu'à l'ame ! Je suis entré au gouffre des eaux, & la force de l'eau m'emporte. Mais l'Ecriture nous fournit assez de réponse, nous avertissant que voirement, quant aux calamités extérieures, les enfans de Dieu y ont aussi leur part, & se trouvent bien souvent enfondrés bien avant aux eaux d'angoisse : ce qui leur avient, tant pource qu'ils ne sont pas sans beaucoup de fautes & péchés, que pour réveiller & éprouver leur foi & patience. Mais tout ainsi que le Peuple d'Israel passa à pied sec, & sans être endommagé, au travers de la mer rouge : ainsi garantit le Seigneur les siens au milieu de leurs plus grandes détresses ; en sorte que rien ne leur peut nuire, ainsi que David nous assure l'avoir expérimenté au Pseaume 32. Tout homme débonnaire te suppliera au temps de te trouver, tellement qu'en un déluge de grandes eaux, elles ne parviendront à lui. Tu es mon lieu secret, tu me gardes de tribulation ; tu m'environne de joïes de délivrance. Et au Pseaume 66. Nous étions entrés au feu & en l'eau ; mais tu nous as fait sortir en lieu plantureux. Qui déduit bien cette matiere, & de fort bonne grace, c'est Saint Cyprian, ancien Martyr : *Contra Demetrian. & de Mortalit.* Il vous est avis, dit-il, parlant aux Païens, que nous autres Chrétiens sommes enveloppés des mêmes tempêtes, que le reste du monde. Mais ores que nous y participions par dehors, pendant que nous sommes avec vous en ce miserable monde, nous sommes bien séparés selon l'intérieur. Car vous autres vous ne savez à quel Saint vous vouer. Il n'y a entre vous que hurlement, & une impatience criarde : nous autres sommes garnis d'une ferme patience, & d'une espérance qui nous sert d'une ancre ferme & sûre de l'ame, pénétrante jusqu'au Ciel ; de façon qu'au milieu des ruines & désolations de ce monde qui craque & s'en va fondre & terminer, nous avons une résolution immobile, & ne pouvons rien craindre aïant Dieu avec nous, & notre trésor là haut, au Ciel.

Mais ce n'est pas tout de parler ainsi en général des causes des déluges & calamités publiques, il faut un peu particulariser les choses pour nous clore la bouche, & mieux faire sentir & appréhender les justes jugemens de Dieu; voire, nous faire toucher au doigt, que nous avons occasionné ces déluges & forgé les marteaux, dont la France a été martelée, & quasi assommée depuis quelques années. Je ne veux point toucher aux ancêtres, & aux vices & débauches, qui ont été devant qu'on eut ouï parler de la réformation de l'Evangile : cela n'est que trop remarqué aux histoires. Je viens à ce qui est de notre temps, & depuis que les Eglises ont été ouvertes, & qu'on a commencé à parler plus librement de réformation évangelique, à savoir depuis l'an 61. C'étoit bien triomphe au commencement ; & faut confesser, combien qu'il y eut plusieurs hypocrites mêlés parmi le troupeau, qu'il y avoit une infinité de bonnes ames affamées de la pâture de vie, enuïées des ténebres d'Egypte, desireuses de lumiere & de réformation, laquelle aussi reluisoit en plusieurs, qui changeoient leurs blasphêmes en prieres & chants de Pseaumes, leurs paillardises & dissolutions, en chastes mariages, leurs excès en habits & banquets, en une vie retirée & bien ordonnée, & en aumônes envers les pauvres. On remarquoit pour lors à vingt pas, par maniere de dire, une personne de la Religion Réformée à sa contenance, & puis en ses propos & actions. Et de fait Dieu y étendoit tellement sa bénédiction, qu'une petite troupe de vingt hommes de la Religion, faisoit trembler une Ville pleine d'Idolâtres insensés. Bref, chacun voïant ceci, disoit, Dieu fait merveilles à ceux-ci, Pseaume 126 (1). Mais bon Dieu qu'il me souvient souvent de ce qu'écrit le Poète Lucain en ses Livres des guerres civiles de Rome.

> O faciles dare summa Deos, eademque tueri
> Difficiles, &c.

C'est-à-dire ;

O que ce bon Dieu nous fait aisément monter bien haut, & bientôt dévaler ; tant il nous est malaisé de bien user de ses graces, & demeurer en possession d'icelles. Et faut à ce propos que je cotte ici ce qu'écrit Eusebe au troisieme livre de son

(1) L'Auteur fait ici un portrait des premiers prétendus Réformés, que toute l'Histoire de ce temps-là dément.

Hiſtoire Eccléſiaſtique, chap. 29. C'eſt que l'Egliſe ne demeura
pas long-temps vierge & pure, après que le ſiecle des Apôtres
& de leurs Auditeurs & Diſciples fut paſſé ; que bientôt pluſieurs abus & erreurs commencerent à ſourdre. Or faut-il dire
la vérité, que les guerres civiles, quelque prétexte, fondement
& apparence qu'euſſent les Princes & Officiers de la Couronne, de les demener, & qu'au commencement elles ſe demenaſ-
ſent avec quelque police & reglement, & par des ſoldats qui
n'étoient pas du tout ſans crainte de Dieu, ont toutesfois fort
abâtardi la pureté de la diſcipline, & en général les mœurs des
grands & des petits, & à cauſe de leur durée & diverſes mé-
ſaventures & fâcheux événemens, fait reculer & révolter pluſieurs de l'Egliſe, avec une infinité d'horribles ſaccagemens de
tant d'Egliſes floriſſantes, eſquels on ne peut penſer, que les
cheveux quaſi ne dreſſent en la tête. Et auſſi me ſouvient-il
avoir oui dire à ce grand Amiral de Chaſtillon d'heureuſe mémoire, à la fin des ſeconds troubles, vers l'an 69, qu'il avoit
vu en la guerre tant de déſordres & de miſeres, qu'il aimeroit
déſormais mieux s'en aller en Allemagne le bâton blanc en la
main, que de retomber en telles difficultés, & être ſpectateur
de tant de licence, déſobéiſſance & déſordres, eſquels on ne
pouvoit, par aucun remede, pourvoir en temps de guerre. Qu'eſt-
il donc advenu après ces miſérables guerres premieres ? Il advint
aux Egliſes ce qui advient aux vins frelatés, que jamais ils ne
ſont ſi bons, ni ſi naturels qu'ils étoient en leur premier ton-
neau. Ceux qui revenoient de la guerre, aïant tracaſſé par diverſes Provinces, hanté diverſes perſonnes & maniere des gens,
n'en rapportoient qu'une audace, témérité, diſſolution en propos & habillemens, & la paix étant tant ſoit peu rétablie, chacun
étoit plus ſoigneux de rétablir ſa maiſon que le temple de Dieu :
pour être bien venu en cour, il falloit qu'hommes & femmes
priſſent & appriſſent les belles modes de la Cour. Les exhortations des Miniſtres n'avoient plus de poids : il ne ſe trouvoit
plus un double pour les foudoïer ; mais en matiere de bon-
bance, tout y alloit au double, rien n'étoit épargné. Or de
cela ſourdent mille inconvéniens, abus & erreurs, ainſi que l'é-
crit fort bien Saint Cyprian en une ſienne Epître : quand, dis-
je, on ne porte plus de reſpect aux Serviteurs du Seigneur,
& que le miniſtere eſt mépriſé. Voilà comment petit à-petit
ceux qui avoient été nourris, quaſi dès le berceau au ſein de
l'Egliſe, devenoient pourris en toutes ſortes de vices & corrup-

tions. Et pource qu'il n'y avoit des Miniſtres à ſuffiſance, ni auſſi partout perſonnages ſi ſuffiſans, qu'il eut été à deſirer; le mal ſe rengregeoit, & s'endormoit ſi bien chacun ſur ſa lie & ſur une paix & alliance charnelle, que Dieu juſte juge & puniſſeur de nos offenſes, envoïa cet épouventable réveille-matin au jour de la Saint Barthelemi, l'an 1572 (1). Depuis lequel temps, à cauſe des barbares cruautés des ennemis, & de l'impénitence des nôtres, le Dieu des armées n'a ceſſé de foudroïer ſur la France, tant ſur les uns que ſur les autres. Car ç'a été ſi peu de choſe des Treves & Edits de Paix, bâtis depuis & traverſés tout auſſi-tôt en mille ſortes, qu'on peut bien compter la journée Saint Barthelemi pour le commencement de la maladie mortelle, qui conduit la France petit-à-petit au cercueil.

Car comment eſt-elle déchue depuis ce temps-là? Comment s'eſt fondue en un moment cette illuſtre & ancienne Famille de Valois? Comment ſe ſont ligués François contre François? Papiſtes contre Papiſtes? les plus favoris Officiers de la Couronne contre leur Roi? Comment ſont devenues les Villes les plus peuplées, déſertes & déſolées, & retraites d'Eſpagnols baſanés, de voleurs affamés, & d'une populace forcenée, qui dominoit à ſon appétit, ſans loi, ſans foi, ſans police? quels ravages ſe ſont faits de plaiſans & magnifiques Châteaux, de beaux & grands Bourgs, Bourgades & Villages, eſquels ne voit-on plus que des maſures, voire des ronces, & n'y oit-t-on autre voix que des hiboux & chats-huans? Que dirai-je de tant de brave Nobleſſe Françoiſe, de tant d'honorables Citoïens, de tant de bonnes Gens des Champs, que la violence des guerres, les épées tranchantes, les feux & les flammes & la triſte famine ont emportés, & fait en ſomme que ceux qui retournent en France, ne l'aïant vu depuis dix ans, à peine hélas, la peuvent-ils reconnoître. Mais, qui pis eſt, on ne voit point encore la fin de ces malheurs: c'eſt quaſi à recommencer: les Campagnes de France ſont encore couvertes de Gens de guerre: le plat Païs détruit: les Places d'importance, & comme Boulevarts des frontieres, emportées par les Ennemis, quaſi ſans coup férir. Et, je vous prie, eſt-ce de merveille, ſi la maladie eſt incurable, vu qu'on tient aujourd'hui cette maxime, que pour être guéri & relevé de la maladie, il faut tourner le dos à celui qui ſeul eſt le vrai Médecin, & auteur de

______

(1) L'Auteur manqua d'y être enveloppé ; il fut aſſez heureux pour ſe ſauver.

tout falut ? Eft-ce le moïen d'être guéri, quand les patiens veulent vivre à leur pofte, être du tout déréglés, & plutôt humer du venin, qu'un breuvage falutaire ? Furent jamais ceux qui dépendent du Pape & du Siege Romain, nonobftant la lumiere, que Dieu en ces derniers temps a préfentée au monde, plus forcenés après leurs idolâtries, plus opiniâtres en toutes fortes de fuperftitions, plus acharnés contre ceux qui defirent fervir Dieu felon fes commandemens, & ne reconnoiffent autre Evêque univerfel, que Jefus-Chrift ? Furent jamais en France les voleries & affaffinats plus coutumiers, quelque peine que les Parlemens, feul contrepoids aujourd'hui de la tyrannie, & unique réfidu des joïaux anciens de la France, prennent de les réprimer ? Que voit-on autre chofe au milieu de la pauvreté de la France, qui eft mangée jufqu'aux os, que tous excès en habits & banquets, & ce tant aux uns qu'aux autres ? Ouit-on jamais plus de blafphêmes exécrables, & ce de la bouche des uns & des autres ? Peut-on aujourd'hui difcerner la plûpart de ceux qui fe difent de la Religion, d'avec les autres, en propos geftes & habits ? Vont-ils pas tantôt au Prêche, tantôt à la Meffe indifféremment, ne voulant plus porter la croix, mais être portés & fupportés de la croix, ainfi qu'écrit Saint Auguftin, en la 38. Épît. Que dirai-je, hélas, de l'abominable Athéifme, qui s'épand au long & au large, comme un chancre, qui donnera le dernier coup mortel à la France ? En trouve-t-on pas de ces beaux Religieux fi mignards & délicats, qu'ils ont quafi honte d'ôter le chapeau, quand on prie Dieu ? Et là deffus nous voudrions nous promettre un fiecle d'or, ou être ébahis, de ce que ces déluges de maux continuent, fans voir ni fond ni rive ? Ce que la France fubfifte fi long-temps, faifant de vice vertu, & de vertu vice, il le faut indubitablement attribuer à cette troupe, de laquelle eft parlé en l'Apocalypfe, chapitre feptieme, qui arrête un peu de temps le cours de l'ire de Dieu, & l'exploit des quatre Anges contre le monde ; la troupe, dis-je, des Serviteurs de Dieu, qui portent fa marque, & ne participent point aux pollutions du monde. Or voilà quant à ce point, ce que nous voulions déduire en ce chapitre, touchant la caufe des déluges de maux, & de leur durée.

Chapitre II.

Quel remede il y a donc, & par quel moïen on pourroit evader le naufrage & la ruine éminente.

Quelque bonne ame pourra dire avec le Prophete Jérémie, chap. 8. N'y a-t-il point de triacle en Galaad, ou n'y a-t-il nul Médecin ? Pourquoi donc la fille de mon Peuple n'a-t-elle recouvré fanté ? Et au chap. 15. Pourquoi ma douleur eſt elle faite perpétuelle, & ma plaie fans eſpoir ? A cela répond le Seigneur, ſi tu te retournes, je te ramenerai pour tenir place devant moi. Mais voici le malheur, qu'on s'étudie plutôt à augmenter le mal, qu'à rechercher les vrais remedes : où bien on cherche tels Médecins, qui guériſſent une ſi grande plaie à la légere, comme dit l'Eternel, par Jérémie, chap. 8. diſant, Paix, paix, où il n'y a point de paix, & qui entretiennent les hommes en leurs forfaits. Et tout cela, qu'eſt-ce autre choſe, ſinon penſer ſe garantir d'un déluge, ſe laiſſant emporter aux eaux. Telle eſt l'indiſcrétion de ceux qui penſent s'exempter de malheur en France, & bien accommoder les affaires, ſe laiſſant aller à l'appétit du monde ; & ſe diſpenſant d'idolâtrer, paillarder, renier Dieu & ſa vérité. De ceux-là peut-on bien dire ce qui eſt dit en Iſaïe, chapitre 59. Ils ne connoiſſent point la voie de paix, & n'y a point de jugement en leurs trains ; ils ſe ſont pervertis en leurs ſentiers ; tous ceux qui y marchent, ignorent la paix. Pourtant le jugement s'eſt éloigné de nous, & juſtice ne nous ateint point. Nous avons attendu la lumiere, & voici les ténebres ; nous avons tâté après la paroi, comme les aveugles ; nous avons choppé en plein midi, comme en ténebres, & ſommes ès lieux déſolés comme les morts : nous bruions tous comme ours, & gémiſſons comme colombes ; nous avons attendu jugement, & n'y en a point ; la délivrance, & elle s'eſt éloignée de nous : car nos iniquités ont été multipliées devant toi, & nos péchés ont témoigné contre nous ; à ſavoir, pécher & mentir contre le Seigneur, afin de nous reculer arriere de notre Dieu, & parler violence & déloïauté, concevoir & méditer de cœur paroles menſongeres. Ceux qui veulent contrefaire les ſages & les pacifiques, penſent bien apporter un bon avis, à ſavoir, de nager entre deux eaux, & de faire un mêlange de Religion, à la façon des Samaritains,

voulant accorder la lumiere avec les ténebres, Chrift avec Belial, & ainfi juftifier tous les carnages & maffacres qu'on a faits
de tant de Martyrs, lefquels euffent été de grands fols, s'ils fe
fuffent laiffés ainfi martyrifer, cette maxime aïant lieu: Que la
Papauté fe peut accorder avec la Religion Réformée. L'effet
montrera quelque jour, & le montre déja par trop, que comme anciennement les vrais & bons Hébreux n'avoient point de
plus grands ennemis que les Samaritains, lefquels, ainfi qu'é-
crit Jofeph, à la fin du onzieme livre des Antiquités Judaï-
ques, fe tournoient à tous vents, & fe difoient freres & coufins
des Juifs, quand le Peuple Judaïque avoit du bon; fi la chance
tournoit, ne les reconnoiffoient plus. Ainfi ces moïenneurs, qui
n'ont point l'ame droite, ains menés de légereté, ambition,
dédain de la fimplicité ou difcipline des Eglifes Réformées,
ne font que brouillons, & couvent, fous leur prétendue concorde,
un Athéifme, digne de la corde, voulant ébranler les confciences, & révoquer en doute ce qui a été maintenu, & par
la parole de Dieu & jufqu'au feu, véritable & bien fondé, &
font gens qui voudroient, aux dépens des deux Partis, bâtir une
nouvelle Ligue, & fous ce pretexte, comme mal contens, fe
venger des uns & des autres.

Mais, je vous prie, quel accord & modération pourroit-on
attendre du Pape, lequel ce tant dévot Empereur Sigifmond,
& ces perfonnages de grand renom, Pierre de Alliaco, Cardinal de Cambrai, Gerfon & autres, quelques remontrances
qu'ils en fiffent, (lefquelles font imprimées) ne purent
onques obtenir, auffi peu que jadis Saint Bernard, du Pape
Innocent & d'Eugene, la réformation du Clergé. Ce grand &
victorieux Empereur, Charles V, par toutes fes remontrances,
ne put gagner ce point fur le Pape, pour pacifier l'Allemagne,
qu'on accordât aux Allemands la Communion fous les deux
efpeces, le mariage des Prêtres & l'Office ou Service qu'ils appellent, en langue vulgaire (1). Que dirai-je de l'Eglife Gallicane & de la Sorbonne, qui n'ont pu jamais ranger les Papes
à ce point, qu'ils fe reconnuffent être inférieurs aux Conciles,
& qu'ils les vouluffent maintenir en leurs anciens privileges? Que
dirai-je, que les Rois de France, par tous leurs plus illuftres & révérends Ambaffadeurs, n'ont pu tant faire que les
Papes relâchaffent quelque chofe de leurs rigueurs, voire de

_____
(1) Tant d'Ecrivains ont réfuté ces prétentions des nouveaux Hérétiques, qu'il feroit
inutile de s'y arrêter ici.

leurs baftonnades à l'endroit de la Majefté des Rois, que les Papes ont accoutumé de fouler aux pieds (1). Et penfez que quelque Moine démoiné, quelque chicaneur, ou avanturier, ou quelque autre, tant hupé foit-il, nous feront jouir d'une réformation & d'un accord des Religions, & rangeront les Papes à quitter quelque chofe de leur prééminence tyrannique, ou de leurs idolâtries & fuperftitions ? Que les Papes reprennent les erres de Saint Pierre, & de ces Evêques de Rome, qui ont été la plûpart Martyrs, jufqu'au temps de Conftantin le grand, & lors on prêtera l'oreille à accord.

D'accord eft belle chofe de traiter, mais non avec les ennemis de paix & de vérité ; avec ceux qui ne veulent être eftimés errer en façon du monde, & qui font efclaves de la fuperbe & tyrannique Inquifition d'Efpagne. Mais en matiere de fervice de Dieu, & de ce qui eft de la premiere table, qui eft celui qui y puiffe ou doive rien accorder, au préjudice de la Majefté Divine, & de fa loi inviolable ? Hélas, où eft maintenant un Marc Arethufius (2), faint perfonnage & glorieux Martyr, duquel parle Theodoret, au livre quatrieme de fon Hiftoire Eccléfiaftique, chap. 7. lequel étant fommé après divers tourmens, ou de rebâtir une Chapelle aux Idoles, ou au moins d'y contribuer quelque chofe, répondit bravement : Quand on ne contribueroit qu'un denier à une chofe méchante, on y auroit contribué tout, & fuffifamment participé. Ou eft, hélas, un Saint Hilaire, Evêque jadis de Poitiers ? lequel ofa bien écrire à l'Empereur Conftance, fauteur des Arriens : mieux me vaut fouffrir la mort en ce monde, qu'à l'appétit d'un Particulier, qui abufe de fa puiffance, corrompre tant foit peu la chafte virginité de la vérité. Car nulle raifon permet, & cela ne fe peut faire, que chofes répugnantes s'accordent, & du tout différentes, fe lient enfemble ; que le faux & le vrai, la lumiere & les ténebres fe confondent. Et ne faut ici alléguer la néceffité, vu qu'un homme de bien fouffrira plutôt tout ce qui fe peut fouffrir, que de fe laiffer forcer à une chofe méchante : comme écrit fort bien Tertullian, au livre de *Corona militis : non admittit ftatus fidei allegationem neceffitatis : Nulla*

***

(1) C'eft une calomnie ; il y a bien eu quelques Papes qui ont porté jufqu'à l'excès leurs prétentions fur le temporel des Rois, fur lequel en effet, ils n'ont jamais eu aucun droit. Mais on ne peut, fans injuftice, rendre tous le Papes coupables de pareils excès : Plufieurs ont eu & enfeigné des maximes contraires.

(2) Marc Evêque d'Aréthufe dans le quatrieme Siecle.

eft

eſt neceſſitas delinquendi , quibus una eſt neceſſitas non delinquendi.
En matiere de Foi , dit-il , & du ſervice de Dieu , il ne faut jamais alléguer la néceſſité , pour faire choſe contre notre devoir :
vu qu'il n'y a rien tant néceſſaire , que ſe garder d'offenſer Dieu,
qui a puiſſance ſur les corps & ſur les ames , & qui , à tous mo-
mens nous peut abîmer.

1596.
L'Arche de
Noé.

Gardons-nous donc des conſeils des nageurs entre deux eaux,
& de ceux, qui voulant être plus ſages que Noé, penſent ſe
garantir , ores qu'ils n'entrent point dans l'arche, & leſquels,
par leurs conſeils, introduiſent des déluges, qui troublent les
conſciences, & attirent de nouveaux déluges de l'ire de Dieu.
Gardons-nous, dis-je, de ceux qui n'aïant pas l'ame droite,
voudroient que chacun clochât comme eux , & leſquels en
ſomme prennent conſeil, non de l'eſprit de Dieu , mais de la
chair, & s'imaginent des idées Platoniques, & ce qui eſt argument de frénéſie, veulent être guéris ſans le vrai Médecin , &
ſe relever de leurs miſeres , tournant le dos à celui ſeul qui leur
peut tendre ſon bras fort, pour les en développer. Arriere tels
accords, n'accordant avec la vérité céleſte ; arriere ces accords,
ſemence de mille diſcordes pour une , & accords imaginés ,
non par hommes accords, mais vecords, ainſi que parlent les
Latins, c'eſt-à-dire, couards & lâches de cœur ; qui me font
ſouvenir de ce pernicieux accord , que quelques garnemens, ennemis de la vérité, amis des Eutychiens, anciens Hérétiques,
vouloient dreſſer contre le ſacré & général Concile de Chalcedoine, du temps de ce vrai Baſilic de nom & de fait , lequel
aïant dépoſſédé pour un temps l'Empereur Zeno, ſous ombre de
paix & de concorde , faiſoit la guerre aux gens de bien , & à
ceux qui tenoient le parti de Leon, Evêque de Rome, & du
Concile de Chalcedoine. Mais quoi ? la France eſt pleine d'eſprits frétillans & préſomptueux, de perſonnes ſi recrues de cette
longue maladie, que la premiere Sorciere & diſeuſe de bonne
avanture qui ſe préſentera , le premier empirique & vendeur
de triacle qui promet guériſon, ſera oui de pluſieurs , ſans con-
ſidcrer ni quelle vocation un tel aura à mettre en avant choſe
de ſi grande importance, ni s'il ſera avoué des deux parties, ni
s'il y a rime & raiſon en ce qu'il dit , ou s'il ſe trouve en l'E-
criture & ſi Dieu l'approuve. Ne purgerois-je point ces choſes-
là, dit le Seigneur par ſon Prophete Jérémie, & mon ame ne
ſe vengeroit-elle pas d'une Nation qui eſt telle ? Choſe pour s'é-
bahir & pour en avoir horreur. Quand il y a des Prophetes qui

prophétifent menfonge, mon Peuple prend goût à cela & y prête l'oreille. Je leur avois dit, enquerez-vous touchant les fentiers ou le train que j'avois ordonné jadis, pour favoir quel eft le bon chemin, & y cheminez, & vous trouverez repos à vos ames : & ils ont répondu, nous n'y cheminerons point. J'avois auffi établi fur vous des guettes, qui difent, foïez attentifs au fon du cornet : & ils ont répondu, nous n'y ferons point attentifs. Pourtant m'en vais-je faire venir malheur fur ce Peuple-ci ; à favoir le fruit de leurs penfées, pource qu'ils n'ont point été attentifs à mes paroles & ont rejetté ma Loi.

C'eft donc ce que nous chante toute l'Ecriture, c'eft ce que tous les bons Serviteurs de Dieu & vrais Chrétiens ont tenu pour certain, & pour tout réfolu de tout temps, qu'il n'y a point de moïen ni d'apparence d'échapper le déluge de l'ire de Dieu, fi on ne fe retire avec Noé dans l'arche, fi on ne fe fequeftre des corruptions du monde pour prêter l'oreille à ceux qui nous appellent à repentance, & d'autre côté, qu'il n'y a déluge ni tempête, tant grande foit-elle, qui puiffe nuire à ceux qui écoutent la voix du Pafteur, qui demeurent en fon tabernacle, & ne méprifent la petite arche du Seigneur, tant petite & foible qu'elle femble être au-dehors. J'ai demandé une chofe au Seigneur, dit David, *Pfeaum.* 27. laquelle je requerrai toujours : c'eft que j'habite en la Maifon du Seigneur tous les jours de ma vie, pour contempler la plaifance du Seigneur & vifiter foigneufement fon temple. Car il me mufferoit en fa loge au temps d'adverfité, & me tiendroit caché au fecret de fa tête, & m'éleveroit fur un roc. Bref, felon que promet ce bon Dieu, au chapitre 54. d'Ifaïe : j'ai un petit, comme en un moment d'indignation, muffé ma face de toi ; mais j'ai eu compaffion de toi, par benignité éternelle, dit le Seigneur, ton Rédempteur. Et ceci me fera comme les eaux de Noé ; car comme je jurai, que je ne ferois plus paffer les eaux de Noé fur la terre, ainfi ai-je juré que je ne me courroucerai plus à toi & ne te reprendrai plus. Car encore que les montagnes foient émues, & les montagnettes tremblent, ma mifericorde ne fe retirera point de toi, & l'alliance de ma paix ne fe bougera, dit le Seigneur, qui a compaffion de toi. Affligée & tempêtée, voici je coucherai des perles pour tes pierres, & te fonderai fur faphirs. Tous tes enfans feront enfeignés du Seigneur, & y aura abondance de paix à tes fils, & feras fondée en juftice ; tu feras loin d'opprobre : parquoi tu ne craindras

point, & feras arriere de la bleffure : car icelle n'approchera
point de toi.

CHAPITRE III.

Quelle eft la vraie Arche, hors laquelle il n'y a point de falut,
& dans laquelle il fe faut ranger pour n'être ruiné
par le déluge de l'ire de Dieu.

CELA a été tenu de tout temps entre les Chrétiens, que
l'arche de Noé a été figure de la vraie Eglife, hors laquelle n'y
a point de falut. Ce qu'on peut auffi recueillir, parceque Saint
Pierre, 2. *Epift. cap.* 2. nous propofe Noé comme Patron de
ceux qui honorent Dieu, & lefquels il fait délivrer de ten-
tation : & de ce qu'en fa premiere Epître, *chap.* 3. il nous met
en avant l'arche de Noé, dans laquelle huit perfonnes furent
fauvées au milieu des eaux, comme figure de l'Eglife, & de
ce lavement falutaire du Baptême, qu'au lieu d'être abîmés par
le déluge de l'ire de Dieu, nous avons en l'eau certain témoignage que nos péchés font lavés, & que nous avons vie par la
réfurrection de Jefus-Chrift. Ce n'eft donc pas fans raifon que
Saint Jerôme écrivant à Damafe, dit : que hors l'Eglife il n'y
a point de falut ; & comme il n'y avoit qu'une arche du temps
du déluge, auffi n'y a-t-il qu'une feule vraie Eglife. Autant en
dit Saint Auguftin, au livre quinzieme de la Cité de Dieu,
chap. 26. & 27. remontrant que cette arche, en laquelle le
bon homme Noé, bon & jufte au prix des autres corrompus,
mais non au prix de cette perfection, qui fera en la vie future,
a été un Patron de l'Eglife militante & voïageante en ce monde, laquelle eft fauvée par celui qui a été pendu au bois de la
croix pour nos péchés. Et ne faut ici prendre l'arche de Noé
felon ce dire coutumier, qu'en l'arche de Noé il y avoit de toutes fortes d'animaux : comme fi l'Eglife étoit un receptacle de
toutes fortes de gens & de perfonnes brutales. Car l'Eglife, à
parler d'icelle proprement, c'eft la communion des Saints,
encore qu'il y ait entr'eux beaucoup d'infirmités, & qu'ils ne
foient pas tous appellés ni fanctifiés du premier coup : comme
auffi nous accordons volontiers, & favons qu'en l'Eglife vifible
il y a plufieurs hypocrites, auffi bien qu'il y avoit un Cam en
l'arche de Noé, lequel depuis fut maudit & condamné à être
ferviteur des ferviteurs de fes freres.

Mais quoi qu'il en foit, cette arche, ou barque de Noé,

bâtie d'une bois leger, & toutesfois réfiſtant à putréfaction,
contenant huit perſonnes, nous montre bien qu'il ne faut pas
juger de la vérité ou excellence de l'Egliſe militante par l'extérieur ou par le grand nombre & grand abord de gens, ſur-
tout quand les grandes corruptions ont la vogue ; mais, comme il eſt dit au chapitre 8. d'Iſaïe : me voici, moi & mes enfans, que le Seigneur m'a donnés pour ſigne & pour miracle en
Iſraël , de par le Seigneur des batailles , lequel habite en la
montagne de Sion. Et comme Notre Seigneur Jeſus - Chriſt
diſoit au 12. de Saint Luc : ne craignez point, petit troupeau ; car il a plu à votre pere de vous donner le Roïaume,
dont auſſi nous avertit Saint Paul, au 1. chap. de la premiere
aux Corinthiens : mes freres, vous voïez votre vocation, que
vous n'êtes point beaucoup de ſages ſelon la chair, ni beaucoup
de forts, ni beaucoup de nobles. Mais cependant cette arche,
qui ſembloit devoir être mille & mille fois froiſſée & briſée
parmi tant de rocs , & de flots , & parmi ce déluge impétueux,
qui emportoit & ſaccageoit tout ce qu'il rencontroit , cette
barque, dis-je , de Noé ſubſiſtoit, pource que ce n'étoit pas
une invention humaine , ou par préſomption qu'elle étoit bâtie
& expoſée aux flots , mais par l'ordonnance du Dieu vivant,
par la force auſſi duquel elle ſubſiſtoit ; & en vertu de cette alliance, que Dieu a eu de tout temps avec ceux qui l'honorent,
& dequoi ſemble que l'Eternel a voulu conſerver la mémoire,
commandant long-temps depuis à Moïſe & aux enfans d'Iſraël,
Exod. 25. de faire une arche de bois de Sittin, qui fut appellée l'arche d'alliance, & poſée dans le tabernacle ; l'Egliſe donc,
pour revenir à notre propos, n'eſt pas toujours une groſſe aſſemblée de Peuples, ſemblable à une grande Ville de Jeruſa-
lem , ou à la fortereſſe éminente de la montagne de Sion ; mais
quand il plaît à ce juſte Dieu, vengeur des forfaits & ingratitudes du monde , lâcher la bride à ce dragon infernal, & aux
ennemis de ſon Peuple, qui montent & s'épandent ſur la terre, comme un grand fleuve , *Jerem.* 46. *Apoca.* 20. elle eſt en
tel temps ainſi qu'un petit navire ou barque, ainſi qu'une petite
cabane, ainſi qu'une pauvre petite tourterele gémiſſante, ou
une pauvre femme cachée en un déſert. *Iſa.* 1. *Pſal.* 74. *Apoc.*
12. Et pour cela ne la faut-il déſeſtimer, vu qu'elle a ſon fondement au Ciel & aux lieux très hauts : ce qui étoit ſignifié par
la fortereſſe de David, bâtie ſur la ſainte montagne de Sion.
En ſomme, ce qui aſſuroit Noé en cette barque , David en

1596.
L'Arche de Noé.

ſa petite montagne de Sion, petite à comparaiſon des montagnes d'Idumée,& autres hautes montagnes, c'eſt ce qui eſt dit au
Pſeaume 46. & 48 : l'Eternel eſt grand , & grandement louable en la Ville de notre Dieu, & en la montagne de ſa ſainteté.
Pourtant ne craindrons-nous point, encore qu'on remuât la
terre, & que les montagnes ſe renverſaſſent au milieu de la
mer , que les eaux vinſſent à bruire & à ſe troubler, & que les
montagnes fuſſent ébranlées par l'élevation de ſes vagues. Les
ruiſſeaux de la petite riviere de Siloé, qui étoient comme
un témoignage des conſolations du Saint Eſprit & autres graces de Dieu, ores qu'elles n'aient grand luſtre devant le monde, réjouiront la Ville de Dieu, qui eſt le ſaint lieu des habi-
tacles du Souverain. Dieu eſt au milieu d'icelle, elle ne bougera point.

C'eſt donc de ce grand Dieu , & de ſon aſſiſtance, que cette
Arche a cette force de ſubſiſter au milieu des déluges ; voire
qu'elle eſt ainſi que ce petit poiſſon , nommé Echeneis ou Re-
mora , c'eſt-à-dire, arrête- navire ; pour ce , comme témoignent les Hiſtoriens, où ce petit poiſſon s'attache à un navire,
quelque gros qu'il ſoit, par une vertu ſecrette , le fait arrêter
tout court. O combien de grandes barques, & de grands bateaux,
combien de ſuperbes deſſeins & de grands appareils des plus
puiſſantes Monarchies du monde a l'Eternel arrêtés & renverſés
par ſa petite Arche, & ſon petit troupeau , lequel eſt aimé,
chéri , & porté parmi les ondes par ce vrai Dauphin , Jeſus-
Chriſt Notre Seigneur ! C'eſt lui , c'eſt lui auſſi qui étoit le maître Pilote de l'Arche, ou de la barque de Noé , auſſi bien qu'il
étoit la guide de ſon Peuple parmi ce grand & hideux déſert.
C'eſt lui qui appaiſa la groſſe tempête élevée ſur la mer, lorſque
les Apôtres penſoient périr en leur nacelle , & être emportés
& engouffrés par les flots épouvantables. *S. Matth.* 8. C'eſt lui
qui eſt la pierre fondamentale de l'Egliſe , ſur laquelle étant
fondée & appuïée, quelques hurts , qui lui adviennent, elle eſt
ſi ferme , que les portes mêmes des enfers, c'eſt-à-dire , toute
la puiſſance du Diable ne peut rien à l'encontre. *Corint.* 3.
v. 11. 1. *Pier.* 2. *v.* 4. *Matth.* 16. Oh ! que mal fondée & mal
arrivée elle ſeroit, ſi elle avoit ſon fondement ſur la poudre de
la terre, comme ces bâtimens terriens de nos maiſons d'argille,
qui ſe conſument auſſi aiſément, que la tigne , dit Job au 4. ch.
Tout de même ſeroit-ce, ſi elle étoit fondée ſur les hommes,
leſquels tous enſemble ſont plus legers que la vanité même. *Pſ.*

62. *v.* 10. C'est pourquoi les anciens Peres ont fort bien remarqué au chap. 16 de l'Evangile selon Saint Matthieu, que l'Eglise n'étoit pas fondée sur la personne de Pierre, lequel peu après renonça son Maître, & étoit un homme mortel; mais sur la belle confession de foi qu'il fit, ou bien à vrai dire, sur celui qu'il confessa être le Christ, le fils du Dieu vivant. Et tout de même est ce que dit Saint Paul au chap. 2 des Ephes. que nous sommes édifiés sur le fondement des Apôtres, c'est-à-dire, qu'ils nous ont enseigné, & auquel nous adresse l'Apôtre 1. Corinthiens 3, disant : nul ne peut mettre autre fondement, que celui qui est mis, lequel est Jesus-Christ. Ainsi écrit, entr'autres, Cyrille au livre quatrieme de la Trinité; que cette pierre, sur laquelle l'Eglise est fondée, est cette franche confession de foi, que fit Saint Pierre de Jesus-Christ. Autant en écrit Saint Basile au traité de Pénitence, que Pierre n'étoit pas la vraie pierre immobile, mais Christ, lequel il avoit confessé. Saint Augustin, au livre 1 de ses Rétractations chap. 21, écrit qu'encore qu'avec quelques-uns, il lui soit échappé de dire que l'Eglise fut fondée sur Saint Pierre; que toutesfois depuis il s'est ainsi exposé, que l'Eglise étoit fondée sur celui que Saint Pierre avoit confessé. Et de fait, encore que les anciens Docteurs parlent quelquefois ainsi, (entr'autres Saint Cyprien en l'Epître 27). Comme si l'Eglise étoit fondée sur les Evêques ou Pasteurs : si est-ce qu'ils s'éclaircissent en cette façon, que c'est en tant que Dieu a établi l'ordre du sacré Ministere, & tiennent tel langage contre ceux qui méprisoient les remontrances des fideles Pasteurs, qui avoient vocation légitime, & parloient au nom du Seigneur, selon qu'il appert par ladite Epître, & par celle à Jubayanus, & sur-tout par le traité qu'il a écrit de l'unité de l'Eglise, où nous trouvons ce bel avertissement. Ceux-là sont forts & stables, & fondés sur le roc ferme & immuable, & ne branleront jamais, quelque tempête qui survienne, lesquels sont fondés sur la parole de Dieu, & ses ordonnances. Nous devons donc, dit-il, nous tenir aux paroles de Christ, & faire & apprendre ce qu'il a enseigné & commandé. Or, comment se vantera celui de croire en Christ, qui ne fait ce que Christ a commandé de faire. Il faut nécessairement qu'un tel soit toujours en branle, & qu'il s'égare, & se laisse emporter comme la poudre au vent. Voilà les propres mots de Saint Cyprien.

Or, pour retourner à la considération de l'Arche de Noé,

elle nous fait voir à l'œil que l'Eglife Catholique ou Univerfelle, qui a promeſſe de ſalut & vie éternelle , n'eſt pas une aſſemblée pompeuſe de tous hommes, qui aient toujours grand luſtre , & ſoit fondée ſur la prééminence de quelques Prélats ; mais que c'eſt ce petit troupeau, que le Seigneur a trié de tout ce monde pervers , lequel obéiſſant à ſa parole , & croïant à ſes promeſſes, ſe ſépare de la corruption du monde , & ſe range en ſon Arche, en ſa Bergerie , en ſa Cabane , toute ſimple qu'elle ſemble être, étant toutesfois bâtie d'une matiere incorruptible , ou regénérée par la ſemence incorruptible de ſa parole , conduite par ſon autorité , & dépendante de ſa Providence , cherchant vie au milieu de la mort, à ſavoir, en la mort & paſſion de Jeſus-Chriſt, comme Noé au milieu des eaux. Car qui voudra ou oſera nier , que l'Eglife Catholique du temps de Noé fut en l'Arche, comme du temps d'Abel elle étoit en Abel , à ſavoir l'Eglife de ce temps-là ; vu qu'on appelle Eglife Catholique le Peuple fidele , ſoit petit ou grand , lequel en tous âges , adhere à Jeſus-Chriſt , & ſe laiſſe conduire par ſa parole , & par ſon eſprit. Tertullien a raiſon de dire , que là , où deux ou trois ſont aſſemblés au nom du Seigneur , que ceux-là, s'il n'y en a point d'autres en ce temps-là , ſont l'Eglife. *In exhortat. ad caſtit.* Ainſi écrit Saint Auguſtin , *Tom.* 10. *Sermon , de temp.* 216 , que l'Eglife Catholique s'eſt trouvée anciennement en Abel, depuis en Noé, après en Abraham.

Ce qu'étant conſidéré , voilà déja de grands points éclaircis, pour nous faire entendre , comment il faut juger de l'Eglife. Or, n'eſt-elle ſans chef , ores qu'elle n'ait point en terre un Chef univerſel, non plus que l'Arche de Noé n'étoit ſans Pilote , aïant Chriſt pour conducteur. C'eſt lui , c'eſt lui , que Dieu a conſtitué ſur toutes choſes pour être Chef à l'Eglife , dit Saint Paul , Epheſ. 1. Et ne laiſſe l'Eglife d'être Catholique, encore que la plupart du monde s'en ſépare , ainſi qu'il advint du temps de Noé. Car, ainſi qu'écrit Saint Ambroiſe, ou Proſper Aquitanicus au livre premier de la vocation des Gentils, le Peuple de Dieu a ſa plénitude , & combien qu'une grande partie des hommes rejette ou mépriſe la grace préſentée, ne laiſſe pas d'être réputée une ſpéciale généralité aux Elûs de Dieu, pour le regard de laquelle tout le monde ſemble être reçu à grace, & ſauvé, quand tous ceux-là de tout le monde ſont reçus & ſauvés , que le Pere a donné ſon Fils , & qui croient en lui. C'eſt pourquoi toujours l'Eglife Catholique a été priſe, non point pour une troupe univerfelle pêle-mêle de tous hommes, mais pour la troupe de tous les Croïans en cette doctrine, que les Apôtres ont annoncée par tout le monde ; & eft oppofée cette Eglife Catholique , premierement à la Judaïque de l'Ancien Teftament , qui étoit attachée à un certain Peuple ; fecondement aux Schifmatiques, qui faifoient Sectes à part, fe féparant de ceux, qui retenoient par tous les endroits du monde le confentement & fondement de la doctrine Apoftolique. Mais fe féparer des pollutions du monde, des idolâtries, de la doctrine des Diables, laquelle eft fpecifiée, 1. Timoth. 4. n'eft point fe féparer de l'Eglife Catholique ; mais felon, le commandement de Dieu, fe départir des chofes fouillées, fortir de Babylone, & fe garder de prendre en façon du monde la marque de la bête, ou de communiquer aux œuvres infructueufes des ténébres, felon qu'il nous eft expreffément commandé. Ephef. 5. Et en ceci ne faut avoir égard, ni à la multitude ; car tu n'enfuivras point la multitude pour mal faire, dit Moïfe, Exod. 23 , ni à nos Ancêtres ou Aïeuls ; fachant que vous avez été rachetés, ainfi que parle Saint Pierre au 1 chapitre de fa premiere Epître, de votre vaine converfation , qui vous avoit été enfeignée par vos Peres. Et comme très bien nous avertit ce Martyr ancien Saint Cyprien, Epift. ad. Cecil. (Or, ici je ne difpute point comment audit lieu il applique fa maxime ; mais je dis que la maxime & l'avertiffement, ce néanmoins, eft très bon). Si quelqu'un, dit-il, de nos Prédéceffeurs, ou par ignorance ou par fimplicité, n'a point tenu & obfervé ce que le Seigneur a fait , & commandé de faire, notre Seigneur peut bien lui avoir fait grace en fa fimplicité. Mais il ne nous fera point pardonné à nous autres, qui favons mieux , & fommes fuffifamment inftruits de la volonté du Seigneur. (Comme auffi en la même Epître, il remontre fort bien) : que fi nous voulons être les amis de Chrift , il nous faut tenir à ce qu'il a fait & commandé , & lui prêter feul en matiere de Religion, l'oreille, fans regarder ce que d'autres devant notre temps ont introduit. Car, dit-il, nous autres Chrétiens devons fuivre la vérité de Dieu, non pas les coutumes des hommes). Ce qu'il déduit auffi & inculpe fort gravement, & bien au long, en une autre Epître *ad Pompeïanum.* Nulle coutume, tant ancienne foit-elle, doit préjudicier à la vérité : car coutume fans vérité, n'eft autre chofe qu'une erreur envieillie ; Chrift dit lui-même, qu'il eft la vérité & la voie. Si donc nous fommes en Chrift , & avons Chrift en

nous

nous; tenons-nous à la vérité qu'il nous a enseignée. Mais l'audace & la présomption des hommes est si grande, qu'ils aiment
mieux soutenir leurs fausses inventions, que s'accorder avec
ceux qui leur montrent la vérité. Certes, toute erreur cesseroit
bientôt, si nous retournions à la premiere source & origine des
Ordonnances & traditions divines. Quand il y a faute en un
canal, & que l'eau ne coule pas claire, comme elle souloit, a-
t-on pas recours à la source, pour voir d'où procede le mal. Et
c'est, dit ce bon Martyr, ce que les bons & fideles serviteurs de
Dieu doivent faire ; que s'ils apperçoivent que la vérité ait été
alterée, ou ébranlée en quelque point, ils retournent à la vraie
source de la parole de Dieu, & à ce que les Apôtres ont tenu &
enseigné.

C'est aussi ce qu'ont fait souvent de grands personnages, pouffés extraordinairement de l'esprit de Dieu, & pareillement les
conducteurs des Eglises qu'on appelle Evangeliques ou Réformés; or, qu'entre icelles il y ait encore des imperfections, &
qu'il y en a de mieux policées les unes que les autres. Si est-ce
qu'au point de la foi, comme leurs confessions le montrent, elles ont suivi le conseil de ce bon Martyr Saint Cyprien : qui est
de regarder, non point à longues coutumes, ou apparence extérieure, ains à la fontaine de la parole de Dieu, & à ce que
ce grand Evêque & Pasteur de nos ames, & ses Apôtres ont
enseigné & commandé d'observer. Ce qui a été si bien & vivement remontré & prouvé, que le Pape avec ses Jésuites, se
défiant de la parole de Dieu, ne se veulent rapporter à icelle,
& n'ont autre chose en la bouche que les traditions humaines,
desquelles eux-mêmes sont en doute & different, tant des Canons qu'ils appellent Apostoliques, que de leurs propres Canons, qui sont pleins de contradictions. Joint qu'il s'en faut
beaucoup qu'ils tiennent les traditions de l'Eglise, qui étoient,
je ne dis point du temps des Apôtres ; car ce sont celles esquelles nous nous arrêtons, mais plus de trois cens ans après la mort
de Christ. Et cependant on nous veut faire à croire, qu'il n'y a
point d'Eglise parmi nous, que nous nous sommes séparés de
l'Eglise & de la chaire de Saint Pierre, & sortis de l'Arche de
Noé : comme si l'Arche de Noé étoit l'assemblée de Messieurs
les Cardinaux, Archevêques & Evêques d'Italie, avec leur S.
Pere le Pape, qui est réduit à la game d'Espagne, *Re*, *Sol*,
Mi, *Fa*, & avec Messieurs les Jésuites, meurtriers des Rois,
ennemis de tout le reste du Clergé, & des autres Ordres, défen-

feurs de toute fuperftition , pour couvrir leur ambition & avarice, qui épuifent les Roïaumes, Principautés, & meilleures Maifons de l'Europe.

Dieu nous garde de méprifer la Chaire de Saint Pierre, ou l'Eglife , voire l'Eglife Romaine , de laquelle la foi étoit renommée par tout le monde , comme aufli étoit celle des Theffaloniciens ; mais nous prenons garde à ce que les anciens Prêtres de Rome écrivoient à Saint Cyprien , livre 2. Epître 7 , que ce fera grande honte & vergogne , fi l'Eglife Romaine vient à dégénérer d'une telle louange : comme c'eft grande honte , qu'au lieu que fa foi, chafteté, intégrité (1) , charité étoit renommée par tout le monde ; Rome aujourd'hui eft fameufe & infame de fimonies, fodomie, bourdes & bourdeleries, empoifonnemens, defquels les Saints Peres ne font exempts , & étant fains le matin , fe trouvent morts le foir , faute d'avoir pris du Catholicon d'Efpagne. Et ne font pas les Evangéliques, ou ceux des Eglifes Réformées, qui ont commencé telles plaintes. Elles étoient déja du temps de Saint Bernard fi coutumieres, qu'il écrivoit à Henri, Archevêque de Sens, que la multitude de ceux qui reprenoient les abus de ce fiege Romain , fembloit l'avoir du tout endurci. Ce ne font pas les Eglifes Evangéliques & Réformées, qui ont écrit , ains Platina , Officier Romain , au livre de la vie des Papes ; que le Pape Adrien avoit accoutumé de dire , que tous maux procedoient de ce haut fiege Romain , & en la vie de Benoît IV , que le fiege Papal, aufli-bien que les autres Empires, prenoit fa décadence , le faint fiege de Saint Pierre aïant été occupé par force , plutôt que poffedé , & ce , par l'ambition & les corruptions de plufieurs : Item que Gregoire V , devant nommé Gilbert , pouffé d'une ardeur diabolique de dominer, & aidé du Diable , avoit afpiré premierement à l'Archevêché de Reims, & depuis au Pontificat. Ce ne font les Eglifes Réformées, mais c'eft l'Abbé d'Urfperg en fa Chronique , qui dit pis que pendre de Gregoire VII , devant appellé Hildebrand , & des quatre Moines qui lui fuccederent au Pontificat , Victor III , Urbain II , Pafchal II , & Gelais II.

Ce ne font point ceux des Eglifes Réformées, qui ont mis en avant l'hiftoire de ce Pape Papeffe, qu'on nomma Jean VIII, & qui accoucha publiquement allant au Temple de Latran (2):

----

(1) L'Auteur n'eft ici fécond qu'en injures.

(3) Cette fable groffiere a été réfutée par les Proteftans eux-mêmes, entr'autres par David Blondel, l'un des plus favans d'entr'eux.

quoiqu'Onuphrius & Aventin, flatteurs des Papes, le veulent mettre en doute : ains l'ont écrit & testifié, outre Platine en la vie des Papes, Jean Stella Venitien, Sabellique, Antonin Archevêque de Florence, Jehan Bocace, Petrarque, Martin Polonus Penitencier du Pape, & plusieurs autres irrefragables témoins.

Que dirons-nous des Schifmes, que quelquefois il y a eu trois Papes, & que la Cour Romaine, quittant la chaire de Saint Pierre, a été transportée en Avignon plus de soixante-dix ans. Ils répondent que les exemples de quelques désordres particuliers ne préjudicient à l'Eglise Catholique, ou au siege Apostolique. Cela est bien vrai, prenant l'Eglise & ledit siege en sa propre signification : mais si est-ce que les exemples ci-dessus allegués renverfent deux maximes des Papes, & de leurs Suppôts : dont l'une, est la succession légitime, & non interrompue depuis Saint Pierre : & l'autre, que le Pape ne peut errer.

Revenons, revenons donc à d'autres marques bien plus certaines & assurées de la vraie Arche de Noé, de la vraie Eglise, & de la chaire de Saint Pierre, & de la vraie & jadis tant renommée Eglise Romaine : & sans nous amuser à ces successeurs de Neron, plutôt que de Saint Pierre, & de cette Ville de Rome, qui a été, depuis la tyrannie des Papes, aussi-bien que du temps de Neron, tenue pour une Babylone, par les plus sages & craignant Dieu ; reconnoissons, dis-je que ceux qui retiennent ce que Saint Pierre a enseigné, & son successeur Damasius en son symbole a suivi, comme les augustes Empereurs Valentinien & Théodose remontrent, font bons Catholiques, or qu'ils ne soient à Rome, ou ne puissent alleguer une suite de Prélats, qui se sont fourrés en la place de leurs Prédécesseurs *per fas & nefas*, comme plusieurs Empereurs, & la race des Ottomans en Turquie, qui peuvent alleguer de longues successions. Tenons-nous à ce qu'écrit Tertullien contre les Hérétiques, au livre des prescript. Quand bien, dit-il, les Hérétiques voudroient controuver, ou mettre en avant quelque rôle de leurs Prédécesseurs, comme venant des Apôtres, cela ne leur servira de rien, parceque leur doctrine conferée avec celle des Apôtres, par sa diverfité & contrariété, fera toujours connoître qu'elle n'est, ni Apostolique, ni de vrais Successeurs d'Apôtre. Et de fait, dit Tertullien, les vraies Eglifes, qui se recueillent & dreffent tous les jours, encore qu'elles ne puissent produire quelque suite d'Evêques, depuis le temps des Apôtres, comme étant fraîchement recueillies, ne laissent pas d'être réputées Apostoliques, à cause de la consanguinité & convenance qu'elles ont avec la doctrine Apostolique. Ainsi aussi Saint Augustin, *Contr. epist. Fundament. cap.* 1, écrivant contre les Manichéens, allegue plusieurs choses, qui le retiennent en l'Eglise, comme le consentement des Peuples, l'autorité des miracles, & autres choses semblables ; que toutesfois, si on met en avant la vérité, il faut que toutes autres considérations lui cedent : car aussi quelle est la principale louange & recommandation de l'Eglise, sinon qu'elle doit être une colomne & appui de vérité ; non que la vérité soit appuiée sur les hommes ; mais que le fondement de cette maison de Dieu c'est la vérité, & qu'elle y est aussi maintenue contre les Hérétiques & suppôts & piliers de mensonge, de vanité & idolâtrie : & comme écrit Saint Ambroise sur ce passage-là, l'Eglise est la maison du Seigneur, en tant qu'il est là craint, servi & honoré, selon sa volonté, laquelle il nous a enseignée.

Voilà quel étoit le lot & la vraie marque de cette Eglise primitive du temps des Apôtres ; c'est qu'elle étoit persevérante en la doctrine des Apôtres, en la communion & fraction du pain (par laquelle maniere de parler, partie métonymique, partie synecdochique, est entendu l'usage des saints Sacremens) & en oraison. O la belle louange, donc, que donne l'Apôtre Saint Jean au 2 de l'Apocalypse à ceux d'Ephese ! quand il loue leur patience & constance, & qu'ils ne peuvent souffrir les mauvais, & ont su éprouver & réprouver ceux qui prétendent d'être Apostoliques, & ne le sont point, non plus qu'un singe n'est pas un homme, une paillarde n'est pas une femme chaste ; aussi peu sont ces Hypocrites & enseigneurs d'idolâtrie & fausse doctrine, contraire à celle des Apôtres, la vraie Eglise, ains plutôt la Synagogue de Satan, comme écrit ledit Apôtre, au même chapitre, à ceux de Smirne.

Et afin que j'adresse en cet endroit mon propos aux vrais fideles & serviteurs de Dieu, qui restent en France ; je veux bien user des mêmes mots, desquels use Saint Paul au chap. 2 de l'Epître aux Collossiens. Mes freres, combien que je sois absent de corps ; toutesfois je suis avec vous d'esprit, en m'éjouissant & voïant votre ordre, & la fermeté de votre foi, que vous avez en Christ. Ainsi donc que vous avez reçu le Seigneur Jesus-Christ, cheminez en icelui, étant enracinés & édifiés en lui,

& confirmés en la foi , comme vous avez été enseignés , abondant en icelle avec actions de graces. Prenez garde que nul ne vous butine par vaine déception , selon la tradition des hommes , selon les rudimens du monde , & non point selon Christ. Gardez-vous , dis-je , ô Eglises de la France , que jamais nous n'aïons occasion de former contre vous la complainte que forme le même Apôtre contre les Galates , chap. 35. O Galates mal-avisés , qui vous a ensorcelés , que n'obéissiez à la vérité : feriez-vous bien tant mal-avisés , qu'en aïant commencé par l'esprit , maintenant vous acheviez par la chair ? Avez-vous tant souffert en vain ? Vous couriez bien , qui vous a empêché que n'obéissiez à la vérité ? Or , je vous prie donc , mes freres , avec le même Apôtre , que preniez garde à ceux qui font partialités & scandales contre la doctrine que vous avez apprise , & vous retirez d'eux. Car ceux qui font tels , ne servent point au Seigneur Jesus Christ , mais à leur ventre , & par douces paroles & flateries séduisent les cœurs des simples.

Nous ne sommes pas ici en différend avec le Pape de choses indifferentes , ou de petites niaiseries. Nous contestons , disons , & crions à haute voix , ce que l'Eglise Gallicane , les Rois , les Parlemens , sans parler des Eglises Réformées , ont souvent expérimenté , qu'il est un loup , & non un Pasteur. Il est question des points fondamentaux , comme de la vraie foi à salut , de la justification , du sacré & parfait mérite de Christ , de son office de médiateur , du saint Sacrement de la Cene , qui a été transformé en une idole , & en un sacrifice expiatoire pour les vivans & les morts ; lequel autant qu'il y a de Prêtres , soient-ils ladres , punais ou vérolés , prétendent faire , & offrir en la Messe , divertissant les hommes de cette unique & très suffisante oblation du corps de Christ , une fois offert en la Croix , mais qui est tous les jours représentée devant la face de Dieu , en la personne de Christ , lequel est à la dextre du Pere. Il est question de ces damnables abus , qui ont purgé les bourses des pauvres & des riches , & non leurs péchés ; & de ce trafic qu'on a fait de ce qui a couté si cher au fils de Dieu , à savoir son précieux sang.

Qu'est-ce donc qu'on nous amuse à cette fausse perruque , c'est-à-dire , à ce titre faussement usurpé d'Eglise Apostolique & Romaine ? De quoi sert à une femme d'être bien atifée , & de parler d'or , si elle n'est point chaste , & a faussé la foi à son Epoux ? Est-ce pas une maxime de droit tant & tant connue , que la cauſe principale ne conſiſtant point , les acceſſoires ne ſervent de rien ; & au contraire , la cauſe principale étant entiere & réſolue , il eſt aiſé d'appointer des acceſſoires ? C'eſt à la Loi , à la pierre de touche , que nous ſommes renvoïés. Que ſi un Ange du Ciel apporte autre doctrine , que celle que le fils de Dieu & ſes Apôtres ont annoncée , il ne lui faut donner audience. Au contraire , où la doctrine de Chriſt eſt propoſée ; ſes ſaints Sacremens , ſelon la pureté & ſimplicité de l'Evangile , ſont adminiſtrés , l'ordre qu'il a établi en ſon Egliſe , le plus qu'on peut , accommodé à la forme de l'Egliſe Apoſtolique. C'eſt-là qu'on remarque l'Egliſe , ores que ce fut une petite troupe de malotrus ; ores que les Miniſtres d'icelle ſoient rais ou tondus , portent chapeaux ou bonnets carrés ; ores qu'ils ne ſoient oints de ceux , leſquels ſouvent ont été oints & graiſſés de barbiers , pour leurs ſales maladies ; ores qu'ils ne ſoient approuvés par ce ſiege de Rome , que les Jéſuites n'a gueres , pour effacer la mémoire de Dame Jeanne Gilberte Papeſſe , ont fait ôter , ſur lequel l'épreuve ſe faiſoit : *An mas nobis Dominus effet.* Si le Pape étoit Pape , ou Papeſſe : *Laonicus Chalcondil. lib. 6. hiſt.* Quels miracles , je vous prie font les Papes aujourd'hui , ou quelle réformation apperçoit-on en ce ſiege , qu'il faille dégénérer de la conſtance de nos freres martyrs , de la pureté de nos confeſſions , & de la vérité de l'Evangile ? Eſt-ce d'autant qu'on contraint les Rois à coups de bâton , de faire hommage aux Papes , qui entrent par la fenêtre d'Eſpagne , & non par la porte d'une libre élection ? Et ce pour ce que ce ſiege a depuis tant d'années bandé les ſujets contre leurs Magiſtrats , & teint les rivieres & les plaines de ſang ? Eſt-ce parceque les Jéſuites , ſous un fard d'érudition , & de vœu de pauvreté , remuent toute l'Europe , & envoient de leurs Ecoles , des Bourreaux en France , en Angleterre & ailleurs , pour aſſaſſiner & meurtrir Rois & Reines , & ne tendent à autre but , ſous ombre de dévotion , que de ruiner toutes les très illuſtres familles , pour dreſſer une Monarchie Eſpagnole , de laquelle toutesfois ils demeurent modérateurs ? O les belles marques d'Egliſe Apoſtolique ! O les belles & vraiement péremptoires occaſions de ſe ranger en l'Arche du Pape , qui eſt l'Arche de Cham , & non de Noé , la nacelle de Caron , & non de Saint Pierre ! une Babylone , & non une Jéruſalem ! Et en ſomme , Bethaven , maiſon de vanité ; non Bethel , maiſon de Dieu.

CHAPITRE IV.

Réponse à quelques objections sur cette matiere.

OR combien que ce qui a été traité ci-dessus, étant bien consideré, peut fournir de réponse à beaucoup d'objections, & que mon dessein n'est pas de m'étendre sur ce propos bien au long (ce qui ne serviroit que de redite, après tant de beaux & amples traités, qui en ont été composés), si veux-je bien éplucher & mettre en avant quelques-unes de leurs répliques ou objections ; je dis de ceux, qui faisant la chatemite, & en effet, suppôts de la marmite, ou prétendant de s'y engraisser, recherchent des déguisemens de la vérité pour éblouir les simples ou donner quelque lustre à leur mercerie. Ces bonnes gens pensent bien faire les fins, quand étant fort chiches & échars de bonnes définitions, ils font larges & prodigues des louanges de l'Eglise Catholique, qui a eu pour Maîtres- Maçons, les Apôtres, qui a été, comme parle Saint Cyprian, rouge du sang de tant de Martyrs, & toute blanche en bonnes œuvres. Mais ils pensent les hommes être si bêtes, qu'ils ne voient point que ces louanges- là comptent aujourd'hui autant à l'Eglise Papale, que la Cohue, en laquelle, du temps de la Ligue Espagnole, présidoit le Clerc à Paris, étoit digne d'être appellée une Cour de Parlement, & Thaïs une Lucrece.

S'il faut parler de la vraie Eglise Catholique & Apostolique, nous serons les premiers qui en voudrons toujours parler avec tout honneur, & en parler tellement, que ce soit sans blasonner & ravaler l'Ecriture, comme font ces bons suppôts à toutes heures, aïant cela de commun avec les Hérétiques anciens, ainsi qu'on voit, par ce qu'écrit Irenée, en divers endroits, *Lib. 3. cap. 11. & lib. 5. cap. 1.* Et cependant c'est là, où nous renvoie Jesus-Christ, où nous renvoient les Apôtres, où nous renvoient les anciens Peres, quand il faut juger du vrai troupeau. Voilà Jesus-Christ qui dit : que ses brebis oient sa voix, *Jean. 10.* Que par cela se reconnoîtront ses Disciples & bons amis, si on garde & tient ce qu'il a commandé, *Jean. 15.* Je n'ai rien caché, (dit Saint Paul aux anciens d'Ephese, Act. 20.) des choses qui vous étoient utiles, testifiant, tant aux Juifs qu'aux Grecs, la repentance qui est envers Dieu, & la foi en notre Seigneur Jesus. Saint Paul écrivant aux Co-

rinthiens, chap. 15. de la 1. Epître, dit qu'ils sont sauvés, &
par conséquent le Peuple de Dieu, par l'Evangile, auquel ils
ont cru, & qui leur a été annoncé par Saint Paul, selon qu'il
avoit reçu du Seigneur. Ecrivant aux Galates, chap. 1. il crie
tout haut, que quand, je ne dis point un Prélat, ou quelque
prétendu Vicaire de Christ, mais un Ange même du Ciel, évan-
geliseroit autrement qu'il n'avoit évangelisé, qu'il le réputoit
maudit. Les Thessaloniciens sont infiniment loués & réputés
Peuple élu de Dieu, & vraie Eglise, parcequ'ils avoient reçu la prédication de l'Evangile avec joie d'esprit & grande allé-
gresse. Au deuxieme chapitre de l'Epître aux Ephésiens, il dé-
finit les Domestiques de Dieu & la vraie Eglise; ceux qui sont
édifiés sur cette maîtresse pierre du coin, Jesus-Christ, qui est
le fondement que les Prophétes & Apôtres ont montré. Tout
de même, dit S. Pierre, 1. Ep. chap. 2. que l'Eglise, c'est ce
Peuple élu, fondé sur la pierre vive, qui est Christ, pour offrir sacrifices spirituels agréables à Dieu, par Jesus-Christ. Irenée, au deuxieme & troisieme chapitre de son premier livre,
parlant de l'Eglise Universelle dispersée par tout le monde, montre que son consentement, accord & fondement étoit en la
créance qu'elle avoit reçue des Apôtres, sans y rien changer
ou diminuer.

Tertullien dit, *De præscription.* que les Hérétiques, voirement gazouillent & brouillent beaucoup, & n'ont autre but,
que de contredire à la vérité; mais que c'est assez de prouver
que notre créance est conforme à la Doctrine des Apôtres;
dont s'ensuit nécessairement que la leur est fausse, & donne
quant & quant cette belle regle : qu'il ne faut pas assujétir l'é-
preuve de la Foi aux personnes, mais juger des personnes selon la Foi & vraie créance. Saint Augustin, en son Epît. 166.
dit tout rondement : (nous avons appris Christ, & avons appris
l'Eglise par les Ecritures). Et en son Traité de l'Unité de l'E-
glise : *chap.* 3. *&* 4. (Ne mettons point en avant ces manieres
de parler, dit-il ; je dis ceci, je dis cela : mais oïons ce que dit
le Seigneur. Nous avons de part & d'autre les livres de la sainte
Ecriture. Cherchons-là l'Eglise, là débattons notre cause). S.
Jean-Chrysostome écrit, *Homil.* 49. *in Matth.* qu'anciennement
on reconnoissoit l'Eglise par ses mœurs ; mais que les Chrétiens
étant devenus pires que les Païens, on ne la peut reconnoître
que par les Ecritures.

Que dirons-nous donc de ces bons suppôts, lesquels ne
penfent

penfent pouvoir garantir leur Eglife Romaine moderne, s'ils
ne foulent, par maniere de dire, l'Ecriture aux pieds; & combien qu'il faut qu'ils confeffent malgré eux, que la parole de
Dieu & une ferme créance en icelle eft de l'effence de l'Eglife,
ou fa forme effentielle, comme l'ame du corps; fi veulent-ils
conduire cette ame par le corps, & donner plus d'autorité au
corps qu'à l'ame, voire, font fi effrontés de dire & écrire, que
ce corps fubfifteroit bien fans fon ame. Car voici le beau langage que tiennent ces beaux cenfeurs des Eglifes réformées, &
déguifeurs de vérité : il nous faut, dit ce brave Cardinal Ho-
fius, *De expreffo Dei verbo*, mettre l'Ecriture à part, qui eft
fujette à tant de diverfes interprétations, & ne faut retourner à ces pauvres rudimens, c'eft peine perdue de s'y amufer :
car il faut être enfeignés de Dieu, & non de l'Ecriture.

Mais, fur tous, de n'agueres s'eft levé en France un efprit
théologal, & nouveau cenfeur, qui s'en fait bien accroire; &
nonobftant qu'il faffe profeffion d'enfeigner trois vérités, pas
une d'elles ne lui a donné tant d'affurance, qu'il ofât déclarer fon nom, ains comme s'il avoit l'anneau de Gygès, voit tout
le monde, & pince tantôt l'un, tantôt l'autre, fans qu'on le
voie, ce lui femble, ou qu'on fache qui il eft. Or ce bon fuppôt
de vérité renverfe premierement en fon livre troifieme tout ce
qu'il avoit dit de bon aux deux précédens; car aïant défini la Religion être le fervice d'un feul vrai Dieu, qui s'eft révelé à nous,
il veut ramener les hommes au fervice des créatures, concluant
au troifieme livre, que la vraie Eglife c'eft la moderne Romaine, où il eft notoire qu'on fert & invoque les créatures. Après,
aïant beaucoup difcouru au deuxieme livre des beaux avantages
de la Religion Chrétienne, & dit entr'autres chofes, qu'elle a
Dieu pour auteur, qui s'eft révelé en fa parole, & non pas les
hommes ou inventions humaines : au troifieme livre, il fonde
toute l'autorité de la Religion fur les hommes, & fur les décifions
de l'Eglife Romaine, & voici comme il dégrade l'Ecriture fainte, c'eft-à-dire, la parole du Dieu vivant, l'aïant un peu auparavant amadoué de belles paroles. (Nous difons, dit ce Rabi,
que l'Eglife & l'Ecriture, tous deux conjointement & enfemble,
font regle & juge très autentique, très certain & très parfait de
tout doute & affaire, en matiere de Religion). Peu après voici
les foufflets que cet homme eshonté donne à la parole de Dieu :
(que fans icelle on peut être Chrétien : que l'Ecriture eft une
chofe morte, qu'elle ne fe remue & ne s'explique point).

Tome VI.   E e e

Jefus-Chrift & les Apôtres en parlent autrement : Jefus-Chrift
la fait parlante & rendante témoignage de lui, au 5. des Jean ;
& au douzieme chapitre, il introduit Ifaïe parlant de lui. S.
Paul au troifieme des Romains, dit, que la juftice de l'Evangile a témoignage de la Loi & des Prophetes. La parole de Dieu,
dit l'Apôtre, *Hebr.* 4. eft vive & efficace, & plus pénétrante
que tout glaive à deux tranchans, & atteint jufqu'à la divifion
de l'ame, & de l'efprit, & des jointures, & des moelles ; &
eft juge des penfées & intentions du cœur. Au chapitre 12. il
nous exhorte de ne méprifer celui qui parle encore tous les jours
à nous, à favoir notre Seigneur Jefus-Chrift. Et quelle honte
eft-ce de dire que l'Ecriture ne s'explique point ? Quand il eft
dit, ne jurez aucunement, *Matth.* 5. L'Ecriture ne s'expofe-t-
elle pas ailleurs, *Hebr.* 6. En quel cas le ferment a lieu ? Quand
il eft dit, *Jean.* 14. que le Pere eft plus grand que le Fils, l'E-
criture ne s'expofe-t-elle pas, *Philipp.* 2. contre les Arriens,
qui abufoient de ce paffage, que ce n'eft pas felon la nature
divine, ains felon la nature humaine, & forme de ferviteur,
qu'il a prife étant obéiffant à fon pere jufqu'à la mort ? A peine
fe rencontre un feul paffage difficile en l'Ecriture, dit Saint
Auguftin, *lib.* 2. *doctr. Chrift. cap.* 6. qui en un autre endroit
ne fe trouve dit très clairement. Quel blafphême, je vous prie,
eft-ce de dire que l'Ecriture eft une chofe morte, oifeufe,
comme ce gentil Docteur des trois vérités écrit ? & que l'E-
glife tient le principal lieu ; & cependant l'Eglife ne peut porter titre d'Eglife fans la parole de Dieu, & a tout fon luftre
d'icelle.

Il ofe bien paffer plus outre, & dire que l'Ecriture n'eft point
fi abfolument néceffaire que l'Eglife, & qu'en notre croiance
nous fommes tenus de croire l'Eglife, & non les Ecritures. O
parole non théologale, mais pleine d'impiété ! Car que nous
commande & recommande Dieu, finon de croire en fa parole ? Quel eft l'objet de notre foi, finon la parole de Dieu, en
laquelle nous appréhendons Chrift promis ès Saintes Ecritures ?
Voilà pourquoi notre Seigneur reprochoit à ces deux Difciples qui alloient en Emmaus, *Luc.* 24. leur tardiveté à croire
en toutes chofes que les Prophetes ont prononcées. Et au chapitre 5. de Saint Jean : fi vous croïez à Moïfe, vous me croi-
rez, car il a écrit de moi. Or fi vous ne croïez point aux écrits
d'icelui, comment croirez-vous à mes paroles ? Mais ce n'eft pas
de merveille, fi ces gens-ci blafphêment contre la parole de

Dieu, vu que l'Auteur, duquel nous parlons, ose bien mal parler du Saint Esprit, quand en son troisieme livre il écrit, que nous n'implorons pas le Saint Esprit, afin qu'il nous enseigne ce que nous devons croire. Et bon Dieu, pourquoi donc l'invoquons-nous ? Est-ce pas un de ses principaux offices, de nous mener & conduire en toute vérité, comme nous enseigne ce grand Maître, Jesus-Christ, au 16. de Saint Jean ? Est-il pas appellé en ses titres, l'Esprit de foi & de révélation, 2. Cor. 4. & Ephes. 1. Certes nous aurions bien occasion de renvoïer bien loin telles gens, qui nient les vrais principes de la Religion, & de ne les daigner d'aucune réponse à toutes leurs objections, vu que leur but est de rabaisser les saintes Ecritures & anéantir l'Evangile de la croix, & ce petit troupeau, qui porte la croix, non pas d'or, d'argent ou de bois, mais de toutes sortes de souffrances, pour le nom de Jesus. Leur but est d'adorer ce grand Colosse, ainsi qu'ils appellent l'Eglise Romaine, & cette éminente Cité, qui est appellée Babylone ; & de se chauffer au feu du grand Sacrificateur, comme fit Saint Pierre, lorsqu'il s'acheminoit pour renoncer son Maître.

Cependant, pour ôter tout scrupule aux simples, & montrer qu'on ne craint gueres les objections Papistiques, quelques pindarisées & atrifées quelles soient de pompeux langage, nous répondrons sommairement à trois points ou à trois raisons, qu'ils estiment être invincibles, & desquelles ils se targuent le plus & font fête au simple populaire. La premiere est, que c'est abus de chercher l'Eglise aux Ecritures, vu que chacun les allégue pour soi ; & ores qu'elles soient regle de doctrine & de mœurs ; que ce n'est rien d'une regle ou équerre quand il est question d'un bâtiment, si la regle n'est maniée par un bon Maître Maçon. Et comme en France les Edits des Rois ne sont authentiques, ni reconnus & reçus, s'ils ne sont préalablement homologués par les Cours de Parlement, ainsi doivent les Ecritures être autorisées, & le sens d'icelles authentique & déclaré par l'Eglise. Car voilà les exemples que donne l'Auteur du Traité, intitulé les trois Vérités, rapetacées, partie des écrits de Bellarmin, Jésuite, partie d'autres Auteurs de même étoffe. Leur seconde raison, est l'autorité, apparence, longue durée de l'Eglise Romaine, hors laquelle il semble qu'il n'y ait que confusion & malheur ; & qu'elle doit tenir le rang de Maître-Maçon & de Cour de Parlement. La troisieme, est la nou-

veauté des Eglises Evangeliques, & le peu d'apparence d'E-
glise, de sûreté, fermeté & bon accord, qui semble être parmi ceux, lesquels aïant quitté la Papauté, font profession de
l'Evangile.

Quant au premier point, il a été déja montré & remontré
ci-dessus que Jesus-Christ, les Saints Apôtres & les Peres Orthodoxes parlent bien plus réveremment de l'Ecriture : mais
nous disons d'abondant que l'Auteur des trois Vérités prétendues, commet ici trois grandes absurdités, l'une, de vouloir
être plus sage que les susdits, qui nous renvoient aux Ecritures, quand il faut remarquer la vraie Eglise, & non à un Colosse, c'est-à-dire un demeurant de grande statue de bronze,
ou autre matiere, ainsi que cet Auteur nomme l'Eglise Romaine. L'autre absurdité est, de feindre une Eglise, qui soit
quelque chose séparée de la parole de Dieu, & qui d'elle-même domine sur elle, comme un Maçon sur une regle ou équerre, ou une Cour de Parlement sur des Edits, vu que l'Eglise
ne se peut définir sans la parole de Dieu, & emprunte toute
sa valeur d'elle, & est celle, par laquelle l'Eglise a été recueillie. La troisieme absurdité est, de vouloir rendre l'Ecriture si
suspecte & si disputable, comme les Edits des Princes, extorqués souvent par faveur ou ardeur précipitée, lesquels à bon
droit sont disputables & sujets au contrôle, correction, voire
annullation & abrogation qu'en feront les Cours de Parlement.
Bon Dieu ! faut-il ainsi parler de la Sainte Ecriture, de la parole
du Dieu vivant, de ses sacrés mandemens ? desquels ce grand
Roi & Prophete David dit, *Pseaume* 19. que les mandemens
de l'Eternel sont droits, réjouissans les cœurs purs, faisans que
les yeux voient, que les Serviteurs du Seigneur sont rendus
avisés par iceux ; voire tellement, que le Prophete Jérémie dit
au 8. chapitre : (les sages ont été confus, ils ont été épouvantés & pris ; car ils ont rebuté la parole de l'Eternel ; & dequoi seroient-ils sages ?) Certainement j'estime Messieurs des
Cours de Parlement, garnis de tant de piété & discrétion,
que s'ils avoient à sentencier tels brouillons de vérité, la
moindre peine qu'ils leur imposeroient, seroit de les condamner à faire publiquement amende honorable à l'Ecriture
Sainte.

Mais pour bien éclaircir ce point, & faire entendre à un
chacun comment nous parlons de l'Ecriture, sans rien déro-
ger à l'Eglise, ou du tout exclure son témoignage & approba-

tion, voici comment Dieu, par sa parole & la pratique de l'E-
glise primitive, nous a enseigné d'en parler. C'est que la sacrée
parole de Dieu, & la doctrine de l'Evangile, ne nous a pas
été jettée du Ciel, comme quelque regle de Maçon, morte,
sans force & mouvement, & sans savoir, si c'est par devant
ou par derriere qu'il l'a faut prendre; ou comme cette pomme
de discorde jettée entre les hommes, de laquelle parlent les
Poëtes. Mais premierement, le Seigneur anime cette parole,
& lui donne vigueur & force par son S. Esprit; dont le Seigneur
dit au 23. de Jérémie : ma parole n'est-elle pas tout ainsi qu'un
feu, & comme un marteau qui débrise la pierre ? Et Jesus-
Christ disoit aussi, *Jean.* 15. & 16. que le Saint Esprit rendoit
témoignage avec celui des Apôtres, & qu'en somme il con-
vaincroit le monde de péché, justice & jugement. Secondement, il y a eu dès le commencement de l'Eglise certains livres authentiques & canoniques, auxquels notre Seigneur Jesus-
Christ, même pour le regard du Vieux Testament, s'est rapporté : comme sont les Livres de Moïse, les Livres des Prophetes
& les Pseaumes, sous lesquels sont compris les autres Livres,
appellés Hagiographes, saints & sententieux écrits, comme
Job, les Proverbes & autres semblables, avec lesquels depuis
ont été conjoints, pour le regard du Nouveau Testament, les
Histoires Evangeliques, & les Epîtres des Apôtres, avec l'Apocalypse; tellement que Saint Augustin, *In Psal.* 72. & *lib.* 11.
contr. Faust. Manich. c. 26. estime que dès le temps des Apôtres, les Livres Canoniques ont été distingués d'avec les autres.
Tiercement dès le temps de Christ & des Apôtres, il y a eu certaine regle de la Religion Chrétienne, à laquelle les Apôtres
ont toujours ramené leurs Auditeurs, & à laquelle se font rapportés les Peres Orthodoxes en leurs différends & en la conduite de l'Eglise; à savoir à ces quatre points, que notre Seigneur Jesus-Christ, grand Pasteur & Evêque de l'Eglise Universelle & Chef d'icelle, a clairement enseigné, prêché & recommandé, & que Saint Paul témoigne, 1. *Cor.* 15. & 1. *Cor.*
11. avoir de point en point, sans y rien changer, mis en avant
& proposé de la bouche de son Maître, tant en ses Prédications qu'en ses Epîtres; à savoir la doctrine de la Foi, comprise
au Symbole des Apôtres, & particulierement la doctrine de la
justification gratuite; la doctrine de repentance ou des mœurs,
& de cette obéissance, que les croïans & regénérez lui doivent,
comme fruit de la foi vive; la doctrine des deux Sacremens, du

Baptême & de la sainte Cene, que l'Apôtre traite par-ci, par-là, & récapitule en peu de paroles, 1. Corinthiens 12. (Nous avons été tous baptisés en un même esprit, pour être un même corps, & avons été tous abreuvés d'un même esprit; finalement la doctrine de la discipline & police de l'Eglise) soit pour les personnes qui sont appellées en charge, soit pour les censures qu'il convient faire, ou bien les réconciliations, dont avons partie enseignement du grand Maître, au 18. de Saint Matthieu; partie la pratique aux Actes des Apôtres & en leurs Epîtres. Nous ne sommes pas donc, si nous sommes vraiment Chrétiens, & que nous nous laissions gouverner par le Saint Esprit, éperdus & égarés, quand nous lisons la sacrée parole de Dieu, sans savoir de quel côté nous tourner. Et n'est pas un tel labyrinthe, que ces gens se forgent. Que si l'Evangile est couvert & caché, il est couvert à ceux qui périssent, esquels le Dieu de ce siecle a aveuglé les entendemens; à savoir des incrédules, à ce que la lumiere de l'Evangile ne leur resplendit. Que si les Hérétiques la tordent & s'en servent, aussi faisoit le Diable, lequel par la même parole, passage confronté avec passage, a été rembarré par Jesus-Christ, *Matth.* 4. Plusieurs tordoient à leur fantaisie certains passages des Epîtres de Saint Paul, difficiles, dit Saint Pierre, 2. *Pier.* 3. comme aussi les autres Ecritures, mais gens ignorans & mal assurés; de sorte que la faute n'est pas aux Ecritures, mais en ceux lesquels ne cherchent pas ce qu'il faut chercher aux Ecritures; à savoir, la vraie connoissance de Christ, ou qui sont lâches à ouir & entendre, & n'y sont gueres habitués, n'aïant point les sens exercés à discerner le bien & le mal. Les Hérétiques, dit Saint Hilaire, *Contra Constant,* allèguent l'Ecriture, mais contre la Foi, & non pour la Foi, quelques mots, sans avoir égard au sens, ainsi que Jesus-Christ dit aux Sadducéens, *Matth.* 22. Vous errez, ne sachant point les Ecritures ni la vertu de Dieu. Et fut cela même remontré aux Ariens, en ce libre Synode de Nicée, où ils furent convaincus par les Ecritures, & leurs fausses interprétations rédarguées par la regle de la foi Chrétienne, & la conférence des passages de l'Ecriture. S'il faut parler des labyrinthes & écrits épineux & ténebreux, il faut parler des gloses & disputes de Messieurs nos Maîtres, les Scholastiques, Thomistes, Reaux, Nominaux & semblables Scholastiques, suppôts de la marmite, où on trouve des mots à tuer chiens. Il faut même parler des disputes de Thomas d'Aquin, quand

il s'efforce de prouver la tranſſubſtantiation, qui ſont ſi em-
brouillés & pleins de tant de contradictions, qu'il n'eſt poſſible d'en tirer certain ſens, ni de les traduire en autre langue.

Pour le quatrieme & dernier point, touchant cette matiere
de la parole de Dieu & de l'Egliſe, nous avouons aiſément &
avons toujours reconnu, que voirement le Seigneur n'a pas enfermé en un coffre ſa parole; mais l'a donnée en garde à ſon
Egliſe, non point (ainſi que les Libraires gardent les livres en
leurs boutiques, comme gauſſe Bellarmin), ains en tant qu'il
a établi le miniſtere de ſa ſainte parole, pour l'annoncer &
expoſer par certains Paſteurs & Docteurs à ce appellés, & doués
de dons à ce requis. Nous reſpectons le conſentement de l'E-
gliſe, qui n'a point fourvoïé de la doctrine des Apôtres. Nous
ſavons bien, Dieu merci, que nulle Prophétie, ou interprétation
de l'Ecriture, n'eſt de particuliere interprétation, pour l'expoſer
un chacun à ſa fantaiſie. Nous ſommes ceux qui combattons tous
les jours les Enthouſiaſtes, & tous ceux qui mettent en avant leurs
ſonges & révélations. Mais nous maintenons avec les Apôtres &
l'Egliſe Apoſtolique, qu'encore que ce bon Dieu ait mis en dépôt
les tréſors de ſa parole chez ſa chere épouſe ſon Egliſe, & donné
gens pour l'interpréter, & ſoutenir la vérité contre les Hérétiques
& autres brouillons; que toutefois l'Egliſe, qui doit être honorée de tel privilege, n'eſt point une Egliſe bâtarde ou adultere;
mais ce troupeau, ſoit grand, ſoit petit, épars par l'univers,
adhérant à ſon époux, gouverné par ſon eſprit, s'élevant auſſi
peu par-deſſus Chriſt & ſa parole, que la Lune par-deſſus le
Soleil; n'aïant plus grand avantage & plus grand lot, que
de ce qu'il s'aſſujétit à Chriſt & à ſa parole, & par la conduite
d'icelle, & de ſon Saint Eſprit, juge, témoigne, prononce ce
qui eſt conſentant à la Foi Apoſtolique & à ces quatre points,
eſquels ci-deſſus avons montré conſiſter ce que les Apôtres
ont enſeigné, & que l'Egliſe Apoſtolique, pendant qu'elle
eſt demeurée vierge, a ſoigneuſement maintenu & obſervé,
ſe gardant plus que de la peſte, de bâtir nouveaux articles
de Foi, ou établir nouveaux Sacremens, ou de mettre autre
fondement que celui qui a été mis par les Saints Apôtres.

En ſomme l'Egliſe ne fait pas que l'Ecriture ſoit parole de
Dieu, ou Ecriture Sainte, mais douée de l'eſprit de diſcrétion
& de perſonnes verſées en l'écriture, & rapportant tout à leur
vrai but, elle rend témoignage à la vérité: comme à cette occaſion Jeſus-Chriſt diſoit à ſes Apôtres, Act. 1. Vous ſerez mes
témoins juſqu'aux bouts de la terre. Et S. Paul dit, 2. Cor.

1596.

L'ARCHE DE
Noé.

13. Nous ne pouvons rien contre la vérité, mais pour la vérité. *Item.* 2. Cor. 4. Nous ne prêchons point nous-mêmes, mais Jesus-Christ le Seigneur. Tellement que depuis le Concile de Constance & de Basle, les flatteurs des Papes voulant soutenir que l'Eglise, c'est-à-dire le Pape avec ses suppôts, avoit autorité par-dessus l'Ecriture. Un certain Panormitan, très renommé Docteur du droit Canon, a bien osé dire, *De elect. ca signifi.* (qu'il falloit plutôt croire à un pauvre Laïque, ou simple Chrétien, aïant bon fondement en l'Ecriture, qu'à tout un Concile ou au Pape, qui mettroit quelque chose en avant contre l'Ecriture : comme aussi écrivant contre le Pape Eugene, il montre que les Papes & Conciles ont souvent erré. Et de fait, dit pas Saint Pierre, que celui qui parle en l'Eglise, doit parler ce qui est de la parole de Dieu ? 1. Pet. 4. Et Saint Ambroise, 1. *Offic.* Nous rejettons à bon droit, comme chose nouvelle, ce que Christ n'a point enseigné, vu que les fideles & croïans ne reconnoissent autre voie que Christ). Et de fait comme dit Saint Augustin, *Homil.* 96. *in Joh.* où Christ s'est tû : qui osera dire, à savoir, en matiere de Foi, cela est, ou cela n'est point ? D'où est-ce qu'on le prouvera ? Et voilà quant à la premiere objection & question, qui est des saintes Ecritures.

Venons à la deuxieme, à savoir, si l'Eglise Romaine d'aujourd'hui est cette Eglise, pilier de vérité, arche de Noé ; & si les marques, dont ses suppôts la remarquent, sont les marques de la vraie Eglise. Or ici, comme nous protestons que l'Eglise Romaine, de laquelle la foi étoit célébrée par tout le monde, qui a eu tant de Martyrs, à laquelle on se rapportoit pour sa fermeté en la vraie croïance, en beaucoup de différends, est digne de grande louange, & de laquelle pour rien du monde ne voudrions nous séparer, ains nous en estimons freres, conforts & concitoïens ; aussi disons-nous que telles louanges ne servent à la moderne Romaine, que pour lui faire honte, comme si on montroit à une fille débordée le portrait de sa mere, qui auroit été chaste & de bonne réputation entre les gens de bien. On fait & tient, ou pour bien dit, ce qu'écrit le Poète Ovide, au 13. des Métamorphos. disant :

Nam genus & proavos, & quæ non fecimus ipsi :
Vix ea nostra voco, &c.

C'est-à-dire,

C'eſt-à-dire, s'il eſt queſtion de nos nobles prédéceſſeurs & ancêtres, & de ce que nous n'avons pas fait nous-mêmes; à peine pouvons-nous le nous approuver. Et Juvenal écrivant à un nommé Ponticus :

> Sed te cenſeri laude tuorum
> Pontice noluerim : ſic ut nihil ipſe futuræ
> Laudis agas : miſerum eſt aliorum incumbere famæ.

C'eſt-à-dire, (tu ne dois te prévaloir de la louange & vertu de tes ancêtres, ſi toi-même ne fais choſe digne de louange; car c'eſt une pitié de n'avoir appui que de la bonne renommée d'autrui).

Tous hommes de jugement ont vu, ſurtout depuis cinq cens ans, & voient aujourd'hui, qu'il y a autant à dire entre l'Egliſe Apoſtolique Romaine, & l'Egliſe Papale moderne, comme entre Saint Pierre & Neron; entre Jéruſalem & Babylone; entre une vierge chaſte, & une femme publique & eſhontée; entre un beau ruiſſeau, coulant d'une belle fontaine, & un cloaque immonde; bref, entre Chriſt & l'Antechriſt. Et de ce font plaintes depuis plus de cinq cens ans, Evêques, Prêtres, Abbés, Cardinaux, Notaires & Sécrétaires de ce Siege Apoſtatique, plutôt qu'Apoſtolique, ſans parler des plaintes & oppoſitions qu'ont faites les Empereurs, Rois, Princes & Seigneuries Chrétiennes de tous les endroits de l'Europe.

Or ici répondent, quelques-uns des Suppôts de la Papauté, deux choſes. Premierement, que pluſieurs voirement ſe font plaints des mœurs & ſcandales de Rome & de tout le Clergé Papal; mais que pour cela ils ne ſe font départis de la communion de l'Egliſe Papale; d'autant auſſi, que c'eſt faire ſchiſme, ſe départir d'une Egliſe pour quelques Particuliers mal conditionnés en icelle. Secondement on répond, & notamment ce Théologien inçonnu, Auteur du Livre intitulé, les trois Vérités; qu'il faut mettre grande différence entre la Cour de Rome, qui eſt pleine de chicanerie, & trafic de Bénéfices, & en ſomme de pluſieurs déſordres; & l'Egliſe Catholique Romaine, qui ne laiſſe de retenir ſon luſtre & ſplendeur. Mais il a été ſouvent répondu par les nôtres, & dit ci-deſſus, que nous ne nous ſéparons pas de l'Egliſe Papale ou Romaine moderne, pour quelques imperfections perſonnelles; telles que de bon heure on a remarqué en ce Siege Romain, comme lorſque Victor, Evêque de Rome, d'une trop grande colere & ſans raiſon, excommunioit ceux d'Aſie, pour ne garder l'obſervation du jour de Pâques à ſa mode : dont auſſi il fut vivement repris par Irenée, lors Evêque de Lyon. Item, quand Damaſus & Urſacius, du temps de Saint Jerôme, briguans l'Evêché de Rome, témoin Ammian Marcellin, émurent telle ſédition, que les Temples furent remplis de corps morts. Nous ſavons, dis-je, fort bien, que pour telles taches des mœurs, ou pour quelques défauts de la vie & converſation, il ne ſe faut ſéparer d'une Egliſe, qui retient le fondement de la Doctrine Apoſtolique ; & pourtant n'avons rien de commun avec les Donatiſtes, Schiſmatiques anciens, leſquels, ſelon qu'écrit Saint Auguſtin, chapitre 69. des Héréſies, firent ſchiſme par dépit, qu'un certain Cecilian avoit été contre leur gré élu Evêque de Carthage, lui reprochant certains crimes qu'ils ne pouvoient prouver. Mais nous diſons & prouvons que le Pape & le Siege de Rome s'eſt dé-voïé de la Doctrine pure de la Foi & de la pureté des Sacremens, & enſeigne le contraire de ce que Chriſt & ſes Apôtres ont enſeigné, ſurtout de l'office de Chriſt, ſeul Eternel Sacrificateur, ſeul Rédempteur & moïenneur entre Dieu & les hommes. Et ſavons que ce n'eſt ni dès maintenant, ni ſeulement du temps de Luther, mais long-temps devant, que pluſieurs grands perſonnages ont formé la même complainte ; & en eut-on bien formé d'autres, n'eut été que ce ſuperbe Evêque prétendu univerſel, a toujours tenu les gens de ſi court, qu'auſſi-tôt qu'on ouvroit la bouche pour reprendre ou avertir de quelque abus, c'étoit crime de leze-Majeſté divine & humaine, & choſe hérétique, digne du feu & de la corde, témoin Wicklef, Hus, Hieronyme de Prague, Savonarole & tant d'autres. Comme un Gregoire Ariminenſis, homme célébré à Paris pour ſa piété & ſon ſavoir, environ l'an 1350, ainſi qu'écrit Trithemius, ſe plaignoit que les Scholaſtiques, principaux Suppôts de la Papauté, étoient pires que les Pélagiens en la doctrine du franc arbitre. Mais que dira-t-on, que Gregoire, ſurnommé le grand, Evêque de Rome, accuſoit le Clergé, de ce que laiſſant en arriere la prédication de la parole de Dieu, il transformoit la Religion en un meuglement hideux. En ſomme, ceux-là ne ſont Schiſmatiques, comme leurs propres Canons remontrent, *Decret. cauſ. 24. quæſt. 3.* qui ſe ſéparent de ceux qui fourvoient, ains plutôt ceux qui donnent occaſion

au monde d'errer, & opiniâtrement perféverent en leur erreur.
Quant à l'autre échapatoire, qu'il faut mettre différence entre la Cour de Rome, qui eft devenue une banque & cohue,
& qui fe nourrit dans l'Eglife, comme le ver dans la pomme
(car voilà les propres mots de l'Auteur des trois Vérités), &
entre l'Eglife Catholique Romaine : on répond premierement
que la pureté de la Doctrine étant falfifiée par le Moines &
autres Prêcheurs & Docteurs de la Papauté, les idolâtries fe
trouvant par tous les lieux qui dépendent de l'Eglife Romaine
moderne, que cette diftinction ne fert de rien. Secondement,
fi l'Eglife eft univerfelle, pourquoi donc définit-/on l'Eglife
univerfelle par la Romaine, notoirement débordée & devenue
caverne de Brigands ? Bref, pourquoi donc tout fe rapporte-t-il
à Rome, & rien n'eft trouvé bon, quand toute l'Eglife univerfelle le trouveroit bon, fi la Cour de Rome ne l'approuve,
furtout le Pape, qu'ils tiennent pour le Chef de l'Eglife, &
auquel ils rapportent & réduifent tout l'être & la fubfiftance
de l'Eglife Catholique ? Cela préfuppofé, que devient leur
Eglife Catholique, qui a un Chef fi pourri ? vu qu'ils font contraints de confeffer, que plufieurs Papes font des garnemens,
& le Clergé de Rome du tout abâtardi. Et en fomme, où
demeure ce beau Siege Apoftolique, & cette belle fucceffion, fi la Cour de Rome, comme l'Auteur du livre des trois
Vérités l'avoue, eft une pure boutique & trafic des chofes
facrées, & qui ont coûté à Chrift fon précieux fang ?
Mais, dit-il, il s'en faut départir d'efprit, & en fon cœur détefter le mal, non fe féparer de la communion de l'Eglife ; &
que Saint Aguftin a ainfi interprêté ce dire de l'Apôtre Saint
Jean. Sortez de Babylone, Apocal. 18. Or c'eft faire grand
tort à Saint Auguftin, qui n'a jamais penfé foutenir cette erreur,
qu'il faille, dis-je, départir du mal, & d'un vice, foit idolâtrie,
paillardife ou autre pollution, d'efprit feulement, & non de
corps. Car il ne faut point fervir Dieu à demi ; & pourtant
l'Apôtre Saint Paul prie Dieu, qu'il veuille fanctifier entierement les Theffaloniciens, 1. *Theffal.* 5. & que tout leur efprit,
& ame & corps foit confervé fans reproche à la venue de notre
Seigneur Jefus-Chrift. Et David dit tout rondement au Pfeaume
16. Je ne ferai point leur afperfion de fang, & leur nom ne
paffera point par ma bouche. Et Saint Jean, en l'Apocalypfe,
menace ceux-là de l'ire de Dieu, qui participeront à la moindre marque de l'Antechrift. Mais voici que dit Saint Auguf-

F f f ij

tin, qu'en ce monde ces deux Cités, Jerusalem & Babylone, font tellement mêlées enfemble, à favoir pour le regard de l'habitation & converfation extérieure, qu'on ne peut pas du tout être féparé les uns des autres, jufqu'à ce que Chrift venant, fépare entierement les brebis d'avec les boucs; & que cependant nous fortons tous les jours de la confufion de ce monde des pieds de l'ame, & quand nos affections renonçantes au monde, afpirent au Ciel : ce qu'il déduit encore plus amplement au chapitre 18. du livre 18. de la Cité de Dieu.

Pour revenir donc à nôtre propos, il nous faut bien avoir d'autres marques de la vraie Eglife, qu'une fucceffion, une grande apparence & éminence, vu que ces marques-là font communes aux Roïaumes les plus prophanes ; & que l'Ecriture a prédit la révolte & apoftafie qui fe fera aux derniers temps, la fuite & pauvreté de l'Eglife & du petit troupeau, épars partout l'univers ; & ne laiffera ce petit troupeau d'être l'Eglife univerfelle de fon temps, tant pource qu'elle fe ramaffe par tout l'univers, que pource qu'elle retient ce que l'Eglife univerfelle de tout temps a cru, & que les Apôtres ont prêché par tout le monde.

Autant en eft-il des miracles, que les faux Prophetes font auffi, & que l'Antechrift a dû faire ; & pourtant, dis-je, ne peuvent être allégués comme marque certaine de l'Eglife. Combien que Dieu fait les beaux miracles qu'ont controuvés les Moines & autres Suppôts de la Papauté, témoin le Livre qu'a publié & fait imprimer à Liepfick, un Chriftianus Francken, autrefois Jéfuite à Rome, des faux miracles de la belle Dame de Lorette. Les plus grands miracles qui fe font en la Papauté, c'eft que les Evêques, Chanoines, Prêtres & Moines, n'aïant point de femmes, au moins n'étant point mariés, ne laiffent de remplir la terre d'enfans, & d'être peres ; fous le vœu de chafteté, font paillards & adulteres ; fous le vœu de pauvreté, attrapent les plus beaux domaines de la terre ; & le Pape, ferviteur des ferviteurs, range fous fes pieds les plus grands Princes, & du plomb fait de l'or, vendant fes bulles. Mais entre ces miracles, le plus grand eft, que des pauvres & miférables créatures ; c'eft-à-dire, autant de Prêtres qu'il y a chantans Meffe, penfent en foufflant fur l'Hoftie, faire leur Créateur. Voilà cette Eglife vifible, haute, éminente, aïant de grands Châteaux, de grandes Villes, de hauts clochers & fuperbe appareil, tel qu'il eft décrit au 17 Chapitre de l'Apocalypfe.

Venons à la troisieme objection, qui est de l'Etat des Eglises évangéliques, auxquelles on reproche quatre choses ; à savoir, qu'elles sont nouvellement éclofes ; qu'elles ne font que
de petits conventicules de gens, ramaffés en quelque petit coin
du Monde, & non cette grande Cité & Eglife vifible, apparente, univerfelle ; qu'il n'y a point de vocation légitime en
leurs Miniftres , & qu'elles font pleines de factions & de difcorde. Quant à la nouvelleté, nous répondons que les Eglifes ne peuvent être appellées nouvelles , (ores qu'il fe leve tous
les jours un Peuple nouveau,) lefquelles fe fondent fur la doctrine des Prophetes & des Apôtres, & reconnoiffent pour Chef
celui qui eft devant tous, Jefus-Chrift notre Seigneur. Elles
font donc nouvelles à ceux auxquels la vérité & réformation eft
grande nouveauté ; & font nouvelles, felon que Chrift appelloit commandement nouveau, le commandement de s'aimer
les uns les autres, (*Jean* 13) pour ce que de nouveau il remettoit tel commandement au deffus, & avec un nouvel exemple, qui eft de nous entr'aimer cordialement, comme il nous
a aimés, mourant pour nous. Bien confeffons-nous, que notre Dieu renouvelle fouvent l'état de fon Eglife, la relevant
d'oppreffe & renouvellant de nouvelles graces, comme elle fut
renouvellée du temps d'Enos, lorfqu'on recommença à rétablir
le fervice de Dieu & l'invocation de fon nom, pour fe difcerner de la race maudite de Cain (*Genefe* 5) . Comme Jacob renouvella & purifia de nouveau fa Maifon, ôtant les Dieux
étranges, & ce refte d'idolâtrie qui y étoit gliffé, du temps
qu'il converfoit avec Laban, fon beau-pere, (*Genefe* 35) :
comme à diverfes fois l'état de l'Eglife fut renouvellé fous les
bons Juges, que le Seigneur fufcitoit à fon Peuple Ifrael. Et
du temps de Jofias (2. *Rois* 23.) fous lequel le Livre de la
Loi fut retrouvé, & l'alliance avec Dieu renouvellée, & toutes fuperftitions mifes bas : Ou s'il faut parler de l'Eglife du
nouveau Teftament, du temps de faint Jean-Baptifte, de Jefus-Chrift & des Apôtres, lefquels ores qu'ils entraffent au Temple de Jerufalem, & aux Synagogues, ce n'étoit que pour reprendre les abus qui s'y commettoient, & pource que Moïfe
& les Livres de la Loi y étoient lus, & que ces cérémonies-là
inftituées de Dieu, fe devoient ainfi petit-à-petit abolir. Ainfi fut
l'Eglife renouvellée du temps de l'Empereur Conftantin le Grand
après la mort des Tyrans, l'idolâtrie fut ôtée, le fervice de
Dieu redreffé, dont par tout, dit Eufebe (*lib.* 10. *chap.* 3.)

1596.

L'ARCHE
DE NOE'.

on célébroit *Encania* ; c'est-à-dire fête & solemnité de joie, pour le renouvellement de l'Eglise. De telles renovations peut-on dire ce que dit Jérémie, (*Lament.* 3.) c'est la bonté gratuite de l'Eternel, que nous n'avons point été confumés, d'autant que fes compaffions ne font point défaillies. Elles fe renouvellent par chacun matin. C'eft chofe grande que ta fidélité. Ainfi écrit cet ancien Martyr Saint Cyprian (*Lib.* 4. *Epift.* 4.) Perfécutions aviennent à l'Eglife à caufe de nos péchés, & pour éprouver notre foi ; & auffi qu'il plaît à Dieu faire connoître, comment il a accoutumé d'une façon admirable renouveller fon Eglife, ainfi qu'après longues pluies il envoie le beau temps. Voilà quant à la nouvelleté.

Or, ce qu'on reproche en fecond lieu, que nos Eglifes ne font que de petits conventicules, qui n'ont point d'apparence vifible, & que nous forgeons des idées d'Eglife, & comme écrit l'auteur des trois Vérités, que la multitude numereufe eft de l'effence de l'Eglife, & qu'il n'y a rien plus contraire à l'Eglife, que paucité, & être refferrée en quelque coin du Monde. Ledit Auteur avec fes Adhérans ne fauroit mieux montrer fon impertinence. Car premierement, lui-même parlant de la Cour de Rome, fe mocque de Sa Majefté pompeufe, & plus que mondaine. Et puis, encore que l'Eglife univerfelle, à la prendre entiere, comme elle eft dès fa jeuneffe jufqu'à la fin, eft numereufe, comprenant tout le nombre des élus de Dieu fi eft-ce que cela n'eft pas de fon effence, d'être toujours fort apparente & populeufe, témoin l'article de notre foi : Que nous croïons l'Eglife, foit qu'elle foit apparente & floriffante, foit qu'elle n'ait pas grand montre en terre, comme du temps d'Elie, qu'il penfoit être feul ; du temps de la mort & paffion de Chrift, & peu après qu'elle étoit refferrée en des chambres : & du temps de Dioclétian, Maximin & autres, qu'elle étoit éparfe par les Bois, ou enferrée en des cavernes. Voire, tant s'en faut, que la grande multitude foit une marque effentielle de l'Eglife, que notre Seigneur l'appelle petit troupeau, & dit qu'il y a peu d'élus, (*Luc* 12. *Matth.* 22.) *Item*, nous exhorte de n'aller point par la porte & voie large, & promet que, où deux ou trois feront affemblés en fon nom, il fera au milieu d'eux, (*Matth.* 7. *Matth.* 18 ; & *faint Paul.* 1. *Cor.* 1.) Mes Freres, vous voïez votre vocation, que vous n'êtes pas beaucoup de fages felon la chair, ni beaucoup de forts, ni beaucoup de nobles. Et cet ancien Docteur Arnobe, qui a été Précepteur de Lactance, écrit en son Livre troiſieme contre les Gentils : que la Religion chrétienne eſt telle, qu'elle peut bien ſubſiſter orés qu'elle n'eût point de gens qui en fiſſent profeſſion, & que ſa vérité ne dépend point de la multitude de ſes adhérans, vu qu'elle ne prend autorité des hommes, ains eſt appuïée ſur ſes fondemens propres, qui eſt Dieu & ſa vérité ; de ſorte qu'elle ne laiſſera de ſe maintenir, quand toutes les langues ſe banderoient contre icelle. Mais il ne faut renvoïer ces gens ici, qui ne font miſe ni recette d'Egliſe, ſi elle n'eſt fort grande & populeuſe, qu'à l'Evêque de Rome, Liberius, duquel Theodoret, au Livre 2, chapitre 16 de ſon Hiſtoire Eccléſiaſtique, écrit qu'un jour l'Empereur Conſtantius, qui étoit Arrien, lui reprochant : Et bien pauvre Evêque, qui te veux bander contre nous avec ce ſcélérat d'Athanaſe, qui es-tu, la quantieme partie du Monde fais-tu, que tu oſes troubler la paix univerſelle & notre Parti qui eſt ſi grand ? L'Evêque répondit chrétiennement : la parole de Foi n'eſt de rien amoindrie par ma ſolitude & par le peu de ſuite que j'ai. Car, eſt-il pas écrit au deuxieme chapitre de Daniel, que trois perſonnages ſe fondans ſur la vérité & aſſiſtance de Dieu, oſerent bien refuſer d'obéir au commandement de Nabuchodonoſor, duquel l'Idole étoit adorée de tant de Peuples & de Nations.

Mais au reſte, il ne faut point mettre en avant ce petit Moine de Luther, comme ils font, par mépris, & quelque populace inconſidérée & ignorante, qui ait entrepris cette réformation, vu que Dieu a ſuſcité, & Princes & Républiques, & toutes ſortes de gens des plus doctes de l'Europe, qui ont ouvert les yeux & découvert l'Antechriſt, & ce que l'Empereur Sigiſmond au Concile de Conſtance, & l'Empereur Carles-le-Quint par tant de ſollicitations n'avoient pu obtenir, à ſavoir la réformation du Clergé, ou un Concile libre ; eux par l'aide de Dieu & la lumiere de ſon eſprit & de ſa parole, ont le mieux qu'ils ont pu réformé les plus groſſiers abus, reſtitué la liberté chrétienne à l'Egliſe, & ſurtout ramené la pureté de la Doctrine & la prédication du ſaint Evangile, qui étoit du tout enſevelie & changée en des légendes ferrées, comme les appelloit feu M. Deſpence, célebre Docteur de la Sorbonne : de façon qu'il s'eſt trouvé & des Univerſités entieres & des Légats du Pape même, comme un Paul Vergerius, & des Cardinaux, Archevêques, Evêques, Abbés, Prêtres & Moi-

nes, autant qu'il y en avoit qui euffent & de la confcience &
de la connoiffance folide des faintes Lettres, qui ont approuvé la réformation de nos Eglifes, & s'y font rangés nonobftant que la rigueur des perfécutions & les feux de toutes parts
allumés contre les nôtres en ont effarouché plufieurs. Et a
bien ofé écrire, Erafme, de fon temps, tout neutre qu'il vouloit être, que l'apoftume étoit fi groffe, parlant des abus de
la Papauté, qu'elle réqueroit de tels barbiers, qu'ont été Luther & fes Compagnons. En fomme, nos Eglifes ne font que
trop vifibles au Pape & à fes fuppôts, dont ils grincent bien
les dents, & ne s'étudient à autre chofe, que d'empêcher leur
éminence & accroiffement. Bref, nos Eglifes font affez vifibles
en toutes Provinces, aux faintes affemblées, aux Prédications de
l'Evangile, en l'adminiftration des faints Sacremens, aux Confiftoires, qui fe tiennent pour l'ordre & la difcipline de l'Eglife : &
même en une converfation, pour le regard de ceux qui vraiément
ont embraffé l'Evangile, qui font bien plus, Dieu merci, fon
Eglife Apoftolique, que celle du Siege Papal, lequel pour de l'argent donne difpenfes d'inceftes & de toutes méchancetés ; ne tenant rien plus déteftable, que quand on reprend, & qu'on
veut quitter la paillardife corporelle & fpirituelle, pour vivre en
homme de bien. Et cependant ce font eux qui tiennent le langage que tenoient les méchans Sacrificateurs de Jérufalem contre le
Prophete Jérémie (*chap. 18.*) La Loi ne fe perdra point de chez
le Sacrificateur, ni le confeil de chez le Sage. Venez, frappons
ce Jérémie, & ne foïons point attentifs à aucun de fes propos. Pour conclure ce point de l'apparence de l'Eglife, nous
noterons ce qu'écrit faint Cyprien (*Tractat. de Simpl. Prælat.*)
qui ne demeure ferme en la vérité de l'Evangile & de la Foi,
ne peut être réputé pour Chrétien. Car avoir de grands dons,
jufqu'à chaffer les Diables, & faire de grandes vertus, eft bien
une chofe de grande & haute apparence, mais non pas fai-
fante à falut.

Venons maintenant à leur troifieme objection contre nos
Eglifes, qui eft de la vocation des Miniftres d'icelle, argument
qu'embraffent aujourd'hui les Jéfuites, à l'envi & avec grands
battemens de mains, penfant avoir tout gagné d'un faut, fans
entrer en difpute de la doctrine, s'ils peuvent mettre à néant
la vocation de nos Miniftres ; pour de-là conclure, que donc
toute leur prédication & adminiftration de Sacremens eft chofe
de néant : fi cela fe prouve, que gens non appellés à cela,

s'ingerent

s'ingerent aux Charges Eccléfiaftiques. Mais les bonnes gens achoppent toujours à une même pierre ; c'eft qu'ils fuient, comme il a été dit ci-deffus, les bonnes définitions, plus que le Diable leur eau-bénite. Car vous les ouirez affez crier & fonner haut ces mots d'Eglife, de vocation ; mais de définir & expofer que c'eft, là ils perdent leur Latin. Si vocation ordinaire, Apoftolique & légitime, eft de briguer un bénéfice, courir en pofte à Rome, ufer de fimonie, graiffer le fommet de la tête & le bout des doigts, favoir un peu hurler fur du parchemin, & être envoïé ou confirmé par un Evêque, qui connoît auffi peu la doctrine ou la vie de ce Meffire, qui fera envoïé Curé, Chapelain ou Diacre, que nous connoiffons en ce Païs la capacité des Gymnofophiftes des Indes : à la vérité, telle vocation n'ont les Miniftres des Eglifes Réformées. Mais fi on appelle, comme à mon avis, il faut appeller vocation légitime & ordinaire, celle qui eft conforme à l'ordre que Dieu a établi en fon Eglife & aux Canons vraiement Apoftoliques qui fe trouvent au 3 *Chap. de la* 1 *à Timoth.*, *& au* 1 *Chap. de l'Epift. à Tite*, & longtemps pratiqués par l'Eglife primitive, nous pouvons dire, en bonne confcience, que les Miniftres de nos Eglifes l'ont, & qu'il n'y a rien que nous déteftions plus que les coureurs qui courent fans vocation & fans fuffifant examen de la doctrine & des mœurs ; & déteftons fpécialement la confufion des Anabaptiftes, qui reçoivent pour Prêcheur le premier Savetier, ou faucheur d'eftrain ou de foin, qui fe vantera de quelque révélation, ou qui aura la langue pendue par-deffus les autres, & faura mieux contrefaire l'homme mortifié. Et de fait, on trouvera que perfonne ne s'eft, depuis foixante-dix ans, qu'on a commencé à parler d'Anabaptiftes, plus vivement oppofé aux Anabaptiftes, tant en colloques & difputes, que par Ecrits publics, que les Docteurs & Miniftres de nos Eglifes. Et ores, qu'au commencement quelques-uns font montés en chaire, lefquels n'avoient été examinés en Confiftoires ou Synodes ; fi eft-ce qu'auparavant ils avoient quelque vocation, & avoient charge en des Univerfités, où ont été approuvés & confirmés par l'autorité des Magiftrats & de leur Eglifes, qui ont reconnu leur doctrine être conforme à la parole de Dieu, & qu'ils avoient les dons requis à telle vocation. Il eft vrai que nous déplorons tous les jours la négligence & froideur de plufieurs, qui ne font tel devoir qu'ils devroient à avancer la jeuneffe aux Etu-

Tome VI. Ggg

1596.

L'ARCHE DE NOÉ.

des de Théologie, partie à caufe des guerres, partie à caufe de cette damnable avarice, qui regne par trop & par-tout ; dont quelquefois il advient qu'on ne trouve pas nombre tel de doctes Miniftres, qu'il feroit à defirer. Mais quoi ! Dieu fe fert non-feulement de grands perfonnages, mais auffi des moïens, & quand la doctrine eft pure, il faut fupporter d'autres défauts, vu qu'on eft fi fouvent trompé par ces Moines caphars, lefquels enflés de préfomption, & fe fians en leur babil, fe jettent quelquesfois en nos Eglifes, faifant pour un temps bonne mine, & fentant cependant leur moine à vingt pas, comme la poche le Hareng ; & quelquefois regrettant la marmitte, ou ne pouvant fupporter la difcipline Ecléfiaftique, jouent un faux bond & retournent en leur bourbier, s'y enfondrant plus que jamais ; de quoi, hélas ! il n'y a que trop, voire bien récens exemples.

Mais que dira-t-on, qu'on peut prouver par les propres Canons du Pape, que Gratian a rapetaffé que la plupart de leurs Prêtres & Evêques font plutôt dignes d'anathèmes & excommunication ou dépofition de leurs charges, que d'être réputés légitimes Prêtres & Evêques. Ceux-là, dit Gratian, méritent de perdre leur privilege, qui abufent de l'autorité qui leur a été donnée ; & comme il dit ailleurs : ce ne font les titres & dignités qui font les Evêques, mais la piété & connoiffance des faintes Ecritures. *Item*, ledit Gratian appelle chiens, fales & vilains, les Evêques qui ne font la charge d'Evêque. Il anathématife ceux, qui par argent & brigues viennent à telles charges : il veut que les ivrognes & paillards foient dégradés & dépoffédés. Il veut qu'ils foient bien examinés & approuvés des Eglifes, devant qu'être mis en charge, ce qui ne s'obferve aucunement en la Papauté. Il ne veut point que même l'Evêque de Rome foit appellé Evêque univerfel. (*2. part. decret. cauf. quæft. 3. Cauf. 2. quæft. 7. Dift. 99. cap. 3.*) Et penfez que c'eft bien à telles gens, qui ne fe foucient ni de la parole de Dieu, ni de leurs propres Canons, & font la plupart entrés par la fenêtre & non par l'huis de la Bergerie, de contrôler & blafonner la vocation des Miniftres Evangeliques, & de pennader & braver avec leur crême, huile & tonfure, qu'ils vendent au poids de l'or, ne fe fouciant des vraies parties requifes en la vocation de ceux qui doivent avoir charge en la maifon de Dieu.

Refte que nous répondions à la quatrieme objection, qui eft des difcords & fcandales qui peuvent être entre ceux qu'ils

appellent Luthériens & Calviniftes, qu'eux, dis-je, appellen
ainfi ; car autrement, ofe-je bien dire & affurer, qu'autant
qu'il y a de gens raffis en nos Eglifes, il n'y a rien qui leur
déplaife plus que ces noms empruntés des hommes : vu que
notre fondement eft la doctrine des Prophetes & Apôtres ; &
que ne reconnoiffons en matiere de Religion autre Maître que
Jefus-Chrift ; & pourtant nous difons être membres de l'Eglife
Catholique ou Apoftolique ; ou bien pour nous difcerner d'avec
ceux qui (à fauffes enfeignes toutesfois) ufurpent tel titre ,
appellons nos Eglifes Réformées, felon la pureté de l'Evangile.
Or, quant aux mœurs & à la police des Eglifes, nous defire-
rions à la vérité, que ce bon Dieu nous donnât le moïen &
la liberté de mieux pratiquer envers plufieurs la difcipline Eccléfiaftique , & de policer plufieurs chofes, qui auroient befoin
d'amendement: prions Dieu tous les jours très ardemment ,
qu'il allume parmi nous plus grand zele, plus grande charité,
& que ces belles exhortations, qui font faites au 2. & 3. de
l'Apocalypfe, aux fept Eglifes d'Afie, puiffent être mieux con-
fidérées. Les uns s'abâtardiffent & endorment, hélas pour être
long-temps en repos, ou bien regimbent les uns contre les autres,
& s'entremordent comme les chevaux qui ont mangé trop
d'avoine. Les autres fe débordent pour la longueur des guerres ,
& la trop grande converfation & familiarité qu'ils ont avec
les Papiftes, & la rareté des prêches qu'ils oient, notamment
en France, ou plufieurs ont occafion de dire ce qui eft au
Pfeaume 74.

> Las ! nous n'avons nul figne accoutumé
>
> De ta faveur, Prophetes nous défaillent ,
>
> Nous n'avons nul , qui adreffe nous baillent,
>
> Quand ceffera ton courroux allumé ?

Ou bien , ainfi qu'il eft dit en Ifaïe , chap. 63. Pourquoi ,
Seigneur, nous as-tu fait errer de tes voies, & as détourné
notre cœur, que nous ne te connoiffions ? Nous avons été jà
dès long-temps comme ceux , entre lefquels tu ne domines
point, & fur lefquels ton nom n'eft point invoqué.
   Au refte, nous favons que les fcandales perfonnels, qui fe
trouvent aux Eglifes, ne leur peuvent dérober le titre d'Eglife,
ainfi que les Cathares & Donatiftes, anciens Hérétiques, penfoient. Car, Jefus-Chrift a prédit que cette Eglife vifible &

Ggg ij

militante reſſemble à un champ, auquel parmi le bon bled ſe
trouve de l'ivraie, & faut noter cependant, que tout autant
qu'il y a de fideles Miniſtres aux Egliſes reprennent vivement
les vices, & montrent que ce n'eſt pas ainſi qu'on enſeigne
Chriſt, voire que cela eſt du tout contraire au ſaint Evangile qui nous commande non-ſeulement la Foi, mais auſſi la
repentance & les bonnes œuvres. Que ſi toujours la ſévérité
de la diſcipline ne ſe peut pratiquer, il faut ſe ſouvenir de
ce que remontre ſaint Auguſtin (*Lib.* 3. *contr. Parmen.*) que
l'homme reprenne miſéricordieuſement ce qu'il peut reprendre,
ce qu'il ne peut (à ſavoir ſans danger de troubler toute l'E-
gliſe) qu'il le ſupporte le mieux qu'il peut, gémiſſant avec dilection & recommandant le ſurplus à celui qui aſſemblera un jour
l'ivraie pour la jetter au feu.

Quant aux diſputes & différends, qui peuvent être entre les
Egliſes Evangeliques, comme ſur le point de la Cene, ou ſemblable, nous répondons premierement, que c'eſt une ancienne
invention de Satan, & laquelle dès le temps des Apôtres il
pratiqua, ſuſcitant quelques différends entre Paul & Barna-
bas; & depuis quelque conteſtation s'étant élevée entre ſaint
Paul & ſaint Pierre, lequel ſaint Pierre voulant par trop ju-
daïſer : & a été cela reproché ſouvent aux Chrétiens de l'Egliſe
primitive par les Juifs & par les Païens, de ce qu'à tout propos ils avoient diſputes & débats, ainſi qu'on voit en Epiphanius, qui a vécu deux cens ans après Chriſt. Mais bon Dieu
qui nombreroit les diſuputes qui ont été entre les plus grands
ſuppôts du Pape, les Scholaſtiques, Thomiſtes, Scotiſtes, Cordeliers & Jacobins; & de fraîche mémoire, à ſavoir depuis
ſoixante-dix ou quatre-vingts ans, entre deux des plus fameux
Evêques & favoris du ſiege Romain, Thomas Cajétan, Cardinal, & Ambroiſe Catharin, Archevêque, qui ont écrit publiquement & très aigrement l'un contre l'autre, diſputans des
fondemens de la Religion; à ſavoir des Livres Canoniques,
de la prédeſtination, du franc arbitre, de la perſonne & de
l'office de Chriſt, des prieres de l'Egliſe, de la Vierge Marie,
& pluſieurs autres points juſqu'à deux cens, comme les Livres
en ont été imprimés à Rome & à Paris par Colineus. Et ne
peut diſſimuler même Bellarmin Jéſuite, les diverſes Sentences & opinions de points d'importance, qui ont été de notre temps
entre Albertus Piggius, Dominique à Soto, & les communs
Docteurs de la Papauté. Et s'il eſt queſtion du point de la

Cene , Pierre de Alliaco, jadis Cardinal de Cambray, en
ſes queſtions ſur le Maître des Sentences, imprimées à Straſbourg, l'an 1490, récite les différentes opinions qu'ont eues les
Docteurs de la Papauté, de la maniere, ſelon laquelle Chriſt
eſt au Sacrement, & n'approuve point que ce ſoit par tranſubſ-
tantiation. De façon que le conſentement perpétuel de tous
les Docteurs, ores qu'il ſoit bien à deſirer , ne peut pas être
une marque certaine & eſſentielle de l'Egliſe.

Mais voici ce que nous répondons en ſecond lieu ; que les
différends de nos Egliſes, ne ſont point tant aux Egliſes qu'entre quelques Docteurs particuliers, dont aucuns abondent quelquefois plus en leur ſens, qu'il n'eſt expédient, & ſont auſſi
repris tels eſprits turbulens par la plupart des Egliſes, & donne Dieu telle force à la vérité, qu'enfin la plupart reconnoiſſent leur erreur, & donnent place à la Vérité. Et de fait, pour
le point de la Cene, l'an 1536 Martin Luther s'en accorda
avec les Suiſſes & autres Egliſes, ores que par infirmités humaine & importunités de quelques-uns il ſe laiſſoit par fois
emporter de paſſion contraire. Les Egliſes de Pologne, tant
de la Confeſſion d'Auſbourg, que de la Confeſſion des Egliſes de Suiſſe & de France, ont ſouvent renouvellé leur frater-
nité jurée, l'an 1570 au Synode de Sendomire, nonobſtant
quelque diverſité ou d'interprétations de quelques mots ou de
cérémonies. L'an 1581 a été miſe en lumiere une Harmonie
de toutes les Confeſſions des Egliſes Evangéliques, Alleman-
des, Françoiſes, Flamandes, Angloiſes, Ecoſſoiſes, Bohe-
miennes, Polonoiſes, ſans que perſonne y ait depuis contredit,
ou créé oppoſition. Bref, entre toutes les Egliſes Evangéliques,
il y a par la grace de Dieu, ferme accord & conſentement, tant
contre les abus & idolatrie de la Papauté, que contre les autres Sectes, ſoit des Arriens, Antitrinitaires, Anabaptiſtes ,
ou autres. De clorre la bouche à tous acariâtres, il eſt impoſ-
ſible, & ne prennent les gens de bien, en quelqu'Egliſe que
ce ſoit, plaiſir aux invectives mal fondées, d'hommes arro-
gans & criards, & prient tous les jours, comme ſaint Paul,
1. Cor. 1. prioit, écrivant aux Corinthiens, par le nom de
notre Seigneur Jeſus-Chriſt, qu'entre les fideles on diſe une
même choſe & que tous ſoient bien unis en même ſens & volonté. *Amen.*

CHAPITRE V.

*La conclusion de ce Traité, par une sérieuse remontrance aux
Eglises, & priere ardente au Dieu des Armées pour icelles.*

OR sus donc, très chers freres, considerant toutes les choses
susdites, confirmées par témoignages clairs de l'Ecriture : voire
des plus anciens Peres & Orthodoxes de l'Eglise primitive, &
vérifiées par les effets qui se voient journellement ; ne vous en-
nuïez point d'être en cette Arche de Noé, toute foible qu'elle
semble être, & de toutes parts agitée ; n'aïez point de honte de
l'Evangile de la Croix, & gardez qu'il ne vous prenne envie de
retourner en Egypte ; gardez mes bien-aimés, puisque vous êtes
suffisamment avertis, qu'étant emportés avec les autres par la
séduction des abominables, comme parle Saint Pierre, 2. ch. 3.
vous ne déchéez de votre fermeté : ains croissez en grace, & en
connoissance de notre Seigneur & Sauveur Jesus-Christ. Quelque pompeuse que soit cette Babylone Romaine, cause de tant
de malheurs, & remplie du sang des Justes, en un jour viendront ses plaies, mort, deuil, famine, & sera entierement brûlée au feu. Car le Seigneur Dieu est fort, qui la jugera, ainsi
qu'il est dit au 18 chap. de l'Apocalypse. C'est à faire à si peu de
temps, & ce grand Juge du monde apparoîtra, qui donnera
aux timides, qui n'ont nul cœur de servir Dieu, aux Idolâtres,
Paillards, menteurs, leur portion en l'étang ardent de feu &
de soufre qui est la mort seconde : Apocal. 21. Mais qui vain-
cra & perseverera jusqu'à la fin, dit le Seigneur, Apocal. 3. icelui sera vêtu de vêtemens blancs, & n'effacerai point son nom
du livre de vie ; ains je confesserai son nom devant mon Pere,
& devant ses Anges, & le ferai seoir avec moi en mon trône.
Gardez-vous mes amis des fausses maximes, de ceux qui pensent
vivre & être à leur aise, tournant le dos à Dieu, & cependant
sont morts en leurs péchés, comme il est dit de ceux de Sardes.
Apocal. 3. Gardez-vous de ceux qui disent paix, là où il n'y a
point de paix, & pensent accorder la lumiere avec les ténebres,
Christ avec Belial. 2. Cor. 6. C'est à la vérité une belle chose
qu'accord & paix, & n'y a rien tant desirable ; mais comme
écrit Saint Hilaire, jadis Evêque de Poitiers : *contra Arianos
& Auxent.* Il n'y a point de bonne paix, que celle qui est selon

Dieu & fon faint Evangile, qui eft la paix de Chrift. Or, il nous donne fa paix : mais non comme le monde la donne , une paix charnelle & temporelle : mais une paix aux confciences : une paix qui nous affure de l'amour de Dieu , & de fa réconciliation avec nous. Au refte, cette maxime fera toujours véritable ; qu'aïant paix avec Dieu , le Diable nous fera la guerre, & le monde auffi. Mais aïez bon courage, difoit Jefus-Chrift , j'ai vaincu le monde. Jean 16. La délivrance eft loin des méchans, dit David au Pfeaume 119, d'autant qu'ils n'ont point recherché les ftatuts du Seigneur. Ceux qui me perfécutent & preffent, font en grand nombre ; toutesfois je n'ai point décliné de tes témoignages. Et gardez-vous bien donc de dire, il faut faire comme les autres : nous ne fommes pas plus fages que le refte du monde : il faut vivre au monde. Malheur à nous, fi nous tenons ce langage : car le Seigneur nous a triés du monde , & nous a fait fon peuple acquis. Il n'a point prié pour le monde , ains pour ceux qu'il a féparés du monde , & qui croient à fa parole.

Quant aux Apoftats, qui fe révoltent , même de ceux qui ont tenu grand rang en l'Eglife , voire en charge en icelle , que cela ne vous en dégoute , ou détourne point, non plus que la révolte de ce traître Judas. Dites avec Saint Jean , 1. Epift. ch. 2. Ils font fortis d'entre nous , mais ils n'étoient point d'entre nous ; car s'ils euffent été d'entre nous, ils fuffent demeurés avec nous ; mais c'eft afin qu'il fût manifefté que tous ne font pas d'entre nous. Il ne peut, à caufe de la corruption de ce monde , que fcandales n'aviennent, difoit Jefus-Chrift, Matth. 18. toutefois malheur à l'homme par qui fcandale avient. Ceux qui nous quittent , on trouvera toujours que ce font perfonnes qui ne peuvent quitter la marmite, & defquels le Dieu eft le ventre ; ou gens d'un efprit volage , fretillant , ambitieux ; ou gens charnels , qui aiment mieux fervir aux defirs de la chair , qu'au Dieu vivant. Et toutes fortes de vices & d'ordures fupporte aifément le Pape, pourvu qu'on lui baife le babouin , c'eft-à-dire, qu'on lui faffe hommage , & à fes idoles. O quelle pitié c'eft, & chofe qu'on ne fauroit affez déplorer , quand bien nos yeux feroient tournés en ruiffeaux de larmes , de voir , par maniere de dire, les étoiles du firmament tomber en terre : c'eft-à-dire, ceux qui ont relui comme étoiles au milieu de l'Eglife, & fur lefquels ce grand Dieu avoit fait reluire fon affiftance, par tant de grands exploits & belles victoires, fe laiffent vaincre,

& ternir tout leur luftre par femmes, par flatteurs, par frivoles maximes, par vaines efpérances. Qui nous fournira affez de pleurs & gémiffemens pour déplorer ce changement étrange, que ceux qui n'a gueres repréfentoient Jofaphat ou Ezechias; & fur lefquels l'Europe avoit l'œil, comme jadis Ifrael fur Jofué, ou Gédeon, qui étoient honorés & refpeétés de tous les bons, épouvantables aux méchans, & furtout à ce fiege Apoftatique Romain, & font jettés aux pieds de cette grande paillarde, & bête à trois couronnes, pour recevoir non tant fes commandemens, que fes baftonnades? O gains non gains, ains très dommageables pertes, quand pour une vaine apparence d'un gain temporel, on quitte la confidération des biens éternels, & voulant être élevé en honneur, on fe précipite en tout deshonneur! ô gens mal-avifés, qui pour vouloir bientôt parvenir à un certain but, vont à travers champs, & prennent des chemins obliques, qui en éloignent! ô mal-avifés, ceux qui fe propofent à enfuivre plutôt les fautes de David & de Salomon, que leur foi, leur magnanimité, leurs faits héroïques & louables! ô quelle honte c'eft, que tant de Capitaines & Soldats, pour acquérir réputation auprès d'un Prince, ou gagner une Ville fur l'Ennemi, vont la tête baiffée aux affauts, c'eft-à-dire, à la mort préfente; & quand il eft queftion du fervice du Dieu vivant, & du Roïaume qui ne peut être ébranlé, on veut faigner du nez, appréhender des incommodités, voire quafi de gaité de cœur, & fans qu'il y ait aucun danger, reculer en arriere! Retenons, retenons cet axiome politique & eccléfiaftique, qu'il n'y a rien tel, que charier droit, garder bonne confcience, & dépendre de Dieu & de Jefus-Chrift, non pas de l'Antechrift.

Et cependant déplorons tellement les fautes des autres, que nous prions Dieu, qu'il redreffe ceux qui trébuchent, & qu'il nous faffe la grace de perfeverer, & de regarder plutôt à la palme de la fupernelle vocation, qu'à quelques épines, qui font au chemin. Souvenons-nous de ce que David a dit très bien: *Pf.* 34. & expérimenté fouvent, à favoir que:

> Quiconque ira droit,
> Sujet à mille maux fera;
> Mais le Seigneur l'en tirera,
> Quelque mal que ce foit.

Et

Et comme notre Dieu dit en Isaïe, chap. 49 : Sion a dit, l'E-
ternel m'a délaissée, & le Seigneur m'a oubliée. La femme peut-
elle oublier son enfant qu'elle allaite, qu'elle n'ait pitié du fils
de son ventre. Or, quand elle l'oublieroit, encore ne t'oublie-
rai-je pas moi. Bref. *Ps.* 125.

Ce n'est pas à toujours qu'il laisse
Les siens entre les mains
Des Tyrans inhumains ;
De peur qu'une trop longue opresse
Enfin ne les force de faire
Mauvaise affaire.

Que vous donc, ô Eglises, qui êtes de long-temps sous
la croix : considériez que d'autant que les douleurs seront plus
grandes, d'autant sera plus prochaine la délivrance, comme de
la femme qui est en travail d'enfant. Ramentevez-vous les jours
précédens, esquels après avoir été illuminés, vous avez soutenu grand combat de souffrances : quand d'une part vous avez
été échaffaudés devant tous par opprobres & tribulations ; &
quand d'autre part, vous avez été faits compagnons de ceux
qui étoient ainsi harassés. Ne rejettez point au loin votre confiance, laquelle a grande rémunération. Seulement avez-vous
besoin de patience, afin qu'aïant fait la volonté de Dieu,
vous en rapportiez la promesse. Car encore tant soit peu de
temps, & celui qui doit venir, viendra : & ne tardera point ;
qui essuiera toutes vos larmes, & vous donnera la couronne de
gloire : *Hebr.* 10. devant le trône duquel je fléchis les genoux
de mon ame, le priant ainsi :

O Dieu Eternel, ô Roi des Rois, & Seigneur des Seigneurs,
vrai Dieu des armées, seul grand Monarque, & Dieu des merveilles, qui dès le commencement du monde, poussé d'une
bonté extrême, t'es voulu choisir un Peuple, auquel tu t'es fait
connoître par ta parole, & maintes & maintes œuvres admirables, aïant même contracté alliance avec lui, qui depuis a été
ratifiée par le sang précieux de ton fils Jesus ! ô vrai Pasteur
d'Israel, si onques tu eus pitié de ton pauvre troupeau, si onques
tu ouvris les entrailles de tes compassions, si jamais tu as déploïé ta force, & étendu ton bras fort, veuilles maintenant
secourir tes pauvres Eglises, sur lesquelles depuis plus de trente
ans des flots impétueux ont donné, desquelles le sang a été épan-

du comme eau jettée à l'aventure , qui font ainfi que pauvres brebiettes fans Pafteur parmi des loups raviffans ! Helas ! Seigneur , fi tu as été fon Dieu dès fa jeuneffe , n'abandonne point ton Eglife en fa vieilleffe chenue. O Eternel , fi nos iniquités répondent contre nous , comme nous confeffons qu'elles font grandes , & fort multipliées ; aide-nous , & à tous nos freres , pour l'amour de ton nom ! Helas ! Seigneur , nos tranfgreffions & ingratitudes font grandes : mais encore plus grandes font tes compaffions , & plus grands les mérites de ton fils Jefus-Chrift. Et tu fais , ô Dieu très haut , que ce n'eft pas pour nos péchés qu'on nous en veut , & que tant de gens font ligués & bandés contre tes Eglifes ; mais que c'eft d'autant que nous ne voulons reconnoître autre Chef & Evêque univerfel , que ton fils Jefus , autre doctrine que la fienne ; invoquer autre Médiateur que lui ; chercher juftice & falut qu'en lui , qui nous eft fait de par toi fapience , juftice , fanctification & rédemption ! Pourquoi donc , ô Pere de grace , qui as été de tout temps le libérateur & l'attente de ton Peuple , te montrerois tu envers nous comme un étranger , ou comme un géant éperdu , qui ne peut délivrer ? Tu vois que ton Peuple eft froiffé de grande froiffure : pourquoi eft fa douleur de fi longue durée , & ainfi qu'une plaie abandonnée des Chirurgiens. Or , es-tu cependant le Dieu Eternel , garni de force , &

> Qui d'un regard feulement
> Peux guérir notre tourment.

Helas ! vois-tu pas tant de bonnes ames en France & ailleurs, defquels les yeux fondent en larmes nuit & jour , & ne ceffent de réclamer ta grande miféricorde , priant que tu ne les châties point en ton ire , que tu appaifes ton couroux , que tu te veuilles lever , & avoir compaffion de Sion ? Ouis donc les gémiffemens de tes ferviteurs & fervantes , affectionnés à ta fainte Cité , ores qu'elle foit comme réduite en poudre. O Eternel, Dieu des armées , tu as puiffance fur la fierté de la mer , & quand fes vagues s'élevent , tu les peux rabaiffer. C'eft toi qui as mis fin au déluge , & gardé ton ferviteur Noé au milieu des ondes. Garde auffi maintenant & regarde les pauvres réfidus de ton troupeau , qui ne dépendent que de ta Providence ; guéris leurs plaies , autrement incurables ; rétablis-les , afin que la terre ne foit couverte de méchans blafphêmateurs : ains que tu aies un Peuple qui chante un nouveau Cantique à ta louange.

O Eternel, quoi que nous aïons fait,
Demontre nous ta grace par effet;
Et nonobſtant tous nos faits vicieux,
Oĉtroie-nous ton ſalut glorieux.

Mais, quoi! je veux écouter que dira
Le Seigneur Dieu; car à ceux-là qui ſont
Doux & bénins, de paix il parlera,
Et eux auſſi plus ſages deviendront.

Certes à ceux, qui en crainte ont recours
A ſa bonté, prochain eſt ſon ſecours.
A celle fin qu'en lieu de tout méchef
Sa gloire habite entre nous de rechef.

Miſéricorde & foi lors ſe joindront,
Juſtice & paix s'accoller on verra,
Foi ſortira de terre contre mont,
Juſtice, en bas, du Ciel regardera.

Dieu mêmement nous donnera ſes fruits,
Qui nous ſeront par la terre produits;
Bref, devant lui juſte Gouvernement
Ira ſon train ſans nul empêchement.

Ainſi, Ainſi ſoit-il.

H hh ij

Avertissement.

Nous infererons en ce commencement de l'an 1597 le Livret qui s'enſuit, contenant pluſieurs notables particularités pour l'Hiſtoire de France en ce temps. A ce Livret fut oppoſé l'an ſuivant une longue Satyre, laquelle n'avons eſtimée convenable, tant pour ſa prolixité calomnieuſe, que pour autres conſidérations, d'être ajoûtée enſuite du Livret, dreſſé par avis & commandement de perſonnes notables.

PLAINTES

DES EGLISES RE'FORME'ES DE FRANCE,

Sur les violences & injuſtices qui leur ſont faites en pluſieurs endroits dú Roïaume, & pour leſquelles elles ſe ſont, en toute humilité, à diverſes fois adreſſées à Sa Majeſté.

Il n'y a ſi forte patience qui ne rompe, à ſe voir long-temps & ſans relâche violentée ; & le moindre, le plus naturel effet de l'impatience, c'eſt la plainte du mal qu'on ſouffre : n'aïant la nature voulu faire l'homme du rang des créatures du tout dépourvues de ſentiment. De tout temps auſſi on a cru que la moindre liberté eſt celle de la langue ; la derniere cruauté, la plus déſeſperée tyrannie, vouloir étouffer les ſoupirs, empêcher les gémiſſemens des oppreſſés. On ne ſauroit donc trouver mauvais, que nous, qui faiſons profeſſion de la Religion Réformée, & avons tous ce bien d'être nés dans la France, Roïaume de ſa nature le moins rigoureux qui fut onc, & dont les Sujets jouiſſent d'autant de liberté qu'il ſe peut, venions à faire ouïr nos plaintes ſur tant d'outrages, violences & injuſtices qui nous ſont faites tous les jours, & faites non point ici ou là, mais en tous les endroits du Roïaume, faites en un temps, ſous un regne, qui moins en avoit d'apparence, qui plus nous devoit d'eſpérance. Que plût à Dieu, que ceux qui ne ſont pas mieux François que nous, ſe fuſſent contenus en modeſtie & amitié fraternelle, ou au moins civile avec nous, comme nature, comme Dieu même les y avoit obligés. Nos déportemens paſſés, cette longue & opiniâtre patience, que nous avons montrée à ſouf-frir tout ce qu'on a voulu nous dire & faire, ſuffit-elle point

pour enseigner combien nous nous tairions volontiers ? Notre
conscience aussi nous rend un témoignage véritable, & plein de
consolation ; que bien que ce ne soit, ni pour néant, ni pour
peu, que nous nous écrions, encore est-ce à regret que nous
découvrons au monde ces hontes de notre patrie : que nous faisons voir que ces François, qui déja l'espace de plus de trente-
cinq ans, ont tant bu de notre sang, n'en sont pas encore desal-
térés. Et Dieu veuille qu'à ce coup au moins nos plaintes puissent
profiter ; Dieu veuille qu'elles puissent percer ces oreilles qui
jusqu'aujourd'hui ont été si farouchement bouchées à nos gémissemens, puissent amolir les cœurs de ceux, qui bien que
compatriotes, ont tant haï notre conservation, quelque connoissance que leur ait pû donner le passé, que nous ne saurions
périr qu'en leur compagnie, ne pouvons être enterrés que dans
les masures de l'Etat. Dieu veuille, que ces cœurs, voïant dans
nos plaintes l'horreur des cruautés qu'ils nous ont fait souffrir,
qu'ils nous font tous les jours souffrir, qu'ils nous menacent
encore de nous faire plus long-temps souffrir, viennent à se
ressouvenir qu'ils sont hommes, & sont François, faisant profession particuliere de courtoisie, d'humanité. Et pour nous
tourner du côté où notre devoir, notre affection nous pousse
le plus. Dieu veuille, Sire, que Votre Majesté écoutant ces
plaintes, comme nous esperons qu'elle fera ; puisque c'est le principal de sa Charge, & y voïant les étranges inhumanités d'une
partie de vos Sujets contre nous, à qui on ne peut refuser le même
nom, ni la louange de très affectionnés & fideles à votre service,
prenne une bonne résolution de nous en dégager, de mettre
une fin à nos maux. C'est le plus grand bien que nous desirons,
& si notre desir ne nous trompe, que nous attendons d'elle.
Nous ne sommes, ni Espagnols, Sire, ni Ligueurs, & n'avons
pas si peu servi Votre Majesté, si peu servi cet Etat contre les
Espagnols, contre les Ligueurs, que nous méritions d'être à
jamais misérables. Nous avons eu cet heur de vous voir peu s'en
faut naître & bercer, au moins élever parmi nous ; avons emploïé nos biens, nos vies, pour empêcher les effets de la mauvaise volonté de ceux, qui dès votre berceau, cherchoient votre ruine ; de vous avoir par la main conduit au trône où Dieu
vous a fait seoir enfin ; avoir encore avec vous, & sous votre
sage & vaillante conduite, fait les principaux efforts à la conservation de la Couronne, qui, graces à Dieu, est maintenant
sur votre tête, & contre laquelle s'étoient ligués ceux qui bons

témoins de notre fidélité, pour le premier article de leur maudite Ligue, avoient couché celui de notre anéantissement,
comme perdant espérance de voir le bout de leur dessein, tant
que nous serions sur pieds. Ces choses si claires, si connues de
tous, nous faisoient dès le commencement esperer, & ne fis-
sions-nous, par maniere de dire, que dormir. Que V. M. Sire,
& tout autant qu'il reste encore de bons François, penseroient
plus que suffisamment à ne perdre point une partie de l'Etat, si
utile, si nécessaire. Mais il est advenu, nous ne savons par quel
malheur, que depuis huit ans qu'il y a, que Dieu vous a appellé
à la couronne, nous n'avons vu amandement quelconque, ni
en la mauvaise volonté de ceux qui font autre profession que
nous, ni en la misere de notre condition; & par ainsi ne nous
sommes que très peu, ou point du tout ressentis de votre bonne
affection, de laquelle nous nous étions tant promis. Et bien
pis : nos adversaires tout ouvertement ont, sinon plus de malice, au moins plus de moïen de nous nuire. Car nous étant si
franchement jettés entre les bras de Votre Majesté, & à cause
de cela ne nous promettant que tout bon traitement de ceux
qui avec nous se vantent d'être vos serviteurs, nous avons été
tant plus exposés à leurs desseins, que moins nous nous en don-
nions de garde; & semble même que l'affection qu'ils savent
que nous portons au bien de vos affaires, les ait enhardis; comme assurés qu'ils étoient, que pour ne recommencer des nouveaux troubles en temps si mal propre à cet état, qui d'ailleurs
ne se trouve que trop près de sa ruine, nous n'eussions osé faire
semblant de nous ressentir de leurs outrages. De sorte que cet
entre-deux de temps, que plusieurs veulent faire passer pour une
profonde & très assurée paix, suffisante à nous contenter, si
quelque chose pouvoit nous contenter ; (ainsi parlent-ils,
voulant faire accroire que nous ne demandons qu'une apparente
occasion de tout troubler) ce temps, dis-je, nous est infiniment plus préjudiciable que la guerre ouverte, en laquelle au-
moins nous gardions-nous de ceux qui nous avoient ouvertement défiés; en laquelle encore Dieu a tellement favorisé notre droit, que nous avions bon moïen de leur ôter, ou l'envie,
ou le pouvoir au moins de nous faire beaucoup de mal. Une
grande partie de ceux qui nous rudoient ainsi, ont pris les armes contre l'Etat pour beaucoup moins, c'est-à-dire, seulement
pour des peurs qu'ils se fantasioient contre toute apparence ;
& nous nous tenons cois, bien que pressés du sentiment d'une

infinité de maux préfens ; & agaffés de tous côtés avec une animofité , une cruauté fuffifante à ranger au défefpoir les plus
patiens du monde. Or , ce défefpoir nous le combattons au
moins mal qu'il nous eft poffible , & effaïons de nous fortifier
à l'encontre , par une opinion de votre volonté , Sire ; eftimant
qu'elle , qui s'eft montrée fi bonne , fi humaine , fi prompte à
ceux qui lui ont fait de tout temps fi cruelle guerre , ne fauroit
être , ni mauvaife , ni tardive à l'endroit de nous , qui ne fûmes
jamais autres que vos très affectionnés ferviteurs. Et cette opinion perdue , fi nous fommes contraints de la perdre , que nous
peut-il refter de foulas , d'efpérance ? C'eft auffi par-là , Sire ,
c'eft par-là qu'on nous mine. Au vu & fu de tout le monde ,
on y travaille ; on recherche , Sire , tous moïens d'engager
tout doucement & par dégrés votre volonté , votre confcience
à notre ruine. On perfuade premierement Votre Majefté d'aller à la Meffe. Etoit-ce pas déja vous féparer par trop de nous ,
en rompant ce lien qui nous avoit fi long-temps eftrains à vous ;
démoliffant ce fondement fur lequel étoit bâtie cette prompte
allegreffe que vous avez vue en tous ceux qui faifoient profeffion de piété , à vous fuivre & fervir lorfque la Couronne , non-
feulement n'étoit point fur votre chef , mais fembloit le fuir le
plus , & que toutes chofes aidoient à vous en déclarer incapable ? Or , nous fouvient-il bien des proteftations que fit Votre
Majefté en même temps , de ne vouloir jamais confentir à nos
malheurs , de fe rejetter plutôt parmi nous , que d'accorder à
nous faire la guerre. Nous fouvient encore , que ceux qui vous
pouffoient à cela , & craignoient que le déplaifir que nous en
recevrions (comme certes il a été grand) ne nous pouffât à des
réfolutions violentes ; (& loué foit Dieu de ce que l'évenement
a fait paroître tels foupçons venir plutôt de leurs paffions que
de notre mérite, a fait paroître , que nous ne prenons point la
Religion pour prétexte de défobéiffance à nos Rois) : ceux-là ,
dis-je , nous fouffloient à l'oreille de grandes promeffes de l'a-
vantage qui nous revfendroit de ce changement : comme fi du
mal l'homme pouvoit tirer du bien , pouvoir que Dieu a réfervé à foi fans exception. Ils difoient donc , que n'y aïant d'alteré que le dehors , (comme il étoit bien malaifé de croire que
des fimples raifons d'Etat puffent réfoudre une confcience inftruite à croire que l'Etat doit marcher après & bien loin après la
Religion , fuivant ces maximes ; cherchez fur-tout le Roïaume
de Dieu. Que fert-il à un homme d'acquérir tout le monde , &

mettre fon ame en perdition ; inftruite encore fur ce fondement à faire jugement de cet efprit , qui du haut du pinacle
crie , je te donnerai toutes ces chofes fi tu m'adores) n'y aïant
donc autre changement , & l'affection vous demeurant au dedans toute telle en notre endroit qu'avoient mérité tant de
fervices ; Votre Majefté auroit tant plus de commodité de nous
en faire fentir les effets : même felon les occafions ; (car ils
paffoient jufques-là , fachant que c'eft le principal de nos vœux)
venir à la réformation , tant néceffaire de l'Eglife. Mais au
partir de-là , qu'en eft-il advenu ? Non-feulement , ils vous ont
obligé de croire tout ce que nous trouvons de plus groffier en
leur Religion , très pauvre démarche pour venir à la réformation ; mais auffi on a fait faire à Votre Majefté un ferment folemnel à fon Sacre , renouvellé en prenant l'Ordre du Saint
Efprit (qu'ils appellent) par lequel elle s'eft obligée d'exterminer l'Héréfie & les Hérétiques , & de tels noms ont-ils accoutumé de nous qualifier ; quoique , contre vérité , s'en font fervis
pour engendrer & fomenter ès feu Rois la haine qu'ils nous
ont portée , & fi amplement témoignée par tant de guerre ; ce
ferment même ne fut jamais introduit qu'à notre feule confidération , & de vous , Sire , qui pour lors étiez embarqué en même caufe. Y a-t-il point donc jufte occafion de foupçonner que
vous aïant fait continuer le ferment , par lequel ils obligeoient
vos devanciers à notre ruine , ils aient intention d'y engager
Votre Majefté. Il eft en vous , Sire , de nous guérir de cette
peur. Nous le defirons , le demandons en toute humilité , &
l'efperons auffi de votre humanité. Mais en cette attente , le
grand nombre de maux qu'on nous fait , & dont on diffimule
la connoiffance le plus qu'on peut , pour avoir plus de couverture , plus d'ouverture à les continuer , nous contraignent à vous
fupplier de permettre , que nous faffions entendre les particularités de nos doléances & à Votre Majefté , & à tous vos François ; afin que Votre Majefté connoiffe à l'œil combien nous
fommes mal fous votre regne , puifque ceux qui devoient l'en
informer , le lui déguifent ; & ceux qui reftent encore en votre
Roïaume de non paffionnés , mais mal informés , voïant en
combien de façons on nous inquiete , ne trouvent plus mauvais
que nous demandions fi inftamment la liberté générale de fervir Dieu felon nos confciences ; des Chambres de Juftice , auxquelles nous puiffions nous fier de nos biens , de nos vies , de
nos honneurs ; des fûretés pour nous couvrir des violences dont
ces

ces maux paſſés & ces maux préſens nous menacent pour l'avenir ; & ainſi inſtruits, prennent envie de rapporter ce qu'ils
ont de bon en leurs deſirs, de ferme en leurs avis, d'aſſuré en
leurs moïens, pour s'oppoſer à ceux qui empêcheroient volontiers le cours de votre bonne volonté, & favoriſer ceux qui ne
deſirant point de ſurvivre à cet Etat, veulent ſeulement être
conſervés dans icelui, en craignant Dieu, & ſervant Votre
Majeſté.

Nous nous plaignons donc en un mot de tous les François.
Non qu'en un ſi grand, ſi peuplé Roïaume, nous penſions
qu'il ne s'en trouve encore à qui le cœur ſaigne de voir des indignités ſi dénaturées ; mais que nous ſert tout ce qu'ils peuvent
avoir de bon, d'humain, de François ? Une partie d'eux eſt ſi
molle, ſi craintive, qu'elle n'oſeroit ſeulement faire ſemblant
de n'agréer ce qui lui déplait ; & ſi lorſqu'ils nous voient ainſi
malmenés, ils prennent la hardieſſe de ſe détourner, penſent
bien avoir fait plus que de leur devoir ; encore tremblent-ils de
peur d'être pris pour fauteurs des Hérétiques ; car ainſi calom-
nie-t-on ceux qui ont tant ſoit peu de compaſſion de nous. Et
tous enſemble montent ſi peu, qu'ils ne paroiſſent comme
point. Quoi que ce ſoit, nous n'en amendons nullement : qu'ils
nous excuſent donc ſi (comme c'eſt l'ordinaire de meſurer le
tout à la plus grande partie, laquelle a même accoutumé de ſe
dire la plus ſaine) nous parlons comme ſans exception. Leur
conſcience les ſéparera aſſez d'avec ceux qui par leur malice
donnent occaſion à nos fortes douleurs, à nos juſtes doléances.
Les Prêtres, les Moines, en un mot, tous ceux qui en l'Egliſe
Romaine s'appellent Eccléſiaſtiques, ſont nos ennemis mortels,
& en font profeſſion ouverte (1) ; & avec quelque occaſion,
puiſqu'ils ſont réſolus de continuer la poſſeſſion des aiſes, que
leur ôteroit la ſimplicité de l'Evangile que nous embraſſons.
Leur vie témoigne cette haine, leurs ſermons la publient. Ils
penſeroient être excommuniés, & (ce qu'ils craignent bien davantage) ſe rendre dignes de perdre la marmite, s'ils étoient

---

(1) Cette plainte, comme beaucoup d'autres contenues dans cet Ecrit, étoit auſſi har-
die qu'injuſte ; car outre que ceux qui ſe
plaignent poſſédoient encore tous les biens
Eccléſiaſtiques dans tous les lieux où ils
étoient les plus forts ; qui ignore les extrêmes violences qu'ils avoient contre les Prêtes & les Religieux, depuis les premiers

mouvemens ? Toutes ces plaies & beaucoup
d'autres étoient encore récentes en 1597.
Falloit-il donc trouver ſi étrange, dit Sou-
lier, que les Eccléſiaſtiques & les Religieux,
qui avoient échappé à leurs cruautés, en euſſent conſervé le ſouvenir ; & ſur-tout dans
un temps où la plupart étoient encore chaſſés de leurs Egliſes & de leurs biens ?

une feule fois defcendus de chaire , fans avoir tempêté contre ces méchans Hérétiques , (ainfi leur eft il permis de nous outrager) s'ils n'avoient crié, qu'il faut tout mettre à feu & à fang. Miférables, qui ne favent pas à qui ils fe prennent ; mais plut à Dieu qu'ils fuffent feuls. Ce ne feroit que paffe-temps de les voir, au plus bouillant de leur colere , caffer leurs chaires à grands coups de poing. Au partir de-là , nous n'en vaudrions pas moins, le repos public n'en feroit gueres intereffé , & on en feroit quitte pour leur donner des chemifes à rechange. Au pis aller, il y auroit bon moïen de les rendre, ou meilleurs , ou plus retenus. Mais quoi ? La Nobleffe , le Peuple, inftigués par eux, & fe laiffant pouffer au vent de leurs prêches féditieux , en veulent auffi à nous , fe rendent exécuteurs de leurs paffions , & mettent en œuvre toute forte de violence. Voire la Nobleffe qui fe vante d'être le foutien de l'Etat, & ne voit pas combien elle déroge à cette honneur , de chercher la ruine de l'une des bonnes parties de l'Etat. Le peuple qui maudit avec tant d'exécrations les guerres paffées qui l'ont réduit à une defefperée mifere, & ne veut fe reffouvenir que ce font ces violences qui ont caufé tout ce qu'il a déja fenti. Les Magiftrats, tant fouverains que fubalternes, qui par le dû de leur Charge, font obligés à demeurer neutres , ou plutôt à fe porter pour Juges équitables, & fe difpofer, en rendant juftice égale à maintenir les bons , les paifibles , châtier les mauvais , les féditieux ; ces Magiftrats flattent ces paffions des Prêtres , fomentent ces féditions du Peuple ; applaudiffent aux violences de la Nobleffe ; & qui pis eft, y contribuent leur autorité , leurs Sentences, leurs Arrêts ; & que ne fe permettroit une populace, qui fe promet impunité ? Reftent nos Seigneurs du Confeil. Si ceux-ci au moins , qui ont tout l'Etat entre les mains , & l'ont pour le conferver ; vouloient nous en reconnoître partie, vouloient affectionner notre bien, comme du refte; vouloient au moins n'affectionner point notre ruine. Mais au contraire , ils nous montrent tant de faveur (pour ne dire pis) que beaucoup moins fuffiroit pour animer ceux , qui ne demandent que deux doigts d'occafion , pour nous faire une braffe de mal. Bon Dieu ! qu'il n'y ait Ordre aucun, aucun état en France, de qui nous puiffions nous promettre foulagement ! Mais bien de qui nous puiffions ne craindre point notre ruine !

Ils favent combien nous fommes jaloux de la liberté de nos confciences pour fervir Dieu , comme nous croïons qu'il faut

le faire, comme nous favons qu'il le demande en fa parole. Et
de cela cinquante ans paffés leur ont rendu bon témoignage ;
car on nous a dès le commencement brûlés, noïés, pendus, on
nous a depuis maffacrés, & maffacrés un à un, maffacrés en
foule. On nous a bannis du Roïaume par Edits ; on nous a fait
la guerre forte & cruelle, déja l'efpace de trente-cinq ans, ou
bien peu s'en faut, & par fept diverfes fois. Tout cela n'a pu,
ni éteindre, ni même ralentir notre affection. Seroit-il point
meshuy (1) temps, de fe laffer de tant de peine qui ne rapporte
que blâme ? Si n'y a-t-il lieu en tout ce grand Roïaume où ne
fe montre encore aujourd'hui un extrême dépit de ce peu de
liberté que Dieu nous a confervée, une extrême envie de nous
en priver. Auffi n'en jouiffons-nous qu'ès lieux, où la faveur
que Dieu nous a faite ès guerres paffées, nous a donné le moïen,
comme on dit, de montrer les dents. Ailleurs voulons-nous
prendre confolation en l'exercice de piété ? Il la nous faut chercher au plus loin ; d'Orléans à Jargeau, d'Angers à Saumur,
de Poitiers à Chaftelleraud, de Chinon à l'Ifle-Bouchard, de
Bourges, Nevers, & la Charité à Sancere, de Bourdeaux à Caftillon, d'Agen à Clerac, de Périgueux à Bergerac, de Bazas
à Cafteljaloux, de Beziers à Florenfac, de Touloufe à l'Ifle en
Jourdan, de Valence à Beaumont, de Romans à Château-
double, de Forès, Lyonnois à Anonai en Vivarès. C'eft-à-
dire, qui une, qui deux, qui quatre, qui fept, voire dix &
douze lieues. En toute la Bourgogne il ne nous y refte rien depuis la perte de Monfenis ; en toute la Provence, que Merin-
dole & Lormarin ; en toute la Bretagne, que Vitrai ; en toute
la Picardie rien, depuis la perte du Caftelet. A Caen, Alençon, Dieppe, Sancere, bien que le plus grand nombre des Habitans foit de la Religion, fi n'oferoit-on prêcher que hors les
murailles. Voïez à quoi il nous faut affujétir, fi nous ne voulons
vivre du tout fans Religion, à la façon des bêtes. En ces voïages, combien penfe-t-on qu'il y a d'incommodités, du chaud,
du froid, du vent, de la pluie ? Combien de hazard, fur-tout
des petits enfans qu'il faut porter fi loin au Baptême, defquels
qui doute qu'un grand nombre ne vienne à mourir ? Combien
de dangers du côté de ceux qui ne fe plaifent qu'à maffacrer ?
On a bien fu, bien vérifié par informations authentiques, que
ceux de Vitry-le-François ont été fouvent aguettés par les ennemis de l'Etat qui font en la Franche-Comté, s'il y auroit

____

(1) Meshuy, c'eft-à-dire, aujourd'hui, maintenant.

1597.
Plaintes
des Eglises
Reforme'es.

moïen de les furprendre affemblés à Vitry-le-Brûlé , pour jouir puis tout à l'aife de la Ville , qui ne fauroit fe défendre , fi une fois cette troupe en étoit à dire , parcequ'elle fait le plus grand nombre des Habitans. Et toutesfois jamais le Confeil de Sa Majefté n'a voulu y avoir égard. Ceux de Limoges , qui s'en vont à quatre grandes lieues , en paffant par les Villes d'Aize & Solognac , qui font fur le chemin , éprouvent toutes fortes d'indignités , des paroles outrageufes , de la boue , des pierres ; & fi au bout de tout cela , on leur ôte les bateaux des rivieres qui ne peuvent fe paffer à gué. Aux Pâques de l'année paffée , combien peu s'en fallut-il qu'on ne vît un nouveau maffacre à Tours, comme on revenoit d'une lieue de-là , où on a la liberté de s'affembler ? Il en fut trouvé qui fe vantoient d'aiguifer leurs couteaux ; & le Peuple en foule difoit mille vilainies le long du Fauxbourg de la Riche. A Chinon auffi , quelques jours auparavant , le peu qu'il y en a revenant de l'Ifle-Bouchard , fe vit fans y penfer affailli au Fauxbourg Saint Jacques à grands coups de pierres ; & fi leur modefte patience n'eut fervi d'eau au feu d'une telle émeute , fans doute on eût bien paffé plus outre. En Normandie , le fieur de Bordage s'acheminant à Pontorfon, environ le mois de Juillet dernier , pour préfenter au Baptême un enfant du fieur de Mongommeri , trouva les Paroiffes fur fon chemin toutes en armes , fe difant avoir commandement de la Cour de Parlement de ne laiffer paffer aucun qui allât de Vitré , ou du Bordage à Pontorfon. Le fieur de Bordage , qui n'avoit à fa fuite plus de fept ou huit chevaux , rebrouffe chemin ; puis prenant nouvel avis , trouve enfin moïen de paffer & fe rendre à l'affignation : dont irritées ces Paroiffes , fe ramaffent jufqu'au nombre de deux ou trois mille hommes , pour fe ruer fur lui au retour ; pour la fûreté duquel , le fieur de Mongommeri l'accompagna avec partie de fa garnifon. Les premieres troupes les laifferent paffer : mais engagés qu'ils furent, on les chargea à belles arquebufades , dont furent tués deux Soldats de la troupe : ce qui fit qu'on fe mit en défenfe : mais fi ne pouvoit-il leur avenir que mal , fans la garnifon de Vitré qui furvint tout à props. A Saint Etienne de Furan , petite Ville en Forès , ceux qui étoient allés à Anonai pour la Cene , en nombre de cent ou environ , tant hommes que femmes & jeunes enfans , arrivant le lendemain de Pâques de l'année paffée à l'entrée du Fauxbourg , tous chargés de nege & haraffés du chemin , qui n'eft moindre d'une journée , furent au dépourvû affaillis d'une foule bien de treize cens Habitans du lieu, qui armés d'épées, gros bâtons, maſſues & cailloux, ſe ruerent avec blaſphèmes horribles ſur cette troupe deſarmée & ſans défenſe. Pluſieurs y furent rudement battus, bleſſés, eſtropiés, laiſſés pour morts ſur les carreaux ; la nuit venue, encore pluſieurs portes enfoncées, pluſieurs vitres rompues à grands coups de pierre. Le lendemain, à chacune porte de ces pauvres gens, autant de troupes de ce Peuple encore mutiné, ſi bien qu'ame n'eut oſé paroître, & n'attendoit-on que l'heure qu'il plairoit à ces ſéditieux d'égorger ces brebis.

Puiſqu'on nous traite ſi mal, lorſque pour acheter la paix, nous nous contraignons de nous accommoder à tant d'incommodités, que nous ſommes forcés d'aller chercher ſi loin, ce que nous devrions & mériterions d'avoir plus près, quelle liberté penſe-t-on qu'on nous donne ès lieux dont ils ont banni notre conſolation ? Que feront ces gens-là ? ou plutôt que ne feront-ils, s'ils découvrent, que parmi eux nous faſſions tant ſoit peu de ſemblant de faire quelque partie de cet exercice, auquel nous avons tant d'affection ? Témoin ce qui s'en voit, j'oſe dire tous les jours à Tours, Orléans, Angers, Rouen, Rennes, Beziers, Clermont de Lodeve, Montagnac, Partenay, par toute la Provence, par toute l'Auvergne, à Falaiſe en Normandie, s'étant quelques-uns, en petit nombre, aſſemblés ſeulement pour prier Dieu, furent mis en priſon, & celui qui avoit fait la priere, & le maître de la maiſon. A Tulles en Limoſin, toute la troupe fut ſaiſie ; & refuſant d'aller à la Meſſe, furent menacés d'être jettés en la Riviere, hommes, femmes & enfans : mais Dieu leur donna moïen d'évader. Ceux de Limoges aïant voulu s'aſſembler hors de la Ville, en des métairies à eux appartenantes, furent contraints de déſiſter, pour les menaces qu'on leur faiſoit de les maſſacrer. A Montagnac en Languedoc, Dieu aïant donné un enfant à l'un des principaux de la Ville, nommé Monſieur Philippi, à cauſe des incommodités qu'il y avoit de le porter à Saint Paragoire, lieu aſſigné pour l'exercice, à une grande lieue & bien mauvais chemin, on prit avis de le baptiſer en une métairie appartenante au pere. Ce qui ne fut plutôt fait, qu'on procédât à belles informations, dont l'iſſue fut une priſe de corps décernée contre le Miniſtre, nommé Malgoirés, qui fut contraint de s'abſenter, & condamnation contre tous les aſſiſtans à cent écus d'amende, & autant de dépens. A Manoſque en Provence, comme on ſe fut aſſem-

1597.
PLAINTES
DES EGLISES
RE'FORME'ES.

blé par quelques Dimanches, en petit nombre & secretement,
découverts qu'ils furent, on les contraignit de désister ; & fut
donné Arrêt par la Cour de Parlement, portant inhibitions &
défenses à ceux de la Religion de se trouver ensemble, à peine
de dix mille écus ; & depuis, à l'occasion d'un Baptême secretement fait, peu s'en fallut qu'ils ne fussent tretous massacrés.
A Nevers, le Dimanche devant Noel dernier, s'étant assemblés
les cinq ou six qu'il y en a de reste, on ne se donna garde qu'une
sédition s'émût telle, qu'il tînt à peu que la maison ne fût forcée ; & l'eut été, sans la prudence du Magistrat qui survint. Le
seizieme jour du mois d'Août dernier, s'étant semé un bruit
par la Ville de Saint Etienne du Suran, qu'on s'étoit assemblé
chez un nommé Pierre Boyer, y accoururent le Chastelain, le
Procureur Fiscal, le Greffier, un Consul avec un Sergent & un
Eperonnier ; lesquels laissant à la porte une foule de bien trois
cens hommes ; montés en haut, ne trouverent autre chose que
le maître de la maison, devisant avec un sien ami. Et le Dimanche ensuivant, en firent autant & pour même occasion, au logis de Geofroy Armand, qu'ils trouverent à table festoïant deux
ou trois siens amis. Peu de jours devant Pâques dernieres, deux
méchans garnemens publierent à haute voix par la Ville de
Tours, avoir vu ceux de la Religion assemblés au Plessis :
chose qui fut trouvée fausse par le Maire de la Ville. Et toutesfois ès Temples de Saint Martin & Saint Galiam, les Prêcheurs firent rage de crier, que c'étoit une honte de souffrir
telles gens en la Ville. Et voïez encore où va cette cruauté. Madame, venant en Cour, passa par Bordeaux ; là elle fit à son ordinaire faire la Prêche dans son logis ; ceux du Parlement, qui
se douterent bien que ceux des nôtres, qui y sont en grand nombre, & par leur tyrannie sont contraints à mourir de faim de la
pâture de leurs ames, ne perdroient jamais une si belle occasion
de jouir dans la Ville, de ce qu'ils prennent bien la peine d'aller chercher jusqu'à Castillon, devenus Inquisiteurs Espagnols,
apostent des mouches par tous les carrefours, qui les guetassent
& remarquassent l'un après l'autre. On ne fut pas sorti du Prêche, que voilà des prises des corps décernées, dont on commence l'exécution par le sieur de Mirambeau, avec résolution
de passer de-là à tous les autres. Il fut saisi & contraint de
passer le guichet ; & y eut eu davantage, si Madame en propre
personne n'eût intercédé, & pour lui & pour tous les autres. La
honte surmonte pour cette fois l'animosité, quand on vit la

sœur unique du Roi, s'abaisser jusques-là. Qui l'eut jamais cru ? que les François se laissassent pousser à l'animosité jusqu'à ne porter aucun respect à une telle Princesse ? Et on appellera cela vivre en paix ?

Mais s'étonnera-t-on qu'ès lieux où ils pensent avoir toute puissance, & rien ne nous être permis, ils nous traitent à leur discrétion, & leur discrétion soit si insolente, puisqu'ils ne peuvent nous laisser en repos ès lieux mêmes où la liberté nous est donnée ? La Ville de Montagnac la devoit avoir toute entiere par l'Edit de soixante-dix-sept. Les Habitans de contraire Religion (qui pourtant ne font pas le plus grand nombre) firent tant envers M. le Connétable, lors encore Maréchal de France, qu'il ne leur fût plus permis que de faire les prieres, comme ils ont toujours depuis continué, tout publiquement. Or pour le faire avec quelque commodité, ils s'acquirent un petit lieu, où le feu n'avoit laissé que les quatre murailles ; depuis peu de temps aïant pris envie d'y faire un couvert pour se défendre des injures du temps, on n'a voulu leur permettre, & ont été empêchés premierement par des lettres de Monsieur le Connétable, puis par le commandement fait de la bouche de Monsieur de Vantadour. Monsieur de Nemours venant trouver Sa Majesté avec troupes ; un de ses Régimens, conduit par le sieur de Nerestan, força de nuit la Ville de Marchevoir, en Beauce. Après que les Soldats furent logés, la Maison, Sergent-Major, les conduisit au lieu destiné au Prêche, d'où ils enfoncerent la porte à coups de pétard. Entrés qu'ils y furent, ils mirent la chaire en pieces, fracasserent bancs & escabelles, & ne pouvant pis, firent & ramasserent dans le lieu toutes les ordures qu'il leur fut possible. Semblablement bien que Monsieur de Guise ne puisse nier, qu'il ait été introduit dans la Provence par l'assistance de ceux de la Religion, si est-ce qu'il n'y a indignité que ces troupes ne fassent à tous ceux qu'ils découvrent être de ce nombre. De fait sa Compagnie de Chevaux-legers logeant à Lormarin, entre les rudesses qu'on peut s'imaginer qu'un chacun faisoit à son Hôte, par trois fois ils ont brisé la chaire, fait du temple une étable à chevaux. Dernierement ils blesserent grievement le Maître d'Ecole, qu'ils prenoient pour le Ministre, puis le jetterent dans un étang avec sept ou huit des principaux du lieu ; ce que voïant le reste des Habitans, & craignant pour eux-mêmes, s'enfuirent dans les bois. A Roche-Chouard, en Poitou, comme on se fût assemblé selon la coutu-

me dans la Maiſon de Ville , au nombre de bien quinze cens perſonnes, pour célébrer la Cene ; ceux du Château lâcherent au
travers de cette maiſon deux coups de piece. Il y a un petit Village en Velay, nommé Saint Voy de Bounas , où de tout temps
s'étoit fait l'exercice , juſqu'aux malheureux Edits de la Ligue ,
en l'an quatre-vingt-cinq. Au mois d'Octobre dernier, les Habitans (qui ſont preſque tous de la Religion) pour eſſaïer à ſe
remettre , puiſqu'ils voïoient révoqués les Edits par leſquels leur
Egliſe avoit été diſſipée, s'aſſemblerent en nombre de quatre
cens perſonnes, en intention de prier Dieu , délibérer des
moïens de recouvrer un Miniſtre, le leur étant mort au commencement de ces troubles, & dreſſer une requête au Sénéchal
du Velay, ou à Monſieur le Duc de Vantandour, Lieutenant
Général en Languedoc , à ce que ceux du Puy ne les troublaſſent
en leur liberté. Sur cela arrive un nommé Iſaac Salſes à cheval,
qui fendant la preſſe, va droit à Iſaac Oſty , jeune homme,
qui faiſoit la priere, eſſaie de le tuer d'un coup d'Eſcopette ;
mais elle n'aïant pris feu, il en tourne le talon, & en bleſſe
grievement ce jeune homme, qui ſe ſauva à la fuite, Salſes ſe
retirant ſans autre dommage, qu'une bien légere bleſſure ſur
ſon cheval. Oſty en fait informer ; en haine de quoi, comme
un jour il fut allé au marché à Infingeans , le Curé & les Prêtres
du lieu, avec quelques Habitans, ſe ruerent ſur lui, & de leur
autorité privée, ſans informations précédentes, ſans commiſ-
ſion, le conſtituent priſonnier, puis par le Lieutenant du Prevôt le font conduire au Puy. Le vingt-huitieme jour de Mars
dernier, on brûla la chaire, les bancs & les logis du lieu où
s'aſſembloient ceux de l'Egliſe de Caen, beau préſage de ce
qu'ils minutent contre les perſonnes, ſi l'occaſion s'en peut
préſenter. Mais la piteuſe hiſtoire de la Chaſtagneraie eſt remarquable entre toutes. La Dame du lieu, avec ſes enfans, indi-
gnée que les Habitans euſſent liberté de s'aſſembler non loin de-
là , en un lieu hors de ſa Juriſdiction, nommé la Broſſardiére,
appartenant au ſieur de Vaudoré , Gentilhomme de la Religion , qui le prêtoit à ces pauvres gens, & à grand nombre
d'autres, qui y accouroient de trois & quatre & cinq lieues à la
ronde ; cette Dame donc ſollicita tant ceux de la Garniſon de
Rochefort, qui tiennent encore aujourd'hui pour la Ligue,
qu'un jour enfin ils ſe ruerent ſur cette innocente troupe, avec
telle cruauté & barbarie, qu'il n'eſt pas poſſible que les cheveux
ne hériſſent à qui en ſait quelque choſe. Les vieillards, les femmes,

mes, les enfans à la mamelle n'y furent nullement épargnés.
Plufieurs furent bleffés, dont aucuns ne la firent pas longue
après. Plufieurs moururent fur la place, & en ce nombre, un
petit enfant porté pour baptifer, & un jeune garçon, qui en
témoignage de fon âge & de fa fimplicité, offroit à fon meurtrier huit fols pour fa rançon. La Dame du lieu, qui pour livrer ces gens comme pieds & poings liés fans aucune défenfe,
à la merci des voleurs, avoit deux ou trois jours auparavant défendu le port des arquebufes, fous le prétexte de fa garenne, s'en-
quêtoit des meurtriers fi tels & tels étoient point mort. Et c'eft
en Poitou, que peuvent-ils faire, ou au moins que voudroient-
ils pouvoir faire ailleurs, puifqu'en une Province toute nôtre,
en laquelle fi nous étions auffi mutins qu'eux, nous avons moïen
de les engloutir du foir au lendemain, ils ofent encore tant?
Et qui eut cru que notre patience fût fi grande? Eux-mêmes
ne le penfoient pas. Je dis la Dame & les Seigneurs du lieu,
qui après le coup fait, furent plufieurs jours en extrême allarme, craignant que nous n'entrepriffions de faire ce dont ils nous
avoient donné occafion plus que fuffifante, & en trembloient
à la moindre feuille qui faifoit femblant de fe remuer. Si nous
fommes-nous tenus cois pourtant : contens d'en faire nos
plaintes à Sa Majefté, qui étoit lors à Lyon. Un bon nombre de ces maffacreurs eft miférablement péri depuis, par le très
jufte jugement de Dieu, en diverfes façons, qui d'une mort,
qui d'autre, peu ou point de mort naturelle ; mais les Auteurs
principaux n'en ont fenti aucune méfaife ; & feront peut-être
pour demeurer impunis des hommes, mais ce même Dieu, qui
a déja attrapé une partie des bourreaux, fait bien où tient le
bout de la corde que trainent ces dénaturés qui font encore à
leur aife & bravent en l'effufion du fang innocent. Toutesfois
combien y en a-t-il qui penfent à ce jugement de Dieu? combien en nommera-t-on aujourd'hui qui le craignent? C'eft affez
qu'on efpere d'échapper celui des hommes. Et pourquoi ne l'ef-
péreront les autres, auffi bien que la Dame de la Chaftagneraie?
Et s'ils l'efpérent, qui nous fera garant qu'ils n'en entreprennent
autant? O Dieu! tient-il donc à fi peu qu'on ne nous ramene à ce
temps malheureux, tant diffamé par les maffacres de Vaffi, de
Meaux, de Sens, de Tours, de la Saint Barthelemi? Et cela
fous le regne du Roi de Navarre, de notre protecteur? O Dieu!
jufqu'à quand!

Outre ces indignités (c'eft parler trop doux) encore a-t-on de

1597.
PLAINTES
DES EGLISES
RE'FORME'ES.

1597.
PLAINTES
DES EGLISES
REFORME'ES.

pluſieurs lieux entierement retranché la liberté que nous y avions & de droit & par effet, au vu & ſu de tout le monde, pour nous faire voir ce que nous en devons attendre partout ailleurs, où ils en auront auſſi bien le pouvoir. Cela eſt arrivé à Archiar & Baſſac en Xaintonge, à Condé ſur Nerian, à Montagnac, Cornillon, Saint Geniers, Iſſoudun, Brignoles, Antibou (1), tous lieux compris en l'Edit de 77, & les uns en poſſeſſion de l'exercice depuis le tant renommé Edit de Janvier, l'infraction duquel ouvrit la bonde à tous les malheurs qui, ſans ceſſer, depuis ont ravagé ce déſaſtré Roïaume. Nous ſavons bien que les Edits de la Ligue ont cauſé ces retranchemens en quelques-unes de ces Places, & qu'on ne faudra point à s'en excuſer là-deſſus. Et ſoit; mais à quoi tient-il donc, que maintenant qu'on ne parle, comme plus de Ligue; maintenant que ces maudits Edits ſont révoqués, comme pernicieux & faits pour la ruine de l'Etat, autant ou plus que de nous, maintenant que toutes ces Places ſont réduites à l'obéiſſance de Sa Majeſté, à quoi tient-il qu'on ne répare ces fautes? A quoi tient-il qu'on ne nous remette en la pleine poſſeſſion de tous nos droits? Eſt-ce raiſon que tels Edits ſoient révoqués pour ceux qui y ont conſenti, & que nous, qui nous y ſommes toujours oppoſés, qui par notre oppoſition avons ſauvé la France, y demeurions aſſujétis? Et pour paſſer plus outre, puiſque rejettant la faute ſur ſes Edits, on ſemble condamner le fait, à quoi tient-il qu'ès Places que nous poſſédons depuis, nous ne ſommes aſſurés? d'où vient que depuis la révocation de ces Edits, nous voïons encore de ſemblables effets? Sa Majeſté avoit octroïé liberté & exercice aux Iſles de Marines, à Saint Jus, à Soubiſe; & les Gouverneurs s'y ſont oppoſés. Ceux d'Aubuſſon en Auvergne, qui ne ceſſerent qu'à cauſe des Edits de la Ligue, préſenterent n'y a guere plus d'une année, une Requête à Monſieur le Comte d'Auvergne, pour être réintégrés en leur droit; on les renvoïa au Roi, ajoutant les défenſes expreſſes de faire cependant aucun exercice. Monſieur le Comte de Mongommeri, jouiſſant, à cauſe de ſa femme, de Clermont de Lodeve, y avoit choiſi ſon habitation, & y faiſoit prêcher en l'an 91; quelques ſéditieux du lieu même ſe ſaiſirent & du Château & de la Ville, publiant leur intention, n'être autre que de chaſſer le Prêche. Ils y ont été publiquement maintenus, juſqu'au voïage du Roi à Lyon, que M. le Connétable conſentit que la Place fût reſti-

____
(1) C'eſt Antibes.

ruée audit Sieur de Mongommeri. Mais oïez les conditions. Moïennant promesse expresse, par écrit & signée, remise entre les mains de mondit Sieur le Connétable, que la garde du Château ne pourroit être commise qu'à un de la Religion Romaine, & qu'on ne remettroit point l'exercice dans la Ville : jugez de l'injustice. Et quel témoignage plus exprès voudroit-on, du peu d'envie qu'on a encore aujourd'hui de nous faire du bien ? Cette liberté a été ôtée à Bayeux en Normandie, par Arrêt du privé Conseil. Et par même moïen l'a cuidé perdre Chandenier en Poitou : l'Arrêt y a été ; & l'effet n'a tenu qu'à la difficulté de l'exécution, en une Province, où nous sommes si forts. A la poursuite de Madame la Marquise de Trans, le Parlement de Bordeaux a défendu, sur peine de dix mille écus & de la vie, de prêcher directement ou indirectement au Flex, & autres terres à elle appartenantes. Il n'a pas ouvertement osé faire le même à Bergerac, mais a essaïé d'y venir, comme en pensant ailleurs ; car en Septembre dernier, il leur inhiba de faire les cotisations pour l'entretenement du Ministre, dont ils étoient en possession depuis la conférence du Flex. Au mois d'Août auparavant, le Parlement d'Aix fit publier un Arrêt, par lequel étoit interdit tout exercice de notre Religion par toute la Provence, sur peine de confiscation de corps & de biens. Ce qui n'étant exécuté assez à son gré, en donne encore un autre du 22 Octobre, portant mêmes défenses, mêmes peines ; avec injonctions très expresses à tous Sénéchaux, Lieutenans, Juges, Consuls, Manans & Habitans de tous lieux, de tenir la main à l'exécution. Ainsi nous traite t-on en Provence. Et c'est toutesfois ce même Parlement, qui trois mois auparavant confessoit que les Huguenots lui avoient ôté par deux fois la corde du col. Ce Parlement qui appelloit le sieur Desdiguieres son libérateur, n'admiroit que lui, ne dépendoit que de lui. Emploïons-nous pas bien notre peine, notre temps, nos vies, pour mettre en repos ces bonnes gens ? Et afin qu'on voie mieux l'indignité de l'Arrêt, il comprend Merindol, Cabrieres, Lormarin, la Roque d'Anteron, lieux qui ont cet heur de jouir de ce qu'on leur veut ôter, non pas depuis vingt-cinq ou trente ans, depuis l'Edit de Janvier, comme beaucoup d'autres, mais de temps immémorial, peu plus, peu moins de trois cens ans. Est-ce raison ? Voudroit-on qu'eux, que cet horrible carnage qui en fut fait au temps du Roi François premier (1), n'a jamais refroi-

(1) Voïez l'*Histoire de l'exécution de Cabrieres & de Merindol, & d'autres lieux de Pro-*

dis, qu’ils n’aient hardiment continué en la Foi, que leurs aïeux, & de si long-temps (puisqu’entre nos adversaires le long-temps emporte tant, en matiere de Religion) leur ont laissée comme pour leur héritage plus précieux, aujourd’hui la perdent si légerement?

Par les articles de la treve accordée entre le feu Roi & Sa Majesté, pour lors Roi de Navarre, notre protecteur, après la mort du Duc de Guise, sous le bénéfice desquels nous vivons encore, puisqu’ils n’ont été, ni dédits pour nous jetter en guerre ouverte, ni suivis d’aucun Edit de pacification, comme il avoit été promis; par ces articles donc, il étoit porté, qu’à la Cour & aux armées, il nous seroit permis de faire tout exercice de notre Religion; nous en avons aussi joui quelque temps, combien qu’avec peine; mais depuis on nous en a du tout forclos : & ce qui est de plus fâcheux, vivant & regnant celui qui nous conduisoit pour l’obtenir, que nous assistions pour le faire considérable, afin de l’obtenir. Aujourd’hui donc il ne nous est rien permis en Cour, ès armées, non plus qu’ès Villes d’où la Ligue nous a bannis. Témoin ce qui est tout fraichement avenu à Rouen, au grand mépris de Madame, mais bien du Roi même. Madame y étant venue, fait prêcher, c’est-à-dire, continuer ce qu’elle faisoit dans Paris, au vu & su de tout le monde, en l’absence même du Roi, son frere, beaucoup plus ailleurs, beaucoup plus en la présence de S. M. qui ne sauroit ni aimer, ni gratifier, celle qui a cet honneur d’être sortie d’un même ventre, puisqu’elle montre si bon visage à ses plus fiers ennemis. Le Légat arrivé là-dessus, entend cette liberté, s’en fâche, s’en plaint : & ses fâcheries, ses plaintes eurent tant de pouvoir en Cour, qu’il n’eut point plutôt ouvert la bouche, qu’on vient à contraindre Madame de sortir hors de Rouen, faire la Cene de Noel dernier. Si bien que la voilà aux champs, elle sœur unique du Roi, tandis que cet Etranger, cet Envoïé de la part de ce Siege, qui a tant apporté aux efforts qui ont été faits pour la ruine de la France, a tous ses aises à couvert. Sont-ce ces présages qui nous puissent faire croire qu’il soit venu pour mettre ce pauvre Roïaume en repos? Il est bien plus aisé de penser qu’il suivra les traces de tant d’autres Légats venus devant lui, desquels la France sait si elle a à s’en louer. Et toutesfois, ce n’est pas de lui que nous de-

vence, &c. A Paris, chez Sébastien Cramoisy, 1645, in-4°. Cette Histoire est de Louis Aubery du Maurier.

vons nous plaindre : il fait fa charge, fait fon métier, c'eft-à-dire,
qu'on ne peut attendre d'un qui eft notre ennemi juré, venu
exprès pour nous nuire ; temoin la publication du Concile de
Trente, principal des articles de fon pouvoir, pour l'empêchement duquel la Cour n'a point affez de courage, ni le
Parlement affez d'autorité, aïant fur ce point à combattre tout-
à-coup & le Pape animé & la Cour fans courage. Nous ne nous
plaignons donc que contre cet Etranger, nous ne trouvons nul
fupport, nous qui fommes François, vraiment François, qui
contre cet Etranger, ligué avec les autres, avons courageufement défendu la France. Nous nous plaignons de ce qu'il a
tant d'autorité, que de faire qu'on viole la foi qu'on nous
avoit promife ; qu'on traite fi indignement ceux qui attouchent
de fi près à Sa Majefté, & auxquels on devroit faire porter tout
refpect, fi les François étoient tous aujourd'hui auffi affectionnés, & au Roi & à fon Sang, qu'ils étoient autrefois. Cette
facilité à lui complaire, qu'on prend pour témoignage de la
peur qu'on a de lui déplaire, a paffé bien plus outre. Car qui
doute que ce ne foit la caufe vraie de la fédition, qui dans
la même Ville, Sa Majefté préfente, s'émut deux jours après
Noel, contre ceux de la Religion ? Et qui ne fait combien ces
gens ont de pouvoir fur un Peuple, par leurs impoftures ? par
leurs promeffes de pardon plenier & général ? Et qui pourra
croire que partout ailleurs on ne voie des féditions femblables,
quand on connoîtra que la Cour dépend ainfi du Pape, qu'elle
a tant de crainte de l'offenfer ? Mais que n'oferont particulierement ces féditieux de Rouen en l'abfence du Roi, puifqu'ils ont
tant méprifé fa préfence ? En quelle fûreté font les vies de ces
pauvres gens, qui font expofés à leur difcrétion, quand il n'y
aura plus des gardes du Roi, feul moïen qui empêche cette fédition de finir par un maffacre ? Et pour revenir au général ;
certes ce n'eft pas raifon qu'on nous faffe fuivre la Cour, fuivre
les armées, qu'on nous faffe fervir le Roi aux dépens de nos
confciences. Ce n'eft pas raifon que nous nous hafardions à tant
de morts, comme la guerre en préfente, pour être privés de
tout moïen de confolation, fans pouvoir, au moins aux derniers foupirs, au moins en verfant la derniere goutte de notre
fang, qu'autrement nous n'eftimerions que bien emploïée pour
le fervice de S. M. pour le foutien de l'Etat, au moins en rendant l'ame toujours pleine d'une affection naïve d'être toute
Françoife, fans, dis-je, pouvoir au moins lors avoir qui nous
ramentoive notre falut.

1597.

PLAINTES
DES EGLISES
RE'FORME'ES

Par cette même treve, il étoit porté, qu'on nous bailleroit en chacun Baillage, une Ville de celles qu'on prendroit sur la Ligue. Je crois qu'on nous en baille trois, mais chetives, & de petite ou nulle importance. De ce nombre étoit Argentan en Normandie & Janville en Beauce. Argentan nous a été ôtée par deux Arrêts du Conseil privé, par lesquels étoit fait commandement au sieur Baron de Courtumer, à qui elle avoit été donnée en garde, sur peine de dix mille écus, de la remettre entre les mains du Baron de Medavid, l'un de ceux qui se font faits le plus remarquer dans la Ligue, voire celui sur lequel elle avoit été prise. Et jamais, quelques plaintes qu'en aient su faire les Eglises, quelque poursuite qu'en ait faite ledit sieur Baron de Courtumer, durant plus de deux ans, on n'a pu obtenir qu'elle fût rendue. Janville a été depuis démantellée, pource, peut-être, qu'on ne trouvoit autre meilleur prétexte ou moïen de nous en déposseder. C'est bien loin de nous faire de nouveaux biens, puisqu'on nous ôte ceux que le feu Roi nous avoit donnés, en reconnoissance de notre fidélité. Et le malheur est encore, qu'on ne se tient point à ces deux; qu'on nous essaie de nous affoiblir en toutes les autres que nous avons acquises, ou dès long-temps, ou en ces dernieres guerres, que la Ligue nous avoit mis les armes en main pour notre juste & légitime défense. Car bien que par la même treve il fut porté que toutes choses nous demeureroient en l'état qu'elles se trouvoient lors, jusqu'à un bon & général Edit de paix, moïennant lequel nous pussions être en sûreté, si n'a-t-on rien laissé derriere pour nous réduire aux termes de n'avoir plus moïen de maintenir notre liberté dans les Places que nous tenons. Pourrions-nous rapporter à autre chose l'exact retranchement qui a été fait de toutes nos Garnisons, voire à plusieurs reprises? Ce seroit perdre beaucoup de temps d'en vouloir faire le dénombrement. Prenons-les toutes depuis la premiere jusqu'à la derniere; combien en marquera-t-on où l'on ait laissé nombre suffisant pour les garder? Encore ce qu'on y laisse ne peut être païé, & sont les Soldats quasi réduits à mourir de faim. Toutes nos Garnisons de Guyenne, n'ont reçu de l'année 96, les unes que deux mois, les autres & pour le plus que quatre; cependant que celles de la Ligue n'ont perdu un seul jour de ce qui leur étoit dû. Et n'est-ce pas par mocquerie qu'on a baillé à la Garnison de Royan des assignations en Querci, c'est à-dire, à soixante ou 80 lieues de-là? Mais combien de Garnisons encore a-t-on du tout cassées?

On n'a pas épargné même Puimirol, une des Places qu'on nous
avoit données pour sûreté. Bien pis, Seine, qui étoit de même
nature en Provence, a été depuis six mois entierement rasée,
par deux Arrêts du Parlement d'Aix. Celui de Bourdeaux en a
donné plusieurs contre le sieur de Duras, l'un des plus signalés
Seigneurs de Guyenne, pour lui faire démolir son Château de
Villandrau, sous prétexte qu'aïant été surpris par la Ligue, il
avoit apporté de l'incommodité à Bourdeaux ; & toutesfois laissé
en paix la maison du sieur de Castelnau, Chef de ces Ligueurs
qui tenoient Villandrau. Elle a tant fait aussi envers Monsieur
le Maréchal de Matignon, qu'il a expédié commission au sieur
de Barrau, pour démanteller Milan, lieu appartenant à Madame, & qui a été rebâti par les Habitans & à leurs propres
frais, avec commission expresse de Sa Majesté, adressante au
sieur de Pecharnaud, dont l'exécution n'a tenu qu'à la difficulté
qu'y a apportée la résolution des Habitans, délibérés de faire
voir combien ceux de ce parti savent défendre leurs murailles.
Aigues-mortes étoit en Languedoc, Ville d'ôtage. Pour nous y
inquiéter, on en a tout fraîchement démembré le Fort de Pes-
quais, qui en dépendoit de toute ancienneté, & sans lequel on
peut dire la Ville être presqu'inutile ; on a encore diverti les deniers assignés pour la fortification. Par la capitulation avec M.
de Mayenne, on lui a accordé non-seulement Castillon, qui
appartient à Madame sa femme, mais aussi Chasteleraud. Et
on a bien pis fait à Monsenis, la seule Place que nous avions
en Bourgogne, prise seulement depuis deux mois, par des gens
qui se vantent d'être serviteurs du Roi, & avoir eû commandement de faire ce qu'ils ont fait ; comme aussi quand le Capitaine Saint Matthieu, qui y commandoit, s'en plaignit en
Cour, & à genoux en demanda justice ; on lui dit, qu'il ne la
falloit point avoir demandée pour les Eglises. Bel exemple en
ce tèmps ici, qu'on dit nous être si assuré. Bel exemple pour
nous apprendre à ne nous fier de rien qu'on nous promette ,
que sur bons gages. Mais à quel propos (dira-t-on) ces Places,
ces Garnisons, quand il est question de l'exercice de la Religion ? Que plût à Dieu que la Religion, ou pour mieux dire,
la haine qu'on porte à la Religion, ne nous donnât point occasion d'avancer ces particularités pour plaintes. Certes ce ne
sommes-nous pas qui prenons plaisir à consumer les finances
du Roïaume, comme plusieurs nous calomnient, & comme le
font ceux qui, sans avoir occasion de craindre, même nous

1597.
PLAINTES
DES EGLISES
RE'FORME'ES.

reprochant notre défiance, feulement pour maintenir leur grandeur, demandent tant d'appointemens. Ce font ceux-là, qui font que la dépenfe des Garnifons monte jufqu'à trois millions d'écus, comme il fut vérifié en l'affemblée de Rouen, en même inftant qu'on vérifia auffi notre innocence, quand on fit paroître à ceux qui crioient que de cette grande fomme nos Garnifons emportoient le tiers; qu'ils fe mécomptoient par trop, & qu'il n'y en avoit point deux cens mille écus entiers, c'eft-à-dire pas la quinzieme partie. Qu'eft-ce donc qui nous en fait parler? le danger que nous voïons tout affuré, tout prêt d'être miférables. La Garnifon n'a point été plutôt chaffée d'Efpernay, que le Prêche en fut auffi banni; mais on l'y a rétabli, fur les plaintes qui en furent faites. Les murailles de Janville ne furent plutôt à bas, que nous voilà réduits à n'y voir plus de Religion. Et à votre avis, feroit-il auffi bon prêcher à Monfenis, depuis que le Capitaine des Hafars s'en eft rendu maître, comme auparavant? Le fieur de Vitri tout-à-coup acheta le Domaine du Roi en la Comté de Meaux, & fit défenfes à un Gentilhomme de plus prêter fa maifon aux Habitans de Meaux pour y aller au Prêche. Les prieres publiques qui fe faifoient à Boifgency & Mondoubland, en Vendômois, ont ceffé depuis qu'ils ont été acquis par les fieurs de la Chaftre & de Sourdi. Le Parlement d'Aix, en exécution des deux Arrêts, par lefquels il forclot la Religion de toute la Provence, a fait commandement aux fieurs de Tartone, d'Epinoufe & de la Breole, d'abattre toutes les défenfes de leurs maifons. Et quelle affurance nous donne-t-on que Monfieur de Mayenne nous fouffrira en liberté dans Caftillon & Chaftelleraux, fi une fois il en eft maître? Il y va donc de notre intérêt, il y va de la liberté de nos confciences, il y va de notre fûreté en la garde de ces Places.

Quand on eut fait réfoudre Sa Majefté d'aller à la Meffe, il lui plut de convoquer à Mantes, les Eglifes par leurs députés, auxquels il fut promis qu'on ne traiteroit aucunement avec les Ligueurs à notre préjudice, non pas même fans nous y appeller. Et en fut fait une forme de ferment couchée par écrit, & fignée par Meffieurs les Princes du Sang, & nos Seigneurs du Confeil, qu'on fit courir par toute la France. Qui a vu les effets de ce ferment? quel femblant a-t-on fait de s'en reffouvenir à deux jours de là? On a traité depuis avec Paris, Meaux, Orléans, Bourges, Rouen, Lyon, Touloufe, le Puy, Périgueux,
Poitiers,

Poitiers, Agen, Marmande, Monfegur, Ponteaudemer, Ver-
non , le Havre , Harfleur , Montevilliers (1) ; avec les fieurs
de Guife, de Maïenne, d'Albeuf (2), de la Chatre , de Bois-
Dauphin, de Joyeufe , de Villars, de Caftelnau , & s'en font
faits autant d'Edits ; qu'on nous fourniffe d'un feul , où nous ne
foïons honteufement flétris , par lequel on ne nous banniffe
d'ici où de-là. L'Edit de Poitiers nous chaffe à cinq lieues loin de
la Ville, & dans ces cinq lieues eft compris Montreul Bonin , appartenant au fieur de la Noue , où fouloit par les derniers Edits
s'affembler l'Eglife de Poitiers , & néanmoins eft accordé que
la Meffe fera remife dans la Rochelle , Ville qui eft hors de tout
le Poitou. On a accordé à Aix , qu'en toute la Provence , il n'y
eût auffi aucune liberté pour nous. Autant en a-t-on accordé aux
Villes d'Orléans & Bourges pour elles & leurs refforts , finon en
tant que l'Edit de LXXVII le permettoit. A Monfieur de
Guife , pour les Villes & Fauxbourgs de Reims , du Rocroi,
Saint Difier , Guife , Joinville , Fîmes & Moncornet ès Arde-
nes. A Monfieur de Mayenne , pour Châlons & tout le Bailliâ-
ge, Seurre, Soiffons & deux lieux aux environs. Au fieur de
Villars pour la Ville & Vicomté de Rouen , Ville, Fauxbourg
& Banlieue du Havre, Ville & Fauxbourg de Verneul. Au fieur
de Bois-Dauphin pour Châteaugontier, & toutes les autres Places que tenoit la Ville de Quimpercorentin a eu les mêmes promeffes pour tout l'Evêché de Cornouaille. Et Dijon, pour elle
& quatre lieues à la ronde. Quoi plus ? il n'y a pas jufqu'à la
Ferté Milon , petite Place, qui à peine méritoit de voir le canon du Roi ; laquelle au bout du fiege n'ait emporté un Edit qui
nous banniffe & de fon enclos & de fon terroir. Touloufe auffi , bien que des dernieres , n'a pas laiffé d'emporter par Edit la
défenfe de tout l'exercice de notre Religion , pour elle & quatre lieues à la ronde abfolument , & fimplement, & pour tous
autres lieux du reffort , hormis les comprifes en l'Edit de
LXXVII , duquel nombre toutesfois on retranche nommément les Villes d'Alet , Fiac, Auriac & Montefquiou. Où en
eft donc venu notre France, qu'on y ait tant d'égard à contenter fes Ennemis , ceux qui avoient juré fa ruine , & y ont emploïé jufqu'à leur derniere piece , qu'on en ait fi peu , je ne dis
pas à récompenfer , mais à affurer , ou même à ne détruire pas
ceux qui lui font fi affectionnés , ceux qui ont tant fervi à la fauver ? Ceux (difons franchement) qui fe font oubliés pour la

1597.

PLAINTES
DES EGLISES
RE'FORME'ES.

(1) Montivilliers.   (2) D'Elbeuf.

sauver ! Car en confcience, étoit-ce point s'oublier foi-même,
que ce que nous fîmes après la journée de Blois ? Le feu Roi,
& avec lui tous ceux qui fuivoient fa Religion, s'étoient déclarés & armés contre nous, avoient folemnellement juré pour loi
fondamentale de l'Etat, notre ruine entiere ; nous avoient donnés en proie au premier qui eut eu & volonté & moïen de nous
exterminer. Après plufieurs fortes armées dreffées contre nous,
& foufflées par celui qui pour tels & femblables effets de fon
pouvoir, fe fait nommer le grand Dieu des armées, voilà tout
foudain ce Roi réduit à tels termes, qu'il fe voit perdu fans notre fecours. Il le recherche, nous le lui donnons, & le lui donnons fous le nom d'une fimple treve, dont nous n'ouîmes onc
parler que lors de la publication. Le lui donnons prompt & bon:
lorfque ceux qui nous mefuroient à leur aune, s'attendoient
qu'il nous fouviendroit de la Saint Barthelemi, des Edits fraîchement jurés; s'attendoient que nous prendrions aux cheveux
l'occafion qui fe préfentoit fi belle d'affermir notre fûreté, d'a-
vancer nos affaires. Nous voilà donc volés à Tours, nous voilà
de-là la Loire. Combien y en avoit-il qui n'admiraffent ce fait!
Comment fut-il publié, célébré, vanté, & dedans & dehors le
Roïaume ? Au partir de là nous reconnoit-on ainfi ? Quoi ? ne
tient-il donc qu'à trouver des ennemis, c'eft-à-dire, des Ligueurs par tous les coins de la France, pour voir ces fauveurs
de la Couronne, ces reftaurateurs de l'Etat ; (ainfi les appel-
loit-on feulement avant hier) bannis de tous les coins de la France ? Refte encore le Duc de Mercœur ; quelle affurance nous
donne-t-on qu'on ne lui accorde fes autant injuftes & exceffi-
ves, qu'opiniâtres demandes, qu'il n'y ait nulle liberté pour
nous en Bretagne, qu'on nous déclare la guerre par tout le
Roïaume, qu'on lui laiffe les biens qu'il occupe des Meffieurs de
Rohan, de Laval & de la Trimouille ? Qui nous affûrera encore
que pour traiter avec l'Etranger, partie bien plus rude & plus
forte,) bien que plus pour nos divifions, que pour fes moïens)
on ne lui accorde notre ruine ? Il n'y a que la premiere pinte
chere. Ceux qui fe font licenciës à tant de chofes, font bien
pour franchir un plus grand faut. Cet exercice, cette confolation, tant s'en faut qu'on la nous permette, publique & en
affemblée, que même on nous punit & avec rigueur, fi on en
apperçoit quelque trait en quelqu'un dans quelque famille. A
Beziers, à Agen, on en a condamné à groffes amendes, feulement pour avoir chanté des Pfeaumes. Au mois d'Août dernier,

le Sergent Major de Meaux, allant par la Ville à neuf heures du soir, & entendant qu'on chantoit dans une famille, monta au logis, & à grands coups de bâton outragea cruellement le Maître, avec menaces de pis s'il ne défiftoit. Et cela à deux pas près de Sa Majefté, par maniere de dire ; car elle étoit à Monceaux, & près de lui les Députés de l'affemblée de Lodun ; aux plaintes defquels il fut répondu, qu'elle en parleroit audit Sergent Major. A Angers, un Marchand nommé Ifrael Durand, en fut emprifonné & condamné à je ne fais quelle fomme. A Beziers, auffi un Tailleur : à quoi on ajouta encore le brûlement des Pfeaumes par la main du Bourreau. Or, afin qu'on connoiffe mieux l'animofité, l'indignité, l'injuftice ; ce font les mêmes Pfeaumes qui fe chantoient en Cour tout hautement, devant qu'on fût que nous en euffions pris l'ufage en nos Affemblées. Ce font les mêmes Pfeaumes qu'on chante encore aujourd'hui fous les vers de des Portes, ou du Perron. Les mêmes qu'on chante en latin dans l'Eglife Romaine. Ce font enfin & pour monter plus haut, les mêmes Pfeaumes que David chantoit au Seigneur (1). Et pour combler de honte notre France, les Pfeaumes font défendus. Qui reprend les chanfons prophanes, impudiques, vilaines ? on les tolere ; & tolerer feulement, plût à Dieu, qu'on ne les louât point, qu'on ne les admirât point. A Nevers au mois de Juin dernier, un pauvre freteur de chanvre, nommé Antoine Bermont, s'étant découvert à un fien ferviteur être de la Religion, fut mandé par les Echevins, qui après l'avoir enquis s'il fe faifoit point d'affemblée dans leur Ville, ou au Château, & n'en aïant pu rien apprendre, envoïerent en fon logis faifir fes livres, fa Bible, fon Nouveau Teftament, fes Pfeaumes, dans lefquels il cherchoit fon inftruction, qu'on ne lui permettoit de prendre en l'Affemblée, plus près qu'à Sancere. Le Parlement de Rennes a non-feulement défendu l'exercice, mais auffi curieufement recherché ceux qui tenoient des livres concernant la Religion, faifant par même moïen défenfes fur peine de la vie d'en imprimer, vendre, ou tenir aucuns. Ceux du Parlement de Bordeaux ont pis fait encore ; car tout publiquement par un Arrêt, par les mains du Bourreau, ils ont fait brûler la fainte Bible, eux qui fouffrent vendre en toute liberté toutes fortes de livres méchans & pleins d'impudicité. A quel défefpoir nous réduit-on de ne nous per-

(1) Les prétendus Réformés ne fe fervoient que de la très mauvaife traduction de Clément Marot & de Théodore de Beze, laquelle eft au moins ridicule.

mettre de penfer à notre Dieu , à notre falut, à notre confcience , ni en public , ni en fecret , ni à par-nous , ni en compagnie ? Mais qui croiroit qu'à l'heure même de la mort , on nous
refusât notre confolation ? Le fieur de la Brouffe étant condamné par le Parlement de Bordeaux , ne fut onc obtenir d'être affifté de quelqu'un de la Religion ; ains fut forcé d'endurer
qu'un Cordelier l'accompagnât (1). A Saint Quentin s'étant
trouvé un homme qui de la rue en confoloit un autre frappé de
pefte , il fut foudain chaffé de la Ville. A Monfrin , au Diocèfe
d'Ufez en Languedoc , un Miniftre étant venu vifiter un pauvre homme qui fe mouroit , peu s'en fallut qu'il ne s'émût une
fédition : & de fait cette œuvre pie fut ainfi empêchée. Les Edits
précédens dont on fait fi grand cas , lorfque nous demandons
qu'on pourvoie à nos maux , nous octroient toute liberté de
confcience, pour n'être tenus d'affifter aux Proceffions, de tendre & parer le devant de nos Maifons , de nous découvrir devant les Croix , profterner devant les Chaffes & Banieres , de
contribuer aux bâtimens & réparations des Temples & Prefbi-
teres ; ni aux Confrairies d'être Marguilliers ; en fomme nous
octroient de ne pouvoir être contraints à rien de ce qui contrarie
à la Religion dont nous faifons profeffion ? & eft au dépens de celle à laquelle nous avons renoncé. On veut que nous nous contentions de ces Edits ; nous difons qu'il n'eft pas raifon que nous
empirions de beaucoup notre condition. Mais fans tant débattre
pour cette heure , & plus avant , puifqu'on veut que nous nous
en contentions ; au moins devroit-on faire femblant de vouloir
les obferver. Car y a-t-il quelque raifon , par laquelle on puiffe
nous perfuader être jufte , qu'en ce qu'ils reftreignent nos droits
ils foient en vigueur , & en ce qu'ils ont de favorable pour nous,
ils n'aient pouvoir d'obliger nos adverfaires ? Qu'ils aient bien
affez de force pour nous empêcher de prêcher dans Paris , Orléans , Lyon , & une infinité d'autres lieux , & foient toiles
d'araignées pour ceux qui nous violeront la foi qu'ils nous promettent ? Si font-ils paroître de le croire ainfi. Et de fait , le Préfidial d'Angers a fait des commandemens très exprès , & fur grieves peines , d'affifter à la Proceffion qu'ils appellent du Sacre. A
Bordeaux , Tours , Blois , Angers , Xaintes , Cognac & ailleurs,
on fait tous les jours des pourfuites contre ceux qui ne tendent
au devant de leurs maifons , & les condamne-t-on fans difficul-

____

(1) Ce Cordelier lui avoit été donné pour l'inftruire & lui perfuader de reconnoître
fes erreurs & d'y renoncer.

té aux prisons, & à de grosses amendes pécuniaires , jusqu'à la
somme de cinquante écus pour une fois. Ainsi fut à Xaintes un
bon Vieillard âgé de quatre-vingts ans, nommé Meschinet ,
mis en prison & condamné à six écus d'amende. Le Comte de
Grignan a tellement rudoïé les Habitans du lieu durant quelques années , en les rançonnant jusqu'à la somme de vingt écus,
qu'enfin ils font contraints, lorsque ce temps approche, de s'en
aller aux champs , & souffrir que leurs voisins tendent pour eux.
Et a-t-on pas donné un Arrêt à Paris , portant peine corporelle
contre ceux qui ne se découvriront devant les Croix , Chasses
& Banieres ; ne se prosterneront devant ce qu'ils appellent *Corpus Domini ?* A Florensac, s'étant rencontré un pauvre Habitant par les rues lors de la Procession qu'on appelle Fête-Dieu,
& n'aïant fait l'hommage qu'on y demande , fut par l'Evêque
d'Agde saisi , gardé en prison long-temps ; enfin condamné à
faire amende honoraire , & païer quarante écus, desquels toutesfois Monsieur le Connétable , sur les plaintes qui lui en furent
faites , fit quitter la moitié. Le Curé de Saint Etienne de Suran,
lorsqu'il porte son hostie par la Ville aux Malades , s'il voit
quelqu'un qui se détourne, court après à grande force, & l'aïant
atteint, s'il refuse de se prosterner , le bat à grands coups de
poing , ou du bâton de la Croix. Ainsi le treizieme Septembre
dernier , il en battit tant un Marchand de Nîmes , âgé de soixante-quinze ans , nommé Bertrand Guillaume , dit Fortunat ,
venu là seulement pour la marchandise , & lui en donna tant de
coups par la tête , qu'il en resta grievement malade. Pierre
Blouin Cordonnier d'Angers qui ne vouloit contribuer aux frais
de la grande torche , y fut condamné au Présidial par Sentence
du sixieme de Juin quatre-vingt-quatorze , laquelle s'étendoit
encore à tous les autres de même Religion. Les Habitans de
Colombieres en Normandie , ont été contraints par Sentence
de contribuer aux réparations des Temples. A Dieppe le dix-septieme Décembre quatre-vingt-treize , furent par le Bailli condamnés Thomas & Jean Mauget Selliers , à païer une certaine
somme qui se leve toutes les semaines sur les Maîtres dudit métier , pour l'entretenement du service , qu'ils appellent divin ,
célébré en la Chapelle de Saint Claire , fondé par iceux en l'E-
glise Paroissiale à Saint Remy. Et fut la condamnation non-
seulement pour l'avenir , mais aussi pour quatre années d'arrérages pour l'un , & deux pour l'autre. C'étoient cependant de
pauvres gens que la Ligue avoit chassés de Rouen , & contraints

de fe refugier là. A Brufquet en Provence, le Vicaire & les Rentiers ont voulu contraindre les Habitans d'aller à la Meffe, ou vuider la Ville. Au Parlement de Bordeaux fe font ordinairement des pourfuites contre les Notaires qui n'affiftent à la Meffe de leur nouvelle Confrairie, dont les articles portent peine d'un tefton pour chacun défaut. Le préfidial d'Angers a contraint un pauvre Joueur de violon d'aller jouant devant la Proceffion. C'eft l'ordinaire, quand on fait prêter le ferment aux Juges, Avocats & femblables, de ne les recevoir à jurer que fur le Meffel, & *Te igitur*, ou fur le Crucifix. A Falaife, un pauvre Vieillard de foixante-dix ans fut n'a pas long-temps avec rifées & moqueries violemment traîné à la Meffe. A Saint Etienne de Suran, quinze jours devant Pâques de l'année paffée, le Curé fit emprifonner un bon vieux homme, Corroïeur de fon état, lequel pour fortir de prifon où on le faifoit mourir de faim, fut contraint d'abjurer fa Religion par devant Notaires & témoins, & faire promeffe de vivre & mourir en l'autre, à peine de vuider la Ville. Là même les enfans ne font point plutôt nés, que ce Curé averti par les voifins s'en vient accompagné de quelques-uns de la Juftice, des Confuls, & principaux Habitans, entre par force ès maifons, ravit les enfans, & malgré les parens s'en va les baptifer. Et oïez un beau témoignage, de la rigueur qu'il y tient. Le vingt-huitieme du mois de Mai de l'année paffée, environ deux heures de nuit, aïant eu un faux avis qu'il étoit né un enfant à Jean de la Forge, s'en va à la maifon, monte en haut & d'abord rencontrant le Maître, lui donne contre la poitrine un fi grand coup qu'il en tomba fur le plancher prefque pâmé. Etant relevé, on lui demande l'enfant, il nie en avoir aucun ; le Curé fouille, cherche ; enfin laffé, fort à fes gens qui l'attendoient à la porte, par lefquels ranimé, remonte, recherche, refouille ; & ne pouvant rien trouver, contraint finalement la femme enceinte, qui étoit déja couchée au lit, de fauter fur pieds, & lui montrer fon ventre. Le onzieme Avril quatre-vingt-quatorze, un pauvre homme des champs, aïant porté à Châteaudun fon enfant à baptifer, tandis qu'il mettoit fon enfant à l'étable, la chambriere de l'hôtellerie ravit l'enfant, & fortant en la rue fe mit à crier ; voici l'enfant d'un méchant Hérétique qu'il porte baptifer au Miniftre : venez & le portons à l'Eglife. A ce cri, tout le voifinage s'affembla, & ainfi fut l'enfant ravi au pere, & porté au Curé, qui le baptifa dans le Temple de Saint Valeriam préfenté par le Sonneur des

cloches , & de ladite Chambriere. Qui vit jamais plus de rigueur ? Qui en eut jamais tant craint en un tel temps , fous un
tel Roi ? que nous ne puiffions feulement pas naître en liberté.
Ce n'eft pas tout. La Dame de Montignac , fille de la maifon de
Beinac , pour obtenir la Garde-Noble de fes enfans propres ;
chofe que le droit de Nature lui donnoît , fut contrainte par le
Parlement de Bordeaux d'abjurer en pleine Audience : & depuis comme preffée de fa confcience , elle fe fut derechef rangée à l'Eglife , le Procureur Général s'eft mis à la pourfuivre.
A Orléans la veuve de Blaife Cachet , en l'an quatre-vingt-cinq ,
cédant aux Edits de la Ligue, publiés fous l'autorité du Roi , fe
retira à Sedan , aïant laiffé un fien fils nommé Abraham Cachet , âgé feulement de deux ans , comme en dépôt entre les
mains du pere de fon feu mari. Depuis étant avenue la réduction de la Ville à l'obéiffance de Sa Majefté , qui par Edit particulier remettoit tous les Habitans ès droits dont ils jouiffoient auparavant la Ligue , elle retourne , & pouffée des naturelles affections de mere , redemande fon enfant. Celui qui
l'avoit s'y oppofe, le Procureur du Roi y intervient, allegue qu'elle eft de la Religion , & inftruiroit l'enfant en icelle , à fon
grand détriment fpirituel , & dommage du public. Sur cela
s'enfuit la Sentence au mois d'Avril quatre-vingt-quinze , par
laquelle cet enfant eft refufé à celle qui l'avoit enfanté. A Angers,
après la mort de la Dame de la Broiffiniere , le Préfidial , à la
Requête des Gens du Roi , contraignit par plufieurs jugemens,
fon fils aîné de retirer fes deux freres puînés , de Lodun où ils
étoient à l'Ecole , pour les mettre en l'un des Colleges d'Angers
pour y être inftruits à la Romaine , quelques remontrances qu'il
fit que la derniere volonté de feu fon pere , y étoit contraire.
Et le pourfuivit-on avec telle rigueur que toute pourfuite de
fes droits lui fut interdite , jufqu'à ce qu'il eût obéi. Si bien
qu'il lui fut force de faire venir lefdits freres , qui tout foudain
furent mis au College neuf, & contraints à toutes les fuperftitions que leur premiere nourriture rendoit contraires à leur
confcience. Ce même Préfidial aïant nommé pour Curateur un
Papifte à Sufanne la plus jeune des filles de la Parrouffaie, la
condamna à demeurer avec lui , & être inftruite en la même
Religion ; à quoi toutefois elle n'a encore voulu obéir. Mais que
ne feroit-on , que ne fe permettroit-on aux Maifons moïennes ,
aux plus baffes , puifqu'aux plus grandes on fe licencie tant ?
Sire , que Votre Majefté , que toute la France nous permette de

1597.
PLAINTES
DES EGLISES
RE'FORME'ES.

parler, de nous plaindre ; & nous plaindre pour ceux, qui arrachés de notre corps, n'ont point l'âge de pouvoir eux-mêmes,
ni bien reconnoître leur mal, ni bien se roidir au contraire.
Toute la France, mais bien toute la Chrétienté fait, & se ref-
souvient de la grandeur des mérites de feu Monseigneur le
Prince, de ses services faits à vous en particulier, Sire, au temps
de vos plus grandes traverses, au temps que vos Ennemis
avoient plus de moïens de rompre le cours de vos espérances.
Ce grand Prince est mort ; & est mort avec de rares témoignages d'une grande piété envers son Dieu, d'un grand amour à cet
Etat. Mort lorsque la France en avoit moins de besoin : car
combien fut-il venu à propos pour votre établissement, Sire,
pour le soutien de la Couronne, pour être le fléau de la Ligue,
si Dieu l'eut voulu conserver ? Mourant, il a laissé un petit
Prince, image de sa prudence, de sa valeur, héritier de toutes
ses vertus ; & l'a laissé (qui peut en douter ?) en intention qu'il
suive ses traces, qu'il vive dans l'Eglise, qu'il meure dans l'E-
glise. On l'y a laissé pour quelque temps ; mais ceux-mêmes,
Sire, qui vous ont poussé à la Messe, ceux qui vous ont obligé
par serment à la ruine, de ce qu'ils osent appeller Héréfies &
Hérétiques, ceux-là même vous ont tant pressé, qu'enfin ils
l'ont ôté à l'Eglise, ont violenté cette conscience. Conscience
petite, tendrete, mais deslors bien instruite en sa foi, & mieux
sans doute, que ceux à qui elle a été depuis donnée en charge.
Que ne fit-elle aussi ? que ne dit-elle quand il lui fallut aller à la
Messe. Ceux qui premier lui en parlerent, peuvent s'en ressouvenir, & peuvent se ressouvenir comme elle fondoit en larmes,
pour témoignage de la gene qu'on lui faisoit souffrir, contre
les belles paroles dont nous cajoloient ceux qui eurent la charge
de l'emmener ; & qui nous mesurant à l'aune de ceux qui pour
les grandeurs de ce monde, ne font nulle conscience de mettre
tout l'Etat en combustion, craignoient que nous ne portassions
pas ce rapt si patiemment : comme auparavant cela, quelques-uns
des Conseillers au Parlement de Paris, lorsqu'on opinoit sur la
vérification de l'Edit de LXXVII, ne feignirent point à dire,
que c'étoit une moquerie de penser que nous le rendissions,
Misérables de connoître si mal ceux desquels ils se portent
pour Juges ; ingrats, s'ils les connoissent, de se ressouvenir si
mal de leurs bons services ; mais cette gene fut grande, autant
qu'elle le peut être en un tel âge. Combien de fois ce petit Prince, s'est-il depuis ce temps dérobé pour chanter à part & en
solitude ses Pseaumes ? Pour catéchiser ses Pages, qu'on lui a
depuis

depuis ôtés? Pour faire ses prieres ordinaires? Sire, cet exemple si remarquable nous transit de peur. Qu'on n'ait point épargné la mémoire d'un Prince si grand; d'un Prince, qui outre la grandeur de sa Maison, (votre Maison, Sire), avoit tant obligé l'Etat. Qu'on n'ait fait nul compte des larmes, c'est-à-dire, du sang de la conscience de cette enfance? On nous paie là dessus des considérations de l'Etat; & c'étoit cet Etat que son pere avoit tant obligé; & c'est un de nos griefs, qu'on oppose l'Etat à la conscience, qu'on s'en sert pour étrangler notre conscience; & c'est la source de tous nos griefs, qu'on imagine cet Etat, un Etat dont nous ne soïons point partie; un Etat qui puisse ou doive même subsister par notre ruine: revenons au commun. La Cour de Parlement de Rennes donna un Arrêt le premier jour de Mars nonante & quatre, que sur peine de la vie, on n'eût à manger de la viande en Carême: & ne fut plutôt publié qu'une Inquisition fut dressée presque Espagnole, qui par maniere de dire, ne laissoit coin à fouiller, pot à découvrir; comme aussi l'Arrêt portoit exprès commandement aux Sénéchaux des Jurisdictions Roïales & autres Subalternes, de faire la visitation des maisons une fois toutes les semaines. Et combien de fois l'avons-nous vue en Agde, Pezenas, Montagnac & Florensac sans Arrêt, par la seule autorité de l'Evêque, qui prenoit lui-même la peine de faire en personne le furet? Combien de fois encore lui a-t-on vu courir les champs, pour saisir le bétail des pauvres Laboureurs, qui, non avertis d'une infinité de fêtes & festillons qu'il y a en l'année, s'oublioient d'aller à leur travail? Lesquels il contraignoit puis de racheter leurs bêtes, de grosses sommes d'argent; voire même ès fêtes non chomables entre ceux qui les aiment, & ce, avec tant d'inégalité qu'on lui a vu laisser ceux de sa Religion travailler tout à leur aise, leur rendre mêmement leur bêtail, si par mégarde il le leur avoit saisi. A Saumur même on a vu emprisonner un pauvre homme à la poursuite du Procureur du Roi, pour avoir été surpris travaillant dans son logis, & sans scandale.

Toutes ces plaintes jusqu'ici représentées, sont non-seulement pour la Religion, mais aussi en ce qui est proprement & directement de la Religion, sur laquelle nous sommes en différend avec les prétendus Catholiques. Sont-ils contens de cela? Nous sont-ils plus traitables ès autres choses? Nous laissent-ils au moins paisibles en la possession des choses civiles que la nature nous a acquifes, nous a faites communes avec eux, nous aïant fait naître François auffi-bien qu'eux? Quelqu'un le penferoit ; mais qu'on nous prête encore un peu les oreilles ou les yeux, & nous ferons voir qu'une fi mauvaife volonté de nos Adverfaires (quel malheur ! qu'il nous faille ainfi nommer nos compatriotes ceux avec lefquels nous vivrions fi volontiers, pour lefquels nous mourrions fi volontiers, s'ils vouloient le fouffrir) ne peut s'affouvir, n'a point de bornes. Si le récit de tant d'indignités ennuie, qu'on croie que nous nous pafferions bien auffi de les ramentevoir ; mais puifque nous y fommes, il faut s'en décharger le cœur ; il nous fait encore bien plus de mal de les fouffrir. Cette nature qui nous a faits Bourgeois de la France, fans doute nous a donné part auffi à tous les droits de la Bourgeoifie Françoife, lefquels la courtoifie naturelle aux François vient à communiquer même aux Etrangers. Les Edits auffi que les feux Rois nous avoient donnés, & auxquels on nous veut affervir encore, nous confirmoient en ces mêmes droits, nous autorifant en l'inftruction de nos enfans, en piété, bonnes mœurs & fciences humaines ; voulant qu'on les reçût ès Colléges & Univerfités que la libéralité des Rois entretient pour le bien de leurs Sujets indifféremment : ordonnant que nos pauvres foient également admis aux Hôpitaux & fubftantés des aumônes publiques : voulant enfin qu'en toutes charges, honneurs & dignités, tant de la Police que de la Juftice, nous puffions être inftallés, comme capables & de nature & de confcience autant qu'aucuns autres. Et toutesfois à Falaife étant découvert un Maître d'Ecole, il fut condamné à une amende, & banni de toute la Vicomté. Un autre, nommé Maître Jacques, a été banni de Senlis. A Romans, il n'y a guere plus d'un an, qu'on en chaffa deux fans forme de juftice. Il a plu à Sa Majefté de donner à la Ville de la Rochelle permiffion d'y dreffer un Collége. Les Lettres préfentées pour la vérification, furent répondues en ces propres termes : la Cour n'y peut entrer. A la feconde juffion eft dit : l'Arrêt de la Cour fortira fon plein & entier effet. La Ville de Montelimart s'eft auffi reffentie de la libéralité du Roi, obtenant privilege d'ériger une Univerfité ès Arts feulement. La Cour de Grenoble, répond fimplement & en trois mots : n'y a lieu. Sur cela on obtient une feconde juffion, laquelle on préfente. Après plufieurs requêtes qu'il fallut préfenter l'une fur l'autre, on la rend à toute peine, avec telle injuftice, qu'on n'a pas tant feulement daigné y répondre. A la Ville de Poitiers, combien a-t-on donné de peine à un nommé Maître Antoine de la Duguie, pour avoir une place entre les Docteurs, Régens en Droit? Et toutesfois son pere avoit heureusement & longuement, c'est-à-dire, par l'espace de quarante ans servi l'Académie, & mourut Doïen de la Faculté & premier Echevin de la Ville, toujours ferme en la Religion qu'il a laissée à son fils; le fils même, de son chef, étant plus ancien licencié, & aïant au soulagement des Docteurs, fait des lectures publiques depuis vingt ans. Et pour accroître l'indignité, comme en dépit de ses poursuites, deux Ligueurs lui ont été préférés; l'un desquels est prévenu de l'assassin du Sénéchal de Montmorillon. Après toutes peines prises, beaucoup de temps perdu, il a seulement été reçu à la dispute. A Orléans, on a fait défenses aux Régens & Maîtres d'Ecole de recevoir aucuns enfans, de ceux qui font profession de la Religion; & commandement de renvoïer tous ceux qu'ils avoient déja reçus. Veut-on donc nous contraindre à ignorance & barbarie? Ainsi en faisoit Julian. La même animosité fait qu'en la même Ville d'Orléans, on refuse nos pauvres à l'aumône générale, quoique la vérité soit que les Habitans qui font profession de la Religion, y sont taxés extraordinairement & plus que les autres. A la Charité & à Cosne, on ne veut nous permettre seulement l'habitation; & en a-t-on chassé, sans autre formalité, & de la seule autorité de feu Monsieur de Nevers, aucuns des natifs du lieu même. Le Seigneur de Taulignan en Dauphiné, n'a jamais voulu consentir que le Ministre y demeurât, quoique sans faire aucun exercice, qui n'est permis qu'à Sales, aux Frontieres de la Provence. De sorte qu'il a fallu que cette Eglise ait été destituée de son Pasteur, pour ne pouvoir ailleurs le loger sûrement. L'ancien Ennemi du nom François aïant pris les Villes du Castelet, Dourlans, Calais & Ardres, il y eut des Habitans, de la Religion, qui se retirèrent à Saint-Quentin; mais tout soudain on y fit des criées publiques, portant commandement à tous Réfugiés de vuider. Ce qui fut voirement ainsi dit en général, mais à la vérité, il n'y en eut rien d'exécuté que contre les nôtres. L'article premier des Réglemens dressés au Consulat de Lyon, en Avril nonante & quatre, porte : qu'en ensuivant la volonté de Sa Majesté; ceux qui s'étoient retirés hors du Roïaume, pour être de la Religion prétendue Réformée, & sont entrés en la Ville de Lyon, sans passeport, ou avec passeport, & sous quelque prétexte que ce soit, ou bien sont revenus dans le Gouvernement pour y demeurer, seront tenus dans trois jours se retirer hors ladite Ville, & dans huit jours hors de l'étendue du Gouvernement. Ce Réglement ainsi fait par les Habitans, animés contre nous, a été depuis, nommément en cet article, confirmé en l'Edit fait pour leur réunion ; car voici les termes du vingtieme article : Et parceque ce qui a été fait par les Echevins de notre Ville de Lyon, mettans hors d'icelles aucunes personnes suspectes, a été par nous trouvé bon, pour le sûr établissement d'icelle sous notre obéissance, avons déclaré & déclarons approuver & aggréer tout ce qui en a été fait, & que nous approuverons tout ce que par ci-après en sera fait, nous assurant qu'ils ne le feront qu'avec bonnes raisons. Quelle rigueur ! Quelle indignité ! Que pour une même cause le Roi ait été déclaré incapable de la Couronne, & nous bannis de nos maisons : & maintenant qu'il est par notre moïen jouissant de la Couronne nous ne soïons point remis dans nos maisons ! Et pour le pis, que son autorité soit emploïée à prolonger notre bannissement ! Mais, quelle indignité encore, que nous qui n'avons jamais eu veine qui ait tendu, qu'au service du Roi, qu'au bien de son Etat, nous, qui après avoir été tentés & sollicités en tant de façons, sommes demeurés si fermes, si affectionnés François, si loin des intelligences avec les étrangers Ennemis de la Couronne ; nous, dis-je, à qui l'envie est contrainte d'accorder toutes ces louanges, soïons par les Edits de ce même Roi, que nous avons tant servi, appellés suspects ! Et suspects à l'appétit de ceux qui ont été de la Ligue, & n'en sont sortis qu'à regret, ni peut-être encore bien sortis. Dieu l'oira & nous en fera justice. Il n'y a pas un an qu'on chassa hors la Ville de Meaux un pauvre Maréchal, qui aïant été rétabli moïennant l'intercession de Madame, & dix écus qu'il lui fallut bailler au Lieutenant du sieur de Vitri, a été encore depuis rechassé. A Saint Etienne de Furan, le Curé a tant prêché, tant tonné d'excommunications, qu'il a fait résoudre les Habitans à ne donner plus leurs maisons à louage à aucun des nôtres, ont même contraint plusieurs locataires d'en vuider avant le terme. A fait que les Cordonniers qui y sont en grand nombre, ont monopolé par ensemble de ne recevoir en apprentissage aucun qui ne fût des leurs ; & ce sur grosses amendes, appliquables, comme de coutume, aux débauches de la saint

Crépin. A Poitiers, & ailleurs auffi, les Confrairies des Métiers ont ajouté à leurs premiers Statuts, que perfonne ne feroit reçu, finon en faifant ferment de vivre & mourir en la Religion Romaine, & forment tant & tant de nouvelles difficultés aux autres qui fe préfentent aux Maîtrifes, qu'ils ne peuvent y être reçus.

Quant aux charges plus honorables, de tous côtés nous en fommes forclos. A Chinon, tant s'en faut qu'on en reçoive aucun aux honneurs de la Maifon de Ville, que fi quelqu'un s'avance feulement d'en nommer aucun, tout le monde fe met à crier contre, comme s'il avoit commis quelque grand péché. A Orléans, il n'y a gueres, qu'en pleine affemblée de Ville, comme on délibéroit fur un Mandement de Sa Majefté, qui vouloit que non-feulement les Marchands, felon la coutume, mais auffi fes Officiers & tous autres dignes & capables, fuffent reçus à la Charge d'Echevin, le Maire dit tout haut qu'il ne falloit point, qu'aucuns de tous ceux de la Religion, ou même qui en euffent feulement été, euffent entrée en telle Charge. Mais le tort fait à la Ville de Bergerac eft d'autant plus remarquable, qu'il eft plus folemnel. De toute ancienneté ces trois Villes, Perigueux, Sarlat & Bergerac ont droit de nommer, chacune à fon tour, & pour trois ans, le Syndic des trois Etats de Périgord. Etant donc venu le rang de Bergerac, elle nomme Maître Jacques de Belriou, Bailly ; mais l'Affemblée des Etats du Païs, tenue en Février nonante & cinq à Périgueux, caffa la nomination, pour le feul égard de la Religion ; & fubftitua en la place du nommé Maître Jean de Rodon, Lieutenant Criminel, qui eft la feule ame en tout Bergerac de la Religion Romaine. Ces mêmes rigueurs fe voient affez clairement ès Etats roïaux. S'il plaît à Sa Majefté de pourvoir quelqu'un d'entre nous de quelqu'Office, après qu'il aura fourni à tout devoir, financé, paié le marc d'or, fatisfait aux droits de Monfeigneur le Chancelier & de Meffieurs les Secretaires, encore ne peut-il être reçu : voire avec fi peu de honte de la paffion, fi peu de fouci de la couvrir ou déguifer, qu'il ne s'eft (penfai-je) jamais préfenté aucun des Ligueurs, de qui la provifion n'ait été auffi-tôt vérifiée & enregiftrée, que préfentée. Si nous voulons en avoir autant, il faut ou diffimuler, ou du tout renoncer à la Religion. Auffi en la réception, on fait faire ferment folemnel de vivre & mourir en la Romaine, & de confentir toutesfois & quantes qu'on viendra s'en départir, que l'Etat soit vacant & impétrable. Cela fut pratiqué par le Parlement de Paris, en la personne d'un Aſſeſſeur de Saumur, & de Miſere, Lieutenant particulier de Fontenai-le-Comte. A faute de ce faire, Aaron de Cormieres, pourvu de l'Etat de Juge Roïal à Puimirol; & de L'aage, pourvu d'un Etat de Conſeiller au Préſidial de Poitiers, furent renvoïés, l'un par le Parlement de Paris, l'autre par celui de Bourdeaux. Le Parlement ſéant à Beziers, du temps que Toulouſe tenoit pour la Ligue, contraignit un jeune homme de Niſmes, pourvu d'un Etat de Conſeiller en icelle, à l'abjuration, & ſi ſe moqua par après de lui, pour n'avoir voulu conſentir à la vacance, en cas qu'il vînt à ſe repentir de ſa révolte. Et dans ce Parlement toutesfois, étant ce Préſident d'Auxerre, qui, à ſon arrivée en Languedoc, paſſant par les Villes de Niſmes & Montpellier, où il fut reçu fort honorablement, promettoit merveilles en ſes Harangues de ſon équité, & égalité en l'adminiſtration de la Juſtice, ſans acception des perſonnes. Madame aïant octroïé à Maître Jean de Romatet, l'Office de Lieutenant principal au Siege & Reſſort de la Ville de Tartas, avec cette clauſe, qu'il en jouiroit comme en jouiſſoit ſon Prédéceſſeur, hormis l'Etat de Lieutenant particulier, que ladite Dame entendoit de diſtraire pour l'avenir de l'Office du Lieutenant principal; & enſuite de cette clauſe, Joſeph de Sauguinet aïant obtenu ledit Office diſtrait, il eſſaïa peu de temps après, ſous quelque prétexte, de ſupplanter ledit Romatet, & le priver de l'Office qui lui avoit été octroïé. Le procès en eſt dévolu au Parlement de Bourdeaux. Les Jurats de la Ville de Tartas interviennent & uallegent que Romatet eſt de la Religion, & pour tant autoriſeroit ſes ſemblables. Sur quoi le Parlement enfin débouta ledit Romatet, & adjugea ſon Office à Sauguinet. La même Cour ne voulut jamais recevoir à l'examen Maître Arnaud de Gachon, pourvu de l'Etat de Lieutenant particulier à Bazas, ſi bien qu'il a été contraint de s'en défaire à un, de contraire Religion. Par la premiere inſtitution des Sieges Préſidiaux, il en fut établi un à Bergerac, qui continua juſqu'à l'an LXXI, que les Officiers de Périgueux ſe ſervant du temps, en obtinrent la ſuppreſſion : Sa Majeſté, toutesfois depuis ſon Avenement à la Couronne, en a octroïé le rétabliſſement, & en a fait dépêcher Lettres Patentes en forme d'Edit, leſquelles ce Parlement de Bourdeaux n'a jamais voulu vérifier : cela fait,

qu'on recourt au Grand Conseil, où la cause est maintenant
pendante, depuis près de trois ans, sans qu'on en ait pu avoir
expédition. Quoi plus ? il y a Arrêt du 27 Juillet XCI , donné
au Parlement séant à Tours, en ces termes : *En prenant conclusion sur l'Edit qui révoque les Edits d'Union, a été arrêté
de requérir toujours sur les Lettres qui furent présentées par les
pourvus aux Offices, qu'ils soient informés de leur vie & Religion Catholique, Apostolique & Romaine, & ne consentir à
la réception qu'icelle preuve ne soit au préalable rapportée ,
excepté pour la Rochelle & autres Villes semblables, tenues
par ceux de la Religion prétendue Réformée, lors de la révocation des derniers Edits de pacification.* Et pour le comble,
en l'anné XCIV , comme les Députés par l'Assemblée de Sainte
Foi, poursuivoient vers Sa Majesté, quelque favorable remede
à nos maux, un des principaux du Conseil déclara ouvertement à
l'un d'eux que nous nous abusions, de penser être reçus aux états &
dignités, quelques Jussions & Edits qu'en pussions obtenir , que
ceux de l'Eglise Romaine ne le souffriroient jamais. Ainsi se
bandent les petits, les moïens, les plus grands ; ainsi sem-
bloient-ils débattre à qui nous fera du pis. Et comment rece-
vroit-on quelqu'un pourvu de nouveau , quand on refuse ceux
même qui ont déja auparavant exercé fidelement leurs Charges, voire sans avoir égard à aucunes Jussions pour fréquentes qu'elles soient ? témoin le sieur de Tancour au Parlement
de Rouen ; témoins les sieurs de Senouche & de Gombaud ,
l'un Conseiller, l'autre Avocat du Roi au Siege de Saintes ;
témoins les rigoureuses longueurs, esquelles on a tenu les sieurs de
Rossanes & de Brajac, Conseillers au Présidial d'Agen, & de Gasq,
Avocat du Roi à Bazas ; lesquels n'ont été reçus qu'en même
temps qu'il a été force au Parlement de Bourdeaux de vérifier
l'Edit de LXXVII. Témoin Maître Denis Besnard, qui aïant
été contraint pour être installé en l'Office de Conseiller au Présidial d'Orléans, de dissimuler sa Religion, & étant revenu depuis à la profession d'icelle, & nonobstant cela, n'aïant été
nullement troublé en l'exercice de son Etat, tant que le siege
continua à Boisgenci, depuis la réduction de la Ville , en a
été débouté par Sentence, qui n'allégue autre raison que la Religion : ce qui l'a contraint enfin de s'en défaire. Témoin encore Maître Pierre Martinat, lequel aïant paisiblement exercé
l'Office de Conseiller au Siege de Bourges, tant qu'il tint à
Sancerre ; comme il voulut le continuer en la Ville de Bour-

ge depuis la réduction d'icelle, pour ce qu'il fit déclaration de vouloir faire comme auparavant, profession de la Religion Réformée : M. de la Chaftre aïant mandé le Préfident audit Siege, les Lieutenans Général, Criminel & Particulier, les Confeillers & l'Avocat du Roi, leur fit expreffe déclaration, qu'il ne vouloit point qu'on le reçût, nonobftant la volonté du Roi. Témoin enfin, qu'à Villeneuve-d'Agenois, on a ôté à aucuns des Etats de Notaire, pour les donner à ceux de la Ligue. Le douzieme Avril nonante & quatre, au Parlement de Rouen, Maître Pierre Bouquelon & Maître Pierre Bernard, Procureurs, furent démis de leurs bancs, lefquels on bailla à Pierre Roger, Nicolas Gerould, & Tanneguy Trochardy. A Caudebec, Nicolas le Roi, Sergent Roïal de Baons-le-Comte, fe préfentant devant le fieur Martin de Premont, tenant les affifes, pour faire le ferment accoutumé, le Procureur du Roi s'y oppofa à caufe de la Religion, laquelle il affirmoit le rendre incapable de tenir aucun Office roïal : fur quoi fut ordonné, que ledit le Roy auroit terme d'un mois pour avifer de faire abjuration de fon héréfie, pendant lequel temps, il feroit privé d'exercer ledit Office, & nommeroit en fon lieu perfonne idoine & capable, dont il demeureroit refponfable : que le terme échu, on feroit droit au Procureur fur fa conclufion, au cas que ledit le Roi refufât de faire l'abjuration. Et qui croiroit que le Parlement de Grenoble fe roidît auffi-bien que les autres? Parlement, qui par notre feul moïen a été arraché à la Ligue, arraché au Duc de Savoie? Parlement en fomme, qui par notre feul moïen, fe peut dire François? Ce Parlement n'a jamais voulu recevoir le fieur de Valfon bien & duement pourvu d'un Etat de Confeiller, quelques fréquentes & réitérées Juffions qui leur en aient été faites, non pas même après un Arrêt du privé Confeil. Et pour davantage le confumer & dédaigner, quelques pourfuites qu'il ait faites durant cinq ans & plus, on ne lui a jamais donné réponfe réfolue de oui, ou nenni, d'acceptation ou refus. Tellement qu'enfin le Confeil du Roi voïant cette animeufe juftice, a été contraint de procéder à la réception. Le fieur du May aïant été pourvu de l'Office de Vice-Sénechal de Montelimart, à caufe de la rebellion du fieur Colas, celui qui a tant fait remarquer dans la Ligue le nom du Sénéchal de Montelimart, qui a tant opiniâtré la Fere, qui a mieux aimé renoncer à fon Païs qu'à la Ligue, qui enfin & tout fraîchement a fervi à ôter Amiens à la France ; le fieur du

du May, dis-je, n'a pourtant jamais pu être reçu de ce même
Parlement : enfin il s'avife d'acheter l'Office de ce Ligueur ,
qui le tenoit. Quoi fait , on l'a admis à la preuve de fes vie
& mœurs, où je crois qu'il eft encore, depuis près de dix-huit
mois. Par la capitulation de fa réduction , ce même Parlement confentit que les fieurs d'Eftables, de Savaffe & de Mar-
quet , trois Confeillers qui étoient de refte de ceux qu'ils avoient
chaffés en l'an 85 , fuffent rétablis en l'exercice de leurs Charges ,
moïennant la fupreffion de la Chambre de la Juftice qui avoit été
établie à Die. Mais depuis, jamais il n'a voulu permettre qu'ils
jouiffent de leur rang & féance ; ains les fait précéder à tous
ceux qui ont été reçus dix ans après eux , voire durant le temps
de la Ligue. Si en a fait Sa Majefté plufieurs Déclarations ,
même il en a été enfin donné un Arrêt au Confeil , pieces
vues , & Parties ouies. Et puis on ofe nous reprocher rebellion ! on ofe nous objecter la volonté du Roi ! & ceux qui en
doivent être les exécuteurs en tiennent fi peu de compte. Or,
de cette injuftice, il advient, que ces trois Confeillers n'affiftent jamais aux audiences publiques. Jugez fi ce peut être
fans un grand préjudice des Eglifes du Dauphiné. Jugez fi
elles ont occafion de fe promettre beaucoup de la bonne volonté de cette Cour.

Voilà de beaux témoignages de l'animofité de ceux qui fe portent
pour nos Juges ; & le feroient de droit, puifque S. M. les nous avoit
donnés pour tels , fi cette paffion ne les en rendoit indignes. Mais
peut-être s'aheurtent-ils feulement aux dignités ; fort confcien-
cieux , au refte , en ce qui eft de nos biens , de nos vies , de notre
honneur. Voïons-le donc encore. Aux Parlemens de Tours, Bourdeaux & Rennes , au Préfidial d'Angers & ailleurs , on a fouffert
qu'en pleine audience , on nous ait appellés chiens , Turcs ,
Hérétiques, Heteroclites de la nouvelle opinion, Schifmatiques,
Sectaires , dignes d'être pourfuivis à feu & à fang , d'être entierement chaffés de tout le Roïaume. A Orbec , au Baillage d'E-
vreux , on a permis de bailler pour reproche contre des témoins,
la Religion , fous le titre outrageux d'Hérétique, en y appliquant
les loix faites contre les Hérétiques & Manichéens. Cette prétendue Chambre de l'Edit , érigée à Paris dès l'année paffée , pour
nous repaître d'un ombre de prompte volonté , à l'obfervation
de l'Edit de 77 ; & qui devroit par conféquent, au moins en fon
commencement, donner quelque goût d'équité envers nous , a
oui & patiemment oui , que l'Avocat Segnier , plaidant le 26

Tome VI.   N n n

Juin 96 , en la caufe du fieur de la Roche-Calais , ait dit que ceux qui font femblable profeffion que lui , font indignes de fe fervir des Edits du Roi , d'autant que *in l. 1. de Hæret. in Manich.* au code de Juftinian , il eft porté que les privileges, accordés pour le refpect de la Religion , doivent être à l'avantage feulement des Catholiques ; & quant aux Hérétiques , qu'il faut non-feulement les forclore de tels privileges ; mais auffi leur agraver les charges. Item , que le privilege octroïé aux femmes , pour la préférence au païement de leur dot , n'appartient qu'à celles qui font Catholiques , non aux Hérétiques. Et eft conclu au bout , que quand bien la Chambre donneroit Arrêt en faveur dudit fieur , les biens qui lui feroient adjugés , ou efquels il feroit maintenu , pourroient lui être ôtés par les gens du Roi , comme d'un qui en feroit indigne. A Poitiers , comme la rigueur des Edits de la Ligue eut contraint Maître Pierre Chefnai de vendre une très belle maifon qu'il avoit fait bâtir dans la Ville , & puis fe retirer à la Rochelle , fon fils voïant que par l'Edit , tant de réunion de la Ville , que de l'année 77 , confirmé par Sa Majefté , un chacun étoit rétabli en fes droits , & par exprès étoit dit que les prefcriptions n'auroient lieu nommément en retrait lignager , s'adreffe à l'acheteur , lui fait fes offres de rachat , & en refus l'affigne par devant le Lieutenant de Poitou , qui met les Parties hors procès fans dépens. Appel en eft relevé au Parlement de Paris : la caufe en eft communiquée aux Gens du Roi , qui déclarent que , vu les Edits , ils étoient d'avis que la Sentence fût mife à néant , & l'offre reçue. Néanmoins le premier jugement fut confirmé. Il n'y a pas encore un an , qu'un de Marmande , nommé Bley , fut tué en plein jour par le fieur de Mauvefin , accompagné d'un nommé Perret ; dequoi les Officiers ont fi ouvertement refufé juftice , qu'ils n'ont pas même daigné en enquérir. Un jeune Soldat de Genfac en Gafcogne , aïant été requis par le Juge de Montravel , de l'accompagner en l'exécution d'un Décret de juftice contre le Procureur d'Office du même lieu , & étant advenu que le neveu du Juge tua le Procureur , la Cour de Parlement de Bourdeaux , fans confeffion , fans témoignage , condamna ce jeune homme , & le fit exécuter à mort. Et afin qu'on connût qu'il y avoit de la haine contre la Religion , outre que depuis il eft apparu par la confeffion de celui qui avoit fait le coup , qu'il en étoit innocent , le Juge , qui étoit l'auteur principal , mais de Religion Romaine , fut feulement fufpendu de fon Office , &

condamné à quelques amendes. Le même Parlement, en Décembre 95, fit exécuter à mort un nommé Bourron, de Castelmoron, poursuivi pour meurtre. Les parens ont depuis fait telle poursuite contre les faux témoins, & si avantageusement vérifié la calomnie, que les Juges, & le sieur de Remond même, qui avoit été Rapporteur du procès, ont été contraints de confesser que vraiement on avoit fait mourir cet homme à tort. Et toutesfois on n'a jamais su en avoir justice contre ces faux témoins, non pas même obtenir main-levée des biens confisqués. Il y peut avoir six mois ou environ, qu'un nommé Claret de S. Foy, insigne voleur, & convaincu de mille meurtres, fut condamné par la même Cour, qui le pensoit être de la Religion, comme il en avoit autrefois fait profession, à être mis en quartiers, à païer deux cens écus d'amende envers le Roi, & trois cens à distribuer par l'ordonnance de la Cour. Cet Arrêt lui aïant été signifié, on lui envoïa un Jésuite, auquel il déclare n'être point tel qu'on l'estimoit, qu'il y avoit plus de deux ans qu'il avoit renoncé à la Religion (ce fut en suite d'une excommunication) & été bon Catholique. Sur ce rapport, la peine fut modérée, & fut condamné seulement à être décapité, & l'amende emploïée à la réparation du College des Jésuites, qui y ont été reçus de nouveau. Les Habitans de Saint Etienne de Suran, qui sont de la Religion, se plaignant à Monsieur Duret, Substitut du Procureur Général, ès grands jours qui étoient dernierement à Lyon, & requerant justice des violences qu'on leur faisoit, répondit en colere : allez, vous êtes des séditieux, & ne faites que nous rompre la tête de vos plaintes : & vous (dit-il, se tournant à Monsieur le Cour, leur Procureur) devriez avoir honte de prendre charge d'eux. La Cour de Bourdeaux a souvent fait défense aux Greffiers de délivrer aucune copie de ses jugemens. Le Maître d'Ecole, qui fut banni de Falaise, n'en sut onc avoir une de sa condamnation. Or Sa Majesté aïant tant de preuves de ces injustices, nous a accordé pour remede le droit d'évocation pour les Parlemens de Bourdeaux & Rennes, qui se sont toujours montrés des plus déraisonnables ; & par ce moïen ceux-là ont un peu moïen de respirer, qui autrement sont sujets à la discrétion de telles gens. Mais on ne manque pas de moïens pour rendre tout cela illusoire. Car on ne permet ces évocations être signifiées sans un *pareatis* : & pour l'obtenir, il y a autant ou plus de peine, de longueur, qu'à vuider tout le procès. Ceux de Rennes, bien souvent, ne daignent répondre aux Requêtes qui leur en font faites. Ceux de Bourdeaux, au bout de trois ou quatre mois, octroïent voirement le *pareatis*; mais tout à point il se trouve dans le regiftre un Arrêt, daté de peu de jours auparavaat, par lequel le procès eft jugé. A Grenoble, les Confeillers, de la Religion, qui y font, aïant obtenu un Arrêt du Grand Confeil, pour leur féance, ont pourfuivi fix mois entiers l'octroi du *pareatis*. Ainfi ont ces Juges animés, plus de volonté, & leur volonté plus de moïen de nous nuire, que nous ne pouvons en l'autorité de Sa Majefté trouver de remedes pour nous foulager. Mais l'animofité fe montre bien davantagé, quand il eft queftion des Edits & de la vérification d'iceux. Car font-ce des Edits en faveur de la Ligue, c'eft-à-dire, des plus grands ennemis qu'ait jamais eu l'Etat? On n'y trouve difficulté quelconque, auffi-tôt préfentés, auffi-tôt vérifiés, homologués, enregiftrés; point de modifications, point de reftrictions, point de *Retentum*; perfonne qui y faffe oppofition. Sont-ce encore des Edits qui profcrivent, qui banniffent les Huguenots? C'eft-là qu'on triomphe; jamais tant de courage, jamais tant de volonté: on y court, on n'a pas la patience qu'ils foient arrivés. Les Procureurs font rage de requerir: les Avocats en leurs plaidoïers font autant de Demofthenes, de Cicerons reffufcités. La Cour prend fes robes rouges; rien n'y eft laiffé en arriere, toutes folemnités font exactement recherchées. En veut-on preuves? qu'on fe reffouvienne de l'Edit de Juillet quatre-vingt-cinq. Y eut-il jamais chofe fi folemnelle? Vit-on jamais tant de feux de joie? Et pour l'exécution, quelle pierre ne remue-t-on? Ce feroit crime de leze-Majefté d'en laiffer le moindre article, la moindre lettre, le moindre accent. Les moindres articles, les moindres lettres, les moindres accens, ce font autant de pilliers de l'Etat. Tout crouleroit fi on en ébranloit un. D'où tout cela, que d'une haine extrême que nous portent ces grands Corps? Tournons maintenant de l'autre côté. Sur ces Edits, ainfi folemnellement vérifiés & publiés, la guerre s'ouvre. Et c'eft-là qu'on trouve les effets n'être point fi aifés que les bravades; qu'il n'eft pas fi facile de forcer une Place, cent Places, que d'allumer des feux par les carrefours. Qu'il y a bien plus de peine à gagner une bataille qu'à vérifier un Edit en robe rouge. En un mot, l'épreuve fait connoître, qu'il n'y a rien de moins prêt que la ruine des Huguenots, fi malaifé à forcer que leur union, fi impoffible à divertir que le fecours, que leur réferve au befoin

& à point nommé, ce grand, qui a pour son nom, le grand Dieu
des armées, auteur & fondement de leur union. Cela met de
l'eau au vin des plus bouillans: ceux qui manient l'Etat, & nous
voient trop colés à l'Etat, trop encrés dans l'Etat, pour à leur
volonté périr seuls & sans l'Etat, se voient forcés ou de
nous souffrir ou de voir périr l'Etat. Enfin donc après avoir
long-temps exposé le Roïaume à toute sorte de maux, c'est-à-
dire, à une guerre civile, pour essaïer d'éteindre le feu, qu'ils
pourroient bien plus aisément, & avec plus de louange, n'allumer point du tout, on parle à nous, & plus doux. Après
beaucoup d'allées & venues, de disputes, de négociations (car
combien de façon y emploie-t-on?) on nous donne un Edit:
& pouvez penser si restreint, si chetif; tel qu'il est, toutesfois
il faut le vérifier. Et c'est-là que Messieurs les Parlemens ne
trouvent jamais qu'il soit jour. Une infinité de remises, de
longueurs, d'ennuis, de remontrances. On grabelle, on examine. Pas un article qui ne soit impossible; pas un mot qui ne
porte coup à l'Etat, si on les en croit. Enfin néanmoins si faut-
il le vérifier: la nécessité presse, la guerre ennuïe. Que font-ils?
mille modifications, mille restrictions, mille rétentions. Et
quelle inégalité est-ce que cela, bon Dieu! Que ceux qui en
voulu tout ouvertement au Roi, à l'Etat soient si favorisés.
Nous qui ne respirons que le service du Roi, que le soutien de
l'Etat, soïons si rejettés! Que les Edits obtenus à la pointe de
l'épée, qui démembrent l'Etat, qui laissent les ennemis d'icelui armés, qui en épuisent les finances, soient si soudain vérifiés. Que ceux que nous obtenons, après qu'on s'est lassé de
nous faire du mal, qui ne tendent qu'à nous ôter la crainte
qu'on nous en fasse, qui ne portent que la liberté de nos
consciences, la sûreté de nos vies, point d'avantages pour ag-
grandir celui-ci ou celui-là; que ces Edits soient d'abordée jettés si au loin, soient enfin si maigrement vérifiés! S. M. quelque
temps après son avénement à la Couronne, fit un Edit, par lequel
elle révoquoit les Edits de la Ligue, des années 85. & 88. Edits qui
nous prenoient voirement à partie, mais pour prétexte: en effet
s'attachoient au Roi & à la Couronne; Edits, les boutrefeux de
ces embrasemens, qui ont plus qu'à demi réduit la France en
cendres; Edits qui ont failli, mais n'ont de guere failli, à noïer
nôtre patrie dans son sang; Edits enfin qui ont, ou peu s'en
faut, traîné après eux l'anéantissement des Cours de Parlemens:
ensuite desquels un Président Brisson a été honteusement pen-

du au gibet dans Paris ; un Préfident Duranti cruellement maffa-
cré & vilainement traîné par les rues de Touloufe. Qui eut jamais penfé qu'il y dût avoir des difficultés pour cette révocation ? & que ces difficultés vinffent des Parlemens ? Elle portoit
auffi le rétabliffement de l'Edit de l'an 77 , par lequel on penfoit
nous bien obliger & récompenfer plus que de raifon nos fervices ;
Edit toutesfois nullement propre au temps prefent ; Edit qui nous
met en pire état que celui où la guerre nous a laiffés, qui nous flétrit
en mille fortes ; Edit enfin que nous n'avons point requis, que nous
refufons conftamment. Cet Edit donc, tel quel, comment l'ont-ils
reçu ? On le baille au Procureur du Roi à Paris, pour le préfenter
à la Cour , & en requérir la vérification. Ce Procureur n'en peut
être d'avis, fait des remontrances au Roi (au moins s'en van-
toit-il en fa harangue à la Cour) qu'entr'autres chofes, c'étoit
un point fort préjudiciable à l'Etat & à la Religion Catholique,
Apoftolique & Romaine , de nous déclarer capables de tous honneurs , états & dignités : enfin requiert à la Cour, que fi tant
eft qu'on arrête de le vérifier, il foit dit feulement : Oui le
Procureur Général du Roi , & non pas à l'ordinaire : Oui & ce
requerant. De-là on vient aux opinions. Qui fauroit dire les
difficultés , les raifons alléguées contre cet Edit ? L'un remontre qu'il feroit à craindre qu'on ne dît du Roi , *Canis ad vo-
mitum* , & que fa converfion fût calomniée ; l'autre , qu'on n'a-
voit accoutumé de vérifier tels Edits , que lorfqu'on voïoit une
armée de Reiftres au cœur de la France ; un tiers , que cet
Edit ne fut octroïé par le feu Roi, que pour une feuille de papier
écrite ; mais qu'il s'étoit bien gardé pourtant de permettre aux
Huguenots l'entrée des Etats , & que ceux-là étoient méchans,
qui aujourd'hui vouloient introduire une telle nouveauté ; un
quatrieme , que cela reculeroit la bonne volonté du Pape, duquel on avoit befoin ; un autre , qu'il falloit déprimer les Huguenots , afin qu'on connût qu'ils tiennent la mauvaife opinion. Somme , jamais chofe ne fut tant baffouée. Toutesfois
l'autorité du Roi , la néceffité des affaires l'emporta finalement ;
mais de combien ? de trois voix feulement en un fi grand Corps.
Le voilà donc enfin, & à toute peine, vérifié à Paris, encore
avec je ne fais quel *retentum*. Ailleurs quoi ? Rouen, Rennes,
Aix, font encore à y penfer. Le Parlement de Dijon en eut le
commandement de la propre bouche du Roi fur fon Parlement
pour aller à Lyon, & fi n'en a rien voulu faire. Celui de Bourdeaux a fait fon poffible de reculer : le Roi lui commande une

fois, deux fois, pour néant ; enfin ennuïé d'une telle & si opiniâtre rebellion, se courrouce ; écrit pour la troisieme fois qu'il
n'écrira plus, qu'il prendra la verge. Cela réduit ces Messieurs
à n'avoir plus de terre pour fuir. Le Procureur dit, que sur les
Patentes, envoïées par Sa Majesté, sur le rétablissement de cet
Edit, la Cour avec mûre délibération, les Chambres assemblées,
y auroit apporté des modifications, pour des grandes & très
urgentes occasions, & très importantes au bien, repos &
tranquillité de cet Etat. Néanmoins Sa Majesté auroit été depuis tant pressée & importunée, qu'elle auroit été contrainte
de lever lesdites modifications. A cette cause vive la volonté
du Roi, il n'empêchoit que sur le repli des lettres, il ne fût
mis, lu & publié, oui & nous empêchant le Procureur du
Roi. Voilà donc, au dire de cet homme, le Parlement qui fait
tout mûrement & pour grandes considérations, le Roi seulement importuné, contraint, forcé. Voilà par conséquent un
Edit, non pas juste ni légitime, mais extorqué. Direz-vous pas
que c'est quelque bon François qui parle de l'Edit de Juillet
85 ? Et voilà enfin un Procureur du Roi qui pense bien faire
plus que son devoir, quand seulement il n'empêchera point la
volonté de son Maître. Est-il pas vrai fils d'obéïssance ? La
Cour, pour montrer combien elle s'imbolise aux humeurs de ce
Procureur, commence ainsi l'Arrêt de la vérification. Vu le
très exprès mandement du Roi par plusieurs fois réïtéré. Au lieu
qu'auparavant en tous Edits reçus contre la volonté & intention de la Cour, pour la plus haute & derniere marque de peu
d'approbation, on avoit accoutumé de mettre seulement : du
très exprès mandement du Roi. Si bien qu'à ce compte, cette
Cour ne reçut jamais Edit si à regret, ni qu'elle ait tant reprouvé. Devinez ce qu'elle fera, pour l'exécuter. On peut penser
encore si une vérification si contrainte s'est passée sans restriction. L'exécution au moins en est différée, jusqu'à ce que nous
aïons remis la Messe partout, & rendu toutes les Places que
nous tenons en Guyenne. Voire ; mais quelle assurance nous
donne-t-on, quand nous aurons fait tout cela, de nous laisser en
paix ? puisque par le passé on nous a donné autant de témoignage de ne le vouloir faire qu'à l'extrêmité, qu'on n'aura plus
moïen de nous méfaire. Et puis cela seroit bon, si nous eussions
requis l'Edit, si nous nous en contentions, dequoi nous sommes
encore bien loin. Au reste, voïez notre condition ; ès lieux où
cet Edit n'est point publié, on nous traite à la rigueur de ceux

de la Ligue ; ailleurs, pour donner à connoître combien la publication a été faite à contrecœur, on ne fait aucune conscience d'y contrevenir. En Provence, dès l'an quatre-vingt-cinq, on fit informer, par autorité de la Cour, contre ceux qui prirent les armes sous la conduite du Baron d'Allemagne, & en fut exécuté autant qu'on en put appréhender. Ces informations font encore en être, & sur icelles on décerne tous les jours des prises de corps. L'an quatre-vingt-six, quelques Soldats allant à la guerre prirent des Marchands de Digne, qui furent par Sentence de la Justice du lieu, comme criminels de leze-Majesté, condamnés à être pendus, & exécutés en effigie : ils ne font point en sûreté encore aujourd'hui. Le sieur de Donzac prit aussi quelque marchandise appartenante à deux Habitans de Bourdeaux ; & fut la prise avouée par Sa Majesté, lors Roi de Navarre, en déclarant nul un passeport qu'on produisoit ; suivant quoi, fut païé le droit de la cause. Toutesfois depuis le Conseil privé a annullé ledit jugement. Le Parlement d'Aix a donné un Arrêt, du second de Novembre dernier, en faveur des Ecclésiastiques Romains, contre ceux de la Religion, qu'elle condamne à leur rembourser les deniers & frais saisis pendant les troubles. Ceux qui font du ressort de Bourdeaux, comme ils veulent rentrer en la possession de leurs biens, que suivant la rigueur des Edits de la Ligue, la Cour avoit fait arrêter à fort vil prix, s'en trouvent forclos, sous prétexte que pendant la guerre, les tailles, impositions & autres charges, n'ont été païées, comme si cela devoit tomber sur ceux qui n'ont point joui, & non sur les usurpateurs. En l'an septante & deux, (voïez combien on va loin) le sieur de Remond, Conseiller en ladite Cour, fut pris prisonnier, & païa rançon de mille livres. Tous les jours il fait des poursuites contre ceux qui le prirent, & n'a point de honte de se vanter qu'il s'est par ce moïen remboursé de quatre mille écus. De même façon, font sans cesse inquiétés les sieurs de Melon, Lahet, de la Tour, de Pessac, de Maisonneuve & autres. Aussi n'avons nous rien fait durant ces misérables troubles (qui nous aïant mis les armes en main pour une juste défense, nous contraignoient d'offenser ceux qui autrement n'eussent jamais perdu l'envie de nous mal faire) qui ne nous soit remis devant, comme crime. Mais il est bien encore plus étrange, que la Cour d'Aix fonde l'Arrêt par lequel elle bannit notre exercice de toute la Provence, sur les Edits du Roi. Et à Rouen, tout fraichement, a été donné un Arrêt, du 13 Janvier passé, par lequel les Prêches & Sépultures sont appellées contraventions aux Edits du Roi, & pourtant défendues. A quoi fut ajoutée une telle impudence (je vou lois parler plus doux, mais il y a encore plus que cela) qui aïant été mandés par le Conseil du Roi, deux des Présidens, deux Conseillers & le Procureur Général, pour leur faire entendre le déplaisir que Sa Majesté recevoit de tels Arrêts, ils répondirent qu'ils avoient jugé selon les Ordonnances, & que les Edits, qui nous donnoient liberté, étoient révoqués. Ils promirent toutesfois de se contenter que l'Arrêt fût couché au regiftre : & cependant à la même heure, le Trompette le publioit par tous les carrefours. Chose incroïable, qu'on ait eu tant de hardiesse en la présence de Sa Majesté. Mais est-ce pas dire hautement & sans honte, qu'on tient encore les Edits de la Ligue en leur pleine vigueur ? Le Roi venant à la Couronne, révoqua les Chambres de Justice, qu'il avoit, lorsqu'il étoit notre protecteur, établies à Saint Jean d'Angeli, Montauban, Bergeras, Pamiers & ailleurs; entendant toutesfois que les jugemens qui auroient été donnés, parties ouies, tiendroient & ne pourroient être révoqués qu'en la même façon que le peuvent être les Arrêts des Parlemens. Et toutesfois à Bourdeaux, à Grenoble & ailleurs, on les révoque tous les jours, sur une simple requête présentée par l'une des parties. Nous n'aurions jamais fait de déduire toutes les injustices qui nous font ainsi faites. Et ce que nous en avons produit, suffit pour témoigner la bonne volonté que nous portent les Parlemens, & pour faire connoître quelle Justice c'est qu'ils sont résolus de nous rendre. Et certes, puisque c'est par force qu'ils reçoivent les Edits qui servent à nous laisser vivre en quelque état, moins mauvais en apparence que la guerre ouverte, que c'est en protestant qu'ils sont extorqués, sont injustes, sont dommageables à l'Etat, qui ne croira aisément qu'à toutes occasions ils s'en départiront sans faire difficulté de juger contre iceux, & nous empêcher par toutes voies d'en sentir les effets ? Pourtant qu'on ne s'ébahisse plus, si nous avons peur de retomber entre leurs mains, si nous desirons être arrachés à leur insolente discrétion. Ce n'est pas que nous fuïons Justice. Car que craignons-nous, pourvu qu'on ne nous impute à crime notre Religion, & la défense de nos vies ? Mais c'est un droit de nature, que les préoccupés, les passionnés, les parties, les ennemis ne font point Juges. Et ce ne peut être que violenter ce droit de nature, quand on nous refusera notre demande.

Tome VI.   O o o

Nos plaintes font longues : auſſi eſt bien long notre malheur : nos maux ſont infinis. Plut à Dieu que ce que nous en avons étalé, fût ſeulement la dixme de ce que nous ſouffrons. Si faut-il achever. Achevons donc : & achevons par là, où nous achevons de vivre ; & n'achevons point de ſentir la rigueur de nos Citoïens : Citoïens, qui fâchés de notre vie, ne peuvent encore ſouffrir ce qui devroit ſouler la plus horrible rage, ſouffrir nos tombeaux, nous ſouffrir dans nos tombeaux. La terre, dit-on, eſt la mere commune de tous ; c'eſt elle qui reçoit l'homme naiſſant, qui le porte vivant, qui le ramaſſe dans ſes entrailles mourant. O'iez tout le monde, à quoi en ſont devenus nos François. Ces François qui ſouloient ſe vanter d'emporter le prix d'honnêteté, voïez comme tout au contraire ils ſemblent maintenant débattre, à l'envi des Nations plus barbares, mais des bêtes plus ſauvages, la perfection de cruauté. Vraiment dé-naturés, qui en tant de façons prennent plaiſir à violer la natu-re ; qui ne ſouffrent point qu'en France nous naiſſions libre-ment & ſans éprouver leur rigueur ; ne ſouffrent point que la France, notre Patrie, nous nourriſſe paiſiblement ; ne ſouffrent point que nous nourriſſions ceux que nous avons engendrés, ar-rachant, ſans compaſſion, aux meres leurs enfans, leurs entrail-les, choſe qu'à peine fait-on aux bêtes ſans quelque regret, choſe qui met ſouvent les bêtes même en rage ; maintenant & pour le comble, ne peuvent ſouffrir que la terre, mere com-mune, qui nous a, en dépit d'eux, reçus naiſſans au moins en miſere ſous leur tyrannie ; qui nous a, en dépit d'eux, nourris en miſere ſous leur cruauté, nous reçoive en paix mourans, pour nous cacher à leur tyrannie, à leur cruauté. Si d'avanture elle nous a reçus, les voilà en furie, en rage, nous fouiller dans ſon ſein, nous arracher de ſes entrailles. O Dieu, quel ſiecle ! qu'on ait en France juré la guerre à toutes les parties d'humanité, à toutes les affections de nature les plus affectionnées ! Mais oïons donc les effets, en ces effets prenons les preuves de ces fureurs dénaturées. Preuves, qui d'elles-mêmes émouveront à compaſ-ſion de nos miſeres, où il n'y aura du tout point d'humanité de reſte au monde. Par les Edits précédens, il étoit ordonné, qu'on nous fourniroit des lieux particuliers, pour enterrer librement nos morts. On le nous a refuſé : on le nous refuſe encore en infinis lieux. Ceux de Bourdeaux en ont ſouvent importuné les Ma-giſtrats, & jamais n'ont ſu l'obtenir ; ſi bien qu'il leur a été force de ſe ſervir d'un fort petit lieu près les murs & hors la Ville, dont une Demoiſelle leur a fait don. On l'a refuſé tout

à plat à Tourrance & pluſieurs autres lieux en Provence. Ceux
d'Angers en préſenterent une requête le 24 Novembre 95,
pour néant. Ceux d'Orléans, depuis la réduction de la Ville,
ont ſupplié Monſieur le Maréchal de la Chatre de leur aſſigner
un lieu ; & il n'y faiſoit pas grande difficulté ; mais après en
avoir communiqué avec le Maire, les Echevins & Officiers de
Juſtice, il leur répondit que la Sépulture étoit une partie de l'e-
xercice de la Religion ; & que Sa Majeſté avoit promis qu'il n'y
en auroit aucun dans la Ville ; ſi bien qu'on eſt contraint de
porter les corps juſqu'à Jargeau, à cinq grandes lieues de-là ;
encore faut-il ou le faire ſecretement, les mettant dans des
coffres, comme qui les déroberoit, ou en demander permiſſion
à la Juſtice. Ceux d'Angouleſme ſont en pareille néceſſité d'aller à deux grandes lieues. Ceux de Saint Etienne de Furan aïant
été dépoſſédés de leur Cimetiere par Monſieur de la Guiche, par
l'importunité des autres Habitans, prirent n'a pas long-temps
réſolution de ſe pourvoir d'un autre ; & pour ce, firent qu'un
nommé Pierre Sparron acheta un champ joignant le premier,
mais ſéparé d'une haute muraille. Cela ne fut plutôt ſu, que
les Officiers, Conſuls & principaux Habitans, aſſemblés en la
Maiſon de Ville, mandent ledit Sparron : venu qu'il eſt, on le
menace de priſon & maltraitement. Le Curé lui-même, en dé-
pitant Dieu, (choſe qu'il ſavoit bien auſſi bien faire que ſon
office, pour le moins) lui porte le poing à deux doigts du nez,
l'aſſure de le bien battre, & de faire piller ſa maiſon, ſi à l'inſtant il ne paſſoit revente aux Conſuls, de ce même champ.
Pierre du Marais, ſon beau-frere, là préſent, ne pouvant ſouffrir ces violences, s'écrie qu'on avoit tort. Voix qui anima
tous ces raſſemblés, par leſquels il fut tout ſoudain chaſſé hors
de la Maiſon de Ville. Enfin force fut de faire ce qu'on voulut.
Et ſur l'heure même, le même Notaire, qui avoit pris le contrat
de la premiere vente, reçoit ce ſecond, & fait confeſſer à Sparron
d'avoir préſentement touché argent, contre toute vérité. Ce
fut le cinquieme d'Août dernier. Voudroit-on plus de violence ! d'injuſtice ? Et ſi on mépriſe l'extrême rage contre la Religion, ſera-t-on bien ſi corrompu de ne faire compte d'une telle
concuſſion, d'un larcin ſi manifeſte, d'une fauſſeté ſi qualifiée ?
Et c'eſt le Peuple, ou les Conſuls pour le Peuple ; c'eſt le Curé ;
c'eſt le Magiſtrat qui devoit être ſage & pour le Peuple & pour
le Curé. A Vitri-le-François, aïant été préſentée requête, afin
que ceux de la Religion fuſſent réintégrés en la jouiſſance d'un

Cimetiere par eux acheté, & paifiblement poffédé depuis vingt-quatre ans , jufqu'à l'an quatre-vingt-cinq ; Monfieur d'Aumours, Confeiller du Roi , à qui Monfieurs de Nevers les avoit renvoïés par Sentence du 28 Juin 95 , ordonna voirement qu'ils jouiroient de ladite place , mais en limitant le nombre du convoi à fix ou huit perfonnes pour les moïens , & à dix pour ceux de qualité ; item le temps , de cinq à fix heures du matin , & fix à fept du foir , depuis Pâques jufqu'à la Saint Remi ; & de fix à fept du matin ; & quatre à cinq du foir pour le refte de l'année. Au mois de Janvier dernier , le Roi étant dans Rouen , il commanda de remettre entre les mains du Sr. de Villeroi , la clef d'un lieu que ceux de la Religion avoient autrefois acheté & emploïé pour leurs enterremens , à ce que la poffeffion leur en fût rendue : enfuite de quoi y fut enterré de nuit un Ecuïer de Madame , nommé M. Lyon , & tôt après quelque autre. Ce que la Cour du Parlement , par un Arrêt du 13 dudit mois, déclara être fait contre les Edits , & fit défenfes de continuer. A Limoges , quand on porte les corps au Cimetiere de S. Affre dans la Cité , lieu accordé par autorité de la Chambre Tripartie , érigée à Agem , en vertu de l'Edit de 77, tout le Peuple crie , qu'il faut jetter cela dans les foffés , & dégorgent mille injures fur ceux qui affiftent au convoi. On va même puis après ôter la pierre deffus la foffe , & y faire mille ordures. A Beziers , on décerna des emprifonnemens, à la requête du Procureur Général , contre tous ceux qui avoient accompagné le corps de la Demoifelle d'Ambefaigües, & leur fit-on païer de groffes amendes. A Bourdeaux , pour la conduite des corps & fûreté du convoi, il faut acheter , & bien cherement , la préfence du Capitaine du Guet , encore ne laiffe-t-on pas de fe voir hués par les rues. La veüve du fieur de Saint Matthieu y étant morte , à la pourfuite du meurtre de fon mari , fait par un Prêtre , ne put être conduite qu'après avoir fourni la fomme de trente écus. Mais oïez bien pis : une honnête femme , Bourgeoife , y fut une nuit déterrée , dévêtue de fon fuaire , & fon corps laiffé nud fur la terre jufqu'au jour , qui découvrit au Peuple ce fpectacle miférable , honteux , hideux. Et qui croiroit que cela fait à la barbe d'un Parlement , demeurât impuni ? demeurât, fans recherche ? A Lyon , il fallut acheter la permiffion d'enterrer le fieur de Benafech , de vingt écus. Et en fallut faire autant en Février 95 , pour une femme fort âgée , encore y eut-il du danger que des mutins , qu'on trouva fur le chemin , n'y fiffent du

mal, s'ils n'euſſent trouvé le convoi réſolu de ſe défendre. A
Saint Etienne de Furan, le Curé a lui-même, en plein jour, à
grands coups de marteau, mis en pieces les groſſes pierres qu'on
met ſur les foſſes. Et bien pis : étant morte une bonne femme,
âgée d'environ cent ans, ainſi qu'on portoit le corps en terre, y
aïant en la troupe quelques-uns des Gendarmes de la Compagnie
du Bailli de Manoſque, laquelle pour lors y étoit en garniſon,
le Curé alla lui-même en perſonne aux cloches, un jour de Dimanche, ſonner le tocſin. A ce ſon ſe ramaſſe une foule de trois
ou quatre mille perſonnes en armes, que ce Curé conduiſit
droit au Cimetiere, de quoi effraïés tous ceux du convoi,
ſe mettent en fuite, qui çà, qui là, abandonnant le corps à
la merci du Curé, qui le fit enfouir en un lieu champêtre.
Antoine de la Regle, Damaſquineur, décédé le vingt-deux de
Septembre dernier, & enterré au lieu accoutumé à ceux de la
Religion, de nuit & ſecretement, fut le lendemain deterré par
ce Curé, accompagné des Officiers de la Juſtice & des Conſuls,
qui le portant à une grande lieue de là, le mirent dans un
champ contre le gré de celui à qui il appartenoit, lequel à cette
cauſe la nuit ſuivante, le déterra encore une fois. La veuve
voïant une telle cruauté, s'en va à Lyon ſe plaindre à Meſſieurs
des grands jours & demander juſtice. Il fut ordonné par Arrêt,
que ce corps ſeroit enterré en un champ appellé Leurton : &
ne fit-on ſemblant aucun de penſer à punir tels excès & ſi énormes. Lâcheté qui enhardit tant ce Curé & ce Peuple, qu'ils
menacerent de faire un maſſacre, ſi on ſe mettoit en devoir
de faire exécuter l'Arrêt ; ainſi fut-il force de porter ce corps
ailleurs & hors du terroir. C'eſt ainſi qu'on nous garde la foi
publique ; ainſi pratique-on ces Edits dont on veut que nous
nous contentions, & toutefois c'étoit déja une injuſtice, agréée
voirement par nous, mais ſeulement pour fuir la guerre, pour
montrer combien nous avons d'envie de voir l'Etat en repos,
voire à notre deſavantage, & pourtant pas moins injuſtice. Car
pourquoi nous aſſigner ou nous contraindre d'acquérir des Cimetieres à part ? Nos Peres avoient leur droit en ceux qui étoient
déja, & étoient publics & communs. Nous ont-ils pas laiſſé héritiers de leurs droits en cela, auſſi-bien qu'en cet air François
que nous humons ? auſſi-bien qu'ès Villes que nous hantons ?
auſſi-bien qu'en maiſons que nous habitons ? & les nous ont-ils
pas laiſſés pour les conſerver ? pour les laiſſer aprés nous à ceux
qui ſortiront de nous, comme nous ſommes ſortis d'eux ? Ou

1597.
PLAINTES
DES EGLISES
RE'FORME'ES.

n'y aura-t-il donc jamais rien de ſi ſaint , qu'on ne foule aux pieds pour la haine qu'on nous porte ? Or , après cet Edit, & pour nous aſſujétir à tout ce qu'il porte de rigueur , pendant qu'on nous refuſe tout ce qui peut y être de favorable, comment nous traite-t-on ? Ou de quoi fait-on conſcience ? A Brignole , la troupe du convoi qui revenoit de mettre en terre le corps de la fille d'un nommé Bouet, ne ſut rentrer par la porte de la Ville, à cauſe , tant du pont levis qu'on avoit hauſſé, que des pierres qu'on leur ruoit du haut des murailles , & fallut tournoïer juſ-qu'à une brêche qu'il y avoit près la Citadelle par où on entra. A Taraſcon , il n'y a pas long-temps qu'étant mort le ſieur de Modene , on ne put avoir permiſſion de lui donner terre en tou-te la Provence ; ains fallut le porter de-là le Rône à Beaucaire avec le congé de Madame de Peraut. Le ſieur de Pilles, tué pour le ſervice du Roi au ſiége de Rouen , ne ſut onc avoir place en aucun Cimetiere. Au mois de Mars quatre-vingt-quinze , mou-rut à Lyon le ſieur des Clauſels , l'un des Capitaines que Mon-ſieur le Connétable avoit emploïés à la priſe de Monluel , le-quel on fut contraint de remporter audit Monluel pour le met-tre en terre. Le ſieur de Chaffin, mort à Vaunaves , petit lieu en Dauphiné , fut porté à Eurre , parceque le ſieur de Montaiſon, Seigneur du lieu , ne lui voulut jamais permettre ſépulture en ſa terre. A Vitri-le-François , un pauvre Huillier , nommé Ham-bert Colin , aïant aſſemblé dans ſa maiſon deux ou trois de ſes parens & amis pour conduire au tombeau le corps de ſa fem-me , & en attendant l'heure , faiſant lire pour ſa conſolation quelque texte de la Bible , les Officiers de la Juſtice ſurvenans , le ſaiſirent & menerent en priſon , faiſant porter publiquement la Bible devant eux en triomphe. Là même encore , étant mort de peſte un nommé Paul Mouton , on ne voulut jamais ſouffrir qu'il fût enterré au lieu deſtiné pour la ſépulture des peſtiferés ; ains fut ſon corps jetté en un lieu approchant d'une voïrie , & couvert de fumier , bien qu'il ſoit vrai , que ceux de la Religion, qui ſont le plus grand nombre des Habitans , avoient contribué aux frais néceſſaires pour le ſoulagement des malades. A Preuil-ly en Touraine , tous les Habitans avoient déja , par l'eſpace de trente ans & plus , vécu paiſiblement les uns avec les autres , & joui également du Cimetiere , ſans diſtinction de Religion , comme l'ont dépoſé en juſtice la plupart & principaux du lieu, qui ſont de la Religion Romaine , en requérant qu'on les laiſ-ſât en cette tranquillité. Néanmoins, à la ſollicitation du Curé ne Saint Pierre , le Bailly de Touraine, depuis peu de mois , a fait défenfes très expreffes , d'enterrer aucun audit Cimetiere fans la permiffion dudit Curé ; & a été la Sentence publiée & fignifiée , nonobftant l'appel. Le vingt-huit Octobre quatre-vingt-feize, à Chinon on rompit à Saint More la tombe d'une fille , & les quartiers en furent jettés dans la riviere ; mais voici bien pis , & qu'on n'eut jamais cru que des François euffent ofé. A Signe, à Rogne, à la Tour d'Egué en Provence , on en a déterré plufieurs par le commandement de l'Evêque de Marfeille. A Donfront, au Bailliage d'Alençon en Normandie , une Damoifelle a été tirée hors du fépulcre de fes Majeurs par Arrêt du Parlement de Rouen ; & puis un Gentilhomme par Sentence du Juge du même lieu. Le fieur de la Patriere , Gentilhomme Angevin, décédé au mois de Janvier quatre-vingt-feize, fut auffi déterré par Sentence de la Juftice d'Angers. Le fieur de la Coligniere, Gentilhomme Manceau, fut ôté du Cimetiere par commandement de l'Evêque du Mans. Voilà pour Provence, Dauphiné, Normandie, Champagne, Touraine, Anjou, le Maine. Voïez maintenant le Parlement de Bourdeaux : celui feul nous fournira de plaintes autant que tout le refte , comme il a toujours & en tout fait paroître , qu'il a cette ambition de gagner l'avantage fur tous ceux qui peuvent être paffionnés contre nous. Cette Cour donc ne voulut onc fouffrir que la fille du Clerc de la Maifon de Ville fût mife au Cimetiere public , pour avoir refufé un Prêtre à fa mort. Ni la fille d'un nommé Caftagne , parcequ'elle mourut chez un de la Religion. Et pour le pis , aïant demeurée trois jours morte , fa fœur & le mari d'icelle , l'aïant mife aux Bourriers , qui eft le Cimetiere de ceux que tant on hait , le Procureur Général irrité de cela , fe mit à les pourfuivre pour les faire déclarer indignes de la fucceffion ; & de fait les incommoda tant , qu'ils furent forcés d'accorder à vil prix de leurs droits. Cette même Cour paffant plus outre , a auffi, par plufieurs Arrêts, fait inhumainement déterrer un grand nombre de corps. Celui du fieur de la Grange , Gentilhomme Xaintongeois, qui fut par les Chanoines de Xaintes , en exécutant l'Arrêt , jetté dans un foffé où les chiens l'euffent mangé, fi les parens avertis n'y euffent pourvu. Celui d'un Capitaine Anglois venu au fervice du Roi , & pour icelui tué , au fiege d'un Fort vis à-vis de Blaie , lequel auroit été mis dans la Chapelle des Chartreux , deftinée de tout temps à l'enterrement des Etrangers. Celui d'un nommé Pointeau de Bazac , en la Paroiffe de Lontran. Celui du beaufrere du fieur de Riveron, enterré au Temple de Chafnier, à l'occafion duquel furent faites défenfes fur peine de dix mille écus, d'enterrer, ni audit Temple, ni au Cimetiere, aucun de la Religion. Le Sénéchal des Lanes, formé au moule de fon Parlement, confirma la Sentence de l'Evêque pour le corps de la femme d'un nommé Cazenoue de Sincever. Quoi plus? Oïez l'horreur d'une extrême cruauté; oïez le comble de brutalité. Ainçois, voïez la fource de toutes ces cruautés & brutalités. Un Arrêt, auparavant tous ces excès ja mentionnés, prononcé en pleine audience par Florimond de Remond, Préfident lors, comme plus ancien Confeiller, pour rendre folemnelles ces dénaturées paffions, les rendre, s'il étoit poffible, naturelles aux François; il s'agiffoit d'un enfant enterré au Cimetiere d'Ozillac en Xaintonge. Il fut ordonné qu'il feroit déterré; mais il fut ordonné de même main, que tous les corps de ceux de la Religion, qui depuis dix ans auroient eu terre en quelque Cimetiere, feroient arrachés de leurs tombeaux. Bon Dieu! parmi quels Tigres vivons-nous! Qui jamais ouit parler d'un tel Arrêt? Qu'une Cour de Parlement qui n'eft établie que pour entretenir la juftice, juftice qui n'eft fondée que fur le droit naturel, fur l'honnêteté civile, qu'une Cour de Parlement donc fe licencie ainfi contre le droit naturelle, contre l'honnêteté civile; Car la fépulture eft bien auffi naturelle à l'homme que la mort: eft bien auffi civile que le bien mourir. Et par le droit des gens même, jamais il n'y eut ennemi fi cruel qui refufât cet honneur à la mort de ceux qu'il ne pouvoit fouffrir en vie. He! que nos anciens François, ces vraiement François, par le moïen defquels nous fommes François, n'avoient garde de fe difpenfer ainfi. Pourquoi nous vantons-nous d'être à eux? Pourquoi leur dérobons-nous leurs titres? Les Margajas, les Toupinambauds rempliffent leurs entrailles de la chair de ceux qu'ils ont mis à mort. Avec déteftation, nous les en appellons Barbares, Sauvages; & toutefois, cette cruauté n'eft point de Margajas à Margajas: de Toupinambaud à Toupinambaud. Le Toupinambaud ne mange que le Margajas: & le Margajas n'eft glouton que du Toupinambaud; encore ne le font-ils que pour rendre la pareille, que pour fe venger de ceux qui en bravade, quoiqu'aïant la mort entre les dents, leur difent, j'ai mangé ton pere, j'ai mangé ton frere, & mangerois tes enfans fi j'avois plus de vie. Pour le faire, ne violent point les tombeaux. François, ceux que vous déterrez ne font ni Margajas,

ni

ni Tobinambauds, ne font point étrangers. Ce font François, vrais François de nature comme vous, mieux que vous d'affection, s'il eſt vrai que l'humanité eſt la propre affection des François. Ce font ſujets d'un même Roi, membres d'un même Etat, & membres que la néceſſité vous a fait reconnoître membres utiles, membres neceſſaires. Ce font ceux qui tous les jours hantent avec vous dans mêmes Villes, preſque ſous mêmes toits, avec leſquels vous deviſez, vous mangez & buvez ſouvent : entre leſquels vous avez combien de parens, combien d'alliez? François qui ne vous demandent que paix, que repos; entre leſquels quand eſt-ce qu'on a parlé, ou ſeulement fait ſemblant de parler d'ouvrir vos tombeaux? Si le peuvent-ils faire en beaucoup d'endroits, auſſi aiſément & aſſurément que vous ſur vos fumiers. Mais à Dieu ne plaiſe, que pour vos cruautés, nous venions à oublier que nous ſommes hommes. A Dieu ne plaiſe, que pour vous rendre la pareille, nous nous lâchions la bride à des forfaits ſi dénaturés. La conſcience nous commande auſſi; à vous, la haine, très mauvaiſe conſeillere; & ne vous chaut quoi, pourvu que repaiſſiez cette furieuſe paſſion qui ne s'aſſouvit jamais. Mais quel nouveau goût, quelle bonne odeur avez-vous trouvée ès corps morts, & corps pourris, & pourris depuis dix ans? Ou quand vous voïez les nôtres en ſi pitoïable état, une chair pourrie, puante, un crane hideux, des os tous démanchés, & vermoulus, tout plein d'horreur, ſe peut-il faire que vous demeuriez dans le naturel d'homme, & n'aïez point le cœur outré de compaſſion de la vanité du naturel de l'homme, qui après tant de piafes, tant de bravades en revient à cela? Penſez-vous point qu'il vous en eſt autant dû, que vous ne ſauriez avec toute cruauté échapper cette miſere; qu'en ſemblables tombeaux, en même état il vous faudra attendre ce jour tant remarquable, tant épouvantable, qui rend à un chacun ſelon ſes œuvres? O dénaturés, votre Religion eſt-elle donc comme cela? & cela eſt-ce pour la faire Catholique? Au reſte que nous peut-il meshui ſervir de bien clorre les Cimetieres, de ſoigneuſement couvrir les foſſes? On le faiſoit pour empêcher que les bêtes ne violaſſent ces lieux & naturellement ſacrés, & inviolables pour l'honnêteté. O Dieu! ce qui ſe trouve horrible aux bêtes, eſt aujourd'hui permis au François! Et que nous doit-il chaloir qu'un pourceau fouillant du groin nous découvre, ou qu'un François fouiſſant, nous déterre? Lequel nous vaudra donc mieux, qu'un loup dévore notre charogne, ou

que nos Citoïens en repaiffent leurs yeux, en contentent leur
rage ? Certes, ni l'un ni l'autre n'empêchera, qu'en ces mêmes
os, en cette même chair, nous ne voïons notre Rédempteur,
qui approche, & rendra felon fa juftice oppreffion à ceux qui
nous oppreffent, & relâche à nous qui fommes oppreffés, lorfqu'il apparoîtra du Ciel avec les Anges de fa puiffance. Pour
faire fin (car combien nous faudroit-il de temps pour dignement
détefter une telle barbarie ?) Quel honneur fera-ce à notre
France, quand cette rage s'entendra ès Païs étrangers ? Combien qu'à dire vrai la France n'en peut mais. Elle produit encore aujourd'hui des vrais François, comme jadis elle nous a
produits ; & voici pour fa décharge : que jamais ces excès ne s'y
virent, que depuis ces miférables guerres : c'eft-à-dire, depuis
que l'Efpagnol, déja demi-fauvage, pour fa longue hantife avec
les Sauvages, a fi avant mis le pied dans ce Roïaume, a tant
efpagnolifé nos Citoïens. Grand honneur pour nous, que nous
ne puiffions être haïs que de ceux qui ont effacé de leur cœur,
cette belle blancheur de France, pour la teindre en la fanglante
rougeur d'Efpagne ! Grand honneur encore, que ceux-là
n'aient pu fe métamorphofer ainfi, qu'en nous haïffant bruta-
lement !

Voilà nos plaintes, ou pour mieux dire, une partie de nos
plaintes. De cette partie, ceux qui favent qu'une haine conçue
en dépit de la Religion, n'a ni rive ni fonds : que la rage du
peuple n'a ni loi ni raifon : que l'impunité eft une fource inépui-
fable de méchancetés, conjectureront fuffifamment que c'eft
du total de nos malheurs. Et les plus bouillans demanderont,
fi nous fommes point ftupides de nous tenir cois fi long-temps :
les plus retenus, & plus appréhenfifs des miferes de cet Etat,
s'il eft poffible qu'il nous refte encore au bout de tout cela quelque patience. Et nous répondrons, qu'on nous feroit tort d'appeller ftupidité, une profonde & incomparable affection au
bien de l'Etat, lequel nous voïons fi infolemment abaïé des
Etrangers, fi cruellement gourmandé des fiens mêmes. Car
c'eft-là l'occafion vraie qui nous a fait temporifer jufqu'aujour-
d'hui. Et qu'on nous dife en confcience, où c'eft qu'à cette
heure l'Etat feroit réduit, fi pour le fauver nous ne nous fuffions
oubliés nous-mêmes, fi nous n'euffions mis fous les pieds les
maux paffés, & n'euffions diffimulé les maux préfens ? Quant à
la patience, on nous en a bien fait affez continuer la pratique,
pour nous y rendre maîtres, capables d'en faire la leçon aux au-

tres ; mais si faut-il confesser que tant de violences si long-temps continuées ne peuvent que nous avoir rangés à deux doigts du désespoir. Nous le combattons toutefois d'une espérance que nous nous forgeons, bien que maigre, qu'on se lassera. Que si à ce coup au moins on ne cesse, certes nous voilà au bout de notre rollet. Si protestons-nous (& après tant de beaux effets, nos protestations méritent quelque créance) que nous n'aurons jamais le cœur autre que bon François. Jamais la Ligue, jamais l'Espagne ne nous sera rien. Et ne serons jamais si dénaturés, que pour nous sauver nous cherchions la ruine de ce florissant Roïaume. Notre plus grande impatience sera-t-elle que toute la loi, toute raison permet pour se défendre d'un voisin, d'un ami, d'un frere frénétique qui voudroit nous mettre à mort ; pourvu que ne périssions, pourvu qu'il y ait une fin à nos malheurs nous serons satisfaits, & ne porterons point nos mécontentemens plus outre. Que s'il reste encore quelque justice, quelque humanité, quelque courtoisie en ce Roïaume après tant de confusions, par cette même justice, par cette humanité, par cette courtoisie, nous vous conjurons à vous tous qui êtes François, & ne l'êtes pas mieux que nous, ni de nature, ni d'affection, d'embrasser vos compatriotes, qui après tant d'outrages reçus, donnent si peu à la colere, qu'ils ne desirent, ne recherchent que votre amitié. Et la demandent, la recherchent, non pour avoir rien du vôtre ; mais seulement que les souffriez jouir de ce que ne leur avez point donné, que par conséquent vous n'avez aucun droit de leur ôter. Souffrez donc, au nom de Dieu, qu'avec vous ils hument un même air, foulent un même terroir, habitent mêmes Villes, aient en somme l'eau & le feu communs avec vous. Souffrez enfin, qu'avec vous ils s'emploïent au rétablissement de ce misérable Roïaume, à la ruine duquel vous avez autant d'intérêt qu'eux ; & plus encore, si nous vous accordions, ce qu'à notre grand préjudice, vous vous attribuez de faire l'Etat. Nous avons du cœur, avons des bras, avons du sang pour y emploïer ; & si ce cœur, si ces bras, si ce sang est bon, les années passées le vous ont donné à connoître ; je dis ces années qui vous ont fait voir, que vous, qui nous méprisez tant, n'avez ni cœur, ni bras, ni sang qui puisse suffire à notre ruine, suffire à la conservation de l'Etat sans nous. Pour Dieu, François, aïez pitié de votre France, si-non de nous, au moins, dis-je, de votre France. Car ne vous trompez plus, il ne s'agit pas moins de tout le Roïaume, que de nous. On le croïoit au-

P p p ij

trement par le paffé, en je ne fais quel temps qu'on ne nous
connoiffoit pas bien encore. Meshui, on nous a effaïé affez
pour connoître ce que nous difons hardiment, & Dieu veuille
que l'épreuve ne le vous faffe croire à vos dépens, que jamais
nous ne périrons fans l'Etat. Aimeriez-vous bien mieux, François, le voir miférablement périr, que nous tendre la main de
fociété fidele pour nous entr'aider à le fauver ? Si cela eft,
nous prenons aujourd'hui & le Ciel & la terre en témoins de notre innocence, en témoin de votre barbare cruauté. Et prenons Dieu pour Juge de l'injuftice que vous nous faites. Qui
doute qu'il ne la voie ? qu'il ne vienne tôt ou tard pour nous en
venger ?

Mais, c'eft à Votre Majefté, Sire, que nous devons nous
adreffer, pour avoir la raifon de vos François qui nous dédai-
gnent tant. Nous voici donc à genoux devant elle, comme très
humbles Sujets, très fideles Serviteurs, nonobftant tant de violences qu'on nous fait pour nous contraindre à ne l'être plus.
Nous voici à vos pieds, Sire, tous tels d'affection que vous
nous avez reconnus, lorfque parmi nous vous travailliez fi courageufement, fi fagement, fi heureufement au maintien de cet
État, à la confervation de nos Eglifes, & avec cela, ou même
après cela à votre Grandeur. Plus triftes feulement de vous voir
regner en telle forte, que nous qui avons tant couru de hafards
avec Votre Majefté, tant participé à fes miferes, ne puiffions
tirer, ni foulagement, ni affurance de fon autorité. Si ne fau-
rions-nous croire qu'elle nous haïffe, qu'elle veuille nous voir
périr. Pour quelle faute ? pour quel défervice ? Avons-nous des
Jacobins, des Jéfuites parmi nous, qui attentent à votre vie ?
des Ligueurs qui en veuillent à votre Couronne ? Mais cependant, quand viendra le temps que nous commencerons de fentir les effets de votre bonne volonté ? Il y a huit ans, peu s'en
faut, que vous regnez. Et qui eut penfé que dans huit ans,
vous n'euffiez pourvu à nous ôter la corde du col ? n'euffiez
fait quelque chofe pour conferver vos fi anciens ferviteurs ? Or,
puifque le paffé ne fe peut défaire, au moins, Sire, à cette fois:
au moins, Sire, au bout de la huitieme année. Ce fera affez tôt
pour nous voir contens : car vous nous connoiffez, & Dieu foit
loué qui nous a donné un Juge fi bon, fi irréprochable témoin
de notre fincérité & innocence. Vous nous avez donc connus
tels, qu'il n'y a perfécution fi grande, cruauté fi étrange, de
laquelle nous n'aïons mis le fouvenir fous les pieds, dès auffi-

tôt qu'on nous a donné aſſurance de mieux à l'avenir. Nous donc qui ſommes tels , qui avons envie qu'on nous laiſſe être tels , vous demandons un Edit , Sire , & le demandons non point à la façon des Ligueurs , qui au lieu des Requêtes pour avoir la paix ; mais l'impunité de toutes leurs méchancetés (car c'eſt cela qu'ils appellent paix, non pas le bien de l'Etat , le repos du peuple) n'ont jamais montré que la pointe de l'épée. Voici la quatrieme année de nos inſtantes pourſuites rafraichies déja par ſix mois, à Mantes, à Saint Germain , à Lyon , au Camp devant la Fere, à Monceau , à Rouen. Bon Dieu, ſera-ce toujours en vain ? Nous refuſera-t-on toujours , cependant que d'autre côté, on recherche ſi affectionnément les ennemis de la Couronne ? Ou, juſqu'à quand nous païera-t-on des conſidérations de l'Etat ? Comme ſi nous n'y étions pas compris pour avoir part à ſon bien , puis même que ſes ennemis ont jugé ne pouvoir ſe faire voie à ſon mal , que par notre ruine. Comme ſi nous étions obligés à fermer les yeux aux plus évidentes menaces de notre perte , pour conſerver ceux qui ſe diſent cet Etat , & ont toujours été nos mortels ennemis. Juſqu'à quand nous dira-t-on qu'il n'eſt pas encore temps ? Encore , ô bon Dieu ! après trente-cinq ans de cruelles perſécutions ? Et pour ne monter pas ſi haut après dix qu'il y a que les Edits de la Ligue nous ont bannis ? Après huit ans que vous êtes Roi ? Après quatre ans qu'ont duré nos pourſuites ? A quel terme donc eſt-ce que ces gens meſurent ce temps ? Attendent-ils d'avoir fait avec tous les Ligueurs ? Et certes , ils l'attendent , & nous en font voir aſſez de marque. Pauvres Maîtres en matiere d'Etat : encore qu'ils aient été en bonne école , pour apprendre le contraire. Car que diront-ils du feu Roi ? L'appelleront-ils ignorant ou groſſier ? Le monde ne les ſouffriroit pas. Et ce feu Roi jugea tout au rebours, que pour venir à bout de la Ligue , il falloit faire la paix avec nous. Et la fit : nous appella à ſoi , nous joignit à ſoi. Et l'expérience lui en dit-elle mal ? Ains il fut ſecouru de nous , & réduiſit ſes affaires à tel point, qu'il ſe voïoit Maître abſolu de ſon Roïaume , ſans ce froc endiablé, qui ſortit d'enfer pour être canoniſé à Rome , par les mérites de ſon aſſaſſin, qu'on appella miracle , que dans Rome le Pape oſa de ſa propre bouche, comparer au miracle de la Nativité du Sauveur : horreur , blaſphême ! Mais donc le feu Roi, grand Maître en matiere d'Etat ; l'expérience, maîtreſſe au moins des fols, a fait voir que notre ſervice importe à Votre Majeſté , Sire ,

1597.

Plaintes
des Eglises
réformées.

pour venir à bout de vos rebelles. Et pourquoi donc nous jette-t-on si loin, quand nous nous y présentons avec tant de volonté ? Ou, puisqu'on y est si opiniâtre, est-ce pas une juste occasion qu'on nous donne de défiance, de voir que ne voulant point par un Edit s'obliger à notre conservation, ils cherchent avec tant d'affection de réunir à eux tous ceux qui nous sont si cruels ennemis, avec lesquels eux-mêmes ont autrefois juré notre ruine ? Certes c'est bien pour nous faire croire, qu'ils minutent encore des prescriptions, des bannissemens, des guerres contre nous : comme de fait, le Pape y pousse de son côté à la roue autant qu'il peut. Le Pape à qui ils déferent tant, de qui ils dépendent si absolument : le Pape pour auquel complaire, ils estiment tout être loisible. Or, ce n'est pas raison, Sire, que vous qui avez été notre protecteur, qui en vos plus grandes nécessités, avez été si opportunément suivi, & servi de nous, donniez tant à la passion de ceux qui étoient vos ennemis, lorsque nous vous avions pour Chef, & que depuis que Dieu vous a fait leur Maître, ne nous ont point devancés en services, que voïant à l'œil notre perte, vous leur en laissiez prendre le contentement qu'ils en attendent. Opposez donc, Sire, & votre bonne volonté & votre autorité à nos maux. Portez votre Conseil à nous donner quelque assurance. Accoutumez votre Roïaume à nous souffrir, au moins s'il ne nous veut aimer. Et pour cela, Sire, demandons-nous un Edit à Votre Majesté, qui nous fasse jouir de ce qui est commun à tous vos Sujets, c'est-à-dire, beaucoup moins que ce qu'avez accordé à vos transportés ennemis, à vos rebelles Ligueurs. Un Edit qui ne vous contraigne point à distribuer vos Etats, que comme il vous plaira : qui ne vous force point à épuiser vos finances, à charger votre peuple ; ni l'ambition, ni l'avarice ne nous menent. La seule gloire de Dieu, la liberté de nos consciences, le repos de l'état, la sûreté de nos biens & de nos vies ; c'est le comble de nos souhaits, le but de nos Requêtes,

DISCOURS

De la Prise d'Amiens par les Espagnols.

Le 11 de Mars 1597 (1).

LEs Espagnols s'étant rendus Maîtres de Dourlans, comme il a été touché ci-devant, leur Gouverneur Hernantello Porto-Carero (2) aïant découvert que les Habitans de la Ville d'Amiens, gens hauts à la main, peu experts à la guerre, n'avoient voulu recevoir les garnisons que le Roi leur présentoit pour la conservation de cette Place, Ville Capitale de Picardie, forte d'assiete & de fortification, & dont il prétendoit faire comme l'Arsenal de la guerre contre l'Espagnol en Artois, & autres Provinces des Païs-Bas. Hernantello, dis-je, sachant ces choses, entreprit hardiment sur ces inconsiderés, & y procéda ainsi que s'ensuit, au rapport d'un Espagnol qui en a publié l'ample recit imprimé à l'Isle en Flandres (3).

Le Lundi dixieme jour de Mars mil cinq cens quatre-vingt-dix-sept, il s'apprêta pour faire son exécution, pour laquelle mieux faciliter, il choisit quarante à cinquante Soldats résolus, pour couper la gorge à ceux de la garde, lesquels il vêtit en Païsans, portant sur leurs têtes plusieurs fardeaux, aïant dessous leurs casaques l'escopette & la dague. Finalement, tout étant préparé pour cette entreprise, il marcha vers Amiens, qui n'est qu'à demi-journée de Dourlans, avec cinq mille hommes de pied, & six à sept cens chevaux ; puis après avoir posé ses embuscades près d'un chauffour qui avoisinoit la Ville, sur les huit heures du matin, le Mardi onzieme jour de Mars, il envoïa lesdits Soldats accoutrés en Païsans vers la porte, avec un chariot (4), lequel étant parvenu dessous la grille, un de ces bons

---

(1) Voïez l'Histoire de la Ville d'Amiens par le Pere Daire, Religieux Célestin, imprimée en 1757, in-4°. tome I, chap. IX, pag. 347 & suiv. & tout le chapitre précédent, qui contient un Journal de ce qui s'est passé à Amiens durant la Ligue, depuis 1577 jusqu'à la fin de 1596.

(2) C'est Dom Ferdinand Tello de Porto-carrero, Gouverneur de Dourlans, pour l'Espagne. On le trouve aussi nommé Hernand Tcillo-Porto-Carero.

(3) Le Pere le Long, dans sa Bibliotheque des Historiens de France, cite cinq Relations du Siege & de la Prise d'Amiens, pag. 434. Voïez aussi l'Histoire de M. de Thou, livre 118, année 1597. La Relation qui est dans le Tome I de la nouvelle Histoire d'Amiens, est très détaillée.

(4) Ce chariot étoit chargé de pieux que couvroit une grande quantité de foin & de paille.

Païfans, coupa d'un couteau les traits des chevaux, afin que le chariot demeurât en cette place. Au même inftant, les autres fe jetterent fur le corps de garde, duquel ils fe firent Maîtres; & auffi-tôt donnant fignal à l'embufcade, la porte fut faifie de ces Soldats (1), lefquels commencerent à entrer en foule tant à pied qu'à cheval, tirant droit à la place. La réfiftance que firent les Bourgeois ne fut grande, fe voïant furpris, par faute de bonne garde. Le Comte de Saint Paul (2) qui étoit dans la Ville, entendant le tumulte, fe jetta hors Amiens par une autre porte, s'enfuit à Corbie (3) avec autres. La Ville ne fut pillée, mais les Bourgeois compoferent avec les Capitaines & Soldats, lefquels occuperent au même inftant toutes les Forterefles de la Ville, & faifirent l'Arfenal, où fut trouvée grande quantité de groffes & moïennes pieces d'artillerie, avec huit cens caques de poudre, balles & autres munitions, que le Roi y avoit envoïées. Ceux de la Ville étoient les uns à l'Eglife, & la plupart des Citoïens dormoient encore à la Françoife, comme on dit communément, & les autres Artifans, qui étoient en leurs boutiques, entendant le timbre du Belfroi (4) fonner à l'ordinaire, cuidoient que ce fût quelque Cavallerie Françoife qui paffât près la Ville. Mais tôt après, voïant les Efpagnols & Wallons marcher les rues avec les écharpes rouges en bon ordre, équipage & réfolution de vaincre ou mourir, chacun commence à penfer pour foi, & fe fauver à la fuite, les uns fe retirans en leurs maifons, & ferrans boutiques, les autres fe jettans hors la Ville par autres portes. Au refte, la proie trouvée en cette Ville, furpaffe l'eftimation qu'on en fauroit faire, d'autant que c'eft un lieu où arrivoient les Marchands de tous endroits, tant de France, que du Païs-Bas; & ce, pour la fituation commode de la Ville, & auffi pour l'opportunité de la riviere de Somme, laquelle, moïennant la grace de Dieu, fervira deformais de borne au Païs d'Artois, comme elle a fait paffé cent fix vingt ans ou environ, du temps du bon Duc Philippe de Bourgogne.

On ne fauroit dire laquelle fut plus grande, ou la joie des Efpagnols, pour une fi haute & aifée conquête, ou la trifteffe des François en la perte d'une Place fi importante. Le Roi qui

---

(1) C'étoit la porte de Montrecu.

(2) François d'Orléans, Comte de faint Pol, Gouverneur de la Province.

(3) Par la porte de Noyon. Le Comte laiffa fa femme dans la Ville; mais Hernand la lui renvoïa peu de jours après avec fes équipages.

(4) Du Béfroy.

penfoit

penſoit lors à autre choſe, appréhendant la conſéquence d'une nouvelle ſi étrange, & de laquelle il avoit eu appréhenſion, réſolut d'emploïer tous moïens au recouvrement de cette Ville-là. Pour cet effet, en peu de jours ſes troupes marcherent pour l'inveſtir. Hernantello ne (1) pouvant digerer une ſi bonne fortune, ſe pourvut aſſez ſoigneuſement à ce qu'il falloit, & licentiant ſes Soldats à fourrager les miſérables Habitans, leſquels mirent la plupart à chemiſe, ſe vit inveſti plutôt qu'il ne penſoit. Il fit maints efforts ; mais enfin il y perdit la vie (2), & toute cette conquête fut tournée en confuſion aux conquérans, comme chacun ſait. De quoi l'hiſtoire de notre temps aura à repréſenter les circonſtances.

Avertiſſement.

Tandis que l'on ſe remuoit ainſi en Picardie, la guerre s'entreprenoit contre la Savoie : en voici le récit.

SOMMAIRE RECIT

Des progrès de l'Armée du Roi en Savoie, & de la priſe des Places, & Victoires obtenues en icelles (3).

Il n'y a rien qui rende les armes plus heureuſes, & les effets d'icelles plus favoriſés de Dieu, que la juſtice de leur cauſe : pour ce, proſperent en Savoie les armes des François, & ſont favoriſées de Dieu les entrepriſes de ceux qui y commandent, comme l'expérience le témoigne, & les heureux ſuccès d'icelles en font foi ; ainſi qu'il apperra par le préſent & ſommaire récit, dreſſé ſur les avis qui en ont été donnés par perſonnes de foi, & dignes de croire. L'armée donc du Roi, commandée par Monſieur Deſdiguieres (4) Lieutenant Général pour Sa

---

(1) Dom Ferdinand Tello de Portocarrero.
(2) Il fut tué le 3 ou 4 Septembre 1597 d'un coup de mouſquet, lâché par un des Soldats François, qui ſans rien diſtinguer, tira, ſous l'ombre d'un Corps qu'il appercevoit ſur le rempart à travers d'une toile tendue, ou à travers les gabions d'une batterie. Il fut enterré le même jour dans la Cathédrale, & la Meſſe fut chantée par l'Archidiacre de Ponthieu.

(3) Cet Ecrit a paru ſéparément à Paris, chez Ducheſne 1597 *in-8°*. Voïez M. de Thou, au commencement du Livre 119 de ſon Hiſtoire.

(4) De Leſdiguieres. On a cependant déja remarqué que c'eſt par abus qu'on l'appelle

Majesté en icelle, partit de la Ville de Grenoble, siege du Parlement de Dauphiné, & voisine de la Savoie, au commencement du mois de Juillet dernier, mille cinq cens nonante-sept,
composée de quatre à cinq mille hommes de pied, & de cinq à
six cens chevaux, & s'achemina vers la Morienne, païs des dépendances & appartenances du Duché de Savoie, grand chemin de Piémont & d'Italie : laquelle après avoir (non sans
grand travail) surmonté les difficultés des chemins, & précipices des montagnes & rochers, enfin gagna le dessus de la
montagne, où elle trouva un corps de garde de cinq cens hommes, barriqués à l'avantage, lequel nonobstant tout le précédent travail, fut assailli vivement, & si furieusement, que ne
pouvant l'ennemi soutenir l'effort des François, fut contraint
de quitter la place. Dont aussi-tôt l'armée se rendit à Saint-Jean
de Morienne (1), principale Ville dudit Païs, & en même temps
se saisit de toute ladite Vallée, jusqu'au mont Senis (2), & donna la chasse au Comte de Salines (3), qui y commandoit pour
le Duc de Savoie, lequel après avoir quitté le Château de Saint
Michel, & abandonné quelques Villages près de là où il s'étoit
barriqué, & aïant rendu quelque peu de combat, se retira par
le mont Senis en Piémont, si à la hâte, que la plupart de ses
Soldats laisserent leurs armes par les chemins, comme aussi
quantité de munitions de guerre, qui demeurerent à la dévotion des poursuivans. Ainsi Monsieur Desdiguiers se rendit
Maître paisible de toute la Morienne, fortifia Saint Jean, &
le Château Saint Michel, & se saisit de tous les Forts qui pouvoient servir pour la sûreté dudit Païs. Peu après le Duc de Savoie passa deçà les Monts, par le Val d'Oste (4), avec trois mille
Italiens, & bon nombre de Cavalerie, (chemin que tint Jules
César, pour empêcher le passage aux Suisses) & se rendit vers
Chamberi, & en la Tarantaise, où étoit son armée, composée
de six mille hommes de pied, & huit cens chevaux, commandés par le Comte Martinangues (5). Nonobstant ce, l'Armée
du Roi ne laissa de poursuivre ses conquêtes, se saisit d'Aiguebelle, Place fort commode pour les vivres & fourrages, & qui

de Lesdiguieres, & qu'étant Seigneur d'une
Terre appellée les Diguieres, il seroit plus
convenable de l'appeller des Diguieres.

(1) Saint Jean de Maurienne, Capitale
de la Province ; il y a un siege Episcopal.

(2) Mont-Cenis.

(3) M. de Thou dit que c'étoit le Comte
Martinengo, qui étoit Gouverneur de la
Province pour le Duc de Savoie. Il est vrai
que les Habitans furent secourus par le
Comte de *Salinas.*

(4) Le Val d'Aoste.

(5) Le Comte de Martinengo.

fermoit le paſſage de Savoie en la Morienne. De-là, pour rendre les chemins plus aſſurés de Grenoble en l'armée, & pour
avoir les commodités des vivres & munitions de guerre, & autres requiſes en une armée, qui ſe pouvoient tirer du Dauphiné, Monſieur Deſdiguieres partit le ſeizieme de Juillet, avec
bon nombre de Cavalerie, & les Régimens d'Oriac (1), & de
Fonte-couverte, tant pour aller à la Rochette, Bourg & Château où il arriva ce jour même, que pour joindre ſon artillerie,
& les ſieurs de Crotes, de Rival, & de Velouzes. Sur le ſoir,
il fit donner au Bourg de ladite Rochette, qui fut auſſi-tôt emporté, & l'Ennemi contraint de ſe retirer au Château, qui le
lendemain, à la vue du canon, ſe rendit vie ſauve; les Soldats
furent conduits ce même jour en lieu de ſûreté. Le dix-huitieme
dudit mois, on ne fut occupé à autre choſe, qu'à dreſſer le chemin pour le canon. Le vingt l'Armée s'achemina vers Chamoux, & en chemin ſe ſaiſit du Château de Villars-Sallet, maiſon des Comtes de Montmajour; elle arriva à Chamoux ſur le
midi. De-là, la Cavalerie prit le chemin du côté de Chamouſſet, tant pour inveſtir ledit Chamouſſet, que pour voir la contenance des Ennemis qui étoient logés près de-là à Miolans, &
à Saint Pierre d'Albigni, qui eſt vis-à-vis dudit Chamouſſet. Là,
Monſieur Deſdiguieres eut avis que le Duc de Savoie faiſoit
un Fort ſur l'Iſere, de l'autre côté de la riviere, pour faciliter &
aſſurer le paſſage d'icelle à ſon armée, & pour prendre logis audit Chamouſſet, lieu fort avantageux pour lui, & qui eut grandement incommodé l'armée du Roi, & le paſſage du Dauphiné à icelle. Ce Fort avoit été dreſſé en forme triangulaire,
ſur le bord de la riviere, & à force de pionniers, mis en défenſe, & relevé de la hauteur d'une pique en une nuit. Le Seigneur
Deſdiguiers l'aïant reconnu, mit le fait en délibération, &
ſuivant la concluſion & avis du Conſeil (qui étoit près de lui) ſe
réſolut de l'attaquer par deux côtés, & à l'inſtant fit avancer
deux mille Arquebuſiers, commandés par Monſieur de Crequi,
avec un canon, duquel furent tirés ſix ou ſept coups, & tout auſſi-
tôt l'Infanterie, ſoutenue de la Cavalerie, donna dedans ſi vivement, & ſi furieuſement, que ledit Fort fut emporté, quelque réſiſtance que fît l'Ennemi, qui étoit en nombre de ſix cens
Soldats, choiſis ſur toute l'armée du Duc de Savoie, accompagnés de pluſieurs Gentilshommes de ſa Cour, & nonobſtant
quatre bâtardes, logées de l'autre côté de la riviere, qui tiroient

_____

(1) D'Auriac.

inceſſamment du long des flancs dudit Fort. Mondit Sieur Deſdiguieres le fit forcer par la pointe , où le canon avoit fait ouverture. En cette priſe , l'Ennemi y perdit plus de quatre cens
hommes , tant tués , que noïés , & pluſieurs Gentilshommes de
ſa Cour à ſa vue , lui étant avec ſon armée de l'autre côté de la
riviere , le Baron de Chauvirieu (1) Comtois , y fut tué , & le
Colonel Juſt (2) fait priſonnier ; la nuit ſuivante le Fort démo-
li , & le Château de Chamouſſet quant & quant rendu. Le lendemain , l'armée du Roi s'achemina avec le canon à Aiguebelle ,
pour achever le ſiege de la Tour de la Chabonniere , Place forte
d'aſſiete, & qui couvre Aiguebelle, où il y avoit trois Compagnies:
laquelle ſe rendit , après quelques volées de canon , par compoſition, y aïant été tué le Chef qui commandoit,& dix Capitaines au
premier abord. L'on tient que laditePlace ſe rendra auſſi forte que
le Château de Montmelian. Dès-lors, M. Deſdiguieres donna ordre de la mettre en meilleur état qu'elle n'étoit,& cependant pour
ne perdre temps , alla aſſieger le Château de l'Eguille , Place
non moins forte d'aſſiete , que de fortification , étant poſée ſur
la croupe d'une montagne , qui rend d'un côté l'avenue inac-
ceſſible , & de l'autre côté aïant un double foſſé , avec un rempart fort épais entre deux ; néanmoins après y avoir été tiré deux
cens coups de canon , la Place fut emportée : l'on tient qu'avec
peu , elle ſe peut fortifier pour endurer ſix mille coups de canon.
Cette priſe a aſſuré à Sa Majeſté toute la Morienne , & tout ce
qui eſt de là l'Iſere , depuis le mont Senis juſqu'à Montmélian.
Cependant le Duc de Savoie étant renforcé de deux mille cinq
cens Suiſſes , & autant de Néapolitains & Eſpagnols , ſe vint
loger autour de Montmelian ; dequoi Monſieur Deſdiguieres
averti , & aïant eu avis que ledit Duc ainſi fortifié , faiſoit état
de le venir voir , pour lui accourcir ſon chemin , fit marcher
l'armée celle part , & ſe vint loger aux Molettes , à demi-lieue
Françoiſe du ſuſdit Montmelian , la riviere de l'Iſere entre deux.
Peu après le Duc de Savoie fit paſſer ladite riviere de l'Iſere à
ſon armée , ſur un pont de bateaux qu'il avoit fait dreſſer près
celui de Montmelian , & ſe vint loger à Sainte Helene , qui eſt
vis-à-vis des Molettes , lieux un peu élevés , & non diſtans l'un
de l'autre plus d'une canonade , un grand pré & un petit marais entre deux. Le jour ſe paſſa en eſcarmouches. Le lendemain,
le Duc de Savoie fit paroître toute ſon armée , qui étoit de
quinze mille hommes de pied , & quinze cens chevaux en ba-

____

(1) Le Baron de Chauvirey, Francomtois.
(2) Piémontois.

taille, dans un grand pré, au-devant du côteau où il étoit logé,
& mondit Sieur Defdiguieres en fit le femblant de fon côté,
l'efcarmouche s'attaqua fort chaude, qui dura cinq heures, où
demeurerent de l'Ennemi environ cinq cens, tant morts que
bleffés, & de ceux du Roi environ quarante de morts, & foixante de bleffés, & n'eut été un foffé qui fe trouva entre deux,
de largeur de fix pieds, & fort profond, & plein d'eau, le
combat eut été beaucoup plus général, & plus grand; voilà ce
qui fe paffa jufqu'au douzieme d'Août. Le quatorzieme, le Duc
de Savoie (penfant forcer l'armée du Roi) fit couler dès les
huit heures du matin, trois mille Arquebufiers derriere un grand
bois, tout près des retranchemens de l'armée du Roi, & d'un
autre côté logea fes Suiffes, avec un autre gros d'Infanterie
dans un pré; quand tout fut ainfi logé, & fa Cavalerie où il
étoit dans un vallon, il fit tirer fur les deux heures un coup de
canon, & à l'inftant de tous côtés s'attaqua l'efcarmouche du
tout grande, laquelle fut bien reçue; car la Cavalerie & Infanterie Françoife, s'étoit à ce bien réfolue & apprêtée; la Cavalerie foutint toujours l'Infanterie, fans que les canonades en
fiffent branler aucuns pour déloger, combien qu'elles tiraffent
inceffamment. L'Ennemi y laiffa fur la place plus de douze cens
hommes, tant morts, que bleffés; c'étoit une entreprife où il
y avoit plus de paffion & de rage que de confeil. Ils y furent
tirés plus de cinquante mille arquebufades, on ne voïoit que
morts & fang par la campagne, l'attaque dura cinq heures.
Outre plus, fur les fix heures du foir, le Colonel Ambroife (1),
avec cinq cens Efpagnols naturels, traverfa les marais pour forcer un corps de garde qui étoit de ce côté-là : mais au bruit y
accoururent Monfieur de la Beaume, & Monfieur du Pouet,
avec leurs efcadrons qui les chargerent fi rudement, qu'ils en
firent demeurer cent cinquante fur la place, & prirent plufieurs
prifonniers, le refte fe fauva fans armes par les marais; cela
fut fait le Jeudi quatorzieme d'Août. Le Samedi feizieme dudit
mois, le Duc de Savoie quitta le champ de bataille, & fur l'aube du jour fe retira par de-là la riviere, quitta fon logis, &
paffa vers Montmelian, & de-là s'en alla loger aux Barraux, à
l'entrée de la Vallée de Grifvaudan (2), qui va répondre à Grenoble. Pendant le peu de féjour que firent les armées aux Molettes, & à Sainte Helene, il y eut plufieurs défits, mais point
de combat; car quand ce venoit au fait, l'Ennemi ne compa-

---

(1) Ambrofio.　　　　(2) C'eft Gréfivaudan.

roiſſoit point, s'excuſant ſur le commandement de ſon Général.
L'armée du Duc s'étant logée aux Barraux, celle du Roi vint
prendre logis de l'autre côté de la riviere, en un lieu appellé le
Pont-Charra, à demi-lieue de celle de l'Ennemi, la riviere de
l'Iſere entre deux. Depuis ſont avenues deux choſes mémorables, & fort préjudiciables au Duc de Savoie; l'une, que la
Ducheſſe de Savoie avoit envoïé nombre de Soldats, tant des
garniſons, que de la Milice de Piémont, en la Vallée de Pra-
gelas, pour entrer de ce côté-là en Briançonnois, & fermer le
paſſage d'Echilles, en cas qu'il fût aſſiégé, elle y fit perte de
quatorze cens hommes, partie tués, partie noïés, & partie pré-
cipités des rochers. L'autre échec plus grand beaucoup, & plus
remarquable; c'eſt que le huit de Septembre, les Seigneurs de
la Baume (1), & de Saint Juſt (2), par le commandement de
Monſieur Deſdiguieres, (qui ne laiſſe perdre aucune occaſion)
partirent après minuit de l'armée, avec deux cens Maîtres, &
cent Carabins, & s'écoulerent au long de l'Iſere environ demi-
lieue, où ils paſſerent deux heures devant le jour, dedans une
Iſle qui étoit au milieu de la riviere, non ſans grande difficulté
& danger, l'eau leur paſſant juſques par deſſus les ſelles des
chevaux, & là ſe mirent en embuſcade. Sur l'aube du jour,
paſſerent à leur vue neuf Cornettes de la Cavalerie ennemie,
faiſant en nombre cinq cens Maîtres bien couverts en deux troupes, qui alloient à la guerre vers Grenoble, commandées par
Dom Cencho de Salines (3), Général de la Cavalerie legere du
Duc de Savoie; icelles aïant outre paſſé environ demi-lieue,
le Seigneur de la Baume ſort de ſon embuſcade, & traverſe un
autre bras de l'Iſere, qu'il falloit encore paſſer pour aller à eux,
où l'eau ne venoit que juſqu'aux ſelles des chevaux, & gagna
la plaine à la vue du gros de l'armée ennemie, enfile après Salines, lequel, une petite heure après, il rencontre au-deſſous de
la Frette. Le Seigneur de la Baume avoit dreſſé ſes troupes en
cette ſorte, ſes avant-coureurs étoient conduits par le Sieur de
Saint Juſt, neveu de Monſieur Deſdiguieres, qui marchoit
devant, avec quarante Maîtres, & dix Carabins à main droite,
autant à gauche; il étoit ſuivi du Seigneur Daramont, avec
vingt Maîtres; Monſieur de la Baume étoit à leur queue, avec
quatre-vingt Maîtres, vingt Carabins à main droite, & autant

(1) Antoine de la Baume, d'Autun.
(2) M. de Thou le nomme Saint Jeurs.
(3) C'eſt Sancho de Salinas.

à gauche. Tout auſſi-tôt qu'ils furent proches de l'Ennemi, le
Seigneur de Saint Juſt fut commandé de charger vivement
les premieres troupes, auxquelles commandoit Salines, ce qu'il
fit bravement, & à l'inſtant fut ſecondé par le Seigneur de la
Baume, ſi ferme, qu'elles furent auſſi-tôt défaites ; de-là ils
chargerent l'autre troupe, commandée par Dom Evangéliſte,
qui ne rendit pas tant de combat que la premiere. Plus de deux
cens demeurerent ſur la place, qui ne furent ni fouillés, ni dé-
ſarmés : car le Seigneur de la Baume avoit fait commandement à
ſes troupes, de ne deſcendre de cheval, ſur peine de la vie, &
n'avoient mené aucuns valets. Plus de cent ont été faits Priſonniers, deux cens chevaux de ſervice pris, & pluſieurs tués,
pour terraſſer les Maîtres. Tous les Chefs deſdites neuf Compagnies y ſont demeurés morts, ou priſonniers. Dom Salines
leur Général a été fait priſonnier, comme auſſi Dom Parme-
nion, Dom Jean Toc (1), le Comte de Gatinari, le Lieutenant de Salines. Sont morts ſur la place, Dom Jean de Sequa-
no, Premier Capitaine de la Cavalerie, le Seigneur Evangéliſte, Dom Rario (2), Dom Probio, Capitaines de Cavalerie.
La défaite a été grande de l'Ennemi. Du côté des François, la
perte a été comme nulle : car ils n'y ſont point demeurés plus
de ſix hommes. Monſieur Deſdiguieres a envoïé les principaux
Priſonniers en ſa maiſon de Pimore, pour être bien traités.
L'armée du Duc de Savoie eſt encore logée aux Barraux, comme a été dit, auquel lieu fait faire un Fort à baſtillons, pour couvrir ſon Païs, & l'armée du Roi vis-à-vis le Pont-Charra, la
riviere de l'Iſere entre deux. La plus grande guerre que faſſe le
Duc de Savoie, c'eſt à coups de canon : toutefois en cinq cens
coups, ils n'ont pas tué trois hommes ; on tient que ſon Fort
étant parachevé, il changera de logis, pour être court de vivres
& de fourrages. Dieu veuille toujours féliciter les armes des
François, au bien & ſoulagement de cet Etat, & à ſon honneur
& gloire. *Amen.*

(1) Dom Jean Tocco, beau-frere de Sancho de Salinas.
(2) Dom Riario.

Avertiſſement.

ON ſe battoit auſſi en Bretagne, témoin le récit ſuivant.

DISCOURS

De la défaite du ſieur de Saint-Laurens (1), *Lieutenant du Duc de Mercœur, par M. le Maréchal de Briſſac, Lieutenant Général pour le Roi en Bretagne.*

LA cherté & diſette des vivres, qui s'eſt rencontrée en cette Province de Bretagne ès mois d'Avril, Mai & Juin derniers, fit prendre réſolution à M. le Maréchal de Briſſac, dès le commencement de ce mois de Juillet, de ſéparer quelques troupes qu'il avoit aſſemblées pour conſerver des Paroiſſes barricadées d'autour de Rennes, que les Ennemis vouloient ſaccager, dont ledit ſieur de Saint Laurens, qui commande à l'Armée de Monſieur de Mercœur, en ſon abſence, étant averti de l'arrivée dudit ſieur de Mercœur à Châteaubriand, ſe réſolut d'en tailler, comme en paſſant, une partie en pieces, & en porter lui même les nouvelles audit ſieur de Mercœur ; & pour s'en rendre le moïen le plus facile, prit ſa Compagnie de Cavalerie, qui eſt l'une des plus fortes qu'aient les Ennemis en ce Païs, celle des ſieurs de Toullot, la Vallée, Plumaudan, Sanſoucy, Champgaillard & celle de Fondebon, commandée par le ſieur de Laubetierre ſon fils, avec le Régiment du ſieur de Tremereuc & quarante Arquebuſiers de chacune des Compagnies de la Garniſon de Dinan ; & s'acheminerent dès le Vendredi dix-huitieme de ce mois à Infandit, près Montfort, d'où il donna le rendez-vous au ſieur de Camore, Commandant dans la Maiſon du Bois de la Roche, pour le joindre le lendemain, avec ce qu'il pourroit de gens de guerre, tant de cheval que de pied. Sur ſon chemin aïant rencontré quelque Cavalerie & Infanterie de cette part, il ſe veut acheminer à Meſſac, tant pour la facilité de ſon paſſage ſur la Riviere de Vilaine, qui lui étoit malaiſé ailleurs, que pour l'occaſion de la dé-

(1) Jean d'Avaugour de Saint-Laurent, Gouverneur de Dinan.

faite

faite qu'il s'étoit propofée ; mais s'étant avancé à demi-lieue
dudit Meſſac, où étoient logés les ſieurs de la Tremblaye (1)
de la Troche, de la Courbe, de Beaumont, avec quelques forces ; & ſu ſur l'avis que Monſieur le Maréchal leur avoit déja
donné de ſon acheminement vers eux, par le commandement
qu'ils avoient, non-ſeulement de ſe bien défendre s'il les ap-
prochoit, ains de les attaquer quelque part qu'il fût. Ils y
étoient très diſpoſés ; ils ſe retirerent le Samedi au ſoir à Maure,
qui eſt un Bourg, diſtant de trois lieues dudit Meſſac, & de
ſept de Rennes, d'où ledit ſieur de la Tremblaye averti envoïa ſix Arquebuſiers à cheval, pour lui en rapporter plus d'é-
claircifſement. Mais de hazard ils furent rencontrés par huit
ſaluades, qui en prirent cinq. Le ſixieme s'étant ſauvé ne manqua de bien avertir ledit ſieur de la Tremblaye, & des forces
dudit Saint Laurens, qui montoient à quatre-vingt ou cent
chevaux & quatre ou cinq cens hommes de pied, & ſon logement audit Maure. Sur quoi aïant fait aſſembler leſdits ſieurs
de la Troche, de Teny, de Beaumont, de la Courbe, de la
Pommeraye & quelques autres, il fut réſolu, ſuivant le commandement redoublé par ledit ſieur Maréchal, d'aller attaquer
ledit ſieur de Saint Laurens. Et pour cet effet, partirent ſur
les dix heures du ſoir, & arriverent audit Maure le Dimanche vingtieme à quatre heures du matin ; d'où ils trouverent
déja ledit Sieur de Saint Laurens avec ſes troupes délogé, &
eurent avis qu'il prenoit le chemin du Bois de la Roche ; mais
qu'il étoit encore fort peu éloigné, tellement qu'au même ordre qu'ils s'étoient mis pour les attaquer dans le Bourg, ils le
ſuivirent par la campagne, afin de ne perdre point temps,
& ainſi s'avancerent ſi bien qu'à deux ou trois cens pas de-là,
ils apperçurent les plus tardifs des Ennemis, qui étoit de Tremereuc, ordonné pour faire la retraite ; ſur lêſquels les plus hâtifs
des nôtres commencerent à tirer arquebuſades, & eux à ſe ranger à leur gros, qui ſe retira en bon ordre plus d'une lieue & demie ; non toutesfois ſi bien qu'il n'en demeura plus de cinquante ou ſoixante par les chemins, entre leſquels fut le Capitaine Hil. Mais enfin ſi preſſés qu'ils n'en pouvoient plus, ils
tournerent tête, prirent leur place d'arrivée auſſi avantageuſe
en un champ bien foſſoïé, rendirent quelque peu de combat,
où fut pris ledit ſieur de Tremereuc, frere dudit ſieur de Saint
Laurens, les Capitaines Pommeraye de Dinan & la Vieux-Ville

1597.
Défaite
du Sr. de S.
Laurens.

_____

(1) La Greſille de la Tremblaye.

tués sur la place, avec plus de cent cinquante Soldats & quelques membres de Compagnies ; le reste mis en route & presque assommé par les Païsans, fors ledit sieur de Saint Laurens, qui avec sa Cavalerie fît un peu de ferme. Mais ses gens voïant les arquebusades pleuvoir si menu sur lui, & le sieur de la Tremblaye s'avancer avec ce peu de Cavalerie qu'il avoit, il se retira aussi-tôt, & est encore incertain si en sa retraite, il y est demeuré. Après cet effet, lesdites troupes, conduites par ledit sieur de la Tremblaye & de la Troche, se sont allés loger audit Maure, tant pour reconnoître les prisonniers, que pour faire en s'en retournant compter tous les morts, dont vous aurez puis après plus de lumiere ; ceci aïant été rapporté à la hâte par le sieur de la Pommeraye, premier Capitaine du Régiment dudit sieur de la Troche.

Avertissement.

LE Roi d'Espagne entreprenant aussi du côté de Champagne, afin de tailler de tous côtés de la besogne aux François. Le Discours ci-ajouté découvrira ce que c'est.

DISCOURS VERITABLE

De la Défaite des Bourguignons à Ville-Franche, Ville frontiere de la Province de Champagne, sur la Riviere de Meuse (1), la nuit du Dimanche au Lundi quatrieme jour d'Août 1597.

C'EST de tous côtés que la haine du Roi d'Espagne & de son Conseil contre la France se découvre, ou plutôt l'envie qu'il a d'en jouir, comme de la plus belle piece de l'Europe. Mais Dieu, qui l'a gardée jusqu'à cette heure, la préservera encore, par sa bonté, voire la restaurera en son ancienne splendeur. Il nous le fait espérer par plusieurs effets en divers endroits, comme de ce qui est nouvellement advenu en la Ville de Ville-Franche, petite Ville sur la Riviere de Meuze, entre Aste-

____
(1) A sept lieues de Sedan, entre Stenay & Dun.

nay (1) & Dun, Villes appartenantes à Monsieur de Lorraine
à sept petites lieuës de Sedan. Cette Ville est fort petite, qui a
été bâtie par le Roi François premier, composée seulement
de quatre bastions en quarré, comme pour être plutôt un Corps-
de-Garde, que non pas une Ville, à l'encontre des courses
des mêmes Bourguignons sur la Province de Champagne. Elle
a été prise par le Duc de Lorraine pendant ces dernieres émotions, & depuis remise par composition & accord en l'obéissance de Sa Majesté. En icelle commande à présent le sieur
de Tremelet, Gentilhomme du Païs, duquel la valeur & fidélité sont fort renommées par les services qu'il a faits à Sa Majesté pendant ces guerres, mêmement en la suite de feu Monsieur le Duc de Nevers. Sa Garnison est de trois Compagnies
de gens de pied & d'une de Gensdarmes. Les Bourguignons,
(l'on appelle ainsi tous les Sujets du Roi d'Espagne, voisins de cette
Frontiere, mêmement ceux du Duché de Luxembourg) qui desirent il y a longtemps avoir un pied dans la province de Champagne, sur laquelle ils font courses ordinaires, dressent tous leurs
desseins sur les Villes sises sur la Riviere de Meuse, comme
Mezieres, Sedan, Mouson, Villefranche, ou bien Rocroy &
Maubert-Fontaine, qui n'en sont gueres loin. Ils n'en ont pu venir
à bout jusqu'ici, par la diligence & fidélité des Gouverneurs.
Voïant donc que leur prudence & valeur étoient défectueu-
ses, ils s'essaient de venir aux trahisons, lesquelles aussi-bien re-
tombent sur leur tête. Depuis quelque temps ils ont jetté leur
œil sur Villefranche, comme fort propre à leur passage & entrée dans la Province. Et à cet effet, se sont adressés à quelques Soldats de la Garnison, avec promesses dignes d'Espagnols de les faire riches à jamais, s'ils vouloient livrer la Ville.
Ces Soldats ne les rejettant pas du premier coup, ains les entretenant, communiquerent ce secret audit sieur de Tremelet,
Gouverneur, lequel aïant bien pensé à cette affaire & au bon
effet qui en pourroit réussir pour le service du Roi pendant cet
important siege d'Amiens, même en aïant eu avis des Gouverneurs des Places voisines, se résout à une belle entreprise,
qui fut de commander auxdits Soldats de passer outre, & entrer plus à découvert en paroles avec le Capitaine Gaucher,
qui étoit celui de la part des Bourguignons qui les recher-
choit. Ce Gaucher est un Soldat de Fortune qu'on appelle,
parvenu toutesfois à quelque réputation par les armes, de-

(1) Stenay.

puis dix ans, & à préſent eſt au ſervice du Roi d'Eſpagne, combien qu'il ſoit François ou Lorrain. Suivant ce commandement & avis du ſieur de Tremelet, ces Soldats parlent au Gaucher, s'accordent avec lui du temps, heure, moïens de de lui livrer la Ville de Villefranche, touchent argent, ſelon leur compoſition, avec eſpérance de plus ; jour eſt pris pour l'exécution au troiſieme du mois d'Août, la nuit du Dimanche au Lundi. Le ſieur de Tremelet, embarqué en cette entrepriſe pleine de haſardeux Ennemis, ne dort pas, recherche prudemment & ſecretement les Gouverneurs des Places voiſines, pour lui prêter leurs hommes & moïens néceſſaires, non-ſeulement pour ſa conſervation, mais pour repouſſer & défaire les Ennemis. Les ſieurs Comte de Grandpré (1), Rumeſnil (2), d'Eſtiveaux (3), Gouverneurs de Mouzon, Maubert & Sedan, lui accordent fort volontiers ſa demande ; qui prête ſa perſonne, qui ſes hommes & moïens. Le ſieur de Rumeſnil, vieil & âgé, néanmoins encore vert & vaillant Gentilhomme, prend la charge de conduire les troupes ramaſſées des Garniſons. Et à point & jour nommés, s'approchant à Sedan, part ſur le ſoir du Dimanche, troiſieme Août & tire à Villefranche, jette dedans la Ville des gens de pied juſqu'au nombre requis par le ſieur de Tremelet & qu'il jugeoit néceſſaire. Avec le ſurplus de gens de pied & la Cavalerie, il s'embuſque à demie lieue de Villefranche, là où d'autre côté tiroit Gaucher & ſes troupes pour exécuter ſon entrepriſe. Le ſignal devoit être au Gaucher, pour entrer après les premiers des ſiens, un coup de canon, & à Monſieur de Rumeſnil, même pour ſortir de ſon embuſcade, l'heure venue, chacun ſe prépare & emploie ; Gaucher, à faire deſcendre de cheval toutes ſes troupes à un demi-quart de lieue de Villefranche, & les conduire juſques dans le foſſé, & par l'adreſſe deſdits Soldats dans la Ville ; le ſieur de Rumeſnil, à donner à propos par-derriere en même temps que le jeu ſe commenceroit en la Ville. Ce qui fut dit, fut fait. Le ſignal donné on vient aux priſes, les plus avancés dans la Ville & au foſſé ſont tous mis au fil de l'épée, ou fracaſſés par les inſtrumens à feu ou noïés dans le foſſé. Gaucher, qui ſe hâtoit pour ſuivre ceux qui étoient entrés dans la Ville, eſt tout étonné que

____

(1) Claude de Joyeuſe, Comte de Grandpré, Gouverneur de Mouſon.

(2) Louis de Mailly de Rumeſnil, Gou-verneur de Maubert-Fontaine.

(3) D'Eſtivaux, Gouverneur de Sedan.

lui & les fiens font chargés à toute refte par le fieur de Rumefnil; n'eut été qu'on lui menoit fon cheval en main après lui, foit par fa prudence ou par fon bonheur, il y fut auffi demeuré. Mais il le gagna & fe fauva à la fuite. Il en eft demeuré trois cens morts fur la place, & fix vingt prifonniers. Tous les Chefs & Capitaines (fors ledit Gaucher) y font auffi demeurés, tous leurs chevaux furent pris par ledit fieur de Rumefnil ; & de cinq à fix cens hommes qui étoient venus avec le Gaucher, il ne s'en eft pas fauvé cinquante à la faveur de la nuit.

Avertiffement.

TANDIS que la France étoit en armes & que les Soldats marchoient à la guerre en Picardie, pour chaffer l'Efpagnol dehors d'Amiens, la Cour de Parlement à Paris, fachant très bien que les Jéfuites étoient une autre forte de Soldats Efpagnols, qu'il falloit dénicher du Roïaume, fi on vouloit y voir florir la paix, & les deffeins de l'Efpagne anéantis, procéda de fa part ainfi qu'il s'enfuit.

ARREST

DE LA COUR DE PARLEMENT,

Portant défenfes à toutes perfonnes de recevoir aucuns Jéfuites, pour tenir Ecoles publiques ou privées, ou autrement fous prétexte d'abjuration par eux faite de leur profeffion (1).

SUR la remontrance faite par le Procureur Général du Roi, qu'il a été averti qu'aucuns de ceux qui par ci-devant ont été de la Compagnie, furnommée du nom de Jefus, tant au College de Clermont, en cette Ville de Paris, qu'en autres lieux de ce Roïaume, retournent en plufieurs Villes, mêmement aux limitrophes, auxquelles ils font reçus pour y dreffer Ecoles & faire prédications, fous couleur de ce qu'ils difent avoir abjuré la profeffion de leur prétendu Ordre & Secte d'icelle Compagnie ; en quoi y a du péril que la jeuneffe ne foit cor-

____

(1) Voïez l'Hiftoire de M. de Thou, Livre 119, & le tome VI de l'Hiftoire de l'Univerfité de Paris, par du Boulay.

rompue par blandices & alléchemens de mauvaifes doctrines, & le Peuple circonvenu par fauffes prédications. Ce qui étant fouffert, l'Arrêt de la Cour, du vingt-neuvieme Décembre 1594, feroit rendu illufoire ; requerroit partant défenfes être faites à toutes perfonnes, Corps, Communautés Officiers & Particuliers, de quelque qualité & condition qu'ils foient, de recevoir ni fouffrir être reçus aucuns defdits eux difans de ladite Compagnie du nom de Jefus, fous prétexte de quelqu'abjuration qu'ils aient faite ou puiffent faire, foit pour tenir Ecoles publiques ou privées, ou prêcher aux Eglifes, ou pour quelqu'autre occafion que ce foit, à peine contre ceux qui les auront reçus, recevront, fouffriront, d'être déclarés atteints & convaincus du crime de leze-Majefté, & pour leur regard, fous les peines portées par ledit Arrêt. La matiere mife en délibération, ladite Cour a ordonné & ordonne que ledit Arrêt du vingt-neuvieme Décembre 1594 fera exécuté felon fa forme & teneur ; & en conféquence de ce, a fait & fait inhibition & défenfes à toutes perfonnes, Corps & Communautés de Villes, Officiers & Particuliers, de quelque qualité & condition qu'ils foient, recevoir ni fouffrir être reçus aucuns des Prêtres ou ou Ecoliers, eux difant de la Société du nom de Jefus, encore que lefdits Prêtres ou Ecoliers aient abjuré & renoncé au vœu de profeffion par eux faite, pour tenir Ecoles publiques ou privées, ou autrement pour quelqu'occafion que ce foit, à peine contre ceux qui contreviendront, d'être déclarés atteints & convaincus du crime de leze-Majefté. A enjoint & enjoint aux Baillifs, Sénéchaux ou leurs Lieutenans faire exécuter le préfent Arrêt ; aux Gouverneurs des Villes, y tenir la main ; & aux Subftituts dudit Procureur Général, en faire les diligences & certifier la Cour dans quinzaine, à peine d'en répondre en leurs propres & privés noms. Fait en Parlement le vingt-unieme jour d'Août, l'an 1597.

Signé, BODIN

Avertissement.

Pour venir au siege d'Amiens, Hernantello & les siens y firent brave résistance ; & du commencement en quelques sortes endommagerent fort les Assiégeans. On connoîtra par deux Lettres interceptées de Hernantello, & mises en François, quelle étoit la pensée & le déportement des Assiégés. Ces deux Lettres s'adressent au Cardinal d'Austriche, lequel faisoit lors état de venir dégager Amiens & combattre l'Armée de France.

LETTRE

DE HERNANTELLO PORTOCARRERO,

Espagnol, Commandant dedans Amiens, écrite au Cardinal d'Austriche (1).

Ecrite le 23 Juillet 1597 (2).

Selon la hâte de l'occasion présente, je hâte aussi Votre Altesse ; c'est pour excuser l'instance que je vous ai ci-devant faite de m'envoïer peu d'hommes. Je crois que vous ne l'avez pu faire, puisque vous ne me les avez pas envoïés : ce sera la bonne fortune du Prince de Bearn ; car avec mille hommes davantage j'eusse coupé la gorge à toute son Armée, le dixseptieme de ce mois. Ce jour-là je fis une sortie avec cinq cens hommes : Le Capitaine Durant (3) en menoit la moitié par un côté, & Francesco de Larco, l'autre moitié, par un autre endroit. Ils se porterent si vaillamment, qu'ils entrerent deux mille pas dedans les tranchées, tuant à chacune redoute tout ce qu'ils rencontrerent, jusqu'à ce que les Ennemis tournerent le dos, & m'engagerent tant que je fus contraint faire sortir de la Cavalerie pour soutenir mes Soldats qui firent fort bien. Et puis assurer Votre Altesse que ce fut la plus honorable sor-

(1) Albert d'Autriche.
(2) Voïez l'Histoire de M. de Thou, Livre CXVIII, & le tome I de la nouvelle

Histoire de la Ville d'Amiens, chap. X.
(3) Diego Durant.

tie que j'aie jamais vue, depuis que je fuis Soldat. Il en eft
mort cinq cens de la part de l'Ennemi, & entre iceux des Mef-
tre de Camp & des perfonnes de plus grande qualité, beaucoup de Nobleffe & grand nombre de bleffés : le canon joua
de notre part de telle forte qu'il endommagea grandement les
Ennemis, avec peu de perte de notre côté. Toutesfois je la
reffens beaucoup, pour être forcé de hafarder tant de bons
Soldats : & c'eft grand dommage que nous perdions un Soldat, n'aïant pas défait toute cette Armée. L'Ennemi a fi grand
peur, qu'auffi-tôt que nous baiffons le pont de la Ville, pour
quelque chofe que ce foit, il quitte incontinent les tranchées,
ou fe met en grande garde. Avec tout cela, il s'approche en.
telle diligence, qu'avec des pierres nous pouvons nous faire mal
les uns aux autres. Et fans doute quand cette Lettre arrivera
en vos mains l'ennemi fera logé fur le foffé. Et encore que nous
ne perdions pas courage, cela nous donnera bien de la peine ;
car nous avons affaire à toute la France, aux yeux & à la vue
de fon Prince : & fi nous ne craignons un mauvais fuccès,
ce feroit plutôt témérité que valeur. Confidérez qu'en ce fait
il s'agit de la fûreté de tout ce Roïaume, de la Couronne &
Sceptre d'un Roi, & qui plus eft, de l'autorité de notre Maître & de Votre Alteffe ; & après tout cela que ce fera pas peu
de perdre cette Infanterie, & Cavalerie qui eft ici. C'eft ce qui
doit donner à Votre Alteffe mille gloires, même à cette heure
que nous avons efpérance fur la venue de Votre Alteffe ; &
que nous fommes perfuadés que vous avez écrit, qu'encore que
Bruxelles & Anvers fe perdent, & tout ce que Sa Majefté tient
en Flandres fi faut-il néanmoins fecourir cette Place, comme
je l'ai fait entendre. Hâtez-vous donc, & ne donnez occafion
de perdre courage, maintenant que nous commencerons à découvrir qu'il y a des volontés lâches, lefquelles s'affureront,
s'ils ont avis de votre venue. Quant à moi, je ne perdrai jamais courage, & fuis fûr que le monde ne m'ôtera jamais tant
d'honneur, comme Votre Alteffe m'en a donné. Je mourrai avec
cela, & me fera un affez honorable tombeau ; ce qui arrivera
fans faute, puifque mes Ennemis font état de ne m'avoir jamais
qu'à force de canon. Je ne trouve point moïen de bailler des aîles
à Votre Alteffe : Dieu veuille que ces tiedes confeils ne nous
apportent de grands malheurs. La pefte eft forte, les morts
ne reffufcitent point, les bleffés en occupent d'autres qui

les

les fecourent, la Place eft grande, les provifions & munitions moindres qu'on ne s'imagine. Il nous manquera beaucoup de chofes tout d'un coup, & de ce coup-là beaucoup fe reffentiront (1).

SECONDE LETTRE

Du même au même, écrite le quatorzieme jour d'Août 1597.

J'AI reçu le 21 une Lettre de Votre Alteffe du 6 Août : j'y ai répondu le douzieme, & vous en ai écrit plufieurs autres, dont vous n'avez point accufé la réception ni la venue des Meffagers que je vous ai envoïés fort fouvent, pour vous faire rapport de bouche. J'ai eu avis de Dom Jouan de Cordoua, que deux d'iceux ne font point arrivés à Dourlans ; & comme celles-là fe font perdues, je fais le même jugement des autres que je vous ai écrites. Et encore que l'Ennemi ufe de diligence pour les furprendre, il en viendra par miracle quelqu'une entre vos mains. Il eft temps maintenant que nous ceffions d'écrire ; car je travaille avec les Soldats & Bourgeois, au ravelin, auquel en peu de jours j'attends la continuation de la batterie de l'Ennemi par trois côtés. Nos défenfes font bien vifitées de fon artillerie. La nôtre ne peut jouer qu'avec grande difficulté ; elle eft offenfée de la leur, encore que l'entrée en foit couverte, comme j'écrivis à Votre Alteffe. L'Ennemi tient déja un ravelin de gazon, auquel il nous a affaillis avec toute la France : il leur en a couté plus de cent de leurs plus braves. Il nous demeura entre les morts & les bleffés, & ils nous le firent quitter deux jours après, & nous en chafferent avec la fape & la mine. Ils donnerent le feu à une mine qui n'offenfa perfonne, & auffi ils nous demeurerent redevables. Car quelques Simons Magus (2) volerent la hauteur de fix piques en une autre mine. Vous me mandez que je vous donne avis de ce qui importe. Je ne vous veux dire tout ce que vous defirez par vos dites Lettres du fixieme d'Août : les difcours humains font faillis. Notre efpérance eft en Dieu, & en la preffée ve-

---

(1) La fortie dont on parle ici fut en effet la plus fanglante Les François y perdirent environ neuf cens hommes & bien de la Nobleffe. Henri Davila, Auteur de l'Hiftoire des Guerres civiles de France, y fut bleffé. Les Affiégés ne perdirent qu'environ quatre-vingts hommes.

(2) C'eft-à-dire, quelques nouveaux Simons, Magiciens.

nue de Votre Alteffe pour donner bataille ou la recevoir. Je le dis afin que l'obéiffance ne perde fon mérite en moi. Les tranchées de l'Ennemi font extraordinaires & fort profondes, avec des portes & redoutes, pour ne perdre pas un Soldat, s'il les veut garder. Quant aux forties, je n'en puis plus faire parceque je perds des Soldats, & vous affure qu'à l'occafion de la pefte, des bleffures & autres infirmités, il ne m'eft pas demeuré plus de deux mille hommes avec la Cavalerie, & fi nous avions ceux que nous avons perdus, ils nous feroient befoin. La diverfité des Nations eut apporté changement fi je n'y euffe remédié par l'expérience que j'ai. Je ne dis rien des autres volontés & intentions, pour ne vous dire beaucoup de chofes que je pourrois. L'Ennemi, fuivant ce que je vous ai mandé, n'a pas plus de neuf ou dix mille hommes jufqu'à cette heure. Nous leur en avons tué ou bleffé plus de deux mille, & le refte eft réfervé pour les troupes de Votre Alteffe. Car ils jugent & eftiment que vous amenerez de grandes for-ces ; au lieu des morts & bleffés, il eft entré quatre cens hommes, de maniere que le nombre n'a point excédé. Il y a deux mois qu'ils attendent toujours les Ducs de Mayenne, de Bouillon & d'Epernon. Et nous attendons que les caufes fecondes operent. A quoi je me conforme, encore que les Soldats croient par ar-tifice & par efpérance que je leur donne chacun jour, avec des Lettres & avis que leur ai fuppofés de Votre Alteffe que je feins être en chemin, il y a un mois. Dieu a appellé à foi Buiton, au bout de deux jours qu'il fut frappé d'un coup de canon. J'ai beaucoup de bleffés. Nous fommes fort preffés de ce fiege. La diligence & follicitude du Docteur Lucas Lopez a pourvu à ce que nous euffions des médecines. Mais elles font mau-vaifes & vieilles, & au lieu de guérir elles tuent. Dieu veuille remédier à tout ; c'eft ici le duplicata de ma Lettre du dou-zieme. Dieu veuille garder la féréniffime perfonne de Votre Alteffe avec fanté & accroiffemens de Roïaumes, comme nous autres fes Serviteurs defirons, & la Chrétienté a befoin. Fait à Amiens, le douzieme d'Août 1597. Cette nuit font arrivés les Ducs de Mayenne & d'Epernon. Ils n'ont amené que vingt chevaux. L'on dit qu'il viendra trois mille hommes de pied. Il y a difpute entre lefdits Ducs. Le Biarnois effaie de les ac-corder ; je ne fais pas s'il en viendra à bout, car chacun veut être le premier. Rien ne peut mieux remédier à cela que Votre Alteffe avec fon Armée.

Je ne sais ou il sera possible que Votre Altesse loge si elle ne vient dedans le mois d'Août avec ses forces. Par le Pont, duquel Votre Altesse m'avisa, qui est celui de Lonpré, elle ne doit venir en aucune sorte, pour ce que l'on se fortifie tous les jours ; & outre cela pour venir à icelle, il y a d'autres rivieres à passer. L'on ne fait pas si bonne garde entre Corbie & cette Ville. C'est le passage le plus sûr, & où Votre Altesse aura grand avantage & pour être les quartiers plus foibles par-là, & le pont n'être aucunement fortifié. Il est à une lieue d'ici, & s'appelle Cavion, sans boue qui empêche le passage. Toutesfois, il n'y a point de gué, & partant il est besoin de pont ou de pieux ; & ne seroit hors de propos que Votre Altesse en fît apporter, afin que s'il survenoit un inconvénient qu'elle ne se pût servir du pont, elle se servît des pieux pour faire la retenue de l'eau. J'en ai déjà fait provision secretement, pour avoir été averti d'aucuns vieux Habitans d'Amiens, qu'autrefois cela s'est fait, & lors les ponts furent en danger de se rompre. Et de le faire maintenant, il y auroit plus de danger que de les attendre à Amiens avec les portes ouvertes. Au temps de l'assaut, j'éprouverai ce chemin pour mettre quelqu'eau dedans le fossé. Quant à noïer les quartiers, il faudroit un autre déluge, comme celui qui noïa le monde : & davantage, ils tiennent une tranchée derriere leurs quartiers, qui tient depuis un pont jusqu'à celui de Cavion, qui est celle qu'il me semble que Votre Altesse doit prendre, puisque par icelle elle évite la tranchée & tous les inconvéniens qui peuvent rendre votre entrée difficile, & par où & avec plus de facilité je puis tendre la main à l'Armée. J'ai répondu par ce que dessus à la Lettre de Votre Altesse. Ce que je lui puis dire, c'est qu'elle vole, s'il est possible, elle en fera ce qui lui plaira, l'assurant qu'avec grande briéveté elle nous perdra tous & cette Ville, & la plus glorieuse occasion que Prince ait eue de long-temps, & que moi & ceux qui sont ici accomplirons avec une mort honorable, tant envers Dieu qu'envers Sa Majesté, & Votre Altesse seulement ; ce regret m'accompagnera jusqu'au dernier soupir, si l'on veut dire que je vous ai hâté sans grande & suffisante occasion. Dieu conserve cette Place, comme il l'a donnée par miracle, & le fera.

1597.

LETTRES DE PORTO-CAR-RERO.

Avertissement.

DU Camp du Roi furent donnés & publiés auffi les avis que nous ajoutons à ceux d'Hernantello.

LETTRES DU CAMP,

Le 28 d'Août 1597.

DEPUIS fix jours en çà, font arrivés plufieurs Soldats, & en attend-on beaucoup d'autres. Et Amiens ne pourra être pris, (s'il l'eft) tenant un mois. Nous fommes fur les foffés, nous touchons le ravelin & la muraille, & dans le foffé on va toujours fe retranchant, & y allons à tête couverte, puifque les Efpagnols ne pouvant plus fe montrer fur la muraille, jettent continuellement force pierres en bas, & par ce moïen font toujours quelque dommage aux nôtres, qui ne fe peuvent toujours bien couvrir, ni aller avec les yeux ouverts, & ceci eft bien fu par un Soldat mien ami, lequel hier au foir étant dans le foffé, là où fe découvrit une mine, a reçu un coup de pierre fur la tête. A cette heure, de ce côté avec deux canons, on a mouché le ravelin, mais on n'avance pas beaucoup, d'autant qu'il eft très fort & terraffé. On a pris deux Cafemattes, empêché en telle forte la porte d'Aloftran, qu'ils ne peuvent plus fortir, étant les nôtres maîtres jufqu'à leurs corps de garde, hors la porte quinze ou vingt pas; on a découvert force mines, & hier au foir avec une, ils penferent jetter en l'air une de nos batteries que nous avons faite auprès de la paliffade que nous prîmes à côté du ravelin, mais elle ne vint pas fi avant, & toutesfois, il y en demeura fix ou huit des nôtres. Ils peuvent fortir par une fauffe porte au pied du ravelin, comme ils faifoient du commencement, pour avec de longs crochets, tirer les gabions de nos tranchées, & maintenant avec piques, tantôt avec hallebardes, ils font ce qu'ils peuvent, mais ils trouvent toujours à qui parler. Les nôtres feroient bien entrés dedans par cette porte, mais ils ne l'auroient pu tenir ni garder. Cette nuit paffée on a approché quatre canons du ravelin, & aujourd'hui on bat furieufement, mais avec peu de gain, ils ne tirent plus tant du canon comme ils faifoient au commencement , & ils l'ont retiré en dedans , & eft chofe incroïable de la befogne qu'ils ont faite dedans pour fe fortifier , laquelle nous voïons fort bien. On prit quelques Efpagnols qui venoient pour entrer. Hier on prit un efpion qui ne vouloit parler, mais on en a bien trouvé le moïen. Il femble qu'on entende que les Soldats de dedans font malcontens d'Ernantelle, lequel ne les laiffe jamais repofer : on parle avec eux, & cette nuit j'ai été fi curieux que j'ai voulu demeurer au foffé avec la garde, qui eft de mille Soldats pour place, & ai parlé à eux dès le foffé. On entend qu'ils travaillent toute la nuit pour miner : mais on leur rend bien le change ; à cette heure, on a eu avis que les Efpagnols, à favoir, fix mille pietons, & mille chevaux, viendront au plus tard, dans fix jours, pour fecourir la Ville, mais on ne fait pas quel chemin ils tiendront. Le Duc de Mayenne eft allé des deux côtés de la riviere, pour fonder s'il y a quelque lieu pour la paffer, & empêcher l'Ennemi; il alla hier avec cinquante chevaux pour reconnoître de l'autre côté : on dit qu'on dreffera une autre batterie. Ce foir on a ordonné qu'on faffe provifion de farines, de peur que l'Ennemi ne fe faififfe de la riviere, & que les munitions, par ce moïen, ne puiffent être amenées. On va ouvrant les yeux à toutes occurrences, & le Roi ne demeure oifif, qu'environ un quart d'heure, qu'il ne faffe paroître fa valeur.

1597.
Lᴇᴛᴛʀᴇ ᴅᴜ
Cᴀᴍᴘ ᴅᴜ Rᴏɪ.

LETTRE DU ROI,

A Madame fa Sœur.

Mᴀ ᴄʜᴇʀᴇ Sœᴜʀ,

Vous aurez les premieres nouvelles de l'heureux fuccès que Dieu m'a donné aujourd'hui. Il étoit venu mille chevaux des ennemis, conduits par tous leurs vieux Capitaines, pour connoître le logis de leur armée, & le moïen de fecourir Amiens. Avec deux cens chevaux, & cent cinquante Carabins, je les ai défaits, n'aïant perdu que deux Arquebufiers à cheval. Il y a trois cens des Ennemis morts, & plus deux Cornettes prifes. Les noms des Prifonniers ne fe peuvent favoir que demain. Il eft minuit, & ne fais que venir. Faites part à mes bons ferviteurs de ces bonnes nouvelles. Je vous baife cent mille fois les mains. Ce trente Août, mille cinq cent quatrevingt-dix-fept.

DISCOURS VERITABLE

*De la route & défaite des Maréchaux de Camp de l'Armée du
Cardinal d'Autriche, advenue le 29 d'Août 1597.*

LE Cardinal d'Autriche étant arrivé dès le Dimanche à Douai,
en intention de venir droit au fiege d'Amiens pour dégager ou
fecourir les affiegés , comme il le faifoit publier par-tout , réfolut, avant que de s'approcher plus près , d'envoïer reconnoître
le chemin qu'il avoit à tenir , & le logis qu'il pouvoit prendre
plus proche de ladite Ville , & en donna Charge au fieur Con-
treras , Commiffaire Général , qui conduifoit la troupe, Dom
Gafton Spinola , & Taffedo, Maréchaux de camp de l'armée;
Dom Ambroife Landriano , Lieutenant Général de la Cavalerie legere ; Dom Joan de Bracamont, le Colonel la Bourlotte ,
Nicolao Bafto , & autres des principaux Seigneurs & Chefs de
ladite Armée. Lefquels , pour donner moins d'allarme de leur
voïage , ne prirent de leur armée que trois ou quatre cens des
meilleurs chevaux, comme s'ils euffent voulu venir à Dourlans
feulement, & néanmoins donnerent ordre , qu'audit Dourlans fe
trouvaffent avec la garnifon de la Cavalerie qui y eft , celles de
Hefdin & Bapaume , & qu'elles fe trouvaffent prêtes quand ils
y pafferoient , pouvant faire enfemble lefdites garnifons de cinq
à fix cens chevaux. Ce qui fut fort bien exécuté ; & étant arrivés lefdits Maréchaux de camp audit Dourlans , le Jeudi fur les
fix heures du foir , aïant repu à la Have feulement, fans entrer
dans la Ville, partirent à la pointe de la nuit, avec les fufdites
garnifons , pouvant faire tous enfemble de neuf cens à mille
chevaux. Et aïant cheminé toute la nuit, arriverent à l'aube du
jour au-deffous du Village de Quirieu, qui eft fur le bord d'un
ruiffeau , & à deux lieues du quartier du Roi, & commencerent à reconnoître ledit logis. Ils furent premierement découverts par une troupe de Chevaux-Legers & de Carabins, revenans d'une embufcade qu'ils avoient dreffée , lefquels en porterent les premiers avis à Sa Majefté fur les fix heures du matin.
Laquelle tout auffi-tôt (encore qu'il n'y eût gueres qu'elle fe
fût mife au lit , parcequ'elle avoit été durant une partie de la
nuit debout , à caufe de deux allarmes qui furent données)

monta à cheval, & étant pour le commencement fort peu accompagnée, n'aïant auprès d'elle que Monſieur le Grand
Ecuier, & quelques autres de ſa Nobleſſe, ſe porta droit au
lieu où les Ennemis avoient été reconnus, & paſſant par le logis des Carabins, les fit monter à cheval, & quelques-uns des
Chevaux-Legers. Cet avis lui aïant encore été confirmé ſur le
chemin, elle manda à Monſieur le Connétable, qu'il fît ferme
au quartier, pour pourvoir à ce qui y pourroit ſurvenir, & à
Monſieur le Maréchal de Biron, qu'il la vînt trouver. Elle manda auſſi au Sieur de Montigni, qu'il lui amenât quelque troupe
de la Cavalerie legere, eſtimant plutôt pour lors reconnoître
juſqu'où les Ennemis étoient venus, & les lieux qu'ils avoient
reconnus, que non pas qu'ils euſſent attendu ſi tard à ſe retirer:
toutesfois il ſe trouva qu'ils avoient été plus pareſſeux qu'il ne
leur convenoit, étant ſi près d'une armée ſi éveillée, qu'eſt celle
de Sadite Majeſté. Car elle n'eut pas cheminé plus d'une lieue
& demie, qu'elle les apperçut, ce qui la fit avancer encore davantage. Et étant arrivés audit lieu de Quirieu, y arriva auſſi-
tôt ledit Sieur Maréchal de Biron, qui y étoit accouru ſur un
courtaut; & lors avec lui, & les autres Seigneurs & Capitaines
qui s'y trouverent, Sa Majeſté réſolut incontinent de ſe mettre à leur ſuite, avec environ cent cinquante Carabins, & quelques deux cens chevaux, tant de ladite Cavalerie legere, que
des Princes, Seigneurs, & de la Nobleſſe de ſa ſuite: & les
courut à toute bride, juſqu'au lieu d'Encre, qui eſt à ſept lieues
de ſondit quartier, où y aïant là un ruiſſeau à paſſer, leſdits
Carabins les y attrapperent, & ſe ſentant ſoutenus du Roi, les
chargerent courageuſement; dont leſdits Ennemis prirent telle
épouvante, que voïant Sa Majeſté ſi près d'eux, & qu'ils reconnurent fort bien, ils commencerent à ſe rompre, & prendre
la fuite de divers côtés: & lors ceux qui étoient demeurés pour
la retraite, & qui n'étoient pas des mieux montés, firent bon
marché de leur vie, qui demeura à la diſcrétion deſdits Carabins, qui en ont tué autant qu'ils ont voulu. Ce n'a pas toutesfois été en plus grand nombre ſur la place, que de trente ou
quarante, aïant mieux aimé retenir priſonniers les mieux vêtus,
dont ils en ont entre leurs mains plus de deux cens.

Le Roi ne laiſſa de pourſuivre ce qui reſtoit enſemble deſdits
Ennemis, & aïant mis devant ſoi ledit Sieur Maréchal de Biron, comme auſſi ledit Sieur de Montigni, avec la moitié de la
troupe qu'il avoit, retenant l'autre auprès de lui, les coururent

1597.

jufqu'à une lieue de Bapaume, diminuant toujours leur nombre par les chemins, & ne les laifferent qu'ils ne fuffent à la vue de leur retraite. Sa Majefté en a rapporté deux de leurs Cornettes : mais il eft bien certain, que cette déroute leur rend inutiles cinq cens chevaux, tant prifonniers que morts : car c'a été par les Païfans qu'a été fait le plus grand meurtre de ceux qui fe font retirés dans les bois. Il fe dit, qu'entre les Prifonniers, il y a quelques-uns des Capitaines, mais cela n'eft pas encore bien reconnu. La cavalcade fut pour le moins de vingt lieues, & n'en retourna le Roi qu'il ne fût une heure de nuit. Par le moïen de cette diligence, que firent ceux du Cardinal à leur retour, il aura entendu leurs nouvelles plutôt qu'il ne penfoit ; mais elles n'auront pas été du tout fi bonnes qu'il les attendoit. Il y a bien apparence, qu'aïant vu que la reconnoiffance du logis, qu'il vouloit faire près d'Amiens, lui a été fi chere, qu'il appréhendera qu'il n'en auroit pas peut-être fi bon marché, fi lui-même les venoit prendre. Toutesfois Sa Majefté demeure toujours en opinion & attente de la bataille, à laquelle ils fe voudront piquer fur leur perte. L'on fit le foir favoir cette nouvelle aux affiegés, par la réjouiffance générale qui en fut faite en l'armée ; à quoi il fe reconnut bien, qu'ils n'y prenoient nul plaifir. C'eft un effet de la prompte réfolution de Sa Majefté, de fon grand jugement à la guerre, & de fon extrême diligence en fes exécutions. C'eft auffi un échantillon du bonheur qui l'attend en ce fiege, & les arrhes, moïennant l'aide de Dieu, d'une pleine & entiere victoire à l'encontre de fes Ennemis : pour à laquelle pouvoir parvenir, le devoir commande à tous bons ferviteurs de Roi d'y accourir, & ne feront aucunement excufables, ceux qui y défaudront.

Avertiffement.

Avertissement.

TANDIS que la Ligue se trouvoit en serre dans Amiens, on ne l'oublioit pas en Bretagne, où lors advint ce dont nous vous présentons le brief récit.

DISCOURS

De la défaite des troupes du sieur de Saint-Laurens, commandant à Dinan pour le Duc de Mercure (1).

MONSIEUR,

Pour vous témoigner le soin que j'ai d'accomplir la priere, que vous m'avez faite, de vous faire part des exploits de guerre qui se feroient en ce païs de Bretagne, selon que l'occasion le requerroit, je vous dirai, que le vingt-cinquieme du passé, Monsieur de la Tremblaie étant averti par Messieurs de Saint Malo, que les troupes du sieur de Saint Laurens s'étoient barricadées en une Eglise nommée saint Syriac, sur la riviere de Dinan, proche de Saint Malo, & qu'ils faisoient le dégât, & coupoient le bled, le faisant emporter dans des chaloupes, qui venoient pour cet effet tous les jours de Dinan. Ceux de saint Malo, dis-je, lassés d'endurer ces miseres & pertes, supplierent ledit sieur de la Tremblaie de les assister de ses gens de guerre, afin d'aller attaquer l'Ennemi, & faire quelque bon exploit pour le service du Roi. Et fut résolu par entr'eux, que ledit sieur de la Tremblaie iroit par terre avec huit cens Soldats, & Messieurs de saint Malo iroient par mer avec deux Galeres, dans lesquelles il y avoit deux canons : ce qui fut exécuté. Les Galeres aïant foudroïé à coups de canons les barricades, en même-temps ledit sieur de la Tremblaie les attaqua par terre : de sorte que de deux cens cinquante, il ne s'en sauva un seul qui ne fût tué ou pendu. De-là ledit sieur de la Tremblaie, voulant poursuivre sa victoire, alla attaquer le Plessis-Bertrand, qui est un Château, où les Ennemis font leur retraite, quand ils viennent

____

(1) De Mercœur. On a parlé ci-devant du sieur de Saint-Laurent.

Tome VI.   Ttt

faire des courfes en ces quartiers de deçà ; mais le malheur a été
fi grand , qu'en faifant les approches , ledit fieur de la Tremblaie , n'aïant fon cafque en la tête , y a été tué d'une balle ra-
mée. Les Capitaines qui l'affiftoient, aïant eu avis fur l'heure ,
que le fieur de Saint Laurens , avec tout ce qu'il avoit pu amaf-
fer des garnifons de la Ligue , faifoit un gros pour les venir attaquer , levent le fiege , pour n'être pris qu'à leur avantage : &
en s'en allant, rencontrerent le Capitaine Château-Gaillard avec
fa Compagnie , qui fe hâtoit d'aller trouver ledit fieur de Saint
Laurens , laquelle fut taillée & mife en pieces , & lui pris ; auquel on fit dire , la dague fur la gorge , où étoit le rendez-vous
dudit fieur de Saint Laurens : ce qu'il fit. Cela étant fu par les
nôtres , ils lui vont dreffer une embufcade fur le chemin par où
il devoit paffer. Ledit fieur de Saint Laurens ne faillit point de
venir , où il fe trouva plutôt chargé , qu'il n'eut reconnu ceux
qui le chargeoient , & bien monté , fe fauva dans Dinan , laiffant morts fur la place trois cens des fiens , & plufieurs Capitaines prifonniers ; entre lefquels font les Capitaines Thoulot &
fon frere , Fontaine , le fils de Fomebon , le Gouverneur de
Lamballe , & plufieurs autres. Voilà tout ce qui s'eft paffé de
nouveau en ce païs-ci , & fans la perte que nous avons faite de
Monfieur de la Tremblaie , (lequel eft regretté de beaucoup de
perfonnes , pour avoir toujours été très affectionné au fervice
de Sa Majefté) nous euffions eu une joie entiere , les Ennemis n'aïant encore reçu en cette Province une telle perte
d'hommes qu'à cette fois , y aïant été tué plus de fix cens
Soldats.

Avertissement.

Ceux d'Amiens aïant perdu toutes leurs espérances, furent contraints lâcher prise; ce qui se passa comme les traités suivans montrent.

LETTRE D'AVIS

Sur ce qui s'est passé à l'abord & retraite de l'Armée Ennemie, près Amiens.

MONSIEUR,

Depuis mes dernieres lettres, il s'est passé tout plein de choses ici, que je vous manderai au vrai, comme les aïant vues, & n'aïant point abandonné le Roi. Hier, quinze du mois, les Ennemis partirent de quatre lieues de notre quartier, & vinrent avec telle diligence, que sur les deux heures après midi nous les eûmes, contre l'opinion de tout le monde, à la vue de Long-Pré, où le Roi étoit logé. Tout ce que l'on put faire, fut de faire marcher promptement toutes nos troupes au champ de bataille, & tout le long de nos retranchemens. L'on y fit aussi venir le canon, & cependant on laissa auprès de la Ville, pour la garde des tranchées, trois mille hommes. Les Ennemis approchoient toujours, & venoient avec un fort bel ordre, de-sorte qu'étant à trois cens pas de Long-Pré, nous pensions qu'ils le dussent emporter d'emblée; mais la diligence du Roi, son courage, & l'ordre qu'il mit en un moment à son arrivée, les arrêta tout court; & notre canon, qui leur fit un merveilleux dommage, les effraia tellement, que dès l'heure ils firent leur retraite, & se logerent à un quart de lieue delà, au quartier où étoient logés les Chevaux-Legers du Roi, qui est le long de la riviere. Il se fit de fort belles escarmouches, & le canon joua long-temps d'un côté & d'autre. Il n'y eut de gens de marque tués de notre côté, que Monsieur Fornier, Lieutenant de la Compagnie de Céfar Monsieur, & quelques Gentilshommes blessés. Toute la nuit s'est passée avec beaucoup d'allarmes, & toute notre armée est demeurée au champ de bataille. L'on jetta à l'inſtant deux mille hommes dans Long-Pré, & ſe retrancha-t-on. Le Roi voïant les Ennemis logés au bord de l'eau, fit paſſer de-là la riviere trois canons, & ſur le tard, fit tirer ſur les Ennemis, de façon qu'ils ne ſavoient où loger. Ceux de la Ville, voïant leur armée à une demi-lieue à leur vue, ont fait feu de joie toute la nuit, & nous ont fort canonnés; mais leur joie n'a pas demeuré longuement : car les Ennemis dès le grand matin ont commencé à ſe retirer & changer de logement, ſe logeans plus d'une lieue loin. Le Roi a fait marcher toute ſon armée, & les a ſuivis plus de deux grandes lieues, ſe réſolvant de leur donner bataille s'ils y vouloient entendre. Il y avoit quatre mille chevaux des mieux armés qu'on ait jamais vu, & des plus réſolus, & douze mille hommes de pied, le reſte étoit demeuré dans les tranchées pour empêcher les ſorties de la Ville. Et de-là l'eau, on avoit laiſſé Monſieur de Vicq avec trois mille hommes de pied, & trois ou quatre cens chevaux, craignant que l'on ne fît couler le ſecours par de-là l'eau, comme à la vérité ils avoient fait; car dès le matin aïant jetté deux ponts artificiels ſur l'eau, ils avoient fait paſſer, à la faveur de leur armée & de leur canon, deux mille & cinq cens hommes, & parmi leſquels y avoit huit cens Capitaines choiſis, qui s'en alloient tête baiſſée jetter dedans la Ville : mais Monſieur de Vicq aïant découvert cela, les a vivement repouſſés, & les a contraints de repaſſer en deſordre la riviere. Il y en a eu quelques-uns de tués, & pluſieurs de noïés. Ils n'ont pas eu le loiſir de reprendre leurs ponts : de ſorte qu'ils nous ſont demeurés; je les ai vus. Comme l'Ennemi a vu ſon effet nul, il s'eſt retiré en diligence, voïant que le Roi le ſuivoit avec ſon armée & ſon canon, & s'eſt logé ſur une croupe, laiſſant un grand vallon entr'eux & nous. Notre armée a demeuré quatre ou cinq heures en bataille au-devant de la leur, & notre canon les a fort endommagés. Il s'eſt fait tout plein de petites charges, mais avec fort peu de perte. Le Marquis de Nelle y a été bleſſé, & le Chevalier du Pecher tué. L'on n'a point vu de long-temps deux grandes & puiſſantes armées demeurer ſi long-temps & ſi près l'une de l'autre ſans ſe battre. On ſe réſolvoit une fois de les aller attaquer ſur leur haut, & crois qu'on les eut défaits, parcequ'ils étoient étonnés, encore qu'ils fiſſent bonne mine, & qu'ils ſe retiraſſent en fort bel ordre : mais l'on a aviſé qu'il ne falloit rien haſarder, & que c'étoit aſſez de gloire au Roi de les avoir chaſſés honteuſement; &, tenant une ſi grande Ville aſfiegée , avoir quitté fes tranchées , & les avoir fuivis avec le canon jufqu'à trois lieues de la Ville. C'eft une heureufe journée pour la France , car d'icelle dépend tout notre falut , & crois que la Ville eft à cette heure perdue pour eux. Nous en devons rendre graces à Dieu. Voilà tout ce qui s'eft paffé de nouveau ; s'il fe fait quelque chofe demain , je vous en avertirai. Vous en ferez part à nos amis. Du camp d'Amiens le feize Septembre 1597.

Depuis font venues nouvelles , que le lendemain ceux de la Ville , voïant l'efpérance du fecours efpéré être perdue , ont fait parlementer avec Sa Majefté , qu'au cas que pour le jour fuivant ils n'euffent un fecours de deux mille hommes , & non moins, ils fe rendoient , à la charge qu'ils fortiroient avec Enfeigne déploïée, tambour fonnant, la mêche éteinte , & fans bagage. Tellement , qu'on eftime pour tout affuré qu'ils font rendus.

AVIS TRE'S CERTAIN

De tout ce qui s'eft paffé en la fortie de l'Efpagnol de la Ville d'Amiens , le 25 Septembre 1597 (1).

LE vingt-cinq Septembre , fur les fix heures du matin , le Roi ordonna que fon armée fût mife toute en bataille , ce qui fut fait en quatre heures. Et fur les dix heures , Sa Majefté commanda à Monfieur le Connétable , à Monfieur le Maréchal de Biron , & à Monfieur le Duc de Montbafin (2) , & à Monfieur de Vicq, d'aller à Amiens , à la porte de Beauvais , là où il avoit ja fait marcher deux mille Soldats , & par laquelle devoit fortir la garnifon Efpagnole : lefquels s'étant préfentés à ladite porte , fut incontinent abaiffé le pont , où fe préfenta le Marquis de Montenegro , qui commandoit dans ladite Ville depuis la mort de Dom Armantilles (3) , monté fur un beau cheval & très bien en conche , tout feul , avec l'efcarpin , un bâton à la main. Et après l'entrefaluement fait d'une part & d'autre , iceux Sei-

---

(1) Il faut lire tout ce récit dans la nouvelle Hiftoire de la Ville d'Amiens , *in-4°* , tome I, pag. 390 & fuiv.

(2) C'étoit le Duc de Montbazon.

(3) C'eft de Dom Ferdinand-Tello de Porcarero, dont on a ci-deffus rapporté la mort.

gneurs mirent le Marquis de Montenegro (1) entr'eux, & fut conduit environ demi-lieue loin de la Ville, où étoit Sa Majefté en une grande plaine, accompagnée de fa Cornette blanche, avec environ dix-fept cens chevaux, & cinq cens Suifses. Le Marquis de Montenegro avoit à fa fuite environ cent trente chevaux, & autant d'Arquebufiers à pied, tous choifis, qu'il menoit pour la garde de fa perfonne. Après eux, venoient environ mille femmes de petite qualité, entre lefquelles il y en pouvoit avoir environ quatre cens de la Ville, qui fuivoient volontairement. Après fuivoient cent foixante chariots, la plupart couverts de toile, & chargés de toute forte de bagages, & fur iceux environ trois cens, tant hommes que femmes malades, ou de pefte, ou de bleffure. En après marchoient environ quatorze cens Arquebufiers, & fix cens Corcelets bien en conche. Et pour la fin fuivoient dix Compagnies de Cavalerie, à favoir, fix de Gendarmes-Lanciers, & quatre d'Arquebufiers à cheval, qui pouvoient en tout faire le nombre de cinq cens chevaux : toutes lefquelles forces pafferent au milieu de l'armée de Sa Majefté ; & lorfque le Marquis de Montenegro fut proche de Sadite Majefté, il mit pied à terre, comme auffi Monfieur le Maréchal de Biron, qui le préfenta au Roi, & le Marquis lui baifa la botte (2). Le Roi étoit monté fur un beau courfier moreau, richement harnaché, & couvert d'une felle en broderie à fond de couleur incarnadine, habillé le plus richement qu'on aie encore vu, avec un bâton roïal à la main, environné des Princes de Conti, de Montpenfier, de Nevers, de Nemours, de Jinville (3), & de douze Maréchaux de France, & autres grands Seigneurs en bon nombre. Ledit Marquis lui dit quelques paroles : Sa Majefté l'embraffa & reçut fort humainement, avec une majefté roïale, & lui donna congé. Lequel pris, il remonta à cheval, & fut accompagné, du commandement du Roi, par Monfieur le Connétable, environ deux lieues, & jufqu'aux confins des terres d'Efpagne (4). Tous les Capitaines Efpagnols, & autres, tant de cheval que de pied, paffant devant le Roi, mirent pied à terre, & lui baiferent la botte avec grande humilité & révérence : auxquels Sa Majefté ufoit de paroles pleines de Courtoifie. Cette fête dura jufqu'à deux heures après midi,

______

(1) Jérôme Carafe, Marquis de Montanegro.

(2) Il fit au Roi ce compliment : » Sire, » je remets en vos mains une Ville qui eft » maintenant à bon droit voftre.

(3) De Joinville.

(4) Seulement jufqu'à Dourlans.

que Sa Majesté àlla dîner, & sur les quatre heures du soir s'en alla à Amiens, accompagnée de mille Gentilshommes à cheval, & alla droit descendre à la grande Eglise Notre Dame, où fut chanté le *Te Deum* par sa musique & gens de sa Chapelle, avec un merveilleux contentement & allegresse de tous le assistans, l'Eglise remplie de toutes sortes de gens. Après que le *Te Deum* fut chanté, tous crierent *Vive le Roi* (1). Cela fait, le Roi sortit de la Ville, qui fut environ sur les six heurses, & fit faire montre à toute son Infanterie, qui étoit environ de dix-huït mille hommes de pied, y compris environ deux mille Anglois, & mille Suisses. L'on tient que ce jour, Sa Majesté avoit plus de douze mille hommes à cheval, entre lesquels il y en avoit plus de cinq mille gens de guerre. Il n'est pas demeuré dedans la Ville plus de huit cens personnes des Habitans, entre lesquels il y a quelque peu de peste, l'Espagnol n'y a laissé aussi gueres de meubles. Le Roi a mis dans la Ville vingt Compagnies de gens de pied, & trois de cheval en garnison; Monsieur de Vicq y a été laissé pour Gouverneur (2).

FEUX DE JOIE DES FRANÇOIS

Sur la mémorable reprise de la Ville d'Amiens par le Roi.

C'EST en ce beau jour tout reluisant de miracles du Ciel, que nous avons sujet de nous réjouir. Maudit soit celui d'entre nous, qui à sa contenance ne fera voir une vive flamme du feu de joie qu'il allume intérieurement en son cœur. Tenons pour Ligueur espagnolisé, celui qui aujourd'hui d'une face riante ne louera Dieu, des graces & des bénédictions qu'il déploie si heureusement sur la France. Faisons voir en public avec quelle révérence nous chérissons la beauté des Fleurs de lis, & avec combien de zele nous en conservons la blancheur au milieu de nos ames, sans la ternir d'aucune perfidie. Reconnoissons à ce coup que Dieu prend en main la protection de cette Monarchie. Ouvrons les yeux, & nous verrons que sa divine justice dresse de tous côtés

---

(1) Le Corps de Ville s'étoit transporté jusqu'au pied de la montagne qui conduit à l'Abbaïe de Saint Fuscien, & l'Orateur harangua Sa Majesté, aïant un genou en terre.

(2) Ce nouveau Gouverneur répara les fortifications, & repeupla la Ville, où il ne restoit gueres que huit cens Habitans.

des échaffauts, pour y châtier exemplairement la téméraire présomption de ceux, qui par leurs armes en troublent le repos.
Que nos Ennemis se persuadent enfin, que cette Roïauté est
une muraille d'airain, & qu'au plus ils s'aheurteront contre icelle, tant plus briseront-ils de leurs têtes en ce vain effort. Si Dieu
quelquefois leur donne avantage sur nous, croïons que ce sont
plutôt nos offenses particulieres, qui embrasent son couroux
sur la France, que non point un dessein qu'il ait de nous rendre
si malheureux que nous leur servions de proie : car nous voïons
qu'il fait ainsi que le bon pere, qui jette les verges au feu, après
qu'il en a doucement corrigé l'inobéissance de ses enfans. O
Dieu, que nous devrions bien en ceci admirer les merveilles de
ta miséricorde ! Car il y a quelques jours qu'il sembloit que la
surprise de cette place fût une Charibde indéclinable, où se
dût abîmer la plupart de la France. Mais, Seigneur, à ce que
tes jugemens nous font voir, si tu nous abats d'une main, tu
nous releves des deux. Si nous te fuïons, tu accours au-devant
de nous. Si nous sommes sur le bord du précipice, tu nous re-
tires soudain par le poing pour nous sauver. Bref, encore que
nous méritions d'être éternellement martelés sur l'enclume de
toutes sortes d'afflictions, ta bonté néanmoins ne se lasse jamais
de nous bénir sous le bonheur des armes de notre Roi. C'est
aussi ce bon Prince, que tu as donné aux François pour être leur
pere & leur protecteur. C'est sous l'ombre de ses aîles, que tu les
mets à couvert au plus fort de leurs tempêtes & orages. C'est
de son bras vainqueur, que tu couvres la terre des Ennemis de
sa Couronne. C'est de sa santé & prospérité, que la France,
comme de son esprit vital, peut seulement respirer. Fais donc,
ô Seigneur, que tu allonges la vie de ce Prince, avec tant de
grace & de faveur, qu'en une blanche & chenue vieillesse, il
s'éjouïsse encore du repos qu'il recueillera après tant de sueurs
& de long travaux pour la conservation de la paix, du bien &
soulagement de nous ses très humbles sujets. Et pour témoignage de notre obéissance, nous jurons solemnellement devant ta
face, ô Dieu éternel, que nous rendrons à Sa Majesté tant de
preuves de notre foi à son service, qu'arrosant notre labeur de
ta divine assistance, nous perdrons plutôt nos biens, nos fortunes, & notre sang, ou il triomphera de bien en mieux de la dépouille & défaite de ses Ennemis. Nous espérons que l'orgueil
de l'Espagnol s'abaissera avec tant de honte, qu'étant trompé
de la vanité de ses espérances, il apprendra à ses dépens, combien

bien c'eſt une entrepriſe haute & de longue haleine , de s'attaquer à un Prince , qui pour bouclier & défenſe a l'épée du même Ange , qui tailla en pieces les Ennemis de ce bon Roi Ezechias. La main de Dieu ne s'eſt point accourcie depuis ce temps-là. Il ſe ſait toujours faire place au milieu de la preſſe , pour accourir au ſecours des ſiens , lorſqu'ils ſont aux plus fortes tranchées de leur douleur. Notre Roi , portant ce beau titre de premier Prince Chrétien , & fils aîné de l'Egliſe Catholique , peut mieux eſpérer tout un fleuve des graces du Ciel , que non point ce loup affamé une ſeule goutte. Dieu , qui ſait les reſſorts & qui feuillette les replis de ſon ame hypocrite , a en trop d'abomination la recherche de tous les maquerelages , dont cet ambitieux vieillard a tâché , avec ſes ſuppôts , de ſéduire & corrompre la foi que la France a toujours chaſtement conſervée à ſon Roi. Attendons en patience , que , ſes iniquités étant en leur comble , nous voïons les charbons ardens de l'ire de Dieu fondre comme grêle ſur ſa tête , à ce que le trône de ſa puiſſance tyrannique étant en poudre , nous puiſſions heureuſement vivre en paix.

LETTRE DU ROI,

A Monſieur de la Guiche , Chevalier des deux Ordres de Sa
Majeſté , Conſeiller en ſon Conſeil d'Etat , Capitaine de cent
hommes d'armes de ſes Ordonnances , Gouverneur & Lieute
nant général pour Sa Majeſté en la Ville de Lyon , Païs de
Lyonnois , Foréts & Beaujolois,

MONSIEUR de la Guiche , les Eſpagnols ſont ſortis de ma Ville d'Amiens au matin , ſuivant la capitulation que je leur avois accordée , de laquelle je vous ai envoïé copie : le Cardinal n'aïant eu le courage ni le pouvoir de la ſecourir dans les ſix jours accordés aux aſſiegés par ladite capitulation , qui étoit principalement pour l'y convier , & lui en donner le loiſir , encore qu'il ne fut qu'à ſept lieues d'ici , avec ſon armée , avec laquelle il s'eſt depuis retiré en Artois , où je m'en vais le chercher, pour prendre revenche des maux que lui & les siens ont faits en mon Roïaume, dont j'espere que Dieu me fera justice. Cependant j'ai bien voulu vous donner avis de la sortie desdits Espagnols, & de ma délibération, afin que vous en fassiez rendre graces à Dieu, comme il est accoutumé, par toutes les Villes de votre Gouvernement, & en ferez part aussi à tous mes bons Sujets & Serviteurs. Priant Dieu, Monsieur de la Guiche, qu'il vous ait en sa sainte & digne garde. Ecrit au camp de la Madeleine devant Amiens, le vingt-cinq Septembre mille cinq cent quatre-vingt-dix-sept.

Signé HENRI.

Et plus bas, DE NEUFVILLE.

DISCOURS

Sur la Reddition de la Ville d'Amiens ; contenant les utilités, biens & commodités qui en reviennent à la France.

C'EST un merveilleux aveuglement, & une opiniâtreté extrême, de ne voir, ni croire la grande assistance de Dieu à la conservation de l'Etat de la France, & estimer qu'icelle doive succomber à tous efforts, & choir à tous ébranlemens (qui fait vaciller plusieurs, & fourvoïer de leur devoir) vu qu'elle s'est manifestée en tant de manieres, & si largement fait connoître, non-seulement ès jours de nos peres (dont en font foi les histoires) mais aussi de notre temps, pendant les étranges & horribles tempêtes qui ont travaillé la France, la relevant sur le point même de son naufrage, & lorsque toute espérance sembloit être perdue de jamais la revoir en l'état qu'elle est à présent, ores que fort abbatue. Et encore très abondamment en ces derniers jours, auxquels comme la France commençoit à respirer, & retourner de ses précédens maux à quelque convalescence, elle a été par quelques mauvaises humeurs restées ès esprits d'aucuns, & par l'insatiable ambition de l'Espagnol, qui fait son profit de nos déloïautés & malheurs, troublée, agitée, & altérée en sa santé & en son repos, qui l'eussent beaucoup plus travaillée & troublée, & beaucoup plus offensée, si la main de Dieu ne se fut mise au-devant, qui a calmé ses tem-

pêtes, & repouffé fes orages, fe montrant affectionnée à la confervation de cet Etat, & particulierement favorable à Sa Majefté, la préfervant entre infinis hafards, & la béniffant au progrès du fiege & de la reddition de la Ville d'Amiens; la prife de
laquelle avoit tenu plufieurs en haleine, & fufpendu les efprits
de plufieurs à divers deffeins : de laquelle fi l'Ennemi fût demeuré
poffeffeur, il lui eut été aifé de faire de grands progrès en ce
Roïaume, aïant, par le moïen d'icelle, le paffage libre fur la
riviere de Somme, qui enceint une grande partie de la Picardie,
& lui fert comme de boulevart. Ville, à la faveur de laquelle,
l'Ennemi pouvoit jetter une armée bien avant, aïant icelle
pour retraite : Ville grande, bien remparée & bien fournie de
toutes munitions de guerre, située en très bon païs, & voifine
des terres de l'Ennemi. Mais Dieu eft accouru au naufrage, il
l'a arrachée des mains de nos Ennemis, il l'a remife entre les
bras de Sa Majefté, il l'a rendue par fa puiffante main miraculeufement à la France. Au commencement de fa prife, Sa
Majefté y accourut foible, & long-temps après eft demeurée
autour non plus fort, que pouvoit être l'Ennemi dedans. Dieu
l'a affifté, il l'a confervé, & beni fes deffeins & fes vœux, qu'il
a couronnés par la réduction d'icelle. Réduction non moins utile & néceffaire à notre France, que grande & admirable, principalement en ce temps calamiteux, auquel plufieurs font trophées de fes maux, & cherchent leur avancement en fa ruine,
ne confidérant pas, qu'au tombeau de leur patrie, ils s'enfeveliffent eux-mêmes. Qui confiderera ces chofes, il faut qu'il con-
feffe que Dieu a pris en fa protection la France, qu'il la con-
ferve & la maintient ; & que grandement s'abufent ceux, qui,
pour les ébranlemens qui lui furviennent, penfent qu'elle fe perde, & fe défiant de l'affiftance de Dieu, fe laiffent emporter à la
vanité de leurs penfées & difcours.

Après que le Cardinal Albert d'Autriche eut en vain effaïé
de jetter du fecours en la Ville d'Amiens, & qu'il fe vit fruftré
de fon attente, contraint par Sa Majefté de fe retirer à la dérobée & fans trompette, combien qu'il eût une Armée compofée de plus de quinze mille hommes de pied, & de trois à
quatre mille chevaux, fortifiée de cinq cens chariots & de bon
nombre d'artillerie qui lui étoit en tête; les Affiégés fe voïant hors
d'efpérance de fecours, & que les efforts de leur Général leur
étoient inutiles, (ores qu'ils n'euffent faute de vivres ni de
munitions de guerre, & qu'ils fuffent encore de refte plus de

mille Soldats) demanderent compofition , qui leur fut accordée par Sa Majefté le 19 (1) de Septembre 1597 , telle que s'enfuit :

PREMIEREMENT,

Sa Majefté accorde qu'il ne fera touché à la fépulture d'Arnantelle (2) Portocarrere, & des autres Capitaines enterrés aux Eglifes de ladite Ville , ni à leurs épitaphes & trophées , pourvu qu'il n'y ait rien qui foit contre la dignité de la France & qu'il leur fera permis d'en retirer leurs corps quand bon leur femblera.

I I.

Que tous les gens de guerre , de quelque Nation qu'ils foient, étant en ladite Ville , fortiront avec leurs armes , la méche allumée , les étendarts arborés , & tambours battans , avec leurs chevaux & bagage , & tout ce qu'ils pourront emporter qui leur appartient , tant fur leurs perfonnes que fur leurs chevaux & chariots.

I I I.

Qu'il fera baillé des charretes pour emporter les bleffés & malades jufqu'à la Ville de Dourlans ou de Bapaume , avec bonne & fûre efcorte, lefquelles charretes avec leurs chevaux ils renverront en toute fûreté ; & pour le regard des malades & bleffés qui ne pourront être tranfportés demeureront en ladite Ville , où ils feront panfés & traités jufqu'à ce qu'ils foient guéris : & lors leur fera permis fe retirer en toute fûreté.

I V.

Tous ceux de ladite Ville , & autres étant en icelle , de quelque qualité qu'ils foient, qui voudront fortir avec eux , le pourront faire librement , & emporter avec eux les biens qui leur appartiennent, fans que perfonne leur puiffe rien demander ; & fera permis aux autres , qui y voudront demeurer, de le faire en toute fûreté , & de jouir de leurs biens , comme ils faifoient devant la prife d'icelle , renouvellant le ferment de fidélité à Sa Majefté.

(1) Selon d'autres le 18. Voïez l'Hiftoire de M. de Thou , Livre 118.
(2) Fernand , Hernand ou Ferdinand Tello.

V.

Seront déchargés du paiement des drogues, médicamens & autres choses par eux prises pour panser & traiter leurs malades & blessés; & particulierement de douze mille livres de balles d'arquebuses.

VI.

Les Sujets & Serviteurs du Roi étant prisonniers en ladite Ville, seront mis en liberté sans païer rançon ; le semblable sera fait pour ceux de ladite Ville, qui seront prisonniers en l'Armée de Sa Majesté, & autres qui ont été pris y voulant entrer.

VII.

Sa Majesté accorde que trois d'entr'eux pourront aller trouver leur Général, accompagnés de dix chevaux, pour l'avertir de la présente capitulation. Que pour ce faire, il sera faite une cessation d'armes pour six jours, qui écherront Jeudi au matin ; à la charge que s'ils ne sont secourus dedans ledit temps, de deux mille hommes qui entrent dedans ladite Ville, ils sortiront d'icelle, & la rendront à Sa Majesté, aux conditions susdites, ledit jour de Jeudi au matin, sans qu'il soit besoin faire autre traité & accord.

VIII.

Les Marquis de Montenegro, Capitaines & gens de guerre étant en ladite Ville, ne pourront, durant le temps de ladite cessation d'armes, favoriser l'Armée qui entreprendra de venir à leur secours, demeurantes les tranchées garnies de la garde ordinaire, laquelle aussi ne pourra rien entreprendre contre eux.

IX.

Ils bailleront à Sa Majesté, pour la sûreté & observation des présens accords, quatre ôtages Capitaines ; à savoir deux Espagnols, l'un de Cavalerie, & l'autre, d'Infanterie, un Italien & un Wallon ; & pourra Sa Majesté envoïer & tenir en ladite Ville, durant ladite cessation d'armes, une ou deux personnes, telles que bon lui semblera, pour prendre garde s'ils fortifieront ou répareront en icelles, & si le secours qui y entrera sera de deux mille hommes.

X.

Leur fera baillé efcorte & fûreté jufqu'en ladite Ville de Dôur-lans, & la foi de Sa Majefté, en cas qu'ils n'y trouvent leur Armée, qu'il ne fera rien attenté contre eux jufqu'à Arras.

Le jour venu, 25 Septembre (1) 1597, affigné aux Affiégés par la capitulation, de fortir & vuider la Ville, en cas que dedans icelui ils ne fuffent fecourus de deux mille hommes dedans la Ville, comme porte la fufdite capitulation ; iceux voïant que toute efpérance de fecours étoit perdue pour eux, & qu'il n'étoit en la puiffance du Cardinal d'Autriche leur Général de les engager, ni de les garantir de la main des François, moins de jetter deux mille hommes dedans la Ville, comme ils s'étoient promis, plierent bagage, & ledit jour fortirent à dix heures du matin, avec leurs armes & bagage, ainfi qu'il leur avoit été accordé, en nombre de deux mille hommes de guerre ; à favoir, cens quatorze Arquebufiers, fix cens Corcelets,& cinquante Moufquetaires de la garde du Marquis de Montenegro, qui leur commandoit depuis le décès d'Armantilles, & bon nombre de Cavalerie ; le refte étoit de malades ou bleffés, tous vieux Soldats & choifis, commandés par Capitaines jà chenus & envieillis fous le faix des armes. A leur fortie, le Marquis de Montenegro, conduit par Monfieur le Connéta-ble, & par Monfieur le Maréchal de Biron, & le Duc de Monbafin (2), alla baifer la botte au Roi, qui étoit monté fur un courfier moreau, harnaché fort richement, lequel le reçut fort humainement. Tous les autres Capitaines lui firent auffi la ré-vérence, & furent leurs enfeignes baiffées jufqu'en terre, te-nans à grande gloire & honneur, d'avoir ploïé fous la gran-deur d'un fi grand & valeureux Roi, & fe retirerent aux lieux fignés, avec l'efcorte qui leur avoit été promife. Peu après, Monfieur de Vicq y entra pour y commander en titre de Gou-verneur, avec fa Compagnie de Gensdarmes, & bon nombre de Soldats, & plufieurs des Habitans qui en étoient ré-fugiés.

L'on tient qu'avec les Efpagnols fortirent plus de deux cens de ceux de la Ville, qui eft autant de décharge pour les gens de bien, & autant de fanté pour la Ville, délivrée de tels mau-vais & mal affectionnés François, Sa Majefté paffa outre pour aller au Païs d'Artois.

(1) Le P. Daniel dit le 26, mais il s'eft trompé.　　(2) De Montbazon.

Ainsi fut rendue à Sa Majesté la Ville d'Amiens le susdit jour vingt-cinq de Septembre mille cinq cens quatre-vingt-dix-sept. Reddition heureuse pour la France, & à jamais recommandable, qui a renversé les desseins de notre Ennemi, qui se promettoit de grandes conquêtes; qui lui a rendu vains ses projets, & fait connoître combien peuvent les armes des François. Reddition, avancement de notre repos, assoupissement de troubles, dissipation des complots & mauvais desseins des Ennemis de la France; qui a assuré le païs, affermi les volontés ébranlées, & tiré avec soi une infinité de biens & de commodités pour la France. Reddition en laquelle il y a plusieurs choses à remarquer, & entr'autres une grande prudence & singuliere sagesse de Sa Majesté, qui a bien su choisir & prendre l'occasion de faire un coup d'Etat, & de hâter la reddition d'une Place si importante, forte d'assiete & de remparts, fournie de bon nombre de Soldats, & abondante encore en vivres & munitions de guerre : avec lesquels moïens elle eut pu tenir encore quelque temps, & cependant l'Ennemi, fort de gens & de canon, & abondant en munitions de guerre, eut pu forcer quelque Place sur la frontiere, & l'enlever plutôt qu'elle n'eut pu être secourue. Joint que pour forcer ladite Ville, il eut fallu ruiner beaucoup de fortifications, lesquelles sont, par le moïen de cette reddition, demeurées en leur entier, pour servir à l'avenir à sa défense. Il est aussi à considerer ce qui fut ensuivi d'un pillage, & à quoi eussent été réduits les pauvres Habitans par un second sac. La perte aussi que l'on eut pu faire de beaucoup de braves & signalés Soldats & vaillans Capitaines, laquelle Sa Majesté a voulu éviter, imitant en cela ce grand Scipion l'Africain, qui aimoit mieux sauver un Citoïen, que de perdre dix Ennemis. Sagesse donc grande de Sa Majesté, qui a pourvu à tant d'inconvéniens, & trés heureuse réduction, qui a empêché tant de pertes.

La prise de la Ville faite par l'Ennemi fut étrange, la réduction en est admirable, réduction faite à la barbe de l'Ennemi, & à la vue de son armée. La désolation y fut grande, la restitution a apporté de la consolation & du contentement. Sa prise ébranla le païs, sa réduction l'assure. Vrai est, que la perte qu'y ont faite les Habitans a été grande, les pilleries & saccagemens excessifs, qui se sont étendus, voire jusqu'aux choses sacrées, les outrages & cruautés indicibles. Je tais les forcemens & violemens auxquels s'est portée l'insolence du Soldat Espagnol, je

ne parle point de la pudicité des femmes mife en proie : les miferes y ont été extrêmes, & les rançons violentes & démefurées,
même envers ceux, lefquels on avoit ja dépouillés de tous
moïens : pour lefquelles extorquer l'Efpagnol n'a oublié aucune
efpece de contrainte & cruauté. De forte que la plupart des Habitans ont été rendus miférables, & tel, qui fouloit être bien à
fon aife, fouffre beaucoup à préfent : tel qui étoit bien riche,
eft réduit à la pauvreté : & tel qui fouloit donner, mendie. Le
fouvenir en eft grief, & le récit lamentable. Ce font des exemples devant nos yeux, & des enfeignemens à toutes les Villes
& Peuples de la France, de bien penfer à eux, & d'être foi-
gneux de fe bien garder, amis de leur patrie, ennemis des nou-
vautés. Ce font leçons qui nous apprennent de demeurer en
notre devoir, & ne prêter l'oreille aux perfuafions de ceux qui
fe veulent enrichir par notre perte, & s'avancer par notre ruine, auxquels l'ambition fait oublier le devoir qu'ils ont à leur
patrie, & préferer leur particulier à ce qui eft du général de
l'Etat. Ce font prêcheurs qui nous enfeignent de nous contenir
paifibles & roides en l'obéiffance de Sa Majefté, fous la douceur
de fes loix & commandemens, & en fomme d'être fages par le
péril & dommage d'autrui; afin que nous ne foïons accablés de
telles miferes, engloutis de tels malheurs, & affervis fous le
joug infupportable du fuperbe & avare Efpagnol, duquel la tyrannie & cruauté furpaffe les plus barbares Nations du monde.
Ceux d'Amiens, par la grace de Dieu, en font délivrés ; & par
la vigilance & valeur de Sa Majefté, jouiffent de leur patrie, de
leurs maifons & de leurs foïers, & de ce peu de bien qui leur
refte, qui font les trophées des victoires de Sa Majefté, & les
effets de fes vœux. Dieu leur faffe la grace d'en jouir longuement, fous l'obéiffance & regne de Sadite Majefté, par le
moïen de laquelle ils font mis en liberté, & jouiffent de tant de
bénéfices, & à nous de faire notre profit de leurs miferes.

DISCOURS

DISCOURS

Sur la Réduction de la Ville d'Amiens (1).

CE n'est point le bon Démon de la France, ni la foule de tous ces Dieux tutélaires reconnus de la superstitieuse antiquité, qui ont sauvé l'Etat ; c'est le bras du Tout-puissant protecteur des justes Monarchies. Le coup qu'il vient de frapper en la réduction d'Amiens, fait voir clairement à tous le soin très particulier qu'il en a. Ceux qui discouroient de ce siege publioient tout haut, que là se manioit le destin de la France, que du succès dépendoit son salut ou sa perte, qu'il y alloit, ou de notre servitude, ou de notre franchise. Dieu enfin s'est laissé toucher aux vœux des vrais François, les a remis en leur héritage, & n'a voulu permettre que la Croix rouge triomphât des Fleurs de Lys. Ingrats serions-nous si nous n'avions un éternel souvenir de ce grand bénéfice ; non pour lui immoler par chacun jour des hécatombes, faire fumer ses autels de nos sacrifices, y brûler la myrrhe & l'encens ; ce n'est pas ce qu'il demande de nous ; mais en lui offrant sans cesse un cœur contrit & humilié, une ame vraiment pénitente, & touchée de l'horreur de sa faute. C'est par-là qu'il veut être fléchi : & quand nous le ferons, il est le Dieu des armées, ne doutons point qu'il ne combatte au front des nôtres, qu'il ne mette le Soleil, le vent & la poussiere aux yeux de nos Ennemis : bref qu'il ne nous arrive comme aux enfans d'Israel, qui étant en sa grace ne pouvoient être vaincus ; mais aussi-tôt qu'ils la perdoient par leurs péchés, aussi-tôt étoient-ils la proie de tous leurs voisins. Retournons donc à notre Dieu, & grands, & moïens, & petits ; faisons notre paix avec lui, afin qu'il nous la donne entre les hommes ; reconnoissons que pour l'avoir abandonné, tous les fléaux de son ire ont été déploïés sur nous ; qu'étant déchus de sa grace, nous sommes quant & quant tombés en toutes sortes de miseres, & en un abîme vraiment de toute espece de confusion. Le méchant se rira de ce discours, s'imaginera pour cause premiere de nos maux, non nos péchés ; mais ou ce torrent rapide des cho-

____

(1) Ce Discours est l'ouvrage d'un homme sensé. Il est plein de ces vérités, dont il seroit à souhaiter que tous les Souverains fussent assez persuadés pour les réduire en pratique.

ſes humaines , ou quelque fortune aveugle mêlée avec notre imprudence , ou bien une conſtellation des aſtres avec une néceſſité fatale qui ne ſe peut vaincre. Mais j'en demande hardiment à ſa propre conſcience, ſi nonobſtant , elle n'eſt pas ſans ceſſe furieuſement agitée de ſon péché ? s'il ne reſſent pas là-dedans un remors & une ſyntereſe qui ne l'abandonnent point ? Car ce ſont là les aigles & les vautours qui mangent à l'un le foie, & à l'autre le cœur. Il me ſuffit que les ames pures reconnoiſſent qu'il ne faut point accuſer le Ciel , ni les deſtinées ; que le bien vient d'en haut & le mal de nous; qu'entrant en nous-mêmes, nous en trouverons la cauſe : notre ſiecle fertile eſt preſque prodigieux en toute méchanceté; plus de piété , plus de charité parmi nous. Bref, comme les péchés ſe tiennent enchaînés, & que Dieu punit l'un par l'autre, qu'on eſt monté peu-à-peu, & comme par dégrés à l'extremité de tous vices ; ainſi , qu'il ne ſe faut pas étonner , ſi de ces ſources ſont découlés tous les malheurs qui couvrent notre pauvre France ; ſi le mauvais arbre a produit tant de mauvais fruits , tant de confuſion, de déreglement , de déſordre que nous voïons en tous les Ordres de l'Etat. Et c'eſt à à la vérité la vengeance que Dieu prend de ceux qui l'oublient, qui enfreignent ſon alliance, qui n'ont plus ſa crainte devant les yeux, & ſa parole pour conduite en leurs actions. L'éloignement du Soleil fait les ténebres : de même ceux qui s'éloignent de cette divine lumiere ſe ſentent incontinent frappés d'aveuglement. Mais encore pouvons-nous dire avec conſolation, que l'œil de ſa divine bonté n'eſt point tant fermé ſur ſes créatures, qu'il ne les daigne bien regarder avec une commiſération paternelle ; ſa main n'eſt point ſi fort appeſantie ſur la France, qu'elle ne puiſſe par ſon aide ſe relever de ſa chûte : nos maux ne ſont pas ſi déplorés ; qu'ils ne reçoivent leur guériſon ſi nous la voulons chercher; en un mot , qu'il ne tiendra qu'à nous-mêmes que nous ne remettions notre patrie en ſa premiere vigueur. Enfans malheureux, ſi le pouvant faire , nous ſommes ſi dénaturés que d'oublier notre devoir envers notre commune mere , & qu'il nous ſoit reproché, que le Ciel , ſous lequel nous ſommes nés , n'ait point verſé dans nos ames des philtres généreux pour ſon amour & pour ſon ſervice. Hélas ! ſouffrons courageuſement toutes choſes , voire les plus extrêmes, avant que de voir flétrir le nom François de cet opprobre. Tous à la vérité font contenance de déplorer la confuſion, ſoupirent en apparence après un bon ordre; mais ces pleurs & ces ſoupirs ne partent pas de même cœur, tous ne vont pas aux remedes également : & en voici la raison. En ce grand débordement d'Etat, si les uns se perdent, les autres se sauvent, & quelques-uns encore y profitent. Ceux qui peuvent échapper sans perte, qui ne font que simples spectateurs du mal d'autrui, le regardent bien avec des yeux charitables, mais le contre-coup ne leur donne pas jusqu'au cœur. Les autres qui se voient perdre sans espérance de salut, lesquels ne font pas un petit nombre dans le peuple, crient à bon escient, invoquent au fort de la tourmente & hommes & Dieux à leur secours : mais au contraire, ceux qui les dépouillent, qui recueillent leur bris, s'en réjouissent, & ne voudroient pas un meilleur temps. Toutefois ils auroient honte de le dire, & font contenance, comme les autres, de souhaiter meilleure fortune à leur prochain ; & s'ils n'ont ce souhait dans l'ame, pour le moins l'ont-ils à la bouche ; autrement ils perdroient tout crédit, & se déclareroient ouvertement ennemis de la société des hommes. Ainsi, il ne se trouve personne au général qui ose directement combattre le bien du Roïaume, qui ne publie tout haut qu'il y desire la regle, la police, la réformation, au lieu de la difformité & du dereglement, pestes perpétuelles des Républiques. Or, comme ce Roïaume, en son desordre, se voit encore distinctement composé des trois Ordres anciens, de l'Eglise, de la Noblesse, & du Tiers Etat, sous lequel dernier on comprend la Justice & les Finances ; on peut dire avec vérité, mais avec soupirs & regret, que ce n'est par-tout aujourd'hui que marchandise, que corraterie, qu'un trafic très infame qui s'exerce impunément en toutes sortes de qualités. Si nous entrons dans l'Eglise, nous n'y trouverons plus sa pureté & sainteté ancienne ; mais toutes choses en tel état, qu'il vaut mieux, comme ses enfans, couvrir sa honte, que de la publier. N'y verrons-nous pas une simonie & nundination toute publique & ordinaire ? N'y verrons-nous pas les mains profanes ravir sans honte les fruits dédiés aux seuls Ministres de Dieu & de son autel ? Je dirai un mot libre, mais véritable pourtant, qu'encore que les élections donnassent autrefois beaucoup de scandale à l'Eglise, à cause des brigues & monopoles qui s'y faisoient, de sorte que les Poètes même de ce temps-là, cherchant la Discorde pour l'envoïer troubler des armées, l'alloient trouver dans les Cloîtres & au plus sacré des Monasteres, sur le point mêmement des élections ; si est-ce que ceux qui remarqueront l'un & l'autre siecle, confesseront par

expérience, que le moindre mal eft celui que les élections apportoient, quand on y obfervoit la forme ancienne, & qu'elles fe faifoient felon les faints Décrets & Conftitutions Canoniques ; & néanmoins que pour marque de la dignité Roïale de
trois qui feroient élus, Sa Majefté eût droit de faire choix de
celui qui lui feroit le plus agréable, il y a efpérance que les fie-
ges de l'Eglife feroient remplis de gens de probité & de doctrine, au lieu que nous les voïons pour la plupart faifis de perfonnes du tout indignes, & des plus hautes dignités profanées entre mains laïques, voire fans diftinction du fexe, avec des couleurs & des prétextes du tout impies, au grand trouble des ames
& confciences pieufes. Quant à la Nobleffe, il faut avouer
qu'elle a fort dégénéré de fes peres. Je ne touche point à fa valeur : car en ce point là, elle ne leur cede en rien, fon épée eft
auffi pointue que la leur : les preuves en ont été trop certaines
& trop glorieufes en ces derniers troubles. Mais pour ce qui eft
des mœurs, tout y eft fi vifiblement corrompu, fi déreglé, fi
licentieux, qu'il ne lui refte (à vrai dire) que l'ombre ou l'image de la vertu paternelle. Et hors la guerre, au lieu qu'autrefois les maifons des Gentilshommes étoient autant d'écoles
d'honneur & de vertu, elles ne le font plus que de vice & de débauche ; & l'un des beaux effets du Gentilhomme, j'excepte
toujours les vertueux, eft de tyrannifer aujourd'hui ceux qu'il
appelle fes fujets, par toutes fortes d'éxactions & de mauvais
traitemens, indignes certes d'une généreufe Nobleffe, qui ne
doit avoir pour but que le vrai honneur, lequel confifte en louables actions, & à bien mériter du public & du particulier tout
enfemble. N'épargnons non plus la robe longue, fur laquelle
nous voïons des taches qui la difforment infiniment, & lui ôtent
fon ancien luftre & fa beauté premiere. C'eut été un prodige
aux fiecles vieux d'y voir vendre la Juftice, en faire un métier
tout public, la dénier à ceux qui n'ont moïen de la demander
& de la pourfuivre. Maintenant nous y fommes fi fort accoutumés, (je le dis avec la honte de notre fiecle) qu'on ne le trouve plus étrange : tant on fe laiffe couler aifément aux mœurs
d'un âge corrompu, & emporter au torrent d'une mauvaife
coutume. Et qui eft-ce qui a violé cette facrée Vierge ? qui a
ainfi proftitué cette fainte Déeffe, à deniers comptans ? C'eft
fans doute la vénalité des Offices de judicature. Et certes confeffons que plufieurs qui y entrent, fe propofent pour leur fin
non l'utilité publique, ou le bien du prochain, comme ce de-

vroient être tous leurs regards , mais ou de s'enrichir & revendre en détail ce qu'ils ont acheté en gros , ou bien riches ignorans contenter leur ambition , s'eſtimant aſſez dignes , puiſqu'ils portent l'effigie & les marques extérieures de la Déeſſe. Et n'eſt-ce pas choſe bien miſérable aujourd'hui , qu'on n'entre plus en ce Temple d'Honneur par celui de Vertu , mais que l'or & l'argent en enfonce les portes ; de ſe voir en France réduits à cette extrêmité , que pour décider de la vie , de l'honneur & des biens des hommes , nous ſoïons quelquefois aſtraints au jugement particulier de tels , dont nous refuſerions le conſeil en la moindre occurence de nos affaires domeſtiques ? Toutes ces corruptions ſont grandes : mais il faut dire franchement , qu'il n'y a rien d'égal au mauvais maniement des finances , vrai fléau de nos péchés , & en matiere de police la cauſe principale de tous les deſordres de ce Roïaume. Dieu nous a mis ſous un Ciel le plus favorable qu'on ſauroit ſouhaiter , & devons bien nous louer de ſa bonté qui nous a les mieux partagés de tout le monde. Car au lieu qu'il ſemble qu'aux autres Nations au prix de nous , il ait donné le Ciel d'airain & la terre de fer , il faut que nous reconnoiſſions , & la douce influence du Ciel , & la fertilité de notre terre , ſur laquelle il fait pleuvoir de toutes parts les torrens de ſes bénédictions. Mais ce qui devroit être par proportion diffus & répandu en tous , eſt reſſerré en quelques particuliers , & comme ſi la terre ne produiſoit que pour eux , comme s'ils étoient ſeuls les enfans du Ciel , eux ſeuls en recueillent les fruits , en ſont remplis & gorgés ; les autres vuides , miſérables & languiſſans. S'il y avoit de l'ordre & du ménage parmi nous , les biens ſeroient autrement diſperſés , la richeſſe de l'un ne ſeroit pas la pauvreté de l'autre , chacun ſe reſſentiroit des faveurs & des graces céleſtes ; le ſang rempliroit toutes les veines de ce grand corps. Mais quoi ! chacun ſait ce que l'argent devient en France , & comme il n'eſt aujourd'hui qu'en deux bourſes , en celle de quelques Gouverneurs , & la plupart en celle des Financiers , entre leſquels je mets les Partiſans. Il y a dix-huit ou dix-neuf recettes générales , & je ne ſais combien de greniers & magaſins à ſel , qui devroient apporter aux coffres du Roi beaucoup de millions tous les ans. On connoît trop comme tout eſt manié , & les bons François crient tout haut qu'il y a plus de trente-cinq ans qu'on ne fait vivre les Rois de France que d'Edits honteux , faits à la ruine de leur peuple , étant cependant les plus clairs deniers des recettes du Roïaume détournés , sans que ni les gages des Officiers, ni les Charges ordinaires, ou les pensions & dettes des Etrangers, ou les soldes des gens de guerre soient presqu'aucunement acquittées. J'ai autrefois oui dire à un du métier, qu'il n'y a écu en France qu'un bon Financier ne sache d'où il vient, & où il doit aller. MM. des Chambres des Comptes & Tréforiers de France, (ne leur en déplaise) ont beaucoup de part à la faute, & ceux qui les appellent receleurs de larons font tort, à la vérité, à beaucoup de gens de bien, dont ces Compagnies font composées, mais ils disent peut-être vrai pour quelques-uns d'entr'eux qui y connivent. Le mal déplorable en tout cela, & qui prend de fortes racines en l'Etat, est que depuis qu'on a reconnu qu'il n'y avoit gens au monde, selon l'homme, plus heureux que les Financiers; comme chacun a une secrette inclination à s'exempter comme eux de la peine & de la douleur, & que ce poison se glisse insensiblement dans les ames, l'honneur & la vertu se font étrangement avilis en la France. Les peres ne font plus étudier leurs enfans. Et pourquoi le feroient-ils puisque la science n'est qu'à charge, & qu'elle est mere de pauvreté ? Un ancien disoit qu'il falloit apprendre aux enfans, pendant qu'ils étoient jeunes, ce qu'on vouloit qu'ils fissent étant hommes faits. Que leur peut-on enseigner de plus utile, & qu'ils doivent plutôt faire en âge mûr que ce qui sert à soutenir cette vie, & soulager les incommodités d'une foible vieillesse ? Le plus sûr métier qui soit donc aujourd'hui, & qui va être le plus en crédit, c'est de manier l'argent du Roi, le savoir bien compter & jetter, & entendre si bien l'Arithmétique qu'on l'ajoute toujours au sien. C'est-là où gît la vraie regle de trois, c'est le secret des secrets : c'est-là qu'on trouve la pierre philosophale & la transmutation des métaux : c'est par ce moïen qu'on peut changer en peu de temps & sans grande merveille le petit ruisseau des Gobelins en fleuve de pactole (1). Mais vous, Sire, à qui Dieu a mis le sceptre en

(1) M. Despreaux a dit pareillement en vers (Satyre VIII).

Veux-tu voir tous les Grands à ta porte courir ?

Dit un pere à son fils, dont le poil va fleurir ;

Prends-moi le bon parti. Laisse-là tous les livres.

Cent francs au denier cinq combien font ils ? vingt livres.

C'est bien dit. Va, tu fais tout ce qu'il faut savoir.

Que de biens, que d'honneurs sur toi s'en vont pleuvoir !

Exerce toi, mon fils, dans ces hautes sciences ;

Prends, au lieu d'un Platon, le Guidon des Finances, &c.

1597.
Réduction d'Amiens.

la main pour le manier à sa gloire, reconnoissez tous ces desordres. Rendez premierement les élections à l'Eglise ; repurgez cette maison de Dieu, en tant qu'il vous sera possible, & de la simonie & des autres abus qui y sont entrés. Ne souffrez plus d'ailleurs ces Marchands d'honneurs & d'Offices de Judicature ; mais que la seule vertu & le mérite en soit le prix, selon le choix & la distinction qu'en saura faire votre prudence. Supprimez par mort cette multitude effrénée qui n'est qu'à la ruine de votre pauvre peuple : réduisez-les tous au nombre ancien avec gages honnêtes, sans qu'ils puissent rien exiger davantage de vos Sujets. Remplissez ces deux Ordres de gens de bien & craignant Dieu, afin que votre conscience en soit déchargée là haut devant sa face, & Votre Majesté fidellement & dignement servie ici-bas. Mais sur-tout, Sire, n'oubliez de pourvoir à vos Finances, le désordre desquelles, c'est la voix commune des gens de bien, a causé une partie de nos malheurs, & a fait que n'y aïant rien en France d'estimé & adoré comme l'argent, tout s'est rendu vénal pour en avoir. Retranchez donc ce nombre superflu de Financiers, & faites que dorénavant vos deniers vous soient apportés des Provinces, (elles en ont fait l'offre autrefois en pleine assemblée d'Etats) & mis en vos coffres du Louvre, pour être maniés par gens fideles, non remplis d'avarice, comme ils ont été par le passé. Un des Césars se plaignoit que son fisc étoit vuide d'argent : on lui répondit en un mot, qu'il y en auroit en abondance, s'il étoit seulement compagnon de deux de ses Affranchis. On peut dire de même à Votre Majesté, que si elle étoit reçue en la société de deux Tréforiers de l'épargne, ou de leurs Commis, ses coffres seroient pleins d'écus. Sire, reconnoissez vos forces ; vous surpassez tous vos Voisins en toutes sortes de bénédictions ; tout l'or des Indes n'est pas comparable à celui que vous pouvez tirer par légitimes moiens de votre Roïaume. Vous y avez des minieres inépuisables. Ce sont les bleds, les vins, les toiles, le pastel & les salines, dont vos Voisins ne se peuvent passer, étant contraints de vous venir faire hommage de leur or, & vous l'apporter en contr'échange. Il n'y a faute que d'ordre & de ménage, & en cela vos Ennemis vous surmontent. La juste administration des Finances est un grand secret en un Etat ; c'est un vieux mot & commun, qu'elles en sont les nerfs & les muscles ; si les nerfs sont trop lâches ou trop tendus, le corps ne se peut bien porter, il est sujet à de grandes convulsions. Mais en un Etat comme celui de la France, qui a besoin d'un grand entretenement chez soi, & de grande dépense encore pour se conserver contre des forces étrangeres, l'argent ne tient pas seulement lieu de nerfs, mais à maniere de dire de l'ame de tout le corps. On ne vit point, on n'agit point, on ne peut rien sans ce métal : c'est ce qui fait mouvoir tous les ressorts de la roue. Voilà pourquoi il doit être bien emploïé & bien distribué par tout, & quand il le seroit, les biens certes qui en viendroient sont infinis. Car outre ce que j'ai dit, vous auriez, Sire, dequoi récompenser votre Noblesse, qui s'est en ces dernieres guerres tant engagée pour votre service, qu'elle n'en peut plus. Vous pourriez d'ailleurs, à l'exemple des Rois vos Prédécesseurs, entretenir des armées & en paix & en guerre, toujours prêtes à marcher à votre premier commandement. Et cela feroit que la profession des armes seroit honorée plus que jamais entre nous, & que les peres la feroient suivre à leurs enfans : au lieu que nous voïons qu'elle a beaucoup perdu de son los & de son prix, d'autant qu'elle est notoirement ruineuse à ceux qui la pratiquent. Mais le haut point que vous gagneriez, c'est la bienveillance de votre peuple, qui pourroit esperer par le bon maniement de vos Finances, quelque relâche à ses maux. Souvenez-vous, Sire, que les deniers qui se levent sur vos pauvres Sujets, sont trempés dans leurs larmes ; que ces larmes ne seront point essuïées que lorsque le Soleil de votre bonté & de votre miséricorde luira sur eux. Et quand Votre Majesté se résoudra à ce saint & pitoïable office, qui est de les soulager des grands impôts qui les accablent, elle r'aquerra aussi-tôt leur amour qu'on s'est efforcé de lui ravir par tant de mauvaises inventions. Et c'est de vérité la meilleure garnison que le Prince puisse avoir dans ses Villes, que le cœur & l'amour de ses Sujets. Ce sont là les vraies chaînes de diamant, dont l'étrainte est bien plus ferme & plus assurée pour les justes Monarques, que celles de la force & de la crainte, qu'il faut laisser à un Denis le vieux & à ses semblables, pour quelque saison de l'année. Mais quant aux Princes légitimes, c'est vraiement à eux de se faire aimer de leurs peuples, les traiter comme les enfans le sont d'un bon Pere, & au peuple aussi de réverer & presque adorer son Prince, comme l'image du Dieu vivant.

Voilà donc les fruits que produiront l'ordre & la réformation en toutes les parties de votre Etat. Mais si vous même, Sire, ne l'avancez, n'esperez pas que ceux qui en leurs Charges &

fonctions

fonctions, profitent du défordre public, fe rendent inftrumens d'une fi bonne œuvre. Car bien qu'en apparence ils faffent montre d'une auffi louable intention que nuls autres ; fi eft-ce qu'en leurs ames, ils ne reconnoiffent point d'autre fiecle d'or que celui où ils font leurs affaires, & feroient bien marris d'en voir un autre. Et néanmoins il femble qu'ils devroient juger, que quand ils verroient avant leur mort toutes chofes bien réglées, ce feroit de la fûreté pour leurs héritiers, afin de poffé der en paix les biens qu'ils leur laifferont. Au lieu que le défordre continuant, il faut qu'ils s'affurent, que comme ils ont dévoré & englouti les autres, il s'en trouvera, qui par la loi de la pareille, traiteront de même leurs enfans ou héritiers à leur tour. Mais ils font fi miférables la plupart, qu'ils n'entrent point en ces confidérations, ou s'ils y entrent, leurs intérêts privés les offufquent, ils fe jouent du préfent, & fe moquent de l'avenir. J'avoue, Sire, qu'il y a de grands perfonnages près de vous, de toutes qualités, qui ont à la vérité un grand zele à la reftauration de la France. Le déluge du mal n'eft pas fi univerfel, que quelques-uns n'en foient échappés, qui favent fort bien que c'eft l'ordre, l'harmonie, le tempérament qui confervent toutes chofes ; que les corps fupérieurs & inférieurs ne fubfiftent que par là ; qu'autrement tout retourneroit en fon ancien cahos, ou fe réfoudroit en fa premiere matiere. Mais certes, il faut confeffer que nous avons pris une telle habitude à la confufion, que fi vous-même n'entreprenez de l'ôter, fi vous ne vous rendez le premier moteur de tout l'ouvrage ; fi vous n'êtes la regle droite, le patron, le moule de vos fujets, il y a fort peu d'efpérance de voir en nos jours le rétabliffement du Roïaume. Las ! ce n'eft pas affez que pour arrêter fa chûte, la Providence divine fe foit vifiblement fervie de vos mains. Il eft befoin d'en affermir les colomnes ; n'y aïant rien fi certain que les mêmes caufes, qui l'avoient mené à fa ruine, continuans, il ne peut long-temps durer. Aïez donc la gloire, Sire, d'en être le fecond Fondateur, d'y replanter la vertu, les bonnes mœurs, le bon ordre, & qu'on voïe de votre regne refleurir les beaux lys de la France. Toutes les prophéties anciennes vous y appellent ; mais bien plus ce grand Dieu qui a tant fait de miracles en votre perfonne, que tous les peuples de la terre en demeurent étonnés. Lui, Sire, qui vous a fait paffer la mer rouge en dépit de tous les Conjurés de votre Maifon, pour remettre Votre Majefté en l'héritage de fes Peres. Car qu'eft-ce autre chofe, le paffage de

1597.

RE DUCTION
D'AMIENS.

la riviere de Loire (dont le souvenir vous doit être perpétuel) &
l'assomption de Votre Majesté un an après à son trône Roïal ,
que le passage de la Mer Rouge & l'établissement des Israélites
en la Palestine ? Et après tant de graces, tant de bénédictions
répandues sur vous aux yeux de tout le monde , vous n'auriez
pas sans cesse l'avancement de la gloire de Dieu dedans le
cœur ? Ha ! Sire, vous avez toujours montré trop de piété en
vos actions ; & tous ceux qui ont l'honneur d'approcher Votre
Majesté , sont témoins qu'elle n'aime rien tant que le bien ,
qu'elle ne hait rien tant que le mal ; mais que ses saintes intentions ont été traversées par les guerres continuelles qu'elle a
eues sur les bras. On rapporte que le grand Roi de Perse avoit
un de ses Officiers qui lui venoit dire tous les matins entrant
en sa chambre. Leve-toi , Sire, & pourvois aux affaires auxquelles ton Dieu t'a ordonné. Mais à l'endroit d'un sage Prince &
instruit en la connoissance du vrai Dieu : c'est la raison qui lui
est inspirée d'enhaut, qui lui sonne cela même aux oreilles , &
lui recorde incessamment qu'il est le Ministre de Dieu sur la
terre pour le salut des hommes. Or, ce n'est pas tout, Sire, je
le dis encore , d'avoir élevé tant de trophées sur vos ennemis,
& tant de fois enrichi vos triomphes de leurs dépouilles , si vous
n'assurez vos victoires par les arts de la paix. Plutarque écrit de
quelques Rois anciens qu'ils se faisoient peindre, tenant le tonnerre , ou la foudre , ou le trident en la main , & d'autres encore qui affectoient des titres & éloges superbes , & se faisoient
nommer Forceurs de Villes , Foudroïans , Aigles , Victorieux,
comme dédaignant toute autre louange que celle qui vient de
la force & de la valeur. C'est tout au contraire des bons Princes , qui aiment bien mieux l'honneur qui procede de justice,
de bonté & de vertu , & recherchent bien plus les noms plausi-
bles & agréables de Pasteurs, & Peres de leurs Peuples, que ces
autres enflés & odieux à tout le monde. Aussi les Sages du passé
ne disent point que les Princes & Rois aient reçu en dépôt de
Jupiter des machines d'artillerie pour ruiner les Villes , mais
bien les polices & les saintes loix. Et c'est la raison pourquoi ils
appellent le familier de Jupiter, celui des Rois qui étoit le plus
juste, non pas le plus grand conquérant. Mais certes , quand
il advient , par une grace spéciale de Dieu , que les vertus mili-
taires & politiques se rencontrent en un seul Prince, rare exemple de tous les siecles ; alors peut-on bien dire , qu'il ne se voit
rien de si accompli sur la terre , & que c'est une idée & un

exemplaire vraiment de toute perfection. Heureux les Peuples
& plus qu'heureux qui ont à vivre fous telles dominations! Faites, Sire, que ces deux vertus fe retrouvent en vous. Acquerez
ces deux titres glorieux que le grand Alexandre a tant eftimés,
& qu'il a tâché de mériter en fa vie, d'être bon Roi & grand
Guerrier tout enfemble. Ne vous contentez pas d'avoir tranché
avec votre épée les nœuds de nos divifions ; mais encore, par le
moïen de votre prudence, faites-nous fortir du labyrinte de nos
erreurs. Ainfi le Peuple François bénira votre regne, fera tous
les jours fes offrandes pour vous, plaindra ceux qui font morts,
de n'avoir vécu fous un fi bon Roi, & vu Votre Majefté paifible & triomphante affife au trône de Saint Louis. Je prie Dieu
de tout mon cœur qu'il nous faffe à tous la grace d'appaifer tellement fon courroux, que nous puiffions voir cet heureux temps,
& dire à l'avenir, que la reprife d'Amiens a été le commencement de nos joies, la fin de nos miferes, & le terme des guerres fatales de la France.

SUR LA REPRISE D'AMIENS (1).

I.

Je ne fais qui des deux eft le plus admirable
D'avoir pris ou repris un Amiens fi fort ;
Mais je fais qui des deux eft le plus honorable,
De l'avoir pris par fraude, ou repris par effort.

II.

On chante en mille façons
Une fi belle entreprife,
Mais de toutes ces chanfons
Le bon eft en la reprife.

III.

Hernantel fut heureux en fi belle entreprife,
De furprendre Amiens, fans force en un inftant ;
Plus heureux d'être mort, ains qu'elle fut reprife,
Pour ne mourir après de honte en la quittant.

(1) La Ville d'Amiens, après avoir été prife par induftrie, fans frais, & dans l'ef-pace de deux heures, fut réunie à la Cou-ronne par Henri IV, qui la reprit par force, à la vûe d'une armée confidérable, après fix mois de fiége qui coûterent, dit-on, fix millions à la France.

M ESLONS les exploits des gens de longue robe, avec ceux des guerriers.

ARREST

DE LA COUR DE PARLEMENT,

De Reglement ſur les Evocations en la Chambre de l'Edit.

EXTRAIT DES REGISTRES DU PARLEMENT.

SUR la remontrance faite à la Cour par le Procureur général du Roi, que pluſieurs abuſans du privilege octroïé à ceux de la Religion prétendue réformée pour l'évocation de leurs cauſes en cette Chambre, au lieu de la requérir avant la conteſtation, non-ſeulement ils procedent volontairement aux Parlemens, mais y pourſuivent ; & quand par diverſes vacations l'on a travaillé à la viſitation des procès, voire qu'ils ſont aux opinions, pour en arrêter & empêcher le jugement, demandent l'évocation en ladite Chambre ; même aucuns, qui ne ſont de la qualité, & font le ſemblable pour les appellations verbales, attendans qu'elles ſoient appellées au tour des rôles ou auparavant, ſont long-temps, dont advient trouble en l'ordre de la Juſtice, contre la dignité des Parlemens, au dommage & préjudice des parties remiſes à grande longueur & frais. Suppliant, ledit Procureur général, la Cour d'y pourvoir, à ce faiſant jouir ceux de ladite Religion du privilege, la dignité des Parlemens ſoit conſervée au ſoulagement des Sujets du Roi, vu les Edits. La matiere miſe en délibération.

Ladite Cour, en la Chambre de l'Edit, a ordonné & ordonne que ceux de la Religion prétendue Réformée qui voudront évoquer en icelle Chambre leurs procès & différends, ſeront tenus faire apparoir de leur qualité par atteſtation d'un Miniſtre, ſinon de deux ou trois autres témoins qui l'auront certifié devant le Juge ordinaire, en la préſence du Subſtitut du Procureur Général du Roi, qui aura l'œil qu'il n'y ſoit fait fraude.

A ordonné & ordonne que ceux qui voudront évoquer en ladite Chambre les procès par écrit, qui seront conclus trois mois après la publication de ce présent Arrêt, lequel temps ladite Cour a donné & donne aux Parties pour en être averties, seront tenus le déclarer par l'appointement de conclusion, ou auparavant, pour être ladite conclusion passée, & le procès reçu pour juger en la Chambre de l'Edit. Autrement seront lesdits procès conclus, après lesdits trois mois de la publication de l'Arrêt, jugés à l'ordinaire.

Pour le regard des instances en exécution d'Arrêts, criées, ou autres incidens, s'ils veulent évoquer après lesdits trois mois de la publication du présent Arrêt, seront tenus le déclarer par l'appointement en droit ou auparavant icelui pour être l'instance ou incident reglé à écrire, produite en ladite Chambre de l'Edit, & à faute d'avoir ce fait, lors dudit appointement, ou auparavant, seront lesdites instances ou incidens jugés à l'ordinaire comme dessus.

Et néanmoins, si auxdits procès par écrit conclus & instances reglées & produites hors ladite Chambre, y a intervention sans fraude d'aucun de ladite qualité, ou soit partie appellée en sommation, garantie ou autrement, ait intérêt au procès ou instance, sera reçu en conséquence du droit ou intérêt qu'il aura à demander l'évocation desdits procès & instances, pourvu qu'il l'ait déclaré par l'appointement de contestation sur lesdites interventions & sommations, ou auparavant icelui appointement.

Quant aux appellations verbales, requêtes civiles & autres matieres qui se traitent à l'audience, sera l'évocation demandée un mois après la publication des rôles, ou les deux avenir obtenus ès causes poursuivies par placets.

En tant que touche les procès par écrit, qui sont & qui feront jusques auxdits trois mois prochains conclus & instances contestées, feront ceux qui voudront évoquer, tenus de déclarer à la premiere pourfuite & signification qu'ils feront faire, ou leur sera faite ; autrement feront jugés en la Chambre ou feront distribués.

Et si bon femble aux Parties de ladite qualité, en faifant bailler les assignations, en vertu de Lettres Roïaux ou autres Commissions, feront icelles bailler en ladite Cour & Chambre de l'Edit (en laquélle néanmoins la rétention sera préalable, avant faire aucune autre pourfuite valable) & feront les

1597.

ARREST DU
PARLEMENT.

Arrêts de rétention donnés par défaut, ou congé signifié au Procureur de la Partie adverse; autrement si aucuns congés ou défaut étoient donnés, ne seront délivrés; comme pareillement lesdits congés & défauts ne seront délivrés, sinon ès causes appellées autour des rôles, ou après deux avenir expédiés, ainsi qu'il est accoutumé bien & dûment obtenus & signifiés.

Surseoiront toutes poursuites & jugemens des procès, instances & différends ès Cours de Palement, depuis l'évocation requise en ladite Chambre, jusqu'à ce qu'il ait été fait droit sur la rétention; autrement si aucunes procédures étoient faites, soit que l'évoquant fût débouté de la rétention, seront préalablement icelles procédures cassées & annullées avec dépens, dommages & intérêts, s'il y échet; & néanmoins, où les évocans seront déboutés de la rétention, sera fait droit sur les dommages & intérêts de la retardation, en cas de fraude aux Edits.

Et à ce que le présent Arrêt soit notoire, tant aux Procureurs pour en avertir leurs Parties qui ont procès, que tous autres; ordonne qu'il sera lu à l'audience, imprimé & envoié aux Bailliages, Sénéchauffées & autres Sieges, pour à la diligence des Substituts du Procureur Général du Roi, y être publié, dont seront tenus certifier la Cour. Fait en Parlement & publié en jugement en la Chambre de l'Edit, le quatrième jour de Septembre 1597.

Signé, VOISIN.

Collationné à l'original, par moi Conseiller, Sécretaire du Roi & de ses Finances.

ARREST

DE LA CHAMBRE DES VACATIONS
DE LA COUR DE PARLEMENT,

Contre les Receleurs des Rebelles & Adhérans à la Faction d'Espagne & du Duc de Mercœur.

EXTRAIT DES REGISTRES DE PARLEMENT.

SUR ce que le Procureur Général du Roi a remontré à la Chambre des Vacations, que plusieurs Habitans des Païs de Touraine, Anjou, le Maine, Vendômois & autres lieux circonvoisins du Païs de Bretagne receloient & retiroient en leurs maisons les rebelles & adhérans à la faction d'Espagne & du Duc de Mercœur : à cette cause, requis défenses être faites à toutes personnes, de quelque qualité qu'elles soient, de retirer recevoir, ni receler lesdits Rebelles & Adhérans auxdites factions, sur peine d'être déclarés criminels de leze-Majesté & de rasement de leurs Maisons, & commissions pour informer contre ceux qui y contreviendront. Ladite Chambre a fait & fait inhibitions & défenses à toutes personnes, de quelque qualité & condition qu'elles soient, de retirer, recevoir, ni receller en leurs maisons lesdits Rebelles & Adhérans à la faction d'Espagne & du Duc de Mercœur ; ains leur enjoint se saisir de leurs personnes & les mettre en main de Justice pour en être fait punition exemplaire ; sur peine d'être déclarés criminels de leze-Majesté & de rasement de leurs maisons. Enjoint aux Gouneurs des Provinces tenir la main à l'exécution du présent Arrêt. Ordonne ladite Chambre, commission d'icelle lui être délivrée, pour informer contre iceux qui ont retiré & recelé en leurs maisons lesdits Rebelles, & qui contreviendront ci-après audit présent Arrêt, pour les informations faites, apportées par devers ladite Chambre ou le Parlement séant, & communiquées audit Procureur général, ordonner ce que de raison. Et sera le présent Arrêt publié esdits Sieges de Touraine, Anjou, le Maine, Vendômois, Poitou, Blois & Orléans, & autres où besoin sera, à ce qu'aucuns n'en prétendent cause d'ignorance, & exécuté par vertu de l'extrait d'icelui. Fait en ladite Chambre des Vacations, le trentieme jour de Septembre 1597.

Signé, VOISIN.

ARTICLES

POUR LA SUSPENSION D'ARMES,

*Accordés par Messieurs les Députés du Roi, avec ceux du Duc
de Mercœur* (1).

I.

LA suspension générale d'armes par tout le Roïaume est ac-
accordée entre Messieurs les Députés du Roi & de Monsieur le
Duc de Mercœur, aux mêmes conditions portées par les articles de la suspension générale & des treves précédentes & autres qui s'ensuivent.

II.

Icelle suspension, à commencer du quinzieme du présent
mois d'Octobre, & à finir le premier jour de Janvier prochaine-
ment venant; & néanmoins après ledit temps expiré, les armes
ne se pourront reprendre ni se commettre aucun acte d'hostilité, qu'après le quinzieme jour dudit mois de Janvier, sans
qu'il soit besoin d'en être fait autre signification de part ou
d'autre.

III.

Pendant laquelle suspension, tous actes d'hostilité cesseront
de toutes parts, par tout le Roïaume, & ne se recevront d'aucune part aucunes déditions de places, révoltes, changement
de reconnoissance & condition que les Chefs desdites Places
ou autres y voudroient commettre.

(1) Philippe-Emmanuel de Lorraine,
Duc de Mercœur. Depuis l'absolution que
le Roi avoit reçue à Rome, & l'arrivée
d'Alexandre de Medicis, appellé le Cardinal
de Florence, Légat en France, tous les
Chefs de la Ligue avoient mis bas les armes; & s'étoient soumis à Henri IV, excepté le Duc de Mercœur; ce que ce Prince fit enfin, comme les autres. Voïez l'Hist,
de M. de Thou, au commencement du
Livre 117, & le Livre 118.

IV.

IV.

Et pour le regard de la Mer, s'il s'y fait aucun acte d'hostilité pendant le temps de ladite suspension entre les Regnicoles, en sera fait réparation de chacune part par les Chefs, qui en seront requis.

V.

Ledit sieur de Mercœur fera inviolablement observer, garder & entretenir icelle suspension par les Espagnols, étant en Bretagne, & garantira tous les actes d'hostilité qui se pourroient commettre pendant & au préjudice d'icelle suspension.

VI.

Toutes prises de bestiaux, tant de labour qu'autres, ci-devant faites pour quelque cause que ce soit, sont désavouées, & les pourront ceux à qui ils appartiennent, recouvrer, s'ils sont en essence, sinon la juste valeur d'iceux.

VII.

Ne se leveront pendant ledit temps de la présente suspension, aucuns restes, de quelque nature de deniers que ce soit pour les années quatre-vingt-treize, quatorze & quinze.

VIII.

Toutes main-levées des biens saisis en la présente année, tant sur les Ecclésiastiques, Nobles, qu'autres, sont faites & accordées pour toute ladite année, avec tout effet & profit desdites main-levées, & sans aucuns frais que d'un sol pour livre.

IX.

Et d'autant qu'il a été extorqué plusieurs promesses & obligations des Propriétaires, Fermiers ou Colons desdits biens saisis, sous cause supposée de prêt ou autre prétexte, pour par vertu d'icelle se faire indirectement païer des fermes ou revenus desdits biens, lesdites obligations & promesses passées pour ledit effet, & en conséquence desdites saisies, sous quelque cause ou prétexte, & entre quelques personnes que ce soit, demeurent nulles, de nul effet & valeur, sans que ceux, au

profit defquels elles font conçues, s'en puiffent aider ni prévaloir.

X.

Et afin que le pauvre Peuple, lequel a été & eft encore op-
preffé par les troupes qui ont tenu & tiennent la campagne,
en puiffe durant cette fufpenfion d'armes, être aucunement
foulagé, a été accordé, que de part & d'autre toutes lefdites
troupes feront licenciées ou retirées de chacune part ès Villes
clofes ou Fauxbourgs d'icelles, par elles-détenus, pour y demeurer en Garnifon, fans qu'elles puiffent, en aucune maniere, ou fous quelque prétexte que ce foit, vaguer par le
Païs & tenir les Champs : à quoi, de la part du Roi, Meffieurs
les Gouverneurs & Lieutenans Généraux donneront ordre dans
la fin de ce mois, fi plutôt ne fe peut ; comme auffi fera de
fa part ledit fieur Duc de Mercœur, & ceux qui ont charge
fous fon autorité : & à faute de ce faire, & ledit temps paffé,
dans lequel lefdites troupes doivent être retirées de la campagne, après avoir fommé & averti ceux qui en ont la charge,
leur fera librement, & fans infraction de la préfente fufpenfion,
couru fus de part & d'autre ; & ce, tant en la Province de
Bretagne, qu'en celle des Généralités de Touraine & Poitou.

X I.

Eft auffi accordé que durant le temps de la préfente fufpenfion, n'entreront en la Province de Bretagne aucuns Etrangers de part & d'autre, pour faire la guerre ni aucun acte
d'hoftilité, comme auffi auxdits Etrangers y étant ne fera fait
aucun acte d'hoftilité.

XII.

Pour contenir les Garnifons établies ès Villes & Places qui
reconnoiffent ledit fieur Duc de Mercœur en la Généralité de
Touraine, eft accordé que pour leur folde, les états contenant
les Paroiffes qui ont ci-devant été donnés aux Receveurs dudit fieur Duc de Mercœur pour le quartier de Janvier, Fevrier & Mars dernier, feront délivrés à fefdits Receveurs, fur
les mêmes Paroiffes, & en la même forme & maniere que devant, & pour les fommes qu'elles doivent porter, de toutes
natures de deniers & crues, efquelles elles font impofées, fe-

lon les départemens qui en ont été faits par les Elus, en vertu des Commiſſions du Roi en l'année préſente, ſans pouvoir être par eux levé davantage que le contenu eſdits états. Et au cas que les Receveurs dudit ſieur Duc de Mercœur aient fait, ou faſſent ci-après, recette plus grande ſur les Paroiſſes contenues auxdits états, que de ce qui étoit & ſera porté & contenu en iceux, & ce qu'ils pourroient avoir reçu d'autres Paroiſſes qui n'y ont été ou feront compriſes, ſera par eux remplacé, ou déduit & précompté, comme à ſemblable les deniers des Décimes & ſel, ſi aucuns en ont été pris & reçus de la part dudit ſieur Duc de Mercœur. Et pour recevoir leſdits états, & faire les vérifications requiſes, les Receveurs de part & d'autre ſe trouveront en cette Ville d'Angers dans ſix jours après la publication de la préſente ſuſpenſion.

XIII.

Que les Habitans des Paroiſſes non compriſes eſdits états, qui ſont de préſent détenus priſonniers à Rochefort, Craon, Provancé ou ailleurs, feront élargis incontinent & mis en liberté, ſans païer aucune choſe pour principal & frais; & le ſemblable ſera auſſi fait pour ceux des Paroiſſes contenues & compriſes eſdits états & empriſonnés & retenus à la diligence & requête des Receveurs & Officiers du Roi.

XIV.

Ne ſe fera aucune levée des reſtes, des tailles, taillons, crues, ſallages, ni autres deniers de quelque nature & pour quelque cauſe que ce ſoit, ſur les Paroiſſes contenues eſdits états; & néanmoins pourront les Receveurs commis par lédit ſieur Duc de Mercœur, ſe faire païer des reſtes à eux dûs de l'état qui leur a été donné pour l'année 1596. Et feront les priſonniers, détenus pour leſdits reſtes, promptement élargis, & les cautions données pour cette occaſion déchargées, & les promeſſes de ſe repréſenter ou païer, nulles & de nul effet.

X V.

Les Receveurs des Décimes & Greniers à ſel, établis en Anjou, exerceront leurs Charges & Offices en toute liberté, & à cette fin pourront faire pourſuites & contraintes pour ce qui leur eſt & ſera dû, depuis l'année quatre-vingt-ſeize deſdits Décimes & sel, contre les debiteurs, sans que les Seigneurs chargés d'en faire les exploits & saisies, y puissent être empêchés, ni que les Receveurs dudit sieur Duc de Mercœur y puissent rien prendre ni lever, nonobstant les jugemens donnés sous l'autorité dudit sieur Duc de Mercœur, contre aucun d'eux, d'effet contraire.

XVI.

Pour procéder & convenir du reglement & modération requise en la levée des subsides de la riviere de Loire, & pour regler les contraventions qui y ont été faites, les Députés d'une & d'autre part pour cet effet, s'assembleront en cette Ville d'Angers, ou aux Ponts de Cée, huit jours après la publication de la présente suspension.

XVII.

Les Officiers, Commis & Fermiers, ci-devant établis & ordonnés à Ingrande, y pourront résider & exercer leurs Charges en toute sûreté & sous la protection commune.

XVIII.

Toutes fortifications & corvées cesseront, sans qu'aucun puisse y être contraint, & ceux qui pour défaut d'y avoir obéi seroient emprisonnés ou exécutés, seront eux & leurs biens délivrés.

XIX.

Semblablement l'exécution de tous jugemens & sentences données par défauts & contumaces, d'une part contre l'autre, surseoira pendant le temps de la présente suspension.

XX.

Les Trésoriers, Receveurs & Contrôleurs, leurs Clercs & Commis, Prevôts des Maréchaux, Archers, Huissiers & Sergens, pourront aller & venir librement par-tout, pour le fait & exercice de leurs Charges, sans passeport & sans pouvoir être pris ni arrêtés; mais pour le regard des Villes & Places ennemies, seront tenus pour l'entrée d'icelles d'obtenir permission & passeport de ceux qui en auront le pouvoir : & si aucuns desdits Huissiers, Archers ou Sergens étoient détenus par les gens de guerre de part ou d'autre, feront mis en liberté, fans aucune rançon ni perte.

Fait & arrêté par lefdits fieurs Députés à Angers, le dix-feptieme jour d'Octobre 1597. Le tout fous le bon plaifir du Roi.

Sont Signés, SCHOMBERG. LAROCHEPOT, & autres Députés.

Lu & publié à fon de trompe, ban & cri public, par les Carrefours ordinaires de cette Ville d'Angers, par moi Jacques Ernault, Sergent proclamateur Roïal & général, audit lieu, affifté de René le Breton, Trompette du Roi, & d'un autre Trompette, le dix-feptieme jour d'Octobre 1597.

Signé, ERNAULT

PLAIDOYER,

Sur lequel a été donné, contre les Jésuites, l'Arrêt du 16 Octobre 1597, inséré à la fin d'icelui.

Maison (1), pour le Procureur général du Roi, a dit :

Nous prenons en bonne part, comme nous estimons que la Cour fera, les remontrances des Prevôt des Marchands & Échevins de Lyon, présentement lues par le Procureur ; même nous les louons de ce qu'ils disent tout au commencement : que depuis l'heureuse réduction de leur Ville à l'obéissance naturelle du Roi, ils n'ont jamais tant soit peu forligné du devoir & bon zele de fideles Sujets, & les exhortons à la continuation de cette obéissance, voire à l'augmentation, si ce que nous croïons dès cette heure infini, peut recevoir encore quelque accroissement. Car quoiqu'on pense avoir fait tout ce qui se peut, toutesfois nous nous devons exciter à plus, & à surmonter, par un effort extrême, l'extrêmité même de notre puissance : puisque les bienfaits de Sa Majesté, d'ailleurs si immenses, qu'ils sembloient élevés en leur plus haut dégré, ont été néanmoins infiniment accrus par sa constance & prouesse indicibles, suivies d'un suc-

(1) C'est Simon Marion, Avocat au Parlement de Paris, & ensuite Avocat du Roi, ou Avocat Général au même Parlement. Il fut reçu en cette charge en 1597, par la résignation de M. Antoine Seguier, qui fut fait Président. Il en est parlé avec de grands éloges dans les opuscules de Loisel, pag. 580, dans les Recherches de Pasquier, dans les Poésies Latines de Pinon, &c. On lit dans le *Perroniana*, que M. Marion *avoit cette partie, qu'en discourant, il persuadoit fort ; & qu'il n'émouvoit pas moins, lorsqu'il mettoit par écrit.* Il avoit fait de grands progrès dans les belles Lettres, & passoit pour si éloquent, que Mornac, (dans ses *Feriæ forenses*) n'a pas fait difficulté de l'appeller un autre Ciceron. Après avoir plaidé, comme Avocat des parties avec beaucoup de succès & de réputation, il fut reçu Conseiller à la Cour, puis Président en la seconde Chambre des Enquêtes, & en dernier lieu Avocat Général. Il étoit Baron de Druy, dans le Nivernois, & né à Nevers. Il mourut à Paris le 14 de Mai 1605, & fut inhumé à Saint Merri, où on lit son Epitaphe. Il avoit épousé Catherine Pinon. On a de lui, *Plaidoïers & Avis, in-4°.* Voïez sur lui & sur sa famille le Supplément de Moreri de 1735. M. Marion a toujours été très zelé Catholique, quoique ses ennemis aient dit le contraire. Claude de l'Estoille fait son éloge, en rapportant sa mort dans son journal. Le Plaidoïer qui est rapporté ici, se trouve aussi dans l'Histoire de l'Université de Paris, par du Boulay, T. VI, p. 899, & suiv. avec les pieces qui ont donné lieu audit Plaidoïer, & l'Arrêt du Parlement du jeudi 16 Octobre 1597. M. de Thou donne une notice de ce Plaidoïer, dans son Histoire, Livre 119.

cès surpassant l'espérance de se pouvoir faire, & presque la
créance d'avoir été fait, en la reprise de la Ville d'Amiens. C'est
pourquoi, outre le devoir général de Sujets à leur Roi légitime, & qu'en particulier, du salut du nôtre dépend totalement
par les moïens humains le salut de nous tous, on doit encore
par un commun & naturel instinct, qui ravit tout le monde à la
révérence des choses admirables, un soin particulier, exact &
curieux à la conservation d'une si éminente & suprême vertu.
Et toutesfois c'est chose assurée, que ceux qui s'arrogent le nom
des Jésuites, en ont dès long-temps conjuré la ruine, & se sont
dévoués à cette immanité. En quoi se remarque un exemple notable des vrais présages, que Dieu (quand il lui plaît) inspire à
ceux qu'il aime. Car en la cause célébrement plaidée trente ans
sont, & plus, sur la réception, non pas de leur Ordre (qui n'a
jamais été approuvé en France), mais de leur College au corps
& privileges de l'Université, les plus sages hommes de ce temps-
là, vraiment excellens en la conjecture des affaires du monde,
prévirent dès-lors, que par trait de temps, ils allumeroient le
flambeau de la discorde, au milieu du Roïaume, & en procure-
roient l'entrée à l'Espagnol, qui les nous envoïoit comme ses
Emissaires. Même ceux qui tenoient les Charges que nous exer-
çons, le dirent haut & clair : & requirent par leurs conclusions,
qu'on leur fermât l'entrée, non-seulement de l'Université, mais
de tout cet Etat. Aussi la Cour par son Arrêt ne les reçut pas,
ains appointa la cause simplement au Conseil : ce qui devoit
suspendre leur établissement. Mais (par un malheur grandement
lamentable & funeste à la France) cette prudence moïenne &
imparfaite, qui par bonne intention differoit de leur clorre,
ou leur ouvrir la porte, jusqu'à ce qu'elle y eût plus mûrement
pensé, a dégénéré petit-à-petit en la pire partie, par la legereté & licence du peuple, enclin à nouveautés, & par la conni-
vence des Magistrats, éblouis du lustre de leur hypocrisie : d'où
leur est venue l'audace d'entreprendre ce qui nous a cuidé totalement ruiner ; & pour raison dequoi la Cour, à bon droit, par
son Arrêt du mois de Décembre quatre-vingt-quatorze, les a
relégués en Espagne, d'où ils étoient venus. Ce qu'elle pouvoit
faire, voire sur les seuls mérites de l'ancien procès, ores qu'il
ne fut rien survenu de nouveau, puisque leur réception étoit
encore pendante & indécise sous la puissance de sa Jurisdiction.
Et combien plus s'étant d'abondant trouvés coupables, & de
perturbation du repos de l'Etat, & de corruption des mœurs

de la jeuneſſe, & du conſeil de la mort du feu Roi ; & finalement d'attentat à la vie de Sa Majeſté : dont la conſcience des
principaux d'entr'eux remorſe & agitée leur fit prendre la fuite,
& ainſi éviter la peine ſolemnelle uſitée par les mœurs de nos
Peres en ces impiétés ? Auſſi pour moindres cauſes pluſieurs autres Ordres, voire du tout reçus (ce que celui-ci ne fut jamais
en France) ont ſouvent été, ou exilés de certaines Provinces,
ou du tout abolis. Comme celui des Templiers, ſous le regne
de Philippe le Bel, & de notre temps en Italie, celui des Humiliés. Même un Docteur Eſpagnol ſurnommé Navarrus (1),
en ſon Manuel, réduit en Epitome par un Jéſuite, auſſi Eſpagnol, nommé Alagona (2), dit qu'au mois d'Octobre mille
cinq cent ſoixante-treize, il fut décidé en Auditoire du Cardinal Oſius (3), grand Pénitencier de Sa Sainteté, qu'un Eſpagnol, qui avoit fait vœu de ſe rendre en l'Ordre des Cordeliers
qu'on dit Conventuels, lors reçu en Eſpagne, d'où ce même
Ordre avoit été depuis tollu & ôté, n'étoit aſtreint outre ſon
intention expreſſe, ou taiſible, de rechercher ailleurs en un autre Roïaume, où l'Ordre ſoit encore, un Monaſtere qui le pût
recevoir. Ce que nous récitons plutôt par ces deux livres, que
par autres meilleurs : d'autant qu'ils nous ſervent contre les auteurs mêmes, & de témoignage, que l'Eſpagne offenſée des
mœurs diſſolues de ces Cordeliers, s'en eſt délivrée les faiſant
ſupprimer, & d'autorité, que ſi quelques-uns ſéduits par le
paſſé en ce Roïaume, avoit fait vœu, non encore accompli, de
ſe rendre aux Jéſuites, ils en ſont aujourd'hui ſolus & liberés,
par le moïen de leur banniſſement. Auſſi les Prevôt des Marchands & Echevins de Lyon, célébrant la juſtice de l'Arrêt qui
juge cet exil, remarquent à bon droit par leurs remontrances,
entre les témoignages de leur obéiſſance, qu'en y obtemperant,
ils expulſerent promptement de leur Ville tous les Jéſuites, qui
s'y étoient paravant habitués. Choſe vraiement digne de louange; mais, pour la rendre ſolide & fructueuſe, il faut perſeve-
rer en la même vigueur qu'ils eurent alors. Car il eut été poſſi-

---

(1) Martin d'Aſpilcueta, connu ſous le
nom du Docteur Navarre, parcequ'il étoit
né à Veraſoain, près de Pampelune,
dans le Roïaume de Navarre. Il vivoit dans
le XVIe. Siecle. Il étoit né le 13 Décembre
1493, & mourut à Rome au mois de Juin
1586. Ses Œuvres ſont en ſix volumes in-
fol. Il a paſſé pour un des plus doctes Juriſconſultes de ſon temps.

(2) Pierre Alagona, Sicilien, Recteur de
la Pénitencerie à Rome. Il vivoit dans le
XVIe. Siecle.

(3) C'eſt Staniſlas Hoſius, qui a aſſiſté au
Concile de Trente, & dont les Ouvrages
ont été imprimés à Cologne, en 1584,
in-fol.

ble

ble meilleur de laiſſer les choſes en leur premier état, quoique
très dangereux & plein d'anxiété, qu'il ne feroit de r'ouvrir
maintenant les portes du Roïaume à ces gens irrités ; vu qu'ils
ont ajouté à leurs premiers vœux aſtreints au Roi d'Eſpagne notre Ennemi public, un deſir de vengeance ardent & furieux, de
la honte & opprobre qu'ils publient par-tout avoir reçu de nous.
De ſorte qu'à préſent tout leur ſoin, étude & induſtrie, toutes
leurs ruſes, cautelles & fineſſes (& quelles gens au monde en ont
de plus ſubtiles) Bref tout leur ſouhait, & auquel ils referent
tous leurs artifices, eſt de rentrer en France, pour y faire pis
que par le paſſé. C'eſt pourquoi, ſur les avis reçus de toutes
parts des diverſes pratiques tendantes à cette fin, la Cour prudemment, la matiere miſe en délibération, même aïant confideré des raiſons ſpéciales qu'on ne doit divulguer, a donné,
ſelon nos concluſions, ſon ſecond Arrêt du mois d'Août dernier, portant défenſes à toutes perſonnes, Communautés de
Villes, & autres quelconques, de recevoir en public ou privé,
les Ecoliers ou Prêtres de cette Société, bien qu'ils vouluſſent
dire en avoir abjuré le vœu & profeſſion. Lequel Arrêt aïant
envoïé en tous les Bailliages & Sénéchauſſées pour le publier &
le faire obſerver, l'exécution en a été requiſe en particulier, à
l'égard d'un des Peres de cette Société, ſurnommé Porſan, aujourd'hui retourné & fait Principal du College de Lyon. Sur
quoi le Corps de Ville a fait les remontrances préſentement lues,
contenant en ſomme : que Porſan autrefois a été du nombre
des ſurnommés Jéſuites, toutesfois qu'il n'a jamais fait profeſſion de leur Ordre, & les avoit quittés dès auparavant le premier Arrêt de quatre-ving-quatorze ; ce qui l'a tant diſtrait de
leur intelligence, que tout au contraire il eſt leur haineux, & ſi
fort haï d'eux, qu'ils ont même eſſaïé d'empêcher en tout ce
qu'ils ont pu ſa réception au College de Lyon ; & partant qu'il
ne peut être réputé compris, ni en l'un, ni en l'autre de ces
deux Arrêts. Pour à quoi répondre : c'eſt aſſez qu'on confeſſe,
ce qui d'ailleurs ne ſe pouvoit nier, pour être tout notoire, que
Porſan a été dès ſa jeuneſſe élevé, nourri, enſeigné, inſtitué
entre les Jéſuites, en leur College, comme un de leurs Collegues,
& de leur Société; qu'il en a pris l'habit, la demeure & le nom,
par longues années, en pluſieurs lieux, & dedans & dehors le
Roïaume ; qu'il a lu & prêché à leur mode en cette qualité. Et
qui peut donc douter qu'il ne ſoit vrai Jéſuite, ainſi que nous
tenons les Jéſuites en France ? Car ils ont pratiqué trois eſpeces

Tome VI.   Aaaa

de vœux fubalternes. L'un, comme Ecoliers, en leur donnant la demeure & l'habit de leur Société. L'autre, comme Prêtres, quand ils leur attribuoient le titre de Peres. Le troifieme, fuprême & plus folemnel, lorfqu'ils les admettoient aux plus fecrets myfteres de leur Ordre. Lequel dernier vœu nous n'avons jamais confidéré en eux : parcequ'entre nous, aïant été tenu comme réprouvé, en réprouvant l'Ordre, ils le nous ont toujours couvert & caché. Ce qu'ils faifoient auffi afin de recueillir toutes les fucceffions qui leur pouvoient échoir, & ne s'en dire jamais incapables, finon après qu'ils n'en efperoient plus. S'en étant même trouvé quelques-uns qui ont hérité, & difpofé au profit de leur Ordre, des biens de leurs Parens, comme Ecoliers, ou comme fimples Prêtres, vingt ou trente ans après qu'ils avoient commencé de faire en public & en particulier tous Actes de Jéfuites. Bref, tant que duroit l'attente de quelque fucceffion, ils fe difoient Novices, pour la prendre, voire, jufqu'à l'âge de plus de cinquante ans ; par un abus très nuifible au public, & vraiement digne d'animadverfion, aïant caufé la ruine de plufieurs bonnes & honnêtes familles. Donc entre nous, le furnom de Jéfuites n'a point été reftraint aux Religieux profès par leur vœu folemnel, qui nous étoit caché ; mais l'avons entendu par les qualités feules d'Ecoliers ou Prêtres, qui nous étoient notoires. Et tels font auffi les termes des Arrêts ; tellement que les mots de Vœu & Profeffion, contenus au fecond, doivent être entendus, non de leur plus grand vœu & profeffion plus haute, mais des autres moindres, que l'on ne peut nier que Porfan n'ait faits. Entre lefquels vœux ils apportoient une diftinction telle, que le dernier, comme le plus myftique, étoit auffi le plus irrévocable ; & néanmoins que les deux précédens obligeoient fi avant l'honneur & la confcience, que l'infraction de l'effence d'iceux étoit un crime énorme, attirant fur celui qui en étoit coupable, tant de malédictions, qu'il étoit impoffible qu'il pût profpérer. Tellement qu'une des apparences dela charité qu'ils difoient avoir très fervente & extrême à la féduction des ames dévoïées du train de leur falut, étoit de ramener à leur Congrégation, par tous les artifices qui fe peuvent penfer, ceux qui s'en étoient ainfi divertis, & qu'ils tenoient en voie de ruine & perdition, pour la peine de leur apoftafie. Ce qui fert de réponfe à ce qu'on veut dire, qu'avant même le premier Arrêt, Porfan s'étoit départi d'avec eux, voire avec aigreur & haine mutuelle. Car la grandeur immenfe de

notre juſte crainte ſe doit élever en garde & défiance, par-deſſus les pontilles de telles diſtinctions ; & nous faire croire que
tous les Jéſuites dès leur enfance, ſont ſi eſtreints enſemble &
conjurés à y perſéverer par tant d'exécrations, que quelque
frivuſcule, quelque noiſe & divorce, qui par occaſion puiſſe arriver entr'eux, ils n'oublieront jamais pour tout cela leur premiere accointance, & ſe rallieront toujours à notre ruine. Même
nous en avons un ſi mémorable & monſtrueux exemple, que
s'il ne nous excite à nous en préſerver, nous ſerons eſtimés
totalement ſtupides & dignes du malheur qui pourra ſurvenir.
C'eſt qu'après que l'Ordre méchant & déteſtable des Freres
humiliés, s'eſtimant offenſé du Cardinal, ſurnommé Bonro-
mée (1), eut conſpiré ſa mort, ils ne penſerent pas qu'aucun
de ceux-là, qui ouvertement étoient encore de leur Congrégation, pût exécuter cet horrible complot, pour la défiance
que l'on prenoit d'eux. C'eſt pourquoi ils eurent recours à un
qui s'en étoit paravant départi, que par apparence ils exé-
croient comme un Apoſtat, & qui ſous le prétexte de cette
haine ou vraie, ou ſimulée par un art de Zopyre (2), appro-
choit de ſi près ce bon Cardinal, qu'aïant même entrée avec
ſes Domeſtiques, le ſoir en ſa Chapelle, où il prioit Dieu, il
tira ſur lui, en ce ſaint acte, & en ce lieu ſacré, le coup de
piſtolet qui le penſa tuer. Ce qui ſe connoît par la Bulle du
Pape Pie V, qui abolit tout l'Ordre, pour expier cette abomination. Mais ce Porſan (dit-on) eſt homme de Lettres, fort
propre & utile au rétabliſſement du College de Lyon, aujour-
d'hui deſtitué de toute autre conduite. En quoi nous louons
la charité des Peres envers leurs enfans. Mais quelle herbe
veneneuſe, quel fort poiſon, n'eſt d'ailleurs utile à quelqu'autre choſe ? Toutesfois d'autant que le mal y ſurpaſſe infiniment
le bien, & que le péril des inconvéniens qui en pourroient
venir, eſt mille fois plus grand, que tout le profit qui s'en
pourroit tirer, on en prohibe au Peuple l'uſage & le commerce. Comme en ſemblable, qu'eſt-ce que le fruit que l'on
ſe peut promettre de cet homme, en comparaiſon des maux
prodigieux qu'on doit craindre de lui ? Même quel remors ,

---

(1) C'eſt l'illuſtre Charles Borromée, que
l'Egliſe reconnoît comme Saint, & qui n'a
pas moins été diſtingué par ſa ſcience, ſur-
tout dans les matieres Eccléſiaſtiques.

(1) Ce qui ſert à exciter le feu, *ſuſcita-*
bulum ignis. Zopyron, dit Martinius dans
ſon Dictionnaire, T. II p. 872, *eſt ſuſcita-*
bulum ignis quia eſt ζῶν πύρ, *vivus ignis*
ſervatus.

quel ver, quelle fynderefe rongeroit le cœur des Habitans de Lyon, s'il advenoit que des mains de Porfan, du fein de fa doctrine, du venin de fa langue & des fafcinations que ceux de fa Secte donnent à la jeuneffe foumife à leur verge & aux fantômes qu'ils leur peignent en l'ame, il leur fortît quelque jour un fecond Jean Chaftel? & qu'outre le deuil, le dommage & la ruine, communs en général à toute la France, fi grands & immenfes que nulles larmes, nuls cris, nuls foupirs ne pourroient fuffire à les déplorer; ils euffent encore ce regret extrême en leur particulier, de penfer que les monftres, auteurs du confeil & de l'exécution d'un fait fi déteftable, feroient à jamais dépeints & défignés par toute la Terre, par ces remarques honteufes à leur Ville, d'avoir été le Principal & un Ecolier du College de Lyon? Quelle commodité, quel fruit, quel avantage peuvent-ils propofer, qui puiffent, tant foit peu élever la balance d'un fi grand contrepoids? Même de quelle excufe fe pourroient-ils couvrir, tombant en ce malheur, par une obftination, contre la prudence des avis contraires qu'on leur auroit donnés; & ce qui furpaffe toute autre contumace, contre l'autorité de vos deux Arrêts? Ils font fi fages, fi verfés & inftruits aux affaires du Monde, & fi refpectueux envers la Juftice, qu'ils fe garderont bien d'entrer en ce hafard. Auffi déclarent-ils par leurs remontrances, qu'ils font prêts d'obéir à ce qu'il vous plaira ordonner fur icelles. Paroles dignes du nom de leur Ville & du rang honorable qu'elle a toujours tenu entre les Illuftres de la Chrétienté. Car le plus grand honneur que les plus grandes Villes puiffent acquérir, eft de fe plus foumettre aux plus vives images de la Divinité, les Rois & la Juftice. Auffi voulons-nous avoir de notre part un foin fpécial de la Ville de Lyon, comme de l'un des yeux de ce grand Roïaume, & emploïer ce qu'en particulier nous avons d'induftrie, & ce que nos Offices nous donnent de crédit & d'autorité, pour leur aider à fournir leur College de Principal & Régens Catholiques, fages & vertueux, doctes & ufités à former la jeuneffe enfemblement & aux bonnes mœurs & aux bonnes Lettres. Qu'ils envoient ici ceux qu'ils aviferont pour en faire élection, nous leur offrons toute notre affiftance; & efpérons, bien que nous confeffions notre Univerfité être fort épuifée, qu'en y faifant une exacte recherche, comme en leur faveur nous la procurerons, elle fuffira, & pour nous, & pour eux, & qu'ils n'auront fujet de regretter déformais les Jéfui-

tes. Car quoique le Peuple, affez mauvais juge de la littéra-
ture, l'ait autrement penfé, la vérité eft que ce genre d'hommes n'a jamais bien fû, ni enfeigné les Lettres ; & qu'ils ont
au contraire, commencé d'étouffer leur pure femence, renée
en ce Roïaume fous les aufpices du grand Roi François, pour
y replanter petit à petit l'ancienne barbarie. Car ils ignorent le vrai fecret des langues, même ils font vertu de les
méprifer comme trop élégantes, & de retrancher à leur fantaifie, fous divers prétextes, les anciens auteurs ; à l'exemple
de ceux, qui par le paffé nous les ont tant tronquées, qu'il nous
eft plus refté de leurs épitomes, que de livres complets. D'ailleurs la Philofophie, qui eft vraiment la Reine des fciences humaines, doit être puifée, pour voir la naïve, en la pure fource des
Livres d'Ariftote, dont les Jéfuites ne favent que le nom &
méprifent fon texte, fuivant les ambages des vaines queftions
tirées de la lie des Docteurs fcholaftiques. Bref, ils ont été
plus propres à corrompre les Lettres qu'à les illuftrer ; ufant
en cela du même artifice, dont ils fe font fervis ès autres chofes plus graves & plus faintes. C'eft que pour attirer à eux toute
la multitude, ils foulageoient le fimple populaire de quelques
petits frais ; comme, de ce qu'on donne par louable coutume
pour une Confeffion, pour une leçon, pour une figure, & autres femblables ; & fe refervoient de prendre en gros, d'affez
peu de perfonnes, cent fois plus que ne vaut tout ce menu détail.
Ce qui les combloit de biens & d'Ecoliers, à la diminution
des autres Colléges, & des gens doctes qui y fouloient florir ;
d'autant que fe trouvant deftitués & d'Auditeurs & des commodités qu'ils en fouloient tirer, l'honneur & le loïer, qui
nourriffent les Arts, ainfi déchus, faifoient décheoir les hommes. Mais depuis ce peu d'années, que les Jéfuites ont été
chaffés, & par ce moïen l'étude & l'induftrie, la fueur & les
veilles en commun, invitées à la gloire & au prix de la Doctrine, comme par le paffé ; l'ardeur génereufe, qui de jour en
jour réchauffe le courage des plus beaux efprits, nous fait concevoir une bonne efpérance de revoir déformais ce Roïaume
illuftré de la même fplendeur des arts & difciplines, qui y fouloit réluire plus vive & plus claire qu'en nul autre lieu de la
terre connue. Même, d'autant que Sa Majefté, tenant d'une
main le laurier de triomphe, & de l'autre l'olive de fageffe, les
daigne rendre enfemble à l'Etat & aux Mufes, pour les relever
de leur chûte commune, & prefque du tombeau. Il refte une
chofe en ces Remontrances, que nous ne pouvons diffimuler

fans faute, ni dire fans regret ; c'eft que par-ci par-là on y voit
des fcintilles, témoignans affez que les cendres des divifions
paffées, qui ont prefque embrafé cette bonne Ville, n'y font
pas encore du tout refroidies. Ce qui nous excite à les admo-
nefter d'éteindre promptement toutes ces flamméches, & fans
s'entrepiquer, ni vivre en défiance les uns des autres, fe laiffer
déformais totalement conduire par la fageffe infpirée de Dieu
au cœur de notre Roi, qui les manie, les difpofe & l'incline,
comme le cours des eaux ; & fous Sa Majefté, par la prudence
de ce grand Parlement, & par la vigilance de leur Gouverneur. Croïans fermement que fans fe rendre trop fubtils à chercher les caufes des affaires qui ne leur doivent pas toujours être
connues, ils feront mieux régis par ces Puiffances juftes & légitimes, établies de Dieu pour leur confervation, que par leur
propre fens, & par les mouvemens de leurs privés defirs. Dont
nous ne pourrions leur propofer exemple plus propre, que celui qui naît de cette affaire même. Car en donnant à Porfan
la principale charge de leur Collége, ils ont penfé avoir très
bien pourvû à ce qui leur eft plus cher & important que nulle
autre chofe, après l'honneur de Dieu, & le Salut du Roi & de
l'Etat. Et néanmoins les informations faites à notre Requête
contre ce Porfan pour cas particuliers, & le décret de prife
de corps, que la Cour, par Arrêt y a interpofé, nous font connoître, qu'outre ce qu'on doit craindre en commun des Jéfuites, leur jeuneffe d'ailleurs étoit commife en main très périlleufe, & couroit le hafard d'être imbue de très mauvaifes mœurs;
ce qu'ils doivent croire à notre récit, fans defirer d'en favoir
davantage quant à préfent. Car notre office, à bon droit, peut
emprunter ces mots de Caffiodore; (Tout ce que nous faifons
eft vraiment public, & toutesfois la plûpart des moïens dont
nous nous fervons, ne doivent être fus, finon quand les affaires ont pris leur perfection). Quelque jour donc, & quand il fera temps de rendre le fecret de la juftice notoire à tout le monde,
les Habitans de Lyon connoîtront tout à clair, que rien n'y a
été, & n'y fera fait que par bonne raifon, & pour leur grand profit;
& que la Cour, infpirée de Dieu, duquel elle exerce les jugemens, eft autant élevée en puiffance & fageffe fur fes inférieurs, comme elle les furpaffe en prudence & en autorité. Partant nous requérons, que fans avoir égard aux Remontrances
préfentement lûes, l'Arrêt du 21 Août dernier foit exécuté en
la Ville de Lyon, mêmement à l'égard de Porfan ; & néan-

moins, auparavant qu'il forte du Roïaume, qu'en exécutant le décret de la Cour, il foit pris au corps, & rendu prifonnier en la Conciergerie, pour efter à droit.

EXTRAIT DES REGISTRES DE PARLEMENT,

Du Jeudi feizieme Octobre 1597.

CE jour, fur ce que Marion, pour le Procureur Général du Roi a dit en la Chambre des Vacations, que de l'Ordonnance d'icelle ils auroient mis ès mains de Ballon, Procureur en la Cour, & Procureur des Prévôt des Marchands & Echevins de la Ville de Lyon, les Remontrances lues en l'Affemblée générale faite en l'Hôtel commun de ladite Ville de Lyon, le 20 Septembre dernier paffé, & par eux envoïées audit Procureur Général fur l'exécution de l'Arrêt du 21 Août auffi dernier, par lequel défenfes font faites à toutes Perfonnes, Corps & Communautés, de recevoir aucuns des Prêtres & Ecoliers, eux difans de la Société du Nom de Jefus, encore qu'ils euffent abjuré & renoncé au vœu de profeffion par eux fait, fur les peines y contenues. Auquel Ballon auroit été enjoint dès mardi dernier, d'en avertir le Confeil defdits Prévôt des Marchands & Echevins, & en venir ce matin. Icelui Ballon ouï en ladite Chambre, qui a dit avoir fait entendre l'Ordonnance ci-deffus à Maître Barthelemi Thomé, Sécretaire de ladite Ville de Lyon, étant de préfent en cette Ville, lequel lui a fait réponfe n'avoir aucuns mémoires & inftructions à cet effet. Et après que ledit Ballon, de l'Ordonnance de ladite Chambre, a fait lecture defdites Remontrances; & que Marion, pour ledit Procureur Géneral a dit qu'elles ne font confidérables pour les raifons par lui déduites; requerant que fans y avoir égard, ledit Arrêt du 21 Août foit exécuté en ladite Ville de Lyon, même à l'égard de Porfan, dénommé efdites Remontrances. Et néanmoins qu'auparavant ladite execution contre icelui Porfan, il foit amené prifonnier en la Conciergerie du Palais, fuivant l'Arrêt de prife de corps contre lui décerné par ladite Chambre, pour lui être fon procès fait & parfait fur les charges & informations contre lui faites, avec injonction au fubftitut dudit Procureur Géneral fur les lieux, d'en faire les diligences. Offrans au furplus auxdits Prévôt des Marchands & Echevins les affifter, pour leur faire trouver un Principal &

Regens Catholiques, doctes & vertueux, pour l'inftruction de la jeuneffe en ladite Ville de Lyon. Eux retirés, & la matiere mife en déliberation.

Ladite Chambre, fans avoir égard auxdites Remontrances, a ordonné & ordonne que ledit Arrêt du 21 Août dernier, fera exécuté en ladite Ville de Lyon, felon fa forme & teneur; même à l'égard dudit Porfan, qu'elle a déclaré & déclare compris en icelui. Et néanmoins ordonne, fuivant l'Arrêt du 25 Septembre dernier, qu'icelui Porfan fera pris au corps, & amené prifonnier en la Conciergerie du Palais, pour être oui & interrogé fur le contenu ès informations ci devant faites, & procédé à l'encontre de lui, ainfi que de raifon. A enjoint & enjoint au fubftitut dudit Procureur Géneral en la Senéchaucée & Siége Préfidial de Lyon, faire exécuter le préfent Arrêt, & certifier la Cour de fes diligences, au mois. Et pour la conduite & direction du Collége de ladite Ville de Lyon, fera pourvû de Principal, Regens, & autres Perfonnes fuffifantes & capables, ainfi que de raifon. Et fera le préfent Arrêt exécuté par vertu de l'Extrait d'icelui.

Signé, DU TILLET.

Avertissement.

LA confusion des Espagnols chassés d'Amiens, fut matiere de joie indicible par toute la France. Alors on vit chanceler la Ligue, & tous les bons Sujets du Roi reprendre leurs esprits. Par le Roïaume il y eut diverses démontrances d'allegresse publique. Le Roi qui avoit été continuellement occupé aux affaires de la guerre, étoit infiniment desiré à Paris, tant pour donner ordre du côté de Bretagne, où la Ligue grondoit encore, que pour commencer à remettre en état son pauvre Roïaume. Entr'autres pieces publiées sur le déclin de la Ligue, on fit cas de quelques Stances, composées par deux renommés Poétes François (1), lesquelles nous avons bien voulu ajouter en cet endroit.

STANCES AU ROI,

Pour le convier de revenir à Paris (2).

I.

VOUS qui, comme Persée, avec la sage ruse,
Dont la vertu conduit les généreux projets,
Avez tranché la tête à l'horrible Méduse,
Qui changeoit en rochers les cœurs de vos Sujets,
Grand Roi, venez revoir votre belle Andromede,
Qui, n'aguere exposée aux monstres du malheur,
Ne doit sa délivrance à nul autre remede,
Qu'à votre seule grace, & prudence & valeur.

II.

Venez revoir Paris, cet antique Navire,
Qu'un orage, excité par la fureur du sort,
Alloit ensevelir dans les flots de son ire,
Sans votre heureux secours, son vrai Phare & son Port.
Voïez comme le Ciel l'en aïant préservée,
Elle brave l'orgueil des vents plus inhumains,
Et trouve moins de joie au bien d'être sauvée
Que de gloire en l'honneur de l'être par vos mains.

(1) Ces Stances sont d'un seul & même Poëte.
(2) Ces Vers sont de Jean Davy du Perron, qui a été Cardinal.

Tome VI. Bbbb

III.

Cette Ville sans pair, cet abregé de France,
Où repose, & le Trône & le Sceptre des Rois,
Vous vit, comme un éclair, luire à sa délivrance,
Quand elle reconnut l'Empire de vos Loix;
Semblable à ce feu saint, qui paroît en l'orage,
Sauve les Matelots de péril menacés,
Puis soudain se retire en l'ombre du rivage,
Comme pour s'y sauver paroître étoit assez.

IV.

Mais cela n'a causé qu'une publique envie
De jouir plus long-temps du regard de vos yeux,
Tant chacun aime à voir revivre en votre vie
Les fameuses vertus des grands Rois vos Aïeux;
Et bien doit-elle aimer l'honneur de voir reluire
L'astre qui lui faisant sa douceur éprouver,
Aima mieux la sauver & la pouvoir détruire,
Que non pas la détruire & la pouvoir sauver.

V.

Non, cette Ville auguste, invincible Monarque,
Ne sauroit désormais fleurir qu'à votre honneur,
Sa grandeur n'étant plus qu'une éternelle marque
Et de votre clémence, & de votre bonheur:
Qu'un autre l'ait fondée & ceinte de murailles,
Qu'un autre ait fait l'Empire en ses murs résider,
Vous, vous l'avez sauvée au milieu des batailles;
Et sauver une Ville est plus que la fonder.

VI.

Aussi m'est-il à voir que je vois son génie,
Tout couronné de tours & tout ceints de remparts,
Détestant à vos piéds l'injuste tyrannie,
Qui la donnoit en proie à la rage de Mars;
Vous dire incessamment: ô grand Roi, qui pardonnes,
Dès que le Ciel a mis la vengeance en tes mains,
Il n'appartient qu'à toi de porter les Couronnes,
Qu'on donnoit aux Sauveurs des Citoïens Romains.

VII.

Ce que fut un Camille à fa Ville captive,
La célebre bonté fait que tu me le fois,
Qui comme lui, de Rome, alors fervè & plaintive,
As chaffé de mon fein tant de mauvais François,
Donne la vie à ceux dont l'ingrate infolence
Dreffoit contre ton cœur le poignard infenfé ;
Et fais voir au pardon de maint grieve offenfe,
Avec quelle injuftice on t'avoit offenfé.

VIII.

De combien de mutins , que les Loix de l'épée
Condamnoient à fentir les rigueurs du trépas,
As-tu rendu la crainte heureufement trompée,
Les pouvant mettre en poudre, & ne le faifant pas ?
Par quels traits de clémence, illuftrant ta mémoire
De tes Ennemis même as-tu gagné le cœur ?
Certain que qui fait bien fe vaincre en fa victoire,
Eft vraiment invincible, & doublement vainqueur.

IX.

Je ne faurois plus voir la pompe de mes Temples,
Ni l'aife de mon Peuple en mon fein fourmillant,
Sans voir luire en mes yeux cent glorieux exemples
De la douceur qui regne en un cœur fi vaillant.
Mille Mars foudroïés ferviront de trophées
A la vîte fureur de ton bras indompté ;
Et mes Maifons par toi de tout heur étofées,
Chanteront à jamais ta roïale bonté.

X.

Le Ciel veuille affifter la valeur de tes armes,
Grand Roi, qui conjoignant la force au jugement,
Sais fi vaillamment vaincre ès plus fanglants allarmes,
Et puis de la victoire ufer fi doucement :
Bien montrant tes effets, Prince né pour éteindre
Les flammes qui fouloient la France confumer,
Que ton fier Ennemi ne peut affez te craindre,
Ni ton Sujet loïal ne peut affez t'aimer.

XI.

Ainsi dit tous les jours, soupirant votre absence,
Le Démon, gardien des grands murs de Paris;
Ainsi dit, mainte Ville à qui votre clémence
Les flots de ses malheurs fait voir du tout taris :
Ainsi maints boutefeux de la flamme civile,
Qu'un si doux traitement oblige à vos bontés,
Qu'être domptés par vous leur est autant utile
Comme à vous glorieux de les avoir domptés.

XII.

Sire, écoutez leur voix, & de votre pensée
Chassez le souvenir de leur fatale erreur :
C'est assez qu'un remors de la faute passée
Leur en cause dans l'ame une secrette horreur.
Il falloit que pour voir quel est votre courage,
De ces tragiques maux votre esprit fût battu ;
La peine de calmer un moins cruel orage
N'étant pas un sujet digne de la vertu.

XIII.

Ne vous lassez donc point de voir la France armée,
Exercer un long-temps votre heureuse valeur.
Les palmes, qui pour fruit portent la renommée,
Ne croissent qu'en des champs de peine & de douleur :
Que si par des travaux consacrant la mémoire,
Un nom se vit jamais fleurir en mille lieux,
Ces malheurs fourniront d'aîles à votre gloire,
Pour s'élever de terre & voler dans les Cieux.

AUTRES STANCES,

Sur la venue du Roi en la Ville de Paris (1).

I.

Après tant de combats, dignes d'autant d'Histoires,
Tout couvert de lauriers, tout chargé de victoires,

(1) Ces Stances sont comme les précédentes, de Jean Davy du Perron, qui a été Cardinal, & qui a passé en son temps pour un
des meilleurs Controversistes. On trouve ces
Stances dans les *Délices de la Poësie Françoise*, chez Toussaint du Bray, 1620, in-
8°. pag 58, & suivantes.

Reviens voir, ô grand Roi, les hauts murs de Paris:
Et toi, qui pour l'honneur, nul péril ne refuses,
Reviens, tout plein d'honneurs, après tant de périls,
Cueillir les fruits de Mars dedans le champ des Muses.

1597.
STANCES AU
ROI.

I I.

Paris, l'amour du Ciel, des Lettres le séjour,
Le Temple de Pallas, t'attend à ce beau jour,
Dont nul obscur oubli n'éteindra la mémoire;
Par mille doctes voix ton triomphe entonnant,
Paris, l'œil des Cités, théatre de la gloire,
A qui tout l'Univers sert d'écho raisonnant.

I I I.

Devant toi tu verras cheminer maint nuage
De ta vertu guerriere, ornement de notre âge,
Et le Peuple attaché par l'ame & par les yeux,
Adorer tes exploits, fertiles en conquêtes,
Qui de l'Hydre civile, animal factieux,
Pour te rendre seul Chef, tranches toutes les têtes.

I V.

Dieppe y sera pourtraite, & les champs occupés
Par tes Sujets mutins, tôt après dissipés;
Champs dont la Mer Angloise humecte le rivage,
Où Neptune étonné de changer de couleur,
Vit disputer la force avecque le courage,
Et combattre le nombre avecque la valeur.

V.

Tes Ennemis alors, enivrés d'espérance,
Pensoient avoir mis bas & ta gloire & la France,
Te laissant pour tout choix, ou la fuite ou la mort:
Ils observoient des vents l'inconstance opportune,
Croïant que tes Vaisseaux s'appareilloient au port,
Pour embarquer sur l'eau le bris de ta fortune.

V I.

Mais leur dessein, sans plus, fut des vents emporté,
Tu pris une autre route, & ton bras redouté
S'ouvrit avec le fer mainte voie inconnue,
Pour unique salut, ton salut négligeant;

Comme un foudre enfermé se fait voir par la nue,
Et fend l'ombrage épais qui l'alloit assiégeant.

VII.

Yvry suivra de près, abregé de la guerre,
Où tant de bataillons couvrans d'armes la terre,
Par toi seul derechef déconfits & perdus,
Seront vus de fraïeur tourner leurs front superbes,
Et sur la verte plaine à l'envers étendus,
De leur perfide sang souiller l'émail des herbes.

VIII.

Déja de leur côté la victoire inclinoit,
Et sur ton Camp douteux la terreur dominoit,
Quand seul tu relevas l'état de la Couronne,
Transformant en cyprès leurs funestes lauriers,
Et montrant à l'essai combien en ta personne
Combattoient tout d'un coup d'invincibles guerriers.

IX.

Dans un autre tableau, peint d'un pinceau tragique,
Ce fameux Gouverneur de la Rive Belgique,
Tiendra des spectateurs les yeux tournés à soi,
Et bornant son malheur de l'heur d'une mort prompte,
Pour n'être plus contraint de fuir devant toi
Dedans son tombeau propre enterrera sa honte.

X.

Quel honneur de le voir d'espoir abandonné
Se sauver à la fuite, en désordre, étonné!
N'alléguant que ton Nom, pour toutes ses excuses;
De voir ce grand guerrier en son ame battu,
C'est Achille aux combats, & c'est Ulysse aux ruses,
Sacrifier sa gloire aux pieds de ta vertu.

XII.

Après dedans Paris, paroîtra Paris même,
De tes heureux exploits le chef-d'œuvre suprême,
Avec l'art des couleurs tout tel représenté,
Que quand tiré des fers de l'Espagne sévere,
Admirant ta valeur, & sentant ta bonté,
Il te reçut pour Maître, & t'éprouva pour pere.

1597.
STANCES AU
ROI.

XIII.

Aftrée & Mars enfemble, en pompe y marcheront,
De peur les Habitans leurs biens ne cacheront,
Sur eux tu feras luire un regne légitime,
Tenant par ta voix feule en leur rage enchaînés,
Tes gens, à qui la guerre en guerre fera crime,
D'oliviers & lauriers enfemble environnés.

XIV.

Tout autour de Paris, à fon exemple fages,
Mille illuftres Cités te rendront leurs hommages,
Autant au bien qu'au mal promptes à l'imiter.
Et celles que l'amour de tes vertus, empreinte
Dans les cœurs des plus durs, n'aura pu furmonter,
Deviendront par la force, à t'obéir, contraintes.

XV.

Laon au front orgueilleux, de loin s'y verra peint,
Et le Camp étranger, de rouge, deux fois teint,
Qui montre en cet effort fa foibleffe hypocrite,
Et de tant de combats vivement entrepris,
Te laiffe pour toi feul la gloire & le mérite,
Et emporte pour lui la perte & le mépris.

XVI.

Laon, le terme fatal de nos guerres civiles,
Qui fait ouvrir la porte au refte de tes Villes,
Et dont toute l'Europe obferve le fuccès;
Le dernier Tribunal, où la France & l'Efpagne,
Sans réferve d'appel décident leurs procès;
Mais l'Efpagne le perd, & la France le gagne.

XVII.

Puis, comme autour de toi, tout le Peuple, à l'envi,
Sera de ce fpectacle en extafe ravi,

1597.

STANCES AU
ROI.

Et plein du doux tranfport dont ta gloire le touche,
Bénira ton Démon des vainqueurs le vainqueur,
Te dédiant fes yeux, fa penfée & fa bouche,
Et pour te recevoir ouvrant fon propre cœur.

XVIII.

Les Anges, qui de Dieu déleſtent les oreilles,
Anges tuteurs des Rois, miniſtres des merveilles,
Courant d'un vol léger, par l'air plus gracieux,
Et déploïant au vent l'or de leurs treſſes molles,
Prononceront ces mots en la Langue des Cieux,
Lâchant tous d'un accord le frein à leurs paroles.

XIX.

Peuple, ce nouveau Roi, que tant de preſſe ceint,
Aimé de fes Sujets, de fes Ennemis craint,
Defcend pour repurger de prodiges le Monde.
Il vient faire regner la Juſtice ès Cités,
Et dans les Champs déferts fleurir la paix féconde,
Tréfors par lui du Ciel en terre rapportés.

XX.

Adore en fa fplendeur, de Dieu, l'ombre inviſible,
Célebre fa clémence à tes vœux acceſſible,
Révere fa valeur, qui pour toi s'immolant,
Rachette ton falut par des périls extrêmes,
Et va, fon innocence, aux fiecles révélans
Vertus qui font les Rois, & non les Diadêmes.

XXI.

Le zele, la pitié, fes deſſeins conduiront,
Bien loin de fon état les crimes s'enfuiront,
Sous fon augufte Sceptre, orné de fleurs divines,
La vigne du Seigneur fe chargera de fruits,
Et plus loin que jamais étendant fes racines,
Reclora fes faints murs, par le Schifme détruits.

XXII.

XXII.

De l'onde, où le Soleil peigne au matin fa treffe,
Jufqu'à l'onde du foir, où le fommeil le preffe,
Comme un luifant éclair, fon fer refplendira.
Il teindra fon épée au fang des Infidelles,
Et vrai Roi très Chrétien, fon regne agrandira
Des Regnes & des Rois à Jefus-Chrift rebelles,

XXIII.

Il changera, vainqueur, leur créance & leurs mœurs,
Adoucira par art leurs barbares humeurs,
Leur donnera des Rois, des Pafteurs & des Princes,
Et faifant refleurir l'heur du fiecle innocent,
Remettra l'âge d'or par toutes les Provinces.
Le jufte Ciel l'ordonne & la Terre y confent.

XXIV.

Ainfi, pour confacrer la foi de tes louanges,
Les efprits députés de la troupe des Anges,
Avec leur faint confeil ton triomphe orneront :
De très heureux deffeins meffagers authentiques,
Et ces mots prononcés, aux Cieux retourneront,
Laiffans tout l'air rempli d'Oracles magnifiques.

LE refte de l'année 1597 fut emploïé à pourvoir aux affaires du côté de Picardie, & à penfer aux plus doux moïens de jetter le Duc de Mercœur & les Efpagnols hors de la Bretagne, afin de contraindre puis après le Cardinal d'Autriche qui demeuroit faifi de Calais, Ardres & Dourlans, de les rendre ou mieux garder & défendre qu'il n'avoit pas fait Amiens. Le Roi remédioit auffi par divers Edits & provifions près & loin, aux grands défordres & horribles malheurs caufés par la Ligue, recevant de jour à autre en grace ceux qui lui avoient été conjurés Ennemis. Cette fienne douceur redonna entrée dedans Paris & autres Villes à plufieurs qui autrement n'euffent jamais ofé mettre le pied en France, le fouverain Parlement entr'autres n'aïant pas délibéré de les épargner. Si cette clémence leur

1597.

a changé les cœurs, les vrais François n'en appellent pas. Mais laissant les évenemens à la sage providence de celui qui connoît tout, achevons de préfenter quelques mémoires des chofes avenues jufqu'à la paix, de laquelle on commença la négociation, tôt après la reddition d'Amiens, l'Efpagnol prévoïant bien que s'il continuoit en fa chétive réfolution de vouloir gagner la France pied à pied, fes fineffes & fes forces donneroient bien-tôt du nez à terre ; & que déformais il auroit à fe tenir avec beaucoup de difficultés fur fa défenfive. Quant aux procédures tenues en cette négociation, l'Hiftoire de notre temps en déclarera les particularités. Il nous fuffit de voir la Ligue retournée d'où elle étoit venue, & où le Juge du Monde la tiendra liée, voire l'anéantira du tout, s'il lui plaît.

Avertiffement.

LES Ligueurs de Bretagne, aïant été battus à diverfes fois l'an précédent, commencerent à baiffer l'aîle, & au mois de Février rendirent par compofition le fort Château de Dinan. Les conditions en furent telles (1).

ARTICLES

Accordés par M. le Maréchal de Briffac, Lieutenant général pour le Roi en fes Païs & Armée de Bretagne, aux Capitaines & Soldats de la Garnifon du Château de Dinan, pour la reddition d'icelui au fervice du Roi.

I.

QUE tous les Capitaines & gens de guerre, étant audit Château, fortiront fans être fouillés, armes & bagages fauves, l'arquebufe fur l'épaule, la mêche éteinte & tambour battant, dedans vendredi 13 du mois, à huit heures du matin, au cas qu'entre ci & là, ledit fieur Maréchal ou l'Armée du Roi, qui eft devant ledit Château, ne foit contrainte de lever entierement le Siege. Et ne pourront cependant les Affiégés recevoir aucun fecours dans ladite Place: & feront conduits en toute fûreté à Lamballe.

(1) Voïez l'Hiftoire de M. de Thou, au commencement du Livre 120.

II.

Toutes les munitions de guerre, foient pieces, poudres, balles, mêches & autres chofes, même les vivres, demeureront audit Château.

III.

Tous les titres appartenans à Monfieur & Dame de Mercœur pourront être emportés par lefdits gens de guerre, & conduits avec la même fûreté. Comme en femblable, ce qui fe pourra recouvrer de ceux qui font à mondit de Saint-Laurens, & pour cet effet feulement leur fera fourni de charrettes.

IV.

Tous prifonniers de guerre étant audit Château, fortiront avec les autres & feront conduits, s'obligeant de nouveau à fatisfaire à leurs promefles.

V.

Les fieurs Dargentré (1), ci-devant Préfident au fiege préfidial de Reims (2), & du Pouet, foi-difant Connétable en cette Ville, demeureront prifonniers de guerre.

VI.

Que le fieur de la Planche, prifonnier de Blanc-Effay, & depuis encore du fieur de la Maifonneuve, Habitant de cette Ville, fera mis ès mains dudit fieur Maréchal pour fe juftifier de fes prifes, & n'en fatisfera fes preneurs (3).

---

(1) Charles Dupleffis d'Argentré, Préfident au Préfidial de Rennes.

(2) Il faut de Rennes, & non, de Reims.

(3) C'eft que le fieur de la Planche avoit été fait deux fois prifonniers, & s'étoit échappé, contre la foi qu'il avoit engagée. Il foutenoit cependant qu'il avoit retiré la parole qu'il avoit donnée, de refter prifonnier; ainfi on convjnt dans la capitulation, que pour juger ce différend, il feroit remis entre les mains du Maréchal de Briffac.

Avertissement.

LE Duc de Savoie, assailli dedans la Maurienne l'an précédent, eut meilleur succès sur la fin, & par le moïen d'une défaite du sieur de Crequy, recouvra ce qu'il avoit perdu, mais à la totale destruction de ses Sujets, sur lesquels se jouoit la tragédie. Comme il se réjouissoit de sa fortune, & imaginoit des nouvelles conquêtes, il fut arrêté court par l'exploit qui s'ensuit.

DISCOURS

DE LA PRISE DE BARRAUX,

Faite sur le Duc de Savoie, par M. Desdiguieres., Lieutenant général du Roi ès Armées du Dauphiné & Savoie, le jour de Pâque fleuri, le 15 de Mars 1598 (1).

DIEU, qui veut que les hommes reconnoissent qu'ils sont hommes, & que leur condition les rend tous Sujets aux accidens du monde, a permis au commencement du mois de Mars, que le Duc de Savoie ait eu de l'avantage en la Maurienne, par la prise du sieur de Crequi & de quelques Capitaines serviteurs du Roi, qui vouloient secourir la Place d'Aiguebelle, tenue par Sa Majesté. Mais, ainsi qu'il plaît à la bonté divine affliger ceux qui ont la bonne cause pour les réveiller en les piquant, comme l'Ennemi s'enfla de ce nouveau succès qu'il n'avoit point espéré, Dieu soudain après a regardé Sa Majesté & ses bons Sujets des yeux favorables de sa bénignité. Car le Duc, pour divertir l'effet des armes que le Roi avoit justement jettées en ses Etats, sous la conduite de Monsieur Desdiguieres, vers la fin du mois de Juin 1597, & afin aussi de couvrir sesdits Etats du côté de Montmelian & Chambery, avoit fait faire un Fort sur la Frontiere du Dauphiné, environ un quart de lieue dedans les terres du Roi, tirant vers Grenoble, sur un côteau relevé au-dessus du Village de Barraulx : & parceque la Place fut en état de défense le 14 d'Août en ladite année, il la fit nommer du nom de Saint Barthelemi,

(1) Voïez l'Histoire de M. de Thou, au commencement du Livre CXIX.

duquel on a accoutumé de faire mémoire ce même jour (1).
Ce fut avec beaucoup de parade de feux de joie par toute son
Armée, force coups de canon & une grande efcopeterie reprife
à plufieurs fois, & fuivie avec un ordre qui ne fe pouvoit que
beaucoup eftimer ; & pour faire de tant plus paroître cette
action, elle fut faite fur l'entrée de la nuit. Beaucoup des ferviteurs les plus affectionnés à ce Prince trouvoient cette entreprife inutile, pour être la Place fi proche & voifine d'une
bien petite lieue de Montmellian, principale fortereffe de Savoie, dont il pouvoit auffi commodément bâtir des deffeins
fur la Ville de Grenoble qui n'en eft qu'à fix lieues, que de
ce nouveau Fort qui ne l'avoifine que d'une petite lieue. Auffi
ne pouvoit-on attribuer cette entreprife qu'à une pure vanité,
accompagnée du defir que le Duc de Savoie a toujours eu d'en-
jamber fur les Etats du Roi, lefquels il engloutit par efpérance,
comme fi ce n'étoit qu'un point en la circonférence de fon ambition. Tant que le travail de cette fortification dura, il la fa-
vorifa avec tout le corps de fon Armée, cependant que celle
du Roi étoit campée à une canonade de lui, la riviere de l'Izere
entre deux : & quelque temps après, qu'il jugea que la Place étoit
hors de danger de furprife il y établit Gouverneur le fieur de Bellegarde, Gentilhomme de Savoie, avec fept Compagnies de
gens de pied, y mit l'artillerie & des munitions de guerre &
de bouche, & en fomme l'aïant laiffée bien pourvue, déloge
fon Armée pour la faire rafraîchir par les Garnifons. Cette nouvelle Place mit en nouvelle jaloufie Monfieur Defdiguieres; &
les Serviteurs du Roi qui en font voifins, en une grande appréhenfion, fpécialement ceux de Grenoble, fiege de la Cour de
Parlement & autres Officiers, tant de la Juftice que des finances de Sa Majefté, & n'y avoit celui qui ne defirât avoir cette
épine hors du pied, craignant qu'elle engendrât un apoftême,
qui enfin caufât leur perte, avec celle de la Ville de Grenoble ; confiderant même que le Duc de Savoie faifoit tant d'état
de la Place, que la fortification fe continuoit de jour en jour
avec une incroïable diligence. Cependant ledit fieur Defdiguieres, retiré à Grenoble, aïant difperfé l'Armée du Roi pour
la faire vivre en attendant le temps & le moïen de lui faire

1598.

P R I S E   D E
B A R R A U X.

---

(1) Le Duc de Savoie commença à faire
conftruire ce Fort le 24 Août, jour confacré
à la mémoire de Saint Barthelemi, & il en
donna le nom à cette Fortereffe, pour rappeller, fuivant l'apparence, la mémoire de
l'horrible maffacre de tant de François, qui
s'étoit fait à Paris & dans les autres Villes
du Roïaume, le même jour, 25 ans auparavant : Souvenir qu'il favoit être odieux à
notre Général.

rendre nouveau fervice, bâtiffoit des entreprifes & intelligences fur ce Fort de faint Barthelemi ; plufieurs Soldats qui en
fortoient, lui rapportoient de temps en temps l'état de la Place,
l'état de la Garnifon, aujourd'hui formoit un deffein, demain
l'autre, puis fe réfolvoit de l'attaquer par fiege, ce qu'il eut
fait, s'il eut autant eu de moïens que de néceffité, laquelle a
toujours accompagné les affaires que le Roi lui a commifes depuis dix mois en çà que l'Armée de Sa Majefté eft fur pied.
Mais fi cette entreprife fe montroit facile, l'exécution s'éloignoit
beaucoup de cette facilité, à caufe du manquement de toutes
les chofes qui y étoient néceffaires. En cette extrémité, follicité de fon devoir, ému de la mifere des Sujets du Roi, affu-
jettis par cette nouvelle tyrannie, & preffé des juftes prieres des principaux Officiers, tant de la Juftice que de la
Police du Païs de Dauphiné, même du commandement qu'à
leur inftance Sa Majefté lui avoit fait d'avifer aux moïens d'af-
fiéger cette Place, il l'envoie par plufieurs fois reconnoître à
la faveur de la nuit. Ceux qu'il commit à cet effet, rapporte-
rent que la Place fe pouvoit emporter par efcalade à l'endroit
d'une tenaille qui en fait le coin fur la main droite, en y allant
de Grenoble, & que depuis cette tenaille jufqu'au bout dudit
Fort, à la face qui regarde l'Izere, il y avoit même facilité,
pour n'être le terrein que de deux toifes & demi de hauteur par-
tout, mais que pour entrer dedans le foffé, il falloit paffer fort
près dudit coin, parce qu'il y avoit une brêche à la contrefcarpe, pour donner commodité aux pionniers d'en tirer la terre,
& que c'étoit par là qu'il falloit paffer plus aifément, d'autant
même que cet endroit étoit couvert d'un pan de muraille,
qui avoifinoit ladite contrefcarpe, & que derriere cette muraille
on pouvoit être à couvert & reprendre haleine, après avoir re-
monté le côteau où ledit Fort eft affis. La chofe ainfi reconnue
& rapportée par ceux mêmes qui avoient touché le terrein de
cette tenaille, & à-peu-près reconnu fa hauteur, ledit fieur
Defdiguieres fait approcher de lui les Troupes de cheval &
de pied qui étoient les plus voifines de Grenoble, les fait paffer fur le Pont de l'Izere, par dedans la Ville, feignant que
tout le refte feroit le même paffage pour aller vers la Maurienne, où étoit le Duc de Savoie avec fon armée, & cependant
fait faire fort fecrettement & diligemment trente échelles, de
la force & hauteur qu'il les falloit. Etant toutes chofes difpofées la veille des Rameaux, qui étoit le Samedi 14 Mars 1598,

il fait mettre des échelles dans un bateau, & remonter la riviere avec quelques pétards qu'il jugea néceffaires pour cette exécution, & dont on fe fervit (comme il fera ci-après dit). Il
donna en même temps ordre de faire repaffer les troupes fur des
bateaux qui étoient préparés pour cet effet, à quoi la nuit d'entre le Samedi & le Dimanche fut emploïée, pour ôter la connoiffance à ceux du Fort que fes troupes fuffent de leur côté.
Ce qui les eût tenus en cervelle, & peut-être fait demander des
Soldats de renfort à Chambery ou à Montmellian. Les chofes
ainfi difpofées, ledit Sieur Defdiguieres part de Grenoble le
Dimanche quinzieme dudit mois, à fix heures du matin, &
étant au Village de Lombin fur les huit ou neuf heures, joignit
tout ce qui étoit préparé pour cette exécution, faifant environ
trois cens chevaux, & mille ou douze cens hommes de pied;
& fur le même lieu appella les Chefs à part, pour leur dire la
réfolution qu'il avoit faite d'attaquer le Fort la nuit enfuivante,
par l'efcalade, à l'endroit qu'il leur montreroit fur le plan
qu'il en avoit fait portraire; & pour favorifer cette efcalade,
fait donner l'allarme partout, & même tirer les pétards aux
portes, afin de donner tant de befogne tout en un coup à ceux
qui étoient dedans, qu'ils ne fuffent de quel côté entendre.
Cela fait, il diftribua les billets de cette exécution, où étoient
nommés ceux qui avoient la charge des échelles, & de quelle
façon ils devoient être accompagnés. Ce qui eft à propos de
fommairement déduire pour la vérité. La troupe qui devoit faire
le premier attaquement, portoit huit échelles; Monfieur de
Morges (1), qui la conduifoit en faifoit porter trois; Monfieur
de la Buiffe (2) une; Monfieur de Saint Juft, deux; & à chacune
échelle dix hommes choifis fur les Compagnies defdits Sieurs,
armés de cuiraffe & fallade, de piftolets & d'épée. Les Sieurs
de Montalquiers (3) & de Saint Bonnet, avec chacun vingt
Arquebufiers de leurs Compagnies des Gardes, étoient avec
cette troupe, & avoient charge de chacun une échelle. La feconde troupe, conduite par Monfieur d'Hercules, Lieutenant
de la Compagnie des Gensdarmes de Monfieur Defdiguieres,
portoit fix échelles, dont ledit Sieur d'Hercules avoit charge de
trois; Monfieur de Montferrier, Guidon des Chevaux legers

---

(1) Abel de Beranger, fieur de Morges,
de Saint Jean d'Herans & de Termini, Maréchal de Camp aux Armées du Roi, &c.
(2) Frere de François de Galles, fieur du

Belliet. Il fe nommoit Louis de Galles.
(3) François de Philibert de Charance, fieur
de Montalquier, Gouverneur de Piémore,
Capitaine des Gardes de M. de Lefdiguieres.

dudit Sieur Defdiguieres, de deux; & Monfieur de Rozans, d'une, avec des Arquebufiers choifis. La troifieme troupe, conduite par Monfieur d'Auriac, portoit trois échelles ; Monfieur de Beauveuil, Lieutenant de Monfieur du Paffaige, en avoit une; & Monfieur du Buiffon, Lieutenant de Monfieur le Vicomte de Chamois, deux. La quatrieme & derniere troupe, conduite par Monfieur de Marvieu, Enfeigne de la Compagnie de M. de Saint Julian, portoit trois échelles, dont deux étoient fous la charge dudit Sieur de Marvieu, & la troifieme de Monfieur de Serre, premier Capitaine du Régiment de Monfieur d'Auriac ; & toutes ces trois dernieres troupes, accompagnées & armées à la forme de la premiere, & à chacune fa guide, pour lui faire tenir le droit chemin du lieu de l'exécution. Le Capitaine Bymart eut charge de faire jouer un pétard à la fauffe porte dudit Fort, qui regarde à Grenoble, & le Capitaine Sage (1) un autre à la porte principale, qui eft pofée vers Montmellian. Il fut auffi ordonné à une troupe d'Infanterie, conduite par le Sieur de Saint Favel, de donner l'allarme par tous les endroits du Fort, tant que l'exécution dureroit, & que cependant tout le refte demeureroit en gros à une moufquetade de-là. Et quant à la Cavalerie, là où la plûpart des membres étoient demeurés, le Sieur du Bar eut charge de la faire paffer outre au-deffus du Fort, par le Village de Barraux, auffi-tôt que l'allarme fe commenceroit, & la conduire jufques hors du Bois de Servettes dedans la Plaine de Chaparillan, parce que l'on avoit eu avis qu'il devoit venir de ce côté-là cent Maîtres de l'Ennemi courir dedans la Vallée, au même chemin que tenoient les troupes dudit Sieur Defdiguieres. Les chofes ainfi préparées, on marche en l'ordre deffus dit jufqu'au lieu où les échelles fe devoient rendre, mais avant d'y arriver, il fallut faire alte pour laiffer paffer une heure ou deux de jour, de peur d'arriver de trop bonne heure fur le lieu de l'exécution. À l'entrée de la nuit les échelles & pétards furent diftribués ; & avant que toutes chofes fuffent rangées, que les gens de cheval, deftinés à l'exécution, euffent mis pied à terre, & que l'Infanterie eût paffée quelques ruiffeaux, il fut dix heures. Ce fut à la même heure qu'on marcha droit au Fort, dont on n'étoit qu'à un quart de lieue. Et en l'ordre ci-deffus, on arriva auprès du Fort juftement à onze heures de nuit, favorifés de la Lune, qui étoit fur fon neuvieme jour. Tout cet appareil ne pouvoit marcher fans

____
(1) Le Sage.

allarme;

allarme ; ceux dedans le Fort l'avoient auſſi priſe plus de demi-
heure devant , pour avoir vu plus de cent feux, que les indiſcrets
Valets , laiſſés aux chevaux , avoient allumés auſſi-tôt que leurs
Maîtres furent partis ; & encore que ceux deſtinés à l'exécution
viſſent & ouïſſent la rumeur de cette allarme , ils ne laiſſent d'aller là où ils devoient planter leurs échelles ; ce qu'ils firent avec
une réſolution incroïable. Et cependant les pétards jouerent ,
l'allarme ſe donne par-tout comme il avoit été ordonné, & cela ſi
à propos , que ceux de dedans ne ſavoient de quel côté ſe garder.
Ils renverſerent quelques échelles , auſſi-tôt redreſſées , ſans que
ceux qui en avoient charge s'émuſſent des arquebuſades tirées
de deſſus les tenailles & des guerites , qui ſont ſur chacune pointe. Si bien qu'aïant gagné le deſſus du terrein , & étant aux
mains avec ceux de dedans , il fallut que le foible cédât au
fort. La Place eſt ainſi forcée. Les Ennemis ſe voulurent rallier. Mais après quelque foible réſiſtance , il en fut tué une
centaine , & le reſte ſauta par deſſus le terrein , & où il n'y
avoit point d'allarme. Voilà comment il a plû à Dieu benir cette
entrepriſe. La gloire lui en doit être rendue, & l'honneur à tous
les Gentilshommes qui y ont ſi librement expoſé leur vie. Il ne
s'y eſt perdu qu'un Sergent des Gardes ; le ſieur du Buiſſon bleſſé
d'une arquebuſade au viſage vers les machoires , & bien peu
d'autres bleſſés. Des ſept drapeaux qui étoient dedans , il s'en
eſt gagné cinq , qu'on a envoïés au Roi , & les deux autres ſe
ſont perdus. Le Sieur de Bellegarde priſonnier , & quelqu'autres. On y a trouvé neuf pieces d'artillerie montées ſur roues ,
dont y en a ſix de batterie & trois de campagne , deux cens
quintaux de poudre, bonne quantité de plomb , beaucoup de
méche , & environ cinq cens charges de bled. Si le deſſein de
cette fortification eſt une fois en ſa perfection , la Place ſera
meilleure que Montmellian , & donnera beaucoup d'avantage
aux entrepriſes que le Roi voudra faire de ce côté-là. Elle couvre Grenoble , & lui ſert de frontiere, comme à tout le reſte
du Païs. Sur quoi Sa Majeſté aïant été ſuppliée d'ordonner de
bons , ſûrs & liquides moïens pour la conſerver , ſuivant l'état
qui lui en avoit été envoïé, afin qu'Elle & ſes Sujets jouiſſent
longuement du fruit de cette conquête, il y ſera pourvu par elle.
Ce tems pendant , puiſque la réduction du Duc de Mercœur,
& de ce qui reſtoit à reconquérir de la Bretagne , a remis tous
les Sujets qui étoient dévoïés de leur devoir en l'obéiſſance de
Sa Majeſté , chacun ſe doit armer de courage contre l'Eſpa-

1598.

gnol & contre le Savoïard, & tous vrais François doivent efperer plus de bien qu'ils n'ont eu de mal, puifque le deftin de la France la redreffe en la preffant, par la volonté de Dieu, qui veut que les hommes reconnoiffent qu'ils font hommes.

Avertiffement.

TANDIS que le Duc de Savoie recueilloit fa part des fruits de la Ligue, & fe trouvoit mal à l'aife aux portes de fa Maifon, le Duc de Mercœur, qui avoit régné en Bretagne quelques années, fe vit en peu de femaines en danger d'être totalement ruiné. Voïant les forces du Roi s'acheminer pour lui faire rendre compte, il n'ofa faire tête, ains connoiffant la clémence du Roi, il prévint, & par entremife d'amis obtint plus que plufieurs ne penfoient. Aucuns s'ébahirent que lui & fa femme, qui avoient tant travaillé pour la Ligue, ne firent au befoin effort quelconque. Mais les autres connoiffant que la réfiftance du Duc avoit été aifée jufqu'alors, jugerent qu'il fut bien confeillé de garder en fes coffres les monceaux d'argent qu'il y avoit ferrés durant fon regne, & pourvoir à foi pour l'avenir, fous le couvert de l'Edit qui fut fait en fa faveur, lequel nous ajoutons.

EDIT DU ROI,

Sur les Articles accordés à M. le Duc de Mercœur, pour fa Réduction, & des Villes de Nantes & autres de la Bretagne, en l'obéiffance de Sa Majefté (1).

HENRI, par la grace de Dieu, Roi de France & de Navarre; à tous préfens & avenir, falut. Nous avons toujours defiré que Dieu nous fît la grace de mettre fin aux troubles de ce Roïaume, plutôt par l'obéiffance volontaire de tous nos Sujets, que par la force & néceffité des armes, afin de faire jouir les derniers venus des mêmes fruits que notre bonté a produits à l'endroit des autres ci-devant retournés à leur devoir : ce qui nous a hereufement fuccédé, par la réduction de notre très cher & bien amé Coufin le Duc de Mercœur, qui s'eft trouvé fi difpofé à nous rendre l'obéiffance qu'il doit, enfemble ceux qui étoient en armes avec lui, que nous avons occafion d'être

---

(1) Cet Edit eft regardé comme la fin de Ligue. Voïez l'Hift. de M. de Thou, Liv. CXX.

content & fatisfait, d'approuver le zele qu'ils nous ont montré avoir eu en la Religion, & d'excufer notre Coufin de ce
qu'il eft demeuré fi long temps en armes après notre réconciliation à notre Saint Pere, & la venue de notre très cher &
bien amé Coufin le Cardinal de Florence (1), fon Légat, en
ce Roïaume, fur ce qu'il nous a fait entendre qu'il avoit été
retenu à faire ladite Déclaration, pour les confidérations qui
regardent le bien de ce Roïaume, dont il a toujours defiré la
confervation, & craint le démembrement, même pour garantir notre Province de Bretagne du péril auquel elle fe fût trouvée réduite, lorfqu'étions occupés fur la frontiere de Picardie,
à y repouffer nos ennemis, à caufe des intelligences que les plus
grands avoient audit Païs, & le moïen d'y entreprendre & faire
entrer des forces, au préjudice de notre fervice & grand dommage de cet Etat. Au moïen de quoi, voulant reconnoître fa
bonne volonté, l'aimer & traiter à l'avenir comme notre bon
parent & fidele Sujet, inclinant à la très humble fupplication
& requête qu'il nous a faite, tant pour lui que pour ceux qui
fe remettront avec lui fous notre obéiffance : nous avons dit,
ftatué & ordonné, & par ceftui notre Edit perpétuel & irrévocable, difons, ftatuons & ordonnons, voulons & nous plaît,
qu'en la Ville & Fauxbourgs de Nantes ne foit fait aucun
exercice de la Religion pretendue Réformée, & ne fera ordonné aucun lieu, pour lieu de Baillage pour l'exercice de ladite
Religion, à trois lieues de ladite Ville.

I.

Tenons notredit Coufin le Duc de Mercœur, les Prélats,
Eccléfiaftiques, Préfidens, Confeillers, Avocats Généraux &
autres Officiers du Parlement de Rennes, qui ont exercé la
Juftice à Nantes, enfemble les Magiftrats, Gentilshommes,
Officiers & autres, qui avec lui fe remettent en notre obéiffance, pour nos bons Sujets & fideles Serviteurs, à la charge de
nous prêter le ferment de fidélité, & foumiffions requifes pour
notredite obéiffance. Voulons & ordonnons, que, tant notredit Coufin le Duc de Mercœur, & tous lefdits Eccléfiaftiques,
Officiers, Gentilshommes & autres perfonnes de quelque qualité & condition, lieux & Villes de notre obéiffance qu'elles
foient, faifans lefdits ferment & foumiffions, foient remis, com-

_____

(1) Alexandre de Médicis.

D d d d ij

1598.
ARTICLES
ACCORDÉS AU
DUC DE MER-
CŒUR.

me nous les remettons & rétablissons, en tous leurs biens, offices, bénéfices, charges & dignités, privileges & immunités,
nonobstant tous dons de leursdits biens, meubles, rentes,
dettes & revenus, que nous voulons désormais demeurer nuls,
& toutes promesses, & obligations & cedulles pour ce faites;
nonobstant aussi les provisions obtenues par toutes personnes
desdits bénéfices, & offices saisis, ventes & confiscations d'iceux;
Edits & Déclarations qui pourroient avoir été expédiés, homologués & enregistrés au contraire; toutes lesquelles choses nous
avons révoquées & révoquons; & du tout, en vertu de ces présentes, nous leur avons fait & faisons pleine & entiere main-
levée & délivrance, même des maisons desdits Ecclésiastiques,
desquelles ceux qui les occupent seront tenus de se départir tout
incontinent, & sans aucun délai, sans que, pour quelque prétexte que ce soit, ils les puissent retenir; toutesfois ce qui a été
pris & actuellement reçu en vertu desdits dons de quelque nature de deniers que ce soit, comme aussi toute jouissance des
fruits, biens, meubles & immeubles, maisons de Ville, paiement des arrérages, rentes, revenus & émolumens, tant des
bénéfices des Ecclésiastiques, à quelque titre que ce soit, que
des offices & charges, même des Greffiers, encore que lesdits
bénéfices, offices & charges, ne demeurent à ceux qui les déte-
noient jusqu'à cette heure, ne sera sujet à aucune restitution
de part ni d'autre, & n'en pourra être faite poursuite, demande
au contraire contre quelques personnes que ce soit, fors & excepté de meubles qui se trouveront en nature, qui seront restitués aux propriétaires, si bon leur semble, en païant par eux le
prix de la vente d'iceux, faite par autorité de Justice ou autrement, & sans fraude. Seront semblablement restitués tous titres, papiers & enseignemens qui se trouveront en essence,
appartenans tant à nous qu'aux Particuliers, trouvés & tombés ès mains de qui que ce soit, sans qu'ils puissent être
retenus, sous quelque prétexte, cause ou excuse que ce puisse
être.

I I.

Les Ecclésiastiques de notredite Province de Bretagne, tant
ceux qui reconnoissent notre autorité, que ceux qui s'y soumet-
tront avec notredit Cousin, qui ont païé leurs décimes aux Receveurs ou Commis d'une part ou d'autre, n'en pourront être
recherchés pour le passé; ains voulons & nous plaît qu'ils soient

& demeurent entierement quittes & déchargés de ce qui aura
été par eux païé, soit des deniers desdites décimes, ou de ceux
de l'aliénation du temporel du Clergé. Et pour le regard des arrérages qu'ils peuvent devoir, nous pourvoirons à leur décharge
& soulagement, après qu'il aura été informé de leur nonjouis-
sance & spoliation, conformement au contrat dernier fait avec
les Députés du Clergé de notre Roïaume. Et cependant, de notre grace spéciale, leur avons donné & donnons surséance pour
six mois, à commencer du premier jour de Mars dernier, pour
le paiement des arrérages, sans retardement toutesfois des deniers qui écherront depuis ledit jour. Voulons néanmoins particulierement, que les Curés des Eglises qui sont aux Champs, ès
Bourgs & Villages, demeurent entierement quittes, comme
nous les quittons & déchargeons desdits arrérages jusqu'audit
premier jour de Mars.

1598.

ARTICLES
ACCORDÉS AU
DUC DE MER-
COEUR.

III.

Tous ceux qui ont été pourvus & reçus, ou présenté leurs
lettres d'Etats, de Justice & Finance, dont étoient dûement
pourvus personnes étant sous le pouvoir de notredit Cousin, &
qui ont vaqué, par mort, résignation ou autrement, depuis
ces troubles, desquels offices la fonction se faisoit ès lieux par
notredit Cousin, remis en notre obéïssance, sont, comme nous
les avons par ces présentes, conservés & conservons en iceux,
en prenant nos lettres de provision, qui leur seront expédiées
& délivrées après que celles de notredit Cousin auront été,
comme nulles, rapportées, sans païer finance ni supplément en
nos parties casuelles. Et pour le regard de ceux qui ont exercé
par commission Etats en la Justice & aux Finances en l'absence
ou décès de ceux qui étoient demeurés en notre service, cesseront leur commission dès à présent, sans restitution toutesfois
des gages, émolumens & profits par eux perçus, ni qu'il se
puisse faire recherche contr'eux des Jugemens par exploits de
Justice, faits en l'exécution de leursdites commissions. Et le
semblable voulons pour les Greffiers & Commis, lesquels ne
seront non plus sujets à la restitution des gages & émolumens
provenans de l'exercice desdits Greffes.

IV.

Notredit Cousin & les Seigneurs, Ecclésiastiques, Gentilshommes, Officiers & autres Habitans de Villes, Communautés

& Bourgades , Capitaines , Chefs de Gens de guerre qui l'ont
suivi & assisté , & qui viendront à la reconnoissance de notre
autorité avec lui , ne seront recherchés de choses avenues & par
eux commises durant ces troubles & à l'occasion d'iceux, soit
de la prise des armes , port d'icelles , assemblée de gens de guerre , & du Peuple en armes dedans les Villes & aux Champs ;
établissement ou entretenement de Garnison , entreprises , sieges , prises de Villes , Châteaux & Maisons fortes , fortifications , démentellement d'iceux ; notamment des Maisons &
Château du Doré & Fort Saint Georges , près Montagu , &
des prises de meubles , brûlemens & tous autres excès y survenus
& qui s'en sont ensuivis ; emprisonnement d'Officiers & autres ;
prises de navires , vaisseaux ou marchandises & autres biens sur
Mer ; pareillement de démolitions d'Eglises , Temples , Maisons
& Edifices des Ecclésiastiques & autres personnes ; brûlement
d'iceux , commutation de peines , envoi aux Galeres étrangeres , changement de scels , intitulement des Arrêts & Lettres
Patentes , & de tous autres actes publics ; deniers pris , tant
des recettes ordinaires qu'autres , des Greniers , des Villes &
Communautés & Particuliers , & provenans des Economats &
saisies des bénéfices ; décimes , aliénations du temporel , prise
& vente de biens , meubles , forêts ou bois , tant appartenans
au public qu'aux particuliers ; amendes , taxes du devoir du
sel , levées de pionniers , vivres , munitions , magasins ou autre
nature de deniers pris & levés à l'occasion des présens troubles ;
imposition de nouveaux devoirs , soit sur les marchandises , ou
par forme de subventions & contributions accordées par ladite
Assemblée , en forme d'états , continuation des anciens , confiscation des meubles saisis , baux à ferme , tant du Domaine
que de terres des Particuliers , ni pareillement des deniers qui
ont été levés & imposés , les formes accoutumées non gardées ,
de quelque sorte & nature qu'ils soient , & en quelque maniere
qu'ils aient été levés ; fabrications & évaluations de monnoies
faites au désir de l'Ordonnance des Chefs du Parti ; prise ou
fonte d'artillerie , & confection de poudres & salpêtres ; voïages , intelligences , traités & contrats faits avec les Villes &
Communautés de ce Roïaume ou Princes Etrangers ; introduc-
tion d'Etrangers en la Province & autres endroits du Roïaume ,
trafics , commerces aux Païs étrangers , négociations faites par
quelques personnes que ce soit , avec Princes ou Communautés ,
tant du commandement de notredit Cousin le Duc de Mercœur ,

que defdits Gentilshommes, Communautés ou Particuliers, foit en Efpagne ou ailleurs ; jugemens & déclarations, de ran-çons, amendes & butin, & généralement tout ce qui a été fait, geré, négocié, parlé, prêché ou écrit en livres, libelles, expéditions d'affaires, & tous actes d'hoftilité faits en quelque forte & maniere que ce foit, des exécutions de mort faites par le commandement de notredit Coufin, des Chefs avoués de lui, par la Juftice ordinaire, Prevôts des Maréchaux, leurs Lieutenans, les formes non gardées durant & à l'occafion des préfens troubles, fans aucunes excepter, encore qu'elle ne foient ci-deffus exprimées. De toutes lefquelles chofes fufdites & au-tres de la qualité ci-deffus, encore qu'elles ne foient exprimées au préfent Edit, notre vouloir & intention eft que la mémoire demeure à jamais éteinte & abolie, comme nous l'éteignons & aboliffons de notre grace fpéciale, pleine puiffance & autorité Roïale ; & défendons à toutes perfonnes quelles qu'elles foient, de faire inftance ou pourfuite en général ou particulier, foit contre notredit Coufin le Duc de Mercœur ou autres perfon-nes fufdites, leurs veuves, enfans & héritiers, que nous enten-dons en être & demeurer pareillement quittes & déchargés. Impofant fur ce filence perpétuel à nos Procureurs Généraux, leurs Subftituts préfens & à venir, & à toutes nos Cours de Par-lement, Juges & Officiers & tous autres, & fans qu'il foit be-foin aux Particuliers d'obtenir de nous, pour ce qui les concer-ne, autres lettres que cefdites préfentes.

V.

Sont toutesfois, & avons très expreffément refervé & excep-té des remifes & décharges fufdites, tous crimes & délits punif-fables en même parti, & le damnable affaffinat commis en la perfonne du feu Roi notre très honoré Seigneur & frere, que Dieu abfolve, comme auffi tous attentats ou projets contre notre perfonne.

V I.

Demeureront femblablement & expreffément notredit Cou-fin, & les Seigneurs, Gentilshommes, Villes & Communautés qui l'ont affifté, déchargés de toutes impofitions, levées de de-niers, tant pour magafins, étapes & autres, faites par leurs Ordonnances, Commiffions & aveux, durant & à l'occafion des préfens troubles.

VII.

Et pour plus grande affurance & effet de notre intention, voulons & ordonnons que tous Edits, Lettres Patentes & Déclarations par nous, & notre très honoré Seigneur & frere, faits & publiés ; les Arrêts, Sentences, Jugemens & Décrets donnés fur iceux, ou autrement, tant en notre Cour de Parlement de Paris, qu'en celle de Bretagne, & toutes autres de ce Roïaume ; comme auffi ès Jurifdictions qui y reffortiffent, foit contre notredit Coufin le Duc de Mercœur, lefdits Préfidens, Confeillers & Officiers du Parlement de Rennes, qui ont exercé la Juftice à Nantes, & tous autres qui l'ont affifté, & font par lui avoués, leurs veuves & héritiers, pour raifon des chofes fufdites, avenues durant & à l'occafion des guerres, foient retirés des Regiftres pour en demeurer la mémoire éteinte & abolie, comme feront auffi des Greffes & des mains de nos Officiers toutes informations, procédures, procès verbaux, pour être le tout comme nous le déclarons, nul & de nul effet, & demeure caffé & revoqué, défendant à tous Huiffiers d'en rien mettre à exécution, ni exploiter en vertu de ce, & à toutes les Parties d'en faire faire auffi inftance, ni pourfuite quelconque.

VIII.

Nous faifons défenfes à tous nos Sujets, géneralement quelconques, de fe réprocher aucun des faits fufdits, ou fe provoquer à querelles par injures, outrages ni convices ; ains leur commandons, & enjoignons très expreffement de vivre paifiblement & amiablement, fur peine aux contrevenans d'être punis fur le champ, comme perturbateurs du repos public.

IX.

L'établiffement des Préfidens, Confeillers, & autres Officiers qui étoient de notre Cour de Parlement de Rennes, pour l'exercice de la Juftice à Nantes ; les Jugemens, Sentences & Décrets, Exploits & Exécutions d'iceux, tant en matiere Civile que Criminelle, informations, pourfuites & procédures, & autres Actes de juftice émanés d'eux, toutes Lettres, tant

en

enforme de grace, rémiſſion, & autres de juſtice, qui ont été vérifiées & enterinées, ſoit de notre Couſin le Duc de Mayenne, ou de notredit Couſin le Duc de Mercœur, ſortiront leur plein & entier effet entre perſonnes qui volontairement ont ſubi leur autorité & juriſdiction; & le même aura lieu pour ce qui s'eſt fait, ordonné, jugé & décreté par ceux que notredit Couſin a établis, pour tenir les Juriſdictions de nos Siéges Préſidiaux de Rennes à Dinan, d'Angers à Nantes, & Rochefort, & ailleurs, & par tous autres qui ont exercé leſdites Juriſdictions inférieures.

1598.
A R T I C L E S
ACCORDÉS AU
DUC DE MER-
CŒUR.

X.

Seront auſſi valables tous contrats, conventions & pactions faites eſdits lieux, entre ceux qui volontairement s'y ſont ſoumis; comme au contraire ce qui s'eſt fait, & ordonné, & décreté entre perſonnes de part & d'autre, où ils n'ont volontairement ſubi Juriſdiction, demeurera nul, caſſé & révoqué, & les parties remiſes en tel état qu'elles étoient auparavant.

XI.

Ne ſera faite aucune recherche de l'établiſſement d'un Conſeil fait par notredit Couſin le Duc de Mercœur, tant pour la Direction des Finances, vérifications, ni de ce qui s'eſt fait, paſſé & traité en icelui, pour dons, jugemens ſur les rabais & levées de deniers, & autres affaires, dont les Ordonnances auront lieu, & ſont par nous validées ſeulement pour ce qui a été fait & exécuté en vertu d'iceux pour le paſſé, & entre ceux que notredit Couſin ramene à notre ſervice.

XII.

Comme auſſi ne ſe fera aucune recherche des Aſſemblées par forme d'Etats, faites de l'autorité de notredit Couſin le Duc de Mercœur; établiſſement d'offices, attribution de gages, réglement fait par eux, & levées de deniers par forme de ſubvention; impoſition ſur les marchandiſes, & géneralement de tout ce qui a été fait auxdites Aſſemblées, que ne voulons néanmoins avoir lieu plus avant que juſqu'à ce jour, & valoir ſeulement pour ce qui eſt jà fait, & entre ceux, & ès lieux que notredit Couſin remet ſous notre obéiſſance.

XIII.

Cesseront dès à présent tous les susdits établissemens de Juges & Jurisdictions ordonnées par notredit Cousin, même dudit Conseil; comme aussi toutes levées, impositions sur les marchandises & vivres, subventions, contributions faites ou à faire, en vertu de ses Commissions & Ordonnances, ou de ceux qui sont par lui avoués & autorisés, & ressortiront au surplus tous nos Sujets, chacun en leurs Jurisdictions, & ès lieux où elles étoient établies auparavant ces troubles, où nous voulons qu'elles soient exercées, ainsi qu'ils avoient accoutumé.

XIV.

Et à cet effet, les Officiers de nos Parlemens, Chambres des Comptes, comme aussi ceux de la Géneralité & des Senéchaussées, Siéges Présidiaux & autres Jurisdictions, & Charges de Justice & Finances, rentreront en l'exercice de leurs Etats & Offices, d'une part & d'autre; jouiront d'iceux en leurs rangs, séance & ordre de réception, comme ils faisoient auparavant lesdits troubles, & avec les prérogatives, libertés, gages attribués à leurs Etats, & sans qu'il soit besoin d'autre Déclaration, Lettres, ni Reglement, que du présent Edit; & seront les Régistres portés aux Greffes, pour y avoir recours quand besoin sera.

XV.

Les Conseillers reçus à Nantes, en vertu des provisions du défunt Roi, Arrêt du Conseil du 8 Octobre 1588, & de notre Cour de Parlement de Bretagne, sont, & les avons par ces présentes maintenus esdits Etats, & est par nous enjoint à notredite Cour de Parlement de les y recevoir & admettre, sans qu'ils soient pour ce tenus païer nouvelle finance, ni prendre autre confirmation, sinon avec le Corps de ladite Cour de Parlement.

XVI.

Ceux qui ont fait le maniement des deniers levés par les Ordonnances desdites Assemblées en forme d'Etats, en compteront en la forme, & ainsi qu'il est accoutumé, & les parties seront passées & allouées en leurs comptes, sans difficulté, en vertu des Acquits, Etats & Mandemens de notredit Cousin le

Duc de Mercœur, & autres autorifés & avoués de lui. Et pour le regard des comptes qui ont été rendus par-devant les Commiſſaires députés auxdites Aſſemblées, ne feront fujets à nouvel examen ; ainſi en demeureront quittes & exempts les comptables pour toujours, finon ès cas réſervés par les Ordonnances ou Statuts, & Coutumes du Païs.

1598.

ARTICLES ACCORDÉS AU DUC DE MER-CŒUR.

XVII.

Les comptes qui ont été rendus, examinés, clos & arrêtés à Nantes, par les Officiers de la Chambre des Comptes qui étoient en icelle, ou autres établis & commis de la part de notredit Couſin, ou autres avoués de lui, pour le maniement des deniers levés, pris & arrêtés, ou ordonnés par notredit Couſin, & ceux de fon Conſeil, ou de ladite Aſſemblée en forme d'Etats, & de ceux qu'il avouera, & fe remettront avec lui en notre obéiſſance, ne feront fujets à nouvel examen ; & toutes Ordonnances & Jugemens donnés, tant fur ligne de compte que vérification de lettres, tiendront & auront lieu, fans qu'il en puiſſe être fait recherche ni information, fi ce n'eſt par reviſion, & en cas des Ordonnances. Et où il fe trouvera des parties raïées par leſdits Comptes, pour avoir été païées contre les Ordonnances & Réglemens, nous en ferons expédier toutes validations néceſſaires.

XVIII.

Et pour le regard des comptes à rendre, tant par les Receveurs généraux, particuliers, & Tréſoriers de l'extraordinaire, qu'autre, aïant été commis en maniement deſdits deniers fous notredit Couſin, feront rendus, examinés, clos & arrêtés en notre Chambre des Comptes dudit païs, & non ailleurs, ni autrement. Seront toutesfois les Parties y emploïees, paſſées & allouées purement & ſimplement, tant en vertu des Etats, Mandemens, Ordonnances, & reſcriptions expédiées par notredit Couſin, fondit Conſeil, ou par ladite Aſſemblée en forme d'Etats, ou d'autres avoués d'eux, que des acquits, quittances & décharges, des Parties prenantes ; leſquelles Ordonnances, Mandemens, acquits & quittances, Nous avons feulement validées & validons pour cet effet, encore que les formes preſcriptes par les Ordonnances & Reglemens n'aient été fuivies & obſervées.

XIX.

Et par ce moïen, toutes parties & fommes de deniers païés de
l'Ordonnance de notredit Coufin, tant pour états, gages, &
folde de gens de guerre, penfions, entretenemens, vivres, ar-
tilleries, voïages, gages, & taxations d'Officiers & Commis, & toutes autres dépenfes, tant de la guerre qu'autres,
même les parties païées comptant ès mains de notredit Coufin par quelques comptables que ce foit, feront paffées & allouées fans aucune difficulté, & fans qu'il foit befoin, aufdits
Comptables d'obtenir Lettres & validations autres que ces préfentes, & les *debentur* des comptes de ceux, qui pour notredit
Coufin ont manié les deniers de l'extraordinaire de la guerre
de notre recette génerale & d'Etats, & autres comptables,
tant de ceux qu'ils ont jà rendus, qu'autres qui reftent encore
à rendre, feront compenfés avec ce qu'ils pourront devoir par
autre compte, ores que lefdits *debentur* ne foient clairs, & y
eut quelques déports & fouffrances efdits comptes, jufqu'à l'examen & clôture du dernier compte.

XX.

Les Fermiers, fous-Fermiers, Commis établis par notredit
Coufin, fondit Confeil, ladite Affemblée en forme d'Etats,
ou autres avoués d'eux, foit au maniement des deniers de nos
tailles, fouages, impôts, billots, ports & havres, briefs traités
de bêtes vives, Prévôté de Nantes, & autres qui auront païé
le prix de leurs Fermes par leurs Ordonnances, en demeureront
quittes vers nous, & tous autres, & n'en feront recherchés &
contraints à nouveau paiement.

XXI.

Voulons auffi, & nous plaît, afin que lefdits Officiers ou
Commis par notredit Coufin audit extraordinaire de la guerre,
notre récette génerale, & de l'Affemblée fufdite par forme
d'Etats, puiffent fatisfaire aux charges & affignations qui ont
été ordonnées fur eux, tant ès années précédentes qu'au quartier courant, & fe rembourfer de ce qu'ils ont païé & avancé
en efpérance de recouvrer lefdites affignations, qu'ils puiffent,
comme nous leur permettons, chacun d'iceux faire pourfuite
& recouvrement des reftes de leurfdites affignations, tant def-

dites années précédentes, que dudit quartier courant, vers les Receveurs, Fermiers & autres, entre les mains de qui les deniers en font encore à préfent, de quelque nature & qualité que ce foit; au paiement defquelles ils feront contraindre lefdits Fermiers, Receveurs & autres Commis, comme dit eft, par les voïes accoutumées pour nos deniers & affaires. Sans toutesfois que le Peuple puiffe être contraint au païement defdits reftes, & que nous foïons tenus à aucuns rabais ou décharges que pourroient prétendre lefdits Fermiers. Ne feront auffi lefdits Comptables contraints en leurs noms, par qui que ce foit, au païement de ce dont, pour la néceffité des affaires, ils auroient baillé leurs refcriptions & promeffes, finon à la proportion du fonds qui fe trouvera en leurs mains pour y fatisfaire.

X X I I.

Pendant le temps des préfens troubles, les prefcriptions n'auront cours entr'aucunes perfonnes de part ni d'autre, ni péremptions, le tout jufqu'à ce jour.

X X I I I.

Les Habitans de notre Ville de Nantes font par nous maintenus & confirmés en tous & chacuns leurs priviléges à eux concedés, pour en jouir ainfi qu'ils faifoient bien & düement auparavant ces troubles.

X X I V.

Jouïront nos Sujets, que notredit Coufin le Duc de Mercœur ramene à notredite obéiffance, de la décharge & remife octroïée à nos autres Sujets.

X X V.

Aïant égard aux grandes dettes & dépenfes que notredit Coufin a été contraint de faire pendant ces guerres, & réconnoiffant qu'il lui eft impoffible de pourvoir fi promptement au paiement d'icelles; Nous avons à notredit Coufin donné & donnons temps & terme d'un an, pour l'acquit de fefdites dettes, pendant lequel temps ne pourra être, ou fes pléges & cautions, contraints pour quelque caufe que ce foit.

XXVI.

Ceux qui ont suivi notredit Cousin, ne pourront être contraints au païement des taxes faites sur eux depuis l'an 1589, & icelle compris, jusqu'à présent, ès Villes desquelles ils ont été mis hors, nonobstant tous Arrêts, Jugemens & condamations au contraire.

XXVII.

Tous prisonniers de guerre qui n'ont convenu de leur rançon, feront de part & d'autre mis en liberté, en païant modérement les frais de leur nourriture & dépense, & pour le regard de ceux qui ont convenu, s'ils sont jugés de bonne ou mauvaise prise, feront tenus de païer ; & néanmoins si aucuns prétendent leursdites rançons excessives, se pourvoiront par-devant nos très chers Cousins les Connétable & Maréchaux de France, pour en être ordonné ce que de raison, & pour cet effet nous feront lesdits prisonniers amenés & représentés. Et pour le regard au Sieur du Goust & du Marquis de la Roche, ou ses cautions, feront leurs rançons moderées ; savoir, celle dudit Sieur du Goust, à quatre mille écus, compris les dépenses qui restent à païer ; laquelle somme ledit du Goust sera tenu de païer dans six mois, & sera élargi en baillant caution, & quant audit Marquis de la Roche, ou sesdites cautions, ladite rançon sera modérée à pareille somme de quatre mille écus, compris aussi les dépenses pour ce qui reste à païer de celle des gardes de ses cautions, & néanmoins demeureront les héritiers du feu Sieur de la Sollaye déchargés de la représaille dudit Sieur le Goust, réservant les actions aux cautions, & la défense au contraire en ce qui est de la rançon seulement.

XXVIII.

Les Commissaires & Garde géneral établis par ledit Sieur Duc aux vivres de munition de ses armées, leurs Clercs & Commis font déchargés de leur administration, & de ce qui s'est passé, fait & exécuté en icelle de l'Ordonnance de notredit Cousin, ou de ceux qui ont eu charge & pouvoir de lui, à condition d'en compter par ledit Garde, & n'en feront aucunement recherchés, encore que les formes n'aient été observées.

XXIX.

Toutes contraventions & actes d'hostilité commises pendant les tréves, & au préjudice des traités faits sur icelles, demeureront éteintes & abolies, ensemble les Jugemens & Arrêts, si aucuns auroient été donnés de part & d'autre, contre qui que ce soit, sans que recherche en puisse être faite ci-après.

XXX.

Pource que celui qui a eu la charge de l'extraordinaire de la guerre, a reçu quelques deniers des tailles, & autres publics des Géneralités de Poitiers & Tours, qu'il a confusément emploïés au fait de sa charge avec ceux de la Province & Géneralité de Bretagne; tellement que la dépense ne s'en peut séparer, le compte de tous lesdits deniers ensemblement rendu en la Chambre des Comptes à Nantes, & lui déchargé d'en compter à Paris, à la charge qu'il y sera porté un extrait des parties touchées desdites Géneralités.

XXXI.

Ceux qui ont assisté à la prise du Président de Riz, ses fils & gendre, n'en seront criminellement recherchés, & quant à l'intérêt civil, les parties demeureront respectivement en leurs droits, suivant l'Arrêt donné en notre Conseil, entre les Présidens de Riz & de Velix, auquel Sadite Majesté n'entend préjudicier pour ce regard.

XXXII.

Les Articles sécrets qui ne se trouveront inserés en cedit présent Edit, seront entretenus de point en point, & inviolablement observés, & sur l'Extrait d'iceux, ou de l'un desdits Articles, signé de l'un de nos Sécretaires d'Etat, toutes Lettres nécessaires seront expédiées.

XXXIII.

Si donnons en Mandement à nos Amés & Féaux Conseillers les Gens tenans nos Cours de Parlement, Chambres de nos Comptes, Cours de nos Aydes, Trésoriers Géneraux de France & de nos Finances, Baillifs, Sénéchaux, Prévôts, Juges, ou leurs Lieutenans, & tous nos autres Justiciers & Officiers, à chacun d'eux endroit soi, que ces présentes ils fassent lire, publier & enregistrer, garder, observer, & entretenir inviolablement, & sans enfreindre, & du contenu en icelles faire jouir & user tous ceux qu'il appartiendra, cessant & faisant cesser tous troubles & empêchemens au contraire ; Car tel est notre plaisir. Et afin que ce soit chose ferme & stable à toujours, Nous avons signé cesdites présentes de notre main, & à icelles fait mettre & apposer notre scel.

Donné à Angers au mois de Mars, l'an de grace 1598, & de notre regne le neuvieme.

Signé, HENRI.

Et plus bas, Par le Roi.

POTIER.

Et à côté, *Visa.*

Et scellé du grand scel en cire verte, sur lacqs de soie rouge & verte.

Lûes, publiées & regiftrées : Oui le Procureur Géneral du Roi, à Paris en Parlement, le vingt-sixieme jour de Mars 1598.

Signé, VOISIN.

Lûes, publiées & regiftrées semblablement en la Chambre des Comptes : Oui le Procureur Géneral, à la charge que le Roi sera supplié de pourvoir au remplacement des deniers qui étoient affectés au païement des arrérages des rentes constituées sur l'Hôtel de la Ville de Paris, & sans que la Chambre des Comptes de Nantes puisse prétendre à l'avenir l'audition des comptes, concernans le fait de l'extraordinaire des guerres. Fait le vingt-septieme jour de Mars 1598.

Signé, DANES.

Lûes, publiées & regiftrées : Oui sur ce le Procureur Géneral du Roi, à Paris en la Cour des Aides, le vingt-cinquieme jour de Mars 1598.

Signé, BERNARD.

Avertissement.

Avertissement.

A Cet Edit de la réduction de Bretagne, nous ajoutons la Remontrance qui s'ensuit, publiée en même temps.

REMONTRANCE AU ROI,

Contenant un bref Discours des miseres de la Province de Bretagne, de la cause d'icelles, & du remede que Sa Majesté y a apporté par le moïen de la Paix (1).

SIRE,

Nous vous reconnoissons pour notre Souverain Roi, & protestons de vouloir vivre & mourir en la fidélité, que nous vous avons vouée & saintement promise : nous reconnoissons aussi que vous êtes ordonné de Dieu, qui est le vrai Roi & Dominateur de l'Univers, pour commander sur nous. Car ce grand Roi, pour ne nous éblouir de la splendeur de sa divinité, n'a voulu ici-bas établir le Trône de sa Souveraineté & Puissance, mais seulement nous faire voir Sa Majesté par la représentation d'un Soleil au Ciel & d'un Prince en la République, auquel il communique son saint Nom, *Dii estis & filii Excelsi*, afin, disoit le Sage, que reconnoissant en lui quelque chose de Saint, de vénérable & plus qu'humain, nous l'eussions révéré & respecté, non point par une nécessité politique, qui dispose les Peuples & les Nations à l'obéissance de leurs Princes souverains, mais pour complaire à Dieu seul, auteur, amateur & protecteur de la dignité des Rois, qui sont ses Oints sacrés & ses biens-aimés, députés par lui & délégués pour nous représenter en terre sa divine bonté, sa Majesté & puissance.

Le Prince est l'ame de la République, l'étroit lien qui la retient : c'est la ferme colonne qui la fait subsister ; c'est l'esprit de vie, *quem tot hominum millia trahunt, nihil ipsam per se futuram, nisi onus & præda, si mens illa imperii subtrahatur.* C'est l'ancre sacré & le gouvernail qui

(1) Cet Ecrit a paru en 1598 *in-8°.* à Paris, chez Huby.

Tome VI.   Ffff

empêche que le Vaiſſeau de la République ne ſoit emporté par les vents, par les orages & par les tempêtes, comme un Navire ſans Pilote. Et tout ainſi que l'ame eſt plus excellente que le corps, & la raiſon que les ſens & appétits auxquels elle doit commander, de même eſt-il du Prince : il doit exceller ſur ſes Sujets, non-ſeulement en autorité & puiſſance, mais auſſi en probité & vertu, *Decorum enim eſt, ut probitate emineat qui dignitate. Cyrum audio lubens* (diſoit Xenophon) *qui non cenſebat cuiquam convenire imperium, qui non melior eſſet his quibus imperaret.* C'eſt auſſi ce que veut dire Auſone (1), *qui reclè faciet, non qui dominatur, erit Rex.*

Etant donc l'autorité & puiſſance des Rois donnée de Dieu, nous devons le reconnoître ſeul Ouvrier des Roiaumes, des Principautés & Dominations de la Terre : lui ſeul en eſt le Propriétaire, les Rois n'en ont que l'uſufruit, ils ſont ſeulement établis & ordonnés par lui, pour commander aux autres, pour faire garder ſa Loi au Peuple, & pour faire cheminer un chacun en juſtice, équité & droiture. C'eſt ce grand Dieu qui examine journellement leurs œuvres, qui pénetre leurs cœurs & qui ſonde leurs volontés, leurs cogitations & penſées. Que ſi étant miniſtres de ſon regne éternel, ils n'ont pas gardé la juſtice, s'ils n'ont pas cheminé ſelon ſa ſainte volonté, & s'ils ont manqué en la charge à eux déléguée, il les punira (dit le Sage) avec toute rigueur & confuſion ; & quant aux ſimples, il leur fera pardon & miſéricorde. La juſtice leur eſt principalement enjointe & commandée, comme Loi premiere de leur établiſſement. *Reges enim fruendæ juſtitiæ cauſa olim bene moratos conſtitutos, ut ſummos cum infimis retinerent.* A ce propos, diſoit le Poète, *hac una Reges, olim ſunt fine creati: dicere jus læſis, injuſta tollere facta.*

Ceux qui penſeroient que les Rois fuſſent ſeulement élevés au haut du théatre de la République, pour ſimples marques ou par une oſtentation de grandeur, ſe tromperoient grandement, comme auſſi de penſer que la cauſe de leur création ſoit pour paroître en félicité par-deſſus les autres, comme un Soleil entre les Aſtres. Ce n'eſt pas non plus pour y avoir leur aiſe, ni pour contenter leurs eſprits, à demi-enivrés de cette magnificence ; c'eſt ſeulement pour prendre ſoin du Peuple, pour en avoir la conduite, & pour le gouverner & régir, non point à la rigueur, comme l'on feroit des ſerviteurs & eſclaves, mais

____

(1) *Idill. Carmine* 342. v. 2. Edit. de 1730.

par la douceur & avec la raifon, comme un pere fait fes enfans & un pafteur fes brebis. C’eft-pourquoi Jupiter étoit appellé par les Anciens, Pere des Dieux & des hommes, & non
pas Seigneur ou Maître, pour faire entendre que tout gouvernement fe doit régler & conformer à celui du Ciel, auquel
l’on voit une domination proportionnée à celle du pere envers
les enfans. *Rex in Civitate*, difoit Séneque, *quaſi paterfami-
lias qui liberos, nepotes & familiam totam magna complectitur
benevolentia.* Autant en difoit Socrate : *Rex eligitur non ut
ſe molliter curet, ſed ut per ipſum hi qui elegerunt, bene bea-
teque agant.* Le même Seneque, adreſſant ſa parole aux Princes & aux Monarques, difoit : *Scias quiſquis hoc nomine Regis gloriaris, non ſervitutem, ſed tutelam tibi traditam, nec Rempublicam tuam eſſe ſed te Reipublicæ.* Et le Poète Claudian :

En Civem patriamque geras tu confule cunctis;
Non tibi nec tua te moveant, fed publica damna.

Auſſi Homere voulant faire connoître de quelle affection
doivent être les Rois & Princes à l’endroit de leur Peuple,
il les appelle fouvent du nom de Pafteurs, mais comme dit
Nazanziene : *Indignus lacte & lana convincitur Paſtor, ſi non
paſcit oves, & ſi non vigilat in cuſtodia gregis.* Et partant il
faut que les Rois reconnoiſſent qu’ils font envoïés du Ciel. *Ex
Jove ſunt Reges & à Jove educati.*

Sire, entre tous ceux qui ont jamais porté Sceptres, vous
avez gagné le prix en prudence, en valeur & en clémence :
ces trois belles vertus vous font familieres & comme particulieres ; c’eft ce qui rend votre Majefté tant redoutable à vos
Ennemis, tant recommandable entre toutes les Nations de la
Terre & à vos Sujets tant admirable. Le Sage adreſſant ſa parole aux Rois & aux Dominateurs de la Terre, leur difoit :
» Vous qui prenez plaiſir à vous feoir ſur les Trônes des Rois,
» aimez la fapience, afin que vous régniez éternellement ».
La plus grande prudence qui puiſſe reluire aux Grands, eft de
ſe connoître foi-même & de pefer fouvent & examiner la caufe
de leur création & établiſſement. *Regem oportet ſui ipſius primum Regem eſſe, & principatum in animi conſcientia habere.*
La prudence leur eft d’autant plus néceſſaire, qu’ils repréſen-
tent l’image vive de Dieu, qui eft la même fapience ; c’eft
lui qui les a ordonnés pour fervir d’exemple aux autres, &
pour illuminer, de leur vertu & bonne vie, tous les Peuples

auxquels ils commandent, comme un Soleil les aftres, de fa clarté & fplendeur. Le Roi prudent eft l'appui de fon Peuple & le foutien de l'Etat des Républiques : c'eft pourquoi un Ancien difoit, que les Roïaumes étoient heureux quand les Philofophes regnoient, ou que les Rois étoient Philofophes ; c'eft-à-dire, amateurs de fapience. Platon, fort à propos, les comparoit au plus précieux métaux, dont la valeur & le prix fe reconnoît à la pierre de touche & au fon. *Oportet Principem ficut argentum vel aurum probari, & ex omni parte circumfpici, atque in ædibus contemplari, ne quid forte habeat intra fe malæ admixtionis, vel materiæ vilioris, & raucum fonum admixtione æris vel plumbi refpondeat.* Ce dit Nazianzene (1) en la treizieme harangue.

S'il falloit auffi entrer en la confidération des chofes extérieures, qui ne fervent que de marque de votre Grandeur, ne trouveroit-on pas une vertu occulte en la figure de votre Sceptre & en la ftructure de votre riche Diadême, qui avec tant de rares graces & de perfections dont le Ciel vous a voulu douer, vous rend le plus admirable de tous les Monarques de la Terre ; c'eft le beau lys ; ce font les beaux fleurons de cette fleur, tant fuave & odorante, qui pare & embellit votre Couronne ; fleur, fur toutes, excellente ; fleur envoïée du Ciel, pour rompre & diffiper toutes les Dominations & Puiffances des Rois infideles, pour éteindre & étouffer le vice, & pour faire revivre & renaître en vous la vertu, l'honneur & la gloire de vos Aïeux. Ce font les riches joïaux & le prix fans eftimation de tant de conquêtes qu'ils ont remportées de leurs Ennemis, des Princes étrangers & des Peuples barbares, lefquels enflés du vent inconftant de leurs ambitions deméfurées, penfoient agrandir leurs Puiffances & leurs Empires, non pas de la façon que confeilloit autrefois Theopompus, par bonnes & faintes Loix, qui font comme les bafes & fondemens affurés des Monarchies ; mais par la force des armes, qui font journalieres & douteufes. *Iniquiffima bellorum conditio,* difoit Tacite, *profpera enim omnes fibi vindicant, adverfa uni imputantur.*

N'eft-ce pas folie de mettre & appuïer fa félicité fur une chofe fi frêle & fi incertaine, & de pofer fon efpérance en une chofe fi hafardeufe, fi inconftante & douteufe ? *Homini in bello bis peccare non licet ; nam aut perire neceffe eft, aut quod æque apud omnes miferum eft, occidere.* Les Anciens ont remarqué,

____

(1) C'eft-à-dire, Saint Gregoire, Evêque de Nazianze.

entr'autres propriétés du lys que, *Serpentum morsibus lilia sub-*
veniunt, vulneribus opitulantur, & ad nervos molliendos valent
plurimum.

Toutes ces belles qualités, Sire, se rapportent naïvement
bien au modele de vos actions, & à vos belles & saintes intentions ; car non seulement vous voulez que l'on rende à un
chacun ce qui lui appartient, qui est l'une des premieres & louables vertus qui reluisent en votre divine Majesté, mais aussi vous
défendez les bons de l'oppression des méchans ; vous faites punir les coupables & favorisez les innocens ; bref, vous faites
connoître à un chacun que la Justice vous est en singuliere recommandation par l'observation de tant de saintes Loix & le repos
de votre Peuple. Journellement vous en faites preuve, en recevant vous-même la Justice de la main de vos Juges & Magistrats, vous soumettant, comme un autre Lycurgus, aux Loix
& Ordonnances que vous avez faites : c'est fait prudemment
& afin de convier vos Sujets à faire le semblable, & à vous
rendre le devoir & l'obéissance que naturellement ils vous doivent. L'obéissance est le seul fondement de l'Etat, disoit Platon ; & ce grand Docteur Nazianzene n'en pensoit pas moins,
quand il disoit : *Ex legibus nostris hæc una admodum laudanda,*
& optime per spiritum lata, ut quemadmodum servi obtemperant
Dominis, uxores viris, Ecclesia Domino, Magistris Discipuli ;
ita etiam homines cuncti potestatibus sublimioribus sunt subditi,
non solum propter iram, sed propter conscientiam. C'est par l'o-
béissance que la République de Sparte a été tant renommée,
aïant emporté le prix d'honneur & de louange sur toutes les
autres Républiques, pour avoir su obéir à ses Supérieurs. C'é-
toit-là que les autres Peuples étoient invités d'aller, pour faire
leur apprentissage & recevoir l'instruction en cette belle vertu.
L'obéissance est donc la premiere Loi de l'Etat, délibérée & conclue au Consistoire éternel du Pere Céleste, écrite & signée du
sang innocent de son fils, gravée & marquée du sceau véritable de l'ardente charité de son esprit, & liée des attaches fermes
de notre Religion, pour être portée par tout l'Univers, sous
les aîles sacrées de l'Evangile. Solon, l'un des sept Sages de la
Grece, interrogé par quels moïens les Empires se pouvoient
longtemps maintenir & conserver en repos & félicité, répondit sagement, que c'étoit lorsque les Sujets étoient obéissans
aux Princes souverains & aux Magistrats, & tout ensemble
aux Loix & Ordonnances du Païs : *Leges sunt honoribus po-*

tiores, difoit Seneque. C'eft pour montrer qu'il n'eft ni féant ni licite à aucun de fe difpenfer ou émanciper de l'obfervation des Loix, qui doivent lier également & aftreindre un chacun. Les Rois doivent fouvent fe fouvenir du dire de ce grand Sénateur Cafliodore : *Cum omnia poffumus, fola credimus nobis licere laudanda.* Et difoit Xenophon, *nullas opes viro, & præfertim Principi, pulchriores & honeftiores effe virtute & juftitia.* Car, *remotâ Juftitiâ, quid aliud regna quàm latrocinia ?* difoit Saint Auguftin. La Juftice eft la fin de la Loi, la Loi l'œuvre du Prince, le Prince l'image de Dieu, qui tout régit & gouverne. Le Soleil au Ciel fe laiffe voir dedans un miroir à ceux qui ne le peuvent regarder : le Prince eft en la République & parmi les hommes comme une autre image de cette Divinité, qui doit être accompagnée de la lumiere de Juftice & de droite raifon ; lequel doit auffi fe former au moule & au patron de Dieu, par le moïen de la vertu, qui eft la chofe la plus belle qu'il fauroit jamais contempler, parcequ'eux fervent d'exemple au Peuple & de miroir pour bien vivre. *Recte facere fuos cives faciendo docent.* Et tout ainfi que le Soleil chemine plus lentement & fe remue moins, lorfqu'il eft plus élevé en la partie Septentrionale ; auffi les Princes doivent faire enforte que par la raifon & équité ils pefent & mefurent toutes chofes, ils répriment & arrêtent leurs puiffances. Car la raifon n'étant point écrite ès Livres, ni fur bois, ni ès écorces, mais imprimée dans les cœurs des Rois & Princes, toujours eft avec eux, les fuit & jamais ne les abandonne. C'eft cette Loi à laquelle ce grand Roi de Perfe fe foumettoit, quand il prenoit plaifir d'être réveillé chaque jour par un de fes Chambellans, en cette façon : » Leve-toi, Sire, afin de donner ordre aux affaires meforomaf- » des ». C'eft-à-dire, ce grand Dieu t'a ordonné pour pourvoir, reconnoiffant par-là que les Rois font Miniftres de Dieu & commis par lui pour la vie des hommes.

Archidamus interrogé comme la République de Sparte s'étoit fi longtemps & fi heureufement maintenue en paix, union & concorde, répondit, que c'étoit par le moïen des Loix qui avoient la fouveraine domination & fuperintendance, qui commandoient abfolument. *In legibus falus civitatis pofita eft,* difoit Ariftote. *Jus & æquitas,* difoit ce grand pere d'éloquence, *funt vincula civitatum.* Mais au contraire, quand les Loix font foulées aux pieds, font en mépris, & qu'elles reffemblent aux toiles des araignées, qui ne retiennent que les plus petites mouches, lors les Républiques ne peuvent longtemps durer, il faut qu'elles tombent en ruine, & enfin, en une servitude misérable de ses Ennemis ; car où les Loix sont sans vertu & puissance, la crainte n'y est point. Si la crainte manque, il n'y faut chercher ni honneur ni respect ; & l'un & l'autre défaillant n'y peut-on voir qu'une déréglée licence de mal faire, une confusion de toutes choses, un mépris du Prince & des Magistrats, & une finale ruine de l'Empire & Monarchie ; & pendant ce désordre, chacun pense être acte méritoire, de briguer & emporter par force les dignités, états & honneurs, exciter remuemens & séditions, émouvoir le Peuple, faire ligues & monopoles, & de ravir & ôter injustement le bien d'autrui & impunément s'en servir.

Il ne faut point tirer d'ailleurs la cause de tant de malheurs que nous avons vus, depuis dix ans notamment, ni la source & origine de tant de séditions & révoltes, qu'en ce seul mépris, qu'en cette désobéissance. *Nullum malum majus inobedientia*, disoit Sophocle, *hæc perdit Urbes, ista perdit & Domos, vastasque reddit Martis in certamine : Hæc terga vertit, ritè sed parentum res, atque vitam servat auscultatio.* Et au contraire, l'obéissance maintient l'Etat des Républiques, *Firmissimum est Imperium quo obedientes gaudent.* Mais il faut un devoir réciproque, *& parcere decet jussis, & gratia juberi.*

Si on demandoit qui a fait aucuns s'armer contre leur Prince, contre leur Païs & contre leurs Concitoïens, la réponse est prompte, que c'est la liberté de mal faire, l'ambition de commander, l'avarice, & en somme la désobéissance de tous en général, & de chacun en particulier, au Prince, aux Loix & aux Magistrats.

Ambitio multos mortales falsos fieri subegit, aliud clausum in pectore, aliud in lingua promptum habere, amicitias, inimicitiasque non ex re, sed ex commodo æstimare, magisque vultum quam ingenium habere. Nous reconnoissons véritable ce que disoit un Poète : *Plures Reges non regna colunt, plures fulgor convocat aulæ, cupit hic Regi proximus ipsi, clarusque latas ire per Urbes, urit miserum gloria pectus.* De l'ambition vient l'avarice, comme par une suite nécessaire. *Trudis avaritiam cujus fædissima nutrix ambitio*, dit Claudian. Et de l'une & de l'autre vient infailliblement la ruine des Républiques. C'est pourquoi l'on tient pour une maxime d'Etat ce que disoit un Ancien : *Emitur sola virtute potestas.*

L'on a vu le Sujet contre fon Roi, le Citoïen contre fon Païs, le pere contre le fils & le fils contre le pere, porter le flambeau & le glaive pour embrafer & réduire en cendre ce floriffant Etat de la République Françoife. L'on a vu des plus fcélérats, des plus impies & méchans fe fervir du beau prétexte de Religion Catholique & d'union, non feulement pour pallier leur ambition, mais auffi pour dévorer, effacer & éteindre la mémoire de tant de forfaits par eux commis ; pour couvrir tant de voleries, tant de meurtres, d'affaffinats, violemens, adulteres, d'inceftes, de brulemens & fortileges, & autres telles impiétés, defquelles il femble que le Ciel, pour l'horreur d'icelles, menace encore les auteurs, & en demande la punition & vengeance. D'où ont procédé tant de maux, finon du mépris des Loix, des Magiftrats & du Prince ? Le mal s'étoit trop invétéré pour y remédier, le feu ébrandi difficilement s'éteint ; difficilement auffi la maladie aigüe fe peut guérir après qu'elle a pris fon cours, *temporibus medicina valet, data tempore profunt, & data non apto tempore vina nocent.* De même eft-il des entreprifes pernicieufes, quand elles ne font prévues & diffipées auparavant que d'être exécutées.

Les Rois ont été premierement ordonnés pour rendre la juftice au Peuple, ils ne portoient autre nom que le nom de Juges. Les Magiftrats ont été depuis commis pour fecourir & aider les Rois, pour commander en leur abfence, & pour rendre, fous leur autorité & aveu, la juftice à un chacun ; ils ont été élevés comme fortes colonnes pour appuier la pefante Majefté de leurs Couronnes. Ils font en la République comme le cœur & le foie, qui départent & diftribuent le fang, & les efprits aux veines & arteres. Ils reffemblent à l'eftomach, où chaque membre du corps humain va prendre fa nourriture ; au pole vers lequel la pointe de toutes nos actions eft toujours tournée, & finalement aux miroirs ardens qui ne peuvent brûler que par la réflection des raïons du Soleil. Ils font eftimés comme du corps d'icelui, tenus & réputés comme fuite néceffaire de fa dignité, comme reffors de fa Couronne, & comme parties effentielles mêlées & confufes avec la Roïauté : car fans fon autorité ils ne peuvent rien ; mais en même-temps, plein de confufion & défordre, les Loix ont été fans vertu & efficace, & les Magiftrats fans autorité, crainte & refpect, & vous-même n'avez pû être obéi & refpecté par les vôtres mêmes, & non-feulement par le fimple Peuple, mais auffi par beaucoup de Grands. Un
Antigonus

Antigonus trouva mauvais le préſent qui lui fut offert d'un traité
de la juſtice pendant qu'il étoit en guerre, comme s'il eut voulu dire que toutes choſes étoient licites & permiſes à ceux qui
manioient les armes, ou que la Juſtice n'avoit point de lieu
quand la force dominoit. Ce n'étoit pas ſuivre ce bon conſeil
que donnoit Tite Live aux Monarques de ſon temps, & à ceux
qui commandoient au Peuple : *Ne unquam*, dit-il, *animum veſ-
trum penetrent hæ voces in armis jus eſſe, & omnia virorum for-
tium.* Car il faut croire que la juſtice eſt comme la médecine de
nos ames, qui diſſipe & conſomme les humeurs peccantes, mauvaiſes, corrompues & gâtées; & ſi en aucun temps ſa prudence
eſt requiſe & néceſſaire, c'eſt principalement en un ſiecle de
fer & en temps de guerre. *Nam ut quæ corporibus eveniunt ægro-
tationes, Medicorum ope & induſtria curantur, ſic animorum feritatem propulſant, ac ejiciunt Legiſlatorum & Magiſtratuum ſen-
tentiæ :* ce dit Demoſthene.

1598.

REMONTR.
AU ROI.

Sire, votre Province de Bretagne, que vous dites être un des
yeux de la France, a été longuement & vivement atteinte en
quelques endroits de ce mortifere venin de rebellion ; elle a
reſſenti, à ſon très grand malheur, les fâcheux effets des révoltes, & que *omnia ſunt in bellis civilibus miſera.* Mais bien plus
miſérables d'avoir vu ſouvent les gens de guerre *vagari villas &
agros diripientes, pecoris & mancipiorum prædas certatim ambi-
gentes.* Nous avons vu ſi ſouvent non-ſeulement les Etrangers,
mais nos Voiſins & nos Concitoïens mêmes (qui auparavant
avoir été touchés de cette lepre de diviſion, vivoient ſous
mêmes loix que nous) s'inviter les uns les autres à ces miſérables dépouilles, voire aux funérailles de la Province qui les a
élevés & nourris. *Horrendum quidem ſpeċtaculum !* Nous ne diſ-
ſimulons point pour dire que *in eas anguſtias communis patriæ
fortuna deduċta erat, ut extrema etiam eſſent timenda.* L'on a vu
les Laboureurs, les Veuves, les Orphelins & autres perſonnes
miſérables, qui devoient être exemptes de telles rigueurs ſuivant
les anciennes Loix de la guerre & par la raiſon, *fugere in cam-
pis, ſequi, capi, occidi, & multis vulneribus receptis, neque am-
pleus fugere poſſe, neque quietem pati.* Et ſi d'aventure il s'en eſt
trouvé qui aient pu éviter telles cruautés, ils ont été finalement
contraints de ſe retirer ès bois & forêts, comme à un aſyle, eſpérant trouver plus d'humanité entres les bêtes brutes & farouches, & qui ſont ſans raiſon, qu'ailleurs entre les hommes,

qu'ils ont trouvés fans merci , & fans compaffion. *Res quidem non literis , fed lacrimis defcribenda.*

Si avec leurs cris & clameurs trop fréquens , ils ont fouvent fait retentir l'air par le redoublement de leurs plaintes , s'ils ont pénétré le Ciel de leurs voix débiles, s'ils ont ufé de cette imprécation contre ceux qui les affligeoient ; *Dii te fummoveant, ô noftri infamia fecli , orbe fuo tellufque tibi pontufque negetur!* c'eft la véhémence de leur mal qui les y a pouffés, provoqués & contraints. Après Dieu , ils ont eu recours à vous , Sire , pour les venger de tant d'injures & de calamités fouffertes , & pour les remettre & reftituer en leur premiere liberté. Ce n'eft point fans caufe qu'on vous appelle Pere du Peuple ; c'eft pour avoir foin de nous comme de vos enfans , & pour nous couvrir des aîles de votre vertu ; & véritablement vous avez été tellement ému & fi vivement atteint de nos plaintes, jufqu'à l'intérieur de votre cœur , qu'auffi-tôt vous avez pris cette fainte réfolution de fecourir cette pauvre Province , & d'y apporter les remedes que vous jugiez à propos & falutaires pour fa libération. C'étoit ce que nous défirions & attendions de votre heureufe venue; *Sol defideratur ut radios fuos , & terræ, & hominibus, & animantibus cunctis impertiatur.* Et fi cette efpérance qui nous reftoit feule du naufrage , a eu la vertu de raffurer nos efprits chancelans de la crainte & de l'horreur de nos maux ; combien à plus forte raifon devons-nous être raffermis & fortifiés de votre préfence tant défirée, qui en un moment a changé cette grande douleur en joie, & toutes peines & travaux en un merveilleux contentement, nos voix débiles & nos plaintes en un chant de réjouiffance, & nos vifages défigurés , en faces joïeufes ? *Ut enim placitum mare ex afpero , cœlum ex nubilo ferenum hilari afpectu fentitur : fic bellum pace mutatum plurimum adfert gaudii.* Y a-t-il rien de plus agréable qu'une telle mutation ; *gaudium fubiit, poft laborem quies , poft naufragium portus ; placet cunctis fecuritas, fed ei magis qui timuit ; jucunda omnibus , fed evadenti de poteftate miferiarum jucundior.*

C'eft donc le bonheur de votre venue , Sire , qui nous caufe ce grand bien & cette defirée mutation ; vous êtes venu en perfonne voïant la Province tant agitée d'orages & de tempêtes pour jetter l'ancre facrée de notre falut, pour nous faire voir le port ; & ce que nous attendions, vous avez apporté le fanal pour nous guider hors de ces dangereufes firtes & de ces gouffres profonds de guerre ; vous avez fait comme le Dauphin , duquel l'on remarque que pendant la tourmente , & lorsqu'il voit le navire agité des vents, & en hazard d'être submergé , il accourt promptement à l'ancre & au gouvernail , & le serre de telle façon qu'il empêche qu'il ne soit emporté & arraché par la force & violence des vents courroucés & émus. Et tout ainsi que la mer affermie , applanie , & arrêtée par la venue des Alcions , & rendue sans pluie, sans vague & sans vents ; de même est-il de votre venue : car cette mer de miseres a été rendue bonnace ; vous avez dissipé ces nuages & heureusement donné le jour à notre liberté premiere , ce qui est plus étrange & admirable ; mais c'est que vos ennemis n'ont point si-tôt su votre sainte résolution , qu'ils n'aient été saisis de crainte, de fraïeur , d'appréhension : de sorte que cela seul les a fait pénétrer jusqu'au centre de leur devoir , & les a contraints d'entrer en la considération de leurs malheurs prochains, s'ils se veulent opiniâtrer contre la raison. Ils ont donc pensé au dire de Léon , grand Docteur d'Eglise. *Si nos erigimur , illi corruent ; si nos convalescimus, illi infirmantur : remedia nostra plagæ sunt eorum , quia curatione nostrorum vulnerum vulnerantur.*

Vous voïant venir pour nous défendre , pour nous rédimer de cette misérable servitude où nous semblions être confinés, ils ont pensé que notre secours étoit leur ruine , c'est ce qui les a fait recourir à votre douceur & clémence.

Nos plaintes, à la vérité, ont été importunes pendant la véhémence de notre mal, & lors des fâcheux accès de notre fievre : car voïant tant de calamités , qui n'eut été ému & outré de douleurs ? *tot enim proscriptiones vidimus ob divitias , tot cruciatus virorum & mulierum , tot vastatas urbes fugâ & cædibus civium , tot miserorum bona quasi hostiles prædas venum aut dono datas.* Notre douleur étoit trop grande pour la porter si patiemment , & à la vérité c'eut été trop d'injustice de souffrir tant de vives pointes de mal , sans que la douleur eût eu la liberté de se plaindre , d'en demander raison , sans qu'elle pût chercher l'aide & le secours du monde convenable pour adoucir un si grand mal. Nous pouvions bien dire sans dissimulation , que souvent nous n'avons eu que les larmes & les foibles soupirs, pour décharger par nos cris pitoïables , les hocquets reserrés qui nous pressoient de telle sorte le cœur , que nous étions contraints de cacher d'un mortel silence le sentiment de tant de maux : cela est ordinaire ès guerres civiles , auxquelles *hæc jure culpantur nocendi cupiditas, ulciscendi crudelitas, implacabilis animus, feritas rebellandi, & dominandi libido.* Nous avons vu & experimenté tout cela, nous en avons ressenti les effets, & de toutes les miseres & calamités qui se pouvoient excogiter. *Sed tacenda sunt fortunæ damna, ne sera consultatio scindat præteriti doloris cicatricem.*

Etant donc ému de nos plaintes, & poussé de l'ardente affection que vous portez au soulagement de votre pauvre Peuple, vous êtes venu, Sire, pour nous secourir & aider, pour nous garantir & défendre de tant de maux, & nous retirer de cette misérable sujétion ; vous êtes venu en armes comme un autre Manlius, pour donner terreur & étonnement à vos Ennemis, lesquels n'ont point eu la résolution, ni l'assurance de vous attendre, sachant votre valeur & courage invincible ; ils vous ont prévenu par une autre voie, sachant qu'ils n'eussent pu résister à votre valeur ; ils se font soumis à votre douceur & clémence, ne cherchant qu'une abolition des fautes passées ; & à l'exemple d'Auguste César, qui en faveur d'un Habitant qu'il aimoit, pardonna à tous ceux d'Alexandrie, vous avez, en contemplation de ceux qui vous ont fidelement servi, & ne se font partis de votre obéissance, pardonné aux autres. Vous avez donc suivi le conseil de ce grand Capitaine, qui disoit en Tite Live, que la paix ne se devoit faire que les armes à la main. *Modo bellum ostenditis, pacem habebitis, videant vos paratos ad vim, jus ipsi remittant.* Nous vous avons requis & justement importuné de nous secourir, *& ut dares nobis finem & patientiam invocavimus te, & tu cogitasti super nos cogitationes pacis & non afflictionis.* Vous n'êtes pas seulement venu pour nous, qui sommes demeurés constamment en notre devoir & en l'obéissance que nous vous avons vouée & promise, mais aussi pour vos Ennemis qui nous ont ci-devant affligés de toutes les cruautés que leurs esprits rebelles ont pû excogiter à notre ruine ; vous avez donné aux uns & aux autres la paix, *& cùm victoriam prope in manibus haberes pacem non habuisti ut scirent omnes te suscipere bella & finire.* Vous êtes toujours le vainqueur, quoique l'on dise, *nemo nisi victor bellum pace mutavit.*

Votre Majesté, Sire, a souvent entré en considération de nos malheurs, & recherché les moïens de nous en rédimer ; elle a pensé que, *omnia sunt in bellis civilibus misera, sed nihil miserius quam ipsa victoria* ; elle n'a point usé de rigueur ni

de féverité pour punir les rebelles, car en les puniffant nous
euffions nous-mêmes pâti, comme étans nos concitoïens, nos
parens & nos alliés. *Intereſt*, diſoit Symmaque, *fereniſſimo-*
rum temporum gloriæ, ut ſicut omnibus in hac vita poſitis com-
munis patria eſt, cœli ſpiritus, lux diei, ita clementiam maxi-
mi Principis ſentiant vota & facta cunctorum. Il eſt bien certain que *bellorum ſunt egregii fines, quoties ignoſcendo tranſi-*
gitur. Nous ferions donc bien mal-aviſés de murmurer de la
grace & faveur que vous avez faites à vos Ennemis ; j'entends à
ceux qui s'étoient diſtraits & féparés de vous, & qui s'étoient
émancipés du devoir & de l'obéiſſance qu'ils vous devoient.
Puiſque Votre Majeſté l'a voulu ainſi ; nous ne pouvons, ſans impiété, trouver mauvais cette benigne réconciliation ; il vaut bien
mieux pardonner à ceux qui ſe ſoumettent, qu'en les traitant
à la rigueur, les ranger à un déſeſpoir, & mettre au haſard
ce que nous jugeons être en notre puiſſance : *Vicit ratio par-*
cendi, ne ſublata ſpe veniæ, pertinacia accenderetur. Car comme
diſoit un Ancien, *graviſſimi ſunt morſus irritatæ neceſſitudinis.*
La vertu plus digne d'un grand Roi eſt la clémence.

> Principio magna cuſtos clementia mundi :
> Hac Dea pro templis & thure calentibus aris,
> Te fruetur, poſuitque ſuas hoc pectore ſedes.

C'eſt pourquoi un Ancien diſoit : *Qui benignitate & clemen-*
tia imperium temperavere, his candida & læta omnia fuiſſe etiam
hoſtes æquiores quam alii cives. Auſſi faut-il reconnoître & con-
feſſer avec Seneque : *Principi non minus turpia multa ſuppli-*
cia, quam multa funera Medico. Il faut que les Princes & Monarques, pour ſe rendre dignes de commander & pour éternifer
leur mémoire à la poſtérité, faſſent ce que dit le Poète :

> Sis pius in primis : nam cum vincamur in omni
> Munere ſola Deos æquat clementia nobis.

Entre toutes les vertus, Sire, que nous reconnoiſſons en
vous, la douceur & clémence vous eſt en finguliere recommandation ; car facilement vous remettez les injures reçues, facilement vous pardonnez les fautes & offenfes, & cela vous ôte
toute appréhenfion de vos Ennemis mêmes. Il eſt plus féant
à un Prince de remettre l'offenfe qui lui eſt faite, que de la

punir par la rigueur des Loix. *Sævitia plus timoris quam potentiæ addit, & ut arbores recifæ pullulant, ita Regis crudelitas auget inimicorum numerum.* Cette belle vertu vous a rendu recommandable fur tous les Monarques qui ont jamais porté Sceptres, vos Ennemis mêmes; c'est-à-dire, ceux qui quelquefois fe font éloignés de vous, l'ont aussi reconnu & avoué, & vous estiment encore le plus grand Roi & le plus clément, facile, & accessible qui foit au monde.

Quelqu'un, à l'aventure, fe trouvera fi critique & tant ennemi de votre vertu que de murmurer à l'encontre de votre Majesté à caufe de la grande douceur, débonnaireté & clémence dont vous avez ufé, & dira volontiers à propos de cette réconciliation que vous avez faite avec ceux qui s'étoient dévoïés de leurdevoir & éloignés du refpect & de l'obéissance qu'ils vous doivent. *Bonum est cùm puniuntur nocentes, hoc negabit nifi nocens.* Et comme difoit Arnobe: *Crefcit multitudo peccantium cum redimendi peccati facilis fpes datur, & facile itur ad culpas ubi est venalis innocentium gratia.* Et ajoutera finalement avec ce grand Leon: *Cavendum est magis fedatis turbinibus ne adverfarius qui in apertis perfecutionibus inefficax fuit, quod nos periculi ictu afflictionis lapfu ejiciat voluptatis.* Mais on lui répondra avec Seneque: *Melius est fanare vitiofas partes quam exfecare.* Et avec un autre Ancien, que *omnis animadverfi debet non ad ejus utilitatem qui punit, fed ad Reipublicæ commodum referri.* C'est pourquoi l'on tient, que *benigni Principis est ad clementiæ commodum, tranfilire interdum terminos æquitatis quando fola est mifericordia, cui omnes virtutes cedere honorabiliter non recufant.* Pline confeilloit à fon Prince: *ut ita cum fuis civibus quafi parens cum liberis viveret, nec reverentiam, inquit, terrore, nec amorem humilitate captabis.* Parceque, *remiffius imperanti melius paretur. Et jure & amore provinciæ retinentur.* Il est donc certain que le Prince *qui vult amari, languida regnet manu.* Et comme difoit le même Seneque: *Confulere patriæ, parcere afflictis, fera cæde abstinere, tempus atque iræ dare, orbi quietem, fæculo pacem fuo, hæc fumma virtus, hac cælum petitur viâ.*

Il ne faut donc point murmurer de cette heureufe réconciliation & de cette réunion des membres avec leur Chef, des parties avec leur tout; ne portons point d'envie à la fortune de ceux qui s'étoient diftraits & féparés de nous, & qui ont rencontré un Roi fi doux & clément, & beaucoup plus prompt à leur pardonner qu'ils n'ont été à l'offenfer. *Æquum est de*

peccatis veniam poscentem reddere rursus, disoit Horace. Et Claudian : *En adsum & veniam confessus, crimina nosco.*

Il leur a pardonné , & pourquoi ? parcequ'ils avoient failli &
qu'ils avoient été rebelles : pour le moins aurons-nous cet avantage sur eux, d'être toujours constamment demeurés en notre
devoir, sans avoir manqué au respect & en l'obéissance que
nous vous devons, l'on ne pourra donc rien nous improperer
de tout cela. Si nous avons souffert de grandes pertes par telles
rebellions & révoltes, ce ne sont que biens de fortune , n'en
regrettons point la perte, puisque nous recevrons tant de contentement par le moïen de cette douce réconciliation qui rallie
les cœurs, les volontés & pensées, si long-temps aliénées.
Deus auctor est pacis & concordiæ, non dissentionis. L'on ne
pardonne point à ceux qui n'ont point offensé : c'est une belle
marque pour la postérité, d'avoir toujours été fidele à son Roi,
& de n'avoir rien commis qui méritât abolition , grace & faveur si extraordinaire.

Voilà en somme la différence qu'il y a entre les uns & les
autres : si on les estimoit plus gens de bien que nous, pour
avoir été rebelles sous le beau prétexte de Religion , nous aurions quelqu'occasion de nous émouvoir & de nous plaindre
de cette réconciliation ; mais ils ont eu honte de leur péché ;
ils ont poursuivi une abolition , & ont voulu effacer cette tache , & envier l'heur de ceux qui ont toujours marché dans
la carriere de leur devoir , & qui ont suivi la trace de leurs
yeux, tant desireux de conserver ce beau titre de fidele à leur
Roi. Tout ce que nous desirons donc, c'est d'être censés &
réputés comme tels, & que la postérité ne nous répute comme
participans aux fautes que nous n'avons faites.

Sire, nous sommes si contens & satisfaits de votre heureuse
venue, nous sommes tant édifiés & réjouis du beau présent
que vous nous avez fait, qu'il n'est pas possible que nous puissions
murmurer contre votre volonté & contre le bonheur des autres.

> Pax optima rerum quas homini novisse datum est,
>   Pax una triumphis innumeris potior ,
> Pax custodire salutem , & cives æquare potens.

Vous ne pouviez pas nous faire oublier la mémoire de tant
de miseres & de calamités que nous avons souffertes pen-

dant ces guerres, que nous en ôter l'amertume par le moïen d'une paix & par cette sainte réconciliation, qui est comme une Loi d'oubliance des choses passées, *pacem contemnentes & gloriam appetentes pacem perdunt & gloriam.* Quand il nous prendra quelque souvenir des pertes que nous avons eues, incontinent ce mot de paix nous contentera merveilleusement, *vita quæ agitur in pace post bellum fit dulcior reddita tristibus narrationibus ; & homini sanitatis majori afficit dulcedine nostros sensus, si ex tristi aliqua ægritudine ad se redeat natura.* Si l'on demande à un chacun ce qu'il pense de la paix, s'il n'est ennemi de soi-même, il ne craindra de répondre avec cet Ancien, *Quanti hoc existimem, ut rursus pacem videam & tribunal ornatum & præconem silentium imperantem, utinam statim morerer ubi primam figuram patria receperit !* Il pensera aussi renaître & venir comme à un nouveau Monde, exempt des miseres passées, & jugera sa condition beaucoup plus généreuse qu'auparavant, & lorsqu'on ne voïoit autre chose, *quam gemitus plebis, quam lachrymas continuas per singulas domos omnibus qui patiebantur inter se complorantibus, quam sonitus lamentantium in civitatibus, sonitus in agris, in viis, in solitudinibus, vox una omnium miseranda,* disoit ce grand Evêque de Césarée, Saint Basile : *& tristitia loquentum sublatum gaudium, & in luctum mutatæ festivitates nostræ.* Voïant maintenant tout le contraire, par le doux avénement de la paix tant desirée ; qui ne seroit ému en soi-même ? & qui ne diroit avec Nazianzene : *Pax amica, & res nomine ipso suavis & jucunda, quam nunc populo datam modo sinceram & fuci ex partem pax, si vera, publico pacto, Deo teste, bella abrogans, pax amica meditatio mea, decus meum, ubinam tanto temporis spatio nos reliquisti ? Equidem nos te supra mortales, expetitam amplectimur eo animi affectu, ut nec patriarcha ille Jacob paribus unquam luctibus lacrymisque Josephum deperditum, à fratribus divenditum, & ut ipsi videbatur à ferâ ereptum & laniatum.* Disons donc aujourd'hui à la venue de cette paix : *Linguam meam solvit alacritas, & sermonem libentissimum dono, paci offero ; nam cùm prius à nobis seditiose membra nostra dissiderent, corpus istud sic divisum esset & dissectum ut ossium nostrorum dissipatio inferni penè dissipationem excederet.* Disons aussi avec le Poëte :

Nulla salus bello, pacem te poscimus omnes.

A.

A la venue de cette paix nous oublierons nos maux passés : *Invisum namque malum, gaudio bonorum oppressum emoritur*, disoit Pindare. La guerre nous a apporté beaucoup d'incommodités & de pertes, la ruine aux uns & la mort aux autres, *nobilitas cum plebe perit, lateque vagatur ensis, à nullo revocatum est pectore ferrum. Stat cruor in templis, multa rubentia cæde Lubrica saxa madent, nulla sui profuit ætas; non senis extremum piguit ferventibus annis, precipitasse diem, nec primo in limine vitæ, infantis miseri nascentia rumpere fata.* Les horreurs & cruautés nous doivent bien la faire détester, *ubi arma, ubi ferrum, ubi tuba sonans, phalanges hastis inhorrescentes & scutis, ubi galeæ, ubi conflictus, cædes, fugæ, gemitus, ululatus, ubi terra sanguine madet, mortui conculcantur, socii reliquuntur atque omnia experta quæcumque in aspero bello accidere solent.* La paix au contraire nous apporte tout contentement, & nous fait oublier la mémoire des calamités passées. *Ut enim superveniente sanitate morbus evanescit, ac luce apparente tenebræ non relinquuntur; ita cùm pax apparuit, solvuntur, omniaque ex contrario conflantur incommoda.* La paix n'est autre chose qu'une union de volonté, qu'une affection mutuelle conjointe par un étroit lien d'amitié & de dilection : *adversus & popularem & proximum. Quid pax? nisi adversus odium, iram excandescentem, invidiam tenacem, injuriarum memoriam, simulationem, clades & calamitates belli quasi premuniens remedium.* Nous devons donc estimer heureux le jour qui nous a éclos un si grand bien, & avons bien occasion de dire : *Hæc est dies quam fecit Dominus, exultemus & lætemur in ea.* Dieu est véritablement l'Auteur & Créateur de toutes choses; c'est lui qui a fait les ans, les mois, les jours, les heures & les saisons, & qui a disposé toutes choses selon sa volonté : rien n'a été ouvré de ses mains qui ne soit bon & parfait en sa création. Si l'on estime quelques jours plus heureux que les autres, c'est pour les graces particulieres, les faveurs & bénédictions qu'il fait reluire sur nous, selon que nous lui en donnons plus de sujet par nos saints vœux, nos actions & bons comportemens.

Les Anciens, à l'avanture, trop superstitieux ont remarqué des jours heureux & des mois bien plus heureux les uns que les autres, sans autrement en rechercher la cause, & sans considérer pourquoi sa divine bonté fait souvent distiller sur nous ses saintes graces. Ils ont donc appellé ces jours qu'ils estimoient heureux, quelquefois *albos*, quelquefois *lætos*, quelquefois *pulchros*, ou *faftos*, ou *nefaftos.* C'eft ce que veut dire le Poëte : *Omnibus iftis ne fallere cave, protinus ater erit.* Et le Lyrique : *Creffâ ne careat pulchra dies notâ.* Et entre les mois, ils ont penfé que le mois de Mars étoit le plus favorable & plus heureux, aïant remarqué comme nous, plufieurs chofes qui avoient fuccédé au même temps. La paix entre les Romains & les Sabins, fut conclue & arrêtée en ce mois. En ce mois *pueri ingenui togam virilem induebant ; novum ignem Veftæ areæ accendebant Romani.* En ce mois, *in regia curiifque, & in Flaminiorum domibus laureæ veteres novis laureis mutabantur. Comitia aufpicabantur, & ancilia arma Martis cælo lapfa faltu circumferebant, vectigalia locabantur.* Les Juifs, au même mois, & à certains jours *tabernaculum confecrabant, Pafcha celebrabant, ob excuffum Ægyptiorum jugum vefcebantur azimis per dies feptem continuos.* Bref, en ce mois l'on a vu arriver plufieurs chofes dignes d'être remarquées. Vous avez à pareil mois vaincu vos Ennemis, remporté tant de belles victoires, tant de Villes prifes par force, & autres rendues en votre obéiffance, non à caufe du temps, du jour, ou du mois, à la vérité (jà à Dieu ne plaife que nous y mettrions telle vertu) mais pour fervir de mémoire à la poftérité, des dons, graces & bénédictions que Dieu vous a envoïées, & à même temps la paix nous eft donnée, & que ce grand Dieu, Créateur de toutes chofes, voulant fe reconcilier avec nous, s'eft incarné, & puis a fouffert mort & paffion pour la rédemption du genre humain.

Sire, votre pauvre Peuple a donc bien occafion de fe réjouir à l'avenement de cette paix tant defirée, & de rendre graces immortelles à ce bon Dieu, de fe voir tiré de cette captivité, miférable fervitude & goufre profond de miferes, de confufion, de défordre, qui menaçoit la ruine de cette République Françoife. Nous devons bien auffi redoubler nos vœux & nos prieres pour votre profpérité & pour la manutention de votre État, à ce qu'il lui plaife le conferver. Les anciens nous en ont donné l'exemple, & nous ont tracé ce pas : & entr'autres Tertullian quand il dit : *Sine monitore precantes fimus femper pro omnibus Imperantibus illis vitam proximam, Imperium fecurum, domum tutam, exercitus fortes, Senatum fidelem, populum probum, orbem quietum : Oramus etiam pro miniftris eorum & poteftatibus, pro ftatu fæculi & pro rerum quiete.* Nous ferions facrileges & impies, fi nous manquions en ce devoir ; car comme il dit :

*Si Deos non colitis, & pro Imperatoribus sacrificia non impen-
ditis, sacrilegi & Majestatis rei estis.* Saint Paul nous l'a aussi
enseigné quand il dit : *Rogate pro Regibus & potestatibus, ut
quietam & tranquillam vitam cum ipsis agamus.*

Ce seroit aussi une ingratitude à nous de manquer en ce point,
vu le sujet que nous avons de prier Dieu pour votre prospérité.
Nous vous reconnoissons pour le plus grand Roi du Monde ,
le plus prudent, hardi & valeureux qui soit sous le Ciel : Vous
êtes Successeur de la gloire des Rois de France, comme de
leur Couronne : vous avez été ordonné de Dieu, pour retirer du tombeau l'honneur de ceux que ces misérables troubles
de guerres civiles avoient enseveli dedans les ruines de ce pauvre Roïaume, depuis quarante ans, & pour redresser les trophées des anciennes vertus des François, à la gloire de leurs
neveux, qui vous ont toujours fidellement assisté ; le temps les
avoit enterrés dans la confusion de tant de guerres civiles.

Vous êtes aussi envoïé pour faire reverdir ce beau Lys &
ces riches fleurons de votre diadême, d'un million de victoires. Nous pouvons bien dire de vous ce que disoit un Ancien
d'un Monarque de son temps : Vous êtes Roi invincible, vous
êtes infatigable. *Reges corpus laboribus exercent, sub dio degunt,
& in armis juventutem suam exercent : populi ubique theatrum es ,
nam & præsentium oculos in te convertis , & in absentium auri-
bus resonas.*

Vous êtes , Sire, en telle admiration , non-seulement entre
les vôtres, mais aussi entre les étrangers & barbares , qu'ils sont
contraints de confesser que vous êtes digne de commander à tout
le monde : & à la vérité, il semble que Dieu vous ait choisi
pour venger tant d'indignités faites en la France contre son
saint Nom , & pour purger d'une justice remarquable toutes les
injures passées. Dieu vous a fait naître avec tant de graces & de
bénédictions, vous a paré de tant de belles vertus, vous a composé
de tant de belles & excellentes parties , qu'il ne s'en peut desirer
de plus grandes en un bon Prince pour le rendre admirable.
Dieu vous a donné au Monde comme un Soleil, pour illuminer les autres des raïons de votre vertu , & pour dissiper tant
de nuages de vices, de corruptelles & d'abus, tant d'injustices
& d'impiétés qui l'enveloppent : il vous a aussi fait lever sur
nous comme un nouvel astre pour servir d'adresse à tant de
pauvres misérables, vous a envoïé comme un autre Hercule ,
pour délivrer la terre assiégée de tant de monstres hideux , &

Hhhh ij

de la tyrannie des hommes vicieux & fans merci , & de tant de fangfues du pauvre Peuple qui n'a plus que la parole.

Veritablement, Sire, nous avions toujours beaucoup efpéré en votre douceur , débonnaireté & clémence , mais maintenant plus que jamais nous en reffentons les effets admirables par votre heureufe venue. La préfence du Médecin ne guérit pas toujours le malade , mais la vôtre nous a remis en notre premier état. Vous avez fouvent regretté , & nous le favons fort bien , de nous voir en affliction , & de ne pouvoir nous fecourir & aider , pour la néceffité de vos affaires , mais finalement *venit poft multos una ferena dies*. Nous avons fervi de butte à ceux qui fe font voulu enrichir aux dépens de nos miférables dépouilles , mais il ne nous en fouviendra plus ; & puifqu'il a plu à votre Majefté nous honorer de fa préfence , tout ce que nous defirons eft d'être remarqués pour vos fideles Serviteurs. Si quelques-uns y ont manqué , qu'ils portent feuls cette tache d'ingrats & de rebelles , qu'il n'y ait qu'eux à pâtir de leurs offenfes ; ne nous changez point nos Loix & Ordonnances , fous lefquelles nos ayeux & nous-mêmes vous avons fi fidellement obéi. Ne nous ôtez point nos privileges & immunités qui ont été donnés à nos prédéceffeurs pour récompenfe de leur vertu , à laquelle nous n'avons encore dérogé ; foulagez votre pauvre Peuple tant attenué.

L'appréhenfion nous a quelquefois faifis , & volontiers fans fujet , qu'il fe fut trouvé quelqu'un fi mal affectionné au bien de votre Province de Bretagne , fi envieux de fon repos , & fi ennemi des gens de bien , que de vous donner avis de changer les Loix anciennes & les droits & privileges qui nous ont été continués par une fi longue fuite d'années par vos Prédéceffeurs ; mais à préfent nous croïons qu'il ne fe trouvera homme fi hardi ni fi ennemi de repos , que de vous perfuader quelque chofe à notre détriment & préjudice , tant vous êtes affectionné à notre bien. Vous leur diriez , Sire , en rejettant tels pernicieux confeils , *væ vobis improbi qui veri copiam non facitis.* Ce font ceux-là dont parle Tacite : *Qui ita videntur compofiti ut ex eventu rerum adverfa abnuant & profpera agnofcant.* Oh! que le regne des Rois & Monarques eft heureux , où il ne s'eft trouvé de tels confeillers : c'eft ce que difoit Salufte , parlant à Céfar : *Ego ita comperi omnia regna, civitates, nationes eo ufque profperum imperium habuiffe , dum apud Reges vera confilia valerent ; fed ubi gratia , timor , voluptas , ea cor-*

rupere, paulo poſt inimicitiæ, deinde ademptum imperium, ſervitus poſtremo impoſita. Il faut donc dire, s'il plaît à votre Majeſté recevoir le conſeil de ceux *qui vacui ſunt ab omnibus affectibus*, qui ſont ſans aucune animoſité ou mauvaiſe volonté, *ſtimulat enim non raro privati odii pertinacia in publicum exitium;* s'ils ſont autres, il faut rejetter leur conſeil, comme pernicieux & plein d'adulation, ou de leur intérêt particulier. Il faut que *ſimiles ſint tibi, nam imperii moderatoribus pia & decora ſuadentes inſtrumenta ſunt boni ſæculi;* les flatteurs & adulateurs ne peuvent faire cela, *ſunt enim animo varii, quod juſtum eſt apud juſtos laudant, apud injuſtos vituperant more Polypedis qui colorem terræ quam attigerit reddit.* Et qui plus eſt, ils tâchent de corrompre le juſte & de le faire ſemblable à eux, comme faiſoit un Anaxarcus, lequel voïant Alexandre recevoir un merveilleux regret & déplaiſir d'avoir tué Clitus, ſon Favori, lui voulut perſuader qu'il avoit bien fait, en lui diſant que Dice (1) étoit un des aſſeſſeurs de Jupiter; c'eſt-à-dire, que tout ce qui plaiſoit aux Rois étoit juſte, *ſimulata æquitas, non eſt æquitas, ſed duplex iniquitas* (2).

Mettant donc, Sire, la main à l'œuvre, prenant l'ancre & le gouvernail de ce vaiſſeau tant agité, fracaſſé & rompu par les vents impétueux de diſcorde & diviſion, nous eſpérons que votre regne ſera heureux. Ne permettez plus qu'il ſe faſſe d'aſſemblées, conventicules & ligues en votre Roïaume; faites obſerver les anciennes Loix, juſqu'ici inviolablement gardées; ne ſouffrez que les droits & privileges particuliers ſoient altérés & changés, d'autant que tels changemens & innovations n'apportent ordinairement que la ruine des Empires & Monarchies, & refroidiſſement d'affection des Sujets envers leur Prince, *nefas enim eſt ea quæ multis ſeculis comprobata ſunt, temere judicando, mutare.* Qu'il plaiſe auſſi à votre Majeſté ſoulager votre pauvre Peuple, & le décharger de tant de daces, de ſubſides, emprunts, gabelles & infinis autres deniers, que le malheur du temps & l'inſatiable avarice d'aucuns ont impoſés ſur ſon dos; car il n'en peut plus, il eſt tombé ſous ce lourd faix, le profit ne vous en retourne; d'un écu, à peine en entre trois ſols en vos coffres, *Magnum vectigal, magnum parit odium,*

---

(1) C'eſt-à-dire, la juſtice, & auſſi la vengeance.

(2) Les Macédoniens, dit Quint-Curce, Liv. VIII, déclarerent par un décret ſolemnel que Clitus avoit été tué avec juſtice; ils avoient même réſolu de le priver de la ſépulture, ſi Alexandre ne l'eût fait enſevelir & inhumer.

difoit un Ancien. Et en ce faifant, Sire, vous en feriez mieux obéi & votre Etat plus affuré ; vos pauvres Sujets redoubleront leurs prieres & leurs vœux, chanteront à jamais vos louanges, vous reconnoîtront pour leur pere, & diront avec un Ancien : *Non te diftringimus votis, non enim pacem, non concordiam, non fecuritatem, non opes oramus, non honores, fimplex ifta complexum unum omnium votum eft falus principis.* Nous ferons la même oraifon que faifoit le Peuple fidele pour fon bon Roi David, & demanderons à Dieu qu'il vous exauce au jour de tribulation, que fon Saint Nom vous foit en protection & défenfe, qu'il fe fouvienne de vos facrifices & dévotions, qu'il ait agréables vos vœux & offrandes, qu'il vous affifte & faffe réuffir tous vos confeils à bonne fin. Ainfi foit-il.

Avertiffement.

CETTE Reddition de la Bretagne hâta le Traité de Paix entre les Rois : après quelques allées & venues, plufieurs articles furent dreffés. L'Efpagnol promit de rendre Calais, Ardres, Dourlans & autres Places, comme il a fait depuis. Le Duc de Savoie compris en la Paix, promit de rendre Berre en Provence : & quant au fait du Marquifat de Saluces, il fut remis à l'arbitrage du Pape, dans certain temps ; le trafic entre les Sujets defdits Princes remis fus. Et quant aux autres articles, d'autant qu'ils n'ont été encore publiés, & dépendent pour la plupart de ceux que nous avons marqués en deux lignes, fuffit d'inférer ici la Déclaration de cet accord.

MANDEMENT DU ROI,

Pour la Paix d'entre Sa Majefté, le Roi d'Efpagne & le Duc de Savoie.

Publié en la Ville de Paris le douzieme jour de Juin 1598.

DE PAR LE ROI.

ON fait à favoir à tous, que bonne, ferme, ftable & perpetuelle paix, amitié, réconciliation eft faite & accordée entre Très-haut, Très-excellent & Très-puiffant Prince, Henri par la grace de Dieu, Roi très Chrétien de France & de Navarre, notre souverain Seigneur; & Très-haut, Très-excellent & Très-puissant Prince, Philippe Roi Catholique des Espagnes; & Très-excellent Prince, Charles Emanuel Duc de Savoie, leurs Vassaux, Sujets & Serviteurs, en tous leurs Roïaumes, Païs, Terres & Seigneuries de leurs obéissances. Et est ladite paix générale & communicative entr'eux & leursdits Sujets, pour aller, venir, séjourner, retourner, commercer, marchander, communiquer & négocier les uns avec les autres ès païs les uns des autres, librement, franchement & surement, par mer, par terre & eaux douces, tant deçà que de-là les Monts : & tout ainsi qu'il est accoutumé de faire en temps de bonne, sincere & amiable paix, telle qu'il a plu à Dieu par sa bonté envoïer & donner auxdits Seigneurs, Princes, & leurs Peuples & Sujets. Défendant & prohibant très expressément à tous, de quelque état & condition qu'ils soient, d'entreprendre, attenter ni innover aucune chose au contraire, sur peine d'être punis comme infracteurs de paix, & perturbateurs du bien & repos public. Donné à S. Germain en Laie le dixieme jour de Juin, mil cinq cent quatre-vingt-dix-huit.

Signé, HENRI.

Et plus bas, DE NEUFVILLE.

Lu, publié à la Table de Marbre & Cour du Palais par Nicolas Drouart, Greffier de la Prévôté & Vicomté de Paris, ès présences de François Miron, Conseiller du Roi en ses Conseils d'Etat & Privé, Président au grand Conseil, & Lieutenant Civil de ladite Prévôté & Vicomté de Paris ; Pierre Lugolly aussi Conseiller du Roi, & Lieutenant Criminel; Antoine Ferrand, Lieutenant Particulier; François de Villemontée, Procureur du Roi audit Châtelet, quatre Conseillers dudit Seigneur, les Audienciers, Commissaires & Examinateurs dudit Châtelet: & par les Carrefours de ladite Ville, par le Hérault au titre d'Angoulême, en présence des dessusdits, assistés de Martin Langlois, Prévôt des Marchands, les Echevins & Procureur de ladite Ville, avec les Archers du Guet, Sergents dudit Châtelet, Archers & Arbalêtriers de ladite Ville, ce Vendredi douze Juin 1598.

Signé, DROUART.

Avertiſſement.

LE Roi écrivit aux Gouverneurs des Provinces pour la publication
d'icelle Paix. Suffira d'ajouter la Lettre adreſſée au Sieur de la Guiche,
Gouverneur de Lyon.

COPIE

DES LETTRES DU ROI,

*Pour la publication de la Paix : écrites au Sieur de la Guiche (1),
Chevalier des Ordres de Sa Majeſté, Conſeiller en ſon Conſeil d'Etat, Capitaine de cent hommes d'armes de ſes Ordonnances, Gouverneur & Lieutenant Général pour Sa Majeſté
au Païs de Lyonnois, Foréts & Beaujolois.*

MONSIEUR de la Guiche, il a été accordé entre mes Députés & ceux du Roi d'Eſpagne & du Duc de Savoie, que la
paix, laquelle a été concluë entre nous à Vervins le deuxieme de
ce mois, ſeroit publiée le·ſeptieme du prochain. Partant je
vous envoie avec la préſente mon Ordonnance néceſſaire pour
ce faire, laquelle vous ferez lire & publier à ſon de trompe &
cri public en l'étendue de votre Gouvernement, en la forme &
ſolemnité accoutumée en pareil cas. Pareillement vous donnerez ordre que Dieu en ſoit loué & remercié, comme celui à la
ſeule & divine Providence duquel nous devons ce bonheur. Ladite paix étant publiée, vous l'obſerverez & ferez obſerver en
l'étendue de votre Charge, ſans permettre qu'il ſoit fait choſe
qui y contrevienne. M'acheminant en Picardie pour recevoir les
Places que les Eſpagnols tiennent audit Païs, toutes leſquelles
me doivent être renduës dans ledit mois prochain, dont je vous
manderai de mes nouvelles, comme j'aurai à plaiſir de ſavoir ſouvent des vôtres. Priant Dieu, Monſieur de la Guiche, qu'il vous

(1) Philibert de la Guiche. Il avoit été fait
Grand'Maître de l'Artillerie l'an 1578 par la
démiſſion du Maréchal de Biron. Il n'eſt
mort qu'en 1607. Il avoit épouſé : 1°. Eléo-
nore de Chabanes, Dame de la Palice.

2°. Antoinette de Daillon du Lude. La
famille de la Guiche, noble & ancienne,
remonte juſqu'à Renaud de la Guiche, qui
vivoit l'an 1200.

ait

ait en fa fainte & digne garde. Ecrit à Blois le dernier jour de Mai 1598.

Signé, HENRI.

Et plus bas, De Neufville.

Avertiſſement.

Sur cet accord des Rois fut publié un Diſcours digne de lecture, & que nous préſentons en cet endroit.

Ceux qui ſavent juger des effets par les cauſes, & prévoir la ſuite des affaires, ſe promettoient toujours que la repriſe d'Amiens, favoriſée du ſuccès de la Bretagne, nous donneroit la paix; & qu'enfin le Roi d'Eſpagne, laſſé de la guerre, ſe rendroit traitable, autant pour ſon bien propre, que pour le général de la Chrétienté. L'évenement témoigne qu'on avoit raiſon de l'eſperer, puiſqu'auſſi-tôt que ces deux nuées ont été diſſipées, nous avons vu luire les beaux jours de l'heureux accord des deux Rois. Les anciens en euſſent bâti des Temples à la Paix & à la Concorde, & euſſent fermé celui de leur Janus avec toute ſorte d'allegreſſe & de réjouiſſance publique. Mais nous, mieux inſtruits, qui ne reconnoiſſons qu'un ſeul vrai Dieu, pour Dieu de paix & auteur de tout bien, c'eſt lui ſeul que nous en devons ſolemnellement remercier de cœur & de bouche, & ſupplier dévotement ſa bonté de faire que cette paix, vraiement fille du Ciel, ſoit perdurable à toujours entre les deux Roïaumes. Toute l'Europe a vu le Roi Philippe tellement animé contre la France, qu'il ſembloit que Charles - Quint ſon pere, oublieux de tant de faveurs qu'il en avoit reçues, lui en eût fait avant ſa mort, jurer la ruine ſur les autels d'Eſpagne; & qu'à ce ſerment la Diſcorde, les Dires & les Furies euſſent été appellées. Le Pere, martial & belliqueux, s'étoit tout ouvertement ſervi de la peau de Lion : le Fils, à la mode de ce bon Grec, a plus mis en uſage celle de Renard ; & peut-on dire qu'il a déploïé tous ſes arts & toutes ſes fineſſes, & qu'avec ſon or des Indes, ſans partir de l'Eſcurial, ſans renoncer à ſes délices, & rien rabattre de ſes plaiſirs, il a remué le fer de toutes parts, & n'a oublié aucune ſorte de pratiques, tant dedans que dehors le Roïaume, pour

Tome VI.   Iiii

achever une si haute entreprise. On est certes ambitieux à moins,
& la piece qu'il vouloit enlever, étant le plus beau fleuron de
l'Europe, eut bien aidé à embellir la Monarchie qu'il s'imaginoit de pere en fils d'élever en Occident. Si ce Prince n'étoit
ce Roi Catholique, dont le seul nom convertit les Infidelles, il
seroit peut-être excusable entre la plupart des Princes d'avoir
eu ce grand dessein. C'est s'abuser que de chercher entr'eux d'autre droit que celui de bienséance, & quand ils ne remuent rien,
quand ils n'émeuvent point de tempêtes en cette mer du monde, on peut bien croire que c'est plus par foiblesse, que faute
de volonté. N'ont-ils pas dit de tout temps que leurs États s'é-
tendoient jusqu'où leurs épées pouvoient atteindre, & que les
confins & les bornes étoient, non la justice, mais le fer de leurs
piques? Que c'est assez d'être maître des forces, pour l'être d'un
État, & que par là tous les Monarques se sont établis sur la terre? Et notre ancien Brennus fit-il pas cette superbe réponse aux
Romains, que ce n'est ni outrage, ni injustice, de prendre le
bien d'autrui si on s'en peut emparer; mais que c'est suivre la
plus ancienne loi qui soit au monde, laquelle abandonne toujours aux plus forts ce qui est aux plus foibles? Les Peres mêmes
n'ont-ils pas ordonné entre leurs enfans que leurs Roïaumes se
partageroient à la pointe de l'épée, & se bailleroient à celui d'entr'eux qui l'auroit la mieux tranchante? Ainsi, quiconque n'en
parleroit qu'en César, qui ne seroit point Chrétien, ne trouveroit sans doute rien d'illicite, rien de sacré & d'inviolable pour
regner; & sur ces maximes excuseroit aisément Philippe d'Espagne d'avoir estimé qu'il faut être religieux en toutes choses,
sinon lorsqu'il est question des Couronnes. Mais quand on pense
que c'est ce Roi qui fait prêcher par toute la terre sa piété Catholique, comment pourroit-on en bonne conscience excuser
ses desseins appuïés sur des fondemens d'impiété & d'injustice?
Aussi faut-il reconnoître que le bon homme n'a pas oublié de les
parer de prétextes les plus spécieux & plus favorables, tâchant
de faire croire aux hommes, que non sa grandeur, ni les intérêts
temporels, ains que le seul zele de Dieu & l'exaltation de son
nom, l'avoit armé contre la France. Le mal est pour lui que
ses intentions ont été aussi-tôt découvertes, que la marchandise
s'est éventée, que son Catholicon n'a pû faire d'effet qui vaille.
Ce n'étoit que plâtre & que fard qui s'est fondu au premier Soleil
qui a donné dessus; ensorte que tout le monde a crié d'une voix:
que le Vieillard n'avoit pour son but qu'une convoitise insatiable

de regner, un zele vraiement Catholique, c'eft-à-dire, de fe
faire Roi univerfel, & en un mot, que la guerre de France étoit
une pure guerre d'Etat. Et j'appelle à témoin de cette vérité fa
propre confcience : laquelle je m'affure, s'il croit une feconde
vie, s'il attend un jugement dernier, lui donne d'étranges allarmes, quand il vient à confiderer, que de toutes fes actions,
voire des penfées les plus fecrettes, il eft comptable à ce grand
Dieu, qui lui avoit mis fon Sceptre à la main pour conferver, &
non pour détruire, pour édifier la Chrétienté, & non pour la
faccager. Or, je lui demande en Chrétien de quoi lui a profité
la perte de tant de milliers d'hommes, & tant de fang que fon
ambition a fait répandre en tant de lieux ? On rapporte de Pe-
riclès, premier homme de la Grece en fon temps, qu'étant prêt
à rendre l'ame, il fe réputoit bienheureux de ce que nul Athé-
nien n'avoit oncques porté robe noire à fon occafion. Certes ce
Roi, qui eft proche du cercueil, n'aura jamais tant de confolation en mourant, de pouvoir dire le même des Chrétiens. Au
contraire, s'il lui refte quelque pieux fentiment dans le cœur, il
y doit avoir une grande trifteffe d'avoir été fi long-temps le fléau
de Dieu en la Chrétienté, & l'exécuteur de fes vengeances cé-
leftes pour châtier particulierement nos Peres & nous ; & doit
bien auffi appréhender que ce même Dieu ne le vifite à fon tour,
mais bien plus rudement & avec fa verge de fer, comme il eft
certain que fa divine juftice n'épargne jamais tôt ou tard les inftrumens de fon ire. Mais que lui avoit fait la France pour fe rendre l'Architecte de fes maux, & la pourfuivre avec tant de rigueur ? Quelle jufte caufe le mouvoit d'avancer la ruine du plus
bel Etat de l'Europe, hâter fes deftinées, & vouloir priver la
Chrétienté de l'un de fes yeux ? Tant s'en faut qu'il en eût un
digne fujet, que ni lui, ni fes prédeceffeurs, ne pouvoient, fans
honte & fans ingratitude extrême, lui pourchaffer que tout
bien. Je laiffe à part l'étroite obligation que les Rois d'Efpagne
ont à la Couronne de France, à caufe des terres qu'ils en tiennent, & dont ils favent bien qu'ils relevent comme Vaffaux. En
quoi il fe pourroit foutenir que les Rois d'Efpagne ne fe peuvent excufer de félonie, toutes & quantes fois qu'ils s'attaquent
aux Rois de France. Je me contente de dire au Vieillard qu'il fe
faffe lire fes Annales pour y apprendre, s'il l'ignore encore,
comme nos Rois ont rétabli autrefois fes Ancêtres en leur trône, & envoïé des Connétables à cette fin avec de puiffantes armées, au milieu même de leurs guerres inteftines. Et non-feu-

lement il leur a cette obligation aux chofes temporelles; mais s'il veut remonter plus haut, il trouvera, en ce qui eſt du fpirituel, que les mêmes Rois Très Chrétiens ont purgé ſes Etats de fiecle en fiecle, & d'infidélité, & d'Arianifme, & de Judaïfme; de façon qu'on peut dire aux Rois d'Efpagne, fans reproche, qu'ils doivent aux Rois de France la confervation de l'Eglife de Dieu en leur Païs, & quant & quant celle de leur propre Couronne. Ce n'eſt pas que cela nous doive enfler les courages: Dieu en feroit jaloux auquel il faut rapporter l'œuvre, & lui rendre graces de tout notre cœur, de ce qu'il lui a plu en des Actes ſi auguſtes ſe fervir des François comme de Miniſtres de ſa gloire. Mais je les repréfente afin de faire voir au Roi Philippe, que ces grands bienfaits, qui charmeroient les plus fauvages, n'ont pû fléchir ſon cœur, ni celui des fiens, & l'adoucir vers la France. Ainſi, dit-on, que le même Soleil amollit un corps, & endurcit un autre; ainſi de mêmes fleurs l'abeille fait le miel, & la chenille le venin; & ainſi voit-on d'ordinaire, qu'un eſtomac convertira en poifon ce que l'autre mettroit en bonne nourriture. Mais veut-il encore des marques très expreffes d'une piété vraiement Chrétienne de nòs Rois à l'endroit de ſes Prédeceffeurs? Il fait bien qui eſt celui qui par le feul devoir de confcience, rendit aux fiens les Comtés de Perpignan & de Rouffillon, qu'il avoit mille fois plus de droit de retenir, que tout ce que les Rois d'Efpagne ont ufurpé fur ce Roïaume. Il eſt trop Catholique à mon avis pour ſe moquer de cet exemple; & ores qu'il ſoit fort peu croïable qu'il lui prenne envie de l'imiter, ſi eſt-ce pour le moins qu'il fervira pour faire juger à tout le monde, comme nonobſtant tous ces bons offices, nonobſtant tous ces traités faits du temps de nos Peres, où les Rois d'Efpagne ont tant gagné avec nos Rois, ils n'ont délaiffé de lever le pied contre leurs bienfaicteurs, & ſe font emparés du leur avec toute l'injuſtice qu'on fauroit imaginer. De forte qu'on peut dire que la France eſt la Platane de Themiſtocle; l'Efpagne s'y eſt mife à l'abri & à couvert en temps d'orage, & puis elle eſt venue lui arracher ſes branches. Que ſi cela n'étoit, les titres de ſes Rois ne feroient pas fuperbes & enflés comme nous les voïons: & ſi le Roi Philippe, touché de quelques remords, fans attendre pour l'avenir d'autres traités & capitulations, vouloit rendre avant ſa mort ce qu'il fait en ſon ame qu'il détient injuſtement au Roi & à l'Etat de France, (j'ai bien peur que nous ne voyions pas tant de miracles en nos jours, & que le bon homme aime-

ra autant pour ce regard la terre que le Ciel) : ne fait-on pas
bien s'il l'avoit fait, qu'il s'ôteroit les plus belles plumes de fes
aîles, & qu'on verroit une étrange métamorphofe de l'aigle de
feu fon pere en cet autre oifeau ridicule ? Le Roïaume de Navarre entr'autres ne lui demeureroit pas : car il fait trop, que ni
le Pape Jules n'avoit pouvoir de le donner, ni Ferdinand de le
prendre & l'envahir fur fa propre niece ; & aujourd'hui que
tout prétexte manque pour le retenir, notre Roi étant Catholique, & nul ne lui ofant débattre cette qualité, avec la fienne
glorieufe de Très Chrétien, qui eft le partifan d'Efpagne fi zélé,
qui puiffe affurer la confcience de fon maître en une fi injufte &
fi illégitime poffeffion? Mais quoi ! il a été fi miférable, il le faut
dire, & tellement abandonné du bon efprit, qu'il aimoit mieux,
ces années dernieres, voir mettre le feu dans fa maifon par les
Infidelles, que de permettre qu'on éteignît celui que fon ambition avoit allumé en la France. La defcente du Turc en Autriche l'émouvoit fi peu, qu'il choififfoit plutôt de pourfuivre
des vaines & imaginaires efpérances, que de s'oppofer pour fon
interêt propre à l'ennemi commun des Chrétiens. On dit bien
vrai, que de toutes les paffions & maladies de l'ame, l'ambition
eft la plus dangereufe, & la moins curable ; d'autant qu'elle
n'eft point fujette à fatiété. Et je crois certes, que fans la reprife
d'Amiens, ce Prince frappé de cette maladie, fort bien nommée le tourment des Grands, fe fût encore opiniâtré en fes deffeins, au hafard d'être plutôt un jour tributaire du Turc, que
de les quitter autrement qu'avec la vie. Cette reprife fans doute
lui eft autant ou plus falutaire qu'à nous ; car elle l'a retiré de fon
aveuglement, lui a ouvert les yeux fur fon mal, lui a fait juger
fa foibleffe, fon péril, les forces de la France, & quant &
quant la rendu pour fon propre bien capable du Traité de Vervins, & à la fin fufceptible d'une bonne paix. Où eft le moli
d'Homere & la verge de Circé, qui l'euffent pu ainfi defenchan-
ter ? Le bon homme a confideré qu'il avoit tout tenté contre
nous, que ni fon or, ni fon fer, ni toutes fes pratiques n'a-
voient rien avancé, que c'étoit l'entreprife des Titans, qu'il y
avoit plus à perdre pour lui qu'à gagner, que la France ne fouf-
friroit jamais de domination étrangere ; que la Nobleffe, qui eft
la principale force, s'y oppoferoit toujours, fachant bien que
la Monarchie abbatue, il faut qu'elle foit enterrée dedans les
ruines. Qu'à la vérité fes doublons avoient fervi à pratiquer quelques-uns, mais qu'auffi-tôt qu'ils avoient vuidé leurs bourfes,

ils s'étoient moqués de lui & de son service, & au lieu de le monter au Ciel & lui faire époufer la Junon qu'on lui promettoit, ils l'avoient contenté d'une nue, & fait Roi de France par fantaifie. D'ailleurs le Vieillard s'eft vu un pied dans la foffe; il fait ce qu'on dit, que c'eft fa litiere qui nous fait la guerre, que fes Etats ne tiennent qu'à un filet, que fa mort en eft le tifon fatal. Il a eu peur, & non fans caufe, que quelque prudence mondaine dont il ait ufé pour les conferver entiers à fon fils, on ne trouvât moïen, s'il n'a la paix en France, de les délier, voire de les embrafer tout à fait après fon décès ; vû que durant fa vie il en remarque déja des effets en plufieurs lieux, & en appréhende en fa propre maifon de plus finiftres pour la jaloufie toute évidente qui fe nourrit entre fon fils & fa fille. Un ancien comparoit l'armée & la puiffance d'Alexandre le Grand après fa mort, au Cyclope d'Homere après fon aveuglement. N'eft-ce pas une jufte crainte pour le Vieillard, qu'on n'en puiffe dire autant un jour de la diffipation de fes Etats, lorfque fes enfans lui auront fermé les yeux? Davantage, il fe voit endetté de toutes parts, fes Indes épuifées, fes garnifons mal contentes prefque partout, faute de païement, fon crédit bien affoibli par le monde, à caufe de la banqueroute notable qu'il a faite, & à laquelle il n'a pu encore pourvoir, quelque ordre qu'il ait tâché d'y mettre en apparence. Toutes lefquelles chofes lui coupent les nerfs de la guerre, & lui ôtent le moïen d'avoir des forces pour la continuer. Mais furtout il a redouté le Démon & la bonne fortune de notre Roi, ou pour mieux dire l'affiftance du Ciel, qui vifiblement l'accompagne en toutes fes actions. Il a eu peur que ce grand guerrier, qui eft tout accoutumé à la poufiere des batailles, qui à fa feule vue vient de réduire une grande Province, ou plutôt du feul vent de fa bouche a diffipé tout ce qu'on eftimoit fe devoir oppofer contre lui, ne fe réfolût de l'aller voir à fon tour, excité encore comme chacun a vu par les offres de tous fes alliés; & nouveau Scipion, après avoir reconquis les Païs-Bas, ancien domaine de fa Couronne, porter la guerre au Vieillard jufqu'au fond de l'Afrique, pour venger la France. Et bien que le bon homme fache que la ftérilité de fes Efpagnes foit la caufe de leur con* *** conservation & de les faire fort peu envier de fes voifins, étant certain que fi elles étoient auffi délicieufes que la France, ce feroit un grand allechement à toutes les Nations pour les conquérir; fi eft ce qu'il a eu peur à ce coup que les François, piqués de tant de vieilles injures, ne se vouluſſent reſſentir, ſous la conduite & heureux auſpices de leur Roi, & pleins de gloire & courage, ils n'entrepriſſent d'aller redreſſer les trophées que l'Empereur Charlemagne & nos très grands Rois de France, ont plantés autrefois au milieu des Eſpagnes, lorſqu'elles étoient la plupart de l'étendue de la Monarchie Françoiſe. Ce qu'étant bien entrepris & avec bonne union des François & de leurs Conféderés, il y auroit bien apparence que ce ſeroit pour mettre tous les Etats du bon homme en grand haſard ; attendu même que Dieu, du nom duquel il a ſi ſouvent abuſé, pour couvrir ſes uſurpations, ſembleroit favoriſer l'entrepriſe, afin de venger ſa propre querelle, & faire ſervir ce vieux Priam d'exemple tragique & mémorable à la poſtérité. Ce ſont donc à mon avis les raiſons principales, autant qu'elles ſe peuvent vrai-ſemblablement pénétrer, qui l'ont porté à cette paix ; à laquelle certes il ſe peut dire, que Dieu lui a fait une grande grace de l'inſpirer par ſon bon Ange, & lui avoir mis enfin de tels mouvemens au cœur, qu'il ſe ſoit réuni avec le premier Prince de la Chrétienté, le fils aîné de l'Egliſe, & le plus grand Capitaine de l'Europe. Mais ce n'eſt pas aſſez d'avoir compoſé nos querelles, & d'avoir mis, ſelon l'humaine apparence, une bonne ſoudure à nos diviſions. Il faut regarder plus loin, ſi nous voulons voir cette concorde bien affermie entre les deux Roïaumes, & faut bien prendre garde que l'Edit de paix, comme un gracieux breuvage, nous faiſant oublier à tous l'amertume de nos maux paſſés, ne nous endorme tellement avec ſes joies préſentes, que nous perdions tout ſoin de l'avenir. C'eſt un ſecret en un état d'y tenir ſans ceſſe un Peuple en haleine, ne le laiſſer jamais ſans exercice, ſans mouvement & ſans action. Les choſes mêmes inanimées ne pourroient demeurer en leur être, ni ſervir à notre uſage, ſi elles n'étoient continuellement, ou par l'effort de la nature, ou par nous-mêmes agitées, remuées & maniées. On demandoit à un Roi de Sparte, pourquoi aïant tant de fois vaincu les Argiens, il ne les avoit du tout exterminés. Il répondit fort ſagement que c'étoit afin que la jeuneſſe du Païs eût toujours à quoi s'exercer. Auſſi les Ephores lui avoient-ils mandé qu'il ſe gardât bien d'ôter la queue qui aiguiſoit le cœur de leurs jeunes gens. Et ce prudent Romain, qui s'oppoſoit ſi conſtamment à la deſtruction de Carthage, prophétiſa bien mieux que l'autre, qui fut cauſe de ſa ruine, & tout enſemble de la République de Rome. Les premiers jugeoient très-bien, que ſi un Peuple demeure oiſif, s'il

1598.

DISCOURS
SUR LA PAIX.

n'a point à qui se prendre, il agira plutôt contre soi-même, faute d'objet & d'occasion étrangere ; & puisqu'il faut toujours avoir ou rejetter les humeurs peccantes & superflues du Corps d'une République, disons de même qu'il n'y a moïen au monde d'établir un sûr repos entre nous, & éviter nos guerres passées, que de nous jetter tous ensemble sur nos communs ennemis. C'est de vérité contre ceux-là, comme tous gens de bien ont toujours souhaité, qu'il faut que les Chrétiens emploient leurs armes, non pas les souiller du sang de leurs propres freres. Et n'est-ce point un grand malheur d'avoir été en la Chrétienté si long-temps acharnés les uns contre les autres, qu'il sembloit que nous n'y reconnussions plus qu'un Dieu de meurtre & de carnage, un Dieu Saturne, un Bacchus Omestes, qui ne se plussent qu'à la cruauté, & qu'il fallût appaiser par les piteux sacrifices de nous-mêmes ? Étoit-ce vivre en Chrétiens que cela, & suivre l'enseigne de celui qui nous a tant de fois appris, comme il n'a rien en telle abomination que le sang, rien si agréable que la douceur & la paix, marques certaines de ses élus ? Las ! que ce mot commun de cet autre Roi de Sparte se rapporte bien à nos miseres, lequel voïant ce grand nombre de Grecs demeurés morts sur le champ : » Oh malheu-
» reuse Grece, s'écria-t-il, qui de tes propres mains as tué tant
» de bons hommes, qui eussent été suffisans pour défaire tous les
» Barbares » ! Et ne fût-ce pas la même plainte de ce généreux Caton d'Utique, déplorant la calamité de son Païs en cette journée ou Pompée eut du meilleur contre César, & l'eut ruiné s'il eut su vaincre ? Pleurons comme eux notre infortune & regrettons de nous être ainsi meurtris & déchirés les uns les autres, comme gens forcenés & furieux, au lieu de nous attacher à nos vrais Ennemis, qui se sont cependant accrus des divisions chrétiennes, & ont bâti de nos ruines ce grand Empire qui menace aujourd'hui toute la Chrétienté. Et n'est-ce pas un grand creve-cœur d'ouir raconter que tant de Chrétiens soient à la chaîne de ces Barbares, réduits à la plus calamiteuse & insupportable servitude qu'on sauroit exprimer ? Nous sommes bien heureux de n'en sentir le mal que par l'oreille, & de ne l'apprendre que comme une histoire triste & lamentable ; mais si est-ce que s'il nous demeure quelque sentiment d'humanité, il ne se peut faire que nous n'en soions après vivement touchés en nos cœurs, & émus d'un juste desir de voir nos freres délivrés. Et qui est l'homme si dur, quand il pense

particulierement

particulierement à l'état infortuné de la Grece, mere des
Arts & des beaux Efprits, quand il fe fouvient de tant de grands
hommes & en paix & en guerre qu'elle a portés autrefois, quand
il fe repréfente les glorieufes victoires qu'elle a gagnées pour
fa liberté, Marathon, Salamine, Platée & tant d'autres ; quand
il voit d'ailleurs de fi beaux Ouvrages que tous ces nourriffons
de Mars & des Mufes nous ont laiffés en toutes fortes, defquels nous tirons tant d'inftruction pour notre vie ; qui eft,
dis-je, l'homme fi peu fenfible qui ne foit ému de compaffion, de voir aujourd'hui un fi beau Païs entre les mains d'une
Nation Barbare, ennemie de toutes vertus, de tous Arts &
de toutes Sciences ? Ne femble-t-il pas que les ombres de ces
grands perfonnages nous excitent à venger leurs Succeffeurs, &
redemandent de nous cette grace & ce pitoïable office, de tirer
leur Patrie d'une fi miférable fujétion ? Mais qui ne verferoit des
larmes de fang de voir le lieu même où a fouffert le Sauveur du Monde en la puiffance des mêmes Barbares ? N'eft-ce
pas un extrême reproche à ceux qui fe difent Chrétiens, de
laiffer profaner cette Terre Sainte par cette gent impie &
Sarrafine ? Braves Chrétiens, qui, pouffés du feul amour de
Dieu & propagation de la Foi, avez été jadis ès voïages d'Ou-
tremer & jufqu'en Paleftine pour en chaffer ces mécréans, vous
méritiez bien, pour marque de votre gloire, de porter les
palmes Iduméces, puifque vous aviez eu le courage de conquérir la
Région qui les porte. On préfenta à un Roi de Perfe des fruits
du Païs d'Attique, il jura de n'en gouter jamais qu'il n'eût
fubjugué la terre qui les produifoit. Certes il n'appartient point
aux Chrétiens d'aujourd'hui de remplir leurs mains de ces palmes honorables, qu'ils ne les aient été cueillir, à l'exemple de
leurs majeurs, dans les champs mêmes où elles croiffent. Ce
font-là les champs de gloire & d'honneur ; c'eft-là où il faut
gagner les Couronnes qu'on donnoit anciennement aux Sauveurs des Peuples & Libérateurs des Païs ; c'eft de telles victoires, qu'il faut mériter les triomphes, non pas de celles-là
qui s'obtiennent fur ceux de même foi & même baptême ; victoires honteufes, où les freres s'entretuent, auffi funeftes & luc-
tueufes aux Vainqueurs, comme elles font aux Vaincus. Nous
lifons pour chofe mémorable qu'il n'y eut rien qui embellît tant
le triomphe de T. Flaminius, que d'y voir un grand nombre de Romains qui avoient été efclaves par la Grece & aux environs, depuis
rachetés en fa faveur, fuivre fon chariot triomphal, comme

1598.

DISCOURS
SUR LA PAIX.

ſes affranchis. Quel ſpectacle auſſi plus digné & plus agréable ſe peut-il concevoir, que de contempler un jour tous ces pauvres Chrétiens, délivrés de ſervitude, accompagnans par-tout les auteurs de leur liberté, comme leurs patrons vénérables? Et ne doutons point que Dieu ne favoriſât une ſi ſainte guerre, entrepriſe pour ſa gloire & pour la rédemption de tant de Captifs qui ſoupirent ſous un joug ſi inhumain. Mais certes il faut avouer que quand bien la piété & la juſte commiſération de nos freres ne nous y pouſſeroit point, la néceſſité & les conſidérations temporelles nous y forcent du tout aujourd'hui, que le Turc eſt à nos portes. Et ne ſavons-nous pas que ſi Dieu n'eut fait la grace aux Chrétiens de reprendre ces jours paſſés la Fortereſſe de Javarin, & par cette repriſe arrêter le cours de ce furieux torrent qui ſe venoit déborder ſur eux, ils auroient maintenant ſur les bras le ſiege de Vienne, contre laquelle ce Barbare préparoit déja tous ſes efforts, afin de s'ouvrir le chemin, pour après inonder toute l'Allemagne? Mais quoi! ſi Mehemet qui regne aujourd'hui, piqué de cette perte, ou dégoûté des délices de ſon Etat, où on dit qu'il s'eſt plongé, ou même de peur d'encourir une ſiniſtre réputation vers ceux de ſa Loi, ſe réſolvoit vivement à la guerre, & quittant la Cléopatre & Omphale pour ſuivre Mars & Bellone, venoit en perſonne contre nous avec ſes puiſſantes Armées, ne ſeroit-ce point pour donner l'effroi à toute la Chrétienté, ſi elle ne s'étoit bien remparée & de force & de courage, pour le ſoutenir & pour le vaincre? Serons-nous donc ſi ſtupides de ne nous reſſentir point, & que notre propre péril ne nous puiſſe émouvoir? On écrit d'Hegeſippus, qui incitoit les Athéniens à prendre les armes contre Philippe de Macédoine, que comme quelqu'un de l'aſſemblée lui dit tout haut: comment, nous veux-tu amener & introduire la guerre? Oui certes, dit-il, & les robes de deuil & les convois des funérailles publiques, & les harangues funebres, ſi nous deſirons demeurer libres, & non pas nous aſſujettir aux Macédoniens. Je dis en ſemblable, que ſi nous voulons éviter la tyrannie des Ottomans, qui dévorent déja par eſpérance la Chrétienté, foible, à ce qu'ils penſent, & expoſée en proie par le moïen de nos factions, il ſe faut courageuſement réſoudre à cette guerre, dont nous devons bien eſpérer un autre ſuccès que n'eurent pas les Athéniens contre Philippe, attendu que nous ne combattrons pas ſeulement pour notre liberté, mais pour la vraie Religion, pour les choſes ſaintes,

& pour les Autels du Tout-puiſſant. Et quels tombeaux plus
glorieux & plus ſuperbes ſe peuvent bâtir les Chrétiens, que
de s'enſevelir dans les ruines de l'infidélité & du Mahométiſme ?
Non, non, c'eſt à ce coup qu'il nous faut vraiment quitter entre
nous toutes ſortes d'aigreurs, & dépouiller nos anciennes défiances & partialités, & imitans l'exemple de ce tant eſtimé
Syncrétiſme des Candiots, nous rallier tous enſemble pour le
ſalut commun. Et certes eſpérons que quand les Chrétiens ſeront tous unis au bien d'un même corps, tous conduits de même
eſprit, pouſſés d'un ſeul mouvement, ils rendront leurs armes
invincibles, & ne feront plus leurs fleches ſujettes à être rompues ; & au lieu que ſi le Turc entreprend ſur eux, ils ſe croi-
feront à ſa ruine, iront porter la guerre juſque dans ſes Moſ-
quées, & lui feront ſentir l'effort de leurs legions foudroïan-
tes. Aſſurons-nous que la paix de France & d'Eſpagne ſera la
terreur perpétuelle de ces Mécréans, l'appui & l'affermiſſement
très certain de la Chrétienté ; l'un des Rois ſe dira l'épee, l'autre
le bouclier des Chrétiens. Mais Dieu par-deſſus tout, qui bénit les juſtes entrepriſes, & réprouve les injuſtes, aura ſoin
de ſon Peuple & de ſon héritage, combattra pour nous en ſa
cauſe, & ne permettra point que ſa gent élue, qui reclame ſon
nom, ſoit la proie des Infideles. Cependant tous enſemble, en
nous préparant aux effets d'une ſi ſainte & ſi néceſſaire réſolution, jouiſſons du bonheur de paix ſous notre grand Roi
Henri IV, vraiment ordonné du Ciel, pour être reſtaurateur
de la France & de l'honneur des François ; jouiſſons ſous lui
d'un tel heur, non pour mener une vie de délices & de volupté, ſemblable à celle de ces Phéaces d'Homere, ou, telle qu'il
dit, qu'on la paſſoit en cette Ville de paix, qu'il grave ſi bien
dans le bouclier de ſon Achille, mais afin de rétablir entre
nous la piété, la juſtice, l'ordre & les bonnes mœurs, que ces
guerres miſérables ont corrompues en tant de ſortes, & emploïer nos jours en œuvres dignes de Chrétiens, qui nous faſſent obtenir à tous, par la grace divine, la vraie paix & tranquillité en nos ames & en nos conſciences.

ON publia auſſi un narré des cérémonies obſervées lorſque le Roi jura la Paix, que nous mettons en ce rang.

POMPES & CEREMONIES

Faites à l'acte ſolemnel auquel le Roi jura publiquement la Paix, en la préſence des Députés d'Eſpagne (1), décrites en une Lettre adreſſée à un Gentilhomme d'Auvergne, par un ſien Ami étant à Paris.

MONSIEUR,

Je vous envoïai, ces jours paſſés, ce petit mot de Mandement, par lequel il plut au Roi faire ſavoir à ſon Peuple qu'il avoit la Paix avec le Roi d'Eſpagne, Paix autant deſirée qu'elle étoit peu eſpérée, vu les difficultés que vous pouvez penſer s'être oppoſées à la réconciliation de deux ſi grands Monarques. Ses beaux raïons pourtant ont enfin éclairé au milieu du nuage de nos miſeres, pour nous faire reſpirer plus que nous ne pouvions eſpérer. Nous l'avons vu publier dans Paris avec douze Trompettes, inſtrumens autrefois qui ont ſervi pour nous animer aux combats, & maintenant ne ſont que ſignes de lieſſe pour unir les cœurs qu'ils ſembloient paravant diviſer. Nous avons vu de pacifiques feux par toutes les rues, qui ne tenoient rien de ces ſanglantes flammes, qu'on a oſé (horrible mémoire !) ci-devant allumer à la mort de nos Rois & aux victoires, non victoires, mais cruels parricides de nos propres germains. Depuis nous avons vu l'Eſpagnol dans Paris, non point uſurpateur comme autrefois, mais comme ami, venir embraſſer ce grand Henri, qui tout chargé de victoires, après avoir embraſſé ſes Sujets, pour le bien de ſon Peuple a voulu encore embraſſer

(1) Voïez l'Hiſtoire de M. de Thou, Livre CXX, ann. 1598; le Journal de Henri IV; Diſcours des Cérémonies faites lorſque le Roi prêta le ſerment pour l'obſervation du Traité de Paix, dans le Mémoire hiſtorique concernant la négociation de la Paix traitée à Vervins l'an 1598. Paris 1617. Cet Ecrit eſt cité dans le *Projet d'un nouveau cérémonial François*, in 4°., page 60.

ſes Voiſins. Ce fut le Jeudi dix-huitieme jour de Juin, que de la part du Roi Catholique arriverent dans Paris Monſieur le Duc d'Aſcot (1), Monſieur le Comte d'Haremberg (2), Monſieur l'Amiral d'Arragon (3) & Dom Ludovic de Velaſe (4), leſquels aſſiſtés d'environ quatre cens Gentilshommes, tant Eſpagnols, Italiens, que Flamands, vinrent ici pour voir jurer ſolemnellement la Paix à notre Roi très Chrétien, en préſence de Monſeigneur le Révérendiſſime Cardinal de Florence (5), Légat de notre ſaint Pere, qui s'eſt montré en cette réconciliation vrai Pere de la Chrétienté affligée, vrai nouriſſon de Paix & Ennemi du diſcord, qui s'en alloit mettre enfin comme à rien les forces de l'Egliſe. Monſieur le Maréchal de Biron, aſſiſté d'une belle troupe de Gentilshommes François ſuperbement vêtus, les fut recevoir un quart de lieue au de-là la porte Saint Denis, bien que depuis la premiere journée qu'ils étoient entrés en France, ils euſſent toujours eu avec eux Monſeigneur le Comte de Saint Paul (6), député par Sa Majeſté pour les conduire en leur voïage. Pour ce jour-là, ils ne ſortirent point de leurs logis, qui leur avoient été marqués tous ès environs de la rue Saint Antoine, mais le lendemain, qui étoit le Vendredi dix-neuvieme dudit mois, ils vinrent en très riche équipage au Louvre, faire la révérence au Roi, qui les reçut avec les mêmes honneurs que ſon brave courage a accoutumé de rendre à un chacun ſelon leur mérite. Monſieur Richardot, Préſident à Bruxelles, Comtois de Nation, harangua devant Sa Majeſté pour leſdits Députés, montrant quelle ruine nous menaçoit pour la diviſion de ces deux grandes colonnes de l'Egliſe, fit voir à l'œil quel bien ſeroit à toute la Chrétienté de les revoir unies. Il témoigna à Sa Majeſté le contentement que le Roi Catholique ſon Maître avoit reçu d'une ſi heureuſe réconciliation; ce que fit auſſi le Roi de ſon côté, faiſant paroître qu'il étoit autant deſireux de la Paix, comme il ſavoit vaillamment faire la guerre. Enfin les Eſpagnols reçurent un tel contentement d'avoir reconnu tant d'humaine douceur en une ſi grave Majeſté, & tant d'humbleſſe en une ame chargée de tant de gloire, qu'en ſortant de la ſalle, après avoir balancé ſon

(1) Charles de Croy, Duc d'Arſchot.

(2) Charles de Lignes, Comte d'Aremberg, Chevalier de la Toiſon d'Or.

(3) François de Mendoſe, Amiral d'Arragon.

(4) Louis de Velaſco, Grand Maître de l'Artillerie. Il faut y ajouter Louis Verreiken, & Jean Richardot, Préſident du Conſeil privé.

(5) Alexandre de Medicis.

(6) François d'Orléans, Comte de Saint-Pol, Gouverneur de Picardie.

humeur si courtoisement-traitable, ils ne savoient lequel admirer le plus en lui, ou ses guerriers exploits paravant entendus avec tant de crainte, ou son agréable naturel. Ils virent lors que ce Prince de Bearn (qu'ils appelloient paravant & croïoient ne savoir faire que quelques cavalcades) étoit grand Capitaine & grand Roi, le plus digne qui porte Scepte, & plus que digne d'avoir en main celui des François, la plus généreuse Nation que voie le Soleil. Ils le vantoient comme tel, tous leurs discours n'étoient que de lui, ne se pouvans lasser de le louer, non plus que de l'admirer & tant de brave Noblesse dont ils le voïoient entouré. Cependant les apprêts se faisoient dans l'Eglise de Notre-Dame, pour la solemnité du Dimanche auquel le Roi devoit jurer la Paix. Toute l'Eglise se tapisse, tant la Nef que le Chœur ; trois dais se font proche du grand Autel, & tout autour du Chœur des échaffauds pour faire voir aux Dames & autres spectateurs un acte si solemnel. Le Dimanche venu, qui fut le vingt-unieme du mois, dès les trois heures du matin, les Gardes Françoises se saisirent de toutes les portes du cloître, où déja autant de Peuple abordoit, comme s'il eût été dix heures. Par toutes les rues où le Roi devoit passer, des échaffauds se dresserent, qui furent si chargés de Peuples & les rues si remplies, qu'il n'est point de mémoire, & ne se vit jamais une telle foule qu'on vit tout le matin en tous ces endroits-là. Sur les dix heures, Monsieur le Légat, étant suivi de plusieurs Prélats, tant François qu'Italiens, se rendit dans Notre-Dame, & un peu après Messieurs les Députés d'Espagne, assistés de Monsieur le Comte de Saint-Paul, qui comme nous avons dit ci-devant, avoit, par le commandement du Roi, toujours été avec eux. Ces Messieurs n'avoient rien oublié pour faire paroître les richesses du Monarque à qui ils appartenoient : sur eux & sur tous ceux de leur suite ne paroissoit que clinquant d'or & d'argent, pour témoignage de grande magnificence & majesté ; mais aussi la Noblesse Françoise fit voir que la France en braverie ne vouloit point céder à l'Espagne, pour la grace & pour la galantise, la surmontant de beaucoup. Soit que l'humeur de chaque Nation, outre qu'on n'en trouve point d'égale à la sienne, soit qu'à la vérité le Ciel favorable ait doué notre France de je ne sais quelle prérogative sur les autres. C'est autre chose très assurée, que les sept ou huit cens Gentilshommes François, qui vinrent sur les onze heures avec le Roi, emporterent quelque chose du lustre que les troupes passées paravant avoient fait éclater. La plupart, Comtes, Marquis, Vicomtes ou Barons, auſſi ſuperbement que proprement vêtus, repréſentoient autant de Princes ; puis les Princes après, autant de demi-Dieux. Aux rangs les plus proches du Roi étoient Monſieur le Duc de Montpenſier, Monſieur le Duc de Nevers, Monſieur le Comte d'Auvergne, Monſieur le Duc de Nemours, Monſieur le Prince de Joinville, Monſieur le Comte de Sommavive(1), fils puîné de Monſieur le Duc de Mayenne, Monſieur le Duc d'Epernon & Monſieur le Maréchal de Biron, tous avec la toque de velours & la cappe à l'antique, mais enrichis de tant de pierreries, que rien ne ſe peut voir de plus éclatant qu'étoient leurs habits. Monſieur le Connétable (2) étoit après, marchant ſeul devant le Roi, puis Sa Majeſté en même habit de toque & de cappot que Monſieur de Bellegarde (3), grand Ecuïer, ſuivoit ſeul, & après lui quelques rangs encore de Seigneurs. Le Roi étant arrivé dans le cœur de Notre-Dame, prit ſa place ſous un dais qui lui avoit été préparé à main dextre, qui eſt du côté de l'Evêché. Monſieur le Légat étoit à la feneſtre ſur un ſiege aſſez élevé, aïant autour de lui, outre les Prélats Italiens de ſa ſuite, Monſieur le Révérendiſſime Cardinal de Gondi (4), Monſieur l'Evêque de Beauvais (5), Monſieur l'Evêque de Nantes (6), Monſieur l'Evêque de Paris (7) & Monſieur l'Evêque d'Avranches (8), n'y aïant de Prélat du côté du Roi que Monſieur l'Archevêque de Bourges (9), lequel comme grand Aumônier de France, fut toujours près de Sa Majeſté, l'aſſiſtant aux prieres qu'il faiſoit. Un peu au-deſſous de l'échaffaud ſur lequel étoit le ſiege de mondit Seigneur le Légat, y avoit un banc long, où furent placés Meſſieurs les Députés d'Eſpagne ſuſnommés ; & après eux, les Ambaſſadeurs des Princes Etrangers. Ainſi la Meſſe, à deux chœurs de muſique, fut ſolemnellement célébrée par Monſieur le Légat, à la même façon que notre Saint Pere a accoutumé de la célebrer ; ſavoir, ne ve-

(1) C'eſt de Sommerive.

(2) Henri de Montmorenci, Maréchal de de France.

(3) Roger de Bellegarde.

(4) Pierre de Gondi, Cardinal, qui avoit réſigné l'Evêché de Paris en 1598.

(5) René Potier, fils de Nicolas Potier de Blancmeſnil, Préſident au Parlement de Paris. Il étoit Evêque de Beauvais dès 1594, & mourut en 1616.

(6) Charles de Bourgneuf, Evêque de Nantes dès le mois d'Octobre 1596, mais qui n'obtint ſes Bulles que le 31 Août 1598. Il eut cependant l'honneur d'haranguer Henri IV au jour de ſon entrée à Nantes le 13 Avril précédent. Il mourut le 17 Juillet 1717.

(7) Henri de Gondi, à qui Pierre de Gondi, ſon Oncle, avoit réſigné l'Evêché de Paris, au commencement de 1598. Il en prit poſſeſſion le 29 Mars de ladite année.

(8) François Pericard, frere de Georges Pericard, qui avoit eu avant lui le même Evêché.

(9) Regnaud de Beaune.

nant à l'Autel que pour l'élévation du *Corpus Domini*. Aprês la Meſſe, le Roi s'avança le premier ſous un dais dreſſé au milieu, entre les deux ſuſdits, & s'aſſit ſur un ſiege qui traverſoit & lui faiſoit voir droit à l'Autel. Monſieur le Légat venant ſous le même dais, prit un ſiege qui étoit tout à l'oppoſite & lui faiſoit tourner le dos à l'Autel. Auſſi-tôt Monſieur le Chancelier (1) s'avança à côté avec Monſieur de Villeroi (2), premier Sécretaire d'Etat, qui lut tout haut les articles de la Paix. La lecture faite, le Roi touchant les Saints Evangiles, jura de les obſerver & faire obſerver inviolablement par-tout ſon Roïaume, & de tenir comme rebelles & ennemis du repos de la Chrétienté, ceux qui oſeroint y contrevenir, puis les ſigna de ſa main propre, & embraſſa les Ambaſſadeurs du Roi Catholique, qui tout à l'heure lui vinrent faire la révérence. Il ne ſe peut dire combien de voix retentirent après, crians *Vive le Roi*. Toute l'Egliſe pleine, & en haut & en bas, toutes les arcades des voutes remplies de Peuple, ſembloient de muettes, être devenues parlantes, tant de cris entaſſés ſortoient de là-dedans. De-là le Roi s'en alla dîner à l'Evêché, où il traita Monſieur le Légat & Meſſieurs les Députés d'Eſpagne, Monſieur de Montpenſier ſervant au dîner, comme grand Maître, & Monſieur l'Archevêque de Bourges, comme grand Aumônier, pour le *Benedicite* & les graces qu'il dit à l'ordinaire, puis fit chanter en muſique quelques verſets de réjouiſſance, tirés des Pſeaumes du Prophete Roïal. A ce dîner, outre les inſtrumens & la muſique qui y étoient, huit trompettes ſonnantes venoient toujours au-devant de chaque ſervice. Sa Majeſté but deux fois à la ſanté du Roi d'Eſpagne, & deux fois les Eſpagnols le pleigerent (3) avec toute la réjouiſſance qu'il eſt poſſible, *Vive le Roi*. Le ſoir ſe paſſa au Louvre, où les Eſpagnols, dans le bal qui s'y fit, admirerent les beautés, l'artifice & la parure des Dames de France. Le Mardi enſuivant, veille de Saint Jean-Baptiſte, Monſieur le Prevôt des Marchands, Meſſieurs les Echevins de la Ville de Paris, firent dreſſer en la Place de Greve, un feu qui avoit pour ceinture tout autour une chaines d'olives miſtiques de la Paix, & au-deſſus pluſieurs lances, piques, épieux, hallebardes, épées,

(1) Philippe Hurault de Chiverni.

(2) Nicolas de Neufville, Seigneur de Villeroy, Miniſtre & Sécretaire d'État On a imprimé de lui en 1749 un Recueil de Lettres, écrites à Jacques de Matignon, Maréchal de France, depuis l'année 1581, juſqu'en l'année 1596 : c'eſt un volume *in*-12.

(3) C'eſt-à-dire, lui répondirent en reconnoiſſance.

tambours,

tambours, trompettes & autres inſtrumens de guerre très bien repréſentés autour d'un homme armé, qui fut conſumé par le feu ſortant de ces olives pleines de poudre. Sur la porte de l'Hôtel-de-Ville, fut mis alors le portrait du Roi, non point à cheval, endoſſé d'une cuiraſſe, comme on l'a vu preſque toujours juſqu'ici, mais revêtu de ſes habits Roïaux, avec le Sceptre en main, aſſis dans une chaire, aïant trois Déeſſes devant lui, la Victoire, la Clémence & la Paix, avec ces vers interpretes du tableau :

> En tibi præpetibus felix Victoria pennis
> Quæ volat, & lætam adducit Clementia Pacem ;
> Unde ſalus populis, te Rege Henrice beatis.

Ce fut le Roi, ce grand Hercule, ce Mars François qui alluma le feu lui-même pour brûler ces cruels inſtrumens dont la rebellion l'avoit contraint de ſe ſervir pour dompter la fureur des ames trop perfides. Voilà les ſuperbes obſeques qu'on a faites à cette meurtriere Bellonne, mais obſeques ſans plaintes, ſinon de ceux qui s'y trouverent trop foulés. Jamais tant d'allegreſſe ne ſe lut ſur la face d'un Peuple réjoui ; chacun ſe laiſſoit perdre au milieu de ces magnificences, parmi je ne ſais quel contentement, qu'on reſſentoit plus parfait qu'on ne le pouvoit dire. Veuille le Dieu de Paix, que notre joie, autoriſée des Cieux, nous faſſe goûter les fruits d'un durable repos, que notre grand Henri auſſi heureux parmi les Olives, qu'il a toujours été dans les ſanglans exercices de Mars, arrache avec autant d'heur toutes les racines de diviſion, comme il en retranche les branches, afin qu'avec un los immortel que nous lui rendrons, nous en rendions des graces éternelles à la Souveraine Puiſſance qui manie les reſſorts de ſon cœur,

Avertissement.

A ce que deſſus nous ajoutons, comme proches dépendances de l'abolition de la Ligue & de l'anéantiſſement de ſes efforts, l'Ordonnance du Roi touchant le Port des Armes, & l'Arrêt de la Cour de Parlement concernant les Jéſuites.

ORDONNANCE DU ROI,

Contenant défenſes à toutes perſonnes de porter arquebuſes, piſtoles ni piſtolets, ni autres bâtons à feu, généralement par-tout le Roïaume de France (1).

Publiée en la Cour de Parlement à Paris, le treizieme jour d'Août 1598.

HENRI, par la grace de Dieu, Roi de France & de Navarre : A tous ceux qui ces préſentes lettres verront, Salut. Dieu nous aïant fait la grace, par ſa bonté infinie, de réduire ſous notre obéiſſance toutes les Villes & Provinces de ce Roïaume, qui s'en étoient diſtraites, de remettre auſſi en bonne forme, union & concorde, tous nos Peuples & Sujets, que la malice du temps, & les choſes paſſées avoient diviſés, & finalement nous donner une paix univerſelle avec tous nos Voiſins, par laquelle nous avons recouvert toutes les Villes uſurpées dedans la France durant la diſcorde civile, ſi bien que nous nous voïons à préſent au chemin de pouvoir jouir avec tous noſdits Sujets, par la continuation de ſon aſſiſtance divine, d'une entiere & profonde tranquillité, choſe que nous avons toujours déſiré voir en nos jours. Et comme pour y parvenir, nous n'avons épargné juſqu'à notre propre ſang, nous ne voulons encore obmettre à faire aucune Police & Ordonnance qui puiſſe ſervir à donner force à notre Juſtice, autorité à nos Loix, avancer la ſureté & liberté du commerce entre noſdits Sujets, afin de ſe remettre de leurs pertes paſſées. C'eſt pourquoi étant avertis des meurtres, voleries, excès, & autres déſordres qui ſe commettent

(1) Le Roi voulant montrer, autant par ſes actions & ſes ſoins que par ſes diſcours, ſon zele pour le repos & la tranquillité de ſes Peuples, & afin de rétablir dans ſon Roïau- me la ſureté publique par le conſeil des Princes & des Seigneurs, qui étoient auprès de lui, fit à Monceaux le 4 Août l'Ordonnance qui eſt rapportée ici.

journellement en divers lieux, & même sur les grands chemins, par aucuns, lesquels se ressentant des injures passées, exercent des vengeances particulieres, ou ne voulant retourner à leur vacation premiere, volent & détroussent les passans avec armes & bâtons à feu, dont la licence & longueur de la guerre a permis & autorisé l'usage avec trop d'impunité : Savoir faisons, que desirant délivrer nosdits Sujets des accidens qui arrivent journellement par le moïen de cette liberté, de laquelle les méchans abusent au dommage des autres, avons, par l'avis des Princes, Officiers de notre Couronne, & autres grands & notables personnages de notre Conseil, étant près de nous, inhibé, & prohibé, interdit, & défendu, inhibons, interdisons & défendons généralement par tout notre Roïaume, & Païs de notre obéissance, à tous nos Sujets, de quelque qualité ou condition qu'ils soient ou puissent être, tout port, usage & exercices d'arquebuses, petrinarts (1), pistoles, pistolets, & autres bâtons à feu, par Villes, Bourgs, Bourgades, & par les champs & passages de notredit Roïaume, à peine de confiscation desdites armes, & desdits chevaux ; & outre cela, de deux cens écus d'amende, & de tenir prison jusqu'au paiement d'icelle pour la premiere fois, & de la vie & perte de biens pour la seconde, sans espérance de rémission ; auxquelles, si aucunes étoient par surprise & importunité obtenues, nous défendons à nos Juges & Officiers d'avoir égard, quelque congé, dispense, ou permission de porter armes que nosdits Sujets aient de nos Prédecesseurs, ou de nous ; lesquels nous avons à cette fin, de notre pleine puissance & autorité, révoqués & révoquons par ces présentes. Néanmoins, nous permettons aux Seigneurs, Gentilshommes, & Hauts Justiciers, d'avoir en leurs maisons des champs des arquebuses, pour en user & s'exercer seulement dedans l'enclos & pourpris de leursdites maisons. Mais nous n'entendons comprendre en la rigueur de la présente Ordonnance, les quatre cens Archers des quatre Compagnies à cheval des Gardes de notre Corps, lorsqu'ils serviront leur quartier, iront ou viendront de leurs maisons où nous serons, pour le fait dudit service, portant leurs casaques, ou bien un certificat de leurs Capitaines en Chef, signé de leur main, & cacheté du scel de leurs armes ; les Archers de la Prévôté de notre Hôtel, Connétablie & Maréchaussée de France, Vice-Baillifs & Vice-Sénéchaux, établis par les Provinces, allans & venans pour l'exercice

(1) Ou *Pétrinals*, sorte de gros pistolets.

de leurs Charges , portant aussi leurs casaques ; les Soldats de notre Compagnie de Chevaux-Legers, commandée par le sieur de la Curée notre Lieutenant en icelle ; celle de notre très cher fils le Duc de Vendôme , commandée par le sieur d'Hure , & celle que commande de présent le sieur Loppes ; auxquelles nous avons permis de porter seulement des pistoles & pistolets , sans arquebuses, étant en service , & allant & venant de leurs maisons aux lieux où seront lesdites Compagnies , aïant pareillement leurs casaques , ou un certificat signé par leurs susdits Lieutenans , & scellé du cachet de leurs armes , & non d'autres ; remettant à faire un Reglement pour le regard des Compagnies & Gens de nos Ordonnances, que nous ferons publier l'année prochaine , par lequel chacun d'eux saura comme il en devra user. Cependant nous entendons qu'ils soient compris & sujets à la présente Ordonnance , comme les autres qui n'en sont exceptés. Et à ce qu'icelle notredite Ordonnance soit mieux observée , & que les contempteurs d'icelle soient retenus par la rigueur de la punition contre les infracteurs d'icelle , Nous avons , suivant les anciennes Ordonnances de nos Prédecesseurs , permis & permettons , commandons & ordonnons à notre Peuple & Sujets , prendre & arrêter prisonniers , huit jours après la publication de ces présentes , faite en leur ressort , toutes personnes qu'ils trouveront porter lesdites armes à feu , sans nul excepter que les dessus nommés , & iceux mettre ès prisons de la plus prochaine Justice , pour de-là être menés & conduits au plus prochain Siege Présidial , ou entre les mains du plus prochain Prévôt de nos Maréchaux , Vi-Baillifs , ou Vi-Sénéchaux (1) ; auxquels nous mandons & donnons pouvoir les juger sans appel, au nombre de sept , suivant la présente Ordonnance. Déclarons en outre tous receleurs de ceux qui porteront telles armes , & les autres qui les logeront , s'ils ne viennent incontinent les réveler à nos Juges & Officiers , avoir encouru les mêmes peines ; & voulons comme tels , être contr'eux procedé par la maniere dessusdite. Et pour mieux exécuter ce que dessus , Avons permis & permettons auxdits Sujets , si besoin est , assembler à son de tocsin , & faire ensorte que la force & autorité nous en demeure , afin que telles manieres de gens que nous ne pouvons estimer bons Sujets , ne puissent avec lesdites armes , avoir aucun sûr accès par notredit Roïaume. Voulons aussi que les armes, dont ils seront trouvés saisis , soient mises & déposées

____

(1) On écrit aujourd'hui , Vice-Baillifs & Vice-Sénéchaux.

en garde au plus prochain Château à nous appartenant , & que
les chevaux, ou argent & habillemens qu'auront iceux prifonniers, demeurent à ceux qui auront fait ladite prife , que nous
déclarons, par la préfente, confifquée & à eux acquife , enfemble
la moitié defdites amendes. Avons ordonné & ordonnons le
femblable contre ceux qui tiendront les champs ci-après , &
vivront fur notredit Peuple. Si donnons en mandement à nos
amés & féaux les Gens tenans nos Cours de Parlement, Baillifs,
Sénéchaux , Prévôts , Alloués , Viguiers , Juges, ou leurs Lieutenans , & à chacun d'eux, fi comme à lui appartiendra , que
ces préfentes ils faffent refpectivement lire , publier & enregiftrer , & le contenu d'icelles , garder & obferver , gardent & ob-
fervent inviolablement , & fans enfreindre , ceffant & faifant
ceffer tous troubles & empêchemens au contraire : car tel eft
notre plaifir. En témoin de quoi nous avons fait mettre notre
fcel à cefdites préfentes. Donné à Monceaux , le quatrieme jour
d'Août, l'an de grace mil cinq cent quatre-vingt-dix-huit , &
de notre regne le dixieme.

Signé , HENRI.

Et fur le replis , Par le Roi en fon Confeil.

DE NEUFVILLE.

Et fcellées du grand fcel de cire jaune fur fimple queue.

Lue , publiée , & regiftrée : Oui & confentant le Procureur
Général du Roi ; à la charge néanmoins que la connoiffance des
contraventions , fi aucunes font faites par perfonnes refféantes &
domiciliées, demeurera aux Juges ordinaires, à la charge de l'appel , & aux Prévôts des Maréchaux des vagabonds & gens fans
aveu, fuivant les Ordonnances ; auxquels Prévôts, Vice-Baillifs , Vice-Sénéchaux, & leurs Lieutenans, ladite Cour enjoint
faire leurs chevauchées par les champs , & lieux de leur détroit,
fans difcontinuation & féjour ès Villes efquelles font établis ,
plus de deux jours, finon pour caufe urgente & néceffaire , dont
ils feront apparoir aux Juges ordinaires des lieux où ils feront
féjour, & enverront de fix mois en fix mois à ladite Cour les
procès verbaux de leurs diligences , avec certification de Juges
ordinaires, comme ils fe feront emploïés en leurs charges : &
à faute de ce faire , fera procédé contr'eux ainfi que raifon. Fait
ladite Cour défenfe aux Receveurs & Païeurs de leurs gages , de
leur délivrer aucuns deniers s'ils ne font apparoir par certifica-

1598.
ORDONNAN-
CE DU ROI.

tion dûe, avoir envoïé lefdits procès verbaux. Outre, enjoint
ladite Cour à tous Officiers du Roi, habitans des Villes, Bourgs,
& Villages, Seigneurs, Hauts-Jufticiers, & Officiers plus proches des lieux où lefdites voleries & meurtres fe commettront,
pourfuivre en toute diligence, incontinent qu'ils en auront connoiffance, lefdits malfaiĉteurs, pour les appréhender & conftituer prifonniers, fi faire fe peut. Et à faute de le pouvoir, faire
diligentes perquifitions & remarque de leurs habits, armes &
chevaux, & du lieu de leur retraite, faire de tout procès verbaux, fur peine, contre lefdits Officiers, de fufpenfion de leurs
Offices, & privations s'il y échet; auxdits Hauts Jufticiers de
pareille peine de privation de leurfdites Hautes Juftices, & réunion d'icelles au Domaine du Roi; & aux Habitans des Villes,
Bourgs & Villages, d'amende appliquable moitié au Roi,
moitié aux excedés, ou leurs héritiers. Fait défenfes à toutes
perfonnes, de quelque qualité & condition qu'elles foient, de
prêter confort & aide auxdits voleurs & malfaiĉteurs, les recevoir, ni receler en leurs maifons; mais leur enjoint, fi aucun
fe retire devers eux, s'en faifir, les préfenter à Juftice : autrement fera procedé contr'eux comme coupables & complices de
la même peine qu'eux. Et à ceux qui viendront réveler à Juftice
lefdits receptateurs, en procédant à l'encontre d'eux fur le fait
des recellemens, leur fera la moitié des amendes & confifcations,
efquelles ils feront condamnés, adjugée. A Paris, en Parlement
le treize Août 1598.

Signé, V O I S I N.

ARREST
DE LA COUR DE PARLEMENT,

Contre le Sieur de Tournon (1)*; contenant aussi défenses à toutes personnes d'envoïer Ecoliers aux Colleges des Jésuites, en quelques lieux & endroits qu'ils soient, pour y être instruits.*

Du 18 Août 1598.

HENRI, par la grace de Dieu, Roi de France & de Navarre : A tous ceux qui ces présentes lettres verront, Salut. Savoir faisons, que comme sur ce que notre Procureur Général, assisté de Maîtres Louis Servin & Simon Marion nos Avocats, a remontré à notre Cour de Parlement par ledit Servin, que par Arrêt du premier Octobre dernier, le sieur de Tournon avoit été condamné faire vuider & sortir hors des fins & limites de la Ville & Seigneurie de Tournon, les Prêtres & Ecoliers soi disant de la Société du nom de Jesus, dedans deux mois après la signification, pour toutes préfixions & délais, & en certifier notredite Cour un mois après, sur les peines y contenues. Lequel Arrêt auroit été signifié audit de Tournon, parlant à sa personne en cette Ville de Paris, dès l'onzieme dudit mois d'Octobre ; néanmoins il n'y auroit satisfait ni obéi. Comme aussi auroit notredit Procureur Général été averti, que contre les défenses faites par l'Arrêt du vingt-neuf Décembre mille cinq cens quatre-vingt-quatorze, plusieurs nos Sujets auroient envoïé des enfans audit lieu de Tournon, à Pont-à-Mousson, & autres lieux & endroits dedans & dehors notredit Roïaume, aux Colleges de ladite prétendue Société du nom de Jesus, pour y être enseignés & instruits, dont étoient à craindre plusieurs & notables inconvéniens : même d'autant que lesdits Prêtres & Ecoliers de ladite prétendue Société, non-seulement ont continué depuis ledit Arrêt du vingt-neuf Décembre, la doctrine damnable & réprouvée par icelui, mais y ont ajouté autres nouveaux enseignemens & instructions plus abominables qu'ils sement par-tout, même en notredit Roïaume, par livres exécra-

____
(1) Louis Juste de Tournon, Sénéchal d'Auvergne. Cet Arrêt est aussi dans l'Histoire de l'Université de Paris, par César Egasse du Boulay, Tom. VI, p. 909 & suiv.

bles : requérroit ledit de Tournon être déclaré avoir encouru les peines contenues audit Arrêt du premier Octobre dernier , & les défenses contenues en l'Arrêt du vingt-neuf Décembre mille cinq cens quatre-vingt-quatorze être réiterées, & de nouveau publiées, avec commission pour informer à sa Requête contre ceux qui se trouveront avoir contrevenu ; & que tous ceux qui ont étudié, depuis icelui, sous lesdits prétendus de ladite Société, & en leurs Colleges en quelque lieu que ce soit, soient privés des privileges des Universités, & les dégrés par eux obtenus, ou qu'ils obtiendront ei-après en quelque Université que ce soit, ou puisse être, déclarés nuls, de nul effet & valeur. Vû lesdits Arrêts des vingt-neuf Décembre mille cinq cens quatre-vingt-quatorze, & premier Octobre dernier, avec l'exploit de signification d'icelui, du onzieme dudit mois d'Octobre, ensemble les Arrêts des vingt-un Août & seize Octobre dernier. La matiere mise en délibération.

Notredite Cour, par son Arrêt, aïant égard aux conclusions de notredit Procureur Général, a déclaré & déclare ledit de Tournon avoir encouru les peines contenues audit Arrêt du premier Octobre : A ordonné & ordonne que tous ses biens seront saisis & mis en notre main : A enjoint & enjoint aux Receveurs de notre Domaine, chacun en ce qui est de sa Charge, d'en recevoir les fruits pour en tenir compte comme des autres deniers de leurs recettes, selon les états qui en seront faits par les Tréforiers de France, qu'ils mettront à cette fin ès mains desdits Receveurs. Et aux Officiers des terres qui seront saisies, relevans de nous, tant en Fief que ressort de Justice, d'exercer ladite Justice sous notre nom, à peine de nullité des procédures, si aucunes étoient par eux faites en autre qualité, que de nos Officiers, dépens, dommages & intérêts des parties en leurs propres & privés noms, & d'être déclarés incapables de tenir aucuns de nos Offices, & autres Charges publiques. A déclaré & déclare l'état & Office de Sénéchal d'Auvergne, duquel est pourvu ledit de Tournon, vacant & impétrable, & ledit de Tournon indigne & incapable de le tenir & exercer. A fait & fait inhibitions & défenses aux Lieutenans & Officiers de ladite Sénéchaussée, de lui donner aucune entrée ni séance en leurs Sieges, & à tous nos Sujets, le reconnoître en ladite qualité ; aux Greffiers, de plus concevoir les Commissions, Sentences, & autres Actes de Justice en son nom. A tous Comptables, de lui païer aucuns gages & droits à cause dudit Office ; le tout à peine

de

de répetition defdits gages & droits, privation d'Offices,
amendes arbitraires, & autres plus grandes peines, s'il y échet.
Et outre a inhibé & défendu, inhibe & défend à toutes perfonnes d'envoïer Ecoliers aux Colleges de ladite prétendue Société,
en quelques lieux & endroits qu'ils foient, pour y être inftruits,
fur les peines contenues èfdits Arrêts, lefquels feront de nouveau publiés ès lieux & endroits accoutumés à faire cris & pu-
blications. Et aura notredit Procureur Général commiffion pour
informer des contraventions à iceux, pour les informations
faites & rapportées en notredite Cour, être par icelle procédé
contre les Contrevenans, ainfi que de raifon. Et dès à préfent
a ordonné & ordonne, que tous nos Sujets inftruits & enfeignés aux Colleges defdits prétendus de ladite Société dedans ou
dehors ce Roïaume, depuis ledit Arrêt du vingt-neuf Décembre mil cinq cens quatre-vingt-quatorze, ne jouiront des
privileges des Univerfités, comme incapables des dégrés d'i-
celle. Déclarons les dégrés par eux obtenus, ou qu'ils obtiendront en quelque Univerfité que ce foit, nuls & de nul effet &
valeur, fans que par le moïen d'iceux, ils puiffent enfeigner,
ni être pourvûs d'Office, ni bénéfices affectés aux Gradués,
être reçus Avocats en notredite Cour, ni en aucuns autres Siéges, ni aucunement jouir d'aucuns droits, prérogatives & prééminences, fruits, profits & émolumens provenus defdits dégrés. Ordonne notredite Cour que le préfent Arrêt fera publié
en tous les Bailliages & Sénéchauffées; enjoint aux Subftituts
de notredit Procureur Général le faire exécuter, & en certifier
ladite Cour; faire informer des contraventions audit Arrêt du
vingt-neuf Décembre mil cinq cens quatre-vingt-quatorze,
& en envoïer les informations au Greffe d'icelle dans deux mois,
à peine d'en répondre en leurs propres & privés noms. Si mandons, de l'Ordonnance de notredite Cour, à tous nos Baillifs,
Sénéchaux, ou leurs Lieutenans, chacun en leur Bailliage &
Sénéchauffée & en droit foi, fi comme appartiendra, mettre le
préfent Arrêt à dûe & entiere exécution, felon fa forme & teneur : en contraignant tous ceux pour ce à contraindre, par
toutes voies & manieres dûes & raifonnables. Commandons à
tous qu'il appartiendra ce faifant obéir(1). Donné à Paris en notre

(1) Dès que le fieur de Tournon, dit M.
de Thou, Hift. L. CXX. eut connu cet Arrêt, il en informa le Parlement de Touloufe, qui rendit un Arrêt contraire le 23 Septembre, par les follicitations du Syndic des
Etats de Languedoc. Cet Arrêt faifoit défenfes à Tournon, de même qu'aux Magiftrats-
Confuls, & autres qui étoient fujets à la Jurifdiction du Parlement de Touloufe, de
troubler dans leur miniftere, ou dans la jouif-

Parlement, le dix-huitieme jour d'Août, l'an de grace mil cinq cens quatre - vingt - dix - huit, & de notre regne le dixieme.

Signé, Par la Chambre,

Du TILLET.

Et scellé sur simple queue en cire jaune.

Avertissement.

ICI nous finissons le Recueil des Memoires de la Ligue, assoupie (& s'il plaît à Dieu) assommée & anéantie par le moïen de la Paix. Nous ajoutons un brief Discours de quelques autres particularités & choses mémorables hors du Roïaume depuis 1594 Jusqu'à la Paix, comme a été fait en quelques-uns des Volumes précédens.

BRIEF RECUEIL

Des exploits de Guerre ès Païs-Bas, ès années 1594, 1595 & suivantes, jusqu'à la Paix entre les Rois de France & d'Espagne en l'an 1598.

VERDUGO (1), Capitaine Espagnol, commandant en Frise pour le Roi d'Espagne, avoit, sur la fin de l'an mil cinq cent quatre-vingt-treize, molesté par siége quelques Forts tenus par les Etats ès environ de Groningue ; mais au commencement de Mai en l'an mil cinq cens quatre-vingt-quatorze, le Comte Maurice (2), avec l'armée des Etats, le contraignit se retirer bien vîte ; & le vingt du même mois , assiégea la puissante Ville de Groningue aïant cent quarante enseignes d'Infanterie. Sa Cavalerie fut logée à Covorde (3), Steinwik (4), & autres garnisons proches de l'ennemi. Le premier exploit de l'armée des

sance de leurs biens, les Prêtres & Ecoliers de la Compagnie de Jésus, & d'empêcher que la Jeunesse n'allât étudier dans leur College de Tournon, à peine contre les contrevenans, de dix mille écus d'or d'amende. Cet Arrêt indigna fort le Roi. Peu s'en fallut que, par l'avis du Chancelier de Chiverny, il ne cassât & annullât ledit Arrêt, & qu'il n'ordonnât au Parlement de Touloufe & à celui de Bourdeaux d'enregistrer l'Arrêt rendu contre Jean Chastel quatre ans auparavant ; mais les follicitations de quelques Courtisans, qui avoient d'autres sentimens, firent différer cette affaire, & les différentes remises, qu'on y apporta ensuite empêchèrent qu'elle ne fût exécutée.

(1) François Verdugo.
(2) Maurice de Nassau.
(3) Ou Coevorden.
(4) Ou Steenwick.

Etats, fut de forcer le Fort d'Auwardziel (1) fait par les Espagnols sur une Digue. Les Soldats qui le gardoient, au nombre de cent trente, pasſerent par le trenchant de l'épée, & n'en échappa que ſix. C'étoient gens cruels, qui ne trouverent point auſſi de miſéricorde; telle dépêche étonna ceux de Groningue. Le vingt-cinquieme de Mai & ſuivans, tous les autres Forts tenus par les Eſpagnols ès environs de Groningue furent par eux lâchement abandonnés. Alors le Comte Maurice fit ſes approches & commença de faire tout ce que peut & doit un ſage Chef de guerre pour un ſiége, dont il prétend venir à bout. Les aſſiégés commencerent à ſe diviſer, les uns parlant de compoſition, les autres de réſiſtance, tellement qu'il y eut de la mutinerie ſanglante entr'eux. Le Comte pourſuivant vivement ſon entrepriſe, fit creuſer une mine ſous le grand Fort des aſſiégés, où il y avoit huit gros canons. La mine joua tellement, que le Fort fut renverſé, & ſept vingts Soldats de la garniſon ſauterent en l'air. Il en échappa un, lequel fut porté demi vif au camp; quelques-autres Soldats ſauterent au foſſé vers la Ville, & valurent auſſi peu que les autres. Les aſſiégés ſentant qu'on les minoit en divers endroits, commencerent à perdre courage; tellement qu'après quelques conſultations, le ſeize de Juillet ils envoïerent leurs députés, leſquels, juſqu'au vingt-deuxieme jour ſuivant du même mois, capitulerent avec le Comte, accompagné du Comte Guillaume de Naſſau, des Députés du Conſeil des Etats. Le ſommaire de cette capitulation, fut que ceux de Groningue demeureroient en leurs droits & privileges, à l'exemple des autres Provinces Unies; que l'ancienne querelle entre iceux & le Païs de Friſe, ſeroit laiſſée à la déciſion des Etats Généraux; qu'ils recevroient en la Ville l'exercice de la Religion Réformée, comme ès autres Villes des Provinces Unies; qu'ils auroient pour Gouverneur Guillaume Comte de Naſſau, Gouverneur de la Friſe Septentrionale, & cinq Enſeignes de piétons.

Quant aux gens de guerre étant en icelle Place pour le Roi d'Eſpagne, ils ſortirent armes & bagues ſauves vers leur Colonel Verdugo, auquel furent rendus entierement tous les meubles qu'il avoit dedans Groningue. On licencia paiſiblement tous les Prêtres, Moines, voire quelques Jéſuites. Le vingt-troiſieme jour de Juillet, le Comte Maurice entra dedans Groningue. Il fut magnifiquement reçu, ſuivi du Gouverneur nouveau,

____
(1) Awardezil.

M m m m ij

& des Compagnies qui y devoient entrer. Quoi fait, toutes les images des Temples furent abatues, la Meſſe chaſſée, l'exercice de la Religion Réformée établi, & nouveaux Magiſtrats inſtitués & ſubrogés aux Partiſans Eſpagnols (1).

Tandis qu'on chaſſoit la Domination Eſpagnole arriere de la Friſe, l'Archiduc Erneſt, qui avoit fait une ſuperbe entrée à Anvers le quatorzieme jour de Juin, paſſoit le temps en tournois, maſcarades, feſtins & divers ébatemens. Peu de jours auparavant, il avoit envoïé deux Ambaſſadeurs & lettres bien amples aux Etats des Provinces Unies, pour les attirer à ſoi, & en quelque traité de paix. Eux voïans que tout cela tendoit à les amuſer, afin d'en venir à bout plus aiſément, d'un côté lui montrerent l'épée en Friſe, de l'autre la plume en Braban, par une aſſez ample réponſe, laquelle nous inſérons en ces Mémoires, pour autant qu'elle contient choſes mémorables & dignes d'être ſues de la poſtérité.

REPONSE

Des Etats Généraux des Païs-Bas Unis, aux Lettres de l'Archiduc Erneſt d'Autriche, & Députés de ſon Alteſſe, ſur l'ouverture & propoſition de la Paix (2).

LES Etats Généraux des Provinces Unies des Païs-Bas aïant fait ouverture & lecture, en leur aſſemblée, de la lettre du très illuſtre & généreux Prince Erneſt, Archiduc d'Autriche, Duc de Bourgogne, &c. cachetée & fermée du cachet de ſon Alteſſe, datée à Bruxelles du ſix du préſent mois de Mai, & le vingt-deux dudit mois, reçue des mains de Meſſieurs Otto Hattius, & Hieronimus Cœmans (3), Licentiés ès droits; & à l'inſinuation de ladite lettre le lendemain vingt-trois étant ouï en ladite aſſemblée ce que leſdits Députés avoient en charge finale, ſuivant la clauſe inſerée en ladite lettre, après mure délibération d'icelle, & des propos ſur ce enſuivis, leſdits Etats ont déclaré & déclarent par cette, pour découvrir à Son Alteſſe leur vraie & ſincere intention, que depuis que par extrê-

---

(1) Voïez ſur ces faits l'Hiſtoire de M. de Thou, Livre CIX année 1594.
(2) *Ibidem.*

(3) Othon Hartius & Jérome Cœmanus étoient deux célebres Juriſconſultes.

me & urgente néceſſité, ils ont été forcés à prendre les armes, pour la conſervation des libertés, enſemble des privileges & droits des Païs-Bas, en général des Provinces, Membres, Villes, & Habitans d'icelles en particulier; & pour ôter la tyrannie & ſuperbe domination Eſpagnole par deſſus les conſciences, corps & biens deſdits Habitans, de leurs femmes & enfans; leur volonté & intention a toujours été, & eſt encore à préſent, de continuer par leſdites armes, avec l'aide de Dieu, contre leſdits Eſpagnols & leurs adhérans, avec ferme fiance, que le bon Dieu avancera par ſa ſainte bénédiction, leur bonne & juſte intention, laquelle de plus en plus ſe trouve concerner, non-ſeulement la conſervation de ces Païs, mais auſſi celle de tous Rois, Princes, & Etats voiſins; comme auſſi de fait ils ont trouvé, non-ſeulement leurs moïens & conſeils bénis par la puiſſante main de Dieu, mais auſſi les cœurs des Rois & Princes voiſins, émus au maintenement de leur juſte & ſincere cauſe; attribuans de cela la gloire & la louange à Dieu tout puiſſant, & ſe confians en l'immuable puiſſance de ſa divine Majeſté, attendans de ſa main & bonté une heureuſe & louable iſſue de cette grieve guerre, avec ferme eſpérance de voir en brief tous ces Païs-Bas généralement réunis, & remis en leur ancienne fleur & proſpérité; à quoi tant plus ils aſpirent & s'attendent, d'autant qu'ils ont aſſez expérimenté, & leur en ſouvient bien encore, les commodités, aiſes & plaiſirs de la paix, repos & union; & au contraire reſſentent les incommodités, infélicités & déplaiſirs de la guerre.

Mais comme ils remercient grandement Son Alteſſe de la déclaration de ſa bonne volonté, portée par ladite lettre, & auſſi tous autres qui ſincerement travaillent pour le repos & bien deſdits Païs-Bas; auſſi ont-ils grande raiſon de ſe plaindre devant Dieu & les hommes, de ceux qui par fineſſes, & ſous prétexte de paix, tâchent de plus en plus à répandre le ſang des pauvres & innocens Chrétiens, & d'avancer la deſtruction deſdits Païs-Bas; à quoi le Conſeil Eſpagnol (comme ſe prétendant offenſé) s'efforce plus que jamais, uſant à ces fins des plus cruelles procédures qu'on ſauroit penſer, & que moins on devroit attenter à la ruine deſdits Païs. Conſideré qu'il eſt notoire à tout le monde, avec combien de difficulté & patience ils ſe ſont remués, même par l'effuſion du ſang des innocens, livrés ès mains des Bourreaux à milliers, tant hommes que femmes de toutes qualités, entre leſquels ont été quelques-uns des princi-

1598.

RÉPONSE DES ETATS GÉNÉRAUX.

paux Seigneurs de ce Païs , par l'infraction des principales libertés , privileges & droits defdits Païs , Membres & Villes ,
en général & particulier , avec infinité de meurtres, violences ,
exactions , concuffions & autres énormes & déteftables faits :
& ce après plufieurs remontrances , fupplications , même dé-
putations des premiers Seigneurs du Païs vers l'Efpagne , nommément du Marquis de Bergues , & du Seigneur de Montigni,
qui à cette occafion s'en font mal trouvés , étant traités contre
tous droits des gens ; après auffi l'interceffion de plufieurs grands
Potentats inutilement faite , à ce que lefdits Païs-Bas demeu-
raffent en leurs anciennes franchifes & privileges , & la tyrannie Efpagnole , fur leurs confciences , corps & biens , fût
abolie.

Par où il plaira à Son Alteffe benignement entendre , que lefdits Etats , procedent en cette affaire tant importante , à l'état &
confervation de ces Païs , par toutes bonnes confidérations &
jugemens, tant des affaires paffées, que de ce qui fe préfente à
cette heure , & partant ils ne peuvent facilement croire , &
beaucoup moins s'affurer de ce qu'on dit du changement des
humeurs du Confeil Efpagnol : vu même que femblables changemens ont été par ci-devant bien plus apparens , & en partie
crus avec grand interêt de ce Païs. Car au commencement de
cette guerre , la cruauté Efpagnole fut fi grande , que tout ce
qui tomba entre leurs mains, fut mis à mort ; & même tous
ceux qui avoient par confeil fait , ou attenté quelque chofe
pour la confervation de la Patrie contre la tyrannie étrangere.
Outre ce , l'on détruifoit , non-feulement le plat païs , mais auffi
plufieurs principales Villes , par meurtres , voleries, feu & flamme , & par autres exécrables , horribles , & non ouies façons ,
jufqu'à ce qu'on fut contraint de décreter de cette part, de faire
mêmes violences contre les Efpagnols & leurs adhérans , tombans entre les mains de ce parti ; afin de leur faire paroître par
ce moïen , qu'il n'y avoit point moins de courage en ceux qui
défendoient leur jufte caufe , qu'en ceux-là qui tâchoient à
ruiner ces Païs : comme auffi ils fe peuvent bien affurer , que
rien ne fera entrepris par eux , dont ils n'emportent le pire
marché.

Ceci donc commença à décourager le Confeil fanglant , &
à changer leur humeur en apparence : car eux remarquans ne
pouvoir facilement parvenir par force à leur but prétendu , firent femblant de vouloir entendre à raifon , & furent fur cela

projettés les premiers fondemens du Traité de paix l'an mil cinq cens soixante-quatorze, tellement que les Etats de Hollande & Zelande, usans de leur ancien & sincere naturel, se laisserent persuader à exhiber & remontrer, par lettres & supplications, leurs griefs & doléances, en requérant sur iceux adresse. Mais les fruits de ce Traité de paix encommencé, furent du commencement du côté de Brabant ; premierement, le saccagement de la très renommée Ville d'Anvers par les Espagnols, que leur histoire même nomme *fuera veillacos*. Puis du côté de Hollande & Zelande, le cruel siége de la bonne Ville de Leyden ; laquelle néanmoins par la divine clémence a été préservée de la tyrannie de l'ennemi, voire avec tel extraordinaire épouvantement des Espagnols, qui la tenoient assiégée, qu'étant frappés par la forte main divine en leurs cœurs, ils quitterent en grande confusion toute la Hollande, pensant quelque peu de temps après surprendre & mettre à sac la bonne Ville d'Utrecht, tout ainsi qu'eux, & autres de leur nation Espagnole, avoient fait au même an en ladite Ville d'Anvers.

Ce premier frauduleux Traité, aïant ainsi coulé, un second fut préparé par l'intercession de très haute mémoire, l'Empereur Maximilien pere de Son Altesse, l'an mil cinq cens soixante-quinze, commencé en la Ville de Breda, aïant les effets d'icelui Traité assez témoigné que les Espagnols n'ont aucune intention de bien faire audit Païs. Car les fruits n'ont été autres, que plus grands préparatifs à la guerre qu'onques auparavant, d'autant que de là procederent les ruines de Burem, Leerdam, Oudewater, Schoenhouen, Bomelen (1), & Sierichzée (2); après lesquels efforts, les Espagnols & leurs adhérens, se comporterent si grossierement par voleries, meurtres, & autres énormes délits, que par de-là ne pouvant plus être endurée leur violence, ils furent déclarés & proclamés Ennemis des Païs-Bas. Sur quoi étant ensuivi l'union & pacification de Gand, en nombre 1576, entre toutes les Provinces du Païs-Bas, & ce à la conservation du bien, libertés & privileges d'icelles, il est assez notoire à un chacun avec quelle perfidie & déloïauté ladite union & confédération a été reçue pour bonne du côté des Espagnols, & quelle fraude & simulation étoit mêlée en ce fait. Les Lettres de Scovedo (3), la violation commise par Dom Jean (4), l'expresse Déclaration

1598.

RÉPONSE DES ETATS GÉNÉRAUX.

_____

(1) M. de Thou dit Bommené.

(2) C'est Ziriczée, Ville dans l'Isle de Schowen.

(3) Ou d'Escovedo.

(4) Dom Jean d'Autriche.

du Conseil d'Espagne, apporté par le Baron Selles & ouverte à
Malines, aussi les négociations passées à Louvain en la présence des Ambassadeurs & Députés de plusieurs Potentats, ont
de cela donné suffisant témoignage ès années 1577 & 1578.

Pareillement avec combien de fraudes & dommages a fini
le Traité de Paix, solemnellement commencé à Cologne, il
est assez notoire à un chacun ; car durant icelui, non-seulement
les Provinces d'Artois & Hainault, avec aucunes autres Provinces & principales Villes, ont été séduites à faire traités particuliers, mais aussi a-t-on usé de toute outrance & force contre la bonne Ville de Mastricht & pratiqué plusieurs sinistres
négociations, ès autres Provinces, entre les Membres & Villes, afin de les mener à altercation, & faire hâter leur propre ruine. Par lesquelles pratiques puis après, les Villes en Flandre ont été tirées en communication. Quelles belles promesses
leur ont été faites, & à quelle misérable fin tout cela est devenu,
les exemples le montrent assez.

A quelle intention ès années 1587 & 88 la communication
& pourparler de Paix a été demandée ; quelle fraude & violence y étoit couverte ? l'Armée navale d'Espagne survenue durant icelui Traité, & icelle ruinée par la main Divine, l'a assez
montrée ; les Armées envoïées de temps à autre de ce Païs,
contre le Roi de France, ont aussi témoigné avec quelle intention l'Impériale Majesté demandoit en l'an 1591 d'entamer
derechef les affaires de la Paix : par ou de plus apparoît que
l'Espagnol & ses Adhérans veulent toujours demeurer en guerre,
& avoir les armes en la main, se servant du prétexte de la Religion, mais voulans en vérité étendre & établir leur générale
domination & tyrannie par toute la Chrétienté ; & tendans à
priver tous Rois, Princes, Païs & Républiques de leur légitime
droit, comme de ce est assez apparu, en ce qu'ils ont entrepris contre la Reine d'Angleterre, par l'envoi de la superbe
Armée navale en l'an 1588, & par les triomphes chantés par
eux & imprimés avant la victoire. En après, aïant égard à la
guerre & aux négociations entrevenues en France depuis ledit
an, & par espécial, à ce qu'aux années prochaines à été traité
afin d'en priver, non-seulement le présent Roi légitime & tous les
Princes de son Sang, mais aussi tous autres François en général, & de transférer ladite Couronne aux Espagnols, sous le nom
de l'Infante, on trouvera que tout cela est procuré par charge
du Conseil d'Espagne. La négociation du Duc Feria & autres
Ministres

Miniſtres Eſpagnols, font de cela ſuffiſante preuve; l'Arrêt & vérification publié par le Parlement de Paris & par autres auſſi retirés du Parti de la Ligue, le font auſſi aſſez notoire. Et ſi on veut bien juger du complot fait en Ecoſſe en l'an 1592 avec pluſieurs des Principaux dudit Roïaume, afin d'y recevoir dix mille Eſpagnols, aſſez miraculeuſement découvert (& dont aucuns ont été exécutés par mort) on trouvera que cela n'a été fondé ſur autre but que celui de la France.

De quelle façon, aux mêmes fins, on a traité & pratiqué avec l'Evêché de Cologne, Ville & Païs de Straſbourg, Duchés de Juliers, Cleves & Berg, enſemble avec la bonne Ville Impériale d'Aix, pluſieurs Lettres interceptées ne le donnent pas ſeulement aſſez à connoître, mais auſſi les effets le montrent. Finalement, les menées & pratiques qui ſe font contre les principaux Princes d'Italie, déclarent combien grand on eſtime l'accablement de ceux de Hollande & Zélande, comprenant ſous leurs noms les dix-ſept Provinces des Païs-Bas, afin d'établir & aſſurer en icelles le ſiege de la guerre, contre toute la Chrétienté; voire qu'on permettroit plutôt au Turc d'en envahir une grande partie, que de quitter la guerre contre ces Provinces ou diminuer aucunement le nombre des gens de guerre deſtinés contre iceux.

In ſumma (1), comme l'on traite avec l'Impériale Majeſté, les Electeurs & les Princes d'Allemagne, voire avec l'Etat de toute la Chrétienté, ſeulement pour avancer la générale Domination Eſpagnole, il en appert par Lettres ſignées du Roi d'Eſpagne, leſquelles portent quant & quant le point par ſon Alteſſe ici propoſé, à ſavoir, que l'Eſpagnol n'a aucune envie d'y traiter par ſon Alteſſe ſincerement les affaires de la Chrétienté, & beaucoup moins pour mettre en un bon repos les Païs-Bas. Le Comte de Fuentes, Dom Guillaume de Saint Clément, & Stephano Divara (2), tous trois Eſpagnols, aïant iceux trois Etrangers expreſſe charge & inſtruction pour faire connoître à ſon Alteſſe (leſquels Seigneurs du Païs ſont de leur humeur) ſur quelle partie il conviendra gouverner les Païs-Bas, & comment on pourra accabler les autres Provinces Unies. Les Etats donc ne doutent point que ſon Alteſſe n'ait bien entendu que par la menée du Comte de Fuentes & Stephano Divara, puis n'agueres ont été promis cinquante mille écus au Docteur Lopes, Medecin de la Roïale Majeſté de la Reine

---

(1) C'eſt-à-dire, *en bref.*   (2) Etienne d'Ibarra.

1598.

REPONSE DES ETATS GENERAUX.

d'Angleterre, pour la faire empoifonner, & qu'à cette caufe ledit Lopes, Emmanuel Louis (1), & Etienne Ferrera (2) de Savia, coupables de même meurtre, ont été condamnés à la mort (3), & qu'auffi par la menée dudit Fuentes & Divara, Emmanuel Dandrada (4) avoit été entrepris de faire mourir la Roïale Majefté de France, par la fenteur d'un bouquet de fleurs ou rofes, tellement faupoudrées de venin, qu'au feul flairer, la mort devoit enfuivre. En paffant ici fous filence tout ce qui fe pourra encore découvrir par la termination de la caufe de Michel Reinichon (5), autrement du Tremera, Prêtre Navarrois, & depuis deux mois envoïé par de-çà en guife de Soldat, lequel a ja confeffé, que lui & divers autres meurtriers ont été achetés par diverfes promeffes & grande fomme d'argent, & envoïés par deça pour meurtrir l'illuftre & généreux Prince Maurice, né Prince d'Orange, Comte de Naffau. D'avantage, qu'on n'avoit point intention feulement d'enlever hors de l'Univerfité de Leyden, le puîné de fon Excellence, de haute mémoire, feulement âgé de dix ans, comme auparavant l'on avoit par force enlevé le Prince d'Orange, Comte de Buren, fon frere aîné, contre les droits & privileges des Païs-Bas, & même contre tout droit des gens, mais qu'on le vouloit auffi faire mourir de même façon que ledit Confeil d'Efpagne a fait inhumainement meurtrir leurdit Seigneur & Pere. Par-là fon Alteffe & un chacun peut entendre par quelles fortes de gens & par quels moïens les bons Habitans des Païs-Bas font féduits, & que les Etats ne faillent nullement en jugeant cette propofition de Paix, procéder comme les autres précéden-tes ci-deffus récitées, de la boutique du Confeil d'Efpagne, voire qu'à préfent fe découvrent encore des chofes plus cruel-

(1) Emmanuel Louis de Tinoca. A l'égard du Médecin Lopès, on en a déja parlé de même que de la confpiration dont il eft ici queftion.

(2) Ou d'Errera.

(3) A Londres.

(4) D'Andrada.

(5) Remichon : il étoit né dans un Village près de Namur, & avoit été Curé à la Campagne. Ennuïé de fon Etat, il prit des Lettres du Comte Floris de Barlaimont, partit de Bruxelles, & après avoir paffé par d'autres Villes, fut conduit par un Soldat jufqu'à Breda, fous prétexte qu'il venoit pour informer les Etats Généraux d'un projet que les Ennemis avoient, dit-il, formé pour fur-prendre cette Ville. Interrogé fur cela par le Commandant, & aïant varié dans fes réponfes, on l'envoïa prifonnier à la Haye. On le furprit dans la prifon voulant s'étrangler. Il fut mis à la queftion, & déclara dans les tourmens, & après la queftion, que le Comte de Barlaimont lui avoit donné de l'argent pour affaffiner le Comte Maurice de Naffau, avec fon frere qui étoit Etudiant à Leyde, & les Confeillers d'Etat Sainte Aldegonde, Leonin & Barneveldt, par le moïen de quelques Affaffins qu'on devoit envoïer pour fe joindre à lui. Remichon fut condamné à mort & exécuté le 30 de Juin. Ces faits font plus détaillés dans l'Hiftoire de M. de Thou, Livre CIX année 1594.

les & horribles contre les Majeftés de France & d'Angleterre,
& contre ces Païs-Bas, qu'oncques auparavant ; de forte que
les humeurs du Confeil Efpagnol ne font aucunement chan-
gées pour le bien de ce Païs, comme il n'y a apparence qu'é-
tant maintenant offenfés en plus haut dégré, ils foient plus
favorables auxdits Païs qu'ils n'étoient auparavant ladite offenfe, & que leur intention foit de vouloir mieux traiter lefdits Païs (fur lefquels ils veulent prétendre droit) que les
Rois des Roïaumes de France, d'Angleterre & d'Ecoffe qui
leur font en droit, autorité & dignité égaux. A raifon de quoi
lefdits Etats font obligés, à caufe de leurs offices & fermens,
de tant plus fe garder des fubtiles inventions & pratiques dudit Confeil d'Efpagne, comme fingulierement ils prennent à
cœur tous ces meurtres exécrables prétendus, tant contre la perfonne du Roi de France & de la Reine d'Angleterre, qu'auffi
à caufe de guerre ouverte, qui depuis l'arrivée de fon Alteffe
eft continuée contre la Couronne & Etat de France, à quoi
ils font incités, par la bonne alliance, amitié & communion
des affaires qu'il y a reciproquement entre les autres. Et quand
ainfi feroit qu'on pourroit croire que fon Alteffe auroit déplaifir de telles fanglantes & meurtieres actions ; toutesfois fur cela
ne peut être pris fi grand égard, comme fur les concepts de
la mauvaife volonté, intention & fanglante opinion du Roi
d'Efpagne & de fon Confeil, duquel fon Alteffe a reçu fa commiffion & autorité, étant en la puiffance de l'Efpagnol en tout
temps de révoquer fon Alteffe, & en fa place remettre un autre, contre lefquels accidens & évenemens on ne fe peut affurer enforte que ce foit.

Parquoi lefdits fieurs Etats ne pouvant remarquer, ni aucunement comprendre aucuns moïens pour donner ouverture à cette propofition de Paix avec fruit, ni pour le dedans
de ces Provinces, ni pour le dehors, avec celles avec lefquelles ils font obligés, comme eft le Roïaume d'Angleterre avec
la Majefté Roïale, duquel ils font, touchant ce point, en étroite
alliance & confédération, & auffi avec la Roïale Majefté de
France & autres ; lefdits Etats font du tout délibérés d'avoir
leur recours à Dieu tout-Puiffant, & d'attendre de fa faveur
une heureufe iffue de leur jufte caufe, non feulement pour
le bien des Provinces Unies, mais auffi de toutes autres, à
l'avancement de fa gloire & de fa fainte parole.

Ainfi fait & réfolu en l'Affemblée des Etats Généraux, à

N n n n ij

la Haye-du-Comte le 27 Mai 1594, Parafé I. VANDER WERKE. *Et plus bas écrit*, A l'Ordonnance defdits Sieurs Etats. *Et fouffigné*, AERSENS.

REVENONS à l'Archiduc Erneft. Icelui voïant la plume & l'épée des Etats, conçut bien qu'il falloit fuivre des expédiens autres que fon Confeil n'avoit imaginés. L'Hiftoire des Païs-Bas en propofe un fort indigne de l'Excellence des Princes. Je le propoferai comme il a été publié. Michel Reinichon (1), Prêtre déguifé en Soldat, aïant promis de tuer le Comte Maurice, & quelques-autres, fut appréhendé & exécuté à mort à la Haye en Hollande. L'Archiduc, non content, accepta qu'un autre renouât l'entreprife. Car Pierre Dufour, de Nivelle en Brabant, Soldat des Etats (2), follicité par le Sieur de la Motte, de lui aider à furprendre Berg-op zoom, & pour cet effet conduit en la Chambre de l'Archiduc, fut follicité par le Sécretaire & autres Confeillers d'icelui, de tuer le Comte Maurice quand il iroit au Temple. Sur ce on le fit jurer & figner fa promeffe, puis on le mena vers le lit de l'Archiduc lors mal difpofé, lequel lui dit en Italien : *facete quel che me havete promeffo ; amaffate quel tyranno.* Dufour répondit, *lo faro.* Puis le Sécretaire & le Confeiller d'Affouville (3) firent accroire à cet Affaffin, qu'en vertu de la Meffe qu'il avoit ouie ce jour en la Chapelle de la Cour à Bruxelles, il feroit invifible en l'exécution de fon affaffinat. Dufour venu à Berg, y fut découvert & pris, confeffa ce que deffus & d'avoir reçu argent pour faire le coup ; perfévérant en fa confeffion jufqu'au dernier foupir, aïant été fouvent exhorté par fes Juges de ne charger à tort l'Archiduc ni fes Confeillers, s'ils étoient innocens. Il fut exécuté à mort dedans Berg, le 17 Novembre 1594.

Le Roi de France aïant déclaré guerre ouverte à celui d'Efpagne, les Etats firent quelqu'effort pour jetter la guerre en la Duché de Luxembourg. Mais le Comte Charles de Mansfeld pourvut à tout de fi bonne heure, que force fut à leurs troupes de fe retirer fans avoir rien exploité. Cependant les Compagnies Italiennes, mêlées avec les Efpagnols ès Païs-Bas & mal reconnues, fe mutinerent & mirent à part, dont s'enfuivirent de grandes querelles que l'Archiduc Erneft appaifa par

(1) Remichon.
(2) Il avoit été fait prifonnier près de Lillo, & conduit à Berg-op-zoom.
(3) Criftophe d'Affonville.

argent. Cette divifion foulagea les Etats, & fut caufe que leurs affaires s'affurerent en Frife, où Verdugo continuoit la guerre, mais défavantageufement. D'autre côté, les Garnifons de Cambrai faifoient des courfes en Artois & Hainault ; les Efpagnols fourrageoient auffi de leur part, tellement que tout le plat Païs étoit défolé. Les Villes de Hainault & Artois envoïerent leurs Députés vers l'Archiduc, pour le fupplier d'avifer à la confervation des Provinces, lefquelles demandoient la Paix. Ce Prince, de doux naturel, y inclinoit auffi ; mais tout cela s'évanouit, car tôt après, au commencement de l'an 1595, les deux Rois s'entredéfierent ; & l'Archiduc, fuivant la volonté de l'Efpagnol, fon Supérieur, publia auffi guerre ouverte contre les François, fe préparant à leur courir fus, dont s'enfuivirent maints efforts des François fur la Franche-Comté & fur la Duché de Luxembourg.

Le Gouverneur de Breda ne dormant pas, furprit une Villette, nommée Huz, du Diocèfe de Liege, & la garda quelque temps. Mais le Comte de Fuentes, la Mothe, Barlaimont & autres ferviteurs du Roi d'Efpagne, prévoïant que cette Place les incommoderoit grandement, emploïerent tous moïens pour la ravoir. Elle leur fut rendue par compofition le vingt-deuxieme jour de Mars au même an. Environ un mois auparavant, à favoir la nuit d'entre le 20 & 21 de Février, l'Archiduc Erneft mourut à Bruxelles, âgé de quarante-deux ans (1). On l'eftimoit Prince paifible, débonnaire, qui ne rioit prefque jamais, de naturel aifé à manier, & qui fe laiffoit du tout gouverner par les Jéfuites, fort affectionné au Roi d'Efpagne, & peu fujet à fon profit. Attendant la venue de fon frere Albert, Cardinal d'Autriche, défigné pour Gouverneur des Païs-Bas, le Comte de Fuentes eut la charge des affaires. Peu de jours avant ce trépas, Philippe, Comte de Hohenlo époufa Marie, fille du feu Prince d'Orange (2) & de la Comteffe de Bure. Les noces furent célébrées le fept de Février (3). Et en Mars fuivant, George Eberard, Comte de Solm (4), époufa à

1598.

R É P O N S E
DES ETATS
GÉNÉRAUX.

---

(1) Agé de 41 ans, quelques mois & quelques jours. Voïez fon éloge dans l'Hiftoire de M. de Thou, Livre CXII, année 1595. Ses funérailles fe firent à Bruxelles avec beaucoup de pompe. Sa mort inopinée fit évanouit, dit M. de Thou, les efpérances de la Maifon d'Autriche.

(2) Fille de Guillaume, Prince d'Orange,

& d'Anne d'Egmont de Buren. Philippe de Hohenlo étoit parent de Guillaume.

(3) Dans le Château de Buren, au Païs de Gueldre, fur le Fleuve Linghe.

(4) Georges Everard, Comte de Solms, Gouverneur de Hulft en Flandres, & Lieute-Général du Comte Maurice de Naffau dans la Zélande.

Delft en Hollande, Sabine, fille du Comte d'Egmont (1), décapité à Bruxelles sous le regne du Duc d'Alve. Charles, Comte de Mansfeld, vieux Serviteur du Roi d'Espagne, partit de Bruxelles le dix-septieme jour de Mars, pour aller en Hongrie commander en l'Armée Impériale, comme Lieutenant de l'Archiduc Matthias. Il emmena quant & soi force troupes à la décharge des Païs de Cleves & de Juilliers (2) & des environs. En même temps ces Païs-là furent troublés à raison du Gouvernement, par l'indisposition du Prince. Il y eut querelle beaucoup plus fâcheuse entre le Comte d'Embde & ceux de la Ville, & en vint-on jusqu'à prendre les armes ; mais le cours de quelques mois appaisa tout.

On ne parloit alors en Hollande & Provinces voisines que des voïages des Hollandois sur l'Ocean vers les deux Indes ; comme aussi des entreprises de Drac (3) & autres Capitaines Anglois sur la Flotte d'Espagne, qu'ils allerent chercher bien loin, & après avoir fait quelque butin ailleurs regagnerent l'Angleterre. On faisoit la guerre sur Mer avec divers succès. Par Terre, Verdugo vint en la Duché de Luxembourg pour regagner quelques Places. Sur la fin de Mai, il fut chassé de devant la Ferté par le Maréchal de Bouillon, lequel lui tua quatre ou cinq cens hommes. Cependant le Comte de Fuentes s'apprêtoit pour assaillir Cambrai. Pour quoi effectuer, il renforça les Garnisons de la Fere & de Han. On avoit promis de lui livrer le Château, dont le Comte de Saint Paul & le sieur de Humieres (4) avertis, résolurent de se jetter dedans le Château, pour regagner la Ville de Han au Roi. Ils appellerent à leur aide le Maréchal de Bouillon. L'Armée du Comte de Fuentes étoit composée de plusieurs Régimens d'Infanterie, de huit cens chevaux & de quatre doubles canons, auprès du Castelet. Les François délibererent d'exécuter soudainement leur entreprise avant que le Comte de Fuentes fût plus près. Ils y procéderent courageusement, & après un combat de douze heures, où Humieres fut abattu d'une mousquetade (5), firent passer au fil de l'épée les Espagnols & autres de la Garnison, au nombre de six à sept cens, perdant de leur côté environ vingt Gentilshommes & cent Soldats. Le secours du Comte de Fuentes

---

(1) Du Comte Lamoral d'Egmond, que les Espagnols avoient fait mourir vingt-huit ans auparavant à Bruxelles, & de Sabine de Baviere, sœur de l'Electeur Frédéric.

(2) Julliers.

(3) On a parlé ailleurs de Drac & de ses Voïages.

(4) Charles d'Humieres.

(5) Le Roi le pleura. Voïez son éloge dans l'Histoire de M. de Thou, Livre CXII année 1595.

y arriva trop tard. La vaillance du Maréchal de Bouillon ſervit grandement ce jour-là, qui fut le 20 de Juin. La Ville
fut fort endommagée du feu.

Le Comte de Fuentes, pour revanche, commence à battre furieuſement le Caſtelet (1) en Cambreſis, & l'emporte par compoſition, les Aſſiégés aïant ſoutenu & repouſſé pluſieurs aſſauts,
mais ne pouvant plus ſubſiſter en une Place ſi étroite que celle-là,
à cauſe du dommage que leur faiſoit le canon. Tôt après leComte
avituailla la Fere, & voulant faire gliſſer deux mille Eſpagnols
dedans Bruxelles, pour y commander abſolument, puis après
iceux aïant été forclos, pillierent quelques Villages, & mirent
tout le Brabant en effroi. Dont s'enſuivit une nouvelle recherche de Paix entre les Provinces ſujettes du Roi d'Eſpagne avec
les Unies, ce qui n'eut point d'effet. En ces entrefaites le Roi
d'Eſpagne qui avoit fait arrêter pluſieurs Navires de Hollande
& Zélande, prétendant les charger de gens de guerre, les fit
relâcher par le Duc Medine Sidoine (2), & dire qu'on leur
donnoit liberté de s'en retourner, par l'interceſſion favorable
du Cardinal d'Autriche, déſigné Gouverneur des Païs-Bas. On
offrit Sauvegarde & Lettres de ſauf-conduit à ceux qui en voudroient, & furent paiſiblement renvoïés.

Au commencement de Juillet, les Etats ſe ſaiſirent de Hulſt
en Flandre, puis leur Armée navale aſſiégea Grolle, Villette
en Gueldres, laquelle fut ſecourue des Eſpagnols. Le 14 du
même mois le Comte de Fuentes réſolut d'attaquer Dourlans.
A l'approche, ceux de la Ville attaquerent une rude eſcarmou-
che. Le lendemain fut tué d'une mouſquetade la Mothe (3),
Gouverneur de Gravelines. Ce qui incommoda fort les Aſſiégés dès le commencement, fut la perte d'un Fort, qu'ils avoient
bâti hors de la Ville. Le Roi, fort éloigné lors de Picardie, commandoit au Maréchal de Bouillon de ſecourir les Aſſiégés: dont
le Comte de Fuentes averti, s'apprêta pour faire tête. Le Maréchal s'avançant avec l'avant-garde, fit une belle charge; mais
n'étant ſecondé, ains chargé de toutes parts, une partie de ſes
troupes fut renverſée ſur la place, le reſte mis en déroute. Là
fut pris priſonnier l'Amiral de Villars qui avoit été grand Li-

(1) Fort bâti par Henri II, vis-à-vis le
Château-Cambreſis, conſtruit par l'Empereur Charles V.

(2) Louis de Guzman, Duc de Medina-
Sidonia.

(3) Valentin de Pardieu de la Motte, grand

Maître de l'Artillerie. Le Roi d'Eſpagne lui
avoit donné depuis peu le Comté d'Eckel-
beke, Terre en Flandre. Voïez l'abregé de
ſa vie & ſon éloge dans l'Hiſtoire de M. de
Thou, Livre CXII.

gueur autrefois, & fût tué de sang froid par les Espagnols,
indignés de ce qu'il avoit quitté leur Parti, pour rendre obéissance à son Prince naturel & légitime. Quelques piétons François furent tués aussi. On estime que cent Gentilshommes & quelques Capitaines furent laissés morts en cette
charge. Le dernier jour de Juillet, breche aïant été faite au
Château, la Place fut forcée, dont s'ensuivit la perte de la
Ville & la mort de plusieurs Gentilshommes & Soldats au nombre de mille ou environ.

Tôt après, le Comte de Fuentes, poursuivant sa victoire,
assiégea Cambray, gardé par Balagni, jadis entre les Chefs de
la Ligue. Aïant essaïé l'espace de six semaines d'avoir la Place
par composition, sur la fin de Septembre, comme il s'apprêtoit à dresser quelques batteries, trois Compagnies de Suisses
mal païés par Balagni s'accorderent avec les Habitans, ennuïés
de beaucoup de difficultés passées & donnerent tel signal, que
les Assiégeans se rendirent comme en un instant maîtres de la
Ville. Balagni enclos dedans le Château avec quelques Chefs,
quarante Gensdarmes & neuf cens piétons, demanda bientôt
à parlementer, tellement que le neuvieme jour d'Octobre il
quitta la Place aux Espagnols & Wallons, qui se mocquerent
du peu de résistance de celui qu'ils appelloient Prince de Cambray, & le firent ignominieusement traverser par toute la Ville,
puis l'envoïerent avec son bagage. Sa femme mourut de regret,
à cause de tel accident. Quelques semaines paravant, les Etats
perdirent en une charge le Comte Philippe de Nassau (1), le
jeune Comte de Solm, & quelques gens de cheval, pour n'a-
voir fait retraite à temps après une belle charge sur les Espagnols, qui perdirent aussi plusieurs des plus assurés de leurs troupes.
Le quatorzieme jour d'Octobre, ils firent une autre perte à
Lire, Ville proche d'Anvers, surprise par le Gouverneur de
Breda, & recousse en diligence par les Garnisons voisines; tellement que les surpreneurs s'étant amusés au butin, devant que
se bien assurer de la conquête, furent contraints de tout quitter, & quelques uns mêmes y laisserent la vie.

En ces mêmes temps, Albert, Cardinal d'Autriche, envoïé
pour commander ès Païs-Bas, arriva à Gènes, suivi de Philippe de Nassau Prince d'Orange, enlevé de Louvain jeune
enfant, plus de trente ans auparavant, & envoïé par le Duc
d'Alve en Espagne. Le Cardinal reçu en grande magnificence,

(1) Il étoit Gouverneur de Nimegue.

environ

environ le vingtieme jour d'Octobre, le Prince fut à Rome baifer la pantoufle du Pape. Cependant le Roi de France, la Reine
d'Angleterre & les Etats des Provinces-Unies s'allient enfemble contre le Roi d'Efpagne, & les Etats envoïerent tôt après
fecours au Roi qui affiégeoit la Fere ; d'autre part, molefte-
rent grandement les Efpagnols, fur-tout du côté de la Duché
de Cleves, dont ils furent déchaffés. La Reine d'Angleterre
avoit envoïé le Drac en l'Amerique, où aïant guerroïé les Efpagnols, il mourut de maladie fur la fin de l'année.

Au mois de Janvier de l'an 1596, le Cardinal d'Autriche fe
rendit en la Duché de Luxembourg, où les Etats envoïerent
Lettres honorables au Prince d'Orange, pour le gratifier de
fon retour. Il leur fit réponfe de même. L'onzieme jour de Février, le Cardinal bien accompagné fe rendit dedans Bruxelles, où il fut magnifiquement reçu ; puis aïant fommé les Etats
de retourner fous la Domination Efpagnole, & voïant qu'ils
s'étonnoient peu de paroles & fe fioient encore moins en promeffes Caftillannes, fe réfolut à la guerre ; & pour le commencement fit dextrement avictuailler la Fere affiégée par les François. Cela fait, il approcha de Valencienne, fous un bruit
qu'il vouloit dégager les Affiégés. Les Etats qui avoient l'œil
à leur confervation penfoient qu'il dût attaquer Breda, & y
pourvurent. Mais en peu de jours l'entreprife fe découvrit être
fur Calais, qui fut promptement invefti, affiégé & tellement
battu, qu'en dedans le vingt-cinquieme jour d'Avril, le Cardinal fe vit maître d'une place d'importance, aïant emporté
de vive force le Château, où la plupart des Affiégés moururent les armes au poing. Le treizieme jour de Mai enfuivant
il eut Ardres par compofition. Le Roi de France trop foible
lors pour combattre l'Armée Efpagnole, puiffante, bien conduite, & enflée de tant de victoires, fut contraint fe contenter de chaffer les Efpagnols & Ligueurs hors de la Fere, qui
lui fut rendue par compofition au bout d'un fiege de fept mois.
La Reine d'Angleterre dreffa une puiffante Armée navale,
voïant les Efpagnols à fa porte. Quant au Cardinal, on penfoit qu'il attaqueroit ou Geertrudenberg, ou Breda, mais il penfoit à Hulft, petite Place, qui fut ceinte de fon Armée environ le douzieme de Juillet. Là fut arrêté le cours de fes profpérités précédentes ; car il y perdit la plupart de fes Capitaines & plufieurs milliers de fes Soldats les plus affurés, par les
furieufes forties & canonades des Affiégés, qui firent merveil-

1598.

les. Enfin toutesfois, par quelque méfintelligence , ils fe rendirent à compofition le dix-huitieme jour d'Août , tandis que l'Efpagne étoit en effroi, à caufe des exploits de la Flotte d'Angleterre , qui avoit forcé , faccagé & pillé Calix , Saint Lucar & quelques-autres Ports , dont fut emmené un très riche butin de plufieurs millions d'or en monnoie & marchandifes de prix. Le 23 d'Août fut affigné pour l'entrée triomphante du Cardinal dedans Anvers, où il paffa une partie de l'hiver, fans faire bruit, faifant fous main apprêter quelques forces pour attaquer de près les Etats fur le commencement de l'année fuivante. Ce qui en advint eft repréfenté au Difcours fuivant.

DISCOURS VERITABLE

De la défaite de l'Armée du Roi d'Efpagne , tenant la campagne en Brabant , & de la victoire obtenue par Monfeigneur le Prince Maurice de Naffau , Capitaine général de l'Armée de Meffieurs les Etats généraux des Provinces-Unies , le 24 Janvier 1597.

MONSEIGNEUR le Prince Maurice de Naffau, averti par divers endroits que le très illuftre Cardinal Albert , Archiduc d'Autriche étoit délibéré, foit par fecrettes entreprifes , foit par force, d'attenter en cette faifon d'hiver quelque grand exploit au défavantage des Provinces-Unies ; aïant fon Alteffe à cette fin, au mois de Décembre 1596, logé fon Armée au Bourg de Tournhout, Païs de Brabant, compofée de quatre Régimens de gens de pied ; à favoir , le Régiment du Marquis de Trevic , Néapolitain , où il y avoit plus de cinq cens appointés, Officiers de plufieurs Compagnies caffées, du Comte de Sults , renforcé d'un autre Régiment d'Allemands, du Colonel la Barlotte (1) , & du Colonel Coquel (2) , ou du Seigneur de Hachicourt , fubftitué au lieu de Coquel ; étant ces deux derniers Régimens de Wallons bien remplis & renforcés d'autres gens en la place des tués & morts au fiege de Hulft, & de cinq Compagnies des gens de cheval de Nicolas Bafte, Dom Juan de Cordua (3) , Alonfo , Dragon , Grobbendonc (4) , aïant pour

(1) La Bourlotte.
(2) Ou Coquielle.

(3) Dom Jean de Cordoüe.
(4) Dom Jean de Gufmand de Grobbendonck.

Commandeur en chef fur toute l'Armée, le Comte de Varax (1), Seigneur de Balançon. Aïant fon Alteſſe deſtiné vers ledit Camp & commandé de marcher pluſieurs Compagnies d'Infanterie & Cavalerie, tant Eſpagnoles, que d'autres Nations, avec les munitions néceſſaires pour un grand fait de guerre ; mondit Seigneur le Prince Maurice de Naſſau ne ceſſoit de penſer & délibérer à part foi comment il pourroit prévenir & rompre les deſſeins de l'Ennemi à la plus grande ſûreté, ſervice & tuition des Païs, Villes, Bourgeois & inhabitans de ſes Gouvernemens : ému à cela, outre la conſidération du bien public & de l'intérêt de l'Ennemi, d'un extrême deſir de donner le premier par une preuve ſignalée & extraordinaire de ſon côté, un bon commencement à l'alliance faite au mois de Novembre dernier, entre le Roi de France, la Reine d'Angleterre & leſdits Etats des Provinces-Unies. Sur cette délibération, de ſi grande importance & conſéquence, ſe repréſentoient pluſieurs difficultés, non-ſeulement pour le regard de l'incommodité de la faiſon, étant au fin cœur d'hiver & le temps fort variable, ores diſpoſé à gelée, ores à dégelée, mais auſſi pour la grande diſtance des Garniſons, de plus de trente lieues les unes des autres, dont il falloit lever & amaſſer les gens de guerre, avec ce qui étoit néceſſaire pour l'exécution de ſon entrepriſe. Choſe fort difficile à conduire ſecrétement en lieu propre & commode, ſans que l'Ennemi s'en apperçût. Toutesfois ſon Excellence ſe réſolut finalement de faire venir & aſſembler dans huit jours, en la Ville de Geertrudenberg, le plus ſecrétement que faire ſe pourroit, environ ſix mille ſoldats de pied & de cheval, avec ce qui étoit de beſoin pour ſon entrepriſe, que l'on devoit tirer hors des Garniſons des Villes & Fortereſſes, diſtantes de quinze lieues deſſus & deſſous de ladite Ville de Geertrudenberg & d'autres Places voiſines. Au même temps fut ordonné, de par Meſſieurs les Etats Généraux, par toutes les Provinces, un jour de prêche & de prieres publiques, afin qu'un chacun priât le Dieu tout-Puiſſant d'impartir la clémence & faveur à tout ce qui concerne le bien & ſalut des Provinces-Unies & Habitans d'icelles, & ſpécialement de vouloir confondre les deſſeins de l'Ennemi & favoriſer l'entrepriſe de ſon Excellence, laquelle connoiſſant quelle différence il y a de conduire & exécuter tels exploits de guerre, & de ſi grands poids, en perſonne, ou d'en bailler la charge à autrui, étoit

1598.

DÉFAITE DE L'ARMÉE ES-PAGNOLE.

(1) Marc de Rie, Comte de Varax, frere du Comte de Varambon.

O o o o ij

déterminée de se trouver en personne à Geertrudenberg préci-sément le vingt-deuxieme de Janvier 1597, pour partir de-là le lendemain avec la Cavalerie & Infanterie, deux canons & quelques pieces de campagne, & marcher en toute diligence de jour & de nuit vers l'Ennemi, pour le forcer en son logis, à Tournhout, à la Diane le 24 dudit mois, & par la faveur divine avec le bon devoir des gens de guerre, le contraindre à quitter la Place, & le combattre & défaire. Avec cette réso-lution se partit son Excellence de la Haye, le vingt - unie-me Janvier, accompagnée, outre sa suite ordinaire, du Comte de Solms, & du Seigneur François Vere (1), & arriva à Geertrudenberg le lendemain 22 dudit, où aborderent au même jour & quasi en l'espace de deux heures, tant contre mont que bas de la Riviere (chose indubitablement advenue par la favorable direction de Dieu) plus de cent cinquante bateaux chargés de gens & de munitions de guerre. Au jour & lieu nommé s'y trouva aussi promptement en personne, à la requisition de son Excellence, le sieur Robert Sidnei, Gouverneur de la Ville de Flessingue, amenant avec lui bien trois cens Sol-dats d'élite de son Gouvernement, démontrant en ceci, comme il fait constamment en toutes autres choses, sa bonne affec-tion au bien & service de la cause & de son Excellence, comme a fait pareillement le Lieutenant-Gouverneur de la Brielle, y aïant envoïé deux cens bons Soldats Anglois. Monsieur le Comte de Hohenlo (2), Lieutenant Général, s'étant un peu aupa-ravant, par consentement de Messieurs les Etats Généraux, & de son Excellence, préparé à certain voïage en Allemagne pour ses affaires particulieres, & étant retardé quelques jours par l'inconstance du temps & autrement, venu presque aux dernieres frontieres des Provinces - Unies, y eut nouvel-les que son Excellence avoit fait venir en toute diligence vers la Ville de Gorinchem nombre de gens de pied & de che-val, environ le 21 Janvier, dont ledit Seigneur Comte, selon sa grande prudence & expérience, au fait de la guerre, & des situations & commodités desdits Païs, pouvoit facilement ju-ger que cet amas de gens au milieu de l'hiver ne se faisoit que pour chose nécessaire & de grande importance. Parquoi, sui-vant son affection, loïauté & magnanimité accoutumée, se délibera de postposer son voïage & affaires privées, & de se

____

(1) Il se nommoit François Veer
(2) Philippe, Comte de Hohenlo, ou Holach.

trouver en perfonne à l'exécution de l'entreprife. Or quand tout fut arrivé à Geertrudenberg & que fon Excellence eut donné ordre pour marche. le lendemain vers l'Ennemi, Lettres lui vinrent de la part des Seigneurs du Confeil d'Etat, le requé- rant de ne vouloir hafarder fa perfonne ; à quoi il répondit, qu'il alloit tout droit vers Tournhout, pour, avec la grace de Dieu, y trouver l'Ennemi, marchant tout au long du jour & auffi de nuit ; fi que fur la minuit il arriva à Ravels, petit Village à une lieue de Tournhout, où il fit repofer fes gens, en attendant les der- niers qui y furent tous avant jour. Le Comte de Varax averti de l'aproche de fon Excellence avec fes forces & artillerie, en lieu qu'il devoit fe fortifier en fon logis, ou aller au-devant de fon Excellence en bon ordre, & choifir un lieu avantageux, pour, avec fes gens frais & gaillards, combattre ceux qui étoient mouillés, las & travaillés par la longueur & incommodité des chemins, ce qui fembloit le plus fûr & le plus honorable pour lui, qui avoit réputation entre les premiers Chefs ou Comman- deurs, étant à peu près auffi fort de gens que fon Excellence, & fa Cavalerie & Infanterie eftimées des meilleures qu'eût le Roi d'Efpagne en fon fervice ; fi eft ce que par crainte de la pré- fence de fon Excellence, il quitta de nuit fon logis, fans fon- ner tambour ou faire autre bruit, fe retirant vers Herentals, à quatre lieues de Tournhout, Ville tenant le parti du Roi d'Ef- pagne, où il cuidoit fe fauver avec fes gens. Son Excellence ar- rivant à Tournhout au point du jour, & trouvant que l'Ennemi en étoit déja parti, fe met en devoir avec la Cavalerie pour l'atteindre, commandant aux gens de pied de le fuivre en toute diligence. A un quart de lieue de Tournhout, vers Herentals, certain nombre d'Infanterie de l'Ennemi, à la faveur de cer- tain bois, gardoient le paffage d'une petite riviere, dont le gué eft fort long & difficile pour la Cavalerie, qui n'y peut paffer qu'à la file, & pour les gens de pied non moins fâ- cheux, qui n'y pouvoient paffer que fur une planche affez étroite. Parquoi fon Excellence fe réfolut auffi-tôt de leur faire quitter ce paffage. Et pour cet effet commanda au Seigneur Vere & au Lieutenant de fes Gardes, Nicolas Vander Aa, d'y donner avec deux cens Moufquetaires ; ce qu'ils firent, & les en chaf- ferent. Ce paffage gagné, fon Excellence pourfuivit & attei- gnit l'Ennemi à une lieue de Tournhout en une Plaine, marchant Régiment pour Régiment, & à cent pas l'un de l'autre ; celui des Allemands le premier, celui de Hachicourt après ; celui de

1598.

DEFAITE DE L'ARMÉE ES- PAGNOLE.

la Barlotte, le troisieme, & celui des Napolitains le dernier, qui faisoit la retraite ; à leur main droite marchoit leur Cavalerie en trois troupes, étant couverts à la main gauche dudit bois, leur bagage avoient-ils envoïés devant. Or, quand son Excellence qui, avec la moitié de la Cavalerie, divisée en six gros, étoit demeurée à la queue, vit que le Comte de Hohenlo envoïé devant avec l'autre moitié de la Cavalerie, divisée pareillement en six troupes, s'étoit avancé de sorte qu'il pouvoit charger l'Ennemi par le flanc, comme il lui avoit été commandé, il fit aller Monsieur Vere, avec lequel donna aussi ledit Gouverneur Sidney & partie de ses troupes, pour donner sur la queue, & avec le reste demeura ferme, afin de les soutenir & rafraîchir s'ils étoient repoussés. Suivant cet ordre, en un même instant le Comte de Hohenlo, & avec lui le Comte de Solms, chargerent l'Ennemi par le flanc, les autres Seigneurs susdits donnerent sur la queue, avec telle résolution & furie, que nonobstant le devoir au contraire, l'ordonnance de l'Ennemi fut rompue, sa Cavalerie mise en fuite & les gens de pied & de cheval tous défaits, qui ne se sont pû sauver de vîtesse. Là vit-on que les piques ne sont bastantes pour soutenir la furie des pistoles grandes, que l'on appelle carabines, que la Cavalerie de son Excellence portoit en cet exploit, aïant quitté leurs lances. Il en est demeuré plus de deux mille morts sur la place, avec ledit Comte de Varax, leur Général, & plus de quatre cens Soldats prisonniers, entre lesquels il y a plusieurs Commandeurs. En signe d'une notable victoire & grande défaite, son Excellence en a rapporté trente-sept drapeaux de gens de pied & une cornette de gens de cheval. En cet exploit se sont fort valeureusement portés au service des Païs & grand contentement de son Excellence, lesdits Seigneurs Comtes de Hohenlo, Solms, Sidney & Vere, comme aussi en général tous les Commandeurs, Ritmaîtres, Capitaines, Officiers & Soldats y ont bien fait leur devoir, y aïant fait démonstration de leur bonne volonté & résolution, au service des Païs & de son Excellence. Mais sur-tout s'est manifesté en ceci, que Dieu a exaucé les prieres de son Peuple, rompu les desseins des Ennemis, & favorisé l'entreprise de son Excellence, confirmant les courages & les bras de son Excellence & de ses gens, à la louange de son saint Nom, protection des quartiers & Villes menacées par l'Ennemi, avec les Manans & Habitans, & à la confusion des superbes, ambitieuses & tyranniques entreprises

des ennemis de fa vérité, dont lui foit donné louange & gloire
à jamais. Après cette belle victoire, obtenue avec peu de perte
de fes gens, fon Exellence vint coucher à Tournhout, où elle
avoit laiffé fon artillerie avec partie de fes gens. Et après que
le Château eut enduré trois volées de canon, la Garnifon Ennemie le rendit par compofition, & s'en départit vie & hardes
fauves. De-là tous les gens de guerre fe font retirés chacun en
fa Garnifon ; & fon Excellence s'en retourna à la Haye, le
huitieme jour après qu'il en étoit parti.

CETTE baftonnade rabaiffa pour quelque temps les efpérances que le Cardinal avoit bâties fur les précédentes conquêtes, & mettoit en route fes deffeins, fans l'heur qui lui
furvint quelques femaines après en un autre de fes Lieutenans;
c'eft à favoir Hernantello Portocarero, Gouverneur de Dourlans, lequel contrepefa le malheur de Balançon, tué à Tournhout, en fe faififfant de la capitale Ville de Picardie en plein
jour & fans perte d'hommes, comme dit a été ci-deffus, page
487 & *fuiv.*, &c. Tel fuccès fit refleurir aucunement les efpérances Efpagnoles ; mais elles fenerent bientôt après, Amiens aïant
été bridé de fi près, le Cardinal, avec tout fon fecours chaffé,
Hernantello tué & la prife lâchée, que tout cela fembla un
fonge de quelques mois. Tandis que le Cardinal fe tournoit
de tous les côtés, & inutilement vers la Picardie, le Comte
Maurice exploita du côté de Berg fur le Rhin, de laquelle il chaffa par force la Garnifon, prit Meurs, Alpen,
le Fort de Camil, Grolle, Linghen, Bredwort & autres Places, chauffant de toutes parts les éperons à fes Ennemis, fuivi
d'une Armée de dix mille piétons, dix-huit cens chevaux,
trois mille pionniers & foixante pieces de canon, ès mois de
Septembre & Octobre. L'hiver fe paffa fans exploits notables,
le Roi d'Efpagne s'étant déchargé des affaires fur le Cardinal
fon gendre futur, & cependant la négociation de Paix fut tellement pourfuivie entre les deux Rois, que la conclufion ci-
devant mentionnée, s'en enfuivit l'an 1598 au commencement
de Mai ; ce qui mit les Etats en nouvelles penfées, prévoïant que
de-là en avant ils auroient à porter le faix de la guerre, à quoi
ils s'apprêterent courageufement, réfolus de s'expofer à toute
difficulté plutôt que de recevoir le joug infupportable des Efpagnols. Quant à ce qui eft advenu depuis la fin de la Ligue
en France, notre intention n'étant d'y toucher, fuffira pour

clôture, découvrir en ce dernier traité le nouvel échantillon des rufes & efforts de l'efprit de menfonge & de meurtre, afin que le Lecteur puiffe tant mieux juger ce qu'on peut attendre en ce fiecle prochain, fi la main de Dieu tout-Puiffant, tout fage & infiniment miféricordieux, ne s'y oppofe, befognant comme par le paffé, ce que nous efpérons auffi qu'il fera.

CONSPIRATION

Faite par les Peres Jéfuites de Douay, pour affafiner Maurice, Prince d'Orange, Comte de Naffau.

La dépofition de Pierre Panne, d'Ypre en Flandre, & la fentence donnée contre lui par les Echevins de la Ville de Leide en Hollande, à raifon de l'affaffinat & meurtre par lui projetté à l'encontre de Monfeigneur le Prince Maurice de Naffau, par l'induction & perfuafion du Général & Peres de la Secte des Jéfuites en la Ville de Douay, fur la copie imprimée audit Leide le 22 Juin 1598 (1).

COMME Pierre Panne (natif de la Ville d'Ypre en Flandre, Tonnelier de fon métier, & aïant été Couratier & Marchand) de préfent prifonnier en la Ville de Leide en Hollande par l'Efcouette de ladite Ville, auroit confeffé & dépofé étant hors de la gêne & délié, que depuis quelques années, faifant la provifion & livraifon de beurre pour le College des Jéfuites en la Ville de Douay, vint un des ferviteurs defdits Jéfuites, fien Coufin, nommé Melchior Vandewalle, environ quinze jours devant Carême-prenant, pour le trouver en fa maifon en ladite Ville d'Ypre, & l'avertir de faire ladite provifion de beurre pour ledit College, & ne l'aïant trouvé, l'attendit deux ou trois jours, & cependant eut quelques propos familiers avec Marie Boyets, femme du Dépofant (fort dévotieufe auxdits Jéfuites) tendant à faire mourir Monfeigneur le Prince Maurice, Comte de Naffau, comme il entendit à fon retour; tant de fadite femme que dudit Melchior Vandewalle, lequel lui en parla lors pour la premiere fois, prenant occafion de

____

(1) M. de Thou rapporte les mêmes faits dans fon Hiftoite, Liv. CXXI, ann. 1598.

l'exhorter

l'exhorter d'entreprendre ce fait, fur ce que ledit Dépofant fe plaignoit à lui d'être venu à telle décadence de biens, qu'il lui étoit impoffible de païer fes dettes, & lui difant qu'il trouveroit moïen de redreffer fes affaires, s'il vouloit aller en Hollande & fe mettre en devoir de faire mourir ledit Seigneur Prince. Et ce propos aïant mis ledit Dépofant en perplexité, touchant une telle réfolution, il y fut encouragé & incité par fa femme, qui lui dit qu'il ne devoit faire aucune difficulté de mettre à mort un tel dévoïeur d'ames, ajoutant que fi elle étoit un homme, elle auroit bien le courage de s'y réfoudre. Et comme ledit Dépofant demeuroit en fufpens de ce qu'il devoit faire, ledit Vandewalle le pria d'aller à Douay pour en parler avec les Peres, entendant par ce mot les Principaux defdits Jéfuites de Douay. Peu après, étant ledit Vandewalle retourné audit Douay, ledit Dépofant l'y fuivit, pour copter là, avec diverfes perfonnes, & entr'autres avec lefdits Jéfuites. Le Mercredi, jour des Cendres, dernier paffé, ledit Dépofant s'achemina vers Ypre, Lilles, Tournay, & de-là à Mons en Hainaut, où il s'arrêta quelques jours, & depuis étant de-là revenu à Tournay & Lilles, & derechef vers Mons, il y fut pour la deuxieme fois arrêté prifonnier pour fes dettes. Étant délivré, retourna finalement par Valenciennes audit Douay, auquel lieu il fut toute la femaine des Rogations, pendant lequel temps il alla trois ou quatre fois au College defdits Jéfuites, parler au Provincial & Recteur, but & mangea avec eux & compta de la provifion de beurre par lui faite ; par lequel compte fe trouva ledit Dépofant créditeur de cinquante-deux à cinquante-trois livres de gros ; laquelle fomme il affigna à un Nicolas de Lalain, Marchand de Chanvre. Et étant en propos avec ledit Provincial & Recteur, icelui fe mit à parler audit Dépofant de l'affaffinat à lui propofé par le fufdit Melchior Vandewalle en fa maifon ; à favoir, de faire mourir ledit Seigneur Prince, ajoutant que ledit Dépofant étant Tonnelier de fon métier, il pourroit facilement aller en Hollande, & travailler là cinq ou fix mois faifant fondit métier, fut-ce en la Ville de Delft, de Leyde ou de la Haye, & que cependant il pourroit avifer aux moïens les plus propres pour exécuter fon entreprife, foit avec un couteau bien afilé, une piftole, ou autre outil qu'il pourroit acheter & cacher en fa pochette, en attendant l'occafion la plus propre, fut-ce à la Cour dudit Prince, ou ès rues ou autres endroits qu'il jugeroit plus convenables pour effectuer ledit affaffinat. Et afin de rendre ledit Dépofant plus affuré & lui donner courage d'entreprendre cela, ledit Provincial lui fit une exhortation & fermon d'une demi-heure, avec ample déclaration que ce feroit une œuvre pieufe & méritoire, voire un grand facrifice devant Dieu & méritant Paradis, de mettre à mort un tel homme, dévoïeur de tant de milliers d'ames. Ce qu'aïant effectué, aviferoit du moïen de fe fauver le mieux qu'il pourroit ; & où il adviendroit qu'il fût pris & y perdît la vie, qu'il s'affurât d'aller incontinent en la vie éternelle, & qu'auffi-tôt il feroit enlevé corps & ame là-haut au Ciel. Avec telles & femblables paroles & raifons, induifirent ledit Dépofant, en partie auffi le défefpoir de fe voir tant endetté fans aucun moïen d'en fortir. Tellement que poftpofant tout penfement de péril qui lui pût advenir & à fa femme & enfans, auffi aveuglé du profit à lui promis par lefdits Peres Jéfuites, finalement fe réfolut d'entreprendre ledit affaffinat, fuivant la propofition à lui faite par lefdits Provincial & Recteur, avec promeffe qu'aïant achevé fon entreprife, il toucheroit la fomme de deux cens livres de gros, païable à cinquante livres de gros par an, par les mains du Tréforier de la Ville d'Ypre, étant prife ladite fomme fur une rente annuelle de cent livres de gros que lefdits Peres Jéfuites tiroient de ladite Ville pour leurs falaires & penfion de la Jeuneffe dudit lieu, qu'ils avoient en leur féminaire, apprenant la Langue Latine ; & que pour feconde récompenfe lui feroit donné l'Office de Meffager de ladite Ville d'Ypre, eftimé à la fomme de cent livres de gros par an. Et combien que ledit Office ne dépendît point de la donation defdits Peres Jéfuites, toutesfois que ledit Dépofant s'en devoit tenir bien affuré, fachant qu'il ne coûteroit auxdits Peres qu'un petit mot de Lettre adreffante au Magiftrat dudit Ypre, & qu'il n'y auroit perfonne qui s'y oferoit oppofer ; & pour troifieme récompenfe, que fon fils Jean Panne feroit avancé & pourvu d'une chanoinerie de la Ville de Tournay. Lefquelles promeffes le dépofant aïant acceptées, le jour enfuivant au matin fe feroit confeffé audit Provincial, & aïant reçu l'abfolution & Sacrement, icelui difant la Meffe, & étant reconfirmé par ledit Provincial, lui auroit promis de faire fon mieux, pour venir à chef de fadite entreprife. Sur laquelle promeffe ledit Provincial lui dit : allez en paix, car vous allez comme un Ange à la garde de Dieu ; & que ledit Dépofant, pour pourvoir à fon voïage, aux fins que deffus, auroit reçu

desdits Jésuites une Lettre de change de douze livres de gros,
monnoie de Flandre, sur un François Tibaut, Marchand, demeurant en la Ville d'Anvers, au Marché aux cloies, près du
Coüvent des Jacobins, & que ledit Déposant se seroit puis
après acheminé de Douay vers l'Abbaïe de Flenges, de-là à Or-
chies & Tournay ; & de-là à Audenarde (1), Termonde & Baf-
ferode, & enfin par batteau à Anvers, là où, aïant reçu lefdites douze livres de gros, il en auroit envoïé à sa femme les onze
livres, avec un sien manteau & haut-de-chausses, par un nommé Diric Bule, demeurant au Marché du bled de Zelande, &
ce pour pouvoir entretenir & soulager sadite femme & ses enfans, & les revêtir desdits accoustremens ; auroit aussi écrit une
Lettre à sadite femme, par laquelle, entr'autres choses, il lui
mandoit qu'il s'en all it en Hollande, pour l'affaire à elle connue, & dont il avoit eu divers propos avec elle lui enjoignant
de bien prier Dieu pour lui. Que ledit Déposant avec telle intention se feroit mis sans aucun passeport dans un Navire, & avec
icelui arrivé en Zelande, & de-là venu en cette Ville de Leide
le Samedi vingt-troisieme jour de Mai dernier. Auquel lieu se
feroient rencontrés deux Jésuites, habillés en Lansquenets, lefquels sans cesse l'exhortoient à faire son coup & lui donnoient
courage ; mais comme il alloit par la Ville, & se trouvoit avec
les uns & les autres, & s'enquerroit quel homme c'étoit que
le Prince Maurice, de quelle corporance, quelle barbe il portoit, lui fut demandé pourquoi il s'informoit de ces choses :
à quoi fit reponse, que c'étoit afin de le connoître, & qu'il avoit
tant oui parler de ses faits héroiques, néanmoins il n'avoit jamais eu cet heur de le voir. Enfin voïant sa façon de faire, on
eut une telle défiance de lui, qu'on conjectura qu'il y avoit quelque chose en son fait ; dequoi l'Escoutette de la Ville (qui
est comme vous diriez ici le Prevôt des Maréchaux) étant
averti, l'appréhenda aussi-tot & le trouvant saisi d'un couteau à
quatre tranchans (de l'invention Jésuitique) ensemble quelques
papiers, faisant mention de sa misérable entreprise, le conf-
titua prisonnier, & sans grande contrainte lui fit confesser tout
le fait & quelle étoit son intention ; mais les deux Jésuites ne
se trouverent point. Sur laquelle confession ledit Déposant aïant
été interrogé par diverses fois, l'espace de dix ou douze jours,
& aïant persisté, sans aucunement varier, en ladite déposition
tant sur la gêne, qu'en étant délivré, & aïant maintenu que

______

(1) C'est Oudenarde.

P p p p ij

la confession par lui faite étoit véritable & qu'il entendoit de vivre & mourir en icelle : aïant même toujours, avec grand regret, fort humblement à genoux & à mains jointes, en pleurant, demandé pardon & grace & prié qu'on lui fît miséricorde, d'autant qu'il avoit été induit à cette entreprise par sa simplesse, offrant que si on lui sauvoit-la vie, il feroit quelque signalé service au Païs, & ne cesseroit tant qu'il leur eût livré entre mains quelque Jésuite. Comme telles menées soient de grande & dangereuse conséquence, par lesquelles on a tâché de meurtrir le très illustre & très haut Prince & Seigneur Maurice, naturel Prince d'Orange & Comte de Nassau, &c., Gouverneur & Capitaine général des Provinces-Unies des Païs-Bas, privant lesdits Païs de leur Chef & Capitaine ; & aïant égard aux services signalés faits de la grace de Dieu par sadite Excellence, pour la tuition & défense, & pour la protection & manutention de la liberté, & privilege des Païs, comme il fait encore à présent ; & qu'on ne doit souffrir tels attentats, tendant à trouble & ruine, avec péril du Païs & de l'Etat, même en un Païs de Justice, auquel tels assassinats, méchans & détestables & telles délibérations meurtrieres doivent être punies par justice, si rigoureuse qu'elle serve d'exemple aux autres, afin que dorénavant personne ne se laisse induire par cette sanguinaire & meurtricre Secte des Jésuites ; laquelle, comme il est notoire à tout le monde) ne pratique autre chose que par trahisons & autres diaboliques inventions, accabler les Rois, Princes & Seigneurs que Dieu a commandé d'honorer :

Nous, Echevins de cette Ville de Leide, aïant vu & bien considéré la Requête criminelle & conclusions proposées par l'Escoutette de cette Ville, à l'encontre dudit Pierre Panne, prisonnier à cause dudit attentat ; aïant oui & bien entendu la déposition dudit prisonnier, ensemble vu les informations faites en ce cas, & le couteau, pieces & papiers trouvés sur ledit Déposant ; & sur ce aïant eu l'avis de Messieurs les Commis, Conseillers des Etats de Hollande & Frise Occidentale ; après avoir eu l'avis du grand Conseil Provincial, requis par les Commis-Conseillers desdits Etats, le tout bien considéré & murement délibéré, faisant droit pour & au nom de la Supériorité de Hollande, Zelande & Frise Occidentale, avons condamné & condamnons, pour les causes susmentionnées, ledit prisonnier à être mené en la Place publique, appellée Sgravensteen, là où on a accoûtumé de faire justice & châtier les délinquans,

& là par l'Officier de la Haute-Justice, être décapité & la tête mise sur le boulevart devant la porte blanche, puis le corps en quatre quartiers aux quatres portes de la Ville, les entrailles enterrés & ses biens confisqués au profit de la Comté de Hollande.

Ainsi fait & jugé par MM. Simon Fransi Vande Merven, Ian Isenhoutss vander Nesse, Franc Cornelisse van Torenvliet, Iaspar vad Batchem, Henri Ogbertss vander Hal, Willem Corneliss Tibault, Claes Cornelisse van Noorde & Ian van Baesdorp le jeune, Echevins de ladite Ville, le 22 Juin 1598.

Ladite Sentence aïant été lue en la Vierschare audit Pierre Panne prisonnier, icelui s'agenouilla aussi-tôt devant lesdits sieurs Echevins, les remerciant humblement de la grace à lui faite. Puis fut ladite Sentence tôt après exécutée, en présence desdits sieurs Escoutette & Echevins, de toute la Commune, & de moi Ian van Hour, Greffier (1).

(1) François Coster, Jésuite, fit paroître le mois suivant un Ecrit en Allemand, pour justifier sa Compagnie au sujet de ce complot. Il soutenoit que c'étoit une calomnie des Calvinistes ; qu'on avoit emploïé la ruse & l'artifice, pour engager Panne à faire une fausse déclaration ; qu'il en étoit de cet attentat comme de celui qu'on leur imputoit à l'égard du Roi de France & de la Reine d'Angleterre, qu'ils avoient, disoit-on, voulu faire assassiner. Cette Apologie fut traduite en Latin par Gilles Schondonck, Prêtre de la même Société, sous ce titre : *Sica Tragica Comiti Mauritio à Jésuitis , ut aiunt Calvinistæ , Leidæ intentata :* c'est-à-dire, *Le poignard tragique levé à Leide sur la personne du Comte Maurice par les Jésuites, comme les Calvinistes le publient.* François Coster étoit de Malines. Voïez Ribadeneira, *in Catalogo scriptorum Societatis Jesu*, édition de 1613, page 63 & suiv. ; c'étoit un habile Ecrivain. Schondonck étoit de Bruges. Voïez le même, page 8 , le *Sica tragica* y est cité.

F I N.

TABLE

DES PIECES CONTENUES EN CE VOLUME.

Tome VI.   Qqqq

Fin de la Table.